长篇小说（上下卷、四部集）

I0733954

双面人生

李江 著

加拿大国际出版社

Canada International Press

No part of this publication may be reproduced, stored in a retrieval system, or transmitted in any form or by any means,electronic, mechanical, photocopying, recording, or otherwise,without written permission of the publisher. For information regarding permission, write to service@intlpressca.com

书名：双面人生

作者：李江

封面图案设计：张丽珊

出版：加拿大国际出版社

www. intlpressca. com

版权所有@2021 翻印必究

Two Sides of The Life

Written by Li, Jiang

Cover Design Art: Zhang, Lishan

Published by: Canada International Press

Copyright@2021, All Rights Reserved

ISBN: 978-1-989763-61-2

EBook ISBN:978-1-989763-62-9

一颗哪怕是最渺小心灵的历史，也不见得比整个民族的历史缺少亮色与教益，尤其它是由一个成熟的头脑自我观察所得来。

——莱蒙托夫

本书简介

　　本书通过主人公张一凡曲折多变的戏剧性人生历程，与数位女子大喜大悲的情感伤痛，画卷式展现上世纪中叶至世纪之交，几十年间发生在中国大地上的沧桑巨变与纷繁的世态万象，对官本位体制与金钱结合对人性的摧残与扭曲，予以彻底的否定与批判。

目　录

上 卷

第一部

引言

　　小时候，我常偎在爷爷的怀中，听他反复绘声绘色地讲述着关于我祖上的一段极富传奇色彩的历史。后来我上大学后，查阅有关的资料，发现它紧紧与十九世纪中叶发生在中国宫廷里的一件大事相关连——

　　1860 年，英法联军进犯北京，火烧圆明园。咸丰帝带领皇后嫔妃、王公大臣一干人马仓皇出逃承德避暑山庄，内忧外患，心急如焚，暴疾而终。临死前，立时年仅六岁的独生子载淳为皇太子，命八位大臣为辅政顾命大臣。皇太子生母懿贵妃那拉氏，也就是后来把据朝政四十余年的慈禧太后，极欲揽权，垂帘听政。八大臣与懿贵妃间矛盾激化，展开了一场惊心动魄的宫廷权力之争。最终，懿贵妃依靠咸丰的六弟恭亲王，设计捕捉了八大臣，杀了为首的肃顺、载垣等人。这就是历史上有名的"辛酉政变"。

　　我祖上原姓舒穆禄氏，因建有军功，被清太祖努尔哈赤赐姓爱新觉罗，世袭祖荫，甚至与皇家还有联姻关系。我爷爷的爷爷的爸，娶的就是一位皇帝的公主。到了咸丰帝在位时，我的爷爷的爷爷官至吏部侍郎。在"辛酉政变"中，他也受到牵连，随其中的两位军机大臣一同被发配了新疆。

　　被谪新疆后，我爷爷的爷爷娶一当地维吾尔族大阿訇之女为妾。这位维族姑娘一口气给我爷爷的爷爷生下五男三女。我爷爷的爸——我的太爷爷，就出其中。

　　太爷爷长大后，和一位也是被贬来疆的清廷大臣之女——

也就是我的太奶奶相好。我太奶奶家也是满清贵族，之前在京城时与我太爷爷两家有宿怨，一家先被贬来疆一家后被贬来疆，都是宫廷残酷权力之争的牺牲品，均极力反对两人的结合。我太爷爷便和我太奶奶，这两位满清贵族的后裔，在一个月出天山，乌雀南飞的夜晚，私奔出了迪化。

本来，他们的目标是回京城，投奔有关亲戚。无奈，走到河西走廊的酒泉郡，盘缠就几乎花光了。我太爷爷和太奶奶就给一个大车店里的老板喂骆驼喂马，准备挣够盘缠再走。我太爷爷虽是满清贵族出身，但生于新疆长于新疆，整日跟游牧民族厮混，身上哪有了八旗子弟的骄矜与尊贵，更多的是维吾尔族人吃苦耐劳和桀骜不驯的品性，特别是练就一手驭马的好功夫。一天，大车店老板将我太爷爷支出去说是送几个客人到玉门，等我太爷爷六天后赶着大车回来，发现我太奶奶神色不对，脸寡白寡白，一见我太爷爷的面，便嚎啕不止。我太爷爷知道大事不好，一问，我太奶奶是被大车店老板强奸了！我太爷爷二十岁的汉子，从小又是在草原长大，杀过多少骡马牛羊，血性十足，哪里受得了这般侮辱，拔出维吾尔族尖刀，就将大车店老板追逼到炕角。大车店老板捣蒜般磕头求饶，我太爷爷一刀下去，就刺在了大车店老板的心口。

太爷爷拽着我太奶奶北京去不成，怕被官府逮了，飞身逃离，钻进了祁连山，投了当地的一股土匪落草为寇，在土匪窝里结了婚，就有了我爷爷。

土匪姓张，很看重我太爷爷，歃血盟誓，结为拜把子兄弟，有福同享有难同当。山大王有一压寨夫人，另有二位小妾，可惜就是无嗣。我爷爷就被过继给其为义子，改为张姓。后来，等我爷爷稍长大成人时，这帮土匪被马家军的队伍收编了。我爷爷挺能干，加上又有满清贵族血统，被马家军下边的一个团长赏识，逐步被提了起来，当了他的副官。而且，团长还将自己的千金许配于我爷爷，后就有了我爸。我爸可以说是在马步芳的兵营里长大的，才十六岁，就被送到北京读书，在学校却接受了马列，入了地下党，被派回到兰州，在一所中学里以教书为掩护，搞地下工作。结果被叛徒出卖关了大狱。幸亏我爷爷走马步芳的路子，才被保释出来，禁闭在家思过。我爸不死心，瞅个机会，逃脱出来，跑到了陕北。解放战争时，我爸爸跟随在彭德怀的部队西进，打下兰州后，上级让他复员到地方工作，重回原来那所中学里去当校长，也算是位"接收大员"。解放后，我爸很是风光了几年，但后来就迎来了一次次的运动。上边先是拿我爷爷开刀——我爷爷后来又讨了一偏房，也就是我的小奶奶。她是红四方面军被马步芳军在甘肃河西走廊打散时，在倪家营子俘虏过来的。当时有几十名这样的红军女战俘，作为战利品，圈在一个大操场子里让马家军的各级军官们挑。先是官大的，捡长得好看的挑，剩下的才由下级军官挑。轮到我爷爷，他就也挑了一个。就是这个我爷爷挑来的偏房，后来给我爷爷一口气又生下了四个女儿，还经常给我爷爷灌输一些革命思想。在她的启发下，我爷爷后来曾冒着掉脑袋的危险，掩护过两个共产党的地下工作者从新疆途经兰州去到陕北。国民党从大陆溃败时，马步芳的部队去了台湾。我爷爷恋家，不想离开熟乡热土，想他手上也没什么血债，又曾掩护过共产党的地下工作者，加上有个儿子在革命队伍里做事，共产党不会对他咋样。也听了那几个地下党的宣传，说将来的国家是人民当家做主，光明的国家。当时已升任马家军师参谋长的爷爷，在我爸和地下党的策反下，加上我小奶奶的影响，就带着我大奶奶、小奶奶和贴身随从与一小部分部队起义投诚，留了下来。刚解放时，我爷爷还作为统战对象，参加了兰州首届政治协商会议，曾跟我父亲分在同一个小组里共商国是，规划兰州的未来发展前景。可是，"三反""五反"运动时，我爷爷就由统战对象沦为了旧军阀，国民党潜伏下来的特务，连娶我小奶奶也成了一条罪状。爷爷倒了，我爸怕我爷爷牵连自个，跟我爷爷分了家，以示自己与我爷爷划清界线。分家后我爷爷与我爸反目，亲人变为路人，虽然同在一条巷子里住，但再不来往。可是，在以后的"四清"运动中，我爸还是未能躲过劫难，查他的人说我爸是混进革命队伍里的阶级异己分子，在国民党监狱里写了"悔过书"才被放出的，严格讲是叛徒。先是校长衔儿没了，后来老师也不让当了，被发配到一个废品收购站去收废品。我妈是我爸那所中学的学生，年轻貌美，而且思想进步，我爸当"接收大员"时，被我爸摘了青桃。后我爸遭了厄运，由"接收大员"沦为了"废品收购员"，没了指望，她不甘于长期委身于一个政治上不清不白，看不到前途出路的人，过被人瞧不起的日子。一位有过长征经历，时任兰州市公安局副局长的大官，老婆病死了，看上了我妈，见缝插了针。我妈攀上高枝后，义无反顾地很快跟我爸办了离婚，跟了这位副局长，去了他南方的家乡。为了表示与我爸在政治上划清界线的决心，我妈连骨肉之情也割舍了，走时狠着心将我抛弃了——所以，我懂事后，挺恨我妈，别人一问起，我就说我妈死了。后来在"文革"中，街道先后去搞外调的几个人回来说，那位大干部虽后来官升至省公安厅副厅长要职，但在"文革"中也未能躲过红卫兵的铁拳，几场批斗下来，精神就垮了，一根绳子将自己吊在了房梁上。我妈无奈又下嫁给了一个到学校支左的工宣队员，后来就再没了音讯。

我爸在我妈走后娶了我后妈，我后妈又给他生了一窝崽——我两个弟弟和两个妹妹。所以，我老爸对我特别特别不好，经常对我施以虐待，给我的身心造成极大伤害，这种伤害后来影响了我的大半生。

我爷爷自打被定成国民党潜伏下来的特务和旧军阀后，日子就一年比一年难熬，特别是"文革"开始后，动不动就被揪去斗一通。上世纪六十年代末七十年代初中苏关系紧张要打仗时，老有防空警报，每一次都弄不清楚是演习还是老毛子真的打过来了。街道居委会的一帮小脚老太太就先将我爷爷和一帮地富反坏右分子唤到一起，也不知送往什么地方看起来，等空袭警报解除时，才放出来。每一次我爷爷回来后，都满身的尘土，满脸的血指印，神情恍惚。我几个姑姑问他咋了，他从来都不吭一声。有一次，我爷爷在警报结束后，就再也没有回来。街道居委会的人来通知我姑姑说，我爷爷跳了黄河。我几个姑姑急忙赶到黄河边上去，黄黄的河水哗哗哗地往东流去，哪里有了爷爷的影子。那时候我的大奶奶已死了，只有我小奶奶，和几个姑姑，爬在黄河边上没命地哭。哭得悲天恸地……

第一章

一

再贫瘠的土地上，都能滋长出甘醇的爱情。

公元 1974 年春，时年 16 岁的我，随着一帮兰州知青，坐火车，倒汽车，辗转来到河西走廊祁连山脚下的一个小村庄插队落户。半年之后，当时懵懵懂懂的我，便坠入了初恋，遇到了生命中第一个闯入我生活的姑娘——罗晓芳。

那是一个星光稀疏，月色皎皎的秋夜，我和同在大队农田基建工地干活的她相邀回青年点去。一弯月牙儿显得格外妩媚，高高挂在头顶的苍穹，象个顽皮的孩子，在云层中一忽儿跃进，一会儿跳出，白天总是裹着白雪闪着刺眼清辉的祁连雪峰，在月夜里已变得遥远与影影绰绰。四周是朦朦胧胧，象披了层轻纱般的农舍、田埂、道路、水渠、田野……，随着月牙儿从云朵中的跃进与跳出，或隐或显，美得象一幅画儿。清凉的夜风，徐徐拂来，夹着一丝儿瓜田与果园里飘出的甜香味，沁得人五脏六腑都象在吸着琼浆，通体得到滋润。农村，如果抛开了那繁重的体力劳动，其实它的景致如诗一般的美。此时此刻的我，心情和感受就是这样。这个远离兰州，几乎与世隔绝，深藏在祁连山皱褶中的小村庄的一切，现在在我面前，是那么的恬适、安详、静谧。我的心里，没有一点儿劳动后的困盹与疲惫，有的只是憧憬。

本来，是我一个人要回青年点，天气渐凉了，去取点衣物。

临出庙门时——基建工地的住处设在一座破旧的大庙里，在地中央砌座墙，分开男女的地铺——罗晓芳跟在后边说，"我也跟你回去。"

我问："你回去取啥？"

罗晓芳轻轻地说："不取啥，就想跟你回去。"

走出庙门，绕过条河沟，从一个村舍的后墙根出来，拐上一条上村里去的地埂后，罗晓芳才问我一句，"你是不是回去看她？"

"看谁？"我装着问。

"你说谁？人家前两天专门上基建队来看你，还给你又是送水果糖又送瓜子的。"

晓芳说的是我们点的另一位女知青，叫陈玉霞。插队后，逢陈玉霞做饭，一次吃完饭后，在厨房，陈玉霞没人时问我："张一凡你能不能给我挑担水？"我欣然作答，说，"当然可以，那有啥不行的。"就痛快地去挑了。从那以后，每次陈玉霞做饭，水就由我给她挑，两人关系朦朦胧胧，相互有点好感。就在这时候，队长老乔派我和晓芳、还有点上的另一个男知青卷毛和女知青马秀兰四个人到大队基建队来修水渠，我对陈玉霞的心思也就淡了。其实两人之间也真没个啥，连话都没多说上几回。真没想到，前两天，陈玉霞就突然出现在基建队大庙门前。当时我们刚干完早晨的活，回大庙来吃饭，她说是她家一个在县城的什么亲戚来看她，送亲戚坐班车走后，绕过来看看罗晓芳和马秀兰。说是来看她俩，我回到庙里自己铺前，却发现，在我铺底下，掖了个小塑料袋，拽出来看，里边装着些水果糖和瓜子。罗晓芳和马秀兰要留陈玉霞吃饭，她不吃，说是回点上去吃，却溜到我身边，跟我嘀嘀咕咕地说话，问我东西见到了没有。我说见到了，她又叮嘱我赶快藏起来，别让其它人看见抢去了，自己吃不到口。我一边感谢她，一边心里不是个滋味，因为在这之前，我和罗晓芳在一个架子车上干活，已经关系又朦朦胧胧心照不宣地好了起来。陈玉霞走时，还让我送她一段，我只好送她一段，回来后，罗晓芳就有点不太理我了，中午干活时，一句话也不多说。我把装在口袋里的水果糖和瓜子背着人偷偷给她，她也不要，说，"人家送给你的，我不吃。"

这会儿走在路上，我知道罗晓芳仍有点猜忌。

青年点离大队的农田基建工地约有七八公里地，以前我从来没有跟同点女知青单独在一起走过夜路，所以有些拘谨，和罗晓芳就那么一前一后走着，说话很少。每次我在前边走时，碰到个土块、石头或是个坑洼什么的，我提醒她注意，她也短短地回应我："知道了。"

在过一条玉米田埂时，从地边伸出来的玉米叶子将她的脸上划了一下，罗晓芳"哟——"了一声，蹲了下去。

我关切地问，"怎么了，划得重吗？"然后就埋怨自个儿，"是我不好，刚才不该为抄近道走这地埂。"

罗晓芳一边揉着眼睛一边说："没事的，不怪你，怪我不小心。"

我站在那里，心突突地跳着，鼓了很大的勇气才说；"让我瞧瞧？"

罗晓芳捂着眼站了起来，将手从眼睛上取下来，乖乖地抻着脸让我瞧。这时候，月牙儿又从云层里冒了出来，我看到罗晓芳的那只被玉米叶子划了的眼睛旁有一道小红印，当时也只有十六岁的她，那张脸嫩嫩的，在皎洁的月光下是那么好看。两颊处其实是被太阳晒红的，但在月夜里，却象涂了一层胭脂。我心咚咚咚地跳起来，此时，四周到处万籁俱寂，只有田野里的轻风，徐徐地拂动着身旁田里的玉米叶，发出些响动。我声音有点儿发颤地问："疼吗？"

罗晓芳摇摇头回答："不怎么疼，就是眼睛受了点惊。"

我不知下一步自己应该采取什么行动，傻瓜似地愣在那里。这时候，远处的农舍里传来一声狗吠，罗晓芳说："我们走吧，夜晚了。"

我才傻乎乎地领着她走出地埂来。两人又一句话都不说地走在乡村的小土路上。月亮将我俩的身影拉得长长的，常常相交在一起。

在这之前，其实我与罗晓芳似乎就有了某种心的默契。我从小不但酷爱看小说，而且插队后，喜欢捣鼓个乐器，画个人物肖像什么的，虽然属于无师自通的瞎摆弄，可在那个年代里，就算是羊群里的骆驼，有点能耐了。因此，基建队的一些工程进度评比榜、批林批孔的专栏等，基建队长都指定由我来办。就这两下子，可能就引起了罗晓芳的关注。我和她被分在一个架子车上干活，一次，在劳动的间隙里，罗晓芳无意间说露了嘴，向我坦白了她对我的关注。说插队后不久，上边让每个知青写扎根农村一辈子的决心书，贴屋子里的墙上。我的决心书不但字写得比别人好，而且遣词造句挺有文采，就注意上了我。在轮到她做饭时，一次很偶尔，她发现我铺底下压着一笔记本，上边写着密密麻麻一些东西，就在我们出工后常常进来偷看两页。有一次她刚到我们男知青房间从我铺下取出日记时，我和另一个男知青突然中途从田里不知何故回来了，吓得她急忙将日记本掖在了衣服底下用胳膊夹住，装做去套间里挖面，等我们走后，她才将日记本慌乱地放回原处。我心里一惊，那里边，不但有我记的一些下乡后的感受，还有抄的好几首当时只在极少数知青中私底下偷偷传唱的知青歌曲的歌谱，歌曲中流露出对现实的不满和对爱情的向往。要是让上边知道了，可不是闹着玩的。里边还记了一些对本点几个女知青的评价。它对我来说，可以说是一等机密。我心里很紧张，但罗晓芳安慰我说："放心好了，我不会告诉任何人的。"说完又补了一句："我有你说的那么好吗？"

我一下子脸涨得通红，回答不上来。我在日记中只有短短的两句话提到了她——"我觉得罗晓芳在我们青年点的六位女知青中，是身材和长相最好的，性格也挺温柔，挺招人喜欢的。别看她是本县插到我们兰州知青点上来的。"——罗晓芳姥姥家曾在我们插队的村，后她妈出嫁后进了城，把她姥姥也带去了。插队时，她妈就活动了一下，把女儿安插到了我们知青点上，以图村里亲戚们的照应。我侥幸地原以为那么一大本日记，记得密密麻麻的，她不一定会找到我评价她的这么两句话。她却那么问我一句，显然她是将我的日记本翻了个遍。从那以后，我俩就有点关系朦胧起来。

来到了一条水渠旁，要过一条窄窄的躺在上边的水泥板。下边满满一渠水在哗哗地流淌着。我走上去，过了小渠，回过头来看，发现罗晓芳还在对面犹豫着，我说"过呀？"

罗晓芳小声回答："我，有点害怕……"

我犹豫一下，伸出手去，说："来，我拉你。"

罗晓芳就伸出了手来，我握着了罗晓芳的手，顿时就似全身通了电流一般，似乎那只小手软软的感觉到了我身体的任何一个地方。我将罗晓芳轻轻地拉过渠板去，奇怪的事情发生了，一切都非常非常自然，我再没有松开她的手，罗晓芳也没有试图将她的小手从我的手中抽回去。我们就那样手拉着手，下了渠，重新走在乡村小土路上。这时候，月亮仍然在云层里跳进跳出，时隐时显，我不敢看身边罗晓芳的脸，也怕月亮跳出云层照亮田野的那一瞬间，只盼着月亮躲进云朵里再不要出来才好。我们就那样，手拉着手，一直走回到青年点上。可是，两人却再没有多说一句话。

我俩的手，一直到村子头上才分开。回到青年点，正逢院门前的场地上，两个木头杆子上架着块白布在放电影《春苗》，就讲知识青年扎根农村的事。我心咚咚跳着钻进人堆中去，坐在一块石头上，眼睛盯着幕布，却满脑子都是罗晓芳。身边的同点知青蚊子问我基建队上的一些事情，我吱吱唔唔，往往答非所问。蚊子就说："张一凡你今天是咋的了，心神不定的样子?"——蚊子叫温志，平时爱搅和个事，嗡嗡嗡来，嗡嗡嗡去的，所以大家就把他的名子叫成了谐音"蚊子"。

我回答："集中精力看电影，别问了。几个月才好不容易逮上看一次电影，尽问球啥!"

电影终于还是放完了。回到青年点的屋子里，在明亮的灯光下，众知青有说有笑地围拢过来，又向我和罗晓芳询问基建队上的情况。我一边回答，一边却绯红着脸不敢看罗晓芳一眼，我发现罗晓芳也很不自然，总是将目光斜开去，不敢直视我。陈玉霞却眼睛直勾勾地望着我，我去上茅房，出来后，半道上被她堵上了，要和我说说话，我借口晚了，明天一大早还要回基建队去，匆匆应付了两句，就躲开了。

二

躺在炕上，我一晚都没好睡，左右翻着身子，心里憧憬着夜晚快快过去，天快快的亮起来，第二天早晨回基建队时，在那个小水渠边，好再次去拉晓芳那柔柔的小手。

我的铺盖在基建队上，钻到蚊子的被窝里一起睡。我不停地烙烧饼把蚊子翻烦了，迷迷糊糊地埋怨我，"张一凡你咋球回事？不睡了赶快滚，把人困的，被你折腾醒好几次！"

我不好再翻身了，硬忍着。窗户纸刚刚有点儿发白，我就躺不住了，急不可耐地爬起来，穿衣服去上茅房。出去后，才发现月亮还高高地在半空中悬着，重回去圪蹴在蚊子身边，怕把他再次给弄醒了，就和衣躺着，不敢再去钻被子里。终于盼得窗户纸更白一些了，我再也耐不住，就起身去开门，身后蚊子追屁股骂了一句："丧门星你终于可算是走了！"

原来他醒着。

我到隔壁的窗根下，隔窗嗫嗫地小声喊罗晓芳两声，没想到，立即就有回音，一阵窸窣声之后，罗晓芳出门来。我问，"好了？"

她回答："好了。"

"你还动作挺快的。"

罗晓芳没吭声。我心里就想，她是不是晚上也和我一样的情形。

我走前边，罗晓芳跟在后边。天才蒙蒙亮，头顶闪着颗疲乏的小晨星，月牙儿已经躲走了。远处的祁连山似乎仍在酣睡着，看不清它的身影和山顶的积雪。地平线的天际处露出了些鱼肚白。早晨乡间的空气象被水洗过的一般，格外清新。田野里静静儿的。我们走出村口时，惊动了副队长花鳖子家的那条黑狗，叫了两下，引得村子里一阵吠声四起，随着我们离开村庄，吠声又沉寂了。

又来到那条小渠边的窄水泥板前，我先走了过去，心咚咚跳着回过头来，却发现身后的晓芳已经跟着走在了其间，还没容我想伸出手去，晓芳就迈着碎步走了过来——因为，晨曦中的田野，已经没有夜晚那么黑了。莫名地，我心里一阵失望，一晚上了，都在念想着这一刻！

一路无话。

来到基建队的大庙前，发现人们还都睡着，两人似猫一般轻手轻脚地钻进去，各自到各头的铺上去补觉。很快睡意袭来，不知不觉间，我和罗晓芳搂在了一起，上边亲着嘴，下边，她那只小手咋伸进了我的两腿间，我底下一阵狂烈的兴奋，湿了一裤裆，意识清醒后，才发现，自己的老二又被卷毛那狗损紧紧地攥着。我羞恼地打脱了，又推搡卷毛一把，狠骂道："操你妈，卷毛，你这不是一次了！我下边的爷爷咋就惹着你了？动不动就上来！"

卷毛迷迷糊糊诞皮赖脸地上前来，重要想搂抱我，我躲过了，踹他一脚。卷毛也不恼，仍旧揉着眼睛嘻皮笑脸道："张一凡你这损咋不失耍？把你那么个小鸡巴有啥金贵的。你想不想摸我的？我就让你摸。"说着，上前来欲拉我的手去到他的大腿根处。

我打脱了，"滚你妈的 x，我还嫌恶心！"

我对卷毛这损老爱攥我老二的坏毛病百思不得其解。

卷毛头发自来卷，所以起个绰号叫卷毛。这家伙在我们点上算最有背景，老爹在兰州是个什么物资部门的头头。大家伙插队时都抱着长期扎根农村的准备，连每个点上的男女生比例上边都是给搭配好了的。只有卷毛，常常私底下放出话来说，他来农村，也就是过渡一下。公社和县里他老爹都有路子，一有当兵或是工农兵上大学的名额，非他莫属。

罗晓芳当天被派上去大队部的灶上临时做两天饭，上边说大队部灶上做饭的女人家里有事歇两天。我第一次在心里挂念开一个人，干活时，没着没落，就盼着日头偏西，晓芳回返。

晚上，罗晓芳回来了，但一回来就躲进了庙里属于女的住的那一边再不出来。

　　我猴急猴急，就拿着口琴，跑到大庙后边的水渠旁，对着她们那一半的后墙根，一个劲儿地吹曲子。

　　琴声终于引来了晓芳，来到我面前，依在水渠下边地埂边的一棵柳树旁。我停了下来，大胆又贪婪地望她一眼，晓芳羞涩地问我："咋不吹了？"

　　我回答："你来了，我就吹不下去了。"

　　"那我走了，你继续吹吧。"

　　"嗳，别走。我吹。"我说，又问，"你回来后就钻进你们那边不出来，是不是躲我？"

　　"你胡说啥呢。人家做了一天饭，烟熏火燎的，就不兴收拾收拾。"

　　我这才发现晓芳换了身衣服，而且从她身上飘过来一阵雪花膏香味。我专注地瞅她两眼，又使劲深吸两口那香味。

　　晓芳接着说："刚才一听你吹口琴，把我着急得啥似的。"

　　"是嘛？"我心里挺高兴。

　　"这口琴好象是蚊子的吧？他的口琴，他不会吹，你倒是学会了。你怎么学什么就会什么？你给蚊子画的像我看了，还真挺象他的呢。"

　　我笑笑说，"我和蚊子上中学时同座，关系挺好，才结伴来插到一个点。啥东西，只要你想学，就能学会，蚊子是没耐心。"我说。

　　"你咋不买只自己的口琴？我看蚊子这口琴也挺旧的了，有个地方好象都吹不出音来了。"

　　我心里有点儿酸，马上想到了我那可恶的老爹，他对我可不好了，我插队来时，铺盖是全点除过大头之外最寒酸的。我甚至连牙膏都买不起，每天醮着咸盐刷牙，拿什么去买口琴。

　　罗晓芳见我不吭声，继续问："卷毛有把小提琴，你咋不借来学？我看他也根本就不拉。"

"我烦他。"

"看不出来，烦他啥？"

"我就是烦他。"

我不好给罗晓芳讲卷毛动不动半夜睡觉时手伸进来攥我老二的事，加上刚插队时有一次我动了一下他的琴，卷毛就不高兴了，说我不会拉，弄断了琴弦得到有人上兰州才能配上，我就挺烦他，从此后，再不去碰他的琴。我烦他还有一个说不出口的原因，每次轮罗晓芳做饭时，卷毛都帮罗晓芳挑水，将很大一个缸挑得满满的。背地里，农民们在暗地里给我们每个知青安排将来的媳妇，说谁谁谁和谁谁谁合适，谁谁谁对谁谁谁有意思，把我和陈玉霞安排在一起，将罗晓芳与卷毛排在一起，为这我心里一直挺妒忌卷毛。我酸酸地问："你是不是以前跟他好？"

"你也这么认为？"

"每次你做饭，人家都把缸里的水给你挑得满满的。"

"谁让你不给我挑？"

"我哪配。"

"不配昨晚却拉我手不放？"

我脸一下子涨红了。晓芳转过话头："你不也给陈玉霞做饭时挑水？人家还大老远的给你送水果糖和瓜子来。昨天晚上你上茅房，她是不是出去堵你了，两人都说了些啥？"

我急忙表白，"啥也没说，真的。她想跟我多说说，我说天晚了，今天一大早还要回来，她就没好再跟我多说。"

"陈玉霞对你挺好？"

我急忙否认，"没没，我就是给她挑了几次水，别的没啥，话都没跟她多说过几回。你千万别有啥想法。"

“我和卷毛也还不是一样。”晓芳就又问：“回点后，做饭时，你给谁挑水？”

我脱口而出：“当然是你了，就怕你不让我挑。”

“谁不让你挑？”晓芳水水的眼睛望着我嗔我一句。

“卷毛要给你挑水咋办？”

“你给我挑我就不让他挑了。”见我不吭声，晓芳才从身后亮出一只黄瓜来，问我：“吃不？专门给你的。”

我问：“哪弄来的？”

“别问哪弄来的。”

晓芳将黄瓜送到我手中。

“是不是卷毛给你的？”

晓芳笑笑，不做答。

我就将黄瓜重递了过去，“人家给你吃的，我不吃。”

晓芳嗔道：“你咋知道是他送的？是我从大队食堂带出来的。”

我就将黄瓜重接了过来，弯着身子到水渠里洗了，将黄瓜一掰两半，将另一半送回到晓芳手里，晓芳不接，说：“我已吃了一根，这根是专门留你的。”

我就吃起来。晓芳说，“你吃了再吹那支曲子，我爱听。”

我就三口两口嚼了黄瓜，又接着吹起来。晓芳就依在柳树旁，眼睛直勾勾地瞅着我，听着。我紧张起来，生怕吹不准走了音，腼腆地红着脸说：“你一站在我面前，我就紧张，反而吹不好了。高音区又有一个音坏了，不响。”

“没事，你别紧张，吹得挺好的。”

我就又吹了起来，旋律断断续续地在大庙四周的田野上空飘荡，使夜晚有了些浪漫的气息。

吹完了曲子，我小声试探地问：“你想不想听你在我日记上看到的那些歌曲？"

"真的，你会吹？"晓芳睁大了眼睛，"赶快，我太想听了！"

我狡黠地眨巴下眼睛，"这会儿不行。明天晚上收工了走远一点，到荒滩地去，到那儿我给你直接唱。"

"为啥走那么远？"

"上边说它们是黄歌，要是被别人听到，告上去，可不得了。"

晓芳就说，"行，明天下工后吃了饭，我们早早走。"

我说："就怕又开会批林批孔。"

"不开了，偷偷走。晚上黑乎乎的，那么些人，队长不一定能发现。"

"那就冒一次大胆。到时候你在庙门前等着，看我给你使眼色，你就前边先走。我后跟上撵你去。"

商量好后，我让晓芳先回庙去，我后回。待晓芳走一会儿后，我跳过个田埂准备绕过庙墙角去，却发现不远处的大柳树下，躲着个黑影儿，我没在意。回去后，钻进自己地铺里去。过了一会儿，卷毛进来了，挺沮丧的样子，我问他上哪儿去了，他说没上哪儿。等脱了衣服，钻进了被窝，卷毛伸出胳膊来狠狠捣我一肘子，审贼似地问："罗晓芳是不是把那根黄瓜给你吃了？"

我一愣，狡辩道："没有啊，什么黄瓜？"

卷毛就再没问我什么。半夜，我就发现卷毛老是翻身。

三

第二天下工后，我装模做样地看了会儿美术字写法的书，又把自己鞋子上的泥巴用块砖头刮刮，看着大家不注意了，就出庙门去，发现晓芳早急猴猴地在庙门前的空场子里来回遛达。我抬了一下下巴，示意让她先走。我估摸着晓芳已经走出一段路了，才绕进一片苞谷地，向晓芳追去。晓芳在前边一个机井旁边的果园墙下等着我，见我来了，就说，"等得人好急。"

我说，"你老实说昨天那根黄瓜是不是卷毛给你的？"

晓芳哧哧笑了两声；"他问你了？"

我说，"我感到他都觉查到我俩了。刚才你在庙门前时，卷毛眼珠子贼叽叽地盯着你看，你没发现？所以我出来时绕了个大弯，怕他跟踪上来。"

"那就赶快走。"晓芳拽我一把，我顺势就拉起了晓芳的手。晓芳的手绵绵的，又似一股电流通向我的全身——没想到第二次拉手这么自然，这么快地到来。我拉着晓芳向远处的荒滩地跑一般地奔去，跃上一道高高的田埂，穿过一片玉米地，绕过几家农舍，引来几声狗吠，又跃下去，过了一条乡间小路，穿过一片高高的白杨树林，走过一段沙洼地和满是鹅卵石的戈壁滩，回头望去，大庙就在我们的视线里变成了很小很小的一个点。其它农舍啦，果园啦，刚刚从身边穿过去的高高的玉米与哗哗流淌着的水渠，就都离我们远去了，只有远处的祁连山还是那么高大。

不远处，就是我们要去的目的地——那片大荒滩地。我拉着晓芳的手，速度慢了下来，刚才一路小跑有点儿累了。

我们慢步走进大荒地，四下里望望，满眼枯黄了的芨芨草，有几丛被放羊的取暖点了火，只剩下黑黑的茬头。几棵在地上死了的胡杨树残骸，弯弯扭扭，象人的僵尸。还有些破碎了的旧木板，几处沙土包，我怀疑那是几个乱坟头，上边长着些稀疏的蓬蒿与骆驼刺，旁边围着几丛红柳与沙棘。一股旋风从沙包后边刮了过来，裹着沙丘上的黄土，向我们扫过来。我和晓芳没躲得及，旋风过后，我的眼睛里有点涩，嘴里好象也钻进了沙子。我揉揉眼睛，又吐两口唾沫，晓芳也拍打着自己的头发。我说，"我们换个地方，往那边走走，这里可能是个乱坟岗子。"

一句话说得晓芳立马害怕起来，连忙抓住了我的胳膊。这时候，从她的脚下蹿过一个沙婆子——戈壁滩上一种似蛇，又比蛇短小，长出四只爪子，但并不伤人的小动物。晓芳吓得尖叫一声，跳起来躲沙婆子，等看着那沙婆子钻进了不远处的一个沙洞里，才拽着我的胳膊说："我们赶快走吧。我害怕。"

我安慰她说："有我呢，你怕啥？好不容易来，你不想听我给你唱那几首曲子了？"

其实我心里也有些犯怵。刚下乡时，老乡花蛋的媳妇病死了，村里年老的人说小媳妇是长年被疾病折磨死的，身上有鬼魂附体，不能入祖坟，就抬到这块大荒地里架着柴禾烧，一直从早晨烧到晚上。弄得整个村子里那几天里就似有个幽灵在盘旋，而且老太太们还编出各种各样唬人的段子，说是哪天哪天，谁谁谁大早晨去荒地里拾柴禾，遇见了那个小媳妇，小媳妇还跟她说话了如何如何，吓得我们不信鬼的知青们都天一擦黑就不敢出院门去。

我就带着晓芳避开去，绕到离此处远点的一个沙土梁边，刚要坐下，晓芳疑惑地四周了望一下，又看看脚底下，问："不再是个坟头？"

"哪能呢。"我安慰晓芳："这一看就是放羊的为避风垒起来的土包，你别怕。我刚下来时，跟上村里老拐去到滩里的羊房子放羊，一遇到刮风，就用羊鞭戳，用手扒地垒起个土丘来挡风，每一次都在上边多拍两把土，慢慢地就变高了，象个坟丘。其实它不是，我能辨别。"晓芳就犹犹豫豫地上前来，在我旁边坐下来，说："赶快唱，唱完了走，我真有点害怕。"

我就开始哼哼。

晓芳说："你大声点，把歌词唱清楚了，不会有人听到的。"

我放松了，渐渐放开嗓子，唱了起来：

火车呀火车你慢些开，

让我再回头看看我的娘。

娘和儿啊儿和娘，

年老的母亲，

白发苍苍！

十六年的恩情永不忘，

娘把儿从小哺育成长。

何年何月才能相见，

辛酸的泪水湿透衣裳……

我的野嗓子和有点走调的歌声在空旷的荒滩地里，产生一种在别的地方所没有的奇特效果。唱完之后，感觉远处黄昏中被黑黑的浓云缠绕着的祁连雪峰，都悲凄凄的。我发现我自己都被歌曲打动了。以前我也曾在没人处小声哼哼过它，也用口琴偷偷地吹奏过它，可哪一次也没有这一次的效果这么强烈，可能是此处没人，放大了声音，加上周围阴凄凄的环境烘托造成的。我发现晓芳听我唱完后，竟然怔怔地不说一句话。我问她："咋样，感受？"

半天，晓芳才愣过神来，似乎是在自言自语："还有这样的歌，以前从来都没听过。"

"好听不？"

"好听，不过，咋和平时我们唱的那些个歌不一样？听着就让人觉得要掉眼泪。"

"还想听不？"

"当然想听了，你赶快接着唱。"

我就又唱起了新的一曲：

我要到那遥远的地方去把那锄头扛，

告别了我那可爱的姑娘与家乡。

姑娘远远地望着我，

有话不敢当面讲。

姑娘啊——

你别难过，也莫悲伤。

我们的友谊我永不忘。

待到那来年的花开时，

我重返家乡，

滨河路上去徜徉……

又一阵沉默，沉默过后，我接着唱另一支：

走一山，又一山，

望不尽的大荒滩。

汗水湿透了我的衣裳，

有谁来可怜我！

吃的是苞谷面，

穿的是烂衣衫。

碗里没有一滴油，

还得把累活儿干。

三九去压沙，

三伏去犁田。

春秋两季也不得闲，

水利工地把石块搬……

唱完了我又唱下一曲：

阿哥啊好阿哥，

收到你的来信，

泪水打湿了它，

我是一个资本家的女儿哟，

怎能与你相配！

世上的花儿有千万棵，

我不是属于你的那一朵，

阿哥哟好阿哥，快快忘了我

……

我一首接着一首地往下唱，就发现，晓芳的眼里，渐渐地噙满了泪花。不一会儿，从兜里掏出个小花手绢来，拭开自己的眼睛。我停止了吟唱。

晓芳一边揉着眼睛，一边说："这些歌咋都那样伤感。"

"那就不唱了，说些别的吧？"我收起了口琴问晓芳。

晓芳说，"说些别的就说些别的。"

我就问了一些晓芳她家的情况，她妈是干什么的，她爸是干什么的，家中几个兄弟姊妹等等。

问完了晓芳的情况，晓芳就返回头来问我家的情况。

我爸被撵出学校到废品收购站后，找了我后妈，生了四个弟妹。自从我爸娶上后妈又有他们的子女后，就一直对我非常不好，家里的累活脏活都是我来做，好吃的爸妈都锁起来给弟妹。小小年纪，我的内心积压了许多常人难以想象到的悲苦。我爸对我的虐待达到了别人难以置信的程度。插队来时，我就象笼子里放出的鸟一般，并不象刚才歌中唱的那样和家人难舍难分。从小到大，我始终有一种扑进一个人怀中倾诉一番，大哭一场的愿望。可是，在我过去的生活中，没有这样的人！我的亲妈在我六岁的时候，就丢下我跟别人跑了，所以，在我懂事之后到插队，没有接触到过一个哪怕稍稍喜欢我的女人。异性在我的生活中是一个空白，我渴望她们但又觉得她们很神秘，对她们有一种敬畏感。插队后通过给陈玉霞挑水，紧接着又被派到基建队上来，跟晓芳分到一个架子车上干活，我那枯井似的心里，才有些情感的慰藉。我真恨不得此时，将我小时候遭受到我爸对我的虐待，痛痛快快地向晓芳倾诉出来。可是，我讲不出口。

我抓了一把黄土扔在半空中，那把黄土随风飘走了。黄昏时的荒草滩，天空中一片阴霾，枯草在沙岗上随风摇曳，几片发着卷的黄沙枣叶，落在我怀中的胸襟上，我拈在手中把它揉碎了。

半天，我调整下情绪，心里犹豫着该不该把我家的历史给晓芳讲讲，让她知道我的祖上还是皇亲国戚，做过很大很大的官，我身上还有着爱新觉罗的血统，在晓芳面前树立点形象。又想，不能讲，晓芳要知道了我的爷爷和我爸的情况，会不会不敢再跟我好？有关我爷爷和我爸的事情，我一直对青年点上的人守口如瓶。下乡时和下乡后填的有关表格中，我把我家的成分都填的是"小职员"，其实，"四清"时，我家的成份就重新做了修正，定的是"旧军官"。有关我家的情况，只有蚊子知晓一点。

我还犹豫着，晓芳就说，"我们回吧，天晚了，我真有点害怕。"

"有我呢，你怕啥？"

"有你我也害怕。咱们还是走吧。"

我只好起身来，晓芳就又把手伸给我，我拉她起来。走时，被一个小土丘绊了一下，晓芳就另一只手也伸过来，紧紧地将我的胳膊搂紧了。地上坑坑洼洼，我们跌跌绊绊地相拥着往荒滩外边走，过一条干沙沟时，我拉她猛了一点，晓芳一个趔趄，被我拽进了怀中，脸擦了我的脸一下，我下意识地搂紧了她，浑身象通了电一般，晓芳脸怔怔地看着我，小声问我，"你想干啥？"

我脸红了，停了下来，心咚咚咚直跳，犹豫着该不该嘴凑上去，在她嫩嫩的脸颊上亲上一口，就在此时，却听到有人大喝一声，"好你们俩，躲到这里来干事情！"

我和晓芳同时浑身一哆嗦，紧忙松开手去。是卷毛，身后还跟着个马秀兰。镇定之后，我气恼恼地责问："卷毛你想干什么？"

"干什么，就抓你们来的。老实交待，刚才你在唱什么？"

晓芳不干了，"爱唱什么不什么，干你什么事，还用你来跟踪我们？"

卷毛这才知趣地说："是队长让我们找你们来的。晚上要开批林批孔会，就缺你们俩。队长刚才都发脾气了。"

当天晚上，我闭着眼睛却脑子里乱想着，很长时间才入睡。睡梦中，就感觉到下边又被条恶狗咬住了，咋甩也甩不脱。意识清醒些后，我才明白过来，卷毛那狗损的爪子又在我的老二上攥着。我狠狠地踹了他一脚，把卷毛给踹醒了，我骂道："卷毛，我警告你，下次你再这样，我就拿刀剁了你那 x 爪子！"

卷毛揉巴下眼窝，清醒过来，诞着脸说："他妈的罗晓芳都让你撬了去，还不兴让我摸一下你鸡鸡？"

"什么是我撬了？你不就给人家挑了两担水，再有啥？"

"再有啥，那根黄瓜呢？我咋没给马秀兰给她了？"

"反正人家说跟你没个啥。"

两人经这一折腾，也没了瞌睡，天好象也快放亮了，就诞起嘴来。卷毛在被子里长叹口气，"我知道，罗晓芳长得好点就心气高，就喜欢个你这样文绉绉的。其实你那两下子也就哄个罗晓芳去行呢。一个当地丫头，没见过个大世面。你办的那墙报，上边有多少错别字，别人没看出来我可是看出来了。哥们不揭你短罢了。"

"下次我跟队长说，由你来办？"

"我办就我办，你以为我没你那两刷子？"

说着，就又要习惯性地伸手来揪我那玩意，我又一把打脱了，骂他一句："你这狗损是不是心理有点变态？"

卷毛回骂我："你才他妈变态，就觉得攥在手里好玩。我上学时住宿，身边有个小子被子薄，冷天里就钻进我被窝来，一来二去的就沾了这么个毛病。人家每次都乖乖地让我捏，还说挺舒服。"

"那你咋不把那小子拉来跟你一起插队给你解心慌？"

"本来要来，他家中不让。"

"人家父母肯定知道了你这损不要脸的行径！"

卷毛不辩解，手又在下边不老实起来，我又把他手搡了过去。卷毛就厚皮赖脸地央求："让我摸，摸了我让你拉我琴？"

"滚你妈的，摸你自个儿的去！"我骂了一句转过身去。

卷毛从后腰硬死死地抱住了我，我还要反抗，卷毛悄悄说："别软的不吃吃硬的，把你唱黄歌的事给上边汇报上去，让你吃不了兜着走。"

我浑身一哆嗦，卷毛却又嘻皮诞脸地安慰我："哥们跟你开个玩笑，看把你吓成啥样。"手就又伸了过来，我屈服了，让过了卷毛那只手。卷毛搂着我，一只手攥着我下边，说："真的让你拉琴，说话算话。再睡一会儿，我又瞌睡上来了。"

让卷毛攥着我的老二我咋也睡不着，等过了一会儿，听见卷毛打起了鼾声，才把他那手轻轻地挪开去，重新入睡……

四

自从大荒地上回来之后，罗晓芳就挺关照开我。吃饭时，她说自己不喜欢吃这菜那菜，把我叫到大庙后边，将她自己碗里的菜往我碗里夹；见我衣服肘子磨破了，找来块布补上；我的草帽太破了，她不知从哪弄来一顶新草帽给我；我干活时不小心手扎进了刺，她细心地捏着我的手为我挑出来。还说准备哪天有空了给我洗洗被褥——我那被褥实在是该洗了。我就有一种我那跑了的亲妈又回来了的感觉。晓芳对我无微不至的关怀照顾和小时候我爸对我的虐待形成十分鲜明的反差，我常有一种扑进晓芳怀里痛痛快快哭诉一场的冲动。

我妈跟别人去了南方，后我家和爷爷又分了家，我的厄运就来了，境况越来越差。老爸常常对我不是咒骂，就是拳脚，我记不清长到 16 岁下乡之前，挨过他的多少次毒打。有一次老爹回家，他发现我没有做饭，却抱本书在入迷了的看，一下子就将那本小说抢过来，一边撕，一边往炉膛里扔。我争辩说那是借同学的，他也不听，撕完了书就过来，拎起我的耳朵，又几脚踢到我腰上，我当时感到我的耳朵已经被他拧下来了似的；我和街坊的一个小孩子打架后回家，明明是那小子先欺负我，在我蹲着时候从背后往我脖子里撒尿，而且打架时我是吃了亏的，头上被那小子用土块撞了个大包。可是，我妹妹给他告状后，他不听我的辩解，就对我一顿拳脚，还把我拎起来在肩头又扔下去，摔得我半天喘不上气来；我给我弟弟打奶子时，实在抵不住那香味的诱惑，就抿了两口，端回来后他发现奶子少了，就狠劲括我几个大嘴巴子，直打得我鼻血如水般地流，他都没说是心软一下；他发起脾气打起我来，拎着什么东西就用什么东西，有一次用捅炉子的铁棍打得我脊梁骨上肿起一条条的疤痕，很长时间了我都不敢在同学面前脱衣服。他还常常将我赶出去，不管是什么天气什么季节。记得最深的是有一次，大冬天晚上十一点多了，我后妈告他嫌我洗被子时没洗干净，我辩了两下嘴，他就将我一顿拳脚逐出家锁了院门。我又冷又冻，在大街上满世界找能躲风取暖的地方，最后找到一个没有房顶的破房子里，里边有一堆麦草，就钻了进去过了一夜，第二天就感冒了，头疼，浑身发冷。回家去，他连问都没问我昨晚上是在哪里睡的。还是我后妈实在看不过去了，给我找了两片药服下。我钻进被子里去，一个劲地抹泪，还不敢哭出声来，泪水把眼睛都蜇疼了。一位初中同学找了工作约我们到他的宿舍里去玩，我见到他的宿舍的第一个念头就是：我要把他巴结好了，以后遇上我爸晚上赶我出来，就有地方过夜了！我穿的衣服，是我们班上同学中最破的，别人给我起个外号叫"花子"，因为我满身的补丁。我爸还不让我和他们睡一个炕上，嫌我脏，将我打发到院子里一个放杂物的小屋子里，冬天冻得要命夏天热得要死。我盖的被子又破又烂，棉絮套子中的虱子生得捉都捉不及，常常咬得我半夜睡不着爬起来捉它们，第二天早晨起来后，两个指夹盖红红的全是血。我老爸又爱喝酒，又爱抽烟，常常将他那一帮酒友们邀到家中来喝酒。有一次，他将我逐出家后，我饿了一天，也不敢回家，在巷子口遛达，看着我爸如果从家中出来后，好偷偷回家去，吃点儿剩饭，因为我实在是太饿了。这时候，就看见我爸和几个他的酒友从家中出来了，我急忙躲在一个墙角角里，好象是听着他们要去看戏。我爸来到我面前，我没有来得及躲过去，被他发现了，我以为又要遭他一顿训斥，可是他望望我，也许是良心发现了，从身上掏出了一毛钱，对我说，"去，买个饼吃。"

　　我大喜过望，忙用双手接住了，刚要往口袋里装，他却将那一毛钱重新要了回去，又从口袋中半天摸出个五分硬币来，给我，说："去买个冰棍吧。"又训我说："看你那讨吃样，赶快回家去，回去后把那些剩菜吃了，把锅洗了，洗干净了，别再惹你妈生气。"

我蔫蔫地低着头听他训斥，训斥完，老爹和那帮人走了，我转身狠狠心，将手中的那五分硬币扔进了身旁的臭水沟里。

我们教音乐的老师偶尔发现我特别喜欢乐器，他对我说，回去给你爸说说给你买把二胡，我教你。我回家去，在我爸喝了点酒高兴的时候，颤颤兢兢地将老师的意思给我爸转达了。我的心都吊在了嗓子眼上，没想到，我爸竟然答应了。为此，我那天晚上高兴得都一晚上没有好睡。

第二天，我就等着我爸去给我买二胡，心里那个盼呀。那是一个星期天，好不容易盼他起来了，看他脸色好，我就试探地问，"爸，你昨天答应了，今天就去给我买二胡？"

我爸说："买就买，你急个啥？"

我心想，这下好了，他肯定会给我买的。

我爸磨磨蹭蹭地洗脸刷牙上茅房，等吃过了，才去上街。我在家中等得那个急，就好象钟表的针都不转了，盼着我爸回来。好不容易盼他回来了，我发现他胳肢窝里夹着一条烟，并不是一把二胡。我急着问，"爸，给我买的二胡呢？"

我爸轻描淡写地说："急什么，下个月发工资再说。"

我浑身从头凉到了脚，知道他这是骗我的话，以前，他就经常这样搪塞我。那把没有买来的二胡，成了我心中永远也抹不去的痛……

所以，我特别特别地看重晓芳对我的好。上工时，往架子车上上土，我拼命地来快了抢铁锨，推着架子送土时，格外地使力气，等推到地方车往上扬起倒土时，我也特使劲，总是想让晓芳轻松点，少用点力气。我发现晓芳和我有同样的心思，也和我做着相同的努力。我突然感到过去挺累人的水利工地的活，干起来比以前轻松多了。虽然那天在大荒地里原本可以亲晓芳一下让卷毛搅和得没亲上，但我心里就好象早已亲过了晓芳的感觉，特高兴，特愉快。这几天天天晚上收工后，开批林批孔会，会上基建队长老让我念报纸，所以躲不掉，等开完会，就到了困觉的时候，实在没有和晓芳单独晚上出去的机会。我在心里期待着，过几天晚上不开批林批孔会了，瞅个机会再约晓芳到大荒地去唱"黄歌"，这次不去里边，就在边上唱，一想到此，我浑身就特激灵！

还没把晚上和晓芳出去约会的机会等来，一天早晨起来，基建队长就通知我，让我回生产队去，说是我们小队的粮吃完了，让我回去拉粮回来。晓芳要跟了去，基建队长不让，说就几袋面，我一个人去就能拉回来。

我给晓芳说，我可能下午就回来了，晓芳就眼睛直勾勾地瞅着我，好象要送我上远路似的。

回去后给队长老乔说了，老乔说队部仓里的陈麦子没有了，新麦子都在场上，还没打出来，让我到场上跟上看场的赵埋汰先碾上点送上去。我就跟上赵埋汰套来驴打场。打完了，下午又在磨道里赶着驴磨面。等磨好了面，太阳已经下了西山，我把放粮袋的架子车拉到知青点院门前，进来到厨房猴急地扒了两口饭，就想拉上架子车回基建队。点上的人围了上来，蚊子说："连驴都歇了，张一凡你还不歇？明天早上再送不成？"

陈玉霞这两天做饭，一边收拾着厨房，一边就悻悻道："基建队上有人勾着魂呢。"

"不就是有个罗晓芳。"蚊子说。

"蚊子你别胡说。"我辩解道："基建队长吩咐了的，让当天就赶回去。”

陈玉霞就又酸酸地说：“蚊子你别拦他，拦了他，他今晚上还不又折腾得你一晚上睡不好觉。”

我就知道蚊子给陈玉霞把前几天我和晓芳回来时，夜里折腾他的事给陈玉霞讲了，指了蚊子一指头：“你给陈玉霞胡埋汰我啥了？我跟罗晓芳啥也没有。”

玉霞就道：“啥也没有罗晓芳那天也翻来复去地在炕上烙烧饼？”

我就不吭声了，但心里甜滋滋的。

其实，在白天我打场和在磨道磨面时，陈玉霞就几次溜到我身边，一会儿送个箩卜，一会儿送缸糖茶，一个劲地套我话，问我是不是跟罗晓芳好上了。我吞吞吐吐，模棱两可，把她弄得猴急。

蚊子说：“别走了，今晚我们有行动。”

“啥行动？”我问。

蚊子眨巴下小眼睛，神秘道：“你留下来就告诉你，走就不告诉你。”

我就欲出门去，蚊子从身后拽住了我，“真的，不骗你。我和大头、马大有谋划好了，半夜去鳖子家后墙边摘果子。”

身边的大头点了下头，说，“鳖子家那棵果树上的果子长得可红可大了，上工路过，把人的口水都馋得直流。”——大头原名王建设，头长得大，大家给他起个绰号叫大头。

马大有也说，“留下吧，人多了壮胆。”——马大有是我们点上最蔫的一个，人特老实，一般都是附和大家，自己从来没什么主意，是行动的执行者。

蚊子就埋汰他：“你马大有天生就是个怕死鬼，胆子小得跟个老鼠，几件事情上，我算是把你给领教够了。”

　　两人还要呛呛，我拦住了，问："丁志雄知不知道？"——丁志雄是我们点长，个头矮矮的，爱练两下拳脚，遇事挺有城府，是点上的主心骨。

　　蚊子回答："告诉了他我们不就去不成了？他浇水去了，晚上不回来睡。"

　　我犹豫起来，想到了卷毛送晓芳，晓芳又转送给我的那根黄瓜，心里一激灵，留上一晚上，虽然晚见会晓芳，弄点果子回去送给晓芳，也能表表自个的心意。想想自己身上几乎没有一分钱，除过能给晓芳送俩果子，还能有个啥送？蚊子又在一旁撺掇，就把粮车拉回到院子里，留了下来。

<h2 style="text-align:center">五</h2>

当天晚上，夜深人静，我们几个就趁着月亮摸出青年点，溜到花鳖子家后墙下去摘果子——花鳖子走路腿有点跛，别人都说是年轻时嫖风从墙头上掉下来落下的毛病，平时不太讲卫生，鼻邋涎水挺埋汰，但和我们青年点上的关系还可以，老来点上蹭吃蹭喝，所以知青们才敢于去偷他家的果子。只是他老婆可是个悍妇。春天里青年点上顿白水面条，下顿苞谷面糊糊，饭里不但没油水，也没一点菜，实在忍不住，大头和卷毛就去鳖子家自留地里偷摘了几个青辣椒和豆角，被鳖子老婆瞅着了，撵到青年点上来，指着窗子没把两人骂死，话要多难听有多难听，羞得点上的其它女知青都钻进房里不敢出来劝她。

　　来到鳖子家的后院墙跟下，果树有两枝子长得爬过了墙，红红的果子果然长得十分诱人，我的口水就先下来了。事先几个人做了分工，大头和蚊子各守在两头的墙角处了哨，以防鳖子家的人还有他家那条大黑狗蹿出来。马大有用肩头支着我，顺着墙根爬起来，由我踩着他肩膀去枝条上摘果子。之前我将上衣扎紧在裤腰带里，摘了果子就从领口往前胸的衣服里装。要是以往，我最多帮着了了哨，不会亲自去摘果的，但今天我有个小九九，摘上果子后，可以往其它口袋和裤裆里多藏下几个，几个人分时不让他们发现，昧下来，到时候就可多给晓芳几个。所以就自告奋勇担当了摘果子的角色。

各就各位后，马大有就蹲下身子。我扶墙踩在马大有肩头，他直起身子，送我到树枝下，我就来快了摘起来。摘果子时，肯定再小声也要惊动那狗叫唤，但以前果子青的时候，大头和蚊子就来摸过一次，说那狗只要你停止了动作，不出声，它就会停下叫声来。你再要弄出声响，他才又叫唤。鳖子家人就是发现了有人偷果子，要从屋里出来，还要开院门，还要从前边绕到后墙下来，咋说也得段时间，不等他人赶来，我们就跑了。

果然，尽管我十分小心地避免弄出声响来，还是惊动了那狗，"汪、汪汪——"地在院子里叫了两声。我急忙停止了动作，屏住呼吸，猫了一会儿。只听鳖子在屋子里喝自己狗："叫啥？"那狗不吭声了。我就又抓紧摘起来。过了一会儿，又弄出了些声响，那狗就又吠起来。这时鳖子从屋里出来了，往后墙边了望，我紧忙又住了手，趴在墙头上，大气不敢出一声。院子里被几棵果树遮得严严实实，鳖子看不明这头，我也看不清院内。过了一会儿，狗不叫了，鳖子好象是又重回了屋里，我就又开始摘。可是，院子里又有些动静，判不明了情况。我心有些发虚，本来想通知身下的马大有放我下去，但一想到没摘到多少，要几个人分，就是自己昧下几个，也多给不了晓芳几个，就冒了个大胆，继继来快了速度摘。谁知这时候，就听蚊子大叫一声，"不好，鳖子把狗放出来了！"还没容我反应过来，马大有就一轱辘扔翻我，自顾不暇扯趟跑了。我被重重地摔到了地埂上，就感觉到脚脖被扭了，一阵钻心的痛。接着，我就被那恶狗扑倒了，胳膊上被狠狠地咬了一口。几个人反应过来，重新回来营救我，用土块石头打走那狗，上前来扶我起来。月亮下见我胳膊上流着红红的血，一个个吓坏了。我一边忍着疼，一边骂马大有，"你 x 损真不是个东西！关键时刻就只顾自个，哎哟——"我骂完了马大有又直呻唤。

蚊子就也骂马大有："一点都没说错你，狗损胆子小的就跟个女人似的。"

大头在旁边附和："连个女人还不如。"

马大有为自个儿做辩解："你俩胆大跑啥？你们先跑我才后跑的！"

几个人骂骂咧咧争争吵吵着，又由马大有背我起来，蚊子和大头两边扶着我，往青年点上撤。回去后，在灯光下，一见那胳膊上的血嘴印，几个人全傻眼了，血糊糊的，我全身打了个颤悸，又狠骂马大有："你个 x 损，自私得要命，一听狗来，就扔了我自个儿跑，你还算是个男人！"

马大有就又辩解："我哪里是想跑，实在是那损狗太凶，扑来得太突然，我一点防备都没有。"

回到点上，点长丁志雄回来了，晚上浇水冷来取大衣，见状，直呼，"坏事了坏事了！你们把大祸闯下了！我昨天刚刚听蹩子说的，他家的狗得病了，可能得的是狂犬，不吃不喝，见人就咬，连主人都咬。张一凡你得赶快打狂犬疫苗。不然，非死不可！我大舅就是被狗咬了没有打疫苗死的。"

我一听，就吓瘫在了椅子里，半天，才身子发着抖，眼睛里涌出了泪："我不想死，我才十六岁。我真不想死，咋办，你们得给我想个法子……"我想到了晓芳，我都还没来得及亲上她一下。

丁志雄就骂几个道："明明知道鳖子家有狗，还去偷。想偷不会走远点，到外村没有狗的人家去偷。兔子还不吃窝边草呢。"

蚊子说，"干了一天的活，把人乏的，哪还有精神头去外村偷。也就是看花鳖子家的果树枝条长出墙头来，挺诱人的，才去偷的。"

"我的命都保不住了，你们还有心说偷不偷的，赶快想办法送我打疫苗吧！我求你们了！"

大头还在埋怨马大有，"看那么大个砣，关键时候才是个损包！只顾了自个儿跑，将张一凡扔下让狗咬。"

"行了行了，别埋怨了，我都要死了，快快救救我吧！"我的泪水就哗哗地滚了出来。几个人慌了手脚，没了主意。丁志雄派马大有重去隔墙将鳖子喊出来，叫到青年点上核实。

过了一会儿，鳖子被马大有领来了，看着我的胳膊，有点儿幸灾乐祸，先就说："让你们偷！你以为我家的果子长在墙外边就没人管了，想偷吃就偷吃。专门有个'警察'二十四小时看守着呢！"

大家伙就急着说，"唤你来是证实你家的狗这几天得没得病，是不是乱咬人。人命都要关天了，你还挂记着你那几个破果子！"

花鳖子眨巴下眼睛，又抹一把眼睛上的苍蝇屎，道："昨天我还给丁志雄说来着，我家的狗这两天可能就是犯了病，乱咬人。连我们主人都咬。"

大家伙一听，全怔呆了，没了主意，想找队长老乔，老乔的家在邻村，再说，就是找着他也没用。商量一阵，就上饲养场里套驴车送我去打疫苗。

套好驴车，因丁志雄是点长，他就让马大有替他去浇水，我又和蚊子好，就由他和蚊子俩人陪着我去。把我扶上驴车，往大队部赶。

到了大队，队部里空空的，别说是赤脚医生了，其它人也连个鬼影子都不见。两人一商量，就是找来赤脚医生，恐怕也不一定有疫苗，还是直接把我往公社卫生院里送。

三个人重新上路，鞭子抽得小毛驴四个蹄子不得闲，得得得在公路上将小车拉得飞快。一不小心，轱辘底下绊上了块石头，将驴车崴了个人仰马翻，三个人瘫在路上抱头的抱头，抱脚的抱脚。那驴脱了辕，掉头就往回奔，我们几个瘫在地上，等反应过来，驴早都跑得不见了踪影。我掖在裤腰的衬衣脱出来个缝，果子撒了一马路，急忙爬下身子去摸回来，可是，四外黑乎乎的。丁志雄就说，"张一凡你命都保球不住了，还忘不掉你那几个破果子！"

"准备孝敬罗晓芳呢。"蚊子挖苦道。

我不吭声，继续在马路上摸找。心里也想，就是，自己小命都不保了，还摸找个啥，几个破果子。可是，就是不由自主地要去摸找。蚊子和丁志雄两个人坐在架子车上叹息着，我就伏着身子，忍着疼痛在马路上不断扩大范围了摸找。功夫不负有心人，真还摸找回来了不少。丁志雄骂道："摸摸摸，你就摸你那几个破果子。驴都跑回村去了，咋办？回球，你张一凡死了拉倒！"

我这才反应过来，明白过来问题的严重性，从腰里摸出两个果子来，分别递给蚊子与丁志雄，以示讨好。两人接过去放在衣袖上擦了擦，咬起来。蚊子就说，"晚上喝的两碗面条子，稀得跟啥似的，一泡尿就没了。"

气撒了，嚼完了果子，丁志雄只好和蚊子换着拉我。蚊子一边拉，一边说："听说这一带常有人扔死娃子，招狼来。"

几个人立马害怕起来。

走着走着，就见前边一个灰乎乎的东西挡在前边。拉车的蚊子不敢走了，回头说，"我咋觉得前边好象是条狼？"

他这一说，我浑身打了个颤栗。蚊子问丁志雄："咋办，不行就回球？"

"我的命，我要我的命！蚊子我和你是一个座位上坐下的。"我急着叫道。

"跟你逗个玩笑。"蚊子说。

丁志雄怔了一会儿，去到路边上，捡了一块巴掌大的石头，说："你们等着，我过去看看。"就缓缓地靠了上去，一会儿，回来后骂蚊子，"走球。啥狼，一个破化肥袋子。还说人家马大有胆子小，你蚊子他妈也是个损包！"

两人将我拉到卫生院，公社的卫生院比较正规，晚上也有值班大夫，可是，却没有疫苗。大夫用碘酒把我的伤口洗了洗，抹了些紫药水，用纱布包了包，扭了的脚脖上也处理了一下，嘱咐我们还得上县卫生防疫站去打疫苗。

这可咋整，离县城那么远，十多公里路，又是个大上坡，二人拉我到县城去还不累死。我心想，我今天这小命弄不好就得完，丁志雄说了，被狂犬咬了的人，如果不及时打防疫针，百分之百的死。想想在这个世界上，刚刚才遇上个疼我的人，却还没来得及享受她对我的好，就要撒手人寰，特特的伤心，特特的悲凉。蚊子问，"咋办？"

丁志雄说："咋办，只有再往城里拉拜。"

"那不把人给累死！"

"累死也得拉。不然张一凡这损的小命就完了。"我感激地望上丁志雄一眼，急忙又从裤腰里摸出两个果子递上。？

丁志雄拦了回来，说："你他娘的别紧着溜须了。"又转头对蚊子说："我们把架子车扔在卫生院，去到马路上碰碰运气，说不定有进城掏城粪的皮车，拦下个拖拉机更好。"

“对对对。”我一激灵，说，“上次袁老二进城去起城粪，好象就是半夜去的。城里人嫌脏。起城粪一般都在半夜起。”

两人就扶着我出了卫生院，堵在大马路中间截车。夜深了，马路上根本没有啥车了。不过，还真算有运气，截了二十几分钟，终于截下了一辆皮车，一问，果然是去城里拉城粪，一拔人在城里半夜起茅房，车把式负责驾车来回地拉。老乡听了我们的情况，很同情，就让我们上去了。晃晃悠悠地到城里，天就快放亮了。车把式一直把我们送到县防疫站，说：“我得赶快走，那帮人都在等着。”

我们千恩万谢地送走了老头，进防疫站来。防疫站上有值班的，也有疫苗。可是，打疫苗时，人家要让掏五块钱，几个人傻眼了。丁志雄口袋里只有两块多钱，蚊子口袋里只有一块多钱。我则是身无分文。防疫站的说了两句，也就给打了。说是还有两针，下次打时把钱补够。出了防疫站，蚊子问，“咋回？”

丁志雄说：“咋回？想去坐早晨的班车，倒是满舒坦，可口袋里有钱吗？”

听丁志雄撂出这么一句，我心里疚疚的。

丁志雄又说：“刚才咋忘了没问那皮车在哪里起粪？”

蚊子说：“到马路上再去堵，说不定还能堵个拉粪回去的皮车。”

丁志雄说：“也只能这样了。”

几个人就又到马路上堵，堵了一个小时，还真巧，又把那辆拉粪的皮车给等上了。不过，这次，是拉着溜尖的一车粪。车把式给我们把尖上的粪平了平，几个人四处找能屁股底下坐的东西，找了半天没找着，车把式把自己屁股下的个化肥袋子用刀子割开下边的一层，扔给我们，三个人挤巴着坐上去。大粪熏得人发恶心，也顾不了那么多了。

车走开了，蚊子说："张一凡，你的果子来，掏出来让大伯吃两个。"

我就急忙掏出两个果子来送上去，车把式谦让一番接住了。我就又掏出两个来让蚊子与丁志雄，两人接过去，在袖口上抹了抹，嚼起来。丁志雄嚼了两口，问我："你咋不吃？"

我回答："你们吃。我不想吃。"

"省着给罗晓芳呢。"蚊子说。

丁志雄就说："球，几个烂果子。自己小命都几乎没了，还想着那么多。"

我说："蚊子你胡说个啥？我就是不想吃。臭哄哄的。"

蚊子反驳我："我们都饿得肚子里呱叽呱叽，我就不相信你不饿？"

"不饿。"我说。

丁志雄就说，"张一凡你个穷鬼，打防疫针时，兜里竟然连一分钱都掏不出来。也只能给罗晓芳送这几个烂果子。"

我听着这话，心里酸酸的，一瞬间就非常非常地恨起我那老爹与后妈。狗日的我插队时，就象是扔拉圾一般，只给了我十块钱，插队后跟上全点的上了两次城，坐了几次班车，钱就没了。害得我连牙膏都买不起，蘸着盐刷牙。袜子破得大洞套小洞的，没钱买新的，要是别人，早都扔了。一双球鞋也是补了好几个疤子，缝了又缝还都在穿。一双手套早都磨得戴不成扔了，还有其它许多需要添置的东西，真发愁冬天来了咋办。半年了，他们连个信都没给我来过一封，更别说给我汇钱了。让我抻着脖子天天盼着决算。想到这里，我眼睛都有点湿乎，但对丁志雄和蚊子说，"放心，你俩的钱我决算后肯定还。"

丁志雄说："你看看你，说你两句，你就多心了，那钱还要？

就算我俩救济你了。"

　　蚊了也随声附合："就是，还什么还。"

　　丁志雄就又问我，"张一凡你家里条件是不是和大头一样，很差。咋就兜里一分钱也没有？"

　我不回答，鼻子酸酸的。

　　回到公社卫生院，取了架子车，两个人重拉我往回返。路过大队基建队大庙时，我就要蹦下去。蚊子说："你不要那两袋面了？"

　"我这腿都瘸成这样了，咋拉？让基建队长重派人去拉。"

　　"在基建队咋干活？还不回点上养着去？"

　　"我铺盖在这。"

　　"尽量找借口。"蚊子说："那两针咋办？"

　"到时候我自己坐车去打。"

　"补的钱你没有咋办？"

　"到时再想办法。"我想到了晓芳。

　　他两个拉着空架子车走了，我才摸着数裤腰里的果子还剩几个，还好，有十多个。心里乐了，见了晓芳全给她！

六

　　我太想早点见到晓芳了。可是，晓芳和其它人已经去上工。大庙里，静静儿的，没一点儿响动，只有大庙外用茅草泥巴砌就的简易木板厨房里冒着些蒸汽。我瘸着腿，到自己的地铺上去，发现自己一双破了几个大洞的臭袜子，被洗了补好放在枕头边上，一双脏球鞋也被洗过了放在铺边上，心底涌上一股强烈的感动，手里拿着那双补好的袜子，似乎整个身子都在那一瞬间颤慄了。我激动得热泪盈眶，长这么大，谁对我这么好过！

我走出去，站在大庙门口了望守候，急切地盼着晓芳归来的身影，觉得太阳咋就粘在蓝天上不动了。

我重回到地铺上，摸出那几个果子来，如数家珍般地又端详一阵子，果子一个个红鲜鲜的，就是诱人口水，从昨晚到今天，我还都没有尝上一个，馋馋地把它放到鼻子上嗅了嗅，重又挪开去放进口袋中，心想，我不能吃，我吃掉一个，就会给晓芳少给一个。端详一阵，我将它们又小小翼翼找张旧报纸包好了，去到晓芳她们住的那边，找到她的铺，掖在晓芳的铺底下，心里暖暖的出来。过了一会儿，又觉得不妥，如果是让别人先于晓芳发现了，晓芳不就吃不到嘴里了？特别是那个大嘴马秀兰，若发现了，还不几下就嚼个光。我就又重去到女铺那边，从晓芳铺底下取出果子来，想，还是亲自交到她手里的好。取上果子钻出来后，却发现卷毛怎么回来了，我下意识地把那包果子往裤腰里藏。卷毛早看见了，上前来，狐疑地看着我审问："你咋了，胳膊上脚脖上都缠着纱布，吓人倒怪的？为啥现在才回来，刚才你往腰里藏啥？"

我知道卷毛错怪了我，只好把昨晚的经过如实招来，又把掖在腰里的果子也亮出来给他看。卷毛明白过来后，就笑了，说："刚才我可真是怀疑你了。我就说呢，你张一凡平时象个人似的，再穷，也穷得不至于偷鸡摸狗吧。"

"你把我想成啥了！"我气恼地说，又问："你咋回来了？"

卷毛就说："队长让我来取把镐头，碰上了一块大石头，用铁锨咋挖都挖不下来。把果子给我，我给你带去给罗晓芳。"

我不让，说，"嗯，说的倒好，还不带到你嘴里去了。"

卷毛就央求："给两个，让尝一下，把人馋得。"

"不行。"我抱紧了腰，防着他。这一举动反而提醒了卷毛，就上前来抢。我使劲躲着他，但脚脖子被扭了，胳臂上也被狗咬了，哪里是他的对手，眼看果子被卷毛抢了去，就在下边骂道："卷毛我操你妈，你今天要是抢了它去，我就跟你玩命！"

卷毛见我发这么大火，一怔，才住了手，悻悻地说："谁让你拿出来撩人？不见也就不想了，见了又吃不上，馋人！"

我扯扯被卷毛撕巴皱了的衣服，看卷毛那样儿，于心不忍，只好从腰里摸出两个果子来给他，说："只能给你两个，本来就不多几个。吃了就吃了，千万别再告诉马秀兰，不然，她也又要。"

卷毛一边接，一边说："这还差不多，不就几个破果子，都让你拉琴呢。"

我就说："你说话可算话。"

"那天不说了嘛，让你拉。"

卷毛走了，我没跟去，我怕工地上人多，给晓芳果子时又让别人发现抢了它。再说，我的腿也瘸着。··

捱到中午，终于，看见一群人扛着铁锨走回来了。远远地，我一眼就认出了人群中头上系着一条红围巾的晓芳。那条红围巾在满身尘土的人群中，在身后祁连山峰白雪的映衬下，是那么耀眼夺目，象舞动跳跃着的小红旗。

晓芳随着人群来到了我身旁，大吃一惊，问我，"你咋了，腿上和胳膊到处是药水纱带的？昨晚为啥没回来？"

我立刻就有一种见着亲妈了的感觉，眼睛湿乎起来，嗓子哽咽着，把昨晚发生的事情又给晓芳讲了一遍，晓芳吓坏了，就数叨我，"你看看，就为几个果子，几乎搭上条命。"

我就表白："我本来是要昨晚回来的，都要出门，硬让蚊子给说动心的，其实主要是想摘回来给你吃。"晓芳听了我这一句话，显然大受感动，眼睛直勾勾地望着我。我就又感激地问："是你把我的球鞋洗了，还把我那么破的袜子都给补好了？真都不知让我咋感谢你。"

晓芳笑笑，说："本来还想把你的被子褥子也洗了，没时间了。"

一个农民从我们身旁走过去时揶揄我俩："收工了不回去吃饭，尽唠啥，肚子不饿呀？"

这时候卷毛和马秀兰也走了过来，卷毛就酸兮兮地说："张一凡有好东西要给罗晓芳送呢。"

马秀兰就上前来，冲着我鼓起的口袋要掏，一边说："不就是几个破果子，拿出来，大家伙一块儿享用。"

我攥紧了口袋不让其掏，一边拿眼睛剜卷毛。

卷毛嘻皮笑脸地说："啥大不了的事，吹胡子瞪眼睛的。过两天果子下来后，我到农民果园子里买一筐来，够你们吃。"

晓芳就在旁边对我说："拿出来吧，大家伙吃，都是一个点的。"

我只好把那剩下的十几个果子拿了出来。马秀兰就瞪着眼睛瞅着果子说："就这么几个破果子，看你把它捏得牢得啥宝贝似的。"

"它就是我的宝贝，不想吃拉倒。"我莫名其妙地发起了大火。

基建队长见我没把粮拉来，却瘸着回来，把我训了一通，另派卷毛下午去拉粮。腿瘸着实在不能去上工，就在大庙里歇着。晚上卷毛拉粮回来，告诉我一个好消息，说鳖子家的狗好好儿的，根本就没得什么病，是鳖子怕我们去偷他的杏，故意放的风。本来，还有两针过后要去城里打，这一下不用去了，我心情一下子彻底放松了下来。我想好了，吃完饭后，如果再不开批林批孔会，就约晓芳溜到大庙后边的柳树下呆一会儿。因为脚瘸着，也不能走远了。

　　可是，偏偏晚上，巡回放映队的又来到了基建队上，要放电影。要是平时，我巴不得看电影。能看一场电影，是我们盼星星盼月亮的事，就象小时候盼着过年一般。可是，今天，我却有些失望。我太想晚上约晓芳出去了。

　　庙门前的两个树杆子上架上了幕布，场子中央放上了桌子，放映机。下工后的人们，不吃饭，先纷纷将砖头石块往场子里搬着占地方。然后，才一个个抱着海碗坐在上边吃饭。卷毛也去搬石头，一边搬一边吩咐我道："盯着点，别让旁人捞跑了。"

　　因为收工晚，吃饭慢的还没有扔了饭碗，电影就已经开始了，人们急猴猴地都去场子里找自己的座位坐。晓芳还没吃完饭，我去到她身边，悄悄问，"你想不想看电影了？"

　　晓芳反问我："你想不想看？"

我回答："想是特想，可是我更想……"

　　"更想干啥？"晓芳一边吃饭，一边抬头望我。

　　"我更想我们俩出去单独呆会儿。"

　　"那就走，不看了。"晓芳又不无遗憾地说，"其实我也特想看它的，我还真一次也没看过《闪闪的红星》。"

　　这时候，卷毛在外边的场子里喊道："你们俩还磨蹭个啥？再磨蹭地方就被别人挤没了！"

　　我就只好说，"那就看吧。"

　　晓芳看我有点失望，就补充说："要不看一半走？到时候你从后边捣捣我腰，我就知道了。"

　晓芳就去伙房放碗，放完碗，和我去和卷毛马秀兰一道并排坐在四个大石头上看电影。电影看了一半，我就想伸手去捣晓芳的后腰，可是扭过头去看她的脸，我发现晓芳已经完全被剧情吸引住了。电影上正在演胡汉山在烧村子，杀潘东子的妈，此时音乐也特悲壮。晓芳两个眼睛直勾勾地盯着银幕，湿湿儿的，真是不忍心拉她走。加上我自己也真是舍不得走，就忍住了。电影放完了。灯亮后基建队长让每个人把自己坐过的石头往场子外边搬，晓芳这时候才问我："你咋刚才没捣我？"

我说："我看你看得投入的，都哭了，没忍心叫你。"

"可不咋的，把人都迷住了。多长时间了就没看过这么好的电影了，真吸引人。"说完又补充一句，"明天晚上吧。"

我说："就怕明晚又开批林批孔会。"

晓芳就说："不管它，就是开会我们也溜出去。大不了再挨一顿骂。"

"好，一言为定。"我说。我太想跟晓芳单独出去了，好将那天在荒地里将要发生的事情完成了。

可是，第二天中午，基建队长就叫我打铺盖，让卷毛用个架子车拉着送我回青年点养着去，重换个知青上来。我不想回去，央求说："队长，没事，我这腿再有两天就会好的，明后天只要稍稍能走，不疼了，我就去干活。"

队长不耐烦道："你留着不就想和罗晓芳在一起？你这样碍手碍脚还影响别的人干活，赶快收拾了铺盖走人。"

没折，我只好服从，卷毛和晓芳帮我捆扎行李，放到庙门前的架子车上后，晓芳安慰我说："我会找机会回去看你的。再说，我们总不会老在基建队呆着，总有回点的那一天。"

晓芳目送着卷毛推起架子车拉着我，走远了，她才摆摆手，回过头去上工。我坐在架子车里，一直盯着晓芳的身影不见了，才转过头来，卷毛目睹了晓芳送我的一幕，酸酸地说："脖子扭疼了没有？早都走远了，还一个劲地看。"

我不理睬他，只顾想晓芳，心里空落落的若有所失，直后悔听了蚊子的撺掇去偷那果子，不然，在基建队上呆得好好的，就可天天跟晓芳在一个架子车上干活，多好！

"俩人好上才有多长时间，尿水都快掉出来了。不至于吧？"

"滚你妈的 x，谁都象你！"我狠骂卷毛一句，卷毛就再不吭声。

我半躺在车中，想着晓芳。走了一会儿，卷毛又和我诞起了嘴："老实说你摸过罗晓芳了没有？"

我转过神来，害羞道："我是你，不要脸？"

"那天在荒地里两人想干啥？"

"想干啥，啥也不想干。"

"啥也不想干，啥也不想干去那么荒凉的地方干嘛？"

"你不是都看见了，也就是说了说话，唱了会儿歌，那歌不能让别人听见了。"

"哄鬼去，要不是我和马秀兰找上去，我不喝一嗓子，两人就啃到一起了。"

一提到此，我心里就又恨起卷毛来，"你他妈的真不是个东西！"

"我不是个东西？别忘了刚开始是谁给罗晓芳挑水。"

"人家说了，对你根本就没那份心思，是你一厢情愿的。"

卷毛就叹口气，酸溜溜地说："罗晓芳有个啥，不就长得好点。一个当地丫头，土兮兮的，连个普通话都不会说。"

"那你还贱兮兮又挑水又送黄瓜的。"

卷毛就转过话头，"你相信不相信我摸过马秀兰了？"

"啊？"我大吃一惊。

这时候，路过一条水渠，卷毛就顺势放下车子说，"歇歇，到渠里洗把脸，喝上点水再走。"说着就猛地放下了架子车，故意要摔我下去的样子。

我喝道："我掉下去了。"

"摔死活该。"

我笑着说："咋了，我哪惹着你了？是队长派你来的，又不是我要让你拉我的。"

卷毛放下车把，到渠沿上弓着身子去撩起渠水抹脸，又捧着双手喝了两口，回过头来问我："你想喝不喝？"

我说："我不渴。"

"你他妈躺在车上大爷似的当然不渴了。洗脸不洗？"

我回答，"也不洗。"又着急地追问："话说了一半不说了，我急等着听呢。你说你摸了马秀兰了，人家就让你摸？"

卷毛诡诡地撇一下嘴，冲我笑笑，吊我的胃口，回到车边来，坐在车把上，说，"你老实告诉我，你摸了罗晓芳了没有？你告诉我了，我就告诉你我咋摸马秀兰的。"

我真想听他是咋摸马秀兰的，他咋就这么快又跟马秀兰粘在了一起，但又不肯给他说我只是拉了拉罗晓芳的手，其实到现在为止还连罗晓芳的脸蛋都没亲上一下，怕他知道了实情杀个回马枪，在我离开基建队后又趁虚而入粘乎晓芳，就不吭声了。

卷毛一边用衣袖抹着脸，一边望望远处的祁连山，说："你看，祁连山这会儿多好看，一个山峰连着一个山峰，山顶处的雪多白，象玉一样，要是能爬上去看一下就好了。"

"四千多米呢，多陡，你给我爬！"我说。

卷毛抹干了脸，从口袋里摸出张事先裁好了的小纸条，又从另一只口袋里掏出个小纸包，里边放着些土烟丝，攥起一撮来，放在纸条上，卷巴着，拧好了，嘴对上去一抿，用唾沫粘好了，叼在嘴角，一边掏火柴，点着了，深深地吸上一口，吐出来，突然就说："马秀兰她特主动，你相信不？"

"咋主动的？"

"想听？"

“真想听。”

“想听就先坦白你跟罗晓芳的关系，到哪一步了，都干了些啥？坦白完了我再给你细细讲，马秀兰是咋主动让我摸她的。”

我说：“弄了半天你还是想套我，我偏不讲。”

“你不讲，那我也不讲。”

“你先讲，你讲了，我就讲。”我对他咋摸马秀兰的抱着强烈的好奇。

“说话算数？”

“算数，哥们啥时候骗过人。”

“狗屁，那根黄瓜是咋回事？”

“那么件小事也叫骗？”

“那还不叫骗？把罗晓芳都神不知鬼不觉地骗到手里了，我还在那里傻乎乎地给她一个劲地献殷勤。早知道那根黄瓜她给你，我喂狗也不给她，把我气坏了。”

“赶快讲你的吧！”我不耐烦地催促道：“你再不讲我就不听了。我也不给你讲我跟罗晓芳的事情，急死你去。”

卷毛这才眨巴下眼睛，讲起来：“其实马秀兰早都对我有意思，我们在没来基建队时，就亲过一次嘴，你们哪里知道。”

“我的天。”我叫道，“在点上时不是大头老给马秀兰挑水？”

“别看大头抢着给她挑水，老乡们也把他俩编排在一起。马秀兰亲口对我说的，大头太穷又太粗了，还从茅房墙缝里偷看她们女知青屁股，所以根本就不喜欢他。本来乔队长刚开始派我们来基建队时，就没有马秀兰。她看我来，才主动要求老乔派她来的。”

“第一次亲嘴是咋回事，先讲讲？”

“那是刚插队后不久的一天，收工后，你们都前边走了，我和她落在后边，她就穷逗我。我一不小心，她就从后边往我脖子里扔一把沙子，我反回头去追她她就跑。把我给撩逗痒痒了，她再一次上来时，我就猛扑上去拧住了她的胳膊，把她按在了沙窝里。她挣扎着，我突然发现被我抓在怀里的马秀兰一瞬间变好看了，就顺势亲了一下她的脸蛋。马秀兰吃一惊，在下边骂了我一句：'你耍流氓'。我一听她这么说，更来劲了，就说：'要耍就耍到底'，又狠狠地在她嘴上亲了一下。亲过她放她起来后，我就后悔了，觉得她并不怎么好看，比起罗晓芳来差远了。从那以后，马秀兰就粘乎我得厉害，我对她老实说没多大兴趣。但她要粘我，我也就跟她随便玩玩。"

"你这损也太随便了，玩世不恭。"

卷毛深深吸一口烟卷，凑上前来，吐出一口来，几乎喷到我脸上，我躲避着用手扇了几下，骂卷毛，"滚你妈的，别调戏我，我不是马秀兰，赶快往下讲。"

卷毛又吐两口烟雾出来，飘到我面前来，又渐渐散开去，然后往下讲："马秀兰也知道我心思不在她身上，但她就是爱跟我在一起，知道我对罗晓芳有心思，老挖苦我，也和你一样的屁话，说我是剃头挑子一头热，那天跟我去荒地，见到你和罗晓芳搂抱到一起，回来后，没把她乐死！第二天上工歇息时，她就约我绕到工地后边一苞谷地埂上，要和我说说心里话。我说去就去。去后，说着说着，她就说她小肚子上靠肚母脐处有个大瘊子。我不信，我说一般好象瘊子只长在手上胳膊上，没有听说长在肚母脐处的。她说不信你就来摸摸。我就伸过手去。可是她的皮带系得太紧了。我挤不进去。她就自己又解开了她的皮带。我的手得了宽松，伸进去摸，果然在她的小肚子肚母脐处有个小肉瘤。我摸了一会儿，手就控制不住地继续想往下探，马秀兰就眼睛那样地看着我，问我：'想干啥？'我停住了手，以为她不让我再进一步了，回答说：'不干啥。你的肚子上的皮肤滑滑的，软软的，手放在上边感觉真好，我想它肯定比你脸上的皮肤要白得多。'马秀兰就鼓励我：'想摸哪就摸哪，别找借口了。'我得了允许，一下子手就去了想去的地方。你知道我发现了什么，呆？女人的那玩意咋跟人的眼睛一样，会流水出来！我摸上去的时候，马秀兰的那地方就跟个涝池似的。"

我听着，两腿之间，胀胀的。

卷毛接着继续说："我摸了她好长的时间，后来又出来去摸她的胸脯，好家伙，她那玩意平时看上去也不算多大，怎么我一摸，它就能鼓起来？真是让人开眼了。那两个奶头大的就跟平时我们在老乡家才能吃到的发面馍头似的，煊煊的，捏在手里，简直舒服死了。"

卷毛一边说着，一边出其不意地扑上前来，一伸手，就攥住了我的下处，笑着大叫："我的天，比我上次看到的那叫驴的家伙还硬！"

我一把打脱了卷毛的手，羞红了脸。

笑了一阵，我又追问，"后来呢？"

"后来？后来她就系好了裤带，我们就回来了。"

"再没有往下发展？"我问。

"还咋发展？"

"你装什么孙子！"

卷毛笑笑："我知道你要问的是什么。没有，我硬是控制住了。你想想。要干那事，就得怀孕，她一怀了孕，我不就被拴住了！我还做不做当兵或上大学的好梦了？要是跟罗晓芳嘛，我也就认了。跟她，真不值。"

"又要摸人家，还又不跟人家真好，你太不是个东西了。"

"我说完了，该你了，老实交待，跟罗晓芳发展到啥步骤了？为啥才几天时间，依恋罗晓芳就像恋亲妈似的，是不是把啥事都干了？我真羡慕你这狗损，要啥没啥，就会吹几下破口琴，办个破板报，就把罗晓芳给迷住了。罗晓芳的底下是不是也和马秀兰一样，一摸就出水？”

“滚你妈的蛋，你把别人想得都和你那么下流。”

“赶快讲，你答应了的，不讲是孙子。”

我犹豫一下，交待说，我和罗晓芳，其实……”

“其实什么？”

“其实还没发展到你和马秀兰的程度。”

“你没摸过她？”

“没有。”我肯定地说，“罗晓芳可不是马秀兰。”

“嘴肯定亲了吧，啥感觉？”

“也没有。”我说。

卷毛一轱辘翻起身来骂我：“扯屁谎，你张一凡这损我早就发现不讲实话，那天在大荒地里那叫干啥？”

“就是那会儿，是第一次，想亲，让你这狗损和马秀兰给搅和了。你知道当时我多恨你。”　　　　　　　　　“真是队长让我们找你们开会的。”

“得得得，你还不是见罗晓芳跟我好了，醋不叽叽的去堵我们的。”

卷毛就说，“原来你们之间也才没个啥。”

我就把那天晚上回点上过水渠时，和晓芳拉手的事给他讲了。卷毛听完了又说：“这么说两人也就是拉了拉手？”

我默认。卷毛就说：“这么说来，罗晓芳还没完全属于你，哪天我非把她按到沙沟里亲一口。”

我心里咯噔一下，威胁说，“你敢！”

卷毛诞皮赖脸道，“咋不敢，我不都按倒亲了马秀兰。”

“罗晓芳可不是马秀兰。”

　　"女的其实都一样，一个个装的。我算明白了，你硬亲了她她反而会对你好，就那么薄薄一层纸。"

　　"你要那样我跟你玩命！"

　　卷毛看我认真的样子，道："跟你开个玩笑，看把你气得脸涨得象个猪肝。"

七

　　卷毛送下我，说话还算数，将他的小提琴从锁着的箱子里取出来，叮嘱我一番，和同点的其它知青唠了一会儿，就和换我的大头两人一道拉着架子车走了。我真羡慕卷毛和大头，能和晓芳在一起干活，我盯着他们推着架子车走远了。点上的知青也都拎铁锨上工去了，青年点的院子里一下子没了人。点上虽有陈玉霞留下做饭，可是，上次我回点上，看完电影我上茅房她候在门口要跟我说说话，我推脱了她，第二天那么早我就叫晓芳起来走，她好象估摸出了点啥，前天回来磨面时，她从我嘴里套话，我对她也不冷不热的，好象她给我的瓜子糖都白让我吃了，一点回报也没有，所以，陈玉霞也就心好象对我冷了，我回来后也不咋搭理我——现在是蚊子在给她挑水。这会儿她跑出去不知干什么去了。面对着空落落的院子，我的心就也开始空落落起来，这种空落是以前从来没有体验过的。我就把卷毛的提琴拿过来，小心翼翼地拉起来。拉着拉着，我突然就有一种强大的动力，对，下功夫拉，争取等下次见着晓芳时，就能拉完整的曲子给她听。我就摸索着在琴弦上找着音，学着拉了起来。

　　在养腿不能上工的几天时间里，我就没明没黑地拉它。一天，吃完了午饭，想再去拉琴，却怎么也找不到了提琴。我急着问他们每一个人，都说没有见到，我悻悻地骂道："真是见鬼了，难道是让老鼠拉走了！赶快拿出来，人家卷毛反复交待了的，要是弄坏了。你们赔得起吗？"

一个个还是没人理我。

等他们上工后，我又四处寻找，还是没有，心里就特别的烦躁起来，在院子里转出转进，又百无聊赖地拄着根棍子到村头去，向基建队的方向了望。看了一阵，除过个白雪裹顶的祁连山还是祁连山，也觉没意思，只好又踱回去，拿起本不知以前大家翻了多少遍，磨得没皮没毛的名叫《沸腾的群山》的小说来，躺在铺上了看。我看了几页书，瞌睡上来，扔了书本将要合上眼睛的时候，却发现我寻找的东西在房梁上别着，我几乎笑出声来。我站起来，试把试把，够不着手，掀起铺盖，将地下一条腿坏了用绳子绑着的凳子拎上炕来，站上去，我刚将提琴从房梁上取下来，脚下的凳子却突然啪哧一声响，裂了，我被重重地从凳子上摔下来，又从炕上滚到了地上。提琴也掉下来，砸在我的头上，砸得我头木木的，提琴又掉在地上，摔破了，露出断了的茬口。我同时感到脚脖子一阵钻心的疼。瘫在地上半天都没起来。我心里叫苦，这下全完了，咋给卷毛交待。

声响惊动了睡觉的陈玉霞，急忙从隔壁女生宿舍跑过来，看到我瘫在地上，上前来关切地问我咋了，又把摔碎了的提琴从地上拣起来看。我连声说，"完了，这下完了。提琴摔坏了，没法给卷毛交待了。"

陈玉霞急着说，"你看你头上的血，还惦记什么提琴不提琴。"急忙重跑回去，一会儿，拿来一团棉花，又找来瓶红药水，说是插队时从家中带的，就是预备有个伤什么时用的，在我头上涂了红药水，又从哪里找了点白布条，说是一条旧布单上撕的，将我的头箍了两圈，包了起来。她包扎的水平太差了，几乎整个脑袋只露出两个眼睛来，而且那红药水抹得白布条上到处都是。这时候我的脚脖子也开始不怎么难忍的疼了，我就揶揄她："你把我都快包成个人民公敌蒋介石了。"

陈玉霞就笑着吓唬我："呃，刚才我看了，伤口大着呢，咧着象个娃娃嘴。等他们回来了，你还得让人领着到大队赤脚医生那里去看一下，上点药，再重新包扎一下。"

我心想，你还不是想跟我逗着多说会儿话。

等大家晚上下工回来，一看我半躺在炕上，头上缠着满头的白布条，象个印度人，又看到白布条上到处是红的，还以为都是血，一个个吓坏了，问是怎么回事。我不说话，气恼恼地坐在炕上，手里攥着那把摔坏了的提琴。

几个人就相互埋怨起来。埋怨来，埋怨去，就把罪责推到了蚊子身上。

我就气咻咻地骂蚊子："你他妈闲球没正经把个琴嘛好好的藏什么？"

大家就一个个忍不住地噗哧出声。

蚊子就说："你他妈没完没了白天拉了晚上拉的，拉得又那么难听，谁的耳朵能受得了？简直就象是鬼夹到门缝里了。你没发现，晚上我们几个都跑出去躲来着？实在是难听得不成，听得人心里毛哄哄的。"

我这才反思自己，前几天只顾了自己用功，侵犯了众人的利益，结果就遭到了大家伙的惩罚。我哭丧着脸道："这下咋办，卷毛本来就不太情愿让我拉他的琴，走时还反复交待了我的，我拿啥赔他！"

"你的头都大成这样了，还顾了他的琴！他回来后我们几个给他说。你现在当务之急就是跟我们几个赶快到大队部去看赤脚医生。万一有个三长两短，我们咋给你父母交待。”丁志雄说着又发牢骚，“张一凡这损这两天是咋了，三天两头的折腾人！”

几个人就商量着要去饲养场套驴车重拉我到大队部找赤脚医生，我哧哧一笑说，“别小题大做的。都是陈玉霞不会整，把好多红药水染到白布上，不是血。”

大家伙这才也跟着笑了起来。

我说：“就是脚脖子又崴了，这会儿疼得厉害。”

大家就又忙乎开了，找盆的找盆，找毛巾的找毛巾，说热敷一下能管用。蚊子觉得对我不起，想补偿一下的意思，说：“我那口琴归你了，你就留着吹吧。反正我不会吹。”

我心里就稍稍好受些，以前是借他的，还小小翼翼的，总怕给他弄坏了。以后口琴就彻底归我了。

第二天，大家伙上工去了，陈玉霞就主动进屋来跟我搭讪，再不问我和罗晓芳的事，主动提出要给我象昨晚那样敷脚脖。我同意了。她就给我取盆来，倒热水递毛巾的很是热心，最后直接手伸上来为我敷，后来，就又进了一步，一边敷，一边搓起旁边的部位来。一边搓，一边还用那样的眼神望着我，望得我都低了头不敢直视她，心里感觉到陈玉霞确确实实对我还有那份心思。偏偏这时候马大有进来了，陈玉霞也不避讳，当着马大有的面该干啥干啥，用手抚摸着我的脚脖子，好象心疼似地说：“好家伙，多大个包，这能不疼吗？这要多长时间才能消下去。”弄得我在马大有面前很是尴尬。我就想到了晓芳，晓芳她要是知道了陈玉霞抱着我的脚脖子揉搓，心里会咋想？

以后的几天里，陈玉霞在别人一上工后，就溜进我们房间里来，一边给我敷脚脖，一边跟我没完没了地瞎聊，间隙还让我给她吹口琴。有两次，耽误了做饭，大家伙干了一甲活肚子饿饿的回来，她却还没把饭做好，弄得大家对她有了意见。

不过，陈玉霞尽管给我敷脚脖使我对她很有好感，可她的手触摸到我的皮肤时，我却绝没有拉晓芳手时那么浑身电流通过般的感觉。我心里惦着晓芳，想要是晓芳给我在旁边敷脚就好了。以自己的境况，就推理基建队上的情形，对卷毛在送我回来半道上水渠边丢下的那句话嘀咕起来——他会不会真的寻机会突然按倒了亲晓芳？那小子我知道，脸皮厚得似城墙，啥没脸的事情都能做得出来。

几天后的一个晚上，卷毛就和晓芳回来了，他们听说了我被摔了。卷毛看着那把破了的提琴，又看着我肿得高高的脚脖，不好再对我发作，就埋怨那几个，"你们是咋球回事嘛，没屁事不去抱个土块洗，把个琴放在房梁上干球啥？"

大家伙又解释一番，一边解释一边笑，说是实在不堪忍受我的摧残。逗得卷毛与晓芳也在旁边笑了起来。卷毛就又转过头来埋怨我："你他妈的对啥一旦迷起来就没个人样了，当时学口琴那会儿就吹得跟哭丧一样，害得人回来就得用棉花将耳朵塞起来。"

我说："我知道你心疼你的琴，决算了我就赔你！"

卷毛就再不说什么。

我小心地问，"咋只你们俩，马秀兰没来？"

晓芳回答："生气了。"

"为啥？"

"不为啥，就是生有些人气了呗。"

"生谁的气？"

"不知她生谁的气。"

卷毛就在旁插了一句，"她爱生气不生气，我才不理会。"

我就觉得不大对头，我明显感到晓芳对我不是我期待的那样热乎，见我头上缠着白布条也没显出多么吃惊的样子，见我脚脖子肿那么大也没伸过手来摸摸，比起陈玉霞的热心肠差远了。又说了几句话，晓芳就被几个女生给叫走了，我的眼泪都差不多没掉下来。

晓芳走后，一个晚上再也没过来。我特伤心，天天盼日日想着她回来，可是回来后，却对我是这么个态度！我的脚都崴成了这样，陈玉霞都给我敷脚脖，还给我将袜子都拿去洗了。可是她连安慰我的话都没多说上一句。加上说马秀兰生气，我就心里没了底，我怀疑卷毛又开始粘开晓芳，这小子是不是真象他说的那样对晓芳动了手脚？我只觉得眼前天昏地暗……

临睡觉时，卷毛借口没被窝，要钻进我被窝和我一起睡。我弄坏了人家的琴，也不好拒绝，知道卷毛这损不老实，我没有脱裤子，就钻了进去，而且把自己的裤带系结实了。卷毛钻进我被子，发现我没脱裤子，就问我："你为啥睡觉不脱裤子？"？

我回答，"不为啥。就是不想脱。"

躺下去后，我就在心里琢磨着，试探性地问卷毛："你们回来的时候，走的是哪条道？大路还是小路？"

"常走的那条。"

"常走的哪条？"

"你上次和她回来时走的哪条就是哪条。"

"水渠里有水没有？"

"有，可大了。"

"晓芳是不是过水渠上那个窄水泥板时还害怕？"

"就是，特怕，我也拉她了。"

"你小子故意气我。"

"谁气你了？不信你去问罗晓芳。"

我觉得天在旋，地在转，世界要崩溃。

卷毛还煽火："罗晓芳的手可绵了，不知你上次拉她手时感觉到了没有？绵得跟个面条似的，握上去就是跟马秀兰的不一样。马秀兰的手握在手中就跟个镰刀把一样。"

我不吭声了，心里难过得要命要命！

卷毛又诞皮赖脸地说："呃，哥们，跟你做个交易？你也不要赔我提琴了，把罗晓芳重新让给我？"

我捣他一肘子，疼得卷毛"哎哟"一声，岔着气忿忿道："狗日的张一凡，你赔我琴！那琴十几块钱呢！"

"赔就赔，决算了就赔你。"

"说话算话？"

"不赔我是你孙子！"

两人再无话。很快，卷毛就扯起了呼噜，我却咋都眼睛盯着窗户纸入不了眠，胡思乱想分析着卷毛究竟是在骗我，还是真拉了晓芳的手。如果没拉，晓芳为啥对我态度突然来了个一百八十度大转弯？后半夜我才迷迷登登地睡着，又做起了恶梦，梦见自己的下边又被啥东西紧紧地拴住了，咋挣扎也甩不脱，出了一身的汗。意识清醒后，就发现睡前系得紧紧的腰带已经被解了开，卷毛那损的那只脏手正紧紧地攥着我下边。我气得狠狠地掐其一把，疼得卷毛"哎哟"叫了一声。捣了我一拳，手就又伸了前来，嘻嘻笑着哄我说："不让你赔琴了还不行？"

"滚你妈的 x，别老拿个琴来整事！给你说了老子决算了就赔你！"

卷毛嘻皮诞脸道；"好，你不让我摸，我回基建队去摸罗晓芳。"

"人家让你摸你就去摸！"

"你看她让我摸不让我摸。"

　　声音吵醒了蚊子，翻个身揉巴着眼睛不耐烦道："你们两人半夜三更的干球啥。白天干的活不累是不？"

　　两人悄悄不吭声了。

　　我再也没有睡着，过了一会儿，就试探地悄声问："你真拉罗晓芳的手了？"

　　"岂止是拉了。"

　　"还干啥了？"

　　"我偏不告诉你，急死个你！"卷毛迷迷糊糊地回答我。

　　我心里七上八下，心里揣摩卷毛的话是真是假……

　　天还没放亮，卷毛就和我上次那样，起来穿衣服上茅房，然后去敲女生宿舍的窗户，吼叫："罗晓芳，罗晓芳，起来走了。"

　　我呆在被子里别提多难受的滋味，耳朵听着门外的声音。等一阵开门声、说话声、走出院门的脚步声之后，我就一轱辘翻起身来，想跟踪两人去。其实那条水渠离村子头并不太远。我忘了自己的脚脖子还没好，下炕时崴了一下，"哎哟"大叫一声，才明白过来，想跟踪出去看个究竟是不现实的。就是出去了，两人也走远了。只好重新乖乖地折回来躺下去，脑子里一团乱麻……

　　天彻底亮后，蚊子揉着眼睛一边起来穿衣服一边骂："两个狗损昨天晚上干啥来？半夜三更嘀嘀咕咕一吼一叫的，就象叫驴发情了似的。"

　　我哪有心思跟他解释，解释也解释不清，就一声不吭，任了他骂。

八

　　又过了几天，我的伤好了些，脚脖子也不怎么疼了，就开始下地去干活。一天一天地捱着，我掐着指头算着晓芳在基建队还能呆多少时日，心里揣摩着她和卷毛的关系，甚至想亲自去一趟基建队来番火力侦察。可是，一来腿也没好利索，二来每天晚上收工后，也很晚了。

就在我想晓芳想得发疯的时候，晓芳却自己回来了！

一天晚上下工后，发现青年点门前停着个架子车，架子车上放着几个行李卷儿。卷毛、晓芳、马秀兰几个正在往下搬行李。我大喜过望，一伙人也围上去，问基建队的渠还没有修完，咋突然几人就回来了？他们几个就解释一番，说先是晓芳闹着在基建队上不呆了，嫌活太累了受不了。基建队长是她家的远房亲戚，就答应了。卷毛见罗晓芳要回，也要求照顾，编谎说自己小时候割了阑尾，基建队地铺的麦草太潮，刀口疼。基建队长说他以前也没听你有刀口的事，怎么一听罗晓芳要走，你就刀口疼？数落了一通又说，"滚吧。"——卷毛的爸在卷毛插队后从兰州来过一两次，把大队干部都搭兑好了的，所以，对卷毛也就网开一面。马秀兰一看卷毛也要回，就也不呆了，说都是个知青，自己还是个女知青，也要求照顾，基建队长一挥手，"都滚！"所以，三个人痛痛快快地回来了。

我心里惊喜万分又吃不准晓芳是不是真为我而回来的，再也耐不住了，心里盘算着一个计划，要抓紧付诸行动！

当天晚上，一个点上的人分开了几个月，大家伙凑在一起问这说那，没有机会单独接触到晓芳。第二天，晓芳留下来接替陈玉霞做饭，中午回来吃饭时，卷毛就又给晓芳往水缸里挑了两大桶水。我心里酸酸儿的，晓芳曾答应过的，回来后让我给她挑水，怎么又让卷毛给她挑！我感到我与晓芳的关系已经岌岌可危。

下午上工时，我中途借口喝水，躲过别人的眼睛，绕道回青年点，心里咚咚直跳地来找晓芳。紧张得要命。进了院门，院子里静静儿的，我轻轻推开她们女生宿舍的门，发现里边没人，又到厨房去，仍然没人，正犹豫着，我就感觉到晓芳从我们男生宿舍出来了。我猜想她是去我们那房里的套间去挖面了，就急忙躲藏在厨房的门后边。晓芳果真抱着个面盆走进来了，要将面盆放到案板上去，我就上去悄悄从后边抱住了晓芳，并将自己的嘴巴凑了上去。突然，却听晓芳大叫一声，挣扎起来，"叭——"的一声，面盆掉在地上，打了个粉碎。面粉扑出来，溅了满世界，也溅到了晓芳和我的裤腿上。晓芳刚要大喊，"抓——"一扭头，却发现是我，马上厉声道："你这人是咋回事嘛，把人都吓死了！"

我傻傻地立在厨房的地上，被自己闯的祸也惊呆了，我真没想到会闹出这么一个结果。

半天，晓芳说，"去去去，赶快上你的工去！傻站在这干嘛？让人看见了！"

我就象个丧家之犬一般地急匆匆地逃出来。

那天是给割了麦子又种了秋庄稼的地里薅草，蚊子和我靠得近，看见我从青年点方向回来，问我咋了，回了趟点上，就失魂落魄的样子，象被蝎子蜇了似的。我沮丧着头不回答，烦他问我。

那天，我希望日头永远也不要落山，我感到我和罗晓芳的关系彻底完了。我一瞬间都想到了死。收工后，大家伙都回去了，我一个人磨蹭着躲在后边，在一田埂旁徘徊着。我怕回点上去，怕面对晓芳那双水水的眼睛，一直在田野里踟蹰着。

月亮上来之时，我看见有一个身影从青年点那边赶来，那身影好熟悉，我躲了起来。身影走近了，果然是晓芳，她手里抱着什么东西，四处向田野里张望，并且不停地喊着："张一凡

——张一凡——"

我只好钻出来，又吓了她一跳，晓芳问我："你收工咋不回去？"

我低着头不敢看她望着我的眼睛，晓芳就说："我到老乡家买了几个鸡蛋，煮了等你，就是不见你，几乎让他们发现，藏在灶底下。一直等他们吃完饭，我洗了锅，才赶快来找你，把我急坏了。赶快吃吧，要不就凉了。"

我的眼泪"哗——"地一下就直线似地掉落下来，吓了晓芳一跳，问我咋了。我眼睛湿湿地说，"我还以为你真跟卷毛好上了。我又把你给得罪下了，你从今往后再也不会理我了。"

晓芳笑笑说，"哪能呢，你想到哪去了。当时就是被你吓了一跳，面盆也打了，所以就有些生气，想这人想干啥为啥要以那种方式。"

我抹了抹眼睛，晓芳就又笑着说，"你看你，难怪卷毛在我面前埋汰你，大小伙子的，说掉眼泪就掉眼泪，赶快吃，饿坏了吧？"

我接过鸡蛋来，坚持自己只吃三个，另两个她吃，晓芳不肯，说她肚子饱饱的，硬逼着我将五个鸡蛋全部下了肚。

吃完鸡蛋后，我掏着自己的心窝子，说："我一回到青年点，你就对我冷了。那天你和卷毛一起回来，看我伤成那样，你也没安慰我几句。当天晚上探了一头就再也不进我们屋来，第二天一大早天还没亮就被卷毛叫上一起走了，我心里特特伤心。说得好好的以后由我给你挑水，可是，今天中午，看见卷毛又给你挑水，我怕你被卷毛粘乎了去，所以才……"

晓芳听得"咯、咯、咯"开心地笑了，剜了我一指头，"你呀！让你挑你能挑嘛？你的脚脖都没完全好，人家是心疼你。他卷毛爱挑就让他挑拜。"又说，"你知道那天我为啥对你那么冷的？”

“为啥？”我问。

“马大有上大队部拉化肥来过一次基建队，走后卷毛告诉我，说马大有对他说陈玉霞天天给你抱着敷脚，两人头对着头如何如何的。你们两个还一个唱歌一个吹口琴伴奏。你不知道当时我听了心里有多难受。我立即就想回点上来看个明白。晚上一个人走又害怕，卷毛就要陪我来，马秀兰不让他来，他俩就生气了。我让马秀兰跟我们一块回来，马秀兰又拗住硬不来。本来我就不想来了，可是，实在是太想回来看一眼。回来后，我见陈玉霞美滋滋样子，猛往你们房里钻，还正在给你洗袜子，气就不打一处来，我当时气得眼泪花都几乎要掉出来了，硬忍住了。”

“原来是这样，你咋不直说呢？陈玉霞是给我敷脚脖子来，可是，我对她就是感激的感觉，其它啥也没有。真的，我当时还想，要是你给我敷，才多好！”

晓芳就嗔我一眼，妩媚地抿嘴一笑，“卖嘴！”

我就急着问：“卷毛说他拉了你的手，你让他拉了？”晓芳一下子就明白了我的意思，说：“过水渠时，我是让他拉了我。拉过去后，他咋就跟你一样，不放手了，我硬挣脱了出来。”

“这么说来，他和你在我走后，啥事也没发生？”

晓芳笑笑，“你想哪去了。”

“这个狗损卷毛！那天他和你回来后，神神道道，话说一句藏一句的，哄得我真以为你和他咋样了。”

晓芳真诚地说，“人家心在谁身上，你还感觉不出来！卷毛在你走后还一个劲地在我面前埋汰你，让我兑回去了。”

“他咋埋汰我的？”

“说你窝囊，不就爱钻着学个东西。我说，对，我就喜欢张一凡这一点。噎得他再没话说了。”

我禁不住搂抱了晓芳，颤动着嘴唇说：“下午，是我不好，可是，这会儿，我特想特想亲你，让不让？”

“那就亲拜。”晓芳就顺从地抬起头来，眼睛水水地望着我。

就着田野里的清风与宁静的月光，还有月光下露出熹光的祁连山峰的白雪，我伏下头去，贪婪地在晓芳的小嘴唇上吮吸着。

我没命地亲了晓芳一阵，放开晓芳，重新坐起来，整理了衣裳，看着头顶的一弯冷月和远处静穆的祁连山，我就乐极生悲，感慨道：“我之所以让卷毛埋汰我，说我窝囊，都是我爸一手造成的。他小时候打我打得可狠了。”我说着眼睛就红了。

“看你咬牙的样子，你是不是挺恨你爸？”

“我特恨他，恨死他了。平时这种感觉还藏在心底里，这会儿，特别特别的强烈。”

“为啥？”

“不为啥，反正我这会儿一下子就想到了他，特恨他。”

“是不是因为我的缘故？”

“是，是你对我太好太好了，所以一下子就让我想到了小的时候的好多事情，反差太强烈了！”

“你愿意不愿意把它讲出来给我听？”

“讲出来有些事情你会不相信的。”

“讲吧，我信。”“

“有些事情我实在是不好讲出口。”

“讲吧，我会理解的。”

我象个受了极大委屈的孩子，给自己的亲生母亲倾诉般，把我爸小时候如何虐待我的事情，讲给晓芳听，讲到特别悲痛处，几次语塞，失声大哭，浑身痉挛，不能自已。我都能感到我的哭声在寂静的田野地里是多么的震撼。晓芳就把她的手绢递过来，让我抹眼泪。

我讲完了。心里有一种特别特别的痛快感，我真的把面前的晓芳当成了那个丢弃了我而去的妈一样，一头扑到了她怀里……

晓芳一边抚摸着我的头发，声音中带着哭腔，轻声地感慨："太不可思议了，哪有这样的父亲！"

平静下来之后，我长叹一口气，说："其实，我爷爷小时候很疼我的，可惜我爸为了划清界线和他分家了。为此，我几个姑姑特别恨我爸，所以对我也一般，基本上就没来往。后来我爷爷在七零年时跳黄河自杀了，我姑姑们就更恨我爸了，连我爷爷入殓，都没通知我爸。别人听我姑姑说，我爷爷在自杀的前几天，还在咒我爸，是'忤逆孽子'来着，后来这话传着传着就传到我耳朵里了。"

半天，晓芳说："一凡，你听着，从今往后，我就是你最亲的人。有我在，就不会让你再受小时候那样的罪了。"

我听着这句话，浑身都在颤动，紧紧地搂紧晓芳，感到她身上特别的温暖。

第二章

一

秋天很快过去了。

冬天里的活主要是起五更套车去地里压沙。每天早晨，我们俩一同到牛圈拉牛套车，别人的牛车早都前边走了，我和晓芳故意落在后边。一天中，就此一会儿是我们单独在一起的好机会。摸着黑让两个牛车在前边自个儿走，我俩就趁着这会儿没人，跟在牛车后边拉拉手，亲个嘴的，夜幕成了我们最好的掩护。这时候甚至连祁连山的雪峰也都一点儿看不见。

一次我们套好牛车，让牛在前边走着，我们在后边拉手亲嘴，我已经不满足于亲亲嘴和简单的搂搂抱抱，有一种想更多了解晓芳身体的强烈欲望。一边搂着晓芳，一边我就把手欲伸进晓芳的腰间去，晓芳就问："你想干啥？"

我嗫嚅道："不干啥，就想让我俩的关系再进一步。"

"咋个进法？"

"我也不知道，就是想进一步。"

"天这么冷的。"

"只想摸摸你。"

"摸哪儿？"

"想摸的地方。"

"你可别学卷毛和大头那样。那样我就不喜欢你了。"

"就是想摸摸，特别想摸摸你，控制不住。"

"这么冷的天。"

"就摸一下。"

“我这两天正来那个。”

“来什么？”我不明白。

“就是那个，女的常来的。”

“我不知道，你说的啥呀？”

“你是真不知道是装不知道？”

“真不知道，我不清楚你说啥。我就是想摸摸你的肚子，没别的。”

晓芳无奈，不再坚持，说：“那就摸吧。”

我就不吭声，轻轻解开了晓芳的腰带，将手伸进晓芳的小腹处……

“哎哟——”晓芳惊叫一声。

我急忙停住了，问，“咋了？”

“冰死了！”

我只想了急猴猴摸晓芳，哪里想到此时正是寒冬腊月，自己的手似个冰烙铁。

我正不知如何是好，就在此时，突然黑暗中从后边蹿过来个人影，大喝一声，“你俩在干什么？”　吓了我们一跳，急忙分开来，原来是副队长花蹩子。花蹩子又骂道：“牛都钻场上去吃苞谷了，你俩却在这里搂住了啃！看我不扣了你俩的这甲工分！”

我和晓芳急忙跑上前去赶牛，待把牛车重从场上的苞谷堆上拉回来，花蹩子就已经不见了。我就对晓芳说，“他是从刘桂花家的后墙上翻出来的。”

“是吗？”

“没错，绝对是从刘桂花家后墙上翻出来的。不然，他咋知道我们的牛车钻场上了？刚才我听到刘桂花家后墙边嗵的一声。”——刘桂花家的后院墙紧挨着麦场。晓芳就说，“桂花男人拴柱最近又不见。”

“又被撵到摊里的羊房子去放羊了。”

“桂花也太不要脸了，拴柱多老实，对她多好，不比个花鳖子强，鼻邋涎水的，看上去都恶心人。”晓芳说。

“村里人都说桂花生的三个娃个个不象拴柱，说老大象原支书，老二和老三一个象队长老乔，一个象花鳖子。你没发现？”

刘桂花在村里是个破鞋，人人皆知。我听大头给我讲，说他在看场时，一起看场的赵埋汰一天晚上寂寞了，从场上挖了一碗黄豆，吩咐大头说，“你先看一会儿场，我去去就来。”等过了一会儿，赵埋汰回来告诉他，说是把刘桂花嫖了一顿。大头吃一惊，说“就一碗黄豆？”赵埋汰就对大头说，“你以为她多金贵的身子？你想不想去，想去的话，也挖一碗去。不过得快点，别让两个队长堵上了就行。”大头对我说他没去，不能把一个知识青年混同于一般普通的农民。可是，我心里有点儿起疑，根据我的了解，大头在这方面可是急猴得厉害，比卷毛更出格，没事一张嘴就给我们说这些听来的村里人嫖风打浪的事情。有一次，我上知青点茅房，发现他贴着个墙缝往另一半里瞅，我进去了他都没发现。我一叫他，才把他吓一跳，我问：“你干啥呢，上厕所不屙屎，扒着墙缝看啥？”他就指头放在嘴上“嘘——”了一声。过了一会儿，我就听到隔墙的女厕所里响起了提裤子的声音。又过了一会儿，女厕所里的人走了，没了动静，大头才埋怨我说：“你早不来，晚不来的。”

我说，“大头你好下作，怪不得毛房墙边上原来没有缝，现在有了缝。我还以为是野猫子上墙搔的，原来是你这头骚猪干的，看我不汇报给丁志雄！”

大头就红着脸向我求情。

过后，我没把这件事给丁志雄汇报，但偷偷说给了和我关系好的蚊子。蚊子嘴碎，不知又说给了谁，反正传来传去传到女知青耳朵里去了。几个女生一段时间再不敢去上茅房，解手时都只得绕很远到村外的田里沟里的去解决。可是，那样也不安全，一次李秀萍独自去一个沙沟里去解手，就被那个媳妇病死后被荒滩里用柴禾烧了的年轻光棍花蛋尾追上去，在她正在解手时，将其按倒在地。幸亏点长丁志雄路过，听到李秀萍喊声跑过去，光棍花蛋才没得逞。出这事后，吓得女知青们之后出外解手都结伴而行。

丁志雄把大头狠骂了一顿，叫上我，利用收工的空隙，将那茅房的墙缝重新用泥巴砌了，她们女的才重开始敢上厕所。

所以我一直就怀疑大头那天弄不好真嫖了刘桂花。实话说，刘桂花长得是不赖，就是邋遢点，不洗脸，要是收拾收拾，打扮打扮，换件干净的新衣服，还真是个漂亮小媳妇。人们一年在村里就老见不上拴柱的面，不是被派上修水利，就是去荒滩里放羊的——生产队在荒滩深处有个牧羊点，砌着两间简易房，因为离村子远，有二十多里路，一般人吃住在那里，有事了才回来一次——都是让队长老乔支走的，说是挣的工分高。其实大家说刘桂花和几个队长的事拴柱肯定知道，装不知道罢了，知道了又有啥办法。每次村里半夜浇水，队长老乔前脚喊走了各家的男人，后脚就往各家的炕上钻，想钻哪家钻哪家，几乎村上看着顺眼些的女人的炕上都让他上过，这已经成了村子里半公开的秘密。我想刚才花鳖子跳墙就是为了防乔队长，而不是拴柱。果不其然，过了一会儿，就见队长老乔又不知从什么黑乎乎的地方闪了出来，见了我和晓芳，问："见鳖子了没有？"

晓芳说："刚从桂花家房后过来，朝前边到地里去了。"

老乔就没吭声，又绕了回去。

等老乔走了，我说，"老乔肯定是来堵花鳖子的。"

"你咋知道？"

"我听大头说的，是赵埋汰告诉他的，说刘桂花夹在两个队长间，挺累的。"

队长老乔走后，我又欲搂抱了晓芳继续，晓芳说，"别摸了，太冷太冷了！我现在小肚子还象放块冰似的。再说，别人都早走了，去得再晚了，队长要骂的。"

我就只好压抑了自己的冲动，不解地问："我刚才咋摸着你肚子上有块纸，你把纸嘛塞到裤裆里干什么？"

晓芳瞪我一眼："你真是个傻子！"就去到前边追牛车。

拉了几趟沙，天开始朦朦亮了，冬天的早晨天空中灰蒙蒙的，一片肃杀之气。冷风嗖嗖地刮着，吹着地里的一些碎纸片、塑料布和茅草在空中乱飞，迷人眼睛。田野里到处覆盖着薄薄的白霜。远处的祁连山头，一身的积雪，更给冬日增添了阴冷的感觉。虽然干了半甲活，但身子骨仍冻得厉害。

歇息了，大家伙拣地里的玉米根，将粘在其上的泥土打去，拢在一起，点着了，围拢在一起烤火取暖。大头与卷毛几个则去点那地埂上一丛丛的芨芨草。点着了的芨芨草在上风口，刮过来的烟熏得我们直咳嗽。我拉一下晓芳，让他到我身边的个空隙来，那里背风和火大一点儿。花鳖子这时候从另一个火堆旁钻到我们这堆里来，问我，"你们早上看见乔队长了没有？"

晓芳回答说："看见了。你刚走，他就过来了，还问起你来了。"

"他问啥？"花鳖子问。

"他问我们看见你了没有，我们说你刚过去。"

花鳖子就再不吭声了，过了一会儿，说："你看你们两个人，数数地里的沙堆，比别人少拉下几趟？还把牛放到场上去啃苞谷。别人收工了你俩得补着拉够，不然，这甲活得每人扣你们两分工。"

正说着，就听到有人起哄，原来是在地埂上烧芨芨草的大头和卷毛，不知为啥，撕把到了一起。两人从地埂撕着跳到了地里，摔开了跤。火堆旁的人，一些不烤火了，跑过去呐喊助威，有帮卷毛的，有向着大头的。这种打斗与摔跤是我们冬天压沙中最常见的娱乐方式，一来可取乐，二来可取暖。社员们可能只是看热闹，但我们知青们特别是我，却能看出今天的门道。就象那些在雌性面前争交配权而打得不可开交的雄性动物一样，我觉得大头扯着卷毛摔跤纯粹是摔给马秀兰看。在上大队基建队干活以前，大头就猛地对马秀兰献殷勤，俩人背过大家还往野地里跑过几次。大头弄到什么好吃的，也自己舍不得吃，留下来给了马秀兰。逢马秀兰做饭，也是由大头给其挑水。而且有段时间，马秀兰给大家往碗里盛菜时，也总是给大头多盛上一勺半勺的，为此事弄得大家对她都有过意见。可是，卷毛上基建队去，马秀兰也要缠着去，大头特不高兴，表现在了脸上。可能之前他已经发现卷毛插足了进来。上基建队后，马秀兰整日和卷毛粘到一起，连点上都不回来一次，把大头给撇在了一边。为此，大头专门上基建队，气乎乎地审过卷毛。卷毛赖皮赖脸说："你审我有啥用？马秀兰自己愿意跟我粘，我有啥办法？要找你去找马秀兰，她要是想跟你好，我二话不说。我对她根本无所谓。"噎得大头半天脸红红的说不出一句话来。这会儿两人死死地抱在一起，都使足了吃奶的力气想把对方制服或按倒在地，以显示男人的阳刚之气。大头不但头长得大，身板也驮，卷毛不是他的对手，渐渐，体力就有所不支，只有招架之力，没有了还手之功。大头越战越勇，还不时偷闲一刻，回头从观战的人群中寻马秀兰两眼。突然，人群中一阵欢呼之声，原来，是大头一使劲，掐着卷毛的腰，将卷毛整个儿扛在了自己肩上。卷毛在大头肩头上象个猴似的毛脚乱踢腾，可是大头不理会，扛着卷毛在田里转圈圈，脸上一副得意洋洋的神色。大家伙继续欢呼起哄，卷毛羞愧不已，脸憋得通红，连一只鞋都被甩落在了田里，狼狈不堪。

就在此时，出现了惊人的一幕——只听大头的腰间"叭嚓"一声响，裤子就哧溜一下从腰间滑到了脚脖处。原来，是大头的腰带断了！我知道大头那条帆布破腰带，不知已经系了多少年，好几处都已经磨得很细，过去就曾断过，用线缝上的，本来就不结实。大头就穿一件大棉裤，也没穿裤头，一下子就将自己的私处和屁股亮在了众人面前，大头急扔了卷毛蹲下去提裤子，这时候蚊子、马大有和另几个社员早都一窝蜂围上去欲扒了大头的裤子，被扔下来的卷毛更是不依不饶，充当急先锋。大头死死地拽着自己的裤子不放手，大叫，"别撕了，再撕就撕破了，让我咋过冬！"

大家伙这才嘻笑着停下手来。

这时候，队长老乔背着手视察来了，见状，骂道："你这帮狗日的，太阳都照到祁连山的大豁口了，你们还不干活，还在这闹！每人扣你二分工！"

大家伙急忙散开去，各自找各自的牛车。

二

第二天，晓芳就肚子疼得厉害，几天上不了工，我吓坏了，怎么就那么一摸，就摸出了这么大的毛病来！别人也不知内情，看着晓芳那寡白的脸色，我感到自己闯大祸了，背过人，一个劲地给晓芳陪不是，晓芳则安慰我说："没事，养几天就会好的。"

通过这件事，我才知道，女人每个月还要来月经。

终于盼来了决算。我们生产队的农田实在是贫瘠得很，也没有什么多种经营，所以，决算后，我只落了二十一元九角六。就这，还算是分得高的。有些社员，这项那项的费用除去，还有反欠生产队钱的。决算的那天，我特兴奋，将那二十一元九毛六攥把在手里回到青年点上来，手指头上蘸着唾沫左数一遍，右数一遍，它是我从小到大自己可以支配的最大一笔款项，生怕把它给弄丢了。回来后，真不知该藏在哪里，思来想去的，趁没人时，将铺在炕上的自己褥子揪开个缝，塞进了里边的棉絮里，觉得那里最保险。

大家伙都约好了，等过几天农活稍闲一些，就去城里买东西，队长老乔也答应了。每个人都谋划着要买的东西。女生们自然要用它去给自己买好看点的衬衣、花围巾和花手绢，抹脸的雪花膏什么的。男知青则各自的需求不一样，大头要给自己买一条新腰带和裤头——大头因为长年不穿裤头，每次晚上睡觉，都钻进被子里缠得紧紧的，生怕别人伸手去揪他下边，夏天的一天晚上，大头在被子里放了一个响屁，惹着了大伙，大家伙恶作剧，一起动手，就将大头的被子掀了，几个人抬头的抬头，抬脚的抬脚，将大头赤条条地从炕上拽着扔出门去，隔壁的女生听到叫唤声，不知道我们这边在闹什么，有人就探出头来窥看，吓得尖叫一声重躲进屋。大家就嘻嘻道："大头这就叫一报还一报，你偷看人家女生的屁股，今天也让人家女生见识一番你的屁股。但后来大头上县城并没有买裤头，只是买了一条新裤子，春天快来了，他得换装，他那条单裤实在也是补丁摞补丁，象纸一般的，所以，他仍旧是个"无裈"阶级。

　　在点上，数我和大头最穷，卷毛的条件最好，下乡后，老有家中给他寄来三元、五元的汇款。插队来点后的当天，将行李卷儿打开来，其他人不是缺条床单，就是没有枕巾，或着是东西虽全，可不是新的。唯有卷毛，从里到外，身上穿的，床上铺的盖的，还有用的牙具脸盆水杯暖瓶，一码的簇新，把我们一个个眼睛都看直了，没羡慕死。为此，我都不敢打开我的行李卷来，因为我的铺盖与大头的差不多，是全点知青中最差的。我的被褥还是我在家盖的那一套，它曾是爷爷盖过的，分家后，爷爷没带走，老爹就让我盖它。下乡之前，我后妈给了两块钱，让我拿到棉絮店里去，重新弹了一下，又扯了几尺布，将里与面换了一下，所以，它称不上是金玉其外，但的的确确是败絮其中！我的褥子上没有被单，我的枕头是光杆司令，没有枕巾。我的衣服裤子也不是新的，甚至还打有补丁，袜子也是旧的。仅有的一双新球鞋，还是姑姑闻讯送的。我的脸盆上掉了几大块搪瓷，我的漱口缸子和喝水瓶子不分，不象卷毛的，喝水的专门喝水，漱口的专门漱口。我虽然有裤头可穿，可是也只有一件，洗它时，为了避免别人恶作剧，就得白天趁太阳好就洗晒了，等到晚上睡觉时穿。可是，干活时就得格外的小心，生怕外边的裤子万一破了当众出个丑，因为裤子实在旧得似纸一般，几乎是一碰就破，在点上我也算半个"无袄"阶级。所以分到钱，等着队长准假上县城买东西的那几日，是我最最快乐高兴的几天。我在心里盘算着给自己所要买的东西，急切地等着上县城那一天的到来。

　　卷毛就跟我的心情大不一样，说是他啥也不需要买，要用决算来的钱领马秀兰逛一回馆子，好好地吃一顿肥猪肉，把大家伙听得馋兮兮的直卷舌头咽唾沫。卷毛放话说，到时候，除过马秀兰，可以拉一个蹭吃的，就看谁将他巴结得好，他就带谁去。大头虽然跟卷毛因马秀兰的事有过过结，但仍表现出讨好的意思来，嘻嘻笑着说到时候千万带上他去尝一口。我不吭声，虽然我也特馋那肥大肉，一年也逮不上吃一次，听他说那三个字时，口水就在嘴里分泌出来了。可是，我装得蔫蔫的，因为我生怕卷毛提提琴的事，虽然他当时说是不让我赔了，可是，他如果心血来潮出尔反尔又让我赔，那可就麻烦了，我苦累了大半年的血汗钱就等于杨白劳给黄世仁交租子了。卷毛说话时，特意望上我两眼，我忙把头转向一边不看他，心想，我不跟去吃你的肥猪肉，你也别跟我再找麻烦。

没想到，到了半夜，那小子又故伎重演！上次之后，我怕他再骚扰我，特意跟和我关系好的蚊子换了个个睡，离他远一点，惹不起了躲得起。可是，他放完话的当天晚上，我睡到半夜，又做了个梦，梦到自己的下边被只花猫在用爪子扒着玩，等醒过来后，就发现卷毛早都在我被窝里钻着。我下意识地在下边将他的手打掉，刚要骂出声，卷毛却小声威胁道："别出声，想赔琴是不是？"

我低声说："你卷毛他妈的嘴是个尻子是不是？你上次说的好好儿的，不要我赔了。"

卷毛厚颜无耻地笑笑道："噢，一把琴，摸一次就扯清了？你那叽巴也太精贵了些，是金的银的？"

我恼不得，急不得，因为卷毛说这话时嘻皮笑脸的。我催促道："要摸赶快摸，摸完赶快滚，你不瞌睡我还瞌睡。就这一次，你要还想有下一次，当心我把你告到队长那里。"

"队长他本人就是个大嫖头，他还管那谁？我摸的是你，我又没去硬摸哪个女生。还没听说过男的摸个男的犯了那条的。"

．"赶快摸，摸完滚你妈个 x ！"

我咬着牙骂，但不敢出声大了，事实上是我最怕别人知道了，而不是卷毛怕别人知道。这事我一直都不敢跟晓芳说，心里吃不准晓芳要是知道了会是个啥想法。

那几天天气特别特别的冷，轮到蚊子煨炕，那小子将炕洞的麦衣子塞了个满。半夜里，我就感觉身子底下特别的烫，可是，白天干活干得实在是太累了，睡得特别的死。身子底下再烫，也挪挪身子再睡。等到五更天实在烫得受不了，才起来瞅是咋回事。这一瞅几乎把我的魂吓掉，身子底下的褥子在冒烟！我马上就想到了我那藏在褥子里的二十一元九毛六，那是我大半年劳动的血汗钱！是我平生最大的可以自己支配的钱财！我大叫一声慌乱地不知咋办了好。大家被吵醒了，还是丁志雄，不亏是点长，有主意，提醒我，"赶快往上浇尿！"

我这才反应过来，就站起身来往上撒尿。可是，简直是见了鬼，憋着满满一尿泡的尿，这时候竟然干着急就是撒不出来！还是大头过来拨拉开我说，"你连泡尿关键时刻都尿不出来，你还能干球个啥！"说着，就双手抱着自己老二对着我冒烟的褥子尿起来。

尿水滋滋地落下来，浇在褥子上，立刻冒出一股夹着烟的尿骚味。

丁志雄又喝一声，"大家一起来！"

马大有、蚊子、卷毛几个便也反应过来，都围上前来争先恐后地往褥子上浇尿。一阵儿后，褥子就几乎被浇透了，我才猛反应过来，喝住他们，"别浇了，我的钱还在里边呢！"

"啥钱？有多少？"大家纷纷问我。

"就是决算分的，全在褥子里！"我急着回答。

大家伙就停了浇尿，忙帮我拉褥子找，我说，"让我来，我知道在哪。"我的手伸进湿乎乎的褥子中去，半天，我的手停住了，一瞬间，我觉得自己掉进了冰窟窿里，从头凉到了脚心，天在旋，地在转，整个世界在我面前灰暗一片。

大家伙见我手在瞬间不动了，忙问我："咋样，找到了没有？"

我不回答，半天，才将攥着钱的手缩出褥子来，大家和我一起凑上去看，发现那钱的几乎一大半，已经被烤焦了！剩下的另一小半，则被尿浇得湿湿的。大家伙愣呆了，傻傻地看着我，都一声不吭，半天，我的眼泪就从眼睛里流了出来。大家伙都一句话说不出来，为我难受。

该上工了。大家起床来，洗脸的洗脸刷牙的刷牙，上茅房的上茅房。我独自一个人坐在炕上发着呆。

女知青们也知道了，一个个跑过来问询。晓芳看我坐在炕上不起身，也不好说什么，只是简单地问了问经过。大家伙出门时问我咋办。我说，"你们去给队长请个假，我今天实在是不想上工了。"

晓芳留在最后，等别人都走了，对我说，"我也不去上工了，留下来陪你。"

我说，"你还是去吧，我只想一个人呆一会儿。"

晓芳看我确实想一个人呆着，也就无奈地又安慰了我两句，扛上铁锨走了。

冬天里的天气十天有九天都阴沉沉的，那天也一样，估计太阳都老高了，窗户纸还灰灰的。我在炕上木木地呆了好长时间，才下炕来。这时候，队长老乔来了，他听知青们给他讲了，问了我几句，说："钱烧了摞谁谁也挺心疼，可你把个钱为啥不放在箱子里？"

我回答说我就没有箱子。乔队长又说："那你哪不能放，非要放进褥子里？"

我说："再往哪放？没处放！总不能去塞进墙缝里。"

乔队长就又说我："屁股底下着了火，都还能睡住。"

我回答："也感觉到了，实在是太困了。"

"歇上一甲，中午了赶快就去上工，地里的活忙得很呢。"

老乔说完，就出去了。

我从窗户口上望，老乔又去了场边的刘桂花家。刘桂花仗着和两个队长都有一腿，借口身体不好，经常不上工，呆在家里。

我上了茅房洗了脸。留下做饭的李秀萍想安慰我两句，见我阴着脸不吭不哈的，也只好作罢，钻进厨房里去忙做饭。我一个人踱出青年点院门，走到村子头上去散心。此时刚刚早晨九点多钟，田野里远远地看见干活的人已经开始歇息，地埂上又窜起了黑烟，肯定是卷毛、大头几个又在点芨芨草。黑烟在阴天里，一直随风刮得很高很高，最后尾巴消逝在阴霾里。远处的祁连山还是那样阴沉，在阴霾里闪着忧郁的冷光。我的心，也跟那乌蒙蒙的天气一样，阴沉沉的。我背过他们干活的方向，不由自主地，脚步向那片很远很远处的荒滩地挪去。

半道上遇上了两个拾柴禾的老婆子，奇怪地问我，"你怎么没去干活，一个人到那边干什么去？"

我不答理她们，默声低头远去。我穿过村头的水渠，水渠在冬天已经不趟水了，渠边柳树的枝条一个个光秃秃，上边挂着极少的几片枯黄的叶片。农家的果园子里也是一片凋敝。几处用土夯起的破旧村舍，房顶的土烟囱里偶尔冒出一股炊烟，才显出些生气来。路过大队基建队修渠工地，此时工程已经停了工，地上扔着破砖烂瓦与破损的水泥袋。经过大庙时，我特意也进去探了一头，里边四处空空，到处是麦草、破鞋袜、旧报纸、烂砖头还有便溺。我捂着嘴出来，径直继续往大荒地走去。来到荒地，我找到上次领晓芳唱"黄歌"的地方，呆呆地坐了很久很久，又漫无目的地在荒地上转了一圈。转着转着，就来到上次曾经过的乱坟岗子前，景象跟上次没啥两样，不过在阴冷的冬天里显得更荒凉可怖了。我弯下身去，抓起一把冻沙土来，一使劲捏碎了它，重又将它们抛到半空中。盯着那几个被风沙掩埋了大半个身进去，只露出个顶来，冒着几丛枯草的坟头，我就想到了我的祖上——我那当过咸丰兵部侍郎的祖爷爷。我就似在跟他对话："你在九泉之下，知不知道你的孙子的孙子的二十一块九毛六血汗钱被炕洞里的一把火给烧了？"我就又想到了我的那跳了黄河的爷爷，"我咋也想跟了你去？你收不收我？"

　　……

　　我痴痴迷迷地呆了大半天，一直到太阳快要落山了，才从荒滩地里走回来。我没有听队长老乔的话，我的全年的血汗钱都没了，我都不想在这个世上活下去了，我还在乎为个不上工挨你的骂！

　　快回到村子的时候，我遇到了同点的知青们，远远地一见我，就一阵欢呼，急急地跑过来将我团团围住。象迎接一位凯旋的英雄。

　　丁志雄就埋怨我："不就二十一块九毛六，堂堂七尺男儿，就过不去了是咋的？让我们把机井、河坝、崖头的找遍了，还以为你想不开去……"下边的话怕刺激我没往下说。

　　我苦笑一声道，"还不至于吧。"

　　"那你上哪去了，这一天？把大家着急的，都村里村外的找遍了。"晓芳眼睛湿湿地说。　　　　　　　　　我回答说我去了趟荒滩地。晓芳好象明白了点什么，没再追问。

　　大家就簇拥着我回青年点去，我成了大家伙保护关注的重点。有的赶快给我去打洗脸水；有的紧着给我倒开水；有的给我厨房里去盛饭。晓芳则不见了，等大家散去之时，才见她从外边跑进院来，见我已经端着碗在扒饭，急忙夺过去我手上的筷子，说，"先别急吃，我从老乡处买回两个鸡蛋，给你煎了你再就着饭吃。"说着就将手心里攥着的两个鸡蛋亮了出来给我看。

我的两个眼睛里，这时唰的一下，才泪水象泉水一般喷涌出来！晓芳急着劝我："别哭，别哭，这么大的人了，动不动就抹眼泪。让别人看见，又要说你了。"

我这才抬起手来，用袖口抹去脸上的鼻涕与眼泪。

要是平时，用点上的清油煎鸡蛋自个儿吃是要惹意见的，可是，今天，谁都不说啥；平时，要是有两个煎鸡蛋，还敢当着人面了吃，早都被围上来将鸡蛋不知抢成几瓣了，今天谁也不抢。陈玉霞李秀萍还帮着晓芳煎鸡蛋，煎好后，端到我们房间来，送到我手中。大家都看着我胸前的鸡蛋碗，一边咂着嘴巴，抿着舌头，一边劝我，"赶快吃吧，凉了就不好吃了。出去快一天了饿坏了吧？"

我客气地让让大家伙，他们都摇头摆手，我就三下两下香香地将两个煎鸡蛋咽下了肚。等大家散去了，瞅着一个身旁没了人的机会，卷毛凑上前来，说："你以后心里再不要想提琴的事了，我以后绝不再提它，再提我是你孙子。你要是买啥东西缺钱了，尽管张口，我借给你。"

过了两天，田里的活稍稍闲了些，队长老乔就给大家准了一天假，让大家进城去消费。

我已没了钱，就决心不去了，别人都使劲的劝，但我还是不想去，说："去干啥，你们都有钱，可买这买那的，我去用啥买？"

大家伙就力劝我去，说，"你想买啥，大家把钱借给你买。"

我说，"借了又不是不用还，拿啥还？"

　　大家就说，"先欠着，下一年决算了再还。"

　　我说，"那哪成。哪有借钱借那么长时间的。"坚持不去。

　　晓芳也劝我，说，"大家都去，多热闹，去到城里好好地玩一玩。不光是买东西，你也可散散心。"

　　我仍然坚持不去，晓芳就失望地说："你这人我还没发现死犟。就没了二十一块九毛六，又不是妈死了！"说完，她好象就有些后悔。

　　我心里说，"就是妈死了，我也没有这么伤心！"

　　一伙人劝不了我，只好随我去。

　　晓芳就说，"你要不去，我也不去了。"

　　她这一说，引得大家很扫兴，嚷嚷道："他不去你也不去，太不给大家面子了！说得好好的一个点的人全去。张一凡不去情有可原，你罗晓芳不去，咋说得过去！说好了的大家还要到你家去玩的。"

　　几个女的就起哄说，"罗晓芳你要不去，那我们也不去了。"

　　我一看犯了众怒，劝晓芳，"你还是去吧，别为了我，得罪了大伙儿。回去后看看你爸妈，你好长时间都没回城去了。"

　　晓芳这才依依不舍地答应了，问我，"你想让我给你在城里带点啥回来？"

　　我说："啥也不用带，你好好玩你的，用决算了的钱，给自己看着买点可心的东西。"

　　晓芳说："我昨天想好了的，这次去给你买把二胡回来。"

　　我一把拉住了她，"千万千万使不得！"

　　"为啥？"晓芳问。

　　"太贵了！再说你就是买回来，又会被他们在哪里藏起来。他们压根儿就很烦我拉它。藏来藏去的，弄不好，下场又跟卷毛那把提琴一样。"

"那我给你买点啥回来？"

我看晓芳一片赤诚的样子，如果不让她给自己买点什么东西真会惹得她不高兴。想了想，就说："你要是实在要买，就给我买点肥猪肉回来。本来也不想它，可卷毛那天一说它，就把人的胃口给吊起来了。"

晓芳就说："好，我保证给你买回来。还要些啥？"

我连连摆手，"别的你千万再别买，将钱存起来，或是孝敬孝敬你父母。挣那么点钱是一年的辛苦，可不能随便地放开了花，浪费不得。"

晓芳就没再吭声。

进城的那天，他们都一个个喜滋滋的。我一直把他们送到村口，又目送他们远去。女知青都换上了平时难得见穿的花衣服，远远望去，在冬日早晨融融的阳光下，在远处祁连山白雪的映衬下，成了一道景色。她们一个个由于激动与兴奋，在通往大马路的乡村小路上欢快地奔跑打闹着，就象是一团团在田野里滚动着的五颜六色的彩球。欢笑声顺着风在田野上空飘过来，隐隐约约地钻进我的耳朵来，是那么的悦耳，象歌一般好听，我就特别地羡慕起他们来。

三

几乎快到晚上吃饭时间，他们才从城里回来。我远远地就听到一阵叽叽喳喳的声音，象喜鹊叫一般。我迎出院门张望，一群人已经来到了村口。我迎上前去，发现晓芳没在他们中，一问，他们回答说是晓芳留城里了，她妈让给队长说一下请个假，给晓芳看两天病。我听了心里惶惶的，看啥病，晓芳之前咋没给我说起过，是不是与那次大冷天我摸她肚子有关系？

　　进了屋，陈玉霞就将一个饭盒送过来到我们房间，对我说："这是罗晓芳给你买的猪肉，你看看肥不肥？"

　　我打开盖来，一股香味立刻扑鼻而来，里边肥肥地躺着半饭盒大大的猪肉片。玉霞解释说，"本来是一饭盒，可走在路上，男生们馋得不得了，刚开始说是打开闻闻，都鼻子凑上来闻，结果大头趁我没防住叼走了一片，大家伙就要求一视同仁，每人尝上一片，结果就让每人尝了一片。有的尝了一片还不满足，贪心地想尝第二片，也就是我护得紧。快吃吧，你要这会儿不吃，一转身，你这盒肉可能就没了。"

　　我正要伸出手去取一块来吃，突然就听到院子里有说话声，一听，就是花蹩子来了。花蹩子在每次有知青去县城一趟回来后，都要来知青点。他知道知青们一进城，就能多少买点吃的回来，他凑上来打牙祭。陈玉霞手脚快，从我手中抢过饭盒，急忙钻进里屋去，将那盒肉藏了起来关上门出来。

　　花蹩子不但自己来，还领着他那条黑狗。花蹩子进屋来后说，我们青年点的人从城里回来时一走近村口，他家狗正在村口转悠，就闻到了什么，跟上来了。

　　那狗一进来，就鼻子哧哧地直嗅，花蹩子也用鼻子使劲地闻，说："你们带来了啥好吃的，藏了起来？"

　　陈玉霞和其他几个人就都说："没有，啥也没有。"

　　"没有把我家的狗都引来了？"

　　"真的啥也没有。"陈玉霞一边往里屋看一眼，一边说。

　　说话间，那狗就直顶着门要进里边的套屋。玉霞怕狗，不敢上前去拦，就说花蹩子，"你把你的损狗快快撵走！上次就咬了我们的人，还厚皮厚脸的来，当心我们把它扒皮吃了肉！"

　　大头想上前去将房门的鼻子扣上，可是，已经来不及了，那狗已经撞开了门蹿进了里屋。花蹩子感觉里屋躲着什么，就跟了进去。陈玉霞叫喊着："花队长你不能进去。"边喊着也跟了进去。就听鳖子在里屋已经找到了战利品。原来，那狗两个前蹄趴起来，在用鼻子嗅放在箱缝里的饭盒。　　　此时，我们几个也都已进套间去，几个人就从花鳖子手里抢饭盒。陈玉霞就喊道，"这是罗晓芳专门给张一凡带的，他还连一口都没尝呢，张一凡的钱都被烧光了，你不知道？"

花鳖子诞皮赖脸地笑着，手护着饭盒，说，"啥好吃的，还藏起来，不让我看一下。"打开看一眼后，一边将饭盒举过头顶，躲着欲抢饭盒的众知青，一边说："让我吃一片，就吃一片。"大家住了手，花鳖子就放下饭盒来，用自己积着许多污垢的黑手，从饭盒中取出一片肉来，放进了自己脏兮兮胡子拉茬的嘴里。他的黑狗也趴起两个前爪昂着头吠着向他讨要。花鳖子鼓涌着腮帮，一边咽一边说，"真香，再吃一片行不？"

"不行，绝对不行！"陈玉霞吼叫着上前去夺饭盒，花鳖子重又将饭盒举过了头顶，央求说再吃一块，就最后一块，吃了就把饭盒给她。陈玉霞就是不答应，一个劲地扑上去抢，大头、蚊子、马大有几人也都扑上去抢，鳖子一边变换着将饭盒在两个手中倒来倒去，一边谈判，"不让我吃了让我的狗吃上一口，它半年都没有闻到个荤腥了。"

大头就骂道，"妈个 x，你的狗半年没闻到荤腥，我们一年都没闻到它了。不行，赶快把饭盒拿下来，不然就翻脸了！"

花鳖子仍然躲着不肯给，几个人就上前去抢，花鳖子一退身，脚底下被什么东西绊了一下，饭盒从手中滑落下来，啪地扣到了陈玉霞肩头上，又掉下来，落在了地上。套间里有个地窖，半开着口，饭盒里的肉，一半都掉进了窖中。气得陈玉霞眼泪都在眼眶里打转转，抽打鳖子，"你真不要脸。吃了一口就行了，还贪心不足，你赔！罗晓芳回来我咋给人家交待？"

花鳖子一边躲一边求饶，"好好好，我赔，我赔，下次我们家老母猪杀了请你们去吃。"

几个男生就低下头从狗嘴里抢肉片。那狗还要咬人，嫌别人跟它抢了地上的肉，被大头火起，拎起墙角处的个镐头就要将其毙命，花鳖子就护着自己的狗往外屋退，一边退，一边躲，说："你个人，跟个狗一般见识。"

正嘈嘈着，院子里又有人声响起，我一听，是队长老乔和袁老二来了，大家才住了手。老乔问是咋回事，大家就把事情说了。老乔就走进里屋去。蚊子正把掉在地上的肉片往饭盒里帮着玉霞拣，老乔瞅了瞅，说，"没事，洗洗还能吃。"就又回过头来埋汰鳖子，"你也真没脸，都多大岁数的人了，见个腥就控制不住地往上沾。"

我们也不知老乔这话是另有所指还是就事论事，花鳖子就在那里不尬不尴地傻笑。老乔训完了花鳖子，见陈玉霞端着半碗脏肉，站在地中间，就吩咐说："去洗呀，洗完了，让我尝一口。"

陈玉霞就老大不情愿地去了厨房，过了好一会儿，才从厨房抱着个肉碗重新进来。老乔就说，"我不多尝，就吃一片，看这肉味道咋样。"说着，就用手夹起一块来，放进嘴里去。

旁边的袁老二也求道，"让我也尝一口咋样？把人望着馋的。"

众知青谁也不说话，不表态，老乔就发话说："尝一口就尝一口，不就一块肉嘛。"

袁老二得了允许，上前来从中夹起一片肉放进嘴里，吧叽吧叽地鼓涌腮帮。老乔就将饭盒还回给陈玉霞手中，在递饭盒的瞬间，又伸手取出一块来，放进自己嘴里。玉霞就说，"再不能吃了，再吃就没个屁了！"

　　老乔这才和袁老二花鳖子出了屋。这时候，才听见里屋有响动，原来是蚊子，在从地窖里往上爬。大家重进里屋，帮着拉蚊子，蚊子说，"先别拉我，将我手中的肉接住了。"

　　大家听了吩咐，接住了他手中的肉交到陈玉霞手中，玉霞又将其放回到饭盒中。半天，蚊子爬了上来，问，"走了？"

　　"谁？"

　　"那几条狗！把我在底下憋坏了。"

　　陈玉霞重去厨房里洗了肉，端回来，所有的女知青和所有的男知青都这会儿围了过来，看着那盒肉。陈玉霞将它交到我手中，说"赶快吃吧，一群狗都急猴猴地瞅着，再不吃你就捞不上吃了。"

　　我接过饭盒来，对大伙儿说，"来吧来吧，我们每人一块，还够。"

　　众人都摇头，一边咂巴着嘴，一边纷纷劝我，"你吃吧，这是罗晓芳专门给你带的。她为买它，跑了好几个店，还排了老长的队呢。"

　　"我们已经在路上尝了，如果再吃，晓芳回来，也会不高兴的。"

　　"就是，你的钱都被烧光了，城里也没有去成，赶快吃吧。"

　　"我们要再吃你的肉，我们的良心就真的被狗吃了。"

　　我眼泪花花的，在众人的注目下，一片一片地将肉片吞下了肚。

　　我感到，它是我从小到大吃到的最香最香的肉片！

五

陈玉霞自从上次给我敷脚脖后，就觉得除过晓芳，我和她也保持着一种比较亲近的关系。

晓芳没回来的两天里，陈玉霞将她自己的一件旧棉裤拆了，又将蚊子贡献出的一件旧床单拿来，剪巴剪巴，给我把褥子重新续好，而且还找出她不穿了的一件旧裤子，从上边剪了块布，给我一件破裤子屁股上两个大洞处补了两块大补丁。第二天穿在腿上，立即就有人起哄，说是我和陈玉霞的屁股摞在了一起。第二天晓芳从县城回来了，除过给我买了双袜子，一双手套，还从家中找了点旧棉花，扯了二尺和我褥子上花色相近的布，准备着回来给我续褥子，回来后一看我的褥子已续好，一番心思白花了，吃力不讨好，而且可能听了别人说了我和陈玉霞些啥，就有点儿不太理我起来，别别扭扭的，我约她几次出去遍遍，她都借口外边冷不跟我出去。卷毛看出我跟晓芳的关系有了缝隙，见缝插针地有事没事粘乎晓芳，干活时，也老爱往晓芳身边凑。轮晓芳做饭，本来是已经由我给晓芳挑水，可是，一次我下手晚了点，他就抢在了我前边去重给晓芳挑开水，晓芳竟然没阻拦，我心里特别的难受。

陈玉霞一次干活时悄悄问我："你跟罗晓芳咋了？"

我回答"没咋。"

陈玉霞就说："没咋她咋对我有点不理不睬的？"

我不吭声。

开春后，村里闹起了饥荒，我们青年点也是一天两顿的玉米面糊糊。其实我们有麦子，但放在队里的仓库里，由老乔掌握。老乔嫌我们吃白面吃得太快，等我们仅有的一点儿白面快吃完时，再不让我们从仓房里取麦子去磨面，说是如果你们再不调剂的吃，下半年一直都得一天三顿的喝玉米面糊糊。当时又正逢开春播种期间，活特累，大家喝玉米面糊糊喝得直反胃。凑巧，大队部要办个批林批孔的专栏，点名要我去。我知道大队部有专供几个队干部吃饭的小伙房，又可避免了干重活，又能吃到好的，特高兴地去了。果然中午就在小伙房里和几个队干部一起吃饭。比起我们青年点上的吃食来，我他妈简直就象是进了皇宫吃到御膳了的感觉，不但有白面饼子，还有小炒！在办专栏期间，竟然还吃到了一次有肉沫的炖白菜，那个香啊。我觉得自己一个人在这里享受，而晓芳她们却在点上喝玉米面糊糊，实在是心里愧得慌。我小心翼翼地请求大队管宣传的书记，能不能让我每顿少吃上个面饼，带回去点上吃，书记一听就知道我的想法，说："是不是想送给别人吃？你省给了别人，空下肚子来第二天再在饭桌上猛补，美得你！你以为我们大队部成了赈济院了？"

我再不敢吭声，书记又发话了，"我发现你手底下咋那么慢？上次你在基建队上办专栏时我去看了，两天就办好了，咋这回的专栏有三天了，还不见个眉眼？"

我就拿话应付，说这次的专栏规格高，不敢胡凑合，要办出水平来，所以慢，等等。书记说，"无论如何，再给你一天时间，你必须把它给我办出来。"

我只好点头答应。

到最后一天的那顿饭，菜、汤和一筐面饼上桌后，我又一次恳求书记说，"你看，我明天也不会再来大队部吃你们的了。今天我只喝上点汤，我的两个面饼让我带回去行不？"

我的心又提到了嗓眼上，生怕他不答应。这次书记答应了，痛快地说："那就带走吧。"

我就高兴得啥似的，几口喝掉了自己碗里的糊糊，又扒了两口白菜炖土豆，就告辞了出来。我怀揣两个白面饼子，高兴得在路过的沙滩上翻了两个大跟头，看见头顶的太阳和祁连山头上的白雪都在冲着我笑。我是一个彻头彻尾的无产阶级，这是我唯一能够表达我的感情的一点儿物质的东西。晓芳给我了那么多，可我报答她的，只有这两个白面饼子！我又想到了陈玉霞，也想给她一个，表示她对我帮助的感激，可是，只有两个白面饼，给了她一个，晓芳就得少吃一个。我心里矛盾起来。其实，我也想到了蚊子和点上的其它男生，也想给他们尝一口。可是我再没有多的面饼，这个美好的愿望只能是愿望，实现不了。

在回来的路上，我一直心里矛盾着，该把两个面饼都给晓芳，还是匀出一个来给玉霞。也该玉霞那天有口福，本来，我都想好不给她了，全把两个面饼给晓芳，没想到，我回点上后第一个碰到的就是她。她中途一个人回来上茅房来了，我就当时控制不住自己，改变了主意。我守候在茅房门口，玉霞出了茅房，我就叫住了她，从怀中掏出一个面饼来，递了过去，说："快，接住，专门给你的。"

"哪的？"玉霞惊喜地问。

"再有哪的，我从大队部带回来的。"

"你咋不吃？"

"我吃过了，专门给你留的。"

"晓芳呢，你应该给她。"

"她有，我还给她留着一个。"说着就从怀中掏出另一个面饼给她看。

陈玉霞就说，"等我回去洗个手，刚上完茅房。"

我怕被做饭的李秀萍瞧见，就在院门外等着她。玉霞回去后洗完了手出来，我将面饼递到她手中，说："赶快在路上就吃了它，你要带到地头上，还不被大家抢光了。"

"嗯。"玉霞一边接面饼，一边回答。接过了面饼，眼睛有点儿湿，说，"谢谢你，遇到好事还想着我。"

我说，"该谢的是我，你帮我了那么多，对我那么好的。"

玉霞走了，远远地就见她一边走，一边低着头咬一口面饼。我心里就说不出来的熨贴，这种感觉我从来没有体验过，以前，都是别人在同情我，帮助我，今天，我也能给别人一点儿报答了，心里特别特别的高兴。我在憧憬着，晓芳得到我怀里的这块面饼时，会是个啥神情。

我在村头等呀等，觉得那天的太阳一直都盘在祁连山头就是不肯往下落。终于盼到了收工，我站在村头迎晓芳，待他们一群人从地里扛着铁锨回来，我从人群中叫住了晓芳，等人群走了过去后，我从怀中取出那块面饼，说："给，快吃，我从大队部带来的。"

晓芳不想接的样子，我硬塞到了她手中，晓芳就问我，"你是不是也给玉霞了一个？"

"是，刚才正好她回来，碰上了。本来是想两个都给你的，见了她，就给匀了一个。人家对我也挺好，我欠人家的情。"

"当然对你挺好了，又是敷脚脖，又是续裤子、补裤子的。我咋听别人说上次为跟队长抢肉片，她都哭了。"

"人家是觉得给你不好交待。"

"可裤子呢？我可没交待让她给你补裤子，人家不是也给你补了？别人说你们俩的屁股都撂到一块儿去了。"

我还想跟她多说两句话——这几天在大队办专栏，每天一大早就走了，几乎和她连个照面都没打过。我知道自从城里回来后，晓芳就对我很有气，藏在心里头一直不说出来，我想趁着送面饼，跟他好好敞开心扉谈谈，向她表表我对她的衷心。晓芳却不想跟我多说，借口干了一天活，挺累的，想回点上歇着，我只好跟她回来。

晚上吃完了饭，我躺在床上有心没心地看一本叫《高高的苗岭》的小说。宿舍里的人都不知上哪去了。突然我感到有个东西落在了我脸上，放下书来，我只看到了晓芳离去的背影，那块面饼，掉在我的枕头旁。晓芳可能就是瞅着这一阵没人的机会专门来给我送面饼的。我翻起身来。想找她去，想了想，又躺下了，我知道她对我有气，这会儿找她也没用，叫她又叫不出去，她房间又有别的女知青，也不好说话。我将面饼赶快在裤兜装好了，免得让别人进来发现，想等第二天上工时有机会再找晓芳，好好地给她表白一番，思想通了，她才可能接受我的面饼。我在心底反复琢磨着到时候该说什么。我想好了，到时候，我会向晓芳拍心窝起誓："我心里只有你一个，晓芳，对陈玉霞，只是感激她。请你接受我的面饼吧，这是我唯一能够向你表达的一点心意！"

晚上，我将裤子特意压在了枕头底下，心里才踏实了。

睡到半夜，我感觉我的头底下被动了一下，可是我太困了，迷迷糊糊的，一会儿后，我猛地反应过来，头底下的裤兜里有准备给晓芳的面饼！我一轱辘翻起身来，伸手去摸，却不见了面饼！揉揉眼睛，就发现月光下边，两个鬼在头对着头，啃那一块面饼！我看清了是大头和蚊子，两人都赤条条的，所不同的是蚊子穿着裤衩，大头仍旧光着腚，肥大的屁股在月光下白晃晃的。我气得浑身发抖，抬起脚来，就往两人的屁股上一人一脚，嘴里同时骂出口："操你个妈！日你八辈子祖先人！"

蚊子本来可能就吃得急，被我一踹，受了惊吓，噎住了，弯着腰直打嗝，我骂道："噎死你个王八蛋！"一边不解恨地又伸腿去踹。蚊子躲着我，一边打嗝一边求饶："让人咽下去你再打成不？把人都憋死了。"

蚊子咽下了饼子，缓了过来气，才咯咯咯地笑着骂我："不就一块饼子，操你奶奶的胯都让你踹得快脱臼了！"

"你知道这饼对我多重要吗？"

"不就是想给罗晓芳，可人家又不要你的。还不如让我们吃了，增进点友谊。"

"咋，你们看见啥了？"

两人就哧哧地笑起来。原来，晓芳给我扔饼时，他们在后窗户上看见了，没吱声，两人商量好了，一直到我半夜睡实了，才起来作的案。

我长叹一口气，道："你们也不体谅体谅我，你说说，我除了这块面饼，还有什么能给人家的？还让你们给偷吃了！其实我不是没想到你们，我还跟大队书记求过，要是他允许我每天能匀出一个面饼来，我肯定会给你们也带块回来。可是人家之前就不让我带，这是最后一顿饭才让带回来的。你们真是丧天良了！吃下去坠断肠子！"

二人听了我的掏心窝子的话，挺受感动。蚊子就说，"吃到肚里去，也吐不回来了。屙出来的就成了屎。这样吧，这个饼子，就算我俩欠你的，等到下次有机会去县城，我俩给你买几个大油饼子回来，加倍的还你，让你去拿了去孝敬罗晓芳。"

我咂巴下嘴巴，"别逗人了，把人逗得嘴里流涎水，空头支票谁不会开。"

"真的，我绝对说到做到，你呢，大头？"

大头缩头了，"我可能到时候还是还，可能还是还饼子。"

六

第二天一大早，出工时，刚走出院门，老乔把我叫住了，通知我，让我跟上车把式袁老二去几十公里外兰新铁路上的一个小火车站，接从新疆发过来的一车土豆籽种，说是得两天时间，

第二天才能回来，穿厚点。

我就去地头找晓芳，向她借她的一件军大衣。这件军大衣是她插队时，她在部队呆过的叔叔送她的。我没有棉大衣，自从和晓芳好后，一般在晚上浇水时或是有事出外什么的，都借它穿。我在地头找到正在撒粪的晓芳，把队长交待的事情说了，问她借大衣。晓芳却说："大衣别人已经先张口借了。"

我问"借谁了？"

"借卷毛了。"

"卷毛要干啥去？"

"队长也派他跟上皮车明天去滩里的羊房子拉粪。"

"他明天才走，我明天下午前就回来了。"

"回不来咋办？我都给人家答应了。"

"那好吧。"我转过头气恼恼地回村里去，心里想着，永远也不要再理罗晓芳！

我回去多套了两件衣服，就到饲养场去，袁老二正在套车，问我，"收拾好了？"

我说"没啥收拾的，就是多套了件衣服。"

"带上大衣，半夜里要冷的。"

"没事，我经得住。"我心想，我老爹小时候大冬天将我赶出去一宿一宿的，我不也过来了。

"罗晓芳不是有件大衣，老借你穿，你咋不带上？"

我几乎眼睛都有点儿湿起来，回答："她借给卷毛了，不借给我。"

"她不是和你关系好嘛。"

我忿忿地说，"那是以前，现在不跟我好了，跟卷毛好去了。"

"屁胡子！"

　　我就再不吭声。帮着袁老二套好了牲口，又将车中塞了几大捆麦草，我想，就凭这几大捆麦草，也够抵挡戈壁滩上的寒风的。说实话，小时候，我钻进去御寒的那个破房子里的麦草还没有现在的多。装好车后，我跳上去，袁老二就呼哨一声，在空中抡了个响鞭，几匹马就听话地迈开蹄子拉车前行。

　　来到了村口，我发现晓芳咋站在那里，怀里抱着她那件军大衣，等我们走近了，就叫我一声，将军大衣欲交到我手中。我赌气说，"你不是答应借人家卷毛了吗？"

　　"不借他了。"

　　"我不要。你还是借他吧。"

　　"你不怕冻呀？"

　　"不怕，你看，这车里，这么多的麦草。"

　　"你还是带上吧。"

　　"不带。你还是借卷毛去吧。"

　　"逗你呢，你还当了真。"

　　"不要，真不要。"

　　说话间，车就从晓芳身边过去了。晓芳一使劲，欲将大衣扔进车中，可车跑得快，大衣挂了一下车帮，掉在了地上。马车继续走着，晓芳就抱着大衣前来追马车，试图将大衣重扔上马车。当时，一瞬间，我就有了在母亲面前撒娇的那么一种心理，我催促袁老二把马打两鞭子，袁老二就说我："你看你这人，不知好歹，人家晓芳对你好，主动给你大衣，你却不要，晚上冻死你这个二球！"

　　"冻死也不要！"

　　我发着狠，将袁老二手中的鞭子夺过来，往拉稍的马身上打了两鞭子，马车颠簸着一下子加快了速度。我回头去看，晓芳正在地上拣大衣，显然是又试图往车上扔了一次大衣，因车太快了，没扔进车中，掉在了路上。晓芳抱着大衣继续追了一阵，看追不上了，站在那里，我远远地回头望，发现她在喘着气抹着眼睛，我心一酸，泪水一下子哗地就从眼睛里泉水一样地涌了出来。袁老二就埋汰我，"人家给你，你犟球着不要，这会儿又掉尿水！告诉你，别逞能，晚上有你娃子好受的。到时候你可别损包样！"．

　　一路上，天越来越黑，越黑越冷，黑夜里的大戈壁，一望无际的荒凉可怕。祁连山黑黢黢的一团，模模糊糊，好象个大冰库一般。我龟缩在皮车中，伴着车轱辘的吱吱声，思念着晓芳对我的好，同时冷得浑身打颤。我猛着往自己身上堆麦草，可是根本无济于事。戈壁滩上的西北哨哨风，虽不大，但哨子一样响着，象鬼在叫，吹在脸上，就象是在用刀子割，钻进衣服中，全身就象是被冰给包住了一般。我的两个牙齿不停地打架。最后实在是冻得受不了，只好下车来，跟着马车跑。袁老二这时候敲怪话："娃子，这时候知道戈壁滩的厉害了吧？还是太年轻了，不知好歹。人家罗晓芳给你大衣，你还逞个能偏不要。看你的脾气大还是老天爷爷的脾气大。"

　　"夹、了、你、那、叽、巴——臭嘴！"我嘴唇颤抖地骂道。

　　一直到深夜，我们才到了那个小火车站，没有睡觉，就与几百口从别的生产队来的人，展开了一场疯狂抢夺土豆籽种的恶战。一麻包一麻包的土豆，从车厢门口滚下来，砸在人们肩上、头上，再落到地面上。我们夹在人群中，没命地抢，等装满一皮车土豆，已经是第二天的早晨，我的浑身都被汗水湿了个透。我们又饿又困地往回赶，我坐在高高的麻包上，经早上从祁连山口中刮来的寒风一吹，整个身子就结成了冰，重新又冻得咯咯咯上下牙打架，全身直打哆嗦。一直到下午，我们才回到村子里。

将车停在麦场，回到点上，一进门，蚊子正要出门上工，就问我："你跟罗晓芳咋了？"

"没咋。"我说，又问，"她咋了？"

"告诉你，罗晓芳两个眼睛哭得肿肿的。"

"她爱哭哭拜。"我装的没事地说，可是，心里说不出来的难受。

"你这没良心的！"蚊子骂了我一句，就扛着铁锨上他的工去。

我的身子有点重，头有点疼，我感觉我好象是着上了，就拉开被子睡了。我一睡就睡过去了，到了晚上，去上了趟茅房，根本一口饭也不想吃，回来接着睡，睡到了第二天天亮，大家都上工走了，老乔走了进来，问我："咋了，咋不去上工？"

我说："可能昨天着上了，头疼得厉害。"

老乔说："起吧，起来了把昨天拉的土豆帮着老袁卸了。再没人手，皮车不能闲着，下午还得往地里拉粪。"

我说："我头实在是疼，再找别人卸吧。"

"再到哪找人去？都下地了。去吧，就几袋土豆，又不是装，费劲。往下卸，省事，一阵就卸完了。卸完后你再回来睡，下午也给你假，你好好可以睡一天。"

我算算，卸一车土豆，能换回两甲时间来睡觉，合算，就答应了，硬撑着起来，穿了衣服到场上去。袁老二已经在那里等着，我就和袁老二一袋袋地往下搬土豆。我的身子就轻得跟飘似的，打摆摆，后脑勺似被有人揪着头发使劲在拽，袁老二就又埋汰我一顿，问我："再耍二球不耍了？罗晓芳上杆子给你大衣，你还逞能不要。"

坚持着将一车土豆卸完了，袁老二又和我在麦场上往车中上了一车麦衣子，将鞭子交到我手中，说是他绕个近道回家去，让我把皮车吆到饲养场去就行了，麦衣子不用卸，是饲养员用来垫圈的，由他们去卸。我上了车，卸了一车的土豆，这会儿放松了下来，头就又晕晕乎乎起来，身子难受，心里更难受，想着自己和晓芳赌气的事。皮车在过一条沟时，我就被车一颠，脚底下又被麦衣子一滑，没小心哧溜一下就掉下了车去。我一下子被惊醒过来，看到那车轱辘就要向我的脑袋上辗过来，本能地将头往里一伸，又翻了个身，护住了头和胸脯，把脊梁骨垫给车轱辘。马车从我身上辗了过去。

我啥也不知道地在车后边躺了好几分钟才恢复了知觉，可是，躺在地上就是起不来身子。那马车自个儿拉着皮车跑回了饲养场里。我就在那里怔怔地躺着，大脑里一片模糊，啥也不想，感到特别的舒坦。饲养场的袁老三找上来了，发现我躺在那里，低头问我，"咋了？怪不得皮车自己回去了。"

我说"我被摔下来了，车轱辘从我身上辗过去了。"说完，我就啥也不知道了。

等我睁开眼睛，发现自己躺在公社卫生院里，胳膊上打着点滴，身上抹着药，缠着纱布，床边上呆着蚊子。我问蚊子是咋回事，我怎么在这里躺着？蚊子说了，我才回忆起来。蚊子说，"全点的知青都来看过你了。罗晓芳哭得泪人似的，非要留下来陪你，让大家劝走了。队长不让她留下来陪，只让我陪你。"

蚊子和我唠了起来，说我当时全身是泥巴，是队上开着拖拉机送到卫生院的。都说我这条命是捡回来的，如果那天拉的不是麦衣子，而是一车垫圈土，我的小命就全完完了。蚊子这时候还跟我开玩笑，"你就吃不上我还你的大油饼子了。不过我会在你周年忌日时，在青年点你的遗像前摆上它的。摆两个大大的，让你这损吃个香香的。"

最初的疼痛过后，我觉得躲在卫生院的病床上真是太享福了，白白的床单，融融的光线，不用再干重活，不用再受寒风吹，而且还能吃到白汤面条子。

蚊子也能跟上我蹭着吃，也乐滋滋的。

一天中午，我美美地喝了两碗土豆面条，懒懒地睡着了觉，就感觉自己的脸上怎么痒痒儿的，用手抓挠了两把，又继续睡我的觉。可是，一会儿，脸上就又痒了起来，重又用手抹了去，三抹两抹，我就有意识了，这时候，才听到了嘤嘤的哭泣声。我完全醒了，这声音好熟悉，它是晓芳的！我睁开眼睛，一轱辘想翻起身来，晓芳就一把搂住了我的脖子，呜呜地大哭起来，我的泪水也就涌泉般地喷出眼眶来。蚊子也在一旁受了感动，抹开了眼泪，又小声地劝我俩。哭声惊动了护士，跑了进来制止，说："呃呃，这是医院，你们克制着点，谈情说爱出了院说去。"

我和晓芳这才控制住了自己，抹去了眼泪。

等平静下来之后，晓芳才向我表白，说："那天是我不好，故意气你。"

我说，"是我不对，是我太小心眼了。"

晓芳眼里泪水又流了出来，"你那天夜里的情形袁老二都给我讲了，说是冻坏了，还跟着皮车跑，如果不着上感冒，也不会从皮车上掉下来。都是我不好。"说着，就又控制不住地呜呜哭起来。

我一边抹自己的眼泪，一边劝晓芳，"别哭别哭，招来护士，又要挨骂。"

第二次平静下来后，晓芳就说，她问了大夫，已经过了危险期，再观察上一两天，没事，就可以出院了。说我的被褥和留在点上的脏衣服都该洗的洗了，该补的补了。过两天接我回去时，她争取让队长老乔派她来接我。又问我："想吃点啥，我给你去买？"

我说："啥也不想吃，这里的伙食比青年点上好多了。住了医院，实际上等于享了回福。"

"真的，想吃啥？我给你去买。我还有几块钱。"

我看晓芳一脸真诚的样子，拗不过，知道我就是不让她给我买什么东西，她也会给我花这钱的，就说，"那你就在公社前的饭馆里看有没有油饼了买两个回来。本来也不想，蚊子老提它，就把人的馋劲勾上来了。"

晓芳就出去了，过了一会儿，还果真抱着两个油饼回来了，送到我手中，说，"快吃，还热乎着呢。"

我接过来，先用鼻子闻了闻，把上边的一个递给蚊子，蚊子咂着嘴，摇头摆手，"不吃，不吃，晓芳特意给你买的，我吃算啥。而且我还欠着你的油饼呢。"

晓芳不明白，问是咋回事，蚊子就将那天晚上偷吃我那个面饼的事给晓芳讲了，晓芳就乐了，"怪不得呢。"

我就说，"当时把我都气傻了，本来是想得好好的第二天趁没人了再给你的，却让他们两人给半夜偷吃了。"

晓芳就半开玩笑地朗声道，"我还以为你又把那块面饼给陈玉霞了呢。"

我就说，"怎么可能呢。人家本来就是准备两块面饼都给你的。正好就在院门口碰上了陈玉霞，就给了她一块。我知道你就是为这个才生我的气的。人家其实并没有要撬开咱俩的意思。蚊子你吃呀。"

蚊子不好意思，"没吃到我的油饼，倒要吃你的油饼。"

"吃吧吃吧，咱俩谁跟谁呀。就凭你陪我这两天的，也应该吃。"

"其实，我陪你也是跟着你蹭着享福呢，不用干活，还尽吃好的。”

“吃吧，别说享福不享福的，谁跟谁？别忘了咱俩是一个座位上坐下的。”

我又转过头去，将第二张油饼递给晓芳，晓芳拒着不要，说，“给你买的，你就吃吧，你不是就馋这一口嘛。”

我说：“大家一起吃才香。”

“我不馋油饼，还是你留着吃。你喜欢吃油饼，以后我如果回家去，再给你从城里带。”

“你要不吃，我可也就不吃了，让它变馊了去。”我说。“好好好，我吃，我吃。” 晓芳才用手撕了一小块。

“你多撕一块。”

“这就行了，我真的不馋油饼。”

看着晓芳把油饼子放进了嘴中，我就乐了，说：“我咋感觉我们今天象在过什么节。”

七

蟞子那条大黑狗不但咬了我，引着蟞子和老乔袁老二一伙吃了罗晓芳给我带的大肉片，还时不时地蹿进我们青年点上来，把女知青们吓得哇哇叫，一次把葛平平给堵在茅房里，魂都吓没了，害得其它女知青再上茅房时提心吊胆的，生怕那狗再蹿进去。还有一次，竟然要抢吃李秀萍刚做好的一锅面条，李秀萍没挡住，把饭锅也给扒翻了，满满一锅面条被倒在地上，李秀萍的胳膊和脚背也让面条给烫伤了。大家伙下工回来后，肚子饿饿的，见面条白花花地倒在地上，吃不到嘴里，气不打一处来，大头就火起，吼了一句，“灭掉它！”

蚊子就摇车，“对，为点除害，还能将它扒了皮吃肉。”

一听到能吃到肉，我心里一动，对那黑狗曾咬过我也耿耿于怀，早有恶感，也张口叫好。大家伙就都看着丁志雄。丁志雄个头矮，葛平平个头也矮，两人互不嫌弃，平时关系好，每逢葛平平做饭，都是丁志雄给其挑水。葛平平被那恶狗堵到茅房吓得叫唤时，就是丁志雄第一个冲进女茅房中解围，打走恶狗，搀着葛平平出来的。过后卷毛还调侃道："丁志雄你看见葛平平的屁股了没有，白不白？"私底下，老乡也早把两人编排在了一起。这会儿，丁志雄就踌躇起来，见我们都义愤填膺的样子，最后就问大家："那就做了它？"

"做了它！"大家伙异口同声道。

我们就开始筹划做那条恶狗的办法。虽然大家伙都一致同意做了它，可怎么个做法，意见产生了分歧。大头说花鳖子的恶狗每天早晨都放出来独自遛弯，在沙沟里找人屎吃，我们几个前一天都去，在那条沙沟里多屙上几泡，把它引来后，大家一顿乱石就将它砸死。丁志雄说："这个办法不妥，你砸它时，它肯定要叫，就会惊动了花鳖子家的人。最好的办法就是不让狗叫，就能把它给收拾了。"

蚊子就说："这样行不行，在沙沟里挖个陷井，等狗陷进去，再弄死它？"

"那要是狗不往上边去，咋办？"马大有问。

"最好是弄一块肉放上边。"丁志雄说。

"到哪找一块肉去？"马大有问。

大家都用足了脑子想，半天也没有想出个好点子来。我就失望地说："从我身上割一块算球！"

大家伙就一窝蜂上来，将我按倒了，丁志雄就吩咐："去个人上伙房取菜刀来！"

卷毛那损，只盘算着我的下处，伸手上前来就准准地捏住我的老二，说："就这块肉，当诱饵最好，骚骚的，肯定一引狗就来。"

我挣脱出来，丁志雄就说："闹是闹，赶快想个办法出来。"

大家伙就挖空心思地想法子，半天也没人吭声。突然，蚊子一拍脑瓜说，"有了！"

大伙就催他，"快讲！"

蚊子说："前几天在公社卫生院陪张一凡时，一打开病房的窗户，就飘进一股肉味儿，诱得我不由地就踱出去寻那味是从哪里飘过来的。找来找去地找到了一个屠宰点，我踱过去，原来他们正在煮一锅猪下水，把我馋的。一问，原来是县屠宰场设下的点，锅里的下水是给公社食堂煮的。我问我能不能尝一块，人家说白吃不行，拿钱可以。我实在馋得不行，就掏了两毛钱，买了一节肥肠。"

我哑巴着嘴，"蚊子你个狗日的，我都让你吃油饼，你有这样的好事就躲着偷偷一人受用！"

蚊子就狡辩，"你那时还没醒过来呢，我咋给你？"

丁志雄就制止了我俩，说："好，太好了，我提议，大家每人凑上五毛钱，派人去买几节猪肥肠回来。"

马大有说："其实用不上五毛，太费了，两毛就行。六个人呢，每人两毛，也一块二呢，够够的了。"

丁志雄说："你又不是不知道张一凡钱被烧了，大头也是个穷鬼？还要坐公交车呢，得快去快回。我的意思是我们四个出钱，让他们两个谁出力跑腿，去买。"

"行，我愿意。"我回答。

大头说，"打狗时，我多出些力。"

丁志雄交待我一番具体事宜，又吩咐大伙说，"这事，事先不要告诉任何女的，她们胆子小，知道了弄不好要坏事。事成后让她们分享咱们的胜利成果就行了。"丁志雄又做了下一步聚的安排：明天晚上该干些啥，提前做哪些准备，后天早晨行动时，谁在哪望风，谁在哪守候，狗落陷井后，谁和谁负责填埋，谁负责接应。如果谁失了职，如何惩罚。完事后，如何先不行动，等天黑后，再去背了移尸大荒滩埋了，过上一两天风声过后，再悄悄去大荒滩挖出来烧了吃。烧好吃不了的狗肉如何分成块带回点上来，到时候给各自相好的给时如何交待。大伙听着直点头，佩服丁志雄办事到底老道。我想上次偷果子时，要是由丁志雄领导着，我也不至于让马大有那狗损扔下肩头去被狗咬。

我激动兴奋得不得了，为这一次重大行动。下午我们被派往地里拎着木榔头去打土块，歇息时，我到晓芳身边去，就忍不住想将我们的计划告诉给她，硬是忍住了。这次行动实在是太重大了，是我们插队以来首次全点男爷们参加的大行动，要是说给了晓芳，晓芳家以前就在村里，万一泄露了出去，我就把大家给卖了。

第二天早晨，干了一阵活后歇息时，丁志雄给我使了个眼色，我便跳进身旁的一个深沙沟，将手中的木榔头往沙中一埋，弓着身子猫着腰，躲开大家，一溜小跑，从乡村小路跃上公路。我们之前算好了，城里开来的班车这时候路过。不一会儿，我就等来了班车，招手上去后，一会儿就到了公社，去到蚊子说的那个屠宰点上，很快就将几节猪大肠买好后，用个报纸包上，藏在怀中，再重新赶到发车点，一会儿，就等来了新一趟班车。我神不知鬼不觉地回到沙沟，这时候大家已经干完了早上的一甲活，收了工，我从沙中摸找出自己的榔头回村去。在村口，碰到了骑自行车出村去的队长老乔，奇怪地问我，"大家都收工好一会儿了，你咋才回来？"

　　我心里紧张，嘴里搪塞，"我肚子不舒服，屙肚子，在沟底下屙完才来的。"

　　我怕老乔闻出味来，离他远远儿的，抱紧了肚子走，还是被老乔闻出来了，问："你身上一股什么味儿？"

　　我情急生智，回答说："我把屎屙到裤裆里了。"

　　老乔鼻子哧哧着躲着我绕过去，过去后说了一句："真臭！"

　　当天晚上，丁志雄就带着我们，趁黑偷偷拎上一把铁锨，去到了蹩子家黑狗早上遛弯时常去的那条沙沟。丁志雄接过蚊子手中的铁锨，在一泡狗屎旁挖了个很深很深的坑，然后在上边放上两根树枝，再放上两层带来的报纸，又在其上铺了层薄沙土。一切都整好后，我们几个兴奋异常地回了，趴在被窝里，根本睡不着，大家美美地憧憬着。

　　第二天早晨天麻麻亮，离上工还有一段时间，我们就起了炕，悄悄地摸着黑穿了衣服，来到地段，按照丁志雄事先安排好的，大家各司其职进入自己守候的地点。丁志雄过去，将那几节臭哄哄的猪大肠，放在了昨晚铺好在洞口上的报纸上，然后，迅速地离开来，躲到远远的地带守望。果然，没多长时间，就听见远处蹩子家的院门有吱扭声传出，我们都屏息凝神地等待着。不一会儿，那条黑狗就蹒蹒跚跚一晃三摇地走进了沙沟。黑狗嗅了几下鼻子，很快就闻到了猪肥肠的美味，找寻而去。接着，就听到"噗嗵"一声响，丁志雄一挥手，"快！"大头、卷毛、蚊子几个就拎着铁锨一哄而上，迅速地铲了沙土往陷井里扔。可怜那黑狗，都几乎没叫出一声来，就被活埋了。大家还不放心，又上去狠踩，将沙土踩瓷实了，丁志雄说，"你们先撤，我来收拾。"他就蹲下去，在埋狗的地方屙了泡屎，又用个身旁的干树枝子，边退边扫了大家留下的乱脚印，然后才尾随大家回到点上来。

上工时间到了，大家装模做样地洗脸的洗脸，刷牙的刷牙，上茅房的上茅房。

下午收工时，花鳖子来到了我们点上，问我们："你们见我家狗了没有？"

我们一个个装得很镇静，"没有呀，咋，你家的狗不见了？"

"早上放出来，到现在没回去。我怀疑是让人打死了。"

"没有，你可看见的，我们一天都在上工。别往我们头上想。"

花鳖子就一声不吭地走了，临出门时，又说了一句，"怪事了，那么大条狗，说没就没了，如果不是有人想跟它过不去，绝不会不吭不哈就不见了。要是明天还找不到，我就反映给大队，让派治保干事来查一下。"

这后一句话显然是说给我们听的。花鳖子一走，大家就有点儿慌乱。丁志雄镇住大家，说，"怕什么！我们干得神不知鬼不觉的，他怀疑白怀疑。他就是把县上的公安整来，没证据，他也奈何不了咱们。"

等到半夜，几个人悄悄地起了炕，穿衣服出来，到埋狗的沙沟里，几铁锹将死狗挖出来，又将坑重新填好。丁志雄刚要安排，大头自告奋勇地背起死狗，按预定的计划，往大荒地里跑。点上的人都要跟去，丁志雄交待，马大有和卷毛留下，人多了路上目标大。马大有和卷毛就有点不舍地拎着铁锹回点上去。

我们几个避开大路，专门从沙沟地埂上一路小跑，大头背着死狗，跑了一会，累了，蚊子又接背，蚊子背着死狗，还敲二话，"妈的，我妈我爸我都没这么背过。"

蚊子背累，我又换他。一会儿功夫，我们就来到了大荒地。找了个软和点的沙堆，几下用脚踢，用树棍撬地整开上边的一层硬土，很快就扒开个沙窝，将死狗埋了进去，然后丁志雄在上边插上个树枝，做个记号。大家拍拍身上的土，往回返。进村子时，我们也绕开大路，从村子后边轻声轻脚地回到点上，怕把村里其它的狗惊动了。马大有和卷毛虽然躺在床上，可并没有睡着，在等着我们。回来后，一伙人兴奋异常，商量着什么时候再去在荒地里烧狗肉吃。丁志雄说："不能马上去，得待两天，花鳖家的人肯定要闹腾我们，等他闹腾完了，风声过了，我们再去消停享用，好好地烤了它吃。"

一句话引起屋子里一片嘴巴的吧叽声。

"听说狗是热性的，还治胃病。"

"狗肉有没有膘？"

"当然会有的，咋能没有。　"

"有没有猪肉的膘那么好吃？"我问。

"肯定。"蚊子说。

大头神秘兮兮地说，"我听看场的赵埋汰说过，说狗的那吊玩意还是大补，说是能壮阳什么的，我也没听明白，就是跟女人整事时，能时间长一点。"

丁志雄就说大头："你大头整天跟个赵埋汰混到一起，学得越来越下流了。"

一伙人躺在炕上哪有了瞌睡，几乎唠唠到天亮。

第二天，花鳖子老婆就来骂点，站在院门外，双手掐了粗腰。"妈个x，吃了让它烂肠子。""这帮有人养没人教的乌龟王八蛋。""看我不把大队的治保叫来收拾你们这帮狗损。"等等。

大家有点儿心虚，躲藏在屋子里不敢出去。丁志雄嘱咐大家："该干啥干啥，千万别让她看出我们心虚来。她又没抓住我们啥把柄，干骂，发泄一阵后，就屁事没有了。"

大家就听了丁志雄的，打开门来，上厨房的上厨房，上茅房的上茅房，只当是没听到。花蹩子老婆骂了一会儿，骂累了，果然就没趣地回去了。

晚上，花蹩子第二次又来到我们点上，进来后，还脸上堆着笑，给抽烟的大头、丁志雄、卷毛、蚊子、马大有都让了烟。几个人接过花蹩子递过的纸条，花蹩子从口袋中取出烟丝包，给每个人轮着倒上了，等大家都将烟卷好，叼进了嘴里，吐出一圈圈烟雾来，这才笑着说，"不就一条狗嘛，老婆子今早晨来骂点你们别往心里去。女人家，都是头发长见识短的。她就忘了从你们青年点上得的好多好处。"

"就是，"我急匆匆说："上次你和你的狗还吃了我的肉呢。还把我的半盒肉都掉进地窖里去，我都没跟你翻脸。"

"你老婆动不动就到我们点上来，捞个这捞个那的。前几天我们点上的炉棍又不见了，我听吴玉芳说看见是你老婆夹在怀里偷走的。"马大有说。

丁志雄说："听你老婆早上骂的那些难听话，我们点上的女生都羞得不敢开门去听。"

"回去好好把你老婆收拾收拾，哪有那样骂人的。"

花蹩子连声应喏，"我收拾，我一定收拾。不过，狗弄死了就弄死了，弄死的狗肉也给我点，养了它一场也不容易，也得让我和家里的人尝一口呀。"

丁志雄就说："你看看，你原来是绕我们来了。你真就以为是我们把你家的狗做了？"

花蹩子尴尬地笑笑道："不是你们还能有谁？让鬼给揪走了不成？"

"现在正在灌地，那渠里的水多满，它失足掉进了渠里也不是不可能的。再说，周围的村子也有知青点，你怎么就把眼光盯在我们自己的青年点上？兔子还不吃窝边草呢。"丁志雄说。

"难道我老婆还真是把你们给冤枉了？"

蚊子道："可不咋的，你老婆真是个泼妇！"

"邻居大队我一个同学昨天过来窜点，让我明天上他们点上去，说是有好吃的等着我。"丁志雄煞有介事地说。

花鳖子就一头雾水地走了。等花鳖子出了院门，估摸着走远了，大家伙就一阵轰笑，直夸丁志雄，"真有你的，编得让花鳖子找不到一点儿破绽。"

本来丁志雄还要让我们等一天，但大家伙馋得实在是耐不住了，丁志雄就松口拍板："今晚行动！"

丁志雄说全点的人都去目标太大，留下三个去三个，烧好后给带回来就行了。可是谁都不愿留守，都嚷叫着要跟了去，说是花鳖子已经被蒙混过去了，不会再找麻烦的。再说，深更半夜的悄悄走，谁能知道。丁志雄实在是挡不住大家的欲望，只好说，"那就全走。但是，一定要悄悄的，分头走，出村时从村后绕着走，不要说任何话，脚步放得轻轻的，出了村后再汇合。"

我们就一个个直点头。

熬到半夜，丁志雄一声令下，"走！"大家就急死慌忙地从被子里钻出来，之前都没脱衣服，都怕落在了后边。丁志雄让大家先走，他最后走。大家就先后出门来，一溜小跑地出了村。

其实，在下午时，我见风头已过，我就在干活的时候实在忍不住地将此喜讯半透露给了晓芳。我说："你等着晓芳，明天我给你送一件好东西。"

晓芳问是啥东西。我说现在不能告诉你，到时候你自然就知道了。她又问究竟是啥，还对她保密。我说丁志雄交待了的，不能说，说了就违背了大家的约定。晓芳就猜到了，问我："你们是不是真把人家鳖子家的狗给弄死了？"

我吱吱唔唔。晓芳就责备我说："你们要是真把人家的狗给弄死了，可就闯乱子了。鳖子那人别看挺埋汰，肚子里可有心计了。"

我说："没事，他抓不住我们什么把柄。"我又夸丁志雄，说别看那家伙矮矮的，可办事可有主意了，没白选他当点长，通过上次打防疫针和这次的两件事情，我可是服他了。

这会儿走在路上，我就想好了，今晚上把最肥的一块肉烧好了，给晓芳留着带回来。一想到能补了上次给晓芳没能送成面饼的遗憾，我的心就激奋起来。

一伙人来到荒滩地，摸着黑走进去。马大有一不小心，被个坟头绊了一下，摔了一跤，"噗嗵"一声来了个狗吃屎，前腿跪在了地上。蚊子就调侃："里边埋的你家的哪位先大人？"

马大有爬起来骂蚊子，'操你奶奶，里边埋的是你爹！"

"哟，我爹啥时候收了这么孝顺的个养子，一进来就先跪下磕头。"

马大有就要前去揪蚊子的耳朵。蚊子躲在了我的身后。

丁志雄就说："你们想不想吃狗肉？耍什么嘴？"又转过头来问我，"那天究竟埋在哪了，我咋有点忘了？"

我四外瞅瞅，也说："我咋也有点迷糊记不清了。"

又问大头，大头摸着头说，"你们都没记清，我就更记不清了。"

"你就知道扛个嘴来吃！"丁志雄骂大头一句。

蚊子半天想了想，说，"好象还得走走，在前边那块沙丘旁的个坟头边上，不是这块的坟头。我记得那边的坟头有四五个呢。这边的坟头数好象不够。"

丁志雄就说："那就再往前走走。"

马大有说："把人瘆的，别遇上个鬼。"

丁志雄就埋汰马大有，"瞧你还是个二尺高的汉子，老就象个婆娘。这么一堆人你都害怕？"

"不是我害怕，听说这一带不是老闹狼嘛。"

丁志雄说："有狼怕啥？我们五六个人，还怕它个狼！来了就把它也一并做了，和狗肉一块儿烧。"

大头附和："就是，谁怕，谁现在就可以回去。"

我听着，心里怯怯儿的，因为此时，四处黑漆漆一片，天上也没有月亮，就着星星的光亮，只能依稀看得见坟头上的乱草。往前又摸着走了一截儿，蚊子不停地划着火柴，丁志雄就提醒蚊子，"你省着点划拉，就半盒火柴，别到时候烧狗时没有了。"

蚊子回答，"放心，我掌握着呢，还有大半盒，足够了。"蚊子说着就停了下来，"就这，没错，我当时特意回头多看了几眼，数了数这里的坟头，一共是七个。旁边还有一大丛红柳和沙棘。没错，就在这里找，好象是埋到往左数第二个坟头边的一块沙窝里了。"

丁志雄就吩咐："大家散开了找，这样快点。"

可是，并没有人听，都围着丁志雄身边打转转。丁志雄就骂道："你们都围在我身边干啥？还是个男人！滚开去找！天不早了，你们还想不想吃狗肉了？"

一听这句话，大家来了精神，稍稍散开去些，分头去找。突然，就听马大有叫唤了一声，吓得就跑回到人群中间来。我们齐问："咋了？"

马大有手颤抖着指着刚才离开的地方，"那，那儿有一滩血，还有，还有，还有……"

"还有啥？"丁志雄问。

"还有……"马大有嘴唇竟然得得地说不完整话来。

丁志雄就吩咐蚊子："你拿火柴去照一下，看究竟是啥？"

蚊子犹豫着，丁志雄就骂道："又不是让你一个上去看，走，大家都走，看鬼能把我们六个同时都拖走！"

大家拥在丁志雄身后，瑟瑟地挪脚上前，蚊子这时候也忘不了调侃，"妈的，吃块烂狗肉这么费劲，人的魂都被吓没了。"

等几个战战兢兢地上前去，蚊子将几根火柴并在一起，让火光更亮一些。大家伙就看到，地上确实有一滩干了的污血，还有一张黑狗皮和狗头，狗腿、狗尾巴等狗的残骸。几个人下意识地往后就退。丁志雄判断道："妈的，肯定来过狼了！"

这一说，马大有吓得拔腿就往回跑，起了连锁反应，引得大家伙一阵慌乱，都跟着马大有往回没命地跑，连丁志雄也撑不住地尾随着大家跑出荒滩地来。然后，大家伙才停住了脚步，坐在个沙沟梁上直喘气。喘完了气丁志雄就骂马大有，"你妈真是把你投错胎了！真是个女人胆！"

马大有不服气，"你们不怕，跟着跑啥？"

惊魂过后，大家就非常地沮丧，又埋怨开丁志雄："太谨慎了，其实也是胆小的另一种表现形式。要不是听你的，我们就在点上煮了吃，这会儿早都狗肉进嘴了。说不定，都已经变成粪屙出了肚子。这可好，惹了一身骚，骂也挨了，肉却一口也没捞着吃。倒给狼办了件好事。"

丁志雄觉得委屈，说，"你们都他妈是事后诸葛亮。当时我说时，咋没一个反对的？你在点上煮试试，花鳖子的老婆闻到香味不来把你的锅给周翻了，抢起狗鞭来抹到你们的臭嘴上！"

歇息了一会儿，丁志雄说："其实我看见刚才那狗腿和脖子上还有些肉。"

"是吗？"大家异口同声地问。

"就是，起码有个两三斤没问题。"

"有那么多？"

"绝对有。"

大家不吭声了。

丁志雄说，"咋办，回去一趟？"

大家犹豫。

半天，丁志雄骂道："我吊你们呢，一堆损包。回球！"

第三章

一

当天下午，我正和大家拎着榔头在地里捣粪，就见鳖子领着个大队干部来到地头上，我心里咯噔一下，因为我在大队办专栏时，大队的人我都认下了，知道此人是大队的治保主任。两人来到地头，没找别人，就直接找我，让我拎了榔头回队部去。同点的知青都看着我，感觉有啥事情。

来到队部，队长老乔正半躺在床上养神，见我们进来了，欠起身来，对我说，"这是大队的治保主任老夏，要问你件事情。照实了说，不要编谎。"

治保主任就掏出个本本来，又掏出个钢笔来，用嘴揪住笔帽打开来，煞有介事地问我，"把你们如何打花队长家狗的事情说一说。"

我心放在了肚里，我还以为是我家中又出了什么事情，组织上调查来了。就痛快地回答："没有呀，我们没打。花队长你那天不是也来点上问过了，点长丁志雄都帮你分析过了，可能是掉渠里漂走了，也可能是让邻队青年点的知青打了。"

"你最近是不是去了趟公社？"

"我什么时候去公社了？自从公社卫生院住院回来，我一直都在上工，哪都没去。"

"别狡辩了，有人都看见你了！"

我心里纳闷，事情做得那么诡秘，怎么会有人看见呢。我再不吭声。

鳖子这时候才发话说："敌人再狡猾，也会露出狐狸尾巴来。上次二队的夏老三，写的那封反动匿名信，不是最后还是查了出来。"

那是在我们刚插队下来不久，流传着说是有人向上边写了封反动匿名信，特别恶毒地攻击当前的大好形势。当时上边还以为写此信的人出在知青中，就拉网式地在知青点上反复排查，对笔迹。三个月后，案件破了，原来是一位二队的回乡知识青年干的。那小子还挺聪明，信是戴上手套，用左手写成丢到公社的信筒的，但仍还是被查了出来。逮捕和公判大会，两次都被押回来，在公社的大戏台上开的，五花大绑，脚上砸着铁镣，被判了死缓。从我们身边押过去时，我发现那家伙的脚脖子全磨破了，血渗出来，沾到铁镣上。我当时心里特别的郁闷，特别的害怕。公判完了，说是拉到城里还要公判一次，以便让更多的人受教育。那次参加公判大会的情形我终身难忘。

这会儿我很不以为然，说"花队长你也乱比，夏老三那是写反动匿名信，性质不一样，你别吓唬人，不就一条狗嘛。"

夏治保直截了当地问我："你是不是去公社屠宰点上买过几节猪肠子？"

我的天，这些细节都让抓住了，看样子，他们今天是有备而来。我再不吭声了。

鳖子就得意地说："你以为我傻，你们那么一摆乎，就把我糊弄过去了？告诉你，我在那条沙沟里找到了你买的那几节猪肥肠。"

"说，把打狗的全部经过讲一遍。"

我在脑子里急速地转着念头，该咋回答才好。？　"你和谁干的，都有几个人参加的……"

我心里想了半天，不就是一条狗，你们能把我咋样，就回答说：“我一个人干的。”

“怎么可能是你一人干的？”

“就是我一人干的。”我咬紧牙关说。

“好好好，就算是你一个人干的。狗来，咋弄死的？”

我就把打狗的经过简单说了一遍，但都说是从想主意到实施行动，都是一个人干的，别人没参加，因为我太馋肉了。审完我之后，他们就让我回去上工了。接着就一个个地叫每一人去问。不一会儿，几个人就全问完了。

晚上下了工，大家伙就围着我问我是咋回答的。我如实说了。

几个人就说，“没有呀，都说是你全招了。”

我拍胸脯发誓，说，“我绝没有出卖大伙，全一个人揽下了。”

大家伙就再不吭声。

过了两天，上边做出决定，要让我们每人赔花鳖子打狗的钱。如果不赔，就从下年的工分中扣。他们缴了现钱，大头欠在了下年的工分里。我本来也是要欠在下年的工分里的，晓芳硬给我塞了三块钱，让我赔给了花鳖子。

一天晚上，大头神神秘秘地从外边回来，悄悄说，“你知道你是被谁在公社的街上看见了？”

我问“是谁？”

大头说：“是刘桂花！”

我就疑惑地问：“你是不是刚到刘桂花家去了？”

大头看我怀疑他，就矢口否认：“你把我看成啥了？我还没那么下贱。是刚才我到场上去，看场的赵埋汰告诉我的。说刘桂花那天正好去公社卫生院看妇科病，你没瞧见人家，人家却瞧见了你。”

　　"你看看，你还不承认，你连人家得的是什么病你都知道了，还说没去，却编谎说是赵埋汰告诉你的。去了就去了，我又不会给你乱张扬。就是眼睛尖点，腿脚利索点，别让两个队长逮着，把你那玩意给阉了就行了。"

大头在我屁股上踢一脚，"去你奶奶，不识好歹，早知道不告诉你，让你瞎猜去，吃了亏不知是栽在了谁手里。"

　　又过了两天，老乔把我叫到队部，说让我上一趟大队部。我问啥事，老乔莫测高深地说：'你去了就知道了。"

　　我心里忐忑不安，琢磨究竟是好事还是坏事。

　　去到了大队部，又见了夏治保，很严肃的一副面孔，对我说："我们上公社查了你的档案，你爷爷是旧军阀，畏罪自杀了，你爸有叛徒嫌疑，被定为阶级异己分子，清理出了教师队伍，你还有啥跳腾的？别人摸果，你跟上摸果，别人打狗，你跟上打狗。人家可一个个都劳动人民家庭出身，你能跟人家比吗？还不把自己位置掂量准了，把你能得搁不下？还把人家罗晓芳也哄得一愣一愣的！"

　　我一声不吭地听着夏治保训斥，训斥完了，就让我走。我不知自己是怎么迈出大队部院门的。出了院门，我往回走，步子实在沉得迈不动，就在一个沙昂梁上坐下来，我一下子记了起来，前不久，就是在此处，我因为得到了两个面饼子，而高兴地在沙窝中翻了两个大跟头！

　　我一直在沙梁上坐了很长很长时间，脑子里一片空白。仲春时节，又是大中午，头顶的太阳照得我浑身暖洋洋的，顺势躺倒下去，眼睛盯着蓝天上白白的云朵和祁连山峰顶的白雪，又象上次被皮车碾了躺在沟里的一样，特别舒服。躺了一会儿，我真不想回点上去，就又不由自主地折了方向，向那块荒滩地踱去。怪了，我现在是一碰上啥事，就想往那里钻。

　　我来到那块大荒地上，找到去年秋天领晓芳出来唱了"黄歌"的那个沙峁梁上，重新坐下去，呆呆地坐呀坐呀，一直坐到日头偏西，滚落下祁连山，山头上冒出了晚霞，把山巅上的白雪都映得一片赤红，才起身往回走。

　　返回时，路过那几个乱坟头，我突然就控制不住地扑通跪下，大叫一声"我的爷——"就嚎啕大哭起来。哭声惊飞了坟头上觅食的两只乌鸦，嘎嘎地抖着翅膀飞到了灰色的天幕中。我的哭声把我自己都震撼了，撕心裂肺的。我从来都没有这么痛快这么大声地哭过。哭过之后，我觉得心里轻松多了，就起身来慢慢地走回村子去。

　　在村子头上，我遇上了老乔，不满地问我："你咋现在才回来？"

　　我没吭声。老乔就又说我："你真是，能滑过一甲是一甲。现在地里的活有多忙，你却一去就是两甲。"

　　我不吭声，任他去数落。数落我完了，他骑上自行车回家去了，我重走回点上去。大家已经下了工。都纷纷上前来关切地问我："咋了，大队叫你去，是不是又是为狗的事？不是已经完了吗？"

　　我默声不做回答。我咋回答！

　　当天晚上，晓芳到我房间来，对我说，"你出来一下。"

　　我就跟她出点上来，到了青年点的后墙下，晓芳就忍不住地问："大队叫你干啥去了，怎么一去就一个下午？"

　　我半天，才回答"没事。"

　　"没事回来不吃饭？"

　　"真的没事。就是又问了问上次打狗的事。"我搪塞说。

　　半天，晓芳摇了摇头，"我还是不信。"

　　"真的，没事。"我说。

晓芳再不逼我，就说，"你不想说我也不问了，赶快回去吃饭。天大的事情，还有我呢，怕啥？"

我一下子眼泪就重涌上了眼眶，急忙趁着夜幕的遮掩转过头去，不让晓芳发现了。

自打那以后，我就开始精神恍惚，干完活回到点上就往炕上一躺。大家伙都问我咋了，劝我有啥事给大家伙讲出来，让他们为我排解，我只是敷衍说啥事也没有，就是身体有点不舒服，可能是干活太累了的缘故，一回来就想上床困觉。

晓芳过后又反复问我，我也死咬定了："没事。啥事也没有。"

气得晓芳恨恨地说："没事就振作起来，看你那小脸，都变成啥了！让人看着都心疼！"

二

大家问不出我什么来，也就不问了。其实，没有不透风的墙，渐渐，我就从大家对我的眼神和特别"关怀"中，感觉到了什么。他们说话时，都怕伤着我，遇到一些敏感的话题，总是小心翼翼，也不敢跟我开太过分的玩笑了。有时候他们正在说着什么，我一进门去，就哑了声。同时，点上的气氛，一下子沉闷了许多，他们再去摸老乡的什么瓜果梨桃，也再不喊上我，但每次摸回来，都会把最好的给我留几个。我特别不适应这种"照顾"，这无异于被大家把我孤立了起来。可是，我又无可奈何。这时，我才怀念起过去跟大伙无所顾忌有说有笑相处的日子。就是那天晚上去烧狗肉时发现狗被狼叼跑了，几个人沮丧地坐在沙昂梁上互相埋怨的情形，现在回想起来都是甜滋滋的。

我慢慢地又感觉到了发生在我身上的微妙变化。我发现，渐渐，队长给我派活时，不再把我和其它知青分在一起干活，甚至也不把我和其它社员分在一起干活，而是常常把我和村里的一些地富反坏分子派在一起。这些人干的往往是比其它社员更累更脏的活，象去到城里起厕所，晚上到地头看着浇水，或是被派往荒滩地里移坟头等。大队要向荒滩地要粮食，每年开春，常常组织各村的人去开荒地。开出的荒地叫"黑田"，不往上汇报，这样，就会提高全大队每亩的单产产量。

冬日里祁连山峰顶的积雪总是闪着刺眼的白光，给人阴冷的感觉。春日里的早晨，则反射出些橙色的霞光来，显得柔和了许多，透着几分妩媚。田埂上泛出了淡淡的绿色。特别是一丛丛冬天里被取暖的人烧过后留下黑茬口的芨芨草的根部，已经倒出了长长的新鲜的嫩芽。田里开始解冻泛浆，冒出的湿气中夹着牛羊粪气味。水渠边的柳树，也开始吐绿抽丝。人们脱去了身上厚厚的棉袄棉裤，换上了较单的衣服。女知青们，这时候开始显露开自己的爱美天性，里边穿件带颜色的衬衣，露出领口和袖口来，或是将冬天里包在头上的花围巾取下来，系在脖子上，然后在头发上别个红发卡或是黄发卡。春天里早晨上工时，已不象在冬日里那样摸黑，五彩的早霞常常将东边的天际涂抹得斑斑斓斓。女知青每天早晨扛着铁锨迎着早霞去上工，那些领口，袖口处露出的部分，加上头上的发卡，放出各色光彩来，走出去很远都能看见，成了田野里的一道风景。我不能跟他们一道去地里干活，而是被派上每天早出晚归去大队开荒。我们村里一共派了四个人，其中就我一个知青，其它三个一个是位地主的儿子叫袁祁连，一个是位旧社会国民党的小连长。还有一个是名下放右派。每天上工时我都一边出村，一边扭过头去瞅同时去下地的同点女知青们，目不转睛地盯着看她们露出领口与袖口的带颜色的衫衣，看她们头上那些发卡，从人群中找寻晓芳的身影，一直到再也看不清了，才回转过头来。那个地主崽袁祁连就问我，"张一凡，你的脖子扭疼了没有？"

　　四个人推着架子车，上边放着筛子、镐头、铁钎和锨——相对于田野里去上工的人，我们属于了另一个世界——来到荒滩地后，就和别的小队的人一道，开始了一天的开荒。大队监工的干部就是那位夏治保，给每个小队来的人每天都下达一天要完成的土方任务。我们四个就开始脱了衣服干活。先是将荒地上边的荒草铲去，然后就是筛土筛沙子。将大的鹅卵石筛着弄出荒地，再垫上筛过的细沙土和从别处拉来的田里的熟土，整平坦了，最后加上垅与埂。在这过程中，运气不好，就会碰到个乱坟头，几个人就得硬着头皮刨开坟头，将那破朽的棺木板、人的骷髅、乱骨头等整理出来，用架子车拉上送到一个大坑里去重新掩埋。每天都能遇上这么一两个坟眼。我还回去后不敢给点上的人讲，如果讲了，和别人在一个锅里捞饭吃，一个屋子里睡觉，怕别人隔瘾我。

　　每天挖坟眼，拾死人骨头弄得我心灰意懒，也疏了跟晓芳的接触，晚上回到点上就晚了，其它人都已吃过了饭，厨房也早都收拾了。我的饭被盛出来放在我的碗里，我胡乱扒两口就早早回屋里躲在炕上去睡觉。晓芳在厨房堵过我好几次，简单说了会儿话，又约我出去，我都借口太累了，想困觉而婉拒了。

　　一天晚上，我回来后到厨房吃饭，晓芳走了进来。我以为她又是以前那样堵着和我说说话，或是要约我吃完饭后出去走走。晓芳却问候了我两句，就把个手中的旧牙刷放在灶上的余火上烧起来，烤了一会儿，又用手拧把着。我一边吃饭一边好奇地问她做啥，她说是做发卡，从别的知青点流传过来的。我才明白过来，难怪近段时间女知青们每人头上花花绿绿戴着一个甚至两三个发卡。看了晓芳一会儿，我觉得她手有点笨，就放下饭碗要过来帮她做。也许是一种天赋，也许是出于对美的敏感，反正，那天我在炉子边上，发挥着自己的想象，拧巴出的花样特别的好看，晓芳欢喜得不得了，本来是只做一个别在前鬓角处的发卡，后来又喜滋滋地找来一个旧牙刷，让我又烤热后拧出一个别在后边脖颈处拢头发的发卡。我琢磨了一会儿功夫才动手，同样又拧出一个挺好看的 s 型式样来。晓芳才发现跟她们过去自己拧得迥然不同——她们太没有想象力，拧出的发卡都四平八稳，很单调，没有变化。跟她们的一比，我拧出的这两个发卡简直可称为艺术品，被拿到商店里去卖了。晓芳戴出去后，立即引起全点女知青的惊羡，纷纷不要了自己原来做的，重四处找旧牙刷来让我制做。

我越做越上手，后来甚至生发奇想，将牙刷烧软后，拧细了，用剪刀、锤子进行加工，制作出蝴蝶、蜻蜓、吊葫芦、小辣椒等造型，然后又趁热将回形针塞进去当卡子，完美程度赢得全点女知青们一片惊讶与叫好声。全点各个角落里的旧牙刷都让她们搜寻完了，实在再找不到，有几个人就忍痛将自己正在使用的牙刷拿出来，说是先不刷牙，拧成发卡，等过后再去大队小卖部买牙刷。男知青们不忍心，说你们女的不刷牙咋成，嘴里有股味，多埋汰，我们男的牙刷不刷的没什么。男爷们便纷纷主动把自己的牙刷贡献出来给各自相好的女知青。在我给晓芳做发卡之前，蚊子就将他的牙刷提供给了陈玉霞，所以，陈玉霞这会儿再没人给她提供牙刷了，而她自己的牙刷也以前已经让她自己做了一个很一般的发卡。和我给别人做的一比较，她就把其扔到了茅房。眼看着别人一个个将那漂漂亮亮的发卡戴在了头上，急得都要哭了，不上工了要去大队小卖部买牙刷，队长老乔又不给准假，陈玉霞就约了李秀萍利用吃饭的间隙去买牙刷。结果去了一趟小卖部又没开门，售货员提货去了。我晚上回来后知道了情况，就用自己的牙刷给陈玉霞做了一个蜻蜓发卡，背过晓芳送给她，陈玉霞别在鬓角上，对着镜子欢喜得不知说啥了好，一个劲地说："真好，真漂亮，谢谢你，太谢谢你了。"

我说："应该谢的是我。你替我做了那么多，我就只能给你送这么一个发卡。"

陈玉霞就连声道："这就够了，还要啥？这比送啥给我都好。"

听着她的话，我心里一阵慰藉，又一阵的难受。

做发卡的几天里，我成了全点上众心捧月的人物，得到了一种被大家承认与接纳的愉快。可是，我同时忍受着另一种痛苦的煎熬，那种痛苦来自心底，却没法向任何人倾诉——我是在用白天摆弄了死人骷髅尸骨的手，晚上再给她们一个个蹲在锅灶前弯发卡，要是她们知道了，会是个啥想法，敢不敢再戴它们了？一个是丑陋的骷髅，一个是美丽的发卡，这两种东西太不能放在一起了想！

在开荒队，中午休息吃饭，他们三个都常常带的是面馍，而且还有菜——家里人知道活苦。而我常常带的只是两个玉米面饼子，没有菜可带。每当中午歇息，一个个坐在地上就着水壶的水吃馍咬饼子。他们起先看我只有玉米面饼，也会让我个面饼，或是把筷子递过来让我夹两口他们带的咸菜或炒菜。可是，总不能天天如此。我的面皮也薄，以后每当吃饭时，我就躲开去，一个人走得远远的，三两口吞了玉米面饼，躺在个沙峁梁上，数天上有几块云朵和从身旁掠过的飞鸟，再就是侧过头去数远处祁连山在我目视的范围内有几个豁口和几个染雪的峰峦。估摸着他们吃完了，再踱回来干活。此时，我就常常忆起给大队办专栏时每天吃的那些带油水的饭菜和面饼来，要是把它们留在现在吃该多好。我想，给大队办专栏那样的好事今后恐怕是永远不再会有了。从夏治保对我那狠歹歹的眼神里，我就能感受到这一点。我的胃就从那时起，开始动不动就反开酸水。

三

这样的日子一直过了两个月。每天回来，我都是又累又乏地躺在炕上去，再不想起来。大家也常凑过来问我些开荒队上的事，我也不愿多说，慢慢地他们也就不多问了。晓芳一次约我我不出去，二次约我我又不出去，最后，晓芳实在忍不住了，一天傍晚，冲进我屋子对我说，"张一凡，你今天再累，也得给我出来，我有话要问你！"

我看晓芳生气的样子，只好爬起身来，跟她出了青年点院门，我问她，"有啥事要问？"

晓芳只是不理我，继续往前走，我只好跟着她。一会儿，来到村头外的那个水渠边，晓芳才回过头来问我："记得这是什么地方吗？"

我盯着看了一眼那块架在渠沿上的窄水泥板，回答："记着。"

"记着什么？"

"我们第一次拉过手的地方。"

"我还以为你忘了它呢。"晓芳狠狠地望我一眼说。我不吭声。

半天，晓芳话软下来，轻声问我，"开荒队的活是不是挺苦的？"

我违心地说，"还可以。"

"可以个啥？我又不是没听别人说过。"

"你听到啥了？"晓芳半天不吭声。

我心里沉甸甸的，晓芳肯定是知道了我每天都在扒坟眼，挖死人。

沉默一阵，晓芳说："我向队长要求了，去开荒队，我不怕累，我也不怕挖死人，只要能跟你在一起。可是，老乔不答应我。"

我一下子，眼泪就下来了，转过头去。晓芳看见了，上前来，将自己的小手绢掏出来，递到我手中。我接过去，抹着脸上的眼泪。晓芳安慰我，"我知道你心里的苦。可是，你还是应该想开点。你看看，点上知青，谁也没对你咋样，过去对你是啥现在还是啥，而且还对你更好了。你咋就非要自己跟自己过不去，一回到点上，就闭着个嘴，跟谁也不多说话。"

我知道晓芳指的是啥，她不过不直说出来，怕我不好受罢了。

晓芳接着又说，"我看准的是你这个人，没看其它的。以前我对你咋样，今后仍对你咋样。心放得宽宽的。我还是那句话，天大的事，还有我在呢。"

我一下子就蹲下身子，手捂起脸，呜呜大哭起来。晓芳忙制止了："这里离村子太近，别让人听见了，不好。"我才止住了哭。

晓芳这时候才从身上又摸出两个鸡子儿，塞到我的手中，说，'吃吧。下午就给你煮好的。现在都凉了。"

我接过鸡蛋，说，"又让你给我花钱。你也不是有多少钱。"

"吃吧，我们俩还客气个啥，还要分个你我。"

我说，"我们两个一人吃一个。"

"不，你都吃了。本来就是给你买的。"

　　我知道再让晓芳也不会吃的，就说："那我就留起来，等明天中午了再吃。"

　　"那也行。"晓芳说，"我们回去吧，呆的时间长了，让别人看见。村里的人已经把我俩的事传给我妈了。"

　　月光下，我随晓芳回点上去，当晚的月亮还和我与晓芳第一次从基建队回村时的一样，皎皎的，一会儿从云层里跳出，一会儿又跳进云层，象个顽皮的孩子。我俩的身影，长长地留在身后，时不时地交叠在一起。不过，那时是暮秋，此时是仲春。

　　第二天，在荒地上干活后中午吃饭时，我破天荒地没有离开去，而是掏出了晓芳给我的那两个鸡蛋。我也要让他们羡慕我一次！

　　也许那天是心情高兴了，干起活来就觉得没有以前那么累了，而且有点忘乎所以，在搬一块大石头往架子车上抱时，一不小心，一块石头从车顶上滑落下来，正好砸在我的大脚趾头尖上，瞬间，一阵钻心的疼痛从被砸的脚趾尖传导到全身，我抱着脚尖叫一声就蹲在了地上，疼得半天呲牙咧嘴上不来了气。待疼痛稍稍缓解之后，我脱下鞋来，又脱下袜子，就发现，大脚趾夹盖被砸裂了，趾头被砸扁了。渗出来的血虽不多，但染到了袜子上，和着泥土。几个人上前来，关切地问我咋样。我呲着牙回答："特别疼。"

　　"咋办 。也没有药水和包的东西。"

　　我说，"可能过一阵儿就会好些。"

　　他们就继续干他们的，我抱着脚坐在地上呻唤。一会儿，夏治保过来了，问我："咋了，蹲在那里不干活？"

　　我说："我的脚被石头砸着了。"

　　"砸得轻么重？"

“挺疼。”

夏治保就再没说什么，对那几个说：“你们得干快点，几个小队的进度就数你们慢。”说完，就背着手走了。

我不好意思让别人干，我坐着，就试图起来重新去往架子车里抱石头。可是，我刚一起，脚尖就又一阵钻心的疼，我只好又坐了下去。

当天晚上回去，大家伙见我一拐一瘸地进了点，都急忙围上来问我咋了。我说是干活时没小心让石头砸了一下。丁志雄就问：“砸脚上哪了，疼吗？”

我回答“大拇趾，特疼。”

“要不要我们陪你上大队找赤脚医生？”

“不用不用，去也就是上点药包一包。我能扛。”

丁志雄就吩咐蚊子：“还站着干吗？去问问她们女生谁有红药水赶快拿过来。”

我说“去找玉霞，上次就是她找来的红药水。”

蚊子就去找了。不一会儿，一伙女生就闻风而来，将我包围了。让我脱了鞋看被砸的地方。我说“我的臭脚丫子有啥好看的，怪恶心的。”大家坚持了要看，特别是晓芳，已眼睛湿湿地欲上前来帮我脱鞋。 我只好将鞋脱下来。大家一看，都哇了一声。特别是女的，有两个还捂上了眼睛。晓芳一下子就掉下眼泪来，抱了我的脚心疼得啥似的。

这时候蚊子和陈玉霞两人抱着找到的药水和不知从哪里掏来和撕来的棉花与布条，进了屋子。丁志雄要接过去，陈玉霞说：“还是让我来。”

蚊子笑着说，“得得，你也别抱，还是让罗晓芳来。你那水平，上次给张一凡包的那头，成了人民公敌蒋介石，把我们一见没吓死。”

　　玉霞就给了东西让晓芳包。晓芳为我上药，包扎，一伙人全围在周围指指点点。这个说药水直接往脚尖上倒，那个说应该倒在棉花上再敷到脚趾上，这个说光缠一个大拇趾，然后将布带拉到脚后跟结疙瘩，那个说应该把几个趾头全裹在一起了包，让大拇趾少受压迫，弄得晓芳无所适从。丁志雄就推开晓芳，接了过去，说："谁都别说，看我的。"结果，三下五除二，很快就把脚给我包扎好了。

　　大头在旁来了一句，"真是驴多了跳，人多了闹。一个脚趾头，你说这么包，他说那么包的。要是遇上个其它大事，还不嘈嘈成啥球样。"

　　蚊子就说，"主要是晓芳下不去手。你看刚才她的手，都在抖！"

　　马大有就说："罗晓芳是太在意张一凡了。"

　　听了大家的话，晓芳的脸红了，没反驳，借口洗手，躲了出去。我心里甜蜜蜜的，立马感到脚尖不太疼了。

　　等大家嘈嘈一阵散了去。大头才不知从哪里弄来的一个烧了的土豆，焦焦的，这会儿从腰里摸出来，递到我手里。

　　我问，"哪的？"

　　大头说，"甭管哪的，吃吧。"

　　一股香味儿钻进鼻子里来，我接过来，香香地咬了一口，才想起来，说："两人一起吃。你咬一口。"

　　大头笑笑说，"你吃吧。就等于是我还你上次偷吃的饼子。"

　　我说，"你倒挺会算计的。"又想起了什么，问："老实交待，是不是从刘桂花那里整来的？"

　　大头捣我一拳头，"你个狗损，给你吃还挖苦我。早知道我就不拿出来。矛盾了半天呢。"　　　　　　　　"你就说是不是吧？"

"是看场的赵埋汰给的。"

"把啥都往赵埋汰身上推。上次打狗的事，明明是听刘桂花告诉你的她在公社看见了我，也说是赵埋汰嘴里说的。"

"你爱信不信。场房子里的地上天天拢一大堆火，那火里烧土豆可好了。我每天都去他那儿。你信不信，我这会领你去看？"

我说，"赵埋汰的土豆又是从哪弄的？"

"从地里偷拜。"

我一边啃土豆，一边问，"赵埋汰是不是还常去刘桂花家？"大头知道我问话的意思，眨巴着眼睛小声说，"埋汰这一向不敢去了。"

原来，开春的有一天，就是我拉回土豆籽种回来的那天，赵埋汰烧了几个土豆夜里钻刘桂花家去。没想到，他前脚刚进去，把土豆给刘桂花放在炕上，哄着刘桂花正给他解裤带，却听到后院墙咚的一声翻进个人来，埋汰吓坏了。以前俩队长来时都是从院门进来，等刘桂花去开院门时，他就提着裤子早从后墙根翻过去跑了，今儿个是咋了？一时没了主张，瑟瑟地提着裤子束手就了擒。进来的是老乔，倒对他没咋样，只是在赵埋汰屁股上踢了两脚，喝道："还不给我快滚，你也跑来凑热闹！看我不把你撸了打发到开荒队上去挖坟，还让你养足了精神头来嫖！"

埋汰吓得提了裤子就没魂地逃回麦场，心里忐忑，老乔肯定要把他看场的轻闲差事给撸了，还要治他。没想到，几天过去了，老乔再没找他，也没撸他。埋汰心里吃不准，大头去时，就让大头给其分析。大头其实是惦着地上火堆里烧着的土豆，就颠来倒去地帮赵埋汰反复推理分析，最后大头给赵埋汰得出的结论是："那天老乔并不是为了进去堵你，而是为了去堵花鳖子。不然，为啥老乔只是骂了你两句，过后并没撸你？这就说明你并不具备和他竞争的实力，只是象猫狗一样，瞅他俩的空档叼着偷吃一口罢了。人家老乔并没把你当回事。只要你以后再不要去钻刘桂花家就行了，屁事没有。"

经大头一摆乎，埋汰心里方踏实，马上给大头在灰堆里抛土豆。大头一边啃着赵埋汰递上的土豆，一边卖关子，"你以后有解不开的心疙瘩，尽管问我。我保证替你分析得准准确确的，不让你吃亏。"

埋汰就连声感激，大头就见天晚上去场房子里吃埋汰烤的土豆。一天，埋汰就给大头诉苦："妈的，下边蹩得不成，你说咋办？"

大头就说，"你跟老乔申请，换你去看牲口圈，问题不就解决了。"

埋汰还没反应过来，问："咋就解决了？"

大头一边啃土豆一边说，"去扒驴呀！"

埋汰就拿挑火棍来打大头，"妈日的，吃老子的，还糟践老子！"

大头一边躲一边说："谁糟践你？一小队的乔老六，不就是那么干的？"

"可他就为这被批斗，还判了个破坏生产罪。"

"那我就没办法了。除非你重去嫖刘桂花。"

"我就是这么想来着，可是又实在不敢去。上次老乔骂了的，要是再让他兑上，那我就非被撵去挖坟不可。"

"那都是轻的。"

"你看看，能有个啥法子，帮我把这个急给解决了。你不是对刘桂花也馋兮兮的嘛。"

"谁馋兮兮的？你埋汰少栽赃陷害。自己吃不上，就拉上个垫背的。”

“得得得，别在我面前装蒜了。刘桂花又不是没给我说。”

“啊，她给你咋说的？”

埋汰学道：“那损婆娘真也是不要脸，那天我和他整事时，我嫌她不洗脸，她反着埋汰我邋塌，说，‘告诉你，知识青年都不嫌弃姑奶奶，把你鼻邋涎水的，我不嫌弃你就不错了，你还嫌弃开我了。嫌我不洗脸了下次你就不要来。’我一听，她说的不是你还能有谁？”

大头就脸红了，心里说，好个你刘桂花，真也是，给你反复交待了的，以后我再也不理你了。又吩咐埋汰道：“埋汰你可要嘴紧，我们青年点上的人已经有人怀疑我了。”

“那有啥。怀疑就让他怀疑去。”

“没啥倒也没啥。可是，总不大好。堂堂一个知识青年……”

赵埋汰骂出了口：“球，你以为你是个啥了不得的主？为啥叫你们下乡接受贫下中农的再教育？你们是接受教育来了！你跟刘桂花搞就对了，这叫跟贫下中农结合在一起了，是上边提倡的。你懂不懂这个理？”

大头摸着脑门子半天，才若有所悟，“埋汰你说的倒也是。可我过去，心里就一直迈不过这个坎去。你说说，凭啥刘桂花就只能让他老乔花蹩子睡，不能让咱俩睡，这是谁定的规矩！”

“就是，这你就绕到正题上来了，我今天跟你商量着，就是以后怎么跟刘桂花继续的问题。”　　　　　　　大头就跟埋汰细商量起来，商量来商量去，就决定，以后把刘桂花引出来，在场房子里干事情。一人干时，一人就在外边放风，这样，一次就把两人的心慌全解决了。

没想到，他们想得好，不如队长老乔算得好。后来还是让老乔给发现了，弄出个震动全村的大丑闻来。

　　——以上的这些，都是事发后埋汰与大头经不住打供出来的。

四

当天晚上，我脚趾疼得睡不着觉，只好坐起来捱着等待天亮，还不敢呻唤，怕把大家伙给吵醒了，都累了一天了，睡好了觉第二天还得干活呢。快五更时，丁志雄被尿憋醒了，揉开眼睛来，见我咬着牙哎哟哎哟的，就问我："咋，是不是疼得厉害？"

　　我说："就是，咋越到半夜越疼。"

　　"十指连心呢，你放开了叫唤，没事，这帮损乏得驴似的，都困困的了，睡得很死，吵不醒他们来。去上茅房不，我扶你去？"

　　我就往起爬，丁志雄就说："小心着，趴在我肩上，我背你去。"

　　我就顺从地趴在丁志雄的脊梁上下炕来，套上了鞋，去上茅房。在茅房里，丁将我放下来，自己先放水，一边放，一边问我，"你解大手还是小手？"

　　我说"大手。"

　　丁志雄就系了裤子帮我，我蹲下后解手，丁志雄在旁边候着，一阵儿后，丁志雄受不了啦，骂道，"你这损屙的屎咋这么臭！"

　　我说，"自从开荒地后，中午尽吃苞谷面饼，胃肠就感觉老不舒服。"

　　丁志雄就说："你可得小心了，外边磕磕碰碰的，三五天长好就没事了，要是落下个胃病，农村的活这么重，可够你喝一壶的。唉哟，不行了，我坚持不住了，我得出去在外边等你。”

“你出去吧，确实是太臭。”

我厕完了，起来系腰带，丁志雄在墙头外边问我，“完了？”

我回答：“完了。”

丁志雄就进来背我，一边背，一边对我悄悄说：“我咋发现老乔从队办公室里出去，向麦场那边走去了。”

“可能堵鳖子去了。”我说。

丁志雄说，“累不累，为个骚女人。上次我发现他们两个在队办公室里悄悄吵架呢。”

“都吵了些啥，你听见了？”

“我只听了几句，那天我从地里回点上来喝水路过队部后窗户，他两个以为人都下地干活去了，所以声音大了些，让我蹲在后窗户下听了个真。老乔骂鳖子来着，说‘你一天不把心思用在生产上，动不动就往刘桂花家钻。’鳖子就辩解说，是刘桂花叫他去的。帮着干些女人干不了的事情。老乔就骂道，‘刘桂花男人不在，当然一个人干不了，你就去了。’花鳖子就说：‘你不也老往她院里钻。光凭你钻，不让我钻？’老乔说，‘你论辈份还得把刘桂花叫奶奶，也不要个脸。’鳖子说‘那有个啥，只是个辈份，又不是我亲奶奶。老乔你也太霸了些，你隔一两天就去一次，还不允我十天半月的去一次？’老乔就说，‘人家说就不喜欢你，是你硬赖着人家。’花鳖子争辩，‘刘桂花还给我说过她不喜欢你呢。你一个外村的，能来我们队当队长就不错了，是大家抬举你，你也不要太霸道了。刘桂花是我们村的人，可不是你们村的人。闹翻了，让拴柱告到大队，对谁都不好，你就掂量着办吧。’听到这里，我听见鳖子摔门出来，我就赶紧躲进了旁边的饲养场里。”

两人说兴奋了，又从两个队长嫖刘桂花扯到自己身上的事情，哪里有了瞌睡。注意力一转移，我的脚趾也不觉太疼了，就陪着丁志雄没完没了的唠。丁志雄问了我与罗晓芳的关系后，就问我说，"你觉得葛平平咋样？"

我就答："挺好的。挺善良老实的。话说回来，我觉的我们点上的女生都心眼挺实沉的。"　　　　　"我只问你葛平平，是不是个子太有点儿矮了？"

"不矮，你才多高？还嫌弃人家。"

"就是因为我矮，我才觉得有点儿不妥，你想想，我本身就矮，再找个她，以后我们生的娃不矮得没个屁了。没有铁锨高，咋挣工分养活自个儿。"

"你还想了个远。"

"算啥远，很现实。"

"好了，不跟你唠了。我的脚不太疼了我得抓紧时间天亮前打个盹，明天还得去继续抱石头。"

"就是想让你给出个主意，你却又要睡了。"

"我实在太困了。明天吧。"

第二天，我坐在放工具的架子车里，让他们几个把我拉上去到荒地。我的脚尖虽然经过一晚上，已经不怎么疼了，可是，干起活来，很不利落，特别是往起抱石头时，得慢慢地蹲下去，抱好几次，才能将石头搂稳在怀里，又一跛一跛地去送到架子车里，很耽误时间。往往别人送个三四趟，我才能送一颗石头到车里去。筛沙子时也是别人往筛子上扬好几锨，我才能扬上一锨。第二天，那个地主崽袁祁连就有了意见，说："张一凡，我们让你抓紧干吧，又不忍心，不让你来快干吧，我们落在后边上边又收拾我们。咋整？你还是给老乔说一声，给你挑换个其它活干。对你也好，对我们也好。"

当天回来，我就把袁祁连的话给老乔学了。老乔刚从刘桂花家出来，精神头很好，想了想，爽快道："那就回来吧，回来后跟上袁老大去浇水。"

袁老大就是上边那个地主崽袁祁连的爹，是袁老二和袁老三的叔伯哥，今年约六十不到。刚下乡来时，我心里真不明白，都是一个爷爷的孙子，咋那两个成分分别定的是贫农下中农，为啥偏把袁老大家定成个地主。后来熟了才慢慢听村子里的人讲：事情出在他们的父亲辈上，他们的爷爷袁老太爷早年间很有些家底，算那一带十里八里的首富。民国初年遭了一次土匪打劫，老爷子受惊吓得了一场大病，再没起来，咽气前，将家产给两个儿子均分了。袁老大的爹继承了袁老太爷的秉性，省吃俭用，没命地干，挣点钱就置地买骡马。袁老二袁老三的爹却靠着分的家业游手好闲，吃喝嫖赌，到解放前的那几年，老二分家产所得的几十亩地和骡子马车就渐渐全变卖到了老大名下。那料想，社会一夜间发生了翻天覆地的变革，随着王震将军率领部队的西进，酒泉解放了。接着就是土改。袁老大的爹不但成分被定成了地主，而且骡子马车的又重新被老二在土改时牵回了自家院里。老大空欢喜一场，郁郁寡欢地没几年就得病死球了。老二美美地过了几年好日子，成立合作社时，牵着自己土改时从老大家赶回的骡子马车，风风光光披红挂花地入了合作社，还当上了副社长，一直到前几年才老死了。两个儿子又接着跟上沾光，一个在饲养场里长年喂牲口，一个则手捏一杆鞭子赶马车，神气得不得了。两个差事都是村子里的"肥缺"，既轻松又可从牲口嘴里盘剥点料出来供自己吃。生活跟一个爷爷的两个儿子开了个天大的玩笑。这个玩笑让一方的三辈子人付出了昂贵的代价！

五

我就开始跟上袁老大在村子里浇水。浇水的活挺熬人，白天晚上连轴的转。每天从饲养场里背两捆麦草，在要浇的地头，找块软和背风点的沙窝铺上，晚上钻进去困觉。还不能睡实了，得时时警觉着，水要钻透了仰坝或是漫过了田埂，那就闯下大祸了。渠里的水都是从祁连山顶的雪融化后流下来的，给每个公社每个大队每个生产队都是有定额数量的。为个水，公社与公社、大队与大队，村子与村子间，经常起矛盾，甚至几十口子搅和在一起打架，背着行李卷儿到县革委会门口"上访"等。我们刚插队后没几天，就让老乔派上说，"你们刚来，有些活我还不好安排，先去上访吧。"就跟上村里的一大伙人，到县革委门前上了一次访。县革委会的人一看知识青年都来了，好家伙，就给我们大队多拨给了几百立方米的水。春天里的水更是贵如油，不能有半点的马糊。所以，晚上整得人神神经经，稍一听到哪儿有点响动，就感觉是不是倒坝了，从麦草堆中钻出来去瞅一回。往往也许是野兔子在跑或是风把田野里的啥给刮响动了。返回来刚躺下迷糊着，这块田里的水可能又浇满了，需要倒了仰坝去浇下一块田。田大了还好说，能浇个两三小时，让人也能睡上一觉，如果哪天晚上遇上的尽是小块田，你甭想睡觉了，折腾你一晚上。遇上个刮风下雨天，那就更糟了。晓芳的棉军大衣让我带去晚上盖，几次遇上晚上下大雨，被雨浇得湿湿的，拎都拎不起来，半新的大衣半个春天过去，就从半新变成了旧的。白天吃饭也是我和袁老大换着吃，地头上不能离人，所以，也常常吃不到点上，回去后，饭都凉了。点上的女生要给我再热一遍，我饿得猴急，也怕又点锅灶的让做饭的女生麻烦，就那样冷冷的吃，我胃反酸的毛病就更加经常化了。

　　一天，月亮很明，天也不太冷，也正碰上浇一块大田。我和袁老大稍稍放松了些，两人仰躺在麦草铺上，眼睛数着天上的星星，欣赏着远处祁连山蜿蜒起伏的壮观景色和山巅上泛着柔光的积雪，闻着袁老大嘴里喷出的旱烟味儿，瞎闲聊，感觉也挺惬意的。聊着聊着，就相互问起了两家的情况。我就把我爷爷的爷爷到我爸的经历，简单给他叙述了一遍——要是以前，我是不会给他讲的，可是，自打夏治保训过我后，知道别人都陆续知道了我的家庭背景，也就对别人没密可保了——在这之前，就是那次晓芳硬叫我出去到渠沿后的第二次出去，我就坐在渠沿上，把我从小从爷爷嘴里听到的从祖爷爷到太爷爷又到我爷爷直到我爸的情况全给晓芳吐露了。袁老大也把他祖上的脉络给我捋上一遍，两个人就有一种找到了知音的感觉，盯着天上的星星发感慨。我说：“我爷爷那时要是跟上马步芳跑到台湾去，现在会是个啥样？”

袁老大也感慨，“我老爷子你说他舍不得吃舍不得喝地积攒个什么球家业！他倒早早一撒手去了，弄得他的孙子现在都跟上背黑锅，不好活！”

我就问袁老大：“问你一句话，如实回答，你都这么大岁数，可以说是黄土埋脖子上的人了，你临离开这个世界时，最后一个愿望是什么？”

袁老大想都不带想地说，“我最大的愿望就是临闭眼前能给我娃袁祁连说上个媳妇。可是，我家的这成份，谁家愿把自己的闺女往火坑里推！看样子，这个愿望是死也达不到了。一想到我娃得打一辈子光棍，我这心里就……”

袁老大嗓子就有点哽咽，说不下去了。两人就无语。他吧唧吧唧吐他的旱烟，我数天上稀疏的星斗，心里沉甸甸的。我就联想我跟晓芳的事情，假如她家中知道了我家的情况，会是个什么态度？心里就凄惶惶的。半天，袁老大就又反问我，“那你呢，娃子，你的最大愿望是什么？”

我说：“我还真没好好想过。”

“人总得有个念想。”

“没有。”我说，“就是有，也没有你那么清楚明确。”

“你就随便说一个。”

“咋好随便。随便了就不是最大的了。”

“你就想想说一个出来。”

我想了一会儿，说，“要非让我说一个，那就是能香香地吃一碗肥猪肉。”

上次晓芳带回的那半饭盒肥猪肉真是太香太香了，到现在我都还记着它的味儿。

袁老大听了我的话，半天不吭声，过了一会儿，才说，“娃子，你还是岁数太年轻了。”接着就又补了一句，“罗晓芳晚上有事没事老找你来，我看她对你挺实心眼的，你可别不上心，难得呀。看紧了。”

我就再不吭声了。

突然，袁老大说，“我咋听着花鳖子他家坟头那边有动静，是不是仰坝窜水了？”

我竖起耳朵来听听，说：“没有呀。”

“嗳，有，我听得真真的。”

“聊得正好。”

“不行，我得去看看，回来再聊。要是仰坝倒了这块地浇不上，明天老乔不骂你他骂我。”

我就说，“你躺着，让我去。”

袁老大就嘱咐我：“去看仔细了，马糊不得。”

“好的，”我说，从麦草铺中钻出来，去到花鳖子家的坟圈里去看虚实。还没走到，我就真听到了动静，可是，听到的不是水声，而是人的声音！这声音我熟悉，好象是一男一女发出来的窃窃私语声。我明白过来是咋回事，好奇心使我多了个心眼，放轻了脚步，绕了个圈接近了上去。我借着高高的沙沟梁做掩护，得以靠得他们很近，才抬起头来张望——天哪，我看到马大有裤子褪到膝盖处，露出两片大屁股，在月亮下，泛着白光。女的竟然仰躺在个蚊头上！起初我没认出她是谁，因有马大有在遮挡着。正在猜测，她开口说话了，声音随风飘过来，我才辨出，是李秀萍。我的天，只知这两个平时关系好点，一个给一个做饭时挑水，可关系发展得如此迅速，都进入了最实质性的阶段，我却还一点儿也没察觉到。也确实，自打狗之后，就常常被分上跟四类分子干活，跟点上的人接触一下子少了，特别是浇水以来，常常跟他们几天都打不上个照面，也难怪我对点上的事情孤陋寡闻。我猫起耳朵来仔细听——

"在哪？咋找不到。"

"再上来点。"

一阵嗦嗦声后：

"还是摸不到。"

"哎呀你真笨。"

又一阵嗦嗦声后：

"找着了。"

传来马大有咻咻的喘气声。

"哎呀，轻点，我疼。"

"我也疼。你再上来点。"

"人家腰撅得难受。"　"要不你再往下躺点？"

"腿旁边有马齿苋，把人扎的。"

"我拔了它。"

"别拔了。快点来。"

"我也扎。"

"快点，我害怕，坟里头有死人。"

……

我悄悄地放轻了脚步从原路上退了回去。袁老大躺在那里抽着旱烟问我，"有情况没有，咋去了那么长时间？"

我回答"没事，两个野猫在闹春。"

袁老大一轱辘翻起身来，"咋个没事，猫最爱乱扒乱搔的。我去看看。"

我急忙拦住了："没事，被我早撵跑了。"

六

第二天回去吃完晚饭，我把马大有叫了出去，跟我上渠沿。马大有问："啥事，我不能跟你去。我今晚还有事呢。"

我哧哧地笑了一声。马大有感觉到我笑声中有含意，问我："你笑啥？"

"不就是跟李秀萍上花鳖子家祖坟上的那点破事。"

"啊，你都知道了？"马大有大吃一惊，"你见到什么了？"

我又哧哧地笑了两声，"你小子胆子也太大了。你就不怕花鳖子家的祖先人把你俩拖进坟眼里去。"

"你全知道了？"

"我当时腿都抬起来了，准备在你那白屁股上狠狠踹一脚来着，后来忍住了。你们也挺能挑地方的。你他妈当时在荒滩地里烧狗时那么怕鬼，现在咋不怕了？还专门捡人家祖坟上去干事情。"

马大有搔着脑门道："那一阵上来，就啥都顾不上了。"又拉我一把，"坐坐，你先别去渠沿，那儿有袁老大，不好说话。

你仔细说说，你昨天晚上是咋看见的？"

我就跟他坐下来。马大有掏出纸条和烟丝包来，往纸条上倒上烟丝，拧把好了一只递给我，我说："我不吸烟，你又不是不知道。"

"你今天非抽一根。陪着我抽。"

我就接过烟来，马大有替我点上了，才去拧自己的。一会儿，我们两个就冒上了，吐出浓浓的两股烟雾来，飘到旁边的田里去。我就把昨天的细节给他讲了，马大有有点儿难为情，感慨说，"你说说，再找个啥地方，点上满屋子的人。外边到处泛地气，潮乎乎的。就坟眼里干燥点，而且还暖和避风。"

"你们就不怕怀了孕？"

"给你说人到那时就啥也顾不上了。再说，哪有那么巧的，一次就怀孕。你和罗晓芳多长时间了，不也啥事都没有？"

"去你的！"我捣了马大有一拳头，"我跟罗晓芳啥事都没有。那象你俩，狗一样的。"

"就当你说的是实话。不知你是咋控制的，我可是办不到"

"李秀萍要是真怀了孕，你们俩咋办？"

"大头给我支了招。他说是赵埋汰告诉过他的，女人怀孕一个月就那么几天，就是来月经的前几天，只要躲过了那几天，放心干，屁事没有。"

"真的？"我受了一次性教育。

马大有又感慨道："我们点上还是保守。你听没听别的知青点上这方面的事？"

"没有，你讲。"

马大有就有滋有味地讲起来，说是有一个知青点在男女生房间的隔墙上掏了一个洞，两边分别挂上一张伟人像和语录。到了半夜，男生就掀开画像和语录钻进女生房去，各找各对象的被窝，天亮前再钻回自己房间来。一天，队长突然提前去催促上工，敲门没人应，扒到门头顶上的窗子一望，屋里被子都拉开着，可就是空档档的咋一个人影也不见，心里特纳闷，想这帮小子半夜三更的不睡觉上哪去了？是不是又去偷瓜摸枣地惹祸端，就去村子里找了一大圈，也没发现人。等第二次回来，再扒到门头顶上看，却见一个不少都躺在被子里。队长揉着眼睛更纳闷了，真是遇上鬼了。说自己眼睛好好儿的，咋就看走眼了呢。

我忍不住哧哧地笑了起来，说马大有："你也太夸张了。"

马大有就道："嗳，真事，你别不信。传得有鼻子有眼，那语录内容都有，说是上边写着'千万不要忘记阶级斗争。'"

我就笑道，"竟敢在伟人的眼皮子底下干这么出格的事情，也真是太亵渎了。"

"没办法，你看生产队的那些个牲口们，看着它们干，我就不相信你会心里不痒痒，会无动于衷？人也一样，需要释放发泄呀。"

我不吭声了，真让这小子给我好好上了一课。

两人起来时，马大有拍我一把，"你要说的是实话，就抓紧点。那样，你才能把罗晓芳给拴牢了。"

我若有所悟。

回到渠沿上，袁老大有点不高兴地问我，"吃个饭，咋这么长时间？刚才仰坝窜水了，把我吓坏了，狠收拾了一阵子，没把我累爬下。你以后吃饭可不能耽误这么长时间。有个啥情况，一个人可真收拾不住。"

我"嗯——"了一声，躺到麦草铺上去。袁老大又跟我要讲他老爹当年创业时的艰难，起五更，睡半夜，吃糠咽菜如何如何，可我已没了兴致，我的心思转到了马大有给我留下的那些话上，咋跟晓芳那样呢——我心里盘算着。心里正想着事，从一沙沟里钻出个人来，吓我一跳，揉眼睛一看，原来是花鳖子家的傻女子花花，一边从我们这边的渠沿上走过，一边在系裤带。花花走过后，远远地，从土沙沟的另一头，又绕出个人去，是那媳妇被在荒滩地里架火烧了的光棍花蛋。我心里纳闷。就问袁老大，"我咋感觉这两人不对劲？"

袁老大长长叹口气，道："这个花二球，自从老婆病死后，就象头发情的公驴一样，恨不得去扒牲口。"

"听说他媳妇是他干那事太厉害给弄死的？我咋就不明白。"我多了一句嘴。

袁老大就给我讲起来："花蛋这个媳妇是用自己的妹妹换亲换来的。娶上媳妇过门后，见天不得闲地跟媳妇整事，媳妇怀了娃也不放过，结果，几次都把怀的娃弄流产了，媳妇就得了月子病，又掏不起钱看，死抗着。就那样，硬是把媳妇给拖球死了。"

"刚才我看他和鳖子家的花花一个从沙沟的东边出来，一个从沙沟的西边出来，花花还在提裤子，系腰带，身背后全是泥。我怀疑花蛋没干好事。"

花花今天十八九岁，模样长得还俊俏，可惜是个傻子。我们刚下来时被老乔派上去县政府上访，讨水有功，老乔让鳖子在自己家里请我们吃顿饭。我们全点的人前去，刚一推门，除过看到那条大黑狗冲上前来汪汪叫把我们吓一跳之外，就是看到院子里光屁股坐着的花花。鳖子上前来为我们挡住了吠叫的黑狗，又训斥坐在地上的女儿，"快回去，让你乖乖呆在里屋，你咋不听话偷偷又出来？"

傻女子一边向我们傻笑着，一边让鳖子不情愿地硬拽进里屋去。在站起来的瞬间，就把小腹处露在了大家伙面前，一下子把我们全点的女知青羞得一个个捂脸的捂脸，转身的转身。男知青们则全瞪直了眼睛盯着看，一直到花花被蹩子硬拖进里屋去。吃完饭后，大家回点上来，刚开始还都一个个装灯，最后，就嘈嘈起来了，蚊子问："你们说今天蹩队长家都给我们吃的啥？先从卷毛回答。"

卷毛就回答说吃的啥吃得啥。接着又是大头说，说完了我说，我说过了捱丁志雄，丁志雄说完马大有说，马大有说完了，蚊子就笑着说，"就那么几样菜，你们说的都不全乎。"

我们就反问他，"那你说，没说上的菜是啥？"

蚊子就嘴一咧道："腌沙葱！"

大家这才想了起来，同意说，"好象是有这么一个菜来。"

蚊子就挖苦道："还好象，它本来就有。你们一个个心里想了啥了？"

大家伙就反过来反击蚊子，"你的心思在哪上边？为啥偏就要问大家这样的话题？"

谁都心照不宣，可是又谁都不愿先捅破。还是卷毛胆子大，先挑开了，问："你们说蹩子家的花花那下边，是不是和我们今天吃的腌沙葱特象？"

这才一下子把话给挑明了。大家七嘴八舌地议论起来，为啥蚊子将蹩子家的腌沙葱记了个清楚，原来是这个原因。蚊子就狡辩，又埋汰大头，"我发现大头的眼睛吃饭时就一直没闲着地往里屋里瞟。"

"滚你妈的。你才是那样呢。"

卷毛又埋汰马大有，"花花站起来的那一瞬间，我发现马大有的眼睛都直了。蹩队长招呼他进门他都愣在那里没反应过来。"

"你呢？还不是一个球样，进门时头都撞在了门框上，还埋汰我。"马大有反击卷毛，又喃喃道："以前，我只以为我们男的下边长毛，没想到，女的也有……"

大家就一阵哈哈哈地笑。

就是在那天晚上，卷毛那损的手第一次伸进了我被窝里来。

七

袁老大将掉进麦草堆里的几个土块捡了扔出去，又从口袋里掏出张纸条来，取出旱烟袋，倒进去些烟丝丝，拧把两下，卷好了，问我，"你也抽一根？"

我说，"我不抽烟，你知道。"

"抽一根吧，冒着，我慢慢地把村子里的一些个稀奇古怪的事倒给你听。"

我来了精神头，接过袁老大递过的烟卷来。一会儿，他也为自己又拧好了一只，我们两个就点上了，懒懒地躺倒在麦草铺上，听他娓娓道来。

袁老大说："花鳖子年轻时当民兵连长，他爹又在合作社里当社长，所以，神气得不得了。那时候国民党整天吵吵要反攻大陆，我们虽然处于大后方，可是，民兵也常常组织训练。训练时，经常将队伍拉到大荒地去，说是为了适应艰苦的环境，一去就是十天半月。队伍里不光有男民兵，也有不少女民兵，鳖子就在大荒地里把花花妈的肚子给搞大了。为了不让人发现，花花妈采取了各种办法往下打孩子，往下身灌辣椒水，用枪托捣肚子，大运动量地训练，可是，都没成功，孩子生命力很顽强地钻出了她妈的肚子。当时，上边特恼火，让你去荒地里训练，没让你训练个孩子出来，就查是谁给怀上的。其实，也很好查，没用多费劲，花花妈自己把鳖子供了出来。上边勒令他们马上结婚，所以，鳖子是先当爸后办婚事的。待办完婚事，小孩都半岁了，还不会叫不会笑的，他们才发现不对头，赶紧抱上上医院，大夫就说那孩子在怀孕其间脑子受了损伤，天生愚呆。”

我一阵唏嘘。唏嘘过后，我感慨：“一个十八岁的大姑娘，夏天里有时都不穿裤子满村的跑，也不是个事。”

“可不咋的。所以鳖子头疼得很，恨不得快快将她嫁出去。”

“谁要呀！”我喊道。

“嗳，还是有人要。你看象花蛋这样的，急得疯了似的，可又穷，不就瞄上了花花。”

“可他那是解心慌，真让他娶，他未必乐意，谁愿意娶那么一个傻子当媳妇。”

“唉，你还是不了解农村。娶这样女子过日子的多了，总比一辈子打光棍的强。”

我又唏嘘地直摇头。

“你别摇头，人逼到那一步了，你就得那么做。娃子，你还年轻，等你到了我这岁数，有些事情你才能真正明白了。”

过了一阵，我就说，“说点别的轻松点的，这个话题挺沉重。”

“你说，说啥？”

“村里人都说袁老二家的孙子不象爸倒象他爷爷。难道那孩子真是他妈跟他爷爷乱搞生的？”　　　　“那还能假。”

“是咋回事？”

“那年袁老二的儿子袁平娃刚刚结婚后被派上祁连山里修水利，蹲下抱一块石头时，太圆太滑了，娃子没抱住，味溜地从手中滑脱下来，自己也屁股搋到地上，石头就压在了裆里，把卵子给压劈了。娃子被送到医院里住了回院，出来后，一阵子新娶的媳妇不干了，闹着要回娘家去，回去后就闹着要离婚，袁老二提了厚礼左劝右说才把媳妇重接回来。当时大家觉得这媳妇虽然被袁老二接回来了，但走只是迟早的事，袁老二他是白花钱，儿子下边使不上劲，他当爹的再给亲家提多厚的礼屁用不顶。可是，那媳妇自打回来却再没闹着回去，而且之后，没多久，肚子就大了。有人看见那媳妇在院子里跟老公公打情骂俏的，精神头还挺足，袁老二老婆也不管。”

袁平娃自从出了那事后，不但声音变细，腰板变弱，胡须退去，说话也奶声奶气起来，而且人也变蔫巴了。一次干活时，花蛋欺负平娃，“�υ，平娃，你晚上和你媳妇还睡不睡一个被窝？”

“你管球得宽！”

“你那玩意现在管用不管用？”

“管用不管用也不用你管！”

“你媳妇晚上是不是和你爹挤一个被窝？”

平娃就一轱辘起身来，和花蛋撕把到一起，扯了半天，谁也没把谁摔倒，平娃就扔开花蛋，坐在地上气虎牛斗的样子。花蛋就嘻皮笑脸地逗平娃，“跟你耍个玩笑，看把你气成那个样子。你得感谢你老子，不然，你媳妇早扔下你跑了。”

大家就哈哈哈一阵笑。花蛋在村子里既贫又赖，出了名的二球，谁都奈何他不得。平娃打又打不过花蛋，就愤愤地说：“看我回去告我爹。”

花蛋就不以为然地道：“去就去，谁怕。就怕你不敢去。”

……

今天浇的是一块很大的田，可在晚上好好踏下心来睡上一觉。所以，我和袁老大唠得猛欢势，一直到睡意上来。临睡之前，袁老大不放心，说，“走，我们俩再到后沙梁那边去看一遍。我总觉得不踏实，那段沟沿不怎么结实，要是在那儿冒了水，就没办法收拾了，沟里的水全都要放到下边的沙滩里去了。"

我就起身和袁老大一起去看水。袁老大有个手电筒，今天晚上没有月亮，只靠它了。来到那条昂梁，他一边照，我一边弯下身子细瞅，看沙梁上有没有渗水。仔仔细细地过了一遍，一切都挺好。我又用铁锹将不放心的地方拍实了，又沿着地埂巡视了一遍，两人才回来。躺在地铺上，袁老大问我："还想不想唠了，想听了，我再给你说说袁老三家的事情？"

我说，"我困了，明天晚上再唠吧。"

"行。"

我们就睡了。半夜里，我正做着梦，梦见别的点的知青来到我们点上窜点，看上了晓芳，要跟我打架，我正着急着，被捣醒了，袁老大在叫我，说："我们是不是应该再去看一遍沙梁？"

我揉揉眼睛，有点儿不耐烦："睡前看得好好儿的。没事，把人困的。"

"嗳，还是看看，看看睡着就踏实了。"

"我困。"

"那你睡着，我去。"

袁老大就爬起来自己拎着手电走了，我咋好睡着，只好也爬起来，跟上去。来到沙昂梁上，细细地用手电照了一会儿，袁老大吩咐我在沙梁上不放心的地方，又倍了几锹土，拍硬实了。又沿着沟沿地埂巡视一遍，这才回来，说："现在睡，多踏实。"

我瞌睡麻糊，心里怪袁老大太神经，明明好好儿的，非要去折腾一趟，搅了我的好瞌睡。我急猴猴地躺下去，很快，就又睡实了。又一个接一个地做梦。不知啥时候，感觉又被老袁捣醒了，我又揉开了眼睛，很不耐烦，问："咋？"

“我咋听后沙梁有声响？我们过去再看看。”

我竖起耳朵听听，道：“老袁你神经，哪有什么声音！”

“你再听。”

我又听了一阵，说：“风吹树叶子的声音。”

“是吗？”

“绝对没错，睡吧。把人困的。”

老袁就也躺了下来。我又睡了过去，

又一次被捣醒了。这一次，我被捣疼了，正要发作，埋怨老袁，只听老袁大吼，“不好了，沟梁倒了！”

我还有点不相信，袁老大早都扔下我，没魂地跑了。我赶快拎着锨跟屁股过去看。远远我就听到了咕咚咕咚的声音，我心里也咯噔一下，吓得几乎瘫在地埂上，心想，坏了，沙梁真的倒了！等我来到后沙梁处，我的眼睛就几乎不能接受眼前的现实：水把沙梁已冲开半米宽的大口子，而且豁口在急速地扩大，一切补救措施都显得无济于事。袁老大还在那里使劲地往豁口里扔土。见我来了，急忙吩咐我，“赶快去把我们铺的麦草用草绳子捆了背来！”

这也不失为一个亡羊补牢的办法。我就急急跑回去，将地上的麦草全划拉了，用原来捆了麦草的草绳捆好了，背上去，来到后沙梁处。此时，袁老大已经不知从哪里划拉了几条粗细不等的枯树枝子，拦在了豁口处，见我背来了麦草，急忙吩咐我将麦草小心地置入豁口处的树枝前，水还在往豁口处灌，但已经见缓见小了。袁老大说，“要再有个什么东西堵上就好了。”

我急中生智，说，“把我们的铺盖拿来堵上？”

老袁叫道，“嗳，好办法，赶快去取！”

我二回返回头去，到睡的地方，将袁老大的被子，我的被子和晓芳的军大衣全拿了来，听着袁老大的吩咐，全塞进了豁口处，水流总算被截住了。袁老大又吩咐我，"赶快往上扔土！"

我们俩就拎了铁锨急急地铲了旁边的土往豁口处扔。那料想，我扔出去的一锨土正好压在一个主要拦着麦草和铺盖的树枝上，树枝被打斜了。袁老大急忙伸出铁锨去拦，可惜没拦住，树枝被冲得顺流而下，顿时，豁口又被重新撕开。我们俩使出吃奶的劲往豁口里不停地扔土，可是，已经是回天无术。豁口越拉越大，最后将沙梁全部拉断，三四米的大豁口中，水流湍急而下，挺他妈壮观！我和袁老大的铺盖与晓芳的大衣都被冲到了下边的沙滩里，但两人都顾不上去捡，呆呆地看着漫滩的黄水，傻傻的了。半天，袁老大绝望地喃喃，"这下可咋给老乔交待。这下就不只挨顿骂就能过去……"

此时，东边的天色已开始发白。远处，祁连山最顶尖山峰上的积雪已经染上了早晖，和还有些被黑幕罩着的田野相比，显得格外的耀眼，亮闪闪象一把锋利巨刃。下边褐色的蜿蜒起伏的山体轮廓也渐趋清晰起来，似一条卧躺在大戈壁上的狰狞巨蟒。

"日它个奶奶，咋这么快就天亮了！"我平生第一次诅咒开白天，害怕它的到来。

袁老大长长地哀叹了一声，挂着铁锨，绝望地蹲在了沙昴梁上。我能感觉到他那一声叹息的份量。瞅着满眼的黄水，远处那淹在沙滩中的铺盖与晓芳的军大衣，和身旁那大大的豁口，我心底涌上一股浓浓的悲凉，开始胃里剧烈地反开酸水……

第四章

一

批斗会是在青年点院门前，也是队部院门前放电影的场子里开的。平时架电影幕布的两个木头杆子上，拉了一根绳，写了几个大字，批斗地主袁 x x 大会。字是老乔让丁志雄写的，没让我写。足以看出老乔对我的态度。两杆子间，摆上了从队部里搬出的一个长条桌，鳖子负责主持，老乔负责讲话。鳖子宣布批斗会开始后，老乔先念领袖语录，然后又讲国际国内的大好形势，最后来上一段伟人诗词（当时最时髦的讲话形式）："四海翻腾云水怒，五洲震荡风雷激，国际形势不是西风压倒东风，而是东风压倒了西风。我们的朋友遍天下.但是,帝国主义、修正主义和盘居在台湾的国民党反动派相互勾结，沆瀣一气（那时候这个难懂的词到处都在用，以至于连农民也将它变成了口头语言）亡我之心不死，国内的地富反坏右也不甘心于他们的失败，里应外合，一有风吹草动，他们就蠢蠢欲动。最近，中苏边界又有些紧张，在我们村子里的地富反坏右就坐不住了，急不可待地跳出来表演，他们或策划于密室，或点火于基层，这次沙沟倒水事件，就是他们的具体表现。贫下中农们，树欲静而风不止，我们一定要记住了伟大领袖对我们的谆谆教诲，千万不要忘记阶级斗争！"

老乔讲完了，鳖子就一声吆喝："将地主老财袁 x x 押上来，"随即，袁老大就被两个背枪的民兵押到了桌前。我偷偷抬起头来窥上一眼，发现袁老大的脖子里被架上一条驴脖子里才架的鞍子，脸蹩得通红。接着，蹩子就领着喊开了口号：

“不忘阶级苦，牢记血泪仇。”

“打倒地主恶霸袁ｘｘ！”

“袁ｘｘ不投降，就让他灭亡！”

我也跟着举拳头，但头囊到腔子里，不敢抬起来，心里不是个滋味，跟站在前边的袁老大的心情没啥两样。胃里反着酸水。

蹩子最后又领着大家喊出最后一句口号来，“过去的苦，比黄连苦，现在的甜，比黄连甜。”　我举起了拳头，却发觉不对劲，应该是“现在的甜，比蜜糖甜，”蹩子怎么领上喊成了比“黄连甜？”下边的人竟然也跟上喊了出来。

卷毛蹩不住了，纠正道：“花队长你喊错了。应该是过去的苦比黄连苦，现在的甜，比蜜糖甜。”

花蹩子略一尴尬，反应过来，说，“咋不对？现在的甜，可不就比黄连甜。”

“你不对，就是不对。”

卷毛和其争辩了起来。几个社员也参加进来，形成了两派，知识青年大多支持卷毛，而社员们大都支持蹩子，说比黄连甜和比蜜糖甜也没个啥区别，说知青们是小题大作。一时间，会场有点乱了起来。卷毛就又不依不饶地说：“你蹩队长错了就是错了，还不承认，上次批林批孔你就把商秧说成是儒家，把子贡说成是法家，我纠正了你，你还不听……”

老乔就出来禁止道：“别转移斗争大方向。阶级敌人最希望革命群众内部出现分裂，他们好隔岸观火。会议进入下一道程序，由贫下中农控诉过去所受的压迫。”

袁老二就急猴猴地跳了起来——两个家庭经过半个多世纪的恩恩怨怨，早由过去的世亲变成了世仇，袁老二指头蛋子指着袁老大，义愤填膺的样子，道："树欲静而风不止，这次你以为拉上个知识青年做掩护，就能遮挡了你的罪恶用心？告诉你，贫下中农的眼睛是雪亮的，不受你的蒙蔽。'忆往昔，峥嵘岁月稠'，我家大年三十没粮吃，我爸找到你爸门上去，借点粮食，你爸竟然不念骨肉亲情，不但躲着不见我爸，还放出你家的恶狗来，把我爸咬得鲜血淋淋！"

鳖子这时候就又领着喊开了口号，"不忘阶级苦！"

"牢记血泪仇！"

"世世代代不忘本。"

"永远跟党闹革命！"

场子里竖起密密匝匝的拳头。口号声在夜幕下的村庄中，嘹亮激越。整个人群就象一团被激情燃烧着的火焰。袁老二越诉越苦，到最后就声泪俱下，引得下边的人忍不住地都想上台去打袁老大的耳光。袁老二诉过后，袁老三诉。袁老三诉完后，花蛋也不甘示弱，说："你们诉的那些个苦算得了什么，我小的时候，春荒头上断了顿，奶奶就给我扒榆树皮，拿回来和着些高粱面度饥荒，每次拉屎都是奶奶用个棍棍给我掏，掏得我屁眼直冒血。"

起先大家没反应过来，还跟着唏嘘。接着就有人更正，"狗日的花蛋，旧社会那阵儿你妈都还没嫁到村子里来，哪有的你？你说的是六零年的事。你这是对社会主义发泄不满！我提议揪出现行反革命花蛋，跟地主老财袁老大一起批斗。"人群中有人响应。都是那些平时受了花蛋欺负的。特别是袁老二的平娃，吆喝得最起劲。甚至喊出了"揪出现行反革命分子花蛋"的口号——他没有忘了花蛋在地头上对自己的侮辱。

老乔出来制止："不能混淆阶级阵线。花蛋是说的不对，但属于人民内部矛盾，不能随便上纲上线。那样，只能是亲者疼，仇者快。花蛋的事情过后再让他写检查，现在的主要目标是批判地主袁老大，要把他批倒批臭，踩上一万只脚，让他永世不得翻身。还有谁要控诉的，就上前来接着控诉。"

老乔说完，就摸着腰出了会场。我以为他是上茅房去了。人们在蹩子的口号声中，又一个个上去控诉。会一直开到很晚了，该控诉的都差不多都控诉完了，可就是等不来老乔。老乔不来，会就散不了场。一时，会场有点儿冷清，有人打开了哈嗪。有的人说，"散吧不早了，明天还要下地干活。"蹩子有点把持不住了局面，就在旁边的一个小伙子耳朵上交待了几句。小伙子明白了似地点了点头，出去了。过了好大一会儿，老乔才跟着小伙子回来，气呼牛斗的样子，脸憋得跟袁老大刚被押上台时一样的红。一进来，就挥手："散会散会。"我不明白是咋回事，但我猜老乔肯定是遇到了不高兴的事。我想起了什么，左右张望，才发现，人堆里，竟然没有大头！我再在人堆扫，也没发现刘桂花。我似乎明白了什么。批斗会散去后，好长时间了都不见大头回来，别人还没发现。都拉铺盖睡觉。大家伙看我心事重重的样子，还一个劲地安慰我，说："批斗的是袁老大，老乔没在会上提你一个字，你就心放宽了。你一个知识青年，老乔他也不敢胡来。"

他们哪里知道我此时想的。我借口上茅房偷偷躲出去，到麦场去。远远地，就发现老乔和蹩子都到了场上，旁边有两个民兵，扛着杆枪。我就发现大头和赵埋汰被结结实实地用绳子在那里绑着。我急急地回来，就向大家通报了消息。大家一轱辘都从炕上翻起来，不睡觉了，往场上跑去，把女生都惊动了，纷纷出来问咋了，出啥事了。我悄悄把晓芳揪到一边，说，"我刚才发现赵埋汰和大头在麦场上被五花大绑着，肯定是和刘桂花的事发了。"

晓芳吃一惊，又悄悄问：“今天批斗袁老大，你是不是心里不好受？”

“是。”我回答，“陪斗的感觉。”

“想开点。他斗的袁老大，又不是你。”

“可事情是两人干下的，而且老袁当时就要去看一遍，是我懒，挡住的。主要责任在我。所以，我觉的特对不起老袁。明天干活都没法面对他。”

晓芳就也跟上我长叹一口气。

我和晓芳正说着，蚊子就回来通报了，说是大头和埋汰已经被从麦场上押回到了队部。老乔已经让人连夜去了大队找夏治保，让打电话给公社和县公安局派人来。我问细节究竟是咋回事。蚊子说，“两人正在和刘桂花在场房子里整事，被老乔当场抓住了。老乔说他俩是轮奸妇女。大头这次是完了，非被判刑不可。”

我心里为大头惋惜。过了一会儿，点上的人都陆续回来了。大家心情都挺重，没有睡意，说着这件事。丁志雄就分析，肯定是老乔对他俩的行为早都有查觉，是准备好了抓他的。”

卷毛也说，“可不咋的，这边还开着会呢。”

蚊子说，“老乔是绕了一大圈从麦场后边悄悄靠上去的，大头那傻子还站在场房子前的路口处放哨，根本就没发现。”

大家就再没声了。我长叹一口气，说：“其实上次我脚被砸的那天晚上，他塞给我个烧土豆，说土豆是从场房子里的火堆里烤的，还说他经常上场房子里找赵埋汰，我就觉得不是个事。当时我还说了他几句。怪我，没好好劝劝他，结果弄出这么大的事来。老乔还不把他往死了整。”

丁志雄问：“轮奸妇女一般能判多少年？”

蚊子回答：“哎呀，恐怕得判个十多年吧？现在就看他和赵埋汰谁算主犯。”

马大有说：“好象没那么重。上次那个在公社做扎根农村先进事迹报告的，叫晏什么来着？”　　蚊子补了一句“晏学东。”

“对，是叫晏学东，那家伙后来把人绑在椅子里强奸才判了十五年。”卷毛说：“他们这是轮奸，轮奸好象和强奸一样重。”

“大头今晚在队部里是别想睡觉了”丁志雄说，又想起了什么，“给那损送件衣服去。”？　“队部里有炉子呢，烧得旺旺的，火苗子蹿得老高，不冷。”

丁志雄就又感慨，“你说说大头，放下点上这么些女生，你不弄，非要去参和着搞个刘桂花。那刘桂花有啥可搞的，整天脸都不洗，脏兮兮的，让人想不通。”

马大有说：“丁志雄你说错了，那媳妇要是洗了脸满受看呢。”

蚊子就敲二话：“有啥想不通的，点上的女生都让你们一个个号球完了，他找谁去？”

丁志雄就问蚊子，“你是不是和陈玉霞弄上了？”

“你怎么问这话？”

“前天两人约着出去干啥去了？在月亮地里手拉着手走回来的。”

“真的？”我问。

“你别信，丁志雄他胡嗝。”

“我胡嗝，你们在后墙边上干啥呢？你以为我没看见。”

蚊子就再不吭声了。丁志雄就又转过头来说卷毛，“你卷毛他妈的在大头这件事情上也犯有不可推卸的责任！”

卷毛喊道：“他嫖刘桂花与我有啥关系？”

“关系大了去了！”丁志雄说，“你不把人家马秀兰撬了，他能去凑那个热闹！”

“马秀兰哪是我给他撬的？是他自己拢不住人家心。要这样说来，我还得记恨张一凡呢。我跟罗晓芳都有那么些意思了，硬是让他给撬黄了。我怪谁去？”

二天早晨天还没放亮，就听到有汽车声。大伙急忙起来了，就见一辆警车来到村里，从车中跳下几个人来。其中有穿警服的，也有公社派来的人。老乔将其迎进队部去。我们知青想进去，被当在了门外。过了好一会。门开了，公安要将人带走。让青年点上将大头的东西收拾收拾。大家伙这才反应过来，忙着帮大头卷行李，收拾脸盆牙具的。大家的眼睛都有些湿。我把那件已经被水泡得不成样的晓芳的军大衣也放在行李卷上——大头和我一样，没大衣。大头眼泪下来了，说：“你晚上也要浇水，给了我，你咋办？”

我说：“没事，我能扛。毕竟在点上，还有大伙，咋都好办。”

大头就说：“没听你的话，真后悔。”又转过头去对大家伙说，“我走了。我大头给大家伙丢人了。你们好好的劳动，别学我。”

丁志雄就说，“过一段有机会大家上县城去看你。”

卷毛也说：“去了态度好点，老实交待，有啥说啥，不要隐瞒。争取宽大处理。少判上两年。”

大头就动感情地说：“你今后对马秀兰上心点，别争到手不知道珍贵的，人家可对你是一片赤诚。”

卷毛就羞愧地低下头去，感觉到了丁志雄昨天那句话的份量。

大头又转过头去求公安，“能不能把绳给放松点？一晚上了，胳膊捆得麻麻的了。”

　　众知青就帮着求情，公安才将绳给放松了些，一边放绳一边说，"干那事的时候咋就没想到被绳子捆的滋味不好受？"

　　几个女生在一边干看着，都不好说什么。还是马秀兰，对大头还有那分心，从自己身上掏出两块钱来，上去塞到大头的上衣口袋里，说："带上，到监狱了看着给自己需要啥了买个啥。"

　　大家伙被马秀兰的行动提醒了，纷纷从自己口袋里掏钱往大头口袋里塞，没有的，就回去从自己箱子里取。这个给一块，那人给五毛。大头一下子眼泪就喷涌而出，跪了下去。男儿膝下有黄金，大家都知道这一跪的份量。

　　警车都开出村头好远了，大家伙还凄惶着。老乔吼了一声，"太阳都照着大豁口了，还不去上工！"

　　大家这才回点上去拎铁锨。女生都一个个抹着湿湿的眼窝。我扛着铁锨出院门，晓芳在旁悄悄问我："你把大衣给了大头，你晚上咋办？"

　　我回答："没事，我能扛。晚上多从麦场上背两捆麦草。"晓芳说："把我的褥子给你抽了去。"

　　"不不，那你咋办？"

　　"没事，现在都快夏天了，晚上睡觉不是太冷，就是硌点。"

　　我扛着铁锨，迈着沉沉的步子到渠沿上去。一个很怕见的面孔我得面对。因为送大头耽误了出工，此时太阳已经爬出了东边的地面，远处祁连山顶终年不化的积雪，在早晖中闪着银白耀眼的光，看上去很有一种苍凉的美。几抹早霞洒在暮春的田野里，万物生机的景象。鳖子家的果树已经花儿落去挂了果，又累累地赘出半墙来，诱着人。渠边的柳树也垂下很长的丝绦，上边茂密地长着绿绿的叶片。我远远地就看到，渠沿上，一位老者躬着身子，迎着阳光，手里拄着铁锨，立在渠沿上，在俯看渠里的流水。早霞的清晖也洒在他那清癯的脸上和肩上。身影长长的折弯在渠沿上——他是袁老大。我实在是怕见到他，可是又不得不见他。走近了，他淡淡地望我一眼，说："来了。"

"来了。"

袁老大象没事似的，吩咐我："我们把昨天倒了的沙沟梁争取在今天再打起来。"

"嗯。"我回答，不敢看他的眼睛。我就拎了锨和他打沙梁。袁老大再没话。

半天，我停了锨，嗫嚅地小声说："昨天，是我不好，没听你的，结果让你遭那么大的罪。真没想到，早知道……我肯定……"

"别说了，娃子。干吧。"

我就再不吭声了，使劲地卖力气，想以此来赎回自己所犯的不可饶恕的罪过。袁老大就阻止我，　"悠着点干，娃子。日子长着呢。"

我就听话地又慢了下来，不过，经过刚才一阵使劲不歇气的干，我全身都冒汗了。袁老大这才叹了口气道："昨天流掉的那些水，也确实是太可惜了，可多浇好几亩地呢。前几年，就为争这么些水，上边的两个村子打架把人都打球死了，你说老乔他能不上火。"

"可他把你整的太狠了些。"

"娃子，这算个啥，你没看到的多呢。我都早习惯了，回去后该干啥干啥，还让老婆子给温了二两烧酒，一边让她给我拔火罐，一边抿。"

"他老乔不该把驴鞍子套在你头上，那不是侮辱人格吗？伟大领袖早就说过，要文斗，不要武斗。"

"还讲个啥人格不人格的。其实架驴鞍子才好，你才不知道，放在脖子里暖暖和和的，挺舒服。我特怕他给我脖子上吊磨盘。那玩意吊一晚上回去，好几晚上你就甭想睡觉了，脖子就象是被折断了一般，好长时间都缓不过劲来。"

"怎么可能？就是队部前边放的那个半块磨盘？"

老袁不吭声表示默认。我惊呆了，"那磨盘我们知青刚下来时比手劲，我一个手都拎不起来！"

"你寻思啥呢！娃子。你没见过的世事多了。"

我再不吭声，默默地和袁老大你一锨我一锨地把沙土往昨晚冲开的豁口里扔土……

二

夏天里，每天的农活就是反复地给一块块的农田车轱辘转地薅草。等把最后一块田的草薅完，最先薅过的地块的杂草早都又长得漫过了庄稼，就重回过头来接着薅第二遍、第三遍。中间就是给一块块的地里撒化肥。化肥还必须赶在浇地前的一刻里撒到地里去。这样，才能使化肥的功效得到最大发挥。所以，我们白天薅草，晚上常常加班撒花肥。

一天，大家正在薅草，在我身边的李秀萍突然"哇哇"两声，就跑过去背开人了去呕吐。我不知道是咋回事，过了一会儿，她回来了，我问她咋了。她说"没事。就感到胃里突然反酸水。"

我也没当回事，以为她也和我落下了一个毛病。第二天，她又是那样，我就说你是不是胃有了毛病，应该到大队去看看赤脚医生。她说，"没事，就那一阵，过一会儿就好了。"

一段时间后，薅草时，就见她再不呕吐了。我又问她。她说，"前几天可能是薅草时老撅着的原因，把胃酸泛上来了。"

　　可是，过了一段时间，我就发现李秀萍身子变得臃肿起来，腰看上去比以前粗了些。一天半夜，我们加班去撒花肥。我抱着个脸盆，脸盆里盛上化肥，深一脚，浅一脚地在麦田里撒着，旁边就是花鳖子家的祖坟。我瞌睡得恨不得扔了脸盆去靠在他家的坟头上打个盹，实在是太困了，我就走出麦田去，来到花鳖子家的坟眼前。正准备找地方躺下去，却发现黑暗中，有人的说话声从坟头背后传了过来——

　　"我肚子疼得要命。"女的的声音。

　　"咋回事？"男的问。

　　"我也不知道。刚才有一块儿还没来得及撒上化肥水就漫过来了。补着撒时，在水里多呆了一会儿，这会就疼。"

　　"哪个地方？"

　　"就是小肚子这。"

　　"哪，这儿？"

　　"再下点。你的手刚撒过化肥，不要把我的肚子上的皮肤给摸过敏了。"

　　"没那么玄。"

　　"前几天你们男生用化肥袋子做床单，咋也都身上起疙瘩？"

　　"这会儿咋样？"

　　"还疼。"

　　"那咋整？"

　　"我怀疑我是不是怀孕了？"

　　"啊？我的天。这可咋整！"

　　"也不一定。你别背负担。"

　　"要是真怀了孕，那我俩可就完了。"

　　"谁让你不听我的。每次拦都拦不住。"

"你也没实心拦我。"

"要是真怀孕了我就不活了，真丢人。"

"千万别那么想，我们想办法。"

"有啥办法，除非去县城医院做了。那样，大家伙就全知道了。"

"知道就知道。那有啥办法。"

"那样我真不想活了。丢死人了。"

"好象听老乡说加大劳动，使劲干重活，就能把它流掉。没事你就便劲地蹦、跳。"

"我试试，看行不行。"

两人说完，绕出了坟眼。我躺了下去，闭上眼睛，却怎么也睡不着了，脑子里乱哄哄的。既替马大有和李秀萍耽忧，也庆幸晓芳相对保守，不然，他们两人面对的困境，也会降临在我和晓芳头上——·

晓芳毕竟是当地县城下来的知青，在这方面很保守。以前，我也忍耐不住地几次向她暗示过那种要求，她都拿话岔过去。每次，也就是让我摸摸她，再要有进一步的要求，就被她挡住了。就在偷听了马大有和李秀萍在鳖子坟头上干事对话的那一次，第二天，我和马大有蹲在渠沿上谝完之后，我就抓挠起来，后来又看见了花蛋和花花从沙沟里跑出来，心里就更是痒痒得不成。别人都能干，我们为啥就不能干？都是个人，把人憋的。有一天晚上，我和袁老大浇水时，晓芳又去看我。很晚了，我送她回点去，来到半道上的一片沙枣树林里，我搂住了亲她，还把手伸进了她的怀里，摸她的奶子，又硬钻进皮带去摸她的下边。晓芳当时也有点被调动起来了的感觉，低声地呻吟着，还下死劲地跟我亲嘴，就象磁铁石相互吸着那样。可是，当我腾出手来要解她的裤带时，她却突然醒悟了一般，象换了一个人，责问我：“你想干啥？”

我嗫嚅地回答，“想干别人都干的那种事情。”

“那不成，怀孕咋办？”

“大头给马大有说了，说赵埋汰说的，你们女的一个月就来月经前那么几天，只要错开，就没事。”

“不行。他赵埋汰懂个啥，又不是医生。万一怀上咋办，让我还活人不？”

“哪那么巧。马大有和李秀萍都在干。”

“你咋知道的？”

我就把我那天听到和看到的给晓芳讲了。晓芳仍旧捂紧了裤带，“不行，她是她，我是我。真要是怀孕了，光我妈，就会把我骂死。”

“那要等到啥时候？”

“结婚以后。”晓芳坚决地说，“结婚前绝对不行，太丢人了。我们邻居一个女的结婚前打过胎，现在小孩都上小学了，还被人瞧不起，戳脊梁骨。”

我只好作罢。奇怪，晓芳越这样，我越觉得晓芳单纯可爱。

我把在甃子坟眼里二次听到的马大有和李秀萍的对话悄悄告诉给了晓芳。自此，晓芳对我就更加在那方面防范了起来，两人单独在一起时，只要我稍稍有那方面的冲动，她就立马从我怀中挣脱出来，厉声道：“想学马大有是不是？忘了我叮嘱的了？”弄得我臊兴兴的。

之后我就感觉，李秀萍的肚子，咋看咋比以前粗了些。

一日，老乔要派我和袁老大的儿袁祁连，跟上袁老二的皮车去县城拉城粪，说是一家工厂家属院里的厕所。本来城里的厕所都是由城跟前的生产队去掏，但这家工厂的头儿跟老乔以前在部队时是战友，就特意照顾，每次让我们生产队去掏。前一天大家知道了此事，丁志雄就吩咐我说去了抽空上看守所看看大头，让做饭的马秀兰特意用白面烙了几个大饼子，其中的两个让我吃，另外的五个给大头带去。几个人又从自己的旱烟纸包包里，匀出些旱烟来，由丁志雄用张报纸包结实用绳捆好了，交到我手里，说："让大头那损在里边抽去，肯定急得要命。"

放好了饼和烟丝，我把马大有叫出点来，出院门到后墙根下，说："我咋想这趟你应该去？"

"为啥？"马大有感到莫名其妙。

我说："你们那天在花鳖子家坟眼说的话又让我偷听到了。"

马大有大惊："你咋专门跟踪我们？"

"谁吃撑了跟踪你？确实是巧得很。我当时也想到花鳖子家的坟眼里眯一会打个盹的，就听见了。"

"你啥意思？"

"没啥意思。我是想，你可得当回事，对人家的身体负点责任。跟上皮车进城起粪的机会领上李秀萍去县城医院里诊断一下。要是没怀孕更好，你们心也就放下了，要是真怀了孕，可得认真了。花蛋的媳妇是咋死的？"

"没那么严重吧？花蛋媳妇是让花蛋那二球没节制地弄，x死的。我们才弄了几次，不一定是怀孕。那天她肚子疼是因为在水里呆的时间长了。"

"反正我给你把这话说了，你再去跟李秀萍商量商量。我可不是想把这脏活往你身上推。我是为你俩好。"

"我知道。你想哪去了。我问问她，要去，明天早晨告诉你。"

"明早就来不及了。要问你现在就去问，我等着你。"

过了一会儿，马大有跑了回来，说："她不想去，知道你听到了我们的事，还把我说了一顿。"

我就再不好说啥，第二天早晨和袁祁连坐上袁老二的皮车，进城去拉粪。进了城，我们来到那家工厂家属院的厕所。袁老二不干活，挽挽鞭梢，拽拽鞍套的，全由我和袁祁连跳到厕所里起粪。将粪起上来后，约能装两车。装完了一车，袁老二就和袁祁连坐上车回村去送，估摸着赶晚上还能回来，将第二车粪拉上，第二天天亮前，就能回村。白天就可以再不到地里干活了，美美睡上一天。袁老二就叮嘱我，现在农村进城掏城粪的很多，别让他们趁我们人不在偷拉跑了。袁老二和袁祁连走了，我到家属院一人家里要了一杯开水，就着把属于自己的两个饼吃了，然后揣着剩下的五个饼去看守所里看大头。我不知道看守所在哪里，问来问去才打问到。去到看守所，问门卫，门卫说犯人们押上去到邻市一个工业区的炼铁工地挖管子沟去了，得等到下午才能回来。我只好在那里等。等了好几个小时，从院里出来一个干部模样的人，门卫和我唠熟了，指给我说，"他是我们的副所长，你问他。他清楚犯人的具体情况。"

我将大头的情况说了，所长回答："这人前两天已经判过了，被押到天祝石膏矿服刑了你们不知道？"

我从头凉到了脚，问："判了几年？"

"好象是七年。"

我惊得没跳起来，叫道："他又没整上，只是帮着了个哨，就被判了七年，也太重了些！"　　　　　所长说，"他也就是了了个哨，自己还没来得及整，要不，就不止是七年了！"

我又问赵埋汰被判了多少年，回答说是十三年。我吐了一下吞头，好家伙，就那么一锤子，就得蹲十三年大狱！刘桂花那臭 x 也太他妈金贵了！我心里骂了一句，替大头鸣着不平，悻悻地抱着那五个面饼子和一包烟丝离开看守所，心里特别地难受，觉得大头实在是不值得。回到那家工厂家属院的厕所前，真它妈的见了鬼，一大堆粪，竟然在我离开的个把小时里，象长了腿般地不异而飞了！我侥幸地希望是袁老二和袁祁连已经来过，见我不在，装了车回村了。可常识告诉我这是不可能的事，县城离村子近三十公里路呢。他们这会儿最多也就是刚回到村子。

咋办？我马上想到了那天晚上批斗袁老大的场面，老乔他不会胡来吧？虽然我爷爷是旧军阀，我爸有叛徒嫌疑，又是阶级异己分子，可我毕竟是一名知识青年，量他老乔也不敢胡来。青年点上的知青们也会替我说话保护我的。想到这些，我心里稍稍踏实了些。可是，过了一会儿，心里就又嘀咕起来，要是万一……

我心里七上八下，早把从看守所出来对大头的同情忘在了脑后，现在是该同情我自己的时候了。我就诅咒死了那偷粪的：偷啥不成，一堆粪，人肚子屙出来的，也偷。那一车粪，对你们来说，可能并不见得有多重要，可能你们也是顺手牵羊，可它对我意味着什么，你们知道吗？天打五雷轰的一帮王八蛋！我真恨不得自己屙出一车来！

忐忑不安地将袁老二和袁祁连等来了。袁老二一看光光的地上，问我，"粪来？"

我沮丧万分地回答，"我去看守所里看大头，回来，就发现，它没了。"

袁老二就说："我看你这回咋给老乔交待！"

我不吭声。袁祁连也不吭声。

半天，袁老二喊道："还站着干嘛？回球！"

我和袁祁连上车去，坐在条化肥袋子上。袁老二赶了牲口出了城往返回。我头囊在腔子里，想心事。皮车过一道桥时，一上一下颠簸了几下，才把我从沉思中颠醒过来。抬起头来，远处的祁连山阴阴的，太阳早已滚下山。山头上的白雪被几大片黑云遮敝着，下边的山体也黑乎乎的只能看清个大致的轮廓。由于是空车，又是下坡路，马儿跑得格处欢势。我就讨厌开那马来，你把车拉这么快干啥，回去找死呀！我的胃这时候又开始反酸水。自打春天开荒挖坟眼老吃苞谷面饼子，回来后，我就感觉我的胃好象就留下了这么个反酸水的毛病，而且越来越厉害，以前是吃得太冷太热或吃不到点上饿过劲了反酸水，现在是一遇到什么不高兴的事情心里有点压力紧张了也马上有反应。　　马路两旁尽是一大片一大片的玉米地，已经长得有人头高了，哗哗地从我们的车边闪过。

我尿憋了，请求袁老二停下来，我下去撒个尿，袁老二就说我："把粪都丢了，还屎尿多得不成。在城里时干啥呢，不尿？"

我不吭声，下车去，钻到玉米地里去。老袁在车上喊，"你那尿水有多金贵，不在路边尿，还要钻到地里去。都几点了？"

我心里骂道："你他妈猴急个啥？就是爬灰搞儿媳妇，那也得等到晚上睡觉呀！"我撒过尿，真的就不想回皮车上去，要是没有个晓芳，我他妈就躺在这玉米地里，喂了狼拉倒！上皮车后，袁祁连说话了，"总得想个法子。回去给老乔交待。"

袁老二喊道，"想啥法子。再想也变不出一车粪来，除非我们也去偷！"

我被袁祁连一说，才提醒了，脑子里开始挖空心思地想了起来。最后，我一拍大腿，道："有了。"

"啥有了？"袁老二问我。

我说："我们到个前边村子，趁半夜没人，在他们随便那个庄子后边的粪堆上，偷点粪拉回去，和拉回去的那车粪混一混，老乔肯定发现不了。”

"亏你想的出。要是让人家抓住咋办？"

"他们能偷，我们不能偷，不就是一车粪，抓住了能把我们怎么样？"

袁老二犹豫起来。袁祁连可能从他老爹处也听到我跟他爹挺对脾气，也不想让我遭殃，就也帮着劝袁老二。我这时候一下子就想到了那一包烟丝和五个面饼子，忙从怀里掏出来，递上前去，"这包烟丝和这五个饼子是本来去看大头的。没看上，就送给你吧。"

袁老二咧嘴笑了，说："你张一凡崽娃子还学得挺会来事了。"

我笑笑，说，"以后，我们点上的知青要回城带回啥好吃的了，我不吃，都给你留着。"　　　　　袁老二就笑笑说，"没事，啥大不了的事，也不要去偷什么粪了，就空车回。"

"那回去后咋交待？"

"不就一车臭大粪，有啥交待不交待的？看把你们吓的。"

回去以后，就到了后半夜。第二天上班，我忐忑不安地去地里薅草，老乔还背着手到我们干活的地块视察了一趟，果然没有提粪的事。我的心才放在了肚子里。丁志雄几个问我去看大头的事，我把情况讲了。丁志雄一阵唏嘘，告诫我们几个，"以后都自重点，大头就是榜样！"说着使劲儿地用眼睛瞅马大有。

三

转眼到了收麦的季节，田野里一片金黄，麦穗被褥热的夏风一吹，滚动着，似一把把大扇在摇晃着扇着蓝天。麦穗儿相互碰撞磨擦，发出籁籁的声响。天空中湛蓝湛蓝，云比棉花还白。祁连山在夏日里好象显得比以前近了，近得都能看清上边背阴山洼里的一片片松树来，还有一道道曲曲折折的山脊与皱褶。女知青们都被派上去割麦，男知青们则有的被派上在麦场上码麦垛，有的跟上皮车从地里往场上运麦捆。我和马大有被派到一个皮车上。我们各手持一个长长的木棍，木棍顶端有个分叉，用叉子将地上割倒捆好了的麦子叉到皮车里去。叉一天下来，两个胳膊酸疼酸疼。袁老二负责在车上码麦捆，我们稍偷闲一刻，袁老二就埋汰我俩："昨晚上干什么了，是不是又和李秀萍罗晓芳整好事了，一个个乏得驴一样？"

熬到歇息，割麦的人们和装麦的人们围拢在一起喝水，抹汗，闲聊。卷毛和马大有从地里揪了一大把麦穗，放在地埂上，又把揪下的麦杆揉成一团，用火柴划着了，去烤麦子。有人就劝，说，"要让老乔看见，不骂死你才怪。"

蚊子说，"没事，我站着给你们放风。"

不一会儿，麦穗就起了浓烟，大家伙就都扑上去抢。几个男社员就故意趁抢的机会往点上女生身上撞。抢到了的，将烧糊了的麦穗放进手心，揉上几揉，用嘴对着手心的麦穗轻轻吹上几下，麦衣随风吹走了，剩下烧熟了的麦粒，张开嘴巴，送进去，立刻，麦埂上就响起了一阵嘴巴的咂巴声。有人就一边咂着嘴，一边说："嗯，新麦子就是香。"

我去坐在晓芳旁边的一个麦捆旁去，说，"你看祁连山，夏天我觉得咋跟冬天看时近了很多。你觉得呢？"

"就是，天气晴的缘故吧，你看这天，多蓝，云多白。昨天歇息时你唱的那首歌咋唱着来？再哼一遍。我特爱听。"

"你说的是哪首？"

"就是那首'蓝蓝的天上白云飘，白云下边马儿跑。'"

“这会儿人多，还是别唱了。这歌，好象也属于禁止唱的。”

“你肚子里那么多的歌都是从哪里学的？”

“我到我姑父的文工团去看他排练，在一个破屋子里的地上拣的一本歌本。我就在上边学的。”

“这么说，识乐谱是你自己学会的？”

“课堂上老师教过一些，但主要是我自己学的。”

“你要好好接受下培养，肯定是个音乐家画家什么的。可惜，埋没了。”

我说，“你别埋汰我了，我想都不敢想。”转过话头关切地问：“你割麦子跟得上她们社员？”

“还行，”晓芳说，又问我：“你呢，往车上装麦捆是不是吃力？”

“就是，胳膊这几天酸酸的。”

“待会儿干开活后我帮你装，你替我割？”

“算，那能让你干，往车上周时，胳膊挺累的。腰上也得使劲。你们女的干不了。”

“那李秀萍咋老和马大有换着干？”

我就说，“我总觉得李秀萍象是怀孕了。可是问马大有，马大有就是不承认。你没问问李秀萍？”

“人家自己都躲，我咋问？”

“我咋看她咋就象怀孕了。那天浇水时，我听得清清楚楚的。你想不想去解手？”

“想。”

“那咱俩一起走。”

“不行，我知道你要想干什么。这么多的人呢。要去你一个人去，去过回来后我再去。”　　　　　　　　“那我也不去了。”

　　晓芳就又换了个话头，说："你知不知道卷毛要去上大学的事？"

　　我吃一惊，"真的，我咋一点都不知道？"我只知道卷毛的爸前一段来点上了一趟，住了一晚上就走了，说是出差路过看看卷毛，还给卷毛带了几包点心，几个大肉和鱼肉罐头，还有一网兜苹果，还有一方盒牛奶糖。卷毛爸走后，卷毛都把这些东西分给全点的男女生共同享用，赢得同点的一片好感。这会儿，晓芳一说起来，我就嘴里有了大肉罐头和牛奶糖的味道。

　　晓芳说："你不要问他本人，这事他对人都保密，我也是听大队我们家的一个亲戚说的。他可能连马秀兰都没告诉。"

　　"他本来就对马秀兰有一搭没一搭的，这一走，他们的事就更漂不定了。上边同意吗？"

　　"他爸这次不就是跑这事来了？估计没问题。听说公社书记是他爸部队的老战友。"

　　"要走什么时候？"

　　"秋天吧。等麦地里的秋庄稼种到地里，就差不多了。"

　　半天，我怯怯地问，"你后悔吗？"

　　晓芳明白我的意思，说："不后悔，有啥后悔的。"

　　"真的还是假的？"

　　"真的。"

　　我不吭声了。

　　半天，晓芳说，"其实，这个大学应该是你去上。卷毛平时哪见过他拿起过一本书？"

　　我苦笑道："上个星期村上演的电影《决裂》你没看？啥叫资格，手上的老茧就是资格。"　　　　　　　　　　"可他劳动也没你下的苦多。你下乡后干了多少苦活脏活，又挖死人又掏城粪的。他干了个啥？"

我不吭声了，再接下去说，就又要说到敏感话题——那是时时刻刻藏在我意识里，但我又极不愿面对它的。晓芳也知道，转了话头，接着说，"我家好象听说了我和你的事，最近老托人带话来，让我进城回家去一趟。"

"干啥？"我敏感地问。

"说我叔叔给我在驻县城的部队上物色了个对象，让我去见一面。"

我似被蟹子蜇了一口，"啊，真的？"

"我一直没敢告诉你，怕你不高兴。我借口队里活忙，就拖着没去。"

"对方是个啥条件？"我颤颤兢兢地问。

"好象是个排长，人挺老实的，说政治上挺有前途，还能往上升。"

"老家哪？"

"山东。"

我再没吭声，我的头大了起来。我说："马上就要开始干活了，我要去解个手。"

我心里很不是个滋味地离开了晓芳，去解手。其实我是想找个没人的地方独自坐一会儿，晾晾自己。不想哭，但却比哭更难受的感觉。我想绕远点，想到了隔着几亩地的一个崖头下的土沙沟。那儿僻静，高兴了，就在那儿抹两把眼泪。我发现，其实人在哭出来的时候，心里才挺痛快的，如果心里有事情，又妨着什么，不能哭出来，是最最难受的。我钻进玉米地埂，走了一大截，又拐个弯，又穿过一大片糜子地，又绕过一片玉米地，我想尽量走远些，万一到时候嚎出声来，也不会让别人听见。从崖头上下来，来到那条荒沟处，正要找个合适的洼地，酝酿一番自己的情绪，把它调动到最伤心的程度，好好地嚎它两嗓子，却发现在一个沙洼地里爬着两个人。我看清了上边的是花蛋下边的是花花，大喝一声，"好你个花蛋，你竟然欺负个傻子！看我不告诉鳖队长！"

花蛋闻声大惊，急忙从花花身上爬起来。花花就光着屁股傻傻地一边笑一边跑掉了。花蛋一边系自己的裤带，一边嘻皮笑脸道："没弄个啥，就是随便摸了摸，你大惊小怪个啥？把人吓一跳。"

"没弄个啥，你还想弄个啥？告诉你，上次我和袁老大看水时，你就和花花从村东头那条沟沟里出来，花花身后一身的泥，我就怀疑上你了。还说没弄个啥。"

花蛋厚皮赖脸道："她其实也愿意让我整。"

"他愿意让你整你就整？她是个傻子！"

花蛋看我一眼，"你们知青他妈都一个个有人解心慌，站着说话腰不疼。我找谁去？你借我钱让我讨个媳妇？憋得受不了，找个傻子发泄发泄，你也管得宽！"

"不是我管得宽，你给人家把肚子弄大咋办？"我问。

花蛋说："没听说傻子也能怀孕的。"

"要真怀孕咋办，你能娶她？"

半天，花蛋道："那就娶拜，那咋办。"

我再不吭声。解开裤带来撒尿。花蛋就说，"你方便着。我走了。"

"你干啥活？"我问。

"兑仰坝，我得赶快走了，不然别人怀疑我了。你千万不要给别人说，我会记着你的好的。"

我方便完了系了裤带，花蛋已早没了踪影，荒崖边死一般寂静，好象此处什么事情也没发生过一样。我想痛痛快快哭一场的想法早被刚才的眼睛所见冲得没有球了。

四

果然应了晓芳的话，悲剧就在点上发生了。一天夜里，我们刚懒懒地躺在炕上，闲诌了几句，正要睡去，就听门"嗵嗵嗵"一阵响，我们都被吓了醒来。丁志雄问："谁？"

只听陈玉霞在门外叫喊，"快开门快开门，李秀萍不行了！"

我们都大吃一惊，急忙爬起来，开了门，问咋回事。几个女生就慌慌张张地进来说："李秀萍肚子疼得在炕上打滚，得赶快想办法往公社卫生院送。"

我们几个就都出去往女生房里跑，马秀兰拦住了，说，"你们还是赶快去到饲养场里要车吧！"

还是丁志雄能稳住阵势，吩咐蚊子和卷毛去饲养场套车，让我到花队长家去叫鳖子，他和马大有留下来照顾这边的局面。我去敲开鳖子家的院门，说了情况，鳖子穿上衣服跟我来，说："下午不是还好好地上工来着，怎么就突然肚子疼得受不了啦？"

我说："我也不知是咋回事。"

其实，我最清楚是咋回事。来到青年点门前，院子里一片忙乱，驴车已经套好，拉到了院门前，里边放上了褥子，马大有正背着李秀萍出院门来。丁志雄在旁边扶着，把李秀萍往驴车里放。放好后，大家伙都要求去，丁志雄说一个驴车，哪能坐下那么些人，其它人都不要去了，由他和马大有加上陈玉霞去就行了，陈玉霞平时和李秀萍关系最好，再说，去个女的，也方便照顾。丁志雄想得很周到。说完，丁志雄就赶着驴车上路了。我们一直送到村头，蚊子叮嘱道："把驴看紧了，别再象上一次那样让它摔脱了辕跑球回来。"

　　送完他们我们往回走。我问晓芳是咋回事，晓芳回答："其实她今天下工回来，就一直嚷嚷着肚子疼。我们几个就说告诉你们让送去大队看看。她硬是抗着，说过一阵可能就会好的。越到后来，越叫唤得厉害。大家看她实在疼得抗不住，就让陈玉霞去叫的你们。"

　　我们重回去睡下。第二天天亮了，也没见三人回来，点上的人都很着急，女生甚至等不住了，吵吵着都要去公社卫生院。老乔不批准，说都走了四个，正是夏收大忙季节，麦子晚割一天，就要往地里掉多少麦粒。恨不得把一个人掰成两个来使唤，不给准假。大家只好忐忑不安地上班去。中午收工，还是没见他们回来，大家就感到有些不祥，下午太阳落山时，才见丁志雄一个人赶着个驴车回来了，沮丧个脸。大家全围上去问情况，丁志雄半天不吭一声，被问急了，才沉沉地回答："人已经死了，大出血。"

　　大家伙听着几乎惊呆了！怎么可能，全都不能接受这一现实。丁志雄补充说，"马大有都哭疯了，一个劲地狠抽自己耳刮子，说是他造成的。"

　　葬礼是在大荒地里举行的。生产队从渠沿上伐了一棵柳树，让村里会木匠活的给简单做了个匣子，又根据我们知青们的请求，到大队仓库里要了点修水渠用的水泥，给简单做了个碑。碑上的字是我写的：兰州知青李秀萍之墓。

　　那天，老乔破天荒地给我们全点的知青都允了假。公社让人去城里给她家拍去了电报。可是，等她家中的人接到电报坐火车倒汽车的，最快也得四五天时间才能来到点上，恐怕尸体就放不住了，大夏天的。所以就不能等她家的人来了。下葬那天正逢个阴天，又刮着些风，往开挖穴时，风把沙土扬起来老高。男知青们抢着挖穴，女知青们都悲悲凄凄地站在一旁看着。

等把匣子打开后每个人看了最后一眼，把它往穴里放时，马大有就控制不住地要往穴里面扑，一边喊着，"秀萍，是我害的你，让我和你一起去——"大家伙就把他拉住了。女生们就都呜呜地哭了起来。男生们的眼睛也湿湿的。悼词是我执笔的，前一天为写它，我琢磨了一天。丁志雄致悼词："李秀萍，女，时年十八周岁，响应党的知识青年上山下乡号召，不远千里，为了一个目标，来到祁连山下，将自己的一切，都无私地奉献给了脚下这块祁连山麓。如今，长眠在了你曾战天斗地过的土地。你是一个无私的人，一个高尚的人，一个脱离了低级趣味的人。安息吧，战友，待到山花烂漫时，你在丛中笑。我们会把你未尽的上山下乡事业进行到底，决心扎根农村一辈子。"

丁志雄念完了，我们又给坟头鞠了几个躬，就走出荒地来。马大有还说要让大家伙先走，他再坐一会儿，想单独再陪李秀萍一会儿，跟她最后说会儿话，被大家伙架了出来。蚊子就说，"这家伙这两天神经有点出毛病。得看着点。"女生们则一个个跑得贼快，因为四周，时不时就能看到几个乱坟头，还有那一丛丛的荒草和红柳，给人阴森森很怖的景象。

出了大荒地，大家伙的心情才开始不怎么忧郁了，丁志雄就说我，"张一凡你他妈憋了一天，就憋出了那么两句。让人觉得又象是从老三篇上抄的，又象是决心书一样，还又引上两句伟人诗。大家都在悲伤地哭呢，你却让人家在丛中笑。笑什么？"

"就是，一点儿也不悲痛，就没有把我们的伤心情绪表达出来。"大家附合。

我就撂挑子，"下次，我不写了，你们谁爱写谁写！"

蚊子问，"下次，下次给谁写？看你这话说的。"

大家才苦笑出声来。

晚上，马大有约我出点上来，给我拧把好了一支烟，送到我手里，又给他拧把好一支，叼在嘴里。我知道他心里很难受，陪着他抽着。我们俩蹲在渠沿上，瞅着远处黑邋邋的祁连山，有一搭没一搭地唠着。马大有彻底地向我敞开心扉来，感慨道，"咋会想到，前两天我还给她烧麦子吃呢。突然说没就没了。"

我劝马大有："人既然走了，你也得想开点。活着的人不得往下活，你说是不是？"

"我咋感到，秀萍一走，我咋也就没个活头了。"

"你可别这样想。你还有你的父母兄妹呢。全点上还有这么些哥们姐们地陪着你呢。"

"可我觉得，都代替不了她。以前感觉不到，她一走后，我就觉得她是我在这个世界上的唯一。"

我就不吭声了，任他叨叨。半天，马大有长长地喟叹一声，"怪我呀，无知，真无知。还让她使劲干重活，想把胎整掉。我他妈真不是个人，秀萍肚子疼过不止一次了，每次我都当好事的想。哪里知道她所承受的痛苦。我对不起她，对不起她父母啊……"

马大有一个男人家，就又捂着个脸痛哭起来。哭声在落日后苍凉的戈壁大漠上，有一种震撼人心的力量。

最后马大有嘱咐我："赵埋汰的那法子根本不灵，你可千万别信他的，重蹈我的覆辙。"

我说"不会，罗晓芳很保守，碰都不让我碰她。"

五

花花的肚子也一天天大了起来。村里的人都嘈嘈着这件事，都说是让花蛋给整大的。可是，一天早晨，却传来一个惊天的消息，袁老大的儿袁祁连要娶花花。我初次听蚊子传来这条消息，简直不相信了自己的耳朵。要不是最后从鳖子那里得到了印证，要不是我在上工时特意张口向袁老大问得实情，我怎么也不相信它是真的！

原来，花花先是闭了经，引起了鳖子的注意。接着，花花的肚子日渐显出来之后，鳖子就知道是咋回事了。经常暗地里在花花出去后跟踪上去。一天晚上，就在一片玉米地里，把正在按倒花花整事的袁祁连给抓了个正着。鳖子上前去一脚就把袁祁连端下了花花的肚子，接着又是几个大耳刮子，打得袁祁连顿时鼻血真流。袁祁连还想跑脱了，早被鳖子一把上去将领口撕住了，骂道："你妈个 x，一个地主崽，竟然欺负到我贫下中农的头上了！怪不得花花肚子大了，原来才是你整的！今天我让你吃不了兜着走，非把你这地主崽送到大狱里去！"

袁祁连吓得瘫在了地上，紧着给鳖子下话磕头，道："叔，花花的肚子真不是我整的。我今天这是第一次。我浇水回家取被子，路过这块，我见花花正在蹲下撒尿，一时冲动，就控制不住了自个。其实，我不懂，也不会，只是抱了抱花花，在外边蹭着，正着急着，你就来了。我真的啥也没干，我还不会，叔。"

"妈个 x，事实都摆在面前你还想抵赖，能抵赖得了吗？走，跟我到队部去！"

袁祁连就被鳖子拽着领口带到了队部。老乔一听，这还了得，反了你了。地主崽强奸贫下中农的女儿，这不是反攻倒算是什么？这是阶级斗争在我们村里的新动向。就收拾着当晚要开批斗会。还要将袁老大也要带上一起批，说，"地主崽这么猖狂，肯定是老地主在背后授意支持的。"

吓得袁老大拎着几斤清油，一袋白面，一篮鸡蛋，中午急匆匆地就到蹩子家去求情下话，说如果蹩子不嫌弃，就把花花嫁给他家祁连行不行。刚开始蹩子还气虎牛斗地不答应。"我堂堂一个贫下中农的女儿，竟然下嫁一个地主家，这不是降低身份了吗？"最后老婆在旁连吹了点耳边风，蹩子才明白过来自己女儿是个傻子。袁祁连虽然出身地主家庭，但长得白白净净，满俊的个小伙子。脑子里经过了一番斗争，也就勉强同意了。人走后又骂自己老婆，生下这么个贱货，害得自己跟个地主分子轧亲家！袁老大父子这才避免了一场斗，袁祁连也避免了去坐班房。袁老大草草给儿子办了事。第二天，竟然就在睡梦中故去了。也许，独生儿子的婚姻大事在他心里就似批斗他时挂在脖子上的磨盘那样沉重，磨盘卸了后，他觉得一身轻松了，也就想走了。

　　袁老大的死，就象是死了一只蚊子一样，在村里没有引起大家的丝毫兴趣，高兴的是老乔和蹩子。老乔想的是在肉体上又消灭了一个阶级敌人，在村里占绝对优势的贫下中农阵营的比例又上升了一个百分点。蹩子想的是，自己少了一个地主亲家，以后少受点牵连。因为女婿娃毕竟是第三代了，党的政策是看成份不唯成份，重在政治表现。祁连如果改造得好，也能成为可以教育好的子女。所以对袁老大的死也是心里偷着乐。

　　唯有我，心里感到凄惶。趁劳动的间隙，我悄悄地躲过众人的目光，穿过高高的玉米地块，溜到老袁家的祖坟上去，对那座新起的坟头，鞠了个躬，又倍了把土，默默念叨，"老袁，我对不起你，那天晚上贪瞌睡，没听你的去后沟沿上看水，闯了那么大的祸，让你遭了批判。你在九泉之下不怪罪我吧？"

　　走出坟地来，我的心里还是沉甸甸的。我忽然就想，袁老二袁老三将来死了，也是要埋进袁家的这块祖坟里去的，一个爷爷的祖孙，为啥就在活着的时候分成了敌我，斗得不可开交呢！将来在祖坟里咋挨着头睡觉？抬头远望莽莽苍苍的祁连山，看着那山顶头冰冷的积雪，我对我身处的这个世界感到迷茫与费解。

割完冬小麦接着割春小麦，等把春小麦都割完捆了装车送到场上，然后就是打麦场、犁割了的麦地、搞秋灌、掰成熟的玉米、掰完玉米又割糜子、割高粱……农活一项跟着一项，好象没完没了似的。在大家正在地里紧张忙活时，卷毛的喜事降临了。公社终于通知他，去办手续上大学。全公社有三个上大学的名额，他占了其中一个，听说另两个一个给了一位誓言扎根农村一辈子的先进知青典型——那个典型我们去公社曾听过她做报告，慷慨陈词的，念起稿子来诤诤有声，还不时地举拳头，就象电影上演的烈士上刑场去就义的情形一样。另一个说是公社书记的侄。

卷毛临走的那几日，点上的知青都纷纷给他送笔记本、小像册什么的。有的是插队时亲朋好友送的，保存在箱子底下，翻了出来，将前边写有赠言的一页撕了重新写，有的是抽空上大队小卖部去新买的。在扉页上都写上几句勉励的话，什么"有志者事竟成"，"好好学习，天天向上"，什么"人民送我上大学，我上大学为人民"，什么"你是我们青年点的骄傲"，等等。卷毛都一一笑纳。大家伙就起哄，说你卷毛将来当了大官，可不能把点上共过患难的大家伙给忘了。卷毛就乐滋滋地说："那能，就是把我爹忘了，也把大家忘不掉。你们放心。"

我没有什么东西好送，上茅房时，在茅房里遇到了卷毛，有点内疚，对他说："你看你走，大家都给你送笔记本和像册，我也没笔记本给你送，实在是过意不去。"

卷毛就嘻皮诞脸地说："你把你送给我不就得了。"

我明白他说的啥意思，脸红了，骂道："滚你妈的ｘ，你还越上脸了。你他妈心理真是有毛病。放下个马秀兰，却老想在我身上动心思，你恶心人不恶心人！”

“我明天就要走了，给你说句真心话，我把马秀兰真不当那么回事，都是她硬往我身上贴。”

“爱贴不贴，关我屁事！”

我悻悻地出茅房来。过后我心里还有点过意不去，觉得人家明天要走了，说不定是句玩笑话，我却把人家骂球了一通——自打上次我骂过他后，很长时间他再没在半夜里摸过我了。

当天晚上，我睡得正熟，就感觉有人钻进了我被子里来，我被迷迷糊糊地惊醒过来，就发现卷毛他一边往我身上乱蹭，一边给我低声求情下话，声音都在颤抖，“我明天就走了，求你了，让我满足一下吧，我实在是控制不住了。就一次，求求你了，明天我就走了……”

我怕弄醒了大家，又看卷毛那渴望的样子，既恶心，又无耐，只好放弃了抵抗，任其折腾。突然，我觉得我屁股后边被象锥子扎了一下，疼得我几乎叫出声来。然后，又觉得有一股湿乎乎的东西洒在我屁股上。卷毛爬起来跑了，我却说不出来的有多难过，一边伸手用褥子擦屁股上的污秽物，眼泪就止不住地流了下来。

第二天，卷毛就坐毛驴车上公社去。大家都要抢着送他去，马秀兰还眼睛都湿漉漉的。我躲在人群后边，丁志雄叫我，让我跟他去送，说是他跟老乔讲好了。我说，“我不想去，我今天肚子有点儿不太舒服。”

卷毛就有点内疚地看了我一眼。丁志雄就叫上了蚊子去送。人走远了，我去上茅房，用纸一擦，发现上边有血，我咒骂道，“卷毛，我操你先人，你个狗日的，在路上翻车撞死！”

马大有进来了，吃一惊，问我：“你这么恨卷毛，以前咋没看出来？我第一次发现，你这人才妒忌心特强。"

我骂道："滚你妈个 x，你知道个啥！"

六

花蛋就象我和袁老大浇水时袁老大形容的那样，就象一头发情中亢奋的牲口。花花被袁祁连娶去后，不但给其穿上了裤子，而且让婆婆看得紧紧儿的，每天祁连前脚上工一走，后脚祁连娘就将院门锁紧了，不允许其外出乱窜。也真神了，花花自打过了门，不象在鳖子家，整天闹着吵着要出去，不让出去就砸门躺地下打滚的。都说是让袁祁连晚上哄乖了。别人上工时起哄，问袁祁连是不是那样，袁祁连只是低着个头，羞答答地象个姑娘般不搭腔。有人还说，祁连娘每天将花花的裤带一大早上过茅房后就系个死扣死死地系紧了，不允其随便再解裤带，等她叫着要解手时，才由祁连娘亲自给解开。有人问祁连是不是那回事，祁连也低头任你如何问都不吭声。自此，村里几乎就再也看不到了光着屁股跑来跑去的花花。

鳖坏了花蛋，就把骚情劲儿发泄在了嘴上，在场上脱玉米，站在粉碎机旁，声音那么吵，把正在往料斗里装玉米的马秀兰唤到自己身边。马秀兰问，"干啥？"

花蛋就调戏，"卷毛走了，没人安慰了，是不是挺骚心？"

"就是，你想干啥？"

"不想干啥。想代替卷毛，安慰安慰你。"

"你对着镜子照照你那个 x 样。"

"我这样咋了？不就不是个知青。你要让我安慰，我肯定比卷毛来劲，看他那样子，肯定没两下就软了。"

"你个臭流氓！"

马秀兰就操起扒玉米的扒子照着花蛋头上戳去，花蛋一边躲一边嘻皮诞脸地继续挑逗马秀兰。

在糜子地割糜子时，袁平娃媳妇和一帮妇女在后边捆前边男人们割倒下的糜子，花蛋就又调戏上了："呔，老公公的被子暖和还是平娃的被子暖和？"平娃媳妇理短，装着干活不理他。他就又挑逗，"你那老公公都五十多了，能安慰好你吗？"平娃媳妇仍旧捆糜子，不理他。他就上前去，在其腰上摸上一把，"哟，咋不吭声？这腰软软的，可惜了，晚上让个老头子搂。"

平娃媳妇性格柔，知道他是全村有名的泼皮，不惹他，只是躲过了，骂一句，"你咋不去死！"

过一会儿，平娃儿二楞拎着个筐子到糜子地里拣掉的糜子穗来了，花蛋又喝住了，"呔，二楞，老实说，你妈晚上钻谁的被窝？是钻你爸的还是钻你爷爷的？说了这一大把糜子都归你。"说着摇摇手中晃动的糜子穗。二楞不楞，知道花蛋说话的意思，就拎了提筐去追打花蛋，把拣了半筐的糜穗往花蛋头上扣去，花蛋一把拽住了提筐，和其扭来扭去的，还一个劲地拿话逗二楞。二楞伸着手打不上花蛋，又拽不回提筐，又听花蛋一个劲地说埋汰话，问他："你咋一点都不象你爸，却特别象你爷爷，说，这是为什么……"把个小孩惹恼了，扔下提筐就哇哇哭着跑回村子去。媳妇就骂花蛋，"真是个花二球，在大人面前说说也就行了，连个孩子也不放过。"

过了一会儿，袁老二就气乎牛斗地拎着个马鞭来了。花蛋远远瞧见了，就退着想往掉躲。袁老二就紧追上来，劈头盖脸地狠抽花蛋，花蛋就一边双手护着，一边告饶，"开个玩笑。你当啥真？"

"谁跟你开玩笑？今天抽死你这个畜牲！"

花蛋被抽急眼了，一下子上前来，将鞭子攥住了，和袁老二拧巴到一起。袁老二上了岁数，哪里是花蛋的对手，几下子就被花蛋掀翻在地上，糜子穗和叶滚了一身一脸。袁老二被压在了底下，有点儿损，不象刚才那样嚣张了。花蛋就在上边按着，指头蛋子指着袁老二鼻尖骂："你爬灰搞儿媳妇的事，村里谁不知道。随便说上两句，你还跟我叫开真了？你以为我怕你不成？怕你我就不是花蛋！这村里，除过老乔，我没个怕的。今天你想干啥？你要来硬的，咱们就试巴试巴，看今天谁当谁的孙子！"

平娃媳妇一看事情弄大了，只好在一旁猛着给花蛋求情下话。袁老二在下边脸憋得通红一声再不吭。花蛋这才收了手，放袁老二起来，一边说："今天也就是看在你媳妇的面子上，不然，我让你这老脸变成个蒸馍！"

袁老二起身来，拍打拍打身上的糜子叶糜子穗和灰土，愤愤地但又无可奈何地离去，连鞭子也忘了拣，还是儿媳妇从地上拣了叫他，"爹，你的鞭子拿上。"这才回过头来，去接过儿媳妇手中的鞭子。

一旁的妇女们就低声埋汰，"嘴还挺甜的，爹，爹的，不知道晚上在被窝里叫啥？"

花蛋真成了头发情的牲口！那几日队里又是忙着搞秋灌，又是打场。马上要入冬，得赶在霜冻之前将秋庄稼脱了粒，该交公粮的交公粮，入库房的入库房。老乔就决定让妇女们轮着加班集中人员到场上打场——脱玉米，脱糜子、脱高粱等。男人们不分白黑地轮着去浇水。这次浇水不象春夏季节那样，是一块浇完了再浇另一块，我还能和袁老大晚上猫一会儿。这次因为庄稼全都割了，上边的给水也集中，就那么几天要求将全村的地全部浇完，之后上边祁连山里的水库就封冻了。整个冬天就再不来水了。所以是所有的沟沟渠渠，一起放水，分几大拨人马分头去浇。一天半夜，我们那一路的地浇完了，我瞌睡麻糊地扛着铁锨回点上困觉，来到院门口，突然听到"扑咚"一声，一个黑影从女生宿舍的门头顶上跳下来，从院子上茅房的后门处跑了。我进到院子里，正纳闷，女生宿舍的门开了，马秀兰慌慌张张披着衣服从屋里钻了出来——轮到马秀兰做饭，所以她半夜没有去场上加班，说，"刚才有人扒我们窗头，使劲够着伸手开门拴，把我吓得蜷在被子里不敢动弹。"

我说："我也看到一个人影跳下来从院后门跑了。"

"肯定是那花二球！"

第二天，全点的知青回来后，说起这事，大家就去找老乔，老乔将花蛋叫来对质，花蛋咬死了抵赖，说是谁谁谁做证，他正忙着浇南头的一块地，哪里的功夫来扒你青年点的门头。又再没其它啥凭证，老乔也只好训了花蛋两句做罢。我们知青们都愤愤的，可是也没办法。丁志雄就对我们几个说，"有胆量没有？有了趁个晚上没人的时候，堵到村外边把那损按倒给阉了！不然的话，那损肯定还要来骚扰我们点上的女生。"

蚊子就说，"那不犯法呀。"

"告诉女生，以后对那损可得防着点。给老乔也得提个要求，青年点的女生以后不能再去加夜班。"

青年点上加强了防范，花蛋弄不成事情，重又打开了花花的主意，一天晚上瞄准了袁祁连在离村子很远的一块地头浇水，中途不会回家去，就溜到祁连家后墙根下，一个蹦子跳上墙头，翻了进院，偷偷钻进祁连的新房屋里去。花花正在炕上躺着，听到声音，傻傻地问，"谁？"

花蛋悄声回答："是哥我看你来了，妹子，这段时间想我不，我可是想死你了。"

"嘻嘻嘻。我不想你，我有我祁连哥，嘻嘻，比你好，你干那事太狠了，嘻嘻。"

"今天哥轻点，肯定比你祁连哥还对你好，"

"不嘛，祁连说了，不让我以后再跟你整。你上来也白上来。祁连妈把我的裤带系得死死的呢。你解不开。嘻嘻。"

"看哥解得开解不开！"

说着，花蛋就跳上炕去。祁连娘听到了动静，点着个煤油灯进了媳妇房，喷问，"花花你跟谁说话呢？"

花花傻兮兮地回答："花蛋哥。"

祁连娘怒骂道，"他这个牲畜，他是咋进来的？我把院门锁得好好的！"

花花回答，"我不知道，他说他是看我来的。"

祁连娘这时候就进了屋。可是，却不见了花蛋，祁连娘问，"人呢？"

花花手一指："在门背后藏着呢。嘻嘻。"

祁连娘转过头去瞅，花蛋这才嬉皮诞脸地出来，说："我来看看花花。没事，婶。"

"花花是你来看的吗？你这个孽畜！"

"婶，你别这样，我就是来看看，再没啥想法。"

"滚，你给我滚出去！"

祁连娘边骂边去操放在墙角处的一把锄头，忙乱中，将手中的煤油灯掉在地上打碎了，就和花蛋在黑夜里扭打在了一起，嘴里不停地叫骂。把个花蛋惹急眼了，"操你个妈，一个地主婆，你有啥可张狂的？骂两句我走就行了还没个完了，把我的脸也给挠烂了。"一不做二不休，一时性起，"不让我搞你媳妇，我就搞你！"一下子就突然全身心地兴奋，将扑上来抓挠着自己的祁连娘象缚小鸡一般，放倒在地，腾出手来，将其的大棉裤扒了下去，就在黑地里，在祁连妈的叫骂声中，把祁连妈给强奸了。干完事情，祁连娘就一点力气也没有地瘫在了冰地上。花蛋咒了两句，拾缀下衣服，还对花花留了句话，"哥改天再来看你。"就出门去，翻过墙头跑了。

祁连娘在地上躺了老半天，缓过气来，慢慢地，才反应过来，然后就坐在地上悲天恸地地哭，一边哭，一边叫着袁老大的名字，又诅咒袁老大的爹："你不吃不喝攒球的个啥？让你儿子孙子跟上遭的这个罪！呜呜——"

花花还一个劲地坐在炕上笑婆婆，"你咋了？刚才花蛋哥和你玩呢，你咋恼了？"——就这一句话，将祁连妈的心都凉了个透。老婆子不哭了，抹了把眼泪从地上爬起来，问花花："你说祁连待你好不好？"

"好，比花蛋哥对我好。花蛋哥太狠，把人整得疼，祁连好，弄得我特舒服。"

"夹了嘴！祁连明天来了，你啥也别说，以后好好待祁连，不许出去，不许再见花蛋。他是个很坏很坏的坏蛋。听见了吗？"

花花傻傻地点头，"他不坏，就是太狠……"

"夹嘴！以后绝对不要见他，来了就用嘴咬他，知道吗？"

"知道，用嘴，咬他。"

"对，用嘴，咬他。往死里咬！听见了吗？"

"听见了，往死里咬。你干啥，咋走了？"

"走了。记着，明天祁连回来，啥也别说。"

"记着了，不说。"

祁连娘就出去了。第二天早晨，祁连浇水回来，敲院门，咋也敲不开。半天，花花来到了门口，傻子连开门都不太会，开了半天才开开，祁连就有点不解地问："娘呢，咋是你来开门？"

花花就傻傻地一指仓房说："她把自己用绳子吊了起来。"

祁连这才知道大事不好，急匆匆扔了铁锨往仓房里跑，只见他娘空空地悬在仓房中间的木梁上！祁连哇地一声就跪在了地上……

平静下来以后，祁连将他娘从房梁上取下来背到炕上去放好后就问花花，花花傻笑着回答，"你妈交待了的，不让我告诉你。"

祁连总觉的蹊跷，昨晚上走时，娘还正正常常的，嘱咐他浇水时，一定找干的地方打盹，不要睡在湿地上。还说马上决算了，等决算了分了钱，再给自己做条厚棉裤的，怎么突然就想不开地上吊了呢。又想老爹走了是不是她很伤心也想跟了去。可是，不至于呀，以前也没表现出来。然后就使劲地哄花花，花花只是咧了嘴地傻笑，"你妈不让我告诉你。"

祁连草草办了娘的丧事。将刚埋父亲不久的坟头重挖开，将老娘跟老父亲合葬在一起。回家后，继续跟花花过日子。这时候，花鳖子开始对祁连好些了，毕竟是自己的女婿了，再说，他那地主父母也死了。鳖子就提醒他防着点花蛋。祁连一直对母亲的突然不辞而别心存疑窦，经常引着花花说出老娘死时的情形来。一次花花不讲，两次，花花讲上半句，第三次又引得花花说出一句。祁连将花花嘴里掏出的这些支言片语的，连贯起来，就大致揣摸到了那天晚上在自己家中发生了什么事情，为老娘伤心了很长一阵子，然后，一个复仇计划开始在心中酝酿——这些，都是事发后公安审讯时，从花花和祁连嘴里说出来的，一传十十传百地很快传遍了全村。

七

祁连在自己家的后墙跟沿墙挖了条很深很深的壕沟，在壕沟低下又砍来很多红柳，将一头削得尖尖的，密密地栽在底下。然后，沟口上边用撒过化肥的袋子铺上，上边又撒了些土。嘱咐花花不要到跟前去。每天晚上，他照旧去浇他的水。一天天放亮前，他回家来，打开锁着的院门，终于发现了自己的胜利成果——花花惊慌地向他前来比比画画，嚷嚷："花蛋哥哥掉到你挖的沟沟里面了。"

祁连一阵狂喜，一阵颤栗，战战兢兢地上前去看，就见花蛋躺在壕沟里，满身的血，一根红柳甚至从小肚子里穿了过来，露出沾着血迹的红红的尖来。祁连犹豫片刻，反应过来，就随即将壕沟旁的土猛往沟里扬，个把小时后，就把花蛋给埋了。花花在一旁傻笑，"你把花蛋哥哥给埋了，嘻嘻。"

"不许给外人讲，听见没有？"祁连嘱咐花花，"你要给外人讲了，晚上我就不要你了，我到我娘房里睡。你要是不给别人讲，我过几天决算了，有了钱了，领你到大队小卖部买糖吃。"

"我不要你到你娘屋里睡觉，我要让你和我一个被窝睡觉。我要你给我买糖吃，嘻嘻。"

"那就听我话，对谁都不要讲花蛋哥哥躺在我家院子的事。跟你爹你娘也不能讲，听见了吗？"

"听见了。"傻子傻傻地笑着说："一个被窝睡觉，买糖吃，嘻嘻，嘻嘻……"

祁连看着媳妇那傻样，长长地喟叹一声。

祁连自认为自己干得诡秘，可是，花蛋妈发现自己儿子突然在村子里消失了，急疯了。花蛋妈在三十四岁上才得的花蛋这么一个独苗，花蛋刚六岁时，花蛋爹就因饥饿得脬肿病死了，花蛋妈拉扯着花蛋一真熬到现在。所以，才把花蛋娇惯成了村里的恶少。花蛋妈知道自己儿平时在村子里惹事生非，作恶不少，惹下不少冤家对头，肯定凶多吉少，八成是遭了暗算，就去大队报了案。大队反映到公社，公社又报了县公安局。公安局派两侦察员来，住在村队部里呆了两天，排查案子，列了几个怀疑对象，甚至把我们知青都列进了重点。但盘查了一阵，发现我们没有作案时间。那几天我们几点几点在干什么，都有旁人证明。后又怀疑袁老二，因袁老二之前刚受过花蛋的侮辱，最有作案动机。但袁老二拍着腔子表白自己，"我他妈是恨他恨得要命，他死了我高兴地蹦高，我都想喝酒，可惜没酒可喝。但要说让我去做了他，你给我个天大的胆，我也不敢。我从来就没往那方面去想。就是那天他把我按倒在糜子地里边，我恨他恨得咬牙切齿的，我也只是咒着让那损穷得打一辈子光棍。"

公安看他信誓旦旦的样子，又调查了他周围的一些人，发现也没有作案时间。正想不了了之地走人，就有人反映说花蛋没失踪之前一段时间里老围着祁连家后院墙根转。而且说花花的肚子其实并不是祁连给弄大的而是花蛋给弄大的，加上祁连又是个地主崽，就成了被锁定的重点怀疑对象。其实之前公安也找过祁连问过情况。当时祁连还显得镇定。可是当公安排除了别人后，重又将其叫去问话时，祁连说起话来，就没第一次那么自然，坚决，眼仁子也游移不定，不敢直视公安的眼神。公安就大致心里有了底，将其锁为重点中的重点，中心突破。两公安问完祁连就让他带着上他家院落去。公安在院子里里外外地勘察一番，就把花花带回了队部。两公安一提花蛋的事，花花就傻笑，说："我不告诉你们，告诉你们了，祁连晚上就不和我一个被窝睡觉了，也不给我买糖吃。"

公安就哄，说，"只要你说了，我们就让祁连晚上和你一个被窝睡觉，就让祁连给你买糖吃。祁连他听我们的。"

一个傻子哪里能抵得上两个侦察员的智商，经不住几下子引诱，花花就供出："花蛋哥哥在我家后院墙底下睡着呢。"两公安听了此话，就再不问了，马上让老乔唤来两个民兵，到地里去把正在兑仰坝的袁祁连给绑了来，几下子就问明了情况。然后又带着祁连，领几个壮劳力去祁连家的院子里，按照祁连的供述，很快就挖出了花蛋的尸体。

依照恶性案件从重从快的原则，很快案子就结了。公判会是在公社的大戏台上开的，全村的人全去受教育。袁祁连被在一辆卡车上五花大绑着，脖子后头竖着细长的一个纸板，上边写着：依法枪决反革命杀人犯袁祁连。前胸处同样挂着一块纸牌，也写着：枪决杀人犯袁祁连。袁祁连三个字上用红墨水打着大大的叉。法官在戏台上宣判：反革命杀人犯袁祁连：男，汉族，家庭出身，地主，对社会主义制度和贫下中农怀有刻骨仇恨……判处死刑，立即执行。至于祁连是因什么原因杀的花蛋，宣判词上讲得很少。甚至也没提花蛋强奸祁连老娘的事。宣判词不可能写那么多的内容，也不可能替死刑犯去辩护之所以杀人的理由。本村的人知道内情是咋回事，外队的人听起来，袁祁连十足是一个对现实社会怀有强烈仇恨，不杀不足以平民愤的地主崽。

死刑是在大荒地的乱坟岗子里执行的，执行完之后，社员中有同情者，说把其拉了去埋在他父母身边。袁老二袁老三一听此话就火了，恨不得给提此建议的人两个大耳刮子！本来祁连他父母，还有他早死的爷爷，埋在袁家祖坟里就够扫晒的了。以前袁老二袁老三就曾给老乔提出过要分坟，要么是把祁连爷爷的坟从自家祖坟中起出去，要么将自家老爹的坟从祖坟中迁出来，另挪地方安葬。老乔没同意，说："队里的耕地这么紧张，每年交过公粮后，连全村百十口子的嘴巴都糊弄不到新粮下来。大队每年还组织开荒队去大荒地开荒呢，你们却吵吵着要分坟，那有地块？虽然睡在一座坟里，它贫下中农还是贫下中农，地主还是地主，不见得就划不清个界线。历史是历史，不能教条地理解阶级斗争。前一段报上登的，山东孔子的后人要打倒孔家店，去孔陵挖孔子坟，中央不是也制止了？查查全大队现在的地主与贫下中农，三辈子以前没在一个锅里搅勺把的有没有？你们要是实在想分，那只有把你爹那把老骨头起了埋到大荒地里的乱坟岗子去。"

袁老二袁老三这才做了罢。袁老大死了往祖坟里埋时，两人心里还又生了些不愉快，想让袁祁连把他爷爷的坟起了和他爹的尸体一起，埋到大荒地里去，袁祁连和他娘硬撬住不干，才把袁老大硬埋进了祖坟里。为此，两家还几乎打上一架。这会儿，袁老二袁老三怎么可能让一个杀人犯的尸骨再进祖坟里来。所以，执行完后，随行的救护车里下来俩医生，挖了他们需要的内藏器官，就在一个野坟旁早就挖好了的浅坑，把尸体拖进去草草地掩埋了。

我们几个男知青都跟上去看了行刑的全过程。当走出大荒地来时，我就断定，要不了两天，那尸体肯定被野狼能翻腾出来，变为它们的一顿美餐。上次我们埋的那鳖子家的死狗，比他埋得深多了，都没逃脱野狼的利爪。

花花继承了祁连家的那一院房子，鳖子将其接回家去，将院门锁了。半年后，花花生下了一个健健康康的小男孩，但长得一点也不象祁连，而酷似花蛋。鳖子没有让其姓袁，而让其姓了花，取名叫臭蛋。臭蛋长到六七岁时，又显露出了痞子劲儿，村里人都说是花蛋脱胎转世了——这一切都是我后来上大学后，晓芳信中告诉我的。那一院房后来鳖子派上了用场，被当了大儿子结婚用的新房屋。

第五章

一

秋庄稼全部收到了场。地里的秋灌也完事了。放眼望去，没有了庄稼的田野，一片空旷，浇过水的地，结着白白的冰块。树叶已经纷纷从树枝上摇落，洒得田间、地埂、渠沿、沙沟、村舍到处都是一片枯黄。剩下光秃秃的树杆上，上边盘卧着稀疏的寒鸦，时不时地发出几声嘶哑的鸣叫。冬季的山村，一派萧杀之气，一切都被荒寂所笼罩。只有那各家各户低矮的农舍冒出的缕缕炊烟，才让人感觉到些生机。祁连山在冬季里重又显得那么遥远、静穆、冰冷，由于雪线下移，山头的积雪也将峰顶包裹得更多。白白的雪峰，一座连着一座，巨大又高耸，连绵起伏，莽莽苍苍，跟它一比，小村庄就象掉进它面前大戈壁滩里的一粒米。

农活一时少了些，都集中在了麦场上。给剩下不多的玉米脱脱粒，摊到场上，翻动着，凉晒凉晒，然后装麻包拉到公社缴公粮。同时给各家各户用秤秤着分一年的口粮。麦场上的庄稼垛一天比一天少了，到最后，就只剩下了几个孤孤的麦草垛。活一下子轻多了，也少多了。大家伙得出了些消闲，太阳一出来，就聚拢到麦场晒太阳，谝闲传，掀牛九或是打扑克，歇息好长时间才重新干活。

转眼元旦就快到了，紧接着春节也在新一年的一月底。大家伙都企盼着会计赶快把一年的帐轧了，到信用社里领回钱来搞决算。我们点的知青们已经都个个猴急着领了钱回赵家，插队两年了，也该回家过个年了。所以，一个个都兴高采烈的。唯有我，不想回去，一来，回趟兰州对我来说是奢侈，二来我那个家实在是对我没有任何的吸引力。我和晓芳商量好了，过春节时，我去县城，跟她看县城里的社火秧歌。

场房子里，又象往年冬季那样，在炕底下拢了一大堆柴火，弄得场房既暖和又烟熏火燎。看场的赵埋汰被判刑后，换上了原来在饲养场喂牲口的袁老三。歇息时，不掀牛打牌晒太阳的人，就钻进场房里，从火堆里掏事先埋在火灰里的土豆与玉米吃。丁志雄掏出一个，给了身边的葛平平，蚊子抢出一个给了陈玉霞。我又抢出一个来准备给晓芳。这时候袁老三就盘坐在炕上耍笑我们："一个个都有主了，什么时候举行集体婚礼呢？到时候生产队还得给你们另盖房。"

陈玉霞还有点不好意思，骂道："你胡啁八咧啥，给个土豆，就是相互好了？"

袁老三就哧哧一讪笑，"前天你和小温子在场东边麦垛低下干啥噢，你以为我没看见？"

"干啥 ？"有社员很好奇地问。

袁老三又"嘿嘿"两声，"那天我去撒尿，听着麦垛后边有响动，以为又是谁家的猪么鸡的放来来到场上偷食吃，拎了把木锨就准备抡上去，却原来发现是他俩，紧紧地抱在一起啃呢，见了我，臊得捂着脸跑了。"

一下子把陈玉霞和蚊子说了个大红脸，蚊子就跳上炕去将袁老三按住了打。陈玉霞则被羞出了场房。场房一片欢声笑语，唯有马秀兰，神情黯然，用根木棍没意思的拨拉着火灰。卷毛走后，来过一封信，但是写给全点的，没有单独给马秀兰写信，只是在那封信里问候了她一下。老乔进来了，看大家一片高兴劲儿，也对大家烧土豆与玉米吃的行为睁一眼闭一眼，进来后吩咐，让我和蚊子跟上袁老二以后几天里把场上打的最后的一点玉米拉到公社粮库去交掉。

场房里人太多了，我挤出去，远远地看见马大有蹲在个麦垛下边在龟缩着晒太阳，我上前去问："他们都在场房子里掏土豆玉米吃，可香了，你咋不去？"

"有啥好吃的。"马大有懒懒地挪动下身子，眯着眼对着太阳光线看我一下回答说。

我说："呃，还不好吃，你说啥好吃？肥猪肉好吃，你吃得上吗？"

"吃不上我也不想。"

"你这不是死抬杠！"马大有不吭声了？

我就劝，"李秀萍走了都几个月了，还打不起精神来？人死了又不能复生。你又不能陪她去死！"

"我想我妈。"

马大有没事时曾跟我唠他家中的情况。他从小死了爹，是他娘把他拉扯大的。他上边还有个哥，但是同父异母所生，所以，哥俩间也没啥感情。老娘有哮喘、关节炎、风湿等一身的病。本来，按他这种情况，走走关系，是可以享受照顾留在兰州招工的。

"这不快决算了，元旦春节也快到了，你不就可以回家去看老娘了嘛。"

"真的，我特想，特想。"说着，马大有眼睛里就湿乎乎起来。

我说："你说实话，倒底是在想谁，你妈，还是李秀萍？"

"两个都想，特想。"马大有抹了一把潮乎乎的眼睛，抬起头去看远处的祁连山。我就长长叹了口气，一句也再不劝他，和他一起盯着看那祁连山峰上的皑皑白雪……

第二天，我就和蚊子一道，跟上袁老二的皮车拉上一整车的玉米去公社粮库缴粮。缴粮时，是将马车上装着玉米的麻包由人背着，踩着一条一尺多宽的木板，背到粮垛上去。缴完夏粮缴秋粮，我已经来过这里无数趟了，甚至对脚下的每一条搭向粮垛顶上的木板都非常熟悉。可是蚊子还没上过粮。我就教他如何吃住劲把麻包从车中背在脊梁上后，慢慢地憋足劲起来，然后脚底下放稳了，一步是一步地顺着木板往上攀登。为此，我还先背了一袋给示范给他看。?

刚开始，蚊子还有点儿怯，背着麻包往粮上走时，身子还有点儿颤，我喊他，两个手把麻袋两角挖个坑，五个指头伸进去，那样才能把麻包卡稳了，脚底下千万不能乱，踩稳了一步再迈另一脚。走到粮垛顶时，千万眼睛别往下看，只盯着上边的粮仓，否则会晕的。蚊子听着我的嘱咐，一步步地实践，渐渐，就胆子大了起来。就这样，我们上了几天的粮。虽然很累，但一有时间，蚊子就跟我谈他和陈玉霞的事情，让我给其出谋画策，也问我跟晓芳的事情，两人倒也乐和。不幸就在这时候发生了。蚊子在背一麻包玉米往粮垛上时，走到快到粮垛顶时，突然"啪嚓"一声响，木板断裂了！蚊子毫无防备，便被摔了下来，麻包重重地压在了他的脊背上。 我吓呆了，急忙上前去扶他，可是，蚊子躺在地上呻吟着，说自己脊梁骨特别疼，不让我碰。躺了十几分钟，蚊子仍然瘫在地上，脸色发白，额头冒汗。我感觉情况不妙，急忙让袁老二看着蚊子，我上公社卫生院去叫医生。蚊子被叫来的人用担架抬到了卫生院，我守护着，袁老二赶着皮车回村去。下午，队长老乔及全点的知青就都涌来了。陈玉霞一见蚊子，就扑上去抱着蚊子的肩头哭了起来，全点的人都傻眼了。蚊子第二天又被转到了县城的医院里，由陈玉霞和丁志雄陪护。过了两天时间，丁志雄回来了，万分沮丧地告诉大家一个很坏的消息——蚊子可能脊椎断了。大家一时还不知脊椎断了有多么严重，丁志雄说，"大夫说了，有可能他终身都只能躺在床上，再也站不起来了！"大家听了丁志雄的话，老大半天，傻傻地没人说一句话出口。

二

又决算了。我分了三十八块九毛一。它对我来说，已经是一个相当可观的数字了。点上的男女生，收拾了行装到县城去接蚊子，接上蚊子再去火车站上火车。蚊子的母亲已经从兰州来了。我带了五块钱，和晓芳一道去送行。蚊子是被从医院用担架抬着到了火车站的。火车晚点了五个小时，本来我准备着送完了蚊子赶上晚班公交车回村的。在等火车时，我把那五块钱从兜里掏出来，塞进蚊子的上衣兜里，蚊子又把它掏了出来，说："我知道你的情况，你还是留着自己用吧。我还欠着你的两个大油饼子呢。"

我的眼泪就止不住地淌了下来，重又把钱给蚊子塞回怀中，啥也没有说。蚊子也就再没推脱，火车终于进站了，一伙人帮着蚊子母亲将蚊子抬上车。同点的人都上了火车回头向我招手，我和晓芳也向他们招手。虽然回兰州过年是个高兴的事情，可是，因为蚊子，大家都高兴不起来。反而一个个显得悲凄凄的。

一直到火车开出了站台，拐了弯，就好象钻进了黑遽遽的祁连山，视线中看不见了，站台上没了一个人，我才和晓芳从车站出来。时近黄昏，天空一片愁淡。一股冷风刮来，我缩紧了身子。晓芳问我，"上哪？"

我回答：“我也不知道。”又问，“几点了？”

晓芳说，“你忘了，火车是九点开的。”

“能上哪去？”

“要不今晚到我家去住？”

“你妈咋说？本来她好象就不太同意我跟你接触。”

“就说是送蚊子，车晚点了，没赶上回村去的班车。我妈他能理解。”

也没有更好的办法。我就同意了，和晓芳往她家走。我提议说，时间还早，到你家去也拘束，我们先在外边转转吧。我心里这会儿特别难受。”

晓芳同意，“行，我知道你难受。点上你和蚊子关系最好了。”

我说，“你知道我俩关系为啥好嘛？”

晓芳说，“你不是说过，上学时和他一个座位。”

我就伤感地给晓芳一边走一边说起我和蚊子一些上学时的事情——那时候，我备受我父亲的虐待，家里蒸的馍，一般都让我后妈锁起来，不让我吃。每天早晨，蚊子都把他带的花卷、馒头的在自己吃的同时，分一小半给我。上高中时有一段全国教育回潮，一度学校挺重视学习，经常考试。他学习不好，作为回报，在考试时，我就将我的卷子做完后，先不交，让他抄，抄完了我再去交。一次数学分数下来后，我得了 87 分，可他只得了 56 分没及格。蚊子不服气，说老师给他判错了，找老师去改分数，老师就埋汰他：“你抄都没抄对，还有脸来让我纠正？你拿回去好好跟张一凡的卷子对一对。”；一次，我俩在校园走，桑树上的桑椹熟了，掉到树沟里，红红的，真诱人。蚊子说，“张一凡你给我了哨，我去拣了我俩一起吃。”我就给他在外边了哨，他钻进树沟里去拣。可是，我只看了前边，忘了了后边，

结果就被一个校工给上来揪住了。蚊子不承认，说自己钻进树沟是去方便。校工指着他的嘴骂道："你去厕屎，嘴咋红兮兮的，难道你和别人不一样？"原来是蚊子先忍不住吃了几个桑椹把嘴给染红了。晓芳听到这里，苦涩地笑了起来。

我就说，"还有好多呢，一晚上也讲不完，不讲了。"

晓芳就不吭声了。

"唉，人那——"我长长慨叹一声。我和晓芳就那样，漫无目的地在小城的街道上遛达，不知不觉，时间就过去了。

晓芳提醒我，"走吧，时间不早了。"

我有点怯，"我到你家去住行吗，你家宽敞不？"

"没事，我们和几个弟妹挤挤。不就一晚上。"

"你妈要不高兴咋办？"

"没事，有我，你怕啥？"

我就犹豫着跟晓芳上她家去，来到她家的巷子口，巷子里没有路灯，黑黑儿的。晓芳挽着我的胳膊，这时候，我们就趁势在黑暗里，搂抱在了一起。正在热吻着，突然从身后传来一声斥责，"这么大的丫头，不要脸！"

我急忙放开了晓芳，知道斥责晓芳的是谁，尴尬地轻声叫了一声："伯母。"

"谁是你伯母？你赶快给我走！"

这时候我才有点看清了，晓芳妈不但站在跟前，身边还站着一位，可能是晓芳的妹妹，这时候补充说，"这么晚了你不回家，我和妈把大半个县城都找遍了！"

晓芳这时候就给她妈说："送他们时，车晚点了。一凡回不去村了，今晚我把他带咱家宿一晚？"

晓芳妈气头还没消，"自从你插队后，就开始不听话起来。你说说，家里小得哪有地方，往哪睡？"

"我们几个挤一下。就一晚上……"

晓芳妈不吭声了，在黑暗中又打量我一眼，转身先回去了。

我说："算，晓芳，我到别处去，随便过一夜。"

"你能到哪去？"

"找个旅社或车马店住一宿。"

"你有钱吗？你的钱都给蚊子了。"

我这才意识到，自己兜里空空的。我说："那我也不能在你家住，看你妈的态度。"

"我妈她就那样，刀子嘴，豆腐心。"

"不，我说啥也不能在你家住。你赶快回去吧，别再惹你妈生气了。我好说，小时候，我爸把我三九天都往外赶，比现在这天气冷多了。你放心，我能对付。"

"你咋对付？"

"我就在城里的街道上随便转悠。不就一晚上，不觉得，天就会亮的。你放心回去睡你的觉。"

晓芳说"你等等。"就回家去了，一会儿功夫，重跑出来，将一张五元钱的票子硬塞进我手中，说，"去找家旅社，只能这样了，委曲你了。"

我刚要拒绝，可看晓芳那不容分说的样子，只好将钱收了起来。

晓芳回去了。我离开她家巷口，心想，找什么旅馆，享那个奢侈！不就一晚上，小时候那么冷的天被我爸赶出去是咋过来的！村子里浇水时，也不是一晚一晚的不睡觉？而且还得干活。现在，还不干活，就在城里遛达，多好！说实话，插队这么长时间了，除过刚下来时逛过一次县城，匆匆忙忙的，再就是有几次掏城粪来过，哪有现在这么消闲。逛！现在天气还不算太冷，还能为晓芳省下这五块钱，多美的事！我就将那五块钱又伸手在兜里去摸了摸，装踏实，别把它给带丢了，然后，就迈开步子，一条街一条街地去走。可是，县城实在是太小了，巴掌大的个地块，一眨眼功夫，就逛遍了。再去哪儿？接着再逛，我已没了兴致。突然，一个念头就从心底蹿起——晓芳肯定得呆在城里过元旦不回村了。我不回村去，在这里傻逛个啥？明天不吃不喝？还不又要让晓芳为我花钱，还要惹得晓芳妈不高兴？对，回球！放下两条腿，还要把晓芳给的钱去给公交车，太不划算。这样想着，我为我的行动很是自豪了一阵子。我马上想到了早几年各地红卫兵步行长征到北京接受领袖接见的事，又想到更远的红军长征，想到那句非常时髦的顺口溜——要问累不累，想想解放全人类，要问苦不苦，想想长征二万五！我一下子来了精神，全身心的激奋。我甚至揣摸当时红军长征和红卫兵徒步去北京弄不好和我此时都是一种心情。一种英雄好汉的感觉油然而生！走出城来的时候，我看着黑遽遽的旷野，犹豫了一阵，路上万一碰上狼咋办？过了一会儿，我给自己打气，哪有那么倒霉的运气。再说，我是一个年满十八周岁的汉子，还真怕一条狼不成？真要是遇到了狼，也比当年红军爬雪山过草地，国民党几十万大军又在天上飞又地上堵的处境强。我也有两只手，难道不会还击？这样想着，我就在出城时，蹿上城边的一棵白杨树，折下一根杯口粗的树枝，去了旁边的枝条。开始了我向村子三十公里路的"长征"。

三

　　刚开始时，我仍然有点儿怯，四周什么也看不见，只能看见前边影影绰绰的路面，能闻到路旁地里的粪堆上刮过来的草灰味。什么祁连山的雪呀，峰的，根本一点儿也不见了。我走呀走，平时，都是坐皮车，或是坐班车，感觉好象村子离县城也不是多么远。可是，用脚走起来，却漫长得象是根本就没个尽头。越走，好象村子离县城越远了似的。因为，模模糊糊，我能辨别出过去认下的路边的一些个标识或农舍，每认出一个，我心里就感到沮丧，咋走了那么长时间，才到这儿，这不离村子还远呢吗？　越走，心里越有点后悔起来，觉得自己的想法太不切实际，路太远了，这走到啥时候去？越走越累，两个腿就渐渐象灌了铅似的沉起来。而且人一困，瞌睡也就上来了。虽然身上冷嗖嗖的，底下的脚在迈着步子，但眼皮子还是开始打架，脑袋沉得就想往胸脯上掉。我就那样，一边打着盹，一边往前迈着步，奇怪——回来后，给谁讲，别人都不相信——我竟然就那么走着，还做了一个又一个的梦。我甚至梦到我拿着决算了的钱，兴冲冲地和晓芳去城里的商店里去买回一把崭新的二胡，回来后，擦了又擦，睡觉时，就放在枕头底下，怕被那帮人给我藏起来，不让我拉。可我睡得太死了，　翻身时，把它给碰到了地上摔坏了，我伤心地抱着二胡，哭了好长时间。晓芳和同点的人安慰我，答应大家凑钱给我重买一把二胡……

我就那样一边打着盹，一边走。黑夜茫茫，何时是个尽头，就好象要一辈子地走下去一样。又坚持着走了个把小时，凭我的感觉，好象已经走过了县城周围的农村，来到了没有农田的戈壁滩上。路两旁再没了光秃秃的树杆，也闻不到了农田的臭粪味了。而且风也大起来了，刮在身上冷冰冰的。又感到小时候三九天我爸把我赶出家在外过夜时那么冷了，甚至比那还冷。我就那么走着，戈壁滩上又响起了那次我跟上袁老二皮车去拉土豆籽种时的那种哨哨风。可那次是有皮车，又有别的牲口和袁老二做伴，虽然冷，但一点也不感到害怕。当时是为和晓芳闹矛盾而感到伤心，沮丧，而此时是除过冷还有害怕与恐惧。我隐隐约约辨别出，在那一阵阵的哨哨风中，好象夹着狼的嚎声，我的两个腿就开始打颤起来。一会儿，我便远远地看见前边黑暗处，有一团灰乎乎的东西，我就不敢走了。相持了好长时间，我胆怯起来，开始退回去往县城方向走，走了一截，同样也不敢走了，我就反复在马路上来回地徘徊、犹豫，拿不定主意。最后，我发现那团东西总是待在那里不动，我狐疑着，缓缓地走上前去，越来越离它近，它还是不动弹。我又继续走。很近了，我才发现，又象前年秋上被狗咬了去公社卫生院打防疫针时遇上的一样，是一条挂在路边枯树枝上的破化肥袋子！我长长地舒了一口气，就软软地坐在了马路上。歇了一阵，心慢慢地跳得不厉害了，虽然很困很乏，可是，一呆下来，全身就冷得直打颤，只好爬起来重新走。心理负担放下了，我憋了一口气，想走快点，一来给自己身体增加点热量好御寒，二来，也想早点脱离这可怕的戈壁滩黑夜 可是，就在这时候，我就放松了脚底下的警觉，被一块路面上的石头绊了一下，"啪哧"地栽倒在马路上，我的两个膝盖重重地碰到了地上。我在地上呆了很长时间，重又爬起来上路，膝盖仍然很疼，咬紧牙关又走了一会儿，我突然隐隐约约地感觉到能看见漠漠糊糊的祁连山头上的积雪了，天快亮了！我一下来了精神，心里的胆怯一扫而光，也不觉得身上特别冷了，也不觉得腿脚特别累了，浑身不知又从哪里冒出来的那么大的力气，加快了步子。此时，在我心目中，平时煨着热炕的青年点，简直就是它妈的人间天堂！

　　又走了一阵，天就明显地放亮了。这时候，天空又开始零零落落地飘开了雪花，刚开始时，还只是稀稀拉拉的，可是，后来就越下越大，到后来，前边除过马路是黑的——也许马路上的温度比其它地面的温度高点，到处就变成了粉白的一片。

戈壁滩上除过大点的鹅卵石顽强地露出半个脑袋来，其它全都渐渐被白雪覆盖。芨芨草、骆驼刺、沙棘子、篷秧、红柳等，也无一例外地顶上了白帽子。东边的天际没有了往常冬日里血一样红的早霞，只是显得比别处的天空稍亮上一点儿。祁连山整个都被大雪裹严实了，好象跟下边的戈壁滩和顶上的天空都连成了一个整体，真让人分不清那是天空，那是山，那是戈壁滩，混混沌沌的一片银白。我继续往前走着，虽然身上很冷，也很累，甚至这时候也很饿了起来，但我心里已经踏实了，起码再没有了被狼刁了去的耽忧。口也有点渴了，正好，抓把白白的雪塞进嘴里——天底下的事情真它妈怪球，你说这下雪不好吧，可它却给你免费送来了解渴的冰糕！我甚至都想高声吼它两嗓子。吃完了白雪，嗓子得了些滋润，我一下子就亢奋起来，平日里当着别人不好唱的一些直舒胸意的歌，这会儿是多好吼它的机会，我就一下子随着性子歇斯底里地大吼起来——

走一山，又一山，望不尽的大荒滩。

汗水湿透了我的衣衫，有谁来可怜我。

吃的是包谷面，穿的是烂衣衫。

碗里没有一滴油，还得把累活儿干。

冬天去压沙，夏天去犁田。

春秋两季也不得闲，

水利工地去把石头搬……

火车呀火车你慢慢地开，

再让我最后看看我的娘，

娘和儿呀，儿和娘，年老的母亲，白发苍苍……

阿哥呀好阿哥，收到你的来信，

我的心，久久不能平静，泪水打湿了它。

阿哥呀阿哥，我是一个资本家的女儿，怎能与你相配。

世上的花儿有千万朵，可我不是属于你的那一朵，

阿哥呀好阿哥，快快忘了我吧。……

我坐在煤油灯下，低头思故乡……

流不尽的黄河水，止不住的辛酸泪……

亲爱的姑娘，你不要把泪水流，

生活从来就是这样，你不要难受……

　　唱着唱着，莫名其妙地，我的眼泪就由不得地流淌了下来。我没有那火车站上惜别时，对我牵肠挂肚的母亲，我也不是那个资本家的女儿，可我就是唱着它们的时候，鼻子就他妈的酸，心里就他妈的难受，眼泪就他妈的止不住地往眼眶外直流！

　　这时候，马路上渐渐已经有了过往的早行汽车。一趟早点的班车从我身旁过了去，因为是在下雪，所以开得比较慢，经过我身边时，我仍沉浸在忧伤的情绪中，继续不理会地唱我的歌，车上就飘出一个声音："看，马路上走着一个傻子！"

　　我才反应过来，转过头去看，车已经走远了。我就那么边走边发泄地吼着，吼累了，不再唱，继续往前走，重又感到浑身打颤，腿脚似铅。最后，我终于来到了我们大队的岔路口，看到大队部前的一圈小土房，我心里一阵激动，我张一凡回来了，是用自己的双腿走回来的，英雄不英雄？你们全大队的社员、知青，那一个有我这样的勇气与毅力？二十多公里的路程，硬是让我张一凡的一双小腿，给量出来了。我还为我的心上人晓芳省下了那五块钱，你们谁能跟我比？在我张一凡这里，没有吃不了的苦，受不了的罪！我正自我陶醉着，突然眼睛一亮，

我咋发现，在远处的公路班车站牌下，站着个人，那个人，我太熟悉了，头上围着一条鲜红鲜红的围巾，在白白的雪天里，象一面旗帜，又象是一团燃烧着的火焰，她不是晓芳，还能是谁？我紧跑上几步，可是我的膝盖特疼，我忍住了，坚持着一跳一跳地上前去，还没有走到她跟前，我就激动得跟啥似的，大声问："晓芳，咋是你，你咋来的？"

我的眼就再一次地潮乎了。来到她面前，晓芳责备地浑身上下打量我一眼，才说："让你去住店，你咋自己竟然走回来了！"

"我这不好好儿的？你那五块钱，我替你省下了。"说着，把它掏了来，欲递给晓芳，晓芳睛眼潮潮的，打掉了，"我不要！"

那五块钱，被碰掉到了地上。我弯下腰去雪地里拣，晓芳就责备我："你这人，我算是服了！"声音哽咽着。

"我真的没事，真的。就是在半路上时，摔了一下，膝盖蹭破了一点儿皮，这会儿有点疼，其它真没事。路上遇到了一块白化肥袋子，还以为是狼，吓了一跳。其实，我也并不特别害怕。我手里有这根棍呢，出城时从树上折的。"

"你呀，让我说你啥好呢。我一大早去交通车站找你，我想你一定会在那儿等着我。可是，没你。左等不来，右等不来。车开了，我只好坐上，我还以为你是坐了更早的一趟去下边一个公社的班车。刚才在路上车里人在吵吵，说路上一个傻子在乱吼乱喊，是不是你？"

我笑笑不吭声了。晓芳又说，"我昨天睡得太晚了，一直在车里打瞌睡。车过去了老大一截了，我才猛地反应过来，会不会是你？这时候，车都快到我们大队的站点了。我就下了车，又怕那人不一定是你，又怕你坐下一趟路过大队的车下来，就只好在这里等着。不然我就迎着找你去了。"

　　说着，晓芳就捂捂双手，又放在嘴前边吹两口热气，从大棉袄的怀里掏出个用花手绢包着的一包东西，递到我面前，说，"快吃吧，你肯定是饿坏了。我妈今早晨特意起早为我蒸的包子。我怕凉了，一直捂在怀里，趁热赶快吃。"

　　手绢被打开了，里边卧着五个大包子。不知咋的，看着它，刚才还乐呵呵的我，此时，眼泪却止不住地涌出了眼眶。晓芳就数叨我，"赶快吃，还来得及哭。"

　　我止住了，看着晓芳头发和肩头上新落下的白雪花，我提议说："我俩一起吃。"

　　"你吃，我已经吃过了。"晓芳说。

　　"我不信。还是我们一起吃。"

　　"我真的吃过了。不骗你。"

　　我就冷手拿起个热包子，几下咽下了肚。吃第一个时，太急了，连是啥馅都几乎没尝出个味来，只觉得是我从小到大吃过的世界上最香的包子了。吃第二个时，我才吃出馅来，是鸡蛋包茴香。拿起第三个包子时，我非要让给晓芳吃，晓芳仍旧不肯吃，我就发狠说："我知道你没吃，你吃不吃？不吃，我就把它扔到雪地里去。"

　　晓芳仍旧说："我真的吃了，都是给你留的。"

　　我虽然很馋，但就毫不犹豫地将其扔在了雪地里，也再不吃下边的两个包子。晓芳一边弯下身去拣雪地里的包子，一边说，"好好好，我吃，我吃，你这人，不识好歹。"将拣起来的包子拍拍上边的雪，又吹了两下，吃了起来。我看着她吃，晓芳吃了两口，又催促我，"别看我，你也赶快吃。把那两个包子趁热赶快吃了，要不就凉了。"

　　我坚决地说："这两个都是你的。"

晓芳看拗不过我，就说，"我们一人吃一个。"

两人这才将最后两个菜包子填进了各自肚里。吃过包子，全身马上感到热乎乎的，也有了精神。我就问，刚才听你说昨晚上睡得很晚，是不是你妈跟你说什么了？"

半天，晓芳才回答我，"她一个劲地劝我不要再跟你来往，让我跟我叔介绍的那个排长谈。还拿出了那人的照片让我看。"

"他咋样，比我？"我敏感地问。

"我也没咋细瞅。我妈还给我讲了好多好多，我只是不吭声，支着耳朵听着。她拿我也没折。后来，看我实在困得不成了，才让我睡了。那时候你可能都走了有一大半截儿路了吧？反正，我觉得刚刚闭上眼睛，还没来得及睡熟呢，天就放亮了。我妈还不让我来，我编了个谎，说村里活他们几个一走特紧，我妈才放我的。不然，我妈这次非要让我留下来逼着我要和那排长见面。"

虽然身上很冷，但我心里热乎乎的，为晓芳对我的这份真情。

我和晓芳就相拥着，走回村子里去。此时，雪有点停了下来。东方的天际显出些霞光，有些稍稍放晴的感觉。祁连山顶的积雪，被挡着云层的霞光映照着，也反射出些柔和的曦光，黄里带着些粉红，粉里又透着些银白。望着它，使人的心情马上就好了起来。前边，被白雪裹着的小村庄升腾起缕缕袅袅炊烟，缭绕着一直散逝在蒙蒙的雪空。雪中的山村，真是静极了，没有狗的吠声，也没有鸡的打鸣和牲畜的哞声。连各种飞鸟也不知都一个个躲到了什么地方。人们已经干完早晨的一甲活了，正回去做早饭。我和晓芳加快了步子向村子里走去，向我心目中的天堂走去。还能赶上中午干活，一想到能与晓芳双双赶着驴车去田里压沙，我就兴奋起来。劳动其实是最让人快乐的事，特别是和自己的心上人在一起。我们走过的身后，留下了两串一大一小的黑脚印，歪歪扭扭，在白茫茫的雪地里，显得格外的显眼……

四

回到点上，屋子里冷冷清清，我便和晓芳一起生炉子煨炕。当两个房子的炉子里红红的火苗子蹿起来，晓芳就拉开她的被子，钻进煨热了的火炕上去。说："真暖和，"又对我说："今天不去上工了，反正老乔还不知我们回来的。就在屋子里呆着，多好。"

我回答，"行。我去仓房里取几个玉米棒子和土豆来，放在炉膛里，好好地烧了美美地吃。"　　　　"好，太好了，你去取还是我去取？"

"我去取，你偎着。"我说。

不一会功夫，我去抱来了一包苞谷与土豆，将其一个个小心翼翼地放进炉膛里去。再没事了，就坐在火炉旁边的凳子上将手放在炉子上烤火。半天，晓芳就说："要不把门扣上了，你也上来？反正她们都回去了，钻到被子里暖和一点。"

我心里咯噔一下，兴奋起来。我听话地跳上炕去，钻进了晓芳的被窝里。刚开始，我搂住了她的腰，两人使劲地亲吻，但嘴再怎么使劲，好象也解决不了饥渴的问题。接着，我就全身地抚摸开了晓芳。把手伸进她的棉裤棉袄中，伸向能够到的和想要摸的所有地方。但我还是解决不了饥渴，我就腾出手来，去摸着解自己的裤带。

晓芳一下子醒悟过来，猛地坐起身来问："你想干啥？"

我尴尬地笑笑，低着头说，"光摸摸，不解决问题，全身燥燥的，就想……”

“李秀萍咋死的，忘了？”

“谁让她怀了孕不去医院看自己瞎折腾。”

“那我们怀孕了咋办？”

“就一次，冒个险，不一定一次就……”

“万一怀上咋办？本来我妈就对我俩的事不同意，要是这一次就怀上了，那我妈的思想工作就更甭想做通了。”

我沮丧地缩回了自己解裤带的手。晓芳看我有点儿扫兴，就上前来，搂着我的肩安慰，“急啥？迟早是你的。等我俩结了婚，再那样，光明正大，没一点负担，多好。这样，担惊受怕的。万一要怀上了，我们就全完了。我们邻居那个没结婚就怀了孕的女的，在院子里进进出出头都抬不起来。你愿意我那样让人戳脊梁骨？那样，我妈非把我俩的事搅黄。你就忍忍吧，嗯？”

晓芳说着，凑上前来，在我脸颊上亲热地吻了一口。

我说，“我有点犯困。”

“睡吧。走了一晚上夜路了，能不困。”

“我回我们房间去睡，还是在你们这房里睡？”

“在这睡吧。和我一个被子睡都行，就是别冲动了干那事就行。”

我说，“行，我保证再不冲动。”

我就钻进晓芳的被窝里去。屋子里暖烘烘的，炕也热热的。很快，我就搂着晓芳睡着了。睡梦中，我做起了一个又一个的梦，其中一个就是，我和晓芳领取了结婚证，在晓芳家的屋子里办喜事，好家伙，桌子上的每个菜碟里全堆着满尖满尖的肥猪肉。晓芳穿着红棉袄，我穿着簇新的一身不打任何补丁的中山装，冲着晓芳妈直乐呵。正做着好梦，我被捣醒了，揉开眼睛，只听旁边的晓芳问，"你睡觉就睡觉，笑个啥？"

我就乐滋滋地说，"刚才做了个好梦，真是太太幸福了！"

"啥好梦，有多幸福？"

"不告诉你。告诉你就没意思了。几点了？"

"天都快擦黑了。"

"哟，咋睡了整整一天。"

"太累了拜。"

我醒悟过来，"快，炉子里的苞谷和土豆肯定都烧焦球了。"

我一边说着一边急忙下去扒拉，可不咋的，全烧成炭了。晓芳就哧哧地笑了，"看我们两个睡得死成啥样。"

"重新再烧。今天谁也不跟咱们抢，烧着吃它个够！"

"明天我给你好好做一顿拉条子吃。新麦子拉的拉条子肯定精道。"

"没菜咋办？"

"用清油呛一下，再多放点酱油，到要好的老乡家要点咸菜蒜瓣和辣椒面。"

"你别诱我了，把人的涎水都馋下来了！真恨不得现在就让你做。"

"真想吃？那我现在去做。"

"算，这烧玉米和烧土豆也挺香的，吃了拉条子，就吃不成了它们。要有两个肚子就好了，一个吃烧土豆苞谷，一个吃白面拉条子。妈的，咋感到今天就象过大年似的，想吃啥吃啥。你信不信，他们回兰州去的人，不见得有我俩现在这么乐呵。"

"这倒也是。"晓芳附和着我。

春节前的一段日子，点上就我和晓芳，白天去干活，而且只是给饲养场的牛圈里垫点土或是整理整理麦场上的草垛，或是倒倒地里的粪堆的相对较轻松的活。老乔也不象平时那样追着屁股骂着你来快了干，其实，他也不知早躲到那里置年货去了。村子里一片过年前的景象：一些养了猪的农户忙着杀猪，养了鸡的忙着宰鸡。我们青年点啥也没养，没什么可宰，晓芳就天天回来给我做油泼拉条子、土豆面条吃。我心里美得都提不成了，除过不能干那事把人弄得猴急猴急之外，简直幸福得就跟晓芳在居家过日子一样。一次，晓芳还从杀了猪的老乡那里弄了点猪下水来，给我炒了伴在面里，哎哟，香得我都不知说啥好了，一边吧叽着嘴，一边感慨，"晓芳，以后我们就是招工也不走了，让他们别人去。我俩就在这里过日子，这不挺美，多好哇。"

晓芳就一边给我往碗里重新捞着面，一边笑着回答："这倒也是。"

五

过年前，晓芳不得不回去了，临回城之前，跟我约好，让我大年初二了进趟城，去到她家给她爸她妈拜个年，也让她爸她妈对我有个了解。我爽快地答应了。等到正月二，我换了件较新点的行头，把自己打扮了一番，打开蚊子的箱子——蚊子走时，知道他可能再也回不来了，让我把他箱中的东西取上带到了城里，把他的箱钥匙给了我——从我放在他箱中的钱中取出十五块来，坐上班车，进了城，去到商店里买了两瓶酒，两条烟，上晓芳家去。颤颤兢兢地敲开晓芳家的门，我猛地一愣，就发现，前来给我开门的，竟然是一位长得挺象那么回事的穿军装的解放军！他问我找谁，我说找罗晓芳，他就冲着里屋喊，"晓芳，有人来，找你的。"

这时候，才听到晓芳答应着，"我就来。"随身从里屋钻出来，看了我，就说："我就猜着是你，我正在炒菜。"说着，手往围裙上抹两把，说我，"让你来，又没让你买什么东西。"

我舌头不象在点上跟晓芳说话时那么利索了，木呐道："应该的，应该。"

"你客气个啥？先坐，我去把菜炒完。"又喊她妹来给我倒水。

可是，半天，她妹也没来给我倒水，倒是那位解放军跑出来给我沏了杯水。军人沏完了水，就坐在对面的椅子里跟我唠了起来，客套地问我，"是晓芳一个点上的？"

我也客套地回答："是。"

"晓芳提起过你。"

"噢？"

"晓芳说你干啥事挺能钻的。"

"哪里，别听她瞎说。"

"晓芳说……"

我心里挺不是滋味，他怎么左一个"晓芳"右一个"晓芳"的，好象晓芳是他的。

"你是晓芳的？"我明知故问。

"对象，嘻嘻，不过，刚谈，嘻嘻。"

我心里"咯噔"一下，人家已捷足先登了！还不见她父母出来，我心里有点儿酸溜溜的。我一边和军人有一搭没一搭地唠着，一边竖着耳朵听，就听到里屋在吵吵着什么。过了好一会儿，晓芳妈才和晓芳一同出来。晓芳妈上下打量一下我，对我客气地打声招呼，"来了？"

我紧忙站起身来，"来了，伯母你好。"

晓芳就在旁边指着桌上的东西对她妈说，"你看一凡来就来，还给咱爸买了这么些烟呀酒的。"

晓芳妈看了一眼女儿，又看了一眼我带来的东西，说，"还没吃饭吧？饭快好了。"

我说，"我是吃完饭才来的。我不知道你们家这么晚才吃饭。"

"昨天几个人打了一夜扑克，早晨起晚了。"

我心里又"咯噔"一下，说不定，军人昨晚是在晓芳家留的宿。

晓芳就问我在哪吃的，吃的什么，我其实根本就没吃饭，编谎说吃的是哨子面，刚进城在一家饭馆里吃的。晓芳用那么一种眼神瞅我一下，意思是根本不相信我的话，可又不愿当着她妈和军人的面戳穿我。过了一会儿，饭就端上了桌。过年期间的饭菜比平时要丰富上许多，桌子上放上了五六个碟子，什么猪头肉、猪耳朵、猪蹄子、肉丸子、韭黄炒鸡蛋、猪肉炖白菜粉条。晓芳的弟妹们这时候才纷纷从里屋出来，跟我简单点个头打声招呼，就坐到桌子边上去。晓芳妈又让我一遍，军人也让我一遍。可是我已经说了我吃过了，就再不好坐到桌边上去，客气地摆手，去坐到个炕沿上，说，"你们吃，你们吃。我真吃过了。"

等大家都坐到桌边后，晓芳又转过头来让我一遍，我坚决地向她摆手，"你赶快坐下吃你的，我真吃了，这会儿饱饱儿的。我看会儿这本小人书。"

一家子就再不让我，桌子上就起了一片唏溜声。她们一边吃一边唠，我一边看，一边竖着耳朵听。其实，眼睛盯着小人书，上边的内容哪里看进去了，注意力全放在了耳朵上：

"小黄你咋这么客气？把这个丸子夹上。"

"伯母我自己来，自己来。"

"哥，你到我家就和到了自己家一样，别拘拘束束的，昨天晚上我给你咋说的？”

“伯父值班咋办，要不，吃完饭我给他把饭送去？”

“别别，让小三去就行了，那能让你去送。”

“不，我要我黄哥和我一起去。”

说话的大概是晓芳的三弟。

“快去快回，我们还等着黄哥回来了继续打扑克呢。”

“不打了，黄哥不是说了，领我们到像馆照像去。我要戴他的军帽穿他的军衣好好照一张像，开学后拿到学校去，一个个羡慕死他们。”

“你吃呀，小黄。”

晓芳妈开始第二次给军人饭碗里夹肉丸子。

我低着头，装得非常认真地看手中的小人书。终于，等他们吃完了饭，军人和晓芳的小弟张罗着给值班的晓芳父亲去送饭，另外的几个弟妹吵吵着要去院子里放鞭炮。晓芳收拾着桌子上的碗碟，晓芳妈接了过去，说：“你陪你点上的人说话，我去厨房收拾。”

晓芳就将腰上的围裙摘了给她妈。我就趁势说，“我们出去转转吧？你听街上，锣鼓响的，多热闹。”

晓芳知道我的心情，就喊着对在厨房里的她妈说，“妈，我和一凡上街去一趟。”

她妈就急着重出厨房来，意味深长地叮嘱，“早点回来。哦？”

晓芳就点着头，“嗯。”

晓芳妈又转头对我说：“你要是能赶上车，下午在家吃饭？”

我客气说，“不了，伯母，来不及。过年期间，班车少，吃了饭就赶不上车了。”

晓芳妈就说：“那就随你便。你看你，来就来，还拎这么些东西，老头子又不咋抽烟。我听晓芳说，你家对你也挺那个的，在这又无亲无故，挣几个工分也不容易，还不省了花。”

我听着此话，心里酸酸儿的，想晓芳妈还挺理解人的，最后的那句话还着实让我感动了。

“以后有啥困难了，给晓芳说，我们家能帮上你的尽量帮。”

“没啥，伯母。我挺好的，一般都能自己把自己照顾好了。”

“挺可怜的，我听晓芳给我说了，你爸……”

我不敢再呆下去了，急忙挪脚逃离，再多呆一会儿，我的眼泪就要流下来了。晓芳的几个弟妹正在院子里放炮杖，对我的离开根本不象晓芳妈那样在意，甚至连头都没有抬，继续放他们的。绕出院门来，晓芳问我，“上哪去？”

我说，“随便，你说上哪就上哪？”

晓芳就不吭声，领着我走，半天，转来转去，我问她，“你要领我上哪去？”

她回答，“你甭管！”

转来转去，我似乎有点明白了她的意图。半天，转了好几家饭馆，都关着门。我问晓芳，“你这是要干啥？”

“干啥？让你吃饭！”

“我给你说了，我吃过了。”

“你在哪吃的，所有的饭馆都关着门，你到哪吃的饭？”

我不吭声了。晓芳说，“你等着，我给你回家拿几个油饼子去。”

我一把拉住了晓芳，“刚给你妈说了我吃过饭了，你又回去拿油饼，让你妈咋想我？”

“咋想就咋想，反正我就是要你吃饭。不想让你大过年的饿肚子！”

我仍然不松手地拽着晓芳的胳膊，“不，你就是取来了，我也不吃。我还没有那么可怜！你跟你妈都说了些啥？就好象我穷得象个要饭花子似的！我不要你妈同情我，我受不了！”

"真是死要面子活受罪！"

转了一圈，我一句话也不说，晓芳就说，"回去吧。到我家，吃了下午饭再走？"

"不，你那个家，我是再也不愿意跨进去了。"

"你这话是什么意思？"

"没什么意思。就是再不想去了。"我恨恨地说。

"你别误会……"

"我没误会。我算个啥，配得上误会。"

"你听我解释。"

"你别给我解释，我不想听。"

"我偏要给你说……"

"我不听！我都看得一清二楚了，还听啥！"

"你这人咋这样？你爱咋想咋想！"

我一时冲动，"那我走了！"

"你走吧！"

我狠狠心，一扭头，就离开了晓芳，晓芳在后边喊着追过来，"你真走呀？"

"不真走还假走！"说完，我就扭头钻进了人堆里。

我企盼着晓芳在后边再一次地喊住我，但没有听到她的声音。街上的人太挤了，我就是马上回过头去，也不一定找得到了晓芳。街道上人山人海，鞭炮与锣鼓齐鸣，跑旱船的、踩高跷的、扭秧歌的、擂太平鼓的、耍龙舞狮的，把人们的脖子都吊直了去看。我在人堆里挤来挤去，渺小得象个老鼠，最后才挤出人堆，去到公交车站。还没有到开车时间，我又出来无聊地在街上遛达了一会。虽然满眼的过大年的喜庆气氛，可是我的心里却凉凉儿的。遛达了一会，到了开车时间，我重到汽车站去，买票上了车。当车开出站门，拐向公路，将要加快速度开出城外时，我突然听到车后有晓芳的叫喊声，打开窗户伸出头去，就看见晓芳怀里抱着一个纸包，一边追着汽车，一边喊着我的名字，我知道她抱着什么，心一横，将头缩回了车窗内。渐渐，晓芳的声音越来越弱听不到了，我的泪水却啪啪地掉下来，打在大腿上……

回到点上后，我没有点炉子，没有煨炕，也没脱衣服，就拉开被子钻进去。半夜里，我感到特别特别的冷，象呆在冰库了一般。第二天早晨，我就上不了工了，我发起了高烧，胃也不舒服起来，剧烈地开始反酸水。

六

过完年后，青年点的知青们除过蚊子和陈玉霞，都陆续地从兰州回来了。丁志雄告诉我，蚊子的情况很不好，已经做了手术，但很不理想。过年时丁志雄到蚊子家和医院去看望，蚊子妈大过年的，哭得眼睛肿肿的，蚊子父亲的头发全白了。陈玉霞整天在医院伺候，见了丁志雄，哭得跟泪人似的。蚊子还没忘叮嘱丁志雄说，他的箱子，就给我使了。马大有回来后，一直沮丧着脸成天没一点笑模样。我问他回去后的情况，告诉我说，老母在大年三十晚上去世了，过年几天，其实就是给老娘在办丧事。我听了只有慨叹几声，安慰他一下。

晓芳过完年后，一直都没回来。我天天跑到村头，往公路那头了望，总是失望而归。我感觉年后好象她们家发生了什么变故。我心里忐忑不安，心想，晓芳她妈就是再不同意我和她的事，可也不能用绳把她的腿给拴起来，她这是怎么了？过完年连兰州的人都回来了，她却还不回来。难道是……我又想到了那位在他家被尊为上宾的解放军排长，是不是因他的缘故而绊住了？那我和晓芳的事就悬了。晓芳会不会因为汽车站的事，让我弄伤心了，改变了态度，决心跟我断了去和军人发展……我晚上睡觉都翻来覆去的想它。我对在车站没有让司机停下车来接受晓芳送我的油饼而深深地后悔自责起自己来。

还没把晓芳等来，老乔就通知我，让我和马大有卷上铺盖，跟上袁老二赶上骆驼车，去祁连山腹地的水利工地去上坝。··

出发的那天，也没能把晓芳给等来，我心情忧郁地和马大有将行卷和铁锨、镐头、麦捆扔上袁老二的骆驼车,迎着朝霞中的寒风，上路了。红红的太阳，瑰丽的祁连雪峰，没有扫去我心头的阴霾。晓芳她为啥就一直不回来呢？临走也不能见上她的一面。这修水利，一去就可能是两三个月，一直到暮春庄稼种到了地里，可能才能回返。到那时候，说不定晓芳早把我给忘球，和那个排长如膝似胶了！生活往往在不经意地表现出它的残忍！

我们走了十多个小时，在茫茫戈壁滩上，沿着一条被以往皮车辗出的车辙印，曲里拐弯地依着莽莽苍苍的祁连山西行。我和马大有仰躺在皮车的麦草中，眼睛看着天上白得似棉花的云朵，蓝得似海水的天空，两人有一搭没一搭地聊着。我又问一遍他回兰州探家时的情形，他也问问我在村子里是怎么过的。袁老二坐在皮车前边赶着骆驼，一袋接着一袋抽着旱烟，吐出的烟雾，时不时地飘过来，在我和马大有的脸上缭绕，遮挡住了我们欣赏天空的视线。我们用鼻子嗅着那好闻的旱烟味，东拉西扯，了解了相互以前没曾说过的情况。最后，实在没聊的了，我就问马大有：“你是咋想的，不行了就把马秀兰收拾下，我看卷毛一走，他们的事就完了。上次卷毛给点上来信，也没单独给她写信来。卷毛那损我了解，根本就没把马秀兰当回事。"

马大有不吭声。我催他："你听着没？"

"听着呢。"

"咋不回答？"

马大有叹口气："他比起秀萍来，差远了。"

"你又秀萍秀萍的。都走了多长时间了，人死了又不能复生。"

"可是，我总是忘不了她，就觉得她时时在陪着我说话似的。这次回兰州去，我给我娘办丧事时，我还产生过幻觉。我总觉得，她呆在青年点上，没回来，所以，你看我是第一个早早返回来的。回到点上，知道她已不在了，我的心里就特别特别的空。告诉你，我背着你们，去了趟荒地，我把从家带的油饼子、麻花，还有瓜子、糖、卤肉，给秀萍的坟头前放了些，她也要过年啊……"

"你是不是又哭得不成球个样了？"

"我跟她说了说话。"

袁老二这时候转过头来，"没球过场，一个大爷们家，为个女人，缓不过劲来。"

马大有还了一句嘴，"你他妈又有老婆又整儿媳妇的，咋就不说了？"

袁老二就伸手来打马大有，马大有躲着。袁老二不打了，重回过头去喝牲口，牲口趁机去啃一棵骆驼刺，把车拉出了车辙，把皮车垫得颠簸起来。车重新进了车辙，平稳了些，马大有就又不依不饶："把你那爬灰的事，全村的人谁不知道，你还有啥不好意思的？连你儿媳妇花蛋说她时都不吭声默认了，你还装正经个啥？"

袁老二就再不吭声了。马大有见袁老二蔫了，就又耍笑，

“老袁你给我们好好讲讲你是咋第一次哄得你儿媳妇跟你睡觉的？”袁老二不作答，闷了头只自顾自地抽旱烟。马大有就说，“瞧他那得意样，还美滋滋的。”我就说马大有，“别再撩骚了，说你，刚才说马秀兰的事，你要是愿意，我给牵线。”

马大有苦笑笑说：“还用你给我牵线搭桥，我自己不会？”

袁老二这时候回过头来，给了一句，“恐怕你小子晚了！”

“啥意思？”

“啥意思？有主了，啥意思。”

“什么？”我惊讶道：“我们青年点上的人，我们都不知道，你从那里知道她有主了？”

“有了就是有了。”

“谁？”

“不告诉你们。”

“谁嘛？你说。”

“把你马大有从家带回的好吃的给我些，我就说。”

“都给秀萍坟头上了。修完了渠，取回些来给你。”

“操你个奶奶，马大有。”

“谁呀，快说呀。”我追问。

“老袁是骗咱俩呢，你还当真了。”马大有说。

“谁骗你们？”袁老二回过头来，吼出了声：“队长老乔！”

我和马大有听得都呆了。我说：“胡说，你简直是胡嗝，老袁你！”

“爱信不信，刘桂花都把马秀兰在队部里堵着骂球了一通。马秀兰把刘桂花都扇了个大耳刮子，你们哪里知道！”

我和马大有惊得半天说不出一句话来！袁老二这才给我们细细道来，说是马秀兰自从卷毛走后，孤孤的，就老往队部里跑，三跑两跑，就和老乔日鬼上了。老乔自从日鬼上马秀兰，就不去刘桂花家了。刘桂花就主动上队部来找老乔。一次，正碰上马秀兰卧在老乔怀里，就骂马秀兰不要 x 脸。马秀兰哪里受得了，扑上去就给刘桂花两个大耳刮子，"是我不要 x 脸还是你不要 x 脸？你巴下的那几个崽咋一个不象一个？还有脸说开我了！"刘桂花还要扑上来撕把，被老乔给喝住了。

我们走了十几个小时，快到太阳落山，也没能走到要进到祁连山腹地水利工地的山口。此时，已经是饥肠辘辘。我们卸了车准备在戈壁滩上做饭，先解决肚子问题。水利工地统一吃饭。车上的粮食还有一口大锅是要交给工地食堂的，所以，本来就没有准备在戈壁滩上会做饭吃。没有案板，没有菜刀，袁老二就将车后档板抽出来当案板，我去搬来三个大石头，马大有用铁锨在地上挖坑，支起铁锅来。马大有和面，我在锅底下吹火，袁老二给骆驼喂草料。一会儿，马大有的面和好，我把锅里的水也烧开了，我和马大有就把面放在那块后挡板上，用手捏巴着往锅里揪面片。当皮带般厚的面片从锅里捞出来盛到碗里，刚要开吃，该死的一匹骆驼却脱缰跑了。袁老二让我和马大有去追回来。我和马大有饿着肚子，在后边追呀追。那骆驼，你不追，它就站在那里，你一追，它就跑。你从前边堵，它绕过你后，又向另一个方向跑去。我第一次领教了在茫茫大戈壁滩上追骆驼的艰难。也许，骆驼也是被累急眼了，因为来时，一直是大上坡，它不肯再被拉去套车。我和马大有堵呀追的，整整花去了两小时，才将它追回来，牵着它往回返时，已是黄昏时分，一座座祁连山雪峰，在残霞中铅样的凝重，呈现出巨大的剪影。太阳一落山，风就刮了起来，吹得人浑身直打颤。我们又饿又困，全身象散了架一般地回到皮车前，袁老二说，"两个大爷们，追不上一个骆驼，花这么长时间，赶快吃吧。吃过了赶快上路，不然，明天早晨都到不了。"

等我俩端起碗来，那碗里的面片早已冻成了冰坨。

我们三两口扒完了饭，继续套车前行，一直到后半夜，才来到祁连山的豁口处。黑魆魆的豁口，就似一张魔鬼的大嘴，把我们的皮车吞噬进自己硕大的腹中去。工地的住处是一个个在戈壁滩上挖成的地窝子，进去后，又臭又脏又潮湿。每个地窝子象半个篮球场大，里边挤着几十个用麦草铺成的地铺。我们三个把车卸了，将自己的行李卷拎上，找到自己大队的地窝子，钻进去，找个空地方，垫上麦草，将铺盖卷打开了铺上，就钻了进去。还觉得没咋睡呢，就被早上上工的人吵醒了。这里的一切，都得听水利建设指挥部的。起来后，马大有问我，"你睡得咋样？"

我回答"还行，他妈的麦草铺睡上挺舒服的，比在村里浇水时睡麦草感觉咋好，那时睡麦草总觉得身子底下透风。"

"是因为地窝子里人多，挤住了，麦草不往外散的缘故吧。"

我点点头，"对，你说的对，就这个缘故。"

马大有说，"我旁边的那损老放屁，把人熏得够呛。"

我就说，"你抓紧了睡，睡着了不就闻不到了。"

"可是，我心里有事，昨天脑子里乱想，咋也睡不着。"

我就说，"这就怪你自己了。昨天在路上我不是开导你了嘛，你这人咋就老也死钻牛角，活该熏你。我咋就睡得香香的？不行今晚上我们换个个，我不怕熏。睡着了还能闻到个啥球臭味！"

两人说着，卷了铺去吃早饭。一出地窝子，马上一股清新冰凉的冷空气灌进嗓子里来。转过头去躲灌到地窝子门口的晨风，可不咋的，马上就能闻到一股从地窝子里喷出的浓浓的臭味。我们去到一个用木板搭起来，上边用泥巴和着麦草沏成的简易食堂里，每人各领了一个扁扁的蒸馍和一块玉米面发糕，从蒸锅里舀上一碗开水，就着吃了，就跟袁老二的骆驼车去戈壁滩上到处找着撬石头。往戈壁滩走时，四处瞅瞅，地窝子和简易食堂周围到处是垃圾——化肥袋子、麦草、旧报纸、便溺等。

第六章

一

　　每天天还麻黑，我们就跟着袁老二皮车去戈壁滩上撬石头。此时，天空还繁星密布，整个祁连山和大戈壁滩都还隐藏在黑暗里。冷嗖嗖的哨哨风在祁连山口里，刮得更加肆虐，"吱——吱——"地象鬼在叫喊，常常就象要把人掀起来。风中的沙子打在脸上都发疼，时不时地眼睛里就钻进了沙子，得揉上半天。先是用钎和镐头将嵌在戈壁滩土沙中的大石头撬着抛着弄出来，然后由两人抬起来，另一个人钻到抬起的石头底下去，背起来，送到皮车里去。遇到小点的石头还好说，要碰到大的石头，两人使足了劲抬离地面，另一个人就得身子弯得很底才能钻到石头底下，使足了劲，晃晃悠悠地硬撑起腿，半直起腰来，两腿打着颤，一步一步地勉强将大石头背着送到皮车里去。每等装完一车石头，全身已被汗水浸透。袁老二赶皮车到工地送石头，我和马大有就急忙用铁铣铲戈壁滩上的骆驼刺、红柳、逢秋等灌木拢在一起，点燃烤火。如果不这样，很快戈壁滩上的寒风就会将我们身上的汗水吹成冰。没几天功夫，我和马大有的衣扣就全被石头磨得掉光了，只好在工地上找来一根铁丝拧断了，一人一截，系在腰上。更严酷的生活还在后边等着我们。两头不见太阳的超强度劳动已经使我们的身体几乎达到了极限忍受的程度，几天后，大队又通知我们需要加几天班，让我俩必须晚上 7 点钟吃完饭后马上睡觉，到午夜 12 点起来加夜班去给涵洞灌两小时的浆。就这样，我和马大有就象个连轴转的陀螺，从早上天不亮就去背石头，到晚上 6 点半收工，吃完饭赶紧困觉，晚上 12 点又被唤醒加夜班一直到凌晨 2 点，半夜回来后，睡到早七点，就又得起来去戈壁滩撬石头。马大有晚上加班是在洞子里接从上边洞口三角架吊下的水泥浆筒，我的加班任务是呆在洞子口，每次运水泥浆的车子推到洞口时，我在旁边帮着往上推一把。每次推完车，只有这一两分钟的时间里，我都能立马躺在身旁的沙堆上困一觉，有时甚至还能做个梦，梦见我又回到了青年点上，我和晓芳钻在热被窝里剥着吃烧土豆。此时想起年前和晓芳在青年点单独呆的那段日子，我就感觉那简直幸福得提都提不成了！每天深夜加完班，收工路过讨赖河百米深的悬崖边，望着幽幽的深谷和满天的星斗，我就木木地发呆，人都傻了似的没了知觉，我就常常会产生幻觉，觉得晓芳就在悬崖的那头，拿着几个土豆烧玉米棒子，在向我招手，让我跨过绝壁去……活越苦，我心里就越思念晓芳。可是，却不能一下子见到晓芳，而且晓芳究竟在我和她的事情上有没有心理上的变化……那位解放军排长，一直是我心里挥之不去的疙瘩。

　　一天，电影队来给工地放电影《闪闪的红星》，说是慰劳一下大家。马大说"都看了多球遍了，有啥看头。邀我说："带上你的口琴，走远点，我们到崖边去，唠唠。听你给吹两支曲子，心里特烦。"

　　我自然特乐意。一来，好长时间都没吹过口琴了，口痒痒，二来，竟然有知音愿意听我吹，就二话没说，去铺底下取了口琴，和马大有去到讨赖河边的崖边上去。来到崖边，我们找了块平坦点又背风的地块坐下来。我问，"吹啥 ？"一边掏出口琴来。

马大有说："你随便吹。我听就行了。一看见这口琴，我就他妈的想起了蚊子。原来你和蚊子上学时在一个班，还同桌，怪不得你俩关系那么好。"

"蚊子告诉你的？"

"上了火车，他就把你给他的那五块钱从怀里掏出来，一边看一边哭，讲了你和他在上学时的好多事情。"

我伤感地叹口气，"那天要抢上我背那麻包就好了，肯定摔下的瞬间，就把麻包扔脱了，还让它压在自个身上！蚊子是没上过粮，没经验。"

马大有就又一声唏嘘。我就又提醒他："你狗损抱石头时就小心点，太圆太滑的就让我来。我毕竟在开荒队、基建队的都呆过，比你有抱石头的经验。你可不要学了袁平娃，让石头把卵子给砸了。那样，你狗损就算是彻底地废了。"

马大有叫了起来，"我他妈的李秀萍都去了，还要那玩意有啥用！"

"你看你，就是死抬扛，钻进牛角尖里就出不来了。那么多死了老婆的，还不都活得好好儿的。花蛋那二球，死了媳妇，在村子里还更加逞精霸猴的。"

"我跟他能比？"

"都是个人，"

我说，"我就不相信，没个李秀萍，你这一辈子，还不成家过日子了？"

"跟谁过去？"

我想了一会儿，调逗："马秀兰是不行了，被老乔霸了。不行了花花总可以。"

"滚你个妈！"马大有肩上打我一拳头，"赶快吹你的。"

"吹啥？"

“给你说随便吹。”

我就把那次在荒地里给晓芳听了的和那天在雪地里回村时唱的几首知青歌曲一首一首地重又给马大有吹了一遍。吹完了，马大有问，“咋没有那一首？”

“哪一首？”我问。

“就是那一首嘛。”

“哪一首？都吹了。”我问。

“没有，就是那一首，让我给你哼哼，你就能想起来。”马大有就哼了起来。

我一下子想了起来，“噢，知道了。”我就接着吹了起来：

我们的过去，我们的情谊，我怎能就忘记！

梦里想起你这样的年纪轻轻地就死去！

我多难受，我多伤心，再也不能见到你，

只有你留下的往常事，我时时在想起

……

我多伤心我多难受，再也不能看到你，

只有等我死了后，埋葬在一起！

我发现，马大有听着听着，眼睛里就淌出眼泪来。我停了下来，一句话也不说，俯着头去看百米悬崖下深不见底的河床，一会儿，又昂头了望那夜幕里的满天星斗，和星光下那黑遽遽的祁连山峰顶。半天，马大有说，“走球，明天还得起早去撬石头，早点回去困觉！”

二

我天天掐着指头算日子，盼归期，在此期间，就是和马大有谈晓芳，还跟他讲了那个排长，讲了那天晚上送他们上火车回兰州后，我如何从县城顶风冒雪地走回青年点去，如何过年时到晓芳家去遭了冷遇。马大有就替我分析，说，"晓芳真是对你没说的，可是，你们这事，悬。不然，为啥她过年后不回点上来？肯定是被那排长给缠住了。"

听了他这话，我心里更没底了。当天晚上，我也失眠了，第二天起来，晕晕乎乎的。马大有见我直打哈欠，问我："咋，昨晚没睡好？"

我答非所问："身边那损就是老放屁，把人熏得。"

"不行今晚重换过来？"马大有说。

我回答："没事，昨晚想了些事情。"

"怪我，不该那么说。"

"你说的在理。我想好了，晓芳要跟我拜拜了，我就去给蹩子当女婿，倒插门！"

"你疯了？"

"我就是要让她晓芳看着心里头难受！"

我几乎是绝望了。马大有的话，老放在我心里，挥之不去。那位排长的身影也一直存留在我脑子里。我反复地把自己各方面跟人家相比，越比，就越灰心丧气。自己简直要啥没啥，跟人家一比，我简直就是个大马猴，人家是白马王子。干活的时候，因为特别的累，也就顾不上想了，可一但有点消闲，脑子就又尽胡思乱想起来。到最后，我越想越觉得和晓芳的事情很渺茫。我一个指头一个指头地掰着算来到祁连山里的日子，最后想了一个好办法，在每天歇息的地方，挖了一个小坑，每过去一天，就往里边扔个小石头，盼着回归的日期。

五十六天后的一个清晨，我和马大有装完一车石头，袁老二赶车走后，我们正铲草拢一堆火烤，就发现，东边，在太阳正要冒火花子的晨曦中，有一辆装着麦桔的骆驼车向我们这边走来。我咋看那皮车咋象是我们生产队的。不一会儿，皮车来到了我们面前，可不咋的，就是我们生产队另一个车把式花三。我迎上前去，刚要跟花三打招呼，就听他说："你看，谁看你来了？"话音未落，从车中的麦垛中钻出个人头来，是晓芳！我惊喜得几乎跳起来，迎上前去，"你咋来了？"

晓芳拨拉掉头上的麦草屑，跳下车来，怔怔地看着我打量半天，眼泪就从她眼中流出来了，问我："你咋成这样了，象个叫花子一样！衣服上的扣来，咋就用个铁丝拧着？"

我的眼泪就再也控制不住地夺眶而出，说："早就让石头磨掉了。"

我就把我们一天干的活简单介绍了一下。晓芳就感慨，"之前我想你们在祁连山里肯定吃苦了，没想到，比我想象的还苦。"

我不解地问，"你怎么说来就来了？"

花三在旁边说："队长老乔得到通知，让给大队送粮草来。她知道了，就瞒过老乔，等在村外，自个钻上皮车来的。昨晚上在路上给冻坏了。"

这时候，我方才发现晓芳两个嘴唇都冻得紫紫的，这会儿在寒风中得得得地直打颤，一边说，"我没想到，水利工地会这么远！"

此时此刻，再不用说何任多余的话，我就知道晓芳的心。近两月的猜疑、委屈和痛苦的思念等折磨一扫而光，我马上感觉初升的太阳都金灿灿起来。晓芳这时候，手伸进大棉袄里，摸出一包东西来，还是用她的花手绢包着。我知道她又给我带来了好吃的，静静地等着。晓芳将手绢交到我手中，说："快吃吧，你和马大有。你们可真是苦坏了。"

我打开来，是十个鸡蛋，还微微热着，带着晓芳身上的体温，我的眼泪就止不住的啪啪啪掉下来，打在鸡蛋上。我告诉晓芳，我们每天的伙食除过两个黑面馒头，两块苞谷面发糕，就是一大碗玉米面糊糊。

"那就快吃吧。"晓芳催促我。

我就把手里的鸡蛋往马大有手里放，马大有不好意思地说，"晓芳给你带的。"

我就说，"都一个点的，还分个你我。给我带的就也是给你带的。"

晓芳也在一旁说："马大有你真见外，把我当成啥了？这鸡蛋就是给你和一凡两个带的。赶快吃，吃完了，我还有重要的事情要告诉你们俩。"

"啥事？"我看晓芳一本正经的样子，问。

晓芳说，"你们先吃，吃过了再告诉你们。"

我和马大有就狼吞虎咽地三下五除二将各自的五个鸡蛋送下肚，急猴猴地问："啥事？"

晓芳眼睛再一次湿了，转过了身去，轻轻地说，"丁志雄死了。"

"什么？！"我和马大有异口同声地喊出了口："为啥？"

晓芳半天不吭声。

戈壁滩上卷起一股龙卷风，风刮过去后，把沙土和柴草撒落在我们的身上和脸上。

我和马大有都惊呆了！

半天，我俩就追着问晓芳，究竟是咋回事。旁边的花三替晓芳说了。花三说：丁志雄是被人用匕首捅死的。原来，我们上坝后不久，其它大队的一帮当地知青到我们点上窜点，有一个家伙看上了晓芳，以后，就有事没事来点上缠晓芳，晓芳挺烦他，可又不敢惹他，那小子就得寸进尺。有一天，别人都上工去了，晓芳留在青年点上做饭，那小子不知咋地事先打探好了，那天下午窜到我们点上来，把晓芳逼到炕上要干事。正好丁志雄上工歇息时，有事情回点上来，听到女生屋里有声响，就急忙闯进去，见那小子强搂着晓芳要亲嘴，上去就对那小子脊背猛踹了两脚。那小子恼羞成怒，骂了丁志雄两句，说"你等着！"就转头跑了。又过了个把月，公社招集知青听扎根农村先进分子事迹报告会，两拨知青点的人在半道的沙滩上又碰上了。那小子先挑事端骂了丁志雄一句，丁志雄回骂了一句。当着各自青年点知青的面，两人都不示弱，就撕把在了一起。丁志雄平时练过拳脚，那小子不是丁志雄的对手，吃了点亏，下不了台，就拔出了藏在腰里的匕首，捅了丁志雄一下，拔腿和他们点的人跑了。我们点上除过丁志雄没有别的男知青，全被眼前的一幕吓傻了，反应过来后，急忙把丁志雄抬着往公路上赶。到了公路上，就耽搁了很长时间，等拦了汽车，送往公社卫生院，就一切都晚了。卫生院那天正好还有北京医疗队下来巡回医疗的医生，但北京医生遗憾地摇头说，"准备后事吧，送来得太晚了。"大夫说病人是流血太多流死的！丁志雄可能在路上预感到了什么，一路上，手都紧紧地攥着葛平平的手不放松，嘴贴在葛平平的耳朵上，象在嘱咐着什么……

我和马大有听完了花三的叙述，眼睛里满含着泪水，一句话都说不出口。半天，马大有突然失控地大叫一声："丁志雄——"就双膝跪在了戈壁滩上，嚎啕大哭了起来。我心里清楚，马大有和丁志雄的关系就象我跟蚊子的关系一样。他们是一个街道上玩大的。上坝来的日子里，他还曾给我讲过他和丁志雄小时候的许多往事。说他和丁志雄上学时好得每天上学，他都要绕道去丁志雄家去叫上他一起去上学。丁志雄是在奶奶家长大的。丁志雄的奶奶挺疼丁志雄，也就挺疼丁志雄的朋友。有啥好吃的，给丁志雄的同时，也给他一口。我们谁也没去劝马大有，让他发泄个够。我知道他心里的苦，要找个事由来渲泻。

马大有就那样，跪在戈壁滩上，迎着早上初升的一轮勃勃红日，叫着丁志雄的名字，嚎着。哭声在茫茫大戈壁滩上久久地回荡，听着让人感觉撼天动地的悲怆。最后，他不哭了。我抹掉了自己的眼泪，上前去，扶他起来，马大有甩脱了我的手，说："你别管我，让我哭个够，我难受，我心里难受啊！"

我说，"你难受，难道我就不难受？总得有个度。你一直这么嚎下去，也不是个事。袁老二的皮车马上就要来了，一看我们没撬下石头，又得 x 叨叨。"

"让他叨叨！我他妈在这世界上最好的朋友都死了，我还怕他个叨叨！我要哭，你别拉我。"说着，就又嚎起来。那声音，就象是要把腔子都要吼吐出来，撕心裂肺的。鼻涕眼泪全混合在一起，被马大有用手在脸上左一道右一道地抹得到处都是。

晓芳把她包了鸡蛋的花手绢递给我，让我转给马大有。马大有接过去，擦着眼泪鼻涕。我再一次架他起来，马大有坐在了地上，开始一边用手绢擦眼泪，一边哽咽，"他奶奶知道了这消息，会咋样……"

此时，整个戈壁滩静静儿的，没有一点儿响动。巨大的祁连山，卧在大戈壁滩上，就象是轻轻地谛听着马大有的哭诉……

三

晚上，我们三个又来到没人处的戈壁滩深处，马大有本来是不来的，说让我和晓芳单独在一起好好说说话，硬是被我和晓芳劝着拉来了。夜色中祁连山豁口处的大戈壁，比白天显得更加苍凉、幽深。月儿升上来了，星星很少。戈壁滩在暗夜中，显成了黑色。祁连山阴阴的，山坳里的积雪也变成了灰色。风比白天小了许多，但吹在人身上，还是冷嗖嗖的。我问，"我们应该上哪去？"

马大有说："我随你们，你们说去哪就去哪。"

我说："那就去上次我给你吹了口琴的那崖边去？"

马大有说，"晓芳不害怕？那么高，一百多米深呢。她肯定吓得头都不敢往下瞅了。"

晓芳笑着说；"你们也挺浪漫的嘛，还吹口琴。"

我就苦笑一声，解释，"那是那天马大说心里烦得实在受不了啦，才拉我去的。"

晓芳就提议说，"我今天来时，发现离你们挖石头的地方不远处，不是有条大渠吗？渠里的水可清可大的。我们到渠边上去坐坐？"

"行，好主意。马大有你说呢？"我问。

"行，你们说到哪就到哪。"

这样，我们就借着月光，辨别着方向，向那条大渠走去。一会儿功夫，就来到了渠边。

这条大渠是原来的一条老渠，提供着下游好几个公社的用水。但随着人口的急增和戈壁滩荒地的开垦利用，仅靠这一条渠已经远远不能满足全县农村用水。所以县里组织各公社几千口人每年春季到这祁连山口的讨赖河崖边搞大会战，另外再修一条大渠。

据老一辈的人说，以前，祁连山下生活的人们，祖祖辈辈都是靠祁连山的雪水开春融化后，汇入讨赖河槽，流到下游去灌溉农田。自打解放以后，开始了主动的向祁连山的取水行动。所以，这讨赖河口每年开春都要汇聚来全县各公社的几千名壮劳力，兴修水利工程。时近仲春，虽然山中的气候还很冷，但祁连山冰川的积雪已经开始渐渐融化，这渠中的水流也就一天比一天大了起来，而且由于坡度很陡，水的流速很急，水流声冲得渠边"哗，哗，哗"发出很大的声响。马大有捡起一块石头扔进水中，只听，"窟嗵"一声，连个浪花都没溅起来。我又捡起个枯树枝，扔进水渠中，一眨眼，就飘走不见了。晓芳说，"这渠里的水，比我们村里的渠水不知要快多少倍。"

我给晓芳介绍说："咱村的那渠才多宽，这渠多宽？村里的那叫毛渠，毛渠上边是斗渠，斗渠上边是支渠，支渠上边才叫干渠！这就是干渠。你说能比吗？再说，村里的地，多平？这地势，在祁连山坡坡上，水能不急吗？掉下去个人，想爬都爬不上来。我前几天吃饭时听邻队的一个说，去年有一个修水利来的，下到渠里去喝水，没喝上水，栽了进去，最后，连尸体冲到哪去了都没找回来。"

晓芳一听害了怕，说："那你们站远一点，别掉下去了。"

我说，"还没那么悬乎。"三个人蹲在渠沿上唠了一会儿嗑。晓芳又把丁志雄遇害的情形给我们详尽地叙说了一遍。说捅了刀子的那小子为啥那么胆大包天，原来他老爹是县公安局局长，?平日里，为非作歹的，把全点上的所有女生几乎全搞完了，就把眼睛盯在了别的点上。实实的为全公社各知青点中的一霸。事情发生后，被逮了进去。可是，听说他老爸正在四处活动，说是他儿子有精神方面的障碍，争取能把命给保住。我感慨道："那过几年再减上两次刑，不就出来了？过去听到这样的事情多了。"

"可不咋的。"晓芳感慨："就是判他个死刑，又能咋样，丁志雄也活不过来了。"

马大有愤愤地在一旁说，"可惜我当时不在，我要在，非用铁锨把那有人养没人教的货劈成两半！"

我就揶揄马大有："你也就是嘴上的劲。真遇上了，还不吓得尿湿了裤子。忘了你是咋把我扔下肩头让蹩子家的狗咬了的。那次在大荒地里烧狗肉，遇上点血，看把你吓成了啥样！"

马大有不服气，"啥时候跟啥时候，那能比吗？"

我不吭声了。马大有神经本来就已很脆弱，我怕再刺激着他。我们又问起丁志雄的后事是咋处理的，其实在这之前，晓芳已经给我们说过一遍，但我们总是想了解些更详尽的细节。晓芳说，丁志雄的父母从兰州赶来，把丁志雄的尸体火化了，把骨灰盒带回了兰州。

马大有听着晓芳的叙述，忧郁着，一句话也不说。晓芳说完了，三个人就蹲在渠沿上，听渠中的流水在月光下哗哗哗地流淌。半天，马大有知趣地说，"你们呆着，我走了。"

我和晓芳客套了两句，马大有说，"你俩都憋球了几个月了，急猴猴的，我呆着干啥，当大灯炮？我走了，你们该干啥干啥。"

我就骂他，"大冷的天，能干个啥？"

马大有戏谑道："想干不怕冷。"

我就调侃，"我可不象你，在蹩子家的坟头上，都能把……"

我意识到了什么，晓芳也在黑暗中拉了我一把，我就没把下半截话说出来。没想到，马大有自己说了出来，"我知道你要说我啥。好好整，但怀上千万要上医院，别怕丢人。我真羡慕死你俩了！"说完，拍拍屁股上的土走了。

本来，马大有的几句撩骚的话还真把人的心给弄兴奋起来了，憧憬着马大有一走，就好戏开张。可是，等马大有抬屁股走了，我倒反而拘束起来。毕竟两个多月不见了，觉得和晓芳有点儿生疏。半天，我打破沉默问，"你过完年咋就一直没回来？"

晓芳就回答，"我知道你有想法，肯定会问我这的。我妈病了，住了院。”

“啥病？我过年去你家时，不是好好儿的？”

“心脏病。可能是过年那几天累了。再，也许是生了点气。”

“生谁的气？”我又敏感地问。

“再生谁的？她非要让我和那当兵的确定关系。我不肯，跟她拌了几句嘴，就把她给惹气了。”

我心里一阵激动，问，“那你妈咋样了，现在身体？”

“没事，就是血压有点儿高，在医院住了半个多月，就出来了。”

“谢谢你，晓芳。”我不知该如何表达我此时的感激之情。

“你看你，什么谢不谢的，对我还说这样的话，让人听着挺见外的。”

我就表白：“其实那天，我真的没吃饭。你给我送油饼来时，我当时就想叫一声司机让停下车来。可是，横了一横，就没叫，车开了后，我好后悔。真的，我都掉眼泪了，旁坐的人一个劲地看我，我都忍不住。晓芳，是我不好，我伤了你的心，我今后一定一定不那样了。我改，我知道我这性格，扭得厉害，都是我爸小时候对我那样造成的。”说着，我就将晓芳搂紧了。

晓芳说：“说那么多干什么。该咋样还咋样。只要你心里对我好就行了。我就啥都满意了”

我心里好甜，轻声叫：“晓芳？

“嗯？”

“我想摸摸你，特别特别的想。”

“那你就摸拜。”

“可是，我怕冰了你。”

“没事，你摸吧。”

“不，上次摸了你一下，让你肚子疼了好几天，都上不了工。”

　　“你摸吧。没事。”

　　“不，我不忍。”

　　“摸吧，大不了肚子再疼一次。”

　　“不！我还是亲亲你，抱抱你就行了。”

　　说着，我就把晓芳紧紧地抱紧了，狠劲地在晓芳唇上亲着。亲过一阵，晓芳笑着说：“你把劲全用在嘴上了，把我舌头都吸疼了，恨不得吸到你肚子里去。”

　　“我特想特想摸你。”

　　“那你摸呀，我刚才不是说了，大不了再疼一次。李秀萍都能为马大有去死，我肚子疼一下算啥。”

　　“我想了个好办法。”

　　“啥办法？”晓芳问。

　　“我先把手放进我的怀中，捂热了，再赶快伸进你的怀中去。”

　　“你自己就不怕冰了？”

　　“不怕，我怕啥，我是男的。”

　　“那也成。”晓芳说。

　　……

　　我们一直在戈壁滩上呆得很晚很晚，不觉，月亮已升到头顶了。晓芳说，“该回了吧？戈壁滩上说不定有狼呢。”

　　“狼来了，有哥哥我护着你！”我矫情地说。

　　“回吧。你明天还要干活，不睡觉，那有力气？”

　　“你明天就走了，真舍不得。今晚的时间对咱俩太宝贵了。”

　　“你们不是马上就工期到了嘛，到了，不就回去了？那时候，我们不是天天在一起了。”

　　我就憧憬，“那时候该有多好，肯定感觉象过年！告诉你，我在山上的这段日子里，天天回忆我俩年前两人在青年点上你给做油泼拉条子的日子。有两次，活那么累的，我都在睡梦中笑醒了。"

就这样，我和晓芳一直在渠沿上没完没了地唠着，一直到后半夜，实在冻得受不了啦，才回来。我回去把自己的被子抱出来，把晓芳领送到专供各大队做饭的妇女住的一个地窝子里安顿着躺下，才回去钻进马大有的被窝里。把马大有给弄醒了，揉巴着眼睛问我，"才回来，几点了？"

"我说，"不知道，睡球你的！"

四

第二天，晓芳就重坐上花三的皮车下山回村去了。我一直跟着皮车走了很远一段路，后又目送着皮车一直走出了祁连山豁口，晓芳坐在皮车里给我挥着手，皮车越来越小，在戈壁滩上变成了一个点，最后象个米粒一般消失在茫茫戈壁中，我才怅惘地回来。马大有一边撬一块大石头，一边问我，"整了没有？"

"啥整了没有？"

"你说啥？装啥糊涂！"

我问："咋整，那么冷？"

"想整不怕冷！"

"我可不象你那么没出息！在别人家祖坟头上都胡整事，不怕鬼把你拖进去。"

马大有苦笑笑："真没干？"

"快干球你活吧。袁老二不是说了，上边点我们了，说我们的小红旗拉在了全公社的后边。"　　　　"爱拉哪拉哪，我才不球在乎。我他妈都……"

"又来了！"

"实话给你说，张一凡，我他妈觉得现在活得一点儿都没球个意思。还不如象丁志春那样，倒解脱了。"

"你可别胡说。你得为你家里……"我意识到了什么，没有往下说。

"我他妈哪有个什么家！以前还想得好好儿的，以后如果回不了城也行，就和秀萍在村子里起间房，两个人过日子算球，也挺好，让他给我生一大堆娃。可是，她说走就走了。过年回去，我妈又撇下我走了。我他妈在这个世界上就再也没个人可念想可牵挂的了。实话告诉你，昨天晚上，我说走时，你看我显得轻松，你知道我心里有多难受，多羡慕你俩！我一路走，一路就想秀萍那时候对我的好。她要是活着的话，也会坐十几个小时的皮车，给我送鸡蛋来，你信不信？你老埋汰我和他在鳖子家坟头上如何如何，其实你根本不知道她对我有多好！你信罢，不信也罢，她都能把我的脚丫子放进她的怀里了捂！她把她妈插队时做的护肚子的兜兜硬给我，让我系在肚子上，你信不信？别以为就罗晓芳对你好。"说着，马大有就冲动地把自己的裤腰解开了，让我瞧，果然，我发现了马大有肚子上一个绣着个荷花的红兜兜，我被震撼了。马大有眼睛又潮乎了，刚要说什么，这时候袁老二赶着皮车来了，远远地就骂："两个舔 x 货，还不来快了撬，胡谝个啥？这么长时间了，才撬下几个石头？"

马大有正和我唠在兴头上，挨了袁老二骂，一时火起，"你袁老二那 x 嘴干净点！"

袁老二不依不饶："我就不干净，你能把我咋样？你一天除过就想李秀萍那个死鬼，你还能干球个啥？"

“你看我还能干球个啥！”马大有一下子就失去了理智，还没等我反应过来，拎起手中的铁锨向袁老二头上砍去。袁老二一惊，头一偏，铁锨就砍在了他的胳膊上，袁老二大叫一声，就往回跑。马大有还不解恨，拎着铁锨跟屁股紧追上去。袁老二丧魂落魄地一边往工地跑，一边大喊，"杀人了。救命啊——"

我这时候才反应过来，追上去从后边紧紧地抱住了马大有，劝道："马大有你疯了？杀人要偿命你知不知道！"

"我今天就想杀了他！非杀了他！他欺负我不是这一次了！"

"那你先杀了我吧。我也说过你！"我死死地抱住他，把头伸给他。马大有再不往前追了，我责怪他："都多大的人了，你咋说冲动就冲动，整得好吓人！"

"我忍了好长时间了！"

"你忍了好时间了就该拿铁锨劈人？你看你那一铁锨，老袁要是躲得慢点，脑袋就被你削成两半了，多吓人！那损的胳臂肯定让你砍得也不轻，肯定上工程指挥部告你的状去了。"

我马上就想到了上次对袁老大的批斗会，想到了我的家庭情况，会不会跟上马大有受牵连。这次，是几个公社的人在一起，可不比在村子里。指挥部如果认真起来，真没我俩的好果子吃，本来，我们的进度就已经落在了全公社的后边。但我这些想法都在肚子里闷着，不能给马大有讲出口。

马大有坐在地上，仍然气乎牛斗的样子。我再也不好说啥，帮他把身上的土拍拍，安慰他两句。

老袁再没来，我感到凶多吉少。在戈壁滩上坐了一会儿，我看马大有气渐渐消了，就说，"回吧，回去了，抓紧给老袁那损认个错，不要让他给告上去了。"

"他告上去能把老子咋球？"

"你看你，又钻牛角！指挥部开你的批判会咋办？说你搞破坏。这样的例子以前又不是没有。"

　　我又劝两句，马大有仍不肯跟我回去。半天，太阳都快要落山了，我又劝他一次，他说，"你先走，我到渠上去洗个脸。"

　　我说："回去洗吧？"

　　马大有说："渠上方便。"

　　我说，"我陪你去？"

　　马大有说，"不用，你先走，我洗两把就完了。"

　　"还是我陪你去吧，我也去洗一下。"

　　马大有就等上我，我们俩一同去水渠去洗脸。一边洗，我一边劝他，马大有的情绪才渐渐平静了下来。

　　洗完了脸，我们扛着铁锨钢钎在残霞中走回地窝子去。一路上，我叮嘱马大有，"回去后，见了袁老二，你千万别再叫劲，一切由我来给他说。"还好，袁老二并没有将此事往上汇报，他被砍的是左手，加上铁锨整天刨石头，锨刃都很钝了，所以，伤口也不算太深。袁老二回来后在工程指挥部设的医务所里简单包扎了一下，第二天，并没影响他用右手拿鞭子赶骆驼。袁老二被马大有那么一治，反而嘴损了，再不敢张嘴就埋汰我俩，干活时对我俩客客气气起来，马大有也就再不跟他计较。马大有仍然忧郁着，干活时，常常不讲一句话，背上往车中放石头时，袁老二让他怎么放，他也挺顺从的样子，倒好象他砍了袁老二，心里有点对人家不起的感觉。通过这件事，我也不太敢跟马大有开玩笑了。也就缺乏了和他的交流，真不知他心里想的啥。

五

　　一天晚上收工后，我象往常那样，去伙房去打饭，领了一个黑面馒头，一块苞谷面发糕和一碗玉米面糊糊出来，吃完喝完，把碗洗了放好，出了伙房回自己的地窝子去，心想马大有这损咋不见了。正躺在自己铺上一边歇着，一边想着，就见马大有怀里抱着堆什么东西，钻进地窝子来。到我面前的铺上，我才看清楚了，马大有手里拎着两瓶酒和两个罐头。我吃一惊，问："怪不得不见你，原来你才去工地小卖部了。你要干啥，买它？嘴馋得受不了，还奢侈上了？"

"走。"马大有说。

我问，"上哪？"

"老地方。把口琴带上。"

"你要干啥？在这不能喝？"

"在这，待一会就人满了，咋说话？走。"

我就一边起身一边数落马大有："挣两个工分不容易，那是血汗钱，你却一下子就买这么多东西。下半年你不过了？"

"走球。屁话说那么多！给你吃给你喝还落你说。"

"你就是太浪费了，还不听我说。这起码得花掉你两个月的工钱。你这坝算白上了。两个月撬石头挣下的，一顿就让你吃喝到肚子里变成粪了。多不值。"

马大有急眼了，"你再说？你再说我他妈就把这瓶酒摔在石头上砸了！"

马大有近来总是这样突然就变脸！我不敢再惹他，恭敬不如从命，乖乖地爬起来，把口琴摸进裤兜，跟上马大有出了地窝子。

? 出了门，我顺毛捋，道："我他妈何不想喝上几口！你好象买的两个都是大肉罐头，馋得我口水都流出来了。"

马大有就说："本来我想买一个鸡肉的一个鱼肉的。进了店想了起来，你这损最爱吃肥大肉。就都买成了大肉的，让你今天好好吃个够。"

"你看你，你想吃啥就买啥样的，还想着我。到哪，还是老地方，崖边？"

"不，我们到渠边去，就是前几天晓芳来时我们蹲过的那渠沿边。"

我说，"那地方好是好，就是风大些。"

"没事，今天天不是太冷，比我们刚来时，不好多了。我喜欢听那渠水声，象音乐一样。"　　　"那就走。"我附和。

到了渠沿，我掏出口琴，将包口琴的报纸打开来，铺在渠沿上。马大有将怀中的酒和罐头放上去，掏出个钥匙链来，上边有把小刀，将罐头启了封，又用嘴衔着酒瓶盖，将其咬了下来，又从怀中掏出他的漱口缸子来，我就说，"你这损想得还挺周全的。"

马大有不说话，将酒瓶拎起，往缸子里倒上了酒，把手中的酒瓶递给我，自己拿缸子，"来，干！"我举起酒瓶和他碰了一下，声音在戈壁滩上听起来挺他妈脆的。一杯酒下肚，马上感觉就不一样了，马大有又催促我："你不是特馋肥猪肉吗？赶快吃，今天就是特为你买的。"

我说："来，我们一起吃。"

"你吃你的，别管我。我吃我自己抓。"

我就拎起一块肥的来，款款地放进口中，哎哟，嘴嘬了半天，香得都提不成了。吃完了，马大有又拎起酒瓶来，给自己缸子里倒上酒，又和我碰杯。我一边碰着，一边说："今天吃你的喝你的，真不好意思。等下了山，我和晓芳再好好请你。我也去大队小卖部里买了酒回请你。"

马大有把缸子墩在了渠沿上，"你说的屁话！我今天来请你喝酒，就是为了让你回请我？你说这话就太把咱俩的友谊看得轻了！"

　　我急忙辩解，"大有你别生气，我只是随便说说，我知道你的心思。我总觉得，我们点上的知青，自从插队以来，确实处得不错，而且关系越后来就越好。可是，唉——"我长长叹了一口气。气氛一下子就低沉了下去。·

　　马大有知道我这一声长叹里所包含的意思，半天，才开口说："一凡，插队来两年多了吧？"　　　　　　　　　　"快两年半了！"

　　"你说这狗损日子，它捱起来，一天一天的挺慢，可回头一看，它妈的也快啊。"

　　"可不咋的。"

　　"一凡。"

　　"嗯。"

　　"一凡。"

　　我正忙着唰指头上的猪油，说："你说，我听着呢。"

　　"你这损，别只顾了吃。听我说。"

　　"你说，我不听着呢嘛。"

　　"一凡，"

　　"说嘛。老一凡一凡的。"

　　"平日里，有些对你不起的地方，你就多包涵了。"

　　"你哪有对我不起的地方？也就是那一次偷蹩子家的果子，你把我扔下来，自己跑了。都过去多长时间了。其实当时也不怪你，撂谁谁都会跑的。"

　　"一凡，你是不是也觉的，我太不象个男人了？"

　　"哪里哪里，都是我不好，以前不但不替你解忧伤，还老埋汰你。我向你发誓，从今以后，我要再拿你和李秀萍的事埋汰你，我他妈就不是我妈养的！"我一边嘬着指头上的肥猪油，一边表决心。

"你一提起她，我他妈就心里难受我，是我害的她！"马大有就又哽咽了。

我刚想说，"你又来了。"话到嘴边，压在了舌头底下，变了内容，"说吧，你今天把心中有啥话都说出来，有苦水都倒出来，就把我当做秀萍，我听着。"

"我对不起她，我不该让她干重活，我不该让他换我周麦捆，我不是个人，我……"

我卖好："你当时听我的就好了。我让你换我去城里拉粪，带她去医院看看。要是去了，也许就不会发生后来的事情了。"

"所以我特特后悔，要不是听了大头的话，放开了弄，秀萍也不至于那样了。"

我刚想说，"也怪你，控制不住个自己，我和罗晓芳咋就没有那样。"但又压在了舌头底下，真是吃了人家的嘴软。

我俩就那么有一搭没一搭地一边碰着，一边唠着，不觉，已是满天星斗。好一个晴朗的夜空，祁连山的白雪都清清晰晰的，在澄澈的夜空下，白雪变成了褪红色，还闪着些耀眼的光亮。连嵌在大戈壁滩上的一个个鹅卵石，都能让人辨别出方的或是圆的，褐色的还是灰色的，大的还是小的。一渠春水"哗、哗、哗"地在我们眼前流淌，里边的星星随着湍急的水波，似一片片金灿灿的树叶在水面上一晃一晃。"多美啊。这祁连山的夜色。"我赞叹道，"在这样一个春天的夜晚，我们俩喝着小酒，吃着香香的肥猪肉。当我们老了，儿孙满堂的时候，躺在村子里的大榆树下，搂着孙子，喝着茶水，给他们讲我们今天的情形，那将是个啥感觉？"

"你还想了个远！"

"不远，人一眨眼就会老的。你没听上了岁数的人都有这种感慨。"

马大有叹口气不吭声。我望着星星继续憧憬："到那时候，咱村子再也不只是他花家与袁家还是乔家夏家的天下。狗日的让他满村子光屁股跑的娃不是姓张就姓马！"

"去球的，你真能逗！"马大有打我一把，"赶快把口琴掏出来吹只曲子。"

我就抹一把手，把口琴掏出口袋，问："吹哪一首？"

"就那一首。"

"哪一首？"

"上次在崖边最后吹了的那一首，你忘了？"

"没忘，能忘了！"

我就抹一把口琴吹了起来。琴声立刻就打破了大戈壁的寂静，好象身边的一切都就有了生命一般。马大有随着我的琴声，就破着嗓子吼了起来：

"我们的过去，我们的情谊我怎能就忘记。

梦里想起你这样的年纪轻轻地就死去。

我多难受，从此以后，再也不能见到你。

只有你留下的往常事，我时时在想起

……

我多难受从此以后再也不能见到你，

只能等我那死去后，埋葬在一起！

马大有可能是喝得有点多了，吼着喊着，就又歇斯底里地哭了起来，地动山摇的。我就不吹了，静静地听他哭。等他的哭声由大变小，后又变成了嘤嘤声，我就把手放在他的肩头上，劝说：　"回吧？天不早了。明天还得早起撬石头。"

第二天下午，装完了最后一车石头，夕阳衔山，晚霞满天。

袁老二驾车前去了工地送石头。我和马大有象往常那样，留下来，歇息一会儿，收拾收拾工具，拍拍身上的土灰。我等马大有象往常那样，卷一支烟抽完了，就收工回去。我本来不吸烟的，可今天马大有是咋了，拧巴好了一支非要我陪着他抽，我只好接受了。我和他坐在地上抽着。一根烟快抽完时，马大有站起身说："你先歇着，我去渠沿上洗个脸。"

我说，"回去洗吧？"

马大有说："不用，渠上洗方便。"

"我陪你去？"我问。

"不用，你歇着。"

"小心点儿。"我嘱咐他。

"嗯。"马大有回答。

我就再没管他，坐在地上，抬眼一边吸着烟卷，一边欣赏落日里祁连山雪峰顶上缤纷的晚霞。突然，我听到身后一声喊，"一——凡——，我——走——了——，明——年——秀——萍——忌——日——时——，替——我——去——坟——上——一看——看——她——"

我猛地醒悟了过来，急忙回过头去看，只见到了马大有在夕阳的余晖中纵身往渠中一跃的最后身影。我惊呆了！半天，才反应过来，没命地往渠边跑去，来到渠边，一个蹦子跳上渠沿，在我面前，只见一渠春水"哗、哗、哗"地向东流去，哪里有了马大有的半个身影！我喃喃地立在渠头，嘴唇哆嗦着："你咋能这样！马大有，你咋能这样……"渐渐，我就跪了下去，对着滔滔的渠水，双手捂着脸，哭声渐起，我越来越不能控制自己，最后就嚎啕起来。我就向渠水流走的方向一直那么跪着，哭一阵，停一阵，过一会儿，伤心了，再接着哭上一阵。我的哭声在夜晚苍凉的戈壁滩上一直飘到很远很远，可能是碰到了祁连山壁，又反射回来，在茫茫戈壁上发出阵阵的回声……

到很晚很晚，我都没有回去，一直守候在渠沿上，似乎在等待着奇迹的出现。一弯冷月再一次地升上了天边，月亮边飘着些黑云。整个戈壁一片荒凉、庞大的祁连山体沉沉的似铅一样凝重……

回来后第二天整理马大有的遗物时，我从他枕头的铺下发现了他留下的一个信封。打开来，发现里边有二十五块钱。有一张纸，纸上写着几句话："一凡，我所有的东西都留给你用。这二十五块钱你收着，每年秀萍忌日了，替我买点东西，到荒地里看看秀萍。"

我拿着纸条，心里难过得一句话也讲不出来，心里放了铅块一般的沉重。

第七章

一

三个月的上坝生活终于结束了，我下山了。皎皎月光下微风拂柳的仲春夜晚里，在村外我们第一次拉手的小水渠边上，晓芳用温暖的胸脯和甜甜的吻迎接了我的到来。身旁的柳枝儿垂下来，一直落到半偎在我怀中的晓芳的脸上和肩头，摸挲着。和煦的春风吹醉了我们的爱情。晓芳在我的怀中轻轻呢喃："想死我了。"

"我也一样。"

"但愿今生今世，再也没有分开的日子。"

"那是肯定的了。再过上两年，我们就结婚，在村里要块地，起间房，从青年点上搬出去，好好地过日子。我要让你给我好好地生一堆娃。名字我都想好了：老大就叫张扎根，老二就叫张祁生，老三就叫张连生，老四就叫张戈生，老五就叫张壁生，老六就叫张水生，老七就叫张渠生。"

晓芳跳了起来，"美得你！只生一窝和尚头？就不生丫头了？"

我噗哧地笑出声，"生出个丫头片就张花花。"

晓芳打我一把，"滚你个蛋，你咒我生出个傻子呀？"

提起马大有的死，晓芳长长地叹息一声，说："马大有对李秀萍太痴情了。我要是李秀萍，在地下也心满意足了，值。不知你以后会不会象马大有对李秀萍那样待我？"

"肯定了。"我回答，又问，"葛平平呢，回兰州了？"

“说是她妈病了。我想是个托词，丁志雄一死，她可能觉得呆着没意思了。”

我就感慨，“刚下来时，那么一群人，现在，走的走，死的死，都没人了。点上空当当怪凄惶的。马秀兰呢，一天干啥？”

“还那样，下工后没事就往队部老乔屋里跑。老乔现在晚上都经常不回邻村自个家去。”

“刘桂花再没找马秀兰的麻烦？”

“不知道，可能没有吧。老乔把拴柱从荒地羊房子里调了回来。”

我戏谑道：“这次可真是‘拴住’了。”

“那也不见得，前几天，拴柱就和鳖队长在场上滚在一起狠狠打了一架。”

“为啥？”

“还能为啥？”

“是不是鳖子还扒人家拴柱家的墙头？”

“是鳖子把刘桂花引出来到原来袁老大家的屋子里干事，被拴柱堵上了。鳖子挣脱了跑，拴柱拎个镐头在后边追。追到了麦场上，两人就撕把到了一起。打得可凶了，鳖子的两棵门牙都被拴柱给打掉了。”

“那桂花呢？拴柱没收拾她？”

“没，还好好哄呢。拴柱怕桂花，他要收拾桂花，桂花就往娘家跑。”

全村人都知道桂花在娘家村里还有个相好。当年桂花妈硬拆散了把桂花嫁给拴柱的，嫌那家穷，拴柱拎的彩礼多。所以才有了桂花后来的破罐破摔。

“那个排长呢，还上你家去不？”

“咋不去，一有闲时间就往我家跑。部队有些啥好东西，自己舍不得吃舍不得用的就给我家拎去了，把我妈和我弟妹们哄得可高兴了。上几天我回家去，还见他给我家拎去了十斤清油，二十斤大米。说是用自己省的津贴在部队军人服务社买的，说他们军人服务社卖的好多东西比外边商店便宜多了。把我妈乐的。还给我大弟送了一顶新军帽，把大弟都没喜欢死。其它两个也要缠住了要，他就答应，等换夏装时，给两个弟设法搞两件旧军装。那两小子嘴都乐歪了，半夜里说梦话都在抢军装。"

"那你的态度呢，对他感觉咋样？"我心里酸酸地问。

"他这人吧，其实挺实心眼的，我发现。他一个劲地在我妈和我弟身上下功夫，可从来不直接向我提出来。他好象有点怯我，他知道我和你好。"

"你们两人没单独在一起谈过？"

"谈过，咋没谈过。就是上次回去，我妈买了两张电影票，非要让我和他去看，我几个弟妹也在旁起哄，拗不过，只得和他去了。"

我的天，电影都在一起看过了！我心里叫起来，嘴上装着平静地问："你们在一起，说了些啥？看完电影还干啥了？"

"能干啥？就回来了拜。我知道你要问我这些。"

"没拉手？"我试探地半开玩笑地问。

"狗屁！"晓芳不高兴了，扭过头去，从我怀中挣脱了去，撅着个嘴，折断根柳枝，在手中把玩着，又将其扔进渠水中去。我笑笑说："跟你开个玩笑，看你还生气了。"

"那叫开玩笑？我知道你的鬼心眼儿。"

"送你回来是不是他就住你家了？"

"你胡说个啥？你以为他是你们点上的知青，想住哪就住哪？部队上的纪律可严了，你又不是不知道。就过年那一晚上住在了我家，就让你给兑上了，你就以为他老在我家留宿。我家哪有地方？那天晚上看电影，也是他请了三小时假出来的。他把我送回家他就回部队去了。"

"还有呢？除过看电影，还跟他有过些啥接触？"我问。

晓芳就说，"本来我不准备告诉你的，我知道你不高兴。可是，我心里藏不住事，藏了就觉得对不住你。我就向你全交待了吧，我和他还上过一次公园。"

"什么？"我几乎在渠沿上跳了起来，"我的奶奶，公园都去过了。和我还没去过公园呢！"

"你听我解释。"

"我不想听。"

"你听我说。"

"我不想。上次，我去城里拉粪，想叫上你，上完了粪，用看粪的时间，约上你去县城的公园逛一趟，你都说刚回过城老乔不会给准假推了。没想到，没和我逛，倒去和别人逛了。"

"你不听我就不解释了。"

我其实又特想听，横了半天，催促："你说呀？"

"到公园其实也是我妈特意安排的。说是星期天一家子全去。可是，等进了公园，他们就躲跑了，只留下我和他。"

"原来是这样，你咋不早说。"

"我说给你解释给你解释你一个劲地说不听不听的。"

"嗯，我听着呢，接着往下说，你们单独在一起时，干了些啥？"

"我和他生生的能干啥？看你这话说的。"

我说："那他对你说了些啥？"

"他正式向我提出来了，把他的条件说了一些，把他对我的看法也说了。"

"啥看法？讲细点。"

"就那些老话拜，你也过去曾对我说过的。什么长得好身材好，性格好，贤惠什么的。说他特别喜欢我。"

"废话，他不喜欢你老往你家里跑啥？还给你家拎清油。我都没给你家拎过清油。"

"你看你，又要听，听了又埋汰人家。我不讲了。"

"你讲，我听。只是随便说一句，那能叫埋汰他。"

"我看你就是对人家有偏见。其实人家对你的评价还挺好的，我给他说了我和你的事情，人家就不象你，一句你的坏话都没说。"

"那他说啥了？"

"他说，他不着急。让我在你和他之间慢慢做选择。"

"屁话，这不是硬撬是什么？！"

"你别气恼恼的。人家哪硬撬了？就那么一句话，合情合理的。"

"你还替他说话。他有啥牛皮，不就是个……"我舌头短了半截。

两人再没话。半天，晓芳后悔地说："不告诉你这些就好了。你这人，气性咋这么大。"

"回球，明天还上工呢。"我说。我的胃里，一阵叽哩咕噜，要再呆下去，又要反酸水了。

二

伟人逝世了。"四人帮"倒台了。当时还在苞谷地里掰棒子的我和晓芳，并没意识到这些消息给我们的命运会带来怎样的变化。晓芳之前因为和我的事情，已经跟她妈闹得很僵。她妈甚至专门到点上来，跟我开诚布公地谈过一次。让我放弃晓芳。

因为晓芳如果跟了我，以后很可能是和我在这小村子里呆一辈子，她就是从这小村子里嫁了晓芳爸跳出去进了城的，她不希望自己的女儿转上一圈又回到这村子里来。那边排长的老家给他提了门亲，催着他赶快复员了回去完婚。所以晓芳妈急了，最后向我摊牌。我不好说啥，只得答应，"你做晓芳的工作，只要晓芳的工作做通了。我就没说的。"可是晓芳既不想惹她妈生气——因为她妈为我们的事已经被她气得住进过一次医院，又舍不得和我分手。事情就那么撂着，当着她妈的面，骗她妈说容她好好考虑考虑，她妈一走，和我该咋样咋样。

突然有一天，招工的消息下来了。起初，我还不相信这是真的，得到证实后，我兴奋得在沙窝里翻了几个跟头，从蚊子的箱子里取出自己的钱来，和晓芳马秀兰一道，去大队小卖部里买了些吃的来庆贺——点上就剩我们三个了，其它的几个女生还没来得及返回来。我当然少不了买那肥猪肉罐头，又买了一瓶酒。回到点上，我们仨就吃喝起来。皎皎的月光从窗户纸中照进来，融融的。我喝得有点儿多了，问马秀兰："就要走了，你留恋不？"

马秀兰痛快道："有啥可留恋的，这破地方。我恨不得明天就离开。"

我有点儿惊讶，试探地问："你还挂念卷毛不？"

"挂念他个屁，那个没良心的东西。在点上时，我对他多好。可他的心就象个总是暖不热的石头。狗损自打走后一封信都没给我来过。"

我不便说穿卷毛打心底里就不爱她这一事实，就又转过话头问："那老乔呢？今天我喝了点酒，也就打开了窗户说亮话。自打卷毛走后，你和老乔可是打得热乎。村子里谁不知道。连桂花都找上门来了。"

马秀兰脸稍稍发红，骂道："刘桂花那泼妇真不要脸。那天要不是老乔挡着，我非把她脸挠个稀巴烂。就象个骚母狗一样，管得还宽。我和老乔咋的不咋的，与你何干。拴柱那个没出息的，活该当王八。我要是他，把刘桂花那小腿给打断了。让她再去骚，还撵着追打人家鳖子。"

"你说你，说别人干嘛。"我说。

"说我啥？"

"留恋这不？"

"留恋个狗屁。我刚才不是说过了。"

"老乔呢？"我笑着问。

马秀兰知道我的意思，说："我还管他呀？不过是我太寂寞了，解解心慌。你以为我把他真当那么回事。他多大岁数的人了？妈的，都能当我爹了。"一边说着，一边端起茶缸来，问我要烧酒喝。我说，不能再喝了，再喝就醉了。马秀兰说，"醉了就醉了，我今天就想他妈的醉一回，体会一下醉了后是个啥感觉。"我说没有了，瓶子都见底了。马秀兰指着另一瓶酒问，"那一瓶呢，还打都没打开呢，你却说没酒了，睁着眼睛说瞎话。你是舍不得是咋的？"

我就说："那一瓶不能喝，那是留下明天去荒地看李秀萍的。马大有交待了的。我们这一走。可能就再也不会回来了，临走还不得去看一下。"

"那我们也去。"她两个一起说。

第二天，我们仨就去了荒地，把买的东西放在李秀萍的坟头，又把那瓶酒打开来，洒在坟头前，每个人又对着坟头说了会儿话。我说的是："李秀萍，我受马大有托咐看你来了。马大有是个好样的，对你那可是一片痴心，你真是没看错人。"她们俩安慰李秀萍："我们走了，秀萍，你在这里安安静静地歇着吧，再没人会来打扰你，说你没结婚就怀了孕。以后只要有机会，我们还会回来看你的。"说着，坟头上的肉香味已经引来了两只乌鸦，"嘎、嘎——"地叫着在半空盘旋着。两个就将我的胳膊一边一个搂紧了，道："赶快走吧。我们害怕。"几个人便匆匆地从荒地里出来。

陈玉霞、葛平平、吴玉珍听到要招工的消息都很快先后从兰州回来了。事情进展特别的特别快，没有多长时间，公社就通知我们上公社取派遣证。之前，我们已经得到了些消息，说是晓芳分到了邻市的一家钢铁公司的炼铁厂。陈玉霞和葛平平、吴玉珍分回了兰州，分别进了维尼纶厂和兰炼与兰化。马秀兰被分到了当地县城的一家皮鞋厂。我被分到县城的一家人防工程指挥部，说人防指挥部的个头儿在我们大队蹲点搞批林批孔时，对我办的专栏很有印象，所以，特意提出来要的我。我听了这消息真是受宠若惊的感觉，在这个世界上，具然还有看得起我，赏识我的人。我在晓芳面前也觉得有面子起来。洗漱收拾了，换上新衣服，一伙人高高兴兴地去公社取派遣证。当我兴冲冲从公社一个干部手中接过派遣证，一看上边的单位，却傻眼了，上面赫然醒目地写着：市肉联厂。我知道那是个什么单位，它意味着，从今往后，我就要每天在那待宰杀的猪的嗷嗷吼叫声中度过自己的一生。她们几个女生的派遣证没什么变化，如愿以偿。公社干部给我做了解释，说是本来，我确实是被分到县人防办的，可人家调了我的档案，觉得我的家庭情况不适合，所以才调了我。我拿着派遣证出了公社大门，躺在门口的大马路上，拒绝起来。把那派遣证放在脑门上遮挡着眼睛，其实我在流眼泪，怕被她们几个看出来。一伙人猛的劝我，说总得回去吃饭。再说，招工总比不招工的强。我回答："如其天天往猪身上捅刀子，还不如回到村子里种地。"

马秀兰就调侃："你不是最爱吃肥猪肉嘛？人家上边可能知道你这一点，满足你的口福。我们家一个邻居是肉联厂的，别人巴结他还来不及呢，都想托他买点便宜的猪下水。"

最后，我还是去报到了。她们几个先于我走了。点上只剩有我一个男的，所以，是我分别把她们一个个送上火车，一个个送上汽车的。等送完了她们，我就去报自己的到，到县肉联厂去，在人事科办完了手续，人家通知我说，把我分到了我们公社的那个屠宰点上。命运它娘的跟我开了个大玩笑。第二天，我背着自己的行李卷儿，坐班车又回到了公社。那天天上又它奶奶的飘起了初冬的雪花，弄得人心里也阴沉沉的。放下行李卷，我就一个人到旷野里去，漫无目的地走呀走，看着远处白雪裹顶的祁连山，对人生真迷惘不解，咋就象绕了个圈，弄了半天又回到了原处，而且还不如原处了。落了个全身粉白，天擦黑了才回来。

屠宰点一共三个人，加上我四个，住在一间大屋子里。每天半夜就得起来，开始准备，因为天一放亮，交猪的老乡就一个个拉着猪来了。我们一天的工作就是给猪过秤，然后，宰杀，然后放在烫水锅里脱毛，然后开膛取下水……天天听猪在临死前的惨叫，弄得人心里凄惶惶的。我非常可怜那些临死前的猪，可是，又不得不把刀子往它们脖子里戳，一天下来，啥心情也没了。实在憋得受不了啦，就晚上一个人拿上口琴，去到没人的沙沟或渠沿边上，吹上几曲，回来困觉。我觉得，日子反而大不如插队时的好。那时候，活虽然苦，虽然累，虽然吃不上肉，吃不上菜，甚至有时饿肚子，可是，毕竟有晓芳，有其他的知青伙伴。现在，唯一的好处就是能经常吃到点猪下水。

我孤独绝望极了。晓芳自打走后，三个月再没见她的面，给我来过一封信，说是刚进厂的新工人，必须都被派到厂里的一个农场劳动三个月。信中说，她妈和那位排长坐车去农场看过她。那位排长又给他送去了清油与鸡蛋、挂面与苹果等，还是在他们军人服务社里买的。说她妈又给她做了一通思想工作，让她转弯子。接到晓芳的来信，我的心里更加沉甸甸的悲凉。

三个月后的一天，我正穿着长筒胶靴，身上系着长长的皮袍裙，站在满是污秽的泥地里，和另外一人用剔刀刮被宰杀的一只大肥猪身上的猪毛，旁边是正在烧开的烫猪毛的大铁锅，院子里震耳朵的猪临刑前吱呱乱叫声，突然有一个工友对我说，有人找我。我抬头一看，竟然是晓芳！虽然我对她是日思夜盼的，但此一时，在这样的场面相见，却委实让我感到尴尬与难堪。我不自然地看看晓芳，她穿着簇新的一身花衣服，和一条蓝卡几裤子，与在插队时的打扮已大不一样。在农村里，常穿着她妈做的布鞋，现在，脚上换成了一双黑色的丁子皮鞋。头发样式也变了，过去是两条小辫，现在剪成了短发。还在前额处梳出个刘海。我马上自卑得不成，都不敢直眼看晓芳了，搓着手，不知咋应对了。别的工友说，"你去陪你朋友吧，剩下的活我们来干。"我这才反应过来，摘下身上的皮围裙，脱了长皮靴，领晓芳到我们住的房子里去。

我们住的房子比青年点虽然看上去多了些家俱什么的，但东西多，特别的零乱。青年点上屋子里放的都是锄头、铁锨、镐头、镰刀之类，这里放的都是皮靴、皮裙、和各种锋利的杀猪刀、捆猪的皮绳、沾着污血的袖套与手套。桌子上还放着大半碗昨天吃剩的半碗猪下水，此时，碗沿上正扒着几个大绿头苍蝇，发着嗡嗡的叫声。房子很小，甚至还连青年点房子的一半都不到。晓芳进去后，两把凳子脏脏的，连个适合落座的地方都没有，我只好让他坐在我的铺头。我问晓芳喝水不，晓芳看了一眼四下里，说："算了。"我也就算了，又问她："你咋来的？今天又不是星期天？"

晓芳回答："从农场回来了。厂里给了两天假休息，我就来了。"

本来，三月都没见面了，而且各自都招了工，有了新的生活，按理说，心里很激动，有好多话与感受要相互倾诉，可是，此时两人却傻傻地呆在房子里。我甚至连上前搂抱一下她的欲望都没有。半天，晓芳说，"我们出去走走吧。"

我回答"行。"就陪她出门来。

出了门，我问她，"上哪？"

晓芳说"随便。"

我就领她出了公社的街道，走上一条田埂，过了两块麦田，跃上一条渠沿，来到一条土沙沟旁，站住，说："我晚上常带着口琴来这里吹上几下，然后回去困觉。"

"是不是挺孤独？"

"那还用说。现在回想起插队时的生活，真好。还不如不招工的好。"

记得我们刚插队那时，一个点上十几个男女生，多热闹。丁志雄吃完饭，就去拎那院门前的半个磨盘，练手劲，引得全点的人都围拢了观看，还引来不少社员和他比拭。女生们也都被招来了。然后是大头马大有蚊子我几个和丁志雄搬手腕，跟上他学猴拳，相互摔跤。现在想起来，那时的日子就象天天在过大年！

"人总得往前走。你总不能一辈子就呆在农村。"晓芳不同意我的观点。

我说："反正我觉得农村的日子比现在过得好。"

"那让你回去你回不回？"

"你回去我就回去。"

晓芳不吭声了。我就又问她那边的情况。晓芳脸上有了笑模样，把她们厂夸了一番，什么住着带暖气的楼房，三人一间，吃饭有大食堂，伙食就不能跟农村时吃的比了。给她分的工作是车间保管员，工具室里挺干净，穿着工作服上班。特别是厂里有洗澡堂，每天下班，只要自己愿意，就可以不花一分钱去洗个够。厂子离市区很近，下了班，可以去逛逛街，晚上还可以去看场电影。晓芳兴冲冲地讲着，我却听着心里很不是个滋味。她讲完了，我又问那个排长。晓芳回答说还老去她家，而且就在她从农场回来的当天，排长还去她家看了她。

"又给你家拎去了清油白面？"我问。

"没有，是一箱鸡肉罐头，让我带到厂里去吃。今天本来想给你拎两筒来，我妈看得紧，没拿成。"

"你坐下午几点的车回城？"我问。

"有四点的，有六点的，都成。"

"我想你还是坐四点的吧，我还得上班。陪你时间长了，别人会有意见。"

"行。"晓芳懒懒地说。

"那我们走吧。"

"这就走，还有的是时间？"

"那就再呆会儿。我们中午是去公社食堂吃饭，肯定比不了你们厂里的伙食。"

"没事，农村几年是咋过来的？"

两人就继续唠。我第一次有了和晓芳没话可说想尽快结束的感觉。离开时，晓芳问，"就走了？"

"走吧。"我说，我没有丝毫想亲近一下晓芳的欲望。中午陪上晓芳去公社食堂，让晓芳吃了两个蒸馍与一碗猪下水。晓芳说吃不惯，把自己碗里的猪腰子、猪心、猪肺、猪肝的都夹到我碗里，只就着馒头喝了点汤。下午四点，我去把她送上班车。晓芳跟我隔着车窗告别，我第一次地有了让班车快点开走的想法。晓芳有点伤感地跟我隔着窗玻璃挥手，我也给她挥手。但，我总觉得，两人之间就象被那窗玻璃隔了一样，有了阻挡。车开走后，我的胃就开始剧烈地反酸起来。

三

　　写信成了我们彼此比见面更能自然交流情感的最好方式。写信与念信时，身旁没有被捆待杀的猪的嗷嗷叫声；没有煮沸着发着血腥味的烫锅；没有满地的污秽和嗡嗡的绿头苍蝇；没有沾满血与猪毛的皮靴与皮裙，也就没了尴尬与扫兴。白白的信笺与散着墨水味儿的文字使两人的交流增加了些浪漫的情调。没有了外界的干扰，两颗心反而比见了面时要靠得近。有些见面时不好讲的话，在信中却可以直接了当地说出来。晓芳开始时启头称我"一凡"，再以后是"亲爱的一凡"，再以后是"最亲爱的一凡"，落款处刚开始是"晓芳"，后是"芳"，最后就变成了"你的晓芳"。我给她的去信刚开始也是在前头称"晓芳"，最后渐渐就演变成了"亲爱的晓芳"，落款处也先是"一凡"，后来成了"想你的一凡"。甚至在结尾处也从"吻你"，最后渐渐成了"最热烈地吻你"。信上刚开始时，除过倾诉相思之苦外，一般谈谈她的工作，问问我的情况，她向我汇报一番那位排长和她妈的最新动向。又向我表一番决心。

　　信上再怎么热烈地吻，也解决不了生理上的需要。一逢星期六，晓芳就坐车从邻市下来，第二天又坐车到公社来看我。在信上，俩人你吻我我吻你的，可是，每次见了面，两人的差距摆在那儿，她穿得簇新簇新，我却蹲在那里捆猪、杀猪、烫猪，就自卑得一点儿情绪也没有了——农民没有星期天，整得我们也跟上没有星期天，四个人只能轮着休息。所以，每次晓芳都是兴冲冲而来，失望扫兴而归。每次她来，都成了固定不变的程式——我脱了皮裙、皮靴、袖套，带她先上房间。房间太小太脏没有落座的地方，她在我的床头稍坐一会儿，然后两人出去，到那条渠沿上，看着远处的祁连山，再把信上写过的内容重复说上一遍，只是比信上的详细一点罢了。俩人也搂搂抱抱一阵儿，走时，也亲亲嘴，可是，我已经感到这种亲吻已没有插队时那么甜蜜了，它实在是我这宰猪的工作给弄的，总觉得比晓芳低人一等。中午，依然是去公社吃饭。晓芳吃了两次猪下水，已经是宁肯喝点涮锅水，也坚决不吃那劳什子了。我知道她在厂里的伙食肯定比我们这里的好得多，肚子里肯定有的是油水，也就不怎么劝她吃，然后是送她上公交车回城。有时候，晓芳想坐六点的车回去，我也总是设法让她坐四点的车早点儿回返。我实在是不想让她多看我牵猪杀猪烫猪时的工作情形。每见过一次面，我都要扫兴一次，心里不舒服好几天，倒不如给她写信和收到她来信念信时感到愉悦。

晓芳试图改变我俩的这种见面方式给我们的关系带来的负面影响，就邀请我在休息时，上她那儿去。我答应了，也是对她的工作环境有一种好奇感，想亲眼去看看。逢一天轮休，我就坐车去了。走在她们厂门前，我就已经自卑起来——气气派派的宽大门上插着红旗，两边是粉白的大墙，显露出气派来。墙上刷着"抓革命促生产"的大标语。到厂门口，被门房的一位胳臂上戴个红箍的老师傅叫住，上下打量我几下，又盘问我一番从哪来，要找谁。我说了晓芳的名子，又让我在桌上的一个薄子上填写姓名，单位。又要过我的工作证去，端详半天，可能是看清了我上边的工种，知道我是屠宰厂杀猪的，老头就又瞅我一眼，有点不解地问我一句："你真找罗晓芳？你是她什么人？"

我知道他那追问的含义，就回答："我是他朋友。"

"就是对象？"

我犹豫一下，回答说："也可以这么说吧。"

老头就似乎有点替晓芳惋惜，说，"罗晓芳可是这一批新招的工人里长得最漂亮的一个，好多人都在盯着。连厂长的儿，都在托人给介绍。你小子可真有福，是不是一个点上插队来着？"

"是，"我就点着头回答。

老头就摇摇头，一摆手，说，"进去吧。"

还没有见着晓芳，我心里就先有了三分的不舒服，及至来到一座宿舍楼前，我就腿都有点打颤起来，不敢进去了。走过来一位男师傅，我小心翼翼地张嘴问："请问罗晓芳是不是住在这楼里？"

那师傅看我一眼，说，"大声点，你要问什么？"

我就又重复一遍。那师傅埋怨我一句："大小伙子，说话怎么跟个太监似的。三楼，308 房间。"

我赶忙儿谢过了。那人走了过去，又转回头来，问的是门房那老师傅同一句话："你是罗晓芳的啥人？"

"弟。"我避免他又好奇心上来没完没了地盘问我。

那师傅马上热情了许多，"我领你上去找。"

我就跟了他。进楼时，又有个看门的老太太喝了一嗓子，那师傅说："他是罗晓芳的弟，来找罗晓芳的。"老太太就没说什么放行了。

晓芳可能是已经听到了我在楼下的说话声，迎了出来。那位师傅打声招呼走了，晓芳领我上楼来。上楼梯时，由于不怎么习惯，啪哧地摔了一下。晓芳回过头关切地问我摔哪了，摔疼了没有，我明明摔得很疼，估计膝盖处肯定蹭掉了好大一块油皮，可硬咬着牙回答："没有。"

晓芳就说，"我刚来时，也不习惯，也摔过跤。"

我心里才坦然了些，说："这损楼梯比我们上粮时的木板还滑。"

晓芳就说："老太太一天拖三遍呢，还往上边打腊。你看这楼道，多亮，一点儿灰土都没有。"

我心里就骂道：跟我们那屠宰点的环境比，这里简直他妈妈的就是试验原子弹的地方了！把个球楼道整这么亮堂的干嘛！

晓芳领我一进门，几个姑娘全从头往下地直打量我，就象我是从动物园来的马猴，把我看得手都不知往哪里放了。几个人跟我客气地打过招呼，就都躲了出去。我坐在个椅子里，晓芳问我喝水不，我说"谢谢，不喝。"

晓芳就一愣："咋这么说话，谢啥？"

我不好意思地笑笑，说，"第一次来你这儿，挺不习惯的，有点儿发怵。"

晓芳就弯下身子，去床底下拉出个纸箱来，从中取出几个红红的大苹果来，去水房洗了洗，回来，用个小刀削了皮准备给我吃。我说："削什么皮？当了工人，还讲究上了！"就挡住了。

晓芳就说，"这里的工人吃苹果都要削皮的。不过，这会儿她们都出去了，你不想削就不削吧。"

我就接过一个苹果，咬上一大口，问："嗯，这苹果真甜。你们厂里发的？"

晓芳不吭声。我以为她没听见，又问了一声。晓芳就说，"你只管吃你的，问什么？"

　　我一下子心里就起了疙瘩，她越不说，我心里就开始狐疑，脱口问：“是不是那排长送来的？”

　　晓芳更正说：“人家早都升连长了。”

　　我心里咯噔一下，继续追问，“你说是不是他送来的？”

　　晓芳就脸红着承认，“是他的，但是他们连队的车上市里时，他让司机顺便带来的。”

　　我把那苹果放回到桌子上去，再没咬第二口。晓芳就问：“咋不吃了？”

　　“不想吃了。”我说。

　　晓芳就说，“你这人，苹果又没惹你。”

　　我说：“不想吃就是不想吃了。”

　　“刚才还说很甜的。一听是他送的。”

　　“这会儿又觉得不甜了。”我说。

　　“不吃就算了。待会去吃饭。他们部队跟我们厂搞共建，给厂里拉来一卡车部队种的大白菜。到时候你吃不吃？”晓芳挖苦我。

　　我苦涩地笑笑。“苹果惹了我，白菜又没惹我，凭啥不吃！”

　　我就和晓芳闲诞起嘴来。我说：“你们厂长的儿子是不是托人问你了？”

　　晓芳正在收拾抽屉，一惊，抬起头来问我：“你咋知道的？”

　　我故做夸张道：“你们全厂的人都知道了不许我知道？”

　　“什么全厂，你胡说。”

　　“没有全厂也有半厂了吧？不然，我咋就知道了。”

　　“你说你是从哪里知道的？这厂里的人你又一个都不认识。”

　　我说：“我不认识不会现认识？你就说说吧，他是怎么问你的。进展咋样了？”

　　“没啥进展。能有啥进展。”晓芳一边继续收拾抽屉，边轻描淡写地说。

我火力侦察，"不是吧。我咋听说，你们有了些进展。"

晓芳惊讶，"碰上谁了，你都听到了些啥？"

我故意的莫测高深："还是你自己说吧，还用我说。还是你自己说了的好。"

晓芳这才说："本来我是不想告诉你的，怕的就是你有想法。谁这么缺德地拨弄是非！"

"赶快说吧。"我催促。

"他也就是托我们班长问了问我家的情况。过后，他又让班长送来张电影票。我给班长说，我不能去，我已经有对象了。班长就给我做了一番工作，说不去不好，影响我以后在厂里呆。去了把自己的情况给对方说明了。我就硬着头皮去了。"

我心都提到了嗓子眼上，"好家伙，又和别人看了一场电影！和我还连一场都没看过。去后咋样，讲细点？"

"我去就把我与你的事情给他讲了。他半天没吱声，最后说——"晓芳不往下说了。

"说什么，快讲呀！"

"最后说——"

"快说！"

"最后他说，说我要找了你，挺亏自个的。"

我听了愣在那里半天都没反应过来。晓芳安慰我："他说他的，我不听就是了。"

"他没对你动手动脚的？"半天，我才问。

晓芳犹豫一下，回答，"出了电影院，他邀我上他家去。我借口天晚了，没去。"

"之后呢？"

"之后他就说要送我回去。"

"你就让他送了？"

"我说我自己能回，不用送。他非要送，说我们那一段路没路灯，常有流氓拦路。"

我吼出了声，"说别人流氓，我看他自己才是……"我没有说下去。

晓芳责怪我："你这人咋这样？象个炮杖一样，一点都听不得别人对我咋样。上次为那连长的事，你就气得不得了。人家都挺讲道理的，又没有非要逼迫我……"

我不吭声了，半天，我问："你就让他送了？"

"不送咋办，人家非要送。"

"没路灯的那段，他对你动手动脚了没有？"

晓芳犹豫一下，道："他要拉我的手，我没让他碰。"

我几乎又跳了起来，"他不是流氓是啥？哪有第一次见面，就要拉手的。我跟你在农村时都好了多长时间了，才拉的手！"

"我不是没让他拉嘛。"

"后来呢？"

"后来我就回来了。"

"他过后再没缠你？"

"他约我星期天上市里的公园照相，说他照相水平可高了，还参加过市里的摄影比赛拿过奖。你进来时，看没看到厂门口的宣传栏，那里反映厂容厂貌的照片都是他照的。我借口我妈病了，星期天要回家，推了。就是去你那儿的那个星期天。"

晓芳没跟那小子去照相，而是去农村看我，我心里才得了些平衡，再不追着问了，悻悻地说，"把那么个烂照片，有啥难照的，我要有个相机，比他照得好！"

晓芳不吭声。

吃饭时间到了，晓芳要带我去饭厅吃饭。我说还不饿。晓芳说："不饿也得吃，是吃饭时间了。"实际上我是不愿意去跟她上饭厅，她们的饭厅肯定比我们公社吃饭的地方干净卫生也气派多了。再说，我也怕见她的一些个工友们。我说我真的不饿，晓芳就说："你看你这人，是吃饭时间了，就得吃饭。"

我说："要不你去吃，我呆在宿舍里等你？"

晓芳想了一下，就说："那你等着，我去把饭打来，在这里吃。"说着，就出去了。我就一个人呆在宿舍，晓芳去了食堂。

晓芳刚走一会儿，有人敲门，我打开门，是一男的，和我岁数相仿。那人问，"罗晓芳呢？"

我说："去饭厅了。"

那人把我上下打量一下，问我："你是她……"

我回答："一个点的知青。"

对方就问，"你是不是叫张一凡？"

我回答："是。你是……"

对方就不问了，说，"你呆着，我去饭厅找她。"那人就走了。

过了一会儿，晓芳打着饭上来了，进屋后，把饭放在桌子上，是一份鸡蛋炒黄瓜和蒜苗粉丝炒肉，一大盆白米饭。我知道晓芳为我的到来破费了。晓芳将筷子往我手里递，我就说："刚才有人找你。"

晓芳说："知道了。"

晓芳就再不吭声。

我又问："他是谁？"

半天，晓芳就吱吱唔唔地回答："他就是我说的那人。"

"厂长的儿？"我问。

晓芳没吭声。我又追问："他要找你干嘛？"

"吃饭吧。饭有点凉了。"

"说呀，他找你干嘛？"

晓芳不情愿地道："就是照相的事呗。我说不能去，你来了，把他支走了。"

"我要不来，你就会跟他去了，是不是？"

"你要不来，我就坐车回家了。说不定到你那儿看你了。"

"这小子是不是粘你粘得挺紧的？"

"吃吧。饭凉了。"

"我真的一点都不想吃。"

"吃吧，人家特意给你买的。"

我只好坐过去，重新拿起筷子来。吃饭时，两人一句话也没说。吃完了饭，晓芳说："我们厂的澡堂条件挺好的，水很热，去洗个澡吧。"

我说："算了。我一个外人，去了让大家都盯着看。"

"去吧，人多了，谁看谁？你干的那工作……"晓芳没往下说。

我说，"不洗了，来你这之前，我就在房里自个儿洗了。"

"那能洗干净？还是去洗吧，挺方便的。"

我拗不过，只好答应了。晓芳把自己的洗澡巾、香皂什么的，给我找出来，领上我去澡堂，交待给看澡堂的师傅。老师傅给我找出一双拖鞋，我进去洗。我从小到大，几乎没进过什么澡堂子，只记得小的时候，每逢过年了，我爹给上我几毛钱，让和几个弟弟去澡堂洗一次。插队后，冬天一般不洗澡，夏天天热了，跳进牲口喝水的涝池里，或是渠里洗。所以，进到澡堂里，颤颤兢兢的，也不知先下池子泡，还是在水笼头下淋。怔了一会儿，看那笼头下站着人，就只好先进池子里去。我进去后，就抓紧洗了起来，在身上抹肥皂，没想到，旁边的一老师傅训叨我，"你是新来的吧，咋在池子里打肥皂？把水都弄浑了！”

我不解地问：“那应该在哪打？”

“去喷头下打！”

我就急忙爬出池子，可是，几个喷头下都站着人，我只好站在旁边等，这时候，浑身就怪冷的，慢慢，身体开始打颤。喷头下的一人看我那样，笑了笑，把喷头让了出来，说：“新进厂的吧？过来洗，不妨的。”

我这才点着头钻进去，可是，没小心，脚底下哧溜一下，重重地摔在了地上，腰碰到了一截暖气管的阀门上，弄得我几乎上不来了气。那个让我的工人急忙上前来搀我起来，关切地问我摔得咋样？我哎哟了半天，才缓过劲来，重新往喷头下钻时，腰已经直不起来了，而且碰了的后腰部位一粘水就疼起来。那人叫出了声，“你的腰里已经蹭掉一大片皮了，不能洗了。”

我只好小心地用毛巾擦干了身子，去到更衣箱前穿好衣服，跟看门的师傅打个招呼出门。看门师傅纳闷，问我：“你咋刚进去就出来了？”

那位扶了我的师傅已经洗完出来在穿衣服，对看门师傅说，“他摔了，腰里蹭掉了好大一块皮，血都渗出来了，不能洗了。刚来的，还不太习惯洗澡。”

看门的师傅就说，“他不是，他是罗晓芳领来的。”

回到宿舍，晓芳有点儿惊讶：“你咋这么快就洗完了？我心想我还能睡一觉呢。”

我说：“洗得快呗。”

“你肯定没认真洗，你干的那工作……”

晓芳又将话说了半截意识到了，没往下说。我放下肥皂毛巾，说：“饭也吃了，澡也洗了，我是不是得回去了？”

晓芳惊讶道：“你咋了？这才来多大一会儿功夫。我给你把晚上睡的铺都到男工宿舍里找好了。他们有倒班的。你明天再走，不是说得好好的嘛。"

我说，"说得好好的不假。可是，我呆在你这儿，总觉得别扭……"

"那是你第一次来，以后常来就会习惯的。"

我没吭声，心里说：以后，还哪有以后！八抬大轿抬我我都不来了。

晓芳说："别走。你不是老嫌我跟别人看了电影，没跟你看场电影吗？今晚，我和你就去看一场。待会儿我俩去逛逛街，顺便就把票买了。我打听好了，这几天上演的片子是《青松岭》。"

我说："在农村时又不是没看过。"

"那你说啥片子以前没看过？《地道战》、《地雷战》、《南征北战》，你看了多少遍？每次放映队去村里演，你哪一次不是扒着脖子看得津津有味？又不是主要看内容去了，就是两人到电影院里坐坐，感受感受，有那么点情调。"

"那上两次你去跟别人看电影就是感受情调去了？"

"你看你这人，死抬杠。给你都讲请楚了，那并不是我情愿去的，你还是揪住不放。"

我不吭声了。晓芳就收拾收拾，换了件衣服，对着镜子照上一会儿，拢拢头发。我细细地欣赏着，晓芳确实漂亮，从农村出来后，有了几件好衣服，往身上一缠，发形一变，可真是好看得都提不成了。可是，此时的我，却古怪地想：要是晓芳没有这么好看就好了，她怎么不长得丑点。

晓芳收拾完了，就拉我上街去。我说："你们的大街早上来时我就转过了，有啥好转的。"

晓芳说："你转是你转，咱俩转是咱俩。你还没陪我转过街呢。”

我纠正道：“咋没转过？上次送蚊子那次。”

晓芳就叫道：“那也叫转？那是因为你晚上没处去！把人没冻死。”

我心里说：你在城里转都嫌冻，我是咋半夜里走回村子去的？

陪着晓芳去下了楼。出厂门时，那看门的老头又伸着脖子往外直打量我，我就有点儿气不过，将晓芳一把拽过来，跟自己贴近了。出了厂门，我骂了一句，“一个球看门房的，也他妈势利！”

“他咋势利了？”晓芳问。

我没吭声。

市里也就一座百货大楼，晓芳进去后，一个柜台一个柜台地转，看见个帽子，说要给我买，碰上双鞋，也要给我买，都被我挡住了。我说我们那工作你又不是不知道，能穿出个啥眉眼来。啥好衣服到了我们身上，都是一身的猪血。晓芳就说，“又不是让你上班时穿。”

我说：“不上班的时间有多少？我这身上的一身还不够穿？”

晓芳拗不过我，只好作罢，就提议说，“那就给你买把二胡吧？你不是一直就想着能有一把二胡。本来，我想好了，下月开工资给你买了带过去的。你一个人在那，挺寂寞的，学学二胡，也可以调节调节。”

我急忙摆手，“拉倒拉倒，都是哪辈子的事了！我现在早对它没念想了。连口琴都懒得吹了，还学它！”

最后拗不过，晓芳还是给我买了一条褐色围巾，因为围巾相比较其它的便宜点，我真不忍心让晓芳为我破费。转街时，莫名其妙地，就又把那厂长儿给碰上了。厂长儿主动热情地跟晓芳打招呼，还邀请我俩上他家去。他可能之前听晓芳说我喜欢乐器，就说自己家有个大手风琴，去了教我拉。我一听就知道是在晓芳面前显呢，心里恼咻咻的，可脸上还得装客气。晓芳婉谢道："不去了，我还要陪着他买点东西。"

那小子就又说，'晚上不回吧？到我家去吃饭。我让我妈好好做一顿丰盛的招待你朋友。"

我心里恨得骂道："做你个鬼！"可脸上装着笑。又被晓芳婉拒了，那小子才摊摊手离开去。我就忍不住骂道："比那排长，噢，"改口道："比那连长更日眼！"

晓芳不吭声。我就说："黄鼠狼给鸡拜年，把我看得太傻了！简直就是欺负人。以为我买不起个手风琴是咋的。"

晓芳一声都不吭。我又发泄，"不就是个厂长的儿，有啥了不起，纨绔子弟一个。你以后躲他远点。"

晓芳说："你说他纨绔子弟就不对了，人家其实挺上进的。不然咋又会照相又会拉风琴的。"

我气恼恼的，"我他妈的没摊上个好爸，我要有个他那样的爸，我都能当音乐家了。"

"这话说得不假，我老给他提起你这一点来。不然他咋要让你到他家去拉琴？你们两人身上，其实有好多相同的地方，这也是为啥我愿意跟他交往的原因吧。在他的身上，我能看到你的影子。"

我再不吭声了。出了商店门，晓芳还准备和我回她宿舍去，我说："送我到车站吧。"

晓芳一怔："不是说得好好的，怎么又来了？"

我说："我实在不想呆了。我晚上要睡到你们男工宿舍，肯定会失眠的。再说，明早你还要上班，也不能送我。我今天回去还能赶上明天上班，要是明早回，到去就中午了。缺半天勤也不太好。”

“你就是找理由拜。谁又惹你了？”

“谁也没惹我，真的自己想走。”

“晚上的电影不看了？又要说我和别人看了电影，没和你看。人家要和你看，你又不看了。”

我说：“以后吧。以后有机会了再看。”

晓芳看我去意已决，拦不住我，只好送我去交通车站。送我上车后，晓芳说：“别忘给我写信。”

我说：“忘不了，回去就写。你回去吧。”

晓芳说：“你撵我干吗？开车我再走。”

车开了，晓芳在下边给我挥手，我也向她挥手。等车走了一截，转过头来，我的眼泪就哗地一下子涌出了眼眶。

回来后，当天晚上，我一个人走出去，在田野里遛了很远很远。我一直向着祁连山的怀抱中走去。看着离它很近，可是，却咋走也走不到它的跟前。到了没人烟的戈壁滩上，我就又扯开了嗓子吼了起来：

走一山，又一山，望不尽的大荒滩。

泪水湿透了我的衣裳，有谁来可怜我！

……

我反反复复地唱着那些知青歌曲，感到它们特别的亲切。唱着它，就彷佛又被它把我带到了那难忘的知青岁月，回到了和晓芳朝夕相处的日日夜夜。回来后，我拧暗了台灯，在工友们的呼噜声中，给晓芳写信。

在外边溜达时，我就想好了，我不能太自私了，我不能死扯着她。让她有更好的选择吧。她跟了我，可真就委曲她了！好象在哪本书上曾看过这么一句话——爱一个人，就是希望让她过得好。我捏着钢笔筒，想把分手的话写到信纸上，却老半天落不下去笔，泪水先啪啪啪地掉下去，把信纸给打湿了。胃也剧烈地反起酸来……

四

高考恢复了！是我的一个工友上县城回家带回的消息。起初我象是听天方夜潭，根本不相信它是真的。后来，在公社来的报纸上，又看到了此消息，我仍然不相信自己的眼睛所见。等大家都嘈嘈起来，连我的一个工友和我们村子里也传来两个回乡青年都跃跃欲试地要报考时，我才反应过来。我的那位工友都已经从自己家中找来了上学时用过的课本。我爸这时候也破天荒地给我从兰州发来了一封信，我才确确实实感受到了机会的来临。我老爸还随信给我寄来了几本中学课本，真是雪中送炭，我一下子有一种温暖的感觉。毕竟是自己的父亲，血浓于水，一封信和几本课本，化解了我对他的怨恨。信中，他除过勉励我努力复习，抓住机会，争取考取之外，也谈了他自己的情况，说他被落实了政策，重回到原来的学校当了副校长。信中还向我承认错误说过去之所以那样对待我，都是因为他心情不好云云。

我捧着那封薄薄的信，眼泪止不住地往上边流。它使我一下子又回忆起他在我身上所犯下的那些让我终生难忘的罪过。他只是三言两语轻描淡写地就这样想把事情一笔勾销了！虽然我心里依然很恨他，但毕竟是自己的生身父亲。而且，雪中送炭，给我寄来了我眼下最最迫切需要的课本。

我给父亲简单回了封信，谈了谈自己的工作情况。过后，就又收到了他给我的回信。又一次地把上封信里的抱歉再说上一遍，又随信给我寄来几本有关的复习资料。这样，我就和父亲重新开始了情感上的交流。我心里有一种弃儿被重新捡回家了的感觉。骨肉之情真是说不来，之前，我把父亲恨得要死，可是，几封信下来，心里就暖乎起来。我甚至盼起他的信来。他在一封封给我的信中，不但给我介绍外边有关招生的政策信息，还给我一些具体的复习方法上的指导——哪门功课应该怎么复习，哪门功课的要点是哪些。我长到二十岁了，第一次从信纸上尝到了父爱的温暖。我给他回信的启头已经从"父亲"变成了"爸，"最后又变成了"爸爸"。父亲给我的回信对我的称呼也在变，先是"一凡"，后是"一凡吾儿"，再后来是"凡儿"。可我一直都将称谓保留在"爸爸"这一层面上，绝不可能在前边或后边再加什么情感性的修饰语。因为我爸对我的伤害太大了。有些事情，只要发生了，就是没办法弥补的。

我和晓芳也继续通着信。那天的信上我虽然就那么写了。可是过后，就收到了晓芳的回信。那信上我发现也溅着泪水。她虽然很伤心，但却在信中表白说：她仍然觉得自己的选择没有错。她看重的是我这个人，我们在农村艰苦生活中建立起来的感情，而不是外在的其它条件。以前她知道我家庭出身情况后，都经受住了考验，现在，就更能经受住我的工作不好的考验云云。说那位连长和厂长儿的事情，她会妥善处理好和他们的关系，让我放心，等等。也就在这时候，接到了高考恢复的消息。她很高兴，在信中鼓励我好好考，只要考上了大学，一切的一切，就都迎刃而解了。为了不影响我考大学，她也就再没来看过我，说考完试再见面。平时只是写写信，信上主要提起的，也是高考方面的内容。她也在复习，在信中我们相互鼓励。但她说我肯定能考取，而她，只是碰碰运气，因为她身边的人全都在复习，就象羊群一样，她也只好跟上随大流。但她对自己很不自信，虽然她喜欢爱钻爱学的我，可她自己却在学习上下不了苦功夫。上中学时根本就肚子里没学下什么东西，所以，复习起来特别吃力。

开考那天，似乎全城街道上涌动的人全都是考生，就没个干其它球事的。我们村的几个回乡青年也来考了，甚至里边还有袁平娃。袁平娃见了我有点不好意思，说他自己不想来，是他老爹硬逼上来的。说不考白不考还给别人留出个机会，万一考上了呢，不就鲤鱼跳了龙门。我就认真地对他说"下功夫考。大城市里的医院能把你底下那玩意给修复了。"

"真的？"袁平娃惊喜道。

"谁骗你。我在参考消息报上看到过，你那根本就不算个啥大毛病。"

袁平娃就后悔，"知道得太晚了，农活也忙，不然，真该下功夫好好复习一番。啥都忘了。"

我说，"别说忘了。我和你一球样，就根本没学下个什么。"

我和袁平娃被安排在了一个教室里考试。考完语文后出来，平娃问我："'披露'是什么意思？"

我问，"你是怎么答的？"

平娃回答："我答的是盖粮垛的雨布漏了。你呢？"

我说，"我也搞不太清楚，我答的是'分批暴露'。"

政治课考完后，平娃出了教室又追着问我："巴黎公社失败的原因是什么，你咋答的？"

我说："没有攻占巴士底狱。"

"啥叫巴士底狱？"

我说："复习资料上说的好象是一所监狱，关了埋汰和大头的那种地方。我回去还得核实核实，答对了没有。"

"为啥没有去攻占巴什么的狱就失败了？"袁平娃仍追着问我。

　　我有点不耐烦，其实，主要是我也不太明白，底气不足，只记得好象复习资料上有这么个题的答法，就不想让平娃老追着问的露了馅。在村子里时，我被公认的是一位饱学之士。我回问他，"那你是咋答的嘛？先说给我听听。"

　　平娃回答说："我答的是因为没有学大寨。"

　　我噗哧地一下笑出了声。平娃从我的笑声中知道自己闹了笑话，就埋怨说："我说不来不来，我爹非逼着我来，说大家都不行，就不定还能冒上呢。又说前两年，那什么电影上演的，手上的老茧就是上大学的资本。还有个叫张铁生的，交了张白卷，也被录取了，还成了全国学习的榜样。还有黄帅……"

　　我嗤笑道："老乔在村里没给你们念报？那是什么时候，现在是什么时候，"四人帮"都被粉碎快一年了！你老爹还给你念那老黄历。"

　　平娃就说："赶快考完了回球。耽误了好几甲工分。"

　　"你不想修复你底下那玩意了？"

　　"可不会答题，咋整！"

　　"下功夫复习呀，明年再考。"

　　平娃叹口气："满街这么多的人在考，我能争上？我上学时，都一做题头就疼。现在连个报纸上的字都识不全。"

　　"功夫不负有心人。只要想想你底下的卵子，你就会有动力了。"我说。

　　平娃又长叹一口气，"太难了！你考吧。我就认命算球了。"

　　我出言不逊，也是想激他一下："那你就甘心一辈子媳妇让你爹搂着？！"

　　平娃苦着脸："搂就搂，那有啥办法。"

　　两天考完以后，我就又回去穿起皮靴，围起皮裙，杀我的猪。心里却着实翻腾着，再也平静不下来，虽然没有什么把握，却总希望奇迹能够出现。其间，父亲与晓芳都写信来关心我的情况。晓芳是百分之百地以为我能考取，甚至邀请我上她家去。我对自己考的成绩实在是没把握，所以，就坚持着没去。

　　分数终于出来了，录取线也公布了。非常遗憾，我离那初选分数线只有一分之差！倒是那厂长儿，顺利地考取了。我羞于见晓芳的面，非常羡慕那位厂长儿。我还说过人家是纨绔子弟！

　　晓芳来看我，安慰我，说："没考上也好，你要考上了，说不定以后就看不上我了呢。你没听人说，大学生是一年土，二年洋，三年不认爹和娘。"

　　虽然晓芳这么安慰我，可我心里却非常地不好受。一种强烈的动力藏在我心底，在晓芳面前，我没有表露出来，可是，等前脚送完晓芳，后脚我就拿起了书本。就象卷毛埋汰我的那样，一但钻上什么，我就不要命了。那一段日子，我几乎是发疯了一般地复习，以至于后来我考上大学后，给当地留下很多"佳话"——说我为了怕猪吵叫，竟然钻到炉坑里边去背题。当然那是夸张，可是，却是我那大半年时间复习功课的真实写照。我甚至到最后晚上也不睡觉地连轴转，根本不懂得劳逸结合的道理。所以，在得到北京大学入学通知书的同时，我也得了严重的神经衰弱，整夜的失眠。好在神经衰弱体检查不出来，我得以顺利入学。　领到通知书后，好多人为我高兴，父亲也写信来祝贺，说我为家争了荣誉，他所在学校的老师们都知道了，羡慕得不得了。可是，对我的身体状况，却只是轻描淡写地说了一下，说我太紧张了，到了大学，换了环境，就会好起来的

——这都是后话。

邮递员送来通知书的那天，我前一天正失了一晚眠，无精打采地站在烫锅旁给一头刚刚宰杀的肥猪脱猪毛。接过信封，一看上边北京大学的落款，我心就咚咚咚剧烈地跳起来，待打开来，看到，"张一凡：你被录取为我校中文系文学专业 1978 届学生……"几句话时，我就兴奋得几乎晕了过去。同事们猪也不烫了，擦巴下脏手，抢着看那张白纸。有的还吩咐别弄脏了。然后大家就脱掉了皮衣皮裙，簇拥着我去公社报喜，然后又上街去买酒。站长破天荒地允许从一头刚宰杀的肥猪身上割了两斤肉，几个人美美地喝了一通，好象是他们也被录取了一样。我兴奋地当晚又失眠了。但是，录取通知书象一根注入我身体的强心针，虽然失眠，可我却象《儒林外史》中的范进一样，乐得颠狂，当时的心情是：我终于证明了我自己！就是现在死去了也值！

第二天一大早，我就坐班车去县城，然后倒车去临市找晓芳。在车上，我真恨那司机将车开得太慢。我心里盼着让晓芳早一分钟知道我被北京大学录取这一惊人的喜讯。下了车，再来到晓芳厂门前，就没了上次的那种畏惧感，厂门楼在我眼里也没有第一次来时那么气派了。进厂门口时，也没有上次那样畏畏缩缩。看门的老头又例行公事地让我登记，看我的工作证。我就登记，给他看工作证。老头记了起来，在还我工作证时，说，"你上次来过，是和罗晓芳一个点的知青。"

我爽爽快快地纠正道："我是她对象！"

老头嘴角又露出一丝不以为然的笑意。

到了楼门口的传达室，我说我找罗晓芳，声音大大的，再也不似太监。门房说她还没有下班，让我进传达室等。我太想急切地告诉晓芳这一好消息了，问清了她所在的车间位置，我就找去了。当我敲开车间保管室门，出现在晓芳面前时，晓芳大吃一惊，问我，"你咋来了？"

我兴奋扬起手中的信封，叫道："我被北京大学录取了！"说着，就把信封急不可待地交到晓芳的手里。我的叫声一下子惊动了其它两个女工，也急忙上前来看。晓芳看着信封上那四个北京大学的大红字，呆住了，半天，怔怔地问："真的？"

"那还有假，你赶快打开了看！"我催促道。

晓芳急忙伸手夹出通知书，念上边的内容。那两个女同事早都凑过来，没等晓芳念完，就抢了过去。晓芳怔怔地看了我半天，突然，眼泪就从眼眶里涌了出来，"一凡，你终于熬出来了！我真没看错人。我就坚信你能考上，可没想到，会考得这么好，被这样好的大学录取！"

这时候，好多工友已经涌进了工具室来，一边羡慕地瞅我，一边向晓芳祝贺。晓芳领我回宿舍。我上那楼梯时，已再不感到怯了，也没有滑跤。宿舍里的几位女工得知消息后，都对我刮目相看。我的手也有处放了。晓芳给我洗上一个红苹果，递到我手里，我没追着问它是不是连长送来的，也不怕她们说我吃苹果不削皮，就大大地咬一口。晓芳说，"你看，刚准备给你削皮，你就咬上了。"

旁边的一个女的说："人家这才叫会吃。报上说，苹果的营养全在皮上。"

晓芳说领我去食堂吃饭，我痛快答应。吃完了饭，晓芳又说送我去洗澡，我也顺从，说好长时间没擦身子了，可能身上都有一股臭味，自己闻不出来。旁边的室友就恭维我，说是太刻苦了连澡都顾不上洗。

出来走在路上，我就给晓芳说，"哪里是太刻苦，我想洗到哪里去洗？"

晓芳就说我："上次你在澡堂里摔了的事，回来咋不告诉我？"

我嘿嘿一笑，"怪丢人的，咋好告诉你。"

去洗澡时，那位老师傅还记着我，说："又来了？"

我点点头。师傅提醒我："这次洗时小心点。"

我回答，"绝对不会再摔了！"

当天，晓芳就请了假。车间主任痛快得很，说是大喜事，快回去为我准备吧，送我走了，再回来上班。当天，我就和晓芳回了县城。在交通车上，晓芳又感慨道："真没想到你考得这么好。我以前虽然也认为你一定能考上，可咋也没想到你会考上北京大学。看我们那些同事，把你羡慕成啥样了！我脸上，都一下子光亮了。你可不知道，以前，她们一个个在我面都说了你些啥，弄得人心里很烦很烦。"

我说："我想都能想到她们说了些啥。这一回，让她们说个够。"

下了车，来到晓芳家，晓芳一家人都在。晓芳妈见身后站着个我，一怔。晓芳一进门就把我的入学通知书递到她母亲手里，说："妈，一凡被北京大学中文系录取了！"

"什么？"晓芳妈一边接过信封，一边惊讶。其它的弟妹们也一拥而上，他们一个个可不傻，北京大学的一纸入学通知，可是比那一身黄军装的含金量高得多的多。一个个看完了通知书又怔怔地看我，都怪不好意思的，可能是想起了过年我来的那一次对我的冷淡。晓芳妈赶开了他们，赶快给我让座，又吩咐几个给我沏茶，说："真苦了你了。晓芳老在我面前说起你，真是个好学上进的孩子。这下好了，终于可算是熬出头来了。"让我留下来吃晚饭，我客气地说，"不了，伯母，我还得回公社去。吃完了饭，就赶不上车了。"

　　晓芳妈就说，"赶不上就不要回去了，在家里挤一下，明天再回去。不妨的。"

　　晓芳也留我。几个弟妹也说，"没事，我们可以挤一挤睡。上次过年时黄哥来，都是那么睡的。"

　　盛情难却，从生下来到现在，我没有被人这么抬举过！被人宠着的感爱实在是太美妙了！想到能和晓芳多呆一晚上，我就留了下来。吃饭时，我大大方方地坐在了桌子上，连不爱吭声的晓芳爸也一个劲地劝我多吃菜。晓芳妈干脆直接给我往碗里夹菜。我眼前就闪出那次过年时，晓芳妈猛着往那连长碗里夹肉丸子的情形。

　　吃完了饭，晓芳提议说，"咱俩去看场电影吧？"

　　我知道晓芳的意思，痛快答应道："好。去看！"

　　晓芳妈没说什么，只是说："看完了早点儿回来。"

　　晓芳答应了她妈，挽起我的手臂去看电影，出门时，挺自豪的劲儿。几个弟妹还跟她挤眉弄眼。

　　那天电影是什么名，内容是什么，我根本就没在意，坐在喏大的电影院里，眼盯着幕布，脑子里尽想了其它。这喜讯太大了，也来得太突然，对我和晓芳都是个巨大的冲击。最初的巨大喜悦过后，我们俩就设身处地地考虑开我俩以后的事情。看完电影，出了影院，晓芳说先别回去，在街上遛遛，说说话，就挎着我的胳膊在街上遛达。渐渐，走到了没人处，树影绰绰，月上枝头，晓芳就有些伤感，喃喃道："你考上了这么好的大学，我真替你高兴。可是……"

　　"可是什么？"

　　"可是，唉——"晓芳长叹了口气。

　　"是怕我飞了？"我问。

　　半天，晓芳伤感道："我是怕我连累你。"

　　我一把就把晓芳搂进了怀中，说：“晓芳，别这么说。今生今世，你对我的好，我永世不忘！”

　　“可是……”

　　“别可是了！”

　　我把自己的嘴唇捂在了晓芳的嘴唇上。晓芳不说了，双手也紧搂了我的腰，猛地亲吻着我。　　但，我就发现，渐渐，嘴唇上有一股咸咸的感觉，它是从晓芳眼里流下来的眼泪！我完全能体会到晓芳此时的心情，我紧紧地搂住晓芳，用自己的舌尖去一点一点舔干净了晓芳面庞上的眼泪花，一边表决心：“相信我，晓芳，我是绝对不会对你变心的！你一定放心了。”月光下，晓芳凝视着我，一句话也不说，眼里飘着些忧郁……

　　我上大学的铺铺盖盖和其它穿的用的，全是晓芳为我准备的，晓芳妈帮着在一边搭手。送我的那天，晓芳全家的人都去了。当火车开动的那一瞬间，晓芳一下子就哭了，追着车轮子跑，身后是皑皑白雪，连绵起伏的祁连山和弯弯的火车尾部。火车加快了速度驶出站台，车头冒出的青烟弥漫开去，渐渐遮挡住了晓芳挥着手臂的倩影……

　　那一情景，永远定格在了我的脑海中。在外漂泊的多少年里，几回回，我梦魂牵绕，重回到孕育和埋葬了我初恋的祁连山，搂抱定晓芳，倾诉衷肠，醒来后，泪湿枕头……

（上卷第一部完）

第二部

第一章

一

阶梯教室、草坪花坛、宽敞明亮的大图书馆，幽静的松林、竹丛、穿行其间弯弯的石径、泛着涟漪的未名湖、湖上划过水面的小燕子，在湖边古色古香的小阁楼与湖心岛间来去飞翔，喳喳地吟唱。我坐在湖边的石椅上，就象是在做梦，狠掐自己的大腿，疼不疼……

昨天晚上，我又失眠了。这会儿脑袋沉沉，就来到了未名湖畔。时近傍晚，透过湖畔小山丘上的松针间隙，我看到图书馆里，已经亮起了灯光。湖畔边上，已经没有几个人，走在路上的，个个行色匆匆，看上去，都是去上晚间的课或是去图书馆。

来到学校已经一个多月了，实话说，我还没有完全适应这里的学习生活。好象整个身心还留在祁连山下。一种孤独无助感始终在困扰着我的心绪。这会儿，我眯着眼睛，思绪又飞回到了它的怀抱，好象那白雪裹顶的冰峰就在自己的眼前。甚至比我当时在它的身边生活时离得还近。一伸手，就能捧它上边的一把雪过来，我甚至嘴中都能感受到它的丝丝清凉味。过去插队时的一幕幕往事象流水一样在我脑海中流淌……

"张一凡，你一个人坐在这干嘛？"

身后蹿出个身影来，我一听，就知道她是艾迪。我睁开眼，强打起精神，将身子坐直了，"你从哪来？"我问。

"图书馆。我给你把座位占了，不见你，就到湖边来了。

咋样，是不是又想家了？"

　　我回答："没有，昨天晚上没太睡好觉。"

　　"走吧。去晚了，你的座位就保不住了，会让别人占去的。"

　　"占去就占去吧，我想在这湖边静静呆一会儿。"

　　我心想让艾迪走，可是她却坐在了我身旁的椅子里，"星期天上我们家去好吗？你在北京无亲无故的。"

　　"谢谢，星期天我要去地坛公园。那儿有气功师教气功，说是对治疗失眠很见效的。"

　　"那我陪你去吧？"

　　"算，还是我自己去吧，你还要忙功课的。"

　　"不妨事的，我跟你一起去。在交通车上也可以背外语单词。"

　　"还是让我自己去吧。"我婉拒说。

　　艾迪是 77 级考入北大中文系的，也学的是文学专业。虽然她比我早一年考进校，可是，却比我小两岁。坐火车到学校报到时，途经兰州我下车回了趟家，才听我妹妹说她点上的一个好朋友叫艾迪的，也在我之前的春天考取了北大中文系，让我去了跟她取得联系。我因为心里牵着晓芳这头，又加上失眠的缘故，对此了无兴致。可是有一天正午，听到有人敲宿舍门，说是找我，进来的就是艾迪。她说接到了我妹妹写的信，非常惊喜，就找我来了。艾迪长得虽然没晓芳好看，身材也没有晓芳那么细柳，可是，给人特别有气质的感觉。在我妹妹的介绍中，我已经了解到，她父母都是北京一家著名医院的大夫，文革中支边双双下放到了甘肃省人民医院的。她也跟随父母下放，后来就在当地农村插队。现在她父母还在兰州那边，不过，听说马上就会落实政策回来了。她说的到她家去是让我到那姥爷家去。在几次交谈中，我了解到，她的父母两家的背景可不得了，都是高级知识分子出身。几个叔叔、姑姑、舅舅、姨姨的，不是在这家医院里当大夫，就是在那家大学里当教授，或是在什么科研所里搞研究，甚至还有亲戚在国外。

"哪天我领你上协和医院找我大伯，给你好好看看。失眠不算个啥大不了的病，你心情放松了，就会慢慢好起来的。我高考那阵，也失眠，过后，调整过来就好了。"

我回答："我拼得太厉害了。考试完后，我也试着想放松，单位领导还不让我上班，专门睡觉，可就是睡不着。"

"没事，你听我的，去让我大伯找个好大夫，开点安神补脑的药，就会给调整过来的。"

我没吭声，算是接受了。艾迪说"不去图书馆就不去了，起来咱们走走吧。到湖心岛去转转。这晚上湖边的空气和景色真好。"

我就倦懒地起身来。跟她到湖心岛去。此时湖边一片寂静，白天湖边小土丘上的绿树浓荫在月光下变成了一团团的黑影。月亮的影子投在湖心，随着湖水中的波纹在晃动，风儿轻轻地拂动着湖边的柳絮在有规则地飘动着。我一边走，一边脑海中闪过刚插队时，和晓芳从大队基建队回青年点时的那个皎皎的月夜。又想到在祁连山中时，晓芳去看我时，在水渠边渡过的那个夜晚，还有许许多多难忘的夜晚……我几乎产生了错觉，感到此时自己仍旧在祁连山下，身边的人不是艾迪而是晓芳。

过了一条小石桥，来到湖心岛，我和艾迪绕着小岛转了一圈，到小岛边的一座石舫前，艾迪提议我们上到石舫去坐一会儿。石舫离小岛有两尺的距离，艾迪根本没犹豫就挽住了我的胳膊，和我一起跳到石舫上去。一瞬间，我就想到了我和晓芳第一次拉手时的情形。不过，艾迪跳上石舫后，就松开了手。等两个人坐定了，艾迪说，"和珅也够排场的了，一个私家花园搞这么气派，嘉庆帝能不杀他。”

咱们大学以前是乾隆宠臣和珅的私家花园，经艾迪一提醒，我马上就想到了我的爷爷的爷爷。我就说，“其实我家祖上也是皇亲国戚。我爷爷的爷爷还是咸丰朝里的三品大员。是个什么兵部侍郎来着，后来犯事被发配了新疆。”

“插队时，你妹妹也曾给我讲起过。”

“听我妹说你俩在点上关系特好？”

“可不咋的。我俩啥话都讲。所以，我接到你妹来信说你也考上了北大，我高兴死了，找了你三趟，才把你找到。”

两人就扯起了各自插队时的一些难忘的事情。我来了兴致，两人谈得很开心，很投机。她给我讲她和我妹在农村时干过的一些傻事。我给她谈起我们点上几个知青的命运。她听完后，一阵唏嘘。时间不觉得就过去了，我们听到了远处图书馆闭馆的铃声。渐渐，就见月光下，湖边的小路上有了骑车人的身影与说话声。湖边一个教学楼的灯也熄灭了。我说，“晚了，我们该走了。今天是我进校来最高兴最放松的一晚上。”我说。

艾迪说，“我也有同感。你明天真去地坛公园？”

我说，“真去。”

艾迪说，“我陪你一起去。”

我再没有拒绝。我们一边起身来，艾迪又一次说，“没事，根本就不算啥大不了的毛病。上次你给我说过后，我就回去问过我大伯，他说哪天让我领你去，找他们医院的老中医给开几付中药，吃吃就调过来了。”

我说，“那就太谢谢你了。你可不知道失眠的痛苦滋味，看着别人背外语，看书，而自己整天头晕脑涨的，心里有多急。前天外语课上老师叫我起来念段课文，我没念出来，臊得我恨不得钻进桌子底下去。”

"我比你多学了半年，有啥不会的我来辅导你。我宿舍里有个砖头录音机，是我舅舅去日本作访问学者时给我买回来的。哪天我给你拿来，你用。"

我惊喜万分，问道："那你咋办？"

"我好说，我不怵外语，学外语就象是享受一样。在我们班，每次测验，他们谁都比不过我。"

我简直感激死了！要有个录音机，那可是帮了我的大忙了！我现在最大的心理负担，就是在外语上，几次被老师叫起来张口结舌地答不上，弄得我在同学们面前极没面子。

从石舫往小岛上跳时，艾迪又挽起了我的胳膊，等跳过去后，她的胳膊就没准备收回去，我拭着想挣脱自己的胳膊出来，艾迪反而将我的胳膊挽得更紧了，我就再没有硬抽。人家对我这么好，我不想使她尴尬。

二

当天晚上，不知是放松了还是什么原因，上大学后，我第一次睡起来后感到解乏。而且还做了梦，梦到晓芳也考上了大学，我去接车，找不着了晓芳，晓芳在车厢挥手叫着我"我在这儿呢。"我醒了过来，室友才告诉我，艾迪在门外等着我。人一睡好了，精神马上就不一样。我急忙起床来，请她进来，我匆匆洗漱完了，和她一同出来。今天天气格外的好，秋高气爽，校园里一片金黄。我和艾迪出了校门，坐上公共汽车，上了地坛公园。在公园里，果然有一群人在那里练气功，我找到了那家在学校三角地贴了布告的气功培训站，交了五毛钱，领了本小册子。一位老头给我教了一会儿，我就把要领全学会了。从公园出来，艾迪说带我上她姥爷家去看看。我犹豫一下，就答应了。来到她姥爷家，真没有想到她姥爷家会那么气派，学校旁边也有一些四合院，我上街时，找厕所也进去过，挺一般的。可是这座四合院却完全不同，墙都用一块块大青砖砌就，那砖就好象刚从窑里烧制出来的一样，瓦蓝瓦蓝，簇新。一条条砖逢勾得横平竖直。房檐、门柱、窗檩都用红绿蓝各色油漆粉得很新。上边还绘有各种花卉鱼虫、飞禽走兽和古装人物图案。院子中央，开一花池，里边有一棵碧绿的松树和一丛翠竹，下边栽着夹竹桃、美人蕉、仙人掌、月季、玫瑰、一品红、石榴等各色花卉，秋日里，一些花儿开得正艳，五颜六色的，看着让人赏心悦目。艾迪的姥爷是一位身材高大，气宇轩昂的老人，看上去约莫有八十多岁了，但仍是那么精神矍烁，拎着把洒壶，正在给花池浇水。艾迪介绍说她姥爷是国民党的一名文职将军，49 年起义过来的，所以享受较好的待遇。我心里咋就有了一个奇特的联想，说不定，这院子，就是我祖上一百多年前住下的。

艾迪把我领到她的房间，推开门去，房间收拾得清新又雅致。淡绿的蚊帐，蚊帐中的枕头下放着几本书与纸和笔。桌子上除过仍旧码着一排书外，还放着一张她的画像，用个像框框着。画像上的她，比此时她本人显得更健壮一点，脸色也更红润，像是被太阳晒的，后边背景是农村的一片麦穗地。我有点好奇，就上前去端详，一边好奇地问："谁给你画的？好像是插队时的你。"

艾迪有点儿得意，说："我自己给自己画的。咋样，评价评价？"

我很惊讶地又望画一眼，又扭头看看艾迪，说："那还有啥说的。以前，曾听我妹妹说你会画画，没想到会画得这么好！"

艾迪得到了夸赞，嘴角一撇，轻轻地一笑——我发现她那一笑挺动人的——就拉开抽屉，取出一个大大的夹子，打开来，让我过目。我一页页地翻看，艾迪就偎在我身边给我一一讲解。哪张哪张是什么时候，什么地点画的，画上的人是谁。翻着翻着，我还翻到了一张我妹的，憨憨地站在一个机井旁，在那里傻笑。我就夸赞："你画得真像，看旁边机井里喷出的水花，太阳的光都在上边闪的样子。"

艾迪回答说是她借鉴了印象派画家莫奈的手法，我还不知道印象派是什么，莫奈是谁，就只是点头，不敢多问。艾迪就给我讲起欧洲绘画的好多流派来，讲起许多画家的名字，又讲外国画和中国画的区别，什么中国画讲究空灵与传神，外国画追求逼真与写实，外国画是焦点透视，中国画是散点透视等等。一边又打开几个大画册，跟我介绍里这的一些个世界名画。简直就是在给我上美术课。我停在某一幅画上，她就给我介绍一番此画是哪个国家的哪位画家在哪一年画的，他属于哪一流派，在绘画史上有什么样的影响和地位。我随手翻到一幅题为《涅瓦河边的普希金》，艾迪就又滔滔地给我讲起这幅画的产生过程来。说它是十九世纪俄国大画家列宾反复推敲了二十年才完成的作品，之前至少画了一百个普希金的草稿。右手因年迈，不好使，只好用左手画，衰老使画家无力用手托起颜料板，他就用绳子把其挂在脖子上。医生不让他手拿画笔，他就拿一个烟蒂，把它浸在墨水瓶子里去画。说得我由衷地佩服，说："你应该去考美术院校的，怎么会想到学中文？"

艾迪笑笑说："我是冲着北大的牌子亮，不能辜负了我那高分数。再说，文学我也挺喜欢学的。我上学后还试着写了两个短篇小说呢，你想不想看？"

我听着惊呆了。与艾迪比起来，我在农村时办个版报吹个口琴什么的，简直就是小儿科！雕虫小技！

当天就留在艾迪家吃了饭。吃完了饭，艾迪送我从她家出来，我有一种刘姥姥进了回大观园的感觉，真是开了不小的眼界。我想到了晓芳。跟艾迪一比真是差距太大太大了。但我心里仍旧很爱晓芳，很思念她。

过了几天，艾迪就带我到协和医院去看病。她大伯给我找了一位老中医，开了些药。让我回来吃。其间免不了又上她姥爷家几次。一来二去的，我就感觉我对艾迪有了一种说不出来的亲近感。之后，艾迪又约上我星期天到郊外去写生，说是到郊外去，享受大自然清新空气的沐浴，加上一定量的运动，可使身心得到放松，有利神经衰弱的康复。我骑的旧自行车，也是她帮我在旧货市场上很便宜买的。我特怕星期天，一个人显得特孤独，这样，我就和艾迪常常每逢星期天，带上吃的，骑上自行车到公园或郊外去。最远的一次，我们还上了趟香山。当时，香山的枫叶开得正红，像一团团燃烧着的火焰一样。艾迪打开画架专心致志地画她的画，我偎在一旁观摩学习，那一刻，我陶醉其中，心中产生无限的遐想，如果晓芳和艾迪是一个人该多好！

自从和艾迪关系密切后，不知是老中医开的药起了作用，还是心情放松了，觉得不像以前刚进校时那么孤单了，用艾迪的录音机将课堂上老师讲的录下来，过后又让艾迪给辅导，所以，对外语学习也没有过去那么畏惧了。渐渐，我的失眠症就有些好了起来，一晚上能睡几个小时了。这使我格外的高兴。艾迪还给我画了几幅肖像，特传神。但是我心里有条底线。我虽然非常欣赏与感激艾迪，可是，我真正心里装着的是晓芳。我一封封地给晓芳去信，她也一封封地回信。我去信除过诉思念之苦，就是写自己学习生活情况。晓芳很关心我的身体，每次信上都要问。我就把跟艾迪的交往去信给她讲了。但我向晓芳保证说，我们的交往仅限在正常接触的范围。

　　一次，艾迪打开水时，瓶胆爆了，烫伤了大腿，我知道后，去校医院看她。艾迪烫得不轻，躺在床上，腿上边放一个弓型支架，架上遮着层纱布。我推门进去时，艾迪下意识地叫了一声，"别过来。"我被怔得往后退了一步，就又听她说，"没事没事，过来吧。"我就挪步靠她近一些，一边看着那弓型支架。一边问，"没想到，烫得还挺厉害。是不是很疼？"

　　艾迪笑笑说，"是很疼，可是你来了，就不觉得疼了。"

　　我品出了这句话的味道，装着没听明白，问："需要我干些啥？"

　　"啥都不需要。"艾迪说，想了一会儿，又说，"你从窗口来看，下边的那些杂草中竟然开着一株玫瑰，看那花开得多鲜艳！"我不敢走过去，因为走到窗边，我就能看到她在弓型支架下裸着的下半身。

　　"你过来呀？"艾迪催促道。

　　我仍然犹豫着，艾迪说："没事，你又不是外人。快过来看，我这桌子上有个空罐头瓶，你去给我摘来，去水房装点水，帮我插在里边。"

　　我只好前去窗口往外瞅视，果然发现杂草中有一株非常艳丽的红玫瑰。看完后扭过头来的瞬间，我就看见艾迪白白嫩嫩的小腹部与大腿根部被烫伤的地方。我的心一下子就快速地跳动了几下，脸肯定也红了。嘴上说，"没想到，你被烫得还挺厉害的。"

　　艾迪笑笑说，"不严重能住院？"

　　"你家里人没来看护你？"

　　"谁来？再说，也没有必要陪护，大夫说，没事，要不了一星期就会恢复的。同寝室的女生轮着看我。其实也用不着看，陪我的刚才去上课了。"

我就下楼去在杂草中摘那朵盛开的玫瑰，摘来后，又去水房往罐头瓶中倒上水，将玫瑰插进去。立刻，病房里的气氛就不一样了，有了些浪漫的色彩。

几天中，我一有空，就去医院看望艾迪，跟她唠唠，帮她做些事情，再向她请教一些外语课上没听懂的地方。每次去医院，我都有一种愉悦的心情。

一次，我去后，正逢护士给艾迪换药。护士以前见我老来，可能已认定我是艾迪的男朋友，我站在她身后等着她换药时，竟然支使我让给她递纱布、药膏、剪刀什么的。每次递东西时，就离艾迪的身边更近了。我很不自然地脸红起来，我发现艾迪也有点儿羞怯。护士换好药出去了，我有点儿窘。艾迪先打破尴尬，说，"北大中文系的学生呢，还挺封建的？"

我不吭声，过了一会儿，才镇定下来，说："今天外语课上有一个动词不定式，我搞不大懂，你给我讲讲。"

"过来，我看。"

艾迪就叫我到她的床边去。我走过去，将书翻开来，指出那句话给她看。艾迪看了一眼，就笑笑说："这不很简单嘛。"就给我讲了起来。经她一讲，我就清楚了。艾迪又问："还有哪不懂？"

我就又翻了几处地方让她给我讲解。奇怪，课堂上，老师讲时，我听得迷迷糊糊，可这会儿经艾迪一讲，便清清楚楚的全弄懂了。讲完了，艾迪问我："还有没有？"

我回答，"没有了，全懂了，谢谢你。"一边收拾书本。

"咋谢？"

艾迪眸子含情地盯着我问。我一怔，不知道该咋样回答。半天，艾迪说，"来，吻我一下。"说着，将脸侧过去。

"什么？"我一惊，退了半步。

艾迪看我的态度，一挥手，说，"你走吧走吧。"

我怔怔地立在那儿半天，才反应过来，说："我去上课了，下午再来看你。"

"你下午也别来了。"临出门时，艾迪在身后向我说。

我失魂落魄地从医院出来去第一教学楼上课。我记得那天上的是先秦文学史，老师在讲台上津津有味地讲着屈原的《离骚》，我却一点儿都没听进去。心里矛盾极了，满脑子就闪着两个人的面庞和名字：艾迪——晓芳，晓芳——艾迪。下完了课我又去医院看艾迪。艾迪见了我，好像什么事情也没发生一般。她们寝室的一位女生也在，见我来了，就客套两句，躲走了。两人说了几句话，艾迪说："逗逗你，看就把你吓的。我知道你心里念着你的罗晓芳。"

走廊里在叫着让去打饭，我替艾迪拎起桌上的饭盒，拿上饭票出门去，艾迪说："多打点，你也一起吃。"

我说"我回饭厅去吃。"

"在哪不是吃？"艾迪说。

我怕艾迪又不高兴，破坏了两人的友好气氛，就留了下来。吃饭时，我帮着艾迪扶她欠起身来，当搂着她的身子的时候，我全身就有一种热辣辣的感觉。吃完了饭，我收拾着去水房洗了饭盆，回来后，说，"你歇着，我走了。"

艾迪说："再不说说话？"

我说，"大中午了。"

"不给我再讲讲你的罗晓芳了？"

"过去都给你讲过了。"

"讲得太简单了，我想听详细一点。"

"你为啥那么关心她？"我明知故问。

艾迪莫测高深地笑笑说："我正在构思一篇小说。她可是其中的一个重要角色。”

　　“什么？”我吃惊道：“你还连她的面都没见过。”

　　“虽没见面，可是她早已在我脑子里活起来了。”

　　我说：“你这篇小说是啥构思，主题是什么？”

　　艾迪神秘地一笑：“不告诉你。到时候写出来让你看的时候，你就自然知道了。”

　　我从病房里出来，一边直佩服艾迪的才气，一边心里琢磨：她怎么会想到写晓芳，她究竟要写晓芳什么呢？想到这里，我才记起来，接到晓芳的来信已经三天了，以前都是接到来信当天，就给晓芳写回信。可是，这一次是咋了，竟然拖了三天都没动笔。下午，无论如何，得给晓芳写回信，不然，晓芳会有想法了。下午，我再没去医院，上完课后，我就到图书馆去，复习功课之前，给晓芳写回信。写下“亲爱的晓芳”几个字后，下边的话就不好写起来，写了撕，撕了写。以前，我给晓芳写信都是提起笔来就写，挺顺溜，就象是在信纸上跟晓芳唠嗑，心里有啥，笔下就写啥。可是，最近一段时间，随着和艾迪交往频率的增加和两人关系的日益密切，我再给晓芳写信，就字斟句酌起来。在信中，我不可能不提到艾迪。可是，给晓芳如果如实地交待清楚自己与艾迪间发生的一切，晓芳肯定有想法，会受不了。前几封信上，我除过写自己这边的学习与生活情况，像挤牙膏一般，也陆续告诉了晓芳一些与艾迪的交往。但，落笔总是轻描淡写避重就轻。只是说艾迪让她大伯帮我联系医生看了趟病，顺便到她家去吃了次饭。根本没敢提两人一起去郊外写生和她借我录音机，平时老帮我学外语的事情，更不敢说和艾迪平时许多耳鬓厮磨的情景和一些谈话内容。我接到入学通知书和晓芳一同去看完电影后的那个夜晚，晓芳躺在我怀中看着我时的忧伤眼神和火车开动瞬间，她边抹着泪追着火车跑的情景给我留下的印象太深刻了！我不想让晓芳知道太多我跟艾迪的交往。可是，每次将信丢进信筒后，我都有一种欺骗了晓芳的感觉，心里很不是滋味。今天发生的事情，更使我心里矛盾重重，我想将这边发生的一切全写在信中，给晓芳讲得清清楚楚明明白白，可是，写好后，我重读一遍，就觉得不行，晓芳看了后，肯定会觉得突然，发现我以前一直在欺骗她，她一定会受很大的打击，经受不住的……我把费了很大勇气才写就的信重又撕了。一个下午过去，我都没把一封信写就。

三

我就在这种矛盾的心情中，一边给晓芳通着信诉相思之苦，一边抗拒不住寂寞地跟艾迪继续来往，还使用她的录音机，还让她陪着去找她大伯看病，还时不时地上她家去，在她那小屋里度过一段愉快的闲暇时光。她的烫伤好了后，我们继续星期天去郊外或公园写生与游玩。渐渐，我心里的那点自责也就淡了下来。晓芳毕竟在远方，而艾迪却是实实在在的在身边。随着时光的流逝，过去插队祁连山时的生活和晓芳的身影渐行渐远，甚至连晓芳的长相好像都有点儿在脑海中模糊起来，而艾迪像一枚楔子，日益嵌进我的生活中，一天比一天深。我的失眠症在与艾迪的交往中，也不知不觉的好了起来。

一次，星期天出游之后，在艾迪家吃饭，两人高兴之余喝了点儿酒，在熏熏的醉意中，我们接吻了。从艾迪家出来后，风把我的脑袋吹得清醒了一点儿，我才想起了晓芳，好像晓芳此时站在我面前哀婉地注视着我。我的良心受到了考问，回去后，就摊开稿纸，想立刻给晓芳写信忏悔自己的行为。可是，手中的笔却重似千斤。我又在心底发誓：和艾迪到此为止，那吻是第一次，也是最后一次，以后与她的关系不能任其进一步的发展。可是，什么事情，一旦开了头，就像堤坝上的蚁穴一样，越旋越大，以至于最后无法收拾。过后，当艾迪重又找我时，我又不可抗拒地继续跟她该干啥干啥——下午上操场打球跑步；傍晚去未名湖畔散步；去办公楼欣赏一流的音乐团体的演出；一同在图书馆里座位捱座位看书做作业；星期天一起出外郊游、看展览、看刚刚引进的外国电影，或是去未名湖冰面溜冰；继续去她家吃饭，甚至第二次第三次地接吻……与此同时，我给晓芳的信也越来越闪烁其词。晓芳每次给我来信信头都仍旧是："亲爱的一凡"，字里行间流溢着对我的无限思念和对我身体的牵挂，甚至还记着我在农村时得下的胃里反酸水的毛病，叮嘱我注意这，注意那。信末也总是要写上一句："最热烈地吻你！"然后落款是："你的晓芳"。可是，我回信时，不知从哪一封开始，就将前边"亲爱的"三个字略去了，只称呼她晓芳。信的内容也越写越空泛，越写越程式化，越写越短。因为，我实在不敢把自己在这里的真实情况告知晓芳。我越来越感到自己像演员一般在演戏，而且是马戏团的演员，演的是丑角戏。我信的结尾也由刚开始的"热烈地吻你"，变成了"吻你"。后来变成了"想你"。落款也由过去刚上大学时的"爱你的一凡"，"你的一凡"，渐渐演变成了"一凡"。也不知晓芳从我的回信中发现没我这些变化。和艾迪在一起时，我感到很愉快，可是，一离开艾迪，一个人时，我就心里承受着巨大的良心的折磨，觉得特别特别对不起晓芳。自己简直就是一个大感情骗子！直到有一次，晓芳给我寄来了一个大邮包，我去取来后，发现是她给我织的一件毛衣和一件毛裤。晓芳在邮包中夹着一封信，说是她省下的工资买毛线织的，为织它，跟上室友整整学了三个月。每天晚上下班后，哪都不去地织，说是手指头都磨出了茧子。还说让我穿它在身上，会时时感到她就在我身边。我马上想到马大身上的那件红肚兜，眼泪都流了下来。过去在农村时和晓芳一幕幕的往事重又在我脑海中闪现、清晰起来。心里发誓，绝对再不能和艾迪发展了，那样，就太对不起晓芳了。为此，接到包裹的那一段日子，我有意躲着没去找艾迪。艾迪来找我时，我也找借口推着不跟她去未名湖畔散步、操场打球跑步，不在图书馆里捱着坐在一起看书做作业。不去一同看演出，看电影，不去一起溜冰，更不要说是上她家去，或是郊游了。艾迪感觉到了我对她态度的变化，虽然看上去有点儿不太高兴，可是，也没对我作出过分的责备。这时已经是快到期末考试了。人人都在紧张地预备考试。因为是进学后的第一次期末考试，大家都格外的重视。所以，我也就以准备考试搪塞她过去。一不和艾迪来往，心里就马上袭来深深的孤独感，但我强忍受着，觉得是在为晓芳，值。

考完试，紧张的学习生活终于结束了，我盼望着早一天坐上火车回家，探上一头后，就去河西去见晓芳。寒假只有十几天时间，我得抓紧了。

我还沉浸在将要见到晓芳的喜悦中，艾迪又找我来了，说是要和我一道回家。对于曾经嘴对嘴亲吻过的两人来说，这个要求太一般也太正常了，我没办法拒绝。何况，人家帮了我那么大的忙，到现在为止，我还在用着人家的录音机。我们就定了一起回兰州的火车票。

上火车那天，坐定之后，艾迪自得地将一本文学杂志递到我手中，说："看看，我曾给你说过的那篇小说，发表了。"

"啊？"我大吃一惊。"你怎么事先一点儿都没告诉过我？"艾迪诡谲地一笑，"你都一个劲地躲我，我咋告诉你？考试前杂志就寄来了。”

我不吭声，急忙从她手中抢过那本杂志，翻开来，我脱口而出：“好家伙，还是头条，还有评语，你这次可是要出名了。真佩服你。”

艾迪笑笑说：“我也没想到编辑会这么看重这篇小说，用得也特快。好像不到两月。评语中写了，本来这一期的版都排好了，接到我的这篇小说后，他们临时撤了原来的一篇小说，加上去的。”

“怪不得这么快。看样子，他们是特别看重你这篇小说。”

我啥都顾不得地将眼睛盯在上边如饥似渴地看起来。艾迪意味深长地说：“好好看，看了给我多提意见。”

我根本顾不得了，早已进入了情节，连列车员给我们前来倒水，我都没抬起头来搭理。车厢里一片嘈杂，我也不顾，急切地捧着杂志读起来。小说写两位刚刚考入北京大学的男女生之间的爱情。其中的女主人公出身高级知识分子家庭，生长在大都市，多才多艺，聪颖又美丽。男的来自西北边塞，长着一副维吾尔人的面相。在未名湖畔，他们散步时邂逅相遇。男主人公的外貌和忧郁的气质吸引了女主人公，女主人公的聪慧和美丽也打动了男主人公，他们相互一见倾心，相识恨晚，常常在一起谈文学，谈艺术，谈理想。特别的投机。可是，男主人公在祁连山下插队时，和同点一女知青已经事先有约，那位女知青现在在当地一家工厂当工人。一段缠绵悱恻的感情纠葛就在两人间展开。男主人公非常喜欢女主人公，可是，又不忍心抛下插队时认识的女友，始终处在极度矛盾之中。两人的关系就在男主人公原女友的影响下，始终摇摆不定。小说最后，把这一问题抛给了读者，让读者来评判男主人公是应和原来插队时的女友继续保持关系，还是应该结束过去的旧情，勇敢地张开怀抱拥抱新的生活和爱情。小说客观地说，不但提出的问题在当时很典型，很尖锐，而且文笔特别的美，整个小说行云流水，流畅得像诗一样美。一些细节，描写得生动具体，细致入微，非常煽情。我看到那些地方，都忍不住耳热心跳。看完了小说。我心里万千感慨，一言不发。　　艾迪试探地问我："咋样，感觉，咋不吭声？"

半天，我说："你这不就是在写我呢嘛。"

艾迪得意地笑笑："嗳，这是小说，艺术源于生活，高于生活你懂不懂？亏你还是北大中文系的学生。"

"可你也写得忒具体了。你看这三个人物的名字：章帆，海迪，刘小芳，谁看不出来是在写我们？你把有些细节也写得太出格了。恨不得把我们之间的每一点隐私都毫无保留地全暴露给读者。"

"我怎么写得太出格了？"

"我们相互也就是搂抱了几次，吻了几下，可你上边写的，倒好像是把什么事都干了。"

艾迪脸红了，说："那你是误解我了。谁那么写了，你从哪看到了？"

我指点着上边的一段，"你看看你描写的在你家的这一段，写得多露骨！"我把杂志扔给了她。

那上边的每个字我几乎都过目不忘地印在了脑子里——"章帆搂着海迪，借着酒精在胸腔中的燃烧，心中的情感也在燃烧，他用炽热的双眼凝视着海迪，渐渐，就控制不住地将自己的嘴唇凑近了海迪的嘴边。海迪也用深情的目光迎望着他的目光，翘起了嘴唇等待着他的热吻，就在两人嘴唇将要贴在一起之时，海迪突然问了一句：'你不想你的小芳了？'章帆此时仓促地向海迪表白，"不想，她这会儿远在千里之外，想也没用。’就俯下头去，将自己的嘴唇贴在了海迪的嘴唇上。两人热吻着，渐渐，海迪就觉得自己身子软软得像酥了一般，倒了下去，躺在了床上……”

艾迪接过杂志去，看了一会，说，“我也没写什么呀？”

“还要咋写？你那六个点点是什么意思？”

艾迪诡辩：“六个点点是省略号，也没啥特别的意思。你要往多里想，我有啥办法。”

我再懒得跟她争辩。心里想，如果晓芳看到了这篇小说，会做何反应？会不会像马大有那样去跳渠？我的脊梁骨钻出一股冷汗。

四

车到兰州，早有我父亲与弟妹们，还有艾迪的父母全来接车。两家人显得格外亲切。车是由艾迪父亲找的，先将我送回家，她们才回自己家。然后，是没完没了的应酬和准备过年。我原本想探一头就去河西看晓芳的想法太不现实。我只好给晓芳去信说，等过完年再去看她。

过年期间，我前去看望蚊子和过去的几位中学同学，蚊子已经彻底地瘫了，整天躺在床上。陈玉霞又和别人谈了对象，但仍然时不时地前来看看蚊子，帮蚊子家干点事。蚊子见我来看他，激动地掉泪了，他妈也呆在一旁陪着抹眼泪。我把从北京带回的一盒果脯放在桌子上，陪着蚊子抹了把眼泪，安慰他养着，别多想，以后我回来时再来看他，就凄惶地出来了。

艾迪因和我大妹的关系，天天往我家跑，一来，就和我大妹待在一起嘀嘀咕咕，不知尽说些啥。父亲看出艾迪对我有意思，乐得整天合不拢嘴，艾迪一到我家，都不知道如何表示热情了，把她当个公主一般接待。一些前来拜年的老师到家中来，父亲逢人就介绍，先说艾迪是我大学同学，后就将艾迪的家庭背景详详细细地给对方介绍一番，引来对方一通羡慕与恭维。每次艾迪来，他都极力挽留她在我家吃饭，虽然年货都早已备齐，仍旧自个儿上街去买这买那。在饭桌上，使劲地劝艾迪吃这菜那菜，甚至亲自给其夹菜到碗里。关心地问艾迪的口味，是喜欢甜，还是喜欢咸，当艾迪说自己喜欢吃啥吃啥，如果餐桌上没有，下一顿，父亲肯定要上街去找着买回来。艾迪的父母前来我家拜年，更使父亲兴奋不已，用最隆重最热情的方式招待。都是知识分子，儿女又是这种情况，话谈得格外投机。从粉碎"四人帮"后全国上下百废待兴的大好形势，到如火如荼的全民学习热潮，又扯到国门的打开，以后我和艾迪甚至可能飘洋过海去留学的美好前景，一谈就几个小时过去。回返时，艾迪父母又邀请我爸回访她们家。我爸欣然应诺。第二天，父亲就买了礼品，硬要我跟上去艾迪家回访。 我也不好说啥，只有硬着头皮前往。过后，艾迪父母又让艾迪带话来，要邀请我和父母前去她家吃饭。吃完了饭从艾迪家回来，父亲也跟我商量，要回请艾迪父母。我看父亲兴奋的样子，实在是忍不住了，就在晚上，将父亲单独叫到房间里，跟他摊牌，说自己和艾迪并没有那层关系。我心里的人是一个点上插过队的晓芳。并讲了我和晓芳的感情，晓芳对我如何好。还告诉父亲，过完年，我就马上要去河西看晓芳。父亲默声听完了我的介绍，闷头半天，才开口说，"你和那个什么晓芳的，你妹妹以前也曾给我讲过一些。很不现实嘛。不管插队时她对你多好多好，可你别忘了你现在是北京大学的学生，她则是大西北一个小地方的工人，太悬殊了。前天在艾迪家，艾迪父亲咋给你答应的？他家好多亲戚都在国外，只要你好好学，以后出国留学的事情就由他家包了。你难道还看不出人家对你的态度？象艾迪这样要才有才要貌有貌，又是高级知识分子家庭背景，你能摊上，算你娃有福气。换上别人，还不知高兴成啥呢！你却还挂着那个罗晓芳，插队时的那点感情，只当是人不成熟时玩一玩，挺一挺也就过去了。你看看谁把它当回事。有几个最后成了的？你赶快把你那个罗晓芳给忘了，很不现实。你也坚决不能去河西找她，荒唐！"

我虽然以前一直很恨我父亲，可是，毕竟现在我已是一位大学生了，而且在高考前，父子之间开始交流，到我考上大学，关系已大大弥合，现在父亲各方面对我都挺好的。说句过头话，现在父亲对我都到了宠爱有加的地步。所以我也不好发作。但我仍然想去河西。

父亲不顾我的阻拦，说有来不往非礼也，通过艾迪，邀请她父母来我家吃饭。我虽然心里不悦，可是，妨着艾迪，也只是装着，和父亲一道上街采购这采购那地忙乎。但我已经想好了，等回请完了艾迪父母，就悄悄地买票，来个先斩后奏，到时候，生米做成了熟饭，谁也拦不了我。

请过了艾迪父母，当天我就去车站买了第二天去河西的车票，可是，我的火车票被我妹给我洗衣服掏兜时，翻腾出来了。我妹就劝我，和我爸一个腔调，又说了许多我以前没曾知道的艾迪的优点与才能。在我妹的眼里，艾迪简直就是她的崇拜偶象，还动感情地给我讲了许许多多在点上时和艾迪相帮相助，两人好得似一个人的往事，说到感动处，眼泪都流了下来。我虽然也听着被她们的友谊所打动，但我仍然死了心地想去河西。我妹就把那票攥在手里不给我，并且告诉了父亲。一家人晚上不睡觉地劝我到深夜，一个个把嘴皮都磨破了。第二天，我妹又到艾迪家去，叫来了艾迪。把事情告诉了艾迪，我父亲责备我妹妹鲁莽，不该告诉艾迪，要是让她父母知了去，更不好。艾迪却说："伯父你别怪罪小妹。一凡和罗晓芳的那点事情，在学校时，我全知道。他身上穿的毛衣毛裤，就是罗晓芳给他织了寄到学校的。"

父亲听着很不高兴，就又劝我。我妹也当着艾迪的面数叨我，极力在艾迪面前卖好。艾迪就说风凉话，"伯父，你别拦他。拦也拦他不住。去就让他去呗。罗晓芳可是在他的心里位置重得很呢。"

父亲一听这话就火了，吼道："去，去！去了就别再进这个家门！"

我真想回应一句："不进就不进。谁爱进。"可是，我硬忍住了。

局面僵住了。我问我妹讨车票，她早不知将车票藏在了什么地方。我威胁说："大不了再去买一张。"

我妹说，"只要你不想回北京了，你有钱你就去买。"

我妹这句话很厉害，点到了要害处。确实，我回来的车票是靠助学金买的。去河西的车票是回来后我父亲和我妹现给我的钱，让我在过年时与艾迪在一起时花销。我回北京去的车票到时候也得靠父亲给钱去买票。我妹第二天，就自做主张，去火车站把那张车票给退了。我问她要退了票的钱，她也不给我，说到时候，我回学校时，再给我。我想去跟同学和一个青年点的女知青去借点钱。可是，想了想，又打消了此念头，大家伙生活都很困难，再说，借了以后还起来也麻烦，还得从北京往回寄。我想给晓芳去信让她寄钱来，可也张不开那个口，再说，等晓芳寄钱，时间也来不及。最最主要的原因，我还是怕我一但真硬犟着去了河西，把全家人都给惹下了。自己和父亲、弟妹的关系，刚刚好了起来，我不忍心去损害它。我要是硬去河西，肯定艾迪和她父母也不高兴，我得罪的人就太多了，真成了孤家寡人一个。而且我本来算好前两日走的，被我妹收了车票耽搁了两天，就是去河西，时间也紧得不得了。与晓芳探上一头就得马上往回返，不然，就得误了返校日期，而学校的纪律是十分严格的。最后的结果，是我不得不放弃了去河西的想法。给晓芳去了信，十分遗憾地告知她，我因时间紧张，不能去河西了。等暑假回来时再去看她。在信上，我根本不敢说是因为家人的反对我与她的关系，阻挠了我的河西之行。我知道晓芳和我一样，自尊心极强，我怕她受不了。信投进邮筒后，我心里一阵怅惘，漫无目标地在东方红广场上转悠来转悠去，深深感到一个个人相对于外部世界，是多么的渺小。我心里更加思念起晓芳来，恨不得家都不要回去，立刻就到火车站坐车去河西。可是，我兜里确实没有足够买得起车票的钱。转悠到很晚，我才回家。父亲关切地问我上哪儿去了，饭做好等我都凉了。说大妹陪着艾迪出去找我了。我沮丧地坐在椅子里。我继母给我去盛饭。几个弟妹也不敢吭声问我，一家人默默地坐在桌子旁吃饭。吃完了饭，我就到睡觉的屋子里去，关了门，躺在床上去，闭上眼睛，渐渐，插队时，祁连山下和晓芳在一起时的一幕一幕，就在我面前流水一般地淌过，我的眼睛里，溢出了泪水，淌下来，流进了嘴里，一股咸咸的滋味。我父亲轻轻打开了门，看了我一眼，可能发现了我在哭泣，就又轻轻地带上门出去了。不知又过了多长时间，我听到我妹回来了，和我爸嘀嘀咕咕地在说什么，别的我都没听清楚，只听清了，说是艾迪爸找好了车，过两天，要拉我们一家人一起去西固看灯。我才醒悟过来，今天已经是正月初八了。城市里过完了春节又在忙着迎元宵灯会。而学校开学是元宵节的前两日。第二天，全家人也不好问我什么，见我没有动静，猜我可能已死了去河西的心，也都不惹我。那几天，我大门不出，二门不迈。艾迪父母来拉我们去看灯展的那天傍晚，为了礼貌，我才强打起精神坐到车上去。

虽然离元宵佳节有好几天时间，可是，西固工厂区的长长的一整条街道，早已被装饰成花灯的海洋。前去观灯的人流也是摩肩接踵，万头攒动。两家人个个喜笑颜开，欢声笑语地在一个个花灯前驻足欣赏，评价着哪个哪个灯制作精巧，哪个哪个灯比别的灯别致，还相互辩论着什么。可是，我却在人挤着人的人堆里，在骨肉亲情的包围中，感受到一种从未体验过的孤寂。晓芳这会儿在哪里？是在自己家里，还是已经回厂上班了？她是不是此时也和我一样的心境？艾迪挽着我的胳膊，摇了我几下示意让我和大家一起欣赏一个大大的花灯，都没能把我的思绪从对祁连山的思恋中拽回来。

归期很快就来临了。又是艾迪的父亲找了辆车，拉着两家的人去车站送我和艾迪。我的眼前马上就浮现出我第一次上大学走时，晓芳全家人送我上火车站去时的一幕。生活中，有好多场景，竟然是惊人的相似，却又有着本质的不同。汽笛已经拉响，我和艾迪坐在车窗口向站台上的家人告别。我的心绪懒懒的，心里在惦着晓芳。我最后一次深情地往西远眺一眼，刚要将头缩回车窗之时，就发现，在前边一个站台上，刚刚进站一列从西边开来的客车，停在站台上后，下车的人从车门口涌了出来。在熙熙攘攘的人群中，我发现，有一人的身影咋那么酷似晓芳。我以为自己产生了幻觉，急忙揉了下眼睛重在人群中搜寻，那身影已湮没在众多出站的人流中。要不是火车马上要开动，要不是艾迪和两家人都在身旁，我一定要跑下车追上去。可是，现实的一切，不允许我那么做。一分钟后，列车就无情地开动了。火车哐当哐当地出了站台，渐渐，将城市的轮廊抛在了后边，那人群中的身影，却越来越在我眼前清晰起来，"对，绝对是晓芳，一点儿也没错。"我下意识地说出了口。艾迪问我自言自语地说什么。我回答："是晓芳，刚才我看见晓芳从火车上下来了，她一定是接到我的信找我来了。不行，我得在下一站下车去。"

"神经病。我看你真是走火入魔了！"艾迪挖苦我。

我又怀疑起自己，是不是真的思念晓芳心切，产生了幻觉。

五

回到学校后，我做的第一件事情就是给晓芳写信。问她春节是怎么过的，又将自己没能去河西走廊看她的客观原因表白一番。说是实在是第一次回去，同学、老师的，应酬很多，而且还到母校去给应届的考生做了一番报告。说寒假时间太短了，等放暑假了，一定专程去看她。奇怪的是，我的去信如泥牛入海，杳无回音。紧接着，我又去了第二封，第三封，仍然得不到晓芳的回信。我着急起来，猜测着晓芳一定发生了什么事情，又不停地给她去信。终于，有一天，我在系里的收发室里，见到了一封从河西寄给我的信。但是，信封不是平时我常见到的那一种，而且上边的字迹也跟晓芳的不一样。地址是内详，我抱着信，一种不祥的预感袭上我的心头。我急切地将信撕开，取出信瓤来，一看，才发现是那位连长写来的，说是受晓芳以及她的家人委托给我写这封信。在信中，我方得知，我那天的感觉没错，那人群中的身影，就是晓芳！她是在接到我不能去河西的信后，请了假，第二天，就上了火车来兰州的，热切地希望哪怕是看上我一眼。可是，她按照我给她去信的地址，找到我家去时，我全家人刚刚从火车站送我后回去……信上说，我父亲和我妹妹把我和艾迪的事，详详细细地给晓芳全讲了。而且，我妹还把那本艾迪发表小说的杂志也送给了晓芳。晓芳当天连兰州呆都没呆，就重坐上了回返的火车，在火车上，看完的那篇小说。回来后，一个星期不吃不喝，寻死觅活。头往墙上撞，被母亲和弟妹拉住了，又去撞窗玻璃，将窗玻璃撞碎后，又用碎玻璃划自己的手腕，吓得一家人一刻也不敢离人地轮流昼夜守候。半个月后，才算是平静了下来。说我写给晓芳的信，是他们部队的车去工厂送菜时，他坐上去给晓芳请假时带回来的，根本不敢给晓芳看，怕再刺激晓芳的神经。显然，连长在这件事情上是假公济了私，假如晓芳看了我回校后一封封情真意切表白自己真实心愿的信，她也许会原谅我的不忠的。我能想象到当时我父亲与妹妹都给晓芳讲了些啥，以及对晓芳所报的态度。我能想象到晓芳是怎么从我家出来，去到火车站重买车票回返的。我庆幸她还是挺住了，没在沿途想不开跳出车窗去！

我重又给晓芳接二连三地去信，引用大量名人诗句来表白自己对她的真情：

"你可以疑心星星是火把；

你可以疑心太阳会移转；

你可以疑心真理是谎言；

可是我的爱永远不变！

……

可是，每封信都杳如黄鹤，我恨恨地想，肯定又都落入了那位连长之手！我想去信把父亲与大妹狠骂一顿，可是，了无兴致！我甚至都想到了请假专门回河西一趟找晓芳陪罪，可是，各方面的因素制约，使我这非常正常的需求在当时的环境下，显得是那么天真与不现实。我试图给她打个长途电话，可是，我连往哪打都不知道。退一万步，就是打到了她们厂部的电话，还得有人去找着叫她。那要花去多少电话费。也许，晓芳还没赶来，电话就早断了。而且，晓芳此时也不一定就在厂里。在去了一连串的信都均告失败后，我渐渐也心凉了。加上还要完成繁重的学习任务，我就再不给晓芳去信了。我陷入了深深的自责与无尽的悲哀中，什么东西，当一但失去了它，才切肤地体验到它所拥有的价值。此时的我，才强烈地意识到，晓芳的心，像水晶一般，是多么的纯真善良，她对我来说，是多么的重要。·

艾迪回校后，几乎成了全校人人皆知的大名人。她那篇小说很快就在校园里广泛传播，人们争相传阅。编缉部给她转来了雪片一样多的读者来信。小说中章帆所遇到的困惑成了全国新入校大学生的热门话题。因为当时，这种现象实在是太普遍了，好多大龄人甚至是当了父亲才来上大学的。好多人面临与章帆同样的选择，所以，引起了大家强烈的共鸣。编辑部甚至来学校在系里组织同学们搞了一次作品讨论会。讨论的结果，竟然有大部分同学的观点是认为章帆应该放弃原有的爱情，和海迪开始新的感情生活。因为，他和刘小芳的恋情是极左环境下的产物，不值得留恋与提倡。海迪则像朝霞一般，代表着新一代青年的色彩与新的希望。章帆只有选择与海迪的结合，才能使自己生命的脚步跟上时代的车轮，如果他要抱残守缺地维持与刘小芳的爱情，最后的结果是只能被时代所淘汰。艾迪神经整日里处在亢奋的状态，她自己都根本没有想到，一篇短篇小说，竟然会给她带来如此大的知名度，天天忙于应酬，甚至到校外参加一些个社会活动，身旁簇拥了一大群崇拜者，结交广泛，也就疏了和我的交往。接不到了晓芳的来信，没有了艾迪在身旁，我一下子重又陷入深深的孤独状态。常常一个人独往独来，上课，去图书馆看书做作业，去未名湖畔坐在湖边的椅子里犯傻，很少跟班里和寝室的其他同学接触。我实在忍受不了，重又开始给晓芳写信，向她忏悔自己的不忠，倾诉自己的思念之情，以求得她的宽恕与谅解。

我的努力终于有了结果，一天，我竟然重又在系收发室里见到了那熟悉的晓芳的笔迹。晓芳终于给我回信了！我心突突突地跳着，几乎到了嗓子眼上，拿起那封信，不愿意马上打开，想让它给我的遐想留得长久一点儿。这种不确定的猜测，是最令人兴奋与激动的。我怀揣着晓芳的信，一溜小跑，到未名湖畔，坐在了那经常去坐的石椅上，才小心翼翼地打开来，我想像品尝世上最美的甘醇那样细细地咀嚼这封晓芳的来信所带给我的幸福。可是，当我打开它来时，我几乎傻了，只见上边写着——

一凡，你好！

当你接到这封信时，也许，我已经要结婚了。我之所以这么长时间没给你去信，我想他都给你去信讲了。到你家去的那趟兰州之行给我的打击太大了，我一辈子也忘不了！你也许都不知道我是怎么跌跌撞撞地从你家出来去到火车站的。你以前曾给我讲过你爷爷跳了黄河，我当时就问路边的人，黄河在哪。问完了，我就向别人给我指的方向走去。走到半路，我反悔了，我不能死在兰州，要死，也得回到家中去死，我还有我爸我妈，我弟我妹……我在火车上，流着眼泪看完了你那位新女朋友写的小说，我的心就像是在被锋利的刀子在绞！有几次，我都忍不住地想从火车上跳下去！回到家中的情况想他都给你去信已经说了，我也就不多讲了。我是死过了一次才恢复过来的。你新女朋友，那个叫什么艾迪的，写的那篇小说在我们这边也影响挺大，我们宿舍楼里的人都在议论。甚至有人都提出来，写得是不是你我，为什么名子那么像。我只是装着。工友们都在私下里议论，话也传到我的耳朵里来，说我和你的关系根本靠不住，分手只是早晚的事，长疼不如短疼。他对我挺好的，这一次，如果不是他，我可能真的就想不开寻了短见。他是一个心肠很厚道的人，通过这一次我们关系的变故，我更加清楚地体会到了这一点。我妈还有我爸，我弟妹，都赞同我同他结合。工友们，我同寝室的人也都这么劝我。所以，我就决定了，嫁给他。做出这一最后决定时，我跑到你上学走之前，我和你看完电影遛达去的那没人的街道处，就在那棵你抱了我的大柳树下，大哭了一场，哭得眼睛里的泪都流干了。是弟妹们出来才把我找回去的。我知道你心里仍旧爱我，可是，你也应该现实一点，你的前途很远大。就像别人都说的那样，娶了我，会耽误了你的。还是去找你那位艾迪吧，从小说中可以看出，她还是很喜欢你的。你俩都是最高学府的大学生，肯定要比和我在一起有更多的共同语言，这一点，我在小说中也看出来了。伴侣是人生中的大事，我确确实实不愿拉你的后腿。那样，就是以后和我结了婚，我也会自责的，你也会后悔的。信的未尾是：最后一次吻你！落款是：曾经深爱过你的晓芳。

我的泪水大股大股地流下来，拍打着信纸都啪啪响，我痛苦得几乎昏厥过去……

那天，我不吃不喝，一个人坐在那条石椅子里，呆呆地坐了一整天。

我又开始失眠。无心上课，无心看书，整日里，脑袋晕晕乎乎昏昏沉沉，常常不记得自己身处何处，时间是早上还是下午。甚至忘记了季节的交替。上学期末我刚刚读了小仲马的《茶花女》，主人公阿尔芒曾说过一句话——"当生命中一旦产生了真正的爱情以后，要想中断这种爱情而不影响整个生命中的其它方面是不可能的。"一天，我懵懵懂懂地走在校园的小径上，突然闻到一股奇异的沁人心脾的花香，继而，看到一座教授楼的花园里姹紫嫣红的景象和浓荫的大槐树上阵阵蝉的叫声，我才突然意识到，盛夏已经来临。

傍晚，我在图书馆看书看得实在烦闷，就出来，踱步到未名湖畔。在湖畔边的石椅上坐了一会儿，又百无聊赖地踱步到湖心岛上去。正绕着湖心岛小径走着，想攀上岛去，却意外地发现头顶处的一块石头上，有一对男女搂抱在一起正在亲昵地接吻，透过树枝间隙洒下的月光，我看了个清楚，那半躺在男生怀中的女生，正是艾迪！我急忙躲起身子，悄悄地退了出来。重来到湖畔边的石椅上，我心中袭上一阵巨大的怅惘与空虚……

终于熬到了放暑假。在这之前，我就省吃俭用，几乎是早晚两顿的玉米面糊糊，用五分钱打一分白菜肉末汤，只在中午，才买份较便宜点的素菜，将助学金省下来，加上家中给我寄来的钱，我计划好了，无论如何，那怕晓芳真的结了婚，我也要去亲自见她一面。说不定，她是在信中使性子，不一定真会跟那位连长结婚。那样，我们的关系，就还会有挽回的可能。"我渴望再得到她，远远超过渴望恢复我失去的视力。"——不久前又刚刚读过英国女作家勃朗特的《简爱》，罗切斯特发自肺腑的真情表白也是我此时心情的写照，如果能够重新得到晓芳，我宁肯丢了这北京大学的学籍，回到原单位去杀猪！

临上火车前，我特意上了一趟王府井，用富余的钱，精心给晓芳买了一件上衣。晓芳和我好了一场，她给我付出了那么多，可是，还没有穿过一件我给她买的衣服，想起来，我的鼻子就酸酸的。我反复地挑选式样与花色，几乎都把售货员给挑烦了。然后，让售货员包好了，带回来，小心翼翼地放进提包里。

　　第二天，我就上了北京到乌鲁木齐的 69 次特快列车。一路上，我只觉得火车开得好慢好慢，河西走廊离北京真是太远太远了，火车一直走了两天三夜，想想自己跟晓芳真可谓是关山阻隔。路过兰州时，我只是下车在站台上溜了一会儿。火车是一大早到晓芳所在的城市车站的。火车在站台上只停个把分钟，下车的没几个人，扔下我后，很快，就向西继续飞奔而去。站台上，一会儿功夫，就剩下了几乎只有我一个人。我拎着提包出站来，此时天还太早，没有公共汽车，车站离市区还有一段路，我想了想，就拎着提包向市区走去。此时，眼前的城市还沉浸在一片睡意中。街上闪烁着几盏残留的路灯光亮。头顶的前方还有一弯残月挂在斜空。我眼前就出现了一片幻象，好像自己是向插队时的青年点走去。全点的知青和晓芳都在青年点上等着自己。半天，我才回过神来，过去的生活，已经是永远地过去了。走了半小时，终于走到了晓芳她们的厂门口。看门的老头已经换了人，问了我一阵，看了我的学生证，惊讶地打量我一眼，就客客气气地放我进去了，也没让我再登记。我来到晓芳的宿舍楼前，心不知咋地就咚咚咚地跳个不停起来。我稍稍站立一会儿，让自己心不怎么使劲跳了，才重拎起提包来进楼去。看楼门的老太太同样打量着我吃一惊，啥话都没再问，就放我上楼去。短短的三层楼梯，我不知自己是怎么丈量完的。上了楼梯，我来到晓芳的门前，我的心就再一次地突突突剧烈地跳动起来。吁了口气，抬起手敲响了晓芳的房门。门开了，是晓芳的一个室友，见是我，刚开始一愣，很快认了出来，回过头去喊道："晓芳，你看，谁来了！"

　　这时候，门已全部打开，我看到了晓芳，刚刚起床，在整理着自己的床铺，听到叫声，转过了身来。我惊讶地发现，晓芳还是原来的那个晓芳，眉目清秀，清纯可爱，可是，她的腰变粗了，肚子已经微微鼓了出来。我一瞬间就明白了，提包从手中滑下去，重重地摔在了地上。晓芳发现是我，刚开始惊呆了，接着，大股的泪水，就从眼眶里夺眶而出！同寝室的人见状，都纷纷加快了收拾的频率，过了一会儿，就都躲了出去。屋里只剩下了我们俩，我一下子就动情地将晓芳上前去紧紧地搂进自己的怀中，将自己的嘴唇贴上去，合着自己的酸涩的眼泪，在晓芳的脸上和唇上使劲地亲着。晓芳也流着眼泪睁睁地望着我，接受着我的亲吻与抚摸，胸脯在急剧地跃动着，一瞬间，我感到晓芳沉浸在一种巨大的幸福中不能自已。突然，晓芳意识到了什么，从我的怀抱中挣脱出来，喏声着，"别，别这样，我已经结婚了！"

我放开了晓芳，傻傻地立在地上，不知如何是好。晓芳语无伦次地反复说，"你怎么来了，你怎么想到要来，你来得太晚了。太晚了。你不应该来，我们之间已经结束了。"

我怔怔地站在那里，听她自言自语地说够了，才说："我没想到，没想到你会这么快就结婚。我还以为你只是在信上说说。"

平静下来之后，晓芳去让别人请了假，回来在房间里陪我。她问了我一些在大学的学习与生活，我问了她结婚前后的情况。晓芳说连长又升了半级，成营教导员了，新房设在了部队，对她挺好的。然后，就是长时间的沉默与唏嘘。其间，插着提起青年点上其它一些人的情况，马秀兰最后跟了谁，陈玉霞后来找了个啥对象。蚊子的病咋样了。葛平平的归宿是什么。原来，晓芳全知道，她们之间还通着信。晓芳说前一段时间，葛平平还利用出差的机会专门看过她一趟，说她也找了一位军人，两人挺情投意和的。知道了我在学校的情况，也劝着晓芳早点和我掰。

我把那件衣服从提包中取出来，说："和你好了一场，你为我付出了那么多，可你都没穿过一件我给你买的衣服。在王府井买它时，我鼻子都酸酸的。虽然它买得晚了点，你还是收下吧。做个念想。看见它，就会想起我们曾经拥有的过去。"

晓芳就眼泪花又噙满了眼眶，接着就哗哗哗地流下来。我就哄她："别哭别哭，哭伤心了对肚里的孩子不好。听你说他对你挺好，我也就心里安慰了，好受些。以后好好地跟着他过日子吧，都升教导员了，前途大大的，以后，我不见得比他混得有出息。"

"那你呢？"

"你就别管我了。"我长长叹气一声。"以后，可能就像浮萍一般，风雨飘摇了。我不可能再像爱你一样去爱另一个人了。"

沉默。屋里的空气都似乎凝住了。

半天，晓芳试探地问："和她处得好吗？"

我苦笑一声，道："你以为人家都跟你一样，那么痴情，把我当个宝似的。"

"咋，她不和你好了？"晓芳问。

我回答："我和她之间原本就无所谓好与不好。"

晓芳瞪大了眼睛："那看她的小说，把你们俩关系写得好成啥样了。"

"那是小说，虚构的东西，你还当个真。"

晓芳说："那不就是发生了的事情才写出来，没发生的，咋写？"

"你不懂。"我笑笑说。

晓芳又追问，"弄了半天，你们之间，究竟是发生没发生那样的事？"

　　晓芳瞪大眼睛看着我，我真挚地望着晓芳回答："没有，晓芳，我向你发誓。我和她根本就没有发生那种事情！"

　　晓芳半天，长叹了口气，"当时，我都气得几乎晕过去，你现在却说并没有发生。"

　　我长长地叹口气，"过去的事情就让它过去吧。再说它也实在没有啥意义了。"

　　"听你的口气，好像她又不跟你好了？"晓芳关切地问。

　　我说，"实话对你讲，晓芳，我对她跟不跟我好心里根本无所谓，我在乎的是你！"

　　"可是，我已经结婚了呀。而且是军婚。"

　　我知道晓芳这最后一句话的分量。我还不傻，知道在我们国家，军婚是受法律保护的，破坏军婚，是要被判刑的。老实说，刚才我们的举止就已经过头了。

　　我喟然长叹一声，向晓芳诉说我在学校里的孤寂的生活。说偶尔与艾迪的几次亲吻，也是在极度孤单寂寞中在她家喝了点酒的缘故。说到伤情处，我也顾不得她军婚不军婚，感情总得讲个先来后到，最后一次扑进晓芳的怀抱中，象当年在清风明月下第一次吻过晓芳后，把她当做我多年不见了的亲娘那样，撒了一会娇，痛痛快快地哭了一通。

　　痛哭过后，我觉得心里好受了一点。中午在她宿舍里吃了一顿午饭，下午，她领我上了趟街，非要给我买了一件衬衣。晚上，晓芳就送我上了火车。她怕我也怕，怕万一她那位营教导员搭上车来看她，要是堵上了，那就糟了。

　　当火车开动的那一刹那，我心中涌上无限的悲凉，汽笛一声肠欲断，我知道，此一去，就和晓芳永远永远地告别了。生活，在不动声色地进行着它原本的残酷！当火车离开月台时，我深情地最后望一眼车窗外莽莽苍苍、白雪缠顶的祁连山，心里呐喊——别了，祁连山，别了，我的初恋！

六

　　回到学校后，很长一段时间，我缓不过劲来。我的失眠症又加重了。艾迪现在已经很少找我。我在校园里碰到过她几次，也只是客气地打声招呼。我都感到奇怪，俩人嘴都亲过了，而且回兰州时，两家那么勤地走动，就像一家人了似的。可是，现在，两人说不来往就不来往了。而且见了面艾迪就象没事人似的，表情特自然。有两次，我还在未名湖畔碰到她挽着一个男同学的胳膊在悠闲地散步。见了我，一点儿也不感到窘迫，还给我们相互介绍，说对方是西语系的高材生。不过，她介绍我时，只说我是她插队一个点好友的哥哥。我试探地问，她的录音机我是不是应该还她。艾迪无所谓的样子，说，"不就一台录音机嘛。急什么，你需要就留着用吧。"我也就不能太认真了去还她，显得我太在意似的。过了一段时间，我发现她怎么又和另外一个男生搂着肩膀在未名湖畔遛达，我想躲没躲过去。艾迪见了我，也不尴尬，很大方很随便地又给我作介绍：说对方是国际贸易系的研究生，介绍我时，我摆摆手，制止她，她也就作罢，再不介绍我。又简单问两句我的情况，身体还好嘛，晚上睡觉咋样了。我客套两句。她也就安慰我一番，又是那几句，"心情放松了，就会恢复的。没事，啥大不了的病。我大伯说了，失眠根本就不算病。我高考时，也失眠过，现在不也好好的。"她再不提领我上她大伯处去看病的事，也再不邀请我上她家去玩。我也就装糊涂，打哈哈。她又问我和罗晓芳关系咋样，是不是仍旧保持着，我莫棱两可地作答。艾迪就给她新男友夸我如何如何难能可贵，上了大学，对原来插队时的女朋友仍旧一如既往地痴情，又夸晓芳多么多么对我好，给我省下工资织毛衣毛裤，把手上都磨出了茧子。走过去后，我就觉得我和她都在她新的男朋友面前演戏，琢磨不透她刚才的话是在褒我和晓芳还是贬我和晓芳。人生，放远了看，其实也就是一场很滑稽的荒诞剧　。

我没了往日给晓芳写信的欢愉，没了等她来信时的期待与渴望——现在回想起来，当时这对我来说都是一种奢侈的幸福，可惜现在这点幸福已离我远去了。一位哲学家曾经说过："等到人的心灵成长起来，他就失去了伊甸园。"

我和父亲也很少通信了，而且我也不希望接到他的来信。每封信都是八股与陈词滥调。什么现在国家百废待兴，特别需要人才，你一定要刻苦学习，将来有大的作为。什么学校老师和亲戚朋友都在一双双眼睛看着咱家，你可要挺住了，为家里争气。咬咬牙，还有一年就毕业了，毕业了，就一切都会好起来，千万再别想休学的事。说我还是在晓芳的事情上绕不过弯来，只要在这件事情上想通了，失眠一定会好的。又给我做工作，和晓芳的关系如何如何不现实。就是艾迪不行了，将来毕业了争取留在北京，找个各方面都不错的姑娘还不是轻而易举云云。我跟同学们也隔绝来往，很少交流。我将自己深深地封闭在一个套子里，生活枯寂得像一口一滴水也没有的老井。

除过上课，我就是对付自己的神经衰弱。我重去地坛公园跟一帮老头老太太练气功。和他们呆在一起，我似乎才找到了点温暖与理解。我甚至和他们中的几个交上了朋友。熟了以后，一次，一位老头就跟我唠起来。原来，他也是一位神经衰弱患者。我问他的神经衰弱是怎么得的。老头回答我说，抗日战争时，在重庆让日本人空袭整的。我的心里就一阵发紧，我的天，这病咋这么厉害，把人一缠几十年！从公园出来，我心里就特悲观起来。

　　我一边练气功，一边在学校的医院里吃中药、扎针，每天一大早就出去操场跑步，跟上老校工打太极拳，学什么甩手疗法，晚上用热水泡脚，反正是能用的法子，书上报上看来的，从别人嘴里听来的，什么法子都用了，失眠就是不见好，始终像个恶魔一般紧紧地缠着我。由于失眠，我变得对光与声特别的敏感。以前我睡上铺，为了照顾我，下铺的同学特意跟我换了铺。我又买了黑布，在下边将床四周全蒙上。但仍然不见效。特别是，同寝室有两个同学睡觉打呼噜，为此，我买了蜡烛，将其熔化了粘在棉花上，塞进耳朵，可是，仍然能听到他们的鼾声。我对那声音既怕又羡慕，心想，要是能用钱来买它，我愿意不吃不喝地倾其所有买点来消受。

　　第二天起床，头脑沉沉地去听课。看到别人一个个精力充沛地背外语，看书，我就特别羡慕。要是我能睡好觉，我和他们一样的用功，那该多好！这时候，我就开始怀念起农村时虽然农活特别的累，但却头一�·枕头，就一觉睡到大天亮的日子。我对幸福与痛苦有了新的深切体味。生活中，真真的幸福并不是大家嘴上讲的那些东西，在最最艰苦的环境中，其实也蕴含有最最甜的幸福，在貌似很好的处境中，其实也潜藏有人世间最大的苦痛！大学四年的日子里，失眠这一顽疾始终似一魔鬼，与我如影随形。我几乎用尽了所有办法，用了所有的努力，也没能把它从我身边驱赶开去。整日里头脑昏昏，自然要影响学习成绩。每次考试，我都怯得厉害。总害怕考不好落在全班同学后边。越这样，就越紧张，越紧张，就越睡不好觉。最后，到第三学年时，我就几乎是骨瘦如柴，同室的同学给我起了个绰号叫："张瘦瘦。"因为同寝室里有一位大胖子——就是那一位爱打呼噜的，大家给他起外号叫"田胖胖"。有几次，我实在坚持不下去了，想休学。父亲写信来吓唬我说：你要休学，如果一年后再不见好，可能就面临着被学校拒之门外的风险。到那时，你唯一的出路就是到原单位去重新杀猪。而那是我极不情愿的。我常常一个人在未名湖畔独自无尽地徘徊，肚子里反复念叨着哈姆莱特那句著名的台词——"生存，或是死亡，这是一个问题！"自尊心使我在选择结束生命的方式上都反复斟酌——用什么样的形式更体面？需不需要在结束生命时留下点文字上的东西，给谁留？父亲，实在没有那个必要！给晓芳？可晓芳已是别人的妻子。我浑身颤挛，惊讶地发现自己在这个世界上是何等的孤独，在离开它之时，竟然都没有一位可倾诉自己心中苦痛的对象。我最后决定了，没有倾诉的对象就不倾诉了，一个人寂寞地走。当做出这一决定时，我甚至心里一阵特别的轻松，有一点儿如释重负的愉悦，终于可以解脱了，眼睛一闭，纵身一跃，就飘飘地去了。从此以后，不必再受情感的折磨，孤独的煎熬，病魔的缠绕。我甚至遐想在那个我将要去的冥冥世界会是个什么样子？是不是就像佛教中讲的那样，是一个无忧无虑的极乐境界？当时我对马大有的行为很不以为然，觉得他太感情用事，不像个男人。今天自己做出这一决定时，我才发现我当时是多么的不理解马大有。想到了马大有，就想到了他死前邀我在祁连山下的水渠沿上最后喝的那次酒。我也想如法效仿，可是，我悲凉地发现，我在此一刻的处境还不如马大有。马大有在结束生命前，还有我这么一个朋友供他做最后情感上的倾诉、寄托与诀别，陪着他，听他最后说说心里的话。可是，我却没有，只能孤孤地一个人走了！想到此我心里万分的悲怆与凄凉！我只是在中午吃饭时，倾其所有，买了上学以来最好的一份饭菜——一块鸡大腿，半块酱肥猪肉，几个肉丸子，一份蛋汤，又从商店里去买了一瓶酒，装在书包里，一个人带着这些吃食来到未名湖畔的湖心岛上，自己给自己送行。我一边啃着鸡大腿，灌着烧酒，一边跟晓芳对话："晓芳，我就要走了，远在祁连山下的你知道吗，能有感应吗？现在科学研究说，相爱的人是会有感应的，你这会儿心口处感到疼不疼？我今天就走了，你跟你的那位副教导员好好的过日子吧。我不怨你，一点也不怨。我长了这么大，从来没就有体验过人间的温暖，是你，在虽然艰苦的插队岁月里，给了我唯一琼浆甘醇般的爱，我已感到很满足很满足了。我在这个世界上除过你他妈妈的没有一个值得挂念的亲人……"

我就那样，痴痴地一个人一边啃鸡大腿，一边抱着酒瓶饮着，一边跟我想跟其说话的人一一对着话。跟晓芳说完了，我跟蚊子也想说两句，就忏悔说："那次上粮我去背那个麻包就好了，咋也没想到正好就让蚊子你给撞上了……你好好养着，我走了。"跟蚊子说完了，我又想跟丁志雄说两句，感激的话又说了一箩筐，最后说："是你，用自己生命保护了晓芳，我替晓芳，替她的那位副教导员感激你，志雄！"接着，我又跟大头对话，"你快出来了吧，大头，在监狱的日子过得可好？你要想开点，我想你肯定一天干的活好苦好苦。可是，你再苦，晚上一躺下，就啥也不想了，可以美美地睡一个大头觉，也比我现在过的日子幸福。不然，我咋就熬不住了？"跟大头说完了，我又跟马大有对话。就好象马大有刚刚才跟自己分手不久，在不远处正等着我，等上我后，才一起上路。"马大有，咱俩一起走，一路上就不寂寞了。你可不知道我现在有多么的孤独。我现在才真正地理解你了……"和马大有对完了话，我又车轱辘般地绕回来，继续跟晓芳对话，一和晓芳对起话来，我就浑身的兴奋，和与别人对话时的感觉不一样："我最近刚刚看了一本叫《前夜》的小说，上边的主人公说，死人不是活人的朋友，你终究会忘掉我的……

就这样，我痴痴地一直在湖心岛呆到很晚很晚。月亮都升起来了，照得湖面一片朦胧与迷离，罩上层神秘的安详，显出些清冷的静谧，我还一个人坐在那里一边喃喃自语，一边一口一口地喝酒。说穿了，我还是很留恋很留恋，极不情愿离开这个给了我恨也给了爱，给过我欢愉也给了我悲苦的世界。今早晨起来，我就学大头那样，在自己的枕头下，压了一张纸条，告诉本寝室的同学，在我去了后，请按我写的地址，给一个叫罗晓芳的报个丧。我一整天都没有回宿舍了，他们谁会不会无意间发现我那张纸条，开始四处来找我？我很快就又否定了自己的猜测。大家都在各自关心自个儿的学习，谁在意你一天中回去了没有？别人没事翻你的枕头干嘛！想到这里，我心里又掠过一丝悲凉。看样子，自己今天上路到另一个世界的行程注定了是十分寂寞的。时间不早了，我也是该付诸行动的时候了！站起来的时候，我浑身一点儿劲也没有了，想到自己临走时，连一个可说两句话交待的人都没有，我就又忍不住地轻轻地啜泣起来，我不敢大声哭泣，怕惊动了湖边的人。常常有伴侣们来此处幽会，我怕让他们发现。说不定，此一会儿，艾迪就和她的哪一位躲藏在小岛的哪一个角角里搂在一起亲热呢！我正低声也是撕心裂肺地哭泣着，突然，有人在我身后轻轻地拍了拍我，问我："同学，你咋了？"

我猛地抬起头来，转过身去望，才发现是一位鬓发染霜的老者，我一猜就知道他是一位学富五车的老教授。我急忙站起身来，放尊重了，回答说："没啥，就是心里难受。"

"同学，有啥不高兴的事，跟你们的班主任老师反应。他会帮你解决的。"

我不吭声，立在那儿抹眼泪。

　　老教授又说：“你以前就经常一个人在这小岛上来，我观察你好长时间了。今天，我来过好几趟了，发现你在这里呆了整整十二个小时。”老者说着，看了看自己手腕上的表。

　　我不吭声，发自内心地感激面前的长者。就此一举，我就觉得他比我的父亲不知和蔼可亲多少倍。我想扑到他怀中去痛哭一场的心思都有。半天，我真就像个迷途的孩子见到了自己的亲人一样，流着泪说：“老师，我不想活了，实在活不下去了！”说完，我就控制不住自己地呜呜地抱着头重蹲在地上去大哭起来。老教授没拦我，听我哭了很一阵，才慢声说：“同学，我能理解你。我在这湖边走了四十多年了，遇到像你这样想寻短见的也不是一个两个了。解放前遇到过，解放后遇到过。虽然原由各种各样，可都大同小异。起来吧，我送你回去。你看你多年轻，让人羡慕的年龄，生活对你来说才刚刚开始，你就这样结束了自己的生命，多可惜。我这大半截身子埋土里的人，都企盼着多活上两年呢。心里有啥不痛快的事情，一定要向别人讲出来，别人是会帮助你的。”

　　老教授就和蔼地问起我来。我一瞬间，咋就以为是我那跳了黄河的爷爷又回到了自己身边的感觉，我一把鼻涕一把泪地把自己的境况讲了。老教授听完了，劝解我一番，说，“同学，感情上的事情，你要想开点。古今中外，人间的爱情悲剧有多少？人世间，除过爱情，还有好多美好的事物。可做的事情多了。再说，你还很年轻，一次爱情受挫，并不等于这一辈子就再也没有真正的感情光顾你了。你以后走上社会就会慢慢体会到这一点的。好多伟人，都不只有一次的情感经历。至于你的失眠。我可以教你一些方法。我在年轻的时候，失眠也很厉害。整夜整夜的睡不着觉。可是，通过我常年不懈地跟它斗，它早已被我战胜了。”

“是吗？”我惊喜地抬起头来问老者。

老教授慈祥地对我说：“同学，对任何困难，你都要有一种战无不胜的勇气对待它。毛主席咋说的？一切反动派，都是纸老虎。这句话也适用于我们面对的困难。再有天大的过不去的事情，只要你蔑视它，跟它斗，它就会最终败在你的脚下。你把我这句话记牢了。多少年后，你再回过头来看，你会觉得今天横在你面前的困境其实并不像现在你认为的这么大。我在人世上走了这么一大遭，遇到过多少当时看来咋也迈不过去的坎啊……”老教授感慨万千。

我感到老教授特别特别的慈祥。我心里一下子畅亮了许多。老教授搀扶我说：“走，我送你回去。”

我客气地说，“老师，不用了，我自己回去。听了你的话。我心里明白多了，很舒畅。”　　“我还是去送你。听你刚才一说，你们班是不是有个同学叫范为民，是系学生会主席？”

我回答说：“是，他还和我一个宿舍。”

老教授说：“我认识他。　我领你去，给他交待一下，让给你调调铺，和不打鼾的同学睡在一个屋子里。”

我感激得都不知如何是好了，这正是我所盼望的。可是，平时，就是张不开口，怕引起别的同学的反感。我听话地收拾了东西，背起自己的书包，跟老教授回去。回到宿舍楼，老教授让我先进自己的寝室去，就像没事的一样，啥也别对其他人讲。过了一会儿，范为民从外边进来，唤我出去，到楼门口，老教授在外边等着，范为民就直抱歉，搂抱着我的肩膀说：“小兄弟，过去对你关照不够，实在是我们的过错。刚才周老给我说了你的情况，让我以后多关照你。这样，我待会儿就去找班主任陈老师，再和班长老王商量商量，看给你调到哪个房间合适。本来是个很小的事情，你只要张个口，谁都会没意见的。

可是你不说，大家就不知道。”

我说：“我已经和老刘换了铺。再要求换，怕招大家伙烦，对我有意见。”

老范就拍着我的肩头说：“以后，有啥事情，不好给别人说，就给我说，你就把我当做你的大哥好了。”

我的鼻子一热。

老教授把我安排好了，就要走。老范恭敬地说：“周老，你走好。”

老教授又对我说，“我天天早晚在未名湖畔打太极拳。你明天来，我教你一些调治失眠很有效的方法。”

我感激地给老教授深深地鞠了个躬。待送走了老教授，我好奇地问老范，他是哪个系的教授。老范说，“你还不知道他是谁？鼎鼎大名的学术泰斗、哲学系的 xxx！”

我惊得吐出了舌头！他就是那个全国知名的大哲学家！

七

过后，老范就去找班长老王，又一起去找班主任陈老师，商量的结果是：怕我换了环境不适应，让我仍留在原寝室，把田胖胖和另一个打呼噜的同学调出去到了别的寝室，换进了两个不打呼噜的。我起先以为被换出换进的同学会对我有意见的，没想到，他们一个个都挺配合，对我该咋样咋样。而且还跟我善意地开玩笑。田胖胖还乐呵呵地说，“没事，以后再也不用担心半夜被你捏我鼻子了。”以前，我因为半夜实在被他的鼾声吵得受不了，曾去捏过他的鼻子，把他惊得没吓死，当时，对我挺有意见的。好几天不跟我说话。我第一次强烈地感受到了集体的温暖和同学们的爱心。原来，自己以为像山一样横在面前的问题，非常轻松地就解决了。通过这件事情，我对同学们的态度也发生了变化，开始跟同学们慢慢地交流起来。

第二天，在约好的时间里，我去了未名湖，果然发现老教授在浓浓的暮霭中，站在湖边一边深呼吸，一边轻轻地活动身子。以前我老来未名湖畔，咋就没有注意到过他。我颤颤兢兢地走上前去。毕恭毕敬地说："老师，我来了。"老教授停了下来，问了我换铺的情况。我向他汇报了，又感谢他一番。老教授就停下来，对我循循善诱，说：对待失眠，必须要在思想上不要怕它，要树立战胜它的必胜信念。然后是在各方面系统地制定出一个方案去克服它。这就要求你养成有规律的生活习惯，一天中什么时候看书学习，什么时候体育煅炼，要有一个明细的计划，哪方面都不能太劳太累。人体里有生物钟，一定要按时作息，按时上床，早睡早起。在煅炼时，要选择适合自己的体育项目，长期坚持。在饮食上要讲求科学，多吃鱼虾类富含鳞质和小米等含谷维素的食物，它们能起到健脑安神的作用，同时要注意各种营养的搭配，不能随便凑合。教授又教了我几招小窍门，让我晚上除过热水泡脚之外，睡前两小时，进行一定量的倒走，那样可以使注意力转移，脑神经放松下来，又使身体有一定的疲劳度，上床后就容易入眠。如果躺在床上还睡不着，不要硬睡，可起来坐在床上用手搓自己的脚心十分钟，然后晃动自己的身子，左转几十圈，右转几十圈，转到有了困意，再躺下去睡。老教授说："贵在坚持，只要你持之以恒地每天坚持了去做，就能最终克服失眠。世界上的事就怕认真与坚持。"老教授还建议我要和同学们敞开心扉交朋友，还说让我去找老范说一下，参加一些学生会的社会活动，这样对治疗我失眠症也是很有好处的。老教授的一席话说得我茅塞顿开。过后，我就坚持了按老教授的嘱咐去做。老范又让我到学生会去当一名干事，经常干些跑跑腿的联络工作。通过这些看似不起眼的一些小事情，我认识了一些外系的同学，也跟班上的同学开始联络交往。我每天坚持按老教授指导给我的去做。奇迹出现了，一个月过后，我的失眠症渐渐就轻了些，每晚上能睡几小时觉了。睡觉一好起来，精神也就好了，反回头来，学习也就有精力与劲头了，也就爱和同学们交往了。我和同学们的关系也融洽起来，还在班里班外的交了几个朋友。特别是我和老范，真成了一种大哥与小弟之间的关系。一次，老范叫上我跟他到办公楼去看一场文艺演出，遇到几个社会上的小痞子喝得醉熏熏的闹场子，在演出时鼓倒掌，乱喝乱叫，辱骂台上的演员。别人都不敢制止，老范挺身面出地呵斥他们。没想到，那几个小痞子一涌而上，就揪住了老范，推推搡搡地出了剧场，有的还揪住了老范的头发与衣领，我情急之下，把当年当知青的劲儿拿了出来，拎起门旁边的一个拖把，一边往上抡，一边喝着："他是我们系学生会主席，你们谁动他一指头，有你们好果子吃！"那几个小子一见我拖把向他们劈头盖脸的打来，又听我说老范是系学生会主席，这才哗地四散了逃去。过后老范拉着我的手说，"小老弟，今天多亏了你。走，到小餐厅去，我请你喝啤酒。"

我笑笑婉谢，说："你今天的行动才让我钦佩，不亏是学生会主席。别人都不敢吭声，就你敢去斥责他们。"

从那以后，我就发现，我和老范的关系比以前更进了一步，我真就把他当做大哥看待，他也把我当小弟一般。后来老范又竟选当上了校学生会主席。他上学期间代表全国学联去欧洲访问了一次，还没忘给我带个圆珠笔回来。

我的性格也缓缓地起了变化。

新年到了，全班开联欢会，联欢会要求每人买一件小礼品，放在纸袋里写上自己的名子，封好了口，堆在教室中央的一个大桌子上，让每人去拿，拿上对方礼物的，不管男女，都结成对子，出演一个节目。我的礼物是一个胡刷，我不知道其能落到男生手里还是女生手里，就在其中调侃地写了一句话：假如不能用它刷胡子，那么就用它去刷鞋子。结果，我的那把胡刷让一个女同学抓着了，我们俩就出去在门外商量着编排节目，我提前已带来了口琴，就商量着我吹她唱，共同演奏一曲《莫斯科郊外的夜晚》，对方欣然同意，过了一会儿，就轮到我俩上场，她唱得很准，和我配合得很好。刚一开个头，就获得了满堂的喝彩。等我们演唱完了，教室里响起了雷鸣般的掌声。表演节目结束后，又开始跳交谊舞，我不知是哪来的那么大的勇气，以前，和班上的女同学话都不好意思说，更别说跳舞了。此时，我主动邀请和我一同表演了节目的女同学跳舞，尽管我一点也不会跳，踩了她好多次脚。对方很耐心地教我。开完了联欢会，从教室里出来，校园里树影婆娑，月夜皎皎，轻风徐来，夹着朗朗的一阵歌声。进大学三年了，我第一次感受到，校园生活是如此地美妙。

以前，班上组织去登长城，爬香山，游植物园，泛舟昆明湖搞团日活动，我总是能躲则躲。现在，我是每项活动都积极参加。渐渐地，失恋所带给我的阴影在心头淡去了。我的睡眠也一天好于一天，功课也追上来了。以前我每门课常常是勉勉强强的及格，最多也就是得个 4 分。现在，也能在一些课的考试中得 5 分的成绩了。我甚至还提起笔来试着写起了诗歌。有两首还发表在了学校的《未名湖》文学刊物上。我试着开始给外边的报刊杂志投稿，居然有两首也被采用了。一次，班里在圆明园搞爱国主义主题班会，在同学们的撺掇中，我上去念了一首新作的诗，竟然博得了大家伙的很热烈的掌声，在那掌声中，我不但找寻到了久违了的自信，而且看到了未来自己发展的希望与方向。

可是，这样美妙的生活我还没有来得及享受多长时间，就像风一样地刮过去了。很快，大学生活就结束了。我有一种切身的体验：美好的时光总是在你不经意的时候，就很快从指头缝里象水一样地流淌走了，挡都挡不住。 而悲苦的岁月却度日如年似地难熬。填分配志愿时，我填了服从组织分配，自愿回家乡省去工作。结果，上边根据我的情况，把我分到了某新闻单位驻甘肃记者站。当我兴冲冲地怀揣着派遣证到兰州报到时，却被告知，我那个名额被当地一所大学的一名毕业生给占了，说那位毕业生在上大学期间就发表了好些新闻作品，早就跟记者站有联系。他们往上报计划要人时，其实就已经将名额内定给他了，可国家计委却将这个名额落实到了我头上。我只好重新返回学校，接受二次分配。坐了一天两夜的火车，重回到学校，走上宿舍楼去，整个一幢楼空空荡荡，打开宿舍门，乱糟糟的一片，满地的旧报纸，破绳索，空牙膏皮，还有其它被人遗弃没带走的杂物——破鞋烂袜子、旧毛巾、裤头子、空罐头瓶、墨水瓶、坏钢笔。我心中一片凄惶，想想在这里住了的同学们一个个都到新的工作岗位，开始了新的生活，自己咋又绕回来了，命运咋就只和我过不去！过了两天，我就收到一封父亲的来信，说他打听清楚了，那位当地大学毕业顶了我的同学，是某副省长的公子。一瞬间，我似乎服气了当时社会上广泛流传的一个顺口溜——学好数理化，不如一个好爸爸！当时的毕业分配是严格按计划进行，一但像我这种情况，被计划所甩出来，成了特殊情况，再要调剂，就很麻烦，得等很长很长的时间。整整一个暑假，我都一个人呆在楼去人空的房间里度日，孤独感重又向我袭来。我整日里孑然一身，形影相吊，实在烦闷得受不了，就用艾迪那录音机，反复播贝多芬的命运交响曲，让那"咚咚咚——咚——"的命运敲门声一遍遍地震荡刺激自己的耳膜。然后，就是百无聊赖地去未名湖畔转悠。我想再见到那位老教授，可是，已经不可能。老教授在半年前，已阒然长逝了。

一次，我正在未名湖畔转悠，竟然又将艾迪给碰上了。我知道半年前，她已经毕业去了一家京城的出版社。我们唠了起来，他问我为啥还留在学校，我向她讲了我的情况。艾迪发一阵感慨，说，"退回来也好，说不定，你还能被留在北京呢。"

我说，"不大可能。原则上，边疆来的考生，一般都是要被分回去的。"

"那也未必。现在北京的好多单位缺人。我不就留北京了。"

"谁能跟你比，大才女。再说，你家以前本来就是北京的。"艾迪看来被人恭维惯了，无所谓地笑笑。说："还是争取争取，留在北京最好，那破西北，有啥好去的。"

我拐过话题，客气地说，"你那录音机还在我那儿。今天过去你取走。"

艾迪一撇嘴说："你看看你，又来了。上次我不说了，你就留下听拜。"

两人就唠了起来。我问她："到学校来干嘛？"

她说："心里烦闷，来学校溜溜。"

我说："你有啥烦闷的，一切都那么顺心。都是知名作家了，屁股后边的崇拜者一大群。"　　　　　　　　艾迪苦笑笑说："你看到的只是表面现象，哪个人心里没有烦心的事。"

我说："真没想到，还能碰上你。"

艾迪说："我也没想到能碰上你。"

"你们单位离这里近吗？"

“挺远。”

“挺远你还跑来？”

“就是想到学校来转转，挺怀念过去校园那段生活的。说过去就过去了。”艾迪感慨一声，突然就问我，“你和你那位罗晓芳，关系还保持着吧？”

我拐过话题就是想不让她提到晓芳，她还是提了出来，看样子是绕不过去。我只好如实说“早都完了。”我将手中揉巴着的一截细柳枝，扔进湖水中，湖水中泛起点儿涟漪，柳枝儿在水面上飘了一会儿，沉到了水中。

艾迪说：“怎么可能，你俩关系那么好的，当时挺让人羡慕的。”

我不吭声，长长地叹一口气，心想，我与晓芳的事肯定我妹妹都早告诉你了，你只是在装着不知道而已。我反口问她：“你呢，现在男朋友谁？是那位西语系的高材生，还是国际贸易系的那位研究生？”口气中带着些揶揄。

艾迪哧哧地笑两声，问我，“你说的是谁呀？”

我说，“你装什么，和他们当时都胳膊挽胳膊的。”

艾迪不以为然地说：“胳膊挽个胳膊就是我男朋友呀？那我男朋友也太多了！”

我正经了问她，“说真的，你男朋友现在是谁？干什么工作？”

艾迪长长叹口气，回答我：“像你这样痴情的男生，现在有几个！我现在身边没有什么男朋友。不然，我也不会一个人大老远跑到这未名湖边遛达。”

我很诧异，摇摇头，“我不信，你竟然没对象。我咋也不相信。”

“你爱信不信。没有就是没有。一个个都掰了。其实，也算不上真正意义上的对象，也就是关系比较好的朋友而已。"

"关系好的朋友躺在人家怀里亲嘴。"我笑着挖苦她。

"啊，让你看见了？"

我不吭声。艾迪辩解，"亲个嘴算啥，校园里亲嘴的多了，我不是也和你……"艾迪欲言又止。看我半天没反应，才说："其实，我真挺怀念刚进校那段和你相处的日子。刚才我在湖边溜时，脑子里还闪出你的影子来。"

"骗人。"我说，"我有啥可让你怀念的。很平庸一个人。"

"真的，信不信由你。我知道你现在对我有看法。我们到郊外写生的那段日子，过得多惬意，现在回想起来，就像诗一样美好。画的那些画，包括给你画的肖像，我都保留着呢。你从侧面看，挺潇洒，面部轮廓真像维吾尔族人，透着那么一股子骠悍劲儿，你们班上的女生就没有人主动向你进攻？"

艾迪的话使我想起了在元旦晚会上抓到我的礼物跟我一起合作唱了《莫斯科郊外的晚上》的那位女生，我们过后曾有过一段接触，不然我咋对快毕业的这一段生活特别的怀念，其实有一半原因也是因为她。可是我和她虽然互有好感，但还处在朦朦胧胧中，还没有发展到相互吐露心扉的那一步，大学生活就匆匆结束了。再说，说老实话，我仍然没能从和晓芳的情感旋涡中彻底拔脱出来，对人家发出的情感信号有时候也反应迟钝，犹豫不定。因为，我总是拿她跟晓芳比。觉得对方不如晓芳漂亮。

这会儿，我从艾迪的话中听出了感觉，心里咯噔一下，她竟然还保留着对我的那份好感，还对刚进校时和我相处的那段时光如此的眷恋。这倒是令我没有想到的。

　　以后的几天时间里，我每天晚上去未名湖，几乎总是能碰上她。一碰上，两人就谝起来。甚至一起溜达一阵，人的心理真是说不来，虽然当时是艾迪的原因导致了我和晓芳的分手。虽然当时艾迪不声不响地和我断了来往，可我却恨不起她来。而且，每天都在憧憬着晚上这一时刻的到来。我心里说不上喜欢还是不喜欢艾迪，更谈不上爱她不爱她，可就是想见她，想跟她在一起唠。我可能是太孤独了。我想，艾迪是不是和我同样的心思，她好像也挺孤独，也是每天晚上特意来此跟我唠。渐渐，我俩竟然又唠着唠着唠到一块去了。她知道我现在也写点诗，还将我发表在《未名湖》上的两首诗评价一番，给予了很高的评价。说很有北岛的意味，以后超过他去也未可知。劝我想办法自己活动着留在北京哪家出版社或杂志社，那样，前途大大的。我受了褒奖，一下子就跟她感情上更近了。甚至觉得又回到了刚入校时那样的关系。两人后来就越谈越投机，越默契。我甚至觉得我毕业分配出现岔子未尝不是一件好事，是不是冥冥之中，有一只上帝之手在撮合我与艾迪。想到此，我浑身一阵子兴奋，就把艾迪往完美了想，想她的聪颖，想她的才气，想她的优越的家庭背景，甚至原谅了她过去今天挎这个男生胳膊，明天躺那个男生怀中的行为，反而觉得她挺浪漫，身上挺有时代精神。共同的爱好，使两人一聊就是很长时间，我们在一起谈现代派诗歌，谈意识流小说，谈立体派绘画，谈存在主义哲学，只要一接触一个新的话题，马上就能引起一长串子话题和许多许多的名人典故。我不得不佩服艾迪，她的思维异常的敏捷，而且往往是跳跃式的，总是能让你跟上她的思路走。我们俩也常常辩论，但结果都是辩来辩去到最后发现两人的观点其实是一致的。在这种辩论中，甚至擦出了我灵感的火花，我的好几首后来发表在象样诗刊杂志上的诗，就是在和她的辩论中孕育出最初的创作主题的。在和她的交谈与辩论中，常常一晚时间很快就过去了。送她走后，我常常仍旧沉浸在与她在一起辩论时的兴奋中。我惊讶地发现，和艾迪这种精神上的交流很享受，是过去晓芳所不能给予我的。发现了这点我十分兴奋，为自己和晓芳的分手自我找借口：难道在晓芳的事情上，真是我错了，父亲对了？随着我们关系的重新密切，艾迪开始热心地调动她的社会关系，给我往她们出版社或别的文化部门联系工作。我觉得有艾迪的帮忙，自己肯定能留京。我对艾迪的好感与日俱增，比第一次接触时有感觉的多了。第一次时，有个晓芳夹中间，我又受着失眠的缠绕，时不时地影响我的情绪。这一次，不但没有了以上因素的困扰，最最主要的是：我们有了最最能将我俩维系在一起的共同语言、共同的追求，我发誓，有艾迪的辅佐，加上自己的努力，以后我也一定会在诗歌创作上出人头地，像她一样，在全国争来一大群的崇拜者。想到此目标，我浑身的血都沸腾起来。

在未名湖畔交谈完了，我们常常又去校园小餐厅里去喝点冷饮吃点夜宵什么的。然后我送她一程。她坐公交车回去。她父母此时都已调回了北京，但她一般仍旧愿意住在姥爷这头。因为此处离学校近。一天，我们在一起遛达完了，她说今天想早点回去，我就送她到交通车站去。到了交通车站，等来了车，她又不上去了。我问她咋不上去，她意味深长地望着我说："我们走走吧。说不定，我以后就再也不来了。"

"为啥？"我问，

她说，"不为啥。以后就不来了。"

我没多想，以为是他在用激将法吊我的胃口，想让我对她做出更亲昵一点的行动来，就跟她走得靠近了点儿。艾迪就很主动地挽起了我的胳膊。我就在心里更印证了我的猜恻，任她挽了我的胳膊走。送了一程，我问："是不是你该上车了？走了好大一阵了。"

"不，再陪我走走。"

"你不累？"

艾迪第一次在我面前撒娇道："嗯，不嘛，你再送我一段。反正现在天还早，你回去也没事，还不是一个人呆着。"

其实，刚才我也是虚客套，试探她一下，我乐不得送她，多和她呆一会儿。我现在除过她，整天没有一个可说话的人，比在当年招工后杀猪时都孤独，那时还有几个工友呢。两人又走了好长一段路，我就感到艾迪今晚上对我特别的依恋，将我的胳膊搂得越来越紧。甚至走着走着，另一支胳臂也上来，双手搂了我走，头就贴在我肩头上，我都闻到了她头发上摩丝的香味。我明知故问，"你今天是咋了？"

艾迪抬起头来妩媚地睨我一眼，说："到我家去吧？"

我心突突地跳起来："晚了，明天吧？"

"嗯，不嘛，今天。就今天，不晚，才九点。"

说老实话，我特受用她的撒娇。虽然我和晓芳好得那么轰轰轰烈烈了一场，晓芳也没有给我撒过一次娇。我敢说，女人的撒娇是俘获男人心的利器。此时的我，听到艾迪的那一声嫩声娇气软绵绵的请求，就像在听着人世间最美妙动听的音乐。想想她当时在她的作品讨论会上作报告时，在给那一个个崇拜者笔记本上签名时，是何等的牛皮风光，而此时，她就偎在我怀里在求自己。我几乎都要陶醉得晕过去了！艾迪浑身上下透出的一切，都是那么强烈地像磁铁一般地吸引了我，以至于我开始后悔，当初就不该对她有一搭没一搭的。她身上所具有的素养与品味，是罗晓芳根本没法与其比拟的。老爹毕竟是过来人，看得就是比我远。想想人生真是难以琢磨，绕了这么大个圈，才找到了感觉。早知现在，何必当初。要死要活地非要去一趟河西，当时艾迪可能也看出我太看重晓芳，才主动跟我疏远的，说不定就是跟我分手后，才导致她随便今天跟这个挎肩膀，明天跟那个亲嘴的。我就自责自己，弄了半天，艾迪和男生交往上那么随便，责任其实在我身上！想明白了这一点，我就发现自己真是个大夯，觉悟得太晚了，还说风凉话挖苦人家，实在是太不应该。就想对她补偿自己的愧疚，伸出手去，也搂紧了艾迪的腰。艾迪看我搂紧了她的腰，便顺势凑上前来，在我脸上吻了一口，说，"你答应了？"

"答应什么？"我只顾在心里刚才想了那么许多，都忘了刚才她问我什么了。

"答应上我姥爷家去呀？"

"走拜。给脸还不要脸？我是个啥了不起的人物！"

"你当然了不起了。你现在就是我眼里的白马王子！"

艾迪含情脉脉地瞅视着我。我的魂儿都几乎让她的眼神给勾去了。奇怪得不得了，第一次接触时，她也常常这么真勾勾地瞅视过我。我咋当时就一点感觉都没有！

到了她家，艾迪用钥匙开了院门，说："我姥爷睡觉早，这会儿早都睡了。保姆回家去了。我姨今天上夜班，晚上不回来。"艾迪在给我传递着一个明确的信号。

进屋去后。艾迪一边嚷嚷说，真热，一边就脱了外衣，只剩下里边的个小鸡心领背心。很透，很露，那隆起的胸部处的两点红红的乳头顶着背心，我几乎都能隔着看清了它的大小与颜色，我脸红了，不敢直视它。艾迪看出了我的窘样，说："抬起头来，看把你羞的，我是谁？想想我们的以前，你就觉得自然了。亲我都亲了，还装假清纯？"

"没，没。"我舌头打着结，"只是，只是……"

"只是什么？和罗晓芳爱得死去活来的，我就不相信你没碰过罗晓芳？老实讲，你跟她是不是把该干的事都干了？"艾迪诡诡地望着我问。

"没，没，"我急忙辩解，"我们也只是像我和你相处时一样，最多只是亲了亲嘴，搂抱搂抱。"

"哄鬼去吧，你把我当成小孩了。你们如果没有那事，你能对她那么痴情？当初气得我都恨不得咬你两口的心肠。"

从她这句话我印证了对艾迪的猜测。我一瞬间就怀疑，她写那小说，后又将小说特意带回去给我妹，是不是都是她精心设计的。听她的口气，当时，对我确实是很上心。我真是只想着晓芳，没把人家的情感当回事，伤了人家的心自己都不知道。听了艾迪的这句话，此一刻，我心里对艾迪更有了加倍的愧疚，也就更加地对艾迪有了好感，甚至可以说，我是深深地，真真地爱上了她。一个人对一个人的情感真是说不来。我向艾迪发自内心地表白："真的，我绝不骗你，艾迪，我跟罗晓芳真的没有那事。请你一定相信我。"

艾迪正在给我开一瓶啤酒，怔住了，呆呆地看着我，说："怎么可能？我们点上谈对象的男女，都尝了禁果……"

"真的，我发誓。我们点上的男女生谈对象的，也都那样了。可我们确实没有。我也给你讲过，我们点上有人为此付出了惨痛的代价。有一对为此把命都丢了。罗晓芳在这方面很保守，就怕怀孕了见不得人，这就是我们没有发生那事的最重要的原因。"

艾迪像是相信了我的表白，递一只斟满了的啤酒杯送我面前，"来，今天在我家喝，也不怕餐厅关门了，喝个痛快。"

"那也不能太晚，太晚了回去，进不去楼门。"

"进不去就不进了拜，你那个破窝是个啥好地方，还留恋得不成 ？"

我明白艾迪这句话所传递的信息是什么，心不由得又咚咚咚地跳起来。

我就和艾迪一边碰，一边喝，一边天南海北地神聊。聊着聊着，艾迪就把她那几个前边交了的男朋友逐个骂上一通，说全不是个东西，都是跟她玩弄情感。其实她也没把他们一个个当回事，什么高材生，也庸俗得很云云。我支着耳朵听，也不时地附合着劝她两句，说过去的就一阵风吹走了，我过去对罗晓芳咋样，现在不也过去就过去了。重要的是忘记过去，重新开始，将以后的幸福把握了。就又把老教授给我讲的人生感言给她贩上一遍。艾迪就感慨，说，"没想到，两年多不接触，你比以前深刻得多了，都快成了哲学家。怪不得看你那两首发在《未名湖》上的诗时，让我大吃一惊。老实说，没有深刻的思想，就没有有才情的诗歌。"

我最喜欢她夸我的诗，之前她夸我的诗有北岛的诗味时，我就已经飘飘然了。我反着夸她，"你真是谈到根子上了，所言极是。"

两人又碰杯，喝酒，喝酒，碰杯，然后又是新一轮的对文学、哲学、艺术、人生的讨论。海阔天空，兴之所至，任马由缰，谈了个酣畅淋漓。我兴奋地发现，我和她特别特别的能谈到一起。

很晚了，我试探地问："我是不是该走了？"

艾迪看了看表，又看着我，挑战似地问："你还真走呀？"

"不真走假走？"

"你就是现在回去，也进不去楼门了。"

"那你的意思？"我问。

"咋，我家有老虎？怕吃了你不成？"

"不，我是说，有你姥爷……"

"怕啥，他都老得痴呆了，还顾了管我们的事。"

"那你的意思是……？"

"别问，问了就没意思了。"

我就再不吭声了。心里忐忑地看着艾迪收拾残局，换了薄如蝉翼的性感睡衣，洗漱打扮，然后脸上涂上香香的粉脂，立即，那股香味就飘散过来，钻入我的鼻孔，熏得我欲晕欲醉。艾迪又吩咐我也洗洗脸，洗洗脚。她就去铺床拉被。床上只有一床被子，艾迪拉开来，将蚊帐也放下来，自己先钻了进去，在我面前脱了睡衣，露出白嫩的肌肤，躺下身子去。半天，我洗完了脚，坐在那里，不知如何是好。艾迪隔着蚊帐，风情万种地盯着我，挑逗地问："那么长时间，还没完？进不进来？不想进来，就在那里坐一晚上。让蚊子吃了你。"

我心咚咚咚地跳着，自己都能听得清清楚楚。艾迪顺手拉灭了架在床头的台灯，屋子里一下子黑了下来。月光从窗棂处泄进屋子来，像一片碎银撒在地上，斑斑斓斓。蚊帐中的景象，朦朦胧胧。我还怔怔地坐在椅子里发呆，艾迪又催促了，"快点上来，还傻坐什么？真是个迂夫子。"

我站直了身子，开始脱自己的衣服，手都在颤抖。 脱完了衣服，又傻了一阵，艾迪又叫道："你还磨蹭啥？"

我打开蚊帐来，跳进去，艾迪早就迎起身来，将我搂进了她怀抱中。我一阵冲动，就像是生产队里的公牛一般，紧搂着艾迪，一阵疯狂的亲吻，然后就胡冲懵撞，半天，不得要领。艾迪就在底下说："你原来真的不会！"

我急切地回答："我就是不会，咋弄？"

艾迪就伸出手来，引导我要去的地方。可是，还没入巷，就打雷下雨了，我都不知咋回事，以为就应该是如此，下身来，躺展了准备困觉。艾迪有点儿失望，翻过身来，伸出手来在我的身上四下里磨蹭，弄得我痒痒的。我受不了，说，"睡吧。事情也干了，我困了。"

艾迪无可奈何地在我脸上剜过来一指头，又怜惜地说，"你呀。"头就伏靠在我的肩膀旁。我哪里能睡着，虽然很困，但却又很兴奋。任艾迪那天鹅绒般柔软的酥手在我的身体上摩挲。过了一会，我突然全身就又有一股不可扼制的兴奋重新似烈焰一般地燃烧起来，重又急切地不顾一切地翻起身来。艾迪轻声说："听我的，慢慢来，傻瓜！"我就放缓了动作，一切都由艾迪教着我做。过了一会儿，我知道是咋操作了，恢复了主动。我第一次地体验到一种人生从来没有过的痉挛般的兴奋，特别是最后要下雨的那一瞬间，我兴奋地几乎晕厥过去。

完事之后，艾迪从枕头下撕下一条卫生纸，交给我。我问："干嘛？"

艾迪说："擦擦，傻瓜，不然湿湿的咋睡。"

我接过纸去，擦自己的下边，果然发现下边湿湿的。而且床单上也湿了一大片。艾迪又拉亮了灯去收拾。灯光下，我看着自己和艾迪赤条条的下身，羞得低下了头。艾迪看我那样，调侃说："还怕羞是不是？你呀，还真是没撒谎，跟罗晓芳谈了好多年恋爱，竟然还是个童子身！"

我一只手遮下边，一只手捂了脸，催促道："完了没有？快点擦。要不把灯先关了？"

"关了灯咋擦？"

……

重躺下去后，艾迪再不乱摸我了，将小手放在我胸脯上，头偎在我脖颈处，一动不动，很快，就起了匀匀的呼吸声，玉胸在我的身旁一伏一起，在磨擦着我的神经。我本来就得过神经衰弱，哪里受过如此的强烈刺激，根本兴奋得入不了眠。看着蚊帐外如水的月光，我脑子这会儿清醒极了，突然就想到了晓芳，想到晓芳那隆起的肚子，我马上就联想到刚才的一幕，想到了她和她那位副教导员在床上也会像我和艾迪刚才那样的颠鸾倒凤，我的心里就一阵发疼。有了这样的经历，晓芳肯定早把我忘到脑袋后边了。生活啊，人生啊……我感慨着，躺在艾迪的床上，竟然一瞬间是那么强烈地思念起晓芳来，觉得和晓芳轰轰烈烈死去活来地爱了一场，竟然没有过一次这样的经历，两人真是亏大了！

天快亮时，我才似乎朦朦胧胧地睡去。我做着梦，又回到了知青点的炕上，卷毛的手又伸进了我的被窝里来，意识清醒过来后，才感觉到它是一只天鹅绒般柔软的玉手，我记忆彻底恢复了，全身一阵燥热与冲动的快感，急速地翻起身，去到艾迪身上去，又做了一次。这一次，我已经由学徒变成了熟练工，弄得艾迪很满意，自己也挺舒服挺享受。完事后，自己心里对自己说：其实这活挺简单，难怪很多人无师会自通。

九

第二天早晨，我趁艾迪姥爷还没起床，艾迪小姨还没下夜班回来，早早儿贼似地溜出了艾迪家小四合院。夏日里北京的早晨真好。街道上，到外是垂杨绿柳，晨风洗荡去夜晚的溽热，拂着全身透体的舒畅。以前，我最烦那树上的蝈蝈，吱嘎吱嘎似要钻进脑仁子里来啄脑浆。此时此刻，我甚至走一会儿，就停下来，支着耳朵听一阵儿，咋就跟那贝多芬的《命运交响乐》是一个旋律。我想贝多芬是不是听了蝉的鸣唱才有的灵感。书上讲了，世界上的好多事情是相通的。我一边走，一边想我的分配问题。上次去学校人事处，一位科长说，国家计委有关部门管这事的人都去庐山避暑了，不知道回来上班了没有，最好是还没有上班。如果再把我分回甘肃去，那就坏事了。人世间的事情就是这么富有戏剧性，前不久，我还和父亲为自己回甘肃不回甘肃搞得很僵，父子关系几乎为我的分配一夜间沦陷到我插队时的状况。因为他的观点是坚决不要我回甘肃去，说你被人挤了后从计划内变成了计划外，分回甘肃来，别人会怎么想，肯定不会有好工作等着你，说不定，重把你分回到河西走廊的可能性都有。那样，全家人的脸面往那里放？我却是一心想回甘肃，甚至潜意识中，还希望能回到河西走廊去，那样，就能见到晓芳。我一个堂堂北京大学的学生，到河西走廊去，当地还不把我当个宝似的，好工作还不由了我挑，还让我重去杀猪不成？说不定，晓芳还会重回到我身边来呢。我有这个把握，把她重从副教导员身边夺回来。什么军婚不军婚，感情总讲个先来后到，原本是他撬了我，并不是我撬了他。是我的新自行车，让他偷骑去了，我重新要回来有啥不可以的？但，自从和艾迪见面，关系重续旧好后，我就觉得自己以前的想法是多么的幼稚与天真，多么的不现实。就像我爸对我说的，如果那样，当初挣死累活地考大学干吗？直接跟晓芳结婚过日子完事，省去多少折腾，又花家里钱，自己又神经衰弱的，何苦来着！细一想，老爸说的真在理。这会儿从艾迪家出来，我的眼前一片光明，什么甘肃，河西走廊，去他娘的蛋，想都不要去想！我脑子里一下子就冒出了那首非常熟悉旋律，忍不住地就哼唱起来：

灿烂的朝霞，

升起在金色的北京。
庄严的乐曲
报到着祖国的黎明。
啊——
北京啊北京，
祖国的心脏，团结的象征。
人民的骄傲，胜利的保证。
各族人民，把你赞颂，
你是我们心中，一颗明亮的星——

　　我一边哼着，一下子周身就热血沸腾起来，别人打破头了要往北京钻，我却有这么好的机会不利用，还想着去那个荒凉的破河西走廊，还嫌它给自己吃的苦头少是不是？我打一把自个的脑门子，自己问自己：你是不是被门挤了，脑子进水了！有了和艾迪的这层关系，我就半条腿都已经迈进北京的大门槛了！留北京的事根本都不用自己多想，就凭艾迪和她家的背景，一切都会搞得妥贴。前两天，艾迪就告诉我了，她正在调动自己的社会关系给我联系单位呢。这会儿，我像当年在大队部办版报得到了那两个面饼子时，在沙窝里翻跟头的高兴劲儿一个样，要不是北京的大马路挺硬，街上有行人，我真想翻它俩大跟头！

　　那一天，我难熬得不知是怎么度过的，又像当年在点上等晓芳回去时的心情一个样。当天晚上，我早早去大饭厅吃过饭，回到宿舍，特意用刚买的头油把头发打亮，梳了又梳。将一件过去压箱底的新卡叽裤子取出来穿上，在仅有的三件衬衣里挑了好几遍，才选定了件月白色的确良的，跟下边的灰色裤挺配，穿在身上。对着镜子照了又照，直到满意了，又将过去很少擦拭的凉鞋用块破布蘸上水，擦干净了上边的任何一点泥土，才出门来，匆匆到未名湖边上去。我想，说不定，今天艾迪也会早早儿去的。我甚至都准备好，今晚可能还要去艾迪家过夜，所以，我连暖瓶的开水也没打。

去后，只见未名湖边已经有三三两两早早吃了晚饭的人们在遛达。还有些人在湖边看书与背外语。我绕着湖边遛达了一会儿，向艾迪平时来的方向走了一阵，想迎上她。没有见到她来，我就又折回来，重坐在我往日常坐的那条石椅子中去。等了一会儿，还不见艾迪来，我就在脑子里构思开昨天在她家跟她聊时，钻出来的一首诗的灵感。想这样，感觉时间会过去得快一点儿。也是想在她到后，向她显一下。我几乎把那首诗在肚子里做成了，仍然不见她来。天都有点儿擦黑了。湖面上，出现了越来越多的一只只燕子的矫健身姿，时不时地掠过水面，划出一条条好看的曲线，吱吱地叫唤着。我心里有点发急，燕子都在叫了，这家伙怎么还不来？平时这时候，她早来了。

不知不觉，天色又暗了下来，月亮在头顶出现了，还有几颗暗弱的星星在天空中也探出了脑袋。湖面已经被深深的暮蔼所笼罩，一片水气，像一层轻纱飘在湖面，朦朦胧胧。月亮和星星掉进湖水中，似隐似显，若明若暗。湖旁的小山、石径、翠竹、松林，全都变成了一团团一丛丛一条条迷离的黑色。湖旁的德、才、均、备四斋里亮起了灯光，灯光倒影在湖水中，影影绰绰，晃晃悠悠，像一条条在湖中划行的富丽堂皇的龙船。湖心岛屿上，时不时地飘出一两声清亮的男生唱歌的嗓音，好好听。可是，艾迪她就是不出现！真是辜负了这良辰美景！她有多么重要的事情？在昨天我和她迈过了人生最为重要的那道槛，掀开了我俩关系史上的新篇章后，会阻拦她前来跟我的约会！

一直到很晚很晚，我知道再也等不来她了，才极其沮丧失望地回宿舍去。拎了空暖瓶，去水房打开水，回来泡脚困觉。躺在床上，我很晚入不了眠，心里反复猜想艾迪没能前来约会的各种可能性。

第二天晚上，我又和前一天一样，更加焦急地去未名湖等她，可她仍然没有来。

第三天。

第四天。

……

我隐隐约约地感觉到，艾迪肯定是发生了什么变故，遇到了什么特别大的事情，我想到了疾病、车祸……心里开始忐忑起来。我决定去她姥爷家一趟，以探虚实。我真是再也忍受不了这样无声无息的等待——在两人经过了那样一番云雨之欢后！

我搭车往艾迪姥爷家赶去。来到她姥爷家，四合院静悄悄的。我敲了门进去，只有她姥爷一个人在，我问艾迪上哪去了？她姥爷耳朵背得厉害，又患有老年痴呆，保姆也不知上哪去了。她姥爷只认识我是艾迪的朋友，其它一问三不知，半天，才想起什么来，从屋里取出一个信封，交到我手中。我明白了什么，几乎是从他那粗糙的布满了青筋的老手中抢过它来，急急地打开它来眼睛盯紧了看。刚看了两行，我就傻眼了，几乎跌坐在了地上！只见上边写着：

一凡：你好！

我走了，去到大洋彼岸留学。我的那个他，在那边等着我。原谅我之前一直没能告诉你这一切。我去未名湖畔，确实是在办签证的日子里等待得很着急，很无聊，几乎都要绝望了。所以，才去母校散心，想打发时光。没想到，却遇上了你！和你重新相处的这一段时间，我感到非常愉快，比第一次和你接触时愉快多了。我想你会和我有相同的感受。我甚至最后真的都犹豫起来，该不该去国外找他。有一篇西方小说叫《中途换飞机的时候》，讲一位少妇前去会自己新婚的丈夫，却在中途换机时邂逅一位男士，掀起一波感情波澜的故事，我吃惊世界名小说中的故事怎么会让我在现实中遇上了，而且比它上边写得还要浪漫，还要缠绵。我的内心动摇不定。那天我让你到我家来，就是我办好了签证要第二天上飞机的时候。你走后，我甚至都想把它撕了。但最后，还是理智战胜了情感。我要不走，就得负了那头，而那一位，也是我的至爱——他是一位金融学博士。我不忍心让他遭受如此大的打击。而且，大洋彼岸自由世界的生活，也是令我很向往的。所以，只能对不起你了，一凡。请相信我，我内心里是很喜欢你的，假如以前是喜欢你的外表的话，这一次更多的是喜欢你的才情。这一次我俩的重新交往，似乎是上帝的安排。虽然短暂，却是那么的美好，我会永远将它珍记在心里的。（说不定，高兴时，我还会以此经历，再写一篇小说出来。我想，一定会比那头一篇更精采，更感人）别了，我的朋友，不，我的情人！别怪罪我，别恨我，因为，我别无选择！

　　你的工作问题，我托付给了我的好朋友ｘｘｘ，她会尽心尽力地帮你的。顺便说一句，她目前还是单身，各方面条件不比我差。说不定，你和她还能有缘来一段浪漫之旅，携手共度漫漫人生呢。假如真有那么一天，当你俩步上红地毯之时，别忘了我是你们的月下红娘，给我往大洋彼岸寄喜糖过来。你俩都是我今生最好最好的朋友，真希望你俩能走到一起。再见了，一凡。多保重，祝你留在北京，一切顺利。

你最好的朋友：艾迪

1982 年 8 月 20 日

突然，我想起了那天去她姥爷家前，在路上艾迪跟我说的话，说以后就再不来找我了。我当时还以为她在用激将法吊我。这会儿，我才明白了这句话的含意！

我不知是怎么从她姥爷家出来的，一路跌跌撞撞，嘴里自言自语："骗子，大骗子。"一边往学校方向走，一边把那封信一把一把地撕碎了扔向空中。路上的行人都在瞧我，有两个小孩也盯了我哧哧地笑，我指着他们骂道："笑什么笑！"又指着天空，指着四周的街景，咕咕哝哝："北京，你为啥要这样欺骗我！"

我捂着双脸失声痛哭！陀思妥耶夫斯基有一本小说叫《被侮辱与被损害的》，写一位公爵为了夺取某工厂的财产，诱骗并遗弃该厂主女儿，使她流落在彼得堡的贫民窟。我是一个被侮辱与被损害的男人！这个无耻的女人，第一次她毁了我纯真的爱情，这一次，她又轻松地占有了我的处男，玩弄了我的情感，又无情地抛弃了我！！！·

第二章

一

　　学校人事处通知我，说山东省人事局来北京招募人才，他们那儿有几个新兴城市很缺人，问我愿不愿去。我当然乐意。甘肃显然是不能回去了，回去后，就会和父亲起矛盾，把父子关系搞得很僵。再说晓芳早已成了别人的妻子，现在肯定都当母亲了，我回甘肃已没有任何的意义。若回去，只会时不时让过去伤疼的往事来折磨自己，心底的伤疼永远得不到弥合，还不如远走它乡彻底地忘了它。北京我想留下的可能性不大。我被甩出了计划，在北京非亲非故，那位艾迪信中提到的女士，我根本不愿去见她，再说，信也让我撕了。其实，我对北京已经没有了好感，艾迪这一锤子对我的打击太大了，以致于我对整个这座城市都产生了强烈的偏见，觉得它是一个不讲信用的城市。坐上火车，离开北京站时，回望一眼高楼林立的大北京，我内心一片迷惘与凄凉，感觉自己就像那风中的一片小树叶一般的渺小。此时此刻，恐怕我就是葬身于急驶的车轮之下，一时也没人知道我是谁。我有一种预感，此一去，天涯羁旅，一颗孤独的心不知会漂泊到何处的港湾停靠，哪里是它的安息之所？一瞬间，我强烈地思恋起祁连山、河西走廊，在你的怀抱中，我尝到了人世间最甘醇的爱，从今往后，恐怕这种爱永远都再不会恩惠于我了！

　　到省人事局报道后，人事局又把我派往了下边的一座煤城鲁南市，说此地刚刚建市，新成立一家报社，特别需要我这样的大学生，希望我去后大显身手。我看过电影《铁道游击队》，那些抗日英雄们扒火车，炸桥梁，微山湖中弹琵琶唱山歌的浪漫生活给我脑海中留下过极深的印象，对这座自己将去的城市有着一种敬畏与神往。

我中午从济南坐的火车，到鲁南已经是傍晚时分，暮色苍茫。火车停靠在临城车站，我拎上行李下车来，立即就有一股浓浓的烟煤味儿向鼻孔袭来。往四下里看，似乎整个城市的空气里都弥漫着煤粉。我心想，兰州的污染重得闻名全国，这里号称是一座新型工业城市，咋也是这样。难道真是天下乌鸦一般黑。这些城市的管理者们，建城市的时候咋就那么愚蠢，非要把工厂都建在城市的上风口！

坐公交车去城里我所在的单位，沿途车窗口闪过的是低矮破旧的民房，点着煤油灯卖瓜果的小摊贩，狭窄的街道，上边跑着牲畜拉纤人架辕的板车，拉车的人一个个蓬头垢面，光着上身，粘着黑黑的煤灰，和着湿湿的汗水。满马路飞扬着垃圾和牲畜的粪便，零零落落稀疏昏暗的路灯。我的心里凉凉儿的，这哪里是一座新兴工业城市，纯粹就是一个破烂不堪的小镇子嘛！别说跟兰州比了，我感觉还跟晓芳所在的城市都有一大截距离。晓芳所在的企业是一家大型钢铁公司，隶属国家冶金部直接管辖，虽然目前还没有出钢，可城市建设像模象样，城市里还有好多座楼房呢。光马路就比这里的宽两倍！我又有一种受了欺骗的强烈感觉。觉得自己这个大学都真的白上了。还为考大学惹上严重的神经衰弱，几乎把命都搭上，真是不值得。转了一大圈，来到这么个破地方，还不如晓芳现在呆的城市环境好！报社小的要命，一小院房间，十多个编采人员。有的来自部队转业，有的从其它机关调来，还有的属于落实政策后从农村或是边疆省份回来的老大学生，一大半为年轻人，其中大部分都没有任何文凭，一个个在上电大夜大。我的到来，使小小的报社上上下下的人吃惊不小。当得知我家在甘肃后，也就理解了，以为我是不愿意回本省去工作才屈就到这家小城市的小报社来的。起初我很不喜欢这里的一切：除过满天的煤粉，还有那牛皮纸一样硬的煎饼，餐餐少不了的大葱，冬天没有暖气的寒冷朝湿的房间，包括很难听懂的地方方言。心里还老是怀念着河西走廊，怀念着晓芳。但身边的两个人的出现，使我对这小小的城市与小小的报社产生了感情。第一个是我在报社的好朋友李昆。第二个人就是闯进我生活中的第三个女人——苗菁。

李昆比我小四五岁，高中毕业没考上大学，因给省报投过几篇新闻稿，被采用了，报社成立时，就从他所在的腾县卫生局调到了鲁南报社。当时他父母家在腾县，女朋友也在腾县卫生局还没调来。就和我一样，单身住报社。小小报社晚上一下班，别人都回家去了，就只剩下我俩。我们常常在吃过晚饭后一起去城外遛弯一趟。他自己没有考上大学，所以对我这个不但考上大学，而且还考上最高学府的大学生就格外地尊敬。起先总是张老师长张老师短的，叫得我都不好意思。那一段时间我因为心里孤独苦闷，写诗成了我唯一的寄托，写好寄给全国各地的大小报刊，也能有一部分被刊发出来。一发出来，就会随后有样报和汇款寄来，虽然钱并不多，只有十几块甚至是几块钱，但这已足够引起小小报社里的人对我的羡慕。李昆对我就不仅仅是羡慕而是崇拜了。八十年代初中期的青年，十个中有八个是文学爱好者。他也不例外，也曾写过几首诗歌，但水平一般，寄给他曾投去新闻稿的省报，都给退了回来，也就没了信心，再没往外寄。这下遇上了我这么一位"高手"，可是粘上我了。每天晚上，刚刚在报社食堂吃完饭，他就找我去城市郊外遛弯，一走就是两三个小时。在路上，他简直就是一个如饥似渴充满了好奇心的孩子，缠着我给他讲大学生活的方方面面。在他的眼睛里，我刚刚离开的北京大学，就是他心目中神圣的殿堂。我的回答速度跟不上他的提问速度。往往上一个提问还没有回答完，又接着得回答他的下一个提问。经过一段时间的接触后，我们在一起就慢慢敞开心扉相互介绍自己的人生经历，甚至互吐自己感情方面的密秘，谈各自的处世哲学与人生观，抨击一些不合理的社会现象。我惊讶地发现他对我的好多观点都给予认同。他如饥似渴地到我房间翻我的书籍，借去一本又一本地看，和我讨论每一本书的读后感。每次看完，还给我包个书皮才还我。到后来，我就感到我俩像我在大学时我和老范那样的关系一样，他把我当个大哥哥我把他当成小弟弟一样的看待。我们每晚上到城外去的散步几乎是风雨无阻，雷打不动。有这么一个小兄弟，我独在异乡的孤苦也得到了些缓解。两次感情上所经受的心灵创伤抚平了一些，开始有点喜欢上这个小城与小小的报社了。在我的鼓动下，他又勇敢地拿起笔来，试探性写出了一些诗歌。我负责编报社的文艺副刊《山花》。我将他的诗经过一番删改与修饰后，及时地分几次发了出来。第一次见到自己的诗歌见诸报端后，他兴奋得眼泪都几乎流出来了，拉着我的手，不让我下午去报社食堂去吃饭，硬拽我到街上去，挑了一家像样的饭馆，要了几个小炒，两瓶二锅头，跟我开怀畅饮一番。山东人有个特点，跟谁要特对路，就要交拜把兄弟，他也不例外，要和我当时就要洒酒盟誓，我笑笑婉拒，说："咱俩都是新闻工作者，那套封建的东西就免了，但并不妨碍咱俩的感情。以后，咱俩在报社，就是最好最好的朋友。啥都别说了，来，喝酒。"

李昆就发自肺腑地说："大哥——以后没人处时，我就叫你大哥，说实话呢，那诗哪是我的，纯粹就是你重新写出来的。”

我谦逊道：“你胡说呢！没你最初的感受，我就是个天才，到哪里编那个意境去？我只是在你的基础上，稍稍加工修饰了一番。”

“下个星期六，到俺腾县家去，我用咱家的辣子鸡招待你。”

山东人最爱吃辣子鸡，一般是吃那种只有几个月大的小鸡，肉特别鲜嫩，如果表现得朋友，就会说：“走，我请你去吃辣子鸡。”在这之前，李昆每星期六都回家，他的女朋友在腾县的卫生局里工作，正在往鲁南市卫生局里调，还没活动好。每星期天晚回来，他就会给我带一些好吃的。其中有他娘给他的。更多的是他对象给他的。红红的大枣、软软的柿子、甜甜的栗子。以前还只是给我捧上几把过来。自从他的诗歌经我手发表后，则几乎每次都将兜抱来我屋子里倒个底朝天。我怎么拦都拦不住。我可是彻底领教了山东人的实在和义气。他要是将你做朋友。甚至可能为你去死。

后来，苗菁来了，他看出了我和苗菁间相互有好感，就主动给我穿针引线，创造条件。在我和苗菁有点儿小矛盾时，帮我出主意，当中间的调停人。后来，我给苗菁改稿子，改诗歌发表，他就再不给我诗歌了。我催要了几次，他都说没有现成的。最后在我的一再追问下，他才说出真心话，“你现在给苗菁发诗歌，再给我发，我害怕太集中了扎眼，弄得让别人嫉妒，到领导那里说你的不是，影响你。”

我说：“就这么个地级小报，稿子短缺得厉害。你的诗又不是达不到发表水平。谁爱说谁说去，我不怕。”

李昆还是说：“算，算，你还是帮着苗菁多发几首，她刚来，需要在报社露一露脸，我无所谓，都老记者了。过后再说。”

这就是山东人的性格。我拿他也没办法。后来，还是他提醒我，让我有所警惕，说是摄影的小韩在打苗菁的主意，在我外出采访时，就蹿到苗菁办公室里来没话找话地跟苗菁套近乎。人家老爹可是市委的宣传部长，直接管着报社，让我务必重视起来，留个心眼。起初，我只是感激李昆，根本没把其当回事。他宣传部长咋了，芝麻大个鸟官。何况是他老子又不是他自己在当部长。我可是堂堂最高学府毕业的天之骄子。后来，我的自信最后证明是盲目的和愚蠢的，才华最终没有能够战胜权势。后来我被派往省报学习。期间，李昆几乎在充当我在报社的耳目，那位摄影记者小韩如何紧追苗菁的所做所为，李昆都一五一十地通过写信告诉了我。后来我离开枣庄时，他执意要挽留我，说枣庄不只一个苗菁，还有一个亲如兄弟的李昆。我说，我没法再在报社呆下去。他又劝我说，不在报社呆了可以调个其它的单位，象你这样的天之骄子，哪个单位还不抢着要。我说我跟海南那边已经联系好了，他看我去意已决，拦也拦不住我，非常伤心，无可奈何地提出我走那天，他到车站去送我。可是我考虑到那天我可能控制不住自己的情绪，在他面前失态，还想着苗菁有可能去车站送我，当着他的面，有些话不好说，就没告诉他的具体的行期，我星期六傍晚坐的火车，他前一天去腾县老家会女朋友去了。我到海南后，就给他去信了一封，他在回信中将我好好地骂了一通。动感情地说，那天他从家中回来，给我带了一大兜子我最爱吃的毛栗子，去我房间，发现已是人去房空，他当时就蹲在门前难受得哭了一场，一连几天，心里头都空落落丢了魂似的——此是后话。

二

　　苗菁的到来，使我对小小的城市与小小的报社彻底产生了难舍的情感。起初我以为自己孤独的心灵之船终于找到了可停靠的宁静港湾，要不是后来发生的变故，我是抱定了要在其怀抱中终其一生的。

在鲁南报社工作的第二个年头，一天，我采访归来，眼睛一亮，发现我办公室对面，坐上了一位长发飘飘，美丽动人的姑娘，那一对忽闪着的大眼睛黑亮黑亮，睫毛长长的，给人一种深不可测的魅力，细细挺直的鼻梁骨，小小的嘴唇，面颊上一笑俩酒窝，显得特别的甜。身材也长得十分的苗条。穿一身当时流行的石磨兰牛仔装，透着鲜明的时代朝气，一见我到来，她大大方方地伸出手来，用带着些东北口音的普通话自我介绍："我叫苗菁，刚调来，承蒙以后多多关照！"我十分惊讶，没想到，在这小小的城市，小小的报社，竟然会出现这么一位婷婷玉立，极具现代气质的姑娘，一时间，我都有点儿呆住了，真是天上掉下个林妹妹的感觉。

我们的关系，就从和她握手的那一时刻开始了。我已将一段最美好的初恋迷失在祁连山的皱褶里，未名湖的湖水也湮灭了我第二次的爱情之火，本来这方面心意已凉，很长时间缓不过劲来。来报社后，方方面面的人看中我的最高学府的牌子，纷纷给我介绍对象，我都提不起兴趣，说自己想先工作两年再考虑，婉言谢绝。其实，我另一个重要的原因是看不上鲁南这座煤城和这家小小的地级报，总想着有朝一日能离开它。可是，离开它再到何处去，我却没有明确的目标。苗菁的出现，使我那久已枯寂了的心田，又泛出了丝丝情感的清泉。部领导安排由我带她采访，从而增加了我和她接触的机会。苗菁性格很大方，没几日功夫，我们已经成了无话不谈的朋友。

从交谈中得知，她是随父亲转业，从东北来到鲁南的。她父亲转业到台儿庄区委，她则从东北一家中学调来了我们报社。

因市区离台儿庄远，她当天回不了家，也和我与李昆一样，住宿于报社，一星期回家一趟。我学文学，她爱文学，我们常常在结伴去采访的路上，一边骑着自行车，沐浴着城市的阳光，吮吸着田野清新的空气，热烈地谈论着各自喜欢的作家。我对她纤细柔美的思维大加欣赏，她则对我的博学多识和诗歌创作钦佩有加。每天早晨，我、李昆和她三个相约晨跑，成了报社的一道风景。常常不是我们前去到她窗前叫醒她，就是她到我们窗前叫醒我俩。晚上，和李昆的外出遛弯，也增加了她的参与。三个人谈论的话题更为广泛和热烈。一次谈论起女人为什么可爱的话题，她竟然引用了托尔斯泰的话说："女人并不是因为美丽才可爱，而是因为可爱才美丽。"还有一次又谈论起人生与哲学，她竟然又吐出一句："幸福的是，谁年轻的时候是年青的。谁该成熟的时候是成熟的。"令我对她素然起敬，就觉得她不但长得漂亮是一位有一定思想头脑的姑娘。？

一次，晨跑时她扭伤了脚脖，我扶她走回城里，到附近的医院去。在回返的路上，她偎在我肩头，我的心咚咚地跳个不停。将她送到医院门诊后，李昆就借口离开了，我帮着她挂号，扶着她去找医生取药。

医生为她在脚脖处上药时，她弯不下身去，我主动为他脱去运动鞋，又褪去丝袜。

做这一切时，我感到自己很幸福。大夫替她上完了药，我又扶她出医院来，苗菁感激地说："谢谢你。"

我随口就说："有啥谢的，咱俩还这么客套干嘛。"

苗菁就黑眼睛盯着了我的眼睛问我："你为啥对我这么好？"

我脸红红的回答："不为啥，就是喜欢你。"

"下次换药来，你还陪我来？"

"肯定。只要你愿意。"

送苗菁回宿舍后，我又帮着料理她洗漱、打扮，换上班穿的衣服，免不了皮肤之间的接触。每次碰到她细嫩的娇肤，我的心尖都要跳动一下！

照顾完了她，我上报社食堂，又为她打来了早点。苗菁一个劲地谢我。我心突突突地离开她房间回到自己宿舍，心里清楚，我那久已熄灭的爱情之火，第三次又燃烧起来了！我又重新恋爱了！

苗菁虽然人调进了报社，但说好了是借调，有一段试用期。她对新闻业务还不是很熟。很怕社领导对她试用一段后，不满意她写作水平，把她重新发配到市里哪个学校去当老师。我就给她宽心，说："你又不是不知道我们现在的人事制度，没有听哪个人调进来了又被打发出去的。领导那句话是说给别人听的，怕别人咬。因为你调报社来的理由稍欠了点。"

报社一般往进调人都是要写作上有些特长的。象李昆，就是在省报上发了些新闻稿。

"所以我特发怵，总害怕有人在我背后指指戳戳，说我是走后门进来的。"

我就问她进报社托的是什么关系。她说市委宣传部长是她爸部队上的老上级。通过他进来的。

我说："那不就结了。部长批进来的，谁还敢把你给挤出去？"

苗菁说："那也未必。我以前没有写过新闻，真怵得慌。"

我安慰她："别怵，有我呢！"

从那以后，她采访前，先由我来为她把脉，该如何与采访对象交谈，先问什么，后问什么。抓哪些重点。采来的新闻，也由我手把手地帮她选取角度，先写什么，后写什么，然后又逐字逐句修改了发表。

一日，她单独去采访一位工程师，回来之后，发觉好多情况没问到，记下的材料却又用不上，这篇稿子又是报社定下的迎"五一"重点通讯稿件，部里催得很紧，第二天必须见报。苗菁急得都几乎哭了，我看着她那可怜样儿，说"别哭，跟我走。"

我带着她，二次找到那位工程师，问完情况，回来后，顾不上吃晚饭，由我捉刀，伏案疾书，将那篇特稿赶了出来，由苗菁抄写后署上她的名字交到了夜班部。第二天，稿子在头版头条发出，总编还加了评论。在办公室没人之时，她窜在我身后，在我脖颈上吻了一口，我转过头去，她羞涩而多情地瞟我一眼，跑开去，说，"今天下午，报社对门阳光餐厅见！"

下午，我如约前往，苗菁早在餐厅里等着我。我明知故问，"干嘛要破费？"

她撒着娇说，"慰劳大功臣呀。"

我客气道："举手之劳的事，算什么功臣，你过奖我了。"

苗菁真挚地说，"对你这最高学府出来的高材生来说，当然是举手之劳。可对我来说，就是给我解了大围了。要不是你，我不挨批才怪！我已经听到别人对我有议论。前天，夜班的小霞就对我说，她听别人说我的稿子都是你替我写的。说我根本不会写新闻。"

"别理他们，还不兴个传帮带？以后这方面注意点，别让他们发现就行了。来，干杯。"

酒喝到一半，我们开始了认识以来第一次深入各自内心的长谈，我的心，就忧郁起来，过去深埋于内心的情感伤痛，借着酒精燃烧起来。我有一种向她倾诉的强烈欲望，不料，我刚开个口，"苗菁，我过去在插队和上大学时，曾有过两段伤心的……"就被苗菁阻住了："别提别提。我想都能想到，你这样优秀的人能在过去没被人爱过？但我不想听，特别是在这一刻，来，喝。"

我知道，她是怕我扯起过去伤心的往事，从而破坏了眼前这浪漫温馨的气氛。

在这之后，苗菁见我和李昆都写诗，自己也来了兴趣，试着写了两首。我润色后，在我编的山花上发了出来，使苗菁的威信在报社大增。

逢一周末，苗菁盛邀我到她家中去做客。我们坐车来到台儿庄微山湖边的她家，她父母对我欢喜有加，为我捞来了微山湖水中的大鲤鱼和大闸蟹、长须虾。我和苗菁餐后，坐着农家的一叶小舟，荡漾于微山湖的碧波清流之上，一簇簇碧绿的荷叶中，盛开的荷花在骄阳中绽放，白里透粉，粉中泛红，煞是好看，在轻风中摇曳，送来沁心的荷香。耳畔飘进渔夫的吟唱，小舟在花丛中穿梭前行，摇得我如醉如痴，发自肺腑地感慨：生活，是多么美好，美得似诗如画，令人陶醉，令人痴癫。我用随身带的相机，给苗菁照了许多像，相机前的苗菁，美丽的面庞笑得跟荷花一样灿烂。归途中，见有卖蚌壳的，就买了二斤，拎回家。苗菁父母又一次地用盛宴款待了我。席间，频频举杯和我对饮，要不是苗菁阻拦，我几乎就让她爸爸给灌醉过去。晚上，苗菁爸妈特意为我腾出了房间，换上了崭新的被褥。我躺在其上，眼睛盯着窗外的圆月，耳听着运河里的桨声，兴奋得好长时间睡不着……

苗菁不知什么时候知道了我的生日，那天，我到乡下去采访，回来晚了，又累又饿，报社的食堂已经关门，我正准备上街，却被苗菁从什么地方钻出来，把我喝住了，说："我都等你好长时间了，你干什么去？"我说回来晚了错过了时间食堂关门了，准备上街去吃。她狡黠地一笑，说，"你跟我来，"就把我往她宿舍里领。来到她宿舍，只见桌上，早有一桌丰盛的饭菜在等着我。我的心里，暖暖的。问她，"你这是，特意为我做的？"

她意味声深长地向我笑笑，她同宿舍的小霞姑娘抢着说，"苗姐说今天是你的生日，为你张罗了一下午！"

我激动得眼泪都几乎掉出眼眶。

吃完了饭，小霞支个理由说是去看电影就出去了，苗菁这才从铺下拿出一用精美的粉纸和彩带扎着的礼品，一往情深地交到我手中。我小心翼翼地打开它来，发现是一本拜伦诗选。我又打开书来，在扉页中，夹着一枚鲜红的风干了的枫叶。还有一张在微山湖游玩时我给她拍的照片。照片上的她，是那么的青春靓丽，风姿绰约。被风荷映衬着的笑脸，似身边的荷花一样白里透粉，粉里泛红，溢满着对美好生活的无限向往。苗菁对我说，那枚枫叶，是她在东北还是一位少女时，在自家后院的枫树上采摘后，精心制作后细心保存的，心里有一个愿望，就是将来把它送给自己最喜欢的那一位。听着苗菁的娓娓述说，我的心砰砰跳动，我第一次动情地上前去，将她搂进怀中，吻了她，吻着她的唇时，我感到苗菁的胸脯一起一伏，心在咚咚咚地直跳。

苗菁后来告诉我，这是她的初吻。

三

从苗菁家回来没几天，部里通知我，去参加一个中学生地质夏令营，写一组有关的特写。我满心的喜欢，但遗憾的是，我想让苗菁一同前往，部主任拦住了，说是苗菁另有采访任务。

我跟着一群朝气逢勃的孩子们，在一面鲜艳的团旗的引领下，一路欢歌，先后去攀鲁南第一岭——抱犊崮，去登泰山。

攀上抱犊崮，极目四望，鲁南地区起伏的山丘，片片的枣树林，流淌着的小河流和条条农田，尽显眼底。夏令营请来了一位老地质队员给大家当向导，此时，就坐在山头上，给大家伙讲述他大半辈子为国家找矿的经历。他的足迹几乎涉遍了华东地区的山山水水。披星戴月，风餐露宿的找矿生涯听着让我对这位老地质队员肃然起敬。老地质队员讲述完之后，大家留在山头上照像，小家伙们争相与老地质队员合影留念，充满着对他的尊敬。照完了像，大家又在山头上由辅导员老师打节拍，唱起了那首著名的《勘探队员之歌》：

是那，山谷的风，吹动着我们的红旗。

是那，天上的云，为我们报道着黎明。

我们有火一般的热情，战胜了一切疲劳和寒冷。

背起了我们的行装，攀上了道道的山峰。

我们肩负着人民的期望，为祖国寻找那无尽的宝藏……

歌声在山巅上的松林中回荡，那一瞬间，我忽然有一种强烈的冲动，此一生，也要学身边这位老地质队员，将自己的所学，无私地奉献给培养了自己的祖国。我感到我的灵魂在那歌声中得到了净化与提升。也许是带着强烈的情感，所以，在外边一路走，我就一路写，夏令营结束之日，我就也写完了。当晚，我结束了闭营仪式后回到报社，兴冲冲地到办公室去。想在第一时间里见到苗菁，让她看自己写成的特写。却发现不但人不见，而且她面前的桌子上的东西也不见了。我有一种不祥之感，急忙到李昆办公室去，把他叫出来问苗菁上哪去了。李昆就把我叫到一个墙角角，神神秘秘地说："苗菁从你们文教部调到记者部了你知不知道？"

"怪不得她桌子上的东西没了。"

李昆又说："现在几乎是天天小韩带她出去采访。今天的报纸你没看，小韩的压题照片，苗菁的稿子，头版头条，两个人的名子排在一起。"

　　我问："这会儿苗菁上哪去了，你见了没有？"

　　李昆说，"十有八九是让小韩带出去了。"

　　我心里很不是个滋味地回到自己办公室去，找当天发的报纸，果然发现那两个人的名子排在一起。我将那篇他们两人合作的稿子简单地扫上两眼，就扔过去，呆呆地坐在椅子里发痴。本来，我是想将在外边沿途宾馆里写就的那篇有几组特写组成的大通讯再最后检查一下，润润色，就交头儿，可是，瘫在椅子里啥兴趣都没了。晚上下班，也不见苗菁的踪影。想问问小霞，也不见，门房说，下午见小霞背个包出院门去了，可能是回山亭区她爸妈家了。我吃了饭，李昆拉我去遛湾，我吱唔说回来后挺累的，免了，你一人去吧。李昆看出了我的心事，也不好强拉我，临走时，对我说："我早就提醒过你，你还不相信。以前，你一不在，小韩就去你们办公室找苗菁瞎唠。"

　　我说："办公室大开着，你还能挡了他，不让人家进去？"

　　"问题是这小子绝对在打苗菁的主意。"

　　"他剃头挑子一头热能干个啥？"

　　李昆嘴一撇："老哥，你别太自信了。别忘了他老爹是谁。"

　　"他老爹是他老爹，他是他。他老爹能代替了他？"

　　"你不是说苗菁是小韩他爸拍板调进来的。还说人家两家父亲是上下级，老战友来着？"

　　我不吭声了，半天，我才说："那也得最终取决于苗菁的态度。"

　　李昆摇摇头，"人是会变的，老哥。男女之间的事，日久生情。这一次，苗菁和小韩调到了一个部。以后，天天两人一同采访，他拍照片她写稿，几下关系不就热乎起来了。更何况两人家庭有那样的背景。"

　　我再不吭声了，不知道李昆咋离开的，一个人躺到床上去犯傻。躺了一阵，又烦躁地起来，踱到门口的走廊上去，隔着走廊上的窗玻璃往下观察，看苗菁的房门前有动静没有。我们报社是个二层小楼，呈直角形。二层做办公用。一层住人或做库房。我和李昆住在直角的这一面，苗菁住在另一面，所以，站在这边走廊的窗玻璃前，就能清清楚楚看清苗菁的房门。

　　李昆都遛湾回来了，我还没把苗菁给等来。李昆就留在我房里，一边翻我书架，一边和我闲聊，给我出主意，又安慰我。我懒懒地半躺在床上，听他说。一会儿，李昆说撒个尿，出门去了，一会儿，就急匆匆进门来，唤我起来，说："快看快看，苗菁回来了！"我一轱辘翻起身来。出门到走廊上去，对着走廊窗玻璃往苗菁房那头看。果然，院里停了一辆小车，车门已经打开，苗菁被小韩搀扶着下车来。显然苗菁是喝酒了，而且还喝得不少。司机下车来跟在后边。来到苗菁房门口，苗菁腾出一只手往口袋里摸钥匙，摸一阵没摸到。小韩就主动伸出手去帮她在其它兜里摸，半天，从裤兜里摸了出来。打开房门，三个人进去。过了一会儿，小韩送司机出门来，送走了司机，又重折回头进苗菁屋去，关上了房门。一会儿又出门来，拎个暖瓶去水房打水，回来后，好长时间呆在房间里不出来。终于等得他出门来，我估磨着他已走远了，才按捺不住，像个贼似的，悄悄几步蹿到苗菁门前，敲响她的房门。半天，苗菁在屋里问："谁？"

　　我回答："我。"

　　苗菁在里边说："我已经睡下了，头疼得厉害。明天吧。有事吗？"

　　我回答："没事，那你睡吧。"

我心酸酸地回到自己房里来。李昆在等着我，问我："你咋没进去问问她？"

我沮丧地说："她说她已经睡下了，头疼。"

李昆就用同情的目光注视着我，不知说啥好。半天，我说："你也回去睡吧。天晚了，明天还要上班。"

李昆就拍拍我的肩头说："想开点，老哥。"

我说："没事，你走吧。"

李昆走后，我洗脚上床，躺下去后，却怎么也睡不着，一个劲地想，小韩刚才送苗菁进屋里去那么长时间，究竟干啥了？把脑仁子都想疼了。月光泻进来，照在我的脸上，冷冷的。

第二天早晨，我和李昆去晨跑，我支了李昆去敲苗菁的窗户，李昆敲了两下过来跟我汇报，"她说她头疼，不去了。"

我和李昆晨跑完，回来后，我发现她的房门开了，刚要找她去，却发现小韩从屋里出来了，端着个碗在洗涮，洗涮完了，重又进去。李昆就自告奋勇地说替我去探个虚实。过了一会儿，回来说，"小韩给送早点来了。桌子上放着豆浆油条。"

我听着，几乎眼泪当着李昆的面流下来。我和李昆盥洗完了，仍不见小韩离开。我心里骂道：这小子是死了心不让我跟苗菁有单独见一面的机会！

上班后，我有意无意地借故上厕所，从记者部门前过去，想如果苗菁在小韩不在旁边，就进去跟她说说话。可是，从眼睛的余光中，我发现，苗菁的办公桌，就被安排在小韩的身后，这会儿，小韩正转过头来，和苗菁唠着什么，别人也在凑合着一起唠，聊得挺热闹的样子。我只好离开去，回到办公室里改我的那篇夏令营的稿子，改来改去，思想老集中不在稿子上。

快下班时，我又上了一趟厕所，跑过记者部门前时，却发现，那两人都又不见了。我心想，是不是又出去采访了。悻悻地折回来。

直到晚上，在饭厅门口，我才见着苗菁，心通通通跳着明知故问："你昨天，咋了？"

苗菁不好意思地回答说："跟小韩出去采访，对方单位那头头留着吃饭，使劲地劝着人喝酒，不喝又不行。"

我酸溜溜地说："行啊，我们出去采访咋遇不到这样的好事。"

苗菁说："那头是小韩他爸以前的秘书，是他爸一手提拔起来的。所以，对我们特别特别的热情。"　说完了，才问我："你们夏令营结束了？"

我点点头。苗菁又问我："咋样，感觉，听说还去爬抱犊崮和泰山了？"

我机械地回答，"是去了。"我怎么感觉和她说话客套生疏了起来。半天，我酸酸地说："昨天你们发的头题我见了，稿子是谁动笔写的？"

苗菁说："我写的。"

"人家没帮你出主意？"

"帮了。"苗菁简单地回答。

"咋样，他水平？"

"还行。"苗菁说，又补充道："我发现他脑子好使，挺机灵个人。"

"他对你挺关照的？"

苗菁知道我话的含义，看我一眼，半天，说："他爸和我爸有层关系。我进报社又是他爸办的。所以……你应该谅解。"

"今晚上不叫李昆了，我俩单独去溜溜？半个多月不见了，挺想和你好好谝谝。"

苗菁为难地看着我。我问："咋，有事？有事你就办你的事去。是不是又要跟小韩去采急稿？”我 一半认真，一半带有明显的挖苦。

苗菁皱一下眉头，半天，才说：“小韩邀我上他家去。说他爸要见我。”

“不去不行？”我问。

苗菁为难地说：“我都给人家答应了。他爸还给我爸准备着送什么酒和茶叶来着，要让我去拿。”

“去吧去吧。”我悻悻地连声说着，扔下她，走回宿舍去，眼泪刷刷地流下来。我心想，苗菁能在后边把我叫住。但没有听到她的声音。

我一个人去遛湾，也没叫李昆。跌跌撞撞地走出城去，我就想大声地嚎它两嗓子，可是，又嚎不出来。坐在一块地埂上，回头看着城市的万家灯火，猜测闪烁的灯光中，哪一处是小韩他家。此时苗菁在那里正在干什么。很晚很晚，我才懒懒地回返。回来后，我第一眼就看苗菁的房间，发现苗菁房间的灯还黑着。

李昆见我回来了，神情沮丧，就关切地问：“你上哪去了？吃完饭我晚了一步，就不见你的人影。”

我说，“兄弟，我想喝酒，陪我不？”

“行，我去买。”

我没拉住他，李昆就出去了，一会儿，拎两瓶二锅头来，又抱着一袋油煎花生米、一袋凤爪、一包榨菜、一瓶猪肉罐头——李昆已经知道我爱吃肥猪肉，进门来，放在我的桌子上。我看着东西说：“兄弟，让你破费了。”

李昆一边找喝酒的家当，一边说：“老哥，你说这话就见外，咱俩谁跟谁？我知道你心里难受。今天小弟陪着你唱，喝到多会都行，喝他个一醉方休！”

“来，喝，兄弟！”我举起酒杯来，一连就几大杯进肚。李昆劝我慢慢喝，也止不住我，不一会儿，我就晕乎了，眼睛里流出了泪来，指着自个儿胸脯问李昆：“兄弟，你说，你这大哥对人实在不实在？”

李昆感慨说：“天底下难得的大好人。今生能遇上你，是我李昆最大的快事！”

“可是，可是，生活它咋就一次次地欺骗我！”我抹一把眼角的泪水。

李昆就劝我：“大哥，你别往坏里想。我想她苗菁不会对你那么无情无意。如果那样，她还有良心没有？我看主要是小韩那小子死缠苗菁。”

我和李昆就那么说着，划着，喝着，我心里一直在警觉地听着院子里的响动，可是，我最后不知什么时候喝得都躺在了床上失去了知觉，也没能把苗菁给等回来。

四

第二天醒来，太阳已老高。我发现自己身上盖着被子，才想起了昨天的事。起床去撒了尿，我到李昆的房门前，敲了两下，李昆开门出来，问我：“醒了，咋样，缓过来没有？”

我回答：“哎呀，咋天真是喝多了，在小弟面前失态了。真不好意思。你什么时候走的，我咋都不知道？”　李昆笑笑说：“十二点多快一点了。”

我向苗菁房门呶呶嘴：“那位呢？昨晚回来没有？”

李昆把手指放在嘴唇上，“嘘——”了一声，悄悄凑到我耳朵边，道：“快一点回来的。”　　　　　　　　“是不是又是小韩送来的？”

李昆点点头。我的头又有点儿晕，想吐。我心里想好了，从此后，再不理苗菁了。上班后，我集中精力把那组特写改好，送到了版面上。再没事可做。办公室别的人都不知上哪去了，只剩下我一个，静静儿的。我肚子里突然有了作诗的冲动，标题都想好了，《为何你要欺骗我》我将题目写在稿纸上，在心中酝酿一句，往标题下写一句，突然，听到一个熟悉的声音，"谁欺骗你了？"

我下意识地一下子将稿子揉巴了。苗菁蹿到我面前，笑笑说："咋，看你绷着个脸，好象是不欢迎我？"

"门开着，你要进是你的权力。"我说，又追了一句："咋，没跟人家出去采访，怎么有闲功夫蹿我办公室来了？"

苗菁听出我话中带刺，说："我知道你最近对我有意见。"

我直截了当地问："你昨天回来得好晚，干啥去了，在别人家一呆那么长时间？"

苗菁不回答，弄得我好着急，"干啥那么晚回来，说呀？我和李昆喝酒都喝那么晚了，也没见你回来。"

半天，苗菁吞吞吐吐地说："本来，我是想取上东西就回来的，可是，小韩他妈塞给我们两张舞票，非要我和他去她妈单位的舞厅去跳舞。实在是拒绝不了，就去了。"

我的头大大的了，完了完了，一切都完了。我心里叫着，嘴上说，"你有啥事吗？"

"没事不能来看看你？"

"我这会儿还忙着。"

"不就是想写你那首诗。什么时候不能写？"

"我就想现在写。过了，灵感就跑了。"我说。明显在下逐客令。

"谁欺骗你了？"苗菁问。

我说："谁也没欺骗我。我自己欺骗了我自己。就这主题。"

苗菁说："你去夏令营那几天，我新写了一首诗，你给我看看改改？"

"没时间。"我回答。

"赌我的气？"

"没有，本人水平有限。去让人家给你改嘛。你不是说他脑子挺灵的。"

"我知道你吃人家的醋。你听我解释。"

"别别，我不想听。"

"你听我解释嘛。"

"我就是不想听。你赶快走吧。待会儿，让办公室的人看见了。"

"看见就看见，怕啥？我其实心里也……"

"好了好了，烦不烦？我不爱听！"我把双手抬起来，捂住了耳朵。

办公室里进来了人。苗菁只好退了出去。晚上，和李昆去散步。我把苗菁下午到我办公室去的事情说了，李昆就说："看看，我说的，她苗菁不可能跟你不声不响就完了。这说明她心还在你身上。你就不应该呛人家。在这节骨眼上，你这是把她往人家那边推呢。"

我不吭声，李昆就说："要不，我去跟她说说，替你们圆乎圆乎？"

我说："算算，她跟小韩还不知咋回事呢，我一点儿都不知道。"

李昆就说："你可得抓紧了，我看那小子攻势可挺猛。"

那一组特写，我写得格外的好，风情并茂。在报上刊发出来后，引起了报社内外广泛的赞誉。李昆却给我当头泼凉水，说小韩在敲我的怪话，说我稿子写得太矫情，把新闻稿件当成文艺作品来写，哗众取宠。我心里立马凉下来，联系到苗菁，看样子，这小子，为了苗菁，真是跟我瞟上了。

以后的几天时间，我有意不理苗菁。晨跑，晚上遛湾，都不叫她，只和李昆一起去。苗菁怕伤自尊心似的，也不主动前来参加。这样，倒弄得我心里特别的难受。李昆看了出来，就劝我，"老哥，你与苗菁不能这样，小韩那小子急猴猴的呢。你这样，不正好给人家留接触苗菁的机会？明天晚上遛时，我去叫她。一起走。到路上后，我躲了，你们好好谈，谈开了，消除了误会，就好了。"

"别别，兄弟。你那样，她一想就是我让你去叫她的。我可不能让她觉得是我求她。"

"你呀。真是死要面子活受罪！"

果然让李昆给言中了，有两天晚上，我们遛湾回来，就感觉苗菁已不在她屋里，小霞姑娘出来后，李昆堵了去问，回答说让小韩开车来接走了。我心里似放了个秤砣，沉沉的。

过后几天，又有小韩和苗菁合作采访的稿子登出来，我心里发誓，再也不要去理苗菁。

就在这时候，总编找我谈话，说有一个去省报学习的名额，社领导研究的结果是让我去。说我在报社也两年多了，是该提拔了，去学习上半年，回来后就接文教部主任的班。部主任是一位从青海回来的老右派，岁数也大了，一身的病，再过半年就要退云云。

我将此事只给李昆说了，准备悄悄儿的不告诉苗菁走。

临行那天，李昆给我在一小酒馆饯行，两人又说了好多掏心窝子的话。我喝得有点多，又掉了眼泪，此时此刻，我感到李昆比个亲兄弟还要亲。喝完了酒，李昆送我去火车站，进了候车室，我眼睛一亮，发现苗菁怎么站在那里。手里拎着个大塑料兜，我还想装个没看见拉李昆躲过去呢。李昆冲我笑笑，苗菁早看见了我俩，走了过来。我装起正经来问她："你咋来车站，送谁？"

"送你！送谁？"

我问她："你咋知道我要走？"

"我咋就不能知道？"

苗菁说着冲李昆一笑。我又看看李昆，李昆又冲我笑笑。我明白了，打李昆一把，"告诉你别告诉别人！"

苗菁嗔我一眼道："我是别人？"

我不吭声了，眼睛有点儿潮。李昆看了看苗菁手中的提兜，打圆场，说，"你看看人家苗菁，给你买了多少东西。"就从苗菁手中接过来，打开了看，嘴里说着，"苹果，香蕉，桔子，烧鸡。哟，还有螃蟹，还有半斤装的酒。"

苗菁不说话，怔怔地看着我，我眼睛湿了。李昆借口去上厕所，离开了去。给我和苗菁留下个单独说话的机会。半天，苗菁打破僵局说："还在生我的气呢？"

"谁生你气。"我狡辩，"我自己跟自己生气。"

"咋解释？"

我自我解嘲道："谁让我老爸不是宣传部长，不是你爸的老领导来着。"

苗菁笑笑，说："知道就好。"半天，又叹口气道："我知道近一段时间你对我有意见。可你应该站在我的角度考虑考虑。有些事情，我真是很难应对。其实，我爸妈对你的印象特别的好，也希望我俩的事情能成。可是，对小韩他爸那头，又觉得特难为情，我夹在中间，特别的难受。轻了不是，重了也不是。毕竟是我爸十几年部队上的老上级，我又是人家调进报社的。

你说说，能让我咋样？”

“我看人家对你可是热心得不得了，向你正式提出来了吧？”

苗菁说；“就是那天她妈塞给我们舞票硬让我们去跳舞的那天，他向我提了。”

“你咋回答的？” 我心提到了嗓眼。

“我给他讲了我和你的事。”

“他咋说？”

“他没说什么，让我对他的话自己认真考虑。”

“那你是咋想的？”我急切地问。

“能咋想，人家的心都在你身上，都跟你那样了，还有啥可想的！那天，我到你办公室去，就是要跟你说这事。可是你，像吃了生姜一样，我一说话你就噎我。气得我从你办公室出来后，眼泪花花的。让小霞都看见了，问我咋了，大白天的。”

我心里一块重重的铅砣放了下来，一身的轻松，后悔自己错怪了苗菁。我问：“那你怎么给人家回答？人家以后还是硬要缠你，你咋办？”

苗菁长叹一口气，道：“我也没办法，想跟你商量，可，你又不理我。小霞都知道，我为这事都睡不好觉好几晚上了。”

说着话，李昆过来了，说：“快点，说完了没有？开始检票了。”

我俩只好停止了交谈。进了站，不一会儿，火车就开进了站。我上车去，放好了行李，又回过头爬在车窗口，和她和李昆告别。苗菁眼睛流泪了，叮嘱我道：“去济南后，好好自己照顾好自己生活，别忘了给我写信来。”

我说：“一定的。抽时间，我就回来看你和李昆。”

我还刚要问她以后咋想着应付那头，火车就缓缓地开启了。火车是一堆没有感情的铁疙瘩，它不管你的话说完没说完。

五

　　一到省报，安顿好之后，我第一件事就是给苗菁和李昆分别写信。在信上，许多当面不好讲的话倒可以在笔底下很轻松地写出来，我便在信纸上尽情地发挥自己的特长，将信写得很浪漫，很温情。大肆渲染苗菁刚来报社那一段日子我们在一起时的美好时光。以及办公室里她那印在我脖颈处的吻给我心灵带来的巨大震荡。还有到她家去，和她泛舟微山湖，夜宿运河边的那个温馨美妙之夜。苗菁的回信很快就来了，回报以同样的热情，信尾还赘上了"吻你"两个火烫的字眼。虽然不如当年晓芳那样前边有"最热烈"几个字，署名也只落款"菁"，前边没有"你的"二字，可是，我已经很知足了。我很为自己的笔下功夫感到得意自豪。心想，你小韩有我这两下子吗？就凭老爸是个宣传部长，就想赢得一个美丽姑娘的芳心，是不是想得太简单了点！可是，念信的一阵兴奋与满足感过去后，我又重新陷入烦恼。一是心里特别的思念苗菁，另外就是想小韩那小子今晚是不是又拉苗菁出去了。

　　李昆也给我回信来，简单讲了些报社我走后的一些情况。就向我汇报苗菁的动向。说苗菁在我走后的几个晚上，都没出去。有两天，还跟他一起去遛湾，向李昆倾吐了她对我的情感。李昆给我反馈来的信息是让我尽管放心，苗菁的心思绝对在我身上。李昆还说，有两次晚上，看见小韩坐着车来找苗菁，可是，苗菁却没有跟他坐车走，而是等小韩走后，叫上李昆一起去遛湾。也再没发现他俩人在报上合作发过稿件。我看了李昆的信，心里踏实了下来。乐滋滋的到小饭馆里，要了几个小炒，美美地喝了一顿酒。过了一段时间，李昆就又给我来信说，他发现了一个秘密，一次他在走廊里看到苗菁与小韩走个对脸，两人竟然没有打招呼说话，好像相互间不认识一样。与此同时，苗菁也和我正常地你来我往通着信。接到李昆提供的信息，我给苗菁写信时试探性地绕着弯问苗菁和小韩的关系，苗菁回信中回避谈此事，我也就不好再在信上问。我憧憬着半年回去后自己被提拔起来，然后和苗菁尽快完婚，和和美美地过日子，在工作之余，专心致志地搞我的诗歌创作，那将是怎样美妙的境界！这一段时间，由于心情好了，我的诗歌创作也灵感倍出，自我感觉跃上了一个新高度，寄出去的稿件，很少有不被采用的。而且我还参加了两家杂志社举办的大奖赛，诗已经被刊了出来，位置也挺靠前，得奖是很有把握的了。如果那样，半年之后，就有三件美事在等着自己。我想到了上大学期间在未名湖边给我许多教诲与启迪的老教授，心里感慨，生活可真就如他所说的那样，一次爱情的终结，并不等于以后就再没有美好的情感了。这不，就又让自己给等来了。要是当初自己往未名湖纵身一跃，哪有了今天与苗菁的这段情缘！逢"中秋"佳节，我再也忍耐不住了，就坐了火车，回鲁南去，事先也没告诉苗菁与李昆。

回到报社，李昆和苗菁都回家了。我又当天坐车追到台儿庄去，推开苗菁家的门，苗菁一看是我，一阵惊喜，当着她父母的面，就扑进了我的怀中，喜极而泣。我也感动得掉下了眼泪。那两天，我就住在苗菁家，天天跟她出去钻进微山湖中游玩，捉鱼摸虾，还看了当年敢死队和日本人血战台儿庄的一些个城墙。苗菁给我当解说员，说是当年，李宗仁的部队在夜战前，个个都喝了血酒，胳膊上扎了羊肚毛巾，每人手里一把大刀，跟日本鬼子拼了一夜，第二天天亮，台儿庄城墙上一片血海，尸横遍地。苗菁的父母对我疼爱有加，每天给我做最好吃的招待我，桌子上常常堆满了菜碟，菜碟里盛满了鱼、蚌、鳖、虾。我心里暗暗发誓，以后和苗菁成了家后，一定要好好地孝顺他二老，将他们当做自己的亲娘老子一般伺候。

临离开台儿庄的那个夜晚，我和苗菁踏着月光，绕着微山湖边，又沿着大运河岸去遛湾，手拉手地遛湾回来。临走进她家院门时，我俩在她家门前的香椿树下相拥在一起亲吻，苗菁背靠在树上，仰着脸，任我的嘴唇在她脸上的任何一个部位亲吻，我吻完她薄薄的唇，又吻她那黑亮的眼睛、细润的双颊、弯弯的眉毛，每次低头去吻时，就将月光遮蔽了，离开时，月光又重新透过树叶洒在苗菁的脸上，斑斑斓斓，闪闪烁烁，似梦似幻，身旁是像音乐一般哗哗流淌着的运河水，多美的月夜啊。我一下子就像回到了多年以前与晓芳从大队基建队回青年点去时的那个月光皎皎的夜晚。其实在路上，我们就已经吻过无数次了，可是，仍觉得没吻够似的。正在吻着，突然觉得身后有脚步声。似听着向我俩走来，却又觉得离我们远去。我停住了。苗菁说："是我爸。"

"他肯定看见我们了。"我说。

苗菁说："进屋吧，晚了。明天一大早还要送你走。"

回来后，苗菁为我整理了床铺，将要转身离开时，我从后边抱住了她，嘴对在她的耳朵旁，轻轻说："今晚，等你爸妈睡熟了。你过来？"苗菁明白了我的意思。脸马上全红了，没有说是，也没有说不是，从我怀中挣脱出来，捂着脸含羞跑出了房间。

半夜里，我静静地等待着苗菁的到来，一直等到后半夜，只听到房后边运河中哗哗的船桨声，和着隔壁房里她爸匀匀的鼾声，可就是等不来苗菁。我想，她是不是睡过去了？我甚至起床来，假装起夜，去了一趟外边。我听到了她在床上翻动身子的响声，我以为她肯定会过来，撒完尿，重新躺在床上去，兴奋得啥似的，我想到了在学校时与艾迪的那次初夜。我憧憬着与苗菁那一刻的欢愉，肯定十分的美妙，销魂，令两人陶醉万分。可是，只听到她在床上翻动着身子，就是不见她走到我房间里来……

第二天早晨起床后，我趁她父母不在跟前，悄悄责问她："你昨天晚上咋没过来？我等了你一晚上！"

苗菁羞赧地低下头去，脸绯红绯红地回答我："试了好几次，不敢。我怕我爸妈发现了。再说，我怕怀孕了咋办？"

我长叹了口气，心想，她咋和罗晓芳就像是一个模子里浇出来的！苗菁就又安慰我——还是晓芳的口吻："结婚后，整个人都会是你的了，急啥？"

当天，苗菁就送我上了火车，并且说好，抽时间，请假也得上济南去看我。

六

回到省报后，我每天除过上班之外，就是进行诗歌创作和给苗菁与李昆写信。然后就是等他俩给我的回信。一个人的生活看上去吃喝拉撒有许多的内容，其实，往往关注的，只有一两件事，说简单也简单。几个月的时光，我就是在写诗、写信，再等信这样度过的。可是，后来，我慢慢地发现，苗菁那边又出现了令我不安的新情况。我是从苗菁闪闪烁烁的字里行间，隐隐约约地感觉到的。我去信问李昆，反馈回来的信息果然如我所料。小韩那小子，又开始粘乎起苗菁！说看见他又开始和苗菁出外采访，晚上又常开车来找苗菁……看了李昆的来信，我的心情一下子降到了冰点。这小子咋就跟个鼻涕似的！我去信问苗菁，苗菁给我的回信仍是闪烁其词，含含糊糊。我再去信，竟然得不到回音了，我急得上火，又连去两封信，才接到她一封简短的来信。只有简短的几句话：一凡，我们分手吧。原因我说不出口，但我想你能猜到。我对不住你。但确实没办法。我会永远记住我俩在一起时的美好时光，记住你对我的好。多多保重你自己，不要想不开，一些事情，只能等你回来后，才说得清楚。请千万别恨我，我也是被逼无奈。落款也是一个简单的"菁"。读完了信，我就感觉到天都塌了，脑子里一片空白，匆匆向报社请了假，中午饭也没顾上吃，就买票登上了去鲁南的火车。车到鲁南，已经是傍晚，整个城市灯火阑珊。我急急地回到报社，连自个宿舍都没去，就真奔苗菁房门。小霞给我开的门，苗菁躺在床上睡着觉，听见我的声音，一轱辘翻起身来，揉巴着眼睛，惊诧地望着我问："你咋说回就回来了？"

当着小霞的面，我不好说什么，只说，"你起来吧，我们出去走走。我有话要问你。"

苗菁就翻起身下床来，说："你等等我，我收拾收拾。"

我就说，"那你先收拾，我去我屋里等你。"我气咻咻地到自己房门前，打开门，进去，坐在床边。啥也不想动。

李昆进来了，说，"听见你的声音，知道你回来了。咋不拉灯？"就随手将灯拉亮了，看我一个人脸色难看地坐在那里发着呆，就关切地问我，"刚下火车，吃了没有？"

我无言地摇摇头。李昆说，"我屋里有两包方便面，给你取来？"

我手一摆拦了，道："别，我一点都没食欲。"

李昆问我："是不是为和苗菁的事专门来的？"

我半天，才回答，"她给我去信，说要和我分手。"

李昆听了，半天不吭声，后又劝我："先吃饭，不能不吃饭。

要不，我陪你到报社对面的餐馆去吃？”

“算，她在收拾，我等她，一会儿要和她出去谈。”

李昆就做罢，又叮嘱我，“谈时冷静点，千万别发火，你们好几个月不见面了，肯定有一些隔膜，有多大的事情都好好说，呃？你听兄弟的一声劝。”

我说，“你别说了，我知道了。”

正说着，就听到院子里一阵汽车声响，李昆就说，“肯定是小韩那小子又来找苗菁了！”就出去探了一头，回来向我汇报，“可不咋的，就是那小子！”

我心想，完了，完了，和苗菁的关系彻底的完了！我躺在了床上去，拉过被子来，盖在头上去，耳朵却敏感地听着外边的声音。过了一会儿，汽车的发动机响了，我心想，苗菁肯定是又被那小子拉上走了。可是，过了一会儿，李昆却向我汇报，“快起来，苗菁向你房这边走来了！”

我没有起来，仍旧用被蒙着头。苗菁果然来了，敲了敲我的房门进来，看我躺在床上，唤我，“走吧。”

我坐起身来，揉揉眼窝，问，“你没跟人家去？”

“我跟他说了，你来了，我和你有事要谈。”

我起身来，问：“上哪？”

苗菁回答：“随便，就走我们以前的路线，行不？”

“行。”

我懒懒地下床来。临出门时，李昆又在身后给我行个眼色，我明白他的意思是让我理智行事。　　我和苗菁一句话也不说地一前一后走出城去。两人突然间就象隔了一层看不见的，却很厚很厚的墙。运河边那个美妙浪漫的夜晚，才过去有多长时间啊，现在就觉得似乎已经逝去很远很远了。我心里感慨：生活真是太多变了！

　　走了一阵，我实在憋不住了，问她："咋不说话？"

　　"我在等你呢。"

　　"我有啥说的？大老远回来就是听你信上不好解释的事情的，现在，面对面了，好解释了吧？"

　　苗菁长叹一口气，沉默了半天，才开了口："一凡，我们分手吧。我不好，不值得你爱。"　　　　　　"为啥，究竟为个啥？你总得把话说明白，让我清楚究竟发生了什么事情！怎么'中秋'我去你家，还好好的，这才不到两月时间，你的思想会发生这么大的变化！"

　　我几乎是吼出来的。苗菁等我吼完了，很艰难地低声回答："他，把我，那样了！"

　　我早都猜到过，可是，以前我极力在心里否定着自己的推断，当这一推断变为现实时，我仍然感到了它的可怕，这句话对我的打击几乎是毁灭性的。一时间，我就象是被人用铁棍在头上狠敲了一下，直感到身边的一切影象都在眼前恍惚起来。过了好长时间，我才恨恨地质问，"为啥　？为啥？究竟是为啥！"

　　苗菁见我那样，声音哽咽了："我对不住你，心里疚得厉害。发生那事后，我知道没法向你交待，都想到了死你知道吗？"

　　苗菁说这话时，忍不住地抹开了眼泪。我的心里，说不出来的一种难受。

　　我追着问苗菁详细情况，苗菁告诉了我事情的全过程——

　　原来，就在我从夏令营回来后第二天，她去小韩家，小韩母亲塞给他们舞票硬让他俩去跳舞的那天晚上，在跳舞时，小韩出其不意地吻了她。并向她正式提出交朋友。苗菁就把和我的事情说了婉拒了他。第二天，苗菁到我办公室来告诉我此事，却被我给几句话呛了回去。后小韩就找借口拉她出去采访，采访后，对方就留着喝酒——我分析，这都是小韩那小子一手安排的。到酒桌上，对方找着名目缠着苗菁多喝。苗菁总是也找各种借口拒绝。可是，多少，也总得喝几杯。一次，又喝得多了点，坐在车中往回送她时，她和小韩坐在后排坐上。小韩就借口扶她，开始手伸进她衣服里乱摸起来。苗菁酒醒了，一把将其搡了开去，并且斥责了几句，把小韩当着司机的面，弄了个很狼狈。所以，两人过后一段时间，一个不理一个。这就是我刚被派往省报学习前后，发生的事情。苗菁害怕我多心，就没敢告诉我这些。就在我"中秋"到台儿庄看过她后不久，小韩又主动打破僵局和苗菁说开话。苗菁心想事情已经过去，而且考虑到两家的关系，自己又是他爸调来的。甚至也觉得上次当着对方单位司机的面，把他弄得很难堪，还感到过意不去。毕竟人家是喜欢自己，而且也确实在工作上对自己帮助不小，就也笑脸相迎。一来二去，两人就又开始了接触。小韩刚开始还挺谨慎。苗菁对一般他约自己晚上出去，也婉言谢绝。可那小子就是有心计，不显山，不露水，总是能让记者部头儿以采访的名义，派上他和苗菁一起去采访，在采访过程中，极尽讨好苗菁，鞍前马后地伺候，知冷知热，也着实让苗菁感动。一次，腾县一家企业搞厂庆，加上有新产品问世，部主任又派苗菁和他一起去采访。本来，说好的是当天去当天回的。可是，厂里不干，说晚上安排有宴会与舞会。回不去了，只好在厂招待所登记住下。苗菁在宴会上被灌了一通，又在舞会上被摇得迷三倒四，被小韩和厂里的新闻干事扶着回去睡下。苗菁在他俩走了后，还特意硬抻着爬起来，将门从里边反锁了，然后，重回去放心地睡了。可是，不知什么时候，却发现有人在自己身子上边。她一下子被吓醒了。可是，一切都晚了。黑暗中，她虽然看不清自己身上边的人的模样，可是，她心里清清楚楚知道他是谁。她一边挣扎地翻动着身子，一边嘴里求着饶："小韩，你不能这样，我和一凡……”

对方哪里听她的，一边镇压着她的反抗，一边也向她求情，“求你了，苗菁，就一次，想死我了。我向你保证，就一次，谁都不知道……他爱你，我也爱你，还比他更爱你……”她知道此时的反抗已经毫无意义，而且，经不住那小子在她身上的乱摸乱啃，她的神经，也被刺激得兴奋起来。她放弃了抵抗，任他在自己的身上尽兴地发泄，后来，自己竟然也感到了莫名的快感……——这些细节，是我从她的叙述与自己跟过去艾迪那一晚上的经历中推测出来的。

第二天早晨，她清醒了过来，第一个就想到了我，方感到大事不好，抱着被子哭泣起来——女人一刹那的动摇，便导致整个人生轨迹的改向。后来，苗菁为自己这一晚上付出了昂贵的代价，此是后话。

那小子特会来事，使尽甜言蜜语地哄苗菁，向她信誓旦旦，说只要嫁了他，她要天上的星星，他不去给她摘月亮，每天晚上给她洗脚丫。他要把她在家中当个菩萨一样地供着，让保姆伺候她，不让她干一点儿家务。要给她把家中最大的房间让老爸腾出来做他们的新房。给她托人到上海买最漂亮的时装打扮她，包括婚纱。给她买电动小摩托上班，让她成为全市人人羡慕的公主……这一切，当时对一个涉世未深的姑娘来说，具有多么大的诱惑力！她陷入了极度的矛盾之中。所以，在给我写信时，才闪闪烁烁，犹犹豫豫，吞吞吐吐。小韩那边又紧追不舍。男女之间，一但越过了那道坎，便是纸与火，苗菁情感的防线，就像渗水的堤坝，全线崩塌，有了第一次，就自然地有了第二次，第三次，第四次……这一切，都被李昆看在了眼里，所以，我写信问李昆时，李昆把他的所见完完全全地告诉了我。苗菁直到跟那小子几次肌肤之欢之后，内心都恍恍惚惚，感到自个儿不是真的自己，在一个虚幻的世界里生存。感到自己是在犯罪，精神上背着沉沉的十字架，受着巨大的自责和煎熬，每次和那小子短暂的欢娱之后，内心都在承受着极度的矛盾的重压与痛苦，到后来她甚至买来了安眠药，被小霞姑娘发现后劝说没有付诸行动。她实在是割舍不下我，又特别怕伤害我，所以一拖再拖，不敢在信中明说。到后来，她发现自己不来月经了，这才匆匆给我去信，做最后的了结。

我万念俱焚，感觉自己已经回来得太晚太晚了，一切都已经无可挽回！当最后苗菁说出："他确实对我特好，百依百顺。"这句话时，我知道了它其中所包涵的所有信息。我心如死灰，淡淡地说，"回吧。你和他的事情，我再也不想听。"

苗菁深深的内疚，真诚地对我说："忘了我吧。世上比我好的姑娘多了去了。凭你的条件，啥样的找不上！"

我不理她，扭头往回返。肚中冒出威尔弟歌剧《弄臣》中的台词——"女人多善变，象空中之羽毛，一会儿飞飘向东，一会儿飞向西……"我自言自语地背诵着它，此时，只想躲开她去，到一个没人的地方，好好痛痛快快地哭上一场！

七

第二天一大早，我就坐火车返回了济南，李昆拦我都没拦住。在火车上，我眼睛一直都是湿的。想到伤心处，眼泪流下来，就用毛巾背着人去擦上一把。眼睛刚干了，过一会儿，又想到伤心处，泪水就又溢满了眼眶，重又去取毛巾来擦。对面一个乘客同情地问我："同志，你肚里有啥伤心事？"

我掩饰说："没啥，害眼病！"

回来后，我的第一件事情就是给我在海南的一位同学写信。

他叫王强，是我在学校学生会给老范跑腿时认识的。从青海考来，比我高一届，本系七七届的。因为都是从大西北来，所以，就认了大概念上的老乡。他也喜欢写诗，所以两人很谈得来，成了朋友。毕业后给我留了通讯地址，分回他们省报工作，负责编文艺副刊，来信告诉我，有诗作尽管给他寄去，一定重视。我试着寄过几首，果然全都给采用了，过后还寄来样报。所以，我们一直有联系。年初，他辞了原来的工作，去创海南了。就职在海岛日报，仍旧编副刊，向我约稿，甚至撺掇我也去海南跟他一块干。我因为当时正和苗菁热恋，根本就没有考虑。此时，我却觉得去海南对我来说是多么的迫切与现实！我给他马上去了信联系。很快就接到了回信。说是他们报社编制满了，全国各地来此应聘的求职者实在是太多。替我联系了海岛晚报，人家答应要，问我想不想来，若想，就赶快把自己的毕业证、发表了的诗作等挂号寄来。我又只好重请假坐车回鲁南，因为这些东西都在我宿舍里放着。回去后，给李昆说了我的想法，李昆很伤感，力劝我留下。我说，　我留下来怎么面对眼前的一切？李昆就动感情地说，"鲁南又不只有一个苗菁，还有一个亲如兄弟的李昆呢！你如果实在不能面对报社的现实，咱可以往其它单位调嘛。象你，在鲁南换个单位还不是随随便便地挑。"

　　我拍着李昆的肩膀，说，"兄弟，事情没那么简单。问题是，我已对鲁南伤透心了。实在是不想在这儿呆了。对不起，好兄弟，以后，就是走到哪里，我都会记着，在我的生活中，有一位亲同手足的兄弟你！"

　　取上东西，上街复印后，当天就将其寄往了海南。李昆告诉我说，那一对，可能在"元旦"就举办婚礼。我必须赶在这之前离开鲁南！当天我就返回了济南。

　　出乎我的意料，我的那封材料还可能都没到海南，王强却给我来了信，说经过他的极力推荐与担保，晚报已经将我的情况报到了海南省人事厅，不几天，就会给我们报社发来商调函要档案。又过了没几天，就说商调函已经发出，我便收拾东西回鲁南，回来后给头儿打招呼催其赶快往海南发档案，头儿还做出挽留的姿态，说："你看看，送你出去学习，就是准备提拔你。你现在又要走了。"我知道他这是客套。鬼知道当时送我出去的真实意图是什么。我很怀疑他是跟小韩一家串通好了的。所以，我稍一坚持，他便痛快放行，一边又直摇头，"人才哟，可惜，可惜，我们这小庙里养不住你这大和尚。走也好，良禽择高枝而栖。只要有利于你个人今后的发展。"

出了总编办的门，我唾一口，"去你娘个蛋，以为我是小孩子，把我当猴耍！"越是怕鬼，越是遇上鬼，偏偏冤家路窄，与小韩在走廊里打个对脸，我不理他，那小子似乎觉得良心有亏，主动跟我笑脸相迎。又碰上了苗菁，简单打个招呼，就想过去，她却问我，"听说你要去海南？"　　　　　　　　我回答："是，你咋知道的？"

苗菁说："全报社都在吵吵。"半天，又问："咋说走就走？"

"我那边有同学，上次回去后我联系的。"

苗菁挺伤感的说："不走不行吗？"

"不行，"我说，"我这人有个毛病，啥地方的人骗了我，我就对这个地方再也没了好感。"？

？　苗菁就不吭声了，好半天，问我："啥时走？"

"还没定。得看这边给我办调转手续利索不利索。"

"你还是别走。"

"为啥？"

"不为啥。"

“我留下没有任何意义了。听说你和他‘元旦’就要举行婚礼？”

苗菁不吭声了。半天，说：“到时候我去车站送送你。”

“算算，没有必要了。弄得大家都不高兴，何必呢。”我说。

走过去后，我心里琢磨，她是不是专门在走廊等着堵我呢？因为我去总编办公室时，从记者部门口过，用余光扫了门里一眼，发觉苗菁看见我了。

手续办得出奇的快。这边接到商调函的当天，就把我的档案材料寄了过去，似乎是巴不得我早一天离开。我就又怀疑是不是小韩让他老爸给报社头儿打了招呼。虽然越快越合乎我的心意，可我却并不舒服。又没几天，正式调令就过来了。我拿着调令，一天之内就去办完了粮户迁移手续。那天正逢星期五，李昆早晨就悄悄回腾县去了。之前，我没给他敲死我要哪天走，我怕他到时候拦我不让我走。最主要的是：星期四下午我正在办公室里整理自己的东西，苗菁踱进来，看样子是下了很大决心，特意找我，又劝我留下来，还说她采访时在哪个哪个局认识一位姑娘，各方面条件都相当不错，人长得特漂亮，比她强，正在上电大，要给我介绍。还说她已给对方介绍了我，人家也知道我，挺乐意，要领我去见对方。我一口就拒绝了，又把那天在走廊里遇到她时说的话重说上一遍，“我说过我这人有个毛病，啥人要骗了我，我就对这个地方再没了好感。”将苗菁给噎了回去。她看拦不住我，只好问我什么时候走。我犹豫了一下，告诉了她。我心想，她肯定到时候要去车站送我。明明知道她将我心伤得厉害，可是，此一去我和她将天各一方，永不见面，潜意识里，还是企望她去送我，两人做最后的诀别。这是我不让李昆送我的最主要的原因。和苗菁可以单独好好最后说说话。看她对我的情感究竟深浅如何，人哪，就这么贱！

离开鲁南的那天，天上下着霏霏细雨，我拎着包，搭公交车去火车站，心情，也像那淅淅沥沥的雨滴，几多忧伤，几多凄迷。我站在火车站候车室门前高高的平台上，翘首张望，广播里都通知检票了，却没能将苗菁等来。我心里凉凉儿的，心想一定是让小韩那小子给拦住了！最后望一眼远处的城市，回过身去，挤进了涌向检票口的人流。

当火车将要开动之时，我的脸贴着溅满了雨水的窗玻璃，感情的潮水在心底催生出强烈的创作的欲望，一首诗歌的灵感，突然就跃上心尖。火车缓缓开动了，我绝望地最后望一眼身后的城市，拧开笔帽，将那首诗，从心尖流向笔尖——

《告别》

鲁南，我向你告别！

我向你天空中的煤尘告别；

我向你飞虎队的神话告别；

我向你捧给我的珍馔告别；

我向你赐给我的苦酒告别；

我向我的朋友告别；

我向我的敌人告别；

我向我心中的太阳告别；

我向我自己告别；

鲁南，我向你告别！

鲁南，我向你告别，

行装，包起沉沉的思恋，

网兜，网起清冷的离别。

将拜伦诗选紧紧抱在怀中，

扉页中，有一枚丹丹的枫叶！
看不见，你晚霞的面庞，
听不到，你黄昏的嘱托。
汽笛，已在耳畔嘶鸣，
车轮，将在心头辗过。
鲁南，我向你告别！

鲁南，我向人告别。
没有眼泪，
没有亲吻。
心中的玫瑰，已撒落在——
抱犊崮的皱褶，微山湖的碧波。
麻木的钢轨，载上了一副空心的躯壳。
热的面庞，贴着冰凉的窗玻璃，
回首凝望，身后是一片苍茫的暮色。
鲁南，我向你告别！

鲁南，我向你告别。
时间，已将昨天划为过去，
心中，仍残留着你怀抱的余热。
南行的列车，就要送我到遥远的天涯，
怎敢保定，这不是与你的永诀！
当岁月的年轮已变得遥远。
你是否还能记得，一颗浪子的心，
曾被你的利刃刺得滴血。
鲁南，我向你告别！
我昏昏沉沉地在车上过了一夜，第二天拂晓到郑州又倒了次车，坐上了北京直达广州的特快。车上人特挤，根本没有落脚的地方。我站在车门口肮脏的走道旁，艰难地熬了一天一夜，中途没有吃一顿饭。到了晚上，就蹲在过道口打盹。有人路过，抬起的脚，在我头上飞舞，时不时地碰在我的头上，将我从迷糊中带回到现实的世界。我发现车上的人主要有两种成份，一种是去广东找活干的民工，另外就是像我这样到广东找工作的大学生。就好像广东那地块堆着大量的金砖等着大家伙去搬，早去的多搬，去晚了就没份了似的。

到广州后，又转乘汽车，走了又整整一夜，颠得我插队时落下的反酸水的毛病又犯了，一边不停地打着嗝，一边心里感慨，活人咋就这么难肠！罗晓芳、艾迪、苗菁，一个个的面容在我脑子里像过电影，此时她们都可能在各自男人的臂弯，香香地睡着觉，做着各自的美梦，尽情温馨地享受着生活。而我，却几天几夜没好睡、没好吃的在异乡茫茫旅途中颠簸着，为了那个前边看不清的所谓前途！一股酸涩的眼泪就顺着鼻翼流了下来，泪进嘴里来，咸咸的味道。

来到广东省雷州半岛最南端与海南岛隔海相望的海安，转乘渡轮过琼州海峡。望着满眼被海风吹起打着浪花的海水，我的心也像眼前的滔滔海水，心潮起伏。回首眺望身后离开的大陆，渐行渐远，越来越朦胧，越来越模糊，而前方海岛的轮廓，却在瑰丽的朝霞中越来越清晰地出现在视线中。我把那首本来准备下车后寄回给苗菁的诗，撕得粉碎，扔进了海峡滔滔的海水中……

第三章

一

　　来到海口，王强接的我。回到他宿舍，我又困又乏，上吐下泻，睡了整整三天……

　　这样，我就在海岛晚报做起了记者。虽然我没有结婚，在报社却属于大龄记者了。看着周围那一个个青春朝气的面庞，还有那贴在墙壁上的发稿统计表，以及与稿件质量、数量相挂钩的工资奖金换算表，我感到了实实在在的压力。这里的工作量，不知是鲁南日报的多少倍。全市有好多家经济、生活、娱乐类报刊，都在争抢市场份额。它不但决定着报纸的成本，而且决定着广告量的大小，报纸的生存，也就直接影响到每个人的工资袋。所以，在这里，不管你过去上的是名牌大学，还是三流杂牌；不管你是来自大都市还是边陲小镇，在竞争面前，人人平等。所以，过去我的那张最高学府的毕业证、所发表的诗作，只能作为敲门砖，代表着过去。而进了报社，领导和同事们就再不看重这些，主要以你当月发的稿件的质量与数量来取决于对你本人的评价。为了在报社站稳脚跟，树立形象，实际上就是为了生存，我没明没黑地跑稿子，根本顾不上考虑个人问题，很长时间，我心中的情感世界一片空白。时间稍长，过去藏留于心中的情感伤痛竟然也渐渐淡去了。工作，真是治愈它的一剂良药。我慢慢地适应了这种充满了竞争但又没有情感波澜的生活。内心竟然感到挺适意，甚至对佛教教义有了进一步深的认识。确实如它所讲，人其实都是为情欲所累，没有了它的缠绕，就少了许多的烦恼。

可是，人不是在真空中活着，决定你前途命运的契机，总是在出其不意之时，降临到你的身边。一年后，在一次很普通的例行采访中，我认识了给我生活带来重大变故的第四位女性——贾如馨。

她是一位 85 年武汉大学历史系毕业的大学生，毕业后分回她家乡的小县城学校当老师，不满所处环境，报上嘈嘈海南要撤区建省，而且要设成中国最大的特区，抵不住巨大的诱惑，报着没赶上第一波深圳建特区的浪潮，一定要赶这第二波的想法，扔了工作，前来海南弄潮，应聘于海南一区委机关计生委工作。我是在一次采访她们抓外来人口计划生育管理工作时认识她的。当时，由她负责向我谈有关情况。也许是共同的经历，或是共同的学历，那天的采访，非常的顺利。我提的问题切中要害，她对我的提问，也回答得条理清晰，毫不拖泥带水，就好像我们是配合得非常默契的一对朋友。采访结束时，已到下午下班时间，她真诚地请我吃饭，我爽快地留下了。席间，我们彼此又谈了许多，各自对对方有了更多深入的了解。交谈中我得知，她出生在一个教师家庭，从小爱蹦爱跳，喜欢表演艺术。可是，她父母却坚决反对她走这条路，越俎代疱地为她设计前程。她就阴差阳错学了历史。所以她说自己的人生之路在一开始就走岔了路，来海南其实也是对父母的一种反叛，不过这种反叛来得太晚了些。到现在她仍对舞台艺术抱着一份痴迷。对我这个北京大学中文系毕业的学生，怀着一份崇敬的心理，这多多少少满足了我的虚荣心。我适时以中央话剧院来海口正在热演的曹禺话剧《雷雨》做话题，跟她聊起来自己的见解。我说《雷雨》明显受了挪威剧作家易卜生与美国戏剧大师尤金*奥尼尔的影响。又将易卜生的《玩偶之家》和奥尼尔的《桑树下的恋情》的剧情介绍给她，给她分析相互之间的秉承关系。我又说其实我更喜欢曹禺的《原野》，说在学校有幸看了在大陆遭禁演，由刘晓庆和杨在葆主演的同名电影的教学参考片，两人的表演如何炉火纯青，将原著的风格与复仇主题诠释得淋漓尽致。又把剧中的主人公仇虎的形象与莎士比亚的《哈姆雷特》的主人公作对比，比较二者性格上的异同对应两部戏剧主题的异同，分析得她直点头称是，说是听了一堂戏剧课的感觉，过瘾。我一高兴，就又海阔天空起来，大谈起西方戏剧中的"三一律"原则对戏剧创作的利与弊；世界三大表演体系斯坦尼斯拉夫斯基、卓别林、梅兰芳的不同表演风格；"蒙太奇"手法在电影发展史上的巨大贡献……我们越谈越投机，她没有想到我对她所喜欢的戏剧表演艺术有着如此多的知识与见解，深深折服。其实这都是大学时上选修课听老师讲的。初次见面，就给她讲了这么多，我都感到自己有卖弄之嫌，可是，贾如馨一点都不介意，当在交谈中得知我还是一位诗人——她前不久在我们晚报副刊上读到一首诗，挺欣赏，得知它就出自我手之后，更是对我敬佩有加，就要索看我的其它发表或还没发表的诗稿。我遇到了知音，受宠若惊，一口答应，说下次前来，一定带上献丑。宴毕出酒店来，我们就感觉到已经是很熟的朋友了一般。我和她告别，她主动伸出手来跟我握别，并叮嘱我不要食言，她在等着我的诗作。我看她的认真样子，知道她对我很在意。心里热乎乎的。我伸出手去和她握手，她的手，纤细而又滑软，握在手中，没有一点力量感，充满了女性的温存与柔顺，就像她采访时所表现出来的对我的顺从与迁就一样，就心底涌上一种来海南以来，从没有过的情感。

　　辞别了贾如馨，我走在海口的椰子树和芭蕉遮当着赤日的滨海大道上，沐浴着炙热的海风，眺望着蔚蓝的大海和海面上飘荡着的朵朵云彩、片片白帆，心中第一次对海南有了一种归属感。贾如馨虽然不比苗菁风姿绰约，没苗菁那么吸引人的一双美丽的大眼睛和白晰漂亮的椭圆脸，肤色也被海风吹得有点儿黎黑和粗糙，但苗条的身材是她的一大优势，小巧的鼻子，小巧的嘴唇，镶嵌在同样小巧的瓜子脸上，也显得妩媚动人，一双凤眼，虽不大，但和那张小瓜子脸却十分相配，且有种勾人的感觉。望着你的时候，小鸟依人，让人生出怜香惜玉之情，男人，骨子里其实都喜欢这样的人做妻子，好驾驭。更何况，就如当年苗菁说过的，"女人是因为可爱才美丽。"，我觉得贾如馨要比苗菁肚了里的东西多，毕竟是正派大学生，和我也更能进行较高层次上的交流。回去后，我很快将稿子写就，多情地将"贾如馨"三个字也署在了自己姓名前。稿子见报之后，我给她打了电话，及时通报。她在电话中显得格外高兴，说她也已见到发了稿的报纸，单位领导挺高兴，奖励了她二百元钱，邀请我前去将它糍掉。并嘱我别忘了带上我答应她看的诗作。我愉快地接受了邀请，特意将自己收拾了一番——去美容店吹了头发修了面，换了一件绛色的新衬衫和一身咖啡色新西服，脖颈打了一条黄色的领带，将皮鞋擦了个锃亮，夹着我那本作品集，一路吹着口哨，哼着小曲，前去赴约。远远的我就看见，贾如馨站在她们区委门口的芭蕉树丛下等着我。苗条的身材，上身穿着一件粉红色蝴蝶衫，下边穿一件米色的筒裙和一双白、红条交错编带的凉鞋。脸上更是经过了精心的修饰，描了眉画了眼，嘴唇更是比上次我采访见她时要涂得鲜亮，上次是绛红色，这次成了朱砂红。眼眶边还打上了眼影。来到她面前，我客气地恭维她："哟，你今天打扮得真漂亮！象个公主。"

　　她妩媚地睨我一眼，道："你不也打扮的象个王子！"

　　我俩都会意地笑了。

“说，上哪？”她轻声问我。

我回答：“客随主便，你说上哪就上哪。”

“那你今天晚上就听我安排了？”

我欣然说：“遵命。”贾如馨就七拐八拐，把我领到一家名叫南海鱼村的酒店的包厢中坐定。我说“随便吃点什么就行了，用不着破费。”如馨就笑笑说，就是随便点几个菜，说认识我非常高兴，到海南来的人，都是奔着钱来的，她身边的人，虽然说是坐机关，但整天言必称钱，嘴上挂的都是地皮、房产与股票。机关里到处传诵着炒房地产暴发的一个个神话故事，许多人在机关里都是“勉从机关暂栖身，”觊觎着一但有捞大钱的机会，便投身下海，就象是到了一片文化沙漠。遇着我这么一个最高学府的毕业生又是诗人，真象在干涸的沙漠里碰到了一股清泉般的解渴与高兴。这话我咋听咋舒服，熨贴，我赶快表白说，我认识她才觉得是一个在沙漠里迷失了方向的人遇到了沁心的甘泉，如馨说：“彼此彼此。”要过我的诗稿集去，一页页的翻看，对有些写得好的诗句大加欣赏，有时，还禁不住地念出声来：

“总想说点什么，

可又怕说得不好，

反而亵读了我们之间那无法诠释的情感，

那就沉默吧，

守着烛光，

让我的心，告诉你，

你，

是我一世的朋友……

“写给哪位你一世的朋友的？她肯定是一位才貌出众，比我强得多的姑娘？”如馨有点酸意地发问。

　　我一下子想起它是我和苗菁热恋时的产物，但我淡然回答，"它是什么时候写的，时间长了，我都忘了。诗人的特点你又不是不知道，总是无病呻吟。我哪有什么一世不忘的朋友。"嘴上这么说着，心里却挺得意，刚才那一瞬间掠过她爪子脸庞上的妒意，已经被敏感的我所察觉，嫉妒是爱的开始。我为自己又一次快速地获得一位美丽姑娘的芳心而陶醉和自得。如馨点了一大堆菜肴，大部分是海味，什么黄鳝、鲜贝、蚌壳、海参之类海南的特色菜。还特意为我要了一瓶辣酒。我心情高兴，开怀畅饮。餐毕，我已有点飘飘然，如馨说到餐馆的歌厅去听歌跳舞，我欣然点头，预感又象当年插队时与罗晓芳回青年点去的那个月夜，今天我俩之间最终要发生点什么事情。我随如馨上楼，已经听到带着浓重粤腔的《好一个茉莉花》的女声独唱。轻柔的歌声，弥漫开来，给夜晚的空气罩上了浪漫温馨的色彩，来到宽敞的歌舞厅，这里，已经坐了不少的舞客。歌舞厅里，全是海岛渔村的设计装潢，高大的椰子树立在大厅中央，旁是流淌着的清溪与小木桥，桥边有丛丛的芭蕉与橡树与红樟树、楠树，还有开着红、黄、白各色花的仙人掌、仙人球、仙人柱和龟背竹。每个座位都形同树桩，上边是椰树造型的凉棚，身入其中，让人感到六月的酷暑顿时消失，全身沐浴在清爽的空气中。台上，在阵阵民族乐曲的伴奏下，几位身着民族服装的黎族少女正在翩翩起舞，跳着电影《红色娘子军》插曲"万泉河水清又清。

　　如馨引我进去找个地方落座。立刻有一位黎族打扮的姑娘前来问我们需要些什么服务。贾如馨为我们俩各要了一听椰奶与菠萝汁。当台上响起一支新曲子——《阿里山的姑娘》时，如馨就邀我下了舞池。刚开始，我俩还比较拘谨，我小心地一只手搂着她纤细的腰身，另一只手托着她细嫩修长的小手，她则将另一只胳膊轻轻地搭在我右肩上。我们随着舒缓的音乐规规矩矩认认真真地跳了一曲，两人一话也没顾上多说。一曲下来，贾如馨一边给我打椰子汁，一边笑着说，"看你跳舞，最高学府中文系的毕业生，大诗人，怎么跳起舞来简直就象个十七世纪英国宫庭里的绅士。"

我问，"是不是跟我跳舞挺累的？"

她不置可否地笑起来，小嘴露出两颗小虎牙，面颊上陷进两个小酒窝，真是别有幽情暗恨生。撩起我心里一阵遐想。再看看舞池里的双双对对，大多都身贴得很近，有的，还女的直接双手环抱着男伴的脖颈。？

此情此景，看得我心跳耳热，肚里暗下了决心，等下一次下池后，一定要将她搂紧点，就象舞池里的那些舞伴那样。新的一曲开始时，还没等我邀如馨，却不知从什么地方冒出个穿着一身白西服的公子哥，抢在我前边邀请如馨下舞池。

如馨竟然欣然应诺，向我摊摊手做个无可奈何状，就被那一位搂着下舞池。如馨在那位公子哥的怀中，象变了个人，轻快灵活得就象个欢欢快的精灵，不断地变化着花样。

渐渐，我发现舞池里人们的视线，大都集中在了他们两人身上。贾如馨和那一位舞伴扭动着身子，看似南美的桑巴舞，带着明显的性挑逗，这引起了我的不悦。

一曲结束后，那位客气地将贾如馨送到我们的座位中离去，还主动跟我点头微笑打招呼，我却没怎么理他。如馨似乎也看出了我情绪上的细微变化，等新的舞曲一开始，就主动拉我下了舞池。如馨刚才那场和陌生舞伴的一场舞，放开了许多，这次，和我的身子距离贴近了许多，渐渐，随着那悠扬舒缓舞曲，她就几乎偎进了我的怀中。

我闻到了她头发中浓浓的香水味，胸脯触感到了她那隆起的乳房的微微颤动，胳膊皮肤和她的也贴在了一起，体味到了她的肌肤的光滑与细腻。这次舞曲下来，我们都觉得，俩人的关系有了一些微妙的变化，比之前似乎更亲切了一步。

就这样，我和如馨一场接着一场跳着，到最后，我们就和别人一样，她的双臂，环扣在了我的脖颈上。又一支舞曲开始后，舞场里的灯光突然全熄灭了。我还正纳闷，如馨就搂着我的腰下了舞池，说，"这叫温馨一刻"。

有一位哲人说过，"黑夜是人们一切越轨行为的遮羞布"。我的耳畔，不时传来"喋喋"的亲嘴的声音和低低的打情骂俏声。受其感染，我耳热心跳，双手自然地就将如馨的纤腰卡得更紧了。渐渐，我就感到。外边的世界似乎已经不存在了，舞池里只有了我和贾如馨。

我的脸，紧紧贴着如馨的脸颊，我的全身，紧紧地贴着如馨的全身，随着慢悠悠的舞曲，轻轻地摇晃，进了仙境一般。慢慢地，如馨将脸转了过来，将嘴唇对在了我嘴上，我温柔地轻轻地吻住了她小小的双唇……从舞厅出来，夜已经很深，但我和如馨手拉着手，没有一点倦意，我们沿着滨海大道不停地走呀走。满眼的热带植物——槟榔、棕榈、芭蕉、仙人掌、椰子林。

众多的热带植物构成了南国亚热带城市特有的情致与景色。高耸的座座大厦组成雄宏的城市轮廓——许多楼房还正在建设之中，周围矗立着伸着长长肩臂的脚手架。已建成的楼群，则在城市的五彩霓虹中，展示着自己矫健的雄姿，似一把把利剑，直刺夜的天幕。虽然夜已很深，但各色车辆仍穿梭般在宽阔的马路上奔驰，喇叭声声，不绝于耳。五颜六色的各种广告，交相煊映，特别是一些巨形的房地产广告，更是给城市注入了一股新开发特区的勃勃朝气。到处是新开工的建筑工地。一些工人仍在加着夜班，工地上传来一声声的哨音和机器的轰鸣。"真是一个充满活力和希望的城市哦！"我感慨道。来到海南都有快两年了，我从未象今晚这样对它有如此的亲切感受。我们走着走着，就自然地拐进一片椰树林的小径，向林深茂密处的海边走去，远离了滨海大道，如馨挽着我的臂膀，小鸟依人般头靠在我的肩上，呢喃道："我们找个椅子坐一会儿吧。我有点累。"这里其实是一个靠着海的街边公园，此时里边没有人迹，一片静寂，格外的空幽。我的潜意识里已经有个欲望在兴奋着我的神经。我俩找到一条椅子上坐下来，说着一些只有在此时此刻才会讲出口的情话。不停地互吻。如馨这会才说："其实我最欣赏你的还并不是你的北京大学的牌子和你的诗歌，而是你这张象维吾尔族人的脸，看你这鼻子，长得多有特点，就象个老鹰的嘴，带个这么明显的钩。那天你第一次来我们单位，我就有一种感觉，这就是我要找的白马王子。你是从大西北来的，你身上一定有着维吾尔族人的血统。"

我就又把我爷爷的爷爷如何在"辛酉政变"中受牵连被贬新疆，我太爷爷如何与我太奶奶私奔到祁连山下，我太奶奶如何被大车店老板占有，我太爷爷如何杀了大车店老板后钻入祁连山落草为寇，生下我爷爷后如何过继给姓张的山大王，我爷爷长大后如何被马步芳部下的团长赏识，取团长女儿为我奶奶，一直到我爸的这段历史，又给如馨讲上一遍。如馨听完了我的大段叙述，感慨道，"真是世事沧桑。没想到，你身上还有爱新觉罗的血统，不可思议。"

我自嘲道："刘禹锡的诗咋说来着——'朱雀桥边野草花，乌依巷口夕阳斜。旧时王谢堂前燕，飞入寻常百姓家。'"

如馨恭维我说："不愧是最高学府中文系出来的，出口就成章，"

我说：“你是讽刺我呀？这连小学生都会背。”

“没有没有，我是真心诚意地佩服你。让我我就信手拈不来。你再给我背首诗吧？我爱听。”

我想了想，就说：“中国的都听腻了，我给你来一首美国诗人惠特曼的《大路之歌》吧？”　　　　　　　　“好，我听，你背。”

我清了清嗓子，动感情地瞅视着如馨着迷的眸子，背诵起来：

我把我的手伸给你，

我把我的爱情给你，

那比黄金还宝贵。

我把我自己给你，

让教理与法律做证。

你肯把你自己给我吗？

你肯与我同行吗？

我们彼此能否矢忠不渝？　　·······

········ · · · · · · · · ·

念完之后，我深情地凝视着如馨，等待着她的回答。如馨也用含情的眸子回望着我，半天，她偎在我怀中，躺在了椅子上，说，“我累了，让我在你身上躺一会。”躺下去之后，她才半眯着眼，脉脉含情地瞅着我，将手伸进我的衬衣，抚摸着我的胸脯说，“我明白你的意思。能认识你真是幸会。你再给我接着背，我爱听。”我想了想，就又背起一段乔治*桑小说《安吉堡的磨工》中列莫尔对玛塞尔的表白，“啊，让我好好地享受我生命里这一美丽的时刻吧！不管昨天怎样，将来怎样，都让我把它忘掉吧！你看，今夜是多么甜蜜，天空是多么的美丽，这地方是多么的芳香，静谧……”

随着我的背诵，如馨继续用她那柔滑细腻的小手，抚摸着我，抚摸完我的胸，又伸上来抚摸我的脖颈，然后又绕到背后，上下搓着我的脊背，然后，又绕到前边来，继续摩索着我的胸部，嘴里喃喃道："你身上的皮肤，多光滑呀。"

我的心，痒痒的，浑身躁动起来，已经被贾如馨揉搓得有了反应。我又一次想到了和艾迪的那个销魂之夜，也禁不住地开始伸出手去，钻进如馨的连衣裙去，摸挲她的脖颈、见她用眼神鼓励着我，就又往下边挪动，摸着了她柔软的乳房，开始轻轻地抚摸。一会儿后，如馨好象有了反应，扭动开身子，轻轻地问我，你是不是想……"

我涨红着脸，语无伦次地，"是，可是，怎么能，现在……"

如馨不吭声，火辣辣的一双凤眼似带着些羞涩，又风情万种地望着我，透出无限的妩媚，并用手，在我的腰间摩挲着，半天，竟然主动解开了我的皮带扣，我再也控制不住地撩起了如馨的裙子……

远处的海面上，传来几声轮船发出的汽笛声，象飘在海面上的音符，悠扬而动听，充满了诗意。间或，还有几声衰竭了的蝉鸣。夜，已经很深了，四周一片寂静。如馨在下边呻吟着，突然发现了什么，说，你看，天上的星星在觑着咱俩呢。"

我一边使劲，一边本能地加进诗意的调侃，"哪里，那是牛郎和织女星，在妒忌咱俩呢！"

贾如馨会心地笑了。湿润的海风吹过来了，吹得我的屁股阵阵发凉……

二

完事之后，我起身来，感觉到特别的不好意思，俩人这才相见第二面，竟然这么快就将男女之间最后该干的事情干了。想想插队时，和罗晓芳好了两年，都没有这样过。脑子里莫名其妙地钻出莎翁戏剧《罗米欧与朱丽叶》中的一句台词——
"早结果的树木一定早雕。"

如馨看出我有点儿不好意思，整理好了衣服，又主动上前来偎在我怀中，化解尴尬。一边搓揉着我的手背，一边含情脉脉地望着我，说："还害羞是不是？"

我低下头去，回答："有点。"又不好意思地说："我们是不是太快了点。这才，第二次见面。"

如馨靠过身子来，头放在我的肩头上，一只手又伸上来，摩挲着我的胸口处，还不时揪揪我的胸毛，弄得我一阵发疼一阵发痒，说，"这说明我们有缘，一见钟情呀。多浪漫，我喜欢……"

从那一天晚上起，我第一次真正地爱上了海南，爱上了这充满异域风情的海岛。每天，我骑上自行车去城市各处采访，就象工蜂去采花蕊酿蜜般的勤奋。早晨，沐着旭日的朝霞出发，傍晚，踏着斑驳的月光，披着清辉夕归。我采写的稿件，不断得到领导和同事们的肯定与社会的反响。我写的一些小诗，也经常地在自己或其它兄弟报纸上露脸，在海口新闻界，小有影响。还交了一帮也喜欢写诗的文友，经常在一起去海边或是茶园酒肆小坐，为我写的小诗把诊号脉，提出各自不同的看法和意见。往往在这时候，我就将如馨领去，在小小的沙龙聚会中，我成了众人羡慕不已的对象。兴奋之机，我手把酒杯，大段地背诵雪莱的《西风颂》、歌德的《浮士德》、莎士比亚的《十四行诗》、惠特曼的《草叶集》、泰戈尔的《吉檀迦利》、普希金的《叶甫盖尼＊奥涅金》——

"我记着你甜蜜的爱，

　就是珍宝，

　教我不屑于把处境，

跟帝王对调……”

“金子，就这一点点，
就能颠倒黑白、美丑、是非、
尊卑、老少、勇懦……
有了它，麻疯病人被当做情郎，
强盗可以封官获爵，
受人们的跪拜，颂扬。
有了它，腐臭的寡妇也能再嫁……”

“华丽的服饰是裁缝师缝制的，
官阶和爵位是礼部衙门制定的，
等级不过是货币的标志，
而人是黄金……”

“啊，在生活的田陇上，
世世代代的人们，
仿佛那转瞬即逝的五谷，
遵从着天命神秘的意旨，萌芽、成熟与凋谢，
别人又跟在他们的后边走去……”

“让预言的喇叭通过我的嘴唇，
把昏睡的大地唤醒吧，
要是冬天已经来了，
西风呵，春日怎能遥远……”

　　我的背诵常常博得阵阵的掌声与喝采。我从如馨欣赏我的眼神中，读出了生活对我的赏赐与嘉奖。快乐和充实的生活包围着我，幸福的蜜汁在我心里流淌。每次聚会完毕，我和如馨都要手挽着手，在滨海大道上遛呀遛地走很远很远，常常到老地方或其它隐蔽之地，将旧日玩过的游戏重温习一遍。每次都激情四溢，身心得到极大的满足与释放，留下无尽的遐思与畅想……使我对德国悲观主义哲学家叔本华的"性爱是快乐中的快乐"的命题有了更深切的体味。每个周未，我们常常去海洋馆、植物园、海滨浴场去度过快乐的一天。一次去海水浴场去游泳，我和如馨手拉着手相拥着扑向大海，一个海浪打来，将我和如馨吞没在浪花中，如馨受惊吓地紧紧地贴在了我身上，我用双手搂抱着她，等海浪过去，我看着如馨被浪花打湿的笑脸灿若刚被雨水浸润过的花朵，便随口吟出了白居易《长恨歌》中，赞美杨贵妃在天上仙宫中美貌娇姿的诗句来："玉容寂寞泪阑干，梨花一枝春带雨"。如馨双臂紧紧地勾着我的脖颈，完全明白我念的这首唐诗所表达的意思，撒娇般地瞅着我说："我有那么美吗？"我怔怔地回望着她，回答，"美，比带雨的梨花还美！"如馨就一把将我紧紧地搂得更紧。我的身体被她湿漉漉的身子紧贴着，一阵躁动，浑身不由得兴奋起来，如馨感觉到了，明知故问，"你咋了？"

　　我羞红着脸，木讷地回答："我，我想……"

　　如馨有点意外："那咋办？在海水里……"

　　如馨犹豫地向四周瞅瞅。我激动地悄声说，"没事，别人不会发现我们干啥的。"

　　如馨还有点徘徊，我的手已经摸探到了她的两腿中间，很快，也被撩泼了起来，一会儿，抵抗不了诱惑，便说，"那好吧。"便腾出一只手来，伸进下边的海水中去，配合着我，揪偏了泳衣与裤头。我急不可奈地将她娇小的身子抱到自己的腰间，将自己送入她的身体，如馨轻唤一声，就借着海水的浮力，轻轻地配合着我一起晃动起来……我脑际又闪过白居易的诗句——"别有幽情暗恨生，此时无声胜有声"！

完事之后，我和她重新欢笑着，迎着海浪，向远处游去，映入眼帘的是海天一色中的点点船帆与朵朵白云。回头再眺望岸边，金黄色海滩中已是游人如织，五彩缤纷的遮阳伞、游泳衣点缀其上，使海滩恰似在刺眼阳光下的一个涂抹上各种颜料的大画板。

我和如馨正处在一日不见，如隔三秋的热乎头上，我接到社里一采访任务，随省市几家报社记者一道，进行一次为期半月的环岛采访。临出发的前一天，如馨又请我到一家海鲜馆搓了一顿，为我送行。吃完饭后，我们又一起跳舞，跳完舞后，我俩又都心照不宣心领神会地到海边我们经常去的那片幽深的椰子林里，把该干的事办了。如馨看我在上边如狼似虎的劲儿，在下边挖苦我说："看把你疯狂的，想把半个月的都提前从我身上预支了带走？"

我打着趣说："不然，我去三亚遇到个三陪小姐控制不住犯了错误咋办？听说三亚那边的暗娼可多了，专门钻大宾馆上门拉客。都是从内地涌来的，好多还是大学生呢。"

如馨狠狠地剜我一指头，做个媚眼，"量你也没那个贼胆。"

第二天我就出发了，一行数十人，坐在一大巴里，一路欢声一路歌。汽车左转右转，绕出了城市的怀抱，沿着一段海边公路向南而行。凭窗远眺，如镜的大海幽远辽阔，与广袤的蓝天相接，水天一色，云蒸霞蔚。在烟波浩渺的海面中，闪现出海鸟的矫健身姿。近处，海风徐来，路边的椰树、梧桐、龙树、楠树、槟榔……随风摇曳，那一只只滚圆的椰子，似要落下来，砸向我们正在行驶着的大巴车顶，一派椰风海韵的旖旎风光。我同座位是一位和大海阳光一样灿烂朝气的年轻女孩，梳一头短发，着一身运动衫，脚蹬一双白色旅游鞋。一落座，她就主动跟我打招呼，问这问那，对一切抱有强烈的好奇。车走了一天，我们唠了有大半天。当得知我毕业于北京大学中文系，又是市上小有名气的诗人时，更是张口张老师闭口张老师，把我叫得怪不好意思，几次纠正她，她也不听，最后就只好随她去叫。一路上，我哪里顾上欣赏窗外海岛优美绝伦的自然风光，紧着回答她提出的许多问题。"你们北大中文系是不是专门培养作家诗人的？""你当时在你们省是考试第几名？""听说你们北大女学生当年提出一个口号叫应大胆欣赏男性美，有没有这回事？""八二年你们北大的民主竞选是咋回事？听说当时在全国高校影响很大？""'振兴中华'的口号是不是就是你们那一届北大学生提出来的？""写了电影《青春祭》的作者是不是你同班同学？"所提问题跨度极大，且象发连珠炮一般，弄得我穷于应付。但心里也乐滋滋的，享受着天之骄子受人崇拜的快乐。我一边简略回答着她的提问，一边问她的一些基本情况。交谈中得知，她姓焉，生长在我们国家最北边的漠河市，茫茫林海雪原是她的家乡，所以起个名字叫漠红。我们一个来自巍峨的祁连山麓，一个来自茫茫的林海雪原，各自对对方家乡的如画风光和风土人情有着强烈的吸引与向往，所以，话题渐渐扩大，漫无边际地扯了开去。我讲述我下乡插队时如何赶骆驼大车在风雪弥漫的祁连山下修水渠挖石头，她追述小时候怎样跟父亲去大兴安密林里套狐狸、逮野兔采松子、挖人参。聊得热火朝天，旁若无人。当有人喝了一声，"儋县到了！"才把我俩的思绪拽回到现实中来。我们这次下来采访的主题就是宣传全岛旅游业发展。所以，由地方旅游局接待。草草吃了中饭，就直奔县城东边四十公里处的东坡书院。该院是苏东坡被贬海南时谪居三年的遗迹，传说东坡先生当年来此生活时，和当地人士结下了深厚的感情，建起一专供来喝酒的场所叫"载酒堂"，闲来，邀一干文人雅士把酒当歌，吟风咏月，还留下了"他年谁作兴地志，海南万古真吾乡"的诗句。可见东坡对此地的感情。一干人入院内，只见载酒亭屹然矗立，但东坡塑像和当年当地百姓为其搭建的茅舍已荡然无存，我感慨地吟出一句，"绳床瓦灶虽已逝，诗句至今留酒香。"惊讶得大家齐唰唰地转过头来仰慕地看我。重新上车后，焉漠红小声地恭维我道："真不愧是北大中文系的高材生，看刚才把那一帮人给震的，一个个眼睛都惊直了。"

"哪里哪里，我只不过即兴胡诌而已。"

"别谦虚了，谦虚得过分就是骄傲。来，吃个香蕉。"

焉漠红把一只早已扒了皮的香蕉送到了我嘴边。吃着香蕉，我心里一阵得意，知道自己在她心中，已竖起了良好的形象。大巴继续向南行驶，渐渐，车道开始蜿蜒曲折起来，似在向山岭进发，颠簸得挺厉害，焉漠红开始有点受不了，说，"快把肠子都颠断了！"车身一摇，她往往就趔趄地跌进我的怀中，我下意识地把她稳在我的怀中，避免她被颠得厉害。焉漠红也就顺从地伏在我怀中，她转过头看我一眼，我就感觉到，我俩的心已经"触电"。车窗外的景色跟刚出海口时的风景已大不相同。山峦耸翠，林海茫茫，蔓缠藤绕，一片热带雨林的景观。从大路辐射出去一直消逝在森林深处的一条条弯弯曲曲的林间小径，可以看到各种奇形怪状的树根及相互缠绕着的藤蔓，还有那些附生的蕨类植物，巧妙地繁殖在朽木枯枝上，绽放出新的生机，让人不得不赞叹大自然造化的神奇。随行的向导介绍说，我们已快进入了海南岛西南昌江县的坝王岭国家级自然保护区。这里是海南有名的亚热带原始森林。与岛内其它地方不同，是典型的热带季风气候，干湿季分明。主峰海拔达一千四百多米。山脉绵延达上百公里。由于这里山高林密，历史上除了当地土著民族外，外人很少涉足，所以保存有大面积的原始森林和热带雨林。其间生活着长臂猿、云豹、眼镜王蛇、穿山甲、大型蜥蜴等许多珍稀野生动物。堪与南美亚马逊热带雨林相媲美。

在保护站下车，听完了有关护林人员的介绍，我们上车向东折行，随着山势的平缓，车子已减少了颠簸的程度与频率，可是，焉漠红仍然夸张地一只手攥着我的手不肯放松。我感觉着她小手的纤细与滑腻，她戴在手腕上的一只玉镯在我的手背上摸挲着，弄得我心里痒痒儿心律加快，偶尔侧过头去，与她的眼神相对，她秋水般的眸子含情地盯着我，意味深长地给我传递着某种信号，我已心照不宣地陶醉其中。

我们前行的目标是到一个黎族村寨，去参加那里著名的农历三月三。随着蜿蜒的公路，前边一片墨绿的山头，浓浓的雾蔼中，有了袅袅炊烟。再往近走，就见在山涧中，散落着一个个古朴、陈旧的小茅舍。周围被茂密的刺竹、槿木、藤蔓包裹着，显出几分神秘的气氛。小茅舍都建成船形状，据说，相传黎族的祖先是乘船飘洋过海来到这里定居，所以，船形茅屋就被作为继承先祖传统而被保留至今。因事先有安排，我们一进村寨，就有当地的长老迎接，我和漠红还有一男一女两位记者，被安排由一位衣着鲜丽筒裙的黎族姑娘领回自己茅屋食宿。我们沿着一条弯弯曲曲的羊肠小
道，到姑娘家去，此时已近黄昏，瑰丽的晚霞，将整个山寨包裹进妖娆而恬静的氛围中。经过了一天的奔波，此情此景，使人身心得到格外的放松与愉悦。

来到姑娘家，姑娘家的全家人早在门口守候，有姑娘的哥

哥、嫂嫂、弟弟、父亲、母亲和爷爷。进门来，就闻到一阵米酒的香味弥漫在小茅屋的空气中。看样子主人早都为我们准备好了晚餐。我们和好客的主人互致辞问候，寒暄一番，就被邀入席，围着地中央一个低矮的小方桌席地而坐。姑娘的父亲为我们盛情地逐个介绍摆在桌上的各色菜肴。上边除过海南特有的青蟹、血蚶、鲜鱼、鲜贝、鲜虾之外，还有用一瓦罐炖的椰汁鸡。在一个更大的瓦盆里，盛着主食竹筒饭——它是将香糯米调上各种饪料后放入竹筒中放进灶火烧制而成。这种香糯米饭味道特别好吃，而且烧制过程中就飘出幽幽清香，诱人食欲，号称是"一家煮饭，百家闻香。"桌上，还摆上了一大罐主人自己家用糯米酿造的米酒。主人在席前先给我们每人面前摆上一小木碗，用一带长把的木勺，给我们斟上两勺米酒，劝我们先喝下，当那汩汩的液体带着主人的盛情滑入我们的喉管进入肚内，一天的颠簸之累顿时化为乌有。席间，主人还散发给我们每人几个槟榔，让我们咀嚼，说它能防灾祛病，还能使人产生一种轻微的眩晕，让你有一种如醉成仙的感觉。我接过来咀嚼，果然不一会儿，就整个身心极度放松，欲醉欲仙，沉浸在一种幸福的感觉中。不知不觉中，我回到了十多年前插队时村头那条小渠板前，月亮下我拉着晓芳的小手走到青年点去的情形，她追着皮革给我扔军大衣的倩影，立刻就闪现在我眼前，面前的焉漠红幻化成了晓芳！"清江一曲柳千条，二十年前旧板桥，曾与美人桥上别，恨无消息到今朝！"我一边默诵着刘禹锡的《柳枝词》，心中涌上一阵疼楚与无限的感伤——人往往在最快乐的时候，就会忆起自己生活中曾经发生过的悲痛的事情。晓芳她现在生活得咋样，他知不知道远在天涯海角的我，还心里记挂着她？我晕晕乎乎地出门去呕吐，焉漠红搀扶我出去，我情不自禁地就想拥抱她，吻她。焉漠红知道我想干什么，将脸蛋支在那里等着我的吻。可是，半天，我清醒过来，面前的人儿不是晓芳！我控制住了自个。

　　吃完了饭，待夜色低垂，月上枝头时分，村头队部前一小片依山傍水的小谷场上，就传来阵阵山歌与音乐声。主人带我们前去参加她们的民族节日，一边走，一边向我们介绍三月三的由来。说相传在很久很久以前，在当地九峰山的俄贤岭，有一个俄娘洞，洞内深不见底，洞壁凹凸不平，各具其形，内有三个大厅，可容万人以上，石厅下边，有流水旋转，浪折洞崖，响声如雷。洞内有乌鸦在其筑巢。乌鸦吞吃家禽，作贱庄稼，还到处抢掠美丽的少女，弄得当地黎民百姓人心惶惶，不能安居乐业。一天，美丽的黎族少女俄娘上山采野花，被乌鸦精抓到洞中，俄娘的心上人阿贵悲愤欲绝。这年三月三这天，阿贵带上尖刀和弓箭上山救俄娘，在山上跟乌鸦搏斗，因功力不抵，被乌鸦精所害。俄娘闻讯万分悲痛，发誓要杀死乌邪精，为心上人报仇。她不露声色，暗找机会。一天，乌鸦远去归来十分疲惫，睡得鼾声如雷。俄娘悄悄走到乌邪精身旁，拔下头发上的锥子，迅速地扎向乌鸦精的双眼。瞎了眼的乌鸦精在石洞内乱冲乱撞。俄娘趁机用阿贵带来的弓箭，一连三箭射进乌鸦精的心窝。为阿贵报了仇，为黎民除了害。俄娘终生不嫁，可每年农历三月初三这一天，都来到俄仙洞唱她和阿贵初恋时唱的情歌。后来，当地黎族人民为了纪念俄娘，就把山洞起名叫俄娘洞。此山也得名叫俄娘九峰山。并在每年三月三这一天，周围未婚的黎族青年男女，浓妆艳抹，集会于俄仙岭，唱着情歌寻找自己的意中人，此举逐年扩大并普及到整个海南黎族居住区，成为海南黎胞的盛大节日。听了主人的介绍，我们一个个早忍不住了，加快步伐往麦场赶去。

三

　　夜色低垂，山色朦胧，谷场里已经络绎不绝地来了不少黎族青年男女。男子个个头裹红色或黑色头巾，身着开襟上衣，用一条布带束着腰身。女的则身着艳丽图案的筒裙，头戴方巾，脖子里吊着各色彩珠。黎族妇女心灵手巧，擅长纺织刺绣，传说元代女纺织家黄道婆，就是从黎族妇女手中学的技术。谷场上的青年男女越聚越多，有人吹起了芦笙，还有几样我们不熟悉的乐器，其中有一种用鼻子吹的鼻箫，特别引人注目。几对男女青年开始伴着芦笙中飞出的音乐，在融融的月光下翩翩起舞，我们也被好客的主人硬拉入了舞蹈的行列。不合谐的动作，时不时地引来阵阵欢声笑语。不一会儿，音乐和舞蹈都停了下来，黎族男女青年分成泾渭分明的两大阵营，开始对山歌：

　　一想情郎就起身，

　　路远山高水又深，

　　来到山头鸟雀叫，

　　树影茫茫不见人。

　　……

　　柑子掉落井水中，

　　一半浮起一半沉；

　　你若要沉沉到底，

　　莫来浮起动郎心！

　　……　……

　　歌声此起彼伏，你来我往，热闹的场面感染着在场的每一位参加者。据主人介绍说：如果有哪两位男女青年对唱山歌，互诉衷情，相中后，双方会同吃一种嵌入糖心的灯叶糕饼，姑娘还会把亲手编织的七彩腰带系在小伙子的腰间，小伙子则把耳铃穿在姑娘的耳朵上或把发钗插在姑娘的发髻间。也许是受此情此景的感染，站在我身旁的漠红轻轻地用臂肘捅了我一下，我偏头望一眼她，她眼睛盯着我，有意思地说，"我先走，在来时的那棵大龙树下等你，我有话要告诉你！"

等她走后，我趁同事们不注意，悄悄挤出人群，踏着月光，追漠红而去。轻风在山涧中拂动，树叶发出籁籁声响。谷场那边的对歌声依稀飘来，更显出这边的静谧。漠红就站在那棵来时路过的大龙树下，在向我这边眺望着，见我到来，却又羞涩地低下了头去，月光下姑娘的面庞，带有朦胧而神秘的美，象被轻纱裹着的桃花。我明知故问，"你叫我来，有啥话要说？"

漠红微微抬起头来，脸上依然露着羞色，半天，才深情地望着我说："你觉得我这人，咋样？"

"挺好。"我机械地回答。

"就两字？"漠红抬起头来，望着我又问："好在哪？"

"热情、奔放，有朝气，有活力。"

"你喜欢我这种性格吗？"

我回答："喜欢。"

"那我们，交朋友，好不？"

"你说是，什么意义上的朋友？"

"再能有什么意义上的朋友？"漠红羞红着脸说。

在车上时，她曾试探地问过我结婚没有，我告诉她还没有。此时，我犹豫片刻，只能如实相告："我已有女朋友了，在海口ｘｘ区计生委。"

漠红无疑于听到一声当头棒喝，脸上露出沮丧的神情，但过了一会儿又恢复了状态，说："其实你在车上说你还没结婚，我就想到你肯定有女朋友。"

接下来她就追着问我和她是怎么认识的，多长时间了，等听完我的介绍，她说，"你们也认识才不长时间嘛。我可以和她竞争。"

"她是一个非常好非常好的姑娘，而且我们已经……"我欲言又止，拐过话头，"屠格涅夫在《前夜》中曾说过，心，可不比苹果，它是分割不开的。"

漠红明白我话的意思，不以为然地说："现在是什么年代了？这又是在海南，还那么迂腐！我要和她竞争！从今天一上车，我就有一种感觉，你就是我多年来梦中寻找的白马王子！而且从你对我的态度和眼神中，我也感觉到你对我挺有好感，不是吗？"

我调侃一句，"一位作家曾说过，女人就爱她们所不了解的人。"

"可走了这一路，我觉得我早已了解你了。"

我想到了时下流行的那首歌，也受到谷场气氛的感染，就戏谑地轻声唱给她听：

"你到我身边，

带着微笑，

带来了我的烦恼。

我的心中，

早已有个她。

噢，她比你先到！

待到有一天，你心中有个他，

你会理解我的烦恼。

爱要真诚，不能分享，

噢，向你说声报歉。"

焉漠红有点儿沮丧，半天不吭声，事情出现这样的局面，可能是她没料想到的。两人就在那里横着。

半天，我说，"回去吧。时间长了，大家不见我俩，会怀疑的。”

“那有啥，怀疑好了，我才不怕。”

“你不怕我怕，回去后，要传到贾如馨耳朵里，对我就不好了。”

漠红还是愣在那里，不肯挪步，有一种自尊心受了伤害的感觉。一瞬间，我心底涌上怜香惜玉之情。我上前去，想用手扳她的肩头，她闪开身去，却又回过头来，怔怔地看着我说，“我有个小小的要求。你答应我，我就跟你回去。”

“啥要求？”我问。心突突在跳。

漠红羞赧地喃喃道：“你，亲我一下！”

我迟疑了。漠红盯着我，扭动着身子撒娇说：“你要不亲我，我就不回去。”

女人的撒娇真是俘虏男人心的利器，我看她那可人样儿，心中顿生怜惜之情，无奈，只好将头凑上前去，在她脸颊上轻轻吻了一下。突然，没想到，漠红猛然伸出双臂，狠劲地勾住我的脖子，将她的双唇狠狠地压在我的嘴唇上。我有点慌乱，急忙躲闪着道：“别，别这样，别这样。”我从漠红的双臂中脱出身来，抹着嘴唇说。“这样不好，我咋向如馨交待。”

漠红佯装生气地整理自己的头发和衣领，说，“你呀，还是个诗人呢，咋就一点也没诗人的浪漫，现在一夜情的事情不多的是。”

“可是，可是，我……”我嗫嚅着，有点儿失态。

“可是什么，可是？真是语言的天才，行动的矮子！”漠红娇嗔道：“面对这诗情画意的月夜，过后想起来，你后悔去吧。”

“可是，可是，这样，也太快了点，我们今早晨，才认识……”

“你以为我是那种很轻浮的女人呀？这一大车人里，我怎么没对别人这样，偏偏就对你这么主动？在路上你没发现，坐在我身后的那小白脸，猛着给我献殷勤，又给我送易拉罐，又给我拎包的，可我理他了没？"

几句好话说得我心里有点过意不去，重新上前去用手搂她的肩头以示亲昵，不料，焉漠红却不买帐地用手拨去我的手，头一扭，向谷场方向跑了。月光下，她矫捷的身姿似精灵在草地上跃动，身后投下长长的背影，我眼前一阵恍惚，就又幻化出十几年前祁连山下的小村庄前晓芳在水渠边奔跑着的身影。生活真是一个让人捉摸不透的万花筒。当时在河西走廊插队时，我怎么能想到会有今天，在南海之滨的黎族村落里，和一个陌生的姑娘，发生这么一场生活的戏剧。

第二天上车，焉漠红故意板着个脸不理我，上车后，就将头偏向车窗，去观那车外的风景。汽车下一个目标是五指山，它座落于琼中县境，没走多长时间就到了。汽车停在山下后，一车人争先恐后地往山峰攀登。漠红一下车，率先跟昨晚她埋汰过的那个小白脸走了。我留在后边慢慢上山。心里一股酸涩的滋味。过了一段栈道，又过了一片茂密的森林，又攀过一道藤梯，贴着走了一段崖壁，绕过了几个山包，我们来到了二指峰上。正至早晨太阳初升之时，在朝晖中，时而群山戴冠，薄雾缭绕，时而光明晶透，诸峰峥嵘。举目四眺，人犹如置身于天上。此时此刻，我就又想到了一年四季冰雪盖顶的巍巍祁连山，拿二者作对比……"人生到出知何似?应似飞鸿踏雪泥,泥上偶尔留指爪,鸿飞哪复计东西！"我随口吟出了苏老夫子的诗句。就象在梦中一般，岁月的行踪是如此的匆匆，一晃，竟然十多年都过去了！

就在我心中不胜感慨之时，却感觉到身边站上了一个熟悉的身影，我偏过头去看，是焉漠红。她向我笑笑，好象忘记了我们之间昨晚发生的一切，淡淡地问：“是不是又触景伤怀，在酝酿诗句呢？”

“哪里，”我解嘲道，“我是张一凡，不是李白。”

我刚还要向她表白一番，她却先开了口，说：“昨天，怪我，喝了点酒，又加上那样的场景，没把握住自己的情绪，失态了，请你见谅。”

我赶忙说，“是我不好，不识抬举。那能怪你……”

焉漠红灿然一笑，“你不生我气了？”

我连忙表白：“我那敢生你气？没有没有。”

“那你别躲我，让别人看出来了。”

她竟然说是我在躲她！　我急着说：“一下车，你就跟那个小白脸前边跑了，还说我躲你！”　　　　　　漠红抿嘴一笑，“我那是故意做给你看气气你，杀杀你的傲慢气。看你不搭理我，有人搭理我不？”

我感到很好笑，也很无奈，只好装着知趣地点点头。

重新上车之后，又开始颠簸。焉漠红的身子又夸张地随着车子晃动而晃动，我下意识地扶她一把，她便顺势几乎倒进我怀里，将手伸进我手里……

车子经过一段颠簸的山路后，开始拐上大路，路面平坦起来。焉漠红坐正了身子，可是，仍不肯将手从我手心中抽走，还时不时地躲过别人的注意，用一双热辣辣的眼神望着我。我的思绪却莫名其妙地飞回到多年前祁连山下那个明静的月夜里，我和晓芳第一次拉手的情景，咋拽也拽不回来……

四

车子又走了一段，就进入了三亚境内，不一会儿，就听有人指着远处的一座山岭给大家说，“你们看，它象不象一只金鹿？"

　　导游就在车上开始给大家伙讲述有关这个山岭的一个动人的故事——相传很久以前，五指山上有一个黎族青年，手拿弓箭追赶一只金鹿。一直追到这个最南端的海湾，金鹿走投无路，面临碧波万顷，猛一回头，变成了一位美丽的黎族少女，对着黎族青年微笑，后来两人遂结下白头之盟，在海边成家立业。人们有感于这个美丽的故事，给这座山岭起了个动听的名子叫"鹿回头"。

　　汽车进入三亚市区，映现在我们眼帘的是比海口更加有南国风韵的城市，到处是椰子与芭蕉树，一片葱郁的绿色。汽车七拐八拐，将我们带进一船形建筑风格的宾馆住下，稍事休息，我们就三三两两地相邀到海边去观潮。时至傍晚，南国海滨的热浪已比中午有所消解，海风拂面吹来，带着丝丝凉意，使人暑气顿消。焉漠红自然是约我一同前往。椰树夹道欢迎，槟榔亭亭玉立，远处是一望无际，水天一色的大海，我们就象在画中行走。不一会儿，我们就来到了迷人的海滩，风平浪静的海面与靛蓝的天空混沌一体，浩淼无边。飞翔着的水鸟的欢快叫声和细浪轻轻拍打堤岸的哗哗声与椰树在海风中的沙沙声，形成一曲海滨天籁之音。曲折的海岸线，呈 s 型，优美地伸向远方。我们脱了鞋，行走在海滩上，柔软微烫的细沙摸挲着脚掌，直熨贴到心尖，我隐约预感到，在这个美仑美奂的浪漫之夜，我和焉漠红之间，肯定又会发生一些浪漫的事情。从她那一双多情似水的眸子里，我非常肯定这一点。渐渐，我们就离开了众人，向更远的海边走去。等只剩下我们两人，别人已经看不见我俩的身影之时，漠红声称走累了，想坐下来歇息一会。我便随她坐在沙滩上。我们就那么静静地坐着，先是眼睛眺望着大海，然后又相互凝望着对方。一会儿，焉漠红便仰躺在了沙滩上，看着辽阔的天际，发着感慨："其实，人生是很短促的。别看我们今天还年轻，说不定，下次再到这里来时，已是满鬓双白的老头老太太了。"

"你怎么小小年纪就如此悲观，在这么美的月夜里，发出这样的感叹来。"

"你难道不这么认为吗？古今中外，有多少诗人，面对良辰美景，发出过这样的感慨！"

我不吭声了，是呀，漠红说得没错，只是觉得这样的感慨应该出自我口而不是她。我马上想起了曹植的"惊风飘白日，光景驰西流。"想起了李白的"人生有乐须尽欢，莫使金樽空对月"，想起了张若虚的《春江花月夜》，禁不住地大段背诵起来：

"春江潮水连海平，

海上明月共潮生，

滟滟随波千万里，

何处春江无月明

……

江畔何人初见月，

江月何年初照人？

人生代代无穷已，

江月年年只相似

……

白云一片去悠悠，

青枫浦上不胜愁，

谁家今夜扁舟子，

何处相思明月楼？

……

我朗着诵着，就触景伤情，怀念起我那初恋的岁月和不知现在何方命运若何的晓芳，眼中噙上了泪花。焉漠红哪里知道我心中的复杂感受，反回头来劝我："你可真是个诗人，感情太丰富，太敏感，也太脆弱了。我倒还没啥呢。你倒先掉起泪来了！"顺手，一块香帕递了过来。我接过来，没用它去拭泪，拿捏在手上把玩着，用鼻翼去嗅那上边好闻的香水味。焉漠红则一会儿眺望着大海，一会儿仰望着夜空，我们就在海滩上一边抚今追昔，一边感叹着人生的短促和命运的无常。渐渐，晚霞收起了它最后一抹余辉，给大海和沙滩罩上了一层朦胧与神秘的色彩。莫红却突然将话题一转，直接了当地问我："你对现在流行的一夜情怎么看？"说着，就眼睛直勾勾带有挑战性地瞅视着我。

我心底一震，知道两人间要捅破那层窗户纸了。我吱唔着说，"我没有体验过，也说不出什么看法。"将头偏过去，不敢面对她的眼神。

"那我们现在这算什么？"

"你说呢？"我问她。

漠红狡黠地向我一笑，说："想不想游泳？"

我不解道："没带泳衣，咋游？"

"怎么就不能游？裸泳，敢吗？"

我的心咚咚跳了起来，低下头，躲过她的目光。

"没胆量是不是？"

"我……"

漠红绯红着脸，"还是个诗人呢！"

我不吭声，偏过头去，看海面上的波浪和正在飞翔着的水鸟。我听到身边有轻微的动静，我猜到那声音意味着什么，果然，等我偏过头来，发现焉漠红已经脱了连衣裙，爬起身来，纵身跃入了海水中，在水中扑腾两下，抹一下脸上的水珠，转回头来，向我招手：“赶快下来，水可热了，特舒服！”

我站在岸边犹豫着。

“赶快下来呀！”漠红继续在水中向我招手，“跟你随便说说，我也没让你非要裸泳，我也穿着裤头呢。”我禁不住她的召唤，脱了外衣，趟入水中。

“你不会游呀，看你小心翼翼的样子？”

“谁说我不会游，　我们学校上体育课还考游泳呢。”

“那看你那旱鸭子样。赶快过来！”

我扑下身子，用蛙泳姿势向焉漠红游去。她也向我游来，两人撞在了一起，我呛了一口水，还没等我站直了身子，焉漠红湿漉漉的双臂就勾在了我的脖颈上。我抹一把脸，说，“别这样。”话还没出口，就被漠红的嘴唇盖上了。我本能地回应着，也将双手紧紧地箍在了漠红细细的纤腰，我感到，焉漠红的身子，滑滑的，我想到了安徒生笔下的美人鱼。焉漠红大胆地瞅视着我，轻轻地说，“我们脱了，裸泳好吗？”

我的下边马上燥热起来，知道它意味着什么，我突然良心有所发现，说，“你知道，我有对象，她很爱我，我们马上就要结婚了。我不能背叛她。”

漠红失望地瞅视着我，半天，才说，“我绝不妨碍你和你对象结婚。可此时此刻，你难道就能控制住自己的欲望？现在，就我们俩，再能有谁知道？你不是刚才还感慨来着，人生苦短，人生有乐须尽欢什么的？”

我不吭声了，有点被漠红说动了，再说，身体中一种本能的需要也在膨胀着。焉漠红就一往深情地拉我到沙滩去。上沙滩后，焉漠红又搂着我，缠在我身上用她湿漉漉的身子摩挲着我，看我也不反对，有点被她撩得性起，就大胆地褪去自己的粉红小裤头，　仰躺在了沙滩上。我站在那里，犹豫着。焉漠红有点着急了，"你还磨蹭啥？"

我慢慢地也脱了自己的裤衩，靠近了焉漠红的身子。焉漠红向我笑了一下，就闭上了眼睛，伸出双臂来，迎接我。突然，我象触电了一般，想到了苗菁的失身给两人纯洁爱情的毁灭性打击，给自己心灵带来的巨大痛苦与伤害，果决地后退了回来，嘴里喃喃地说："不行，我和贾如馨马上就要结婚了。我不能这样。"一瞬间，我又脑海中闪出了晓芳的身影，仿佛在摇头指责我："你咋现在堕落成这样了。"我背过身去，重新穿上了裤头。

漠红半天，从沙滩上坐起身来，失望地将头扭向一边。不理睬我。半天，慢慢地穿起自己的衣服，自嘲道，"我咋这么贱。"

"不，不是，是我……"

"得得得，别解释了。真没趣。"

漠红说完，就扔下我在后边，一个人前边走了。

……

五

采访回来之后，我没有提前告诉贾如馨，想给她一个惊喜。去澡堂洗澡，去理发店理发，让小姐给我将头发吹得棱是棱，角是角，打上了亮亮的发蜡和发胶，还喷了香水。我憧憬着见到贾如馨之后将要开始的美妙时光，想到那郊外树林深处的令人心荡神迷的长椅……觉得自己在三亚海滩上控制住冲动没有和焉漠红发生什么事情是完全正确的选择。不然，回来后的局面就太复杂，三人之间的关系将要如何演绎就很难说了。说不定因此而失去了贾如馨，这是我所不愿意接受的现实。从心底里讲，我当然看重和贾如馨的关系，它毕竟比焉漠红先闯入我的生活，而且也长得比焉漠红漂亮有风韵。

晚上，我换上了那套第一次见贾如馨时曾穿过的毕挺的西服，将皮鞋打得锃亮，前往如馨宿舍找她，敲门进去后，并没有见到如馨，同宿舍的一位姑娘说她吃完晚饭就出去了，不知道她上哪去了。我只好在她的宿舍里与那位姑娘扯东扯西地闲聊，心里其实急切地盼望着贾如馨的回归。可是，已经很晚了，仍然不见她回来，我不好再在她宿舍呆下去，只好告辞出来，在她们大楼前的大街上乱遛达。心里烦躁躁的，没了之前的好心情。就在这时候，我遇到了邻居报社的一个文友，他说刚和几个朋友吃完夜宵，准备回去睡觉，问我这么晚了一个人在马路上遛来遛去的干什么？我回答说是等贾如馨。出去环海岛采访近半个月，挺想她的，本想不告诉她，给她一个惊喜，谁承想，一晚上了，却等不到她的人影，真扫兴。朋友诡谲地看我一眼，意味深长地说，"老兄，你对人家一往情深，人家可未必对你那么上心哟。"

我吃一惊，"老弟，你这是什么话？"

朋友又莫测高深地说："你可能并不真正了解她。"

"你究竟想说啥？"我急着问。

"告诉你，她可是开放得很……"

"怎么个开放法？"

"让我咋说呢……"

"赶快说呀，我都急死了！"

"老哥，上个星期，我早晨跑步到前边那个宾馆门前，突然，我眼睛一惊，发现，你那位贾如馨，怎么大早晨地从宾馆里出来了！我感到挺纳闷，还以为是眼睛走神看错人了，细一瞅，可不是就她嘛。穿着还是你走前我们几个聚会时那件白底带花的连衣裙。我当时都傻了，怕遇上了两人都尴尬，便躲在了一棵大树背后……"

我的脑子，"嗡"地一声，感觉天在旋，地在转……。

我不知后来那位文友又说了些什么，什么时候离开的！我一个人踉踉跄跄地向文友指的那个宾馆门口走去。心里有一种切肤之痛。第一次尝到被人背叛的滋味。我要找到她，我要让她面对我的眼睛，给我说个明明白白清清楚楚。懵懵懂懂地来到那家宾馆门前，只见宾馆门前冷冷清清，看上去，大厅里的灯都已经熄灭了，再抬头望，整个宾馆没有几个房间的灯还亮着。到哪里找她去，我失望地折回来漫无目地的在清冷的大街上茕茕独行，心里在滴着血，我不想回自己宿舍去，重新又折回去到贾如馨的宿舍，又不敢敲门，怕太晚了，惹得同宿舍的那位姑娘不高兴。我就在她宿舍楼下，找到一棵椰子树下的几块砖头上，坐在那里。我要等，就是等到天亮，也要把她给等回来！我坐在那里，刚天始，一点睡意也没有，思绪万千，一会儿，飞到学校未名湖畔，一会儿是微山湖的碧波，最后，就飞回到了我插队时祁连山下的小山村，与晓芳相处时的一幕幕是那么清晰地跳映在我的脑海……一直到天快亮时，我才发现一个熟悉的身影出现在马路对面的一端，显然是贾如馨，正慌慌张张，左顾右盼地向马路这边走来。我在椰子树的黑影里，她没发现我，等她快走近了，正要从我身旁闪过去，我才沉沉地喊了她一声："贾如馨！"

她浑身一痉挛，偏头一看，才下意识地喊出声："怎么是你？天这么早，你呆在这里干什么？吓死我了！你什么时候回来的，怎么回来后也不通知我一声？"

我阴着脸，没好声气地问，"你先回答我，你这么早的，从什么地方来，干什么去了？"

如馨一下子明白了过来，"我，我，"一时语塞，半天，才说："去和一个朋友看了场夜场电影。你不在，我一个人，呆着挺无聊的。"

"和什么朋友，男朋友还是女朋友？"

"当然是女朋友了。"

"她人呢？"

"我们不一路，出了影厅，在前边一个岔路口，我们就分手了。"

"她是谁？干啥的？"

"说了你也不认识，是我老乡。前几个月刚从家乡来。"

我不吭声了。如馨反守为攻："咋，你原来才是在这里堵我？对我不放心？"

我不吭声。也不否认。如馨笑笑说，"这说明你心里有我。走，天这么晚了，怪冷的。"说着，就上前来搀扶我，

我有点别扭地甩了她的胳膊。

"咋，还不相信？赶明天我把我那老乡给你叫来，你当面对质？你这一去，谁知道浪漫得如何，回来也不通知我一声。我不责备你，你倒怀疑开我来了。"

我马上想到了一路上和焉漠红的前前后后，特别是在三亚海滩的那个浪漫之夜，心有点发虚，便态度软了下来，说，"上哪去？"

"你说上哪，我就跟你上哪。今天晚上，本来我想回去抓紧补着困一会儿。不回去了，陪你。谁让我那么喜欢你呢。"

如馨说着向我飞个媚眼，上前来重新挽起了我的胳膊。我心中的包袱卸了下来。心想，也许是我那文友多心了，或是有其它什么原因。现在的人和社会，真是太复杂了，人心隔肚皮，究竟是不是妒嫉我和贾如馨的关系也未可知。对如馨的怀疑一旦解除，随之而来的就是对她肉体的渴望。分别已经两个星期了。更何况，我们是在热情似火的劲头上分开的。我便带着她，

很急切地往海滨大道边我们多次去过的那片幽深的椰林走去。贾如馨知道我的意图，心领神会地挎起我的臂弯，一边走，一边撒着娇，"这一个星期，想我了没有？"

"想，"我说。

"我说的是那方面。"

"哪方面？"

"再有哪方面？"

我不吭声了。如馨就说，"你们记者团里，那么一大帮男男女女。在路上就没发生一点浪漫的事情？象你这样的风流才子，那些疯疯颠颠的女记者们能放过了你？老实交待，有没有干下对不住我的事情？"

我有点语塞，是呀，我和焉漠红一路上发生的一切，特别是三亚海滩的那个浪漫之夜，几乎两人就干出那事来！我还有什么资格怀疑贾如馨。我老实交待："有一个女的，对我挺在意。"

"看，我说是吧？我猜都能猜到。老实回答我，你们发生没发生一夜情？"

"没有，绝对没有。差一点发生，但是没发生。"

我鬼使神差地不知什么心理，就不打自招地讲出了这么一句。贾如馨望着我，"说，交待细节，你说得差一点是什么？"

如馨紧追不舍，我犹豫一下，只好就将三亚海滩上的情形给她如实交待了。半天，如馨说，"你真是个风流情种，还挺浪漫的。"

我向如馨表衷心："当时，我主要是想到你，要不是为了你，我恐怕就经不住诱惑，肯定和她发生那事了。"

如馨笑笑，赞许地将我的胳膊挽得更紧一点，撒着娇说，"没事，你就是和她发生了那事，只要你象现在这样如实讲了，我也能原谅你。谁让你是个风流才子呢。再说，现在，一夜情也很风靡时髦的。"

我心里咯噔一下，怪不舒服的。

我和贾如馨依然去到那老地方，办了想办的事，可是，我没了我想象中的那种过去常有的激情。感觉贾如馨也有点做戏的成份。

六

从那天晚上开始，我对贾如馨有点把握不透了。我们继续交往，干该干的事情。一段时间之后，我渐渐忘却了那天晚上的不快。我们的感情几乎又回到了我去三亚采访以前的热度。我们又一同野游、和文友们聚餐，到海滨去游泳。我继续没明没黑全市满世界地跑新闻。间隙写我的诗歌。我的名气越来越大，不但几条新闻获了全市新闻奖，而且诗歌创作也得到长足的发展。可是，与此同时，我的文友们也频频向我耳朵里吹风，说哪次哪次，看见贾如馨上了一个老外的汽车驶向郊外兜风；哪次哪次，看见贾如馨跟一个房地产老板一块在海滨浴场；哪次哪次，看见她和她们单位头儿在哪家哪家歌厅包房；又哪次哪次在大早晨，看见她从哪家哪家宾馆里出来。我质问贾如馨，她总能说出一大堆理由来回答我。说哪次哪次和老外出去是工作上的接待任务；去海滨的房地产老板是她家乡来的远亲；跟单位头儿去歌厅包厢还有同单位的人，别人在隔壁的包厢打麻将；从宾馆大早晨出来是上大学时同宿舍的同学从内地出差来，住在宾馆，两人谝晚了，就住下了。和她在一起时，我感到她这些回答都能自圆其说，可是一分手后，我就总觉得不是那么回事。其中有太多编谎蒙混我的成份。为什么那么多的"偶然"都凑到一起来？

　　直到有一次，我去宿舍找她，扑了空，便动了心思，满世界在海口大大小小的歌舞厅去堵着找她。最后，终于在一家歌厅里看到，她正在跟一个老板模样的人在跳贴面舞。我气急败坏，就冲进去，掰开她和那男的，盯着贾如馨的眼睛，吼道："看着我，看着我的眼睛！你还有什么好说的？"就扔下她出门去，在歌厅外边气咻咻地等着她。我以为她会出来找我解释，可是，好长时间过去，也没把她等来。我一边狠狠地在心里骂着，"这个不要脸的荡妇，她亵渎了我对她最美好的情感！"一边回自己宿舍去。心里发着毒誓，以后再也不要见她！

　　可是，我躺在床上，却又想着和她曾经有过的肌肤之亲，鱼水之欢，两种截然不同的感受混杂在一起，交替出现，折磨得我久久不能入眠。

　　第二天，我以为她会给我打来电话，又编一个谎给我——其实，就是这么一个充满谎言的电话，也是我所期待的。可是，没有，熬到中午，也没有她的电话打来，我只好给她打过去电话，约她在一个地方见面。

　　见面后，两人就是一顿唇枪舌剑。她不象以前那样，对自己的行为再做任何解释与掩饰，而是张口就斥责我昨天晚上做得太过分。对方也就是由她拦住了，我又出去走了。不然的话，非受皮肉之苦不可。

　　我冷笑着说："谁怕谁，我又不是吓大的。"又迫切地问："他是干什么的？"

　　"凭啥要告诉你？反正比你强！"如馨恼咻咻地说。

　　我又被激怒了，埋汰道，"看他那个德性，矮胖矮胖，肚子就象怀了孕的婆娘，哪点吸引了你？看你对他那贱样！"

　　如馨也被激火了，反唇相讥："哪点都吸引我！我就想跟他跳舞，咋了？别以为你有什么了不起，不就是个北京大学毕业的，会写几句诗，有啥了不起！海南全国各地的人都往这块儿涌着扎堆，比你强的人不有的是，随便伸出手去就能揽一大把！"

"可我起码比他那个矬子强！"我挖苦道。

没料想，如馨冷笑一声，反击我："你别小看人家，我直接告诉你吧。连海口市市长都是他朋友。他只需个小手腕，就能让你们报社把你给解雇掉，你信不信？"

我自尊心受到极大伤害，恨恨地骂道："没想到，你竟然是这么一个人！你跟曹禺《日出》中的那个陈白露有啥两样。高级妓女！"

"什么，你说我什么？"

"高级妓女！"我咬着牙说。

"啪"的一声，出其不意，贾如馨就给我一个耳光，接着又冲着我骂道："告诉你，张一凡，别以为你是个什么了不起的人物。好好把你自个儿掂量掂量，你有啥？从今往后，你走你的路，我走我的路，咱们的关系到此为止！"说完，就扔下我独自走了。　？

我捂着脸，半天，怔怔地呆站在那里，不知如何是好。脑子里一片空白。好长一段时间后，我才有了知觉。渐渐，悲从心起，眼睛里涌上了泪水。是啊，我除过有个北大的文凭和会诌两句诗之外，还有什么？什么也没有！要权没权，要钱没钱，真正的穷鬼一个！在海南这块土地上，人们认的是钱，攀的是权，这两样东西我一样也靠不上！我从贾如馨对我的眼神和嘴角露出的神气中，看出了她对我的不屑！这个女人，看她和我初识时对我的崇拜，对艺术的那种痴迷热爱！人，咋都有两副嘴脸！在权势与金钱面前，艺术与知识显得是多么的虚弱与苍白！真正的不堪一击！卢梭写给法国哲学家达兰倍尔的信中说得好："一般女人对任何艺术都没有真正的热爱"！

　　这一耳光使我接受了这一残酷的现实：人们往往为了附庸风雅，标榜自己喜欢知识与艺术——象有些官员与商人，在媒体上出现时，总喜欢在身后摆上个大书架，只是把它们当标签装门面，平时可能根本就不去翻动——其实他们骨子里喜欢的还是权与钱！

　　我傻傻地一个人站在大街上，任毒毒的太阳炙烤着自己，脸上还微微发痛，一时不知道自己该向哪个方向走。我漫无目地的在大街上兜着圈子，兜来兜去，竟然发现自己又转回到了和贾如馨分手的地方，我知道贾如馨早已不见了。可是，潜意识里，其实我舍不下贾如馨。忘不了和她度过的那些如醉如痴的销魂时刻，雨水之欢。

　　我苦苦地受着失恋的再一次折磨，整天什么事情都干不成。陀思妥耶夫斯基在他的小说《罪与罚》中说过，"理智是爱情的奴隶"！在痛苦得实在忍受不了煎熬之后，我终于控制不住自己的欲望，重打电话约贾如馨出来。她起先不肯，我再三向她陪不是，说我不该那样狠毒地骂她，她才答应和我见面。

　　我们又在老地方见了面。一见面，我就紧着给她陪情，说自己那天情绪冲动，话说得过了头，难听，乞求她的原谅。毕竟事情是由她先引起，而且她还动手打了我一耳光。加上有以前的肌肤之欢，她也就说我两句后，态度和缓了，又替自己辩解几句，说那天是单位组织的应酬活动，别人在隔壁的包房里打牌呢。自己也是喝多了点酒，头有点晕昏，对方硬拽着她要跳，实在没办法，就在他身上靠得紧了些。其实自己和他啥关系也没有，而且说可以由她同单位的谁谁谁做证，让我去问她。我心里的一块石头落了地，说："拉倒吧，我是公安局的，要查案子？"

　　如馨就在我额上刓一指头，嗔笑道："你呀，醋性可真不小。

不过，我能理解，吃醋是爱的表现，说明你很在意我，是不是？来，让我补偿一下你。"说完，就在前几天打过我一耳光的左脸颊上，小嘴凑上来，亲了一口。我对她的成见顿时化为轻云一般散去。她又问我："上哪去？"

我回答："去歌厅！"

如馨明白我的意思似的，说："干嘛？想加倍补偿？"

我也有点矫情起来，问："你说你想去还是不去？"

"去，咋不去。谁让人家惹了你！"

如馨就象跟前几天换了一个人，上前来，双手挽了我的臂膀，头往我肩上一靠，重又恢复了小鸟依人的可人样。我心里有点儿迷惑，她就似个双面人，猜不透哪一边是她更真实的一面！

下了歌厅。当舞曲响起，拥着她的腰身随着轻柔的音乐旋转着的时候，我忘记了我们之间发生的所有不愉快。舞跳了两曲，唱了几首歌，我就心猿意马起来，就忍不住贴着贾如馨耳朵轻轻说，"走吧，不跳了。"

如馨问："上哪去？"

我说，"老地方？"

如馨会心地一笑："想办事是不？憋了这一段，耐不住了？"

"你说话怎么那么难听。"

"本来嘛，你们男人的那点鬼心思谁不知道。嘴上挺硬的，其实却过不了底下那一关。"

我不作答，她的话使我又想起以前她的所做所为，肯定她有这方面的体会，不然，她怎么脱口就说出那么一句话来，而且如此的赤裸裸，如此的尖刻！此时，文友们灌进我耳朵的许多许多有关她的传闻这会儿一古脑儿地又从心底泛起，心里快快不快，她这是在骂我呢！和贾如馨走出舞厅。灵与肉在大脑里做着激烈的交锋。灵魂说：赶快离开，离开这个邪恶的女巫，肉体说：不，我需要她，我面对她就象饿徒面对着盛宴，我抵挡不了它的诱惑。就这样，我心里极其矛盾着，和贾如馨到老地方干事。一边和贾如馨苟合，我一边想象着别的男人趴在贾如馨身体上边的情形，心里就有一种吃了别人剩饭的很不舒服的感觉。

就这样，我和贾如馨继续保持着接触，我的人格也分裂成了两半。一半特别的怀疑她，恨她，一半又替她辩白，离不开她。每次和她在一起，肌肤之欢暂时压却了心灵的痛苦，等离开她以后，这种痛苦就重新爬起身来，象条虫子一般钻进大脑，咬噬着自己的灵魂。我每每将自己的所听与所见进行归纳、推理，然后在猜疑、忌妒和怨恨中，度过一天又一天。叔本华真是说得太对了——陷入情网的男人，虽然明知意中人的身上有他难以忍受的缺陷，甚至这种缺陷会给他带来极大痛苦与不幸，却仍一意孤行，不肯稍改初衷！就象他所做诗中说的：

"你是否有罪，

我不想去探寻，

也毫无知觉，

不管你是什么样的人，

我只知道爱你。"

"吵吵闹闹的相爱，亲亲热热的怨恨！沉重的轻浮，严肃的狂妄，整齐的混乱，铅铸的羽毛，光明的烟雾，寒冷的火焰，憔悴的健康，觉醒的睡眠，否定的存在，我感觉的爱情正是这么一种东西！"——莎翁的诗句是我此时心情的最真实的写照！

这时候，我发现我的下身开始有了情况，先是尿频、尿急，然后就是奇痒难耐。我想到了它之所以发生在我身上的原因。

可是，我仍旧抱着不可能是它的幻想。我跑到书店，买来有关的医学书藉翻阅对照，书上明白无误地告诉我，我就是得了一种性病！我又从贴在电线杆子上的广告上，寻到一家住在旅店里的游医诊断，对方一看，就毫不含糊地说："你这是得了淋病，绝对没错。"我的身心受到极大的震撼，我不知是怎么双腿沉沉地爬出旅社地下室的！怎么办？我感到极度的绝望，它不但印证了朋友们给自己耳朵里吹的那些事情并非空穴来风——贾如馨确确实实跟自己保持肉体关系的同时，又和别的男人同样也保持着这种关系，这一事实的确认基本上宣告了我对她情感的终结——"新的火焰可以把旧的火焰扑灭，大的苦痛可以使小的苦痛减轻，一桩绝望的忧伤，可以用另一桩烦恼把它驱除！"我对贾如馨的迷狂因这件事的突入其来，象烈焰遇到了冰水，骤然降了温。

这病要是传开去，对我的名誉的损伤将是毁灭性的。这打击再一次地使我痛不欲生。感到生活对我的不公与自己面对这个纷繁复杂世界的软弱与无助。思来想去，犹豫再三，我向我最贴心的同学加朋友王强，吐露了实情。

王强埋怨我说，"你这个人，真是不见棺材不掉泪。大家伙都看得清清楚楚，不止一次地反复劝你，可你，鬼迷了心窍一般，就非要继续跟她来往。有首俄国谚语送给你听——"当我们遇到危机时，决不要忘记危险后边还藏着其它的危险。药的害处要是比病大，就要避免用那种药。"

我急着道："我都到这份上了，什么谚语不谚语药不药的。赶快给我出个主意，如何面对！"

王强说："我的主意不就在这条谚语里？三十六计，走为上计。你如果继续呆在海口，保不定你和她还会拉扯不断地继续交往，如果那样下去，你这人就被彻底毁了。再者，你呆在海口，病总得治，哪一天，如果露了馅，一旦被单位知道，你就是不被处分，也从此后名誉扫地。连我这个当初的举荐人，都要跟上遭指责。海南再开放，可它毕竟是中华人民共和国的国土。毕竟受着五千年传统文化的影响，普天之下，它莫非王土。更何况，你还是一名党的新闻工作者，新闻工作者的首要职责就是匡扶正义，鞭挞丑恶，可你自己却先得上了这种人所不齿的脏病，还怎么让你笔下写出的文章信服别人？弄不好，你被报社除名都是有可能的。"

王强的话使我脊梁骨嗖嗖地直冒冷汗！他所说一点都不假，我一段时间来，就象瘾君子恋毒品，对贾如馨的身体，真有一种依赖感。若继续呆在海南，我极有可能过不了这一关，而去找她，就象贾如馨之前所埋汰的那样。另一方面，确实我的这病也真保不住日后被别人发现，传开去。到那时，我可真是身败名裂！可是，离开海南，何处又是我所能去的归宿！我悲凉地发现，中国之大，却确确实实没有一处我所能投奔的地方。最后，还是王强给我支招，让我还是杀回北京，说那里毕竟是母校所在地，又是首都，找工作相对要比别处条件方便一点。又给我介绍了他所认识的几个同学与朋友，让我去北京后找他们。还建议我不妨找找自己的同班同学。我一口否定了，"拉倒，我混成这样，咋有脸去见同学，见了面咋说！"

七

除过王强，我没有告诉任何一个人我离开海口的想法，就象是当年地下工作者一般。我想来个不辞而别，避免许多尴尬与麻烦。我只给单位领导请了探亲假，说是父亲来信说，身体不好，需要回家看看。再说，我都好多年没回家了。社领导没有发现我什么，很爽快地就答应了。临走那天，海口也是个阴天，满天的海雾，笼罩着整个城市，迷迷蒙蒙。王强在一个小酒馆里为我送行，又一遍地嘱咐我去北京应该注意的有关事项。我又喝得有点多了。王强就收了酒瓶再不让我多喝，拉我起身去赶渡轮。当汽笛在海港"呜——呜——"响起，沉沉的声音回荡在阴霾密布的海面上，我心里就万千的感慨——妈的，我咋就跟当年插队时，那磨道里被蒙上双眼的驴一样，在一圈一圈地转悠！每一圈以为自己找到了一个新起点，可是，转来转去，不过是重复转了新的一圈而已！

别了海南，别了，贾如馨！你这个天使，你这个女巫！给了我肉体欢娱的同时，也带给我心灵巨大创伤的魔鬼！我咬牙切齿地诅咒着贾如馨，一刹那，彷佛从她的名字中悟到了什么：贾如馨——假如馨！

想起来时过海峡的情形，还历历在目，可世事沧桑，光阴荏苒，已经有三个年头过去了！人的一生，有几个三年！我摸着自己双腮硬硬的胡茬，想到自己已年届三十又四的岁数，面对着白浪滔天的雷州海峡，回望渐行渐远抛在身后的海岛，我悲怆地长啸：三载浮沉万事空，年华逐水水流东！我张一凡今生今世错在了哪里？怎么命运它奶奶的就一次次地捉弄我！浮水飘萍，浪迹天涯，世界之大，怎么就没有我它妈的一处小小的心灵归栖之所！

第四章

一

　　渡完轮船坐汽车，倒完汽车坐火车，就好象跟三年前闯海南的那一趟克隆出来的一般，只不过，这一次是方向相反罢了。甚至连细节都是一模一样——我一路颠簸，一路胃反着酸水，没好吃没好睡。火车上仍然塞满了人，连走道都挤得满满的。我晚上仍然蹲在又脏又臭的两车厢接头处打盹，任走过的男人女人的脚在我头上飞舞，时不时地把我从困盹中唤回到肮脏的现实中。我重又在心里揣度着先后闯入我生活的几个女人此时在干什么——贾如馨就不去说她了，肯定这会儿又和哪个男人在鬼混（不知和她困觉的男人知不知她有性病？），其它的人，是不是个个温馨地躺在各自丈夫的臂弯里在做着甜甜的梦？憧憬着属于她们的美好未来？我掐着指头算算，都吓自个儿一跳，晓芳的小孩，都该是上小学二年级了！艾迪就不说了，就连苗菁，孩都该能抱着瓶打酱油了！？

　　也是心里极度的空虚与绝望，也是对苗菁还存有那么一份真切的挂念之情，也是因路过，上火车之前，我犹豫再三，试着给鲁南日报记者部打了个电话。别人接的电话，她竟然在办公，转过电话到她手中，听到是我的声音，立马嗓音都颤抖起来，离着一千公里，我都能感觉到她的手在抖，心在跳！

　　在通话开始的那一瞬间，我就发现我和她的那段情份还深藏在各自心底，谁也没把谁彻底地忘掉。长途电话很贵，不容我们说很多的话，我只能报了我坐哪趟哪趟车，要到北京谋生，什么时刻路过鲁南。她一口就说，到时候去车站见我。放下电话，我又有点儿后悔，见了面，说些啥？苗菁肯定要问我在海南混的情况。我要去北京重新闯荡，肯定是混得不好，要好咋走？想想，自己肚子里一肚子的苦水都没法跟苗菁诉说！咋说？说自己又被人耍了，而且还得了性病？如果自己将这些真实情况向苗菁如实汇报，她良心上肯定会很不安，很不安，起码折磨得她好多个晚上不要想睡好觉，可是，这些，能讲出口吗？打碎了牙也只能往自个儿肚里吞！车到鲁南，临近黄昏，火车在站台上徐徐停下，又是迷眼的煤尘飘浮在空气中。我心里怦怦跳动着走下火车，想苗菁能不能践约前来，就见人群中，闪出一个熟悉的身影。她还在人堆里寻着我，我喊了她一声，她听到我的声音，转过头来，发现了我，向我跑来。

我发现，虽然三年多不见，她已变化不小，除过头发由原来的披肩变成了剪发，身材也微微有点发胖。穿的衣服也比过去色彩暗和宽大了。？

？　一瞬间，我就有一种沧桑感，一切都在变，人不可能第二次踏入同一条河流——我又一次地通过自己切身经历，体味到了哲学家头脑的锐智和对世界认识的深刻。站在我面前的苗菁，永远不是和我在微山湖中赏荷花摸鱼虾，运河边踏着月光手拉手夕归的那个纯情似水的小姑娘了！本来，一路上，我都在憧憬着这一刻的见面，有太多的话要问她。可是，一见面，却只剩下了不咸不淡的一句，"你好吗，这两年过的？"

"还行。"

苗菁看上去很激动，脸绯红，可能为见我，特意在双腮处抹了太多的胭脂，眼睑和眉毛我发现也经过了一番特别的修饰，都用碳笔往黑里描了。我能理解她的用心，可是，却并不喜欢，有点矫揉，实实一个略显出些臃肿的少妇。其实，我更喜欢她不要化妆，以便让我在她脸上寻找到过去的一些当姑娘时的痕迹。它能把我带回到已经逝去了的那些岁月中的一些美好的片断中。

她可能本想也准备跟我好好唠一阵的样子，但听了我这么一句简简单单的问候，似乎马上也变得平静了下来，这一问一答就定下了我们谈话的基调。我俩又不咸不淡地相互问了几句，都是一些客套话。直到火车即将开动之时，谈话才似乎进入正题，我问她，"我走后，你过的咋样，有小孩了吗？"

苗菁含蓄地莞尔一笑，轻描淡写地说，"还行吧，你走后的第二年生的小孩，是个男孩。他父母高兴坏了。宠得厉害。"

"你和他咋样，他对你好吗？"

"还行吧。他们一家对我都挺好的。我现在啥也不想，一天心思都在小孩身上，希望将儿子培养着将来进你上的大学。"

我自嘲地说："我不现在也这德性！啥出息没混出来。"

"不能那么说。你是个很有才气的人。谁也否认不了。是其它因素造成的，不能怪你。其中，就有我，是我……"苗菁有点儿难过地低下头去，抹起了眼睛。

"别说了，事情都过去了。"我心里有点儿酸涩地制止苗菁。

苗菁就拐过话题问起海南的情况。我介绍说：现在中央在实行经济紧缩政策，海南热在急剧降温，现在正在退潮，大批当初的淘金者如今都在往岛外涌出，城市里满目疮痍，到处遗留下烂尾楼，我自己这不，又准备去北京闯荡。

苗菁关切地问："在海南，没有找到合适的对象吗。你这岁数，也该结婚了。"

我回答："没有，海南的女的都特别特别的开放。我接受不了。"

苗菁叹口气，小心地问我，"不会是因为我的原因吧？"

我沉默一阵回答："其实，当初离开枣庄时在火车上，我还给你写了一首不短的诗来着。"

"那怎么没寄给我拜读一下？"

"船过琼洲海峡时，我又把它撕了扔进了海水中。"

苗菁猜到了诗中写的是什么，脸上露出歉疚的表情，说："对不起，是我不好，是我伤了你。你一定很恨我的。"

"事情都过去了，现在也说不上恨不恨的了。"我淡淡地说。

"那天，我真是准备送你去的，给你买东西时被他给发现了，拦住非不让我来。为此，我哭了一个星期没理他。"

我的眼睛又一次的湿了，急忙把头扭过去……

回到北京，一下火车，走出车站，汇聚到茫茫人流中走出车站，我马上回忆起我十二年前怀揣一张录取通知书，来到北京报到时情景，十年露冷枫林月，时间一晃就过去了，我又站在了当年的起点上。

我搭车来到学校附近，我知道这里围绕学校有好多农民建的地上一层地下一层的专门服务于外地学生家长的小家庭旅店，很便宜。问了两家，找一家最便宜的，到地下一层靠厕所的一间住下。因为是靠近厕所，所以，又比别的房间更便宜一点。我心里非常清楚自己面对处境的险恶。找工作肯定非一时半会所能成功。在北京吃住都得狠着花钱。特别让我担心的是我的下处。??

虽然我看了有关的书籍，它算不上是个啥大病，只要抓紧治，就能彻底治愈。可是，我不可能去到正规的大医院。只能找那些电线杆子上乱贴广告的游医。而这些人，肯定是宰你没商量！住下以后，天就有点儿晚了，当天什么事情也再干不成，到一个地摊上吃了一碗最便宜的担担面打发了肚子，我就急切地去到生活了四年的学校，绕到自己曾经住过的 32 楼，还上去到自己的 408 房间门前站了一会儿。有同学出来，稚声稚气地问我，"叔，你找谁？"我忙说，"谁都不找。"急匆匆退了出来。那学生疑惑地一直看着我离去。我心想，他是不是怀疑我是贼了？因为我穿着很一般，而且从海南到北京，一路在车上蹭，弄得衣服皱皱巴巴，脏脏的。加上自己头发长长，胡子拉茬，跟个民工也没啥两样。听他都叫我叔，可见我显得有多老！从楼门出来，我就去未名湖，很急切的心情。重新回到了阔别八年的未名湖畔，望着泛着涟漪的湖水，感慨万千，就又想起了叔本华说过的话：人生，就是那湖水中一圈圈的水纹，是无尽的痛苦缀成的大大小小的环，你使出浑身的气力，也跳它不出去。人们虽然为驱散苦恼而不断地努力着，但苦恼往往不过只换了一付姿态又重新出现而已。又想起了拜伦的诗句——"我们的生活是虚伪的，残酷的宿命，注定万事不得调和。"我就坐在湖边过去我常坐的那条石椅子里，任思绪在已逝去的生活隧道中逡巡———一会儿是昆明湖的碧波，一会儿是微山湖的风荷，一会儿是三亚海滨的金沙，最后，思绪就飞回到白雪皑皑的祁连山，回到插队时村头前的那条水渠边。咋感觉那时的日子，当时觉得那么苦，现在回想起来，简直是在过大年！

　　一直到很晚很晚，月亮又掉进了一池静谧安详的湖水中，我才离身回旅社去。沿途看到下课或上完晚自习的学生与老师，个个行色匆匆，我感到一阵彻骨的孤独与空虚。我现在就成了俄罗斯文学中描述的那种"多余人"！回到旅社睡下，刚开始，是因为脑子还热着，想着许多的事情睡不着，不一会儿，我就感觉，一股刺鼻的酸腐味直熏自己的鼻子。我将被子拉起来蒙住自己的头，可是，过了不一会儿，就憋得上不来了气，只好重钻出头来，马上就又闻到了那股强烈的酸臭味。没办法，只好将自己的衣服拽过来，捂到嘴上。外边的那股味儿小了点，可是，我却又闻到了另一种臭味，只好拉开灯了看，自己都几乎苦笑出声，咋把自己几天没曾洗的臭袜子裹在衣服里捂在了自己的嘴上！这样，我折腾着一晚上都没好睡。

第二天起床。我洗漱完了换了一身干净衣服，将自己收拾了一番，今天是去找工作，不是象昨天那样去看自个曾住过的宿舍，可不能有半点的马虎。我到小摊点上吃了两根油条，喝了碗豆浆，又匆匆去找了一个小理发店，理了发，刮了胡茬。对着镜子一看，人马上精神了不少。看着镜子里自己英俊起来的面庞，特别是那挺挺的带着些勾的鹰嘴鼻子，使我自信了不少，我象阿Q那样，一边出店来，一边自言自语地骂出口："日它奶奶，好歹身上还有爱新觉罗的血统呢！我爷爷的爷爷还是兵部侍郎，皇亲国戚！这北京一百多年前本来就是我家的！我就不信还找不到我张一凡的一块立锥之地了，是可忍，孰不可忍！"

二

我怀里揣着个包，包中装着我的北京大学的毕业证复印件，以及我过去在大大小小报刊杂志上发表了的近百首诗歌和另一本新闻稿件剪贴本，还有一本海岛日报的采访本，上边有王强给我写就的一些个关系人物。我想，有了这几样"武器"，咋说它们用人单位也得对我掂量掂量。我先找那大的，名气响的报刊杂志奔。但是，一走到门口，那门岗就先盘着你问半天。等费半天口舌讲明了来意，门岗一听你是来找工作的，狗眼看人，根本就堵在外边不让你进门去。到第二家单位我学乖了，不说是来找工作，只说是找 XX，对方又问找 XX 干什么，我回答是进京采访的需要，便顺势亮出自己海岛日报的记者证，门卫再二话不说，一摆手就放我进去。这位王强介绍的熟人，在这家报社当个部门的头头，是王强弟弟的大学同学，而且和他家还沾着很近的亲戚关系，好象是王强姨家的孩子。算起来，是王强的表弟。比我们晚两年考的大学，上的是兰大中文系。没七八年功夫，竟然先是从省报混到了这家京城报社驻西宁的记者站，后没两年，又从记者站跳到了总社，还当上了部门的头头，可见其的能耐！因此，我对他抱着很大的希望。一见他面，我就将我和王强的哥们关系大加渲染，对方便十分的热情，把我扶进他的办公椅上，给我倒茶，给我让烟。客套过后，讲明来意，他的脸色马上就有些不对劲。我不管他的表情，只顾紧着把自己的毕业证副件与作品剪报往出亮，我不是吃干饭的，瞧了我这些"硬通贷"，我想他就不会再皱眉头了。可是，这些对我来说很神圣，"眼珠子""命根子"一样的东西，他只是接过去很随便地翻动两下，算是过目了，便送回到我手中，恭维一番，说："确实是人才，这样的人才哪个单位都应该接收。"接着就是诉苦："问题是现在各单位进人都有硬指标限定，一年为这几个指标，光报社头头之间就你争我抢地打破头。你可不知道我当年进它时有多难，简直是难于上青天！不知过了有多少关！从青海往北京就跑了八趟！单位公章盖了 13 个！"然后又说他们单位的一个副总编想从南京调自己女婿进来，女婿还是位文学硕士。可从去年调到今年了，楞是连编委会这一关都没过去，原因是其它几个总编副总编都各自有人想要进来云云。我一听头都大了，他还往下罗索，"就是报社这一关过了，还有市人事局那一头，那些人都是冷血动物，天天接触这些事情，才不管你是什么人才不人才。"又发牢骚说："现在是用干部的不管干部，管干部的不用干部，两张皮，这就是我们国家的现实。实在是没折。就是我厚着脸把你推荐给总编，肯定也是被一个软钉子碰回来，弄不好他还肚子里埋怨我给领导多找事。因为这事根本就不可能。"

我哪里还有心再听他叨叨，脸上还得装着笑脸，说："不麻烦你了，告辞，告辞。"对方很客气地把我一直送到楼下，我让其回去，不肯，一直又接着送到院门外，一边握手，一边说："你再到别处试试？"

事情没办成，倒觉得欠了人家个人情，从五层一直送下来，耽误了人家干其它正事的时间！离开此人，我身上都冒了一身的汗，心里骂道：妈的，见个比自己小四五岁的小伙子，竟然就累成了这样！

我象个泄了气的皮球。这一棍子几乎打去了我所有的自信。什么爱新觉罗的后裔，什么兵部侍郎的孙子，算个球！此时的感觉，我就是这全北京一千多万人的孙子！看看从我身边经过的那蹬三轮的、拎鸟笼的，脸抹得鬼一样扭秧歌的，哼着曲儿，吹着哨儿，一个个悠闲自得的样儿，说不定他家祖上就是我家的使唤丫头，跑腿的小奴才，可现在，人家是真真正正堂堂皇皇的北京人！我算啥？在人家面前，我他妈连人家孙子都不是！我已没了再去找第二家单位的心思，在马路上漫无目的地溜达。踱来踱去，就踱到了故宫外边的筒子河边，伏在筒子河的墙边上，看着河中的浊水和河边的百年老榆、老柳，和遮在其后的黄瓦红墙，我思绪万千。记得上大学时跟上艾迪来到这里写过生，当时艾迪还跟我开玩笑说："张一凡，你祖上当年可就在这里边，整天在皇上身边上班呢。何等的牛皮风光！"都十二年光阴过去了，咋就跟在昨天一样。

一直呆到太阳西斜，我才坐车回归。下车后我没有先回旅社，拐到了一家事先在电线杆子上查好的小旅社，去找一位专治性病的游医。我在海南游医那儿买的药快用完了，想再让北京的游医给看看，也算是"会"个"诊"，看到底是不是得了如海南游医说的那种性病。相比较海南的游医来，北京的游医可就算得上"专家"级了，不然，咋在北京混？想想可悲，也别提爱新觉罗的后裔不后裔了，我一个当今堂堂最高学府毕业，又是小有名气的诗人，削尖了脑袋，都钻不进北京来！还不如个治性病的游医！

北京游医的诊断大出我所料，全盘推翻了海南游医的诊断，说庸医真是害死人，简直是草菅人命，说海南游医只看到了淋病，却没发现我下边还并发有一种比淋病更烈的疣下疳，若不及时治疗，最后会恶变成癌症。我听着头发晕，手发凉，眼睛里冒火星，诊断完了，竟然瘫在地下室游医的椅子里，双腿发软，咋起也起不来了，就象那刑车上拉着五花大绑去坟场执行枪决的死刑犯一样，被游医架着，才勉强起身。问了诊治方案，游医摆乎一通，知道了我是从外地来的，说："你这病还不能耽误，最好是留在北京，坚持外敷和内服我开的几种药，然后，每天来我这里吊一瓶液体。"我知道吊液体挺贵，问不吊行不行。游医说，"得了这种病，你就不能怕花钱。液体里不但有抗病毒的药，还有人体白蛋白，可提高身体免疫力。这叫立体治疗，治标又治本。不然的话，你回去，再让那些庸医们胡折腾，看着好了，其实病菌还潜伏在身体里，过上一段时间，又跑出来折腾你。三拖两拖，拖到了晚期，你就完了。"我听着心里直发毛，想堂堂一个最高学府的毕业生，一个诗人，竟然要死在这种脏病上，要多悲哀有多悲哀！一切都听游医的，掏出钱来开药、敷药打吊瓶。打完吊瓶，魂都没了地从地下室出来，风一吹，脑袋瓜子才稍稍清醒了些，操你个奶奶，一个堂堂爱新觉罗的后裔，一个最高学府的毕业生，一个小有名气的诗人，被一个破性病游医的胡话吓得瘫了！他不就想多从你口袋里挖俩钱！

这样给自己打着气，我想我的这破脏病不至于就象他胡诌的那样最后发展成为癌症。当务之急还是饭碗的事情最要紧。有了它，就有了一切，没有了它，别说下边的那头伺候不起，连上边的这头，也不能照顾！可是，咋个找法？显然这北京找工作是太难了。剩下就只有回甘肃或是回海南了。去甘肃，就会和我父亲彻底闹翻，说不定，他都能给我在联系工作过程中使绊子。自从我和艾迪没整成事情，后又在毕业分配上出现了麻烦，就又把他给惹下了，对我重新横挑鼻子竖挑眼，我们父子俩的关系，就好象又"一夜回到了解放前"，这么多年，两人基本上处于相互隔绝音讯的状态。我若现在这么灰溜溜功不成名不就狼狈地回去，他嫌给他丢了脸，我得的病要再被他知了去，还不象捅了马蜂窝，不把我给吃了才怪！如果回海南去，贾如馨那头怎么应付？我是一见着她，就象大烟鬼见了海洛因一样，非爬上去不可。那不把我给彻彻底底地毁了！报社若知道了我这病，真把我给除名了咋办？躺在旅社地下室靠厕所的房间里，忍受着那一股股从门缝钻进的难忍的酸臭味，我脑仁子都想疼了。

第二天爬起来，脑子经过一夜的睡眠，稍清醒了些，我想，既然来北京一趟，就算死马当活马医，把王强给我的四五个关系都跑上一趟。不行就拉倒，重新回海南，就当是利用探亲假来北京旅游了一趟！

我就又出门去找工作。结果都在我的想象之中！北京城挺大，在路上绕来绕去地倒公车，有时候问错了路还走好多的冤枉路，说实话我上大学的四年里都没有将全北京来去穿梭地这么走过。对北京城的全貌，四年时间没有这四天了解得透。我想我都可以手拿个小黄旗给那些来北京旅游的老外们当导游了！我一次次地碰壁出来，遭遇与第一天的经过大同小异。有碰软钉子的，有碰硬钉子的。反正到最后脸皮也厚了下来，权当看看不同人嘴脸的不同表演。一个个钉子全碰完了，我想我应该是上火车站买票滚出北京回海南的时候了。恰巧这时候路过一家单位，门头挂着一只大牌子，是一家面向少年儿童的某某出版社。总社下边又有乱麻咕叨的六七家子单位。其中的一家是一个周刊社，叫《小喇叭嘟嘟报》。我心里笑起来，没想到，在这里却找到了自己曾过了把"专栏作家"瘾的杂志！那是我到海南一年多以后的一天，我写的两首歌颂海南建特区的诗歌可能是太直白了，寄了好几家报刊都没能给登出来，本来想当废稿压了箱底，再不投了。偏偏报社一同事从幼儿园接小孩路过办公室来，小孩手里就拿着这么一本《小喇叭嘟嘟报》，走时扔在了办公桌上，我就随手翻了两下。哦，看到它上边也发一些顺口溜之类的东西，就灵机一动，把那两首诗塞进个信封里寄了出去。我根本就没当回事，可是，一个月后，却收到了它寄来的样报与二十元稿酬。随报还有编辑写来的一封简单的约稿信。我被对方的热心肠感动了。虽然再没给其寄诗——一来是我写的诗跟报纸的读者差距太大，二来，也觉得堂堂一个诗人，给这种面向低幼儿的报刊寄诗歌也确实掉价。又觉得对方盛情难却，又觉得那二十元的稿酬也挺实惠，有一定的诱惑力，就细细翻了翻这家杂志，发现它上边除过其它益智类游戏，简单的启蒙知识外，也还登载一些个古代诗词赏析什么的。这对我一个堂堂北京大学中文系毕业的来说，还不是小菜一碟。根本不费吹灰之力，几分钟就能炮制一篇出来，得二十元稿酬，何乐而不为！闲着也是闲着。记得我第一篇写的是白居易《暮江吟》赏析——"一道残阳铺水中，半江瑟瑟半江红。可怜九月初三夜，露似珍珠月似弓。"诗人如何对祖国大好河山有博大深挚的爱，如何短短四句，就勾画出一幅优美动人的暮秋江边月夜图云云。寄出去后，很快就被刊用了，也寄来了十八元稿酬。杂志用稿和汇稿费的及时调动了我的积极性，随后，我便一篇篇地写，一篇篇地寄，其实根本不费多大的劲，结果，到后来，我就发现，杂志上的这个栏目基本上就被我垄断了。而且还收到全国各地一些小读者反馈来的读后感登在栏目下方。真是歪打正着，我成了一名名副其实的"专栏作家"！后来，实在是觉得写这些玩意太显不出水平，老实讲，只要个中学毕业，再看上两本有关方而的书，我想就能够写这方面的文章。加上我后来认识了贾如馨，心里乱了许多，没了心思，也就停下来再不给它写了。此时此刻见着它，却有一种说不出来的亲切感。 心里一动，自己是来北京找工作，既然以前给他们投过稿，何不去进去看一看，试一试，毕竟他们对我熟悉，行就行，不行拉倒，明天走我的人。这样想着，我就进门去，门卫把我拦住了，我早学聪明了，说我是杂志社的作者，来找总编送稿件的。门卫就也没让我登记放行了。我按照大厅里的提示牌，蹿到三楼，敲开那家杂志社写有总编室的房门，一个五十余岁，戴着深度眼睛的小半大老头从报纸堆里抬起头来，问我哪的，有啥事。我就先绕弯，说是他们报社的外地作者，出差来看看，联络联络情感，把自己姓名与所写的稿件报了。老头立马热情了，"有印象，有印象，写得不错嘛，为啥以后再不给我们写了？"我说工作忙，顾不上。他就紧着给我让座，沏茶，递烟。唠热乎了，我就把我的想法迂回地说了出来。老头明白了我的真实来意，立马脸色冷淡了，和前几日我碰到的那些人露出了相同的嘴脸，诉了一大堆相同的苦，然后，就说自己还很忙，把我客客气气地领到隔壁的一间写着副总编辑的办公室里，说让他接待我一下，还有啥事情可向他说 。推开门进去，对面椅子里坐着个三十出头的大小伙子，我咋看咋面熟，两人面面相觑。老头还要给我们介绍，对方就说，"甭介绍了，我们认识！"说着，就上前来，十分热情地跟我握手，一边说："大哥，你不记得我了？我是艾青！"

我一下子想了起来，对方是艾迪的弟弟！上大学第一学期回去，因和艾迪的关系正在热乎头上，去过几次他们家。当时他没考上大学，正在复读，还拿出两篇作文让我辅导。记得我还开玩笑说，"你姐姐都当作家了，你不让她辅导却让我看。"他说："我姐她牛皮，一让她看她就埋汰我。"我记得当时他特别特别的羡慕我和她姐，可是，他好象挺贪玩，他爸也说他底子差，只要能凑合着考上正规大学就算了却了父母的心事，没指望他能考上个什么名牌大学。后来第二次跟艾迪接触时，艾迪告诉我他考了个西北师大政教系。真没想到，他现在不但回了北京，而且还混到了副总编的位置。虽然官儿不大，可能只是个科级，可这是在人才济济的京城！我一瞬间，就有些明白，我寄来的诗稿，肯定都是他给我编发的，实在汗颜。我就想今天他奶奶的真要尴尬了。可是，艾青却热情得可以。当年我和她姐的事他虽然还只有十八九岁，但全知道。记得他那一阵真就把我当他未来的姐夫一般，对我挺亲。后来艾迪先撬了晓芳后又跟我分手，我也恨不起她来，其中也有他弟对我特好这一因素。艾青肯定知道我跟她姐的事情最后不成都是因艾迪的原因，觉得他姐欠着我的，所以，对我特别特别的热情。问这问那。我本来不想提那几首诗的事，他都主动提了出来，说是本来是想给我写封信去的，又怕我介意，就没写。如何从西北师大毕业后，因为沾着父母在京的光回了北京。其间不可能绕开艾迪，就又介绍他姐，说艾迪现在美国，找了个老外（我一边听着一边心里纳闷，当时她给我留下的信上说是一个金融博士在大洋那头等着她，怎么又换成老外了！），说姐夫在华尔街上开着一家律师事务所，艾迪在家当全职太太，闲暇也帮丈夫料理一些事务所的杂事，就象秘书一样的角色，生有两个小孩，去年探亲来了，中国人不中国人，美国人不美国人，头发和眼睛都黑不黑，黄不黄，叫他一会儿是中文"舅舅"一会儿是西文"uncle"，逗得全家人直乐。我听得心里头酸酸儿的。艾青觉察到他讲姐姐的事情讲多了，刺激了我，连忙转了话头，这才问起我到北京他们杂志社来的目的，是不是出差顺便送稿来了。说，"没问题，你的稿我们是见一篇用一篇。"还要下午请我吃晚饭。我本来是想编个谎告辞的，可是冷静下心一想，我为何那么老实，迂腐？生活都把我逼到绝境了，这样的关系，我他妈今天就拉下脸来当个小，利用一下何妨？——冥冥之中，是否真有一只看不见的上帝之手在左右着你的命运。当年我把艾迪留给我，让我去找她朋友联系帮忙留北京的信撕了，七八年以后，现在却又让我找到了她弟弟！——就把自己的心思照实说了。说海南那边在落潮，大量的人都在往内地撤，实在是没意思再呆了。艾青听了我的话，略一犹豫，可能是考虑到了我与她姐以前的特殊关系，知道她姐欠着我的，便说，"这样吧，你把你的这些资料给我留下。你先在北京呆上两天，我尽我最大的努力，替你争取一下。"我听了这句话，几乎要将其搂过来拥抱一番。以此来表达我的谢意。可是，我又不能表现出来，一来，有与艾迪过去的关系。毕竟我过去曾当过他的准姐夫，二来也是自尊心作祟，我不能让他感觉出，我混得实际上很狼狈。我从他的态度和口气中，感觉这事有门，谢了他晚上请我吃饭的好意，让人家帮忙还要人家请吃就有点儿心里过不去，假说自己还要晚上去看自己上大学时的导师，还有几个同学也得去拜访——显得我跟北京方面还有很多联系，并不是把所有的希望都吊在他身上。

三

真是天无绝人之路！兴冲冲坐车回旅社，下车后，去顺路找游医打针换药，游医看着我说："看你今天挺高兴的，还哼着小曲。"

我说："赶快打你的吧。我去到大医院看了，人家说这根本就没你说的那么严重。今天换完了药，明天我就不来了，去大医院看。"

游医蔫了，急忙说："你别走，昨天我是有点吓唬你，将情况说重了点，不过是想引起你的重视。他大医院用的药跟我这一模一样，你信不信。从明天开始。我杀价三分之一给你。"

我装着无所谓的样子，说："不行，身体要紧。"游医又说要再杀三分之一价，我心想，这狗游医，我一句话，挤掉了近三分之二的价格水份，可见赚得有多黑。就说，"那就这样了，我也再不去什么大医院，就在你这治。但你得给我保证治好了，不然，我可饶不了你。我有个亲戚可是这块儿派出所的所长。"游医就忙着给我点头下保证。

虽然杀去了三分之二的价，出门来，我却心里有点恼丧。一来是之前让他骗走了不少钱，二来想我咋丢份丢到这地步了，跟个看性病的游医耍起心眼来。下午跟艾青说话也是鬼话连篇，自打从海南出来到北京，我就发现我不似了以前的我自个，象变了个人，三句里有两句话不地道。以前我可不是这样，从大到小，半句谎话都不说的。生活真能改变一个人！我不知道是我错了，还是外部的这个世界错了。好好的人，现在一张嘴，就说谎话！过了一会儿，我从脑子里把我从大学毕业到现在的林林总总所经的事情捋了一遍，我渐渐地心里就理解了自个，"奶奶个熊"我骂了一句山东话，这世道，说假话鬼话的人满世界都是。说假话比说真话好混得多！当年那副省长的儿挤我时，肯定在背后没少使劲地做手脚，不然，国家计委都做成了的分配计划，怎么它就能变了！后来艾迪不就又骗了我！山东招聘团的人不就说得好好儿的是新兴开发城市，我以为是胶东半岛呢，结果把我骗到了鲁南煤城。鲁南日报不就为给部长的儿物色苗菁，把我给骗到了济南去学习。贾如馨骗得我更惨，把我骗得都染上了性病！这个世界有太多的人昧着良心干事，我为啥就那么老实！

我耐着性子百无聊赖地等了两天，重又去杂志社探情况。我还心里惴惴不安呢，敲艾青办公室的门时，手都有点发抖。我联想到了大学毕业发生问题时，老听贝多芬的《命运交响曲》，我这可真是命运的敲门声！我特意儿按那曲子中的节奏敲了四下："咚、咚、咚、咚——"！

"进来——"艾青喊了一声。

我推门进去，艾青一看是我来了，急忙站起身来，"大哥，是你，我还以为你这两天不会来了，正着急着呢。"

我编谎说，"这两天实在是忙，会了几个老师同学，多年不见了，一见面就非拽着你吃饭不成。"

"你是不是在别处也使劲地活动？"艾青问我。

我莫测高深地说，"同学们一个个挺热心，都当了中层领导，有一定的话语权，正在帮我积极联系。也见了两家单位的头儿。还行，对我挺满意的，说是让我先回去，等消息。调个人不容易，得上会。也见了见我的毕业论文的导师，当年他对我挺欣赏。这次见了面也特热心，答应往有关单位把我荐一荐，好多杂志出版社的头都曾是他的学生。"

艾青就有点泄气，说："你看你看，我都给你这头把总编的工作做通了。又到出版社大总编那里也跑了。把你的剪报和毕业证复印件都让总编和人事主管看了。都吐口了，答应要你。你这边又货挑三家的卖，如果你们老师和同学那边联系好了，你是不是就不到我们这不起眼的小单位了？那时，你不是把我小弟给装进去了？让我给我们总编咋交待，还不怪我办事毛躁？"

"我的爹！"我肚子里叫了一声，真想给艾青磕头作揖！按捺住了心中的狂喜，真没想到，这小子有如此的能耐！嘴上却说："那边也就是随便说了说，见了个面，还没正式启动程序呢，既然这边已有了眉目，当然是紧着这头，进北京是闹着玩的！"

艾青松了口气，说："这就行了。听你那天的口气，挺迫切的，我真就当个事情去办。刚才一听你又那么一说，我以为瞎子点灯白费了蜡。替你争取了，你又不来了。攀了其它的高枝。"

我就接茬说："我以为，你那天也就是随便说说，我心想，这事挺麻烦，把握不大，所以，说实话，也没真当回事。今天是去火车站买票，顺路跟你告个别。"我假装轻松地说。

"麻烦什么？看是给谁办了！谁让你是我大哥呢。"艾青说。

我心里挺热乎，这小子还真记着我这个当年的"准姐夫"，有人情！

艾青一边给我沏茶，让烟，一边就又补充说，"不过有关的情况我得向你交待一下。你人可以来，但户口却暂时进不来，得当一阵子黑户。住房也解决不了，你得自己去租房。单位只管给你开工资。职称上也可能要受点影响。"

我犹豫开了。艾青就给我做工作，"我们出版社象这种情况不是一个两个。人家都干得好好儿的。这也是一种变通手法，无奈之举。你看北京有多少外地来北京谋生者，没户口不也呆得好好的。再说，这种情况不是不能解决，只要你人先进来，好好工作，干出成绩来，以后，肯定是有机会能解决的。"

我想了想，说，"那好吧。还需要我在海南那边办什么手续？"

艾青说，"不牵扯户口的事情，就简单多了，现在粮食也放开了，不需要办粮食关系。你在我们这里发过稿，领导对你的情况也熟悉。又有我做保，所以，都对你挺信任的。你去海南把那头的事情处理一下，能把你的档案要来就行了。我们这里最近有一个人生小孩去了，一个得癌症住院了。还有一个又出了车祸，所以，你也是赶上机会了，所以头儿才这么痛快，赶快去办完了那边的事就来上班，一大堆事情等着人干。再说，也拖不起，别夜长梦多。特别是进人这一敏感问题上，说变就变。你人来了，既成了事实，他就是有人想做手脚挤你，也晚了。"

我告辞了出来，看到早上 11 点钟的太阳红红儿的，照得人心花怒放，我又想唱那首当年从艾迪姥爷家出来时唱的《北京颂歌》，又想象当年插队时在大队部得到那两个面饼子时那样，在大马路上翻两跟头！高兴劲上，我喜滋滋地去到邮局，打长途给王强报喜。王强恭贺我，我就说了美中不足的是户口进不了京，转了一圈，重到北京来时，变成了黑户，二等公民。他在那头挤兑我，"别人打破头了想挤挤不进去呢。既然有人肯给你帮这个忙，你还耍上大头了！"

我说："不是耍大头，实在是心里有点不平衡。妈的，堂堂一个北京大学毕业的学生，还是个诗人，竟然到北京当个黑户。"

王强就在电话那头揶揄我："你去也是不去？不想去给我联

系，我去！”

我骂道："你拉倒吧。你他妈毕竟混了个部门头儿呢，我在海南混了个啥？"要不是怕被人听见。我肯定要吼出声来，"他娘的，只把下边的叽巴哄了一下，还染上了脏病！"

放下电话，我才感觉到了自己眼前这一工作的份量。我彻底的再不想它奶奶的什么鸟户口，一心一意想着移师北京，进入人生新的开端。

到海口后，我忍了又忍，才制止住自己没有给贾如馨去电话。同事告诉我，我走后的这一段时间，常有一个女的给我打来电话，几乎都将电话打爆了。我心里痛快地骂了一句："奶奶的，我也让你难受难受！滚个你的假如馨，我张大爷不倍你玩了，我要进京去发展了！我把你让出去，爱跟哪个嫖客上床就去上，我眼不见为净。你将来的下场绝对好不到哪里去。说不定，还染上爱滋病了呢！"一边骂着，心里还是有点儿不舒服，毕竟有过那么一段肌肤之欢，那种颠鸾倒凤的快感留在脑子里的记忆是很难一下子忘却的。在这一点上，我很能理解那些个吸毒成瘾的大烟鬼。

第二次过琼洲海峡时，我已没了第一次那样的沮丧与悲凉，换上了乐观的好心情，北京，我心中的圣地，在向我招着手，我要扑到它怀抱中，去迎接那朝霞中一轮轮冉冉升起的崭新太阳！别了，司徒雷登！"我向身后的海岛调侃地来了一句。

四

这样，我就在时隔近九年之后，重返北京，做了一个没有北京户口的北京市民。

艾青说要给我接风，一天晚上，邀了全编辑部的人员晚上到外边去搓饭。老总编说自己血压高，又有糖尿病，告辞，让艾青把我招待好。一伙人下班后走去到附近一家饭庄。这家饭庄别出心裁，整一种"文革"风格，勾起人们的怀旧情绪，以招徕顾客。门头一个大匾，歪歪扭扭写四个大字："向阳大院"。两扇门上，贴着两个大红"忠"字。厅里有一人工做成的老榆树，盘根错节，饱经沧桑的感觉。树下放着哪里弄来的石磨与铡刀。旁边立一宣传栏，上边用白粉笔写着一则醒目的通知："今晚收工后，到大队部，有毛主席最新指示发表，听完广播到麦场，开庆祝大会。"我就好笑，咯咯两声，见别人并不以为然。便急忙收了声，怕被同事们小看自己少见多怪。心里骂自个儿，"怎么变成个刘姥姥了！"再看四周，墙上还贴着"千万不要忘记阶级斗争"、"树欲静而风不止"、"揪出党内最大的走资本主义的当权派。"之类带着强烈的"激情燃烧"岁月的标语，一下子觉得光阴倒退回去了二十年。我就又想到了叔本华老先生说过的，"任何事情，只要放在相当的时空中审视，都显示出其的荒诞性。"当时，这些口号是多么的庄严与神圣，而现在，却被用来做为获得商业利益的调侃！我还在感慨着，已经跟着同事们由一位身穿对襟大棉袄，头扎两条小羊角辫，胳膊上箍个红卫兵袖套的服务员姑娘领到一包厢。我四下里打量，包厢也被装修成了农家小屋，窗子都是延安窑洞的那种，墙上贴着那个时代的伟人像，屋顶上悬挂着老玉米与高粱穗，墙上的钉子上挂着镰刀与牛鞭。地上放着铁锹与镐头。说实话，我对这环境还真有一种特别的亲切感，它使我的思绪穿越岁月的时空，一下子飞回到了十五六年前在祁连山下与晓芳朝夕相处的岁月，还想起了那些生死与共的同点男女知青。

　　坐定之后，艾青就从服务员姑娘手中接过菜单，递到我手中，说今天是为我接风，我是主角，由我来点菜。我一看那菜单上密密麻麻的各种菜肴，有点儿傻眼。那名起的可是讲究，听上去个个就象是宫厅里的御膳似的，什么燕窝粥、芙蓉饼、玉麒麟、红嘴绿鹦鸽——其实后来端上来的也就是一碟子菠菜。我不懂其究，怕点不好出了洋相，便象征性地点了两样菜，就又把菜单交回到了艾青手里头让他点。艾青还要客套，其它人就嘈嘈说，"人家老张新来乍到，没吃过这里的菜。还是艾总编你点好了。"我心里为别人唤我"老张"而甜甜地尊艾青"总编"心里有点儿稍稍的不舒服。我身旁坐的一位名叫乌兰的女同事又补充说，"把手抓羊肉多来点，上次点那么一点，我还没来得及吃，就没了。"

大家伙就都嘿嘿地笑起来。一个叫刘顺的，是杂志社的编辑室主任，就调侃说："乌兰你那么馋牛羊肉，不在草原上老老实实呆着，跑北京来干什么？"

叫乌兰的马上反唇相讥："北京要是你家的我就不来了，你不就比我多个北京户口。"说着，偏过头看看我，又转过头去道："你别再老挤兑我了，告诉你，从今往后，我战壕里可是多了一位新战友。你挤兑我，就是挤兑我们两位。"

我一下子就明白了她说话的意思。心里立马感觉到了二等公民的低人一头。艾青就打圆场，对方就又笑着说，"乌兰你太敏感了，别人随便一句话，就惹了你。"

乌兰不依不饶："你问你那鬼心里，究竟是不是随便说的一句话。"

"乌兰，今天在向阳院里，我向毛主席发个誓，你是太多心了，我绝对没有挤兑你的意思。"

"好啦好啦，今天是给老张接风，你们却在这里喧宾夺主。来，端杯端杯。"艾青非常自然地从此开始改了口，把我从"大哥"叫成了"老张。"我觉得这样也挺好。老实讲，刚上班的两天时间，他在没人时仍叫我大哥，都叫得我很不自在，他好象也有点勉强，嘴里含含糊糊的，那个"哥"字后来就好象沾在了舌头上似的，听都听不清楚，我知道，他也不喜欢再叫我大哥。以后一段时间里，见了我的面，给我吩咐工作，啥也不叫了，直接说事。今天叫开了，这样倒好。两人都免了尴尬。艾青站起来，让大家为我的到来干杯。大家伙都跟随着艾青笑吟吟地与我碰杯。碰完了杯，艾青坐下去，就把我的光荣历史讲了一番。说我当年怎样怎样了得，考上了北京大学，在大老远的甘肃，北大可不是好考的。顺便就把我和他姐的关系述了一番，大家伙就直夸起他姐艾迪来，反衬出我的没出息。我听着脸上有点儿挂不住，艾青就制止了，说："别扯远了，偏离了主题，今天给老张接风，大家伙多劝着老张喝几杯。"在座的就一个个遵命，给我敬酒，话却是客客气气的，没有多少感情色彩。应酬一番，几杯酒下肚，我有点飘飘然起来，也说话多了，和老章啦小王啦几个人分头聊起来。可是，我发现我的话桌子上的人并不认真的去听。有时候，我跟身旁的老章正说着话，他却似听非听地扭过头去转桌上的菜碟，招呼艾青去品尝刚上桌的一碟什么菜："总编，赶快下筷子，不然就凉了。"把我弄得很不自在，把后半句话，只好咽回到嗓子里去。而对方转完了菜碟，也不再重新问我，显然对我的话根本不感兴趣。一会儿，大家伙的目标就全集中到了艾青身上。艾青说一句，马上就有人接上好几句，艾青说凉菜味有点淡，马上就有人起身来去唤服务员小姐取醋壶和盐瓶来。艾青取出了香烟，马上就有人为其点上。艾青不小心将茶杯碰出了水，就有刘顺和小王两人同时上前去为其扶茶杯，擦拭桌面。每盘菜端上桌，也必是请艾青先下筷。而且一个个争先恐后地站起来总编长总编短地给艾青敬酒，不长时间，我就几乎被大家伙给遗忘了。我心里想，我哪里是今天的主题，我哪里是今天的中心。中心，主题都是艾青！接受这一现实后我其实也认了。谁让人家是总编来，现在这社会本就是以权为大。而且，我又是人家艾青一手调进来的。真正使我难受的是，大家都一个个抢着站起来，小王甚至绕过桌面，到艾青面前，毕恭毕敬地给艾青敬酒，把我就显了出来。我心里别提多矛盾了——俄国文艺批评家别林斯基说得好，"有艺术气质的人，其理智往往埋没于他的艺术天资和创作幻想，所以作为诗人固然贤智而博识，但做为普通人，却往往近乎于迂痴。"实在是犹豫再三，下了很大的决心，我才瞅个机会，端起酒杯，攒足勇气，开了口："艾总编，我敬你一杯。多谢你对我的帮助。"话语硬邦邦的没一点儿韵味。

艾青一下子从座位上站了起来："不敢当不敢当。哪能让你敬我酒，我应该敬你才是。"

我说，"嗳，要敬要敬，谁让你是我领导？"语气还是那么生硬。

艾青就说："来来来，咱俩碰一杯，也别说敬谁不敬谁了。"

两人喝完了酒，对对酒杯，艾青显得特别的高兴，说："老张，以后生活工作上有什么困难尽管给我说。只要我能办到的，一定尽力。你们几个也听着，特别是刘顺，我给你提个醒，别以为人家老张是后来的，暂时户口还没进来，你们就挤兑人家，让我知道了可不行。你们在座的，谁也没有老张的学历和水平高，听着没有？"

大家伙齐声说，"听着了。"又拍胸脯保证。

吃完饭从饭庄出来，一伙人簇拥着总编在前头走，乌兰在后边碰了我一下胳膊，"哒，老张，对我们这小集体感觉咋样？"

我客气地回答，"挺好，一班人挺团结。"

乌兰鼻子里哼了一声，"你没发现一个个都挺势利？"

我一愣，辩解说，"没有呀？"

乌兰又嗤了一下鼻子，"还没有，一个个恨不得往总编的屁子里钻！"

"你说得太难听了。"

"本来嘛。你看那个刘顺，简直把艾青就当他亲爹的供。恐怕就是对他亲爹也未必这样的敬奉！"

我就劝乌兰，"人家也就那么一句话，我看没啥特别的意思，就把你给惹下了。我觉得你还是太敏感了。"

乌兰嘴一撇，"你刚到，知道啥？这小子对我们这些外地来的，没有北京户口的，打心眼里瞧不起。不信时间长了你就知道了。 在他眼里，就只认一个艾青。因为是艾青把他给一手推荐上去的。"

我说："这不就结了，人家当然对艾青好了。你又没提人家。"

乌兰气咻咻地再不说话了。

私下里，我已对编辑部七八个人的情况大致有个粗略的了解。知道乌兰全名叫乌兰托娅，来自内蒙的锡林郭勒盟，呼市一家师范院校毕业，来报社已经有两年。平时大家就简称她乌兰。在杂志社，我之前就她从外地来，而且没有北京户口，所以才对刘顺的话特别反感。我想，她俩平时可能工作中有过节，饭桌上的饿饿只是平时矛盾的积累与爆发。看似平平常常几句话，冰山下边肯定是火焰。出身决定立场，乌兰对我这个和他一样身份的人自然就有了一种亲切感。之前几天，她就热心地帮着我领办公用品，收拾办公桌，又事无巨细地讲社里的一些个情况，应该注意的方方面面。开水去哪里打，早点在门前哪个餐馆吃卫生实惠，搞得我对她挺有好感。虽然她高颧骨，肤色也粗糙黑亮一些，带着明显的大草原生活留下的痕迹，身材也不怎么苗条。但立场决定情感，她身体上的缺憾因她对我的友好态度而在我心里淡化了许多。这会儿，我们就那样，留在后边，两人借着酒劲，说了比平时多很多的话，得到的结果是：这一顿饭，真是好吃难消化。因为从饭桌上的表现与乌兰的介绍，我真真切切地意识到没户口的二等公民在单位是个什么处境。

回去后，躺在床上，好久也睡不着，脑子里胡思乱想着。我就记起小时候，每天早晨起床后，院子里就一个厕所，常常在厕所门口有三五个人等着。自己耐不住，就想跑到隔壁的院子里去看看，到去后发现那边的厕所也排上了队。跟在后边，等上一会儿，耐不住，心想说不定自己院子的人可能都上完了，便又返回去。没想到回去后，前边的人是上完了，可自己走了的这一会儿功夫，厕所门口又站上了新的人，自己又落了个队屁股。自己十年绕的这圈，咋想咋象那小时候上厕所！我心中感慨：其实，世间的许多事情，不管大小，往往都是相通的。

五

上班后，我花了几天时间钻北京的老四合院，反复比较，最后挑了一家最便宜又离杂志社不太远的地方租了间房。每个月，我都望眼欲穿地等着发工资，那天，就是我的节日，我领上它，赶快去付那所欠的房租。给自己买一些稍有营养的食物——为了省钱，我常常是以方便面，或者是用馒头醮点辣椒面打发肚子。将剩下的钱交到游医那里。我早已不在先前那个游医处看了，原因一是离现在住的地方太远，二来，用他的药，打他的针，却老也不见除根。看着消下去了一些，以为是好了，可是一停上几天药，几天针，病根就又浮了出来。所以，我下班后，又抱着电线杆子，一家一家的看，一家一家的找，一家一家的做比较，从他们的穿着和谈吐上判断揣恻他们的医术高低和职业道德水准。最终我又选了一家，候选了一家。心想，如果这一家再治不好，就转下一处。所以，我虽然三十有五，现实的窘境不允许我在个人问题上多想。

我和乌兰从一个战壕里的战友发展成了一种很好的朋友关系。她对我似乎从见面的那一天起就有着一种特殊的好感，总是对我问寒问暖，知冷知热。早上上班，她常常约我去马路对面的小饭馆里吃早点。而且吃完了饭，总是她抢着付帐。我感到她内心很喜欢我，跟我在一起，她总是有说不完的话，有时，杂志社同事们都下班了，她还缠着我问这问那。

一天下午，大家伙都下班走了，她还拽着我聊，我们唠着忘了时间，突然停电了。办公室里边漆黑一片，两人这才摸着往办公室外走，竟然就撞在了一起，都觉得很不好意思。摸着走出办公室，走廊和楼道里也黑逡逡的，乌兰说："我啥都看不见了。"就很自然地伸出了手，让我牵着她走，我牵着她的手，走出楼门，她说，"算了，别回家了，我们到饭馆随便吃点饭吧，我请客。反正你回去也是一个人，我回去也是一个人。"

其实，我们刚才在办公室里正聊得热乎，正说到两个人各自过去的一些生活经历，就停电了，所以，还在兴头上，意犹未尽。我说，"走就走，不过，还是我请你，哪有老让女士请客的道理。"我嘴上说着硬话，心里琢磨着口袋里的那十几块钱够不够，千万别丢了大人。走进那家熟悉的饭馆，我装着自如大方地让乌兰点菜，乌兰挺照顾我，只捡最便宜的点了两个。我又要了两瓶啤酒。我们碰着啤酒杯，说着话，吃着饭，气氛十分的好。饭馆里也停了电，老板在桌上给我们点着根蜡烛，蜡烛给饭桌增添了些浪漫的气氛。我觉得的和乌兰的关系，在办公室里停电后撞到一起，又手拉着手地从黑洞洞的楼道下来，现在又在这点着蜡烛的饭桌上一块喝啤酒，明显地又比平时更进了一步。她问了我好多我过去的生活，包括插队、上大学时的情形，去山东到海南闯荡的经历。她则给我讲述她家乡大草原上水草肥美的旖旎风光，无忧无虑的在草甸子、马莲花丛里和羊群马背上度过的快乐童年，我一边听着她的讲述，一边结合着自己的经历直感叹，道："要是我，我就一辈子呆在草原上不出来。到这大都市里，有什么好的，添加多少烦恼与愁苦。"

乌兰反问我，"你们祁连山下的风光不也很壮美，那你出来干什么？"

我苦笑一声，不做回答，这个问题太难一句话说清。

乌兰就感叹道，"人就是这样，总是对前边没看到的东西抱有期望。总觉得未来要比现在好，其实未必是。"

我大有同感，附合道："逝去了的，未必就不美好，追求到的东西，并不见得就比过去的好。"我此时心里就想到了晓芳。但我嘴中说出的是另外的例证，"你比如说现在到处都在铺摊子搞建设，说是要提前实现四个现代化。可是，代价却是环境被破坏得很严重，你看我们国家的大城市，没个不乌烟瘴气的。"

乌兰又附合着我，"别说大城市了，我们家乡的草原也退化得厉害。上边鼓励大家勤劳致富，勤劳的结果是每家都超规模地扩大自家的羊群牛群。为此，草场退化得厉害。还经常发生牧民间为了草场和水源的争斗事件。我们那儿还鼓励大办乡镇企业，大家都挖空心思地找这矿那矿，把好好的草场挖得这里一个洞那里一个堆的。一次两个旗的人为一个石灰石矿点的归属权，打得死了好几个人，又被毙了俩。"

我发现我和乌兰观点出奇地一致，再瞅她的那张脸时，也觉得颧骨不象刚见面那几天时那么高了，皮肤的黑红程度也没过去感觉那么厉害了。甚至我还觉得她挺有一种健康的和内在的气质美。

乌兰又要和我碰杯，我劝道，"我们多说点话，少喝点酒，我感觉你今天喝得有点儿多了。"

乌兰就从我手中夺过酒瓶去，说："你别拦我，我今天高兴。我很长时间没这么高兴过了。你就让我今天喝它个够。"就往自己酒杯里倒啤酒。倒好了啤酒，又举起杯来，和我碰了一下，咕咚咕咚喝下去两口。这两口下去，我就明显感觉到乌兰有点儿喝大了，竟然趴在桌子上呜咽起来，我劝也不是，不劝也不是，就听着她嚎了一阵，半天，静了下来，乌兰才给我倒她心底最隐密的事情。她说她在家乡有个对象，是她中学同班同学，也是她爸爸的学生，两人从中学到大学好了六年。毕业后，两人同时分回盟里的两个不同中学里任教。就在她和男友准备结婚的前几日，她去看男友，却在男朋友的宿舍里堵着了男友正和一个同校的女老师整事。愤怒的她扑上去将那女老师抓挠了一通，又将她男友打了两耳光，又把两人告到校方那里。男友一不做，二不休，提出和她分手。她后悔了，又给男友求情下话，可是对方不依不饶，非要和她断绝关系。她一气之下，喝了敌敌畏，被抢救过来后，父亲托关系，送她来了北京闯荡。那个刘顺，两年前和她一同进的杂志社。业务能力根本就不如她，去年底艾青由编辑室主任提为副总编后，她和刘顺共同做为接艾青班的人选报上去。最终，刘顺因为有个北京市户口胜出。过后，她打听到，刘顺为谋这一职务没少花心思，其中包括极力钻艾青让其推荐自己。当时她情绪很低落了一阵子，觉得她就是再表现好，工作再努力，也看不出前途在哪里，又接到了她男友给她来的一封悔过信，说是和那个女老师只是随便之举，那个女老师人家有对象，是内蒙古大学的助教，只是一时半会儿调不过去，为排遣寂寞，才和他发生的那事。说现在那位女老师早都不跟他来往了。听说手续已经都办好了，要调往呼市。接到男朋友的信，她犹豫了，几次都下定了决心要收拾行装打道回府，又犹豫着没走，就在这时候，我调来了。那天在饭桌上，也是她心里烦，也是犹豫不决地想回草原去，所以，对刘顺就说话挺冲。

乌兰一口气不停地给我讲着这些，一直到服务员提醒我们他们要下班了，我们才停止了交谈，出门来，乌兰说："今天真高兴。"

"我也同样。"我说。

"时间还早，回去我也睡不着，我们再到哪里玩玩吧？"乌兰提议。

马路上，车辆穿流不息，路两旁的建筑物上，霓裳闪烁。都市的夜晚，喧闹而诱人，我何尝不想去消受这美妙的夜晚。可是，我想到了自己下身那见不得人的疾患，还有口袋里干瘪的钱包，理智地忍疼割爱，说"改天吧，我今天回去还有点事，宿舍里有一大盆衣服泡着还等着回去洗。"

乌兰就很失望的样子，说："那好吧。"

我送乌兰去上公交车，她上车之后，在车窗口对我说："你要不嫌弃，以后星期天我帮你去洗衣服。"

我客气地应诺，心里感觉到，就这一句话，我和乌兰的关系已经一切尽在不言中。我送完了乌兰，转头就坐上了反方向的一辆公交车，不是回宿舍洗衣服，而是去一家旅店的地下室。那里，给我看病的江湖游医正在等着我。我下边抹的药用完了，我和他约好，今天去取新的药。下了车，去到游医那里，裤子脱了，让他看了下边，我说，"都抹了好几瓶药了，怎么总不见好？"

　　老头安慰我说，"这种花柳病跟其它病不一样，恢复起来是比较慢。你要有信心，坚持用我的药，再用两个疗程，我准保你的病有起色。在这之前，我看好了多少你这样的，一个个都对我千恩万谢的。你第一次来时，我就给你系统介绍过了，我这是祖传秘方，祖上在解放前几辈子都是治这病的。不然，没这金钢钻，也不敢到这大北京来混，你说是吧？"

　　当时，我在电线杆子上看了几十个小广告，逐个上门寻找后才确定这一家的，觉得他岁数也大了，房间里也摆着几摞医书。穿戴谈吐上也更象个医生的样子。才让他治，谁知三个多月下来，病情一点也没见起色。我都心里发急了，每次来都要埋怨他几句。他给我开药，取药，又说："这次，你得再多交点钱。我又给你在原来的药中加了一种新药，这一味药是止脓消肿的。"

　　"又要加钱！当时是见你这便宜，才到你这来的。"我反感地说，"自从到你这来，你加过多少次钱了，比开始说好的几乎翻了一倍，这样下来，你这儿倒成了最贵的了！你说现在加的这药是止脓消肿的，那以前的药是用来干什么的？你要再这样，我就不在你这儿看了，另外找别人去。"　　　　老头见我来火了，嘻嘻两声，"我这不是跟你商量呢嘛　。好好好，这一次加的药就算是我白加了，一分钱不再多要你的。唉，想治病，还怕花钱。我治好了多少有这种病的人，他们可都不象你这样，都痛快得很。"

　　我再懒得跟他计较，上完药，又取上了药，老头又给我打了消炎针。我走出地下室，出楼房来，口袋里就几乎一个子儿也没了。还有半个月才开工资，我算计着明天向办公室里谁开口借点钱，熬过这十几天日子。路过菜市场时，一个妇女正在打扫菜场卫生，把一堆菜叶扫拢了往垃圾车上装，我也顾不了面皮，抢上去捡起一堆青菜叶说，"这完全可以吃嘛，我拿走了。"

打扫卫生的妇女摘下口罩来，诧异地盯着我使劲看。我拣了菜叶，在她疑惑的目光注视下，急匆匆离开去。我住的是四合院里的一间院主原来放杂物的小房，而且也靠近厕所，但每月也要一百元房租。上个月的租金我只交了五十，说等这个月工资发了，再和这月的房租一起补齐。我轻声轻脚地走过门洞和犄里拐弯的院子中央，来到自己门前，刚要开门，就发现那头院主的房门开了，院主是个近六十的秃顶老头，向我喊道，"回来了。"我"嗯"了一声，就开门躲进去，心想，能躲一天是一天，可是，没两分钟，就见他出现在了我房门前，他是个大块头，说话粗声大气："今天又来了两拨外地打工的，人家的出价比你高，一百二一月。你考虑考虑，是不是换个地方去住。"我紧着给房东下好话，说，"王师傅，你看我都在这住了仨月了，都熟了，就这一个月的租金给你欠了点，明天我上单位，问同事借点，给你补齐了，行不？"

房东再没吭声地走了，我把手上的菜叶摘了。放好。闻闻桌上的半个馒头，三天了，馊了没有，还好，明天的早点就靠它打发了。好在今天这顿饭，算是把蛋白质和脂肪的问题解决了，一个星期再不用去买商场里那带窝窝的处理鸡蛋了。可是，明天，向谁张口借钱呢！老章上个月张口借过一次，小王这个月借的叁拾还没还他呢。向刘顺借，可自打那次吃饭后，我就对他有了一种天生的隔膜，实在是不愿向他张这个口。当然，我要向乌兰开口，就是借多少，她都是会借给我的，就是她自己没有，也会去给我想别的办法。可是，我也是绝对不会向她开口的。我向同事们借钱都是私下里偷偷借的，我真害怕我向这个借钱向那个借钱，最后窜了帮，让他们都知道了，让人瞧不起。这年月，人们是越来越笑贫不笑娼了。他们也会怀疑，我挣的工资都到哪去了。本来，以前，我还可以写点诗歌来混点稿酬。可是，自从到北京后，我是一点儿也没了作诗的兴头。我躺在硬硬的木板床上，就这样划算着，久久地不能入睡。最后，我就又想到了晓芳，思绪飞回到祁连山下的小村庄。当时，生活也是那么艰苦，可现在每每回忆起来，竟带着那么多的丝丝甜意。晓芳她不知现在生活得如何？她如果知道我现在的处境，心里会做何感想，会不会替我难受？

六

第二天上班，一遇到乌兰，我们俩人就都有点儿心照不宣的默契，我们俩比别人都来得早，我拖地，她拎了片抹布擦桌子。拖完地，擦完桌子，我拎一个瓶，她拎一个瓶，我俩一同去水房打开水。在路上，乌兰问我："今天你没啥事情吧？"

我说："不一定。看头儿有没有安排。"

乌兰就说，"最好是没有啥工作上的事。今天是中秋节，下午我们早点溜号。我到你那去，替你洗洗衣服，收拾收拾房间，然后，买点东西，我们也好好过个中秋。来北京快三年了，每年中秋节，我都是冷冷清清地呆在出租屋里想家。"

我犹豫一下，说，"还是到你那去吧。我那的住宿条件太差。"

"彼此彼此，还都不是一样。"

"还是到你那去吧。"我坚持说。想到了那催房租的大汉。

"我主要是想去给你洗洗衣服，收拾收拾房间。"

我说："不用洗，前两天我都洗完了。就那么小个出租屋，有啥可收拾的。"

乌兰看我一再坚持，也就不再勉强，说，"那就说死了，下午五点，我们就开溜。"

下午，我去到传达室，跟看门房的老刘头借了五十块钱。到新单位后，和同事们关系不很熟，中午回不去时，我就蹿到传达室，跟老头下盘象棋打发时间。下午偏偏我编的版面上有篇稿不太合适，总编让我调换一下，乌兰就给我留了个条先走一步。我处理完了手头的工作。拎上编辑部发的一斤月饼。又到商店买了点水果与两瓶啤酒。往乌兰住处赶。找到她所在的东城区土城巷一个胡同，我手拿着乌兰给我的纸条，七拐八拐，找到院门，敲开门进去，只见乌兰和她另俩个室友，已经将不大的一个屋子收拾得干干净净，屋子里一片过节的气氛。桌子上，摆上了一碟月饼和各种水果，还放上了两瓶香槟和两瓶啤酒，空气中弥漫着瓜果与洗发摩丝的混合香味。我的到来，立即给单一性别的出租屋送来了欢乐。乌兰兴冲冲地给她的室友介绍了我，又将她的两位室友分别介绍给我。相互客气一番，大家就落座，乌兰举起了酒杯，让大家伙也举起酒杯，她发祝酒词，说，"今天是中秋节，是举家团圆的日子，大家能凑到一起，也算是幸会。来，今天就让我们喝个痛快，乐个痛快。"大家就都举起杯来。席间，大家各自聊自个以前的经历，前来闯北京的各种原因。喝了点酒，又是中秋，一个个都很伤怀。觉得我又是乌兰的同事和朋友，都很真挚地坦露心怀，各自讲述了她们的一段或几段埋藏在心底平时不会告人的情感历史。讲到伤心处，竟然一个个都哭出了声。酒桌上，弥漫着忧郁伤怀的气氛。又印证了叔本华的那个哲学观点——任何人的一生，都是大大小小痛苦和烦恼的组合。人生从大的时间跨度上来观察，都是荒诞无聊的。

聚会完之后，我告辞出来，乌兰送我到院门口，挺有点遗憾地说，"本来是想过节，几个人凑在一起好好乐乐，可是，却是这么一个结果。"

"平时，大家都压抑着自个，今天有这么个机会，就想发泄发泄，每个人活得都不容易啊。"我感叹道。

"我爸昨天又来信催我了，说如果北京不好混，就干脆回锡林郭勒去算了。那小子上我家去得挺勤。帮我家干这干那的……"

我很明白乌兰说这话的意思，装着糊涂，不吭声。两人一直走到公交车站点。我准备上车去，乌兰说："哪天我上你那儿去？我这里有这俩死丫头，妨手妨脚的，说个话都不方便。"

我不置可否地点点头，上车去。车走两站，我就下了车，拐上了另一辆公交车，去找那老头处换药和打针。我心里发着虚，如果这样下去，还不见好的话，下个月，经济上又是一个大窟窿，这病，根本就看不起了。

乌兰对我挺有意思，我已经感觉得很清楚。自从海南到北京后，我心里一直都很孤独，贾如馨给我心灵造成的伤害是巨大的。我也渴望得到新的感情的滋润，可是，和乌兰发展关系，就避免不了以后亲密接触，而象我现在这种情况，能和她密切接触吗？那不是害了人家吗！如果让乌兰知道了自己的病，那将会是怎样的一种尴尬局面！我连想都不敢去想。我坐在公交车上，望着窗外闪烁的霓虹街景，痴痴地发着呆，找不出一个好办法了。到老头处，自是又发了一阵牢骚，声言如果再不见好，我就另找别的江湖游医处去看。老头又安慰我一番，说这种病不能急，得慢慢来，他保证最后会给我治好了。如果治不好，将所有收的钱如数退给我云云。又给我减了点药费。从老头处出来，我一边往回走，一边又转那电线杆子，心想，不能在一棵树上吊死，另外再找几家游医看看。从和乌兰关系发展的速度看，这病，可不能再拖了。我又找到了两家游医，他们说的跟之前的游医都一模一样，讲我得的这病如何如何的厉害，如果不抓紧治，那玩意会长满了整个龟头，最后会变成个菜花头，还拿出一些个恶心照片来让我瞧。说它们都已产生了癌变。

说得我又一头虚汗，两腿发软，支撑不了身子骨，当即就稀里糊涂地将借了本准备还房东房租的那五十元钱，买了游医称的一管什么最新的进口药，游医摆乎说可灵了，用它涂抹下身，不出半月，病就准好。

出了游医的地下室，天已很晚，回到住处，我放轻脚步，走过院落走廊，心想，千万别让房主知道了，躲过今天晚上去再说。悄悄地开了房门，也不敢开灯，也不洗脸洗脚，就上床去躺下。躺在床上，面对着窗上融融的月光，我心里感慨万端，我怎么混到了今天这一步，象个贼一般地在生活。我又想到了晓芳，想到了插队时的那艰苦岁月。那时，虽然生活异常艰苦，可心，好象也没现在这么累。现在过得这还叫人的日子！

第二天早上，我还没起床，房东就来敲我的窗户，把我敲醒后问我钱凑了没有。我说昨天忙，没来得及，今天下班一定给你。对方就隔着窗户数落我，"看你也是个文化人，怎么说话就不讲个信用。今天拖明天，明天拖后天的，让我都不相信你的话了。告诉你，如果明天不把欠的房租补齐了，我真的要收房子，等着租房的人多着呢。昨天，又来了一拨看房的。"

我嘴里应喏着，心里不是个滋味，以前，我从来是个非常守信爱面皮的人，怎么今天就落到了这种地步。第二天，我挖空心思地将全社里认识的人过虑了一遍，觉得实在没有合适的对象开口，最后灵机一动，去到水房，跟烧开水的赵老头去张口。我每次去水房打开水，他都要跟我唠几句，有时候，水没烧开，我就绕到他小屋去，在他的床上坐一会儿，凭我的直感，我觉得老头对我挺友好，他有钱肯定会借给我的。我就去了，果然他很爽快，问我借多少，我说"五十就够了。"他硬塞给我一百。

我急忙谢他，说，"开工资我就还你。"

他说"不急，你啥时还都行。"

我心里热乎乎的。这以后，我就去老头处勤了。不光是打开水时，平时没事，也喜欢上他房里去唠一会儿。

这期间，乌兰一直嘟嘟着要上我住处去给我洗衣服，都被我以各种借口婉谢了。一天中午下班，我刚走出单位大门，乌兰在后边喊住我，说，"到我那儿去吧，随便做点什么吃。下午也没什么事，晚点来。高兴了就不来了。我看两个头儿今天也没来。"

我说："宿舍里还有那两个，怪不方便的，"

"你又是不知道，大北京的，她们中午能回来吗？"

我犹豫一会，就答应了，随她到菜市场，买了点菜。到她住处，她不让我插手，我只好坐在她床上看杂志，一边和她唠着闲嗑。饭做好后，她说，"哟，刚才咋忘了，你赶快去门口的小卖部去买两瓶啤酒回来。"

"还喝吗？"我问。

"当然了。"她说。

我只好出去买啤酒，回来后，我们开席吃饭，我笑着恭维乌兰，"你的手真麻利，这才多一会功夫，你就做了这么一桌丰盛的饭菜。"

"你要高兴，以后经常来，我给你做各种花样我家乡的面食。"

我没回应她的话。沉默地举起了酒杯。她也举起酒杯跟我碰杯，动情地望着我说，"不说点什么？"

“来，为我们的友谊干杯！”

乌兰显然对我这句情感温度不够的祝辞不太满意，说，“你来我们杂志社已经快半年了，我总觉得你这人好象有啥心事，挺忧郁的。不就是你当初在祁连山下插队时破碎的初恋，可那都是多少年以前的事了，人总得往前走呀。我男友骗了我，当时，心里也要多难受有多难受，杀了他的心肠都有。可是，心一横，不也就过来了。现在，他反回头来找我，我还不搭理他了呢。来，为我们的未来干杯！”

乌兰将一杯啤酒灌下肚，就又话多了起来：“老实对你说，不怕你笑我，自从认识你和你关系好以后，我每天看天上的太阳都是笑盈盈的。以前，我没事时也挺想家的，可这一阵，我真的想的少了。我爸一来信说我那过去的对象还上我家去，我都挺来气的。我给我爸妈说，我自己的事不用你们操心，你们要是喜欢他，你们认他当干儿子得了，反正我是不干，还嫌他伤我伤得不厉害！那小子胸无大志，眼睛里只有个锡林郭勒，跟他结婚过日子，一辈子就只有平平庸庸地在草原上打发了。”

乌兰发出的讯号再明白不过了。我一边和乌兰碰杯，一边心里琢磨如何应付这局面，我脑子里一刻都没离开想我那下边的病。我们又一边吃着，喝着，一边聊着一些单位里的人和事，渐渐，我觉得乌兰有点儿醉了，说话开始打嗝和大胆起来。眼睛看我的眼神也有点火辣辣的。再一次碰杯的时候，就伸直了胳膊上来，说要和我喝一个交臂酒。我本来就酒量小，也喝得有点大了，迟疑一下，就举起了酒杯，从乌兰的手臂中穿过去。两人各自将手中的酒杯举到嘴边，咕咚咕咚地喝光了，我发现乌兰就特别兴奋起来，将脸凑上来，羞答答地媚笑着说：“亲我一口？”

借着酒精的力量，我抵挡不住乌兰那眼里射出的深情目光，再说，离开海南之后，我心似枯井一般，内心深处，也渴望异性。虽然乌兰长的一般，根本没法跟以前先后闯入我生活中的那几位相比，我对她说不上爱，但起码我是喜欢她，喜欢她喜欢我。我迟疑一下，借着酒精的推力，就听她的话，将嘴凑上去，在她绯红的脸颊上亲了一下。不料，乌兰不满意，将自己嘴噘起来，头昂得高高，等待着我。我心里颤颤着，重又凑上前去，将自己的嘴唇印在了乌兰的嘴唇上。乌兰满意了，很兴奋，又给我和她的酒杯里继续斟酒。我说："不喝了吧？今天喝得有点多了。"

乌兰开始给我撒开娇，"嗯，不嘛，今天我特高兴，自从来北京后，我从没有这么高兴过。来，我们今天就来它个一醉方休！"说着，就又将酒倒进了酒杯中，胳膊有点不稳，将酒洒到外边不少，我接过酒瓶来，说："看你喝成这样了，酒都倒不准酒杯了，还喝。"

"嗯，不嘛，就要喝，就要喝，我今天就要喝个一醉方休。"

我只好给她斟上半杯，给自己酒杯中也斟上半杯。乌兰问，"斟满了？"

我说，"喝完了再倒。"

乌兰就又伸出了手来，要跟我划拳。

我伸出手指去跟她大压小，她输了两拳，我输了一拳。我将自己的酒喝了，伸手压住她的酒杯不让她喝了，可是，她犟着非要喝，说我瞧不起她，这点酒算什么，她在家乡的草原上喝酒，都是用大海碗，喝得不比这多。我只好放脱了让她喝，结果，她喝完后，身子就软软的有点儿支撑不住了，说她头有点晕，让我扶她到床上去，我站起身去扶她，她伸出胳膊来，搭在我肩上。我扶她去到床边，送她躺在床上，又脱去了她的高跟鞋，从她头底下拽出一条毛巾被给她盖，她却又伸出手来，将我的脖子勾到她的胸前，眼睛迷离地瞅视着我。

我浑身一下子燥热起来，几乎控制不住了自己，我说："大中午。她们弄不好会回来的。"　　　　"她们俩是绝对不会回来的。"

"万一呢，万一回来咋办？"

"哪有什么万一，不回来就是不回来。再说，就是她们真回来，又能咋的。我们仨关系挺好的。她们俩的男朋友来，每次我都躲出去给她们腾地方。"

我仍然坚持，说："不行，万万不行"

其实，我内心里也在做激烈的思想斗争。本能的欲火在体内燃烧，可另一个可怕的现实在警告着我，千万不能一时冲动，控制不住了自己。你现在是一个罪恶之身，一但和乌兰那样了，将那脏病传染给她，后果将不堪设想！我又想到自己因看病而窘迫的经济状况，我身上的燥热就渐渐被理智控制了。我从乌兰的臂腕中挣脱出来，坚持说，"不行，我心里害怕，大白天的，总觉得她们要回来。"

乌兰收回自己的胳膊，眯着眼看我一眼。我瞅着乌兰那被酒精灌得泛着红晕的脸蛋和那双火辣辣的勾人心魄的眼神，身体内的本能的欲望就又要占了上风。我几乎在这一瞬间，全部推翻了自己前边所说。我将乌兰搂进自己的怀中，解开她的裙带，将手伸进了她的裤头，乌兰一下子就软软地倒在了我身下，任我摆布。我几乎控制不了自己，就在这一瞬间，我再一次地清醒了过来，一个声音从心底发出，我下边有病！我停止了行动，将乌兰从自己怀抱中松开来。

乌兰睁开了微闭的眼睛，问我，"你咋了？"

我回答，"我害怕。"

"没事，她们中午绝对不会回来。你这人咋这么胆小。"

　　说着，乌兰的胳膊又伸到了我的腰间，我将乌兰的手取了下去，道："我真害怕，莫名其妙的害怕。干不成事。"

　　乌兰失望地收回了自己的胳膊，翻转过了身去。我呆呆地在床沿上坐了一会，给她将毛巾被盖好，又说了一些安慰她的话，便借口回去还有几篇稿子要处理，离开了乌兰。

七

　　出门来，看着满街的车流人海，我沮丧到了极点，任毒毒的太阳光暴晒自己，我也不拣树荫下躲避。我不知自己是怎么被人群挤得上了公交车回到杂志社的。我想起了贾如馨，想起了她那迷人的身段和她那条花裙子。说不上来心里对她是一种什么情绪，是恨她，还是想她。

　　下班后，我例行公事地绕道去到江湖游医那里去打针，又到另一家那里去取药，我想双管齐下，说不定哪一位的药会在我身上起作用。我急切地想赶快医好自己的病，过一种正常人的生活。和乌兰能够进入一种没有障碍的恋爱，我都已经三十五六了，是应该赶快成个家了。乌兰虽然长相一般，可到了这岁数，人现实多了，我想起了小时候看过的朝鲜电影中的一句台词——"好看的脸蛋上长不出大米来。"只要乌兰对我好，爱我，俩人又能谈到一起，就行了，现在，我这样的条件，还妄想什么。？

？　到了游医那里，我才发现，上次开的一个疗程的针，已经打完了，再打需要重新开，因为和游医们一来二去的熟了，我说我实在手头没有现钱，马上开工资了，开了工资，就给他将钱补上，游医也就答应我，给我打了针。那游医让我脱下裤子，检查了一番，对我说，你看看，有效果吧，下边的疣子少多了，只剩下冠状沟里的几个了，龟头上的已经全消了。再打上两个疗程的针，你就会全好了。我没骗你吧？我说我这医术是祖传，你还不相信。我爷爷解放前，在我们那疙瘩治这种花柳病那简直是鼎鼎大名，整天吃香喝辣的。现在不行了，吃这碗饭的人真是太多了，好多都是欺世盗名，一个个都说自己是祖传秘方，其实，有几个是真的。现在是，哪个行当一红火，大家伙都扑上来抢饭碗。"

我心想，还指不定是另一个游医的药起了作用呢。你吹个啥。我提了裤子，出门来，又搭上车，去到另一家游医那里去上药。照例也是说了堆好话将钱先欠着，瘦猴游医扒下我的裤子，一边给我在下边上药，一边说："你看看，我这药咋样，你这才抹了几次，就好了许多。好多疣子都不见了，我这进口药好吧？得了这种病，可不能乱投医，现在的骗子医生实在是太多了。就是因为得这种病的人越来越多……"

上完了药，路过菜市场，想晚上别忘了，得出来去买点扒堆菜。今天中午在乌兰那里混了顿饭，晚上再不用填肚子了，省下一顿。可没想到，在菜场遇上个熟悉的老头，在那里吆喝，在减价卖一筐有窝窝（烂了的）鸡蛋，见我过去，就向我兜售，我瞧瞧鸡蛋，问问价格，惋惜地说，"可惜身上没带钱，"我虽然经济窘迫，但知道身体必须的营养是需要补充的。老头就说，"老顾客了，先欠着，下次给钱也行。"又说看我象个外地来京打工的，老晚上见我来买扒堆菜，说身子骨可亏不得，不然，落下个什么毛病，一个人在外麻烦可就大了。说他今天要早点回家，便宜卖了算了。我便拣了一堆，老头送给我一个纸箱，拎了往回走。回到住处，心里正怯着，就在院子过道碰上了房主，房主手里端着个集满了茶垢的大茶缸子，见我回来了，兜头就问，"钱凑上了没有？"

我一啪脑门，"哎哟，大叔，今天一忙，咋就把这事给就忘了。明天，明天，我一准给你。"

房主用眼瞅瞅我手中的鸡蛋，又似乎闻到了什么地凑上前来嗅嗅我的身子，挖苦道："看你这又买鸡蛋又喝酒的，咋就几个房钱拖了今天拖明天的，我看你是实在不想在这住了。实在不想住了就收拾东西走人。我可是陪你不起。我还等着你这钱去买下月的面呢，这年头，大家伙活得都挺不易。"

"大叔，你听我说，明天，我一定……"

"可得上月欠下的和下月的租金一起交。"

"一定，一定。"我打着保票。

回到住处，我打开门，将东西放在地上，就仰躺在床上，什么都不想动，心里琢磨着明天跟谁张嘴借这个钱，而且较安全，不会吵吵出去。就这样，我没脱衣服，就睡了过去。半夜里时，我被冻了醒来，发现自己浑身发凉，打颤，鼻子不透气，咳嗽，打喷嚏。我意识到自己感冒了，又没什么药，忙喝了热开水，拉开被子裹紧睡了。第二天早晨，我就头疼欲裂，心里暗暗叫苦，真是屋漏又遭当头雨，欠着一屁股债，这边连房租都交不上，哪有钱去看病。我硬捱着，到了单位，装着轻松地问别人，你们谁有感冒药没有？我头有点疼。"

乌兰关切地问，"你咋了？"

我说，"昨天晚上睡觉时，没盖被子，早上起来，就着上了。"

"赶快上医院去看看呀。"

"没必要。吃点药就扛过去了。"尽管头疼欲裂，我还是装着轻松地说。

同事们各自翻动自己的抽屉，还真有人给我找出两包药片来，说是上次他得感冒吃剩下的。我说"谢谢，"要过来吃了。

过了一会儿，我浑身更加感到不舒服起来，趴在桌子上。大家伙就又劝我应该上医院去瞧瞧。我一边应付着同事们，一边心里算着，开工资后，应该给谁先还钱，谁的钱还能先欠着。房租是不能再拖了，再拖就要被扫地出门了。可一次性地付了房租，我手上就剩不了多少钱了，咋办？

将感冒刚扛了过去，肚子又开始拉稀，胃也开始反起酸。是因为前两天做的饭第三天了，我舍不得倒吃了，结果就着上了，上吐下泻地折腾了一晚上。第二天早晨我实在起不了床，问房主要了个止泻药吃了。捱到中午快下班时，我才坚持着爬起来，到巷口处的一家单位门房，求了半天情，使用他们的电话往单位头儿告了个假。房主那药可能过期了是咋的，吃到肚里不但不能止泻，而且，弄得肚子死疼死疼。我想，这一次可能是出不了这出租屋了，非死在这里不成。我横下一条心，死扛，扛不过去，就死了拉倒！我在出租屋里躺了整整三天，三天后，我去上班，同事们吃了一惊，问我咋了，几天不见，咋瘦得成个鬼似的。乌兰更是背过人时，埋怨我，说我以前也不告诉她住的地址，她好去看看我。这三天里都把她给急坏了。我嘴上说没事，只是得了个小小的腹泻，可背过身去，我的眼泪就在眼眶里打转。

到月底发工资，我被扣掉了几十元钱。因为一连得感冒和腹泻，请了几天病假，少编了一期的版。

不久后的一天，下班后，乌兰叫住我，说今天是周未，她想实现自己以前的诺言，跟我到我的出租屋去，帮我洗洗衣服，收拾收拾房间，我一听就吓一跳，说，"那么个小屋，实在没啥收拾的，你去连屁股都转不开。衣服我昨天刚洗过。"

乌兰有点不高兴，我说，"回去吧。明天，我去你那儿。"

我实在不愿意让乌兰看到我住处的那可怜样儿。也害怕她碰上房东。乌兰有点儿不情愿地低下了头。我又安慰了她几句，把她劝走后，我上了公交车回住处。

开门后不久，却发现有人敲门，我以为又是催房租的房东，心里有点来火，前两天刚刚将上月的房租给你了，说好这个月的房租先交一半，到下个月开资了再给你交另一半，怎么又变卦了不成？打开房门，我却吃一惊，原来却是乌兰，我惊呆了，"你怎么找到这儿的？"

乌兰噗哧一笑，我就明白过来，她是跟踪我来的。我心里一惊，出了一身冷汗，万幸自己今天幸亏没有去找游医去换药。我虽然事先给她打过招呼，说自己的住处很差，但乌兰仍然感到吃惊，"没想到，你就住这么个大个小屋？"

"这是房东以前用来放杂货的。凑合着住吧。我一直在另外找住处，找到了好点的，我就搬。"我说。

乌兰就再不追问，就象她事先说好的那样，开始给我拾掇开房间。我只好由着她去收拾，乌兰还真是一把干活的好手，三下五除二，不一会功夫，就将小屋收拾得象模象样了。然后，就翻腾着要给我洗换下的衣物，我说，"我没骗你吧，衣服都让我昨天洗完了。"

她才有空坐在了床沿上，说想吃点啥？由她来作。我说，"你看我这里条件实在是差劲，做饭根本就不方便。我就很少开伙，一般都是在外边凑合。要不，我们出去吃？"我算计着，口袋里还有点钱，那是我下半个月的生活费，请乌兰吃个饭还够。大不了之后，再厚着脸去向别人借。

乌兰犹豫一下，也就答应了。我们一起出门来，找到一家饭馆，点了两个菜，要了两碗米饭，吃完后，我正要付帐，乌兰却拦住了我，非要交钱。我说，"看不起我是咋的？我还连一顿饭也请你不起？"

乌兰说，"不是那个意思。不过，我听办公室里人们议论你了，说你经常向同事们四处借钱。"

我的脸唰地一下红到了耳根。乌兰问，"你是不是经常需要给家中寄钱？"

我赶紧顺着杆子往下编："我爸去年退休了，工资少了一大截。几个弟妹不是这个结婚，就是那个有事，前不久，我后母又瘫了在床。我一个小弟弟正在上大学，也需要我常接济。所以，经济上是紧了点。"

乌兰埋怨我咋不将情况早告诉她，重新将自己的皮夹子掏出来，将其中的几百元票子全拿出来要给我。我坚决不收，用手阻拦说"那哪成，不行，不行，我怎么能要你的钱。你收起来。我绝不能要。我这一段还可以，以后要是缺钱了，我会向你张口借的。"

乌兰也就收起了钱包。出门来，乌兰说，"这会还早，今也是周未，我们到哪玩玩去吧。要不，上舞厅，跳跳舞？"

去舞厅，要买门票，而且进去后，还得买饮料，又要让乌兰破费。一个大男人，花一个姑娘的钱，我实在是心里别扭难受，就推托说："我不怎么会跳舞，到舞场上去还不出洋相，让别人笑话。"

乌兰说："你怎么大学都上了，海南也闯了，还连个舞盲都没扫？走，去了我教你。"

乌兰执意要去，我拗不过，只好跟着乌兰去了附近的一家舞场。一进舞场，我就被那欢快的舞曲所感染，暂时扫却了心头的阴霾，搂着乌兰跳起来。我装着不太会跳的样子，还踩了乌兰的脚，撞了身边的人。乌兰很有耐心地教我。我心里感慨，什么时候开始，我竟然变得虚伪了起来，这一切，都是为何造成的！我虽然装着不会跳的样子，但，毕竟以前跳过舞，慢慢就进入角色和乌兰配合得融洽起来。乌兰显得很兴奋，拉着我跳了一曲又一曲，中间跳热了，还要了两听饮料。一直到整个舞会散场。出了舞场，我准备送她上公交车，可乌兰却挽着我的胳臂，头靠在我的肩头，那样看着我，没有想走的意思。说："天还早，我们在马路上随便走走吧。多么美的夜啊。"

　　我这才有心思欣赏一下街景，是啊，这几年，北京的变化开始突飞猛进起来，到处是一座更比一座高的高楼，以前的四合院在纷纷拆除，代之的是又宽又阔的马路，大型商业中心，游乐设施，高层写字与住宅楼。马路宽了，车流也更加多了起来，以前只是很少的公用小汽车，再就是公交车，可现在，马路上开始有了越来越多的出租车与招手停中巴车。人们好象晚上也不比以前早睡觉了。我上大学那会儿，有时星期天出去，晚上回来时，走在偏僻点的街道上，还有点怯，马路上的路灯暗暗的，怕遭遇了抢劫。可是现在，到处是一片灯火，想找个暗点的地方都没有。那时一到晚上，很多商店就早早关了门，也没有什么夜间娱乐的地方，现在，很晚了，好多商店都不关门，马路上，更是走几步就一个电子游戏厅、台球馆、歌厅舞厅、茶艺馆、夜总会什么的，门口都闪烁着五颜六色的霓虹灯。人们的穿着也开始日益个性化，多样化。以前我上大学时，"四人帮"刚刚被粉碎，人们被从政治桎梏中解放了出来，可是，大街上十个人中有七八个都是相同的颜色与款式。可是现在，满大街都花花绿绿的，找不出两个穿同样款式和花色衣服的。"时代变化得真快呀。"我感慨道。可是，我的生活，和过去相比，是好了，还是坏了呢。就这样，我和乌兰挽着胳膊，在沿着马路上的人行道遛达着，顺便走进旁边的服装店去瞅瞅。天下的女人都一个德性，进了商店就象小孩子进了动物园般地迷恋，将这件衣服在自己身上比比，那件衣服用手上前摸摸，还不时地和营业员评论一番。我囊中如洗，心里很不是个滋味。便总是在一旁呆着一言不发。乌兰问我哪件衣服咋样，她穿合适不，颜色是深是浅，样式是时髦还是土气，她穿了是显年轻还是显老气，显庄重还是显俗，我总是言不由衷地附合，很尴尬。虽然乌兰并没有想买的意思，可是，我心里却格外地不好受。遛达一阵，我试探地问："天不早了，我们是不是该回去了？"

乌兰望着我问，"回到你那去吗？"

终于触及到了这一敏感话题。实际上，自从进了舞厅，我就在想这件事。我犹豫着回答说，　　"也行。"

"什么叫'也行。'？"乌兰追问："你是要留我呀不留？"乌兰似在半开玩笑随便说着。

我说，"也行吧。"

一说出这句话，我心里就一阵燥热。多长时间，都没有那方面的事了。我身体也是饥渴难耐，都是因了那下身的病！最近，新换了另一个游医的药后，恢复得很好，疣子几乎都下去了，还恢复了原有的红润光泽。那位江湖郎中说，再抹一个疗程，就可以彻底好了，所以我才有了刚才那样的回答。我实在是耐不住了饥渴。如果乌兰今天不来找我，我也许没这方面的想法，人有一种惯性，什么事情时间长了不干，也就慢慢可能适应了再不去想它。身体的需要也不是如此的强烈。可是乌兰今天主动找来了，情况就不一样了。特别是刚才在舞厅里，我搂她跳舞时，我就有了一种强烈的冲动。我搂着她的时候，自然就想到了在海南时和贾如馨跳舞时的情形，以及在跳完舞后和贾如馨去到海边椰子林下椅子上的云雨之欢。虽然乌兰比起贾如馨来，没有她的美艳和妖冶，可我此时仍然充满了对她身体的渴望。前几天换药时，我就拐弯抹角试探地问过那游医，能不能干那方面的事，会不会给对方传染了。游医说按说是没啥事了，疣子都已经退完了。也就是说，病毒已经消下去了。说如果实在不放心，到时候可用安全套。游医的话一下子提醒了我，对呀，以前咋就那么傻呢。为此，我特意上街找过那些个医疗保健用品商店，现在的街上，已经慢慢有了这样的性用品专卖店。我象个贼似的，钻了两家这样的商店，羞羞答答地看了几眼，每包避孕套需要几十元，相当于我一个月的生活费。犹豫再三，还是没有舍得买。心里也想，要用它，乌兰会咋想。谢天谢地，那疣子还总算是消下去了。乌兰也找上来了。我心里憧憬，今晚，一定是一个令人销魂之夜，那个烂损脏病，把人憋了有多长时间！

乌兰再没问我，知道我已默许了。两人心照不宣地相挽着，一句话也不说，往我的住处回返。到了院门口，我悄悄说，"脚步轻点，千万别让房东发现了，那人挺讨厌。"

我俩蹑手蹑脚地猫腰穿过院落，来到我的房门前，轻轻地掏钥匙开锁，轻轻地进门去，轻轻地关门，给事情增添了些神秘的气氛。进门来，我也没拉灯，问乌兰："用不用洗一下？"我知道女同胞们晚上都有洗洗抹抹的习惯。

乌兰说："算了，这么晚了。来时哪想到要在你这过夜，啥东西也没带，擦把两下睡吧。"

我就就着窗户透进来的一点儿亮光，把毛巾里倒了点暖瓶的热水递过去。乌兰刚要擦脸，就止住了，问："你这毛巾多长时间了？跟个抹布似的，都有味了。"重扔给我。

我说："那你就用它擦擦脚吧。"

"擦脚也嫌脏。"

我心里就涌上一阵不好受的感觉，这个"脏"字使我一下子又想起了自己下边的病，心里又犯起嘀咕，万一要是给她传染上咋办？我不敢往下想了。乌兰坐在床沿上，我拉开被子，说，"那就睡吧。"

乌兰就开始脱衣服，我也脱自己的衣服，脱完后，乌兰就先钻进了被子里，刚要将被子往自己身上盖，就说，"你这被子，咋也一股味？还说你啥都洗过了。"躺下去后又说："你这床，铺得咋这么薄，把人硌的，你平时是咋睡觉呢？"

我被乌兰说得已经身上的那股燥热几乎都褪了下去，挺沮丧挺沮丧。加上刚才她那个"脏"字引出我心底的耽忧，我感觉我已经几乎让她说得没了欲望。我勉强地躺下身子去，半天，不行动。　　　乌兰耐不住了，转过身来，将手伸过来，问我："咋回事，你？"

我知道乌兰问话的意思，嗯嗯呀呀地回答："没事。躺一会儿再说。"

乌兰感觉到了什么，又问我："是不是我说你，你生气了？"

"没，没，怪我。"

乌兰就又说，"不是我说你，我闻着你身上也一股味，多长时间不洗澡了？"

她这句话说得我更没了兴趣。我确实是很长时间没洗过澡了，洗澡得花钱呢。不过，我要是知道乌兰跟踪我而来，有今天晚上的好事，就是再贵，我也会舍得花钱去洗个澡的。

不能老躺着不干活，过了一会儿，我被乌兰的手摸挲着有些欲望了，便勉强起身表现，伸出手去脱乌兰的裤头，用的劲大了些，指甲划了她的大腿一下，乌兰一下子叫了起来，"你那指甲多长时间没剪了？可能把我大腿上的皮都划破了！"

一句话说得我刚刚起来的那点儿欲望又似被一桶冷水给浇灭了。我勉强地褪了自个的裤头，匆匆上阵，结果就感觉到，自己的下边，根本不好好表现，还没咋样，就蔫了。而且，越使劲，越没了，渐渐，我身上和头上就冒出了大汗……

乌兰在下边实在耐不住了，问，"你是咋回事？"

我嗫嚅地回答："我也不知道是咋回事，咋就不行……"

我一边说着，一边努力，使出浑身的解数，想把自己送进乌兰身子中去，可是，白扯，底下越弄越不争气，真个似个缩头乌龟。到后来，弄得乌兰都烦了，口生怨言，"不行就算了，那玩意又不是光使劲就能成的。"

这一句话彻底摧垮了我的信心与意志——多少年以后，我都挺记恨乌兰这句话的。我象个战场上打了败仗的俘虏，狼狈地从乌兰身上滚下来，一种强烈的自卑感在心底生起。

乌兰则背转过了身子去，不再理我。我突然感到一种巨大的空虚与孤独，立马想到了我所崇拜的德国哲学家叔本华。他对人生，对命运和爱的揭示是多么深刻啊——"没有性爱的伴侣就似隔着一座大山在喊话。"我觉得我此时和乌兰虽然躺在一个被窝里，却真真切切地中间就横着一座大山。两人就象两根虽然包在一起，但却相互绝缘的电线。半天，乌兰扔过一句话来，"你上次在我宿舍不肯和我那样，是不是就因为这方面？"

我心里生气，"谁不行？今天也许是特殊情况，我好好儿的。不信，等一会你看。"　　　　　　　　　　"那就先睡觉吧。"乌兰懒懒地说。

我回答："那就先睡吧。"也转过了身去。

如水的月光透过窗玻璃，泻在小屋里，冷冷儿的。我哪里能睡得着，想着心事，还不敢翻身，怕惊动了乌兰。不知过了多长时间，乌兰转过了身来，说，"我想走了。躺在你这儿根本就睡不着。"

"这么晚了，你怎么走？连班车都没了。"

"我走着回去。"

我知道乌兰显然是在说气话，就伸出胳膊去，将其揽进自己怀抱，说了几句体贴的话。她也显温存了，象只小猫般偎在我怀中。我发现自己下边有了些反应，心想，这次可以了，便急忙地又将乌兰放在自己身子下边。乌兰出奇地配合，任凭我动作粗鲁，急死慌忙，手指甲又划着了她的皮肤，也不再埋怨我。

可是，我上去后，又是瞎折腾一番，刚开始还觉得有那么一点意思，还没怎么来得及表现，就不行了，真是银洋蜡枪头，将宝贵的精华全泻在了乌兰的大腿和床铺上。乌兰懊恼极了，埋怨我，"你看你，不行就是不行，还硬充好汉。"翻起来就找东西擦拭，没有摸到什么东西，就回头问我，"你的卫生纸来，在哪放着？"

我嗫嚅着说，"没有卫生纸。"

"啊，那你平时上厕所咋办？"

我说，"用完了，准备去买。没来得及。"

"我的天，你这人，今天我可算是领教了！"乌兰一边摸索着，又问我："我的裤衩来，你给我弄哪去了？"

我赶忙帮着寻找，半天，找着了，递给她，她接过去，用它擦拭着下身，完了穿上它，便顺势就穿起了自己的衣服。我忙问，"你这是干啥？"

"不行，我得走，呆在你这简直是遭罪。"

"你看你，我向你保证我没病，好好的，只是可能是第一次，心里有点儿紧张。"

"我也没说你那方面呀。我是嫌你这卫生太差。刚来时，我就觉得你这屋子里一股什么味。把人熏的。旁边是不是个厕所？"

我不吭声，表示默认。她就继续埋汰，"真想象不到，你竟然一天就生活在这样的环境下，你是怎么呆的？”

我不回答，反问她：“这么晚了，你咋回去，难道真的要走回去，那不走到天亮了？”

“我不会打个‘的’！”

“那多贵呀，”我随口就冒了出来这么一句。马上就感到后悔。

“我又没说让你给我掏钱。”乌兰顶我一句。

我听出了语气中的火药味，看来，局面已经无法挽回，我也只好穿衣服。穿好衣服，下床来，我说“我们一定走路轻轻的，千万别把房东给吵醒了。”

乌兰再不愿吭一声。我们俩蹑手蹑脚地开门出来，轻轻地穿过院落。这个院子没院门，我们径直走出去，来到大街上。半夜里“的”不多了，我们俩在大街上呆了有一段时间。我和乌兰谁都不说一句话，尴尬地立在清冷的大街上。我从来没有感觉到，此时的时间是那么长。我心里急切地盼着有一辆的士过来，赶快将乌兰送走，结束这令人难堪的尴尬。好不容易，终于盼来了一辆，我们俩都扬起了手。小车来到面前停了下来，我急忙上前去，将手中早就准备好的五十元钱——它是我身上尽剩的这个月的生活费，塞进司机的手中。司机笑了起来。乌兰解嘲说：“他刚从外地农村来北京，没打过‘的’。你别笑，师傅。”

送走了乌兰，我回来重新躺回被窝中。被子中，还留有乌兰身上留下的余香，刺激着我的脑神经。使我无法入眠。今晚这样的结局，是我事先根本没能料到的。它来得太突然，象天空中的一声霹雳，在我面前炸响。我是不是真的屋漏又遭当头雨，不但得了性病，现在又得了阳痿？如果这是残酷的现实，自己如何面对！一个性病，就把我折腾得人不人鬼不鬼的，如果要真又患上了阳痿，那我就彻底完了，还有个啥活头！一瞬间，我心底里在时隔十年之后，第二次冒出死的念头。这个念头一出现，我的思绪就一下子又飞回到了祁连山下的水利工地，看到晓芳头顶着麦草，身披着朝晖向我奔来。不觉，眼角就流下了热热的眼泪。这时候，我怎么也控制不住我对晓芳的强烈思念，心里呐喊：晓芳，你在哪里？你知道我现在的遭遇吗？就再也控制不住地呜呜哭泣起来。我怕房东听到了，尽量将自己的哭声压低在只有自己能够听到的程度。过了一阵，我慢慢地静了下来，心里又开始预恻，明天，见了乌兰两人会是个什么尴尬局面，自己如何去面对……

八

我一夜没有好睡，天亮时，才迷糊了一阵，睁开眼，发现天已大亮。心想，糟了，今天肯定得迟到。急匆匆穿衣服下床，端上脸盆和牙缸去到院子里的水龙头去盥洗，房东也站在那里刷牙，见着我来，怪怪地问我："今天咋睡懒觉了？"

我应付说："咋天睡得晚了。"

"恐怕是没老实吧？"

我听出房东的话中有话。不吭声，想躲开去。但房东穷追不舍，"你咋半夜好象是送个姑娘出去了。"

我心底一惊，只好如实坦白："噢。那是我对象。昨天在我这呆得晚了点。"

房东狡黠道："以前就咋没见你领来过。"

"以前来过一两次，只是你没碰上过。"

房东摇着头道，"不相信，我现在对你说的话真不敢相信了。"接着，就试探性地半开玩笑半认真地问："是不是个鸡？"

我一下子恼了，"你胡说什么，简直是污蔑人。我好歹还是个大学生，杂志社的编辑，怎么可能干那种事？"

房东摇摇头，"你大学生咋了，编辑咋了？大学生、编辑也是人，也有七情六欲！前两天报上还抖出一条消息，南方一个省的党校副校长还嫖娼呢。你算个啥？我就不相信你一个三十多岁正当年的男人，就没那方面的需要？以前我还直纳闷呢。总见你一个人来一个人往的，有点儿跟一般的人不一样，原来也……那个女的以前根本就没见来过，你照实说，是不是鸡？我替你保密，不给你兜出去。"房东嘿嘿讪笑着。

我急着眼说："我向你发誓，她就是我对象，我们是一个单位的，不信你去到我们单位去核实。她叫乌兰，你去问好了。"

房东见我这样肯定，话音有点儿变了，"那她半夜三更的跑啥？"

我只好如实招来，"她，她嫌我这条件差。睡不着……"

房东听我的话，似乎也能自圆其说。便不再追问，笑嘻嘻又半开玩笑地说："提前给你打声招呼，下个月的房租，可不能再欠，再欠我可真的要撵你走了。"

应付完了房东，我急匆匆收拾好出门上班。来北京快一年了，今天头一次，我挪向单位的双腿是如此的沉重，我实在害怕再面对乌兰。

来到单位。同事们大部分都到齐了。在拖地的拖地，擦桌的擦桌。乌兰坐在自己的办公桌前整理着自己的桌面。我不敢和乌兰的目光相对，拎起地上的壶想去水房打开水，可水壶沉沉的，同事小王说，"水乌姐已经打来了。"我无事可做，便将几个纸篓拎上去卫生间倒。

打扫完了卫生。各自开始倒茶水看报。相互间谝些时事新闻。真是哪壶不开提哪壶。老章打了个哈哧。刘顺就挤兑，说：

“老章你昨晚是不是没老实睡觉，怎么大早晨一上班的，就哈咻连天的。”

老章知道刘顺话中的意思，反唇相讥：“我就象你呢，娶个漂亮媳妇，几个月下来，看脸瘦得没了巴掌宽。也不知悠着点。”？　大家伙就都咻咻地笑了起来。每次，办公室里，都是刘顺先挑起战争，但最后，总是被老章打得败下阵来。老章收拾了刘顺，就解释自己打呵咻的原因，说：“我对门的邻居，两人是二婚。结婚还不到半年时间，就闹腾了好几次离婚。昨天晚上，两人又吵吵起来了。到后来，还噼哩叭啦的，听上去，是打起来了，我只好去劝架。见我进去，俩人还收敛了一会儿。可等我一问缘由，两人就又吵吵了起来，刚开始，我听的都是鸡毛蒜皮的事，我就觉得两人为那些事情吵架真也是不值得。就劝说，‘你们都是离过婚的，再凑到一起，真是缘份，不容易，这才结婚多长时间，放下好好的日子不过，为这么些小事争吵，值也是不值？’到后来，我劝着劝着，才听出了些名堂来。原来，是那男的在那方面不太行，惹得女方有了怨气。女的说男的骗了她。为啥那方面有毛病不提前告诉她。男的则骂女的是瞄上他的钱了。根本就没看上他这人。还说她把家里钱折也藏了起来。两个人见有了外人，都晒脸，一个不让一个，最后，就彻底地撕破了面皮，说是第二天就上法院去离婚。弄得我是半宿都没睡成觉。”说着，就又响响地打了个呵咻。

大家伙这才明白老章为啥一大早就打呵咻。这可是挑起了个好话头，几个同事就热闹地议论起来，小王说，“那女的不是个东西，都二婚了，就为个男的那方面不怎么行就离婚。”

刘顺反驳道，“你小王是站着说话腰不疼。你如果要是那方面不行，你看看你媳妇干不干？不打到办公室里来才怪。美得你整天让媳妇伺候得衣来张口，饭来伸手，象个爷似的。”

我头埋进报纸中，心里觉得这好象都是在含沙射影地在说我。正好，总编这时候进来，叫我到他的办公室里去，有个版面上的事情要跟我商量处理。我象是被解放了一般的如释重负。和总编谈完版面出来，我也没回办公室去，上了锅炉房，跟烧锅炉的老赵头去谝闲淡。

以后的日子里，我极怕呆在办公室里，每天去上班心里都怯怯的。特别怕和乌兰单独呆在办公室里。以前，我和她是多么希望办公室里就剩我们俩呀。事情往往无所谓好与坏，关键看其变化。但是，躲过正月躲不过十五，我不可能一直躲她下去。一天，办公室里又只剩下了我和她，我一句话不吭地头攘在报纸中，却不知道眼睛中看进了几行文字。就听乌兰轻声对我说，"你好象这一段时间，老躲我？"

"哪里，没有的事。"我狡辩。

"躲就是躲，有啥不肯承认的。"

"没有，没有，就是有点……"

"别扭是不是？"

我不吭声了。半天，解释说，"那天，怪我。其实，我以前……"

乌兰嘴里"嘘——"了一声，示意我办公室里，当心有人听到。接着，就对我说，"他来了。"

我没反应过来问："谁？"

"以前我给你说过的。我那以前对象。"

我想了起来，脑子"嗡——"的一声。"今晚上，我们一起去吃个饭吧？我给他提起过你。他挺想见你的。"

我急忙打退堂鼓，"算算，我不能去。我不去。"

乌兰看上去也没有硬请我的意思，好象是借此通知我让我知道一下有这么件事而已。当天下班，走在路上，我心里就琢磨，她对象为什么早不来，晚不来，偏偏这时候来，他来想干啥？乌兰准备如何处理我和她的关系？我心里就这么嘀咕着，去到游医那里去换最后一次药，我那下边，看上去好象彻底好了。游医让我再用上一个疗程的药，起一巩固疗效的作用。可我想好了，不能再花这冤枉钱了。能省几个是几个。为这病，经济实在是窘迫得一塌糊涂。实际上，那天夜里，乌兰问我要卫生纸。我说是用完了没顾上买。其实，我自打到北京来，哪里买过一次卫生纸，都是用报纸擦屁股。一想到这里，我眼睛湿湿的，就想掉泪。

第二天，我也没再问乌兰她和她原对象的情况。乌兰也没再主动跟我搭过茬。经常看她匆匆来办公室点个卯，就不见人了。我心里一直都在妒忌，猜测着她和她那对象一天都在干什么，肯定在一起没少干那事。我的心里就隐隐地作疼。

十几天之后，一次在办公室里，只有我和乌兰的时候，她丢给了我一句话，"他走了。"

"俩人重温了一阵旧梦。"我酸酸地挖苦道。

乌兰不置可否地保持沉默。她越这样，我越感觉心里不好受，便再不问了。我想乌兰可能会邀请我去吃饭。到时候，我再挑开谈我和她的关系，向她表白，那天晚上的情况，纯属是偶然，以前自己那方面好好儿的。可是，乌兰没有开口。我想想自己口袋中干瘪的钱包，也没有主动邀请她。我们的关系就这样日渐淡了下去，虽然不象那天晚上之后的几天里那样尴尬，怕见对方了，可是，两人的关系却也日益疏远了。

终于，有一天，乌兰慎重其事地对我说："我要回锡林郭勒去了。"

我明知道为什么，还是有点意外问她，"为啥？在北京不是呆得好好的。"

乌兰苦涩地笑笑说："我肚子里，有了他的孩子。我家和他家都在催我赶快回去结婚，再说，我们这都是应聘来的，户口一直也解决不了，让人丝毫看不出个啥前途和盼头来。最主要的，他是坚决不来北京。所以，我只有回去。"

我以前一直揣摸着她和她那原对象肯定是旧情复燃了。不然，她也不会对我那么的冷淡。为此，我心里一直酸酸儿的，甚至有点妒恨，可是，一经她口说出，我反而觉得心里没啥了，人就是这么怪。我甚至有一种解脱感。觉得她走后，自己就再不用面对一种看不见的尴尬与压力了。我淡淡地说，"那我送送你吧。今晚，我请你吃个饭。"

"不用，我知道你经济挺紧张的。到那天，你到火车站送送我就行了。"

我说，"我经济再紧张，请你吃顿饭该请得起吧。"

"还是算了吧。没心情。"乌兰婉拒。

我再没吭声。半天，乌兰突然问我，"我就要走了，你能不能告诉我，你是不是真有什么事瞒着我？"

"没有呀？"我狡辩着。心里咯噔一下。

"我马上就要走了。"乌兰又强调一遍，"不然，我也不会问你这的。不过。办公室里大家伙可是对你有议论。"

"都议论我什么。"我紧张地问。

"说你四处跟别人借钱。说有人看到你老去找一家江湖游医。"

我只感到眼前天在旋，地在转，我自认为自己的行动，十分地秘密没人知道，没想到，其实是在自欺欺人，别人早都知道了！我对办公室人际环境的险恶有了新的认识。难怪乌兰那么快地就投入了原来对象的怀抱！

乌兰见我半天不吭一声，以为我默认了，反过来安慰我，说，"别着急。其实，我也看了有关的书，那病，百分之八九十，都是心理原因。只要你，放下包袱……"

"我就没有那方面毛病！"我愤怒地打断了她的话头。

乌兰吃一惊，打圆场说，"没有就好，没有就好。"

可是，我马上就想到了那天晚上的经历，感到自己的辩白虽然声气大，其实是多么的苍白无力。我突然有一种要维护我男子汉形象的强烈欲望，我恳求乌兰，"今晚，到我那去吧。去后，我告诉你事情的全部真相。"

其实，那天晚上，乌兰走后，我重回来到床上躺下，用自慰的方式检查自己的能力，发现自己很正常，好好儿的。我要将自己在海南的经历，向乌兰和盘托出，说不定，事情会有戏剧性的变化。此时，我真后悔没有在那天晚上就告诉乌兰。我深深体会到一个真理——纸包不住火。人与人往往坦诚相见，才能化解矛盾。

不料，乌兰一口就回绝了我："得了吧，你那鬼地方，有一次就够够的了。再八抬大轿我都不会去的。"

"那就去你那。"我特意加了一句"中午。"

乌兰瞅我一眼，"你想干什么？"

我急不可待地说："我想证明我是个真正的男人。"

乌兰一口回绝我："我都有了身孕，你这么干，是不是对我那对象太不负责任了？"

我这才一下子意识到了这一点，感觉到在乌兰面前，自己的人格确实太有点卑下。我都不知道我怎么就堕落到这份上了，她肚子里已经怀了别人的孩了，我却引诱着人家跟自己去上床，我他妈的张一凡真是不要脸、缺德到家了！

不久，乌兰就正式向报社递交了辞职报告，又过了几天，乌兰就离开了报社。她走的前一天，给我打了个招呼。我本来要去车站去送送她，可是，坐车都到了火车站门口，我又折了回来。我实在是打不起精神来迈进车站门去。送她不送她我觉得没有任何的意义，不去送她还少了份尴尬，我想她内心里未必就喜欢我去送她。我重坐上往回返的公交车，去了菜市场。我知道这辈子两人再也不可能见面了。要是以前，我肯定感慨万千，愁肠百结地写一首诗出来。但此时我根本非常麻木，没有了任何的感觉，倒想起南宋辛弃疾的词《丑奴儿》来："少年不知愁滋味，爱上层楼。爱上层楼，为赋新词强作愁。而今识尽愁滋味，欲说还休。欲说还休，却道天凉好个秋！"。我想赶到菜市场去，昨天，路过时，发现有处理过期方便面的。昨天没舍得买，想用钱给乌兰送行时买点水果，现在不送她了，水果当然不用买了，正好回去买一箱方便面回去，挺实惠。"葬礼中剩下的残羹冷炙，正好宴请婚筵上的宾客。"——我脑际又冒出莎士比亚戏剧中的台词。

第五章

一

　　乌兰走后，我虽然感觉心里一时空落，但也觉得去了一个压力与包袱。再不用面对她那忧怨怀疑的目光。我的下边也似乎彻底的好了，再不用去游医那里送钱。我的经济情况稍稍好了点。但，这一段时间得病后过的苦日子，已经逼迫我养成了节俭的习惯，我知道以后用钱的地方还多着呢，光那借的外债，就够我还一阵子的。所以我丝毫不敢放开手来花钱。每天还是吃方便面，到菜市场买扒堆菜。为了补充营养，过上两天，破点血，买点带"窝窝"的处理鸡蛋。由于乌兰给我说了同事们议论我的事情，我在同事们面前也觉得挺没面子，抬不起头来。在中国，哪怕你去杀人放火，别人说你是个男人，可是一但被人以为你那方面有毛病，不成，你就成了大家取笑的对象，从内心里谁也瞧不起你。我想起了三十年代自杀的电影红星阮玲玉，死前曾留下"人言可畏"的遗言，以前，我是怎么也不理解，那么大个明星，要啥有啥，还在乎别人几句风言风语。现在我才真正明白过来，在中国这种人文环境里，人言，有时真是象刀子一般能杀人。虽然大家仍旧对我客客气气的，但我每天上班，都似去监狱的感觉。同事们只要稍稍开个这方面的玩笑，我就觉得这是冲着我来的。甚至我猜想那天早晨大家议论老张对门邻居的事，也是含沙射影地指向我的。特别是乌兰的走，似乎也印证着同事们的猜疑：一段时间，都看出我俩出双入对的，乌兰甚至后来都不避大家我和她的亲密关系。同事们真以为我俩在谈对象呢，经常拿话来揶揄我俩。甚至连艾青都一次将我唤到他办公室里慎重其事地问我，啥时吃我和乌兰的喜糖，真诚地表白说为我高兴，需要他帮忙办啥事尽管吭声。可乌兰说走就走了，走得那么突然，那么义无反顾！让谁谁都要打问号。可是，大家伙都对乌兰的走闭口不谈，他们越这样，我就觉得他们肯定一个个在心里，在背后编排我。我就越难受。渐渐，我就跟同事们疏远了，整天沉言寡语跟谁也不多说一句话。编完版一有闲功夫了，就溜到门房去跟看门房的老刘头下下象棋，或是上水房跟烧开水的老赵头瞎唠。就是在这些地方，也免不了受刺激，一次在水房，老赵头跟我聊热乎了，小声神秘又关切地问我，"小张，你是不是那方面有点毛病。要真有，就别害羞，到大医院里去抓紧治。又不是什么大不了的病。不然，就把你大好的年华给白白耽误了。个人问题解决不好，找不上个好媳妇，你这下半辈子就会很惨的。我这是过来人，啥事都经过。你听我的话没错。"

我为自己申辨："赵师傅你瞎说呢，我那方面好好的。你别听别人胡说。"

"那乌兰姑娘怎么走了。以前大家都说你们挺要好，在谈朋友，怎么说走就走了？我是跟你对脾气，才告诉你，社里传着，说有人看见，你去找那些游医看病来。"

我真是有口难辨，说，"他们爱咋说咋说，反正我没那方面毛病。乌兰走是因为人家家乡早有对象，是人家上中学时的同班同学。我跟她只不过是一般要好的同事而已。"

"你真没毛病？"

"真的，我绝不骗你。别人看见我，也许是我看其它病呢，他们怎么就一口咬定我就是去看那种病。"

"那你告诉我老头，是去看什么病？"

　　我情急生智，脱口而出：“我有牛皮癣，小时候得的，原来在一些医院里看过，总是复发。游医们吹嘘能根治它，我就去试试。”

　　“真是治牛皮癣？”老赵头有点认真地问。

　　“真的。谁骗你。”

　　“治得咋样？”

　　“你别说，还真行，基本上好了。”

　　“让我瞅瞅？”

　　我捋起裤腿，将腿伸出去，煞有介事地指点给老头看：“以前，这里，还有这里，全都是，害得我都不敢到澡堂去洗澡，大夏天不敢穿短裤，你看现在，全消下去了。你别说，那些游医，治起这些疑难杂症来，还真是有一套。”

　　我都惊讶自己现在说起谎来，是一点也不脸红心跳。生活真是能改变人，二十岁以前，我是多么正直诚实的一个人，从小到大没讲过一句谎话。记得小的时候，我在街上拣了两毛钱，憋了两天，最后还是将它拿出来缴给了老师，得到了老师的一番表扬。还有一次，校园里有果树，一次我走过时，发现树下掉着个果子，我看四下里没人，经不起诱惑，拣起来擦擦吃了。那两天，我心里一直是个病，最后还是在斗私批修会上，狠斗私子一闪念，坦白了出来。从那时起，在我幼小的心灵，就发誓，从今往后，要做一个诚实的人，绝不做一件亏心事。不说一句谎话，人做了亏心事，说了谎，其实最难受的是自个。可现在的我，都堕落到什么样子了！跟当初那个没涉世时的我，简直相差了十万八千里！是生活改变了我，还是我自己改变了我自己！

　　我还在愣神，就听老赵头说，“那我给你介绍个对象。是我侄女也是我养女，在一家丰台区的食品厂工作。今年三十二，岁数是稍有点偏大，人也算不上漂亮。但那孩子是我看着长大的，人品是绝对没得挑，心地很善良，脾气也挺好。从小到大，没跟爹妈顶过一句嘴。以前你刚来时，我就有这个心思，可心想，你是名牌大学的高材生，心气高，我们哪里能高攀得上。后来你就跟乌兰好上了，我也就再没往这方面想。这一段，乌兰走前后，报社吵吵你有那方面毛病，我就更不想了。咱不能把姑娘往火坑里推呀，你说是吧？今天既然你把话挑明了。打消了我的顾虑，我也就把话说出来了。你看，愿意，就点个头，哪天我安排你们见个面，要是不乐意，你就这个耳朵进，那个耳朵出，权当我没说。"

我此时的心理，已是叫花子不嫌馒头黑。虽然自己是毕业于名牌大学，但深知已是落架的凤凰。那块牌子，对我的处境来说，实在是管看不管用。自己的经济情况，得了那脏病之后是折腾得一贫如洗。在政治前途上，频繁地换地方和换单位。到现在了，还是个大头编辑。更何况，我现在连个北京市的户口都没有，人家不嫌弃你不错了！而且当务之急，我要用行动来证明自己是个真正的男人，用事实来堵了那些人的嘴。所以，也就饥不择食，顾不了对方漂亮不漂亮，工作好不好，是工人还是坐办公室的。只要是个姑娘就行。我连连说，"行。咋不行，你安排，咋都成。"

约会是以最传统的方式开始的。过了没几天，老赵头说给他女儿讲了我的情况，一听我有块北京大学毕业的牌子，又在出版社工作，挺乐意谈的。老赵头就晚上请我上他家吃饭。

那天，我收拾了一下自个，刮了刮葫茬，换了身好点的衣服，去老赵头家相亲。老赵头的老伴特意做了一桌好饭菜。有鸡、有鱼、有红烧肉，我和老头有一搭没一搭地客客气气地聊着。老头老伴在厨房里炒菜。炒好一份菜，就喊老赵头去端出来放在桌子上，用个挡苍蝇的网罩罩住了，刚端上来的是鸡蛋炒韭菜，我倒还没在意，因我经常吃带窝窝的鸡蛋，都吃腻了，这会儿看着鸡蛋就有点儿反胃。可是，过后，老头就被他老伴一趟趟喊进去，陆续端出了红烧肉、辣子鸡、清炖鱼，我的胃就再不冒酸水，而是口里开始分泌开口水。心想光是这一桌上好的佳肴，今天也不虚此行，分泌的口水咽下肚，竟然咕咕地直响起来。让老赵头都听到了，关切地问我，"咋，是不是肚子不舒服？"

我被自己不争气的肚子弄得挺不好意思，忙说，"我这肚子当年在农村插队时落下个泛酸水的毛病，稍有不适，它就要响，挺烦人。"

老赵头一听，就说，"可能是你饿了，那我们不等她了，先开始吧。"

老赵头便钻厨房去，吩咐老伴手脚快点又拎瓶北京二锅头出来，我一瞅到那酒，就口水又止不住地分泌出来，一个劲地往嗓子眼里咽，引得肚子又唧哩咕噜地发作起来。老赵头看上去好象平时也喜欢喝二两，将两个酒杯放在桌子上，一边打开了酒瓶盖，往酒杯里斟酒，一边乐呵呵地说，"今天，可算是有了陪我喝酒的人，来，咱爷俩先干了这杯。"

我不失儒雅，客气地问，"我们还是等等你女儿，来了一起开始。"

老赵头这才说，"我还没告诉你，那丫头今天加班，回来得晚，我们等不住她。"

我心想，在食品厂干什么工作，就这么忙，连谈对象见面这样的事都顾不上。

我就和老头开喝。老赵头不停地往我面前的碟子里夹大块的红烧肉与鸡大腿，我也就来者不拒，稍客气一番，就大口地咀嚼，然后，就是碰杯喝酒。老头很开心，喝了一杯又一杯，说好长时间，就没有找着个陪自己喝酒的人了。说以后，我和她女儿若真两情相悦，谈上了对象，他家就是我家了，爷俩经常可以聚在一起喝一盅。我忽然就有了一种回到家了的感觉。老实讲，自从兰州站坐上火车到祁连山下插队的那一刻起，好长时间里，我心里就再也没有家的感觉了。包括刚上大学和艾迪一起回兰州时，我都感觉家不是我自己的家，象是在住店。我父亲小时候对我的虐待给我留下的伤害就在与老头推杯换盏中，重又浮现出来。我想到我小小年纪所承担的那些繁杂的家务——挑水、做饭，和煤、洗被子。想到父亲对我经常的非打即骂。回忆起我常常被我爸从家中赶出来，又饥又冷地在大街上和火车站似个乞丐似的游荡。想到有一次正是数九寒天，北风刺骨，我又被狠心的父亲痛打一顿撵出家门，饿着肚子，瞅着街上食堂里放熟肉的玻璃柜，狠劲地吸那香味，把鼻尖都压扁了。我心想，家里的弟弟妹妹可能会找我来，或是给我送点吃的出来，可是，一直到深夜，也没见我家的人来。我在巷子口冻得直打哆嗦，一个好心的邻居上夜班路过，看见了我，将我领进他屋里去，给我个馒头，倒了点开水，让我吃了，又从抽屉中找出瓶紫药水来，帮我擦了伤口。然后，又拉开床被子，让我钻了进去。感慨地说，"象这样对待自己儿子的，世上少见。将来一定遭报应！"我在被子里听到这句话，呜呜地大哭起来。邻居大叔说，"别哭了，夜深了，别吵了人家。"我才止住了哭声，当时，我冲动地几乎转过身去抱紧了邻居大叔的脖颈叫一声"爸！"就是在那第二天，就发生了我父亲在街上看见我后，掏出一毛钱让我去买冰棍，后又要过去，换个五分硬币给我的事。这一个细节，之后一直刀刻斧凿地印在我的脑海里，多少次，它时不时地就要突然跳出来折磨我的神经。我那时候爱看书，特别是小说，看完了还喜欢写个读后感什么的，他发现了就厉声呵斥我，说如果写出个三长两短，给他惹出啥政治上的麻烦来，后果我自己负责。后来我在下乡时和晓芳好上了，他听同点的知青蚊子回去后讲了，就在他面前骂我赖蛤蟆想吃天鹅肉，听得蚊子都大吃一惊。回来后传话时慎重其事地问我，"你是不是你爸的亲儿子？"我整个童年与青少年时期从他那里得到的都是负面的东西。那个时候，我一方面在社会上，背着黑五类子女的黑锅，一方面，在家中得不到丝毫的温暖，如果说，别人称童年是金色的。我的童年就是黑色的。多少年后，我都老大不小了，每每在夜深人静之时，梦到儿时遭受的父亲的虐待而从梦中哭醒，久久不能控制自己的情绪，泪湿枕头。为此，我恨透了我的父亲。再加上，是他一手毁灭了我的初恋，多少年里，我根本就不愿再见到他。所以，此时此刻，面对着满桌佳肴和面前慈爱的老赵头，他那一句温情的话语一下子就几乎把我的眼泪都感动得从眼眶中掉下来，落进酒杯中。我憧憬着，这次的事情若能成，以后就可以经常上他家来，和老头这样相坐对饮。此时此刻的我，有一种从未体验过的情感激荡在心头。我才深切地感受到，多少年以来，我就从来没有体味过父母之爱的滋味是啥样的。家在我心中是个很空泛很抽象的概念。在外边闯荡了这么多年，受了这么多的委曲与磨难，我就从来没有过给自己的父母诉说一番的愿望。在我的心里，我那个家，早都不存在了。生活，真可以改变一切。大学毕业之初，就是在海南那阵，我也想不到现在仅仅能和一个慈祥的老头坐在一起喝杯酒，自己就感到温暖幸福得不成，也变成了促成自己终身大事的一个筹码。

二

　　我和老赵头酒几乎喝了一半，老头女儿才来。进门来，虽然有点腼腆，但仍抬起头来认真端相了我俩眼。客套过后，就钻进了厨房。我已从老赵头嘴中得知她叫惠芬。过了一会儿，她从厨房洗了手出来，上了座。我要给她斟酒，她摆摆手说自己不能喝酒，就端起碗埋头吃起来。老头说，"来，我们爷俩继续喝。让她自个儿招呼自己。这丫头也是饿疯了。刚才我们划了几拳了？"

　　我一边应付老赵头，一边留意观察惠芬，发现惠芬姑娘还行，虽然不漂亮，可也不算多丑。她当然跟海南妖冶迷人的贾如馨没法比，可是比刚刚走了的乌兰，似要强一些。起码颧骨比乌兰低得多，肤色也没乌兰那么红黑和粗糙。眼睛有点儿小，鼻子不挺，嘴唇也有点儿厚，国字脸，但身材还显苗条，不臃肿。也许是自己的审美标准随着自己的景况降低了的缘故，我基本就凑合着算在心里通过了。我脑子里冒出三个譬喻来，觉得非常的确切：贾如馨是罂粟花，美艳妖冶，可是带毒。乌兰是草原上的马莲花，带点野气。面前的这一位赵惠芬，则如同油菜花。没有特别吸引人之处，但却能榨油出来，很实用。我想，娶了她，别的方面不敢保证，却可以让她跟自己踏踏实实地过日子，不必象和贾如馨、乌兰相处时那么累人。我又拿朝鲜电影《鲜花盛开的村庄上》里的台词"好看的脸蛋又长不出大米"来安慰自个。我心里说：就她了！做出这一决定时我不免有所感慨：折腾了十多年，发愤苦读，毕业后四处闯荡拼搏，到头来，就是为了依进这么一个相貌平平，肚子里又没啥文化的女人怀中得到自己的归宿，生活也真是太捉弄人了！早知是这样，我就是当年不拼死拼活地考大学，别说晓芳了，就是找陈玉霞，也比眼前的这一位要好看得多。一想到晓芳，我就把我老爸和大妹恨得要命！

可是，话说回来，我目前的处境，还能有啥选择！我两手空空，甚至是一身的债务，到目前为止，我还欠着面前喝着酒的老赵头的八十元钱！虽然人在北京，可并没有北京户口，虽然有份象样的工作，可却是个泥饭碗，随时有丢了的可能。人家老赵头还不是看上自己是个名牌大学的毕业生，以后可能会有发展，才肯将自己的女儿介绍给自己。任何事情，都遵循着能量守衡定律。俗话说，落架的凤凰不如鸡，你张一凡还挑拣什么，只能顾一头了。我自己现在岁数经这么多年的折腾，都老大不小快往四十上奔了。也许，过了这个村，还再没那个店了呢。再说，和这位赵惠芬谈起来，起码三天两头可以到这里蹭顿饭，象眼下这样和老头对着喝两盅。想想自己，这一年来都过的是什么日子！户口、正式工作，还有白花花的票子，这些东西的威力是如此之大，它几乎冲刷光了我那最高学府金字招牌上的所有光泽。

饭桌上，老赵头几次借口钻到厨房去给老伴帮手，给我和惠芬留下单独谈话的空间。我适时地简单问了一些她的基本情况，其实这些老头以前早都给我已经做过介绍。她也问了我一些简单的工作情况，我猜想肯定老头在之前也已给她做过介绍，这会儿不过是客套或无话找话说。通过谈话，我觉得她性格还算温和，不象一般有些工人那样咋咋乎乎的。

吃完饭，老赵头将我送到院门口，又吩咐惠芬将我送到巷子口。在巷口处辞别惠芬，我走在北京的大街上，第一次在这个城市里有了根的感觉。

第二天，我去水房打水，到老头屋里聊了一会，探探情况，看事情有什么结果。老头笑眯眯地将我客气地让进房去，说，"丫头对你挺满意的，说你长得白白净净，一副书生样。一下子就看上了，乐得嘴都合不上了，对你的啥都满意。"

　　起先，我还心里有点儿吃不准，我知道北京本地人特别瞧不起外地人。加上自己又没有北京户口，工作也不是正式的。耽心姑娘这方面有啥想法，没想到，她倒挺有眼力。我想肯定是我那块名牌大学的招牌起了关键作用。小白脸不多了去了，满世界都是。对方同意了，我倒心里有点儿失落感，有点儿犹豫，对方的长相我第一眼可是实在没看上，太平常了。可是，想想自己目前的处境，也只好将就了。心里就挺悲凉。想当初，自己刚毕业时，是何等的眼光，将一般的姑娘根本就瞧不到眼里去，没想到，婚姻竟然是如此的现实！

　　过了两天，老头就送给我了一张电影票，说让我和惠芬去看场电影。看电影只是形式，约会交流才是内容。经人介绍成了秦晋之好的，大都走的是这么一条尽人皆知的老套路。与我之前的几次恋爱相比，没有任何的浪漫色彩。加上我对惠芬的长相不太满意，所以，接受邀请之后，我心里没有激起丝毫的激情，平平淡淡，例行公事。那天，我甚至都没有换身衣服，没有去理发店里去收拾一番头发。我们约好在电影院门口见面，我远远就见惠芬等在门口，在向我这边张望。她可是将自己精心包装了一番，全身上下都留下了精心打扮过的痕迹。上次的头发是扎起来的一把刷，这次是梳成了披肩的，而且在前额处打了个带弯的留海。一件淡青色花格府绸衬衫，胸前，有一束带花的飞子，下身着时下很时髦的石磨蓝刺叭口牛仔裤。脚蹬一双棕色高跟皮凉鞋。给我的感觉比上次似换了个人。真是马要鞍备，人要衣妆。她这么一收拾，让牛仔裤和紧身衫裹着，倒把她的身材显得挺有条，大大弥补了她长相上的不足。我想，她一准对自己的身材非常得意与自信。我对她立刻有了些感觉，来了精神。

电影院里没空调，热得要死，人就象在蒸笼里的包子。演的是《大满小满和老满》，仲星火主演，是个喜剧片，虽然热得难耐，但电影院里仍不时地爆出阵阵的笑声与掌声。惠芬从包里掏出个手绢，不时地在脸上扇着，说，"热死了，还是我们车间好，有冷气，凉凉快快的。"

一句话提醒了我，还没有向人家表示什么呢，便急忙说，"我出去买两冰棍回来？"

她急忙拦住了我："要买只给你自己买。我可是对它烦烦的了，上班一天要吃它多少。还要再掏钱买它吃。"

"那我也不吃了。"正好省下一块钱。

惠芬偏头看我也热得脸上冒汗，就伸手给我手绢说，"擦擦，看你热的。你想吃就去买。别我这么一说，碍着你。"

我说："不，哪有你不吃，我一个人吃的道理。要不吃，咱们都不吃。"

两人就再没话，继续看电影，老实说，我哪有心思看电影，电影院里又热又闷，坐在里边真是受罪，但又不好开口说走。脑子里不知不觉走了神，回到了当年跟晓芳坐在基建队庙门前看《闪闪的红星》的情形，内心一阵感慨，那时候，多爽啊！

后来，还是惠芬先开了口，说："电影院里太热，我们还是出去走走吧？"

我一听忙应和："我也想呢，只是怕你想看。那就正好，我们走。"

出电影院来，马上感到一股晚风扑面而来，凉爽了些许。我问惠芬："上哪去？"

她说："随便，听你的。"

我就领着她沿着马路旁的人行道，往灯光稀疏，人少的暗处走。可是，走来走去，在原地时，以为前边是人少的暗处，可到了想去的地方，却并不觉得暗，人也不见得少，回过头来，却发现刚离开的地方比这里更暗，人更少，就又踱回老地方去，还是人很多。只好又四处瞅着找合适的地方。就这样，浪费了不少的时间，两人都心照不宣。惠芬显得极有耐心。跟着我转来转去的找地方。我就觉得惠芬对我挺顺从。对她有了些感觉。最后，我看实在没有什么可找到的合适的隐蔽地方，惠芬就说，"改天我们上公园去。"

惠芬挺诚实，我觉得跟她交往，不怎么累。以后过日子，她肯定事事听我的。我就说，"那我就送你回家。"

"行"她又我说啥是啥附和我 。我就和她往她家的方向走。走了一截，我发现了一个小三角花园，里边有几棵树和一个小花坛，里边没有啥人，显得很幽静，我提议说，"天还不算晚，要不我们进去找个地方坐坐？"

"行。我听你的。"惠芬又简短地回答我。

我领着她到那个三角花园去，在外边看，好象里边很幽静，没有什么人。走进去才发现，几条椅子全占得满满的，都是一对一对的。个个对我们的到来视而不见，该搂抱的搂抱，该喃喃私语的喃喃私语，该摸摸索索的摸摸索索。眼前所见，有点撩起我内心的欲望。可是，四外瞅视寻找，就是找不到一个可以让两人落坐的地方。只好又绕出来，这时候，迎面碰上一个和我岁数相仿的男人。似乎是无意间碰上的，惠芬让我在前边先走，我就前边走了。可是，我在一个拐角处等了她好长时间，还不见她过来，我就只好又返回头去迎她。惠芬还和那男的说着什么，见我又折回了头来，就匆匆跟那男的说了些什么，转回头迎我过来。我有点好奇地问："他是谁？"

惠芬有点心不在焉地回答说："我们单位的。"

"说那么长时间话。"我说。

惠芬解释说："他是我们车间主任，说了些明天晚上加班的事。"

我就再没多想，送她回家。到她家巷子口前的拐弯处，有个凉亭，旁边有个葡萄架，葡萄叶子绿绿的，我对惠芬说："我们到那亭子里呆一会儿？"

惠芬笑笑，说："天有点晚了。"

我说，"就呆一会儿。"

"好吧。"惠芬说。

我就领惠芬去葡萄架下，此时天色已暗，月光下的葡萄树丛，幽幽的。很少的月光，挣扎着穿过密密的葡萄叶，洒在葡萄架下，马上把人的心情就调整得恬适、安详起来。两人坐在了一起，反而没有了话说。过了老半天，才又把那天在她家饭桌上已经说过的内容再重复上一遍。渐渐，才话多了一些。我粗略地介绍了一些我个人的阅历，如何插的队，如何上的大学，怎么去的山东，最后为啥又到了海南。之前的情况都讲的是实情，唯有从海口到北京我编了谎，没有说是因为与贾如馨的关系染上了性病，只说是海南热落潮了，这边又有人肯帮忙，所以来了北京。惠芬感慨一番，就也讲了自己的一些经历。交谈中我得知，1964 年，她父母支援三线建设，全家从北京迁到了宁夏中卫。当时她是全家的老小，上头还有两个哥哥，两个姐。父亲一来是觉得她小，二来是想在北京留个根，就将她送给了仍留在北京的大伯。现在她父母一家仍旧在宁夏，哥哥姐都已结婚。虽然粉碎了四人帮，但日子过得都很紧巴，自己的处境，比起他们来，就算挺可以了，有一份收入不算很高但却稳定的工作，有大伯这么一个虽然生活在城市最低层，但却还温暖的家。聊了一会儿，我就觉的谈话内容没啥意思。想想当年和晓芳在上大学之前，去县城影院看的那唯一一场电影，多么让我难忘。看完电影，在小城马路深处的大柳树下，我搂着她，月光下的我俩是多么的心心相印，如胶似漆，有着咋说也说不完的话。就是相互不说话时的四眼相对，也充满了柔情蜜意。我还记得清清楚楚我当时是咋用自己的舌尖，一下下舔晓芳流在面庞上的眼泪的。现在仍然在月光下，在疏密相间的葡萄叶下，惠芬也穿得利利整整，眼睛挺有情地望着我，我咋就感觉不到一丝儿浪漫的气氛。在进葡萄架下时，惠芬被葡萄树枝挡了一下，为了防树枝，身子扭了一下，我急忙扶她，就抓着了她的手，一直拉着她的手进到葡萄架下坐下来，可是我的心一点儿也没有异常地跳一下，十多年前拉晓芳过水渠时，我都不知心跳成啥样了！本来还以为来到这个僻静处，两人可好好谈谈，促进一下情感上的交流，没想到，简单地相互说了些上边的内容，便再没多的话可说了，甚至还觉得有点儿尴尬。我没话找话地左扯右扯，将话头巧妙地引到了我的诗歌创作上。她起先很惊讶与兴奋，才知道我还是位诗人。就好奇地让我念两首自己作的诗让给她听。我就给她背了两首最直白的，她听完竟然很木然，不知我诗中所云。我解释半天，她虽然直点头，可我一让她给我提点听后感，她就大张着嘴，半天说不出个所以然来。我就明白她其实根本就没听懂，只是在那里应付我。我一谈起诗歌来就煞不住车，想给她扫扫诗盲，也想在她面前显示显示，就给她接着讲当代的诗歌流派与代表诗人，讲舒婷、北岛、顾城、海子、骆耕野、叶延滨等人诗歌的不同风格。老实讲，我之所以能跟乌兰好上一阵，完全是因为她能常当我的听众，常常听我对诗歌创作方面的见解。乌兰走后，我就觉得自己这方面憋得慌，今天，总算是找着了个听众。因此，我不管她听懂听不懂，便一古脑儿滔滔不绝地讲。我说得正津津有味，她却当着我的面，打起了呵欠，一边四下里窥望，一边说，"天晚了，别出来个打劫的。"

我顿时停了下来，很是扫兴失望。我一停下谈诗歌，两人就再没啥话可说。你看看我，我看看你，又勉强地坐了一会儿，我实在觉得没啥再呆下去的意义，就只好说，"咱们走吧。你不是嫌晚了吗。"

"那就走吧。"惠芬咐和着我。我看出来她其实早就想走了，只是不说出来，等着我说。我起身来，钻出葡萄架，她上前来，想让我重拉她手的意思，可是，我假装没感觉到，在他前边走出来。没拉她手。

将惠芬送回了家，我返回来，出巷子口时，一个人影在我身旁闪了一下过去了，我咋觉得这人有点儿眼熟，边走边想，想了半天，想起来了，这不是刚才在街心花园出来时，对着惠芬说了半天话的那个男人吗？咋这么巧，又把他给碰上了。心想，他是不是也住在这条胡同里，就没怎么在意。

<h2 style="text-align:center">三</h2>

逢星期天，惠芬和别人调休了一下，我们约好到北海公园去划船。那天晚上回来后，我对赵惠芬就有了一个基本的评价：人很老实，对我挺依顺，但肚子里没啥文化知识。除过她的冰棍厂，好象对其它什么都不甚关心。加上她长相一般一点，所以，我就对她没有多大的激情，甚至说没有热情。只不过是觉得自己岁数也大了，尽快解决个人问题已经是刻不容缓的大事，继续和她保持接触，看相处上一段，能否擦出情感的火花来。我心想，如果俩人凑合能成，也就认命了。

两人进公园去，租了一条船，下了水。船到湖心，面对着四周大好的景色，微风吹来，我有了些感觉。我这人特别爱触景生情，看着眼前的白塔碧波和远处的绿树红墙，我马上就想到了那首刘炽写词乔羽谱曲的《让我们荡起双桨》，不由地就哼哼了起来。惠芬也和着唱了起来。唱着唱着，我的思绪就回到了上大学时，全班同学到颐和园昆明湖面上过团日的情形。日子过得多快呀，真是"惊风飘白日，光景驰西流"！我感慨地将曹植这句凉慷慨的诗句吟出了口。惠芬还在吭吭着"水面倒映着美丽的白塔，"听到我不哼哼了，却嘣出么一句来，没听明白，问我刚才说了一句什么，我又重吟咏了一遍，惠芬摇摇头，说，"没听明白，你说的是什么意思。"我给她解释了一番。她仍然是似懂非懂。我就耐下性子给她讲解曹氏父子三人的诗歌特点与"建安风骨"。介绍曹植的《洛神赋》，曹操的《短歌行》，曹丕的《燕歌行》，说到兴头时，还背诵上两句，"对酒当歌，人生几何？譬如朝露，去日苦多……"我背诵得很投入，可是背过完了问她听明白点其中的意思没有，她就直摇头。我想也是，她整天就知道做冰棍，哪里能接触到这些阳春白雪的高雅东西，就耐着性子一句句给她解释，又讲当时的时代背景，加深她对诗的理解。半天，我费劲地讲完了。惠芬心不在焉地问："中午，我们吃点啥？我们去吃狗不理包子吧？最近我特馋包子。"

我扫兴地打住了话头，回答："吃包子就吃包子！"再也没有了继续划下去的兴致。

出公园门来，惠芬问我："你咋了，好象有点不高兴？"

我快快的，但嘴上说，"没有没有，你不是说去吃包子吗，到哪里去吃？你引路。"

上了车，我心情才平静了一点，不气恼了，心想，让一个平时忙着做冰糕的姑娘去跟你谈什么曹植的洛神赋不洛神赋的，好象也隔得太远了。可我内心还是很失落，很迷茫。要是这样，我当初就不要来上大学，直接跟晓芳结婚，岂不更好。可是，我要不考上大学，晓芳家又不会同意我俩的婚事，硬撬着让晓芳嫁那排长。真是个悖论。生活到处充斥着这种悖论。而在我的整个人生中，我已经隐隐约约地感觉到，和晓芳的事情是我人生中最大的一个悖论！

在包子店吃包子时，我因长时间了没有好好地吃过些有晕腥的饭食，所以特馋，加上包子馅的大肉挺肥，对我的胃口，吃起来就觉得象小时候大年三十晚上的饺子一般香。可惠芬的嘴却挺刁，一会儿说今天的这馅有点咸，一会儿又说肥肉太多太腻了，一会又嫌皮也太厚了，接着就发感慨说：萝卜快了不洗泥，现在，人们都想多赚钱，也不顾老字号的信誉了，为了降低成本，尽买肥猪肉！说他们冷饮厂也是如此。进的原料不顾质量，结果，就把牌子自己砸了。弄得堂堂一个国营厂竞争不过好多私人承包的冷饮厂，甚至许多外地企业都参与进来和她们瓜分市场份额，把他们厂挤兑得不成，只靠降低售价来维持市场份额，结果就恶性循环。说现在厂子的生产状况是一年不如一年。工人们一个个都人心浮动，担心哪一天不定厂子就亏垮了，自个往哪里去。

惠芬倒也实在，对我不隐瞒她的处境。我却心里打起了小鼓，我自己本来就一贫如洗，泥菩萨过河，自身难保，如果找了她，万一她们厂子真垮了，那不把我给拖死了！现在我都水深火热的感觉，到那时，还不象掉进油锅了一般！不行，这姑娘，要长相没长相，要文化没文化，要经济条件没经济条件，凭各方面的感觉，这对象绝对不能谈。吃过包子，我找个借口，说回单位还有几篇积压的稿件需要处理，便匆匆和她分了手。

离开了赵惠芬，我有一种解脱感，今天的约会实在是没啥意思，坐在公交车上，看着窗外灰蒙蒙的天气，心情也灰暗得厉害，觉得人生实在也没啥意思。马路上的人们，看上去个个都行色匆匆，都好象挺有目的，其实，细究起来，也就象满地乱跑的蚂蚁一般，大部分人肯定都很盲目。人生，其实是挺空的一场无聊游戏。我心里琢磨着，明天，如何给烧锅炉的赵老头开口，推掉这桩事。

第二天上班，我拎了暖瓶去水房，打完了水，想钻进锅炉房见老头，可是，又觉得实在是难于启齿，就没进去。后来，我甚至是有意躲着他了。打开水时，真怕他从锅炉房里出来。但终不是个事。

一天，我正打着开水，老赵头就叫我进他房里去。我拎着暖瓶进了屋，就听老头问我："小张，你和我那丫头咋谈下了？"

我还吱唔着，老赵头就又说："你要是不太愿意，就吱个声。前几天，有人又给她介绍了一个对象，是个新华书店的。你看你，要是对惠芬还满意，就接着谈。要是不满意，就直说，别不好意思。丫头岁数大了，也有点儿着急。"

我便顺杆子急忙说："那就让她先跟别人谈吧，我觉得……"

"那行，啥也别说了。"老赵头打断了我。

我匆匆地从水房逃出来，觉得欠着了老赵头的，欠了什么呢，想了想，想起来了，欠他那顿饭。

我终于解脱了出来，心里轻松了许多，我继续平平淡淡地上班、下班，过我的单身汉日子。没有多久，渐渐地，心就又被空虚与无聊所困。有点儿怀念前一段在老头家喝烧酒，和惠芬看电影、划船、下馆子的时光。没办法，这就是人的德性，得到时，不觉得，失去后，才感到珍贵。

我的下身，是完完全全的消了下去，这一点是最让我感到如释重负的轻松。只要自己病一好，经济上很快就会缓过劲来，我又想到了《列宁在十月》里瓦西里的那句著名的台词——"牛奶会有的，面包也会有的，一切，都会有的！"我坚信，随着我身体情况的转好，经济条件的转变，浪漫的爱情，一定是可期的。开工资后，我还了一部分的帐，痛快地交了房租，博得了房东的重新的信任。我破天荒地上街买了一瓶烧酒，买了几个猪蹄一包鸡爪，回来后，关上门来自斟自饮。最后，就喝醉了。我大段大段地背诵白居易的《琵琶行》与《长恨歌》，后来又背诵自己写的一些伤感的诗歌，直咏得泪流满面。

可是，我所期待的浪漫爱情在以后的半年时间里，并没有出现。也没有同事朋友再给我介绍对象。我深深体会到，在北京这样的都市里，人情比纸薄，大街上，单位里，倒处是人，可要找到一个知心的朋友，却比登天还难。平时，大家忙忙乎乎，都在各人顾各人的事，很少有人替别人操心。在单位时还在一个办公室里唠嗑，一出了单位大门，见了面相互间连招呼都懒得打。大街上，漂亮的姑娘走十步就能碰上一个，可却都跟我无缘。

我好长时间里已没有了写诗的激情与欲望。甚至连书都懒得看了。应付完工作，常常在大街上乱遛达，挤在象棋摊前的人堆里，心不在焉地观看那一招招的臭棋。有时候，也不免搅进去参谋几着，跟别人争辩两句。或者是坐在马路牙子上傻傻地数一分钟里，面前过去了多少辆进口小汽车，都是啥牌子的。星期天，我基本上一整天都将自己闷在出租屋里，看那从旧货市场买来的 14 英寸的黑白电视。

这时候，陆陆续续地传来消息，同学中，谁谁的小说发表后，引起了反响，正在成为名人；谁谁最近翻译了本什么书；谁谁谁成了评论家：谁谁谁提了副教授；谁谁谁官已升到了副厅级。刚开始时，我还挺受震动，最后，就麻木了。在北京的同学，每年"五四"这一天都要回学校聚会，电话打来，我都是找各种理由推托着不去。我如今要家没家，要业没业，到现在了，混的还是个小小杂志社的合同编辑，连个正式的北京户口都没有，怎么去面对那些事业有成的昔日同窗？

社会其实很势利，你越是风光的时候，什么好事都会锦上添花地来找你。你混得越不行，便更是雪上另加霜，我不但在单位里越来越没有人缘，社会上，也基本上没有一个朋友，跟大学刚毕业时在山东与海南时的天之骄子的感觉相比，简直成了鲜明的对照。更倒霉的事情还在等着我。我的经济情况刚刚有了好转，一次不经意间，在洗澡时，我可怕地发现，我下边那玩意上，竟然又重新有了几个小痘痘！我又陷入极度的恐慌中，重新去找游医。游医有点幸灾乐祸地宣告：让你再坚持用一段时间的药你不听，这样反复发作，最有可能导致癌变！我不知是怎么挣扎着拖着疲惫的步子从游医那里走出来，回到出租屋的。从此后，我又开始了新一轮的恶性循环——借钱、看病，看病，借钱。刚刚恢复不久的和房东的关系，又一次地绷紧了。此时的我，不但诗歌不再去写，连一般的专业书藉也不再去看，上书店去，只是为了查阅有关性病方面的书藉。工作上也是能应付就应付，从来不主动帮领导出点子，谋划怎样将刊物办得更好点。艾青也对我疏远了，很少跟我交流谈心。我想，他从内心里，一定后悔帮我调进出版社来。你工作不卖力，好事也不来找你。比我后到出版社的人，甚至专科毕业的，出版社都积极地帮着通过各种曲折渠道，争取解决户口问题，而我的却老是在那里悬着。评定职称，我也比别人撂下一级，工资自然受影响。在单位，谁都不会把你放在眼里，比你岁数小很多的，都直呼你的名字。时间渐长，甚至别人都似乎忘了你是一个名牌大学的毕业生。在社里，我谈话的朋友仅限于看门房的老刘头和烧开水的老赵头。因和惠芬的事，我去水房的次数也少了，主要是去传达室，那里常有其它子单位不怎么熟悉的人，大家随便谝一阵，或下下象棋。我看了大量性病方面的书藉后，都成了半个医生，渐渐地开了窍，发现自己过去是实实在在上了游医们的当。其实这病毒疣在性病里不算怎么难治，现在大医院里有很好的医疗设备和多种好方法。完全可以根治。我经过一番思想斗争，硬着头皮去了一家大医院，给医生如实讲了得病求医的情况，大夫就责备我太幼稚了，幼稚得简直可笑，本来到大医院来简简单单用激光扫一下，再上点药，打点干扰素就会好的病，却偏偏去找什么游医，花那么多冤枉钱，还将病拖这么长时间。我如梦初醒，肠子都几乎没悔断，没想到自己堂堂一最高学府毕业的大学生，让游医牵着鼻子走，某种角度讲，毁了自己的整个生活！经过大医院医生的治疗，我的病很快就好了。病好以后，我身体的本能欲望就开始燃烧。开始认真而又现实地考虑我的婚姻大事。我又经过一番思想斗争，解放思想，转变观念，自己寻到一个婚介所去，交了点钱，做了登记。没想到，很快就有姑娘看上了我的条件，前来约见。我先后也跟几个姑娘见了面，还是旧程序老套子——看电影，去公园划船，只是没有了一点点的激情与浪漫，全都象是把自己当成商品一般出售：你有什么，我有什么，我这一点长处可以和你哪一项长处相媲美。你哪一点缺憾和我那一短处可以相抵。甚至连坐公交车，买门票，吃饭，都在心底里算计。一连谈了有几乎一打下来，还真谈成了一个，是个老姑娘，名叫章红艳，虽然比惠芬还大上两岁，三十有五，却相貌比惠芬长得要好，在一高校当会计，而且最主要的，她可是有一套房子，是老爸落实政策后单位分的，老爸死后，老娘又嫁了人，她是独生女，房子就留给了她住。这套房子对我的诱惑甚至超过了她的长相，我很痛快地就答应了。我此时已经是近四十的人了。我们班里上大学的同学，岁数大点的老三届，可能儿子都快找对象了。对方可能对我的长相很满意，再就是我毕竟是北京大学毕业的，工作也行。嫌不足的就是户口没解决，但她也认为，只是迟早的事。见过几次面，看了两场电影，划了两次船，就基本上定下了，抽了个时间，我上她家去，她安排她妈在，见过了未来的丈母娘。丈母娘对我也挺满意。催促我们摘个日子把事情办了，都是老大不小的了，她还着急地抱孙子呢。我也就三天两头地往她家跑。一天吃完晚饭后，我要告辞，她留住了我，说，"今天晚上就别回去了。"我一下子就知道对方的意思，老姑娘，不知对男女之间的那事有多么的向往，也是实在旱得厉害吧，我心想。其实，我何尝不是如此！也就留了下来。收拾完了碗筷，又看了一会儿电视，她就说，"早点睡吧，明天还要上班。"

我还有点不好意思，装模做样地问，"是不是我到隔壁房里去睡？"

章红艳娇嗔地瞪我一眼，"你真是个书呆子，你难道还是个处男不成？"

我的脸一下子红到了脖颈。她便铺床，铺好了床，又洗脸洗脚，让我也洗脸洗脚。我的心，在洗脚时，就象怀里揣了个兔子似地跳个不停起来。自从在海南和贾如馨分手之后，我就再也没有过一次性方面的成功体验。和乌兰的那次失败的经历，刀劈斧凿般地刻在我的脑海中，对我心灵的伤害是巨大的。以至于此一刻，当时的那一瞬间又象个魔鬼一般，从心底里蹿出来，在我脑子里开始作祟。我开始有所紧张，害怕那一幕在今天重演。在这之前，我一直和章红艳保持着距离，总是避免在晚上和她在房间里呆得很晚，就是怕那天晚上的恶梦重演。想尽量拖到新婚之夜，让两个人的婚姻既成了事实，事情就好办了。其实，我并没有真正的阳痿，只是心理性的。只要结婚后，和对方在一起生活，一定会好的。因为，多少个夜晚，我都半夜被身体内的躁动憋醒来，苦于没有发泄的另一半。终于，这种事情不以我的意志为转移的提前到来了。我象临近高考的学生或是大战前夕的战士，既有原始欲望的兴奋冲动，又有恐惧所带来的忐忑不安，洗完了脚上床去。我钻进被子里等红艳，手不由地就摸到了下边。可是，我觉得我那下边并不象我心里此时的激动与渴望那样反应强烈，我一下子就更加紧张起来。不一会儿，章红艳就拉了灯，上床来，钻进了自己的被子。我为了表现，也想刺激自己的性冲动，主动手伸进她的被子去，摸摸拽拽起来，章红艳就耐不住地掀开自己的被子，钻进我的被子来，将我紧紧地抱住了。我也紧抱住了红艳的身子。两人就紧紧地亲吻起来，相互抚摸着伸向敏感的地方。红艳不一阵，便呻吟起来，似要哭出来，显得极其痛苦的样子。我还是第一次见到女人如此的情形。刚开始还吓一跳，但马上就明白了过来，这是女人极度饥渴与兴奋的表现。一个老姑娘，看她平时显得跟淑女似的，我以前还以为她对这方面已经很淡了，找对象的目的只是有个伴过日子，没想到，对性的渴望有着如此的强烈。学生打开了考卷，战士跃出了战壕，真刀实枪的肉搏战就要开始，可是，我却明显感到象学生考试时钢笔下不了水，战士的枪膛里没有上子弹，自己那下边是银洋蜡枪头，不管你心里多么冲动，它就是不刚强起来。我在红艳的身子上干蹭着，渐渐，全身就开始出汗。刚开始，红艳还极有耐心，极力配合着，并安慰我，"别着急，慢慢来。"到后来，实在看我没情况，便渐渐地平静了下来，也不呻吟了，脸上也没了极度兴奋后的痛苦表情。我不肯罢休，还在她身上折腾，红艳就不耐烦了，一下子挪开了身子，将我扔了下来，失望地道："你这人，真没情况。"

这是我们认识谈对象以来，她第一次责备我，我极其扫兴，几乎是无地自容，喏喏地说，"我其实，平时好好的，怎么一到这时候就……"

"别哄我了，我不信。难怪你人模人样的，看上去自身条件挺招人，却这么大岁数了还找不下对象，原来才是有这方面毛病。"

我被她这句话气得啥情绪都没了，甚至都懒得反驳她。

红艳不依不饶："既然你是这种情况，还跟人家谈什么对象，你这不是坑人嘛！"

这几句话，如雷轰顶，似尖刀剜心，本来，我还存有幻想，想睡上一觉醒来后，舒解了精神压力，就可能成功，就是今天不成功，结了婚，日子长着呢。肯定有表现的许多机会。我本来就好好儿的。主要就是有了那一次和乌兰的失败，给心里造成了负面的压力，形成了恶性的条件反射。只要过起了正常的家庭生活，我想肯定一切都会好的。我也是个大学生，并不是个性盲，更何况，我以前曾有过和贾如馨极疯狂的性体验。可是章红艳这一句话，彻底打碎了我的梦想。就这几句话，我已对被子里的这个女人产生了强烈的憎恶感，根本没了一丝一毫再跟她做爱的欲望，有的，就是早一刻逃离这个可恶的女人的强烈欲望！我坐起身来，摸索着找自己的衣服。她伸手扭亮了灯，在灯光下，我看到赤裸着身子的她，一点儿也没有什么姿色，鱼泡眼，窝瓜脸，满脸皱褶，双腮和脖子里长满坠肉，简直就是一个丑陋的巫婆！我怎么和这么一个泼妇上在了一个床上！我急匆匆穿着自己的衣服。她欠起身来问我，"你要干什么？"

"天还不晚，我想回去。"

"真要走？"

我“嗯”了一声。

“看来，你确实是那方面不行？不然走啥？”

我干脆地回答：“是。”

我没有丝毫想挽回局面的愿望，只想早一点离开此处，越快越好。章红艳也就再没拦我，吩咐我“出去的时候，把门替我关好。现在社会治安可是越来越不好了。”

我遵嘱，出门时，特意将门响响的关紧了。

四

我匆匆走在大街上，一种解脱了的感觉。不知道章红艳她心里有没有这种感觉。讲老实话，从见她第一面时起，我就没有想到要爱她的感觉，只是眼睛盯上了她那套房子。想到自己的年龄与处境，把自己当做了掉价的商品，降格以求。我走着走着，冷风一吹，脑袋稍清醒冷静了一些，心里就开始酸涩。眼泪就在眼眶里打转。自己咋就混到这份上了！当初就是不考大学，就和晓芳在农村成了家，都比现在的日子过得强！人生，真是一个解不开的谜。人们都拼命地追求这，追求那的，可那一个个所谓的理想与追求，总在跟你开着玩笑。多少年走过后，再回头来瞧瞧，才发现，只不过象个蚂蚁一般，在原地划了一个圈。可是，此时的你，已经韶华尽失地老了，这就是人的一生！

来到住处，房东还没睡觉，蹲在院门口，见我回来，挤眉弄眼地挤兑我：“这么晚回来，是不是泡妞去了？”我没理会，径直走了过去。

第二天起床后，我有点儿后悔，自己这条件，还能找个啥样儿的，叫花子还嫌馒头黑！之后的几天里，我在门房试把了几次想给她打个电话，最后，还是没有打，她也再没跟我联系。这事，就算风一样地吹过去了。

之后，我仍旧上我的班，编编稿，画画版，跑跑印刷厂。经过这次打击，我思想上变得更加消沉。每天看天上的太阳都是灰蒙蒙的。我甚至对女人都有了一种本能的抵触。有时候，杂志社难免有一些社会活动，也有接触一些其它单位女性的机会。同事们甚至有意撮和，但我都提不起兴趣。人家主动接近我，我也是能躲则躲。时间一长，同行们渐渐都知道了我的脾气，也不再为我的事情瞎操这份闲心。我重又开始失眠，半夜半夜地睡不着觉，一天晚上，我失眠起来在院子里乱遛达，房东起夜上厕所，睡得迷三倒四地撞上了我，吓得还以为是遇上了贼。我开始掉头发，大把大把地掉。身体也日渐消瘦，我感到我活不了多少年头了。睡不着觉的时候，就使劲儿地回忆以前的事情，想晓芳，想我上坝时，她顶着麦草从皮车上跳下来给我往手里送鸡蛋的情景，想我上大学走时，她追着火车轮子边哭边跑的倩影……

"我孤独，被遗弃，我的生活黑暗，寂寞，毫无希望。我的灵魂干渴，却被禁止喝水，我的心饥饿，却得不到精神的食粮。"——《简爱》中罗切斯特对简的表白恰是我生活的真实写照。

屋漏又遭当头雨！自从得了那脏病，为了治病把自己弄得一贫如洗之后，我就养成了买东西尽挑便宜减价货的习惯。就是病愈经济稍好点后，我也没改了这一习惯——真如俄国大作家莱蒙托夫说的："习惯是人的第二天性"一点都不假。一次我过菜市场，几个摊贩在叫喊着推销几箱过了保质期的方便面。我经不起诱惑，上前瞅瞅，觉得时间过期的还不算太长，就买回了一箱扛回去吃。没想到，真是便宜没好货，就吃出了问题，上吐下泄，几乎脱了水，上班时就扛不住了，被艾青派刘顺和小王硬送到了医院。大夫诊断完，说是急性食物中毒，问我吃了什么，我只得照实说了，医生说得在医院里住两天。刘顺和小王就给我办了住院手续。回去后，又把艾青给惊动来了，买着些水果和补品，安慰我一番，又责怪我一通，最后说，以后，有什么困难就吱声，大家都会帮助你的，不致于去买那过了期的方便面。可能是有艾青的示范作用，社里的其它几个人也先后都来看我，都给我拎来水果和补品。我第一次感受到了一次集体的温暖和同事们的关怀。觉得人其实都不坏，都有同情心和帮助别人的欲望，只是平时被各种利益和矛盾包裹着，不能表现出来而已。我心里在谋划着，这些补品和水果想个什么法子，让它保存尽量长一点，别吃不完坏了。想回去后，硬着头皮跟房东张个口，放在他家的冰箱里一部分。

　　住院后的第四天早晨，我正在吊液体，病房里走进了一位打扮高贵优雅三十多岁的妇女。我起先还以为她是探视其它床位上的病人来的。她走到我床头，我才一下子认了出来，这不是艾迪吗？我惊讶得急忙欠起身来，我做梦也没想到，此时此刻，她会出现在我的面前。她戴着一太阳镜，来到我的面前，将手中的一个塑料兜放在我的床头柜上，我看那里边盛的是一些营养补品之类的东西，不过，明显的要比同事们给我拎来的要包装华美。我张慌失措地不知向她说些什么好，让她在床边上的一个凳子上落座。她看了我两眼，说是回国来探亲，听艾青讲了我的情况，前来看我。我想我的境况她肯定在艾青那里都知道了，可能心里内疚，才来看我。我就又回忆起了她当年她对我的不辞而别，心里有点儿恨她，可是，此一感觉一瞬间就在心头滑过去了，毕竟是多少年以前的事了，再说，人家是特意来看你，说明人家还是没忘了那份情意。她很可能对我的境况从艾青嘴里知道得一清二楚，怕碰到我的疼处伤害我，所以，很少问我什么，屋子里的气氛有点儿尴尬，我就主动地多问她一些在美国的情况。她就给我谈了她的工作，她的家庭，比艾青那次在酒桌上谈的情况要细。从交谈中我得知，她现在已经从全职太太的生活中脱开身来，现在在南加州大学的一个亚州文化研究中心当教授，专讲中国文学。丈夫还在打理他的律师事务所，两个小孩一个上初中，一个上小学五年级。我都能想象得出她的生活是怎样的——花园洋房，汽车别墅，周末，全家人还要开上小车海边度度假！

我就再也不往下问了，知道再问下去，反差会更加强烈，气氛也更尴尬。我也怕她多问我的情况，她好象也知道我怕她多问我，只是简单地问问现在感觉咋样了，身体还感到不舒服吗？再住多长时间就能康复。又叫来了医生，问了问情况。我虽然见到她心里非常激动与感慨，但，尴尬得只盼着让她赶快离开。我与她的人生境况反差太太强烈了。一个大男人，混到这份上，见到和自己十几年前睡过觉的女人，心里的感受可想而知是什么样子。好在，艾迪也知道我尴尬，简单寒喧了两句，就客气地告辞，并说，她如果走之前，还有时间，就还来看我。我婉言谢绝："你一个大教授，大老远的从大洋彼岸赶来，肯定还有好多好多的事。能抽空专门前来看我，就已经使我很感动了。你就忙你的吧。多去陪陪你的父母，来一趟真是很不容易的。"

她就安慰我一番，留给了我一张名片，说是有什么过不去的事，找她，她一定鼎力帮助。我吊针还在手上扎着，不能下床送她，她就伸出手来和我的另一只手握别。握着她纤细的小手，我一下子就找回了十几年前在她姥爷家晚上的那种感觉，眼睛就湿润了。我发现她也有点动情，从嘴中突然冒出一句，

"对不起，一凡，你到今天这境况，我是有责任的。"

我听出她的声音也有点儿哽咽，反而显得轻松地说，"都是过去的事了，就别提了。你走的对。你要不走，跟了我，现在这情况，你不后悔死了？"

"我们当初要走到一起，你就不会是这样了。"

我苦笑说，"我走到今天这一步，真不怪你，只怪我自己，我后来的有些事情。你不知道。我第二次进北京，还多亏你弟帮忙呢。"

"我弟给我说了，不过，你应该尽快成个家了。"

我苦涩地笑笑，不做答，我想让她赶快离开病房。

艾迪又安慰我说以后回国时再来看我，退着身子出了病房。我知道她这只是客套话，今天这一面，都是极其难得的，更不要提以后了，在北京这样一个城市里，我都毕业后和好多同学多年也没有见一面了，更何况和她还隔着那么大一个太平洋。等她出了门，我的眼泪就涌上了眼眶。待情绪渐渐平静下来之后，液体吊完，护士来将针头拔了，我整理她送来的营养品，却发现，在兜底下，有个信封。我赶快打开来，发现里边是一叠外币，我细一瞅，发现是五十张面值百元的美钞。我心情又激动起来，感慨万千，刚开始我想，艾迪还念旧情，但这钱，我却不能收，太掉价了。让艾青知了咋想。渐渐，我又否定了自己之前的想法，她不可能告诉她弟的。它是艾迪对我的补偿。想想，如果不是她在中间搅和，我和晓芳也不至于分手，我后来就也不会混得这么惨。是她一手毁了我和晓芳纯真的爱情。而且，她还玩弄了我的情感，占有了我的处男！想到这一切，我又觉得我拿这伍千美元心安理得。再说，这钱对我可是太及时，真是雪中送炭！

我小心翼翼地将它收拾好了。出院后，我将它存进了银行。

伍千美元，折合人民币四万多元，对我来讲，简直是一笔不小的财富。有了它，我顿感有了力量，有了底气。过了没多长时间，艾青兴冲冲地告诉我，说社里把我的户口名额争取到了，让我赶快去到人事部门开上介绍信，上公安局办理有关手续。我大喜过望，赶忙照办。到公安局去，人家要让我交三万元的城市增容费。我心想，我的妈，如果不是艾迪的资助，我这辈子，都不要想变成真正意义上的北京人！这件事办成好长时间后，我才无意间，在饭桌上，从艾青嘴里透出，是她姐调动了她的关系帮我争取到的这个名额。得到这一信息后我很可笑自己，当初还把那张她写的纸条给撕了，要不撕，真去找了她那位好朋友帮忙，怕是我现在连这杂志社的一把手都当上了。十几年，转了一大圈，还是由艾迪帮助解决了自己的进京，生活真会跟人开玩笑。冥冥之中，我就似乎意识到，这个社会，明里有一套规则，暗里还有一套规则。只要你精熟了暗里的这套潜规则，在你面前，一切明的规则只是摆设，只是用来限制别人。你就从自然王国进入了自由王国，玩明规则于掌股之间。

户口落上后，根据有关政策，我相应地有了分房条件，单位倒腾出来别人换了大房不住的一套两居室给了我。我彻底告别了住了多年的出租屋。临走那天，房东老头还抓着我的手，挺有感情地说：你这说走就走了，还真舍不得。说以后有机会了回来看看。 我心里说，你舍不得我可是啥得，你这鬼地方，一辈子我都不想来第二次！

住上两居室的房子后，我的生活发生了一些变化，对杂志社才真正有了一种依附感，俗话说得一点都不假，安居才能乐业。我比以前工作上心多了，相应的奖金也多了。又长了两级工资，随着收入的增多，又不用象以前那样缴房租，我的生活就渐渐地宽余了起来。将屋子装修了一下，换了些家俱，买了台 25 英寸的彩电，屋子里就真象那么回事了。常常下班后，自己给自己做顿想吃的，不想动手，就从单位里打点饭回去吃。虽然一人，时常会生出些寂寞与无聊，但，比起过去住出租屋的情形，就好比延安到了西安，我已经是知足得很了。人的经济条件一变，身边的人也对你变脸了，一个个见了都对我笑吟吟的。加上我工作也挺出色，年底还被社里评了个先进，受了奖励，大照片被贴在出版社大院里显目的宣传栏里。十几张个人照片中，就我他妈的最帅。有几次我都发现社里的女同胞走过去时驻足盯着瞅半天。我重又找回了离我多年而去不曾享受过的自尊。艾青又督促我写了个入党申请书，说，你要向上混，没张党票怎么成。我就也写了一个递了上去。但我的个人问题仍旧是没着没落，那两次遭遇对我心灵的伤害是毁灭性的。我曾在一些场合公开有意无意地透露出这一辈子一个人过，再不找对象。所以，虽然后来大家对我态度转变了，但也都不再替我张罗对象的事。

　　一次周末晚上，我下班后去食堂买了几个猪蹄，一些酱猪肉和两份小炒，想回去自个儿喝点小酒，走到大门口，正好碰上了水房的老赵头，我客套了一句，"走，到我房去陪我喝口酒。"老头就没客气地真跟我上了楼。来到我的房间，看了我的房间与摆设，很是惊讶，夸叹道，"不错麻，你现在的日子。"

　　我客气地说："将就着活着。来来来，今天我们喝它个够，把这一瓶争取给它干完了。"·

　　老赵头道："你现在还挺能喝的。记得以前你在我家，酒量并不大嘛。"

　　"以前是以前，社会都在变，人能不变？告诉你，我现在每天晚上，就靠它打发时光，打点菜来，自斟自饮，一边看着电视，喝个半醉，上床睡觉。酒真是个好东西，喝到一定程度，啥烦心事都没了，心里还挺高兴。有时候，我还自个儿吼上两嗓子，还挺过瘾的呢。"

老头就问，"也不打算赶快成个家？你都多大岁数了！"

我苦笑一声，说："没有合适的。"

老赵头感叹道："北京城这么大，象你这条件，现在也挺不错了，还愁没姑娘跟你？"

"你别说，满大街的姑娘是不少，可要找一个和你上心的，两人你满意我，我满意你的，却是难上难，难于上青天！人海茫茫，知音难觅啊。"我文诌诌又颇为感慨地来了一句。

两人猜拳喝酒，酒瓶快见底的时候，我试探地问："惠芬咋样，早结婚了吧？"

老赵头将酒杯敦在桌子上，说，"结什么婚，老大不小的了，找谁去？跟你分手后，转着圈找了好几个，不是这不成，就是那不成，到现在也没着没落的。"

"其实惠芬脾气性格挺好的。谁娶了她，肯定她一切都能听你的。平平稳稳地过日子。"我说。

"你们当初怎么说不谈就不谈了，我都没弄清楚。现在惠芬还常在我面前念叨你，说你这好那好。说后来接触的那几个，各方面哪个也比不上你。"

"一年多了，我也忘了当初是为了什么。"

说实话，现在，想起当初和惠芬的分手，我后悔起来，觉得有点儿草率，现在回想起来，我说啥她是啥，对我百依百顺的性格咋就象晓芳来，就因了这一点，此一刻我一下子就有了冲动。　老头见我若有所思的样子，就趁热打铁说："你要不嫌弃，就和她重新接触接触，我那女儿就是你说的，别的没什么出息，脾气可是格外的好。我看你这人脾气也柔，性格慢慢的，你们如果能到一块儿过日子，肯定能合合美美的。最主要的是，你们以前接触过，彼此都有所了解。咋样，你要愿意，就和我碰了这杯酒？"我不吭声。老头又追加了一句，"你看你，别勉强，要是同意，就痛快和举起杯来，要是不同意，就当我没说这个话，让我自个儿罚了这杯酒。"老头端起了酒杯要往嘴里倒，我拉住了，举起了酒杯，凑了上去，和它的杯子碰了个响，几乎将酒杯都给碰碎了。酒洒出来，溅了一桌子。老头乐了，仰脖儿将剩下的酒全倒进了嘴中，一抹，乐滋滋地说："哪天，到我家里去，让惠芬给你做几个拿手菜，你看看她做饭的水平咋样。咱爷俩再好好喝它一场子！那丫头，不但被她妈调理得饭菜做得没说的，织个毛衣，勾个窗帘什么的，手巧着呢。你看，我这毛衣，就是她给我去年织的。"老头裂开了衣襟让我看个清楚。

我倒对他说的惠芬的手巧不巧并不介意，这年头了，人们往往很少再自己勾织东西，需要了都是上商店去买现成的。主要是老头说的上他家去喝两盅，勾起了我对一年前在老头家喝酒时那个温馨夜晚的回忆，我本来心里已经是同意再次和惠芬相处了，但为了面子，就说，"这事，让我考虑考虑，再给你个答复，行吗？现在，咱先喝酒。"

老头忙端起酒杯来，"行行，婚姻大事，不是儿戏。你想好了。来，喝。"

那天晚上，我和老头将那一瓶二锅头全干完了，还没喝够，又下楼去，拎回一瓶来，喝了个几乎底干，我最后晕晕乎乎地倒在了床上，连老头最后怎么走的，我都不知道了。第二天早上上班时，我拎水壶打水，踱进老头房去，通知老头，"我想好了，你通知惠芬，咱们啥时见面。"

五

我和惠芬就时隔一年后第二次接触了。又是约好去影剧院看电影，这次电影院里演的是《老子儿子和孙子》，是陈强父子演的。电影院里又是热得贼死。我又提议去买雪糕，惠芬又说要买你去买，我不吃，白天在单位吃得够够的了，我就又想起来第一次见面时看电影的情形，咋就跟昨天似的，连具体的小事情与对话都一模一样。电影看了半截儿，我又提议说电影院里太热了，出去走走。她又依着我说走走就走走，电影剧院里实在是太热。从影剧院出来后，我们又不由自主地踱步到那三角花园去，里边又是有人，几个台凳全被几对先到的恋人们占着，重又送她回到她家门前的那个凉亭旁的葡萄架下，说了一会儿话。之后，就又在星期六去北海公园划了船，不过这次我再没背诗，又去了老的包子店，排队吃了包子，惠芬也再没嫌那包子的皮厚肉馅肥——一切，都跟两年前惊人的相似，只不同的是因为是"第二次握手"，所以，两个都非常谨慎，说话客客气气，怕把到手的幸福又撵跑了。这样，两个月后，我们就领了结婚证，我们没有大办，只是请了她家的几个亲戚和各自单位的不多的几个朋友，在小范围里搞了一下，新房就设在我的两居室里。艾青和老张、小王、甚至刘顺一干人都来张罗，让我又一次体味到了一番集体的温暖。

虽然是小范围的，但晚上，还是有惠芬单位的几个年轻人来闹新房，一直折腾到很晚才走。打发走了客人，两人就收拾收拾睡觉，拉灭了灯，钻进了被窝。我就发现，我又紧张了起来，虽然心里极迫切，下边就是没反应，但例行的任务还是要完成。我钻进了惠芬的被子去，惠芬都已是三十又五的老姑娘了，我感觉她好象早有性方面的经历，也没什么羞的，早躺在那里等着我。见我钻进她的被子，便转过身来，伸出手来搂抱我。她不主动，我还些许有些冲动，她一主动上来，我倒反而怯了。虽然上边亲着，下边却一点反应也没有，弄得上边的亲嘴也变成应付了。搂抱了半天，也整不成个事，惠芬就说，"你难道真的有毛病？"

"咋，你爸是不是给你说了我什么？"

惠芬不吱声了。我说，"我好好儿的。不信以后你等着看。就是好长时间不接触你们女的了，心里有点儿紧张。"

"你以前好长时间不找对象，是不是就是因为这方面？"

"哪里，主要是没有合适的。经济也紧张。"

惠芬半天，一声都不吭。我心里想着她是不是不相信我说的，也再没话。我想睡上一觉再说。可是，躺在那里，眼睛闭着，却怎么也入不了眠，眼前尽是过去的一幕幕往事。旁边的惠芬也是不停地翻身，很久，才听她打起鼾来。不知什么时候，我睡了过去，又醒了过来，觉得自己下边有了冲动，便急忙将熟睡中的惠芬扒过来，急匆匆地行事。见了鬼了，刚才还好好的，怎么一来真个的，下边就立马缩了！又争取了半天，惠芬刚开始还耐着性子配合，到最后，就不怎么配合了，折腾了半天，毫无建树，只好蔫头耷脑的下来，躺一边去。过了一会儿，又觉得自己有冲动了，又一次将惠芬扒过来行事，又是不行，惠芬就发话了："你不想睡觉，我还想睡觉。人白天累了一天，好不容易睡着了，一次次被你扒醒来。"

我臊得恨不得有个地缝钻进去，心里开始后悔，这个婚，真不该结。弄不好，下个月就得办离婚。

之后的几天，也是如此。我就象一个学习成绩极差的学生面对考卷，一到半夜，我就紧张得要命。结果是越紧张，越不行，越不行，下次就越紧张。弄得惠芬最后说，"烦死人了，这一晚上还让人睡觉不？不行，咱以后就分床睡。"

俩人之间虽然在外人看来是新婚燕尔，可我却和惠芬都感到中间有一堵墙。连和谈对象时的关系都不如了。白天，两人间都是客客气气的。早晨起床，我问惠芬，"早点吃啥？"

惠芬说，"随便。"

我不知她的"随便"是什么意思，就说："我去买点豆浆油条回来？"

"行。"

我穿好衣服拎上个小锅下楼去，一会儿，打上豆浆油条回来，想上厕所，见惠芬正在厕所里洗漱，我就在外边等着。惠芬洗漱完了，从厕所里出来，我刚要进去上厕所，惠芬就坐在了桌边上，吃起了早点，我忍住没有到厕所去。心想人家正在吃早点，我却到厕所里去解大手，多不好。我就装着在厨房里收拾。惠芬客气地喊我，"你也赶快来吃，不然就凉了。"

我说："你先吃，我把午饭的菜摘摘。"

惠芬却说："中午我就不想回来了。"

我其实是挺想让她回来的，白天好好表现一番，多多做点家务，来弥补晚上的缺憾。惠芬一说中午不回来，我就知道晚上的不愉快在白天仍在延伸。我不好说什么，仍在厨房里捣鼓。等她吃完了，我刚要上厕所，她站进身来，催我，"你赶快吃呀，都凉了。"

我"嗯嗯"地应喏着，刚要去上厕所，却发现惠芬又钻进了厕所里。我只好坐在饭桌上，一边慢慢地嚼着豆浆，一边等她从厕所里出来，惠芬显然是在解大手。我左等右等，就是不见她出来，我已经实在有点憋不住了。好不容易等她从厕所里出来，我准备去上厕所，惠芬却责备我，"你这人，连吃个饭都磨磨叽叽的，我一个厕所都上完了。你还在桌子上坐着。"

我只好匆匆咬了几口油条，又喝上几口豆浆。吃完了，正准备着到厕所里去放便，惠芬却又拎了个包进了厕所，这一次，她是占着厕所的一面镜子要化妆。我一看，完了，才急匆匆地出门去，紧跑慢跑地往街上一个公厕里赶。半路上，几乎将排泄物装在裤裆中。上完了厕所，我一身轻松地赶回来。惠芬已经收拾完准备出门了，问我，"你刚才干什么去了？"

我说，"到外边去上了个厕所。"

惠芬就责备我；"你咋不吭声呢？还要到外边去上厕所。"

"没事，你上班远时间紧。"我讨好地说。又问"晚上想吃啥？"

"随便，你看着弄吧。"惠芬一边出门一边说。

中午我随便在街上买了两个馒头啃了，集中精力，筹划下午的饭。我去菜市场买回了鸡和鱼，下午早早地提前从单位溜出来，钻进家中厨房忙乎起来。虽然我多少年了就没有做过什么饭，但我想，表现表现，起码是我的心意。再说，我从来就没把做饭当做多么不得了的事。为此，我之前还特意上书店买了一本烹饪方面的书。我照着书上的介绍，做了糖醋鱼、辣子鸡、鱼香肉丝、三鲜汤。当桌子上放满了逐渐多的菜碟时，我还挺有成就感的，憧憬着晚上惠芬回来后，能博得她个好心情。

晚上，惠芬回来，一进门，见桌子上的饭菜，脸上有了笑模样，客气地说："你今天辛苦了。我正好今天挺饿的。"

"那你就好好吃，多吃点。"我听了她的这句话，心里特别的高兴。从厨房出来，一边解围裙，一边又讨好地说："以后，你就只管上你的班，家里的做饭和家务，就由我包了。我的工作要比你轻闲。"

"那就辛苦你了。"惠芬笑笑说。

我觉得惠芬今天心情挺好，就更进一步，说："俩口子之间，客气个啥。来，喝酒。"

我将之前就倒好的红葡萄酒杯，推到惠芬的嘴边。这过分亲昵的举措感动了惠芬，惠芬又笑了笑，说，"谢谢，"就接了过去。我们俩碰了杯。她喝下去后，却呛着了，咳嗽起来，我急忙起身来，取来毛巾递给她，又殷勤地上前去用手给她轻轻地捶背。惠芬似乎是受感动了，转过身来，感激地看我一眼，又说了一身"谢谢"。惠芬咳嗽一阵停了之后，送过毛巾来，我放回了毛巾后，又给她端过杯热开水来。惠芬接过去，喝了两口。我们就继续吃饭。我试探地问，"我的做饭手艺咋样。"

惠芬笑笑说："可以，还行吧。"

我的心里就有点凉，表白说，"鱼和鸡我是照着书上说的做的。"

"挺好。挺好。"惠芬又加了这么两句。

吃过饭，惠芬和我收拾了桌上的碗筷，惠芬就要洗锅，我将惠芬推出了厨房："说好了的，家务由我来做。你工作累，干了一天，挺辛苦的。坐到沙发里先看电视养养神，等我把锅洗了，我俩出去转转，行吗？"

"行。"

惠芬就坐进沙发打开了电视去看。我在厨房里涮碗洗锅，收拾停当，我摘了围裙，从厨房里出来，说，"完了，咱们走？"

惠芬懒懒地躺在沙发里，手里拿着摇控器，在看一个电视连续剧，挺投入的，半天，对我的话没反应。过了一会，才问我，"刚才你说什么？"

我说："吃饭时我们说好的，出去走走。"

惠芬伸个懒腰，说，"我今天有点累。再说，这连续剧挺好的。"

我有点儿失望，口是心非地说，"累了就别去了，我也是随便一说。既然电视挺好，那就看电视吧。"就又重回到厨房，拎拖把过来拖地。地拖完，我又沏了杯茶，送到惠芬的手中。惠芬又说了声"谢谢。"眼睛仍紧盯在屏幕上。

我坐了一会儿，实在也不爱看那电视剧，就坐在门前的小凳上，找出鞋油来，给惠芬的皮鞋擦鞋油。惠芬偏过头来看见了，有点儿过意不去，说："鞋还不脏，脏了我自己擦。"

"没事，反正我也不爱看电视剧。女同志的鞋还是要天天擦。我们单位的小玉，一天疯疯癫癫的，那双皮鞋老有土。让人一看就知道她生活上邋塌。男同志最忌讳女同志这一点了。"

惠芬再不吭声，任我去擦。刷完了鞋，一集电视剧也演完了，惠芬又换了两个频道，看没有了自已喜欢看的节目，将调控器交到我手中，说，"给，你想看啥看啥。"

我说，"你看你看，我无所谓，看啥都成。"

惠芬就又换了两频道，将调控器扔在桌子上，说，"要不，就出去走走？"

"你不是累了吗？累了就早点休息，明天还要上班。"我将"休息"两个字说得重重的。

"没事，走吧。"惠芬站起身来。

我说，"那就走。"赶忙把擦好的皮鞋拎过来，送到她面前让她换。

两人收拾好出门来，外边，树影婆娑，灯火阑栅。阵阵轻风拂面而来，比呆在房间里时舒服多了。惠芬好象也有了情致，渐渐，手就伸进了我的臂弯。我一下子忘了其它的不快，有了感觉。路上，碰到了几位一个单位的，或认识或不认识，都向我睄两眼，我就心里挺乐的。遛了一圈，我温柔地望着惠芬说："咱们回去早点睡吧。你明天还要上班？"

我这双关的话语惠芬肯定是领会了，回答说："那就回去吧。"

　　回家后，还是由我来忙乎，倒水让惠芬先洗脸洗脚，我用她洗过的水后洗。洗漱完，惠芬先上床，我又将她的袜子和我的袜子洗了，拖了地，拾掇了一会房间，后上床。不上床时，我憧憬着上床，一上床，我的心马上就紧张起来，待拉了灯，我就更是紧张得要命。等钻进惠芬的被窝中去后，我就紧张得浑身都在打哆嗦。根本干不成个事。惠芬感激我做的饭，感激我给她擦了皮鞋，感激我给她洗了袜子，不好象以前那样说我什么，而是安慰我，说，"别着急，别紧张，慢慢来。"可是，她越说不要着急，我越着急，她越让我不要紧张，我越紧张。折腾了半天，一点进展也没有。我只好灰溜溜地从惠芬身上下来。惠芬转过了身子去，扔给了我一个脊梁骨。刚才出了一身的汗，此时，汗凉了，我感到自己象掉进了冰窖里，浑身发冷。半天，惠芬从那头扔过一句话来，"不行，就去医院看看。"

　　我辨解道："我真的以前好好的。不知咋回事，怎么现在一到关键时候就拉不开栓。可能是许多年了都没接触过女人的缘故。"我不敢将自己曾得过性病的事招出来。

　　惠芬刺了一句，"长时间没接触过女人的男人多了，都象你不麻烦了。"

　　我不吭声了。惠芬又催促一句，"你还是把它当个事情，重视起来，上医院让大夫好好瞧瞧。"

　　我一声不吭，这天晚上，我通宵失了眠。过了两天，惠芬问我："你去了没有？"

　　我嗫嚅地说，"没有，我总觉得自己是精神上的因素。"

　　惠芬也就没再催促我。

　　没有性的夫妻生活，就象是饭里没放盐，淡淡儿的。就象日本作家桶口一叶在其一篇小说中所描绘的："从此以后，他们中间无形中仿佛隔了一条大河，摆渡和筏子都没有，两人沿着河岸两旁，各走各的路。"

六

　　惠芬仍是中午不回来，我仍是中午凑合一顿，去菜市场买菜。下午一下班，甚至还不到下班，就溜号，回到家里来做饭，等惠芬一进门，我热喷喷的饭菜就上桌了。刚开始时，惠芬还有点儿过意不去，说是辛苦我了。不好意思。过后，慢慢就习惯了这种生活。平时的家务活，也由我来包揽下来。甚至惠芬换下来的内衣内裤和沾着经血的裤头，本来是放进床底下的盆中自己洗的，我也搜出来给她洗了。

　　三个月过去了，惠芬除了偶尔催我说，"你还是抽时间去医院看看。"也没再对我的性无能表现出特别的没耐心来。其实，我嘴上说我没去医院，背后还是自个儿去了。而且也翻了好多这方面的书。

　　大夫说我是肾虚，给我开了一些这方面的补肾壮阳的药物。一交钱，吓我一跳！虽然是公家医院，算了算，一个月的工资全用来吃药恐怕都不够。这要吃下去，没等治了病，惠芬就先要和我拜拜了。之后我就再没去过医院。穷人看不起病，再说，这"病"也不是个什么要命的病。最坏的情况，大不了和惠芬最后离婚。可是，我发现惠芬在那方面对我挺有耐心，虽然我很无能，她也就做罢。我想也许是我对她太宠了，揽下了所有的家务活的缘故，人非草木，孰能无情。象上次，我将她的血裤头从床底下翻出来洗了，她回来后见到了晾在衣架上的裤头，就有点大受感动的样子，当天晚上，主动钻进我的被窝来，主动撩我，还真把我给撩了起来，虽然我仍然不行，可是，比平时好多了，勉勉强强地行了一次房事。惠芬以为我行了，她也自结婚以来，第一次真正地兴奋了起来，可是，还没咋样呢，我就崩溃了。她仍然没有责备我，用整个身体将我搂抱得紧紧的，好象也得到了些那方面的满足。

可是，以后，我就又不行了。几个月过去，我对自己在那方面的能力越来越失去了信心。心想，反正听天由命吧。只要有那么一天，惠芬若提出和我分手，那我就痛痛快快和她去办手续。可是，惠芬看上去似乎并没有想和我分手的意思。只是我俩之间，根本不象一般的新婚夫妻那样，有说有笑，甜甜蜜蜜。我们之间，总是相互间象隔着一层纸，不知道双方间心里想的啥，客人似的。每说一句话，都要小心翼翼，前思后想了才出口。

几个月后的一天，晚上躺床上，我正要入睡，惠芬丢过一句话来说，"我给你说件事。"

我听她一本正经的样子，就觉得大事不好，肯定是她要向我摊牌。虽然我早都做好了迎接这一天的准备，仍然感到它来得太突然了。我嗫嚅着回答："你说吧，我听着呢。"

"我，可能怀孕了。"

"什么？"我几乎一下子从床上翻起身来，虽然惠芬的声音小得象蚊子叫，我却似听到了一声惊雷，"怎么可能？"我诧异万分地问。

"怎么不可能？"惠芬转过了身来，"你有两次，不是还勉强可以……"

一瞬间，我大脑里一片空白。怪不得这两天有两次她到厕所去呕吐。我当时想都没往这方面想，还以为自己是不是饭做的有问题。检讨自个：结婚后，我再没买过扒堆菜，也没买过带窝窝的鸡蛋，也没买过过期的方便面呀。我先是吃惊，后是惊喜，惊喜自己竟然要当爸爸了，这简直对我来讲，是天大的喜讯，以前我连想都不敢想，后是怀疑，怀疑过后，又是苦涩。我极力回忆惠芬所提的那两次的细节，肯定、否定，否定，肯定。脑子里象转着圈的陀螺。

半天，惠芬问我，"咋不说话，你是想要不想要这个孩子？"

我愣神过来，应答："要，咋不要。"

"那咋半天不吭声。你是不是有什么其它想法。"

我急忙搪塞，"没有没有，我是感到太突然了，一时没反应过来。大喜呃，真没想到，我那方面那么不行，还能让你怀个孩子。"

"你看你，对自己总是不自信。"

我不说话，心里想着事情，之前，我心一直都悬着，怕惠芬跟我拜拜，这下有了孩子，她就不会离开我了……

过后，我领惠芬专门上医院检查了一下，果然是有了。过了一段时间，惠芬就出怀了，肚子一天比一天大。每天晚上，我都要搀着她下楼遛一圈。见着我的同事都祝贺我，说真快，这才结婚多长时间，就快当爸爸了。到办公室里，老张跟我开玩笑："老张你也太利索了。可能是新婚之夜就怀的？"别人就一个个哧哧地笑。水房老赵头现在已成了我的老丈人，每次我去打开水，见着我时，眼睛都笑眯成了一条缝，问这问那。知道我对惠芬特别关照，感激之情溢于言表，还隔三岔五地往我家拎鸡蛋、清油、鸡腿、猪蹄。一来就要和我喝一场酒。惠芬常常在一旁挡架，说："他不能喝酒，你别把他灌醉了。"

她越这样拦，我越上劲，"谁不能喝？来，划！"就又和老丈人吆五喝六地划起来。

惠芬就剜我一眼："嘴上的劲。"

这话让我心里不舒服，觉得她是在挖苦我，只当是没听见，继续和老丈人叫劲。惠芬就上前来将酒杯夺下来，冲着她爸发威，"他不能喝你又不是不知道，每次都把他灌得醉醉的，你才肯罢休！"

老丈人就罢了手，收拾了回家。惠芬当着他爸的面不好说下边的半句话，等她爸走后，才一边收拾东西，一边说出了下半句，"每次喝完了酒，你都穷骚情，弄得人晚上不得安稳睡觉。"

惠芬一句话揭了我的老底。确实，有一次，和老丈人喝完酒后，没想到，那天晚上，我竟然可以了，和惠芬过了结婚以来难得的一次有质量的夫妻生活。所以，以后，每次我都盼着老丈人来，来后好喝酒，喝了酒，晚上能有好的表现。可是，以后的几次，就不太灵了。但有了那一次的成功之后，我就迷信上酒了，为啥那一次就成了，肯定是酒的功劳。有时，甚至老丈人不来，我也要在晚上临睡觉前喝两口。惠芬就知道当晚我又要折腾她。但这一招后来往往失效不起作用。弄得惠芬烦了，就埋怨道："不行就是不行，别人也没责备你。我那方面也不是特别有要求，两人就这么过就行了。小孩都有了，你还耽心我和你离婚不成？"

惠芬这句话使我一下子吃了定心丸，更是把惠芬当奶奶般地伺候。丈母娘心疼女儿，也常过来帮忙，对我的表现也是看在眼里，喜在心里，对我象亲儿子般地疼爱。嘴上常说女儿，"看你怀个孩子，把一凡累成了啥样，比以前瘦多了。"

每当这时候，我就嘴甜甜地说，"妈，别那样说，伺候好她，是我做丈夫的义务。"

惠芬就在一旁咧嘴一笑，我知道她那笑的含意是什么。到送走了她妈，两人躺在了床上，惠芬就笑着挖苦我，"你这丈夫的义务白天可以打一百分，晚上呢？"我就在她大腿上拧一把。她疼得大叫一声，但嘴上仍不饶人："光手上有劲顶什么用？"

我就长叹一口气。惠芬就又劝我，"等我把小孩生下后，我陪你去，找个好中医，好好看看。不然，我看你在家里那个委屈的样子，我也过意不去。结婚前，我倒没感觉到你的好，只是冲着你是个名牌大学生，编辑。结婚后这快一年，我才真正觉得，你是个好人。世界上顶好顶好的好人。嫁给你不冤。"

就这一句话，我一下子就觉得自己底下有了反应，我将惠芬搂进怀中就要行事，惠芬怀疑地问，"你行吗？"

我骚情地说"那你摸摸！"将她的手拽过来，放到我的下处。

惠芬感到很吃惊，"哟，你怎么就突然……"

"告诉你，我本来就没病，没病！"

我几乎是狂呼着要将惠芬往自己身子底下压，不料，惠芬一下子摔脱了我，"你自私不自私，咱们的小孩都多大了，再有俩月就出生了！你就不怕将他弄流产了？"

我一下子清醒过来，但欲火烧得我猴急难耐，这股劲，憋了有多长时间，它太需要发泄了！惠芬剜我一指头，道："忍着吧你就，为了你儿子！"

渐渐，我平静了下来，紧紧地搂着惠芬："答应我，以后要对我好，再不许挖苦我？"

惠芬笑笑道："你好了，我乐都不及，还挖苦你做甚？"

听了这句话，我就象是当年拿到了大学录取通知书一般的兴奋，心情得到了彻底的扭转与放松。从谈对象到结婚，我第一次真正切切，发自真情地亲了惠芬的嘴唇。叫了一声"我的媳妇哟——"，虽然没能干成事，但，我仍搂着惠芬，非常香甜地睡了一觉。

七

　　两个月后的一天，惠芬叫着肚子疼，丈母娘说要临产了，嘱咐我赶快上街上去叫辆出租来。在车上，惠芬疼得手指甲掐进了我胳膊的肌肉里，我忍着让掐。车开到医院，当天，惠芬就生下了一个白白胖胖足有八斤重的小男孩。当大夫将其交给我看一眼，往婴儿室去送的时候，我发现小孩很象惠芬，方方的脸，，宽宽的鼻翼，厚厚的嘴唇，我试图从那张稚嫩的脸上，找到我的遗传基因。但却一点儿也没能发现哪个细小的地方象我。我心里有点儿困惑。

　　医院呆了两天，惠芬就和孩了出院了。丈母娘搬过来专门住着伺候，减轻了我许多负担。我没事一下班回家就逗孩子。小孩挺可爱。一见我逗，就憨憨地咧嘴。没有几天时间，我就和他建立了感情，喜欢上了他。可是，他怎么就一点儿也不象我呢。我心里觉得特别遗憾。

　　孩子满月了，老丈人丈母娘张罗着要给孩子过满月。那天，惠芬请了她们单位的几个关系好的，我请了艾青，没去饭店，就在家中摆了一桌。她们单位的那几个人上次结婚时都曾来过，我认识，跟我握手寒喧，大哥长大哥短地称呼我。其中有一位新面孔，惠芬给我介绍说，他是她师傅，也是她们的车间主任，上次结婚时，他随了礼，但是家里有事，没能来。此人和我握手时，我总觉得有点儿面熟，在那儿似曾见过，可就是想不起来。等落座后，他也是一声不多吭，任同来的其他工友们大声说笑，调侃、高声吆喝地猜拳行令，他也是不多说话，时不时地睨惠芬一眼。在开席前，前来的人都涌到床前去看小孩，大家都说长道短，说小孩哪长得好，哪长得象惠芬，哪里长得象我，他却细细瞅一番小孩，又瞅一眼惠芬，一声都不吭。酒到了他面前，他也不多喝，能推就推。惠芬甚至替他挡驾，说她师傅也象我一样，喝不成酒，大家伙不要多灌他。虽然惠芬只是淡淡地这么一句，我却有一种特别的感觉，似乎她与她师傅关系挺默契。等转到我和他划拳时，我感到他的眼神游移不定，老不多跟我直面对视眼神，和我说话也有点儿紧张与木讷。我心里就有了一种不寻常的感受，努力地端详他那张脸，这一端详不要紧，我惊讶地发现，他的长相，咋跟我儿子的脸有那么一些相似之处！我一瞬间回忆了起来，第一次跟惠芬接触时，在街心花园堵着和惠芬说话，后来我送惠芬回家后，又让我在惠芬家巷子口碰到的，不就是此人吗？后边的酒，我不知是怎么应付下去的。反正是客人还没醉，我就先醉了。去躺在了里屋的床上……

等客人散去，老丈人也走了。丈母娘收拾完残局，在外屋床上睡下。惠芬将我的外衣脱了，重新将我的被子盖好了。她也脱衣躺下后，我的酒就清醒了，其实，之前我一直就憋着等待着这一刻，我要好好问问她和她师傅是个啥关系。我这儿子是不是他的。可是，我听着惠芬悉悉索索地脱衣服，拉被，钻被，接着渐起的均匀深沉的呼吸声，我却怎么也张不开了口。本来，我和她也讲好了的，今天是小孩的满月，也是我们"开戒"的日子，两人尽兴地过一次夫妻生活，说实话，久旱逢甘霖，我是日思夜盼着这一天的到来。可是，此时此刻的我，却是一点儿也没了兴致……

第二天，我仍旧闷闷不乐，晚上也没碰惠芬。惠芬感觉到了什么，早晨醒来后问我："你是咋了？"

我半天，搪塞说："没咋，前天喝得太多了，到现在没缓过劲来。"

惠芬见我对她传递过来的信号没有反应，只好穿衣服起床。

我陷入了另一种深深的痛苦之中，心里堵得难受。每天回来，我仍然是逗小孩，可是，感觉已跟以前有了很大不同，怪怪的。既喜欢那小生命的天真可爱，又瞅着面前那张脸，心里感到格外的不舒服。我开始懒得做家务，也渐渐再不给惠芬洗内衣。幸亏有丈母娘来接替，不然，这一切，跟以前对比，就太明显了。我和惠芬的关系又恢复到了以前的"绝缘"状态中，甚至还不如了以前。惠芬也再不问我什么，每天回家来，我不说什么，她也不多说什么。采取个什么办法，才能既不让惠芬知道，又能验证出孩子究竟是不是我的呢？我常常在上班时就这样痴想。能不能通过她单位的同事，了解到她与她那位"师傅"究竟是个啥关系？可是，怎么了解，我和她们那些同事，一个都不熟……我整天都在这件事情上苦恼，跟她直接挑明了问，她肯定不承认，反而进一步恶化夫妻关系。本来我们这婚姻就没有啥实质的内容，脆弱得很，不堪一击，要是我提出疑问来，万一激怒了惠芬，她会不会顺势就提出跟我离婚？离婚这一步，我又不想走，成个家多不容易。虽然跟惠芬关系这样。可它毕竟是个家。要是离了婚，在单位，同事们会更加确认一个事实，那就是，我在那方面有毛病，我在单位还怎么往下呆？而再过那种单身汉的日子，让人想起来就不寒而栗。如果这次婚姻解体了，也许以后一辈子自己都将过一个人的日子！思前想后，只有牙打碎了往肚里吞，装糊涂。这样劝解着自己，我回到家，态度有所改变，对小孩表现出发自内心的喜爱，又开始抢着做一些家务，而且也见惠芬的内衣内裤血裤头泡在盆里后，主动动手洗了晾在衣架上。惠芬发现了我情绪上的变化，觉得有点不理解，但她好象也特能装，从不主动问我。到了晚上，惠芬感激我的表现，特别是我为她洗了血裤头，主动钻进我的被子里来。可是，我又恢复到了以前那样，白天"表现"很好。晚上的表现却很"差劲"。虽然心里不似以前那样是因为紧张所致，却是被另一种情绪所控制。一到惠芬上边，我面前就立马晃出她师傅的面孔来。惠芬又使出了上次的那一招，主动地伸出手去摸我的下边，可是，这一次，那一招也失了灵。惠芬就问，"你这是咋回事，有两次不是好了嘛。"

"我也不知为什么，自从那次给孩子过满月喝酒后，就这样了，对这事提不起了兴趣。"

惠芬转过了身去，一声都不吭，半天，扔过一句话来，"我觉得，你还是应该上医院去让大夫认真看看。"

"我本来就没毛病，看什么看！"

自打结婚以来，我从未这么大声吼过。惠芬吓了一跳，说："吼什么吼？不去就不去。你以为是我受不了？我是可怜你，连别人的好心都不理解。"

我一声再不吭。

过了两天，上班后，拎着暖瓶到水房打水，老丈人把我叫住了。问我，"你们是不是吵嘴了？"

我说，"没有呀。"

"惠芬跟她妈叨叨了。　"

我不吭声了。老丈人就说："你还是听惠芬的话，去医院瞧瞧。别抹不开面子。现在都啥年代了。其实那算不上个啥大不了的毛病。吃吃药就会好的，以前社里的的 XX……"

我一下子火了，"我根本就没那方面毛病，你别听惠芬她瞎掰！"

我一来是恼羞成怒，二来是怕别人听见，急急地出水房门来。我真恨不得将心中的疑惑向丈人摊牌，可是又不能，我心中的憋屈没法向任何一个人倾诉！心底里就时时冒出晓芳，回到十几年前祁连山下那个小山村中度过的岁月，当初觉得生活是那么艰苦，现在对我来讲，那就是定格在我心灵深处最优美的诗！晓芳，你现在过得好吗？你心里还时常想起我吗？你知道我现在过得是什么样的日子吗？我的眼泪就止不住地汩汩地流出来，我急忙将其拭去，怕被同事们瞅见了。

晚上回到家，我就跟惠芬发脾气："你肠子里就盛不下二两油，咱俩之间床上那点破事，你也给你妈抖落！"

惠芬不以为然道："我妈，有啥不能说的。让你看，你又不去看。就窝在心里头自己糟践自个。"

我一声都不吭。

日子，就这样淡淡地过着。我依然是下班后就逗小孩——它成了我生活中唯一的乐趣。小孩很乖，你怎么逗，他都不恼。惠芬就在一旁打趣："还说小孩不像你。瞧那个蔫样儿，像你像到家了。"

我矢口否认："我什么时候说他不像我了？"

"你连你说的话都不记得了。"

"你什么时候听我说过他不象我来？"我叫上了真。

"上次你喝酒喝醉了说的。"

"是哪一次喝醉酒说的？"

"哪一次我不记得了，你没说过，我咋知道你认为小孩不像你？"

我再不吭声。

"需不需要上医院去做个血型化验？"惠芬不依不饶。

"你胡扯啥呢！"

我脸上装着生气，心里听着很舒服。看来，这孩子是自个的骨血。

平时中午惠芬不回来，小孩又让她妈带着，下午下班才去她妈家接回来，所以，中午这顿饭我往往穷对付，随便在单位对面的小饭馆里吃点，回来后蹴在传达室里下象棋。棋友中有位老徐，比我大个一二岁，一来二去，下棋下的由棋友下成了朋友，常常中午一同去小饭馆里吃饭，还今天你为我付钱，明天我为你付账的，慢慢的就好得开始讲一些掏心窝的话。那天中午下班后，在大门口两人又碰上了，我因为早上听了惠芬的话，心里特高兴，拉着他的胳膊说，"走，今天我请客，吃完了回来好好杀两盘。"去饭馆坐定后，我知道他是南方人，爱吃米饭，就没象平时那样，要面食，而是点了两个小菜，要了两碗米饭，兴头上，我便又要了两瓶啤酒，老徐觉得有点儿过意不去，说让我破费了，下次他补我的情。我一摆手，说："什么补不补的，来，喝，我今天高兴，不下棋了，索兴好好在这儿喝两盅。"一高兴，老徐没拉住我，我就又去柜台上拎来了一瓶二锅头。两人正喝到兴头上，老徐却一本正经地说，"老弟，今天喝多了，我才提醒你一句，不然我不说，你可得将弟媳给看紧了。"

我的神经立马紧张了起来，问，"你说这话是啥意思？"

老徐脸上露出一脸的真诚："我是看你老弟平时待人宽厚，不然我不说。社里有人在议论你。"

"议论我什么？"

"大家伙都说你那儿子长得一点不象你。"

我的脑子"嗡"的一声，一片空白。

"有人说，你媳妇在外边有人。"

"什么？"我瞪大了眼睛："谁？你快说！"

老徐顿了一会儿，神秘兮兮地左右看两眼，往我面前凑凑："听说是她的车间主任，为这事，那一位的老婆都到厂里闹过好多回了。"

我的天，这么严重的情况，可能其它的人都嘈翻了，就瞒着我一个人！难怪我第一次和惠芬谈对象时，那么巧地就两次碰上了他，难怪给孩子过满月时，他跟其它的人表情都不一样！我如五雷轰顶，不甘心地问，"这一切，你们都是从哪里得到的？我是她丈夫，怎么我都不清楚，你们却知道得这么多？"

"你别忘了她老爹是我们单位的。有人见过已经不是一次两次了，她和她师傅下馆子，逛商店，勾肩搭背的，已经好多年了！"

老徐看我情绪很激愤，害怕捅下大漏子，不放心地说，"老弟，你回去后千万要冷静。我本不该给你讲这些。这种事情，弄不好，就搞得家破人亡的，出个事情，我可担当不起。"

"没你事，你放心。我还不至于干出那种不理智的蠢事来。"和老徐从饭馆出来，我哪有了下棋的心思，跌跌撞撞地不知怎么坚持走到家的。回到家，我又去到厨房，拎出瓶二锅头来，一气喝了个底儿干，也没去上下午的班，怕被邻居听见，捂着被子嚎啕大哭了一场。

八

晚上，惠芬下班回来，一推门，见我醉得不成样的躺在床上，感觉有点儿不对劲，问我，"咋了，你喝成这样的？"

我没理她，老半天，她开始整理被我弄乱的房间，我又捂着被子开始嚎啕，惠芬这才发现大势不好，急忙将门关紧了，怕被别人听见。我忿忿地吼道："有啥可关门的，全社人都知道了，就哄着我一个傻子！"

惠芬怯怯地问："知道什么了？"

"知道我是个王八，活王八！"

我歇斯底力地叫喊。惠芬不吭声了。我倒是希望她表白，表白自己的无辜。可是她却只顾收拾屋子，一句话也不多说。

然后，又到厨房里去做饭。本来，我想着两人有一番急风暴雨般的交战。可是，就象战场上打仗一样，找不到了作战的另一方。我渐渐也偃旗息了鼓，醉熏熏地躺在沙发中昏睡过去。

惠芬做好了饭，端上桌来，招呼我："闹够了没有？闹够了起来吃饭。"

我不搭理她，她也再不劝我，一个人坐在那里吃饭。她也没心思吃饭，只三两口走了个过场，就收拾了碗筷，到厨房里去洗锅。洗完了锅，收拾完了厨房，重新出厨房来，洗洗脸，洗洗手，擦点油，搓搓手，搓搓脸。就出门去了，我想她是到她家去接小孩去了。过了一小时，她抱着小孩子回来了，要是平时，我肯定是要逗一阵儿子的，可这会儿，我连身都没翻。惠芬就又给小孩收拾这，收拾那，不搭理我。

到晚上睡觉，她要铺床，叫我起身，我没理她，又叫我，我仍不吭声。她就上前来拉我，我甩脱了她的手。她只好做罢，从衣橱里取出被子，给我盖上，然后自己也就和小孩一道，在床罩上睡了。

第二天早晨，我不说话，她也不跟我说话，我也没给她象往常那样做早点，也没有主动往她妈家送小孩。她就自己抱着小孩出门了。

晚上回来，我又不做饭，呆呆地坐在沙发里。她回来，见我那样，就又脱了外衣，钻进厨房去，过了一阵，做好了饭，端出来放在桌子上，叫我，"过来吃饭吧？"

我有气无力地说，"我不饿。"

"你两天都没吃饭了吧，能不饿？"

我的眼泪就又汩汩地掉落下来。惠芬见状，知道我被伤得厉害，就下好话说，"事情归事情，总得吃饭呀。"说着，就上前来拉我，我先是不动，惠芬象哄孩子似的将我搂住一边往饭桌旁拉，一边说，"吃饭吧。别生气了。吃完了饭，我有话要对你说。"

她会对我说什么？我松动了意志，去坐在了饭桌旁，胡乱吃了两口。实在是吃不下去，就将饭碗推到了一边，又去厨房取酒瓶出来，惠芬上前来一把抢了过去，"还喝？不要命了！"

"我真不想活了，喝死了拉倒！"我忿忿地说。"你喝死了，那我和儿子咋办？"

"儿子？那哪是我的儿子！那是你和你那师傅的儿子！"

"你真是胡说。"惠芬狡辩。

"怎么不是你和他的儿子？你看和他长得多象！"

"他哪儿和他长得象？你是心理作用。你究竟听到啥了？"

"那你跟我解释，你和他究竟是怎么回事，社里的人怎么都嘈嘈你和她有事？"

"我咋知道，道听途说拜。"

"道听途说？怎么说得有鼻子有眼的！说你们在街上胳膊挎胳膊，一起下饭馆，一起逛商店……"

"人鼻子底下长个嘴，啥话不会说。你就专信他们的？你听了这些人的话，也不分析分析这些人的意图是什么。"

惠芬的话虽然有点苍白，但却是我爱听的，我不吭声了。惠芬一边收拾桌子，一边又劝我，"现在的人，有几个是不拨弄是非的？要都象你，听风就是雨的，多少个家庭不都完了。"

"那你跟你那师傅究竟是咋回事？"我一心要解开这个斯芬克斯之谜。

"我和他关系是好点，谁让我们是师徒关系来。一起逛商店下饭馆是有那么回事，可是，男的女的就不兴逛个商店吃个饭？你说了以后，我回想了一下，是有那么一两次，下班后我们一路，我看着买件衣服，想让他给参谋参谋，买完衣服就顺便吃了个饭，可能就让爱管闲事的人看到了，编排我。"

"他老婆找到单位闹你是咋回事？"

"捕风捉影呗。还不就是那些爱挑弄是非的人干的。谁在单位上没个对立面？他又当着车间主任，工作上得罪些人，他们心里有气，就在这方面给他找事。"

我不吭声了。惠芬见我有些软，就吩咐我去她家抱小孩，我使性子不去，她只好就自己去。过了一会儿，将小孩子接回来，就又伺弄小孩，再不理会我。过了一会儿，又开始整理屋子，将小孩硬要塞进我怀中，我不干，将其扔到床上去，把小家伙给惹哭了。惠芬急忙上前哄小孩，就说我："拿小孩置气，啥人。"一边将衣领解开来，给小孩喂奶头，一边对着小孩的脸看着，说："你再细瞅瞅，他哪点不象你，你看这鼻子，越来越挺，还带个勾，咋就不象你！"

我就偏过头去看，果然，发现小家伙的鼻子比前一段时间挺了，我仍旧说："他哪有什么勾？"

惠芬将小孩转过来，头对着我，争辩道："你再仔细瞧，看是不是鼻尖处有个勾？"

我就认真地伏下头去观察，起先，觉得没有，可是，越看，就好象有那么点勾。

我心里的冰山就开始消融，脑袋上的箍子开始松动，忍不住就上前去在小家伙的嫩脸蛋上亲吻了一下，亲小孩的时候，脸碰到了惠芬雪白又柔软的奶子，我就有点儿躁热。惠芬见我态度有点儿转变，顺势向我飞个媚眼，说，"我的奶子涨得厉害，你掴两口？"

小孩被他姥姥白天接了去老灌牛奶、饮料什么的，加上惠芬上班，顾不上哺小孩，所以小孩渐渐就不怎么喜欢吃她的奶了，常把她涨得难受。我犹豫了一下，就将嘴对了上去，掴了两口。惠芬的奶头雪白雪白，大大的，极富有弹性——造物主将女人的奶头塑造得真是太完美了，就好象是用它来专门撩逗男人的情欲的。我吮着惠芬的奶头，浑身更加躁热起来，听了惠芬的表白，我的气基本已消了，虽然仍然心里有点儿疑惑，但已被想要惠芬的欲望所代替了。惠芬看了我一眼，从我的面部表情似乎窥到了我心底的这种细微变化，奶了一会儿孩子，就哄睡了小孩，说，"你闹了两天了，该累了吧？今天早点睡。"

拉了灯，我就钻进了惠芬的被窝。惠芬佯装生气地转过身去，"别碰我，我不正经。"

她这一说不要紧，竟然逗起了我极强的欲望，将她的身子扳过来，问："谁说你不正经了？"

"你，这两天闹腾，不就是认为我不正经。"

"你自己说的，我可没说你！"就将她死死地压在了身子底下。这一刻，几乎成了我和惠芬真正意义上的新婚之夜。我得到了极大的发泄，我对自己的性能力感到极其惊讶。惠芬也得到了极大的满足，一边呻吟，一边配合着我。完事之后，在我脸上剜了一指头，"你还真行！象条饿疯了的狼！"

我象打了胜仗的士兵得到了军功章般的兴奋与自豪："看你以后还到外边去骚情！"

惠芬狠狠打了我一巴掌，"怎么刚干完事，醋性就又上来了？有完没完！"

我又回到了现实的残酷中，刚才是吮惠芬的奶子撩起了性欲，将心中的不快暂时压了下去，这会儿，欲望得到了释放，痛苦就又象条毒虫一样重新爬上心头，撕咬着我。我自言自语地说，"我心里还是隔瘾。无风不起浪，你老实对我说，你跟你们车间主任是不是真有事情。为什么我们第一次约会时，他来堵你？那次小孩过满月，他也那么不自然，而且，我看小孩咋就是有点不象我而象他？”？

惠芬一下子火了，“刚才你搂着我的身子发泄的时候，你咋不隔瘾？这会儿发泄完了，你就又说这屁话。你们男人咋都这个屁样。你要真想不通，离婚也成！这年头，谁离了谁活不成！”

惠芬这句话，让我琢磨不出来她究竟是肯定还是否定她与她们车间主任有一腿，但却又硬帮帮的。我虽然心里难受，但一听到离婚二字，便不寒而栗，把我从感情的醋意中拽回到了理智的怀抱，我说：“别提离婚，我不爱听。”

“那你说的那屁话我就爱听？你要是再这么听风就是雨，疑神疑鬼，那咱们就离婚。”惠芬寸步不让。

我退却了，“我也没其它要求，就是你以后跟你们那个什么车间主任接触时顾及点儿影响，别惹得别人说闲话，行吗？”

惠芬翻转过来身子，“闹也闹了，发泄也发泄了，该睡了吧，明天还要上班呢！”

九

说也奇怪，自从这样闹过之后，我和惠芬的关系竟然大大地向前进了一步，象现在才开始度蜜月一般。丈母娘给看小孩，每天早晨，我早上早早起床给惠芬做早点，等惠芬下床后，我就将饭做好了，她吃饭，我送小孩到丈人家。回来后，惠芬已吃完饭，收拾打扮地出门，我匆匆吃了收拾碗筷。晚上下班就早早儿回家做饭。惠芬换下来的内衣内裤血裤头什么的，我也从床底下翻出来给其洗了。她下班后一进门，我几乎就将饭做熟了，端上桌来。她说工作累了，肩膀疼，我就不先吃饭，先给她擂肩膀，掐膀子。她的皮鞋不等她擦，每次都是我给她擦得锃亮。惠芬就觉得挺感激，过意不去，晚上，常常主动钻到我被窝里来。我上班也来了精神，一连编了好几个好版面，还帮艾青出了几个好点子，新开辟了几个栏目，反馈来不少表扬信，乐得艾青直夸我，给老总编提议给我多加了奖金，还报了年底的先进。我和老徐中午下棋前去小饭馆吃饭，老徐请我喝酒，喝到高兴处，我就主动乐滋滋地说："你上次说的那些都是没影的事。单位上的人都是道听途说。我审过了我媳妇，她向我保证她和她那位车间主任只是关系好点。绝没出格。"

"没有就好。没有最好。"老徐应喏着我。

看他那话中有话的样子，我心里又没底了，犯起了迷糊。

寒暑易节，小孩很快大了，送到了幼儿园。每天都由我接送。这孩子，现在是跟我比跟他妈亲，每次送他到幼儿园去，都死拽着我的衣领哭成个泪人，央求我下午早点接他。下午我接他去，他总象疯了似地，扑进我的怀抱，亲我几口。然后我领他还要在幼儿园的院子里滑会滑梯，坐一会儿转椅。晚上吃完了饭，他就拽着我，要出去玩，我就将他架在自己的脖子出门去，转上一圈。惠芬看他恋我的样子，就说，"还说不是你的种，看他跟你多亲。"

"别翻肠子了好不好？哪壶不开提哪壶。"

惠芬就再不吭声。我就摊开小动画书来，教吱吱呀呀的小孩认书上的字。我忽然就有一种憧憬，将小孩培养得考进我上过的大学里去，一想到这一点，我心里一下子有了动力，有了生活的目标，浑身一阵激灵，兴奋得不得了。回去后把自己的想法给惠芬说了，惠芬也乐得够呛，用欣赏赞许的眼神看着我，似乎在传达着一种无限的深情，这辈子找我真没找错。我心里就特自豪。当天晚上，惠芬就又主动地钻进我被窝里来，两人很尽兴地做了一回。

一天，我路过传达室，老刘头将我叫住了，我以为是他要跟我下盘象棋，我说没功夫，我得赶快上幼儿园去接儿子。老头说不是下棋，这有你一份电报。我接过来一看，上写：父病危，速归。父亲待我再不好，可他也是我父亲。我去接完儿子，等惠芬回来后，商量了一下，将小孩暂时送到她妈家去给看几天。第二天，我就请假坐车回了兰州。等回到家中，我父亲就已经不省人事，看了我一眼，拉了我一下手，轻轻动了几下嘴皮，我伏下身去费了好大力气听，也没听出个所以然来，猜着好象是说"这辈子我对不住你，儿子。"就咽了气，真是人之将死，其言也善。人到闭眼时，才把一切都看开了，真也是悲哀！我草草办完了丧事，跟几个兄弟姊妹安排了一下我后母的生活，就匆匆坐车返回北京。

车到北京，已是晚上十一点多钟。下了车后，我本来急着想往回家赶，可突然心底就冒出一个奇异的念头。我就在火车站前头的前门大街上乱遛达。一直到了站台上的钟声敲过了十二点，我才缓缓地往家返。心里忐忑不安，祈祷着，千万不要让自己的推测得到现实的验证。我磨蹭着到家，已经是快一点了。我轻声轻脚上楼，来到自个家门口，我轻轻地掏钥匙，然后伸进锁孔去。奇怪，怎么也转不动了。拧了半天，还是开不了门，很长时间，才听里边惠芬的声音："谁呀？"

"我，"我答道，感到事情有点儿不妙，平时，我们家睡觉，从来不将房门从里边上保险锁的。但我又安慰自己，也许是我走后，惠芬一个人睡觉害怕的缘故。所以才将门锁反锁了。半天，还不见惠芬过来开门，却听到屋内一阵悉悉卒的忙乱声，我心里一惊，打了几下门，催促道："赶快开门！"

"就来就来。"

只听惠芬在屋里应喏着，可是，就是不见她前来开门，过了一会儿，我又不耐烦地打了几下门，她才急匆匆地说："来了来了。”前来将门打开。

我不高兴地走进家门去，狐疑地瞅视她两眼，一边向里屋走，一边四处张望：“干嘛不开门？”

惠芬一边退着身子，一边说：“那也得等我穿了衣服呀。半夜三更的，人正睡得香。”见我不高兴的样子，反守为攻地埋怨我，“你咋这么快就回来了，才走几天时间。来前也不先拍个电报过来，让人家上车站去接你。”

“一个人，又没啥东西，有啥好接的。”

我一边说着，一边走进卧室去，我的第六感觉这里可能不是一个人睡过。惠芬问我吃过了没有。厨房里有剩下的饭菜，要不要我去先吃了再睡觉。我说，“不了。火车上都吃了。”

“那就赶快睡吧。半夜三更的了。”惠芬就催促我。

我一边脱外衣，一边直接了当地问，“我咋感觉这屋子里好象有人来过的样子。”

惠芬说：“你胡说啥呢？你不在，会有谁来。”

“那你自己最清楚。”

惠芬佯怒道：“你又犯病了，疑神疑鬼的。那你就搜，看你能搜出个大活人来，搜不出来，你今天就不要睡觉。”

本来，我是想掀一下床单看一下床底下的，可是经惠芬这么一说，我倒反而不好这么做了，只好坐在床沿上，一边慢腾腾地脱衣服，一边审问她，“开个门，用那么长时间，有个人，也从窗户口跑了。”

惠芬说，“你要那样想，那我也没办法。赶快睡吧。把人困得，明天还要上班呢。”说着，她就先钻进了被窝。

我脱了衣服也钻进被子里，惠芬就急猴猴地拉了灯。我躺在床上哪里入得了眠，仔细回忆刚才进门时自己所观察到的所有细节，包括惠芬的表情，屋子里的情况。半天，惠芬将手伸进我的被子里来，放到我的小腹上，同时柔声地说，"离开好几天了，也不想我？"我先是没反应，后经不住她手的揉搓，来了情绪，就爬上了惠芬的身子。一种特别的感觉——就象是自己家的饭菜别人动过了筷子，吃剩下了，自己才后动筷子。完事之后，惠芬剜我一指头，"没想到，你醋性还挺大的。还不打招呼，提前回来堵我来了。"

"谁回来堵你来了？本来一回去当天，我爸就去世了。"

"那你就不能在老家多呆两天？多少年都没回家去了，你家的兄弟姊妹也舍得让你这么快就回来？"

"我和我爸的关系很僵，和兄弟姊妹之间不是一个妈生的，关系也淡得很，你又是不知道。"

两个人再没话。

第二天早晨，屋子里进了阳光，看得清楚了。我还正为自己昨天的疑神疑鬼自责呢。觉得昨天晚上那样很影响夫妻关系，惠芬会不会在心里落下阴影，惠芬去上厕所，我有意无意地又翻身仔细观察一下房间四周，看能发现些什么，随便一翻床单，却发现床单底下压着一双男人穿的灰袜子。我心里咯噔一下，等惠芬从厕所里出来，我阴着脸，将袜子呈在她面前问，"这是谁的？你老实讲，昨晚你是不是在家留人了？"

惠芬一见袜子，顿时脸色大变，半天，说，"这是我爸的袜子。昨天来家，脱下来让我洗。我没来得及。"

"你哄鬼去吧。我是个三岁小孩。就信你讲的？今天我就去问你爸！"

惠芬硬扛："信不信由你。反正这袜子就是他的。"

"那我今天就去问。"我忿忿地说。

"你不想要这个家了就去问。"惠芬威胁我。

我气咻咻地没做早点，就去上班。上班后，我拎了暖瓶去水房，打了开水，却犹豫着迈不进老丈人住的小房的门。正在这时，老头自己出来了，喊我，"哟，你回来了，赶快进来，你爸咋样？"

我如实向老头简单将回去后的情况讲了一番，老头替我唏嘘一番，说你爸这岁数还不算太大，走得有点早云云。我哪里有心思听他这些安慰话。心里矛盾着问还是不问那袜子的事。犹豫再三，我还是将已经爬到嗓子眼的问话又压在了舌头下。忍，小不忍，则乱大谋！我用孔老夫子的教诲强力克制着自己。我深知这一句问话出口的分量。人有时候，需要糊涂，需要自欺欺人！就象郑板桥的那幅字上写的！俄国大作家陀思妥耶夫斯基也曾说过，"谁最会哄骗自己，谁才会生活得最快乐"！我告辞出了水房。我一天都不痛快，内心里极其矛盾。下午回家，我也破天荒地没有做饭，半躺在沙发里看电视。惠芬下班推门，见状，小心翼翼地说："哟，还在闹情绪呢，你问了没有？"

我只顾看电视，不理她。

"你说话呀，究竟是问了没有？"

我仍然不肯声。惠芬就再不问了，系了围裙到厨房里去做饭。做好了饭，端上桌来，喊我道"吃饭。"

我仍旧不吭声。她就坐下来一个人吃，吃了没几口，就吩咐我说，"你赶快吃呀，我去妈家接小孩。一个星期不见了，你不想他呀？"说罢，就出了门。

我一个人又躺在沙发中，呆了很长一段时间，才起身来，坐在桌边上，胡乱捣饬了两筷子。过了一会儿，惠芬就领着小孩回来了。一进门，惠芬就对小孩说，"去，亲亲你爸。"

小孩就扑上来抱住了我的双腿，我没反应。惠芬就责备我，"德性，孩子又没惹着你。"

小孩使劲摇着我的腿，我才蹲下去，让他在我脸上亲了一口。我看着小孩天真无邪的脸蛋，心里说不出来的一种复杂的感受。

第二天晚上下班，老丈人主动地到家来，还拎着一瓶二锅头，说好长时间没和我喝酒了，今天晚上要好好和我划两拳。我哪有心思，但也不好拒绝。惠芬就在厨房里忙乎着做菜。他坐在桌旁，我一声都不吭，老头就没话找话地说，绕来绕去，才吐出关键的那句话来："你们的事，惠芬给我讲了。你误会她了。那袜子，是我那天到你这来，看电视时，太热了，就脱了下来。惠芬就说，你这袜子臭了，走时别穿了，我给你洗洗。可她说过后，可能忘了没来得及洗。"

我一声都不吭。老丈人看我不吭声，也不再说什么。等惠芬做好了菜，看我的脸色不好，也不吭声，默默地端菜，取酒杯。老头打开了那瓶二锅头，往酒杯里斟满了酒，送到我面前，邀我碰杯。我懒懒地举起来，碰过后，将一杯酒一口全吞下嗓子眼去，喝得急了点，呛着了，老头就安抚我，"慢慢喝，慢慢喝。"

我觉得今天的酒，呛到嗓子眼后特别的苦。我的眼泪就流了出来，不知是被酒呛出来的呢，还是它自己主动流出来的，反正就一股股地流了出来。我就又端起了酒杯，自己倒满了，又仰脖子喝下。惠芬见不对劲，说了一句："犯病。"想将酒瓶拿开去。我一伸手，从她手中抢过了酒瓶，"谁犯病？你才有病！来，喝，今天我非喝它个人仰马翻！"说着，就又把一杯酒倒进了嘴里。惠芬见拦不住我，赌气说，"喝，喝死了拉倒！"

当着老丈人的面，有些话我压在舌头底下实在是吐不出口。最后，我就有点儿晕乎了，扒在桌沿上，一边哼哼，一边抹眼泪。老丈人见状，本想劝我两句，可又没得说，只是连声叨叨，两口子过日子，相互要谦让，有啥事别闷在心里，谈开了就好了之类。我哪里能听他的，仍旧不吭声，又接着往酒盅里倒酒。惠芬就冲他爹喊，"你还不把那酒瓶拿走了。还让他喝！"

老头就知趣地赶快从我手中夺过酒瓶去。惠芬就上前来，从她爹手中接过酒杯道："你快回家去吧。别喝了。"

老头走后，惠芬整理桌子，让我离开去坐在沙发里，我不动弹，她就上前来抱我，我不走，她使劲，我和她就同时摔在了地板上，她站了起来，我就扒在地板上，呜呜地哭泣。哭得很伤心。惠芬可能也是被哭感动了，又上前来哄我。我一把甩开了她，继续哭，而且声音越来越大起来。惠芬提醒我，"你就哭吧。让别人听见。"

她这一说，才提醒了我，我不哭了，躺在地板上抹眼泪。半天，惠芬收拾完了厨房，又上前来抱我，温柔地爬在我身上，说："去到床上睡，好吗。这样是要生病的。"

"别管我，死了拉倒！"

"你死了，我和儿子咋办？"

"爱咋办就咋办，你不是还有他吗？"

"我有谁呀？"惠芬说，"我不就有个你吗？"说着，就用她的手给我拭眼泪，"走吧，别耍孩子脾气了。我爸不是都已经给你讲清楚了。那袜子是他的。你别疑神疑鬼的了。两口子好好儿的。闹什么闹，把人心闹凉了，和你离婚，你就愿意？"

我不吭声。惠芬就又将胳膊挽进我的脖颈，和另一只先放在我腰间的手一起用力，使劲地拽我起来。我觉得再闹下去也没趣，既然惠芬已给自己说软话，自己也就顺势下驴。我起身来自己躺到床上去。惠芬又帮我脱了衣服，给我拉开了被子。我躺下后，她又收拾屋子。收拾完屋子，她说到她家去接小孩，就出去了。我迷迷糊糊地半醉半醒地躺在床上，满脑子都是袜子，袜子。不知什么时候，惠芬领着小孩回来了，给小孩喂完吃完，安排小孩睡下，自己也拉灯上床，见我翻了个身，哼哼了两声，知道我醒着，就问我，"咋样了，这会儿？"

"什么咋样了？"

"胃难受不难受了？"

"胃里不难受，可心里难受。"我说。

惠芬半天不吭声。慢慢地，才安慰我，"别胡思乱想了，尽给自己没事找烦恼。都老大不小的了，看你刚才，躺在地上那样，就象个不懂事的孩子一样。"

"我心里难受！"我低沉地叨叨，"我就是心里难受！"说着，眼泪就又从眼角里流了出来。低声啜泣起来。

惠芬叹了一口气，半天，钻进我的被窝，象哄小孩似地哄我："别哭了，嗯？都晚了。我爸不是都给你说请楚了嘛，你还哭？"

惠芬边说边摇着我的身子。我莫名其妙地有一种幸福的感觉。从小到大，除过晓芳，没人这样哄过我！我就渐渐停止了啜泣。惠芬就又劝我，说小孩都大了，能听懂大人说话了，要是让小孩知道了多不好。劝了我一阵，就低声温柔地问我，"想不想要我？"

我被她刚才哄孩子似的搂在怀里说着好话哄着，早都有了冲动，这会儿就翻起了身来，到惠芬身上去。可是，不知咋回事，还没咋样，就早早泄了。惠芬拉灯收拾一番，重躺下来，长长地舒一口气，说，"睡吧。"

十

第二天惠芬下班回家，捂着个大口罩，进门来，我吃一惊，摘了口罩，我就发现她的脸上有几道血指甲印。我吃惊地问她咋回事。惠芬敷衍说，平时就和一个同班的女同事有过节，为几句话恼了，两人撕把了几下。我脱口说，"明天我找她去。"

惠芬略一惊讶，说，"拉倒吧，还不嫌乱的。也就相互话赶话地恼了。同事们劝了，过了也就没事了。"

"她把你脸挠成这样，你竟然说没事了？"

"都是一个班的同事，以后还要在一起长期共事，你说咋办？她过后也给我赔情道歉了。"

我再不吭声了。吃完了饭，我带小孩去遛弯，心里就细思量，她平时，性格上挺随和的，也没听她平时嘈嘈和谁有过矛盾呀。

我一下子就把它跟袜子的事情联系在了一起，觉得事情蹊跷，事出有因。我领小孩回去后，就直截了当地问她："你是不是又有啥事瞒着我？你那脸上指印，究竟是咋回事？"

"你看你，又来了，烦不烦？咋回事，就那回事，能再有啥事？人家心里也不好受，你还一个劲地添乱。怎么这么一回儿就回来了，赶快再带小孩出去转。让我清静清静，烦死人了。"

我只好又领着小孩出了门。

第二天上班，我就突然接到一个陌生女人的电话，问清了我的尊姓大名，要约我中午在一个什么地方见面。要跟我谈件事。我问"你是谁？"

对方在电话那头说："你先别问我是谁，中午见面后你就知道了。记清了，公主坟公交车站下。我拿一把红太阳伞等你，不见不散。"

我已经隐隐约约地揣测出此人要跟我见面说什么。一上午，我再没办法使自己静下来，报看不进，稿编不下，一会儿出办公室去，想到家中，走一半，又折回头来，刚进办公室，股屁在椅子上没落座，又匆匆出门去上厕所。老章看出了什么，关切地问，"老张，你有什么事吗，刚才接了个什么电话？"

“没，没什么，没什么，”我搪塞道：“我在琢磨着改一篇来稿。”

中午，我忐忑不安地如期坐车前往，到了公主坟站，一下车，就见一个手里拿把红伞的肥女人站在那里。我小心翼翼地绕上前，认定了，怯怯地问：“你是给我早上打电话的人吧？”

女人摘下眼睛上的太阳镜，打量我一下，才问：“你就是赵惠芬的丈夫？”

我点点头作答。女人马上就从厚嘴唇里蹦出了第二句：“你家媳妇一直跟我家老头搞破鞋你知不知道！”

我神经质地四下里张望一下，示意让她小声点。对方毫不在意我的提示，“她们都欺负人欺负到家了，我还顾忌什么？”

我早已预感到了这一幕，但仍感到事情来得太突然，太猝不急防！没想到，自己一心想弄清楚而始终未弄清楚的“斯芬克斯之谜”竟然是由这么一种方式得到的。是由情敌的媳妇告知自己的，不免觉得太窝囊，觉得在对方面前抬不起头来的难堪，嗫嚅地辩解说：“其实，我以前早有所察觉，只是没有抓到他们什么真凭实据。”

“你还要什么真凭实据？前几天他都在你家呆了半晚上，把袜子都丢到你家了。你是真不知道还是装糊涂？”

我心头一惊，问“你咋知道的？”

“我咋知道的。那天他说他要在单位值班。可是，半夜三更的又返回家来，我看他失魂落魄的样子，就知道没干什么好事，准是跟你家那婊子在一起鬼混了。他连他没穿袜子都忘了！摸黑上床，第二天早晨找不到了，才想起来，晚上就没穿回来，我一审，他就慌了，这编那编。第二天我就通过人打问你们单位的人了，前几天你是不是回甘肃探家去了，那天晚上半夜回来的？我威胁他不如实说，我就立马闹到那破鞋家去。他还是编屁谎不承认。第二天，我就上了他们单位。你家那口刚开始嘴还挺硬，也是死不承认。我实在是气不过，就和她扭打在了一起，在气头上，她啥都不顾地咒我，我给你学她当时的原话——'我就是和你家老头好，他昨天晚上就是在我那儿，我们俩人就是好，好了好多年了，你有本事把你家老头的心拴住。你家老头亲口给我说的，你不离婚就让你守活寡。气死你！你听听，你这老婆有多破。"

我的心，此时难受得就象在被别人用刀子捅。其实，我这几天里，啥不知道！就是从结婚后她突然告诉我怀孕了的那一刻起，我就知道事情是咋回事，其实，我是不敢面对现实，一直都在自欺欺人地自己骗自己！等情绪稍稍稳定后，我不解地问对方，"这一切，你以前都是怎么知道？"

"我是他老婆，凭一个女人的直觉。他们两个拉扯了好多年了！在她刚进厂给他当徒弟时，两人就勾搭上了。这一对，我算是领教够了，是死活要往一块儿粘。一段时间，我儿子闹得不成，他也做了保证，说，看在儿子的面子上，跟那骚货断了，回家守着老婆孩子好好过日子。后来，听说她结婚了。还找了一个小杂志社的名牌大学的高材生。我心里一块石头落了地。一家三口还上了趟便宜坊吃了顿烤鸭。当时他还对我信誓旦旦表衷心，说让我受了好多年委屈，以后要加倍地补偿我，弄得我和儿子都感动得掉下了眼泪。那称想，全是在骗我们娘俩。背地里两人依然古我，该干啥干啥。这一次，我是再也忍不下去了，非闹它个鱼死网破，不是你死，就是我活。今天找你来，就是跟你打个招呼，看看你是个啥态度。我想，你不至于自己的老婆成天跟别人胡搞还无动于衷吧？"

我不知道后来她还向我说了些什么，也不知自己是怎么和她告别的，重新坐进公交车上时，我大脑里一片空白。等公交车过去了单位两站路，我才醒悟过来，下车来，重又步行回去。大街上，人来人往，车辆穿梭。我痴呆呆地撞到了几个行人的身上，过马路时，几乎又让一个大货车给撞上，司机头伸出车窗来骂我，"找死呀，你？这么打嘀都听不见？耳朵聋了！"

晚上，我早早儿回家去，静静地等着惠芬的到来。我的心已经凉凉的了，也再没有了要哭的感觉和眼泪，自己都不能预测，这一次，将掀起怎样的家庭风暴。

惠芬回来了，一开门见我呆呆地坐在沙发里，不理会他，她就脱了外衣，钻进了厨房。我说："别给我做。我今天不想吃饭。"

她也不吭声，过了一会儿，从厨房出来取桌上的暖瓶，我又说，"你先别做饭。坐这儿。我有话要对你说。"

"啥话？"惠芬怯怯地问。

"你和你那师傅，究竟是啥关系？"

"你怎么又来了？"惠芬虽然是反问我，但声音很小，明显地底气不足。她已从我的神态中感觉到了什么。

我忿忿地说："别再蒙我了，她老婆把一切都给我讲了！"

惠芬好象早都有了准备，并没感到十分的意外，半天，慢声地问我，"我早就知道有这么一天。你咋处置我，我听着，任你。"

我伤痛地说，"我能怎样处置你，大不了离婚呗。"

"行。"惠芬有气无力地说。

本来，我想，家中一定有一场恶战，没想到，却平静得出奇，说也奇怪。看着她那脸上的几道血口和黯然的神色，我倒有点同情起她来。"你不应该欺骗我这么久！"我半天，才从牙缝里挤出这么一句来。

惠芬眼睛滚出了泪珠："你是个好人，我不忍心伤害你。"

"可事实是，你伤得我太狠了！"我几乎是在咆哮。

惠芬痛苦地将头埋在胸前，抽泣起来。屋子里的气氛，格外的凝重。半天，惠芬突然扑嗵一声，从我对面的椅子里滑落下来，手捂着脸，跪在了我面前。我愣在那里不知如何是好，想捡最损的词狠骂她一通，骂不出口，想拉她起来，用好话安慰她，也做不出来，就在那里横着。

惠芬半天，张口了，"你就狠狠打我一顿吧，一凡！我对不住你，我欠你的太多了！"

我不理她，仍旧默默地坐在沙发中。我突然想起了烧酒，站起身想去厨房取，刚一挪脚，腿就被惠芬抱住了。我欲挣脱她，说："你这是干啥？"

惠芬声音小的象蚊子叫，但，听上去确实是发自肺腑之言："你打吧，将我打死吧。我不是人，我不是人！"

我挪不动脚，听她这样的表白，只好重坐进沙发中去。一丝怜悯之情涌上我的心头。看来，这几天，她为自己的行为付出了沉重的心灵与肉体上的双重代价。半天，我说："打死你，我不也得进牢房，挨枪子。"

惠芬就用手抓着我的手括起她自个儿的脸，一边括着一边就控制不了自己，哇哇地大哭起来，"你打吧，你打吧，我实在是不想活了，呜——呜——"

我真没想到事情会出现这样的局面。我心里恨她不起来，倒觉得面前的她，好可怜，好可怜。俗话说一日夫妻百日恩，我打心底心疼此时的她。我从她的手中挣脱开自己的手。她又接着用自己的手括自个的脸，我又抓住了她的手腕阻止她。她的头发已经散开，乱披在肩上。泪水已经冲抹得脸上的脂粉与油彩化开来，和唇膏一起，将那张脸抹得一片狼籍。我忍不住地将自己的手，落在了她的头发上。面前的这位，不管她犯了多大的错，可她毕竟是跟自己夫妻了一场。看着她此时在我面前痛苦万状的样子，想都能想到近几日里她所承受了多大的压力，内心经历了多少情感与良心的煎熬。我不想再雪上加霜，治她于死地。这时候，我的态度，我的每一句话，每一个细小的行动，都会促使她决定是选择死还是选择生。慢慢地，她情绪稳定了下来，抬起头来，用泪眼望了我一下，重又低下头去，"我是个贱人。我做出的这一切活该我倒霉。明天，我们就去办手续。"

我一惊，才马上想起这一现实的问题，问她，"离婚后，你咋办，是跟他去过吗？"

惠芬摇摇头："不，我先搬到我父母那里去住。"又补了一句："他是不可能与他老婆离婚的。"

我本来想深问问她和他师傅的关系是怎么一步步发展到今天的，又觉得她肯定也不肯讲，也似乎没有再问的必要。晚上，她就收拾自己的东西，要到她爸家去住。我坐在一边，一声不吭地看着她将自己的洗漱用具与换洗衣服往一个大兜里塞。等收拾停当，她要出门时，回过头来跟我打招呼说她走了时，我禁不住上前去，拽住了她的大兜，什么话也没说，将它从她手中夺过来，扔在了沙发中。惠芬明白了我的意思，默默地站着望了我一会，关上门重回来坐在椅子上。两人就那么横着。不知过了多长时间，我说，"天晚了，睡吧。"

两人都再没说什么，简单洗漱了一下，就上了床。躺在床上，我睡不着，她也肯定没瞌睡，但都静静地躺着，不说一句话。渐渐，我就睡着了。半夜里，我被尿憋醒了，一睁眼，发现惠芬什么时候早钻进了我的被子里，我上完了厕所，本要关灯睡觉，却被惠芬死死地掐住了腰，我知道她想要什么。矛盾一番，就上去了。可是，我却发现自己又阳痿了！

之后的一段日子，家中的一切都看上去很平静。每天早上两人分头去上班。她仍旧是中午不回来。晚上我回来后就做饭，她回来后，也搭把手，帮着做饭。但俩人之间很少说话。也都小心翼翼。吃完了饭，洗完锅，她怕呆着尴尬，借口去接小孩，就躲到她妈家去，一直到很晚才回来。有时候我出去单独遛一趟，有时候则早早就睡了。我与惠芬也再没了床弟之事。在那次过后，有两次半夜，她主动钻进我的被窝里来，可是，我却一点都起不来，试了几下，不成，也就作罢。

很长一段时间里，我们就维持着这么一种无爱又无性的婚姻。终于，有一天，惠芬又主动提了出来，"一凡，我们分手吧。"

我起先觉得有点突然，因为我还以为惠芬她觉得有愧于我，可能会维持这苟延残喘的婚姻。自己也就自欺欺人地以为家庭就可以这样持久地凑合下去。没想到，她会重新提出和我分手。上次，她是为了赎罪，这一次，她则是为了摆脱。我没有难为她，淡淡地回答，"你要是想好了，那就离呗。"

"你不会记恨我吧？"她问。

"咋说呢。"我莫棱两可地说。

"我知道，你心里很恨我。"

"别说那么多了。既然都要分手了。还说那些有啥用。"

"小孩呢。你要，还是我带？"

"我不要，给你。"我几乎冒出一句大不恭的话来。

"那好，就我来带吧。你要想他，可随时到我家来看。"

我才不去看！我心里说。但我再也不愿多刺激她，也懒得刺激她，只是随便地问她："那你今后咋办？"

"唉——"惠芬长长喟叹了一声。

我又试探地问，"你是不是想和他——"

惠芬明白我这半句话的意思，沉默一阵，说："不可能。她老婆闹完凿完，在单位上把我整得臭臭的，过后他照样回家去跟人家老老实实过日子。他这人我清楚，离不开他那个家，他和他老婆是插队时一个点的。"

我马上心里想到了晓芳……

惠芬又说："单位领导已经把我俩的工作调开了，现在我和他不在一个车间，几天都见不上一面。现在基本上都不来往了。"

"那你还想着离婚？"

惠芬半天，深深地慨叹一声，说："离吧。不离咋办，你也痛苦，我也痛苦。"

我再无话。

第二天，我就和她去办了手续。惠芬将她的东西搬走了。当天晚上，我看着空了一大半的屋子，悲从心起，什么饭也没吃，就将一瓶老白干干喝到了瓶底，躺到沙发上一直到天亮，几乎阴死过去。

我又重新过起了没着没落的单身汉的日子。每天晚上下班后，重新去凑那马路牙子上的象棋摊，无聊之极时数那马路上一分钟过去了多少辆进口高档轿车。俄国作家赫尔岑在《谁之罪》中曾发感慨："痛苦的经历好象恶果，存留在一个人的血液里。人的精神接连不断地遭打击后，就会颓唐，萎缩，爬在地面上，连抬起眼睛望一望太阳的欲望都没了。"很长一段时间里，我的心境就是如此，死灰一般，对外界的一切，都几乎失去了兴趣，甚至不愿和别人去下一盘棋。

"我们一定是前世作孽多端，再不就是未来将享尽荣华，所以，上帝才会使我们这一生历尽煎熬！"——《茶花女》中的妓女玛格丽特如是说！

在一个特无聊特无聊的星期六的黄昏，我写了一首特无聊的长诗：

秋天从远山走来，

万物被它的气息感染。

可对一个无所事事的人，

秋在眼里没有绚丽的颜色。

总得找点有意义的事来做，

总得找点有意义的事来想，

总得找到与这个世界的接触点，

总得有在做人的感觉！

人活在世上，

愈是无所作为，

愈是不能找到在生活中的位置。

心是这般被无价值感所侵袭，

在烦恼和郁闷中度日如年

……？

生活啊，你以本原的残酷，

戕伐着弱小的生灵。

我们秉烛夜游，

我们殚精竭虑，

以期寻到打开幸福的钥匙。

可最终，却似个无家可归的鬼魂，

游走在黑茫茫的荒原，

找不到地狱的大门！

直到有一天，我被通知去参加一个大学同学的小型 party，我的命运才得到根本的转折。

（第二部完）

下　卷

第三部

第一章

一

人的命运，真是富有戏剧性。

一天，上班时间，我突然接到一个电话，拿起电话来，听到一个熟悉的声音从电话那头传来。原来是我上大学时的室友，老大哥范为民！我一时心里特别激动，问他是怎么知道我的电话的。他说是通过好多同学拐弯抹角才打听到的。

电话那头，他埋怨我，毕业后咋就和同学们不来往了。几次同学聚会都不来参加。我就拿话来吱唔。他又关切地问我现在工作生活情况，我如实回答说，不咋样，工作上很不如意，在这家小杂志社勉强混着，没有职务，职称是个中级。前三年才刚刚解决了户口，分了一套小住房，成了个家，凑合了一年多，最近刚刚离婚，心情很糟。对方唏嘘一番，安慰我几句，就告知我，在京的同学周末要搞个小聚会，让我届时务必前往，逼我答应了，才又跟我聊其它一些内容。我问起他和其它一些同学的情况，虽然我早就有所准备，以前也有耳闻，但仍吃惊不小。说出国的谁谁谁现在是国际上都颇有些名气的知名学者；留校的谁谁谁已挤进北大二十名著名教授之列，虽是位女性，却被尊为"北大先生"；隔壁房住的谁谁谁现在是全国知名作家，被尊为北京三刘之一；对门住的谁谁谁现在是一家大型出版社的常务副总编；还有谁谁谁当上了新华社的总编助理；谁谁谁现在是某文学研究所所长，全国著名的文艺评论家。谁谁谁是央视某著名文艺栏目的总策划。就是下了海的，也不得了，什么这个老总，那个总裁的，其中不乏千万甚至亿万富翁。而他自己，则现在刚刚从外省一个重要的开放城市市长的职位上杀回京城，调任中央某部当副部长。听着他在电话那头的介绍，我有一种恍如隔世的感觉。我一下就想到了当年在学校学生会替他跑腿的许多往事。记起了那次在办公楼看演出时他被几个小痞子揪着衣领，我拎着拖把，喝退对方说出，"他是我们学生会主席，你们一个个掂量着点。"时的情形，现在想起来，就跟是昨天发生的事情一样，可是，现在人家都当副部长了！

放下电话，已经远去多年的大学生活一幕幕就重又浮现在我的脑海——老实讲，以前我是根本懒得或不愿回想它们。记得我怀揣入学通知书前去学校报到时，因我是西北去的，路途远，到学校后，其它同学都早已到了，在收拾各自的床铺，老范一见我，就第一个跟我打招呼："你是从大西北来的吧？"

我说"是。"

他说，"一看你就像。"

我问："为啥？"

老范说："内地的人他们都不戴帽子，脸也没我们的晒得红。我们是老乡。"

我问他："你也是从甘肃考来的？"

他笑笑回答："我是从西宁来的。"

我有点纳闷，他才解释："我们是大西北老乡。"

虽然这种老乡观念有点太广义。第一次出远门来到京城的我，却感到这句话特别特别的亲切。接着，他就放下手中正在收拾的床铺，跳下床来，帮我接过肩上的包去，关切地问我吃饭了没有，如果没有，他那儿有面包。我感激地说："谢谢，我在火车上吃过了。"他就跑过来，为我整理开床铺。我第一次来内地，也不知道在内地睡觉还得架蚊帐，他就领我到校园三角地的小商店去，帮我挑了蚊帐来，又帮我亲手架起来。我问他，"你也是从青海来，怎么知道咋架蚊帐？"老范笑笑不作答。

　　他比我要大近十岁，是老三届毕业的。这初次的良好印象使我不自觉地将他当做大哥一般地对待。在以后的相处中，我对他的话基本上是言听计从。几天后，班主任老师前来看望大家，拿着一个花名册，点名和大家认识，我才在上边看到他的籍贯怎么是上海。过了没几天，我们同室的几位同学熟了。扯起来各自的历史与家庭背景，我才知道了他是怎么从上海到青海的。那是个激情似火的年代，当初高中刚毕业的他，正逢文化大革命，毛主席号召知识青年到广阔天地里炼一颗红心。他就率一支红卫兵队伍，步行从上海跋涉到江西瑞金的井冈山下，要从老一辈开创武装革命的起始点，开始新的征程。在井冈山下插队多年，其间曾任大队党支部副书记。他的同点女友被推荐去上海一个医科大学学习，毕业后响应党的号召，不恋大都市，坚决报名到了青海，他在招工时，就也联系去了青海，在青海的一个拖拉机修配厂里当了一名钳工。由于他表现出色，临上大学前，他就已经是他们那个厂的一名副厂长了。由于他的这些背景，加上他乐于助人的品德，在班里很有凝聚力，很快就得到了大家的尊重。新一届系学生会改选时，他就担纲起了主席职务。上任后，他干得风风火火。几次全校进行体育比赛和文艺汇演，一些有此特长的同学刚开始不想参加，怕影响学习，都是他认真做思想工作，结果，为系里拿回好几个第一，一时在全校名声大噪。三年级时，学校要改选校学生会。跟以往不同，要实行自由竞选产生学生会主席。学校各系有十几位出来竞选这一职位。班里另一女同胞也站出来竞争。那位女生很激进，提出的竞选口号带着浓浓的女权主义的色彩，方式也大胆泼辣，拎只板凳，在开饭时间，往大饭厅门前一放，站在上边就开始演讲。最后，其它的竞选者经过几场辩论，都相继退出了竞选，只剩下了他们两人相持不下进入了白热化的程度。两人矛盾就开始激烈了起来，言语也有些伤和气。我和同宿舍的男生支持老范，就在三角地的报栏里贴出一张大字报，为对方指责范为民的一些方面辩解，这张大字报起到了关键性的作用，通过此，让全校的学生更清晰全面地了解了他本人。最后，老范顺利入驻了校学生会。我脑子里象过电影一样回忆着上大学时的事情，直到有人进出办公室，将房门弄响，我才愣神过来，感叹不已，一忽，已经是十多年前的往事了，时间过得多快啊！．

聚会那天，我怀揣一颗惴惴不安之心前往。按他电话中留的地址，找到他所在部里的家属院，询问了看大门的老头，老头给我指了楼号与楼层，我进楼去，来到他家门前，喘了口气，镇定了一下情绪才敲开门。是他的女儿前来开的门，接着是他，怔怔地看了我一会，叫了我一声："小老弟，你可是来了！"上前来一把就将我搂紧了，显得很激动的样子。我的眼睛就有点湿，真比见了自己的亲兄弟还感到亲切！搂抱了一会儿，老范就拉着我的手进房子里来，屋里，已经先来了几位同学，都急忙站起身前来跟我握手，寒喧。并自报家门，现在哪里供职。但是一个个都只说单位，不说职称职务。我知道同学们的苦心，心想是不是老范之前交待了，怕象我一样混得不行的同学尴尬。介绍完了，老范又拉着我的手到厨房，对正系个围裙忙乎的夫人说："这就是我经常向你讲起的张一凡，我们不但是同学，而且是室友。上学时我总把他当做小弟弟般地看待，我们俩关系可好了。"我急忙叫一声"嫂子。"客套一番，知道她现在北京一所医院里当大夫。回到客厅坐下，同学们又关切地询问我的一些工作生活情况，我只廖廖几语作答，同学们也就再不多问，撂下我，他们之间热烈地攀谈起来。话题从大到小，又从小到大，国际的，国内的，其中，免不了相互间的恭维，对重大政治与艺术事件的看法，一个个谈笑风生，虽然看上去是比上大学时脸上的皱褶多了些，可依旧是那么意气风发，能言善辩，其中的几个人一点儿都没减当年上大学时的锐气，就好象岁月的风刀并没有把他们的心雕老，一看就知道混得挺春风得意。我只是支着耳朵在一旁听着，十多年前的同班同学，现在坐在一起，我就跟学生听老师们演讲的一般。知道自己身微言轻，不敢吭声，也不敢插话，生怕哪有不当，惹起大家的笑话。因为我对他们所谈论的一些话题，已经是相当相当的感到陌生。我突然就联想到了《红楼梦》中的那个刘姥姥！过了一会陆续又有同学前来，大家少不了都是惊喜、握手，拥抱。接着就开席，老范打开了两瓶茅台，给每个人的面前的酒盅斟满了，嘱大家伙举起酒杯来，讲了几句极富情感的开场白，最后说："今天，大家也不是什么部长、教授、老总的，都是同学。都只直呼其名，来，举起杯来，开怀畅饮！"听得我心里头热乎乎的。酒过三巡，大家就少了几份刚见面时的客气与拘谨，话题更加宽泛和热烈起来，海阔天空。我就象是在听天书，仍旧是支着耳朵听着，附和着大家，或点点头，或简单地"是"，"嗯"，就怕别人将话头往自己身上引。但，大家伙扯来扯去的，最后还是将注意力集中到了我身上，问了我的一些情况。其实我想同学们肯定之前也已有所闻，这时候都个个唏嘘，做同情状。有同学就建议，说，"看看谁有能耐，给一凡换换环境。"大家伙就都不吭声了，最后还是将目光聚在了老范身上。老范知道大家的意思，就说："我刚来部里，情况还不是特别的熟，容我考虑考虑。"

"行，有老范这句话。大家就放心了，来，干！"有人说。

　　我心里热乎乎的，为同学间的友谊，甚至有点后悔以前没来参加同学聚会。聚完会出门前，大家伙互致名片，我没名片可送倒是接了一大摞，出了门，一个人时，才掏出来一个个地瞅，不看不知道，一看吓一跳。跟人家比一比，自己这十多年简直就是白活了！

　　同学聚会完的一个多月后，我接到老范的电话，问我想不想到他部里去，说给我在他们部里办的一份行业报纸中安插了一个职位，又给我规划了一番未来的蓝图。我拿着电话，嘴唇都发抖，说，"去，当然去，问题是能不能去成。"老范在电话中吩咐我说先不要跟自己的同事讲。等他在那边为我一切都张罗好了，再通知我在这边写请调报告。那一段时日，我是日思夜盼。终于，又过了一个月，老范就又来电话，让我在这边写请调报告，说他在那边已经给我张罗好了。我又惊又喜，放下电话就写了请调报告。刚开始，这边领导还有点不放人。艾青也极力挽留我，后一听我的背景，也就同意了。艾青在我走时，特意又带全杂志社的人去"向阳院"里搓一顿。这一次，我才成了酒桌上真正的主角，一个个恭维我，说到了中央大部，又有这样一位当副部长的老同学，肯定前途大大的，以后发达了，别忘了他们云云。

二

　　新单位到底是大部门，一切跟我那个杂志社就是不一样。不但办公室宽敞，办公室里的沙发又大又软，办公桌也是一头沉的，每人一张，不象我原来杂志社时的那个小小的办公室，四五个人，桌子小得屁股挤屁股办公。到了月底，一发工资，

　　我吃一惊，工资袋厚厚儿的，伸手一夹，取出钱一数，竟然比原单位时的高出了一倍！里边夹一个用电脑打就的小条，上边写着工资明细，我细瞅了半天也没瞅明白过来，上边有相当一部分是工资以外的各种福利补贴，什么交通费、午餐费、书报费，卫生费、水电补贴、煤气补贴、住房补贴……乱七杂八一大堆。我感慨良多，在我们这样的国度里，真是单位决定人的身份与尊卑。报社新办没几年，除过我之外，不到二十个人。有几个是原单位别的处室调过来的笔杆子，有几个和我的情形相似，也是从外边调进的。总编是一位从某大报过来的老头，最早还在一所大学里呆过，姓彭，已接近退休年龄。还有另两位副总编，一位姓汪，一位姓李。下边其它各部门的头头都挺年轻。我被暂时分到编报室。报社的工作属于老范主抓的工作，经常会到报社来视察，开个会，向大家宣传宣传当前报导要点，如何配合部里近一时段的中心工作，然后就是描绘一番报社的美好远景，下一步如何改善提高大家的办公与生活条件，讲得大家都心潮澎湃，热血沸腾。我更是如此，老范走后，就挽胳膊挽腿，恨不得一天将十天的活干完了。换了工作环境，加上又是在老同学的直接领导下工作，心情跟以前真是天壤之别。我就觉得又回到了当年的学校，在学生会给老范跑腿一般。亚力士多德说过"人不可能第二次踏入同一条河流"，可生活中的事情真他妈就象轮回一样，有着惊人的相似。

　　老范本来就平易近人，颇获大家伙的拥戴，每次来报社视察工作，都要免不了在我办公室多坐一会儿，跟我多说一会儿话。一来二去，大家伙都知晓了我和老范不但是大学同一宿舍的室友，而且感情确实不一般，一个个对我都刮目相看，尊敬有加。平时在工作中，对我特别的客气。我还暂时住在原单位，每天坐单位的大巴上下班。再不用挤那公交了。有时候，老范就下班时，打个电话过来，让我晚上到他家去吃饭。我虽然有点拘束，觉得当初是老同学，是室友，可现在，他是部长，我是平民百姓，总觉得见了他浑身的不自在。可是架不住他仍像大学时那样老大哥的命令口吻，不容你推托，只好硬着头皮前往。每次去，他都要拿出好酒来和我要划一拳。我不好意思，说，"你现在都是部长了，我是你的部下，跟以前在大学时情况不同了，还是我敬你，我们别划了。"

老范就批评我："部长也是人，也是有情感的。现在同学们，一个个都忙自个儿的工作，平时根本就一年也见不上几个的面。有时候，工作闲暇了，我脑子里就常常冒出我们大学时的情景。那时多好啊，无忧无虑，对未来充满了憧憬。"

我就和他一块儿回忆一番当年同窗共读时的一些个值得回味的小事，当时是那么不起眼，现在提起来，却觉得格外有趣动人，就象是在读文学作品一般的充满了诗意。老范甚至牢牢记着那次在办公楼看演出时，我喝退那帮小痞子替他解围的事，也提到当年他竞选校学生会主席时，我们宿舍几个人写的那封大字报，我就感觉到老范是一个极重感情的人。回忆完了当年，就说现实，也许是喝了酒的缘故，话也就说得直接了，老范端起酒杯来，执意与我碰杯后，放下酒杯后，说："不是我说你，一凡，你是我上大学时最好的小兄弟，可你今天的状况，我可真是为你惋惜呀。你可是不能辜负了母校对你的一番培养。能考上北大不容易呢，一年全国各省才进来几个？班上我们那一届青海省就来我一个，你们甘肃也就来你一个吧？你好好地反思一下了没有，问题出在了哪儿？"

我迷惑地看着他。老范就又说："别这样傻傻地看着我，回答我提出的问题。"

我平时还真没好好将自己的十多年的经历抽象出来归于过

哪一种具体的原因。我想了想，说，"主要是感情婚姻上遇到了麻烦，弄得人鬼不是，混得这么差劲，跟同班同学拉下这么大的距离。"

老范摇摇头。我不解地又望着他，补充说，"与我山东海南的乱换地方与单位也有很大的关系。"

老范又摇了摇头，道，"你都没有讲到实质问题上。"

我不吭声了。老范半天，才拿起桌子上一双没用过的筷子在我头上敲了一下道，"上大学时多机灵的个人，怎么现在木木呆呆的成这样了？"

我就不吭声，做出洗耳恭听状。老范叹口气才道："昨天我跟你嫂子还扯起你来呢。我告诉你。你嫂子是咋说你来着？"

"咋说？"我急切地问。

"真正的主要原因，是你没主动靠近组织！"

半天，我都没有反应，这看似简简单单的一句话，在我听来，似醍醐灌顶，使我一下子就茅塞顿开的感觉。老范看我若有所悟的样子，以命令似的口吻吩咐我："明天就去写入党申请。今天我才给你说呢，就因为你不是党员，调你进来可费了番周折！"

我无语以对，只是象捣蒜似地直点头。老范又给我晓以利害："我调你进来，绝不仅仅是让你换一个工作环境，是要从根本上改变你。你连个党员都不是，以后，咋图发展？所以，你这组织问题，可得重视起来，尽快解决。"

我不知是怎么走出老范府邸的。出门来，我摇摇晃晃，似神仙般的快活，本来，老范是要叫自己的司机来用小车送我回去，我婉言相谢。调来北京多少年了，今天走在大街上，我第一次感到，北京的一切是那么可爱，一草一木，一街一景，重新对我有了那么深的吸引力。高高的楼房，宽敞的大马路，穿流不息的车流和人流，给人一种生机勃勃的活力。我破天荒地招手打了个"的"，回原单位的住处。

我尊老范嘱，第二天就写了入党申请书交了上去。结果是可想而知的，我和范部长的同学关系在机关里是人人皆知，机关支部书记也不敢懈怠。半年之后，我的组织问题就顺利解决了，成了一名预备党员。在这期间，编报室的头儿又跳腾着出了国，正好空出个位儿来，我就被安排临时负责，也是我工作特别卖力，一个人，又没有家庭拖累，一有需要加班加点的活，我都是常常让别的同事们回家，自己揽下来干。我这人又性格特随和，也是多年身处逆境磨出来的，谁也不惹，对每一位同事都是笑脸相待，所以，口碑极好。等一年刚过，我的党员转正期刚满，上边就正式下了文，任命我为报社编报室副主任。听上去虽然是个副主任，但并没有正职，实际上还是我拿事，办公室调成了单间，办公桌配了电脑，发了部手机。这期间，报社又陆续进了一批大学生，我所在的编报室里，也进来了几个，加上以前的老人手，就象原单位时的艾青那样，我总共也管七八个人了，也算是一路诸候了。那一段时间，是我对工作最上心干活的一段日子，内心也感到从未有过的充实。任别人张主任长，张主任短地抬举着，到底是比以前听别人老张长老张短，甚至直呼其名的心理感受大不一样。

有一天，部里又进来一位大学生，为表示欢迎，大家提出要到餐馆聚一聚。我欣然同意，和部属们商量到哪里去"饕餮"。大家伙你一言，我一语，推荐说哪家哪家餐厅的涮羊肉如何如何的好，都是一个多月的小羊羔子，有的说哪家哪家的鱼是从俄罗斯进口的，口感特细。又有人推荐去"东来顺"，都被我否决了。平时我很是民主，在这件事情上我却很固执，一一推翻了大家的推荐，执意要去几年前我调来北京时，艾青和同事们给我接风去过的那家"向阳院"。

我们打"的"来到那里，一切都是如旧，还是门前一块向阳院的大牌匾，进去是大榆树，榆树下的铡刀也是老样子，大榆树旁是语录牌，上边写着当晚有最新指示要发表的消息。墙上贴着千万不要忘记阶级斗争的大标语。进到原来的包厢去，仍旧房梁上挂着老玉米与红高粱，墙上挂着牛鞭与镰刀……可是，我却有一种今非昔比的感觉，心情好的跟"向阳院"里的灯光一样明亮。进去坐定之后，穿对襟棉袄的服务员拿个菜谱递上前来，大家伙自然是转交到我手中，让我点菜；举起酒杯来开席之前，自然是由我来讲开场白；开喝之后，自然是大家争先恐后地给我敬酒。以后，我划拳输下的酒，常常有人替我代劳。被人抬举的感觉，真是好极了，妙不可言。通过个小小的喝酒，我就感慨不已，权力，真是个好东西。先不说其它，首先它使人有了尊严！我从来没有这么畅快地喝过酒，一高兴，就喝得有点多了，散席后，大家伙争先恐后地抢着前来搀扶我，都说要送我回家去，我挑了一个平时我挺喜欢的胡小杨送我，其它人就表现出深深的失望感，好象失去的是一次难得的机会与荣誉。大家伙不干，说一个胡小杨扶我回不了家，他们不放心，我怕扫了大家的兴，本来喝酒喝得挺高兴的，就只好作罢，让他们全体都去送。打了个"的"，车开到楼下，大家伙又抢着前来，搀的搀，抱的抱，有的大声喊着，"小心，当心头碰了车门。"有的说，"注意下边，别滑着了。"就以为我是个要去医院抢救的危重病人。大家七手八脚，将我送上楼，惊动了楼道里原单位的住户，一个个推开门来探头看。正好，艾青来串门，看见我被大家伙搀扶着，又听他们一个个在旁边张主任长张主任短地叫，瞧我的眼神就跟以前大不一样，又帮着搭手，送我到楼上的房间里去。到房间后，大家伙又是替我拉被的拉被，脱鞋的脱鞋，倒水的倒水。艾青问身旁的胡小杨，"你们怎么把老张灌成这样了？"

胡小杨就回答："不是我们灌，是张主任的酒量不大，经不住大家伙你一杯我一杯地敬。"

艾青就吃一惊，问我："啥时候升主任了？这么快。也不告诉我一声。"

我稀里糊涂的，但这句话可是听得很明白，嘻嘻笑两声说："这有啥可告诉的，不就是个小小的主任。"

胡小杨就在一旁恭维我："按咱张主任的牌子和水平，早都应该当总编了。都是在你们单位给窝的。"

艾青就苦笑笑，点头称道："是，我们单位是把老张给窝坏了。"

胡小杨也是喝得有点儿大，嘴上没了遮拦，冲着艾青高声说："不出三年，我们报社总编的位儿就是咱张主任的，你信不信？"

我虽然喝得大了，但仍然心里清楚，喝斥胡小杨道："小胡你胡吹个啥？传回报社，多不好。"

胡小杨就辩解说："本来嘛，谁不知你和咱范部长是啥关系！"

艾青就相信地点点头，说："这边的人都传着呢，说你和你们的一位副部长关系很不一般。"

过了没两天，艾青就主动晚上上我房里来，拎着一瓶酒，几包路边小店买的花生米，鸡爪、猪蹄的，要跟我划几拳。从那天晚上之后，艾青见了我就改了口，再不叫我老张，而且有事没事地晚上常上我房里来，引得原杂志社的小王刘顺几个也猛地往我房里钻。以前和惠芬离婚后没调入新单位的那段日子，我愁着下班后就自己面对个小电视，没个说话的人，孤独得厉害。现在可好了，本来上班时就忙忙乎乎，想回来后，一个人静静地看会儿电视，早点儿上床歇息，可是，每天晚上，不是刘顺就是小王的，再不就是艾青，把我还给烦上了。常常将电视拧得小小儿的，拉上窗帘，不开灯，听到敲门声，我就龟在沙发中，一动不动，大气也不喘，给他们我不在房的假象。我知道这些人的意图，都想把我溜紧了，日后能调进我们报社去。其它几个，我是连想都没想，只是艾青，我考虑着，只要我在报社那边真的发达了，可以考虑给他安排一下，毕竟我当年进京是人家帮我办的。想到这里，我就想笑，世事真他妈的是轮回！

三

还有好事在等着我。之后近一年的时间里，由于心情好了，心里也有一种知恩图报，不能给老同学范部长丢面子的冲动，所以，我干工作特别的卖劲，常常是早来晚走。将那稿件，每一篇都几乎认真亲自修改润色。有些稿件如果不行，我就亲自找记者本人，给他出点子，让他重新去补充采访或是换个角度重新写。和画版编辑仔细推敲设计每一块版面，总是把每一期报纸都整得不但内容充实，而且打扮得漂漂亮亮。我的能力与表现赢得了上上下下一片赞誉之声，不但被我辅导了的下属们对我佩服又感激，而且上边对我的印象也好极了，一时间，我在部里几乎是人人皆知，口碑极佳。部里上上下下都知道了我是范部长大学同学，岂止是同学，还是好得不能再好共过患难的室友，对我都是另眼相待。我在单位里办个什么事，如要个车、看个病、领个煤气罐、办个洗澡证什么的小事，都是特别的顺，往往都不用我亲自动手，打个招呼就有人前来为我办理。认识不认识的，个个见了我都满脸堆笑。我感慨颇深，在单位里，有个靠山跟没个靠山真是大不一样，心想，以我肚子里的东西，应付个新闻编辑工作，还不是绰绰有余。老范见了我，也总是笑吟吟的，我知道，他对我的表现心里也很满意。他可能也听到了些什么，为了不让别人有什么多余的想法，平时，开始和我减少接触。到社里来开会，视察工作，也不特意到我办公室里来了。只是非要有什么事了，才叫我到他办公室去。我也知道这一点，很知趣，将感激藏在心里。这样对大家都好。只是在过上一段时间，实在憋不住了，他才悄悄地给我打电话，让我下班别人都走后，再窜到他办公室里唠唠，高兴了索兴邀上他家去喝几杯。这时候，我就发感想，人，官再做多大，也需要朋友。而且做得越大，越没个真心朋友。我就发现他身旁除过我，就真也是没个能掏心窝子说话的人。象他这样的官做得越大，平时越不能随随便便地讲话，就象是被缚在一个套子里。只有跟我在一起的时候，他才能得到些放松，显出些自然和他的一些原本的性情来。可是，尽管这样，我觉得，我们两人之间说起话来，仍然有阻隔，无论酒喝到啥成色，都永远也回不到在学校宿舍里喝酒时的那种气氛了。这是由我和他的这种上下级隶属关系所决定的，根本没办法。甚至就是对我，我发现老范有些话也是欲说还休，遮遮掩掩，我也就装糊涂，不去细追问，心想，他想能告诉你的，自然告诉你，他不想告诉你的，你问他也不会告诉你。几次在他家中，他都让我再不要叫他职务，直呼其名或是就象在学校时那样干脆叫两声他大哥，他才听着心里舒畅。可我就是改不过来口。在外边叫他范部长，在他家和他碰杯时仍恭恭敬敬地称他范部长。他也就认了，而且说任何话都是上级对下级的那种口吻与手势。我知道他不是拿板，而是已经习惯了这种语气与手势。他在学校时，有时说什么我觉得不妥了还要反驳两句。可是现在，我是他讲一百句，我都是一百次点头一百次地称是。

有老范这层关系，加上我的表现，一年后，我头上的"副"字没了，又过了一年，在名字前又加了个新"副"字，这次是副总编的"副"。当上副总编后，就有了更多更好的待遇。办公室又换了，比原来当编报室主任时的单间几乎大了一倍，而且里边装潢也十分不错，地板上铺上了地毯。气气派派的老板桌、老板椅、大大的真皮沙发、宽阔的书架、自动饮水机、紫藤木花架，窗户也是铝合金的，角落里还放上了台柜式空调。电脑也由原来低配制的 486 换成了最新款的奔腾。又发给我一个新款爱立信手机，淘汰了原来的旧手机。再就是住房。部里给我调了一套三室一厅的大住房。我原本想把我原单位的旧住房交了，胡小杨给我出主意说，眼下，住房改革已经在搞试点，到时候全面推开时活动活动，说不定那套房我就可能以优惠的价格买下来，何乐而不为。所以，我也就得过且过没及时交，我原单位竟然也没主动催促着收回原来的住房。我算是明白了过来，这年头，只要你头上有个一官半职，好事总找你，躲都躲不及。我正想着房子如何装潢是好，早有后勤处长找上门来主动跟我联系，说后勤上可帮助联系装修单位，比自己装修要便宜实惠得多，而且还能得到一定数额的单位补贴。说这样的目的是让领导们能集中精力抓工作。我听了心里真滋润，自己一点也不用费神费力，就能舒舒服服地住进新房，当领导的好处又得到了一次实实在在的体现。房子装修好后，到后勤处去结账，吓我一跳，几乎就等于没要我什么钱。我用原本准备装修房间的钱，买了比原先想买的更排场的家具，老房子的东西基本就不用往这边拿。后勤处长还说搬家时吭个声，由他们派车派人给搬。可我原编报室的下属们知道我分了新房，都一个个磨拳擦掌，踊跃地早早报名要到时参加搬家，弄得我都不好应对。其实我老房子的东西一点儿也不想往这边拿，只是想去商场拉几件定好的新家具回来就行了。可是，拉家具那天，两拨人马全来了，在大楼下齐刷刷地站了有一个加强排。我心想坏了，这可咋办，只得临时改变主意，硬着头皮让大家到老房子去，把本不该搬的一些家具拉回来。本来那些个破家具我都不想要，但他们一个个抬着那些家具在楼道上正儿八经的，转弯处，这个喊："小心点，别碰了桌邦！"那个叫："注意，别拐了床腿"，我心里就感慨世界上的有些事情其实挺无聊。吵吵声又把楼道的邻居给惊动了，一个个探出头来看，出院门时又碰上了艾青与刘顺，两人正往里走着，看见了，就拉我一把，埋怨道："你搬家咋也不给我们说一声，我们几个就找车搬过去了，还有劳你找人？"

我苦笑笑小声说："过两天，我可能还要将这些家俱重搬回来，到时候，再劳你们的驾。"

艾青和刘顺听得丈二和尚，摸不着头脑。我肚子里就笑，连艾青，现在也凑着想给我搬家了。而且我说出的话他都傻兮兮的一时理解不了。职务真他娘的能改变一切！

老房子就只一个旧双人沙发，一个小电视，一张双人床，一个饭桌，两把椅子，外加厨房里的一些个坛坛罐罐，实在是没什么可搬的，小半车就装完了，还没用上半小时。我怕拂了大家的好意，弄得两拨人马尴尬，灵机一动，临时决定，去商场里搬订下的家具时，又多加了两样，让大家伙每个人都不失表现的机会，有个搬头。一上午不到，家就搬妥了，他们都要走，我哪里肯，好不容易也才找着一个反向表现的机会，绝不想让其跑脱了，说："谁都不许走，谁走谁就是不给我面子！"

将一车人全拉到了"东来顺"，大家伙围着几个火炉子，美美地吃了一顿涮羊肉。吃过后到柜台上结帐一算，比请个搬家公司来搬还要贵两倍。但我现在已经根本不缺这几个钱，所以，心里头挺乐合。想了想，其实今天的搬家本身没啥意义，但却非常有意义，意义就在原本的意义之外。通过搬家，同事们和我都找到了向对方表达心意的机会。虽然搬一趟家的花费比搬家公司的高出了两倍，虽然过两天我还得设法将搬来的旧家俱重搬回去。可是，这样和同事们相互增进情感的机会哪去找！

更没想到的是，第二天，后勤处长就打来电话，让我过去一趟，我不知是啥事，人家在电话中也不告诉我。等我去后，后勤处长才问我要昨天吃了饭的发票，说是为领导搬家，吃了饭的发票可以报销。我急忙摆手，"得得得，不能报不能报，我自个真心请大家伙的，报了，就没这份诚意了。"

没料，后勤处长却难为情地道："张总哟，你可得配合我的工作。这不只是你一个人的事。你开了这个先例。下次再有哪位领导搬家，你说人家是报还是不报？不报吧，心里可能还想报，报吧，和你一比，不就把人家给显出来了？"

我一想，可不咋的，在机关里，一些事情的引伸意义和牵扯到的方方面面远远大于事情本身。只好说："我当时没要发票，那我明天去补开一张回来。"

后勤处长客气地送我出门，连声说："那就有劳张总编你再跑一趟了。"

出了门，我咋想咋就怪怪的，明明是自己里外得好处，倒好象是人家在求我帮他解难！

过了没两天，我就又让艾青找了辆车，把从旧房间搬来的旧家具重又搬了回去，而且是在一个傍晚下班没人的时候。怕被上次搬家的同事们撞上了，生出些想法来。搬完了家，我又邀了原杂志社一帮人去一家饭馆吃酒，喝得好高兴好高兴。这次，再也不是以艾青为中心，而是以我为中心，由我来点菜，由我来致开场白。开席后，一个个伸着胳膊先来敬我。甚至连艾青都自甘屈就，一杯杯地给我敬酒，而且一边不停地催促手下："小王，张总的酒杯干了，还不给满上，咋就没个眼力尖？""刘顺，给张总把烟点上嗓，傻呆呆的想啥呢？""来，老哥，咱哥俩再划一拳，你放心划，输了的就让他们几个替你喝，就是图个高兴。不容易啊。我前几天给我姐打电话，她还问起你的情况。我说了，她替你高兴着呢，让我转问你好。到底是最高学府毕业的，再大的逆境也压不住，说起就起。你说说当时，你要是真跟我姐成了，我今天可不得张嘴叫你姐夫？来来来，就为这，我俩也要好好划几拳！"艾青的嘴上就象抹了蜜，真是甜极了。

吃喝完，我虽然被灌得醉熏熏的，可没忘了掏出皮夹子来唤小姐来结账，艾青哪里肯，将我挡回去，让小王与刘顺架起我先走，他留在后边结账。出门来，又招来个"的"，一帮人把我送回到房间去，脱鞋的脱鞋，脱袜的脱袜，安顿我好了，才走了。

我躺在床上，突然就想到了惠芬，我现在的这一切变化，她知不知道？

四

住进新房后，我又在家把原先编报室的下属们在家好好地请了一次。为表示我的诚意，我还特意从外边请了个厨师。胡小杨和一帮年轻人就咋唬，说我太抬举他们了。一边等着开席，一边转着欣赏我的房间，说是欣赏，其实是专门挑装潢的刺，说这里不行，那里偷工减了料，地板的材质不是太好，厨房锅台上的大理石是人造的。有两位自告奋勇，说自己亲戚或朋友就是搞装潢的，改天将这些不满意的地方全起了返工重装，不需我再多掏一分钱。我一边领情，一边婉拒，在我看来，房子装修得就够我满意的了。他们就又帮着我设计着给屋子锦上添花，这边柜旁立个树根花架，放上盆君子兰，屋子里气氛马上就不一样了。那边墙边应该置个放工艺品的玻璃柜框，书架搞小了点，不气派，衬托不出主人是一位报社总编的身份来。客厅中央应挂幅字画才显儒雅。我还只当是他们随便说说，也便附和，说自己近一段都忙了工作，哪里顾上考虑这些。他们的意见都很好，既然已经住进来了，以后慢慢再添加。哪里想到，过了没两天，我下班后，有人敲门，我打开门，发现是前两天刚刚在家吃过饭的小徐，手中拿着个纸卷卷。进门来，我还没好意思问，他就一边将纸卷儿上的报纸剥去，一边说，"张总，你搬了新房，我也没个啥可表示的。前天不是说你墙上缺幅字画吗，我正好收藏有一张，我房间小，挂不起来，放着也是闲放着。"

我一把拦住了，"使不得，使不得，小徐。你这幅画，说不上是哪位名人的，价值可不小，我可不敢收。"

小徐笑笑说："这个人现在还没啥名气，是我哥的一个同学，中央美院毕业的，现去了美国图发展。不过，我哥说他的潜力还是很大的。说不定过两年能冒出来。"

这莫棱两可的话更给这张画增添了些飘忽不定的因素。我要也不好，不要也不好，不接受吧，心想小徐会不会想我瞧不上这张画。接受吧，说不定画这画的人日后出大名了，我不就欠小徐很大一人情，小徐将来会不会在心里后悔。我想了想把后一种想法说出了口："小徐你还是自己留着，说不定将来这画会很值钱的。"

小徐就求我似的说："张总你就收下吧，你是不是看不上它？如果嫌不满意，我明天再给你带一张来。那张是北京一位现在正走红的画家的。"

"别别，你千万别那样。"我阻拦道。

小徐就又讲了一大堆我当编报室主任时，对他的许多关心与照顾。哪次哪次，稿件上出了大错，总编发问下来，我替他担了责任；哪次哪次，他媳妇生孩子，他耽误了些工作，我也没扣他的奖金，还常关心地问他媳妇孩子可好。弄得他心里很感激我，一直就想有个机会表示表示自己的心意，这次，无论如何也不要拂了他这个面子，否则就出不了这个门如何如何。无奈，我只好作罢，又取出酒杯来，留他喝酒。两人一边喝一边聊，感觉马上就跟以往不一样了，两人都非常真诚地掏心窝子的话说。出门送他时，我就发觉我和他的关系已经由同事变成了朋友。心里想着，以前咋就没发现小徐这小伙子这么实心，对自己还存有这么一份感情。以后，一定要回补人家。

过了又没两天，晚上天黑时分，又有人敲门，我打开门来，发现是胡小杨，气喘喘地立在门口，身旁放着个树根做的花架，我有点不高兴，训他："你这是干什么，来就来，带它干什么？"胡小杨抹把额头，嘻嘻两声，"张总，你先让我进去嗓。"

我半认真地嗔道："你不把它搬走，我就不让你进。"

胡小杨又抹一把脖子，尴尬地笑着说："你看张总，我从马路上下车扛它来，把我还弄了一头的汗，先让我进去了，你不要它，我待会儿再扛它走，行不？"

我这才放他进来。进门来，胡小杨把花架放一旁，就直截了当地说："总编，快给倒杯水，渴坏了。为挑它，转了大半个市场，腿都酸酸的了。"

"活该！"我一边咒他，一边给他倒水。

胡小杨山西农村出身，说话带着浓重的鼻腔和地方方言。我在编报室时，刚开始并不怎么喜欢他。可这小子不知咋搞的，找个空子就跟我粘乎。我那时刚来报社也没朋友，虽然有个老范是大学室友，可地位悬殊不可能三天两头去钻人家办公室。所以内心其实也挺孤独。对胡小杨的主动接近也不排斥，平时有个说话的人总比没有的好。一来二去的，我和他的关系就渐渐近了。之后我有几件事情，一次是家乡亲戚得癌症到北京联系找专家治疗，一次是身份证丢了又逢出差需尽快补办，再一次是旧房子住时下水堵了找人捅。我这人对这些事情特破烦。我在他面前叨叨了两句，没想到，他就替你记在了心里，过后很快就帮我把几件事办妥了，让我挺感激。到后来我就不知不觉地喜欢和他在一起了。那时没分到房子时，中午他就不回家，常陪着我在机关吃食堂，吃完了饭，回办公室跟我下两盘象棋。一边下棋，一边闲聊，后来两人就几乎成了无话不谈的朋友。而且他还充当起了我的另一双加长了的耳朵。外边小到报社其它各部门，大到部里的其它各司局处室的人对我有些啥反应，都会通过他的耳朵听来后告诉给我，还帮我出谋划策，如何应对一些局面。在我被提拔当副总编一事上，他为我四处打探群众意见、领导反应，进展程度，紧着忙乎，还发动和他关系近的给考察我的干部处的人说了不少我的好话。所以，我被提拔当副总后，就力荐了他接任我原来的职务。报社总编老彭今年快六十了，面临退休，加上我在部里有老范这样的硬靠山，所以，一般我提出的方案很少遭到老彭的否决。其它两个副总编老汪和老李两人之间有矛盾，但对我面子上都挺谦让，可能也因为我的背景，一般的也不跟我过不去。所以，我推荐胡小杨很是顺利。其实，其它还有几个比他更有资格与条件当编报室主任的人选，我还是依靠自己的影响力最终使胡小杨得以提拔。组织上发文之前，我就将消息提前透给了胡小杨。他听后几乎在办公室里没给我跪下，不停地双手抱拳给我作揖，连声道："我没跟错，没跟错，打进报社的那天起，我就觉出你是个要能力有能力，要背景有背景，讲交情重友谊的领导。今后在报社，只要是你吩咐的事情，不管大小，只要一句话，我都当我自己的事来办！"

等正式发文任命的那一天晚上，他力邀我到他表哥开的一家娱乐城里潇洒一把。去后由他表哥坐陪，他表哥矮矮胖胖的，大背头，头发梳得油亮，穿件背带裤，肚子榓得似个发面馒头，手指上箍一个大大的绿宝石戒指，一看就是个有钱的主。胡小杨介绍说是他大伯的孩子，两人一同玩尿泥长大的，关系特铁，他几乎什么都听他表哥的，还是他表哥当时跟他说，要紧紧地跟定我，咬住青山不放松，果然没听错，咬出了成果。

胡小杨与他表哥频频给我敬酒，总编长总编短地反复表衷心：说以后当了主任后，报社里，只听我的话，就是连彭总编的话，如果与我的吩咐相佐，他都可以拿话去搪塞应付。以前我在原单位时，对胡小杨这样溜须拍马紧着往领导身上贴，就象仆人急候候找主人进行人身依附的主很是反感，当年在向阳院里刘顺、小王他们巴结艾青的一幕给我留下过很深的印象。可是现在，这种主儿让自己碰上了，却觉得很乐意接受，挺好的。在单位，有这么一个跟自己很贴心的心腹之人，就象是自己左膀右臂，可以替你分担与排解多少大大小小的恼心事。人，真是没有无缘无故的爱，也没有无缘无故的恨。立场、角色不同了，看问题的角度也就有了不同。现在想起来，我当时那么瞧不起原单位那帮溜须拍马的主儿，实在是迂腐。

　　基于以上关系，我跟胡小杨说起话来就跟别人不同，跟小徐，我得客客气气的，对他，我就常常是训他，甚至不高兴时还骂两句。

　　胡小杨一边接过我倒给他的水喝着，一边傻笑着看着我。我故意板着脸，训道："笑什么笑，待会儿你就给我把它拎走。"

　　胡小杨又哧哧地一笑，"总编你也太认真了，一个花架值几个钱！我要是想行贿，直接带一个大信封来，我是那样的人吗？谁让咱俩是好朋友？谁让你向上边推荐了我？滴水之恩当涌泉相报，中国人的这点美德我还是知道的。人与人之间，还得讲个情感吧？"

　　一句话，说得我心服口服，而且还心里头热乎乎的，就说，"那你也应该事先跟我吭一声。"　　　　　　"吭一声你还能让我买它？"

　　我不吭声了，又给他去往杯里倒水，胡小杨就贱兮兮地说："别倒了，水有啥好喝的，把你的酒瓶拿过来。"

　　"没有，今天我偏就不给你酒喝。"

　　胡小杨嘴一咧，"哟，总编你就偏心眼，人家到你家来，你就给酒喝，我来就不给。"

　　"谁来我给酒喝了？"

　　胡小杨又嘴一撇，"总编你自己知道，还用我说。"

　　我一下子想起来了，说："前天小徐到家来了，我和他喝了两盅。咋，你看见了？"

　　"他自己在办公室里说的呗。"

　　我对小徐就有了一点儿不好的看法，心想，小徐你到我家来就来，出去后在办公室里说啥，就问："他都说了些啥？"

　　胡小杨说："也没说些啥，就说那天串门，路过你家，随便敲了下门，结果你就给他酒喝。说你平易近人，高升了也没架子，没忘老下属呗。”

我这才对小徐的印象又好起来。

胡小杨又追了一句，“其实他是想显着让别人知道他和你的关系好。”

听了这句话，我就又对小徐微微有点儿嫌弃。

胡小杨放下茶杯自个儿去厨柜里搜出了酒瓶，拎过来摆在茶几上。我就又返回头去厨房，取出点香肠、花生米、中午食堂打来没来得及吃的酱牛肉什么的，端过来，正好和胡小杨喝两盅。房间大大的，虽然很宽敞，可晚上一个人呆着，也觉得寂寞了些。

两杯酒下肚，胡小杨发现了我桌子上放着个画轴，上前去取，嘴上说，“那天说完，我就思谋着给你弄幅画呢，还没来得及，你自己就搞上了。怪我怪我，行动慢了。”取过来，一边打开来，一边问：“总编你是哪弄的？”又看着上边的垂柳与池塘，蜻蜓与小荷，暮霭与炊烟，啧啧称道：“哟呵，真不错，多有意境，肯定是位名家的手笔，总编你哪搞的它？”

我只好实话实说是小徐送的。胡小杨马上转变了对画的态度，一会儿，就嘴一撇，说：“怪不得呢，还说是串门路过随便敲门进来的，原来是专门送画来的。”

我就把当时的情况说了，为小徐辩解说：“人家也没其它的意思，觉得我以前帮过他，对他也挺好，过意不去，老想着有个机会表示一下心意，我分了新屋，就有了这么一个机会。小徐挺好的，那天在我这儿，我们唠了好多。相互了解不少。”

胡小杨就有点儿酸溜，说风凉话：“总编你心肠太好太实了，下边跟过你的没有一个不这样说你。可是，别人未必就都象你对待他那样。就说小徐吧，说不定，那小子是另有所图。”

“别把人都看得那么势利。”我反驳他。

　　胡小杨不以为然地说："现在这世道，不势利的人能有几个？除过总编你，我看全报社找不出另一个。"

　　"你连自个也骂了？"

　　"本来嘛。我承认我也势利，但要看对谁呢。他小徐在你没提总编之前，咋就没给你送画来？"　　"我以前不是没分到房子嘛，你这不是死抬杠？"

　　胡小杨又不以为然地呶一下嘴："我看这画，未必是他哥的什么美院毕业的同学画的，说不上是哪个地摊上买来的也未可知。地坛那边卖画的扎堆，一窝窝似老鼠般多，全是外地来讨生活的，有的画只几十元就能买一张。现在的人，一个个嘴里哪里有个实话。"

　　"胡小杨你这就太损人了，都把别人想那么鬼，我看是你自己心里太鬼。"

　　经过一段时间的接触，我明显感到胡小杨特能琢磨事情，再复杂的事情，在他脑子里都能变简单了，反过来，再简单的事情，经他的嘴一分析，又都能变复杂了。这小子，是个人物！不知咋搞的，我还真就喜欢他的这种狡狯。

　　送走了胡小杨，我重又打开了小徐送来的那张画，细细地瞅，心里嘀咕起来，是不是小徐他真从地摊上买了它来胡弄我的？想了半天，也没个结果，这种事情，根本是没法弄清楚的。我不再去想它，但对小徐的认识已经打上了折扣。到卫生间去，打开电热水器，浴盆里放了水，舒舒服服地躺了进去，也许是喝了点酒的缘故，泡着泡着，我就感觉到我下边那玩意咋就慢慢地起来了，最后竟然直挺挺的象跟野地里的蘑菇了一般。我一时浑身燥热燥热，一股非常强烈的性冲动象火山爆发了一般，无法遏制，苦于没有发泄的另一半，只好自行解决，用手充当的对象，一阵揉搓之后，也达到了高潮，宝贵的精华喷射出来，弄了一手掌，急忙伸进浴盆里洗了。心里想，也该再找个媳妇，好好享受享受家庭生活了。现在，咱还比别人缺啥？啥都不缺！以前，自己之所以阳痿，那都是让穷愁潦倒的生活给逼的，"妈日的，瞧今天我这先人，也没咋样刺激它，它自个儿就硬了起来！"我自言自语地骂了一句脏话。

五

　　由于我的出色表现和老范的关照，一年不到，我副总编前边又加上了"常务"二字。

　　我的工资从调进新单位起就已经长了一大截，后随着职务的升迁，工资袋里的钱更是打着斤斗往上的翻，各种名目的津贴多得让我咋舌。而且平时，几乎就花不了什么钱。煤电暖的都有补贴。动不动就分东西，什么电饭煲、微波炉、电热水器、不锈钢炊具饮水机，小到清油大米白面牛肉羊肉鸡鸭鱼肉香肠啤酒酱油醋水果瓜子花椒大料洗发香波护肤水，凡是商店里能卖的，甚至小到卫生纸，过春节时门框上贴的对联都不用你买。每月我的工资基本不动就存入了银行。年头节下还有额外的大笔职务奖金。我现在上菜市场去，正好和过去翻了个个，是什么菜最贵，最新鲜，刚下来，就买什么菜。卖菜的都认下了我，我一去市场，就远远地招呼我，这个冲我喊："我这有刚刚从大棚里育的鲜韭黄，"那个冲我叫："我这里有最最新鲜的香菇。"弄得很多买菜的人对我侧目，搞得我不好意思。随着报社人员与版面的不断急剧扩充，发行量的不断扩大，广告业务也大增，报社一边吃着部里的各种补贴，一边收着越来越多的广告费。广告费上缴部财务和上税外，还有部分留给报社自收自支，用于报社的发展。这里边就有了很大的可操作性。往往隔三岔五，报社上到总编，下到一般员工，都会领到一个信封。里边每个人有不等的钱数，当然是由总编和我们几个副总编定好了的。里边分好几个等级，总编一级多少，副总编一级多少，部门主任一级多少，一般编辑记者多少，校对和后勤人员又是多少。刚开始之间的差额还拉得不是很大，以后就悬殊了，后来差距大得每次分信封我都觉得脸红，不敢面对部属。就那样，领钱时，下边一个个都笑逐颜开的似过年。嘱咐他们不要到处声张，让部里其它部门的人知道了闹红眼病，果然一个个都守口如瓶。有了钱，我也就很大方，一来是排遣寂寞，二来也是"做大做强"在报社的人际关系，我时不时地在下班后，邀几个部属到我房，弄几个小炒喝几盅小酒。他们一边给我敬酒，一边嘴甜甜地总编长总编短地抬举着我，我便酒不醉人心自醉地感到整个身心都飘起来，沐浴在三月的春风里。人走之后，我便美美地躺在柔软的席梦思床上，拿了原单位时的人际关系和境况与现在的做对比。想当初，为借钱借得大家伙都象避瘟神一般地躲我，平日里想找个诉苦说知心话的主都没有，弄得自己只好跟看门房、烧开水等"引车卖浆者"为伍！——不然的话，我也不会认识赵惠芬，现在跟那时比，简直就是在天上呆着。有权即有钱有朋友有尊严有他娘的一切，我算是体会太深刻了！

　　这期间，经常有人给我介绍起对象，大学生、研究生、搞科研的、搞艺术的、公司白领……。照片看过了有一大摞，还都要条有条，要样有样，我都有点挑花了眼。有的是我觉得太年轻，有的我觉得太漂亮，有的我觉得学历太高。我岁数已老大不小都小四十了，而且是二婚，象我这岁数，在婚姻上，一定得慎重了，再也输不起。可是，同事们哪里了解我的心思，还是一个劲地给我猛着介绍那既年轻又漂亮的，我都一一婉言相谢。

一天，老范给我打来了电话，说是下班后，到他办公室里去一趟。我估摸着他又是孤独了，想和我叙叙旧。

下班后，我去他办公室。推开门进去，他摆手示意让我坐在沙发里，就从抽屉里拿出张像片来，递到桌沿上，"瞧瞧，这姑娘咋样，漂亮不？"

我欠身拿起来一看，照片上的姑娘，细眉凤眼，挺挺的鼻子，小小的樱桃小嘴，一口洁白洁白的牙齿，笑得那么青春灿烂，看上去可能才有二十出头。我几乎都看傻了眼。老范看我愣神，催促我，"咋样，回答我，漂亮还是不漂亮？"

我嘻嘻笑了一声，说："那还有啥说的。"

"看得上？"

我犹豫一下，回答："不是我看得上人家，是人家能看得上我。"

老范就训我："你别把自己弄得窝窝囊囊的样子，自己看不起自个，好歹是最高学府毕业的，现在还是个处级干部呢。"

"那她是个什么背景？做什么工作？"我忐忑地问。

老范欠了欠身，喝了口茶，将剩下的茶根倒进身旁的一盆开得正艳的一品红里，才说，"姑娘去年西安一护士学校毕业，现在安贞医院内二科上班。"

我没吭声，眼神重又盯在了像片上，姑娘一双水汪汪的凤眼，简直就活灵活现地在瞅视着我。象和我在交流着情感。老范看出我对照片上的姑娘挺感兴趣，接着介绍；"知道吗，她爸就是我们部里前年才退休的三司安副司长。"

我失口"啊"了一声。我的惊讶被老范感觉到了，他安慰我说，"别怯，皇帝的女儿也得嫁人不是？而且，这事是姑娘家通过人主动找我夫人说的。"

我有点惶恐，觉得自己根本配不上人家姑娘。嗫嚅地说："这事，能成吗？我咋看悬，瞧人家姑娘，长得多漂亮，水灵灵的，又那么年轻，家庭条件又那么好。我怕不行。"

"行不行的，你们见上一面呀，没见面你咋就知道不行？"

"见了面，人家看不上我咋办？挺尴尬的。"

老范就又有点不高兴地说我："我看你这两年工作干得很出色，人也比以前自信多了。怎么今天又成个蔫头萝卜了，打不起精神来？拿起最高学府学生的自信与尊严来！按你现在的条件，甚至比那些刚出校门的年轻人更有竞争力。现在的姑娘们就喜欢找事业有成的中年男人。你知道吗？"

经他这么一说，我这个被别人当年踹来踹去的窝囊废现在竟然成了人争人抢的香饽饽了！老范的话，我是句句听，理解的执行，不理解的也得执行，更何况是给我整美事呢。我答应去跟姑娘见面，老范说让他夫人跟那头再联系。联系好再通知我。我感激老范一通，发自肺腑的感激，说没有他的提携，哪有我的今天，甚至连我找对象的事，都挂记在心！虽然是简简单单的几句话，但却蕴含着很重的份量。那一瞬间，我内心突然冒出一个奇怪的想法，就是将来有一天，为老范而奉献出自己的生命，我也在所不惜！

老范挥挥手，说："在单位别提这些，让别人听见了不好。谁让咱们是同学呢。去吧，你先走一步。我在办公室还有个文件要处理，不留你了。"

我点着头"部长你忙。"躬身退了出来。走廊上，我又掏出像片来，细瞅姑娘，觉得姑娘就象和自己有缘似的，总是那么甜甜地望着我。

六

　　过了没几天，我就在老范夫人的安排下和姑娘见了面。为了不再麻烦老范夫人和弄得兴师动众，两人约好时间与地点，在颐和园直接见面。那天，我刮了胡子修了面，破天荒地又象当年在海南去见贾如馨时那样，穿了西服扎了领带。这套西服，是单位给头儿们补贴了大部分钱买的从意大利进口的名牌高档西服，一套四千多，藏青色，穿在身上特抬人。显得人特有品味与身份，我这人平时不爱穿戴，总觉得穿上它板得很，一般是逢到些正规场合，不得不穿了才穿它。

　　那天我如约前往。下车后，稍等了一会，就见一位楚楚动人，皮肤白皙的姑娘，撑一把橙色遮阳伞，下了公交车，款款向公园门口走来。从头顶取下了阳伞，向周围瞥了两眼，我一下子就认出了她来，真是喜出望外，姑娘显得比照片上的她更漂亮生动，全身的尺寸比例是那样合谐匀称：细细的纤腰，修长的小腿，一头长长的秀发，搭在白嫩的肩头，愕得我都几乎没有了勇气前去打招呼相认。姑娘显然也是发现了不远处向她挪步走去的我。一直看着我走到她的跟前，微欠欠身，含羞一笑，百媚顿生。我怯怯地问："你是安静吧？"

　　姑娘客气地点点头，小声反问我："你就是张总编？"

　　"副总编"我笑着纠道："叫我名字，张一凡。"

　　"这名字挺好，一帆风顺。"

　　"不是一帆风顺的'帆'，是平凡的'凡'，凡人一个。"我自嘲道。

　　姑娘再没说什么，随我买票进园子。进门后，我们绕过颐年殿，沿湖边的长廊，一边有意无意地观看长廊檐上的绘画，一边缓缓前行，其实都心不在焉，时不时地打量一番对方。我打破尴尬先开口，指着画廊上描绘的图画讲一些其中的历史文学和军事故事，她只是若有所知地点着头，轻轻笑着附和着我，也不多问。我怕初次见面讲多了，落下个爱显的印象，后来也就不多说了。之后，又攀万寿山、从山上观昆明湖的美景。她的性格就象她的名字，显得很文静，很少说话，下山后，又前去石舫前，坐渡轮到湖对面的南湖岛去。坐在渡轮上，湖面碧波万顷，涟漪泛起，远处，高高的万寿山上的佛香阁在灿灿的阳光下，闪着金辉，再放眼四处，雕梁画栋、楼厅水榭、假山秀石，无不显出皇家园林的气派。坐在船邦旁，安静的漂亮招来不少游客的眼神，其中甚至有好多白肤色的老外，我很有点得意。过了一会儿，我就禁不住地给安静讲述起十多年前上大学时，全班同学到昆明湖来过团日时的情景。当时的好多细节我几乎都历历在目，记得大家分成几组泛舟湖面，有的嬉戏唱歌，有的吟诗做词，最后齐声欢唱那首著名的歌曲：

年轻的朋友们，

今天来相会，

荡起小船儿，

暖风轻轻吹，

花儿香，鸟儿鸣，

春光惹人醉，

欢声笑语绕绕着彩云飞……

此时，就感到那远去的歌声好象重又回到了湖面上飘荡。

船靠到了岸边，来到了小岛，我说，"我们进去吃点饭吧？"

她点点头表示同意，我们就进了餐馆。我口袋殷实，再也没有了以前与乌兰赵惠芬相处时囊中羞涩怕花钱的顾虑，而是正好相反。为这次出游，我带足了钱，鼓涨的皮夹子撑得我说话的底气很足，只想着如何将口袋中的钱多多的花出去，以讨得安静的欢心。我要过菜谱，交到安静手中，她客气地挡回来，让我做主，我就像模像样地专拣贵的点，而且还点了几道过去慈禧太后才能吃到口的宫廷御膳。当一个个菜点小碟由身着洁白围裙的服务员端上桌时，我环顾一下左右，发现就我们要的餐点精美又丰富。我有点儿心里嘀咕，怕安静有啥想法，以为我在故意摆阔，那样就把自己放到了时下一些暴发户的档次。不过，我很快就明白我是多虑了，安静对我的所为并没有介意，似乎还感到给她在别的吃客甚至一些老外面前撑了面子。我就不断地劝安静尝一口这，尝一口那。还不住地问她还想吃点啥。安静客气地说："不用了，不用了，这已经够丰盛的了。"说话声引得旁边的吃客们频频向我们桌上瞅几眼。良辰美景，妙龄佳人，我的心情格外的惬意，男人的自尊心此时得到了极大的满足。

吃过了饭，我们从岛上出来，沿着十七孔桥，不自觉地就绕道沿昆明湖的南堤走去。越走，越僻静，在湖边摇曳着丛丛的荷花，荷花丛边，时不时地露出一双男女的头来，都是在那里紧紧地相拥着摸挲，接吻，旁若无人的样子，受其影响，我的心就咚咚地跳了起来，过了一会，我就大着胆子，试探着伸出手去拉她的小手。我怕惹她不高兴了，毕竟才初次见面。我的手握她的手时，显得只是有意无意的，让人感觉好象是随便碰上去的一般。可是，当我摸着她那小手时，那只小玉手一点儿也没有反抗，我就立即想到了当年拉晓芳过村头前那条水渠后手没松开时的情景，觉得今天这事，有门。我发现她的手特别特别的柔软，这肯定是跟她干护士工作保养得好有关系。过了一会儿，我就又禁不住试探着轻轻地揉捏开它，一会儿，那只小玉手竟然也开始在我手中动作，反过来揉捏开我的手指，我觉得两人的心，奇特地先开始用手交流了。

　　走了一阵，见湖边有一空着的椅子，我说，"你累不累，我们在椅子上坐一会儿吧？"

　　安静回答："行。"我们就坐在椅子里去。

　　面前的湖水，在微风的拂动下，泛起一圈圈的涟漪，丛丛芦苇，在轻风中摇曳，不远处的，几片睡莲，静静地飘浮在水面上。在它下边，不时地传来几声蛙的叫声。尖尖的花蕾上，有只蜻蜓落在其上，弓着身子，不知它在干什么，不一会儿，跃起来，擦着水面飞到别处，轻盈的身姿，划过一条瞬间的弧线。身旁的垂柳，搭在我们的肩头，随风拂弄着我们的面庞。弄的人脸上痒痒儿的，不由地心也痒痒起来。远处，开阔的湖面，烟波浩淼，水面上飘着淡淡的薄雾。氤氲的水汽中，远处的万寿山、佛香阁、石舫、走廊、湖心岛、以及其它的楼台水榭、雕梁画栋，似都若隐若现，飘飘渺渺，让人迷醉得不知是画在人眼中，还是人身在画中。近处，"接天莲子无穷碧，映日荷花别样红"，此情此景，衬得人的心情格外的宁静，安适。坐在椅子里，我们开始了真正的交谈。虽然之前通过介绍人各自对对方都有了一些基本的了解。但还是又相互问了一些对方的基本情况。问过之后，两人似再没话可说，局面有点儿尴尬，好在我心情挺好，三扯两扯，我很自然地就将话头扯到我的强项文学上来——说实话，我已经很久很久没有和另一个人谈文学了。我先是泛泛地向她提及一些当代国内作家的作品，让我高兴的是，有些作家的作品，她也看过一点。我就将话头又往深与广了引。说国内的小说内容主题较单一，外国的小说则丰富多彩，象万花筒般地令人眩目。我对她说在自己读过的众多中外作品中，给我留下最深印象的不是巴尔扎克、狄更斯、也不是莎士比亚与托尔斯泰，更不是雨果或歌德，虽然看小仲马的《茶花女》、哈代的《德伯家的苔丝》、夏洛蒂*勃朗特的《简爱》、福楼拜的《包法利夫人》时，也为女主人的命运所伤感，但最使我难忘的还是一本奥地利作家茨威格写的长篇小说《危险的怜悯》，并给她完完整整地将其中的情节复述了一遍，当讲到书中那位深深痛爱自己腿有残疾女儿的父亲，屈辱地在黑屋子里给女儿所钟爱的人下跪的情节，那位拐腿的少女得知自己所钟情的少年爽约后，撑着身子，从楼上纵身跳下时，我发现安静用手抹开了眼泪……

夕阳衔山，绚丽的晚霞将湖面涂抹成金色，我和安静出园来。在和安静很投入的谈文学时，我几乎忘记了其它的一切包括自己的年龄，出了公园，看到别人向我们投来的异样的眼光，我才回到现实中来，发现刚才自己是老夫聊发了一回少年狂。比起身边如花似玉的安静的岁数来，我实在已经是不年轻了。我心里对这桩事还是不怎么有底。

没想到，第二天下班时，我又被老范一个电话叫到了他的办公室里，老范笑嘻嘻地示意让我落座，我诚惶诚恐地问："啥事，部长你叫我来？"

老范揶揄我："你小子，使了什么法子，使人家如花似玉的姑娘对你佩服得五体投地？"我知道他要说啥事，心里挺高兴，但脸上仍装着，"没有呀，就是简简单单地去了个公园，吃了个饭，随便聊了一阵。"

"行，有你的。毕竟是我的小老弟，最高学府毕业的，就是有吸引力。"老范感叹道："人家那头传过话来了，说对你挺满意。"老范的话语里甚至带着些羡慕的味道。

七

这样，我和安静就谈起了对象，有了更频繁的接触。我们又先后去了天坛，爬了长城。最后又约定去香山看枫叶。期间，我带上单位配的高级索尼像机，给安静拍了好多照片，我的拍照水平还行，毕竟艺术之间都是相通的，我将安静的各种姿势、各种笑靥，抓拍定格在不同的风景与画面中，又引得安静欢喜得不得了，每次从照像馆里取出照片来，都兴奋地像个孩子似的，抱着一大摞照片反复地细瞅，一边连声称赞，"你的照像水平真是太高了。"

听着她的褒奖，我的心里甜滋滋的。

因为口袋里殷实，在外边游玩我也出手大方，一般吃饭时都进好饭馆，点上档次的菜。坐车也不去挤公交，而是坐出租。其间少不了逛逛商店，姑娘都爱美，安静挑一些服装在身上比试，我就在旁边帮她拎着手包，她问我哪件衣服她穿合适不，我总能在色彩款式跟她的身材长相皮肤职业方面的搭配上，说出个子丑寅卯来。几次下来，我感觉到我在服装美学方面的欣赏水平也得到了她的肯定。每当我评论一番，她就直点头。一般是我说好，她才买，我说不适合她穿的衣服，就是刚开始她多么喜欢，营业员如何推荐，她也是不甘心但又听我的意见重放回去。要买哪件衣服时，她要交钱，我都挡住替她交了。每当这时，我心里就有一种成功男人的自豪感，好象不是为她花钱买衣服，倒是她给了我一个表现自己价值的机会。我俩的关系有了很大进展，达到了相互默契和信任的阶段。

后来去爬香山，将我俩的关系更往前跨了实质性的一步。

十月的香山，满山的枫叶红灿灿的象一团团燃烧着的火焰。我和安静在山下歇息了一会，吃了一点带来的面包，喝了瓶矿泉水，就使足了劲往鬼见愁上攀登。

安静开玩笑说："咱俩比赛，看谁先用最短的时间攀到山顶。"

我说"行。"

俩人就比起来，安静先欢快地向前跑了两步，回过头来，笑盈盈地望着我说："你肯定比不过我。"

我嘴上说，"也许吧。"心里却卯足了劲。

我俩就比了起来。刚开始，她确实比我攀登得快，象个兔子似的往上蹿，一路小跑，好象不是在爬山，而是在运动场上练跑步。我看着她的背影，心里就感叹，多有朝气啊，青春多好啊！特别是她兴高采烈地在高处转过头来向我挥手的一瞬间，我就觉得她美得实在没法形容，让我都迷醉了。我心里想，一定要抓住她。也许，这是自己此生最后的浪漫了。我真做梦都没有想到，几乎快进入中年的我，竟然有如此的艳遇，有这么美丽漂亮的姑娘在人生的旅途中等待着我，真是老天有眼！

我攒足了劲往上攀登，心里暗暗较劲，绝不能输了，这绝不是一场一般的比赛，我一定要取胜，一定要让安静看，我虽然比她大十几岁，可是，仍然是精力充沛，有朝气有活力！我耐着性子稳稳地一步一步前行，我要用我的坚韧战胜她的爆发力。

安静刚开始时，还蹦蹦跳跳跳猛往上蹿，可没过多长时间，她就有点没后劲了，渐渐腿脚缓了下来。我撵上前去，和她并肩而行。问她："怎么样，累吗，累了就歇歇再上？"

她同意了，我们坐在山路边的一条石凳上歇了一会儿，继续起身往上攀。这时候，安静就有点儿疲了，走几步，就弯弯腰，用手抹抹额头和脖颈上的汗粒。我虽然也累，但我仍坚持着不在她面前显示出来，站在她前边呼唤她。最后，她只好认输，说："不行，我比不过你。"

我心里乐着，回身来，走到她面前，安静就很自然地伸出手来，让我拽着她往上攀。

终于来到了山顶，山顶上的游人并不多，我们绕着鬼见愁上边的大古塔转了一遭，放眼望去，脚下的香山，一片缤纷的色彩，丹丹的枫叶，殷红殷红，一簇簇、一丛丛，象是从火山口喷出，正在跃动着的火焰，煞是壮观。有些嫩叶则红中泛着橙色与黄白色，其间，松、柏、楠、榆、槐、柳等其它树木的绿色，点缀其间，更衬出枫叶的鲜亮与火红。往更远处眺望，天空中飘着薄雾，笼罩着四野，使一切都变得飘飘渺渺，朦朦胧胧。群山莽莽，蜿蜒起伏。颐和园的昆明湖、万寿山和远处的一些城市建筑，在薄雾下若隐若现，影影绰绰。我一下子就触景生情，瞬间，多少往事涌上心头，一些已经逝去的画面齐刷刷地先后跳入眼帘。我想到了上大学时和艾迪骑自行车来香山写生时的情形；想起和苗菁在台儿庄大运河边披着月亮夕归的那个沉醉的夜晚；想起了在海南三亚金沙滩上蔫漠红那迷离多情的眼神，甚至想到了更久远在祁连山下修水库时，罗晓芳给我送鸡蛋来时，朝晖中顶着麦草从骆驼车上跳下的那个画面，不由地感慨万千，人生真是白驹过隙！

安静一边感叹山上的风光真好，视野多开阔，见我若有所思的样子，就问我："看你，半天不吭一声，是不是想作诗？"安静之前早已知道我过去发表过不少诗。

我笑笑说："好长时间都没那个雅兴了。"

"那你今天就作一首出来，你看这山上山下的景色多美，象画一般。"

我说："那劳什子可不是想作就马上能作出来的，需要灵感。我又不是曹植。我给你背一段李白的《将进酒》吧，说着，我就背了起来：

君不见黄河之水天上来，

奔流到海不复归。

君不见高堂明镜悲白发，

朝如青丝暮成雪。

人生得意须尽欢，

莫使金樽空对月……

我背了这么两句，就打住了，意味深长地说，"你还年轻，可能还体会不到岁月的流逝是多么之快。"

安静似乎被我的情绪所感染，半天，道，"我发现你这个人挺爱触景生情。"

"是嘛？"我问。

"那次第一次见面，在颐和园昆明湖边上，我就感觉到了。"

"当时我俩不是谈得挺愉快的？""你忘了当时你对着湖面也吟过几句诗来！"

"你是不是感到我有点多愁善感？学文的人都有这么股酸腐劲儿。"我自我挖苦。

"不不，给人一种沧桑感，显得成熟有魅力。"

我就试探地问，"经过这么一段时间接触，你觉得我这人咋样？"

"挺好。挺实在，肚子里有学问。"

"那我俩的事……"我欲言又止。安静望着我一笑，扭过了头去。这一笑传递过来的信号再清楚不过了。使我勇气大增。

在山顶待了个把时辰，山上游人渐疏，日色将晚，我和安静下山来。上山时挺吃力，下山时挺轻松。安静又复现青春的朝气，一步三跳地往下走。

刚才在山头时，天还亮着，可是，这会儿，也许是太阳落了山，天色就一下子暗了下来。弯弯的山路上出奇地不见了一个下山的游客。安静再不往前蹿着跑了，似有点儿害怕渐暗的天色，重把手伸给我，让我拉着她走。嘴上说，"这天咋说黑就黑了下来，我有点怕。"

"别怕，有我呢。"我安慰她，其实，我也有点儿心里发虚。后悔在山上呆得太久了，落到最后一个才下山。其实，天色并不怎么黑，只是四周全是树林，微风吹动着树叶，发出簌簌的声响，挺惨人的。总觉得密密的树林后边藏有人。在这之前，电视里刚刚报道过一起发生在公园里的强奸杀人案。还没下到半山腰时，天色就更加黑了下来，连山道的转弯处都有点辨不清了。安静就越来越把我的手抓得紧，甚至最后两个胳膊都伸进我的腰部，将我紧紧地搂住，我一边安慰着安静，一边心里有一种冲动。这样两人相拥着走了好长一段时间，终于，从密密的树林透进来了光亮，俩人紧走几步，终于看到了外部的世界，安静就软软地摊在了我身上，长长地叹了一口气说，"吓死我了。"

我就顺势偏过身子去搂住了她，伏下头去，在她脸蛋上亲了一下。安静略一怔，但没有躲避。亲吻过后，我轻轻地说："嫁给我吧？我会好好呵护你的。"安静望着我，半天不说话。我不敢造次，怕引起她的不悦。我重拉起她的手上路，安静说；"我有点儿累，歇会吧。下山下得太急了，这会儿小腿肚子和脚丫子生疼。"说着就伸出腿来，活动两下。

这时候，我才近距离地欣赏安静的小腿，白白嫩嫩，长得那么匀称。我一下子矫情起来，说，"我帮你按摩按摩？"

安静望我一眼，没说什么，便伸出了腿来，我就用手去捏她的小腿肚，一边捏巴，一边赞美："你的腿长得真好看，一点儿腿肚都没有。"

"是嘛？"

"真的。"我说。

捏把了一会儿，我又帮她轻轻脱下白皮凉鞋，捏她的脚丫。

我一边捏着一边说："你的脚也长得好看。"

安静说："你是在恭维我吧？"

"没有，你的脚就是长得好看，小小窄窄的，脚指很长，脚面多薄。"

我一边说着，一边轻轻地搓揉着她的脚背，脚丫。然后又一只手抓着她的脚丫，一只手抓着她的腿肚，轻轻地转动，来回的弯曲。她的小脚丫，握在我手里，软软的，柔柔的，酥酥的，特别的让人怜惜，象有一股电流，从她的小巧玲珑的脚掌，通过我的手掌，一直通过双臂，传递到我心里。我一边轻轻的揉着，一边就感到，我的手和她的脚在谈心一般地进行着情感的交流。此一瞬间的感觉太细微、太美妙了。我抬头看看安静，安静也用她那漂亮的凤眼迎合着我明亮的眸子脉脉含情。从和她约会以来，我们第一次地有了一种"触电"的感觉，此时的感觉甚至比刚才吻她脸蛋时的感觉还好。

揉过一只腿，又换了另一只腿揉，一会之后，我问她："好点了吧？"

她娇羞地冲我笑笑说，"好多了，真舒服。谢谢你。"

我拉她起身来，安静扭扭腰，说："真累，腰和腿都散架了的感觉。"

我一下子又矫情起来，上前一步蹲下身子，说："来，让我背你，我的公主！"

安静又略一怔，说："这哪成？你也走累了。"

"不累，真的。我一点都不感到累。"这说的是我心里的大实话。

"背一个人要多沉呢。"

"当年我插队时，几百公斤的麻包，都背上往粮垛上，两人能抬起的大石头，都背，你这点重量算什么！"我不由她再多说，就把她背在了自己身上，然后，站起来，向前走去。

背了一阵，安静在上边说，"放我下来吧？别累着你。"

我说："没事。"

虽然安静看上去身材细柳一般，可毕竟是个人，有百八十斤，我也再不是二十年前插队时的年轻小伙，压得我整个身子沉沉的，重又象当年在祁连山下插队时交公粮背麻袋上粮垛一般。但这时候的感觉跟那时的截然不同。那时是背着麻包，这会儿可是背着一位如花似玉的姑娘。虽然脊背压得沉沉的，但我有一种巨大的力量在支撑着我。我硬咬着牙争取将背她的时间更长一点。前苏联著名心理学家巴普罗夫在自己书上讲过一个例子：卫国战争时间，一次，为了战斗的需要，一群战士硬是把一门大炮从山下抬到了一个小山包上。可是，战争结束后，心理学家要做个试验，还是那些战士，让他们每人吃得美美的，睡得足足的，再让他们重新将那门大炮往山上扛时，他们却怎么也扛不上去了。我此时肯定是和那群战士一样，所不同的是：他们面对的是穷凶极恶的法西斯匪徒，我面对的是容娇貌美闭月羞花的妙龄姑娘。

随着我迈动着的脚步，安静的胸脯在我的后背上也一起一伏，我甚至都能感觉到她的两只奶子在晃动着，摩挲着我的脖颈，痒痒的，酥酥的。安静整个身子紧贴在我的身上，纤细修长的双腿叉开来，伸向我身体的两侧，我的双手紧紧地握着她细嫩的大腿，她的小腹，就贴在我的腰际，微微的发热。她的发香、她特有的柠檬般的体味，随微风飘进我的鼻翼，我几乎要迷醉了。多少年都没这种感觉了。可以说从在海南和贾如馨分手后，就再也没有嗅到过这么好闻的由姑娘玉体发出的清香味。虽然和惠芬也生活了几年，虽然她也经常用这个液那个液把自己喷得香香的。但，我在她身上始终闻到的是一种用什么液也遮挡不了的冰淇淋味。哪有安静此时身体发出的这种体味这么馨香，让人吸着它遍体的清爽，产生几多的遐想。我以超乎寻常的毅力，硬是撑着一直背了好长一段路。到出公园门时，才将她放下来。放她下身时，安静向我灿然一笑，很真诚地说："你真好！"

第二章

一

　　第二天，下班后，老范又将我一个电话召到了他的办公室，简单询问了我一下近来工作方面的情况，就将话头扯到了安静身上，说人家姑娘对我印象很好，不但肚子里满腹锦绣文章，而且特能关心体贴人，一边又揶揄："你小子，老大不小的了，还交了这么好的桃花运，美得你。"

　　我急忙打躬作揖："这还都不是托你部长的福，要不是你把我调来，不是你提携我进步，哪有我的今天？你对我的大恩大德就是来世也报答不完。"

　　老范摆摆手，正经道："你怎么把社会上那套庸俗的东西什么时候学会了？什么报答不报答的。要说报答，以后就给我更加好好的工作，争取将报纸质量再在现在基础上提高一步。"

　　我捣蒜似地点头，"争取，争取，我一定要加倍努力地工作，绝不辜负你对我的期望。"

　　"我给你先透个口风，下个月，我要带部里一个团到欧美考查，时间一个月，我把你也考虑进去了。要是没什么其它妨手的事情，就先做个准备。人员名单还要经过部里常委会开会讨论通过，不过，问题不大。我已经跟部长事先通了气。"

　　我的天！我连作梦都没想到，出国考查这样的美差，能这么快就落在自己头上，我的感激之情无法用语言来表达。如果老范不嫌弃，我噗嗵一声跪到地下，给他响响地磕几个头的心思都有！

从老范处出来，我就心里发誓：以后，老范就是我的再生父母，就是将来有那么一天，他要是在政治上或是经济上出了什么岔子，要杀头，我陪绑随他到刑场；要坐牢，我陪他一起坐；剩下最后一口饭，我自己即便是饿死也要不吃敬给他吃！

过了没几天，跟老范出国的事情就基本定了下来。我忙着做出国前的准备工作。其实，也没有多少事可做，一切，都由部里包了，给每个要出去的人办护照、换外汇、做西服。每人都有一份补贴，算下来，其实就等于公费出国旅游。我把这一消息第二天适时地打电话告诉了安静，安静在电话那头说，"其实我已经听我妈说了。"又羡慕地说，"我什么时候能出趟国玩一玩，开开眼界。"

"不着急，以后肯定会在机会。"

"那就托你的福了。"

在电话中，反而比面对面有些话更好说出口，我大胆地试探说，"那就尽快嫁给我吧？"　　　　　　电话那头，沉默了一阵，安静回答说："你准备好了吗？"

我说，"有什么可准备的，房子是现成的，宽宽敞敞，装潢得也好好的。"

"还说呢，咱俩认识也有些日子了，你都没说是邀请我到你房子去看看。"

我急忙说："早都想请你来，怕你有想法。那你今晚上就过来，我做饭招待你。"

"我也就是随便一说。"

"来吧，你看看我的厨艺如何。"我恳求道。

"好吧。"她回答。

我告诉了她我家属院里的详细地址。中午下班前还有一段时间，我就兴冲冲地去到菜市场采购。鸡鸭鱼、葱姜蒜，葡萄、香蕉、苹果、梨，香槟、可乐果子汁，结结实实地拎回几大包。有钱的感觉真正好，想买啥就买啥，不用拣便宜的，也不用讨价还价费口舌费时间，一切都是市场上最好最新鲜的。

走到楼门口，我看到一个熟悉的身影，站在那里似在等人，走近了，我就认出是赵惠芬，一怔，问她：“你咋在这，怎么找来的？”

“哟，调到了大部门，又当了大总编，说起话来就是不跟以前一样了。”

“没没，我是说，北京这么大的，你怎么就能准确地找到我的家门口？”

“鼻子底下有个嘴，不会打问呀？”

我这才上下细细地打量她一下，有了安静做对照，赵惠芬一下子就显得一般得不能再一般了。而且岁数已经不年轻了，显出老相。我一瞬间就想到了法国自然主义作家左拉写的一篇小说叫《陪衬人》。故事讲年轻漂亮的贵族太太们为了引起别人对自己美貌的注意，专门找个面像丑陋的女子陪着自己上街与社交，以对方的丑衬托自己的美貌。这时，我的第一感觉就是她象安静的陪衬人，如果没有接触到安静，我也许没有这样强烈的感觉。我都吃惊当初怎么就看上了这么一个平平常常没有一点姿色的女人，而且自己生活被她折腾得一塌糊涂还不肯放弃她！

她在前来找我时，一定精心地打扮了一番自己，头发烫了个新样式的卷，眼圈画得黑黑的，嘴唇用唇膏涂得鲜亮，衣裤也是簇新的，鞋子也打得锃亮。我完全明白她的意思，三两句打发不走她，怕楼门口人多眼杂，赶忙让她跟我上楼进屋。惠芬一声不吭地跟我上楼来，还要抢我手中的菜包帮我拎，我谢过了没让她拎。

来到房门前，我放下手中的菜包掏钥匙开了门。进门来，我换了拖鞋去厨房里放菜包，惠芬也拘谨地跟着脱了自己的高跟鞋，换了双拖鞋，蹑手蹑脚地穿过屋子的一段走廊，缓步到客厅来，一边四处张望，一边感叹地恭维我："到底是当官了，房子住得这么大，装修得这么气派！"

我客套两句，自尊心得到了极大的满足。兴头上，就多了一句嘴："下个月，要陪着部长去出国考察，手续都全办妥了。"

"上哪儿？"惠芬惊讶又羡慕地问。

"英国、法国、意大利、瑞士、芬兰，然后再到美国和加拿大。"

"你现在真混得是个人物了，牛皮呃。"惠芬酸酸地恭维着我，一边不停地打量我屋子里的装饰，摸摸这，瞅瞅那，一边跟我诞嘴。我知道她今天来找我肯定有目的，就问她："你没吃饭吧？"

她点点头，我说："那你在这稍坐一会儿，我下楼去，到单位食堂买点现成的来。"

"不用不用，我来做，一会儿就会好的。"

惠芬说着就要挽袖子下厨房，我拦住了她，"别别，中午时间挺紧的。"

她见我态度坚决，拗不过，只好重退到沙发里去。我将电视打开，将摇控器递到她面前，说："你先看会电视，我一会就回来。"

惠芬说："你这电视这么大，多少寸的？"

我一边换鞋出门一边回答："三十四的。"

"比我们以前的那个电视大了有一倍。"惠芬说。

"这是纯平的。"我补充道。

惠芬手拿调控器，随便按了几个台，说："就是清楚，色彩也好。”

　　一会儿，我打上饭菜进门来，发现惠芬已脱了外衣，并没有看电视，而是象个主妇那样的帮我整理起房间，我的房间虽然大，装璜气派，但毕竟一个男人家，很少收拾，屋子里七零八落的，显得很乱。她把我乱扔在沙发、茶几和电视柜、书桌上的书籍整理好了放进书架；将茶几上的一堆桔子皮、苹果核、荔枝杆的收拾了倒进厨房的垃圾筒里；将我摁满烟屁股的烟缸也倒空了。我走过卧室时，发现卧室也被她拾掇了一番，早晨没来得及叠的被子也被她叠了。零乱的杂志、报纸、钟表、茶杯、架在床头歪斜着的台灯，都被她归拢了一番。可是我看到被她整理过的一切，却心里并不舒服。我招乎她吃饭，她又问：“你抹布在哪？把餐桌擦一下。”

　　我找来了抹布，要自己擦，她夺了过去说：“你擦不干净。我来擦。”

　　擦完了餐桌，她又跑去擦客厅里的家俱，我催促她，“其它的别擦了，吃饭，不然就凉了。”　　　　　　她头也不回地回答我，“你先吃，我还不饿。”说着，就又紧着忙乎起来。

　　我心里说：这是我的家，不是你我原来的家，你有没有搞错？看她那忙忙乎乎的样子，就好象这家是她的一样。可是，我又妨于过去夫妻一场，讲不出太伤情面的话来。我坐在餐桌旁等她，心里恼乎乎的。她手里拿着抹布，抹完了客厅又要去抹卧室，我喊住她，“卧室不用你擦，赶快来吃饭，人家没时间多陪你，下午还要上班呢。”

　　惠芬听我这么一说，也不好坚持，就放下了抹布，去卫生间里洗洗手，出来坐在了餐桌边，一边接我递上的筷子，一边说，“下午你去上你的班，今天我是特意和别人换休来的。下午，我把你的房子好好收拾一番。把被褥都拆了好好洗洗，你把你身上的衣服也换下来。住这么好的房子也不知道收拾，你以前不是挺勤快的嘛。"

我烦烦地说："不用不用，有人给我洗。"得给她摊牌讲明白了，让她别太上杆子。

惠芬马上警觉起来，眼睁睁地望着我。我尽量语气淡淡地说："我最近谈了个对象。"

惠芬看着我半天，低下头去，有点沮丧地说："我猜到了。难怪你提拔这么长时间了，都没能给我去个电话。"难受一阵，语气明显有点酸涩地问我："她是哪的，长得咋样，漂亮不？"

我说："是北京安贞医院的一名护士。"说着，我就去卧室，将前几回和安静逛公园时照的一大摞像片取来递到她的手中。

惠芬瞅着照片，惊愕得面部的表情都僵住了，眼睛直直的，几乎将手中的筷子掉落在桌子上，半天，感觉到了自己的失态，才镇静了，说："确实很漂亮，也很年轻。"

"所以你吃完了饭，就得赶紧走。不然让她碰上了不好。"

"有啥不好的，不管咋说，我还毕竟是你的原配妻子。"

我有好多想损她的话，可就是压在舌头底下怎么也说不出口来。她倒好，饭也不吃了，数叨开了安静："现在的女孩子，可真是超前得不得了，也实惠得不得了，不想栽树就想摘桃子。你看看，你年龄几乎比她大一轮！难道她父母就能同意她这样乱来！"

"就是她家主动托我当部长的同学的夫人问上来的。她爸爸还是我们部里离休的一位老司长。"

我不无得意地将能炫耀到的光亮处都抖出来。平时我不是这样爱炫耀和世俗，可今天就是控制不住自个，有句俗话说得好，酥油不能抹在尻子上。我接着说："在这之前，好多人给我介绍对象，比她漂亮年轻的还有，我都没谈。这一个因是我同学的面子，所以，我才谈的。咋样，本人的吸引力还行吧？有人把我不当回事，可也还有那么多的人就把我当个香饽饽。"

惠芬几乎被激怒了，忿忿地说："还不是看上你那个官帽儿了。你要是现在还在原来那个破杂志社里蹾着，看有人尿你不尿你。"

我并不生气，调侃道："管她看上我啥了，反正她能心甘情愿地当我媳妇，晚上陪我睡觉就行。"

惠芬笑笑，揭我的短："你那两下子，能满足了人家二十出头的黄花闺女不？"

我一愣，其实，这是我认识安静以来最大的一块心病。惠芬感觉到她的话刺到了我的疼处，继续挖苦我，"别让人家一脚踹到床下去。"

面对惠芬的恶毒，我有点儿语塞。

惠芬得寸进尺，"别今天结婚，明天就给人家洗这洗那，再过后就是闹着上法院。让别人都看笑话。"

我真想大吼一声：滚，你这就给我滚，你这个婊子！可是，我却骂不出口。调整一下自己的情绪，转个话头反唇相讥："你和你那位，是不是还经常在一起鬼混？人家媳妇再往你脸上烙烧饼了没有？"

惠芬的脸唰地一下红了起来。可能想起了今天来我这儿的目的，和缓下来语气，辨解道："实话对你说，我和他现在根本就再也不来往了。"

"我不信。"

"真的，不骗你。"

"你过去也没少骗过我，骗得我对你说的啥话都不相信了。"

"真的，这一次我说的是真话，我真的和他再不来往了。"

"为啥？"我有点好奇地问。

　　惠芬停了一会儿，才回答说，"反正今天都到这份上了，我也就不瞒你了。我找你来，就准备把一切都给你挑请楚的。之前他曾老给我发誓，说多么多么爱我。可我和你离婚后，再找他去，就不是那么回事了。能躲就躲，有一次，我实在气不过，闹到他家去，扇了他一个耳光，又和她那猪婆狠狠打了一架，我们的关系就画上了句号。十多年，走了这么一大圈，我可算是明白了一个道理，什么情呀爱呀，山盟海誓，全是他娘的骗人玩意，男人就没一个好东西。"

　　我有点儿幸灾乐祸，挖苦道："没一个好东西你还来找我？"

　　惠芬讨好地瞅我一眼，"说实话呢，比来比去，就你，在男人里还算个心地比较好的。不然，我也不会贱兮兮地来找你，还受你的奚落。"

　　我得意地说，"那就直说，你找我来的意思究竟是要干什么？"

　　惠芬嗔我一眼，"干什么？复婚呗，你明知故问。"

　　"可你刚才狠歹歹那样，说出的话多刻薄，哪象个找着前来复婚的？"

　　惠芬抿嘴一笑，做出愧疚状："人家是让你气疯了。不是，是让你照片上的那位。现在世道成啥样了！年轻小伙子好象都死绝了，也不考虑岁数的悬殊差距，凡是个当官的，闭着眼睛就往上贴。"

　　"可是，刚才你也没少埋汰我，在那方面如何如何。"

　　惠芬又羞涩地笑笑，眉目含情地瞅我一眼："人家也是话赶话，谁让你拿她来气我的。"

　　"可你说得也是很现实的一件事。"

　　惠芬又骚情地瞪我一眼，"你以为我离了那方面就不成？我这一年多是咋过来的？"

"你现在说得好，到时候就不是那么回事了，再给我戴一次绿帽子，我可受得了？"

"你放心，我是认真的，绝对会对你好的。多大岁数的人了，折腾得起？想折腾谁要我？还不是和他过去一个点的，才有那档事。"想了想，又接着表白："老实给你说，现在我在那方面淡得很。咱们毕竟是原配夫妻，我也有缺点，你也有弱点，绕了一圈，我们谁都不要计较谁，一门心思往前看，以后好好居家过日子，你只管工作，家里的一切都不用你操心，我一定把你给伺候的好好儿的。你找她，"惠芬指点着面前照片上的安静，"人家才多大，你多大了？何况你本来就在那方面不太行。你能保证和她就维持久了？"

她说的倒挺有道理的，我心底里冒出一股凉气。但嘴还硬，"我有什么弱点？我那方面好好儿的。都是让你凿的。"

"好好好，就算是让我凿的，我向你赔情道歉成不？我今天是诚心实意来找你的，你不要再和我抬杠。我希望你认真对待我说的话，别阴阳怪气嘻皮笑脸有一搭没一搭的。不就是换了个大部门，提了个官。但讨媳妇过日子可是实实在在的。"

我更认认真真地说："我确实不想再恢复过过去的那种日子。这位姑娘对我挺好的。我相信我和她能过好。"

惠芬有点恼："那你就等着被人家踹吧。"

"就是被踹了我也心甘情愿。"我忿忿地说，"我不能留你了，本来刚才我就不应该请你上楼来。让她知道了多不好。你看我买那么一大包鸡呀，鱼呀，鸭的，就是为了晚上请她。"

惠芬没想到找我来找出这么个结果来，脸都憋红了，站起身来，出门去，将门啪的一声，摔得很响。

我心里，刚开始一种痛快淋漓的感觉，觉得出了一口气，但紧接着，心里就涌上一股莫名的悲凉来，在一个床上睡了两三年，最后竟然以伤害她为快意！我又设身处地为她想想，觉得她确实也挺可怜的，不然的话，也是不会找到我这来的。肯定是犹豫了好长时间，下了很大决心，我是不是心太狠太硬了？但是，我又安慰自己，是她把我伤得太重了。渐渐，我就又想到了惠芬临走丢下的话，她说得确实不无道理，虽然我近一段时间，和安静关系处得越来越亲密，越来越有感觉，到了一天不见面就要想的地步。可是，潜意识中，过去那些在床上的失败经历始终似个魔鬼般地蜇伏在我的心底，折磨着我的灵魂，使我寝食难安。如果真的发生那样的后果，如何是好，安静会不会象乌兰、章红艳、赵惠芬那样的先后离我而去？那将是多么可悲的结局！就是安静不离开我，要是她耐不住寂寞得不到满足，到外边再挂上一个小白脸，我岂不要再熬过去那恶梦般的日子？想到这里，我头皮发麻，脊背发凉，再也没心吃饭，软软地瘫在沙发里。

二

下午，我早早儿下班，钻到厨房里忙乎。本来，请安静吃饭是多么令人愉快和憧憬，说不定吃完饭后还会有梦寐以求的好事等着自己。可是，经惠芬中午那么一折腾，我的心情就怎么也乐不起来。特别是她那些揭我短处的话，老在我耳边回响。我放开了音响，试图听听音乐，调解自己的情绪，但也效果不大。结果，不是将醋当成了酱油，就是让油烧过了头，还没炒两个菜，倒弄得一屋子油烟。

安静下班后敲开门，一边揉眼睛，一边扇嘴边的空气，找到厨房，说，"你这是做什么呀，弄得屋子里乌烟瘴气的？"

我这才想了起来，急忙去打开抽油烟机。安静掀了掀锅，瞅视了一下我采购回来的东西，又问了问我，就说，"你出去看电视吧，我来弄。"

厨房里的烟雾渐渐少了。我这才有空打量安静一番，安静今天好象也特意将自己打扮收拾了一番。以前披肩的秀发，挽了起来，用一只柳叶型的棕红色发卡别了。前边的流海重新翻了个卷儿，以前是分岔的，现在斜向了一边，显得有了几份成熟，又特别的精神。穿一件水红色的大翻领外衣，乳白色的裤子，棕色的皮鞋，浑身上下透着青春的朝气，跟中午的惠芬相比，简直就是仙女下凡。安静看我眼睛一闪不闪地瞅视着她，明知故问："看我干啥？"

我赞叹说："你今天打扮得真漂亮。"

安静灿然一笑，问我，"那你说我哪天又打扮得不漂亮？"

我真诚地说："哪天都打扮得超凡脱俗，只是今天比平时更有风度，更青春无限，更有气质。"

"别夸我了，弄得人都不好意思了。"安静说着重到门口去，脱了外衣，里边穿一件橙色带格子衬衫，袖口和领口露出光白细嫩的的肌肤，隆起的胸脯是那么的显眼。又脱了高跟皮鞋，纤秀的小脚丫上穿着的一双白丝袜干净得就象新买的一样。哪象中午来的惠芬，换拖鞋时，我就特别注意到，那一双大脚又厚又宽，一双肉色袜子，脚跟和脚指头处都是和鞋底磨擦后留下的汗印。

安静脱完了衣服换了拖鞋重进厨房去，要过我手中的围裙，又转过身去说："来，给我从后边系上。"

我上前去，替她系围裙带，侧着头，我就从上而下将安静浑圆的双乳基本上全看到了，雪白雪白，引得我浑身一阵燥热，不由自主地就想伸进去抚摸它。可是，又怕安静怪罪，嫌我轻浮，我和她毕竟不是同一年龄段的人，不能玩小年轻那样的浪漫，我只是紧紧地抱了一下她纤细的腰身，低下头去，贴紧了她的脖颈，然后又偏过头去，在她粉白的脸颊上亲吻了一下。

安静刚开始老老实实地让我搂，等我亲吻过她，她才挣脱出来，说"你的胡子把人扎的。"　　　　　　　　"我今天刚刚刮了呀。"

"刮了也扎。"安静娇气地说。

安静下厨，我并没有听她的吩咐去看电视，而是呆在厨房里给她打下手。安静不停问我盐在哪里，醋在哪里，调料又在哪里，并埋怨我说："你买的东西也太多了。一顿买下了倒有十顿吃的。"

我说："没事，有大冰箱怕啥。尽管做，多做几个菜。吃不了剩了就倒。"

安静看上去娇娇嫩嫩，没想到做起饭来，也是一把好手，她和惠芬的最大不同是：惠芬做饭风风火火，菜只洗两遍。也切得粗，肉放得多，盐和调料也很重。安静则慢得能熬死人。不但将每一片菜叶都摘得干干净净，而且要将菜洗上三四遍。我笑她真是当护士的，职业习惯。洗完菜和肉，又将它们慢慢地切得细细小小，有规有距地放进一个个碟中，不象惠芬，就将其堆在案板上下锅。炒菜时，安静也不等油炼得很开就放开炒，而惠芬则要等油开得爆爆的。安静对自己的炒法有注解，说油太爆不利于身体健康。

炒了几个菜出来，每一个都夹一点让我尝一下，问我咋样。我和惠芬过日子时，都是盐和调料放得重，已经成了习惯，但我仍夸赞说，"炒得好，好吃。"

安静用手背抹一下额头，笑笑说："你肯定觉得味有点淡吧？"

"还行，"我说。

安静说："盐不能吃多，吃多了对身体不好。"

"现在的姑娘都不会做饭，特别是漂亮姑娘，哪一个不是爹妈伺候大的，你倒行。"我恭维道。

安静一边从锅中往盘中放菜，一边说："都是跟我爸学的。我爸是个美食家，退休后一天没事就琢磨着保养身子骨和做饭，光这方面的书就有一大摞。"

话头拐到了他爸身上，我就又多问了她几句："你爸岁数也不嫌大，怎么就退了呢。其实还可以干上两年。"

"老头大半辈子在部队，文凭低，只是个大专，在地方上吃不开，前两年和他同岁数的甚至比他小的，都提了上去，有的还是他的下级，他老脸放不住，就提前退了。当个副局级也就挺可以的了，一般大部分在机关上混的，有几个能熬到他那一级。"安静反回头来恭维我："我看你一定能超过他。凭你那硬邦邦的文凭和硬邦邦的靠山，说不定，还能熬到个部长级呢。到那时，咱跟你也风光风光。你出国，我也就可以跟了去。"

听安静这么一说，我心里还真一动，可不咋的，只要自己好好的向这方面努力，这一切不就很现实吗？经她这一提醒，我心里本来还不怎么明亮的一盏灯瞬时闪亮起来，对，以后就向这一目标奋斗，将其作为一切的一切，中心的中心，绝不动摇！我心里乐合，嘴上谦虚，自嘲道："你看我行吗，快四十的人了，还在为解决个人问题忙乎，能赶上趟了吗？"

安静将锅里倒上水去炖鱼，厨房的声音小了，她也暂时闲了下来，转过头来回答我："怎么不赶趟？凭你这文凭，能力，最重要的是靠山，以后，前途可是不可限量。你那老同学用不了几年，就是国家领导人的料。现在社会上的人都在吵吵，他的呼声可高了。听我爸说，老范可能在部里呆不长了，要调到外省去当省长，如果真是那样，也就是在下边过渡上两年。再回北京，就进中央了，最少弄个国务委员什么的。”

　　没想到，原来有这么一个大背景，这桩姻缘在很大程度上又是沾了老范的光！我就说：“老范是老范，我是我，我哪能跟人家比。”

　　安静道：“听说你们俩当年在学校里是患难之交。他上去了，能丢下你不管？你的工作不就是人家调来的？而且提得那么快，还不都是因为有范部长。”

　　“原来你啥都清楚。”

　　“大院里都这么嘈嘈，我咋就不知道？”

　　我被安静鼓动得心怀激荡，面前是一条阳光灿烂铺满了金子的大道！以前怎么就没有意识到这一点。经安静这么一提示，我一下子觉得自己的身价陡增了不少。安静又揶揄我：“以后你也象范部长那样混出息了，当上了国家领导人，出国访问时，我也跟上风光风光，踩踩那红地毯、接接那别人送上的鲜花，那将是个什么感觉？”

　　我的天！安静看得比我还要远大，比起她来，我真是鼠目寸光！饭做了有两小时，到一切都完备，饭菜上桌时，已是黄昏时分，十月的天气，外边的天都已经擦黑了。我开了灯，拉上了窗帘，屋子里马上有了情调。透亮的玻璃餐桌上，摆上了丰盛的佳肴——一盆清炖鸡，一盘糖醋鱼，还有几碟子热菜凉菜，几乎将诺大一个桌子给占满了。就这样，采购来的一大堆东西都还剩下许多，安静说，“太多了，吃不了。”

　　我乐滋滋地说：“这多有情趣。没事，吃不了就倒。”

　　我打开早放在桌上的葡萄与香槟酒，给安静和我的酒杯都斟上，前去打开了音响。屋子里，响起了舒伯特舒缓的小夜曲，几束桔黄色的灯光柔和地从屋顶的四处投下来。餐桌上的各色菜肴，红、绿、黄、白，黑，色泽鲜亮，冒着热乎乎的蒸汽，弥漫着诱人的香味。我替安静解了围裙坐下来，两人举起了酒杯碰杯。安静在柔和的桔黄色灯光下，更显美丽与妩媚，抿嘴笑笑说：“不说两句？”

我就说，“快快嫁给我吧。我会精心呵护你的。像呵护我屋子里的这些鲜嫩的花一样。”

安静寻着我的指点去看那客厅里的几大盆鲜花，说：“你这几盆花可挺好，一定价钱不便宜。特别是那盆松树盆景，没有多年培育，可长不成现在那样造型。”

我淡淡地说：“是胡小杨送来的。他一个舅舅经营这玩意。其实我不太爱养花。胡小杨硬劝我，说房间里放几盆花可以调节空气。”

“我爸也特爱养花。可没你这些花好，都是些菊花、兰花的大路货。”

“你爸大司长，还养不了几盆好花？”

安静自嘲道：“退休了的干部，贱得跟便宜韭菜一样，谁搭理你。”

“那改天将这几盆花给老爷子全搬过去，老实讲，我养着它真费劲。”我讨好地说。

“亏你有这份孝心。”安静满意地夸赞我。

我又紧着上杆子：“老爷子喝酒不？胡小杨上次领来的一个酒厂搞销售的，想要在我们报上做广告，又想便宜点，又想先赊着年底再结帐，就摸黑给我送来两箱酒。”

“酒就免了，你留着自己慢慢喝，老爷子心脏不太好，大夫不让他喝酒。可是，他那个烟，可是抽得密，一天得两包，为这我妈老责备他，我也劝，可是都拦不住地抽。”

“你爸一般都抽什么档次的烟？”我问。

“他能抽什么挡次的，也就是抽个四五块钱的。就那么点退休死工资。”

我立刻站起身来，踱到卧室去，打开床头柜，拿出两条红塔山来，送到安静面前，“走时把这给老爷子带上。”

安静眼里露出欣喜之色，问，“这烟也是人送的？”

我说：“单位发的招待烟，每月两条，我不怎么抽，以后都留着给你爸。”

安静就感慨道：“在职和退休就是不一样。小小一个行业报的副总编，就肥得你！”

“来，喝酒，”我自得地举起酒杯来，和安静碰了杯，喝过后，我提议说：“今天高兴，喝点辣的怎么样？”

安静摆摆手。我说，“没事，那酒挺好，味道绵绵的，呛不了你，你尝尝。”

安静就同意了，我去取来酒瓶酒盅，启开瓶盖，将酒斟上，送到她面前一杯。俩人重又举起酒杯，碰了，我全喝了，她抿了一小点，说，“还行。”

我说：“我没骗你吧。”

两人吃了几筷子菜，我又举起酒杯来，劝她，安静这一次就爽快地端起酒杯来，和我响响地碰了一下，这次，喝下去了有半杯。她的脸色马上显得红了起来，本来就挺漂亮的脸蛋，经过了酒精的浸润，更显出万千风情。我适时地嘣出一句：“回眸一笑百媚生，六宫粉黛无颜色。”

安静笑着嗔我：“别卖弄了，谁不知你是北大毕业的高材生。来，喝，今天我特别高兴，喝醉了拉倒。”

我们就又举起了酒杯……

安静脸色绯红，渐渐有点儿支持不住地身子摇晃起来。我问：“你行不行，不行，就去床上躺一会儿？”

安静捂着脸说：“那我就去躺一会，今天一高兴就控制不住了自己。"

　　我扶着她去到卧室，将她放躺下盖好，回到饭厅里，整理收拾桌上的残局。其实，鸡呀鱼呀肉呀的，都根本好好儿的，两人只是将几碟素菜动了动筷子。我将桌子打扫了，将吃了一半的菜倒进垃圾筒里，将鸡和鱼等的放进冰箱，又收拾完了厨房，洗洗手，走进卧室来。

　　安静听见我进来，翻动了一下身子，睐眼睨我一下，问我："你把厨房收拾了？"

　　我"嗯"了一声。

　　"本来是应该我来收拾的。不好意思。"

　　"你今天是我的客人。"我笑着客气地说，将手放在她的腿上，问："咋样，这会儿，好点吗？要不要我给你倒杯水？"

　　安静伸过手来捏住了我放在她大腿上的手，说："没事，不想喝，就是头有点儿晕，全身软酥酥的，一点都不想动。就想这样躺着。"

　　我没好问她晚上是不是就宿在这里。她看着我说："你也累了吧，忙乎了一天，要不你也来躺一会？"

　　安静向我发出了明确的示爱信号。我看着她躺在那里醉眼惺忪半开半闭的迷人样儿，就想到了《红楼梦》里的史湘云醉卧芍药丛的憨态。我凑上前去，伏在她的胸前。安静伸手勾住了我的脖子。我慢慢地开始吻起她绯红的脸蛋，然后，又移向她那红红的樱桃小嘴。安静将她的嘴唇噘起来迎合着我，我贪婪地吮吸着，都尝到她的嘴唇上的口红被我噘到嘴里，一直随口水咽到了嗓子里。我一边在上边使劲噘着，下边手就不老实地从腰中伸进她衬衫中，抚摸她的腹部，然后又上摸到她的奶头，奶头柔柔的，我就将手放在上边轻轻地揉搓，渐渐的，它就像个发面团一样地膨胀了起来，到最后，两个奶子就鼓鼓的了，再用手去碰碰奶头尖，硬硬儿的。我知道此时的安静已达到什么状态了，我又忍不住急切地将手向下方移去，穿过她的腰带，从缝隙里塞进手去，只觉得，她毛茸茸的小腹和大腿中间，已经湿了。我下边刚才在上床来吻她时就已经有了反应，这会儿更是直挺挺的起来了。我兴奋不已，一边隔着衣服在安静身上蹭着，给她传递着"我行"这一信号，一边将手拽出来就去解安静的裤带。这时候，却听安静轻轻地在我耳边温柔地说："去洗个澡吧。我等着你。"

我一愣，后又理解了，干她们这一行的，都好象是洁癖！自己也确实好几天没洗澡了，是不是她闻到我身上有什么味？我这样想着，只好顺从地脱开手，爬起身来，又亲了她一口，退出门去。我急死慌忙地用最快的速度打开热水器，也不管水凉热，就迅速地脱了衣服，钻进水龙头底下。刚开始，我还体味着抚摸安静玉体所带来的快感，全身被刺激得兴奋着，想草草洗两把便赶回去乘热打铁将事情进行到底。可是，当水冲下来，不断从头上流到全身时，我的欲火却渐渐被浇熄了，一下子又恢复到了平常的情绪状态。过去那一次次床上的失败经历就又一幕幕地闪现在我眼前，象个魔鬼般地重新攫住了我的心。有句俄国谚语说，"给牛奶烫过的人，喝凉水时都要吹一下"！

我开始紧张，重新自己用手去刺激下边，可是，恁怎样抚弄，它却耷头蔫脑的不愿再起来了！我忧心忡忡。人的心里，真不能有鬼，有了鬼，怎样躲藏，怎样压抑它，视它不见，都无济于事，关键时刻，这个心魔就会跳出来，坏你的好事！我草草抹把了两下，关了热水器，擦干了身子，披上浴衣出卫生间来上床去，心里祈盼着刚才亲吻安静时的那股兴奋劲儿能重新出现。我委到安静的身边去，重又伸进手去，摸捏安静的奶子，安静会意地转过头，将胸脯扭到便于我的手伸进的角度，眯着眼嗔我：“你这么快就洗完了？”

我“嗯”了一声，就又急急地将手从她的衬衫中脱出来，重新想伸进安静的裤子中去。由于有皮带的阻拦，手往进钻时，有点紧，安静就自己伸出手来，主动解开裤带。我的手，一下子感到宽松了，就象条在小溪里寻找食物的蛇，很顺利地就游到了自己想去的地方，摸到了安静下边的关键地方。我感觉此处早己湿得象涝池一样了。受了此刺激，我不怎么紧张了，下身处有了些反应。我急切切地欲往下脱安静的裤子。安静自己坐起了身来，主动宽衣解带，脱下后，叠好怕揉巴了，让我将其拎放到客厅的沙发中去。回来后，我刚要上床去，安静又说：“去取点卫生纸来。”

我又重去卫生间，撕下一长条来，脱了浴衣回床上去。安静光着下身在等着我，我上前去，将她重搂进怀中，可是，我就觉得刚才抚摸安静下身处时还有的那一点儿兴奋劲儿从身上消失得无影无踪，整个身心被一种紧张的情绪所控制，到她身上去，下边却焉巴着不听使唤。我重又用手去抚摸安静的奶子和隐秘处，试图找回刚才的感觉，可是，尽管那奶子摸在手里仍旧是酥酥的，软软的，那两腿间也是水水的，可是，却怎么也把自己下边调动不起来了！我使出浑身的解数，似战场上溃不成军的部队，做一番最后的努力，以图挽回败局，捣鼓了大半天，也是没折。最后，我失望之极也羞愧之极地无功而返，平躺在床上，脑子里一片空白。

安静轻声地问我：“你是咋的了？”

我不吭声。安静追了一句，“刚才不是可以吗？我都感觉到了，怎么让你去洗了个澡，就不行了。”

“我紧张。”

“有啥可紧张的？这是在自己家里，我们是明明正正的谈对象，你紧张啥？"

"不是那方面的紧张，是那样的紧张……"

安静再不说啥，两人就那样尴尬地躺着。半天，我发现安静的小手伸了过来，先在我的胸脯上摸挲，后又移向腹部，最后又下移，放在了我的大腿根部……我一下子有了反应，全身重新兴奋起来，却并不怎么挺拔，我已经是控制不住自个了，急切切地爬起来披挂上马，可是，还没有进到安静身子去，我就全身一阵痉挛地崩溃了。我张惶失措地重又从安静身子上下来，羞得恨不得钻进床底下去。

安静坐起了身来，一边用卫生纸擦拭着自己的下身，一边往卫生间里跑。我就急急地穿自己的衣裤。过了一会儿，安静从卫生间出来，也去穿自己的裤子，对我说："你也应去洗洗。"

我实在怕面对安静的眼神，便正好躲进卫生间去，收拾一番出来，见安静已经重穿好了衣裤，整理了床铺，象要走的样子，我怯怯地问，"你是不是要走？"

安静一边拢着头发，一边点了点头。

"不行就住下来，我刚才是心里太紧张，睡上一觉醒来就会好些……"

"不行，我没跟家里打招呼。我不回去家里人会着急的。改天吧。"

我看着她，流露出不被理解的委屈，安静安慰我说："没事，我不责备你，你别心里有啥负担。"说完，就拎上自己包，蹬上皮鞋出门。

我在身后问，"要不，我送送你？"

"不用，你也累了一下午了，早点休息。天还不算晚。再说，也挺近的，没几步路就到了。"

我打开房门，目送着安静走下楼梯去。关上门，我重回到卧室，全身瘫软地倒在床上，心里被巨大的失望笼罩着，完了，一切都完了！从极度的兴奋到极度的失望，一瞬间，我觉得人活着真没什么意思，还不如了结了的好……

我就那样和衣躺在床上，眯了过去，做了好多的梦，又梦见了祁连山，在回青年点去的路上，晓芳远远地抱着一手绢鸡子儿，站在村头的渠沿上等着我……梦醒后，我哭了。身上凉凉的，我爬起来，拉开了被窝钻进去。

三

第二天早晨，当一缕阳光透过窗帘射进屋来时，我揉开眼窝，重新感到了生活的一些意义：我想到了自己的报社副总编的职务；想到了自己一个月三四千块钱的明的和暗的收入；想到单位里诸多优厚的福利；想到了马上就要到来的出国考察；想到单位里下属们对自己毕恭毕敬的笑脸；想到老范对自己的提携和别人对自己和老范这层关系的羡慕；再看看自己住着的这一套宽敞明亮装璜讲究的大房间，它们中的每一项，都是许多人梦寐以求而不可得的，自己为什么只是在男女的事情上有点儿心理障碍就不想活下去了，也太幼稚了点。人生的意义有多方面呢！我自我安慰着自个儿，穿好衣服去上班。

上班时，我还是心不在焉，心思根本放不在工作上，胡小杨送来一摞改好的稿子让我审，我基本上看都没细看，就将稿子签发了，然后坐在椅子里发呆。总编老彭说有事要找几个副总编到他办公室开个小会，我也推说自己昨晚没休息好，有点儿感冒，想上医院去一下，推了。我一个人呆在办公室。脑子里想着昨天的事情，潜意识中，我是在忐忑不安地等待着安静的电话。

　　我焦躁不安地在自己办公室里兜圈子，几次拿起电话来，都拨到了她单位电话的最后一位数，又压下了。

　　下班后，我沮丧地回家去，又有一种人生很无聊很乏味很荒诞还不如了却了算了的感觉。正这么想着拐个弯走到楼门口，却发现赵惠芬立在那里。我有点吃惊，问："怎么是你，你怎么又来了？"

　　"咋，我不能来？"

　　我本来心里就不高兴，话中带刺说："你昨天中午不是理直气壮地一摔门走了嘛。还来干什么？"

　　赵惠芬冲我讨好地笑笑："人家今天就是给你赔不是来的，谁让你现在是个大总编来着。我们紧着上杆子巴结呗。"

　　我自尊心得到一些满足，念及毕竟夫妻了一场，昨晚上又和安静发生那样的尴尬事，心里正空虚之极，也就态度和缓，话头软了下来："你大老远的一趟趟地往我这里跑，累不累？"

　　"不累，精神得很。昨天被你奚落一通，回去后我气就消了，铆足了劲想好了今天来找你。别说是让你埋汰一番，就是让你骂一通打一通我也乐意。谁让咱比人家现在差一大截来。嘻嘻，你看我现在是不是有点儿犯贱？"

　　"纯粹就是一只癞皮癞脸的癞皮狗！"我狠歹歹地咒她，但语气中明显带有友好的成份。

　　惠芬笑着说："我就是癞皮狗，癞到你家门口了，看在过去夫妻的情面上，你也得让我这条狗进门，给口饭吃吧？"

　　"你咋就现在变成这样油嘴滑舌的了？"我笑着说，一边就领她上楼去。

　　进了门，脱了外衣，惠芬瞅视房子四处两眼，说："没想到，还又一次能进到大总编的房间来。"又急急地溜到卧室门口去瞅两眼，回头酸溜溜地问："昨天晚上干成事情了没有？"

"那你就不用管了，这属于我个人的隐私。"

"哟，你还有隐私，在我面前还谈什么隐私？老实交待，你昨晚咋样，行不？"

"比和你强！"我回击她，但显然没底气。

"能强到哪去？也就那么三两下的本事，谁不知道你？"

"那是我对你没兴趣！瞧你长的那德性，能跟人家比吗？"我恼咻咻回敬她。

惠芬被惹妒忌了，话也很难听："我不信。瞧你这没精打采的丧气样，没准被人家踢下床去了吧？"

我一下子翻了脸，恼羞成怒，"赵惠芬，你给我滚！"

我说着就要去拉门，惠芬忙作揖求情："好好好，是我胡说，该打该揍。连个玩笑也开不起，啥人。"说着就上前来，支给我，让我打她。

我心里就感慨，这个女人现在也真是掉价得没样了。我转身进厨房去，惠芬跟我进去，拉开冰箱，瞅着里边，又问我："给点啥吃？肚子饿的。"

"没有！"我没好声气地说。

"我给你做，你想吃啥？"惠芬一边将衣袖一边说。

我拦住她："不做不做，我没胃口。"

惠芬嬉皮笑脸地讨好我："你没胃口我还有胃口。到你家来，总不能不给口饭吃吧？"

我狠歹歹地说："告诉你，只有昨天我们吃剩的，你爱吃不吃，不吃就走人。"

"行行行，你以为我大老远跑来就是混嘴来了？"

我从冰箱里把昨天剩下的东西都取出来，她一边帮我接着，一边挖苦说："好家伙，光剩下的就这么一堆，你昨天做了有多少，俩人没吃得撑死？"

"夹了你那臭嘴，吃不吃？不吃滚！"

"当了官，就是牛皮呃，张口闭口，动不动就让人滚。"

"谁让你尽不说人话！"

惠芬已顾不上和我斗嘴，将一只鸡大腿从碟子中捞起来，伸到嘴边大大咬了一口。我埋汰道：　　"呃呃呃，你手洗了没有，捞上就吃？"

惠芬嘴一抹埋汰自个儿，"不干不净，吃了没病，嘻嘻。"

"看你那副馋相，八辈子没吃过鸡肉是咋的。"

惠芬贱兮兮地抹一把油嘴，"不吃白不吃，吃了也白吃。你们这当官的钱，十块中有九块都是受贿来的。"

"我一个副手，到哪里受贿，谁给我行贿？"我气恼地说。

"别装蒜了。你要是就凭你那工资，能把个房子装璜得这么气派，要啥有啥的？"

"昨天你来就给你说了，其中好多都是单位补贴。"

"得得得，我也不问了，你也甭给我解释，你没听现在流行的说法，现在是十个当官九个贪，剩下一个不贪的，是贪不上。"

"那你还来粘乎我啥？"

惠芬呲牙一笑："知道不？臭豆腐，闻着臭，吃起来香。谁都骂当官的，可谁都想着往当官的屁眼里钻。这不，我不也贱兮兮地来了！"

我笑笑，再不跟他斗嘴玩唾沫，将那一碟碟剩菜放到微波炉里煨热了，拿出来放到外边小餐厅的餐桌上去。两人坐在了餐桌前，我将昨天打开的一瓶法国白兰地葡萄酒从壁架上拿过来，往两个高脚杯里斟满了，送到惠芬手中一杯，说："今天你既然死乞白赖地来了，就是我的客人，咱是举手不打笑脸的客，毕竟过去还夫妻了一场呢。来，干！"

惠芬瞅着那酒瓶上考究的装璜，问："你这酒多少钱一瓶，挺贵的吧？”

　　“你别管多少钱一瓶，喝你的。你走时，我送你两瓶带走。”

　　惠芬就有点儿受感动，用手揉了揉眼睛，也再不嘴贫，举起酒杯来和我响响地碰杯。我只是少抿了一口，她却仰脖儿将一杯酒全倒进了肚中，我又埋汰她：“八辈子没喝过酒是咋的了？我也没让你一大杯一口就喝干了。”

　　惠芬呛了两下，拍拍前胸，抹一把不知是被酒呛出还是自然流出的眼泪，笑着说：“今儿个我高兴，虽然你一进门就没完没了地埋汰我，我仍然高兴。这两年里，你可不知我过的是啥样的日子，还不如死了的好。孤独啊，平日里连个说话的人都找不上一个。”

　　我怜悯之心顿起，看着她手握酒杯，头埋在桌子上要啜泣的一脸苦相，我后悔起昨天到今天对她讲得那一串串刻薄的话语来。我这时候才特意细细观察她一番，发现她的眼角已经有了鱼尾纹，明显地比前几年显得憔悴许多。生活真折磨人也改变人啊——我感慨系之。一个女人，不混到混不下去的时候，咋会低三下四地前来受你的奚落还得赔着笑脸！我心软了。

　　惠芬揉把一下红红的眼窝，又抹一把鼻涕，准备往另一只手上抹，把我恶心得急忙说：“别抹，正吃饭呢。我给你去取卫生纸。”

　　我去取来一圈卫生纸，撕下一条来递给她，她擦了几下手，又用其擤了下鼻涕，才说：“一凡，咱们复婚吧。”

　　“复婚？”我拿起了板，“你以为那是小孩过家家呢，想离就离，想复就复的？”

　　惠芬低着头，嗫嚅道：“我知道我当初把你伤得厉害，你心里很恨我。只要你和我复婚，我保证加倍地补偿我对你的伤害。我会把你一切都伺候得好好的，让你天天都高高兴兴轻轻松松地去上班。我发誓。"

我不吭声，挺被她的话所说动。突然，惠芬就离开了餐桌，上前来，跪在了我面前。我惊呆了，急忙上前去拉她起来，一边责备她："你这是干什么，至于吗？"

惠芬被我拉起来后重坐回到桌子边上去，抹着眼泪一句话也不说。两人默默地吃饭，心情都有些沉重。我又老话重提，说："我那方面的情况你也知道得很清楚，两口子过日子，不可能没那方面的事情，不然，你不去找个女的同性恋，找我来干吗？"

惠芬再一次抬起头来，言词恳切："你放心好了，我现在真的在那方面很淡很淡。其实，两口子上了岁数在一起，主要是搭个伴过日子，哪有那么强的那方面要求，有啥意思，还伤身体。"

"那你就主要是奔着我这头上的乌纱帽来的？"我又开始挖苦她。

"你看看你这人，又来了！"

"难道我说的不是？"

"当然有这方面的因素。给你交个底吧，反正我今天在你面前也是彻底的没面子了。我们单位这两年里被一些外地来的企业挤兑得效益很不好，听说厂子很可能要卖给私人。到时候，说不定好多职工就得下岗失业，现在厂里是人心惶惶，人人自危。个个都在为自己的去路发愁。"

"所以你就找我来了？"

惠芬不吭声了，我又醋醋地说："去找你那相好呀。当时啥都不管地跟他扯，现在他咋不管你了？"

"你这人，揪住别人的短处就总不放手。我给你说我和他早都不来往了。再说，他也是泥菩萨过河，他管得了哪谁？"

　　我叹口气，说："来，吃菜，都凉了。"我将一条鸡大腿撕开来，夹进她面前的小碗里。

　　惠芬表示感谢地看我一眼，并没有吃那鸡腿，接着说："你虽然嘴上损我，可我知道，你这人心肠好，是个靠得住的人。哎——"惠芬长叹一口气，"怪只怪我那时年轻，鬼迷心窍，放下好好的日子不过，非要……把你伤害得不轻。老实讲，我现在老回忆那时和你在一起的日子，多好啊，有些事情我现在还记得清清楚楚。我老心里想，谁家的老头能放下身架来给自己老婆洗血裤头？真是身在福中不知福啊。"

　　我被揭到了疼处，拦住她道："别说那些陈芝麻烂谷子的事了。"心里说，那还都不是让你给逼的。我当时不洗行吗，紧着讨好都拢不住你的心。

　　惠芬又说了我一些好话。我耳朵根软，慢慢就让她说得有点儿心动。吃完了饭，我要收拾餐桌，惠芬赶忙儿起身来拦住我，说："你赶快去眯觉，下午还要上班，我来给你收拾厨房。"

　　"收拾完厨房你干啥？"我问。

　　"干啥，你睡你的觉，我走人拜。"

　　这正是我想要说的话，便吩咐说："也行。走时把门给我带住了。"

　　我到卧室里去困午觉。我真是想让她赶快儿走。我要不去卧室，她肯定一直跟我贫个没完。我神经衰弱的老毛病并没有除根，中午根本就睡不着，但必须躺在床上养一会儿，眯三五分钟。不然，下午脑袋就昏沉，不清醒。再说，我心里还记挂着那头，一直热盼着安静能给我打个电话过来。越接不到她的电话，我心里就越没底，越琢磨不定她的心思。心里七上八下的胡思乱想，心情一阵一阵悲观到极点，一会儿又抱着侥幸给自己打气。其实刚才我一边跟惠芬斗嘴，心里一直都没有离开想安静。

我躺在床上根本就眯不着。思前想后的。耳朵里频频传来厨房里惠芬的刷锅刷碗声，这声音挺熟悉，它让我似乎产生了一种回到几年以前和她共同生活过日子的错觉。我甚至有点儿留恋起它来，觉得那时的日子虽然心里累人，但却也实在。起码是个有模有样的家。不象现在，天不着地不着的。我才一瞬间心里有一种深刻的认识：家对一个男人来讲是多么多么的重要，没有了它，其它的一切一切，都会显得轻飘飘的没有多少价值。哪位诗人曾说过，家是一个男人心灵栖息的港湾，一点都不假。

惠芬洗完了锅，收拾完了厨房，然后到卫生间去上厕所，半天，却不听她出来，过了一会儿，就听到卫生间里响起了水龙头喷下水来的哗哗声。这个死婆娘，她还是真赖上我了！我心里说不上喜欢，也说不上烦地骂她一句。渐渐，奇怪，那哗哗的水声竟让我产生出一些联想来。后来，我就身上有一种控制不住的燥热，这燥热渐渐变成一股欲望，越来越强，越来越烈。老实讲，我已经有几年没行过男女之事了，本能地有一种渴望，昨天在安静身上的失败更加强了这种渴望。后来，我实在忍不住了，就去推开卫生间的门。

惠芬见我进来，下意识地用双手捂着了前胸，曲起身子，藏着私处，一边有点儿愧疚地说，"我，我想在你这个洗个澡，也享受享受，你不介意吧？"

"不介意，你洗，介意什么。我尿憋了，方便一下。"我说着钻了进去。

毕竟以前曾是两口子，惠芬很快就放下了遮在前胸的双臂，直起了身来。

我眈一眼她胸脯上的那双奶子，发现已经有些干瘪，跟昨天我看见的安静那双奶子简直不能同日而语。而且随着她腰的扭动，奶头底下的腹部还出现几道褶子和一圈儿赘肉。要是昨天和安静成了那事，我是对眼前这么一付躯体不会感兴趣的。可是，咋天在安静身上失败了，身体内久压着的欲望没有发挥出来，这会儿就有点饥不择食。毕竟以前夫妻一场，和她有过肌肤之亲，这会儿似乎也不太显紧张。最最重要的是，此时，我对惠芬占有着一种心理上的绝对优势。成与不成，只要我松口，她是义无反顾地要往我怀里钻。我一边撒着尿，一边看她洗澡，突然，一下子就冲动了起来，转过身，就将湿漉漉的她用手箍住了躲过水龙头，然后又腾出一只手在她下边使劲地摸蹭。惠芬躲过我去，说，"人家正在洗澡呢，你看看你，衣服都被淋湿了。"

我哪里顾得了那么多，重又将她湿漉漉的身子揽进怀中，毕竟两人分开两年了，惠芬可能是有点陌生与害羞，继续在我怀中挣扎。

她这一挣扎不要紧，还真把我给彻底地调动了起来，下边的感觉十分强，我将惠芬扳过来，紧紧地搂进自己怀中，就腾出手去解自己的裤带。惠芬又下意识地嘣出一句来："你行吗？"

我狠歹歹地将她的手放在自己的下处，得意地说："你自己摸摸，它行不行？"

惠芬就伸手来到我的两腿间，惊讶道："我的天！"

"你以为呢。今天我非折腾死你！"我一边咬牙诅咒着，一边就急死慌忙三下两下地扒掉自己的衣裤。待赤身裸体的自个面对着同样赤身裸体的惠芬，又看着她那一双眼睛正直勾勾地盯着我看时，我就急不可耐地搂紧了她……只听惠芬"哎哟"叫了一声，就瞪着我说："你不会温柔点？"

"我今天偏就不温柔！"我矫情地说。

惠芬就再不吭声，仰起身子，配合着我，我让她蹲高点她就蹲高点，蹲低点她就蹲低点。让她再仰起一点身子，她就再仰起一点来，顺溜的似个绵羊，任我摆布。过了一会儿，两人便变成了一架机器，合谐地运作起来，渐入了佳境。我不满足于单一的动作，像写诗来了灵感，竟然突发奇想地要玩个新花样出来。我扳过惠芬身子，让她背对着我，惠芬不知我要干什么，听着我的吩咐让她咋样她即咋样地摆着姿势，等我重又进入她的身体，她才会心地哧哧一笑，转过头来问我："真下流，跟谁学的？是不是那个小狐狸精教你的？"

我急着做事，兴奋着顾不上吭声，也是自甘她这么样想，显出自己的能耐来。惠芬以为我是默认了，一边配合着我晃动着身体，一边还不忘吃醋和挑拨离间："现在的小丫头片子可是浪得不得了，你能够保证她跟别人没有这方面的事？"

"闭了你的臭嘴，专心干事。"我骂她。

惠芬就在下边再不吭声了，尽全力配合着我。我出奇地来精神，无师自通地又创新出不同的体态，尽情姿肆地在惠芬身上发泄着。她也极尽全力地配合着我。渐渐，她竟然呻吟起来，我忙问她："咋了，是不是哪儿把你给碰疼了？"

她连忙摇头，回答："不疼，不疼，挺好。"

我又关切地问："你这样弓着身子是不是很累？"

惠芬又紧着说："不累不累。"？

这是我和她过去几年里过夫妻生活中从来没有经历过的一幕。她的呻吟与主动更加增强了我的自信，使我斗志昂扬，意气风发。我竟然能够控制自己欲火的猛烈程度，几次在即将崩溃前的那一刻，放缓了频率，无限地延长着交欢的时间。头上，水龙头喷出的水流哗哗地落在地上，又从地上溅起来，落在我和她赤裸的身体上，可我俩已全然不顾。渐渐，惠芬小声的呻吟变成了欢快无比的叫喊。突然，她全身一阵痉挛面如白纸几乎要昏厥过去的样子倒在我怀中，吓了我一大跳，急忙停下来，搂紧她身子问她"咋了，你？"

半天，她才和缓过来，整个身子贴在我身上，又用双手紧紧地箍住我的脖颈，狠劲地将嘴压在我的嘴唇上，吻着我说："这会儿让我去死都干。"

我才明白过来刚才那一阵挺吓人的情形是由于她兴奋过度所致。我怕出啥意外，这才紧忙松闸放水。惠芬又是一阵呻吟和身子强烈地扭动，随着我松开的双臂，"哎哟"一声，就从我身上滑下去，瘫在了地面。

我不放心地紧忙问，"你咋了？"

半天，惠芬抹一把头上脸上的水珠，抬头笑看我一眼，回答："累死我了！"

"你刚才不是说不累嘛。"

"刚才是刚才。现在是现在。"

多年了，我从来没有在惠芬面前如此的自豪与骄傲，一边收拾自己被水淋湿了的衣裤，一边问她，"你不是总埋汰我这方面不行吗，今天感觉咋样？没舒服死？瞧你刚才那浪声浪气的样儿，就象个妓女。"

惠芬瘫坐在地板上，似还在回味咀嚼着刚才的快慰，又呻吟了几声，才色眯眯地瞅着我问："你今天是咋了，吃了春药了？"

我头昂得高高回答："什么春药！好命运就是最好的春药！妈的，前几年老子都是让那倒霉命运给弄得人不人鬼不鬼的。就象那《白毛女》上说的，'旧社会把人变成鬼，新社会把鬼变成了人'。"

惠芬也感慨地坐在地上戏谑道："妈的，当了官，就是不一样，不但嘴硬了，下边的叽巴也跟着硬了！”

　　我思索回味一会儿，赞同道：“你说得对，是这个理！”她这一说使我又出奇地联想起了一件东西，我被自己的联想都笑出了声。

　　惠芬问我“笑什么，神秘兮兮的？”

　　我若有所悟地告诉我的新发现：“其实世界上的任何事情都有联系。你看男人下边这玩意胀起来后象不象单位里那一枚枚公章？”惠芬噗哧一声笑了。骂我一声“下流！　”

　　我说：“你没明白我的意思。自己慢慢去想。”

四

　　两人就在卫生间里赤条条地说着浪话，开着平时说不出口的一些玩笑，惠芬重又钻进水龙头下边，我也凑上去冲洗身子。惠芬就说，“你也顺便洗个澡吧？让我伺候伺候你，给你搓搓背。在一起结婚过日子时，也没有好好体贴照顾过你，想来挺愧疚的。今天补偿补偿。”我心里涌上和她相处以来从未有过的感动。便顺从了，背过身去让她给我搓起来。

　　任惠芬手拿毛巾给我一下一下搓着，我心里就有一种说不上来的感觉，酸甜苦辣，啥味都有。　　？　搓完了后背，惠芬又拽我转过身，给我搓前胸，我要自己接过了搓，她不让，坚持要给我搓。我就服从，从身体到心里，挺舒服慰贴的感觉。搓完了前胸，惠芬手又下移去搓我的腹部，我又要接毛巾，她又不让，接着又往下搓……结果最后，她就终于摸到了我的下处，抱在手中搓洗起来，还没有两下，我那先人立马嗖地一下就又直戳戳挺了起来，硬得又似钢棍了一般，骇得惠芬瞪大了眼珠子，叫道：“它咋又起来了！”

“还不是你挑逗的！”我兴奋地重又将惠芬按倒在地。结果，就在地板上重来了一次。这一次，我甚至都没有有意控制自己，任其发展，下边那玩意特别的争气，它好象自己知道什么时候应该结束使命。这一次比上一次时间更长，动作也更疯狂，惠芬同样是先呻吟后叫唤，最后又几乎昏厥过去了一回。完事之后，惠芬懒懒地瘫在地上，看着我直摇头。我问她：“你啥意思，头摇什么？”

惠芬笑着说：“没想到，真个没想到！”

“没想到什么？”我明知故问。

“没想到你这么厉害，简直似头牲口……”惠芬感慨万千，“以前你是咋回事？大变了个人。人一当官，真就跟个牲口一般了，性欲这么强！难怪现在报道那么多贪官们都背地里三妻四妾的……”

我再不搭理她，紧忙穿衣服出卫生间，我怕我底下那玩意再经不住诱惑地第三次起来。我想到了安静，留着精髓去在安静身上表现和享受，在她这个半老的丑婆娘身上乱消耗个啥！

我披着浴巾到卧室里，从壁橱找干净衣服换上，躺到床上去。过了好一阵，听水龙头开了又关，关了又开的哗哗声，就是不见惠芬从卫生间里出来，我喊了一声，“你呆在里边干什么，这么长时间不出来。不想走了是咋的？”

惠芬在里边回答：“你这湿衣服湿裤子不洗了？”

我说：“你给我泡着，我自己洗。”

“就两把，马上就好了。”

我说，“你不上班我还上班呢。”

“你睡你的，我又不影响你。”

“咋不影响。你那样水老哗哗的，谁能睡得着。”

“呀，对不起，那我小声点。”

“小声点也不成。”

“都几点了，你还睡？”

“你还是赶快走吧，别洗了！”

“你为啥要赶我走？提上裤子就不认人了？”

我不吭声了。惠芬从卫生间出来，一边问我找衣架，一边说："你去上你的班，我下午留下来给你好好拾掇拾掇房间，把该洗的都洗一洗。这么好的房子，应该好好收拾好了。下午你想吃啥？说，我给你做。"

我心里一惊，方才感到问题的严重性。只想和她逢场做戏一把，咋就跟个鼻涕一般甩不掉了。我不耐烦地说："不吃不吃，晚上我和我对象约好了，上她家去吃。她父母今天请我们。"

“美得你！”惠芬一下子沮丧起来，叫道："你真要和她谈？"

“不真谈还假谈！”我口气硬硬地说。

惠芬半天才憋出一句话："那你还和我干那事？"

“这不特殊情况嘛。谁让咱俩过去是夫妻呢。”

惠芬不吭声了，半天，眼睛有点儿湿起来，也不去晾衣服了，坐在床边上，头低了下去。

我犹豫一会儿，起身来，打开床头柜上的一个抽屉，从中拿出一叠钱来，送到她手里，说："这一千块钱你拿着。我知道你现在手头肯定紧张。"

惠芬不肯接钱，缩回手去，瞪我一眼："你把我当个鸡的打发？"

我反问她："鸡有你这么贵？不识好歹！"

惠芬又不吭声了，我重将钱塞进她手中，这一次她没有拒绝，我见她收下了钱，就吩咐说："今天的事过了就过了，你可不能有什么非分之想。想复婚是不可能的。你趁早打消了这个念头。我和我对象马上就要结婚了。"

　　惠芬发着狠咒道："你不怕我把和你刚才干的事讲给她？"

　　我一怔，又恢复镇静，说："我不怕，谁让我们过去是夫妻？而且是你来找我的。我想，她就是听了你的也是能够理解和原谅我的。"

　　"男人没一个好东西，我算是看得透透的了。"惠芬说着，就揉起了眼窝。揉着揉着，就又把那钱扔了回来。

　　我将那钱重塞进她的手中，劝说："你不要，算我给孩子的还不成？"惠芬才又攥住了。我安慰她一会儿，又给她讲了一大通，就一个中心，复婚是绝对不可能的事。说我和我对象已经万事俱备，只欠结婚了，如果和对象吹，要牵扯到方方面面的关系，将老范都要给得罪了。是万万不可能的。

　　惠芬呶着嘴，听了我半天劝，似乎听进去一点儿，又象是没听进去，说："反正，我不离开你。你刚才都和我那样了。看你那饿狼般的样子，提上裤子你就不认人了。我不干。"

　　"简直象个鼻涕，还甩不掉了。"我心里有点起毛。

　　"我不是鼻涕，我是你老婆！"

　　"那是过去，我再次提醒你。现在我们俩在法律上没有任何的关系。"

　　"没关系了，你刚才为何要和我那样？"惠芬把话头又绕了回来。

　　我有点来气发起了急，"你这样死缠硬磨不讲理对你一点好处也没有。你要是听我的话，我们俩的关系我还可以考虑保持，你要是这种态度，那你今天出了这个门，我们俩就全没一点关系了，你永远都别再找我，找我我也不见。"

　　惠芬委屈地呆呆地立在地上，渐渐地，眼睛里流出了眼泪，用手揉把了两下，才说："人家也不是硬要逼你复婚，只是来跟你商量。既然你现在谈的对象条件各方面都比我好，我只有甘败下风。你心不在我身上，我抢也抢不来。"

"明白这个道理就行了。"

"只是，只是……"

"只是什么？"

"你和她好的同时，别丢下了我。私下里，关照关照我，我也就心满意足了。"

我明白她的意思，追问一句，"那我和她结婚以后呢？"

"我，我，我答应，我保证不干涉你们……，只要，只要你……"

我思忖一会儿，说："这样嘛，我还可以考虑。你走吧，时间不早了。"

"那下次……"惠芬欲言又止地望着我。

"这里你是再不能来了。到时候我会去找你的。我那边不是还有套房呢嘛。"

听了这话，惠芬痛快地装好了钱，转身开门出去了。我也躺不住了，起身收拾好衣着去上班。与惠芬的成功给我增添了极大的自信，可是，却又惹上了新的麻烦，世界上的事情，真是好中有孬，孬中有好。和惠芬的关系挺难处理，弄不好，真要让她坏了我的好事。我甚至都有点儿后悔起来。

五

上班后，我就急切切地想给安静打个电话。还没等我给她打呢，就先接到了她的电话，问我昨天剩下的东西是怎么处理的，我说我中午热热吃了。她就埋怨我说，昨天做得太多了，又给我解释说，上午没给我打电话是因为抢救一个心衰的病人，实在是忙得没顾上，让我不要多想。我知道她话中的意思，心里似一块巨石落了地。接着安静又说自己这两天都很忙，不能见我了，忙过这两天再和我约会。放下电话，我就又犯起嘀咕来：她究竟是真忙还是假忙，是不是拿话推托？我心里七上八下的不踏实，开始怀疑起安静对我的态度来。莫非……如果安静那头真不行了，与惠芬这头复婚成了最现实的选择，想到此，我心里一阵悲哀。

那两天，我就是在这种反反复复的狐疑和矛盾中度过的。安静青春靓丽的形象，那天在香山游玩时的一些个细节总是在我眼前晃动，我太喜欢她的美丽漂亮了，若失去她，对我由换工作单位提拔后刚刚建立起的一点自信心，将是一次致命的打击！而这种自信心的缺失势必会影响到我后半生方方面面的整个生活！我胡思乱想的心思根本用不到工作上，以至于将几篇胡小杨送来审的稿件都没好好地看就签发了。结果，有几篇稿件中的问题到值夜班把关的总编老彭那里被发现了，在夜班室里当着那么多的人，说我自打提了副总编后，只顾了谈对象，工作上有点儿松懈不负责任了。这话让胡小杨从别人嘴里听到了，赶忙到办公室里告诉给我。我再不敢马虎，第二天胡小杨送来审的稿件，我认认真真逐字逐句地看，挑出了几处毛病，改过了才签发。

终于，几天后，我又接到了安静的电话，电话那头她说忙了一个星期，今天才得了消闲，约我晚上见面。我问咋个见法，她说是去外边吃饭，我试探性地问她："不行你今晚再到我房来，冰箱里还有上次买的好多东西，你要不来，我懒得做它，就放坏了。"

安静痛快答应了。我兴奋得前嫌顿释，高兴得一天都不知是怎么过来的，憧憬着晚上那美妙的时刻。胡小杨拿来一关系稿让我审，我一看，并没有多少新闻价值，纯粹就是瞎吹那家单位。要是平时，我十有八九要数落他一顿，将稿件毙了也是有可能的。可是，我大笔一挥就签发了。乐得胡小杨直给我点头哈腰。说是哪天看我有时间了，让对方单位请我吃个饭。他前脚出门，我后边就想，权力真是个好东西，握到手里，真是一种稀缺资源，不用费吹灰之力，就给别人行了方便，让他对你感激不尽。我转而又想，胡小杨这小子，为这一篇稿卖力，还不知从这家单位捞到了什么好处。我心里就又颇多感慨：要是在国外，哪有走后门上新闻的道理，在国内却是再普遍不过了。体制造成的，没办法。看部里那小小招待所里，天天住宿的客人中，总有各地搞宣传报道的，专程带着稿子来北京攻关。下边单位领导给他们都有硬任务指标，一个月必须在报上见几条，甚至连篇幅大小与所刊的住置都有要求。发在一版记多少分，发在二版记多少分，完不成定额咋处罚，轻者扣工资奖金，重者影响职称晋级甚或下岗。完成得好的，则不但每篇稿子都能得到不同的经济奖励，而且年底还能在工作考核中加高分，成为提拔重用的重要依据。所以，那些下边的新闻通讯员到北京来，个个削尖了脑袋往报社的各个部挖门子，找靠山，见了报社的任何一个编辑，都点头哈腰，嘴上似抹了蜜一般的专拣好听的恭维。白天跟踪认下某某编辑某某主任的家，晚上摸黑就将带的土特产送到了家里。这是刚刚结识的。待进一步建立了稳定的关系，则再不用这些虚套套，到家去，直接丢下一个信封了事。个别关系处得非同一般的。已经不是送个信封，而是白天根本不到编辑部里来露面，只是打个电话，晚上，约上那自己的靠山下饭馆、进歌厅、洗桑拿……背后搞了些啥名堂就你知我知天知地知了。天长日久，就形成了诸侯割据，每个地方的新闻通讯员，都在报社有自己的"靠山"，报社的各路"诸侯"，都有各自的势力范围，你山东山西，我河南河北，他广东广西。哪个省哪个省的新闻干事若要上来住进招待所里，其它人就会心领神会，戏称"某某的"对象"来了，要热恋一阵了"。果不其然，此人那几天上班，准会呵欠连天，显出睡眠严重不足的样子来，带着过了夜生活的典型特征。那位新闻干事走后的一段时间里，他们省的新闻肯定在报纸上频繁出现。那是因为新闻干事每次进京来，必带好几篇稿子来，就象商贩一样，一次性地批发给自己的靠山，由他慢慢编着发。这些新闻干事花在攻关上的钱，回去后，都能编个理由找个渠道报销了，甚至还能夹带着给自己老婆孩子买了衣服玩具的也挤到"攻关费"里报销了。若果自己单位报销得太多有一定难度，则又可将发票拿到下属被采访报道了的基层单位去报销。下边的单位领导见自己单位的成绩都上了本系统全国的报纸，哪有一个不乐呵的，不但痛痛快快报销，而且还要表示一番，小则吃请，下下歌厅，洗洗桑拿，大则返回给新闻干事个信封。完全视其稿件在版面上的位置而定。至于象我们这一级总编副总编的人物，对这些一般的新闻通讯员是不屑一顾的，除非是特别有能耐的，才能粘上我们。往往是管他们的头儿们，才有可能和我们建立起私人关系。许多下边企业管新闻的头儿领着人来找我。说是他们的省局或企业要搞什么建局多少周年大庆或什么工程庆典，都想借我们版面发一组稿件。还要求将局长、书记老总们的大头像也搞在上边。我们的报纸跟那些大报相比创办没有多少年头，有些规章制度不是十分严格，又加上这些年市场经济影响，各部门都变相搞点创收，哪些属于广告，哪些属于新闻，没有太严格的区分，这就为有偿新闻提供了广阔的空间。再说，部里财大气粗，根本看不上我们每年那一丁点小小的广告费。我们的人头工资，印报成本等，每年都由部里补给我们一大笔钱。我主抓报纸采编，手中的红毛笔对下边各部编发上来的稿件有决定生死的大权，一些莫棱两可的东西是该当广告处理还是当新闻来发，发几篇，发在几版，占什么版面，先发这个企业的工程剪彩还是先发那个省局的周年庆典，全由我笔下的毛笔画圈来决定它们的命运。老彭是个老好人，马上要退的年龄了，一般对我所处理过的稿件基本放行，很少枪毙。有些要发组稿的省局或大企业，往往由管宣传的头头亲自带人前来攻关。支走了下边的人，才给我实惠，那金额可就不是下边通讯员塞给一般编辑信封里的那些两三百元的小"毛毛雨"了。一般都千儿八百的，起先我还不敢要。禁不住对方给我耐心做工作。说现在，别说你们这里，就是中央大报也都是这样，这么点钱，算不上什么受贿，这是"润笔费"，不光是你，每个有关的头头都有一份，说是来时，局长或是老总们特意交待了的，一定要送出去，送不出去也得花出去，花不出去，就是没完成好任务。这其实就是一笔招待费，我们没请你去吃，没请你去玩，是想这样实惠一些，千万笑纳了，不然就是看不起我们基层来的同志。人家都把话说到了这份上，你说我能不收吗。这还不算个啥，特别是我们驻站记者中有点性格的，偶尔发来一两篇的所谓揭"疮疤"的稿件，有时候，稿子刚转到我手中，我还没来得及签发呢，下边被批评企业管宣传的头儿已经不知从哪得到了消息，坐上飞机到了北京，粘着你攻关，到最后用各种理由说服你，非让你将这篇稿子毙了。然后就是变着法子给你送好处，为下一次的"合作"铺路子。达到目的后，他往往给你打声意味深长的招呼说："谢谢总编关照，我下午就坐飞机回去了"。晚上你回到家，就发现门缝底下会塞进个信封来。我感觉这样不对劲，好家伙，为一篇稿子，专门派人坐飞机来，住了，吃了，送了，这一趟要花掉多少钱？全国有多少家新闻单位？刚开始时，我还有点惶惶和问心有愧，后来，也就渐渐麻木了。大家都这样在吃国家，你不吃，不就把你给显出来了，你在这副总编的位子还呆不呆了？记得有一篇微型小说叫《吃了一口酱牛肉》，一家小镇机关食堂煮一大锅酱牛肉，几个嘴馋的偷着先吃为快，没想到让一个后到者给发现了，想躲出去没来得及，被硬拉进厨房来，往嘴里塞了一块，以堵其口。我们现有的许多现实情况就是这样。你想躲了，对不起，没门，说不定，你就是首先第一个被众人群起而揭露的大贪官。

六

下午，我处理完了手头的工作，早早儿就下了班，回到家里来做晚饭。我将音响打开了，一边听着舒缓的门德尔松的《仲夏夜之梦》，一边洗鱼，洗肉，摘菜，整个身心沉浸在巨大的兴奋中，期待着安静的早早儿到来。我将一切都准备好，桌子上摆上了高脚杯、餐巾纸，法国白兰地和五粮液，凉菜全拌好了，勾的汁子放在一个小碗里。鱼已炖好上桌，鸡还在锅中煮着，几个热菜也全端上桌来，我抓紧时间打扫了一番厨房，又顺手将房间收拾一番，将换洗的衣服该藏的藏，该掖的掖，再没什么事要做了，我这才看看表，下班时间到了，安静是该回来了。我正想着是不是给她打个电话，就听到了敲门声，我心想一定是安静回来了，兴冲冲地三步并做两步地去开门，嘴里说着，"来了来了。"我打开门来，却傻眼了，却是惠芬！火从心起，冷冰冰地问她："告诉你不让你再来找我，你怎么又跑来了？"

"我，我……"惠芬语塞着，可怜兮兮地望着我，想求得我同情放她进去。

我手把着门把，拦着她，说："你赶快走，今天我对象要来吃饭，你可不能坏我的好事，我求你了。"

惠芬依旧站在门口不肯走的样子，问我："你骗我？"

"谁骗你！你闻闻屋子里的香味。我忙乎了一下午。你赶快走，她马上就要来了！"惠芬犹豫着，我上前去扶着她的肩连哄带推她走："我求求你了，改天，改天我一定去找你。你千万千万别坏我的大事。看在我俩过去夫妻一场的份上。"

惠芬犹犹豫豫很不情愿地下了楼梯。我感觉她还没走出楼道口，可能安静就上楼来了，两人正好打个照面。安静进门来，一边跟我打招呼，一边问我，"刚才那女的是谁，我听好象跟你在说话。"

我舌头一转，回答说："找人的，找错门了。"一边给她找拖鞋，一边又问："你咋这会儿才来？我刚想给你挂个电话来着。"

安静一边脱外衣，换拖鞋，一边说，"临下班时，接到一个从急诊转来住院的病人，处理了一下，所以就来晚了。"

安静今天又换了一身打扮，上身穿一件浅粉桃心领衬衫，下边穿一条白色筒裙，脚蹬一双白色高跟皮鞋，显得既青春妩媚，又活泼大方。我恭维她道："我发现了你着装上的一个小秘密。"

安静一边往厨房里钻，一边笑着望我一眼："啥秘密？"

"你穿衣服带有明显的职业特点，总爱穿白的或浅色的衣服。"

"你不喜欢吗？"安静水漉漉的凤眼望着我。

我一边给她往酒杯里斟酒，一边说，"喜欢，能不喜欢吗？特漂亮，特清纯，特有气质的感觉。"

"别恭维我了，咱们还是开吃吧，我确实是饿了。"安静满意地笑着说。

安静坐到桌边上来，还是上一次的程序。碰杯，祝福，一边吃喝，一边唠着各自单位里的一些个闲杂或有点趣味的事情，我刚开始还惦着走了的惠芬，怕她不要一时冲动，把持不住杀个回马枪回来跟安静叫板，那就坏事了。不过，我也做好了准备，到时候大不了跟安静讲清楚，我想安静她最终也会原凉我的。还好，好长时间过去了，再没有听到门口有动静，我才渐渐地心情放松下来。

吃完了饭，坐了一会儿，闲聊了几句嘴，我似有意无意地建议说："我来收拾，你累了，去卫生间冲个澡，解解乏？"

我心提到了嗓眼，真怕她不接受我的提议，没想到，她很痛快地说："行，我正好几天没洗澡了。"

我就去卫生间准备一番，交待她一些事项，安静说，"你不用给我讲，我都懂，我们家的热水器跟你这一模一样。"

我从卫生间里出来，继续去收拾厨房，收拾完了，去坐在沙发中打开电视，心不在焉地眼瞅着屏幕。心里却在盘算着下一步的行动。不一会儿，听着从水房传来的哗哗声，我想象着那天跟惠芬的那一幕，全身就开始燥动，一种强烈的冲动促使着我，起身来，心突突跳着移步到卫生间门口去，稍稍调节了一会儿情绪，我忐忑不安地轻轻打开了卫生间门口。水注下的安静，听见动静，猛看着我，下意识地手捂着了双乳，曲起了身子，动作几乎和前几天惠芬所表现出来的一模一样，不解又有些害羞地问："你进来干嘛？"

我背着她，不敢多看她一眼，回答："取一下拖把。"

我取了拖把，退出卫生间来，急急地胡乱拖了几下地板，就重新推开水房去送拖把。此时，卫生间里已经弥漫了很多的水气，在氤氲的水蒸气中，安静苗条赤裸的身子在喷头下，被淋下的水帘所缠绕，使我联想到了拉斐尔的油画。见我第二次进来，安静又下意地将双手放在了胸部曲起了身子，我按照之前的即定方针，一下子就扔下拖把，上前去将安静紧紧地搂抱在了自己的怀中。安静吓了一跳叫道："哎呀，你咋回事，衣服不要了？"

"不管它，没事。"

我一边紧紧地搂着安静湿漉漉的腰身，亲吻抚摸她一阵，就腾出一只手解自己的裤带。安静吃惊地一边挣扎，一边说："这怎么能行，在卫生间？"

"行，咋不行，行，可以，肯定行。"我语无论次地说着，安静再不挣扎，我急速地脱了自己的衣裤，赤条条地搂住了安静，就急切切地把自己往安静身体里送。可是，真是见了鬼！前几天和惠芬上演的那摄人心魄的一幕此时并没能重演，无论我怎么努力，下边却总是硬气不起来，使足了吃奶的力气，鼓捣了半天，我甚至都累出了一身的汗，也没能进入安静的身体里去。安静被折腾烦了，也被弄得很不舒服，埋怨道："你这人是咋回事嘛。哪有在卫生间干这事的。家里又不是没床。"

我听出安静已经表现出不高兴来，怕彻底惹恼了她，只好放脱了她，灰溜溜出卫生间来，到卧室里去换衣服。我沮丧到了极点，换好了衣服，懒懒地躺到床上去，静静地谛听卫生间里水流的哗哗声，敲击自己的耳膜，大脑里一片空白。

过了一会儿，安静从卫生间里一边搓揉着头发出来了。她穿着我的浴衣，来到卧室里，站在那里梳理着自己的头发。整理完后，用她那 s 型的发夹拢住了头发，上床来，偎到我身边躺下来，羞涩地看我一眼，半天，轻声说，"非要在水房里，现在多好。"

可是，此时的我，却一点儿也没有了欲望，可能已经刚才在水房就泄了。见我没反应，安静感觉到她刚才的态度有点惹我生气了，就又凑近我点，头伏在我的脖颈下，慢慢地，将手伸出来，又象前一次那样，先在我的胸前摸挲一阵，接着就下移，抚摸到腹部……可是，我就象一个饿鬼看着上了锁的玻璃柜里的佳肴，干着急，吃不到口的感觉。安静耐着性子揉搓着，渐渐，我下边有了点反应，急不可耐地翻起身来，结果，在下边还有点反应，一上去，立马就消失得无影无踪，瞎折腾一番，灰溜溜地重新从安静身上滚下来。安静埋怨道："你急啥嘛。还没彻底起来，你就猴急着上来。"说着，就又伸手过来。这一次，是恁她怎样搓揉，下边是一点反应也没有了。后来，安静的小手也不温柔了，加大了力度与频率，弄得我都有点儿疼楚，我硬忍着让她折腾，可是，下边不但一点没反应，而且似乎比平时都蔫巴了。最后气得安静狠狠地甩开手，对其打了一巴掌，骂道："什么玩意，越伺候还越缩了，比个小孩子的都不如了。"

听了安静的这几句话，我如五雷轰顶，整个身心都垮了。我说："你走吧。我想一个人呆一会。"

安静见我沮丧的样子，再不好说什么，起身来，穿好衣服，整理一番，跟我打声招呼，就走了。

我没想到事情会是这么一个结局。仰躺在床上，失望、自责、悲伤。半天，我自己又举起手来，冲着自己的下边，狠狠地来了两巴掌！嘴里骂道："你这个不争气的东西！"

就在这时，却听到有敲门声，我以为是安静落下了什么东西，返回头来取，披上浴衣去打开门，却发现是惠芬，呆呆地立在门口。我大骇，问："你咋又来了？"

惠芬说："我根本就没走，一直在你楼下等着。咋样，事情办完了吧？我看见她走远了，才敢来敲你的门。"

"你呀，让我怎么说你呢，"犹豫了一下，我又说："那就进来吧，还呆在门口干什么？"　　　　　惠芬就赶忙儿迈进门来。我关上门，打量她一下，又一次问："让你不要来找我不要来找我，你咋不听。你这样，让我对象知道了算什么？你这不成心想坏我呢嘛！"

惠芬站在门厅里，手足无措的样子，嗫嚅道："我绝没想着坏你。人家只是，只是……"　　　　"只是什么？"我狠歹歹地问。

惠芬搓着手道："不知咋搞的，鬼使神差的……心里就是一个劲地想你，没办法，控制不住自己……"

看她那可怜兮兮的样子，我起了怜悯之情，就问："还没吃饭罢？"

惠芬不吭声表示默认。我就说："剩的饭都在冰箱里，自己取出来去热了吃。"

惠芬"嗳"了一声，就钻到厨房里去，象个贼一般地打开冰箱乱翻一气，拽出一只鸡翅就大咬起来。我说："你热热呀。"

她一边啃一边腾出嘴来回答我："不用，你们也刚吃完，还不凉，挺好。"吃完了一只鸡翅，又将半条我们已经吃得只剩下尾巴与头的鲫鱼用两手抓着没命地啃。

我揶揄道："你慢点吃，注意点吃相，别让鱼刺给卡了嗓子眼。好象八辈子没吃过好吃的东西一样。"

惠芬笑笑，自嘲道："实话告诉你，中午就没吃饭，攒着吃你这一顿呢，把人撵到门外边，呆了几小时，你只顾在里边乐和呢，哪里知道我站在外边的滋味！"

惠芬说着有点哽咽，将吃在嘴里的鱼肉喷出了嘴，我本来要再损她一句，看她眼睛有点儿红，挺伤感委屈的样子，也就没再吭声。她倒好，咳嗽了两声，又冒出一句来："有首歌咋唱着来？世上只见新人笑，哪里知道旧人哭。"

"那是你自找的！"我说，"你要当初不要瞎屁折腾，老老实实一心一意跟我过日子，今天你不就是这房子的主人了？"

惠芬睨我一眼，说："我要不和你离婚，你可能也不会下决心调离原单位到这里来。你还不就在那原地方蹴着？"

"这么说，我之所以有今天，是有劳你了？"

惠芬狡辨道："本来嘛。"

"简直是不要脸！"我骂道。

吃完了饭，收拾了厨房，惠芬又去坐在沙发里，没有要走的意思。想打开了电视看，我就问她："吃也吃了喝也喝了，该走了吧？"

惠芬贱兮兮，癞皮癞脸地笑着说："你真撵我走？"

"还能是假的不成？"

"看样子，和那位小姐把事情都干完了？"

"夹住你的臭嘴！"

"人家只是开个玩笑嘛，看把你当真的样子。你和她咋样我一点没意见，也没资格吃醋，就是你说的，你现在只属于自己，别人谁也干涉不了你。"

"知道这点就好。"

"可是你也答应了我，不丢下我的。"

"谁答应你了？"

惠芬瞪大眼睛："你那天完事后亲口说的，还告诉我，到咱俩的老房子里去见面，怎么今天就又不承认了？这人一当官，咋就出尔反尔的，说话不算数呢。"

我有点来气："你还真象把鼻涕，是甩不掉了！"

惠芬又放和缓了语气，笑着说："你那天晚上卫生间里在我身上撒野欢势的时候，咋不说我是鼻涕？"

我被问得不吭声了，她这一提醒，使我又想起那天的情形来，瞬间陶醉到那成功和满足的愉悦中。我忽然就有了一种冲动，走到她面前去，一把把她提溜起来。

"干啥？"她笑着问。

"干啥？我伺候你吃饱喝足了。该你伺候伺候我了。"在安静身上没要得到满足的欲望我要在惠芬身上得到补尝，再者，我也要验证一下，我在那方面究竟行也是不行。我拽起她就往卧室里拉。

惠芬惊愕道："我的天，人一当官，真成了牲口，失羞不失足地连轴转。你不怕把身体弄垮呀！"

我哪里有兴趣跟她再贫嘴，将她拽进卧室去，掀翻在床，三两下就扒完了她的衣裤，象个饥不择食的饿狗一般扑了上去，直接奔主题而去，你说怪不怪，刚才我在安静身上似个阉了的太监，此时在惠芬面前，却变成了威武的猛男，还没等扒光惠芬的衣服，我那玩意就起来了，等惠芬赤条条地被剥光躺在我面前时，我那下边就硬得似铁棍似的了，我急死慌忙地饿狼扑食，只听惠芬下边惨叫一声，我就势如破竹般地进入了她的身体，惠芬大骂："张一凡你个王八蛋，我告你个强奸罪！"

我使劲鼓捅着身子，咬着呀骂道："老子今天就强奸你一次，看你服不服。"

惠芬在下边呻吟着："我服我服，行了吧，哎呀，求求你，轻点……"

……

完事之后，我躺在床上一点也不想动，惠芬凑上前来，将头偎在我的脖颈下，无限温存地似个骚情的母狗，一会儿用舌头舔舔我肩胛处，一会儿又舔舔我的前胸脯，一会儿又移上来舔舔我的脖颈处，下边的手也不老实，抚摸着我的下身处，当个玩具一般地把玩，弄得我痒痒儿的，问她"弄舒服了，是不是？贱兮兮的样子，象个妓女！"

“我就是妓女，妓女！”惠芬一边浪笑着，一边在下边使足了劲地揉搓，结果，就又把我给揉巴起来了，我重又翻身上去，将惠芬压在了身子底下……弄得惠芬呲牙咧嘴地直叫唤，一边浪笑一边骂：“张一凡，你的驴劲咋这么大，你是不是真吃了什么春药了？我听说现在当官的嫖风都吃那玩意。”

完事之后，惠芬一轱辘翻起了身再也不敢在床上呆了，说：“我要再躺着，你不过一会儿又要上。真跟个牲畜一样了。”

“憋了多少年了，妈的。”我自言自语道。

惠芬感慨万千：“看你以前熊成啥样。现在咋就跟个公牛似的。好家伙，跟我这么一会儿就弄了两次，跟她还不知干了多少次！你真是不是吃了什么春药？”

“吃什么药，老子我好好儿的！上次不是给你说了，好命运就是我的春药！”

惠芬感慨道：“这人，当官跟不当官时，就是大不一样！”

我一边收拾着提裤子，一边说，“告诉你，这是最后一次，你以后再不能来找我了。再找我，我可真就没好脸了。我和我对象马上就要结婚了。”

惠芬默默地整理着自己的衣服，一声不吭。我知道她心里不情愿。为安慰她，我又打开床头柜，从中取出五百块钱来，递到她手中，说：“去给自己买点衣服，看你身上穿得寒酸样。再给小孩买点东西。”

惠芬接过钱来，掖进裤腰里，揶揄说：“妈的，真的是当鸡的感觉。”

“得了便宜还卖乖，不要拿来。”

惠芬笑笑，上前来要亲我一口，我躲了过去：“你那臭嘴，一股什么味，还亲我。刚才床上都把人熏的。”

惠芬热脸贴了个冷屁股，搞得挺没趣，站在那里有点儿不尴不尬，我见她那样，转了个话头，问："儿子怎么样？挺想他的。"他虽然不是我的，但我毕竟带了他两年。

惠芬就紧快上杆子："他也挺想你呢，老念叨'我爸呢，他怎么不来看我。'"

"谁是他爸？"我纠正道："你那冰糕厂的师傅才是他爸！"

惠芬就又不敢吭声了。我补了一句："等我什么时候闲了，抽时间去看看他。"

"他真的老念叨你呢。"惠芬小声地嘟囔。

"你赶快走吧，出去时，躲着点人。我可是慎重其事地告诉你，这是最后一次，以后，坚决不能来找我了。下次你要再来，我就立马拿棍子打出去！"

惠芬喏喏着："真想留在你这儿过一夜，享受享受。这床，躺上去真他妈的舒服！"

"给你个脸，你还越晒上了，得寸进尺起来！"

"人家也就是随便说说。　"

"你赶快走吧。天晚了。"我有点不耐烦起来。

"妈的，提上裤子就不认人！"

我不愿和她再斗嘴，想让她快点儿走。

惠芬说："你那老房子钥匙能不能给我。"

"干啥？"我问。

"我想过去住。在父母家里，还是有些不方便。"

我挖苦她："是不是想和你那师傅有个地方好鬼混？"

惠芬不理会我的刻薄，委屈地说："给你说了，我早都跟他不来往了。"

我冲他冷笑一下，"你以前又不是没这样说过。"

"这一次绝对绝对不骗你。我向你发誓。他现在也和你一个熊样，躲我就象躲瘟神一样。妈的，没想到，活到这份上……"惠芬挺伤感，话音中带着哭腔。

我再不敢多刺激她，想了想，就把钥匙找来给了她。

送走惠芬，我躺在床上，脑子里过电影一样，将刚才和安静与惠芬的经过细细回味着，百思不得其解。妈的，怎么在惠芬那黄脸婆身上自己象头公牛，在安静身上却是一条十足的狗熊，问题究竟出在了哪里？思来想去，似乎找到了问题的症结——在惠芬面前，我是一个胜利者，她是一个被征服者，处在绝对服从我的弱者地位。所以，在她面前，我居高临下，没有胆怯`，身心放得很松，所以成功；而在安静面前，我有着年龄上的弱势加上安静的门弟，十分漂亮的长相与魔鬼般的身材，这一切，都使我觉得她的珍贵，越感到她的珍贵，就越怕自己失去她，越怕失去她，就越想在那方面表现得出色，所以就越紧张，越紧张，就反而越不行。安静此时还不知咋想我呢，这一连两次在她身上的失败会不会弄凉她的心，真以为我那方面有毛病？她会不会成为继那个鸟乌兰与章什么红艳之后，第三个因为床上的事情而离开我的人？要是我在惠芬身上的这种疯狂劲儿能让安静知道就好了，可是，这又怎么可能呢，这真是一个悖论！

七

过后没几天，我就跟着老范率领的考查团出国了。出国之前，我给安静打了个电话，她祝我一路顺风，我问她需要点啥，她说不需要什么。态度不凉不热，让我捉摸不透。我本来还想再约她到家里来，可一想到前两次的失败，也有点怯，就放弃了。

我跟着考团出去转了一个月，先到欧洲，后上北美，然后绕到新加坡、泰国、香港，最后回到北京。也是一种补尝心理，在意大利米兰，我给安静买了皮儿卡丹皮衣和两双皮鞋，在法国巴黎的香榭丽舍大街，我又给她买了一套范思哲套装，到美国纽约的百老汇大街，买了香奈尔衬衣和裙装，回到香港，又在王老五金店买了红宝石项链和戒指。回国的当天，我就给安静打去了电话，告诉她我给她买了东西，让她来取。安静在电话那头听了很欣喜，高兴地说晚上到我屋里来试穿。下午，我自然是早早回家张罗晚饭。安静也早早下班回来了。一进门，就喜盈盈的样子，我暂时放下手中正在切菜的刀，摘了围裙，领她到卧室去，取出衣服和项链戒指来。安静乐得神采飞扬，都不知先穿什么和先戴什么，最后才稳下心来，一件件地将衣服套在身上试穿。她也不防我，每次换衣服时，就当着我的面脱得全身仅剩下个乳罩与小小的三角裤，几次我瞅着她那赤裸的身子，都冲动地想把她按在床上，可又控制住了自己，说老实话，我是怕自己再次失败，讨个没趣，弄散了本来挺好的气氛，使两人都陷入尴尬。

安静将每件衣服都试穿了好几次，嘴里赞叹不已，连声说："你瞧人家这衣服的质量多好，做工多精细。明天我都不敢穿到单位去了，那帮人见了还不妒忌死我了。"对那戒指与项链更是爱不释手地放在手中反复把玩，戴在脖子上反复地照镜子，口口声声说："太漂亮了，简直让我喜欢死了。你看这宝石的光，从镜子里都能反射出来。"

我站在一边，欣赏着，不停地附和着安静。她说什么，我就同意什么，反正我对这方面本来就在行。安静兴奋过后，才回过头来想起来感谢我，问我："让你破费了不少，肯定花了不少钱。"

我不以为然地笑笑说："不算什么，只要你高兴，今后经常可以买高档时装。这点经济实力我还是有的。”

我说饭快做好了，安静却说：“不，别在家里吃了，我们上街去，找个高档的餐厅吃。我今天太高兴了。”

我揣摸到她的心理，想穿上新装戴上项链戒指马上去在人前显。我一边感叹女人对服饰的这种崇拜，一边痛快地答应。安静见我同意了，就问我：“你看我该穿那一套出门？”

我说：“随便，哪一件穿在你身上都很漂亮。”

安静撒着娇道：“嗯，你给咱参谋参谋，到底穿哪件好嘛。”

我就说：“穿那套意大利买的秋装吧。刚才你穿在身上，我看着特别合体，把你苗条的身材全显出来了。”

安静就脱下身上的衬衫与裙子，换上了那套浅绿色带点小花纹的秋装，对着镜子左照右照，临了，说：“我觉得还是换上衬衣和裙子，我特喜欢它们的款式和花色。”

一条裙子我买的是乳白色的，一条是鹅黄色的，两件衬衣分别是鸭蛋青与玫瑰红，安静换穿上其中的一套，照着镜子，问我：“你觉得这套好还是那套好？”

我回答说：“都好。”

安静就小嘴一咴，装做不高兴地说：“人家让你做个比较嘛，哪个更好。”

我就说：“还是穿那件玫瑰红衬衣配乳白色裙子的好，特显神采。”

安静就说：“可是这一套时装的花色和质地我更喜欢，你摸摸，捏在手里，手感多好。别人一看，就能感到这不是大陆货，是外国产的。”

“那你就穿这套走得了。”

安静犹豫地说：“那就穿它了？”

我说：“就穿它。你照镜子瞅瞅，多光彩照人，到餐厅去，还不把别人都给震了，不吃饭只顾瞅你了。 当心别人把你给当美餐吃了呢。"

安静不理睬我的调侃，仍然沉浸在犹豫不决中，半天，说："其实，法国买的那件套装也挺带劲的，穿在身上挺抬人，一看就让人感觉是个白领，我也特喜欢。"

"你又想穿它了？"我问。

"那我再换上试试。"安静说着就褪下身上的裙子和衬衣，重又换穿上那套法国买的套装，又对着镜子照呀照，又望着我，征询我的意见，让我最后定夺。我说："就这件了，真的，你穿在身上显得特别有气质，特别的高贵。"

安静就勉强同意了我的建议，再没往下换衣服。然后就试鞋。又是将两双鞋子反复地试穿，每一双都让我说和身上的衣服色彩般配不般配，那一双更漂亮。我说，"其实，以我看，我觉得两双鞋子穿在你的脚上都挺漂亮，难分伯仲。"

安静撒娇道："嗯，不嘛，就要让你给我挑一双出来！"

我只好煞有介事地反复将两双鞋子比对一下，指着一双在鞋盖上带有个小小的金属蝴蝶，细细的鞋跟也用黄色金属包着的皮鞋来，说："这双，这双好。这双洋气。"

安静将那双鞋换下来，穿在自己脚丫上，左看右看，又舍不得另外的一双，瞅着它说："其实我觉得那一双挺瘦巧。鞋跟也比这双好看。"

我说："那就重换回来？"

安静说："你不是说这双比那双洋气嘛。"

"我是说那双洋气，可这一双也挺时髦。"

"我听你的，你说让我穿哪一双我就穿哪一双，再不换了。"

我笑笑说，"就你脚上的这一双。"

穿完了衣服与鞋子，安静打开那首饰盒，伸出指头来，让我亲自给她往上戴戒指，我说："戴戒指是有讲究的，应该戴在哪根指头上？"

"你说呢？"安静笑着问我。

我说"戴在中指上是表示自己已结婚，戴在食指是表示独身不嫁，戴在无名指是自己已经有了朋友。戴在小手指表示暂时是一个人。"

安静毫不犹豫地说："那当然就是戴在无名指上呗。"

戴上了戒指，安静又将脖子伸过来，让我给她戴项链。戴完了项链，安静又从手包中掏出自己的化妆盒，往脸上淡淡地扑了点粉，又掏出只唇膏涂嘴唇，被唇膏涂过的小嘴立刻似个红红的小樱桃一般，鲜亮生动起来。

一切收拾停当，出门去，下了楼，安静很自然地就将手伸进我的臂弯中，来到街头，所有从我们身边路过的人，几乎无一例外地都将目光投向了安静。安静则头昂得高高，目不斜视，只顾和我说话，显得很高傲的样子。此时的我，也甭提心里是啥心情了。我们来到一家名叫波格心的西餐厅，门楼的造型，是一座典型的哥特式城堡，几个园锥型的尖塔高高地耸入天空，里边的环境也跟中式餐厅的装潢大为不同，人一进去，就象走进了安徒生笔下所描绘出的具有浓郁北欧特色的童话世界。大量的关于冰与雪的卡通画涂满了四处的墙壁，还有冰崖的造型，冰崖上站立着肥硕的企鹅。大雪覆盖着的冰面上，奔驰着狗拉的雪橇和拽着缰绳穿着厚厚装束的因纽特人，大海中还有浮冰，浮冰上卧着笨拙的海豹、海象。在大洋中还有正在作业着的破冰船。在餐厅的中央，有一棵挂满各色彩灯的圣诞树，旁边还站着一位白胡子圣诞老人，整个餐厅营造出一个跟门外车水马龙吵闹喧嚣的城市截然不同的环境。餐厅里的桌椅也布置得很特别，一色的白色镶着红边的桌椅，简洁而明快。来餐厅光顾的，大多是穿着入时的一对对情侣，一边吃着西餐，一边亲昵地交谈，餐厅里飘荡着柴科夫斯基的《天鹅湖》舞曲，优美中透着淡淡的婉约与忧伤。整个餐厅，弥漫着浪漫的气氛与情调。我和安静一进门，就成了众人注目的焦点，人们纷纷停住了吃饭与谈话，扭过头来看我俩。我们装做视而不见，进门后，寻着一合适的座位坐下来。立即有穿戴整洁的服务员小姐上前来，为我们服务。我拿起桌上的菜单，征询安静的意见，点了几样甜点。服务员小姐走后，我偷偷地对安静说："你发现没有，有几个女的从我们一进门就眼睛盯着你看，到现天还在瞅着你，好象还在跟他们的男朋友正议论你。"

"肯定稀罕我身上这套衣服。"

"衣服再好，也得有人来穿，还是你长得太漂亮太出众了。"我恭维道。

服务员小姐不一会儿将餐点端来：几个不同分味的汉堡包，两分炸鸡腿，两包炸薯条，两杯柠檬汁，两杯咖啡。我一边吃，一边发感叹："你说这些玩意有啥好吃的，味道怪怪的，一点也比不上我们西北的牛肉面、羊肉泡馍。可就是有这么多的人来吃，我看大半是崇洋媚外的心理在起作用。"

安静正兴冲冲地咬着一只汉堡包，听我这么一说，抬起头来反驳我："你还是没有吃惯，多来几趟，你肯定就喜欢上它了。"

我就赶忙儿改口说："其实我也只是随便说说，细细品味，还真也有它的味道特色。只要你喜欢吃，咱们以后经常来。"

吃完了西餐，我问安静上哪，安静说上舞厅，说自从认识以来，还没和我跳过次舞呢。我非常愉快地挽着安静，跟着她来到一家歌舞厅。歌舞厅布置得很幽雅，而且有空调，进去后，人感到特别的舒服。台上有几名乐手正在吹着萨克斯管、长号，打着架子鼓，一位浓妆的姑娘正在唱着邓丽君的《何日君再来》。舞池里，有几个男女正搂着跳狐步舞。我和安静进门后，服务员小姐上前来询问："二位请，请问二位是坐大厅，还是进小包厢？"安静刚要说什么，我手一挥，说，"当然是进包厢了。"

服务员小姐便引领着我们前往，去坐进舞池边的一个挡着屏风的小包箱里，小姐又问我们需要喝点吃点什么。我问她都有啥，她就拿起桌上的一个菜单念起来。什么美国大杏仁、泰国腰果、越南芒果，新加坡橄榄之类，我就说："各样给我们上一份来。"

安静说，"要那么一大堆会吃不了的。"

我说："吃不了就吃不了，各样你都尝一尝。算是你这次没能跟我一起出国的补偿。等以后，我们真正能在一起生活了，出国的机会有的是。到那时，我好好地带你出去见识一下外边的世界，瞧人家那些西方人是怎么活人的，我都没来得及给你细讲这次出去的感受呢。"

安静似乎被我的未来勾画打动，笑盈盈地回答："好啊，我就等着那一天快点到来。"

一曲舞停了，又一支舞曲奏响时，我拉着安静的手出小包厢下了舞池。我搂着她，她身体很轻盈地就随着我转动起来。搂着安静跳舞的感觉真好极了，跳的是慢四步，一边跳，一边我就开始给她讲出国的所见所闻和感受。渐渐，安静就越跳，贴我的身子越近。最后，就几乎偎进了我怀中，使得我讲着讲着，也语无伦次起来，闻着她发际间的香水味，我心里意乱情迷的，悄悄伏在她的耳边说："给你家打个电话，今天晚上，到我那去吧，不要回你家了。"

安静看我一眼，眉目含情，顺从地点了点头。

一曲下来，我们回包厢去，正要落座，从门口探进个面皮白静，很年轻小伙子的脑袋，瞅着安静看了两眼，又闪了过去。我感到莫名其妙。可是，却发现自从那小伙子脑袋探过之后，安静就有点儿失神，我给她继续讲出国的一些所见所闻：法国塞那河两岸风光如何秀美；美国拉斯维加斯赌城多么豪迈气派；夏威夷岛上的环境如何幽静优美；加拿大尼亚加拉大瀑布如何的壮观；泰国芭堤雅的人妖如何妖冶得乱真。讲了半天，她好象心不在焉地在那里愣神。又一曲舞曲响起时，我正要拉她下舞池，安静却倦倦地说："算了，不想跳了，我们回吧。"

"你咋了？我们才刚来。"我问。

"没咋，就是不想跳了。改天吧，今天有点儿累。下午，又抢救病人来着。"

"那就走。"

我叫来了服务员小姐，结了帐。安静吃一惊，说："花这么多钱！"

我付完钱，等小姐出去了，我说："没事，只要你高兴就成。"

"桌上这么多东西吃都没来得及吃，要不，让她给我们包了带走？"安静提议。

我说："不知道舞厅里有没有这个规距。算算，别让人家笑话我们。你要爱吃它们，街上都有，明天我给你去买。"？

出舞厅来，刚走没两步，就从拐角处钻出个年轻小伙子，拉了一把安静说："安静，我在这等了好长时间了，我想跟你单独说两句话。"

我一怔，才想起来，这不就是刚才在包厢门口闪过的那张脸？只听安静向对方说："我们俩的事都过去了好长时间了，有啥好谈的。你怎么知道我在这儿的？"

"我没跟踪你，是偶尔碰上的。我也去波格心吃冷饮了，你没看见我，我看见你了。”

安静就不吭声了。我知趣地躲开去一点儿，但她俩的说话声我仍能够听到一句半句。半天，只听安静说："我们的事情不是早完了，你已经又找新对象了嘛，还回头来找我干嘛？"

"我跟她又分手了。"

"为啥？"

"在一起老吵老吵。吵得人心烦。"

"你和我在一起时就没和我吵？还是你的性格不行。"

"我心里特苦闷，刚才在餐厅一见到你，我就特后悔特后悔。发现你原来是那么漂亮。现在也会穿衣服打扮自己了。坐在餐厅里，所有的人都在瞅你。"

"有啥正经话赶快说，我对象还在等我。"

"他是你对象？"年轻小伙子又望我一眼问，"我还以为是——"

"以为什么？"

小伙子不吭声了。

安静说："再没什么我就走了。"

小伙子好奇地问："你对象是干什么的？"

"在 x x 报社，当总编。"？

小伙就说："明白了，难怪。"

"难怪什么？"小伙又不吭声了。

安静对小伙子说："我得走了。我对象都等我不耐烦了。"

安静和小伙告了别，走过来，重新挽起我的胳膊来。我问刚才是咋回事。安静如实说："在认识你之前，和他处过一段。"

"那怎么吹了？我看小伙子挺帅的嘛，长得白白净净的。"

"男人家，光长得好有啥用，连个稳定的工作都没有。脾气又倔，不知道体贴人。"

“那他现在干啥？”

“说来也是个正牌大学毕业生，还是学计算机的。可是，今天给这家老板打两天工，明天给另一家公司当个推销员什么的，挣的工资还不够他一个人花的。还没个定性，干上一段，就跟老板闹翻不干了。和我处的时候，出去吃饭坐车什么的，都是我掏钱。动不动还要张口向我借。老是给我讲他的雄心大志，说将来一定要开家自己的软件公司，挣大钱，到那时给我买别墅宝马什么的。刚开始我也挺激动的，可时间长了，就觉得不过是给我画饼充饥，也就烦了。等他买上别墅宝马的，我都老了。后来，我们为啥事吵了一架，就掰了。后来听说他又处了一位，我就好长时间再没他联系了。我还以为他都结婚了呢，没想到，今天能在这里又碰上他。”

“我刚才听他说跟他那对象好象是又吹了。”

“嗯，所以见了我，才神经起来。”

我忐忑地问：“你不会考虑和他破镜重圆吧？”

安静抬头望我一眼：“怎么可能呢！”将我的胳臂挽紧了。

我就再一声不吭。

八

到了家。进门去，我又试探地问：“你想不想再洗个澡，外边转了一圈，你一定累了，解解乏？”

安静想了想，说：“算了，前天刚洗过，洗个脸洗个脚就早点儿睡吧。”

她上卫生间去洗脸，我就赶忙给她往盆里倒洗脚水，过了一会儿，她洗完了脸，卸完妆，抹完油，收拾了从卫生间里出来，坐在厅里的沙发里去，我就赶忙儿把洗脚水给她端到她的脚边。安静伸了一个懒腰，捶捶背，将脚伸进热水盆里去，叫了一声，说，"有点烫，"

我就重到厨房，蒯一缸凉水兑进去，安静伸进脚去，又说："又有点凉。"

我就又拎暖瓶来，给她兑一股进去，安静感谢地说："不好意思了，让你伺候我。"

我笑笑说："这算什么，能够伺候你是我的福气，那小子想伺候你还伺候不上呢。"

安静就把嘴一撇，道："他呀，一边呆着去吧。"

我听了这句话，就似听了一句优美的诗句。为了报答安静这句话，也是她那小脚丫在水盆里显得那么娇嫩可爱，我借口说："沙发挺高的，你手不好够，厥得很。来，我来给你洗。"说着，就拿出了当初伺候赵惠芬时的起架，蹲下身子，将手伸进脚盆去，抱着安静的小脚丫，轻轻地搓揉起来。感动得安静手放在我的头发上摸挲着，说："你真好，真疼人。"

听了她这句话，我忍不住地将安静的脚丫用毛巾擦过后，顺势在白白的脚面上亲吻了一口，安静嗔怪道："人家脚丫子也亲，不嫌隔瘾。"

我笑着说，"不嫌，我恨不得把它当个小猪蹄啃着吃了。"

安静就笑着说："都是个男人，你和他区别咋那么大？他要有你这一半，我和他也不会分手了。别人都说找岁数大的会疼人。还真是这么回事。"

洗漱完了，我把床铺拉开了，又从壁橱里取出了一床被，对安静说："你先上床去，我收拾。"

安静就先上床去脱衣服，将那衣服脱下身后，又一件件地细细地瞅视一阵，才叫我来，让我一件件地放到大厅里的沙发里去。其实床边就有个放东西的床头柜，但安静怕把她的心爱之物给揉皱了。

　　我简单地归拢归拢洗漱时用过的东西，拖了拖地板，进了卧室的门，拉灭了大灯，揿亮床头的小台灯，上床钻进了被窝。安静早在被窝里等着我，待我上床后，便转过了身来。我从我的被窝中钻进她的被窝中，搂着安静滑溜溜的细腰，头伸上去在她的脸蛋上、小嘴上吻了几下，然后，随着亲吻，我的手就开始伸进她的乳罩和裤头去摸挲起来。不一阵儿，安静就有了反应，低声地呻吟起来，我便急死慌忙地去解她的乳罩，笨手笨脚地半天没解开，还是安静坐起来，将两手伸到背后解了乳罩，又手伸下去，褪去了下边的小三角裤头，然后仰躺下去。我急猴猴地脱了自己的裤头爬上安静的身体，真是又见了鬼，刚才抚摸安静时还可以点的下边，这会儿就象乌龟头受到了惊吓的一般，瞬间就缩了回去。任凭我在上边如何努力，安静伸出手如何配合帮助，都是瞎子点灯白费蜡，折腾一气，我弄了个精疲力尽，就象是在农村时背着麻包上了一趟粮垛或是在祁连山下修水利时追了一趟骆驼那样累了个大汗淋漓，也没整成个事，最后，又灰溜溜地象个丧家犬一样地从安静肚皮上滚落下来。一瞬间，我感到了世界末日的到来，眼前一片漆黑，万念俱焚……我轻轻说："睡吧。睡上一觉醒来，我一般很强烈。"

　　我虽然这样说着，但也没底气，我是每天睡觉半夜醒来后那玩意就挺硬起来，可是，保不住到时候上到安静肚子上去后立马就熊包，没办法，已经形成了条件反射。

　　安静安慰我说："你主要是太紧张了，放松了就好了。"

　　我没吭声，静静地侧躺在那里，我长长地想叹一口气，可是气提了起来，又缓缓地放下了，怕安静发现了我的沮丧与懦弱。心里感慨，什么房子、票子，位子，就象那足球场上的运动员，临门一脚不行，其它都是闲扯。我悲观到了极点。象条没了牙口的饿狗，干看着上好的肉骨头放在自己嘴边，没有了咬它的本事。这肉骨头，肯定到最后不属于自己，最终要被别的牙口好的狗儿叼了去，一想到这里，恐惧感就笼罩了我整个身心，想到了几年以前自己所过的日子。一件东西，你在得到它又不得不失去它的时候，那种痛苦比纯粹就没有得到它时要深得多。此时此刻，我就想到了小时候我父亲打完我后，我流浪街头，我父亲碰到我，从口袋里掏出一毛钱交到我手上，我刚高兴着呢，又被要回去了的感觉。想起了埋葬在祁连山下的那段我的初恋。那种刻骨铭心的痛苦给我的心灵留下了永远也抹不去的伤痕。以前自己还年轻，还有条件，可是，现在自己已经是老大不小的了，遇到象安静这么青春貌美的姑娘，而且又挺看得上自己，真是我张一凡的最后一次机遇。要是这一次再吹灯了，那对我的打击肯定是毁灭性的，我可能从此再没了自信心，休想再从除过惠芬之外别的任何一位异性身上得到性的需求。在她们面前，我通通是一个不可救药的阳痿患者！我只好去跟惠芬那个既背叛过我，长相身材上又毫无吸引力，且风韵已失的半老徐娘去苟和，和她复婚，在一起混日月。这样的现实放在几年前我没调来新单位，没被提拔，没有遇到安静，我还能接受，现在，则是我绝对不愿意面对的。小时候，父亲在吃新做的饭之前，总是逼着我先将前一天甚至前两天的剩下的已经馊了的饭先吃了，如果有那么一次，我偷偷先尝了两口刚做的好饭，再被父亲逼着吃那馊饭，我就死咬着牙，象吞毒药一般，怎么也难以下咽。我就这么脑子里乱糟糟地胡思乱想，拿许多事情来乱比对，心情绝望之极。不一会儿，却感觉到安静的小手伸进我被子里来，开始在我身上摸挲起来，然后，手就下移，就象条小舟一般，准确无误地游弋到了它想要去的港湾，开始轻轻地搓、揉、捏、拽，一会儿，我觉得自己下边被安静刺激得有点反应了，便重翻起身来去表现，真是操妈妈的绝了，躺在那里任安静揉搓时还有那么点意思，可是一爬起身来上战场，奶奶的它就立马熊了，纯粹是没脾气！我只好又从安静身上滚下身去。重躺回来后，安静就埋怨我："你急啥嘛。还没有彻底起来，你就上。"

我沮丧地回答，"恐怕今天还是不行，不知咋搞的。"

"你别太紧张。听我的。"

"我也不想让自己紧张。可是——"

"你别说话，只管躺着睡你的觉。"安静嘱咐我。

我听安静的话，静静地仰躺在床上。安静的小手又伸了过来，一边轻轻地抚摸着我的下边，一边又象哄小孩子似的，极有耐心地说："你放松了，不要想你现在床上，想想你过去遇到的高兴的事情。"

我就听安静的话，去追忆过去的生活，可我过去那有他娘的什么高兴事情！只有一些个和罗晓芳当年插队时的片断存留在脑子里，我使劲儿地往回想，想着想着，我就想到了那次和晓芳从雪地里回来，两人晚上睡到一个被窝里，我要干那事，晓芳拦住我，急得我猴急猴急的情形。我的下边一下子就有了强烈反应，我一子就重新翻身上马，可是，那一瞬间在脑海中只停留了片刻，就远去了，当醒悟过来身子下边是安静而不是我的初恋罗晓芳后，我那玩意立马就蔫了。我又失望地重新躺回去，深深地叹了口气。安静一声不吭。我轻轻地说，"睡吧。"

两人再一句话也不说，静静地而又尴尬地躺在床上。

突然，我怎么感觉到，安静将头伸到了被窝低下，我奇怪地问："你要干嘛？"

只听安静声音里带着羞涩，说："别问，也别动。躺着你的，啥都别管。"

　　我还正纳闷呢，就感觉安静的头已经凑到了我的两大腿间，头发也落下来，在我的腿上摸挲，弄得我皮肤痒痒儿的。我似乎明白过来了安静想要干什么，可不咋的，很快，我就觉得下边被衔住了，接着被一下一下地吮吸起来。我浑身一阵躁热，一阵悸动，一阵痉挛，这种美妙的感觉一辈子都不曾有过，根本用语言没法描述，我都能感觉到安静那樱桃小嘴的柔软度。随着她的吮吸，我下边立马就气壮如牛坚硬似铁，全身就象是被气管打得要爆了的汽球，我一轱辘就想翻起身来，安静在上边急忙说："别动，千万别动，让我来。"说着，她就小嘴松开了我的下边，爬起身来，伸出腿去，骑在了我的小腹上，然后，小心翼翼地用手扶着我的下边，轻轻地把它放进自己的身体中。我要用劲鼓捅，她又阻拦了我："别动，你别动，让我来，你千万别太兴奋。"说着，就由她在上边慢慢地有节制地轻轻上下抽动开自己的身子。有两次，我稍有点兴奋地主动起来，她就马上停下来，并告诫我，"慢点，慢点。"逼我放缓了节奏。过一会儿，再由她缓缓地抽动。经过这么几次以后，我完全适应了，安静便渐渐停止了主动，让我主动。我渐渐克服了紧张，开始自如起来，后来竟然越做越老练，最后，我不满足在下边，翻身上来，变为了真正的主动。我一边在上边酣畅淋漓地做着，一边嘴里发自腑肺又语无伦次地感激着安静，"小静，你真好，世界上最好最好的。报答你一辈子我要，一辈子对你好的我会。我会为你去死，为你做一切。做一切都报答不了你对我的恩情……"

　　我没完没了地说着痴话，向安静表着我的忠心，倾诉着我的衷肠，安静戏谑道："帮助了别人也就是帮助了自己。你记没记着电视上那条补肾的广告语——'他好，我也好。'这会儿感受咋样？"

　　我回答："好极了，飘飘欲仙真正男人的感觉。"

　　"我问你能控制得住自己不？"

　　"能，没问题。"我信心十足地说。一边使着劲，恨不得把自己整个身子都送到安静身体里去，一边用嘴吻她的樱桃小口，吻她的凤眼与细细的眉毛，吻她小巧的鼻尖与鼻翼，吻她的面颊与双耳，接下来俯下头去吻她白白的肩胛与雪白的双乳，然后又将她粉红的乳头咬进嘴里不停地吮吸。两只手也不停地抚摸她细细的纤腰、丰腴的殿部和修长的双腿。渐渐，安静就开始整个身子像个面条一般松软地瘫在床上，嘴里不停地开始呻吟……

　　完事之后，两人虽然都很疲倦，但是却兴奋得不睡觉，很热烈地聊了起来，以前，两人总是相敬如宾，客客气气，但总觉得中间隔着堵墙，有了肉体的结合，这堵墙似乎马上就不见了。俩人紧紧地搂在一起，心也紧贴在了一起，我才发现我和安静特能谝，而且，她总是随和着我。谝着谝着，两人就相拥着睡着了。等一觉醒来，看着甜睡在我怀里的安静，我又有了冲动，而且非常强烈。这一次，完全没有安静的辅佐，我下边的圣物完全主动地完成了神圣的使命。干完事后，我狂喜不已，我终于摆脱了可恶的心魔，得到了如花似玉，年轻貌美的安静！

九

　　自从这以后，安静就三天两头在我这里吃住。我俩之间好得无话不谈，就剩去领一张结婚证了。一次做完事后，躺在床上，安静偎在我怀中，两人亲热地谝着，我就问她："当初，我在你身上一次次失败，你咋那么有耐心？要是别的女的，早都拍屁股溜了。"

安静想都不想地回答我："我是干什么工作的？你们男人的那么点事不知道？你那纯粹就是心理因素。"

"你咋就那么肯定不是我身体本身有毛病？"

"早在那次上香山时，你搂抱我亲我时，你就有冲动，我都感觉到了。"

我仍然若有所思，如果我头上没有这顶乌纱，安静会有如此的耐心与手段"解放"我？之前的鸟乌兰、章红艳、赵惠芬之流咋就没有这样做！

我憋了半天，说："我再问你个敏感的问题，本来我没权力问它。"

"啥，你说。"

"你过去，是不是和别人有过？"

安静明白我问的啥，一下子不吭声了。我急忙打圆场："千万别生气，我只是随便问问，没别的意思。"

安静还是低着头不吭一声。我赶忙将其搂紧在自己怀中，亲着她的脸蛋说："别生气，我也是离过婚的人了，不介意。我能理解。现在社会都开放到啥程度了。有几个姑娘结婚时是真正的处女。只要结婚后，我们两个能恩恩爱爱，比啥都强。就是找个真正的处女，又能多个啥？没事，你千万别往心里去。我只是话到嘴边了就说了出来，伤害你了。"

安静这才说："你不问，我也是要向你坦白的，你问了倒好。我知道你们男人受传统思想的影响，对处女情结是根深蒂固的。我交待，我就是和他有过，除过他，再和任何人没有过，我发誓。"

"不用不用。发什么誓。"

安静抹一下眼睛，反问我："那你呢，除过和你前妻，还和别人有过吗？"

我一愣，紧忙说："没有没有，你看我是那种风流的男人吗？"

安静在我脑门上剜了一指头，说："你们男人，哪一个不象馋猫一样。"

我自嘲着给自己解围："就我那表现，还想偷鸡摸狗地浪漫？要不是你解放了我，我还在那水深火热中煎熬自个呢！"

安静就扑过来，双手托起我的双颊来，亲着我的嘴，甜甜地说："向我保证发誓，结婚以后，一心一意地跟我过日子，疼我爱我，不许你对别的女人有什么花花肠子？"

我举起了拳头，像入党宣誓时那样，面孔极端庄严："我向我未来的爱妻宣誓，结婚以后，一定要疼她爱她，对她之外的任何女人都目不斜视，视若粪土……"

宣完了誓，两人就紧紧地抱在了一起。安静使劲地吻着我，很真挚地说："这一辈子的终身，就托付给你了。我特自信，你是个靠得住的男人。我会幸福的。"

"当然了。"我回答道，一边使劲地亲安静。

· ·

·我和安静很快就领了结婚证。领结婚证的那天出门，安静笑着问我："需不需要做个婚前财产公证？"

我笑着回答："咋，还存心眼，想跟我半道分手是咋的？有那么一天，我一分钱都不要，房子存款，都是你的，我光着身子出门。"安静就欣慰地偏过头来在我脸颊上使劲亲了一口。

在此其间，惠芬来找过我几次。一次，我中午下班，刚转过一个墙角，我远远地看见一个女人呆呆地立在我楼门口，我一眼就认出是她，便机智地急忙躲回到墙角后边，换了一个地方，偷觑她半天。发现她没有要走的意思，便躲开到街上，随便找了一个饭馆打发了肚子。然后在街上漫无目的的遛哒一阵，去办公室在沙发里眯了一会午觉。

?　过了两天，中午我回家去，又发现她立在那里。我采取同样的办法对待。心里嘀咕，她知道中午安静上班，就见缝插针地来找我。我心有点儿怯，这样下去，总有一天会让安静碰上的。就是碰不上，她老这样来找我，别人也会迟早将这件事传到安静耳朵里。我又找不出更好的解决办法，心想，就这么躲着她，说不定，她吃上几次闭门羹，知道了我对他的态度，会慢慢心凉下来。至此，我才特别后悔上两次她来时跟她发生那关系，现在，真是象把鼻涕，甩起来挺难。

一天晚上，安静没在我这儿过夜，晚上十一点多点，要回她家去，我送安静出楼门来，怎么在黑暗处，发现有一个人匆匆转过身去象是躲我们，钻进了楼角后边。我没看清楚，但心里咯噔一下。送安静回去后，我返回来上楼时，从四下里瞅了一遭，没发现有什么情况，等我上楼进屋后刚关门不久，便听到了几声蚊子叫一般的敲门声。我马上猜到那敲门声是谁的，浑身没了主意。我犹豫着，那敲门声渐渐地大了起来。我怕惊动了邻居，硬装显然是不行了，我只好上前去打开了房门，隔着防盗门的小窗，我就发现惠芬一脸期待地站在门口望着我。我挺烦地问："让你别来找我，别来找我，你怎么不听话，又来了。"

"你把门打开，让我进去给你解释。"门外的惠芬央求道。

我气咻咻地说："不打，你爱在门口呆多久就呆多久！我和人家连结婚证都领了，你这不是害我呢嘛。"

"请你把门打开，我给你说。"惠芬再次请求。

我恶狠狠地说："不打，你走吧。"

惠芬就在门外那样横着。

我没好声气地骂道："你怎么真是癞皮狗一样子，哪有像你这样儿的，一点人格尊严都没了，咋骂你都皮不叽叽的。"

惠芬半天，嘻嘻笑着说："骂够了吧，骂够了请把门打开。放我进去。人家一下班就到你这里来，还没吃饭呢，肚子饿得叽哩咕噜的。腿都站肿了。"

听了她这话，我心软了下来，毕竟夫妻了一场，而且前不久还刚刚和自己床上整过事，犹豫一下，打开房门来，一边让她进来，一边下意识地说："我对像这会儿要是重返回来，我就全完了！你真害我呢！"

"你别怕，堵上后我给你向她讲清楚，责任不在你身上。是我硬来粘乎你，行吧？"

"那也不行，那要严重影响我们的感情。我们马上就要结婚了！"我不知所措。

"她根本就不会来的。"惠芬安慰我。

"你咋知道人家不会返回来？"我不满地说。

惠芬嘴一撇，笑笑说："反正我知道。"

我心里就嘀咕，难道这一段时间来，她一直都在暗地里盯踪我和安静？这样被别人惦记着的日子可是太可怕了！我突然感觉到，惠芬有点儿心理异常，一想到这一点，我脊梁骨嗖地冒出一股冷气，我看到过多少有关这方面的报导，这种人什么事都能干出来，而且后果是极其严重的！我害怕了，不敢再用刻薄的言语去伤害她。我看她傻呆呆地立在门厅里，怅然若失的样子，就问她："我给你去热饭？是我们吃剩的。"

"剩的就剩的。你们现在吃剩的也都是好吃的。再说，像我，现在也就只配个吃你剩下的。"

"你说这啥话？"

"本来嘛。"

我再不敢惹她，急忙到厨房给她去热剩饭。过了一会儿，饭端了上来，惠芬谦让一下，就坐下来。先是慢慢地吃着，最后，就加快了速度，不但把我和安静剩下的两盘菜全吃了个干净，把一盆西红柿蛋汤也喝了个见底。让我不停地提醒她，慢点儿喝，别噎着。她一边吃着，我一边在旁边端详着她那吃相，一绺散乱的头发都掉下来，沾在了汤碗里，她也不在意，用手拢一下上去，重新凑上嘴巴去喝。一股深深的怜悯之情掠上我心头：这就是那个当年我给她洗血裤头的女人？就是我在火车站广场遛哒到半夜去捉她奸的那个女人？就是当年那个我委曲求全，她爱咋样咋样只要不离开我就行的女人？生活，真是个绝妙的魔术师，真能把一切都能颠倒个个！

吃完了喝完了，惠芬要收拾着去到厨房里洗涮，我拦住了，说，"不用，你坐着，我洗。"　　　　　　"我洗我洗，我吃下的，哪能让你洗。"

她说着就抱着碗碟要进厨房，被我坚决堵在了厨房门外边。她只好让我接过碗碟去，重坐在椅子里去。我很快几下洗完了，走出厨房，就下了逐客令："吃也吃了，喝也喝了。有啥话你赶快说，说完就走人。我真的不能久留你。"

惠芬望望我，不吭声，低下头去，我催促说："有话你赶快说呀，你在门外边等了老大半天，进来就是为了吃这点剩饭不成？"

惠芬抬起头来眉目含情地望着我，轻轻说："让我在你这先洗个澡，行吗？"

我一下就知道她啥意思，手一摆，"不行不行，这怎么可能！"

惠芬嘴里嘟囔："那天行，今天就不行？"

我不耐烦地说："那天是那天，今天是今天。反正就是不行。你赶快走吧！"

惠芬坐在那里就是不挪窝。我有点生气，说："你这人现在咋这样了？以前也不是这样呀！"

"都是让生活给逼的。我知道你嫌我贱，我也知道自己贱，可没办法，一步一步就走到这了。我现在真后悔，真后悔不珍惜我们的过去，后悔和你离那个婚……"

我一摆手不耐烦道："又来了，这话都让你说了多少遍了，我耳朵都起茧子了！"

惠芬又转过话头劝我："老夫少妻的婚姻，往往不能长久你知不知道？我们街坊有一对，结婚前粘糊糊的好象感情有多么好，进进出出都搂着，象给别人示威似的。后来咋样，结婚后没两年，两人就拜拜了。别人都说是那男的满足不了人家姑娘，那姑娘在外边又挂了一个小伙，一次让男的给堵在了床上。岁数悬殊，它就有代沟，双方各方面都不能相互适应。特别是那方面……"

我虽然心里也对惠芬的话在意，但嘴上却说："你操心的有点儿过头了。我自己的事情我自己会处理好的，不要别人来管。我相信我和我对象各方面都很适应，感情非常好。我和她在一起的感觉和当时与你在一起时的感觉根本不能同日而语。和你在一起时，那也叫过日子？纯粹是受折磨与煎熬。和我现在的对象在一起，我才真正感觉到啥叫爱情和幸福。"

"爱情，幸福？说了个肉麻。说穿了，她不就看上你那点手里的权了！那权又会给你生钱，你要没有了它，你看人家会对你是个啥态度？"

我心一颤，惠芬话说得真是一针见血，我不愿意再听她下去，说不定说出更难听，让我接受不了的话来，堵她的嘴说："你不也就是冲这一点才又找我来的？好了，不跟你扯了，时间也晚了，你该走了！"

惠芬不情愿地望着我，又嘻皮诞脸地说："不留我在这住一夜？反正你对象又不会知道的。"

我火了，"赵惠芬，你别给脸不要脸。告诉你，你今天就是硬留在这儿，我们之间也不会再发生些什么，因为我对你现在根本就没兴趣了。"

"那前两次是咋回事？"惠芬撇着嘴问我。

"前两次是前两次现在是现在。你不知道过后我有多后悔。这样做是很不道德的，对我对象很不公平，是极大的伤害，你知道吗？你也是女人，你就不能站在她的立场上想想？她要是知道了我和她已经领了结婚证，这边还在和你上床，是个啥心情？撂任何人，都会受不了的！"

惠芬被我训得不吭声了，坐在那里。我催促道："走呀。我给你说得已经够清楚了。"

惠芬仍然呆在那里不肯走，半天，我看没折，看到她刚进门时的那个愣劲儿这会儿又好象犯了。我有点儿害怕，不敢再拿硬话逼她走了。想了想，我到卧室去，取出一千元钱出来，交到她手中，说："这钱拿着。以后经济上有啥过不去的困难，还可以向我张口。只要我有能力。"我又拿好话左劝右劝，惠芬才攥着钱走了。

我歇了口气，瘫在沙发里，感觉和惠芬这头真是一个非常棘手的问题，束手无策。要想跟安静顺顺利利地结婚，平平安安地过日子，就必须先过了惠芬纠缠这一关。我苦思冥想，也没能想出一个万全之策来。我就感慨：世界上的事情，总是不合你的心意。如果安静在惠芬找我来之前，就使出她那温柔的"绝招"，我也绝不会拿惠芬来以身试法。惠芬她没尝到甜头，也不会象现在这样，整天疯疯癫癫，魂都似没了的粘我。生活真也是错纵复杂，多个原因导致一个结果，多个结果也许是由一个原因演绎产生。原因中夹杂着结果，结果中裹缠着原因。每一件看似简单的事情，背后有着多么复杂的方方面面。就象那流淌在你面前的河流，表面上，你看到的只不过是平静的河面，可是河面底下，有着多么变化多端的险滩与旋涡急流。大到社会形态，重大历史事件，人生命运，小到生活中的每一处细微末节事体，莫不如此。人们看到听到的许多即成事实的东西，往往经过了多次的抽象与过滤，根本已不是事物的本来面貌。

我以为惠芬拿走了钱，起码几天时间里再不会来缠我，没想到，第二天一上班，我就在办公室里接到她打来的电话，我吃一惊，赶忙儿前去将门关紧了，回来诧异道："你是怎么搞到我办公室的电话的？"

惠芬在电话那头嘻嘻两声说："我鼻子底下有个嘴，不会打问？你那单位那么大的衙门，又不是专搞假冒伪劣产品的。隐蔽得很，不好找。"

我说，"你又打电话来干吗，我昨天都不是给你讲了吗？你再不要这样了。你不这样，我还能在经济上适当地照顾一下你。你越这样死缠，只能起到相反的效果。我以后就是在经济上也不管你了！你看着办。"

我把电话通一下压掉了。过了一会儿，那电话又镝呤呤没命地响起来。我怕把别人的电话漏接了，只好又拿起来。电话那头，还是惠芬的声音："你能不能到我家来一趟。儿子前几天在外边被人打了。"

我吃惊道："咋打了？"

"别人骂他，话很难听……"

我明白是咋回事了，问："打得重不重？"

"重倒是不重，就是腿被其它小孩子踢了，有点儿瘸。"

　　我心头一热，不吭声了，犯起了踌躇，和惠芬离婚后，还真是疏了跟孩子的情感。惠芬听我半天没反应，又说："我爸也挺念叨你的，想让你来家一趟，跟你喝个酒。"

　　说老实话，我虽然和惠芬离了婚，但对那虽然不是我生的儿子，还是有几份感情的，生身不如养身重，毕竟是我从小抱大的，一听惠芬提起儿子，那过去和惠芬生活时和儿子的一幕幕，就跃入我眼前。我忆起每天晚饭吃过后，将他架在肩头上遛弯时的情景，想起晚上躺在被窝里他缠着让我给讲安徒生童话的那一个个冬日的夜晚。那时，小孩的单纯与可爱曾极大地慰藉过我那棵被残酷的现实蹂躏得破碎了的心。还有老头，不但是我的老岳父，而且是我在原单位唯一的可以用心交谈的朋友。在和惠芬谈恋爱后一次次地去她家与老头喝酒闲聊的场面，至今忆起来还觉得温馨。特别是惠芬和我的事情上，老头是坚决站在我这一边，没少狠骂女儿，有一次气极了还操起屁股下的凳子砸过惠芬，当时就将惠芬的额头砸了个大包。我犹豫一阵，说："那好吧。我晚上下班过去一趟，不过，我只是去看看小孩与老爷子，你可不能有其它的想法。"

　　"那你晚上一定来。我们做了饭等你。"惠芬在电话那头显出欣喜的声音。

　　本来我与安静基本上已经过起同居生活，她每天晚上都上我这来吃饭，吃完饭后，有时回家，我就去送她，有时看电视晚了，就留在了我那儿。我们都已经筹划着为筹办婚礼做准备了。放下电话，我琢磨一番，重拿起电话，接通了安静的电话，告诉她，我今晚上有个应酬，回来得可能晚了，晚上就不要来找我了，让她下班后就回父母家去。

十

　　下午下班后，我到超市上去，给老头买了两瓶好点的小糊涂仙酒和两条红山茶烟，又给小孩买了些零嘴和几样玩具，冲锋枪、坦克之类的。买这些东西时，我又发生了错觉，好象自己又回到了从前和惠芬在一起生活时的日子一样。

　　我拎着东西来到惠芬家。她家还是住在那有点破烂但还拾掇得比较整洁的有四五户人家的杂合院内。几个邻居还认识我，一边跟我打着招呼，一边盯着我手中拎着的东西直瞅。我心想，她们一准是猜着我要来重新跟惠芬复婚过日子。老头早都听到了动静，急慌慌地打开门来在门口站着欢迎我的到来。小家伙也闻声钻出屋来，倚在姥爷身子边，抱着姥爷的腿，用眼睛迎接着我。我一见他，心里说不出来的一种滋味，上前去，将东西送到老爷子手中，就蹲下去抱起他来，问他："还认识我不认识我了？看都长这么高了。"

　　小孩小眼睛怯怯地望着我："认识，你是我爸。你咋这么长时间都不回来了？"

　　我眼睛立马湿了，眼泪几乎从眼眶里掉下来。我取出给他买来的东西哄他："我这不就来看你来了？看，这都是我给你买的，喜欢不喜欢？"

　　小孩就忙从中去掏吃的和玩的，脸上乐开了花，一边惊讶地喊道："这么多！喜欢。"

　　我就拽过小孩上了紫药水绑了纱布的腿过来细瞧瞧，问："现在咋样，疼不疼了？"

　　小孩也不吭声，只是摇了摇头，注意力仍旧集中在我给他买的那一大兜东西上。·

　　老爷子就在一旁紧着催促："赶快叫爸爸。"又说："你看你，来就来，还买这么多东西。"我客套两句，老爷子又说："老念叨你呢，说他爸怎么不来看他，是不是把他给忘了。这会儿见了面，咋又不叫了？看你爸爸对你有多好，给你买来这么多好吃的和玩具。还不赶快谢谢你爸爸。"　　　　　　小孩只是不吭声。

说实话，刚才在路上，我还真挺想早点儿见到小家伙的，给他买玩具时，我心里还有种甜滋滋的感觉，刚才小家伙那一句话，也着实让我感动了。可这会儿听着旁边老赵头左一个爸爸右一个爸爸的，我心里头就立马隔瘾起来，谁是他爸？我可不是他爸！惠芬他师傅才是他真正的爸！过去自己所受到的伤害就又在心里隐隐做疼。加上小孩在我们离婚前后的吵吵闹闹中，似乎也隐隐约约地知道了自己的身世，对我也就不象以前那样亲热了。在最后的那段日子，甚至躲在他姥爷家吃住，好多天都不回自己家。我和惠芬办完了离婚手续后，他就一直呆在姥爷家中。直到我调入新工作单位，他都再没进过我那屋子。小孩对我的到来，没有表示出多么的高兴与不高兴，欢迎还是不欢迎。只是对那我买的玩具感兴趣，被动地接受了我的一吻后，就挣脱身子下去去端相那坦克与冲锋枪。老头就说："你看看，都我让我给惯坏了。你爸来了，还给你买了这么多的东西，你都不亲一下你爸。"

我笑笑说："没事没事，时间长了和我不见面，生疏了。"

我走进屋去，屋子里显然是认认真真地收拾整理了一番。虽然家具摆设和过去一样挺简朴，但收拾得窗明几净。桌子上，已经有了几个做好的凉菜，用一个防蝇罩罩着。我知道惠芬可能在厨房里忙着，还是没话找话地说："惠芬呢？"

老头说："和她妈在厨房里忙乎呢。"

听到声音，惠芬和她妈都从厨房里出来招呼我。我客套了两句，对过去的丈母娘说："你老身体好吧？"

丈母娘有点儿手足无措的样子，连连点头说："还行，就是血压有点儿高。"

我噢了一声，客套几句平时应该多注意之类的话。惠芬妈就重钻回厨房里去。惠芬见了我，看上去既高兴，又尴尬，笑不象笑，怨不象怨，客套不象客套，半天，才说："坐，老站着干什么？饭马上就好了，你先跟我爸喝酒。"

老头也就说："坐坐，咱爷俩多长时间都没在一起喝酒了，今天好好地喝它一场。"

我笑笑说："我恐怕是陪不住你了。"

"咋？"老头表情夸张地问。

我说"没咋，只是我现在比起以前来很少喝酒了。"

我撒了个谎，其实，到新单位提拔后，几乎隔三岔五地有应酬，哪个省有著名酒厂，都出什么牌子的酒，醇香型的还是绛香型的，什么口味，我几乎是了如指掌，喝了个遍。只是我今天实在没有了过去那样和老头喝酒的兴趣。时过境迁，随着人心境的变化，过去多么美好的回忆，再身临其境重温一遍时，也觉得索然无味。本来我今天就是抱着应付差事的心情和态度来的。

老头哪里知道我内心想的什么，便说："没事，随量，你想喝多少就喝多少。其实象过去那样，每次都一喝就一两瓶，也不好，伤身体。"

惠芬就给我们放酒盅，拿来筷子，又将酒盅斟满了酒，才重新去厨房。老头举起酒杯来和我碰杯，一杯酒下肚，老头问我："这酒咋样？听说你要来，我专门下午出去买的。"

我客套道："还行。不错。"其实，我平时喝惯了好酒，对这些中低档的酒现如今已经是很少碰了，喝起来挺不习惯。

老爷子嘴一碰杯，话匣子就打开了，扯这扯那。其中有一些我走后单位里发生的鸡毛蒜皮之事，谁谁谁提了，谁谁谁死了，谁谁谁走了，谁和谁朋友变成敌人了，谁和谁敌人又变成朋友了。单位又长了几次工资，增加了什么福利。又说来锅炉房打水的人少了，一些有点权能搞点钱的科室弄起了热水器或喝起了外边送来的纯净水等等。说自己不知还能烧多长时间的锅炉，说不定哪一天就得卷铺盖回家了。扯完了单位的，又扯惠芬的情况，说自打和我离婚住家里后，情绪如何如何的不好，性格都变了，以前挺开朗的人，现在整天说不了几句话，抑闷得很，和她妈也经常的拌嘴。其间别人也给介绍过两个对象，自己也去过婚介所，但人家一看她这种情况，自身长相身材很一般，岁数也不小了，还带个小孩，厂子又不好，效益很差，见上一两面，就躲了。说着老头就直叹气，邀我重举起酒杯喝酒。我不好说什么，只以沉默来表示我的同情。惠芬不时地将炒好的热菜端上来，老头就停住嘴，等惠芬转身到厨房去后，又接着说。菜上齐后，惠芬也坐在桌边上来，由她妈一个人留在厨房里忙乎。惠芬也取过个酒杯来，要陪我们喝，他爸也拦不住她，只好由着她。惠芬显然很激动，感慨万千的样子，但千言万语又道不出来，只是向我敬酒，又与我碰杯，然后，仰脖儿将一杯杯酒一饮而尽。老头说她："你一次少喝点。"

我也劝她。惠芬红着脸争辩："平时你不让我喝，现在你还阻拦我。今天一凡来咱家，我心里高兴，多喝两杯，有啥？"

"没啥是没啥，怕你喝醉了，象上次，你看你喝醉后闹得……"

"别提过去了好不好！"惠芬有点儿生气地对老爷子说："我会把握自己，今天绝对喝不醉，喝到差不多，我就不喝了。"

"这可是你说的，一个女人家，现在却沾上了酒，而且一喝就……"

“好了好了！”惠芬一挥筷子，拦住了她爸。

惠芬又拽着和我碰了几杯酒，我由着她，和她碰杯，一边碰，一边嘱咐她，“少喝点，别一次全喝干了。”

惠芬喝了酒，似有一腔的话要向我倾诉的样子。儿子几次从外边跑进来让她给将冲锋枪上的带子解长点或是把坦壳的顶盖打开来，她都很不耐烦地急匆匆地干完后，将小孩推开，“去去去，到院子里去找小伙伴玩，大人们喝酒说话，别尽来掺和。”看得出来，她要发泄，可是，当着老爷子的面，又发泄不出来，只好在肚子里憋着。

惠芬还算听话，没有无节制地喝下去。她妈将饭做好后，也钻出了厨房，坐到饭桌上来。我说了两句“你今天可辛苦了”之类的客套话，就接过她递上来的米饭碗，想赶快吃了饭走人。我觉得这里的气氛压抑得让我喘不过气来。我怕自己经受不住惠芬和她家人情绪的感染，做出我原本不想做出的承诺来。因为我现在，整个心都在安静身上。一边和老头唠着嗑，和惠芬碰着杯，一边还想着和安静的婚事怎么个办法，房子需不需要重新装修，婚宴都请什么人，结婚照要到哪家像馆去照。安静这会儿在干什么，是在她家看电视，还是上她大姐家去逗小侄女去了。还是找上她同学去了迪厅。别看她文静，但偶尔也疯狂，就象那天晚上和我成功做爱那样。

终于熬到了大家都吃完了饭，惠芬妈收拾了碗筷去厨房。我站起身来告辞，老头还一个劲地挽留，说呆得时间太短了，有些嗑还都没来得及好好唠。惠芬却在一旁说她爸，“你别留人家了。人家回去还有事情呢。”老头就再不挽留。我出门来，天色已黑，穿过院子中央时，没有其它院邻，我匆匆出门来。惠芬妈和小孩只把我送出家门口，老头和惠芬将我送出院门口。老头脸喝得红红，拉着我的手还和我说最后的客套话，让我：

"以后抽时间一定常来坐坐，这里始终就是你的家，别看你和惠芬现在已经分手了，"云云。惠芬耐不住了，说："爸你赶紧回家吧，在这显什么？让邻居看见了。"

"看见了咋了。我送送我女婿有啥？"

"哎呀你赶快回去吧。"惠芬一把打掉老头拉着我的手臂"赶快回去，赶快回去！"

老头只好做罢。我正要挪步走，惠芬却也跟在我的身后，我说："你也回去吧。"

惠芬说："走，我送你到巷口。"

到了巷子口，我又催促说："你回吧。我去搭车。"

惠芬却说："咱俩去趟老房子吧。"

"去那干吗？"我有点明知故问。

"到那我有话要对你说。"

"在这不能说？"我问。

"去吧。真的有重要事情。"惠芬央求我。

我说，"不行，我不能去，有啥话你就在这儿说，说完我走人。"

"在这我不说。"惠芬坚持说。

"啥事嘛？"我心想惠芬她啥事也没有，只是想把我往原来的老房子里引。我知道她非要让我上老房子去的目的是什么。我站在那里不动弹。

惠芬看我实在不想去，便说，"我打听到一些你那对象的事情。"

我立马心里咯噔一下，问："啥事？"

"人家原来就有过个对象。"

"这我知道。她也给我说了。"

"你知道她个什么？你根本就不了解她。"

“那你说说，你都知道她些什么？”我带着强烈的好奇心催促她赶快说。

惠芬却站在那里卖开关子，说去老房子，不去老房子，绝不告诉我。我犹豫一阵，就答应了她。

走了一截路，拐了两个弯，和她来到老房子，打开门来，里边的一切一下子就将我带入到过去的生活中，我举目四望一下，看看那些曾被胡小杨们拉走后又被艾青几个重拉回来的一些个旧家俱——一条旧长条沙发，一张双人床，两把椅子，一个斗柜，一件挂衣架，我心里颇多感慨。屋子又多了些惠芬拿来的东西，一切，都简简单单的。我有些伤感，这就是我和她曾经在一起生活过三四年的家，心里同情起惠芬来。

过了一会，我站在地上问惠芬：“说，啥事？”

惠芬望着我：“那天，我发现有个年轻小伙子，也在你们楼下转悠。等你那对象从楼门口出来后，就堵上去跟她在说什么，然后两人就走了。”

“就这事？”

“嗯。”

我如释重负地说：“这事我知道，她跟那小伙子是处过对象，可是黄了。那小子连个正式工作都没有，她看不上他，是那小伙子死缠硬泡她。我对象还让我什么时候找个机会跟他好好谈谈呢。”

惠芬显然很失望。呆呆地站在那里。我的情绪已经调整过来，说：“不过我还是得谢谢你告诉我这些。我们走吧。”

惠芬不挪脚地立在那里。半天，说，“我们能不能坐下来好好谈谈？以后可能就没这样的机会了。”半天，惠芬才从牙缝里蹦出一句：“其实，我要你到这里来，是真真正正要告诉你关于我的事情。”

“啥事？”我关切地问。惠芬长长叹了一口气：“我下岗了。昨天厂里刚刚通知我的。我连我爸我妈都还没告诉。其实我早知道有这么一天，可当它来临时，我还是挺难面对它的。”

我心里一沉，问：“那你咋想，对自己的今后？”

“我还没想，脑子里乱糟糟的。你看刚才我在饭桌上根本就没怎么吃饭。从昨天接到通知，我就吃不下饭。刚才要不是你和我爸拦我，我就喝醉了。”

我有点发自内心地同情起她来，毕竟是夫妻一场。我思考一阵，也没有什么好法子，便说：“我现在混得还可以，经济上还行，以后在我力所能及的条件下，尽量帮帮你。但是有一个条件，不能让安静知道了。”

惠芬说：“我知道你是个好人，不会看我这样不管的。”

我说：“话别这样说，我只是从我们毕竟夫妻一场的角度。你要尽快想办法找工作重新就业。或是自己琢磨着干点啥，不能全靠我。我马上就要和安静结婚了。”我把这话说得重重的。

没想到，我话音未落，惠芬却扑上来，双手勾着我的脖子，头凑上来，硬是将她的嘴按在我的嘴上。我厌烦地扭过头去，硬是从她箍得紧紧的双臂中挣脱出来，狠狠地说，“你这人现在咋这样死皮？我和我对象马上就要办婚事了！你要这样，就别怪我以后再也不见你了，以后你的事我再也不管了，爱咋是咋。”

惠芬尴尬地站在那里，低着头，哀求道：“我不反对你和她结婚。我只是，只乞求你，和她之外，给我一点点……你是曾答应了的。”

我一口拒绝，“不行，这根本办不到。那是我兴头上胡说的，不算数。我可以在经济上以后接济你一下，有其它事情需要我，我也可以帮忙，但想让我和你之间再有啥，是绝对不可能了。你也别再想了。”

“那你上两次怎么就和我那样……”

“上次是上次，现在是现在，今天我实话对你直说，上两次是我和她的关系还没最后确定下来，现在是已经明确了。我们将结婚的日期和程序都安排好了！你该听明白了吧？我先走了。”

说着，我就转身向门口挪步，急欲离去，却听惠芬在后边岔岔喊道：“我要找你对象，将前几天你和我干的事原原本本都告诉她！”

我心里咯噔一下，想折回头拿好话去安抚她一下，但实在是不愿意再去面对她，就犹犹豫豫地走了。上到公交车上时，我开始有点儿后怕，她如果真不顾一切地将我和她前几次干的事情告诉了安静咋办？那我和安静的关系不就面临一场严峻的考验？想到这里，我真想重走下车去找惠芬，可又心存侥幸，她不至于会那么不顾一切不择手段的吧？夜晚的首都大街，多美啊，华灯初上，霓裳万千。如潮的车流，攒动的人头，可是，我的心，却乱麻七糟，理不出个头绪来，生活真复杂啊！

第三章

一

过后，我一直提心吊胆，上班时，只要一听到电话铃声响起，就心惊胆颤。下班后回家，也怕听到敲门声，每次安静回来，我都要忐忑不安地先看她的脸色有没有异样。还好，惠芬并没有像她说的那样制造麻烦。我悬着的心渐渐放松了下来。倒是在歌厅门口碰到的那小子，背着安静找过我一次，还拿出他和安静照的好些照片让我"赏心悦目"，说他和安静的关系如何如何。甚至不惜绘声绘色地描述一番细节出来，我不为其所动，装得很大度地说："安静过去和你咋样我不在乎。她现在是死心塌地的要跟我。我也是经过一次婚姻失败的人，很珍惜这次和安静的缘份，是不会为你所说的这些事情伤害我对她的感情的。现在都九十年代了，有几个姑娘在结婚前是真正的处女？我们马上就要结婚了，只要她结婚后一心一意地跟我过日子，我就心满意足了。"噎得小伙子半天说不出一句话来，最后，灰溜溜地走了。

我和安静沉浸在热恋的幸福中。准备着结婚前的一切。我什么事都听她的。大到结婚照到哪家像馆去拍，婚宴在哪家酒楼摆设，代客的规模，都请些什么人，小到新房怎么布置，窗帘换成什么颜色的，床罩购置哪种式样的。结婚那天我穿什么颜色西服，她披哪种样式的婚纱，都是由她和她在自来水公司工作的姐姐两人筹划。我乐得清闲。在此期间，为了准备结婚，我经常得到安静家去，安静的父母也常到我房子里来。我和安静的一家人有了较深入的接触。我发现安静的家庭成员们个个都通情达理，很有修养，到底是干部家庭，跟惠芬的家根本不能同日而语。安静除过姐姐，上边还有两个哥哥，都曾在部队里当过兵，现在一个在银行系统工作，一个在一家工厂里干保卫，对她小妹妹的婚事都格外的热心，不但跑前跑后地忙乎，而且对我这个比他们岁数还大的妹夫格外的尊重，说："虽然论说你是我们的妹夫，但心里我们都把你当大哥的看。"说得我心里热乎乎的。安静的父母更是对我好得没的说。对女儿能找我这么一位最高学府毕业，现在又当着一行业报社副总编的女婿很满意。老头子每次我到他家去，不是象惠芬的爸那样拽着我灌烧酒，而是和我议一议最近的国家大事——石家庄的马胜利在全国搞承包咋失败了；鲁不革效应的利与弊；塔克拉玛干的油汽什么时候才能运到北京来；叶利钦总统铁腕镇压车臣分裂势力揍不揍不凑效，苏联解体，东欧巨变后，中国外交政策的走向，社会主义究竟怎么搞，前途在哪里……等等，都是一些个国家总理应该关心操劳的问题。要不，就是将我引到他的书房去，和他一起欣赏他精心养护的花草鱼虫，甚或是打开抽屉，拿出几大摞厚厚的集邮册来，让我和他一道"奇邮共欣赏"。我要是睛睛盯在他的书架上，他就不厌其烦地给我从中抽出一本本的书来，向我介绍这本书不错，那本书挺好，然后就和我又根据每本书的不同内容，探讨开历史、哲学、文学、艺术、军事、外交等等方面的话题。我惊讶地发现，老爷子虽然行武出身，却有着广泛的爱好和兴趣。肚子里的各类庞杂知识真不少，和我一聊起来，真是找着了知音的感觉。我们从拿破仑的成败谈到美国的南北战争，从欧洲一体化进程扯到美国的石油全球战略，美国人阿姆斯特朗登月与苏联人加加林乘卫星环绕地球谁的风险更大。从温室效应到南极上空的黑洞……跳跃感很大，往往是抽出本书来，就换一个话题。时间很快就过去了。每次丈母娘一进来打断我们的谈话，提醒我还要去干啥干啥，都惹得他很大不高兴。向老伴发火："那是个什么大不了的事，晚些去办又能咋样？我和一凡谈得正热乎呢，就让你给搅和了。"

我只是客气地说："伯父你别生气，我有的是时间，明天我再来陪你聊。"

我受到老爷子的如此礼遇，心里头乐滋滋的，回头见到安静后，学给她，安静也甜甜地一笑，剜我一指头，"美得你。我爸可是个一般谁都瞧不上的人，不然，咋早早离休了。老实告诉你吧，我爸对我两个嫂嫂和姐夫都不太满意，觉得他们的文化水平有点低，就是你，能和老爷子谝，还没和我正式结婚呢，就已经跟老爷子成莫逆之交了。"

婚礼办得极其体面。地点就在胡小杨表哥开的那家娱乐城，是胡小杨一手给操办的，根本就没用我怎么操心。

婚宴共包了二十多桌。除过安静一家的亲戚朋友，还有两人单位的同事。我还请了大学的一些同学。看到我娶了如此年轻貌美的媳妇，一个个羡慕得不得了，恭维我的话说了有一箩筐，我的虚荣心得到了极大的满足。老范既以领导又以同学身份当我们的证婚人，使整个婚礼风光无限，乐得安静父亲母亲满面春风得意。跑前跑后招呼着客人的两位大舅哥也喜不自禁。安静医院的同事们个个目不转睛地盯着我和安静看，一边窃窃私语，我私下里偷偷低声问安静，"她们一个个在说些什么呢？"

安静不加思索地回答我："羡慕呗。"

"羡慕什么？有啥好羡慕的。"

"你牛皮呢，一个当部长的同学给你当证婚人。听刚才把你吹得，好象你在学校是多么品学兼优。你可是曾给我说过，在大学时学习咋样。"

　　我嘻嘻笑两声说："婚礼上的话，都是溢美之词谁不知道？穷鬼能夸成个大款，二流子能夸成个雷锋，丑八怪能夸成个貂婵。瞧刚才部长把你夸成个啥了？什么沉鱼落雁，闭月羞花的，简直就成了除过西施、貂婵、杨贵妃、赵飞燕之后的中国第五大美人了。"

　　安静小嘴一呶，乐滋滋地打我一把。

　　典礼仪式过后，由我和安静双双依次给每一位来宾敬酒。所到之处，恭维之词将我的耳朵都塞满了，什么"天设的一对，地造的一双"，什么"男才女貌，比翼齐飞。"来到安静同事们的桌前，一伙几个年轻女护士象一群叽叽喳喳的麻雀，戏谑我个没完，什么我把他们医院里最最美丽的一枝玫瑰给掐走了，什么以后当了部长可不能眼里没有了人，她们找我办事别吃了闭门羹云云。安静就在一旁保证，说："放心，有我呢。他要是那样了，我就罚他跪搓衣板。"引起大家一阵欢呼雀跃声，就好象那个部长的位子若干年后顺理成章就成了我的。到了我们单位同事的桌前，则一个个对我毕恭毕敬，礼貌有加，"祝张总编新婚快乐。""祝张总编夫妻和美，白头偕老。"我看他们一个个拘谨的样子，就说："大家别这样不拘言笑的，放轻松点儿。"但他们仍然是一本正经的样子。走过后，安静就说，"你看看你们的那一帮同事，哪有我们的那帮姐妹们逗趣，一个个面孔严肃得象来开会似的。"

　　我自嘲道："没办法，这就是中国人的天性。就即便是在婚礼这样的场合，领导就是领导，部属就是部属。我也一样，刚才在老范那里，我不也毕恭毕敬的一句过头话都不敢讲？老范开了个玩笑，我都不敢应对。要是当初在学校，我早都跟他调侃上了。人在江湖，身不由己，大家都在套子里活着人。"

　　安静就抿嘴一笑，"美得你。看他们一个个对你又羡慕又当个神样敬着的样子。”

“谁让我是他们的副总编来？”　　·····

办完了酒宴，晚上又送走了一拨拨的客人，我和安静打开那一个个人们送来的小红包数数，好家伙，吓我一跳，足足有五万，虽然我事先在单位下请柬时，声明不收礼，谁要送礼，就别来参加我的婚宴，可是，还是有人偷偷将红包送到了胡小杨手里让他转我，为此，我还训了他。当然，大部分钱还是两家的亲戚朋友同学送的。我说：“我一分钱都不要，全给你爸妈拿过去，”

安静不干，骂我：“烧得你？我爸我妈都有退休工资，要我们这钱干嘛？你是怕钱多了扎手是咋的？明天就去存起来。以后有了小孩，该用钱的地方多着呢。”

听到这句话，我中枢性神经马上兴奋起来，将安静一把就拽过来，欲扯了她的衣服，“那就抓紧点，今晚就怀上，我可是太想要个自己的孩子了。”

安静一把打脱了我，佯怒还羞地道：“累死你，前几天还没少干？弄得我今天都腰疼得在婚宴上快坚持不住了。今天绝对不让你碰我。”

我就笑着调侃：“现在的人真是，新娘子中十个倒有八个可能是孕妇。新婚之夜反而象吃反胃了地拒绝开新郎官了。”说出这句话时，我又立马想到了我在祁连山下和罗晓芳的初恋，感到特别的遗憾，天轰地裂死去活来地爱了一场，竟然还连罗晓芳的身子也没碰一下！

二

婚假我领安静选择了去山东和海南旅游，这是我精心设计的。西楚霸王项羽曾说过：“人在志得意满时不回故乡，就好比穿着花美的衣服在夜间走路。"这么多年我对故乡的情节早都淡了，更想去的是鲁南与海南。因为祁连山下的恋情是我有负于晓芳，而鲁南与海南则是别人有负于我。其实，就象呼啸山庄里的希刺克厉夫或大仲马笔下的基督山伯爵，纯粹是一种情感上的报复心理在作祟。

我和安静先坐火车去登泰山，临行那天，大舅哥从银行弄来一辆奔驰一辆丰田车，将一家人全都拉到火车站送我们，拦都拦不住，还动感情地说他就这么一个小妹妹，一定让我在路上好好照顾她。全家人给我们在路上吃的瓜果梨桃、面包饼干易拉罐整得在车桌上堆成了小山。一大家人你叮咛一句，她嘱咐一句。安静的几个侄女外甥的也挤上前来凑热闹，这个让姑姑给他买海南的珊瑚，那个要小姨把海南的贝壳和海螺带回来。安静母亲更是拉着安静和我的手，丈母娘对自己满意的佳婿，就象个抱窝母鸡，此话一点都不假，叮嘱的话说了有一大箩筐，急得老丈人站在身后想跟我说几句投机的话干着急搭不上茬，等火车鸣笛了，才有机会凑上前来叮嘱我："早点回来，我还等着和你下围棋呢。"老爷子明显地已经对我有了依恋感，他纯粹是把我当成他的一个有共同兴趣爱好的朋友了。

火车启动出站后，安静就笑着说："瞧我们一家人对你的热情态度，有朝一日，你要有负于我，你的良心就是被狗吃了。"

我笑笑说："怎么可能呢。要变心也可能是你变心，不可能是我。"

"那你为什么这次放下苏杭上海的不去，非要去个海南山东？你以为你那点鬼心思我不知道。"

"你知道啥？"我笑着问。

"知道啥？去见旧情人呗。"安静做个鬼脸，瞪我一眼说。

我不置可否地笑笑，说："你别多想，我只是想让她们看看你。”

“看看你娶的媳妇有多么丑？”安静正话反说。

我笑笑，“有这个意思。到时候，你可得将你京城大小姐的架口拿正了，好好给我长长光，震她们个目瞪口呆的。”安静就自得地笑了。

我们先去爬泰山。从岱宗坊起步、王母池、一天门、经石峪、壶天阁、中天门、云步桥、南天门……一路攀登上去，我一边给安静讲身边所经过的人文景观：回马岭是如何因唐玄宗乘马登山至此，因山势险峻而回马乘舆得名而来；五大夫松则是秦始皇当年进山封禅，避雨于该松树下，遂赐官爵“五大夫”松；到了云步桥，我不但讲了当年宋真宗赵恒为玩赏云步桥的月色泉声，曾命臣民在此处凿穴支帐野宿的故事，还顺口吟出一首古人赞美此处的诗句来：“百丈崖高锁翠烟，半空垂下玉龙涎，天晴六月常飞雨，风静三更自奏弦。”我还不停地给安静讲解沿途刻在侧壁石崖上的一些历代名人的题词。每个人都是哪朝哪代的，做过什么官，有什么政绩，写出过什么传世的锦绣文章，其间见到两个怪字，我先考问安静，她摇摇头说不认识，我就给她讲：此二字，加上外框就是“风月”二字，取风月无边之意。安静听得津津有味。对我崇拜之极，说：“你肚子里的知识真不少，咋啥都知道？”

我得意地笑笑，说：“这算什么，小儿科！谁让咱是最高学府中文系毕业的。以后只要你想听，我肚子里的文史知识有的是。”

安静瞅了一眼，嗔道：“说你白，还往面袋里钻。”

“难道我说的不是事实？”

“是，是事实。”安静满足地望着我，笑着说：“来，拉着我手。”似乎是对我才识的奖赏。

我忽然就又悟出一个道理：似乎才华，只有跟权力结合起来，才能充分发挥它的优势，不然，则是无源之水，无本之木。就像那脱了枝的鲜花，艳不起来。想想我调来新单位被提拔之前，不可谓不满腹诗书，可是结果咋样？混出个名堂了没有？谁欣赏你的那些满腹经纶？你要是平时酸酸地来两句，原单位的同事、惠芬、惠芬他爸等一干人，一准认为你是神经病呢。现在，则完全不同了，我平时一出口成章地即兴背两句唐诗宋词，或是说出一些历史典故来，总能得到安静、安静家人，报社下属们的恭维与奉承，夸我不亏是最高学府毕业的，就是跟其它人不一样云云。我的校友，作家阎真在他的长篇小说《沧浪之水》中感慨道：人当了官，就有了话语权，"权"就等于"全"，说得一点儿都不假。

一边往上攀，我一边还给安静摄影和摄像，照相机是社里配的，挺有档次。而掌中宝摄像机则是胡小杨听说我要新婚旅行，特意给我从他表哥处借的。这两年，私人摄像机在国内才刚刚兴起，很少见有人使用，所以我拿着它给安静摄像很招人显眼，吸引来众多登山者的眼球。连那些挑着沉沉的担子，弓着身子，低着头，吃力地走着之子型线路向上攀登的挑山工们，也在每登上俩台阶停顿的间隙里，抬头望上我们两眼。我心里就感慨，人跟人，都说是平等的，可他能平等吗？我这边携着美貌的娇妻观风景，摄影摄像，而身旁的挑山工，则腰弓成了提筐襻地下死力往上攀。我记得作家冯骥才曾写过一篇褒颂泰山挑山工的散文，可此时此刻，我却与冯翁的感受大不一样。我猜想，挑山工这么费力地攀登一趟，所挣的钱也许还不够买我和安静扔在火车上的那些吃食的。

我拉着安静的手一路攀登，过了中天门，走过快活三里，攀上十八盘，回望身后，如在云梯，我又随口吟出李白的一句诗来：

　　天门一长啸，

　　万里清风来

　　及来到玉皇顶，我更是情不自禁地整篇地背吟起杜甫的《望月》：

　　岱宗夫如何？
　　齐鲁青未了。
　　造化钟神秀，
　　阴阳割昏晓。
　　荡胸生层云，
　　决眦入归鸟。
　　会当领绝顶，
　　一览众山小。

　　骇得安静瞪直了眼睛。我的虚荣心得到了极大的满足。而且，我背这首诗绝不只是为了在安静面前炫耀，它确确实实淋漓尽致地替我表达出了此时的心声。我突然就有一种强烈的野心在心中萌发——老范的今天，就是我张一凡的明天！

　　站在李隆基《纪泰山铭》碑前照过相，在《碧霞元君祠》里向王母娘娘还了愿。一路来到望海石边，抬眼向东望去，但见松涛阵阵，云海茫茫，气象万千。虽然时至近午，没有晨曦时丹霞绚丽，旭日如丸的美妙景色，但也吸引来众多游人在此驻足观光，摄影留念。我给安静摄完照完了，象之前那样，欲请旁边人代劳摄点我和安静两人在一起的镜头。我客气地用手轻轻碰一下身旁一个游客，他正拿着照像机瞅着选景，转过头来，我刚要张口，却呆住了，这人咋这么面熟，对方也一愣神，两人相顾而视没有两秒种，就几乎同时惊叫了起来，各自喊出了对方的名字："张一凡！""李昆！"然后就紧紧地搂在了一起。

此时此刻，两人在泰山顶上重又相逢，真是悲喜交集。有些人生旅途中遇到的知心朋友，别看多少年不见面，一见面，比亲兄弟见面还使人激动，还感到亲切无比。此刻，我俩就是这样的感受。我俩你搂着我，我搂着你，脸贴着脸，紧紧地相拥了很长时间才分开来，我感到自己的眼睛已是湿糊糊的，再看他，眼睛里也噙着泪花。半天，等心情稍稍平静了一点后，他才一边看着安静，又看看我，问我："咋到泰山来了？这位是嫂妇人吧，也不赶快给我介绍介绍？"

我这才对安静说："这就是我曾给你讲起过的我在鲁南时最要好的朋友李昆。"

安静客客气气非常礼貌地伸出自己纤细的手去，跟李昆握手。李昆就恭维我道："嫂夫人长得可是真漂亮。你们这是……？"

我这才给李昆介绍说是新婚后出来度蜜月的，本来就是准备爬完了泰山后上鲁南去看他的。李昆就在我胸脯上重重地捣了一拳，道："真有你的！"又说，"自从苗菁说你后来又去了北京发展，再以后就没了你的消息，赶快给我讲讲，你这么些年，都是怎么过来的。"

我就笑笑，一边粗略的谈了谈这些年在北京的情况，一边客气地取出我的印制考究的名片盒，夹出一张来递给他。李昆仔细瞅瞅，说，"老哥看样子混得真不错，都成京城行业大报的副总编了！可喜可贺，真为你高兴，难怪能娶到这么漂亮的嫂嫂。"

我正要反问他的情况，身边冒过一个小青年，冲着他说：

“李总编，他们几个在那边的玉皇殿，让我来跟你说说，大家要跟你在那儿合个影。”

我这才吃一惊，道：“你也当总编了，还不赶快告诉我，让我一个人瞎显了。”

李昆就谦逊地笑笑道：“我这小小的地方报的总编，哪能比得了你那京城里的大报总编。”

我一摆手道：“见外了不是，咱兄弟俩，不许来虚的。”

李昆这才说：自己在我走后的第三个年头上被提了起来，当上了文艺部的副主任，两年后，主任提成了副总编，他又顺理成章地接替了主任的职位，大前年报社进来一个新总编，调了新的报社领导班子，他又被提为了总编助理，干了一年时间，过渡成了副总编。前两个月，总编辑得癌症死了，市委再没从外边派总编辑来，就让他暂行总编职务，下的文件头上，前边有个“代”字。现在有个不成文的规矩，谁被提拔了，都得向下属表示一下，大家就吵吵着要爬泰山，他硬是拖着没有答应，说是总编刚死，自己刚刚走马上任，前边还有一个代字。可是，下边的人起哄，说，“死的已经死了，就是守孝，两个月也够长时间了。再说，代不代的只是个过程，报社还不就是你说了算。”所以，拗不过，今天就和全报社的一大帮人来了。介绍完了，又拉起了我的手，感慨道：“说实话，没有你当初给我改发的那几首小诗，给我讲你在大学时的那些情形，使我树立起正确的人生目标来，哪有我的今天？我要念你一辈子的好。”

我连忙摆手，“哪里哪里，是你老弟干得好，干得好。”两人只顾了说话，几乎将身旁的小年轻给忽视了，李昆反应过来，偏头吩咐道：“你去告诉他们，我不过去了，在这碰到一位过去从我们报社调走的老朋友。你让他们各自活动，晚六点在山顶的餐厅集合。”小青年应喏着刚要离去，李昆追加了一句：“你去给我把苗菁叫过来，就说我有事找她。"

我的心，咯噔一下。呼吸都跟着急促起来，李昆真不愧是我的好兄弟，知道此时我心里最想的是什么。我问李昆，"她老头没来？"

李昆道："早从报社调出去了。"

"为啥？到外单位高升去了？"

"高升什么。"李昆惋惜地说："这些年，他把自己可是弄惨的。"

"呃？"我挺感兴趣。

李昆见我急猴猴的样子，知道我的心理，就给我介绍起我走后近十年间苗菁一家人发生的巨大变迁——

三

原来，我刚调走的第二年，小韩就被提成了摄影部的副主任。大家都知道是咋回事——他老爸已经升成了副市长，并且都以为，将来这报社总编的位子迟早还不是他的。可是，这小子不知为什么，鬼迷心窍。采访时，向下边单位索要了几万块钱。结果让有人给揭发到了报社。幸亏他和下边送钱的单位统一口径，说是那笔钱是为了给摄影部购换落后的摄影器材，他又及时地将那笔钱给人家退了回去。再加上他爸在台上，有人给他说话，所以也就不了了之了。要是一般人，事情就犯大了。就因这件事，影响了他在报社的发展。后来九二年时全国兴起全民下海经商潮，他就又耐不住了，在外边悄悄办了个影楼。平时他一边打点他的影楼，一边在单位照当他的摄影记者。利用他爸的权力和自己当记者的条件，拉了不少生意，也挣了一些钱。市上的一些会议呀、学习班开班呀，结业呀，都揽到他手里去照。可是这小子贪心得很。到后来，看不上影楼挣的那点小钱了。又和几个人合伙从银行贷了上千万的款项，要搞个什么煤炭精洗厂，说是办成了就成鲁南第一首富了。没料想，厂子还没建成，市场就起了变化。加上内部管理不善，生产开没多久，厂子就亏损。他凭他老爸在背后给他撑腰，拆东墙，补西墙地又续贷了不少款，结果都沉淀了还不上。他爸退二线到政协后，银行再不给他贷款了。厂子就维持不下去了。内部几家股东矛盾又激化了起来。银行也开始冻结他的帐目往来，勒令他限期还款。那时候，那小子头发都愁白了，小脸只剩下二指宽，跟个鬼似的。真是屋漏又遭当头雨。这时候，过去跟他爸有些积怨的人和手里捏有他把柄的人，可能看清了他父子大势已去，就开始收集材料向省纪委告他。这年月，哪个当官的屁股上没点屎？借题发挥找你点事情还不是随便。加上他和刚上任的市委书记过去为争市长位置私底下搞过不少较量，他曾让自己的亲信写信给省纪委汇报对方的经济和生活作风问题，说人家不但长期包养着一个女人，还经常到歌舞厅里跟一些三陪女勾勾搭搭。如何为拉选票，让手下人用公款买上贵重的礼品给下边人分发。你想想，人家得势后，能不整他？而且借口也是名正言顺——你将公家银行的一千多万弄倒灶了，我不整你整谁？结果就根据下边的举报线索成立专案组调查。不查他如何贷上公家的款还不上，专查他如何受贿。官场里的人，政治经验很丰富，打蛇要打在七寸上。贷款虽然有一千多万还不上，但钱再多只能算个利用职权为己谋利，处理起来，也会不疼不痒，而且板子主要还得打在银行行长的屁股上。可是，只要查出你个受赂来，那怕只有三万两万，也能治你于死命，这就是中国特色。调查组遵照市委的指示——这时侯，市委书记的私愤就堂而皇之地变成了红头文件，变成了市委的决议——

找准突破口，就象二次大战中盟军在法国的诺曼底登陆，只要占领了滩头阵地，结果就是势如破竹地扩大战果。调查组先是从一件很不起眼的线索查起——有人举报他孙子过年时曾收受过一个包工头送上的五千元压岁钱红包。送个压岁钱，凭啥高达五千元？这不是变相行贿受贿是什么？结果就把那个外地的包工头子给提留到宾馆里，不让回家，软硬兼施，让他交待给一个小孩送这么多压岁钱的主要目的是什么？还送了更大的数目没有？党的政策历来都是坦白从宽，抗拒从严。你给他行贿的条条证据我们从别的渠道都已经掌握了，今天传你来，只不过是核实一下而已。那些纪检干部不知审过多少贪官，都是经验丰富的老手了，没几个回合，就将包工头吓得尿了一裤子，不但将自己为承揽教育局大楼给小韩他爹送了多少多少，修逸夫小学又送了多少多少，还扯出别的几个包工头在承包社会副利院、文化活动中心、市体育馆和几个镇办小学时有可能给其行贿的一些线索。纪检干部重施旧技，将那几个包工头一一请到宾馆，三下五除二就搞定了苗菁老公公的所有受贿证据，接着就先"双规"，后送看守所。苗菁老公公刚开始还挺能抗，说他起码也是个为党工作多年的地级干部，怎么能跟一帮地痞无赖关在一个号子里？要求改变关押环境。可是，谁听他的？看管他的看守是个大胡子，有点粗，骂他道：你别以为你现在还是他妈的什么鸟市长主席的，你现在是我看管的犯人你知不知道？老百姓恨死你们这帮贪官污吏了，平时忍气吞声地不敢惹你们罢了。现在咋了，你不过就是一个等着领刑的囚犯，弄得不好，还要吃棵铁大豆呢，你还牛皮什么？也就是我做了交待，不然的话，号子里的那些狱霸还不给你来个见面礼？屎抹在你嘴上都是有可能的。噎得老头子眼珠子都几乎憋出了眼眶。公检法系统，上上下下，有些还是他老爸的老部下，有些还是他老爸一手提上来的。顶什么用，官场上混的人，滑得似泥鳅，这时候都惟恐躲之不及，没有一个为他说话的。一审宣判老头二十年，老头不服，说前两年判掉的临市的张书记，受贿的金额比自己大，还搞好几个女人，再有省上的谁谁谁也是如此，自己受贿的金额都比他们少，也不搞女人，凭啥我比他们判得重？这是现任市委书记的授意，是打击报复，栽赃陷害。但二审和省高院最后裁定，都是维持基层法院的一审原判。老头子在牢里想不通，没完没了地写申诉材料，还绝了一回食，可并不奏效。这年月，大家对贪官们都一个个恨之入骨，就是判得有点重，许多人也是感到解恨解气，再加上他是现任市委书记"钦定"的案子，谁愿意为他多判了几年少判了几年的操心？老头闹腾了一通没个啥结果，不闹腾了，天天钻研开毛泽东选集和马列的书，听说光心得体会就写了有七大本。里边的老子不折腾了，外边的儿子却不依不饶，又是割腕，又是吃药的，吓得看管他的人不敢须臾离开半步，对他道："你可不能死，爷，你死了，那千多万的银行贷款我们找谁还去？"几个月下来，被弄了个神神经经，一阵一阵，就象当年重庆渣滓洞里的华子良。

我就想到了《红楼梦》中的《好了歌》——"世人都道神仙好，唯有功名忘不了，帝王将相今何在，荒冢一堆草没了。世人都道神仙好，唯有金银忘不了，终朝只恨聚无多，临到多时眼闭了！"

我唏嘘不已，感慨良久，对李昆说："权力真是把双刃剑啊，舞得好，得心应手，想啥是啥，风光无限，舞得不好，就会刺向自己，你我二人要以其为鉴，好自为之啊。"

李昆就笑笑说，"不会的。以你我两人的性格，是绝对不会干那些太出格的事情的。"

我笑笑，不以为然地摇摇头："那是你我权力还没有达到可以胡作非为的那一步。外国一个社会学家作过一个著名的试验，他将一百元美钞分别贴在议员、法官、教授、艺术家等所谓的社会精英的门上，结果，没有一个第二天出门时发现后，不将其悄悄揭下来装进自己的腰包。人之初，绝不是性本善而是性本恶，不过是受着各种社会道德、法律的约束罢了，一但这种约束对自己不起作用了，人的本性就暴露出来了。现在许多文学作品中的腐败分子不知作者是出于什么想法，总是将其安排成副职，可现实生活中，贪污受贿，胡作非为的，却恰恰都是一些权力很大的正职，这就是现实对我刚才那一观点的最好注脚。副职的权限还受着正职的约束，所以想贪还得小心着点，正职可就是一个单位里的'皇上'。好多内设的纪检部门都是约束下边人的，对他来讲，都是聋子的耳朵——摆设。"

李昆笑笑说，"你这番宏论，听了让人真是醍糊灌顶，受益匪浅，多少年不见，你的思想变得如此之深刻。"

我笑笑说："别谬奖我了，这些都是秃子头上的虱子，明摆着的事，谁不知道？只是你不愿说，他不愿说，就我是安徒生童话《皇帝的新装》中的那个儿童，说了。"

李昆可能觉得话题太敏感，将话头岔了过去，"怎么苗菁还不过来？走，我们找她去。你的宏论先放在肚子里，我们有的是时间，过后慢慢再侃。"

在半道上，遇上了传话的人和苗菁，原来苗菁的包让小偷抢了，去追小偷，所以耽搁了些时间——难怪我和李昆刚才说那么长时间话，苗菁咋不过来。我和苗菁四目相对，都愣住了。半天，苗菁打量一番我身旁的安静，重将目光聚集在我脸上，惊讶地问："咋是你？你怎么在这？你从哪来？变了，胖了，没变，还是那样……"一时语无伦次。

我笑笑将身旁的安静拽了一把给她介绍："我是结婚度假，出来旅游，这是我新婚妻子，名叫安静。"我又反回头去将苗菁介绍给安静。

两个女人就客气地伸出手去，礼节性地轻轻握握手，苗菁转过头来恭维我，"真有福，看你爱人长得多漂亮。"

我客套道："哪里哪里，过奖过奖。"我这样应喏着自己都有点儿觉得虚伪，过去我和苗菁说话可不是这样的，都是以诚相待。人和人的关系就是这样，有近的时候，有远的时候，远近不同，真诚度也不同，更何况，两人已近十年不见，物是人非，中间早已竖起一座高墙。这就是岁月，这就是人生！

我问苗菁，"咋，包让小偷抢跑了？"

"就是，"苗菁重现沮丧神情。

"包里没啥贵重东西吧？"

"化妆盒，梳子，一把小镜子，还有一卷香巾纸。只是，皮夹子也在里边。"

"钱多不多？"我关切地问。

"不多，五十块钱。"

我替她松了回气，说，"钱不多就好。"

李昆又问那男下属，"其它人呢，现在都在哪里？"又嘱咐他下属些什么。

我在这间隙里，才细细打量苗菁，发现她比我最后一次见她时显得苍老多了。以前乌黑的一头秀发现已失去了光泽，头型由过去的长发变成了短发，也不吹不烫，前边也不梳个留海，任一边的头发时不时的掉下来，遮敝了一只眼和半个脸庞，然后用手重拢上去。过去好看的双眼皮大眼睛现在变得有点儿浮肿，眼圈黑黑的，留着没睡好觉的痕迹，眼角和两腮处已有了些褶子。脸上的皮肤也没有过去那样白里泛红地细嫩了。穿着也极其的普通随便。一身看上去质地很一般的暗红色夹克衫，一条有点皱巴的灰布裤，脚上也简单地穿一双没有什么性别差异的黄球鞋。当年那个穿着粉红桃心领绸衬衫和洗得雪白雪白的短裙，手握羽毛球拍在报社院子里矫健地象只轻盈的燕子飞来飞去的苗菁哪去了？岁月太残酷太无情了，把一个曾经多么青春靓丽的姑娘，雕刻成了如此一副模样，简直就成了鲁迅先生笔下的豆腐西施杨二嫂！

我还在愣神，苗菁打破尴尬，客客气气地问一些我这些年过的可好的话题。我简单介绍着。其实过得好不好，都在她眼前明摆着。一边说着话，我就感觉苗菁时不时地瞅一眼我挎在胸前的掌中宝摄像机，又时不时地偏头瞅一眼安静。李昆对那个年轻的下属交待完了，转过身说："走，也快到点了，我们向餐厅那边挪。"

四

到了餐厅，有些报社的人已经等在那里，有的我认识，大部分年轻的我不认识，认识的搂搂抱抱一番，不认识的握握手或是简单打个招呼。都拿眼睛去瞟安静。安静则表现得落落大方，仪态从容，不失礼节地跟每个人点头打招呼。进去坐到桌子旁后，我宣布说："今天由我来买单，大家伙随便点，点得越贵，点得越多，就是越看得起我张某人。能在泰山顶上碰上老友故知，真是太高兴了。"

李昆一把把我拦住了："你说的这是什么话？今天是大家伙让我来请大家上泰山的，怎么由你来买单，说不通。"

我还要坚持，李昆就偏头问："你们说是不是这个礼？"

大家伙就齐声应答。我只好作罢。李昆见我好象对朋友的一番真心没法表达出来的样子，就说，"你不是还要跟我们回去吗？到时候，再宰你，还怕你跑了不成？"

酒宴开始了，上来了鱼、蟹、大虾，也上来了手抓羊肉和当地人最爱吃的辣子鸡。李昆不停地招呼我和安静，一个劲地往我俩面前的碗里夹蟹夹虾、夹鸡块夹羊肉，频繁地举起酒杯来敬我和安静，嘴里不停地祝我俩新婚愉快，百年好合等等，还蹿掇着和我认识的同事们也个个先后端起酒杯来敬我。常常为一杯酒是全喝了还是只喝一半而讨价还价。有人说出一些当地的规距或酒场上的玩笑话，使得桌子上不时地爆发出欢笑与吵闹声。在我们热热闹闹的时候，我感到苗菁却独独地坐在那里，若有所思的样子。李昆从中拉咕说，"苗菁，你也不给张总编敬杯酒？"

她这才勉为其难地站起身来，向我和安静敬酒。嘴上很不自然地学着李昆的，祝我"家庭幸福"、"步步高升"。但我感到她所说的话都言不由衷地牵强。我站起来应酬，也是客客套套，掺合着虚伪。一瞬间，我就想到当年我和她的许多往事，心里百感交集，我想她此时是不是也如此，只是藏在心底不露罢了？

李昆在开席之前就用了诸多溢美之词介绍了我的情况，这会儿，喝了几杯酒，在兴头上，就又讲开了许多和我交往时的细节，说我当年在报社时如何出口成诗，下笔成章。说我写个消息稿根本不用打底稿，一遍过。说我如果当年不走，现在他的位子就是我的位子云云。撩逗得那些下属们对我肃然起敬。夸完我，就接着夸安静，夸得安静羞红了脸，大家伙也哈哈哈地开怀地笑。我打了李昆一把，说："你这家伙，以前说话一本正经的，从来没见你开过个玩笑，怎么现在学得这么痞，是不是当了官变的？"

李昆笑笑道："多少年了，哪个人能不变？你都变成啥样了？

人在江糊，身不由已的事。不过，我说得可是大实话，没有一点儿添油加醋。"

我就对安静说，"你还能坐住，不给大家伙敬一杯酒？"

安静就腼腆地站起身来，举起面前的酒杯来，给大家敬酒，有人说："没满，将酒倒满，"

马上就有人出来怜香惜玉地制止，"行了行了，人家一个女同志，能陪着咱们喝辣酒就已经够可以了。"

那人不服气地说："你咋知道人家就不能喝辣酒？"

另一个就反驳："你以为人家象你那媳妇，喝半斤下肚都不带醉的。人家可是京城大医院来的大夫！"

"我也没有逼人家非要一口就把酒全喝了，只是说把酒杯斟满了，表视尊敬的意思，看把你给急的。人家张总编还都没说什么呢。"

大家伙就哈哈哈地笑将起来。我只好打圆场说："今天我故地重游，又在这泰山上遇到原单位的旧交好友，真是三生有幸。承蒙大家伙的厚爱，这杯敬大家伙的酒，她必须喝干了。我监督着她喝！"

大家伙显然被我的话感动了，一阵掌声欢迎。安静敬完大伙儿，顺从地仰脖儿将一杯酒全倒进嘴里，马上呛得弯下腰，捂着嘴转过身离开桌子咳嗽起来。刚才那一位阻止了的就对那一个提议斟满了酒的说："你看看，你看看，都是你惹得祸！"大家伙就喊道："罚他一杯！"那一位就乖乖地端起了酒杯。桌子上，马上就有女同胞赶忙儿上前去给安静递餐巾纸、擂背地伺候。过一会儿，待大家处得更熟了，桌子上的中心也开始有了分散。有人过开了通。几位女同胞得了空闲，就开始跟安静拉咕开了。有的说："你手里的包真漂亮。肯定很贵吧？"安静就适时回答说是我出国从意大利带回的。有的又问安静脖子上的钻石项链是多少克拉的，在哪买的，安静又如实回答多少克拉，说也是我从外国带回的。接着又问起安静身上的裙装、手表，甚至发卡，等安静回答大都是由我从国外买回的后，个个眼里的羡慕之情已是毫无保留。弄得李昆都偏过头来问我："我虽然也当个总编，可连个省都一年出不了一次。你老兄，出了多少趟国？听上去就象出自己家门那样随便。"

我嘴里打着哈哈，没有明确告诉他其实就出去了一次。这会儿，我发现苗菁只一个人孤孤地坐在那里，无聊地玩着自个儿的手指头，知道她心里听着这些肯定酸酸的。那些女的问完了安静的穿戴还兴趣很浓，又穷追不舍地问安静的皮肤为什么保养得那么细嫩，用的是什么化妆品，多长时间去一趟美容院，安静又如实地秉报化妆品的品牌与价格，惊得几位吐出了吞头，"天，顶我们一月的工资！"接着就发感慨，不公平，上帝不公平。以前没比较不知道，今天跟安静一比，真觉得自己活得没质量，回去就找根绳子上吊算了。旁边的男同胞打趣，"还等回去干嘛？出门去就是舍身崖，冲出去一跳多省事。"乐得大家伙哈哈哈地笑。我觉得实在是不应再刺激苗菁的神经了，就把话头往其它事情上引。说说天气，问问他们报纸的发行情况等等。没想到，三扯两绕，还是没能脱开大家伙的恭维。因为谈起报社的情况，总免不了要问一些收入呀，住房呀等方面的情况，李昆和他的下属们肯定就要反问我的情况跟他们作比较。尽管我保留了好多隐性收入，可当我说出自己一个月的基本收入和住房面积时，还是引起了一片啧啧之声。安静此时不知是出于什么心理，挖苦了我一句，说："他也就是摊上了个他大学同寝室的同学，把他从他原来那个穷酸单位里调到了现在的部属报纸里来，又提拔起了他。不然的话，哪有他的今天！"

我的脸一阵发红，正在心里埋怨安静怎么在这种场合下揭我的老底，不给我面子，却引得大家伙一阵好奇，给我命运带来这么大转折的是个什么样的人物，咋有如此大的能耐。没等我回答，安静就不无得意地介绍开了老范的情况，讲了我在大学和老范的特殊关系，我如何在关键时刻救过老范的驾，帮过老范的忙。又讲老范是好生了得的人物，是入选中央的后备干部云云。之前他们一个个听到老范是当年的北大学生会主席，现在身居副部长要职，已经是如同听天书一般，这会儿再听安静说出是入选中央的后备干部，更是惊诧得个个目瞪口呆，桌面上一时竟然鸦雀无声。过了一会儿，只听苗菁轻轻对李昆说，"我头有点疼，想出去呆一会儿。"

在坐的别人根本不知道是咋回事。就连安静也只是以前没事闲诞嘴时听我轻描淡写地说起过过去跟苗菁的交往，但不知其中的深浅。只有李昆最明白苗菁此时的心情，也就说："去吧，少呆一会儿就回来，晚上了，外边山上风大，将外衣穿上了，别着了凉。"

苗菁前脚走，后脚就有人问上了："李总编，他老头现在咋样了？有的说是在家里被监视居住，有的说是在看守所里关着，究竟在哪里？"

李昆就斥责道："你那么热心地打问这些事干吗？"

另一个女的开口说："那爷们也太贪了，一千多万，我的妈，按道理头都保不住了，咋还能放在外边。"

一个男的就偏过头去讥笑那女的："那是贷款，不是贪污受贿一千万，你懂不懂？"

女的争辨道："那不一样吗？收不回来，还不照样是国家受损失。"

那个男的撇撇嘴，懒得再跟她论理。另一个女的就慨叹："人这一辈子，真是说不上，瞧前些年，她老头仗着他老子的势，多狂，在报社把谁放在眼里了？也就是苗菁性格随和，平时还跟我们几个姐们处得可以。现在出事了，挺让人同情的。"

大家就开始议论起苗菁来，说他现在过得如何如何苦，生活多拮据，说以前挺开朗的个人，跟报社谁都能合得来，从来不惹人，见人没说话之前先嘻嘻笑两声，跟人特随和，现在则整天阴着个脸，低着头连谁也不搭理，整个象变了个人。以前收拾得多利整，多少年里被公认为是报社的一枝花，领导着报社时装新潮流。再看现在成啥样了，披头散发，面黄肌瘦，整个似脱了相，再也找不回了昔日的风采。听说连小孩都抚养不起，送到了台儿庄让她爸妈带着。

大家伙就一阵唏嘘，说还是安安稳稳地过老百姓日子的最好，别看那些个贪官们一个个在台上时风光无限，人五人六，吃香喝辣，嫖娼纳妾，一朝东窗事发，嘟当入狱，自己身败名裂不说，给老婆孩子带来多大的罪受。别的先别说，光就在人面前，就抬不起了头。结果就又扯到了女人找老公上，女同胞们叽叽喳喳地象麻雀开会般地热闹。说现今社会都说妇女解放，其实解放了个啥？女人纯粹就是男人的附庸，说难听点就是个男人的裤腰带，别看你再长得如花似玉的，找不上个好老公，照样一辈子受煎熬。婚姻真似一场赌博，几十年下来，没有几个不认为找错了人的。说某某局的某某长得多好多好，现任局长当年追她，她连眼角都没瞧上人家，等十年过去，人家当上了局长，自己嫁的老公却成了给局长开车的轿夫。心里不平衡，重去巴结对方，甘愿给人家当姘头，让人家老婆抓住后，打了个半死，还把自己的家也给搅黄了。那边局长却不愿跟老婆离婚，你说惨不惨？有人就又说，啥样的算好老公？找个当官的挺风光，可受贿进监的有多少？报纸电视的天天报道。找个经商的有钱花，可保不住他外边包二奶。找个平头老百姓踏实，可又整天闹下岗失业的为钱发愁，做个女人真是太难了。大家伙热烈地谈论着，都把出去的苗菁给忘了。过了好一会儿，还不见她回来，李昆就对我提议说："我俩出去放个水？"

我猜到李昆的心思，站起身来，和李昆出门去。

？ 出了门，李昆一边走，一边搂着我的肩膀，说："这小地方的女人，特俗，你是不是听着挺好笑？"

我说："没没，哪都一样，你别以为北京人就不俗了，这两天要有时间，我给你好好侃侃北京人的俗。"走了不远，拐了个弯，就发现苗菁正蹲在一树旁，不知在干什么。李昆嘴一呶，对我说，"去吧，我给你在这儿看着。"

我犹豫片刻，说，"算了去了，让她一个人呆会吧。其实两人之间也没啥可多说的话了。"我突然就感到了一种生活的无奈，后悔起了这次的山东之行。苗菁的不幸弄得我心里沉甸甸地难受。

五

第二天看完了日出，本来我说就此分手。可李昆哪里肯，非要拽着我回鲁南，说是要陪我去逛微山湖。十年前和苗菁在微山湖边的难忘情景立马就浮现在我的眼前，我心动了，和安静商量了一下，就同意了。坐上李昆他们报社的大巴车，去到鲁南。第二天，李昆放下了手头的工作，自己开上报社的小车，拉上苗菁陪着我们，向台儿庄方向进发。

受昔日的怀旧情结所使，我特想重驾着那一叶轻舟，任那轻爽的湖风拂着自己的面颊，在碧波荡漾的微山湖上逡巡，穿过那一簇簇、一丛丛亭亭玉立于湖面的艳丽的荷花，沿着那茂密的芦苇中的窄窄水道，耳畔聆听着四处传来的各种水鸟唧唧的鸣唱，和着湖面上渔翁悠哉游哉的歌声与号子，游弋到幽深静谧的湖心……我心里更有一个宿愿，去看一看在运河边的苗菁的父母。虽然我和苗菁的事情最后没成，两位老人的慈祥与好客却给我留下了终生难望的印象。之后，好多年里，我都记得苗菁她爸爸给我往碗里夹大虾，她妈妈往我碗里放鸡块，结果两人的筷子碰到一起将大虾与鸡块都同时碰落到桌子上的细节。我和苗菁沿运河岸踏着月光手拉手夕归，在她家院门前香椿树旁两情依依的情景，重又在我的脑海中清晰起来。留宿在苗菁家的那个夜晚，是那么令人回味无穷。晚风习习，月光皎皎，清凉温馨的小屋，朦胧又神秘，运河里哗哗的水声，不时地飘进耳朵来，就象是枕着它而眠。半夜里艄公的划桨声，至今还犹在我的耳畔回荡，那是怎样的一个令我魂牵梦绕，难以忘怀的夜晚！

我们沿着京沪线铁路旁蜿蜒的公路，目送着路旁那一座座矸石山，谈说着当年飞虎队在这一带铁路线上扒火车、炸洋行、打小日本的神话故事，不觉就来到了微山湖脚下。早有他们报社驻台儿庄站的记者在路口等着我们，引我们沿一个岔道进去，坐上了一条小游舰，可是，我明显感到，十年前波绿荷花艳，风清芦花香的美景似乎已经不复存在，湖水感觉比十年前浅得多了，荷花与芦苇丛也比以前少多了。湖面上已经见不到了水鸟的身影，也没了艄公的号子，而且飘着些难闻的气味，水质也明显的没有以前那么清了。李昆介绍说，都是让工业污染给整的。沿湖近些年发展起来的一些乡镇企业，尽偷偷往湖中排污水，所以才造成现在的局面。李昆感慨道："两年前我来过一次，那次就觉得湖里的光景比以前差了。可短短两年时间，咋又变化得这么厉害。照这样下去，用不了几年时间，就成了臭水洼了。"

　　"你说我们社会生活的许多方面，跟以前相比，它究竟是前进了还是倒退了！"

　　大家伙慨叹着，扫兴地从微山湖出来。由苗菁引领着，上她父母家。我们来到她家那在运河边上农家似的小院落。看上去，一切都跟好多年以前没有啥大的变化。只是，我却一眼就发现，院门前那棵茂密的香椿树却不见了，只留下一个光秃秃的树桩？　当年小院给我留下的印象整整洁洁，好象是刚盖起不久，一切都井井有条。现在则明显地有些颓败。墙缝隙和墙根处钻出根根野草，院子里杂乱地堆放着一些破砖烂瓦和其它杂物，一个破旧的小桌子上，晾着些已经皱了皮的杏子与桃子。进门来，苗菁推开门，说："爸妈，你们看，谁来了！"

　　随着苗菁的话音，迎出两位老人。我头伸进房门去瞅，吃一惊，苗菁双亲比我想象的老了许多。

　　特别是她爸，眼神混浊，眼泡下垂，皮肉松弛，身子佝偻，比若干年前好象缩回去了好多。当时苗菁父母给我留下过极深刻的印象，除过对我特别好客之外就是两人都显得身体特别的好，精气神儿特足，怎么这么些年过来成这样了。时间真是改变着一切。苗菁大喊一声："爸，你看看，他是谁，记得起来记不起来了？"吼完后又对我们几个小声说，"我爸现在上了岁数，耳朵聋得厉害。是当年解放战争时被炮弹震的，年轻时不明显，到老了就反应出来了。一年比一年厉害。"

　　老人似乎抬起头来端详了我一阵，点点头，说："记得，记得，"

　　"他叫啥？"苗菁又对着老伯的耳朵吼道，转回头来冲我们几个笑笑。

　　老伯看着我的脸，又端详半天，想说什么，却又记不起了的样子。用手拍着自己的脑袋。傻傻的样子。我就阻拦说，"别难为老伯了。我叫张一凡，十年前来过你家，还住了一晚上。"

老伯半天，仍旧傻傻地瞅视着我，抬起手来，指指安静，又指指我，嘴里唔唔呀呀的听不清嘟哝什么。苗菁就对我说："我爸现在有点痴呆了。"又转过头去问她妈，"小柱来？"

我才知道她小孩叫小柱。她妈说："一大早就跑出去跟邻家的小孩玩去了，说是去到湖边上捉泥鳅，这孩子现在可野了。你们得赶快领回去让他上学，都七岁了，再不能放这了。我们岁数也大了，看不住了他。有个三长两短的，我们也不好向你们交待，二来再不上学就把小孩给耽误了。现在他整天的爬高上低，不是上树掏鸟，就是钻水底摸虾的，我们是真的管不住了。你真得赶快领走了。"数叨了半天孙子，才反应过来，给我们忙着沏茶让座，又说要给我们做饭。被苗菁和我们几个拦住了，说只是来家看看，饭已经在湖边的餐馆里定好了。

在苗菁家没呆多久，我们就告辞了出来，这时候，就见走来一个脸上和身上都沾着泥巴与尘土，赤着一双小脚丫的小孩，苗菁向其迎了上去。他便是苗菁的小孩小柱。小孩上前来，似乎跟苗菁也不怎么亲，随便叫了一声"妈——"就要进屋去。苗菁拦住了他，用双手拽着小孩的双臂，怜惜地责问道："你咋糊得这么脏？你是不是不听话，姥姥又给我告你的状了，今天就跟我坐车回去。"

小孩小嘴一噘，道："嗯，不嘛。"

"你总不能老呆在乡下吧。把自个儿弄得象真的乡下孩子一样。"

"嗯，就不回，就不回。"

"那你不上学了？"

"我在这儿的小学也可以上嘛。"小孩扭动着身子。苗菁长长地叹了一口气。

　　李昆和我离得近，悄悄给我说："这都是他爸惹的祸，苗菁给我说过，街坊邻居现在都欺负他，没人跟他玩，骂的话也很难听。所以他才躲乡下来，赖着不回去。其实，大人出了事，受伤害最重的是孩子。"

　　我心里感慨：历史真是惊人的相似，小柱成了当代的"狗崽子。"

　　吃过了饭，坐上车，我们往徐州方向赶，他们送我们去坐晚上开往广州方向的火车。坐在车中，我的心沉甸甸的。眼睛里老是晃动着苗菁父母苍老的面孔和她那全身土灰不愿回城去的儿子。我此行的目的是什么？得到了什么？为什么心里一点儿都快乐不起来？却激荡着一种悲天悯人的情怀。我是基督山伯爵吗？我是希刺可里夫吗？我反问自己。回答是否！

　　到了徐州，买好票后，还有个把小时时间。我看安静已和苗菁熟了，在一起聊着什么，我就拽起李昆的手，说，"走，让她们聊，我们出去在站前逛逛街景。"

　　李昆跟我走出站来，我就四处向人打听，附近有没有工商银行的储蓄所，李昆不解地问我干什么，如果钱不够了他身上有。我说你别管，跟我走。我问路找到一家，在门前的一个柜员机前，掏出自己的牡丹卡，一连取了几次，李昆在一旁问："你取那么多现金干什么，不怕火车上被小偷摸了去？"

　　我没回答他，等取够了五千元钱，我转过身来，将刚取的钱交到李昆手里交待说："将它在我上车后交给苗菁，记住，一定要在开车后交给她。"

　　李昆一瞬间就完全明白了我的意思，慨叹道："你呀，真是个性情中人！我知道你心里一直有她。"

　　火车开动了，我与安静扒在车窗前向苗菁与李昆告别，他们也一边跟着缓缓的车轮，一边向我们挥手。李昆追到车窗前对我说着什么，我虽然听不清，但能猜到他是说以后再有机会，一定重来鲁南。我点着头，但心里伤感地知道，这也许就是我这一辈子的最后一次鲁南之行了。苗菁则远远地站住了，机械地向我挥着手，我不知她的心是已经麻木，还是在滴血。这就是人生！当车轮加快了速度，远处站台上的人影越来越小，最后连整个站台都变成了一个小点的时候，我就伤感地想，其实人生就是一场场的聚合离散。就象曹雪芹先生早在二百多年前就悟到的那样，天下没有不散的筵席。最后，整个城市轮廓也被火车抛在了身后。车窗口，映显出的是一片茫茫的暮色。此情此景，就象十几年前我初次离开它怀抱时一模一样，要不是身边坐着一个安静，我的眼前几乎发生幻觉，似乎这一次的离开原本就是上一次离开的继续。上一次是去海南，这一次还是去海南，两者之间似乎就只有一天的间隔。上一次自己是如何拎着包挤上车，如何在车窗上用手划开雾霜，让窗玻璃中间透出一片可看到外边的区域，如何眺望着窗外的暮色在心里作那首离别鲁南的诗歌。怎么一晃，已经是十多年前的事了，真是：人世几回伤往事，山形依旧枕寒流！

六

　　经过一天一夜多的行程，辗转来到湛江，登上渡轮，置身于水天茫茫、雾蔼沉沉的琼州海峡时，我手扶栏杆，遥望着远处海面上若隐若现的海岛，又心生无限感慨，想起了撕碎了撒在海水中的那首写给苗菁的诗。想起了自己当年离开海岛时的那种失魂落魄无亲无故不知心之归宿前途在何方的狼狈相。今天，我张一凡重又来了！而且是领着美丽漂亮的娇妻来度蜜月的！贾如馨，你还在海南吧，混得如何？从我那帮小兄弟嘴里，一定能打听到她的情况，我心想。

　　来到海口，我先给海口日报社打电话找王强，没想到，接电话的人说，王强早在四年前就去了加拿大——再好的朋友，只要不在一个地方，时间一久，自然就断了联系。我心中又好生感慨。我又找来宾馆的电话薄，一一跟过去的几个好朋友小兄弟联系，可是，很不顺，他们一个个有的调换了单位，有的调换了城市。到最后，好不容易拐弯抹角地问询，才找着了一个过去的旧友，叫陈小勇的。我们约好，在一个饭馆吃了个饭。在饭桌上，他告诉我了详情，说：自从海南开发热退潮后，大批人流重涌出海岛，我们过去圈子里的好多个朋友全都不在海南了。有的去了深圳，有的去了内地其它城市，有的混得差的则干脆回了老家。大家根本就彼此早都失去了联系。他说自己所在报纸也停刊了，之所以留下来是因为老家来了个包工头，看上了海口留下的大量的烂尾楼，充当捎客，将其先从原来的房主手中交点定金，揽过来，再在家乡寻找有实力的下家谈判接手。他在海南再用下家所付的一点定金，雇来一些急于寻工程养活人的工程队，开工后，再利用所建工程质押去银行贷款，将烂尾楼续盖好后卖掉。他就到这家老乡处去打工，后来人家看他干得好，给他了个经理助理的职位，风光了一些时日。可惜，好景不长，老乡玩的这一空手道游戏太险，似在高空中走钢丝，稍有不慎，只要在其中的一个链条上发生资金断裂，就会被摔落下来。老乡又贪心得很，不听他劝。想一口吃个胖子。一下子揽了好几座烂尾楼，摊子铺得太大，管理又跟不上去，后来，资金就吃紧起来。砖瓦厂没现钱再不供砖，水泥商也再不赊欠。上家催讨后续定金，下家吃不准躲他不见。银行感觉到了风险，收紧了银根再不给其贷款。供水供电部门也凑热闹关了阀门拉了电闸。工程队因付不起工人工资做鸟兽散。老乡一夜之间破产白了头，欠了一屁股的债务，被家乡与海口两家的公安机关争相传唤，监视居住，控制行动自由。幸亏他反应快，也不算公司主要决策者，见势不妙，溜屁股辞职走人，才没染上官司。后又换了好多行当。去餐厅里给人家跑过堂，澡堂子里搓过背，倒腾过香烟，贩过水货，但就是没能发起来。后来，实在觉得憋屈，就在他准备着卷行李回老家时，在报屁股上发现了一则广告，海口一家小学在招聘教师，抱着试试看的心理去应聘，没想到，就被录用了。干了几年，就和本校一位当地渔民世家的女教师结了婚。现在已经生有两个小孩。因为她老婆是黎族，享受优惠政策，允许生二胎。我吃饭时，随便提意吃完饭后到他家去坐坐，他急忙阻拦，"千万别去，不是我对朋友不诚心，实在是不好意思，家里乱得似猪圈，啥也没有，怕你去了进不去门。"

我终于憋不住问起贾如馨的情况，屏住呼吸听小勇咋说。出乎我的意料，他说自我离开海南，贾如馨就似乎神秘地从海南消失了，从此后再也没有见过她，人肯定现在已不在海南了。陈小勇又替我给她所在的单位打电话询问，接电话的人竟然说自己不知道单位有这么一个人。过了一会儿又打过去，另一个接电话的说，此人七八年前就离开了，至于她去了哪里，他们也不清楚。我心里有点失落。人的心，就这么怪，其实，我就是打听到她人还在海口，也不会去见她的。可是，又确确实实想知道她的情况。

告别了陈小勇，告别了海口，我们坐上一辆通往三亚的大巴，领略着沿途旖旎的热带风光，向三亚进发，茂密的椰子林，巨大的芭蕉树，蔚蓝似靛的晴空，绿波翻涌的大海，将我的思绪就又带回到了多年前往事的回忆之中。她，究竟上了哪里去了呢，怎么就象蒸气一样的在海南蒸发了。人生真就象坐火车，中途不时有上下车的旅客，在一起结成短暂的友谊，可是一个个到站下车，便从此天各一方毫无联系。一个过去和自己有那么密切接触过的人，她的生与死，现在却都再不会与你有任何的关系。

我和安静来到三亚，在我的精心导演下，我和安静又在黄昏之后，弯月初上，月色朦胧之时，来到椰树摇曳，海风轻拂，万籁俱寂的金沙滩。想重温十多年前与焉漠红在海滩上曾经过的那个浪漫的夜晚。安静显得格处的兴奋，拉着我的手在海边上踏着细浪不停地欢呼雀跃。可是，奇怪，今天的安静，比起往昔的焉漠红来，不知漂亮到哪去了，可我却再也找不回了昔日的那种感觉。什么东西，你一旦得到了它，它马上就贬值，失去光泽。这又是叔本华的观点：人们虽然为驱散苦恼而不断地努力，但苦恼不过只是换了一付姿态而已。

七

上班后，我接到了一个报丧电话，是惠芬爸打来的。说惠芬在前几天，在马路上撞车了。现在老头正在跟司机为赔付的事情在交警队扯皮。老头说是司机肇事，可司机硬说是惠芬自己撞到汽车上去的。老头电话中让我抽空去他家一趟。

接完电话，我就软软地瘫在了沙发里！我隐隐约约地感觉到，惠芬的死，似乎与我有关，与我的结婚有关。

我去到惠芬家，虽然已办完了丧事，但家中仍笼罩着沉重的悲痛气氛。惠芬的一张黑白照片被放大了，用个镜框框着，放在桌子上显眼的地方，上边挽着黑纱。照片上的惠芬，眼睛在睁睁地瞅着我。瞅得我心里直发虚，不敢直视那黑框中的眼神。惠芬妈躺在床上，见我进门来，勉强地支起身子，两个眼睛已经哭肿了。惠芬爸说，惠芬出事后，她就昏了过去，送到医院里抢救了一番才过来，现在天天上医院吊液体。小孩这两天也蔫蔫的，不吃不喝，整天哭着叫他妈，被送亲戚家去了。老头又简单地给我说了下事情的经过，说丧事是原来厂里职工和街坊邻居帮着打理的。

我听着老头的诉说，心里凄惶惶的。人的生命，怎么这么轻贱，说没就没了，跟个鸿毛似的。

我和老爷子上了趟交警队。交警队的人刚开始公事公办，直接说，这起事故司机是正常行驶，也没超速，他们根据现场勘查，加上到死者原单位走访，发现死者生前刚刚下岗，情绪低落，加上婚姻家庭不幸，离异多年，性格乖僻，最近有人反映她精神恍惚，根据多方面情况分析，不排除死者故意撞车的可能性。所以，本人要付主要责任，司机只象征性地付点补偿费了结。我亮了自己的派司，对方看我是媒体的总编，态度立马和悦了。过后我又找人托关系，去了几趟交警队，硬是把案子给翻了过来，按一般的交通肇事处理了，让对方给惠芬爸赔了三万八千块钱。司机是山西大同的一个运货司机，在北京肯定没门没路，自认了倒霉。过后，我又帮着惠芬爸将这笔赔款及时地追要到手。其间，在惠芬去世一个月的忌日，我和老爷子一道去了趟八宝山公墓，祭奠了她一次。望着骨灰盒和她的照片，我心里沉甸甸的难受，毕竟两人曾夫妻一场，想到她临死之前对我的一片痴情，她确实是想破镜重圆死心塌地跟了我好好过日子，可我却把她不当回事，跟她干完那事，又为了安静，态度蛮横地拒绝和她来往……想到这里，我都憎恶起我自个。心里考问着自己，我是不是自打当官后，变得冷酷自私起来了？把自己的幸福快乐建立在别人的痛苦甚至生命之上？如果老爷子知道了惠芬临死之前我和她之间发生的一切，他还会这样把我当个恩人地感激吗？还会以为惠芬走到今天这一步都是她自己咎由自取而与我毫无干系吗？

走出公墓，天阴沉沉的，我的心情也郁郁的，内心自省：生命是什么？情感是什么？活着的意义是什么？人究竟最需要的是什么？终极目的又是什么？想想我们每个人来到这个世界上是多么的不容易。浩渺无边的宇宙中，象地球这样能有条件孕育出千姿百态的生命是多么的偶然，万千生命的进化史诗中，偏偏人类战胜了百兽成了地球的主宰。在人类自己几万年的进化史中，我们的母系与父系又是多么偶然地躲过战争、瘟疫……得以延续。这其中任何一个链条上的断裂，我们都不会来到这个世界上。我们的父亲与母亲一生中要做爱多少次，每一次父亲要生产出千万上亿的精子。而这其中任何一个精子的小小位移，我们将不是现在意义上的自己。可是，就是这得来极其不易的生命，却又蕴含了多少的痛苦与折磨，让多少人选择了最终放弃它！

第四章

一

　　与安静的第二次结婚和惠芬的第一次婚姻完全不可同日而语。上一次是凑合、退让、委曲求全，整天在压抑自卑中含羞蒙耻地度日。为了维持那个表面的婚姻形式，我将一个男人的脸面丢进了裤裆里。这一次，我摇身一变成了尊贵的王子，星星丛中的月亮。新婚后，安静父母暂时不让我们开伙，就在她家吃饭。每天中晚餐，丈母娘都是认真对待，没有丝毫的马虎，丰盛得每次都跟去赴宴的感觉。而且餐餐不重样。我过意不去，客气地说："妈，以后不要将饭菜搞得这么丰盛。以前家里咋样吃现在就还咋样吃。让你这样辛苦，我们做晚辈的过意不去。"

　　其实，丈母娘才比我大个十三四岁，叫起妈来我都有点感到难为情。可妈就是妈。安静妈感觉到了我的嘴甜，听了这话，乐得满脸是笑，眼睛都眯成了一条缝，说，"不累不累，退休了能累到哪去？给你们做饭对我来说还是个乐趣。以前安静动不动就不回来，在医院里吃。就你爸和我，两个人吃饭，做多了剩，做少了又划不来，也就不爱做了。你们这一结婚天天来家吃，倒好了，以前我越呆越不爱动，做一顿饭还觉得累，现在是越做越有精神。每天一大早锻炼完就上菜市场，回来就赶着做饭，就怕你到家吃不上现成的。中午睡上一觉，遛遛弯，就又到了做饭时间了。还觉得一天忙忙乎乎的时间过得快。挺好，挺好，说实话，以前就觉得一天没多少事干，日头长得捱不到晚上。心想这退休的时间真不好打发。现在可好，不知不觉，就到了晚上。你们回家来吃饭，家里也有了生气。你看你爸，每次你们回来吃饭时，他多开心，饭桌上说这评那的，饭量也大增了。以前他可不是这样，闷葫芦一个。"说着，还递过来一本烹调书："看看，这还是昨天他出去刚给我买来的，让我照着上边的学着做。"

我就以心换心地讨好丈母娘："单位里下一步要给副总编以上的配车，我下个月就去学车，等学会了，星期天陪我爸开车去永定河那边钓鱼。"在结婚之前，我就听安静叨叨过，说她爸离休后在家闷得慌，前一段和院里几个老头开始学钓鱼。

老爷子在一旁听了，兴奋异常，不异于在任时听到自己要被提拔一级半级的消息，问："真的吗？"

我回答："真的，今天编前会上老彭总编已经打过招呼。我们给部里之前也打过申请报告，主要理由是我们报社不同于部里其它同级单位，配车是为了工作方便。我们报社从今年开始，随着发行量的扩大和广告的增加，已经不需要部里再补贴。而且盈余也在逐月增加。我们的财务本来就与部里独立，自收自支。所以，部里也没说啥很顺利就批了。还说将车配给领导个人是以后改革机关用车的方向。这样下来，其实一年机关在车上的花费反而能减少不少。"

老岳父就咧嘴开怀大笑："好，好，真是太好了！到时候把老张头老王头还有歪脖子老李头都拉上。以前，老是坐老张头女婿的车，看把老张得意的那样儿。不就是个开扒鸡店的，发得再大，也没品味，暴发户一个。"

我又说，"今天上边又给我配了台笔记本电脑，我其实留它也没用，明天我给你拎过来，让胡小杨找人来给你安装好，再到电信局办个上网手续。你老一天没事了就可以网上去聊天、旅游、娱乐，看新闻，干啥都行。你不是爱下围棋嘛，你可在上边和天南海北的高手下他一天。"

兴奋得老爷子拉起我的胳膊来，"太好了，你对爸可真孝顺，比他们几个强多了。来来来，今天咱爷俩好好喝它几盅！"

安静就在旁边阻拦："爸，你可别打击一大片，让我姐我哥嫂他们一个个听到了不高兴。"

"我不怕他们听到。本来嘛，有些人当初还在其中使劲搅和……"说着，用眼睨一下我丈母娘。　　　　丈母娘会意，剜其一眼，道："快夹了你的嘴该吃吃，该喝喝。那么点破事，老翻肠子个没完。我当时咋了，也就是随便说了那么两句……"

老丈人就再不理会丈母娘，转过头来重新说："来，一凡，今天咱爷俩好好的喝！"

安静在一旁阻拦："一凡他还要下午上班呢。每次你一端起酒杯来，都不依不饶的，非逼他喝得半醉不可。留着，留着晚上一凡回来再跟你喝。"

"好好好，我听我女儿的，一凡，你晚上可得按时早点回来，外边有饭局也推了。今晚上陪我好好喝几盅。"

安静就又咪咪笑着挖苦她爸："他哪天没陪你喝来着？我看你现在是比我还恋着他，恨不得跟着他上班去陪着。以后让一凡晚上不走了陪你睡得了。"

父亲就在女儿头上敲了一筷子，道："怎么跟爸说话呢？都是让我把你给宠的。你说说，他昨天和前天回来吃饭了没有，什么天天回来陪我？"

我听安静讲过，因她是老小，他爸小时候把他宠得厉害。所以她常常有恃无恐地呛她爸，越呛，她爸越乐呵，别的哥哥姐姐，根本不能享受在老爷子面前撒娇取闹的特权。

"那是人家有应酬。"安静一边躲着老爷子的筷子一边说。

我就赶忙给老爷子解释说："前天是党代会。完了机关会餐，昨天是外单位一个领导因为发了他们单位一大篇稿，非要表示一下，咋推也推不掉。"

老爷子就感慨道："你们一天的吃喝也真是太多了，哪象我们上班那会儿。"

我就说："身在江湖身不由己啊。"

安静嘴一呶，说她爸："你们那是什么年代，现在是什么年代？尽拿你们那会比，社会前进不前进了。"

老头就不满地说："前进就表现在吃饭上？好家伙，一年这光吃饭一项，全国要吃掉多少人民币，好象给人的感觉，你们现在吃饭都变成了一项不可缺少的工作。"

"可不咋的，有些应酬就是工作，必须去。"我又客气地给老爷子交底，"今天晚上也不能回家来陪你喝酒了，仍然有应酬。东北H省记者站驻站记者陪着他们局领导前来北京搞一个下属企业的产品推介会，昨天就给几个总编打好的招呼，说是他们局长要在北太平庄的一家具有东北风味的饭庄里宴请我们几位。"

老爷子有点失望，问："明天呢，有时间没有？晚上回家来吃完饭后跟我杀盘围棋。自打你们出去旅行回来，好些日子了就再没机会摸它，手痒痒儿的。"

我说，"爸，恐惧明晚上也不行。"

"咋？明天的饭局都安排好了？"

我刚要再解释，安静插嘴了，说："爸，明天我们说好了要上范部长家。"

老爷子说："你们刚回来当天晚上不就去过了嘛，怎么还去？"

安静说："去过了就不能再去了？范部长还说好哪天请我们去他家吃饭呢。别人想去范部长家还去不上呢。你还嫌我们去多了，真是。”

回来后的当天晚上，我将在海南花一千多元买回的一件白珊瑚工艺品带上，和安静上了一趟老范家。老范夫妇对我们两口子格外的热情。特别是老范夫人，特喜欢安静，又是削苹果，又是剥糖果。送我们出门时还一再吩咐让我没事就带安静常上家去玩。把安静弄得受宠若惊，回来后，就给我说，再好的关系也需要跑动，既然老范和夫人都挺喜欢咱俩，那我们就常上他家走动走动。

老头反应了过来，道："好好好，应该去，应该常去。安静说得对。和我下棋是小事。"

二

第二天，还没顾上去老范家，下午，就被胡小杨死拉硬拽地去他表哥开的娱乐城。说是我走了十天半月，特想我，要给我接风，也是他表哥的意思，说他表哥特想和我有进一步深的交往，请一定赏脸。本来，他是在我当天回来后就要请我的，可我一直有别的应酬，就往后推了。其实我并不想去，回来后，天天在外边吃喝，烦烦的了。让烧酒灌得胃一点都不舒服。想让肚子休息休息，也好晚上和安静去趟老范家。可是，这小子自打提拔以来，对我是忠心耿耿。特别是我这次办婚事，他是跑前跑后忙乎，比我岳父家的人还上心：大到新房装潢，联系酒席，小到婚礼仪式该分几个步骤进行；开始前，进行中，结束后，都有哪些工作要做。其间一环一环如何衔接；有哪些细节需要特别注意；都要请些什么人，根据尊卑亲疏，座位如何安排；婚礼结束后，人员如何疏散；搞接待的人马该分成多少拨，哪一拨负责客人迎送，哪一拨负责迎取新娘，哪一拨负责音响，哪一拨负责摄像，哪一拨负责烟酒，都由他总管。就象《红楼梦》里王熙凤协理宁国府那样，将一切都替我安排得顺顺当当，有条不紊，真让我省了不少的心，节省了很多的钱。就连我出去摄像用的掌中宝，也是他提醒我，替我向他表哥借的，真是为我操心到家了，我没法拂他的好意。

本来，我说要将安静也带上，胡小杨向我眨巴下眼睛，有点儿神秘兮兮地说："下次吧，带上嫂子有点儿不方便。"

我问："为啥？"

胡小杨说："去了你就知道了。"

我责备他，"你可别胡来。我们这都是党的新闻工作者。"

胡小杨又眨巴下眼睛："总编你想哪去了！"

俩人打的来到他表哥的娱乐城，进楼去，找到胡小杨表哥。两人已经见过两次面，通过上次办婚礼，更是有了进一步的接触。他表哥还是那样大背个头，头发梳得油亮，穿件背带裤，撑着肚皮，手指上箍的大绿宝石戒指特别显眼，一见了我，就远远地紧走两步上前来跟我握手，寒暄两句"新婚愉快"之类的客套话。迎我进包厢落座后，一边咐咐身边的小姐沏茶，赶快上菜，将酒瓶启封，一边紧着递烟给我，问我："出去玩得可好？"

"挺好挺好。你借我的摄像机可是太好了，一路上摄下了不少有纪念意义的画面，还招来好多人的眼光。我妻子乐坏了，真是太谢谢你了。"我真挚地说。

"你要喜欢就留着它玩。"

我吃一惊："那哪成？明天我就让小杨还给你。"

"啥金贵东西？才几千块钱。"

"那也不成。必须还你，该咋的就咋的。"我说。

胡小杨就在一旁打圆场，"我们总编在这方面可注意。去年他搬新房我想表示下心意给他买去个花架，好家伙，堵在门口不让我进屋，把我没骂死。”

胡小杨表哥就摇摇头，说来他这儿三教九流的人多了，其中就有好多官场上的主，象我这样的，还真是少见，就转过话头问我对上次婚宴的饭菜质量满意否。我又忙着客套点头："太满意了。多亏了小杨和你的鼎力帮助，把婚礼搞得气气派派，热热闹闹，没出一点秕纰漏。真得好好地感谢你们二位。”

胡小杨表哥就说："别这样说，总编，能认识你，算我的福气。来来来，举杯。”

菜一碟一碟上来了，我说："就两个人，搞这么多干嘛？”

胡小杨表哥说："招待总编，可不是别人。今天一定要让总编你吃好喝好了。”

胡小杨在一旁一边替我斟酒，一边紧着说："我表哥一直想要结识你跟你交个朋友，今天可算是总编你赏脸，给了这么个机会。”

我就说胡小杨："小胡你这话咋说的？上次你提拔起来时，我们不是来和你表哥喝过一次酒？在这大北京，我算个什么了不起的人物。你表哥当这么大的老板，啥样的大人物没见过，比我官大有能耐的朋友不有的是？”

胡小杨表哥就嘴一咧："呃，总编你是谦虚了。你的情况小杨早都跟我说了，前途无量，前途无量，嘻嘻……”

我知道胡小杨以前肯定在他表哥面前没少吹我，只好客气地喏喏："大老板你这是抬举我了，其实……”

"别其实了，来来来，举杯举杯。今天咱们可得将这两瓶酒给喝干了，喝不完，就是没招呼好总编。或者说就是总编你不肯赏脸交我这个粗朋友。”

胡小杨表哥把话都说到这份上了，我只好咬了牙一杯杯地把酒往肚子里灌。

两瓶酒快喝完时，我说："咱们结束吧，天不早了。我岳父还等着我回家去跟他杀围棋呢。"　　　　　胡小杨笑笑说："别走别走。我表哥都给咱安排好了。去楼上的包房里按按摩，洗洗脚。"

我才明白过来临来之前为啥胡小杨说带上安静不方便。我摆手拒绝："别别，我们跟其它人不同。那种地方不能去。"

胡小杨表哥就解释说："总编你误解了。告诉你你可能不相信。我这个娱乐城，绝不搞色情服务。全都是守法经营。不瞒你说，部长教授的，都常来洗常来按。总编你是太多虑了。"

胡小杨在一旁撺掇："去吧，总编，搞新闻的也得体验体验现代生活。你这半个月在外边奔波得肯定挺疲劳。按摩按摩，洗洗脚，放松放松，回去后，可睡个好觉。你不是说过你得过神经衰弱，睡眠轻吗？"胡小杨这后一句话彻底说服了我。

三个人离开饭桌，走出包厢，拐了两个弯，沿着一个旋转楼梯上了一层楼，又七拐八拐地进到一个幽静所在。这里是几间全封闭的按摩房，我心里有点儿紧张，平时，我们都是在报纸上揭露这家洗头房藏污，那家洗脚房纳垢的，今天怎么自个儿跑到这种地方来了。可是，那幽幽的包房和从包房里弥漫出来的浓浓的香水味又引诱着我。胡小杨见我有点犹豫的样子，又忙着解释，"总编你尽管放宽了心。我向你打保票，我表哥他绝对是合法经营，绝对不搞那些乱七八糟的东西。你也许还都不知道，我表哥就是从公安局留职停薪下来办实体的，你想想看，他能干什么出格的事？他们原先刑警队的一帮哥儿们首先就监督着他。"

正说着，就从其中一个包房里闪出个姑娘来。我一怔，眼前这姑娘咋看上去和谁有点儿象。想了半天，想了起来，是和海南的贾如馨有点儿像，但比贾如馨长得更开一点，身材也比贾如馨似乎也更高一点，虽然跟年轻时的苗菁没法比，也不如贾如馨那么勾人，但却要比艾迪显得好看。跟乌兰、赵惠芬就更是不能比了。我的戒备心理到此时，就全线瓦解了。胡小杨表哥看出来我对这姑娘挺在意，就对胡小杨说：“站着干什么，还不赶快请你们总编进屋去？”又吩咐那位姑娘，道：“药汤准备好了没有？先给这位先生洗脚，完了再做个全身按摩。他可是我有身份的尊贵的客人，服务好了，客人要满意了，我给你们加奖金。”说完，就借故离开去。

姑娘上前来，向我莞尔一笑，说：“请，先生。”笑得挺有分寸，不媚不俗，一个“请”字与做出的手势也彬彬有礼，仪态端庄，竟让我想到上次去参加一个单位开幕式剪彩时那些身穿旗袍手扶红绸的礼仪小姐。我竟然有点儿语无伦次，客气地点点头，回敬一声“谢谢，你好。”

胡小杨陪我进小包房来，给姑娘吩咐了两句，好象他还和其挺熟的样子，就对我说：“总编，我在隔壁包房。有啥事喊我。”就出去了。

我第一次来到这种场所，既新奇，又有点兴奋，又有点儿窘迫，一时无所适从。姑娘看出我是位新手，语气友好亲切又不显轻浮媚态地说：“先生是第一次来这里吧？”

我客气地回答说，“是，没来过。”

“先生你坐，坐。别拘束，到这里来，就是接受服务来的。”

我就听他的吩咐坐在小屋墙角的一个沙发里去。姑娘将放在地上的一个盆倒上开水，又从一个纸袋里倒出些什么东西来，放进盒里去用手搅拌着。我没话找话地问：“那是什么？”

姑娘回答说：“是中药材。”又笑笑说，“看样子先生以前还真没到过洗脚房。”说着，就将盆端到我面前。我急忙脱鞋脱袜，没想到，被姑娘给拦住了，亲自伸过手来，一边说，"哪能让你自己动手。"

我就乖乖地伸直了腿，让姑娘给我将鞋袜脱了，姑娘吩咐我将脚伸进盆里去，泡一会儿。她就转过身去，拎起我的一只鞋子来，取过刷子、鞋油、抹布、上光蜡等，认认真真地擦拭起来。不一会儿，我的原来有点儿皱巴，粘着点儿尘土的鞋子，就被揩得油光锃亮。

姑娘擦拭完了皮鞋，将其拿开去晾在一个小台上，就转过身来问我，"先生觉得水咋样，是不是不太烫了，我再倒点儿热水？"

我急忙说："还行还行，不用倒了，挺热的。"

她就上前来，玉手伸进了脚盆里，抱住了我的脚。其实，刚才我就一直在憧憬着这一刻，会是个什么感受，当它真的来临时，我仍不免全身一阵悸动。那小手抱着我的脚丫开始揉搓时，就象碰到了一股电流，一直从脚下往上蹿到全身。姑娘洗完了，拎出块擦脚布给我将脚擦干净了，将脚盆挪到一边去，就双手将我的脚丫搂抱进自己的酥胸中，揉，搓，挤，压，使我的脚丫一阵阵发痛、发胀，发酸，发痒，然后就是放松之后的无比舒服。在揉搓挤压时，姑娘时不时地会问我："先生是不是感到手重了，感到手重了就告诉我？"

她的手劲有时确实用得有点儿大，有几下疼得我几乎叫出声来，只不过碍于在一个姑娘面前，硬忍住了，还是说："不重，不重，挺好，你揉得挺好。"

完了之后，姑娘去取过一双簇新的白袜子来，要给我在脚上套，我一愣，问："我自己的袜子来？"

姑娘笑笑说："我给你装在个小塑料袋中了，你走时带上就行了。"

我大惊，马上想到了安静，自己早上穿一双黑袜子出门，晚上怎么换一双白袜子回来了，那还了的！我急忙说："不行不行，我不要你这白袜子，还穿我的黑袜子。"

姑娘意味深长地笑一声说："是怕老婆回去审问吧？"

我没吭声，姑娘接着说："大部分人都不愿意换新袜子，可我们老板非要让我们这么做，结果每次都不讨客人的好"一边说着，一边就去把我的黑袜子重新从一个塑料袋里掏出来，重给我换穿上。姑娘收拾完了地上的脚盆等，就吩咐我躺到床上去。她开始给我按摩。从头部开始，一真按到脚尖，姑娘极有耐心，业务似乎也非常熟练，也很卖力。我怜香惜玉，让她悠着点，别累着了，可她抿嘴笑笑，表示领我的好意，还是该咋样咋样。又是用手掌搓，揉，拍，又是用手指头揪，又是用胳膊套在我臂腕拽，又是握紧了两个小拳头使劲地擂，全身从头到脚搞了好几个来回。然后，又跳上床来，双手伸到顶上，抓着天花板上一个吊环，用她那穿着半透明花边丝袜的小脚丫，小心翼翼地站在我脊梁上，有节奏地踩起来，直踩得我叫出了声，她才小心地问，"是不是踩疼你了。"

我说，"没有没有。别累着你了。"

经过她各种手法的揉揉拍拍，拉拉拽拽，又这么一顿踩，我几乎出了一身的汗，但浑身却是出奇地放松，出奇地舒服。难怪机关里有些人对它上瘾，一有应酬，都往按摩房里跑。以前自己还常常婉辞，每次能躲即躲，心想，大不了和那些小姐们摸摸蹭蹭，个别胆大的直接搞性交易，好人是不会光顾这种场合的。今天的经历，彻底扭转了我这种看法。其实，按摩还真是一种极好的享受，现今的人，一个个都活得挺累，到这里来，看着年轻的姑娘，首先就让人赏心悦目，白天的诸多烦恼与不如意就早丢在了脑后，再由小姐这么一搓一揉一踹，姑娘还一边给你按摩，一边与你唠家长一般地闲聊，你根本不必象在单位说话时那么思前想后，谨小慎微，完全是随心所欲，等于是在接受姑娘的心理按摩。再听着柔情似水的音乐，闻着弥漫在空气中的香水味，全身心的放松与愉乐，感觉真是妙不可言，飘飘欲仙。

经过了姑娘的一番折腾，我竟然舒服得扒在按摩床上不想再起来，有了一种倦困欲睡的乏意。我就扒在床上，和姑娘闲聊起来。姑娘也真是累了，整理整理自己的衣服与头发，擦了几下额头的汗粒，去到床头柜里取出两个纸水杯，给我倒上一杯，她端起一杯，喝了起来。我看着姑娘累成那样儿，小鼻尖上都湿漉漉地沁着汗珠，心里过意不去。说："真谢谢你了。把你累了个够呛。"

姑娘笑笑说："没事，我们就是干这个的，客人满意了，就行。"

我之前总觉得，这种场合的女的都不咋样，今天的这位姑娘却给我留下了出奇好的印象。我发现她挺有素养，说话很得体，一点也不轻佻，而且干活非常的卖力气，跟我脑子中的按摩小姐一点也对不上号。我以前听说过，她们除过老板给开工资外，主要收入靠客人的小费。把客人服务得满意了，她们得到的小费就高。此时的我，真心疼起这位姑娘来。传说她们一个个在包厢里和客人如何如何，可瞧这位姑娘，多规距，客人问一句，答一句，多余过份的话一句都不说。我由不得地掏出钱包，从中夹出两张百元钞票，说："我也没来过这里，也不知你们的小费标准一般是多少。给你二百元吧，嫌少你再吭声。"

姑娘惊喜道："哎呀，不少不少，太多了哪能给这么多，给一百就行了。"

"拿着吧。你也辛苦了，应该得。"

姑娘笑笑说："那就谢谢先生了。"姑娘得到高报酬，挺高兴的样子，一边往兜里掖着钱，一边说："还不能让我们老板知道，知道了，他是要没收的。他今天给我打了招呼，让我你送小费时不要要。"

我说，"没事，我不会告诉你们老板，而且我还要给你们老板打声招呼，让他今后对你多多关照。"

姑娘就感激地道："从你刚进门来，我就觉得你是个好人。果然我没想错。先生在报社当总编？"

我有点儿窘，"你怎么知道？"

姑娘笑笑道："来我们这儿消费的，都不愿让我们知道他的真实身份。你们刚才在楼下吃饭时，我们经理就过来一次，安排了让我给你按摩。说了你的情况，刚才你们在走廊里说话时，我也听到了。只是经理叮嘱过我们，一般不要随便问客人是干什么的，除非对方主动说出来。"

我再不好说什么，脸有些红。

姑娘就继续恭维我："当总编的就是和一般人不一样，特有涵养，让人敬佩。不象有些当官的，听上去职务很高，却低俗得很……"

好奇心所使，我就问起姑娘老家在哪？为什么年轻轻地不去上学，却来干这个，真是浪费大好青春年华。不问不知道，一问，惊得我几乎从床上跳将起来。原来姑娘和我是老乡，从黄河之滨的兰州来！而且现在就读于中央戏剧学院！我立即对姑娘刮目相看，似不认识了一般。半天，我才说，那你怎么到这种地方来？"

姑娘无奈地叹口气，道，"没办法，爸爸妈妈下岗了，自己又想出人头地，可分数又考得不够，是靠中介介绍进校插班学习的，中介费与学费高得要命。"

我着实唏嘘了一番，对姑娘说："咱俩算是认识了，老乡见老乡，两眼泪汪汪，你一个人到北京来闯荡，人生地不熟的，以后你有啥困难找我，我说不上还真能帮你一把。"

姑娘一听我这话，对我千恩万谢地直点头，连声说："今天能遇上你这么一位好人真是太幸运了。"

我这才想起问姑娘叫什么，她回答我："姜婷婷。"

三

按摩完出来，胡小杨在外边等着，小声意味深远地问我："总编，咋样？"

"啥咋样？"

"那姑娘的服务还令你满意吧？"

我轻描淡写地敷衍道："还行。"

胡小杨要拉着我去更上一层楼，说是上去蒸桑拿，我一摆手："别，别，桑拿就免了。"我看看腕上的表："我得赶快回去，天不早了，你嫂子在家等着我呢。"

胡小杨见我去意坚决，就说："也行，咱们改天再来享受。我去给我表哥打声招呼我们就走。"

不一会儿，胡小杨的表哥随着胡小杨下来了，远远地就双手做拱地上前来，"没有招待好总编。"

我说："哪里哪里，挺好挺好。"

他表哥就说，"改天来洗桑拿。看看我那全套日本式装修的桑拿屋上不上档次。还有那从意大利进口的冲浪浴盆，浪花似不似天然海滩的浪花。"

我嘴里打着哈哈，临出门时，有口无心地问了一句："你们那姑娘说是从兰州来的，现在在上中央戏剧学院？"

　　胡小杨表哥似被理解了他一番苦心地笑笑，道："你以为总编我会给你找那些个下三滥？你是啥身份的人？我特意从三十多个姑娘里挑的。本来她今晚上还有课要上，是我硬求她来的。说了不少好话。"

　　姑娘果然没有撒谎，老实讲，刚才到现在，我都在肚子里嘀咕，姑娘是不是给我说假话骗我。因为我平时在办公室或一些应酬场面中，也经常听人们说在这些场合，一方面被服务的对象不愿意暴露自己的真实社会身份，小姐们也一个个不愿讲自己的真实身份与姓名。二者都是以假对假。今天所遇到的一切，令我太感到意外。走在路上，被风吹得清醒了点，我就心里有点忐忑地问胡小杨："今天我们去让小姐按摩是不是有点儿出格，与自己新闻工作者的身份不相符？"

　　胡小杨就给我宽心，说："总编你还是见识得少。你以为就咱俩来按摩？上次我亲眼见了的，汪副总编很晚了从一家按摩屋里出来。还有一次……"

　　"扯别人干啥！说我们自己。"我阻住了胡小杨，又转过话头，说："真没想到，刚才给我按摩的姑娘，竟然是个中戏的插班学员！太不可思议了。"

　　胡小杨笑笑说："象她这样的在北京多了去了。都是做明星梦来到北京闯荡的。说不定，哪一天，一不小心，让哪个导演看中，演上一部电视剧，便火了呢。这些女娃，都是花了父母大半生的积蓄，在进行着一场人生的大豪赌。这些血汗钱，一部分被黑心的中介盘剥了去，一部分交了高昂的学费。因为不是被正规录取的，只得在外边租房住，这又是一笔不小的费用。我认识一个这样的女孩，她们居住的条件，差极了，好家伙，八九个女孩，挤在一个十几平米的出租屋里，冬天还凑合，到了大夏天，热得全身到处是痱子。这些人就是熬到了毕业，大部分人的命运也挺惨。她得找门子上戏，这又得要求中介。有的女娃还没见着导演的面呢，就先被中介给睡了。就是最后好不容易能上个镜头，充其量，也大都只能当一回群众演员。一个月挣的那点钱缴完水电房租，就剩不下多少了。几年下来，熬成出人头地的没有几个，大部分都是梦断京华。但个别熬出来，混出头的，那可就不得了，有的甚至红得一塌糊涂。现在在影视圈里很火的ＸＸ、ＸＸＸ，你下次来问问我表哥，看她当年给人洗过脚没有？可就是这为数很少的几个，就很有广告效应。每年逗得多少全国各地的年轻女孩来京城寻梦。"

我就感慨道："你这家伙才从山西来北京几年，可能还没我呆的时间长吧？咋把北京的事情摸得如此的熟！"

胡小杨眨眨眼皮："我表哥给我讲了多少！你要想听，我过后慢慢给你讲。"

回到家。安静一个人孤孤地坐在沙发上看电视，见我回来了，埋怨道："你看看都几点了？我还以为你今晚都不回来了呢。把我都等困了本想先睡了。"

我一下子就觉得心里有亏，自己去乐呵，将新婚妻子一个人丢在家里耐寂寞。可是又不能说是去上按摩屋去让小姐按摩去了，就编谎说，"今天的饭局实在是有点儿拖。桌上遇到两个缠头酒鬼，非要粘着跟人比高低划拳，没完没了的。完了又被邀上去打保龄球，一只拖到现在，实在对不起了，媳妇。"说着，装出一副很累的架势，伸个懒腰，扭扭身子骨，弯弯胳膊，仰躺在沙发里。安静见状，就说，"那就洗个澡，解解乏。我给你去放水。"

我拦住安静，"别别，都这么晚了，随便洗洗睡吧。"

安静就起身去，到卫生间接上一盆水来，端到我的脚底下，我几乎下意识地脱口而出，我已经洗过脚了。忙把话压在了舌头底下。我弯下身来，刚要将手伸进脚盆去，安静说："别动别动，你累了，躺着，我给你洗。"

我就乖乖地躺在沙发里，又让媳妇重洗了一次脚。心里疚疚的想，现在天下做老婆的，是不是都这么傻，老头在外边风流浪荡回来了，还要紧着伺候。作为补偿，晚上，我特别卖力地表现。而且重复了两次，以表自己的衷心，让媳妇放心。现在流传着一个笑话，将和老婆干那事戏称为交公粮。我要给安静传递一个明确的信息——自己就是再出去多晚，也没有跑冒滴漏，将粮食撒在外边，所有的粮食，还是乖乖地全部回来倒进老婆的粮仓里。

四

第二天早晨上班，我脑子里还在过着电影，回味着昨晚的事情。胡小杨敲门进来，交到我手中一个牛皮纸袋，说是我去结婚旅游期间，部里开党代会，没能参加上，这袋里是给我领来的代表证、材料什么的。我说会都开完了，还给我送它来干什么，胡小杨笑笑说："材料和代表证是没用了，可这里边还有东西呢。"就将其中的东西都倒出来，拿起一张票来说，这是一张捌百元的购物券，可以去新世纪商厦购物。还有这会议餐券，我给你兑成了现金，一共是四百七。还发有一个微波炉烤箱，在我办公室的桌子底下。下班后我帮你往家搬。

我说，"我这次去旅游了，没有参加会怎么还给我发这些东西？"

胡小杨嘻嘻一笑，道："这都是我替你争取的，张总。"

我有点不高兴，责备他说："你怎么能越俎代庖？你知道我愿意不愿意？这样影响多不好！我又不是稀罕这些东西。让别人怎么看我。"

胡小杨虽然没落我的好，但仍痞了吧叽，笑着说，"没人知道，报社这边的会务工作都是我一人经手，部里那边筹备会议的是我一个老乡，关系好得跟亲兄弟差不多。私下一说，就悄悄办了。谁都不知道。"

我又问："老彭呢，知道不？"

胡小杨说："我给彭总编打了个招呼，他点了头的。不然，我也不敢这么做，嘻嘻，张总你就放心好了，我一切都替你办得妥妥当当的。"

我就摇摇头，责备道："以后再不许胡来，这是机关，你以为是你那表哥的生意场？"

"呃呃，"

胡小杨出去了，我把信封放进抽屉里，心里想，这个胡小杨，他对你真是太忠诚了，忠诚到让你都感到有点受不了。我左思右想，别为了这么点蝇头小利，让别人知道了说三道四，平时我在各方面特别小心，自打被提拔后，我一直都是夹着尾巴低调做人，生怕遭别人妒忌，特别防着汪副总编。他是从组建报社时，从另一个大报调过来的，听说在上边也有靠山。业务能力很强，尤其写言论稿，是一把好手。调来之前，原来报社挽留不想让他走，说他们提你，我们也能提你。但他还是来了。一直就瞄着总编的位置。我调来时，还啥也不是，他负责编报室。我还一度是他的下属。那时两人还挺有点共同语言。可后来，我却后来居上，几年下来，跳到他前面当上了常务副总编，他心里肯定不平衡，可又不表现出来。我想他可能也是碍于过去我和他关系好的情面，当然最主要是知道我和部长老范的同学关系，对我仍然是见了面笑呵呵地打招呼，工作上的事也挺配合，从来不跟我过不去。凡是我经手的事情，到他那里，也是一路绿灯。可越是这样，我就心里越是没底，越是怵乎他。我在他面前，总觉得理亏，欠着他的。我老是拿文化大革命时排队买猪肉相比。本来，他站在我的前边，可是，我却通过熟人绕道从后门进去，将本该属于他的一块肥肉割走了，他能不心里窝火？所以，他就是再见了我笑呵呵显得胸襟大度没事的样儿，再对我工作上给予积极配合，我都感觉那都是装出来的，就越是谨小慎微地防着他。今天这事，要是让老汪知了去，对我肯定不好。别看这么点小事，小事虽小，今天一点，明点一点，积累起来，可就是大事。俗话说得好，不怕被贼偷着，就怕被贼惦记着，害人之心不可有，防人之心不可无。想到这里，我就重又从抽屉里取出那个大信封来，开门去踱到隔壁彭总编的办公室里。彭总编是个高度近视眼，正头囊着看面前的一大摞报纸，见我进来了，急忙站起身来，我忙着说："总编你不用起来，你看你的报，我就是有件小事，给你汇报一下。"

我就将那个牛皮信封里的东西掏出来，一边往老头的办公桌上放，一边将事情讲了一遍，又将胡小杨一顿狠骂。老彭连连摆手说，"这事小胡给我打了招呼，没事，啥大不了的，不就是千儿八百元，你就别为这事放不下心了，这算个啥？你拿回去吧。真没必要这么谨慎的。你要是不去度婚假，这钱还不是要发给你的？来来来，我们还是说点正经事情，我还正要找你呢。今天的报纸上，头条是不是有点份量不足？其实我看中腹的这篇更有份量，应该做头条。再就是今天的错别字可是超标了。我检查了一下，几乎每个版上都有两三个。你要在中午的编务会上讲一下这事。"

我心里感慨地想，这老头，都多大岁数了，眼看着明年就要退休了，还这么对工作极端认真一丝不苟，让人敬佩。谈完了报纸又谈人事，说报社会计跟老头下个月要出国定居，留下的那摊工作没人接手。胡小杨给物色了一个新会计，是他老乡，原来在市里一家什么研究所里当会计，最近刚刚离了婚，想换个环境。又说这事我出去旅行时已经上了编委会。老汪老李都没啥意见。老汪的意思是我回来后再跟我打声招呼，让我把把关，哪天让胡小杨把人领来见个面，要看行，就调进来。具体事情由小胡去跑。

我就想，这个老汪，现在啥事都顺着我。这人事本来就是他一手管，还要让我来把把关。

从总编房出来，我就去各版编辑部门和编报室、校对上走了一圈，将彭总的意见先就传达了，说你们以后可得工作认真一点，下一步，报社的奖励惩罚制度就会严起来。再这样每天版面上出现这么多的错别字，你们别说拿奖金，就是工资也得扣去不少。我在报社虽然是个常务副总编，可是由于以前自己的经历，所以，常和下边的人保持着接触，以平易近人的姿态出现。不象汪副总编与李副总编，总是窝在自己办公室里，给大家高高在上，不愿搭理群众的感觉。胡小杨给我反馈上来的信息是，大家伙说我当官不象官，挺随和。平时，有谁犯着了什么，我是能放一马就放一马，所以人们对我都反而挺尊重。特别是我这次办婚事，报社的同事们都热心地忙前忙后，我也挺大方随和。报社的工作人员，不管是编辑记者，还是校对、后勤人员，甚至是收发。我都待他们一视同仁。办喜宴时，每人正正规规送上一份请帖，并且明确声明，本人办婚宴不收任何人一分礼。谁要给我送礼，谁就别来。一位老编辑那天不知啥原因耽搁了，酒宴开始后不见他人，我让胡小杨和司机开了车亲自去家中请了来，着实让他感动了一番，见了我，眼圈都红了，过后，一个劲地跟人说我的好。其实，手中握有权力的人，只要你稍稍留意，不用花太大的力气，就会将群众关系搞得好好的。可老汪老李，是他们想不到，还是本身就不愿这么干，总是把自己跟群众隔开来，那样对你们有啥好处。象这次去海南，我给老范花一千多元买了个大珊瑚，可同时也没忘了另外用二三百块钱，挺便宜的买回来一些小贝壳之类的玩意，到各办公室里去分发给一些有小孩的女编辑们，让她们带回去哄小孩。事情极小，却获得了极佳效果，一个个很感激地说："没想到总编出外结婚，都没忘了我们。"我做这一切还有一个目的，就是弥补我是因老范原因提起来的这一短处，让大家心悦诚服。想想也好笑，当时我在原单位，孤立得每天只能跟看门房的老头和开水房的老头聊几句，现在当了官，稍稍动了点心思，就获得这么好的群众关系！权力真是不得了，并不是我张某人有多大的能耐——我很清楚这一点，如果没有了手中的权力，你这些雕虫小技就是没有皮的毛，无源的水，无本的木，你就是再做得比现在十倍的好，恐怕也没有多少人买你的账，还觉得你这人犯贱，将你看低了呢！

临下班时，胡小杨给我打了个电话，说是让我先走，过后他再走，要将那个微波炉送到我家去，免得别人看见了说三道四。我不由地佩服这小子的心计，客套说："不行你就带回去用吧。我家中有一套。"

胡小杨说："那哪成。不行不行，你有了可以送嫂子家呀。"

我心想也是。下班后，我就先回家来，过了一会儿，就听见有敲门声，我去将门打开来，胡小杨抱着个纸箱进门来，放下东西，就准备走的架势。我说，"别走别走，既然来了，急着回去干啥？"

胡小杨就说："你不是还要到老丈人家去吃饭？"

我说："你来了，我就打个电话不去了。我冰箱里有中午从老丈人处拿来的半个鸡，一包鸡爪，还有点卤猪肉，我们喝两盅。”

胡小杨大喜，说：“那总编我就不走了，正好我还有话要跟你说。你等着，我下楼去，再买点东西来。”

我说““免了免了，能吃多少。”

话音未落，早不见了他的身影。我趁此时间，给老丈人打过去电话。老丈人在电话中又一顿埋怨：说饭都给我做好了，是我最爱吃的拉条面。说本来准备着跟我吃完了饭好好杀两盘围棋呢，又泡汤了。自打我旅行回来，就一直没能好好陪陪老爷子，老是晚上有应酬，为此，老爷子对我已是很有了些意见。本来，今天中午讲好了的，我说今晚上可能有时间。结果，就为胡小杨往家送个微波炉，就又失信于了老爷子。接着，我又给安静打了电话，让她下班后自己去家吃饭，别管我。说胡小杨到家送微波炉，我们两人好长时间了没在家里喝过酒了，今天要喝一喝。不一会儿，门口重响起了敲门声，我去打开门来，胡小杨大包小包地拎了不少东西，我急忙上前去接，一边埋怨他，“你买这么多东西能吃得了吗？就我们俩。”

胡小杨笑笑说：“没事，买的东西都能放住，吃不了你就放下慢慢吃。”

我这才细瞅，除过下酒的猪耳朵、酱牛肉、田鸡腿等等之外，人参鹿茸酒、八珍汤，枸杞酒什么的，我又好气又好笑，说：“你买这些干啥？这都是上了年纪的人喝的。”

胡小杨狡黠地冲我笑笑道：“总编你刚刚结婚，那方面肯定和嫂子勤点，还是得补补。”

你瞧这小子为你考虑得多周全！我们两人就喝了起来。过了一会，安静也回来了，肯定是见我不回去了便匆匆去家中吃了饭就赶过来的。我们俩现在可真是新婚燕尔，特别是她，一天不见我就想得不得了，我第一次深切体味到了为什么将刚结婚叫蜜月。想想以前自己与惠芬结婚时的第一个月，那哪叫蜜月，简直就比蹲监牢还难受。安静一进门，见到地上放着的微波炉，马上就打开来左右翻看，我就说了微波炉的来路，又将胡小杨埋怨一番。安静可不这么看，说我得了便宜还卖乖，感激人家小胡还来不及呢。又看到胡小杨买来堆在桌上的一大堆补品，更是欢心，便使劲地劝胡小杨吃菜喝酒。还说让我们先喝着，待会儿给我们到厨房里去简单做个西红柿蛋汤。

胡小杨受到了安静的褒奖，酒也喝了有几杯，就畅开了襟怀，话更多也更大胆起来，推心置腹地说："总编，不是我恭维你，把咱报社翻个遍，看他有哪一个能比上你要文凭，有文凭，要水平有水平，要背景有背景，要为人处事有为人处事？你刚来报社时，我就感觉到你非同一般人能比。"

我谦虚道："你可别这么说，人家彭总编，可是以前在大学呆过的，一肚子的学问底子，特别是对中国历史，特有研究。还有汪总编，也是从大报调来的，搞了大半辈子的新闻，很有一套，文字功底深着呢。还有李总，写的那些小言论，笔锋多犀利……"

胡小杨大摇其头："张总，你此言差矣。是，他彭总是历史底子厚，可你没感觉到他有多迂腐？为人处事上，欠缺太多，简直就是个老古董。教个书还行，当总编，实在是不称职。你相信不相信，现在报社要搞民主测评，你的票绝对压倒他的得票数。再说李总，他写的言论我也认真地做过研究，也就是翻来覆去那么个套套，没啥新鲜玩意，文采也一般。说老实话，你写的那些诗，随便拎出一首来，就把他那些言论全比下去了。昨天我和小张小刘几个还私下里议论呢。你写了那么厚厚的一摞诗，为啥就不拿出来在本报上发一发呢，也好震震有些人，看看他们有啥不服气的。"

“谁不服气？”我敏感地问。

胡小杨反问我：“你还不比我更清楚？”

我就说：“我们在家喝酒就喝酒，别乱议论别人。这样传出去不利于团结。”

胡小杨一摇头，“你呀，张总，不是我说你，哪方面都好，就是有点心慈面善，这样的性格真不利于你以后的发展，你真得改改。”

“咋改？”我问。

“拿出点威风和魄力来，该咋就咋。这不是明摆着的，老彭头马上就年龄到了，现在都基本上撒手不管事了。要不了多长时间，就得走人。你不看现在的架势，那两个副总也是上班时一个精心养花，一个除过偶尔写点言论就是闷着头写毛笔字。都在等着班子的下一步变化呢。部党委会这一开，下一步，这中层领导班子的变动也就很快了。我看这总编的位子非你莫属。但你也不能掉以轻心，你可不能只是闷着头干工作。有些事情，功夫往往在工作外。所以，你老同学范部长那里，你也得多跑动着，别让快出锅的馒头让别人抢了去。有些人，你别看他整天在办公室里打哈咪、养花、写毛笔字，鬼知道背地里在干什么。防人之心不可无，特别是在这敏感的时间里。我昨天就发现老汪去部长家了。”

我心里咯噔一下，自叹在权力场上自己太迟钝，胡小杨就象是老师一般在给我上课。我就有点儿后悔，回来后只去老范家探了一头，人家夫人还让我和安静没事常去玩，我却忙了各路应酬，再没去老范家——其实，也是心理有障碍，总觉得人家现在是高干，和我地位悬殊，已经不是在学校时那样，两人间想说啥说啥，每次去都很拘促，所以也怯去。经胡小杨这么一提醒，我恨不得现在就动身往老范家跑。

　　安静虽然在忙乎着煮蛋汤，可也一次次地从厨房里抽身出来，听胡小杨一气讲完了，对我说："听听，听听人家小胡，我看比你在政治上成熟多了。以后好好让人家在这方面教导教导你。范部长爱人让我们没事常上他家去，你总是这应酬，那应酬，就是推着不去。你那应酬哪一项能比去范部长家去更重要？你心不在焉不当回事，等人家跑成了领导开你，你就后悔去吧！"

　　"来来来，先喝酒。"我举起酒杯来，催促胡小杨。

　　两人碰了杯，胡小杨抹把嘴，重又往我酒杯里斟酒，一边有点儿得意地说："我这只是给你提个醒。张总你也别太紧张，把心放宽了。据我的分析和下边人的普遍反映，你这次上的可能性最大。他老汪就是再下功夫钻营，可能也是白忙乎。"

　　"为啥？"我问。

　　"我刚才不都说了？"

　　胡小杨就又扳着指头将我的优势一二三四，重新数落上一通。虽然我的耳朵几乎都听出了茧子，可是，我就是爱听，脸上也露出笑滋滋得意的神色。说真的，谁都爱让人顺毛捋。

　　胡小杨见我听得高兴，就顺势说："张总你也应该心里有个前期准备。你心里是咋想的，特别是在用人上，该重用谁，不用谁，及早有个盘算。象老汪那样的，你就应该在上边早活动，最好是把他挤走了。我想只要你在上边用点心活动一下，差不多。你和范部长的关系，部里哪个不知，谁个不晓？他又主抓人事。部里又有那么多的虚机构。随便就可给他安排个闲职。别到时候上边突然让你接替了老彭头，让他再当你的副手。现在你觉得他不挑事，保不住那时候跟你闹对立。那样可就够你烦心的了。部里ｘｘ司，你看那两个正副手，隔天就跑到部领导那里你告我我告你的，还哪有心思搞工作。"

　　我以前在心里哪里想过这些，经胡小杨这么一提醒，我醍糊灌顶的感觉，简直就觉得这个社的总编下一步不应由我来当，而是由他来当！下级的水平往往不见得就比上级差。心里就感慨，左思有诗说得好："郁郁涧底松，离离山上苗，以彼径寸茎，荫此百丈条。"是地势使之然也。有些人，其实真是没机会与靠山。眼前的这位，要是有我那么一位当部长的老同学，这一辈子不定干到什么位子上！安静也许是干部家庭出身，听了胡小杨的这一番宏论，兴奋得在旁边坐不住了，挤进来和我们凑热闹，一边说："小胡你以后没事了就常上家来。嫂子我别的不会做，几个下酒的菜还是可以的。"说以后要把他当亲弟弟了的待。其实胡小杨的年龄比她的大，胡小杨听了安静的话，跟个小狗得了主人恩宠似的欢势，张口一个嫂子，闭口一个嫂子的叫，说，"嫂子，你就在单位好好上你的班，家中的一应杂事，我随叫随到。不光是你家的事，包括你爸家的。安副司长虽然是离休老干部，有事可找离退休处。可那帮人未必很上心给你办事。现在的人都是狗眼。弄不好，为件小小的事情，还把老人家气出个病来，象退休的ＸＸ司长……"

　　酒越喝越高兴，我就将出去旅行时照的一些照片和摄的影像放出来给胡小杨看，胡小杨一边低头看照片，一边抬头看录像，一边嘴里不停地夸赞，"总编你这摄影水平真是高，都赶过专业摄影师了。你看看这张，将泰山的云海、苍松，峭壁拍得多好，构图也好。选的时间也好。太阳刚刚升起之时，气势磅礴，不错不错，真不错。"又拿起另一张来："还有这张拍三亚海滩的。你看将这海面拍得多有层次感。近处的沙滩，中景的海浪，远处的船帆，更远外的云彩，好，好好，还有这张，你把嫂子拍得多漂亮，就是她电影明星来，也不一定比得上。真该拿到报社去让那两个搞摄影的记者好好学习学习。"

　　安静在一旁被羞红了脸，说："你别拿你嫂子打趣了。"

我舒心地又拉胡小杨：“来来来，我们的六个拳还没划完呢。”

胡小杨就一边和我划拳，一边继续看录像，看照片，说：“将录象带交给我，我给你找人刻成光盘，永久保存。照片你挑几张最满意的，我也找开影楼的朋友艺术加工一番，扩了，再用像框框起来。一准使你和嫂子满意。”

安静又大喜，就帮着胡小杨挑相片，挑来挑去选了好多遍，一直到很晚。胡小杨要拿起挑好的照片和录象带走了，我将掌中宝也找出来交胡小杨手里。

胡小杨说，“我哥上次不说了？让放到你这，下次再到哪玩也方便。”

我说“有借有还，咋的就是咋的。”

胡小杨这才将摄像机接了过去。送走了胡小杨，收拾完了残局，两口子躺在了床上。安静还在兴奋着，说：“小胡这人真不错，看他对你多忠诚。你以后当了一把手，可不能把人家给冷落了。那样我心里都过意不去。”

我笑笑说：“你们女人们，就是感性，小小件事，就把你给感动了。”其实我心里也挺高兴，为在单位里有胡小杨这么一个铁杆儿朋友。心里谋划着，待我当了一把手后，一定要多加关照他，迟早把他提成副手。

五

过了两天，我在办公室审各部门报上来的一摞稿子，看到记者小刘写的一篇通讯，内容是本市某公安分局刑警支队扫黄打非方面的。我眉头一皱，便打了个电话，将其叫到我的办公室里。小刘刚刚大学毕业到报社里来没一年，见了我有点儿拘谨，站在那里，我让他坐，他也不坐。我就客气地说："小刘啊，你写的这篇稿，我可能得给你毙了。因为什么呢。"我给他耐心地讲缘由："你看，呃。我们这是面向全国的行业报纸，一般是主要报道行业内的人和事。至于北京市面上的新闻，我们的原则是能不报则不报，能少报则少报。再说，你这篇通讯我看了，也没啥新闻由头，都是一些日常工作。"

我又翻翻面前桌子上的一大摞稿件："你看我桌子上堆的这些稿子，都是各省市记者站发来的，有的都压了一两个月了还挤不上去，版面实在是太紧张了。"

小刘被我说的心悦诚服，连连点头称是，拿着稿子出门去，还说："谢谢总编，谢谢总编指导。下次一定注意。"

作为补偿，我还不失关怀地说："要是以后采写了自己觉得很满意的稿子，在交你们主任前，可以先拿给我来过目。"感动得小刘直点头。

小刘走后，我很得意自己的方式方法，觉得自己越来越懂领导艺术了。其实还就那么一句话，看你怎么说，只要你在这个位置上，稍稍和悦一点，把话绕个弯，既达到了目的，还笼络了人心。只是有许多人当了领导不明白这个理，对下属总是颐指气使，所以才弄得和部属的关系很紧张。

正得意间，却听到有人敲门，打开来，见是胡小杨，手里正提着刚才小刘那篇稿。进门后，胡小杨将门关闭了，神神秘秘地头凑到我的耳旁，说："张总，这篇稿，是我安排小刘去采写的。"　　　　　我一听就明白过来是咋回事，肯定是一关系稿。我就问，"那你自己怎么不去写，却支了小刘去？"

胡小杨不自然地笑笑，道："我怕我出面太显眼。别人说闲话。"

我就把刚才给小刘说过的理由又重复一遍。胡小杨就恳求道："总编你就高抬贵手放过一马，反正过去也没少发这样的稿子。再说，版面上现在广告变相以新闻面孔出现的还少？别人他也一眼看不出来这是个关系稿。他汪总上个星期不也拎来篇吹他老婆学校的稿子。他老婆学校与我们有个啥关系，也不是条条里的子弟学校，你不也签发了？"

"人家是总编，你是啥？"

上个星期，汪总编是拿过来那篇稿，当时我二话没说，大笔一挥就给签发了，而且嘱咐版面编辑给位置放突出了，不要压版，以最快时间刊出。将老汪高兴坏了。我知道那是一篇很有份量的通讯稿，关系到他老婆的去留。我听下边人跟我唠起过，说老汪这一阵正恼心，老婆学校也搞下岗分流，五十岁老师一刀切。在这关键时刻，我给他方便，他肯定是对我很感激的。以后还要长期共事呢。再说，他比我大了近十岁，张一次口，也挺不容易，不知在办公室里琢磨了有多久。其实，他自己也完全可以直接将稿件交到版面上去，虽然不主抓编报，毕竟是位副总编，人家之所以将稿送到我手上，也是尊重我。

这件事，当时是有口无心地给胡小杨透露的，可这一会儿，可就让他抓着了要挟我的把柄，嘻皮笑脸地硬缠我，说这稿子是他表哥授意的，发不出去，那边实在不好交待之类的话。我指指桌上的那一大摞待发稿，给其诉苦："你看看，这里有多少稿子在等着排队发？新疆的小沙，还是个民族同志，上次来你也参加了，把我与你邀到他们办事处的民族饭店里，花了多少钱招待我们？人走了，可一个月了，留下的稿子还在我这儿压着呢。每次他打来电话，我都特难为情，答应给人家马上发，马上发 ，可直到现在也没发出去。现在拿起电话，一听是他的，我都直发怵。" ——还有一项内容我没说出口，小沙背着胡小杨，还给我家送去了几大包新疆天山的特产红花雪莲、灵芝、和一箱药酒，过后我都给老丈人拎去了。

老丈人说他在新疆工作几十年，都没见过那么好的雪莲与灵芝。安静都老催促我人家那稿子发出来没有。我又翻出另几篇稿子来："你再看看这，黑龙江大王的，这，内蒙格日勒的，青海小陈的。这是人家三下柴达木盆地的一线生产基地才完成的长篇通讯，发来都快两个月了，到现在了还在我这儿压着。湖北小冯跟随他们省一家钻探公司到南海油汽田采写的通讯，四川油汽工程公司宣传处的王处长上次专程到京送来的配合他们公司成立五十周年的通讯稿，现在马上时间就要过了，还没能给人家发出来，再拖拖，就是发出来了也配合不上了，成了马后炮。我们怎么对得起人家给咱俩喂下的，玩下的？下次咋再见人家的面？上次王处长来，所有活动你都参加了，人家那诚意如何？甘肃站的老杨，力邀我们下个月去他们那儿，由他带我们上九寨沟去玩，吃喝他全包。这马上就要成行了，发来的稿子还没给人家发出来。我都急得要上火呢，你还在给我这里添乱。"我当然不能告诉胡小杨这些稿件其中更深的猫腻，譬如其中四川油汽工程公司宣传处的王处长，人家油汽基地在北京一个大楼竣工剪彩，请我去剪彩，虽然我是八九个剪彩者中职务最低者，可也送了我一个信封，里边装着五千元的剪彩费。

胡小杨听了我一大通，嘻嘻哈哈道，"他们毕竟在外地，一时半会儿也见不上他们的面，我这是近水楼台。你就给破个例，安排一下吧。这稿子要发不了，同样，我在那边也是不好见人。"

其实，我刚才那也是虚虚实实，版面也没紧张到将那么多的稿件压那么长时间发不出去。我给他讲这么一通的意思是让胡小杨悠着点儿，别以为和我关系好，就无所顾及地干一些犯忌的事，给我出难题。我可不愿让别人背后指我脊梁骨。在单位树立起个好的形象不容易，要毁起它来，那可只是一两件事情就成的。说归说，稿子我还是留下得给他发。我和胡小杨是啥关系？更何况，还牵着他表哥那头。

稿子很快见报了，而且位置也安排得不错。再见到小刘的时候，我脸上有点儿挂不住。冠冕堂皇的理由将稿件打了回去，结果胡小杨拎着稿子重来找了我一趟，又被很及时地发了出来，让小刘咋想。

稿件见报的当天，胡小杨兴冲冲地到我办公室里来，说是他表哥有请，无论如何也要赏脸，再去他哥的大世界娱乐城里坐坐。我怎么推都推不掉，加上我还念想着上次的那个姜婷婷，也就答应了。给岳父与安静两人都编了谎，说是下边记者站上又来人了，晚上有应酬。安静自是乐意，她尝着了甜头，知道下边一来人进京，准多多少少有好事情，所以答应得也挺痛快。就是岳父那边麻缠，一请假，先是埋怨一番，"又要吃吃喝喝，党风都是你们这样给喝坏的，"然后就是问我，"能不能推了？"我说推不了，他就退而求其次，"能不能早点完了？"好象哪怕回去只要探一头，跟他打个照面，他就知足了。丈母娘在电话旁骂他，"人家一凡有工作上的正经事，你老拽着人家回家来陪你这死老头子干吗？"

下班后，早有小车等在部机关门外路边旁的拐角处。我和胡小杨为不引起下班时大家伙的注意，一前一后地下楼去，出了门，拐到小车前，迅速地打开车门钻进去。

来到他表哥的娱乐城，见过他表哥，将我们引进个小包间，里边还坐着两位男子，见我们进来，马上站立起来热情地跟我们握手。其中一个胖点矮点的，恭敬而友好地连声道："感谢感谢，非常感谢。"

我有点莫名其妙，胡小杨表哥就给我介绍说："这是 x x 公安分局扫黄打非办公室的赵主任。那是他同事小张。"

　　我一下子就明白过来是咋回事情，问："是不就是小刘稿子上提到的那一位？"

　　赵主任便连点头道："在下正是，承蒙关照，今日在我兄弟这里略备小酌，不成敬意，总编大人能屈驾前来，真是给小弟面子，请请。"

　　我心想，对方咬文嚼字的，看上去肚子里有些文墨，怪不得挺重视新闻宣传，也就客套两句坐了下来。胡小杨表哥介绍说，"今天到这里来，两人都是便装，这样方便些。"

　　落座后，胡小杨表哥就张罗着让身边的小姐们沏茶，递菜单，相互礼让地点菜。用餐巾纸擦拭各自面前的碗碟，启瓶盖。一边等着上菜，一边又客气地寒喧一阵——谈谈天气，说说时事。问问各自的简单经历。不一会儿，菜肴上来，大家就举起了杯来。赵主任又一次表示了对我的真诚感谢，和胡小杨表哥，还有他带来的部属小张轮番敬了我几杯。接着我又和胡小杨回敬对方一番。赵主任说这就认识了，让我以后有啥事找他，肯定不遗余力。我心想，这都是客套话，我能有啥事求你帮忙。渐渐，就没有多少话可说了，桌子上有点儿冷场。胡小杨表哥就提议划两拳。赵主任示意让小张打通。小张就转身向身旁的胡小杨先划起来，两人划了三拳，胡小杨输了，喝了三杯酒，对方小张陪喝了一个，又转到我这儿，又赢了我三拳，我喝了两杯，让胡小杨代了一杯，小张陪喝了一杯，我夸了一句："你们这小张的拳还挺厉害的。"

　　赵队长笑笑，没吭声，胡小杨表哥笑笑开口了："不但拳划的好，花哨段子也不少呢，待会儿让他给大家说几个。"

　　我知道他所说的段子是什么。赵主任就制止胡小杨表哥说："你纵容什么？这可不是跟你们那帮江湖乱盗，今天桌上是大总编，文化人，知道吗？说那些东西，也不分个场合。"

我以前在酒桌上也听别人说过一些这样的段子。虽然其中的有些挺下流，但还真幽默，好奇心索使，笑笑说："没事，现在酒桌上都这样。以前我也听过一些。"

老胡小杨就撺掇小张："说吧说吧。让大家笑笑，活跃活跃气氛。不然酒喝得有点闷。"

赵主任就不再阻拦。小张就抿了一下嘴，说出了第一个段子：一小孩把妓院的鹦鹉给偷回了家，一进门鹦鹉就叫，"搬家了。"看见小孩妈，又叫，"老板也换了。"看见小孩姐，又叫，"小姐也换了，"看见小孩爸则说，"客户还是老客户。"说完了也没见大家怎么笑。半天，大家伙才回味过来，笑了。小张捋捋袖子接着说第二个段子：一母老鼠怀疑公老鼠有外遇，就整天跟踪它。公老鼠钻进一草丛中，一会儿跳出一只刺猬来，母老鼠一把将其揪住了，说："还说没外遇，打那么多摩丝去勾引谁？"

大家哧哧地笑了几声。胡小杨表哥说："不过瘾不过瘾，来个带点彩的。"小张偏头看看赵主任，见主任只顾低头咬一块鸡爪，又见一个个都用期待的目光等着，就想了想，开了口："一女子怀了个龙凤胎，男孩与女孩没事在肚里闲着老唠嗑。男孩说，咱爸挺好，常伸头进来看望我们。女孩说，爸不讲卫生，进来老吐口水。还是隔壁叔叔好，每次都戴口罩。"

我听着几乎将正吃着的一口菜喷到饭桌上。大家伙也哈哈哈地笑起来。赵主任就喝斥："别胡来，看看对象。"

我摆摆手说："没事没事，这有啥过份的，挺逗。"

赵主任见我不介意还挺有兴趣，就说，"说点文雅的，让总编高兴高兴。"

小张又想了想，就接着说："给大家念个顺口溜——想当年，红米饭，南瓜汤，老婆一个孩子一大帮，敢把老蒋消灭光；而如今，白米饭，王八汤，孩子一个老婆一大帮，敢把公款挥霍光。”

大家一阵笑，胡小杨来了精神，说，“我也给大家来一段顺口溜，前几日在一个饭局上刚刚听的，是说关于下边接待上边检查团的”便捋捋袖子说起来：“检查团来了怎么办？先住宾馆后管饭。管饭以后怎么办？坐上小车看一看。看完以后怎么办？换个地方再吃饭。吃饭以后怎么办？歌舞厅里转一转。转完以后怎么办？桑拿浴里涮一涮。涮完以后怎么办？找个小姐按一按。按完以后怎么办？你想咋办就咋办……”

胡小杨的段子引得大家伙哈哈哈地大笑起来。赵主任见大家兴致高涨，也袖子一捋，道：“我也给你们来一个，是说有些干部的：做饭糊，炒菜糊，打麻将不糊；血压高血脂高职务不高；政绩不突出业绩不突出腰椎间盘突出；大会不发言，小会不发言，前列腺‘发炎’。”

胡小杨马上说：“我给你们来一段，正好和赵主任的这个段子天衣无缝地接上：开会什么内容不清楚，坐哪儿清楚；谁干得好干得不好不清楚该提拔谁清楚；谁送了礼送的啥礼不清楚谁没送礼清楚；晚上和谁睡不清楚睡觉干什么清楚。”

有了这些个“佐料”，酒桌上的气氛着实热闹了起来，酒也喝下去不少，个个都有点儿迷三倒四的了。我说：“天不早了，该回去了，今天能认识赵主任真高兴。”

赵主任就说：“还哪的话呢，才十点多钟。下边还有‘节目’呢。不行不行，不放你走。”

其实我心里还惦着那位中戏的女学生姜婷婷，也是故作姿态，既然对方挽留，也就客随主便。赵主任就反过身去问胡小杨表哥：“你是咋安排的，是去洗脚按摩，还是歌舞厅唱歌，或者是去桑拿？”

胡小杨表哥反回头来征询我的意见：“总编的意思？那位中戏的女学生，我已经安排好着，想唱歌就让她去歌厅。想按摩洗脚就在上次的老地方。”

我说，“那就还是老地方吧。”上次的按摩给我留下了十分美妙的印象。歌舞厅里，乱嘈嘈的，和姑娘说个话都不方便。

胡小杨表哥就说：“我听我表弟说你对那个中戏的女学生印象挺不错的，所以我今天又特意约了她。她一听是你，也挺乐意，今晚的课也没去上，这会儿就在包房里等着。那咱们这就过去？”

我虽然心里欢喜，嘴上装着不经意地说：“既然胡总安排了，尊敬不如从命了。”

一行人就拐上楼，到那个处在僻静角落里的几间按摩房去。中途赵主任遇上了拨酒客。敷衍道：“今天来随机暗访一下他们这家娱乐宫，看有没有出格的地方。”我就心里好笑。赵主任编起谎来，舌头都不带打弯的。

来到按摩房前，各自找寻各自门。进去后，马上就与外界隔开了，突然就象进入了另一个与世隔绝的天地。小小的按摩屋里，弥漫着女人身上散发出来的香水味儿。本来就喝了点酒，闻到这香味，更使人心醉。姜婷婷早在按摩床边的沙发里等着我，见我进门来，忙站起身来，向我莞尔一笑。我比上一次要认真地对她留意打量一番，发现她比第一次有了很大的不同，似乎化了浓的眼影，唇膏也涂成了更加鲜红的颜色。面颊处扑了胭脂，给人一种妖冶的感觉。我忘了她上次穿什么衣服了，今天穿一件淡绿色的连衣裙，胸前点缀个小丝带折成的小粉花。连衣裙是跨带的，领口呈方形，开口有点低，露出半边圆润洁白的乳房来，腰身卡得很细，裹得臀部鼓鼓的。如果是第一次时见着她这样的打扮，我肯定心生嫌弃，把她当成个真正的风尘女子的看待，今天则不同，由于有了上一次的良好印象和交流，她的贫穷大学生的形象就定格在了我脑海中，人的这种主观上的感觉真是太神奇了。我甚至觉得她似乎今晚是特意为我而打扮的，欣赏一番，恭维道："哟，你今天打扮得好漂亮哦！"

姜婷婷羞赧地笑笑道："总编你谬奖我了。""真的，"我说，"第一次没太感觉到，今天你这么一收拾打扮，挺光艳照人。"

姜婷婷就再没吭声，只顾去取脚盆与药包。我就拦住了她，真心地说："别别，今天你只给我按摩按摩就行了，哪能让一个未来的电影明星尽搓臭脚丫子。上次是不知道，今天绝对免了。"

她站在那里有点儿犹豫，我补充道，"你放心，虽然洗脚免了，但服务费我会加倍付给你的。你不要让你们胡总知道就行了。"

姑娘就感激地说："总编你真是个好人。我来北京这么长时间了，还第一次遇到你这么好的人。"

"谁让咱俩是老乡呢。"我真诚地说。

我爬上床去，她就还是很卖力地给我按摩，甚至比第一次更加的使力气，我有点儿不忍心，怜香惜玉地说，"悠着点，小姜。看把你累的，鼻子尖上都沁出了汗。"

姜婷婷腾出手来，用手背轻轻抹一下鼻尖，说："没事，不累的。"

她一边按着，我就和她聊起来。俗话说，老乡见老乡，两眼泪汪汪。我们聊得很深入。聊起了兰州两山的绿化，滨河路黄河上的夜景，为了改变兰州污染而正在进行着的东大山削山工程，还有那香喷喷的牛肉面与甜滋滋的白兰瓜。甚至还聊起了黄河边上的水车与羊皮筏子，好听的花儿与张宝和的单口相声，话题已经穿透进兰州的文化与历史。谈完兰州，就象是刚刚探完了一次家的感觉，使我得到极大的精神上的享受。接着，我们又谈起她是如何来北京的经过，现在所学专业与课程等等。又象在海南初见贾如馨时那样谈起了电影中的蒙太奇，戏剧中的三一律与斯坦尼斯拉夫表演体系。甚至涉及到了法国的新浪潮电影及其代表作《广岛之恋》，克拉克斯的《男孩遇到女孩》、《新桥恋人》。后又大谈特谈好莱坞的许多名片名导，什么《魂断蓝桥》、《克来默夫妇之争》、《谁来赴晚宴》、《雨中曲》、《六天七夜》。最后又谈起希区柯克的悬念电影。越聊越热乎，越聊越投机，几乎忘了时间和两人之间的关系。聊着聊着，我心里就突发感慨，跟刚才在饭桌上的话题做一比较，与打黄办主任饭桌上讲的都是低俗的段子，在这儿，与一个按摩女子谈论的却是高雅的艺术，现在是咋的了？好多事情都怪怪的！经过这样的长谈，婷婷姑娘给我留下了极好的印象。如果说上一次只是客套的话，这一次，我是真心实意地对她说："以后，你要在北京有什么办不了的事，向我张口。只要我能做到的，一定尽力而为地帮你。"

姜婷婷似乎也和我有同感，能认识我这么一位朋友而显得特别的高兴愉快。我们的关系已经超越了服务与被服务的范畴，真成了朋友一般。按摩完之后，我给他超出按摩费用很多的钱。可是，她坚决不要，将大部分钱硬塞回给我，说那已经很多了。

和姜婷婷告辞出来，我心里的感受怪怪的，觉得两人在一起的时间太短了。我发现我已经无法挽回地喜欢上了这个既在中戏上大学，又在做着地下按摩女的甘肃小老乡。等赵主任他们几个出来，说是再去泡桑拿，我哪有了兴趣，说："免了免了，下次再来，下次再来。"

那几个还不依不饶，胡小杨见我实在没有兴趣，一心想回家的样子，就替我挡驾，说，"咱们总编是新婚燕尔。家里漂亮的娇妻还在等着他回去呢。”大家这才做罢。

回去的路上，我第一次地对安静没有了那种一会儿不见就想得要命的感觉。回到家，安静还没睡，躺在沙发里一个人无聊地看电视，见我回来了，便急急地上前来，为我脱外衣，替我放好脱了的鞋子，一边埋怨道：“你现在的应酬咋越来越勤了。以前是一星期也就一两次。现在成了隔三岔五就有，有时候甚至天天不落。都应酬些啥人？不是刚把陕西记者站的那帮人送走嘛。”

我说：“人在江糊，身不由己。陕西的刚送走，广西的又来了，今天刚住进部招待所里。本来今天就要请我吃饭。我给推到了明天。”

“那你今天吃的是啥饭局？”

我就把给胡小杨发稿子的事说了。安静就说：“我看这胡小杨，官没你大，社会活动能量却比你大得多，又对你那么忠诚。将他拉紧了，以后你要是当了一把手，提他当副手，真是你的个好帮手。”

我没吭声。心里想，老婆一个个都活得可怜，只看的是表面现象。自己老公都快被人家引得不想回家了，她还在夸着人家的好。

临睡之前，自然是安静又端来洗脚盆给我洗脚，在家中，女人们有些事情会成习惯，干过第一次，就会干第二次。第一次安静给我洗脚时，我还有点不习惯，有点儿内疚，自己在外边让小姐洗脚，回来后，又让媳妇洗一次脚。但第二次，这种愧疚感就淡多了。而且我也感觉到，安静是非常乐意给我洗脚的。老婆要是深爱起自己的丈夫，是乐意为丈夫所做一切的，这就是中国妇女的传统美德。

尽管安静如此表现，晚上躺在床上，我却破天荒地没有回报她，推说今天喝得有点儿多，累了，早点睡吧，没将公粮倒进老婆的口袋里。

我闭着眼睛，其实很长时间没入眠，睛前一直晃着婷婷姑娘那抹了艳彩的脸蛋与那给我按摩时，低下头来，从裙子中露出的大半个丰满白皙的乳房。我才发现，我之所以对姜婷婷有如此的感觉，其中一个重要原因，还是心里竟然惦着那个蒸发了的贾如馨！姜婷婷举手投足，一颦一笑间的那个可人样儿，还真是象贾如馨。一些久逝了的，在海南时跟贾如馨在一起时的片断，就又跃上脑际来……

被冷落了的安静要睡将睡时，丢过一句话来，"明天，你无论如何要去家一趟。老爷子好几天没见你了，我看都有点儿上火了，你再不去别真把他给憋出病来。"

我装着迷迷糊糊半醒半睡地说，"好，我去。"心里说，我他娘的还真成个香饽饽了，连丈母爷都稀罕得不成！

半夜里，我被尿憋醒时，才有了欲望，安静正在熟睡，被我扒拉了醒来，毫无怨言地配合着我，可是，心里想着身子底下是姜婷婷，一边做着事，一边却又在脑子里冒出个贾如馨来，这人现在到哪里去了……

六

胡小杨一天将那个想调到我们报社的女会计领来了。之前胡小杨已经将其有关材料简历等的送给我看了，我又交回给他，让他去找老汪，因为人家是管人事的，我实在没有必要在这件事情上越俎代庖。再说，我跟此人非亲非故，也就是胡小杨介绍来的，说他的远方表姐什么的，不然的话，部里有好几个合适的人选，也都钻着想到我们报社来，犯不着再从外边调一个进来。我其实也是为了面子上下不来推包袱，心想这小子是不是在老彭身上使了劲。老彭竟然就答应了。我们单位的效益好，多少人削尖脑袋想进进不来的。

胡小杨把人领着来到我的办公室，我正看报，抬起头来，眼睛一亮，第一感觉就是：好有气质的一位少妇！胡小杨之前介绍说此人叫林梦欣，是他一个远房舅舅的女儿，三十岁出头。没想到，一见她本人，看上去比她的实际年龄真是小多了，虽然实际年龄比安静大个六七岁，但看上去最多也就二十六七的感觉。皮肤保养得很好，脸上没有一点皱褶，而且特别白。长相酷似时下一位红极一时的女歌星——弯弯的细眉下一双杏眼，挺挺的鼻子，薄薄的嘴唇涂着红红的唇膏。身材也长得很好，婷婷玉立。虽然就穿一件很普通的鹅蛋清色套装，却给人清水出芙蓉的感觉。也许是在高级知识分子成堆的地方工作，天长日久被熏陶的缘故，身上透着特有的一种安静身上所不具备的优雅气质。还没跟她说上几句话，我就在心里投了完全的赞成票。之前听胡小杨说是她老头有了外遇，当时我没觉得有啥新鲜，现在这样的事情哪家单位里都有。可是，这会儿见到她本人，我就太有感受了。这样的美女子，别人要是娶到手，怕是怎么疼都来不及呢，咋就会为个外边的女人和她离婚了呢。也好，单位里来上这么一位好看又有气质的年轻少妇，每天上班看着也让人赏心悦目。说实话，在此之前，报社这七八个女的，真可以说挑不出个长得象样的，有的破罐破摔觉得自己长得不行就不注重收拾打扮。有的觉得自己还行也画眼描眉的，可又弄巧成拙。就是跟她们开个玩笑什么的，也好象没有性别差异似的。机关里缺少了漂亮姑娘对于男人来说，就象阴阴的天空里却没有云彩，挺单调乏味的。我虽然心里已是乐不得，但还是绷着个脸说："你还是领去先见见汪总，让汪总定夺。"

　　胡小杨就领着林梦欣去了汪总办公室。过了一会儿，又将人重领了回来，说是汪总说了，只要我这头过了，他也就同意要。

　　这事就这么定了。二次又上了一次编委会，就彻底同意让姑娘在他们那边写调转申请，这边让胡小杨去跑部里的有关人事部门，一来人是胡小杨介绍来的，又是胡小杨的表姐，二来是前不久，报社办公室主任跳腾着到了一家大报，空出的位子我就给老彭推荐让胡小杨兼着，想过渡一下，以后就让他干办公室主任。这角色挺适合他的，我用起他来也更方便顺手。本来按说应该老汪亲自去打理这事。可是，老汪知道胡小杨和我的关系，乐得撒手往我身上推。老汪在原单位有个相好。就是因为这，让老婆老上单位闹腾得不行，一次还冲进老汪办公室里去，将正在老汪身边坐着的相好头发揪住拖到地板上狠揍了一通，闹得老汪在原报社实在呆不住了，才调到这儿的。虽然不在一个单位呆了，可是，跟相好根本关系没断。两人是一对麻迷，几乎天天下班后泡在麻将桌上，逢周末甚至打通宵。所以，老汪对胡小杨的事不上心也就是可以理解的。

　　胡小杨到部人事部门商量给那头发商调函，可是却被人事部门给找了个由头卡住了。说是现在部里暂时没编制，人事关系基本冻结着，得半年后再考虑。胡小杨解释了半天，对方又开口说让报社管人事的总编亲自来。胡小杨回来不去找老汪，却来找我，发牢骚说："什么没编制，冻结了。我打听得好好的。根本不是那么回事。还不是看人下菜碟。妈的，要是你去，看看他们还这么说！"我说："你去还是找老汪，让他出面办最好。人家是管人事的总编，我去总是不大好。"

　　胡小杨就说："我去肯定也是被他软软的推过来找你。我总觉得汪总对我跟你的关系有点那个。"我再没吭声，心里已经想着自己亲自出面。

隔天，胡小杨就又把林梦欣给带到我办公室里来"逼宫"。

我就说："我也只能去试试，看人家给不给我这个面子。要不给我这个面子，你还得去找汪总和彭总编。据说上次ｘｘ司要调个业务干部进来，还是ｘｘ部长的儿媳妇，人事处都卡住最后没办成。"

胡小杨就说，"那事我也听说了。ｘｘ部长去年退休了，人家当然卡她了。现在的人，都势利得很呢。可你是谁？咱范部长的大学好友，睡过上下铺，共过患难的，未来的报社总编。他们敢慢怠？为啥彭总他将这事推给你办？别看他是一把手，你让他去试试，人家不一定会买他的帐。"

我一摆手，"你少给我戴高帽子。私人关系是私人关系，工作是工作。你怎么将两者扯到一起去。"

"现在办事还分个公私？还不都是私事公办，公事私办。好多工作上天经地义的事，你按正常渠道走试试？不把你磨死也扒你几层皮。"

"好了好了，扯那么远干吗？我去不就行了。"我顺坡下驴，也让未来的女同事知道，我替她的调动亲自出马了。办成了，让她念我的好。

胡小杨马上就笑嘻嘻地冲着身边的林梦欣说："还不赶快谢张总编。"

林梦欣就微微颔首，莞尔一笑，道："谢谢总编。"

她那颔首一笑着实把我打动了，说："别谢别谢，八字还没见一撇呢。不过，我尽最大努力替你去争取。"

胡小杨就给林梦欣打保票道："你就等着听好消息吧。张总编给你包揽了这事，你就等于大半个身子已经挤进我们报社了。事成之后，可得要好好地谢张总哦？"

“那是那是。”林梦欣就又频频颔首应喏，腰也弯了弯。

也真让胡小杨给说准了。他去时碰了钉子，我一去，人家又是让座又是让烟又是沏茶。交谈中，处长小杨还说出他曾是我老岳父的下属，当年自己提科长时，还是我老丈人一手举荐的。有了这层关系，自然啥话都好说。虽然也说确实是暂时没编制，却答应说可以写报告申请，让我也给范部长打声招呼，配合他们一齐努力，把事情办成。回来后，在办公室里，胡小杨就眨巴着眼睛跟林梦欣又吹上了我：“我说张总去一定搞定。咋样，服了吧？从这件事情，你就可以看出咱张总在部里的份量。”

我乐不得胡小杨在林梦欣面前吹我，增加我在她心目中的威信。我现在也认识到了，象我和老范这种关系，实际上确实也是一种稀缺资源，是许多人可望不可求的。以后要抓紧了好好利用。但它又像自然资源一样，要合理开采，不能滥用。

吹了我一通，胡小杨转过话头说，“走，也快下班了，我们到外边去，随便找个饭馆坐坐。我做东。”

我心里挺为胡小杨的提议高兴，可又有点犹豫，“今晚说好的要回家去吃，丈母娘做了莲子鸡……”

“走吧，莲子鸡哪天吃不成？”

“我最近老不在家吃饭，老丈人都有了意见了。”

“走吧走吧，大总编还在意个老丈人。”

我就跟着胡小杨下了楼。其实，我是很乐意吃这顿饭的。

在饭桌，彼次进入了气氛，谈话也随便了起来。我就又详细一点地问了林梦欣的一些情况。原来，她丈夫还是个社科院的博士，结婚五年，倒有三年在国外。年前从德国打来电话，说是和同在汉堡大学学习的一个日耳曼姑娘好上了，随后就回国来办了离婚，还把那个白人姑娘也领来给她看。两人友好客气地办理了手续。那俩口子还请他到麦当劳餐厅去吃了回汉堡包。

　　为了照顾林梦欣，胡小杨专给她要了一瓶意大利进口红葡萄酒。碰过杯之后，胡小杨就撺掇着林梦欣给我敬酒，边说："你别看咱张总前边有个'副'字，可实际上，报社的大事，现在都基本上是由张总做主。那个彭总，你也看到了，年龄也大了，就等着那一天文件下来退休回家呢。另外那个汪总，知道竞争不过咱张总，整天心思都在他那个相好身上，天天晚上陪着泡在麻将桌上。上班来呵咔连天，不是喝茶看报就是捣饬花草，一点正经事都不管不问的。另一个李总，没多大本事却一肚子牢骚，看谁都不顺眼。不但和上边关系闹得僵，群众基础也差极了。"

　　胡小杨摆乎了一大通，就又让林梦欣给我敬酒，一边又交待，"进来之后，要事事听张总的。以后不管发生了什么情况，都不可变节，听见没有？"

　　林梦欣笑笑说："听见了。"

　　胡小杨这话一箭双雕，既将林梦欣和我的关系拉近了，又表白了他自己的衷心。我虽然嘴上说他："别这样说话，将同志之间的关系庸俗化。"但心里还是很受用——没有哪个领导不想要部属忠诚自己的。以前有一个胡小杨，我都觉得在单位干啥事情呼风唤雨得心应手的。现在再加上一个林梦欣，以后那将会是一种什么局面。太让人兴奋了！凭我的直感，林梦欣以后在单位一定能成为我的红颜知己。酒一直喝到很晚，喝完酒后，胡小杨又撺掇着去了酒店里设的歌厅。在歌厅里，胡小杨又撺掇我与林梦欣一人手拿一个话筒对喝卡拉ok，那些歌尽是哥哥妹妹的。什么《糊涂的爱》、《九十九朵玫瑰》、《爱情鸟》《夫妻双双把家还》。一边对唱着，我一边脸红心跳，就好象和林梦欣在对着话筒互吐爱慕之心，诉着衷肠。胡小杨唱歌时，我就邀林梦欣跳舞。当搂着了她那纤纤细腰，握着了她那绵绵的小手，闻到了她身上的香水味。我就陶醉了。歌厅里的灯光暗暗的，胡小杨也许是故意背着身子去唱他的歌，不看我们。我就和林梦欣四目相对，一边跳，一边似脉脉含情地互望着对方，谁也不说一句话。此时无声胜有声，相互都好象心有灵犀，明白对方对自己有好感。

所以，我对此事很是上心，过后我就紧着跑部里人事处，到老范处攻关活动，让老范吐了口。就这，也很费了些周折。半年后，林梦欣终于调进了报社。

七

办完手续的当天，人事处杨处长专门到我办公室里来了一趟，送到我手里一篇稿，是报道北戴河一个疗养中心如何抓优质服务不放松，几年里在硬件与软件服务上都连上台阶的通讯稿。说是他上高中儿子的班主任老师转来的，务必给在报纸上发一下。我心里叫苦，桌子上还压着一大摞关系稿呢。同时还压着好多驻站记者发来的稿子。记者会下个月就要开了！我眼尖，多年的业务水平一眼就看出了这篇稿子的用意所在，说："这不就是篇广告嘛。现在北戴河的许多疗养中心都面向市场拉客源。"

杨处长就说："实在是没办法，儿子明年就中考，进的这是个重点班，可费老劲了。那天为感谢班主任，请老师吃饭，饭桌上扯起什么来多了一句嘴，就让他知道我正为你们报社一个会计办调转，孩子老师前天就让儿子转过来这篇稿，说是她大姨姐在这个中心当主任。她们现在也搞承包，没办法的事，你就给变通变通发了吧。我知道的，你们会有办法的。"

我客客气气地答应下来，客客气气地送人事处长出了门，想着如何处理加工这篇稿。胡小杨进来了。我假装埋怨地道："你看看，你给我惹来的这麻烦事，象把鼻涕一样，甩掉一把又沾上一把。"

胡小杨接过稿子去，问明了是咋回事，说，"不就一篇稿子，有啥大不了的，发就是了。"　　　　　　"发发，你说得轻松。咋个发法？明眼人一看就知是篇广告。再说，你没见我桌上的稿子，急着发的压了有多厚一摞。记者会下个月就要开了。到时候，这些稿子见不了报，你让我咋见那些各地的记者们？"

胡小杨嘻嘻道，"脸皮放厚点呗，那些驻地记者们，好哄，编个理由就哄过去了。他们见了咱们，还不是孙子见了爷爷似的，就是心里不高兴，量他脸上也不敢表现出来。咱们手里，可是捏着他们的身家性命呢。"

"你呀，说这话太自私，太实用主义了。难道人与人之间只是个相互利用，没有一点儿感情因素？"

胡小杨笑笑不吭声了。转过话头说，"总编，今晚上有好事情。"我问啥事。胡小杨眨巴着眼睛说："我表姐林梦欣要请你。"

我心里才乐了些。

晚上，我们又来到了上次吃了饭的那家酒店。席间，扯来扯去，胡小杨不知有意还是无意，就又给林梦欣说我的诗歌写得多好多好，发表了多少多少。又说他表姐也上中学时喜欢文学。还曾写过几首诗歌在校园板报上发过。后来父母反对，说学那玩意将来在社会上不容易找上工作，自己的学习成绩也不是很好，就上了个一般的财会学校。我就心里感慨，那个时代过来的人，没有几个不是文学青年的。胡小杨的介绍似乎又勾起了林梦欣儿时美好的憧憬，很虔诚地说一定要拜读我写的诗歌。我客套一番，就答应说，"哪天吧。等你上班了，一切都顺了，我给你看看。都在箱子底下，很不好找的。"

胡小杨就又撺掇说："总编我都不止劝你一次了。你真该将你那些诗歌汇总整理了出个诗集。你就是把我的话不当回事。在报社里，除过我，还没人知道你还是个诗人。上次我在办公室里说起你，那几个娘们还吃惊，说平时没见你写过什么诗出来。"

我就发感慨说："年轻时的爱好与理想，随着岁月的流逝，已经迷失在远去的航道里了。"

胡小杨马上就恭维："听听，张总这一句感慨，就是一句很不错的诗！"

林梦欣就附和道；"是，而且还挺有意味。"

因为高兴，我已经是几大杯酒下肚，此时，有点微微醉意。听着胡小杨的恭维与林梦欣的附和，我满心的舒畅，通身的痛快。此情此景，使我一下子想起在原单位窝囊时的一件让我难忘的事情——一次，我在我的桌子上写了一首诗歌，出去上厕所时，忘了收起，被同事刘顺看见了，拣起来给大家伙听，我便秘，回来后，听到了他们在议论我。其中一个就埋汰我："什么玩意儿，还是个名牌大学中文系的毕业生，混出来的吧。写的啥，让人不知所云，神神经经，就跟他这人一样。怕是在渲泻阳痿带来的痛苦呢吧。"引来办公室里一阵轰堂大笑。我听了这句话，气得直想冲进门去，撕其衣领跟他恶恶地干一架，可是，生理上的阳痿也导致了心理上的阳痿，我没有勇气进门去干自己想干的事情，只好窝着气，折回去到水房的老岳父那里遛达了一圈，等气消得差不多了才重回办公室。从那以后，我就再也不写诗了。与惠芬结婚后，我的几大摞诗稿她几乎给我当废品地卖掉，幸亏被我回来及时堵上从收废品者的板车中拣了回来。我说了她两句，说那是自己好多年的心血，你怎么没通过我就把它当废品地卖，惠芬还不高兴地争辩说："那破玩意儿又不能当吃又不能当喝，还占地方。屋子本来就小，卖了废品，还能换两斤豆腐回来。保留它干嘛？"

历史与现实竟然有如此强烈的反差！我感慨不已有点儿激动得流眼泪。胡小杨有点诧异地问："咋了总编你，怎么怔怔的抹眼睛半天愣神不说话？"

我掩饰道："没事，可能是酒喝得多了一点。"

胡小杨就笑着说："我看出来了，张总你今天挺高兴，喝得也比平时多了一点。可也不至于醉吧？你的酒量我还是知道的，上次去燕山石化那一次，你喝了多少？也没见成现在这样……"

我端起酒杯来，道："你胡小杨说对了，我今天确实是高兴，为小林的到来，成为了我们的新同事高兴。来，干杯！"

三个人都举起了酒杯，仰脖儿喝干了。

放下酒杯后，胡小杨说："张总，人事处杨处长送的那稿子是北戴河一个疗养中心的，我们何不这次就把记者会定在他们那儿开。每次记者会都在社里开，让各地记者都挤在部招待所里，热烘烘的。从稿子中写的情况看，条件还不错，我们给他发了篇稿，他们肯定会在房价，饭菜质量上给我们照顾一下的。"

这倒是个好主意！上次开记者会时，记者们就嘈嘈着说要去北戴河，最后还是因故没去成。这一次，要能联系成，索兴让大家住在那里，玩个尽兴。我不由得佩服起胡小杨的脑子来，就象媳妇安静夸的，没错，真是自己的一位好帮手，我怎么就没有想到这一点。我心里赞赏他，脸上也不表现出来，只是淡淡地说，"不行你就下个星期提前去联系一下？"

胡小杨一听我这话，说，"也别下个星期了，就后天星期五，我们三个一起去。若何？权当是去度个周末。"

胡小杨哟胡小杨，你真是我肚里的蛔虫！是我手里的抓挠！我的心里想，肚里盼，却让你代我说出来了！我眼前，似乎已经闪现出那北戴河蔚蓝的汪洋和广阔的海滩，痛快地说："行，不过，我得跟彭总编打个招呼。"

"那还不是例行个手续。"胡小杨得意地说。

八

逢周末，我们和司机一行四人，坐着宽敞的日产巡洋舰，早早地迎着朝晖出发了。车子左拐右拐，出了拥挤的北京城，驶上了京沈高速公路。

这车虽然是部里小车队的，但指定由报社这头使用。本来我曾给老岳父夸下海口，说报社马上就要给每个副总以上的配专车。可是，方案报到部里，压了好长时间没被批下来，后来听说是别的司局咬得不行。部里就放置在了一边。我听过一位社会学家的演讲，说社会有着非常大的惰性，每向前迈一小步，都是非常非常困难的。不患寡，只患不均的意识在一些官员的脑子里还根深蒂固地存在着。所以，我们报社虽然有三台车，也配有专门的司机，但却全都归属到部小车队里，只有使用权，没有所有权。

司机小郑三十出头，以前老拉我出去，已跟我很熟。我也给他办过几件小事情。一件是他老爸的工厂倒闭后，生活拮据，平时拣卖点废品贴补家用，张口求我以后报社的旧报纸能不能不要给其它收废品的，留给他爸来收。这其实是一件极小之事。我问了一下，以前，报社总是有那么几个外边收费品的，定期就来了，蹿到各办公室里收报纸。大家将卖了报纸的钱聚拢了去饭馆搓一顿，也没人太在意这事。我就给胡小杨交待了一下，让他给各办公室的说一下，就说是我说的，让他们将旧报纸再不要给外边的了，每次都给小郑父亲留下。还有一件事，小郑虽然给我们开着车，但因人属部里小车队管，报社搞的福利，象年头节下分个月饼，水果、烟酒，清油、米面什么的，以前没有他的份。有一次，我分了这些东西让他给我开车往老丈人家里送。我看出他有点儿眼热，就吩附胡小杨以后留心做计划时，也给几个司机做上一份。说虽然他们在部里小车队，可人是我们使用嘛。为此，小郑特别地感激我，也特别听我的话。有一次我答应老爷子星期天陪着他，让小郑开上车去十三陵水库钓鱼，临时有个约请，我没能去成，就让小郑单独拉老爷子去了。回来后，老爷子高兴地直夸小郑。原来，没有我，小郑仍对老爷子精心照顾，还主动重新选了个地方，在永定河西那边，他一个关系挺好的同学开着个钓鱼宫，拉老头绕远路去那儿钓。他那同学热心得不得了，不但热心地服务，还招待他们吃了一顿饭，真把老头给乐坏了。再说，看这架势，报社迟早要把这几部车收过来，成立自己的小车队，小郑对这一点也看得清楚，所以，对我更是言听计从的。一个是对自己感恩的小车司机，一个是自己一手提拔对自己忠贞不二的部属，另一个是由自己亲手调入报社，漂亮文静，气质高雅的年轻女会计。窗外是满目的垂杨绿柳、碧野蓝天，将要去那迷人的避暑盛地，在金沙银海中度过一个令人销魂的周末。一抹早霞穿进车窗，映在车中后视镜的镜面上，又反射出七彩的光谱，随着车子的颠簸前行，象舞池里旋转着的彩灯，将斑斓的早霞，一会儿映在我们的身上，一会儿映照在我们的脸上，我坐前边，胡小杨和林梦欣坐后排。此时，林梦欣姣好的面庞正好就从反光镜里在我的眼前晃来晃去。她今天戴了一幅玫魂色镜片的太阳镜。

白皙的脖颈上，系了一条鹅黄色方巾——她好象特别喜欢鹅黄这种颜色——打了一个很好看的蝴蝶结，在车镜反出的七彩霞光中，我就将其幻化成了风靡美国五六十年代的影星玛丽莲*梦露。我此时此刻的心情，愉快得跟那跳跃着的五彩霞光一个样。

汽车在公路上飞似的奔驰。我嘱咐小郑开慢点，注意安全，不着急，又不是当天要赶回来，慢慢走。小郑听了我的话，马上就将车速减了下来。我又嘱小郑，放个歌听听。小郑就腾出手来往车前放磁带的卡口里放了一盘京戏带子。我说不听京戏，有没有轻音乐，外国中国的都行。小郑就给换上了一盘民歌，立刻，车子里就飘起了克力木那带有挑逗性的歌声——

"掀起了你的盖头来，

让我看看你的脸，

你的脸儿圆又圆，

好象那苹果到秋天；

掀起了你的盖头来，

让我看看你的眉，

你的眉毛细又长，

好象那天上的弯月亮。

掀起了你的头盖来，

让我看看你的嘴，

你的嘴儿薄又小，

好象那秋天的红樱桃。

掀起了你的盖头来，

让我看看你的眼，

你的眼睛明又亮，

好象那秋水一个样……

胡小杨禁不住地跟着哼哼起来。我则时不时地眼睛扫一眼面前的后视镜，林梦欣的面庞时不时地就闪进镜面来。那玫瑰色的眼镜，此时，就是她的"盖头，"我就由不得地在心里唱了一句"取下你的眼镜来，让我看看你的眼，你的眼睛虽不大，却似那蓝宝石一个样。"林梦欣似乎也感觉到我不时地从后视镜里瞅着她，每次和我的眼神相对，都要停那么一瞬间，以示对我的友好回应。我总觉得，我和她有一种一见如故的感觉。老实讲，与安静最初见面，都没有这种感觉。也许是因为当时自己有心理上的包袱和压力，觉得事情在两可之间，和安静的事不一定能成。而见到林梦欣，没有任何的心理压力。我再婚，她刚离婚，两人都有波折的人生遭遇，在茫茫的人海中不期而遇，反而容易在情感上擦出火花来。此时的我，有一种川端康成小说《伊豆的歌女》中的男主人公的心理。不是想要在肉体上有所图求，而是远远地欣赏着心仪的她，满足于一种精神上的享受与愉悦，就够了。我想林梦欣肯定也有一种说不出来的情感微澜在心底荡漾。我从她在车镜里怔怔地看我的眼神里就能感觉得出来。这是一种别人发现不了，只有两个有心人才能彼此间交流和捕捉到的感觉，细微又真切。

中午时分，我们来到了目的地北戴河，以前，我曾陪范部长开会来过一次，那是几年前我刚调来报社不久，还没有从原单位和过去失败的人生经历中摆脱出来，加上自己也在海南呆了两年，所以，对北戴河的景色也就麻木了。当时的感觉是，看景不如听景，吹得挺响，亲临此境也就不过尔尔——几块礁石，几片沙滩，几个围起来的海水浴场，几群太阳下光着身子的男男女女，仅此而已。能吸引人的，倒是女人身上那些花花绿绿各式各样的泳衣和遮阳伞。而这次来，就大不一样了。一下车，我就发现自己眼前一亮，四处的一切，对自己都是那么新鲜和富有吸引力。俗话说境随心动，一点都没错。人的心，就是这么复杂。同样的一个依山傍海的场景，上次我来时，只觉得在霏霏细雨中，到处都乌蒙蒙的一片，罩得人心情很忧悒。而此时此刻，相同的景色，我却觉得它美得跟在画中一般。小车在依山傍海的公路上缓缓行驶，只见幢幢风格各异的西式别墅、座座古典宫殿式楼阁或傍山倚崖而筑，或隐于林壑泉石怀抱，凭临溪涧，各显其趣。其上的联峰山，奇石异峰或高耸云际或孤峰入海。向南眺望，海浪翻腾，水天一碧。片片风帆，在海面上时隐时现。此时一阵风起，只听松风海涛同时奏响，如弦乐齐鸣，真是一处人间仙境所在。

我们问路来到那家疗养中心，对方是一位女经理，姓熊，胖胖的，四十多岁，因为已经在电话中联系过，知道是一桩大单生意找上门来，煞是热情。我们一进门来，就笑容可掬地将我们往经理室里让，一边吩咐服务员们泡上好的毛尖茶碗来，一边嘴就不停地介绍他们的服务多好多好，设施多齐全卫生、有娱乐室，有按摩房，有健身屋，还有桑拿浴等等。但我们看着却有点儿不满意，觉得失望，跟稿子中所吹嘘的条件相去甚远。房屋看上去有些年成了没有投入新的维修，墙皮发泡。屋子里的设施也很简陋。没想到，我们自己被自己发表的稿子骗了一回。我就提出再到别处看看，熊经理立马就脸上露出不悦的神色来。说"别处的招持所都一样，好多还根本赶不上我们呢。要成心住，我们可在价格上优惠些。"我还是领着人出了门。一边对胡小杨几个说，"大家伙来一趟北京不容易，在下边辛苦了一年，找个环境好点的，住着也神清气爽。"

胡小杨则不以为然地大摇其头，劝我，"总编，我看我们还是应该返回头去找那熊经理。"

我不解地问，"为啥？她条件那么差的。"

胡小杨眨眨眼皮，说："你想想，杨处长能把吹她们所的稿子交给我们发，肯定和他儿子那位老师已经有了一定的交往。这事熊经理能不回去给她妹妹唠唠？她妹妹如果把气又发在杨处长儿子身上，杨处长知道了不怪罪我们？”

我若有所思，心想，是呀，我刚才怎么就没反应过来。

胡小杨见我心有所动，就又往我耳朵里吹风：“把那些个驻站记者们，你还把他们真当爷爷的伺候？能来一趟，让他们看看北戴河的风光，就美死他们了，一个个不乐得屁颠，还顾了住的条件好坏？”

我思忖着停住了脚步：“那就重回去？”

“最好是回去。”胡小杨坚定地说。

我们就重又折了回去。熊经理一见我们重返回来，脸马上笑得灿烂似花，一边迎我们，一边道：“我说了的，他们不见得比我们这的条件强……”

胡小杨就说，主要是看杨处长的面子，就住这了，让她过后给杨处长把这个话递过去，让杨处长领我们的情。女经理一听，大喜，连声说，“要说的，要说的。他是我妹班上小孩的家长，上次在饭桌上我也见过面。聊起来，他哥的女儿还在我老头他们出版社，归我老头管着。最近为评中级职称的事，正闹心着，我老头是出版社评审委的，答应给她争取一下。”

胡小杨就悄悄捣了我一肘子。我会意他是啥意思。过后，我和他去上厕所放水，他就冲我说，“咋样，我没说错吧，总编，现在这个社会，人际关系复杂得就跟蜘蛛网一样。不是有人说嘛，‘加勒比海上蝴蝶抖抖翅膀，阿拉斯加上空就要下场大雪’。这社会关系和自然界其实都是一个道理。据说科学家做过个试验，你只要经过最多不超过五个人，就会拐弯抹角地跟地球上的任何一个人发生关系。”

我算是服了，跟胡小杨在一起，他不但为你出谋划策，为你保驾护航，为你排难解忧，而且时时处处，让你跟他学到许多我过去在书本上所学不来的知识。通过过去的几件事情，特别是刚才，我不但对胡小杨赏识，而且还有了几份敬佩。人确实是得靠交往才能得到了解。以前我只当胡小杨只会溜会拍，有时拍得你很舒服，有时难免过劲，就象抓挠挠得太厉害了也会痛。哪里知道他肚子里会有这么多的渠渠道道、能耐与见解。存在的，就是合理的——我对萨特的这一哲学命题在现实生活中找到了最好的注脚。我之所以能当上这个副总编，是因为我有个在大学时我帮他渡过难关现在掌大权的同学。胡小杨之所以能当上编报室主任现在又兼起办公室主任，也是凭自己的脑瓜灵，看得准，一门心思地跟紧我不放松。这也是才能，所以你别人也别不服气。

我还正胡思乱想着，胡小杨一边系裤带，一边就又劝导我，"总编，你从今天这事上，也知道有些新闻是咋回事。你以前就是太叫真了。你以为那些驻站记者的稿子，篇篇都那么真实可靠，就没有水份？他们在采写稿子的时候，就没有得实惠？哪一个记者没通过采访，把自己七大姑八大姨的工作安排得好好的？说不定，他陪我们吃呀喝呀的那点，连他们占了下边的零头都不够！你可不知道，这些家伙，来到北京，当着我们面，装得似孙子一般的，到了下边，天高皇帝远的，两头管不着，一个个，都受活得跟个爷似的，走到哪，吃到哪，醉到哪。听说他们到下边的基层油田去采访，每一回下去，下边送的东西都塞满小车的后车厢。你还以为他只给咱们送，别人不给他们送？别人不给他们送，他们拿什么给我们送？所以，这次记者会，你也不要太抬举了这帮小子，总觉得哪篇哪篇稿子没发出来，对不住人家。鬼知道他们在下边用这稿子做了什么交易。你相信不相信，越是催得慇的，老打电话来的，那篇稿子就准有问题。不是和对方有着特殊密切的关系，就是拿了人家的好处。”

　　我惊讶地问：“你都是从哪里得来的这些情况？”

　　胡小杨得意道：“还不是他们之间自己咬出来的。每次开记者会。我办会住进部招待所陪他们，你可不知道，今晚上这两个钻进你房来，叽叽咕叽叽咕另一记者站的如何如何。隔天另两个记者站的又钻进你房来，叽叽咕叽叽另几个记者站的如何如何。别看他们一个个隔着省，嘿，它就那么神，相互间的事情就能分毫不差地传到对方的耳朵里，甚至连谁谁谁的老婆吃醋把他相好的耳朵几乎咬了都知道。现在确实是信息社会。”

　　我说，“你说的这些个情况其实我也掌握一些。四川基地管宣传的王处长上次来京，就给我耳朵里吹了不少记者站小陈的不是。”

　　胡小杨就说：“记者站的跟当地宣传部门搞报道的有利益冲突，经常为抢新闻上稿子的起矛盾，当然也相互咬了。小陈前天给我打过来电话，揭发说那个王处长上个月在一版上发的那个新闻照片根本就不是现在照的。是张两年前的老照片。”

　　我吃一惊，问“哪幅照片？”

　　“就是某基地工人围在井架边干活，什么会战红五月，力争创月产新纪录的那幅。”

　　我问：“那小陈咋不直接给我打电话汇报？”

　　胡小杨说：“他怕你将他卖出去。他知道你跟那王处长关系好。毕竟小陈他人事关系老婆孩子都在下边。整天又和人家在一个楼上办公，低头不见抬头见的。对我，他也是反复交待了的，不要让我将他暴露出去。”

　　“你和他关系不错？好象我记得他有几篇象样的稿子，都是直接发给你，你改了送给我签发的。有一次我要毙他一篇稿，你还硬替他说情。我想起来了，去年底评好稿。他那篇得了一等奖的稿子记得也是你推荐的。老实交待，你俩是不是有啥特殊关系？"

胡小杨眨巴下眼，冲我狡黠地笑笑："谁没个朋友？"

我才猛然想起来，报社去年选驻地记者时，是胡小杨陪彭总编去四川考查的。当时有两个人选。最后定了小陈。我就问，"当时选他当记者时，你是不是起了作用？"

胡小杨不置可否地又冲我一笑。说："实话实说，总编，我现在和他的关系，就跟你和我的关系一样。"

我问，"你这事还没跟彭总讲吧？"

"小陈的意思让我直接捅给彭总。我在肚子里压了几天，琢磨来琢磨去，想还是先告诉你，看看你的意见。因为我知道，你和王处长关系不错。上次他上北京来，我就看出来了。"

"这事我知道了，你先不要告诉彭总编。等这次开记者会时，见了小陈问清楚了再说。"我嘱咐道。心里却在想着，如何想个法子替老王把这事情给压了。

我和胡小杨提上裤子出卫生间来。司机小郑就说，"好家伙，你们上趟厕所也忒时间长了些。我和小林坐在这里等了你们多长时间？熊经理已经到餐厅给咱们张罗饭去了。"

我急忙吩咐小郑，"去告诉熊经理，简单点。吃完了饭，稍休息休息，我们就去海水浴场，你们看咋样？"

"行。总编说咋样就咋样。"大家几乎是异口同声。

一会儿，熊经理回来后，说是要好好款待我们一顿，不要我们付费，以表谢忱，胡小杨忙说，"不用不用，都是公家报销，无所谓。住你这也是住，住别处也是住，主要是冲着杨处长面子。只要你让杨处长知道了，就比啥都好。"

熊经理就连声道："我一定让我妹告诉他。一定。嘻嘻。"

背过熊经理，我望胡小杨一眼，道："你呀，真是，会来事到家了！"

九

简单吃了一点后，到各自开的房间里去歇息一会。我住一个房间，胡小杨和司机住一个房间，给林梦欣单独开了一个房间。我整理整理东西，刚想躺在床上眯一会儿，胡小杨就领着熊经理进来了，说是他刚才跟熊经理唠起我的情况，说我过去发表过许多诗歌，能否在她老头出版社出一本诗集，熊经理一听就乐了，说绝对没问题。他老头手里就捏着几个书号。遂前来跟我商谈。我心里还只想着简单眯上一觉，下午去海水浴场好好玩的事，没有心思和他们说这些，就说，"这事以后再说，以后再说，反正下个月我们还要来，有的是时间。"

打发走了熊经理，胡小杨还想对我说什么，我说，"你也赶快回你屋去，抓紧眯上一会儿，我们去游泳。"

送出去了胡小杨，我躺在床上去，想眯个盹，可是脑子里却静不下来，怎么也眯不着，刚才胡小杨领熊经理来打扰了我，勾起了我的思绪，使我又想起了我以前的一些不愉快的经历。当初在年轻时，也曾想出本诗集，点灯熬油地整理出厚厚的一大摞来，抄写得工工整整，将每一个错别字都认真地校正了，虔诚地将其塞进个大牛皮纸袋里，贴上邮资，交到邮局，然后是天天盼，日日盼，几个月过去，如泥牛入海。然后是重又点灯熬油地抄写一摞出来，重又认认真真地校了上边的每一个错别字，重又虔诚地将其塞进个大牛皮信封里，重投向另一家出版社，重又是望眼欲穿地等待。重又是泥牛入海无消息。周而复始，最后，我就彻底地绝望了。以后，就死了那出诗集的念头，只是将它作为自己一个没法实现的破碎的梦，藏在自己的内心最深处。以后，随着世事的变迁，命运的波折，我渐渐地，早就冷了那份心——以前是被不幸的遭遇弄得没了一点心思，现在是心情太好了更没了心思。特别是当了副总编和结婚以后，过着想啥是啥，要啥有啥的悠哉游哉日子，出那劳什子又不当吃又不当喝的。所以，几次胡小杨提起来，我都兴趣不大，没当回事。这会儿他再次穿针引线地为我张罗此事，我好一通感慨。真是想它时，它不来，不想它时，它却硬要往你身上粘。当初，为啥就没有这样的好事？

休息了片刻，我们一行就来到附近的一家海滨浴场。时值正午，沙滩上撒满了前来避暑的泳客，五颜六色的泳装与各式遮阳伞将海滩点缀得五彩缤纷。男女老幼、白皮肤、黄皮肤、黑皮肤，真是五湖四海的游客，为了一个共同的目标，汇聚到了此处，其中有单身，有情侣，更有一家老小携家带口来的。海岸线在我们的视线中漫长而又曲折，蜿蜒地一直伸向远方，与天相接。海面上，风平浪静，远帆点点，与碧蓝的万里晴空上的朵朵云彩相互映衬，水天一色。海浪很有规则地一排排地列队扑打着海滩，很多人就先后蜂涌着迎面扑上去，投入大海的怀抱。我们急不可待地去买了泳衣，到设在沙岸边的简易更衣室换了衣服出来，赤着脚在沙岸上的细沙中行走，格外的柔软，舒服。林梦欣买了一件鹅黄色的带皱褶的泳衣——又是鹅黄色，她似乎特别地偏爱这种颜色。她比安静要显得丰腴，特别是高高隆起的前胸部与臀部，很有弹性很有质感，安静和她一比，就显得有点太瘦了些。此一刹那，我彻底喜欢上了她——人的感觉就是说不来，有时，其实就是一见钟情。比起沙滩上一些穿着比基尼泳装，将自己几乎赤条条暴露在大家目光下的那些外国游客，林梦欣虽然穿着连体泳衣，但我却觉得此时的她，和她们比起来，更加性感，更加勾起我对她那遮敝了的身体部分的想象力。林梦欣肯定也潜意识地感觉到了我对她身体的欣赏，捕捉到了她刚从更衣室里闪出身来时那一刹那，我那注视她的聚神的目光，微微一笑，征询道："我买的这泳衣咋样，好看不好看？"

"好看，非常好看。"我说。

司机小郑在旁边恭维："不是衣服好看，而是人长得好看。人长得好看了，穿啥衣服都好看。"又指指不远处一个肥硕的女人，"你看看她，穿的和你的泳衣一模一样，好看不？"

大家就都看一眼那女人，确实肥得厉害，象要把那泳衣给撑破了的架势。大家哈哈一笑，便向海边走去。来到岸边，小郑与胡小杨就先后急不可耐地跃入了海水中，回过身来招呼我与林梦欣。要不是有林梦欣，我也就纵身扑入海里了。可是，林梦欣有点儿怕，说她以前只是在泳池里游泳，还从未在海滨浴场游过泳，我便承担起了护花使者的责任，手牵着她的手，缓缓地引着她往海水里走。海水并不凉，扑打在身上，温温的，渐渐，我们就半个身子进入了海水中。这时候，突然一排海浪向我们扑打来，浪虽然并不很大，林梦欣还是有点受惊吓地转过身，用双手攀住了我的双臂。接着，又是一排海浪打过来，她更是吓得尖叫一声，将我的手臂攀得更紧，身体也贴紧了我。我似乎就感觉到她的腹部已经贴在了我的身上。一瞬间，我马上想到当年在海口海滨浴场与贾如馨在海水中所干之事，不由地浑身一阵燥动。我又小心翼翼地扶着她，等浪头过去之后，我对她说，"好了，游吧，没事。我保护着你。"

林梦欣就慢慢地伸开手臂，将身子跃入水中去。我在旁边，陪着她向那两个游去。他们早在那里游得欢势，看我们向他们游去，不停地向我和林梦欣招手。渐渐，我们就靠近了他俩。

几个人尽兴地游着。我们几个的游姿各有千秋，蛙泳、自由泳，几个人都会游，只有林梦欣，只会蛙泳。我会仰泳，林梦欣见我仰在那儿很悠哉的样子，就提出让我教他学仰泳，我欣然答应。那两个见状，便躲到一边去各自游自己的，再不管我俩。我就扶着林梦欣的身腰，教她仰泳的要领，林梦欣按我教的，在我的帮扶下，试着将身子翻过去面朝蓝天，背贴大海，可是每次都失败了，由我将她抱住了，才不至于呛到海水。每一次，我将她搂进自己的怀中，身子贴着她湿漉漉的身子，我都浑身一阵悸动。林梦欣则一只手搂着我的肩头，一只手抹去脸上的海水，用异样的眼神有意又似无意地瞅视着我。我则用同样的眼神瞅视着她。我已经完全明白我和她的心与心之间，已经有了不同于一般男女之间的情感……

游完了泳，小郑提议说直接开车去南边的黄金海岸，那里有个滑沙场，可好玩了，坐上滑板由沙丘往下滑的感受妙不可言。胡小杨则建议向东，去看天然动物园，说那里的虎狼狮豹等猛兽，都放出来乱跑，反而是将人装进个闷罐车里驶进去供动物们"参观"，惊险又刺激。我征询林梦欣的意见，她说，"能不能明天去，今天坐了大半天的车，又游了泳，很累的。回去好好歇息歇息，晚上了出来在沿街店吃点海味，多好。"。

我便立即拍板，"就按梦欣说的办。撤！"我已不知不觉中，将她前边的姓从嘴边去了。林梦欣似乎也感觉到了，有点诧异地望我一眼。

一行人回去后，舒舒服服地睡了个把小时，天近黄昏时，我们谢绝了熊经理的盛情，一行四人来到大街上。此时，梦欣已经将自己着实收拾打扮了一番，换穿了一件淡蓝底色上边缀有黄白花的连衣裙，显得轻盈而飘逸，早晨用发卡盘起的秀发这会儿散开垂下来，披到肩上，前额的头发好象用随身带的夹子整理了一下，翻出个很自然的带有点波浪的留海来，脚上则换上了一双很别致的白底，绿条带编织的透明凉鞋，浑身上下，透着清爽与秀气。我和她并肩走着，时不时地就能闻到从她身边飘过来的香水味，我就猛吸上两口。有句古话叫"闻香识女人"，说得一点都不假，以前，我和惠芬在一起生活的时候，她每天上班前，在镜子前也打扮几下自己，我在她身上闻到的更多的是一种低档化妆品混和着的雪糕味——也许是一种心理作用，觉得人家是个整天做冰糕的。海南的贾如馨，每次与她约会，那浑身的香水味跟那外国人从身边走过时所散发出来的气味一模一样，显得妖冶。（苗菁那时候还用的是人人都一样用的雪花膏，区分不出特点来，晓芳就更不用提了，那个年代物质特匮乏，弄得女人千人一"味"）。安静则用的都是进口香水，但是淡淡的那种，那是职业所使，不允许她涂那种味太浓的香水。虽然她和梦欣身上的香味都挺好闻，都让人闻着沁人心脾，闻着这种香味就觉得这种女人挺有档次挺有品味。但，梦欣和安静身上的香味又有所不同。世界就是这么复杂，才显其丰富多彩。

沿街的小吃店小吃摊真是数不胜数，还有兜售各种用海贝、海螺、蚌壳等做成工艺品叫卖的。空气中都弥漫着海味的香鲜。熙来攘往的人群，磨肩接踵，黄皮肤夹杂着白皮肤与黑皮肤，嘈杂的人声中，有南腔也有北调，其中夹杂着英语、俄语与日语。我们来到一个小店摊前，找个位子坐定。腰里系条围裙，头上冒着热汗的掌柜立即上前来招揽生意。我们要了两盘螃蟹，几盘熏鱼，几盘水煮大虾，还有一盘蚌壳和一盘海螺，一扎啤酒，美美地吃喝起来。一直乐呵到日头西落，月上东山，我们才结完了帐往回返。个个晃晃悠悠，相互搀扶着，但却兴奋异常。望着美丽的大海夜色，借着酒劲，几个人发了一阵子轻狂，面对着大海唱起歌来。我不由地也就兴趣上来，低声冒出两句半醉诗来："水色天光留人醉，美人扶我踏月归！"那两个在前边走着回过头来问我哼哼了句什么，要让我再念一遍，我却再不肯重复，因为梦欣就在我身边，她肯定是听清楚了，她听清楚，我就达到目的了。再念一遍，就显得我轻浮了，我毕竟不是二十郎当岁的小年轻了。胡小杨就偏过头来说，"张总，我经常听你喝点酒后高兴了即兴吟诗，你真是太应该出本诗集了，不然，可真是埋没了。"

第二天，我们去了黄金海岸滑了沙，去自然公园里观看了猛兽。在滑沙时，还是由我来当梦欣的保护者，那两个则有意无意地躲开去。梦欣的沙板滑翻了，我去拣回来，重新帮她坐好。在动物园里看猛兽，当狮子老虎向我们行驶的车子走来时，吓得梦欣身子发着颤，两手不抓别人，只抓我的胳膊。两天愉快的北戴河之旅一眨眼过去了，我觉得时间过得太快太快了。当车子在高速公路上往北京返的时候，我真希望小郑将车子开得慢一点，再慢一点，让美妙的时刻再多保留一会儿。我从后视镜里观察着坐在后座上的梦欣，现在，她已不似来时那样，眼睛上蒙着那玫瑰红的太阳镜，脖颈上的鹅黄色方巾也取下了。将整个面庞与白皙的脖颈都呈现在我的视线中，那眼神已经再不躲避我的目光，甚至主动地迎接着我。事实上，我们就是用这后视镜，一路上用目光在做着无声的交谈。

等车子进了北京，又进了单位家属院，到了自家楼门前，停了下来，我才重又回到现实世界。恍悟过来，自己是一个有家室的人，楼上，姣小的安静正在等着自己呢。

第五章

一

　　梦欣上班了。单位来了位漂亮同事，好多人都有意无意地走进财务室去瞅两眼。我没事踱到其它办公室去，有人就好奇地打听她是从哪来的，家庭情况，在部里的背景等等。一般人们都认为，能调到我们报社的，都是相当有能耐有背景的。林梦欣好象也挺拿得住自己，见谁都不亢不卑，谁跟她打招呼说话，她就也客气地应付几句，没人跟她说话，她就埋头翻她的帐本。部里派下来个会计，帮她捋着前任留下来的一大堆账务。我也总是忍不住地每天进去一两次。虽然每次都是有备而去，但总是装做去隔壁办公室路过时随便进去瞅瞅，或是找个什么别的借口。林梦欣每次我进去，都要欠起身来跟我笑笑打声招呼，才坐下继续她的工作。我就坐在旁边椅子里，或是在屋子里走来走去，欣赏她干工作时一会儿埋头算算这，一会儿起身从文件柜里取帐本时的忙碌样子。我每次离去时，她也客气地跟我打招呼。我的办公室，她从来也不主动进来，除非是我找借口叫她到我这儿来。到我办公室里，只有我们俩人时，她的神态就有点儿不自然，甚至低着头，不敢多抬头与我的目光相对，说话也有点儿稍稍的语无伦次。

　　我抓紧处理积压下来的各记者站记者发来的稿子，争取在开记者会之前，将大部分都发完了。这其间，胡小杨又塞过来两篇关系稿，说是部里谁谁谁送来的，没办法，我也只好签发了。

　　开记者会前，报社先开了个编委会。彭总编在会上说，部里表扬了我们的报纸，说近一段时间，发了一些有影响的稿件，配合了部里的中心工作。下边各基层单位反应也不错。又将我表扬了一番，因我主抓报纸编缉工作。说调来的林梦欣也不错，工作认真踏实，平时也不爱多说话，也不见串办公室，不象报社有些婆娘，爱嚼舌头挑弄是非，说这个人没调错。又把在北戴河开记者会的事情议了议，说这次报社就大方一点，多拿点钱出来。下边的同志们跑新闻挺辛苦，一年了，也算到北京来休整休整，放松放松，养好了精神，各自回去后，情绪饱满地继续跑稿子。记者会的事还是由我和胡小杨操办，其它头儿就不插手了，当天记者们来北京去北戴河之前，跟他们吃个饭就行了。

　　我的感觉是，老彭眼看自己年龄到了要退休，许多事是能推给我就推给我，其它的汪总编与李副总编，就象一桌子拼盘菜肴里的两盘并不重要的冷盘，起的作用说实话还不如胡小杨的大。不久，记者会就如期开了。各路记者先后进京，就象历年开全国的"两会"那样。我和胡小杨亲自一趟趟坐着小郑的车去车站接。回来后，先安顿在报社的招待所里，将他们一个个感动了个说不得，说，"胡主任来接就够抬举我们了，还有劳张总编你大驾，真使我们受宠若惊，"等等。

　　那两天晚上，我家的门槛就几乎让这帮记者们给踏破了。这一个刚走，下一个又来，一直接送到晚上十二点。等再不会有人来了，安静就和我开始清点记者们送来的东西，真是五花八门，都可以开个药铺了。宁夏的枸杞、甘肃的锁阳、吉林的高丽参、黑龙江的天麻、新疆的雪莲与红花……我就打趣道："这帮家伙们，觉得我是阳痿是咋的！"

　　惹得安静捂嘴哧哧哧地笑，说，"你不需要，可以给咱爸拿回去呀。"

我和安静不睡觉地打点，分门别类地整理，整理来整理去的，竟然将礼品给搞混了，分不清那样和那样是谁送的了。我还一个劲地回忆，安静就打断我说，"你累也是不累，管他是谁送的，记那么清楚干什么。"

我说："不记清楚咋行？上次你拎到你爸家的那两瓶五粮液，老爷子打开来，不就发现里边掖着五千块钱。让老爷子一顿好骂。记不清楚，收了有些人的厚礼，再给人家压稿子，他表面上对你恭恭敬敬，肚子里不对你有意见？所以，今天晚上咱俩别别睡了。仔细一点儿，免得同样的错误犯第二回。如果发现里边夹钱的，明天我就给他送回去。"

？　安静瞪我一眼："钱扎你手？"

我说："你让我也象报上电视上报道的那些贪官一样，进局子或是吃铁大豆？"

安静不以为然地撇一下嘴："那些人都是啥水平，你是啥水平，非就要让人抓住了把柄？告诉你，别看我们医院，那些当主任当院长的，白天身穿白大褂，一个个令人尊敬的专家、学者，到了晚上又咋样？那些送礼的人排着大队往家挤。人家根本就瞧不上这些什么乱七八糟的特产不特产，全是一扎扎的人民币。"

"那是病人为看病。有求于老专家，算不上受贿。我这可就不同了。"

"人家也不就是求你多发两篇稿，跟病人求大夫看病有啥不同的？你又不是什么管基建，管干部的，发包个工程别人要给你回扣，提拔个干部人家要花钱买你个官。再说了，我们在办公室里也经常嚷嚷，其实抓出来的，要么是脑子太笨的，要么是把什么人得罪下了，要么是让别的什么事情给带出来了。现在贪污受贿的有多少，真正查出来的有几个？为什么现在一揭出个案子就是窝案，就证明现在大部分官员都在受贿。说不定，查案子的人，本身就是个大贪官，不过隐藏得深罢了。把你收的这点，毛毛雨一般，能够个什么线！上次那个下边记者站的小什么来着，我忘了他姓啥了，不是说的好嘛，这叫润笔费。你改他的稿子费了眼，劳了神，扭了手腕子，这是他对你劳动的尊重和补偿。你就心安理得地收了，一点问题也没有。"

我被安静的一番话说动了，吩咐道，"那我们得认真检查，将一些东西里塞的钱全取出来，别给老爷子送去时，被老爷子发现后又骂一顿，送了东西还不讨好。"

两人就又勾着屁股整理。整半天，越整越乱，脑子里一片浆糊，我说，"睡吧，明天再弄。困了。"

安静说："我一点都不觉累，要累你先去睡。"

"那我就先睡了，我明天还要陪记者们去北戴河。"

我去洗脸洗脚。平时，都是安静给我倒洗脸洗脚水。甚至每次我喝多了回来，她都给我亲手洗脚，这会儿却根本顾不上了，兴奋点全集中在地上的那一大堆东西上，说："你自己去倒水洗吧，自打结婚以来，我就把你当个孩子似的伺候。今天我顾不上了，你就自己伺候自己一次。"

我心里感叹，女人见了钱，就啥都忘了。

第二天一早，各地记者几十号人马坐在一辆部里的大巴车里，由小郑驾驶，一行人浩浩荡荡，欢天喜地向北戴河进发。一路上，大家一边观景，一边喧闹，一边扯各自省的新闻趣事。车子里，一片南腔北调的声音。胡小杨是办会的具体主管，吃喝屙撒，都由他负责，我只是听听他的汇报，对一些他做的计划点个头或是稍加改动。林梦欣是会计，自然也跟上前往。其实她不来也可以，胡小杨问起我，我就说叫她也跟去吧，带个会计，花销上的事情方便一些。胡小杨自是明白我心里的想法，叫上了梦欣。

大家伙将我让到大巴车的最前边。你一声总编，他一声总编，叫得我心里十分的熨贴。好多人前天或昨天晚上都曾去过我家，和我事先已经有了情感上的沟通，所以，都心照不宣。有的人将那我耳朵都听出茧子来的老话又拿出来恭维我，"总编，大家都知道你是北京大学中文系毕业的，常常即兴就能做出一首诗来。"

"谁说的？胡说。"我否认道。

"我们下边的记者，还有宣传部门的人，都在传着呢。"

另外几个记者就附和道："就是，我们那儿，连没见过张总编面的人都在传。"

我说："瞎说。只是有时候随便啁几句，那哪能叫诗，顺口溜而已。"

"这次去，我们一定要让张总编好好在北戴河给我们露一手，让我们大家见识见识，如何？"

"好，好好！"车厢里一片应和之声。

有人说："也别等到北戴河了，现在在车上就让张总编给咱们来一首，岂不更好？去后说不定就忘呢。"

车中一片吆喝起哄声。我转回头去，发现林梦欣也在瞅着我，似乎在期待着我，毕竟在大学接触了大量的古今中外的诗歌，光古典诗歌，肚子里就背下的有近千首，何况自己年轻时还写过大量的诗。虽然这几年不写那劳什子了，但底子还在，我瞅视了一会儿窗外的风景，又在心里思忖了一会儿，便吟咏出口："北戴河水连波涌，孟德诗篇千古名。满车精英风骚客，今朝风流胜古人。"

"好！"大家一阵拍巴掌的拍巴掌，叫好的叫好。因为在诗中，把他们也吹捧了一番。胡小杨此时就不失时机地说："张总编想把自己过去所写的诗出一本诗集，出版社都联系好了。等书出来后，还有劳大家伙帮忙。你们也知道，现在出版社也搞经济效益，到时候各路诸候利用你们在下边的神通，每人包销一部分好不好？"

大家伙便争先恐后地喊出声，这位说，"我销五百。"那个说，"我销六百。"另一个就不屑地说："你们也太小家子气了。咱总编堂堂北大高材生的诗集，发表后是有可能与李白杜甫诗歌一样载入世册流芳百世的，你们竟然只包销区区几百册。平日里你们一个个给自己的三亲六戚办事时是不是这个态度？各位的能耐谁肚子里不清楚，在下边哪个手里没有攥着一大把通讯录，求你发稿子的单位有多少？平日里吃吃喝喝有你们的，给咱张总编销诗集就打开埋伏了？别人我不管，我打保票，咱总编的诗集如果出版，我包销两千册！"

车里出现短暂的平静之后，新一轮叫喊声就响了起来，"我也两千。""我三千。""我们是大省，五千"。刚才那只说了五百和六百的主也慌忙改口，将包销册数提高到了一千以上。

我急忙摆手，道："你们别听胡主任的。谁要出诗集？我可没这个想法。那是他拿我开涮。你们别当真。"

大家伙就反回头来问胡小杨。胡小杨就说："按咱总编的水平，他真应该出本诗集，可他就是不出。你说说，他这皇帝不急，光我这太监急。"

有人就又问，"出版社联系好了没？"

胡小杨便把熊经理那边的情况说了。大家就又七嘴八舌地劝起我来。其实，我以前之所以极积性不高，一是以前为投稿伤透了心，曾发誓以后再也不给出版社投稿。再者，这几年当了官以后，也没有了那成名成家的心思。出本诗集有啥用，听说当年和舒婷北岛写朦胧诗的一个诗人，在全国都有些名气，现在在一家工厂里看大门。摆在书店里的那些个当代诗人的诗集，有谁去翻？每本只印个一千册，就那，听说都销不出去最后被送到废品站变成了纸浆。现在是商品社会，官本位时代，不需要诗歌。可是，经大家这么一撺掇，我心开始有点儿动了。

到北戴河住下后，下午和晚上都没事，我给大家放了假，大家伙仨仨俩俩地出去观海的观海，爬山的爬山，逛街的逛街。我因为之前刚刚来过一趟，已没有了去逛的兴趣，本想在招待所房间歇歇，瞅个空和梦欣单独说说话。可那帮记者们不干，非将我拽着陪他们去海边，去夜市。推掉了两拨，最后，还是被另一拨硬是拽起走了。结果，在小吃摊上几乎又被灌醉了。先走的是一帮西北几个省来的记者，回来后发现我被华东几个省的记者拉走了，说我偏心眼，一碗水不端平，如何如何，我只好答应，明天一定陪西北的同志们出去遛弯。陪谁不陪谁出去遛弯，竟然变成了一种待遇。林梦欣与我始终都在一拨，在男人扎堆的地方，有一位红颜女子就显得特别的惹人注目，自然也就成了除我之外的另一个中心。大家在巴结恭维我的同时，也一个劲地夸林梦欣的美貌，使劲地向她敬酒。她喝不了的酒，竟然很大方地送到我手里让我代劳。我发现大家已经感觉到梦欣和我的关系有点儿特殊，就对林梦欣更加敬重起来，恭维她的话说了有一大箩筐。有几个记者还力邀我们抽机会到他们各自省去转转，他们一定尽心尽力地陪我们好好逛逛当地的名胜。林梦欣就说："我一个小小的会计，那能想到哪去就到哪去。"

别人就撺掇说："你是会计没错，可只要你让张总编高兴了，他走哪儿，带上你，还不是一句话。"

梦欣就笑眯眯地看我一眼，那眼神似在传递着一种期待，"是那样吗？"

我虽然心里甜甜的，但当着下属们的面，有点尴尬，不好回答她这一问话，模棱两可地说，"我一个男的，带你一个女的出去，别人会怎么说呢？"

那些记者们就七嘴八舌地说开了，"总编，现在都什么年代了，你还是老脑筋。噢，一个男的和一个女的就不能同时出趟差了？"

"我上次还和我们石油基地宣传部门的一位女的一同到下边的一个井队去采访了呢。"

"现在一男一女出差的不多的是。好象一男一女出个差就会发生什么事情似的。"

"总编你实在不应该有那么些顾虑，现在都什么年代了。开完会，下个月就来，我开上车，咱们去九寨沟去，下个月正是去九寨沟观景的黄金时期。"甘肃站的小许说。

我不吭声了。小许就偏过头去问林梦欣，"咋样，想去不想去？九寨沟的秋景可是美极了。"

梦欣就笑笑看我一眼说："你问我顶啥用，我想去，人家张总编不想去，我去得了吗？"

小许就又攻我，"去吧，总编，你不是一直想去趟九寨沟嘛。"

我在这之前，确实是想去趟九寨沟，本来上次旅行结婚，安静就力荐去九寨沟。被我硬说服的去了泰山和海南。并且答应好以后一定瞅机会携她上九寨沟去一趟，了她的心愿。我只好说，"再说吧。"心里矛盾，就是真去九寨沟的话，安静与梦欣，该带谁呢？不可能将两人一起带走吧。而且，就是真要带梦欣，那也绝不可能只带她一人走，一定要将胡小杨带上。不然，那目标就太明显了，别人在背后不说闲话才怪。再者，上次四川基地的王处长也要邀我去九寨沟，究竟领谁的情好一些？

二

　　会议开了有四天，两天是每位记者谈当地的情况和一些报道线索。然后给一年里评出的先进个人颁奖。评先进的条件是发稿数量，头条所占比例，有份量的重点稿件有多少等。而这些因素，一方面来自作者自己的主观能动性，另一方面，则来自每个记者与上边总社里的编缉们的关系，某种角度说，后一个因素更加重要。每年发稿子多和评上先进的，总是那几个人。他们有着共同的特点，就是往北京跑得勤。上边的编缉记者们下去到他们那儿，伺候得也周到。通过编稿与发稿，两者之间已经建立起了十分牢固稳定的私人关系。我自己周围，就有那么三四个特别信任的。对他们几个的稿子，我似乎也总是心有偏好，有意无意地放一马——可发可不发的尽量给发；可发一般版面的，尽量给发到重要的版面；合适发头条的，我就是压上几天，也要争取给发成头条。人非草木，孰能无情，到北京来一次次请你吃，请你喝，给你送的，就是个石头，也被暖热了。其实，报社里其它的头儿，包括彭总编，汪副总编，李副总编，甚至胡小杨与其它一般的编辑记者，我都能隐隐约约地感觉到他们分别跟那几个记者关系密切。有时候，明明一篇稿子写得很一般，可老彭却非要在编前会上建议放头条。李副总编有点儿缺心眼，还要挑刺儿说如何如何不够份量，他自己手头的另一记者站记者写来的稿子才更有理由上头条，弄得老彭脸上挂不住。我心里比谁都请楚，但不露声色，谁也不得罪，往往搞平衡，说："两条都放头条，今天放彭总编定的这篇，明天发李总编推荐的那篇，怎么样？"稿子的事就这么定了。但我想李副总编肯定把彭总编给得罪了。其实，彭总编与李副总编本来就有点儿不对劲。我是通过几件小事情上感觉出来的。一次，彭总把我叫到他办公室里去，对我嚷嚷说，"你看这个老李，硬要把自己的女儿往我们报社里塞，我说你女儿学历不够，只是个中专生，到报社来干嘛？他说可以先当个临时工使用，当当校对，一边再让她自学提高学历。我说现在这条路报社早都堵死了，连正牌大学生都要考试才优中选优地录用。他就扯出个林梦欣来，如何如何，也没经过考试就进来了。我说人家林梦欣是正规财会学校毕业的大专生，又干了好多年的会计工作，人家原来的工作单位也不错。只是离了婚，想换个工作环境，才要求调到我们这里的。再说，我们也正好缺个会计。你听他咋说——'还不是张总编给使了劲才调进来的，鬼知道她和张总编个人是个啥关系。人还没正式上班呢，就先拉上去了北戴河一趟。'你听听，这哪象个领导说的话？这不是无事生非地挑起矛盾嘛。让我好好地说了他几句。"

当时听了彭总编的话，我心里就"咯噔"一下，从老彭处出来，回到自己办公室里，我半天心静不下来，想浇花，将暖瓶里的开水倒进了花盆里，想喝茶，几乎将壶底子里的脏水喝到肚子里去。心想，这人咋的，我对他平时能敬一分的敬二分，能让一步的让两步，在工作中总是以团结为重，他有求于我的事情，我总是能办的绝不拖——前一段，他还给我塞过一份关系稿，说是他一个同学的，是个什么关于企业改革的论文，说关系到他老同学的职称评定。我想到自己过去的遭遇，想到自己与老范的关系，将心比心，就很快给安排在比较重要的位置给发了。可他咋不领情呢？背后竟然拿子虚乌有的事情编排我！人心真是隔肚皮，在机关上呆久了的人，是不是个个都变成了鬼，个个都心里蒙上了层雾！

又过了两天，老李却又神道道地溜进我的办公室里来，似有意无意地跟我先闲扯了两句，就切入关键话题，警告我说："张总，你别一天高枕无忧地等着接总编的位子。事情可并没有大家想的那么简单。"

我一激灵，问："咋，你听到啥了？"

"倒是没听到啥。我有个亲戚在公安分局的户籍科管户籍，有人可正在积极地活动着改户口呢。"

"啥叫改户口？"我不明白。

李副总编神神秘秘地道："你说啥叫改户口，你明知故问呀？"

我才一下子反应过来，现在快退休的领导干部时髦干这事，将年龄改小了，好再干一届。我一怔，问"是谁？"

老李又莫测高深的口吻："你说是谁，咱报社谁快到退休了？"

我不吭声了，老李又火上浇油，"你可要当心哟，人平白无故的，改啥户口？"说完，就出去了。

我心里就翻江倒海起来，并不是我非要想当这个总编，就是在这副总编的位子上，我也心满意足的了，想想当年，自己过的是啥日子？该满足的了！就是老彭他当那个总编，其实我在报社的实际控制权也是很大的。我和老彭又没有啥矛盾，老彭在工作上，平时对我也支持，从来不跟我在什么事情上过不去。可是，心里总还是感觉不怎么舒服。因为，近一段时间来，老彭要退，我要上，似乎已经成了秃子头上的虱子，明摆的事了。人人都在嘈嘈，人人都这么认为。报社的员工们为什么对自己这么尊重，很重要的一点，不就是看好我不久的将来要接老彭的班。如果老彭真在年龄上做了手脚再干一届，我就得再当三年的副手。名不正，则言不顺，人家老彭就是平时再让着你，一些事情你毕竟不能直接做主。譬如最现实的，如果下个月去四川九寨沟，我要是总编，我说让梦欣跟我去，就去了。也许别人会有些议论，可是，议论归议论，现在这样的社会环境下，下边有点议论算个啥。可是，你就得跟人家老彭请示，人家同意，你才能带她去，人家不同意，你就是心急猴跳，也没折！就不要说其它的一些大事情了。再说呢，三年时间，鬼知道其中有啥变故。我总感到汪副总编就象是蛰伏在暗角里的一条不动声色的狼，平日里，对我表面上客客气气点头哈腰的样了。但我总觉得那脸上的笑是装出来的，非常的不自然。存在决定意识，这是条铁律。你将人家厕所里的位儿占了，让人家屎憋在裤裆急得在厕所外边转圈屙不出来，还想让人家对你心悦诚服，那可能吗！所以，在整个报社，我最怵的，就是这个老汪。我回家后，就将老李给我讲的和自己心中的顾虑给安静讲了。安静安慰我，说："别怕，稳住。你有范部长呢，还愁挤不过他老彭。这两天晚上， 抽个时间，我们上范部长家去，先探探情况。你这个人，也是，旅行结婚回来，只去了范部长家两次，就再也不去了。催了你好几次，你都说忙忙，推了今天推后天的，也不知个轻重缓急。你说你忙，你都在忙些什么？还不尽是些吃吃喝喝不着边的事。有比去范部长家去重要？不是我说你，连我爸都对你意见挺大的。放着这么好的同学，别人他就是想攀这样的关系都攀不上呢，你还将它老不当一回事。"

"谁不当一回事了？我只是觉得人家范部长一天挺忙的，老去，影响人家，反而让人家烦。"

"我们去了几次，哪一次人家烦我们了？瞧人家对咱俩那热情的态度。你以为大人物就不孤独，就不需要朋友？象我爸，过去的司机一年半载地去我家拎点劣质滋补品看看他，他都拉着人家的手，激动得几乎要掉眼泪，人家几次抽屁股走都走不脱。"

　　我揶揄说："那是你爸退休了，要是在台上，你试试，他对司机是个啥态度？"

　　"别扯远了，你是去，还是不去？去。我就收拾东西。正好，这次你们那帮记者们送来的东西还都新鲜着。是拿东北的西洋参，还是甘肃的锁阳？"

　　我笑着埋汰安静："索兴将青海小邹送的那节驴鞭也带上，你以为人家范部长也阳痿？！"

　　安静就打了我一把，"你吃了那玩意儿，这几天天天晚上地折腾人，哪睡好个觉来。昨天给一个小孩头上扎针，一连扎了五针没扎到血管里，心疼得旁边的孩子妈眼珠子瞪得牛大，我真害怕她控制不住自己的情绪伸过手来挠我两爪子。"

　　我就又想到了那个加勒比海上的蝴蝶抖动下翅膀，阿拉斯加上空就要下大雪的理论。世界上的好多事情，表面上看不搭界，其实，都一环环地相扣着，一个原因可导致多个结果；多个原因，又可催成一个结果，这件事情的结果又可能变成新的一系例结果的原因。世界就是这么复杂，所以我们的生活才那么多彩，上演有多少悲喜剧。

　　第二天一上班，胡小杨又蹿进我门来，问我，"我听说范部长要走了，到中原一个省当省长，部里的班子也要调，要换新部长。张总你听到没有？"

　　"什么，"我大吃一惊，"你听谁说的，我怎么一点都不知道？"

　　胡小杨夹夹眼皮，"昨晚我听我表哥说的。"

　　我一下放松下来，不以为然道："你表哥他从哪里得到的这消息，还不是道听途说，能信？"

　　胡小杨莫测高深地说："张总你这可就低估了我表哥的能量。你想想，一天到他那儿去消遣的，啥人没有？你以为尽是些生意人，暴发户？实话对你说，我哥经常接待的朋友中，还有两个副部长级的人物呢。我当时听了也有点不信，可我表哥说，是他们中其中的一个亲口在饭桌上聊起范部长时说出来的。"

我心里着实突突突起来，想到老范离去将会带来的变化，它肯定要影响到我。我就又把李副总编告诉我彭总活动着改户口的事情告知胡小杨，然后自言自语，又象是向他讨主意，说："这两件事是不是有什么必然的联系？"

胡小杨琢磨了一下，就给我吃宽心丸，说："张总你尽管放心。你想想，范部长调中原去当省长，那是中央看准了他，有意放下去煅炼过渡一下，要不了三五年，就会重新杀回来。那时候，可就是国家领导人了，最少，也能当个国务委员什么的。你想想，你是范部长的什么人？这部里上上下下谁个不知，哪个不晓？大学里'睡上铺的兄弟'！有首歌还是这标题呢。是范部长把你一手提拔起来的。全部里人都认为下一届你要接替老彭当报社总编是大势所趋。别小看这舆论的力量，它能为你造势，使有些东西变为约定俗成的即成事实。就是新来的部长，他也得对你掂量着点。他彭总编就是再改年龄，我想那也是瞎子点灯白费蜡。你就等着听好消息吧。说不定，范部长前脚走，你后脚就会被提起来。"？

经胡小杨这么一点拨，我心里敞亮了许多。胡小杨这小子，就是不简单，以后的前程也是不可限量。我心里夸着胡小杨的见识与能耐，但脸上并不表现出来。胡小杨就又说，"等你高升了，我再在我表哥的娱乐宫里好好地给你摆一场。我哥还念叨着你呢，说自从上次和扫黄办赵主任喝过酒后，就再也没有见你大驾光临。"接着，又悄悄凑到我耳朵上道："那位中戏的姑娘，也在念叨你呢，老在我表哥那里说你的好。"

经胡小杨这么一提醒，我才记起姜婷婷来。这一段时间，忙着筹划记者会的事，主要是生活中闯进个林梦欣来，真还把那个小老乡给忘在了脑后。

晚上，我上老丈人家，在饭桌上，我把胡小杨告诉我老范要调走的事情给家里人说了。老丈人就数叨我一番，说我一天尽忙乎些什么大不了的事，整天吃吃喝喝的，连范部长要走这么大的事都不知道。还让个胡小杨告诉自己，在政治上太不敏感。一般人攀都攀不上的关系，可是你，却不知道珍惜。按理说，应该三天两头就去范部长家汇报次工作，就催促我和安静赶快放下饭碗就去范部长家。还说需要带什么东西，到柜子里去取，上次送过来的雪莲、红花什么的还都好好地放着。我说老同学，随便拿点意思一下就行了，拿太多了，俗，反而不好。老丈人觉得我说的有理，也就做罢。

我和安静随便拎了点雪莲红花就去范部长家。范部长不在，只有他夫人。见我们又拎着东西来，数落我们一番。我说，"没什么，只是一点小小的补品，意思意思。"老范夫人也就收下了。

老范夫人特别喜欢安静，每次来，都要好好地拉过去端祥一阵，夸赞一番，说她这长得好看，那长得匀称，就好象是她弟媳妇似的，然后就又是拿糖果瓜子，又是削苹果的。她一对安静好，整个气氛就轻松了，我也就不显得多拘束了，直接了当地问："听说范部长要走了。到下边去当省长。我和安静今天来看看，顺便打听打听这消息是不是真的。"

老范夫人就吃一惊，"你们怎么知道的？"

我笑笑说："部里边都传开了。"

老范夫人就感叹地摇摇头，道："现在，啥事情都保不了密，这中央组织部才刚刚找老范谈了个话，咋这么快就传出去让下边人知道了。"

看样子是真有这回事了。正说话间，老范就回来了，见我来了，显得很高兴，埋怨我这一段时间怎么也不上家来，也不去办公室找他，我客套说："部长一天有多少大事，我去怕打扰了你。"

"打扰什么，生分了不是？你什么时候，也别把我当做你的部长，就当我是你一个寝室里住了四年的同学才对。"

听了老范这话，我心里热乎乎的，这才说明来意，老范就哈哈一笑，反问我："想不想跟我到下边去？"

我一愣，这事来得太突然了，令我一时不好回答，既受宠若惊，又感到无所适从。我眼看着安静，安静也一副茫然不知所措的样子。老范就笑笑说："我也是随便说说，就是带你走，也不能马上就走。我到下边去，当然有你这个老同学在身边，用起来，顺手些，平日里，也是个伴。领导也是人，也需要朋友啊。"

我感动得眼泪花都几乎在眼眶里打着转要掉下来，我在老范的心里的份量，不轻啊。他是把我当最贴心的小兄弟般地对待。如果有一天，为了老范，我甚至愿意献上我最宝贵的生命也在所不惜。我几乎当时就要答应下来跟老范走，这时候，我看安静眼睛有点犹疑地看着我，我就又将要冲出口的话压在了舌头底下。

老范很通融，看出我们很为难。就说："我也知道你们新婚燕尔，一凡折腾了好多年，刚刚新成立个家庭，有个安乐窝很不容易。我也不是要你们马上做决定。回去后两口子好好商量商量，跟安静爸也商量商量。要是想去，就给我个话，我在下边给你把位子就提前有个设想。初步的想法是去先安排个省政府副秘书长。等干个两三年，再扶正了。"

从范部长家出来，我和安静相挽着，心里七上八下都不知是怎么走回家去的。我们没有回自己的小家，先去了老丈人家，老丈人一听，就大腿一拍，道："去，为什么不去？这是多么好的机会。男子汉，就是应该去外边闯荡。才能有大出息。"

安静有点犹豫："可是，我咋办，一个人呆在北京？"

老丈人就开导说，"那有啥？想当年，我和你妈，在新疆时，我在克拉玛义，她在石河子，两人听上去都在新疆，虽然相隔百多公里，可一年见不上几次面，十几年不也熬过来了。"

"你那是什么年代？现在是什么年代了！"安静呶嘴争辨道。

老丈人就又给女儿做工作："人家范部长，肯定也是将家留在北京，自己一个人去下边。人家能去，一凡为啥就不能去？年轻人，应该将眼光放远一点。你到我们这个岁数，就会明白了，许多机会是可遇不可求的。错过了，就再也不会来了。范部长下去也就最多过渡上个三五年，到时候，他重返北京时，还不又将一凡给带回来了。到那时，你可就不是现在的一小小报社的副总编了。"

老丈人激动兴奋地恨不得他换成我，跟范部长下去。

丈母娘倒很现实，在一旁操心地说："一凡岁数也不小了，该尽快要个孩子了，如果小静怀了孩子，到时候一凡不在身边，也挺不是个事情的。"

老丈人就指头指着老伴数叨："你们女人家，一个个都是头发长，见识短，只想着鼻子尖下那么点鸡毛蒜皮的小事！"

丈母娘就跟老丈人抬上了杠，"小事，小事，当年我怀上小静时，你那死鬼躲在克拉玛义叫不回来，你知道我遭了多大的罪？大雪天的自己洗尿布，半夜三更小孩有病了自己抱上上医院。一想起这些，我就恨死你了！"

说着就有点抹眼泪的样子。安静就又劝她妈，"说我和一凡的事呢，怎么又扯到你跟我爸去了。那么点陈年老帐，你不知唠叨过多少次，我耳朵都听出茧子了。"

从老丈人家中出来，两口子还兴奋着，走了一路，说了一路，也没商量出个子丑寅卯来。到了家，一边洗漱，一边继续商量。安静的态度始终左右摇摆，一会儿说，"去，一定去，不就是苦上个三五年，等三五年老范杀回北京来，你跟他来，说不定，你也能跟着进中央，那咱家可就风光死了。再说，现在交通也方便，想回北京，你身上有职务，随便找个差不就能回来看一趟。"一会儿又说，"刚结婚，就走了，撇下我一个。我妈说得也有道理，如果我怀孕生小孩，咋办？"

我的心里其实更加矛盾，不光是为安静，还有说不出口的许多原因。跟老范下去，当然在仕途上是大大的有利。可是，现在我觉得自己的小日子过得并不差。某种角度上讲，他老范未必活得比我滋润。人生的需求是多方面的，不光是个仕途。看有些人，一辈子谨小慎微地只顾了在官道上往上爬，将人生的其它方面的享受都放弃了，也实在是没啥意思。我此时此刻，不但想到了报社上上下下职工对自己的尊敬；想到了那些驻站记者因有求于我而对自己的极尽奉承与巴结；想到了胡小杨对自己的忠心耿耿。最最主要的，是在潜意识里想到了新调来的女会计林梦欣，和她那快速而又朦胧美好，象遮挡着一层纱雾的情感。我总觉得，我和她之间，即将要发生些什么事情。甚至我还想到了那个中戏的女学生姜婷婷，想到了胡小杨表哥那娱乐城里的吃喝与享受。如果自己跟老范去了外省，眼前的这一切，将全部化为乌有。一直心里折腾着上了床，等安静象猫一样地钻进我的被窝里来寻求温存时，我才回味过来。一边安慰，一边感慨道："要是我跟范部长去了外省。你这方面需要了找谁去？还不是干熬着。有句唐诗我背给你听，"我就在被子里一边搂着媳妇干事一边背诵："闺中少妇不知愁，春日凝妆上翠楼，忽见陌头杨柳色，悔叫丈夫觅封侯。"

　　安静全身正舒服着，说："那就定死，不去了。不就是个副秘书长嘛。你呆在部里，不见得就上得不比外边快。"

　　我笑笑打趣道："你还不是想让我天天陪着你。"

　　安静也揶揄我道："你问问你那贼心，三天不往我身上上一下，你受得了？"

　　"彼此彼此，我们谁也别笑谁。"我将媳妇重新搂进怀中，使劲儿亲着，忽然，眼前却闪出林梦欣的面庞来。

三

　　老范要走的消息很快就让开记者会的驻站记者们知道了，他们就问我，范部长今年的例会上还见不见他们，和他们照相不。这都是每年开记者会的一个程式了。每次开会期间，都要请部里主管报纸的老范与记者们见个面，请老范给透点儿上边内部的最新情况。也算是对记者们点特殊的政治待遇。然后，老范再跟记者们吃个饭，合个影。今年记者会移到了北戴河，我原本想把这一项内容给取消了，心想老范一天有多少正经事情要忙，再加上老范也要走了，拉他来北戴河一趟是给老范添麻烦，所以就没吭声。但啥事已成了习惯就成了自然。记者会快结束时，大家就提出来，要见老范。我说老范可能要走了，别给他添事了，大家伙就很失落的样子，有人甚至说，"就是因为要走了，才更应该请范部长来一趟，和大家最后见个面。"

　　其实，我知道他们一个个的心思，无非是想跟老范个人单独留个影，因为只有记者会，才有这样的机会。然后带回去，压在自己办公室里的玻璃板底下，让别人看看，自己曾跟部长一起合影留念，引起别人的羡慕。我曾下去转过几个记者站，

　　他们无一例外地都是如此。而且是将照片压在桌子上最最中央最最醒目的地方。而这次老范的下去，明眼人都知道只是以后进中央的过渡。所以，大家伙更想一个个跟老范合个影。

　　我心照不宣，也不去捅破他们那点可怜的虚荣心，只好让小郑开车回去请老范。胡小杨和林梦欣也跟着回趟家。在路上，又扯出了范部长要调走的话头，几个都是和我贴心的人物，再者最主要的是我想说给林梦欣知道。就把我到老范家，老范想带我下去当他的副秘书长的想法说了。胡小杨急了，极力地撺掇我说："总编，你千万不能去。那下边的人际关系，可复杂了。俗说说得好，强龙压不过地头蛇。你尽管有范部长给你撑腰。可他范部长也是北京派下去的，下边没自己的人。各省的地方势力，那都是经营了多少年了，盘根错节的。你这人，面慈心软，哪里是那些人的对手，一招不慎，被人家给吞吃了也是有可能的。你要占的那个位子，下边不知有多少人眼睁睁地盯着，他们能服你吗？没见报纸上登的，北京出去的，好多人都栽了。人家会设着局让你往里跳，然后收口子网了你。"胡小杨就举了最近在报上披露出的一些从京城调出去后在地方翻船犯了事的例子来说服我。其实，我心里早都拿定了主意不去的，只是说出来，显一显，让林梦欣和他们两个听听，知道我的份量而已，

　　胡小杨哪里知道我的心思，见我不吭不响的，头仰在车坐上，还以为我听了他的话在心里矛盾着呢，就又一个劲地劝我："再说呢，你在这儿，正是如日中天的，眼看老彭头就要退了，这总编的位子全报社的人包括部里其它部门的人，你去问问，谁不认为会是你的？等过个三五年，范部长再从下边调回中央，你不就又有了依靠。以后，部长的位子非你莫属。"

　　司机小郑也在一边附和，"胡主任分析得有道理，总编你可是真的不能去，你要走，我们在感情上也割舍不得，多好的领

导啊。我给大大小小的头儿开了半辈子车，你这是我见到的第一个跟群众关系这么好这么体恤下属的。"

林梦欣只是听着，一声不吭。等车停半道上，小郑和胡小杨下去找地方去放水，我就小心翼翼试探地问她，"刚才他们都劝我留下，你也不吭声表态。现在他们两人不在跟前，我倒很想听听你的意见。"

林梦欣转过身来，向我看上一眼，半天，才说："你还得自己拿主意才是。因为这是关系到你前途命运的大事。"

我意味深长地追问她："我就想听听你自己的想法，想不想让我走。"

林梦欣冲我会心地笑笑，半天，低声道："我内心当然是不希望你走了。"

就是她这句话，使我下定了最后的决心，呆在北京。就是范部长答应给我个副省长，我也不去外省。

老范虽然是要走的人了，但高级干部就是比一般人的涵养高，很愉快地就答应了记者们的请求。第二天，老范坐着自己的专车，跟随我们的车子到北戴河去。老范还硬是将我叫到了他的专车里。

我心里乐滋滋的，让林梦欣和胡小杨小郑明显地感觉到，我和范部长的关系就是不同一般。

车子开到北戴河招待所记者们的住处，大家见车子停在了门口，一窝蜂地涌上前来，争抢着和范部长握手，好象谁先抢到谁就能多得到点什么似的。老范显得特随和，和大家伙一一握手，寒喧，还询问每一个人是从哪个省来的，各自家乡省的情况怎么样。记者们语无伦次地回答着，一个个都显得很激动，很兴奋。寒喧完，我又挡开还没有来得及握过手的记者，说，"进饭厅进饭厅，范部长坐了好几个小时车了，挺累的，大家要体谅部长。有啥话，在饭桌上再说。"

　　人们就众星捧月地簇拥着范部长进了饭厅。我吩咐胡小杨与熊经理联系，赶快上菜。范部长不能久呆，下午就得走，晚上还有个外事活动等着他。胡小杨正要去找熊经理，熊经理早都闻风一路小跑地进了饭厅，经我介绍后，双手紧抱着范部长的手，连声道："哎呀呀，我们这小小的招待所今儿个也招待起这么大的官了，真是福份福份。条件虽然简陋点，但是部长待一会你就知道了，我们的饭菜风味，那可是没说的……"

　　熊经理还想跟范部长套近乎，被我拦住了，胡小杨也撵她，"赶快赶快，去厨房吩咐着赶快上菜，部长还忙着呢。"熊经理这才"唉，唉"地连声应喏着走了。

　　不一阵儿，各种海鲜就上来了，酒也斟进了酒杯。我致开场白，讲了几句范部长如何在百忙中腾出时间不辞辛苦来看望大家，使我们十分感激的话，就让范部长给大家讲话。老范说了些大家在下边为党的新闻事业奔波忙碌，劳苦功高，此次来北戴河好好放松放松，尽情玩一玩回去加倍努力工作的客套话，端起酒杯来，给大家敬酒。祝完酒一会功夫，许多活泛点的记者就开始先后上前来，给老范敬酒。我知道范部长的酒量不行，就警告给大家。可是大家不听，还是先后拥上来给部长警酒。有人手里早都准备好了相机，就等敬酒的人与部长碰杯时，按下快门。完事后，我耳朵旁就听刚才敬酒者在很失望地埋怨照相者，"你按得太快了，部长杯子还没有举起来，你就按下去了。也不接着再拍一张，唉——"另一个就急猴猴地将相机塞到刚敬完酒的这一位手里，说，"别埋怨了，赶快赶快，我去敬酒，你给我照一张。别报复我，给我照好了。"

　　我看这样下去，范部长实在是应酬不了，就发了一条纪律：

敬过的就算敬过了，没敬过的，下不为例。你们每人都前来敬部长一杯酒，就是两三瓶酒的数量，那还了得！都在自己的桌子上坐定了不许离开。要向部长敬酒，一个桌子选一个代表前来，酒是敬给部长的，但部长只表示一下就行了。酒就由我和胡小杨代劳。这样，才把大家伙的敬酒积极性给压了下去。吃完了饭，按惯常就是照相时间，大家又是蜂涌而上，挤着要往部长身边靠。照完了合影，机敏些的就捷足先登，凑到老范身边要请求与部长单独合影。范部长也就和其合了影。紧接着，三十多位记者，全部涌了上来，你挤我钻的，都要想和老范合影。我一看，这还了得，让胡小杨拦一拨，我拦一拨。最后实在是拦不住了，我发了急，又下了死命令："谁都不许再挤着和部长照相。部长休息休息就得往回赶，日理万机的，事情多着呢。你以为就象你们一样？分东南西北，四个片区的记者拢一块儿，分别和部长合个影就行了。"大家这才捋了秩序，分别一拨一拨人地跟范部长合影。

照完了相，我陪着范部长到早都给他订好的房间里歇息一会，睡个午觉。进去之后，我给范部长沏了茶——那是早都准备好的上好的龙井，把床铺又象征性地整理了整理，刚要退身，老范说，"也别睡了，这么好的风景，跟我出去走走。"

我说："你坐了一上午的车，下午还要赶回去。还是午休会儿吧？别太累着了。"

老范一拽我的袖口，"叫你走你就走，我还没那么娇气。今儿个咱老同学好好地叙叙旧。你大概已经忘了，上大学时，我们同寝室的本来是约好来北戴河玩的，结果没来成，毕业时都在遗憾！"

我心里一热，老范真是个重情感的人！

我和老范一同出门去，在曲折的海岸线边的沙滩上徜徉。

他被大家灌了点酒，脸有点儿红，面对着大海，心血来潮，发起感慨："时间过得多快啊，一凡，一晃，毕业都十五六年了。人都老了。"

我谨慎道："你老啥，在全国的省级干部里，可能你是最年轻的了。将来回来到中央……"　　　"别瞎说"老范一摆手制止了我。随口却吟起曹操的《短歌行》来："对酒当歌，人生几何，譬如朝露，去日苦多……"

我感到吃惊，小心翼翼地问："你也这么伤怀？"

"人生在世，哪个人没有烦恼？神龟虽寿，犹有竟时，腾蛇成雾，终为土灰。曹孟德是最朴素的哲学家。一语就道破人生是咋回事。"

我说："曹操接下来还有两句呢，'老骥伏枥，志在千里，烈士暮年，壮心不已'。你才五十出头吧？正是我们国家政治舞台上一颗冉冉升起的耀眼新星，正值人生的最鼎盛期，前途还无量得很呢，多少人在崇拜你。看刚才那些记者们对你的敬佩。你应该高兴才是。"

"小有小的难处，大有大的烦恼啊。好了，不说这些了，说说你吧。定了没有，想不想跟我去外地？曹孟德后边的诗句里可是还有这么几句呢——'呦呦鹿鸣，食野之苹，我有嘉宾，鼓瑟吹笙……"

我听着激动得几乎眼泪从睛眶里掉出来，真没想到，老范官做了这么大，还这么看重对我的情谊，我几乎就要说出口，"我跟你去。"了，但，舌头在嘴里打了个弯，最后慢慢说："部长的心意我真是三生不忘。你对我的恩情，我这辈子也报答不完。按说，你这是抬举我，撂给别人，真是求之不得的事。可你是国家的栋梁之材，我只能算个檩条，甚至连好檩条都算不上。说不定去后，你用起来还碍手碍脚不好使，给你添乱惹麻烦呢。”

　　老范就一摆手道：“我也只是随便说说，真要带你去，也还得费番周折，还得按组织程序走，复杂着呢。说点别的吧。咱班上的同学，你最近都联系过没有？”

　　我摇摇头，说，“就是上次为工作上的事，在ｘｘ部偶尔碰上过老张。”

　　“哪个老张？咱们班里加上你，有四个姓张的呢。”

　　“部长你可将班里的同学记得真清楚。就是那个鼻孔朝天，平日里目空一切的那个张狂。”　　　　　　“那小子？”部长笑笑：“大清早站在楼顶上，狂喊‘我本楚狂人，疯歌笑孔丘’，把大家都吵醒了。那个外号就是从那次得下的。他好象是湖北荆门人？”

　　我点点头，会意地笑笑。过去的美好时光一下子打破了我和老范上下级之间的隔膜，我彻底地放松了下来，说：“当时忙，只是简单跟他聊了几句，混得挺好。已经也是副司级了，还领着个秘书。现在稳得不能再稳重了，说话都一板一眼的，根本没有了当时楼顶上狂喊乱叫的影子。”

　　“谁都是会变的。社会，是会最终改造一个人的。”老范感慨。

　　接下来，老范又和我唠起一些上大学时的往事。我非常惊讶，有些事情，我早都忘屁了，可他却记得很清楚——哪次哪次，全寝室的人凑钱买回毛蚶，用水烫了，然后准备用针挑其中的肉吃，从甘肃来的我不知道咋吃，先取了一个半生的放到嘴里去硬咬，把牙没咬掉，痛得捂着嘴在屋子里转圈圈，逗得几个南方来的同学肚子都笑疼了。哪次哪次，我在自己铺上看着罗晓芳写给我的信，却让顶头的老邓窥见了，将信中肉麻的情话大声念了出来，其中夹着好几个错别字，老邓将错就错，惹得寝室里的人哄堂大笑，把我脸都羞红了。老范就感慨地问我，"当时你们那么好的感情，让我都羡慕，最后怎么就没成？是不是你小子后来把人家甩了？"

我感叹一声，道："说来话就长了，今天就别扯那么远了，你马上还要回去。你刚才不是说了吗，社会会最终改造一个人，时间也能改变一切。"

我就和老范一边走，一边唠，走累了，还在礁石上坐会儿，眺望会儿苍茫的大海。又背诵点古今名人咏北戴河的诗篇。背到兴奋处，老范一下子从礁石上跳起来，脱去了平日里的一副庄重样，禁不住地就将毛泽东那首著名的诗面对大海，脱口滔滔而出："大雨落幽燕，白浪滔天。秦皇岛外打鱼船，一片汪洋都不见。往事越千年，魏武挥鞭，东临碣石有遗篇。萧瑟秋风今又是，换了人间！"接着又吟咏起了苏东坡的《江城子》："老夫聊发少年狂，左牵黄，右擎苍……酒酣胸胆尚开张，鬓微霜，又何妨。持节云中，何日遣冯唐？会挽雕弓如满月，西北望，射天狼。"接着，又吟上了陶渊明的《归园田居》："少时无适韵，性本爱丘山，误落尘纲中，一去三十年，羁鸟恋旧林，池鱼思故渊，……久在樊笼里，复得返自然。"我吃一惊，老范怎么在此时此刻会想到吟陶渊明的这首诗来？老范一首首地疾速地背着，简直兴奋得变成了个激情四射的年轻孩子。此番表演如若让刚才对他崇拜之极的记者们看到了，会做何感想？我就又心生感慨，别看老范官做得再大，骨子里，还是个文人。文人就有文人轻狂不羁的一面。说不定，这一弱点会对他的仕途惹来小麻烦。喊完背完了，老范上前来，搂起我的肩膀道："我的小老弟，多少年了，我可是从来没有象今天这么放开过。快哉，快哉，真是痛快！"

我担心道："海边风大，你也喝多了酒，千万别感冒了。那边的记者们还都等着给你送行呢。”

老范手拉着我的手往回走。我觉得自己又回到了十多年前。老范也变成了十多年前那个老范，那个和蔼可亲的老大哥……

送走了老范，山中无老虎，我就成了大王。无论是研讨，交流情况，还是吃饭喝酒，还是去逛海游山，我都是被大家伙象先前待老范那样簇拥着——人这种动物，天生就具有社会性。就是没了我，大家肯定会又将胡小杨锁定为簇拥的目标。

在北戴河逗留了四天，回到北京后，有些记者先走了，有些记者借口北京还有些事情要办。仍旧留住在部里的招待所。我知道这些记者们留下要干什么。其实，先走的记者都是年轻的或是刚调进记者站不久的记者，某种角度上讲还是不谙世事。这些留下来的记者，都是些进了报社已经有好些年的老记者。我知道他们要留下来干什么。果不其然，以后的几天里，我就不断地接受他们一个个的分别邀请。他们似乎凭感觉发现了我与林梦欣的关系不错，特意在每次请我时，都将她也稍带上。当然也少不了胡小杨。我们被他们一个个请上去进高档酒楼，吃东南西北的各色风味，去打保龄球，去洗桑拿浴……完事之后，才一个个坐火车回返。在此过程中，我们之间的友谊当然就增进不少。

林梦欣目睹了记者会前前后后的一切，将最后一位记者送上火车后，背过司机与胡小杨，对我感叹道：“你活得太潇洒了些！”

我就试探地问她：“你说我那诗集，是出，还是不出？”

“当然应该出了。别人他想出书，哪有你这么便当的条件。我那一位，当年为出本学术著作，求爷爷告奶奶的难坏了，还要自己掏一部分钱，自己包销一千本。都定稿了，出版社最后还是觉得发行量上不去怕赔钱没给他出。加上其它不顺心的事，所以他一气就出国了。你这多好啊，书还没出来呢，就有人给你拍胸脯包销那么多册。又得稿费又出名。可你看上去却不急不躁的。"

　　我说："其实，我对出书不着急就有这方面的考虑。你不看现在有些当官的，只要肚里稍有些文墨，都在急着抢着出书。出了书都是给自己的下属单位硬压。又找路子在报纸上大肆地吹。其实那书也叫书？都是七拼八凑的垃圾。可别人又不看——老彭、老汪、老李几个人全都出有自己的书，甚至还不是一本。可是，谁看？可能就他们自己没事时常拿出来翻翻。别人只知道他出了本书，肚子里肯定多少有些货，不然咋出书？现在啥都在贬值，假做真时真亦假。我怕自己出书也遭来别人的闲话。本来挺有质量的，也被认为是利用权力出的'官书'。现在有些流传的段子都在埋汰，说当官的是'全才'，集书法家、诗人、作家、理论家、教授于一身。"

　　梦欣说："那你自己看，人啊，真是，咋都破烦。"

<h1 style="text-align:center">四</h1>

　　老范真的走了。根据中央精神，部里院门前的牌匾由×××部换成了××××总公司。头儿也做了大的调换，退的退了，调走的调走。新来了一位总头和一位副头，其它留守的副头工作范畴与权限也随着新头的到来与单位名称的改变做了相应的调整。称谓也由过去的部长副部长换成了总经理、副总经理头衔。刚开始，大家挺不习惯，怪怪的，总觉得单位被降了级掉价了的感觉。部里的人们，通过这次换牌，切切实实看到了改革的步伐正在向自己身边走来，感受到了前所未有的压力。虽然有人上班仍旧是一杯茶水一张报，可名称变了就意

味着职能变了。以前是权力部门，换牌后则成了经营单位。部里原来的一些个司处级单位早已拆得拆，并的并，换牌前后走了相当大一批人。报社这边因为属业务单位，还算动得少。可一些没根没基的富余人员，也开始惶惶，各自谋划自己的去路。

而老彭通过改户口达到了自己想要达到的目的，不知是混水摸鱼还是走了什么路子，竟然要留任一届。下边的人都嘈嘈，说新来的头儿的父亲和老彭的父亲是二十年代坐牢时的狱友。两家关系一直相当不错，解放后很长时间住同一个大院。但总公司管干部的副头找我和老汪老李谈话时，却强调说老彭有个某大学特聘教授的头衔。按有关文件规定，专家级管理人员可适当延长退休年龄云云。

我被闪了一下，一种深深的失落感。这时候，我就更加深切地体会到老汪当时是个啥心情。一件东西，本来大家都看好是归你所得，你也这样认为，猛不丁起了变化，这件东西又不归你了。你心里的那份难受只有你自己体会得深切。心里感慨，老范在与不在，确实不一样。要是老范不走，报社总编的位子，还不顺顺当当是自个儿的。老彭他还不早回家抱孙子去。还能死皮赖脸地继续占着位儿！

总编的位子暂时与我无缘，我象泄了气的皮球，对工作没有了以往的那种劲头，便听了胡小杨与林梦欣的话，将心思用在了出版自己的诗集上。胡小杨还开导我说，"老彭和老汪老李都有'著作'，你不出，不就把你给显出来了？显出你在报社领导班子中，最没'学问'？彭总编靠啥弄得那个破大学的什么教授头衔？不就是因了他出的那两本书！所以，你这书是必须要出，抓紧得出。它是硬通货，出了才能服人。对你三年后竞争当总编大有用处。不然，汪副总编就是你下一届的强有力的竞争对手。人家可是已经出了三本书了。"

我对胡小杨说的这一切真是心服口服，说："听你的，出，一定出。"

由胡小杨出面，先去跟那位熊经理的老头联系了一下，那位副编审一听销量没问题，乐得直接找上了门来与我谈此事。还由他请我和胡小杨去外边吃了个便饭。胡小杨向我透露，现在出版社也在改革向"钱"看，每个编辑的工资奖金都跟效益挂着钩。每年每人手里都攥着几个书号，每个人都在这几个书号上大做文章，以其让它发挥最大的创收效益。所以，为什么有些专家学者很高水平的学术著作出不来，而官员们一本本的回忆录、讲话稿凑成的"论著"能够堂而皇之大量出笼，就是这个道理，官员们的书出来后，根来不愁发行，下属单位那个不讨好地抢着买？你看看一个个官员们办公室里，现在都时髦身后放一个大书架，看上去一些个书都富丽堂皇，装帧精美，挺吓唬人的，其实有相当大一部分是官员们用公款出的。你出了本送我，我出了本送你。其实都是金玉其外，败絮其中，有谁去认真读它？也就是他们自己没事了翻翻。

其实，胡小杨讲的这些社会现象我早都有感受。我刚到报社来时，那时还受老汪的领导，一天，他就送给我他刚刚出版的厚厚一本新闻通讯集。上边郑重其事地签上他的大名。我没事时随便翻了翻，还是家挺象样出版社出版的，装帧也很华美，可是再瞅瞅里边的文章，相当数量都是很一般的通讯报道，甚至有几篇是他在文革末期在一家县广播站当报道员时，在今天看来有政治倾向问题的通讯稿，也收在了里边。我估摸他这是实在没有东西了，又显书太薄，用过去不合时宜的东西拿来凑篇数。可他偏偏还要在自序中为自己辩解说这是为了还历史的本来面貌，让读者对其最初是怎么歪歪扭扭，一步步成长为而今一个成熟的新闻工作者的经历有一个深入的了解，以资借鉴，少走弯路，云云。到我当了副总编后，不久，老彭也煞有介事地送给我一本他出的言论集。也郑重地签上自己的大名。我拿回去，觉得老同志的东西，最早还在大学呆过，一定还是有些份量，不同于老汪的那本通讯集。认真加以拜读。不读他的书，我对他还挺尊重——就凭他那一头的白发与那架在鼻梁骨上的一副深度眼睛，就给我一种神秘的敬畏感。可读了他的言论集，我就对他立马看轻了。我发现那里边的文章大部分是应景之作。既没有文采，更没有思想，也没有哲理，都是对当时时事政策的一些解释与吹捧。读它，就似喝一杯啥味也没有的白开水。有几篇，甚至也是在"文革"末期中写就的。有些时事政策，后来历史证明是错了。如他的言论中就有这么一篇叫《为在黄河上游大造人工林叫好》，可后来科学家们研究证实，在黄河上游造人工林未必对水土保持有效。最重要的是保护好现有天然林植被再不要被人为破坏。因为人工林树种单一，起不到整体保护生态平衡的效果。看来，老彭要么也是篇幅不够在那里凑数字，要么，平时就不注重读书，更新自己的知识结构。老彭哪里知道，他给我送书所起到的是完全相反的效果。许多人为什么对出了书的人感到敬佩，是因为他本人就根本不爱读书，接受作者的赠书后，就扔在了书架中，再不去碰它。所以，就对作者抱着无知而盲目的崇拜，觉得对方是曾出了书的人。是个有大学问的人，甚至也许将这种敬佩都能一直带到坟墓里。老彭老汪给我送书时，也许也是想到我哪里会认真翻它们，也许是他们水平本来就很洼，飘飘然，感觉不到自己书的浅陋。料不到他们给我书的结果是使我反而内心里看低了他们。

　　所以，待到老李恭恭敬敬地呈上他的新书，还在扉页上写上"不啬赐教"四个字时，我看了看书名就将其扔到了家中的垃圾箱里。因为老李论各方面条件，比老彭老汪还差，是个通过党校电大解决了大学文凭混到今天这个位置上的。他根本对我构不成威胁，我也没有必要对其"知己知彼"。过了两天，他还认认真真地到我办公室里来，问我对他的书，读得如何，有没有些启发。我假装客套地说，"不错，不错，我正在认认真真地拜读呢。"过了没两天，他又踱到我办公室里来，又假装说了些老彭改户口的事，我正听得有味，因为他讲了一些老彭刚开始去派出所改户口，如何碰了钉子。最后如何曲线救国，通过同学老婆的关系搭上了上边分局的一管户籍的处长，这个处长如何与下边管具体工作的女户籍员有一腿，老彭如何下贱地请处长与这位女户籍员吃饭下歌厅，如何利用工作之便包车请这两位野鸳鸯去承德避暑山庄旅游，等等，我正听得有滋有味，他却拐了个一百八十度的大弯，问我将他那本臭书看完了没有？我只好喏声道，"还有一点，还有一点，看完后，我会给你好好谈谈。"

回去后，我就从垃圾箱里翻找他那本破书，可是，早都被老婆随着垃圾倒掉了。无奈，我只好悄悄让胡小杨给我找来了一本——他那本书在报社里几乎给每人都送了一本，当天晚上，我就"如饥似渴"地抢读老李的那本新闻随笔。到了晚上睡觉，还开着台灯继续看。你别说，不看不知道，一看还真感到老李的这本新闻随笔要比老彭与老汪的那两本破书有价值多了。看上去一些文章还真是言之有物，笔锋也泼辣犀利，颇有些才气。可叹他只是个第四把手，人微所以言轻，致使我以前将老彭与老汪的书还翻了翻，而对他的书只是不屑地看了个书皮就扔进了垃圾箱里。通过看老李的书，我还真对老李这人有了重新的认识，觉得他的水平远远在老彭和老汪之上。可是，在现在的体制下，他也只能屈就个第四把手。就是在报社这样的业务部门，也并不是以你的业务能力来决定你的升迁与否。我深深地替老李惋惜，谁让你在总公司里没背景来着。

第二天，我就踱到老李的办公室里去——我平时只是到老彭的办公室去得多，很少到他的办公室里来。老李见我主动到他办公室，受宠若惊的样子，忙着给我让座，又要给我递烟，又要给我沏茶。我说："你也别沏茶，也别给我让烟，我是专门上门谈对你书的读后感受来的。"

老李一听我这话，诚惶诚恐的样子，还以为我要给他提什么意见。我双手抱拳，道："力作，力作，难得的力作。你知道我昨天晚上看到几点了？我老婆睡了一觉醒来，我都还在看。以前，你问我时我是断断续续地看。也是开记者会，许多杂事情多，就耽搁了。昨天，我几乎是看了个通宵。受益匪浅，受益匪浅。不看不知道，一看吓一跳，报社首屈一指的才子呃。自叹弗如，真是屈就你了。"

老李一听我的溢美之词，而且看我言之凿凿，情真意切，没有半点虚情假意的奉承，大喜，遇上了知音的感觉，一边谦虚着，一边使劲把我往沙发里让，硬是塞到我手中一支香烟，替我点上了，恭维我道："你是谁？堂堂最高学府毕业的大才子。说实话，我送你书时，都诚惶诚恐，怕遭你的笑话。这几天里，一直心里就忐忑着。真没想到，会得到你如此的赏识，真使我受宠若惊。张总编你真不愧是北大毕业的，慧眼识珠慧眼识珠，太谢谢你了。太谢谢你了。"接着，就在我面前埋汰起老彭和老汪，"你看看，我将书也送老彭与老汪了。两个人可能胡乱翻了一下，根本就没有好好地看，还说我的书这篇文章角度不行，那篇文章与中央精神背道而驰。我脸上应承着，肚里骂着，'狗屁，简直是放狗屁'！他们俩出的那书，你看了没有？那叫什么玩意儿，那也能叫书？擦屁股都还嫌硬。"

没想到老李对老彭与老汪有这么大的看法，我急忙示意他小声了，并抬起身来去将门关紧了。我没有他那么愤世嫉俗，虽然这次总编的位子让老彭占着没能捞到，可我毕竟之前抢了人家老汪常务副总编的位子。而且，老彭他就是改了户口，那也是苟延残喘地再维持一届，难道他三年之后再去改一次户口不成！到时候，那总编位子还是我的，说到底，我也是个既得利益者。世界上没有无缘无故的爱，也没有无缘无故的恨。我理解老李的情绪，同情他的怀才不遇，但我绝对不能跟他站在一条战壕里去反对老彭与老汪。本来我是来套他一些老彭继续占着茅坑还使了哪些手段，却没想到几句奉承话却将老李的一腔愤懑给调动了起来。我感觉到，他也是将老彭与老汪做个看得见的靶子来发泄自己的不满而己。其实，从他的书中就可看出，他肚子里，对现实生活中的牢骚还多着呢。

老李遇着了知音，非要拽着我中午下酒馆。我婉拒了——这样的主，还是躲着点的好。老李就说，"张总，我听胡小杨老在我面前夸你，说见过你写的几大摞诗歌，多好多好，好多都发表在杂志报章上，为什么不出一本诗集？该出书的反而不出书，不该出书的却滥竽充数。你真应该出本诗集，让他们瞧瞧，镇镇他们。"

我不吭声，刚想将胡小杨撺掇出书，自己也决定想出的话讲出口，老李就说，"你好好斟酌，如果想出，我全权代劳。我大舅哥就是 x 出版社的副编审。绝对没问题。"

我说，"再说吧。谢谢你的好意。"

本来是想打探老彭情况来的，却意外中，又有了一条出书的的路子。回到自子办公室里，我开始琢磨，这诗集是肯定要出了。但，究竟是让胡小杨联系那位熊经理的老头出好，还是这边老李帮着办理为好。老李大舅哥的这家出版社，显然要比熊经理老头那家出版社牌子亮得多。可是，这样一来，我就可是要和老李绑在一起了。看他对老彭与老汪意见大得那样，肯定那两位对他的意见与看法也不小，这要是让那两位知道了，会不会对我也有了意见起来？在四个头儿里边，老李排最末一位。我不能为出本书，将自己与一个弱者绑在一起。那我不也就成了弱势群体中的一分子了？这我是绝对不愿意的。几年下来，我已经深深尝到了权力的甜头。

我把我的想法给林梦欣说了——不知怎么搞的，最近一段时间里，在遇到一些事情时，我倒更情愿跟她商量而不愿意和自己的老婆安静商量。也许，这是一种潜意识，在内心里，我已将她当做可以吐露真心的第一人来对待了。讲俗一点儿，她现在就是我在单位里的红颜知己。

林梦欣说："你说得也有道理，熊经理那边出版社的档次太低。纯粹就是想挣你的钱。老李这边出版社牌子亮，书出来有份量，下边的记者们推销起来也腰杆儿硬。可是，李总编这边你要是让他联系出版了，不管咋说，你欠人家个人情，以后，你肯定在有些事情上要迁就着他。我虽然来不久，也听到一些议论，说李总编这人嘴不把门，整天愤世嫉俗的，对这也看不惯，对那也看不惯，还经常散布一些对彭总与汪总甚至上边头头们的不利言论和小道消息，搞得上上下下都挺烦他。你跟这样的人粘在一起，对你仕途是不利的。要是让老彭与老汪知道了你这书是他联系出的，肯定想你跟他有啥特殊关系。"

我犹豫起来。林梦欣就说："这样吧。我原单位会计科长的老头，就在一家大型出版社当个编辑室主任。我和她关系挺好的，老请我上她家去。以前，我看你对出书不出书的也不上心，也就没在意。既然你现在想出了，我抽时间给你亲自到她家去问问，看咋样。如果成了，你就把两头都甩脱了。省好多麻烦。"

强烈的感激中掺和着信任，信任中又包含着爱恋，我竟然脱口说出一句："梦欣，你真好。"

她笑笑，望着我飞个媚眼，道："我有啥好的？只不过帮你问问。你帮了我多大的忙呢，我这算啥。"

我正要约她晚上随便去吃个便饭——自从记者会后，逢部里转制，换班子，被老彭的事弄得憋屈，我心里乱乱的，已经有些时日没和她单独在一起说过话了。胡小杨却进来了，林梦欣就说"你们谈，我走了。"

等林梦欣出去后，胡小杨就小声道："我表哥今晚上有请。"

我一挥手，道"算算，又没啥正经事，老去吃啥？烦烦的。"其实是烦胡小杨的到来打乱了我的行动计划，今晚上我确实是心血来潮，特想跟梦欣一起出去找个僻静点的饭馆吃顿饭。

胡小杨眨眨眼，道："去了你就知道了，并不是吃的没名堂的饭。"

"究竟为个啥？别卖关子。我今晚上确实还有别的事情。如果只是你哥随便吃个饭，那就免了。"

胡小杨这才说："赵主任升任了分局政治部主任，副处级。今天在我哥那里设下饭局。请你务必大驾光临。"

我无可奈何。胡小杨又加了一句："我哥给你把那个中戏的女学生也约好了。"

胡小杨这后一句话更增添了份量。老实说，这一段时间因为忙，我在心里也将姜婷婷给淡忘了。他这一提醒，又勾起我和那小老乡在一起时的美好回味，想起她细嫩的小手抚摸着我的脚丫时的那种熨贴舒服的感觉。想起和她在一起唠起的黄河水车与羊皮筏子，花儿与牛肉面。也真想见她一见。就答应了胡小杨，没约梦欣去吃饭。

五

晚上，如约来到胡小杨表哥的娱乐宫，这里早已是车水马龙，胡小杨表哥的生意看样子是越做越大发了。门前的高档小汽车就停了十多辆。门前的迎宾小姐也由过去的旗袍换成了唐装。要长相有长相要身材有身材，比过去站在门口的那两个姑娘漂亮多了。我心里想，胡小杨表哥是从哪里弄来这么漂亮的小姐给自己撑门面的。进到餐厅里，一片喧嚣嘈杂，每个餐桌前几乎都坐上了食客。

服务员在桌间的缝隙里往返穿梭，一溜小跑地应酬着客人。我们被一个小姐引领着穿过大厅，上了旋转楼梯，到二楼的包间区。这里，显然已经重新装修一番，一溜儿的包间装璜考究，门帘全部用木条花栅装饰，古色古香，上边还刻有各种姿态的古装仕女图。每个包间都起有一个很好听的名子，什么芙蓉坊、桃源溪，水云涧、秋香阁。进到其中的一个包厢后，早有七八个人在那里等着。赵主任见我到来，赶忙儿从对面的椅子里起身出来，一边给我向在座的各位相互介绍，一边将我往里拉，我客气地就近在一个空位子上落座，他哪里肯，硬拉我到里边去的位子上坐下来，以表尊重。自从调入新单位，升迁后，参加了数不清的这类应酬，每次面对一群生巴巴面孔的场面多少也习惯了。开席之前，常常是无话找话谈点闲题，过后就是相互通报职务和单位。如果自己的单位比对方的好，职务比对方的高，则有点儿自得，但还得装得很随和很谦虚的样子，将自个儿自嘲一番，以化解对方的妒意。如果对方的单位比自己的来头大，官职比自己的高，则脸上陪着笑，嘴上捡好听的恭维着对方，肚子里则不舒服，挑人家长相或说话上的毛病，以平衡自己的心理。

？　此时，我的心情就又是这样的。赵主任指着一位大块头介绍道：“我给你慎重介绍一位尊贵的客人，这是我们公安部部长助理赵ｘｘ。”？

我略一惊讶，又有点儿失态。赵主任怎么能攀上这么显贵的官儿？就听赵主任补充说，“你一听他和我一个姓，也许就能猜到，他是我表哥。我亲亲的堂哥，我大老的儿子。”

我脸上马上放尊重了，笑嘻嘻欠着身跟人家握手。心里就感慨：在北京这块地面上，一不小心，就能撞上个大人物，象我这样级别的干部，真是用牛鞭赶。

过了一会儿，又进来一位和我岁数相仿的的中年人，赵主任又是恭恭敬敬地迎上前去，帮其脱了外衣，挂在衣架上，又向诸位介绍，说是他上大学时的老师，姓陈，现任某警官学校的副校长。我在饭桌上的地位又有所动摇，说话也更加谨慎起来。上次喝酒时赵主任是举起酒杯主要面对着我说话，今天，则是举起酒杯来面对着他表哥与他的老师——那位副校长。等那两位喝完了，再偏过头来应酬我和其它的人。坐下来拿起筷子吃菜时，也是先招呼部长助理与副校长，后招呼我们几个，把我和他的几个一般朋友降在同一水平线上。我有点儿不自在起来。后悔今天听胡小杨的来赴这个宴，纯粹是弄来给人家当陪衬。人一但过惯了让别人捧着宠着的日子，再要反过头去捧别人，心里就不很好受。这时，我就想起了在北戴河被那帮记者们宠着捧着的情景。

很快，我就发现，今天真还是来对了。其实部长助理挺随和，经赵主任介绍得知我是北京大学毕业的，又说起我是老范同窗室友，两人关系如何好得一塌糊涂，立马对我尊重有加，和我热烈地攀谈起来——谈我们国家的政治体制改革，谈法制建设，谈科学发展观，谈舆论的喉舌作用和监督作用……一时间，将其它人几乎都晾在了桌边上，竖着耳朵只听我俩高谈阔论。

我将柏拉图《理想国》里的观点也贩来当成是自己的观点，又引申开去，说理想社会呈"金字塔"结构，但利益均衡，分三个层次：塔尖上的人掌握权力，但要建立完整的监督体系以保证其清廉；中间层次的人衣食无忧，但要能有有效的机制让他们克尽职守；另一大部分处于金子塔下层的人，社会则要想办法鼓励他们富裕，这样才能化解矛盾，达到整个社会的和谐云云。听得部长助理对我的见识很是佩服，连夸我说得深刻，分析得精辟。胡小杨适时地在旁边吹捧我几句，说"我们总编还是个诗人呢，他的诗集马上就要出版了。"部长助理与陈副校长就客气地说等发表后，一定送他们一本先睹为快。

我就装着谦虚地责备胡小杨说："八字还没见一撇的事，胡乱说啥？"

胡小杨辨解道："怎么八字没一撇，出版社都追着你的屁股要稿子呢。"

胡小杨适时的恭维话太让我听得舒服了。部长助理与陈副校长都对我更加客气和尊敬起来。

喝了半截儿酒，部长助理就推说公务繁忙，实在不能继续陪大家喝下去，等以后有机会再聚——这也是客套话，也许他和这桌子上的有些人一辈子也不会再有机会聚在一起喝酒了——就先走了。但走时，却对我非常友好，握着我的手说："后会有期，后会有期，以后有啥事情，就按名片上号码给我打电话。只要力所以及，一定尽力而为。"

喝了一场酒——说准确了是半场酒，就结识了一位高权重的人物，真是值得，太值得了。现在我们这社会是个人情社会，关系社会。多一条朋友多一条路，说不上什么时候就能用上他。

大人物走后，餐桌上的气氛一下子轻松了许多。剩下的几个人中，我和陈副校长的社会地位差不多，所以，两人就成了酒桌上新的中心。可是，副校长却偏不爱搭理那几个，只和我谝得投机。话题仍旧是刚才公安部部长助理留下的。结果就又和陈副校长交上了朋友，又单独碰杯，又搂肩膀，名片早已互赠过，这会儿又取出来，用钢笔往上边添上以前有所保留的新的联系方式。过了一会儿，陈副校长也客气地说自己还有约会，起身告辞。大家留他不住，罚上一杯走人。走时对我说的话跟刚才赵助理说的一样，让我有事给他打电话，只要他所能办到的，在所不辞。两人走后，桌子上空了许多，气氛也轻松了许多，似乎刚才让两位人物把大家的情绪给压抑住了。刚才桌面听不到他们的多少声气儿，此时，一下象炸锅了一般，嘈杂起来。有两个上次喝酒时，已经和我混了个半熟，此时都将我做为了主攻目标，这个要敬我一杯，说是刚才只顾了陪两位大人物没顾过来，这会儿补上。那个也要跟我碰一杯，说是上次就跟我喝得投机，今天更是要好上加好。我在兴头上，来者不拒，一连喝下好几大杯，脑袋有点儿晃了起来，眼前的杯盘都成了重影。胡小杨见我喝多了，出来挡驾，说："敬我们总编的酒都由我来代劳。"

酒过了几圈，场子上的气氛更加活跃，胡小杨表哥就又蹿掇赵主任的部下小张，将那在扫黄打非中搜集来的段子，来上几个，给大家助助酒兴。小张就将将袖子，说起来："一个书呆子没近过女色，分到公安部门工作，一次给一女尸做尸检记录，写道，'上边被打两包，下边被捅一刀。死亡时间久了，刀口已经长毛。"大家一阵哈哈笑。

胡小杨又上来凑热闹，也袖子一将，说，"我给大家来一个，前天在饭桌上刚听的，说一修车工嫖娼回来，师傅问感觉如何，修车工回答，'车型属前后驱动，车身光滑雪白无刮痕。俩前大灯下垂少许，点火后声音较响。缸筒间隙有点大，润滑稍嫌不足。'逗得大家又是一阵狂笑。胡小杨来了精神，又讲出一个段子——单位下岗分流，新成立一"下岗分流安置富裕人员办公室"，主任让科员小王写个科室牌，小王搔脑袋犯了难，科室名太长了牌牌上写不下，科长说他一根筋，就不会去取取经，学习学习人家别的科室是咋简化名称的。小王就去取经，发现"社会主义精神文明办公室"被简化成"社精办"，"安全环保处"被缩写成了"安环处"，一拍脑袋开窍了。第二天，大家一上班，就发现牌牌被小王写好挂在了科室门口，名称是"下流办"。

大家大笑。

小张又接着说下一个："一客人问一小姐干什么职业，小姐回答'妓者'，客人问，'在哪家报社工作？'小姐回答，'天天晚抱'，客人问，'怎么投稿？'小姐回答'分两种形式，自由来搞与特约来搞'。搞毕，小姐问，'满意否？'客人回答，'上半部分还算丰满，下半部较粗糙，有明显漏洞。'"

……

酒喝得差不多了，赵主任提议干了最后一杯，门前清了散席。胡小杨头凑到我耳朵旁悄声道："总编，让他们先走一步，咱俩留一下。我表哥说了，你那小老乡这会儿正在楼上的按摩房里等着你呢。"

我其实在进入酒楼时，就憧憬着这一刻，包括刚才和显要人物"契阔谈燕"时，心里也一直在念想它。送走了其它客人，胡小杨表哥让胡小杨单独陪我更上层楼。来到那熟悉的按摩屋门前，推开门来，姜婷婷便出现在我视线中。我有点喝得大了，神经还处在兴奋状态中，见着她，动作夸张地张开双臂与她拥抱，一边说着"好长时间没见你了挺想你"的半醉话。姜婷婷顺从地接受着我的拥抱，将我搀扶进沙发中。她今天下身穿了一件石磨蓝的牛仔裤，脚蹬一双白色高跟皮凉鞋，透过肉丝袜，可看到脚趾甲上涂着粉红色的趾甲油。上身穿的是一件玫瑰红的蝴蝶衫，里边是一件粉色的跨肩小背心，挺性感。我有点轻狂地从嘴里哼出一句西北花儿来，"妹妹你长得实在是俊，哥哥我心疼得不行，半夜里想你俄睡不着觉，爬起来就数那个星星——"今天我确实是喝多了，贼胆也大起来。要是摞平时，我不会这么轻浮放浪。

姜婷婷腼腆地笑笑，看我一眼，道："你咋今天象变了个人似的？前几次我觉得你挺有修养挺稳重个人。你们男人是不是一喝上点酒，就都这样？"

我清醒了一点儿，就再不胡乱说什么。毕竟她是自己刚认的小老乡，而且是位中戏的大学生。不管她这个学籍是拿钱买来的还是怎么来的，毕竟是为了挣学费才来这按摩屋的。潜意识中，我很喜欢姜婷婷。

姜婷婷开始给我脱鞋脱袜，通过上两次，现在我已经习惯了这些。脱了鞋袜，她就将一盆冒着股中药气味的热水，端到我脚下，让我伸脚在里边泡着，她自己坐在一个小凳上，默声地为我擦起皮鞋来。等将皮鞋擦亮了，我也泡好了，就过来给我洗脚，洗完了，又抱在怀中，按摸揉搓起来。我半醉半醒地仰躺在沙发中，半睁着眼睛欣赏着她，任她的纤纤玉手，揉搓着自己的脚跟，脚心、直到脚尖，心里受活得要命，就感慨是谁发明出这么一招儿来。洗完脚，我躺在床上去，她又我给进行全身按摩。她和上两次一样的认真卖力，不一阵儿，额头、鼻洼里就沁出汗来。

我说，"轻点，累着你了。"

她回答："没事。不累。"

我明显感到她今天不爱多说话，又问："最近咋样？"

"还行吧。"

"怎么叫还行。好就是好，不好就是不好。"

"唉——"

我从这一声长叹中听到了她心中有事。就追问，"咋了，长吁短叹的。有啥不顺心的事，说出来让我听听。"

"给你说也是白说，你又帮不了我。"

"什么忙我帮不了你？就看我想帮你不想帮你。在北京这块地面上，不在你小丫头面前吹牛皮呢。本人还是有些路子的。知道吗，刚才在饭桌上，我和一个公安部长助理和一位警官学校的副校长还刚刚勾了朋友。"——在这种地方，特定的环境之下，不管你平时多么正人君子，这时候都会变得庸俗起来。

姜婷婷向我笑笑，说，"我的事情还没大到去求公安部长助理的程度。"

"哪是什么事？你倒是说呀。说出来，只要是我能办到的，一定替你帮忙。"

姜婷婷就拢一下掉下来的一绺秀发，说，"我说了你别笑话我？"

"不笑话。"我保证。

姜婷婷就长唔一声说起来："我们这些靠中介介绍自费上学的，在学校没宿舍，都是在学校边上租屋住。七八个人，来自天南地北的。几个人分成了三窝，常为些鸡毛蒜皮的事闹得不可开交。一次跟一个安微来的因为晚上拉灯睡觉的事，争争吵吵了起来。她要挠我脸，还埋汰我白天象个人似的，晚上却去娱乐场所……如何如何，话说得可难听，还说要去校方那儿揭发我。我怕她真去，也怕她真挠了我的脸，所以，就给他求情下话。她是松了手，可自从那次后，她好象占了上风，以为我是个软柿子，可以随便地欺负我，动不动就找我茬，还撺掇好几个南方来的一同跟我过不去。今天把我的袜子烧个洞，明天，又往我的化妆盒里吐口水。"

"那你咋办了？"我问。

"我实在是忍无可忍了，就在上星期，趁她不注意时，将她的皮夹子偷了扔到厕所的下水道里。我知道那里边有她的学生证、身份证、信用卡、饭卡之类的。当时我真是气疯了，一瞬间见到她的皮夹子产生的想法。将她的皮夹子扔到下水道里的时候，我真解气。可是，没料想，她不见了皮夹子，就一口咬定是我偷的。还说里边有一千元现金，是她叔叔到北京来刚给她的。我不承认，她就去报了警，街道派出所的民警将我找了去，盘问了半天。说这件事够上盗窃罪了，他们要上报立案，查出来是要判刑的。吓得我浑身哆嗦，我当时是太恨她了，哪里想到这件事情有这么严重。便如实招了。我说我只是想报复她，根本没想动她的钱，连皮夹子都没打开。派出所的人就雇了管道工去厕所打捞那皮夹子，幸好，还真给打捞上来了，里边除过她的身份证，信用卡和饭卡之类的，果然还有一千元钱。那女的不依不饶，追着派出所的一定要让他们拘留我。"

"难怪你今天一直都没个笑脸。这事我替你摆平。是哪家派出所？你告诉我。"我马上想到了那位赵主任。庆幸和他喝了几场酒，结识为了朋友。我立即当着姜婷婷的面给赵主任打过去了电话，详细说了此事。赵主任听完了，说那家派出所所长正好和他认识，还是过去一个街道所干过的。马上就给那边派出所打电话。过了一会儿，赵主任就打过来电话，说给交待了，那边回话说第二天去做那位女学生的工作，只要她再不要咬着不放就行。我将电话内容转述给姜婷婷，她紧皱的眉结松开了，笑吟吟地说："谢谢你，谢谢你，没想到，压在我心头象石块一样沉，让我吃不下饭，睡不好觉的事情，你一个电话，就基本解决了。"

"谁让咱们是老乡呢。要是别人的事，我可能就不会管的。我看你每次给我洗脚按摩的那么累，心里着实过意不去。我这人向来怜香惜玉。"

姜婷婷怔怔地看着我，显然是动情了，眼神里射出的光几乎让我要将她揽进自己的怀抱中来……

六

第二天中午，姜婷婷就给我打过来电话，喜滋滋地说，事情已经解决了，那边派出所的来到宿舍，给那姑娘做工作，并说她以前也用烟头戳过人家的袜子，往人家的化妆盒里吐过口水，撕过人家头发挠过人家脸。既然皮夹子已经找到，而且里边的钱一分也没少，就证明人家主要目的不是盗窃，只是为了泄愤。要让公安解决，只能是各打五十大板。那姑娘也就只好作罢。姜婷婷还喜滋滋地在电话那头说要请我吃饭。我在电话中说，吃饭可以，但也别你请我了，你挣那两个辛苦钱还不够你自己开销的。我请她得了。她坚决说她要请，如果要是让我掏钱，她就不请了。我只好答应。　　　　晚上，我给安静编了个谎，又说是下边来记者了要应酬。安静就埋怨说，"记者会才开完不久，刚一个个送走，没多长时间，怎么就又来了？"

我说，"那有啥办法，人家总是觉得将重要稿子亲自送上来才放心，反正花的是下边单位的钱。"

　　本来是准备晚上要请林梦欣吃饭的，昨天让胡小杨拉了去，今天又是姜婷婷约请，也顾不上了，只得往后推。

　　晚上，我如约打的来到她们学校附近的一个酒楼。这里虽然装璜一般，不能跟胡小杨表哥的娱乐宫相比，但还算干净整洁。姜婷婷今天又换了一套衣服，虽然上身还是玫瑰红，但却是一件薄纱似的短上衣，细白的脖颈上系上了一条乳白色围巾，腿上也穿一条赭红色筒裤，脚蹬一双红高跟皮鞋——林梦欣是特别喜好鹅黄色，姜婷婷则是特别地喜好红色，长长的披肩发，头顶上别着一枚绿色的发卡，显得特别的惹眼，就象一位要出嫁的新娘。我眼睛一亮，突然感觉到姜婷婷还是蛮漂亮的，最大的优势就是她的年龄，不但比林梦欣小去十几岁，比安静也要小好多岁。年轻没丑女，说得一点都不假，十八九岁的姑娘在四十岁的男人眼里，个个一枝花。

　　饭局开始了，因为这一次换了环境，而且是她来请我，我们再没有了那种在按摩屋里服务与被服务的关系，也就少了些尴尬，多了些朋友似的亲切与平等。她坚持要点好多的菜，让我给硬拦住了。吃完了饭，时间还早，她提议要去舞厅，我欣然同意。两人就结了帐，到附近的一家舞厅去。刚开始时，我搂着她下舞池时，还有所顾忌，与她的身体保持着一定的距离。但等几场舞下来，我就搂得她的身体越来越紧了。舞厅里，好多舞客的目光都落在我们身上，我想，他们肯定是在一边欣赏着姜婷婷，一边猜测着我们的关系，因为我要比她大二十岁。

　　几场舞曲过后，新的一段慢步舞曲开始的时候，又是全场的灯光全部熄灭，供舞客们骚情的"温馨一刻"，我心里忐忑着，就听姜婷婷对我说，"走，去跳，"一边说着，一边就拉我的衣袖。我起身去和她下到舞池，姜婷婷毫不犹豫地就将她的头贴在了我肩上，一股从她头发上透出来的发香就钻进我的鼻孔。

我深深吮吸了两口，沁得我几乎把持不了自己。就在这时候，姜婷婷在我的怀抱中动情地开了口，"你真好，象个大哥哥一样。第一次见到你，我就觉得你人挺好，来北京几年了，我从来没有遇到过你这么好的人。从今往后，我就认你做我的哥哥吧。答应吗？"

我一愣，不知她说的这"哥哥"是什么含义，犹豫一下问，"你说的是什么意思。就是让我认你当我的亲妹妹那样？"我有点语无伦次。

姜婷婷将头更紧地贴在了我肩上，声音轻柔得只有认真听才能辨清楚，"是比亲妹妹还要亲的那种。"

我明白了婷婷的意思，犹豫地说："可我是结过婚的人了。"

姜婷婷在我的怀中温顺得象只小猫，"我不在乎，我太孤单了。我觉得你就是那个我多少次梦中要找，托付他终身的那个人！"

我头脑马上冷静了下来，想到了安静，想到了安静的父母。想到了自己现在所得到的一切，甚至想到了单位里的另一位红颜知己林梦欣。我轻轻推了婷婷一把，可是，她又重新贴到我身上来。渐渐，我听到了她在我怀里的啜泣声，我吓了一跳，轻声问她："你咋了？"

婷婷不回答我。此时，舞厅里的曲子已经慢到了不能再慢的程度，我发现好多舞客都已经停在了原地相互搂着不挪步子。甚至不时地听到喁喁的亲嘴声与打情骂俏的浪笑声。我和婷婷也停了下来，她就那样静静地偎在我的怀抱中，一动也不动。此时，我似乎都能听到她那颗跳动着的心里在想着什么。这颗心在大北京的天空中，就象一只飞得太累太累的小鸟，需要寻找栖息的树丫。我都要忍不住地低下头去吻她的脸蛋，但还是又止住了。

　　一会儿后，舞曲结束了，灯光重新亮了起来。婷婷抹了下眼睛，从我的怀抱中依依不舍地脱出来。舞曲再响起的时候，她默默地看我一眼，询问我，"要不我们走吧？我有点累了。"

　　婷婷以为我是拒绝了她，所以她显得有点儿沮丧，没了继续跳下去的兴趣。我觉得有点儿伤着了她的好心，内心有点儿愧疚。我刚才是听到她的话感到太突然，下意识地推了她一把，她在啜泣?时，也没有进一步亲近的表示。

　　走出舞厅，她也没有与我贴得很近，独自走着，沉默着，一句多余的话也不多说。我就绕个话头，以打破尴尬，关切地问，"你那边咋样，和那一位矛盾彻底化解了没有？"

　　婷婷就叹口气道，"冰冻三尺了，能化解得了吗？派出所调解后，表面上是事态平息下去了，可是，心里头，相互间更恨了。我现在都害怕她哪天失去理智了将我真毁了容。所以，这几天夜里，我老睡不踏实，半夜里都提防着她。"

　　我想了一阵，似乎是对她的补偿，说："我原来的单位有一套房子。过去的老岳父在单位烧锅炉，中午在那眯个觉，有时晚上也偶尔睡一宿，其实就是看个房子的意思。不行你和你关系好的几个搬过去住？"

　　"真的？"婷婷惊喜道："那可太好了。你这简直是帮我大忙了。"

　　"那房子虽然小，但住两三个人绝对没问题。"

　　"行，太好了。说好了，房租我可是一分不少地要付给你。"

　　"你说什么呀？刚才你在舞厅里给我咋说来？你要是付我房租，我就不让你去住。其它几个，你看着收一点，到时候给老头。这房子是以他的名义享受优惠购下的。"

　　惠芬死后，那房子空过一段时间，我本准备把它交回原单位。毕竟我已是调出来的人了。胡小杨说我傻。现在多少领导想方设法多占套房子。房改时设法把它买下来，房子会不断升值，将来是一笔不小的钱。出主意让惠芬爸没事去那儿三天两头的住两宿，先将房子占着，果不其然，很快就逢房改，老头又打电话过来告诉我，为小孩以后考虑，商量着能否把这房子买到手。我想惠芬爸考虑得周到，给小孩弄下套房子，也是对惠芬在天之灵的安慰。我去了趟原单位，刚开始原单位说我已经调走，房子按道理应该交回去。还是艾青给我出主意。让我以惠芬爸的名义购买。惠芬爸虽然是个烧锅炉的，但毕竟也算是本单位职工。艾青又替我在上边活动了一下，原单位领导就给我面子，把房子做价卖给了我。户名改成了惠芬爸，但钱是由我出的。办下房产证的那天，我心情格外的放松愉快。又被老头邀到家去喝了回酒。老头仍对我好得要命，把我仍当女婿的待，我也仍叫他"爸"，喝完酒出来，走在马路上，我心里默默地说："惠芬，我今天给你儿子把房子买下来了。你该不太恨我了吧？"

我一瞬间脑子里就想起了这么多。还在想着惠芬，就听姜婷婷说："你答应了？"

我回过神来，说："那我还反悔不成？大男人的。"

"我说的不是房子的事。"

"那还是什么事？"

"刚才舞厅里咋说的？你说你答应什么了！"姜婷婷娇羞地嗔我一句。

我一下子明白过来她什么意思，还没来得及反应，她就扑上来，用双手勾住了我的脖颈，在我左边的脸颊上狠劲地亲了一口。我怔住了，被亲过的脸颊处，痒酥酥的。

姜婷婷用火辣辣的眼神注视着我，静静地观察一番，见我没表示什么，第二次扑上来用手勾住了我的脖颈，这一次，她的嘴唇专门寻着我的嘴唇而来。我招架不住那红鲜鲜的樱桃小嘴的诱惑，紧紧地吸住了它，一种甜甜的唇膏的味道润入我的喉咙……

吻过后，姜婷婷仍旧胳膊挎在我的脖子上，不肯松开。我掰开她的手臂，说："大马路上，让人看见。"

姜婷婷不甘心地松开手去，说，"哪有人？这么晚了。"

两人就在路边上走着，一边又说起房子的事情。我答应明天就领她去看。我又对姜婷婷说，"那领去的其它人，你只对她们说是你们统一租的房子，每个月由你来收了房租再交给老赵头。想收多少，你看着市场行情办。千万别让她们知道了这房子的主人是我。也不要让她们见我的面，这样对你对我都好。好吗？"

婷婷听话地点点头，一边真挚万分地说："你真好，我真羡慕死你老婆了。有什么机会，我一定私下里见一下她。看她哪方面出众，找了你这样好的男人。"

我想起了什么，抹抹脸，问，"我脸上是不是有你的口红印？"

"怕回去让你老婆发现了？"婷婷娇嗔地眯我一眼，就从自己的小手包里掏出卷湿巾纸来，递到我手中。我擦了两下，她看着我笑笑说，"还是让我来吧。"接过湿巾纸去，往上边吐点儿口水，伸过手来，在我的面颊上擦了几下，又移到我的嘴唇上擦拭。完了。她又说，"我也得补补妆，我的口红肯定都被你亲没了，别回去后，让那帮人又说我什么。"说着，又从包中掏出支唇膏来，刚要自己涂，又递到我手中，道："来，你替我涂。不照镜子，我涂不好。"

我接过了唇膏，平生第一次给一位女人的嘴唇上涂唇膏，而且是一位如此年轻的姑娘。婷婷将头仰起来，小小的两片樱桃般的薄唇凑到我的眼前，我就在她的教导下替她涂唇膏。半天，涂好了，她掏出个小镜子来照了一会儿，说："下边的嘴唇左边再涂浓点儿。"

我就继续给她补妆，当将下边的嘴唇又涂了几下后，她正要照镜子看，我却将双手托住了她的两腮，嘴凑上去，狠劲地吸住了她的双唇。这一次是我主动的，因为我实在经受不了那小小红唇的诱惑。它实在是太性感太迷人，太象一个鲜红鲜红的红樱桃了。我想任何一个男人，在如此的情形下，都躲不了想亲它一口的强烈欲望。

婷婷与我接完了长吻，才咯咯笑着说，"完了，今晚上咱俩谁也别回去了。就在这里反复折腾吧。"

很晚，我才回家去。安静坐在沙发里一边看电视，一边在烫脚，百无聊赖的样子。见我进门来，才有点儿精神，问我"今天咋样，喝得多不多？"

我回答说，"今天还可以，人不多。他们敬我的酒，我都能推就推了。"

"那怎么这么晚才回来？"

我搪塞说："吃完饭，又去歌厅唱了会歌。"

"没要小姐陪你们唱？"

我一惊，心想老婆发现了什么，说："没有。你别胡乱想。"

"我听说现在歌厅里的小姐一个个都贱得很，许多都既唱歌，又卖身。"

"是吗？我不知道。"

安静就说："早点睡吧。"

我看出安静有点儿不高兴，便弯下身去，道："平时，我喝多了都是你给我洗脚，今天，也让我补偿一下，给媳妇洗个脚。"

说着，就将手伸进脚盆里去。

安静乐了，让我洗了两把，才躲着我说，"别别别，别矫情了，哪有大老爷们给个女人洗脚的。"

我抓住了安静的小脚不放松，"自己的老婆，我又没去给别人洗。"

安静就乖了，躺在沙发里享受着，幸福无比的样子。

她哪里知道，我其实是内心有一种对她的愧疚感，在外边和别的女人接了吻，觉得良心上过不去，才给她洗脚丫的。

洗漱完，上了床，拉了灯，安静要转过身去睡觉，我一把将她揪过来搂进自己的怀中。安静问，"咋，今天来精神了？"

我不吭声，笑着看她一眼，就翻上身去，安静说，"我发现你是每次喝得不多不少的时候，就最疯狂。"说着，就伸手去取床头柜上的卫生纸。

我就说，"那我今天就再疯狂一次。"急死慌忙地将媳妇搂紧了。

安静就抗议道："你慢点，温柔点行不行。把人弄得痛的。我发现你现在越来越没有耐心了，性子上来就上，也不事先温存温存，只想着你自己痛快舒服了，一点也不考虑别人的感受。"

我便放缓了频率与节奏，本来是心有愧疚才想到要安慰番媳妇，却遭到媳妇的一番数落，心里怪没趣的。和老婆在干着事，脑子里却晃动着婷婷的脸蛋和她那樱桃般的红唇。

完事之后，安静一边收拾，一边说，"咋回事，结婚都半年多了，咋一点动静也没有？"

我明白安静说的是啥意思。就说，"没事。有些人结婚三四年后才怀孕呢。"

安静就说："我可等不起，你看你都多大了。再拖上几年，说不定你那精子质量都不高了，生下个小孩别成了弱智。"

"屁话。我七老了，八十了？"

安静咯咯咯笑地将我搂紧了，"人家是跟你开个玩笑。你还生气了？"半天，才说："不过，你还是应该抽时间到我们医院来，做个检查。我可是之前自己悄悄做过了，好好儿的，排卵都很正常。"

我听了安静这句话，心里咯噔一下。安静又说，"还是抓紧去检查一下吧。这也是我妈的意思。你没感觉到我可是感觉到了，我妈和我爸都急着想抱他们的外孙子呢。"

我说，"你姐又不是没有孩子。"

"你不知道我爸我妈最疼我？看我爸我妈一天把你给宠的，张口闭口的人前人后夸你。有啥好吃的都给你留着。家里的事情，你说啥是啥，都按你说的办。我姐都生妒忌了。"

我得意地说，"我是北大毕业的，是报社副总编，你姐夫是啥？工厂里的小段长。"

"你牛皮呃！"安静使劲剁我额头一指头。

七

第二天上班，我就给原单位门房打电话，让看门房的老刘头叫来惠芬爸接电话。我在电话中说我表哥的小孩到北京来上学，如何如何住宿上发生些困难，想暂住老房子一段时间。老头虽然女儿死了，但仍念着我的好，只知道是惠芬有负于我，而不是我负于惠芬，一直对我都心存歉疚。惠芬死后，又是我一手与交警队交涉，为他要回了那一万八千元的赔偿，还用自己的钱替他外孙子买下了那套房。内心里，仍然将我当女婿地看待，我的话就是圣旨。听了我的电话，就一口应允，而且我还告诉他另有两个陪住的要给他缴房租，更是乐和。听我说早晨就要领人去看房子，说他这会儿马上就过去收拾自己的东西。

我正等婷婷的电话来了后就走——昨天约好了的，林梦欣敲门进来了。我急忙让座，倒水，想到昨天和婷婷的亲热，心里怎么也有种对不起她的感觉。

平时林梦欣很注意，一般是不轻易来我办公室的，难道是昨天在大街上看到了我和婷婷的亲热之举兴师问罪来了？我神经质地想，可又觉得好笑，大北京的，哪有那么巧。再说自己跟婷婷亲热，有安静来管，也轮不到林梦欣呀。

梦欣在沙发里落坐，接过我递过去的纸茶杯，说："我昨天去过我们那会计科长家了。她老头还对你挺感兴趣，想让我把稿子先带过去给他看看。"

她要不提稿子两个字我都几乎忘了她说的是啥事，听到稿子两个字我才反应过来，急忙说："那太谢谢你了。今晚上，我请你吃个饭。前天就想请你来着，让胡小杨搅了。昨天晚上，又被人拽了去。一天的应酬真是太多了，把人搞得似个陀螺。"

"你要有事就忙你的。今晚上你也不见得就有时间。"

"今晚我天王老子来都不应酬，就应酬你。"我嘻笑着说。我发现我跟梦欣关系已经好到可以调侃的程度了。

林梦欣就眉目含情地故意瞪我一眼，嗔道："原来你是在应酬我？"

"哪里哪里，我可以应酬任何人，也绝不应酬你。"

我想到了红楼梦中的宝黛来。两人现在说话都带意味，话中有话。

跟梦欣正用心与心在对话，桌上的电话嘀铃铃响了起来，惊我一跳。我才回味过来，一定是姜婷婷打来的。我矛盾着不敢去接，害怕拿起电话来说事时，让林梦欣听到了电话中的内容。梦欣问我，"电话响你咋不接？"

　　我舌头一转，说，"肯定是我老岳父打来的。这老爷子挺粘我，老想跟我晚上下围棋唠嗑。我一晚上不回家去，第二天他准打电话来扯半天。退休了，在家憋屈的缘故。"

　　电话一直不停地响，我又不接，把林梦欣吵烦了，就说"你接吧，我走。"

　　刚说完，电话不响了。林梦欣就又站着和我说如何和她那同事的老头接触的事。我说，"不行哪天我做东，你把人家两口子请来。具体啥情况在饭桌上谈。"

　　梦欣就说："这样最好。"

　　这时，我兜中的手机铃声又响了起来。我说："不管它，肯定还是我岳父的，把人烦的。"任它嘟嘟响着，继续和林梦欣说话。手机又不停地响，林梦欣又被吵烦了，说："我走我走。"

　　我就说："那晚上再说。定死了，我今晚请你吃饭。到时候听我电话。"

　　等送梦欣出门去，刚要从兜中掏电话，它却不响了。等我再打过去，那边是一个小商店里的固定电话，一个老头说，是个年轻姑娘，已经放下电话走了。我心里才发了急。这让姜婷婷怎么想我，以为我反悔爽约了呢。正想咋跟姜婷婷联系上，老李走了进来，说那天跟我探讨得很投机，感觉还有继续再深入探讨之必要。今早又从报上看到一条新闻，说南方某省一个市委党校副校长包娼的事情，要和我共同评述一番发生这种现象的社会根源什么的。我心里烦得要命，可脸上还得装着笑说，"改天吧，改天再聊，刚才接到彭总编的一个电话，让我上印刷厂去一下，那边的版面上有点小问题要解决一下。"

　　老李有点失望，但意犹未尽，说，"我其实来是主要商量你那诗集出版的事，我已经给我那大舅哥说了，他对你很感兴趣，说想和你见个面。我想就今天晚上吧。由我出面坐东，把他邀来，你们好好谈谈。"

我心里想着怎么联系上姜婷婷，而且梦欣又为我联系一家，那一家的档次也不低，就忙说，"这事容我再考虑一下。我总觉得，我那些东西很不成熟，拿不出手。"

我本来是推托之词，缓兵之计，没想到，老李一听我这么说，非常地感慨，"瞧瞧，这就是名牌大学陶冶出来的严谨作风。就是跟别人不一样，让老彭与老汪听听，汗颜死了。"

没想到自己的一句推托话，却引来一番老李的恭维。想咋把此神尽快送出办公室去，胡小杨又钻进来添乱。一进门就嚷嚷说，刚才人事处杨处长给他打过来电话，说熊经理老头打来电话问着呢。我那书稿什么时候能整理出来，他们正急等着看。老李一听，脸上就有些挂不住，不悦感马上就表现了出来——老李这人就是直来直去，心里藏不住个事，对啥有意见，马上就暴露在脸上。我紧着向其解释一番，说如何与那边根本八字没一撇的事。只是这次开记者会时，胡小杨随便多了一句嘴，那边就不放了，追着屁股的攥着要。我连想都没想跟他们那边有什么瓜连，就是真要出书，也是要求你老李，而不是跟他们那个野路子的出版社打交道。这才把老李给重新说乐乎了，拍着胸脯道，"你放心，张总，这事你就包在我身上，准让你满满意意的。我那书你也见了，那质量那装帧，不是吹呢，都是一流的。他有些人出的那书，内行一眼能认出那不是什么正路子货。"

我急忙把房门关住了，免得这炮筒子的火药弹打出门去，伤着了别人。他可是在我办公室里含沙射影地骂别人，而且骂的是两个重要人物。好言安抚了一番老李，答应了老李的请求，晚上去跟他大舅哥见面吃饭，老李才乐颠颠地出门去。前脚送走了神，后脚我就在办公室里板起脸来训胡小杨，"你冒冒失失个啥？也不看看办公室里有人没人？进门就喊！你胡小杨以前的老练成熟劲儿哪去了？这下可好了，象把鼻涕一样，想推都推不掉了。你来给我解这个难题，咋办？"

胡小杨囊着头听了我一阵训，看我不说了，才开口道："张总，你那头可是绝对不能推。推了的话，可就把杨处长给得罪了。他今天来电话，很认真的。还说刚才你的电话一直占线，打不进来，才找的我。他手头有点急事，脱不开身，说下午亲自要到这楼来找你谈。"

我心里更加叫苦，一女有三家抢着要娶，这可咋办？要是这样的好事往前推上几年，那该多好——前几年，这样的"烦恼"也是绝对不会找到你头上来的，此一时，彼一时也。正在为这事恼心着，电话铃又响了，我想这一次绝对是姜婷婷打来的，急忙去抢接，都让胡小杨有点儿吃惊，拿起电话来，对方却又挂断了。放下电话，我对胡小杨说，"你先走吧。这事我知道了。"我是不想让他知道我给姜婷婷借房子的事。？

可是胡小杨呆着不走，问我："那边杨处长再打来电话咋回答人家？"

我说，"你就说我今天有事挺忙，过后再说。"

胡小杨说："这让人家一听就是推托之词。总编。我还是那句话，杨处长那边我们是绝对不能得罪。"

"好，我知道了，你先走吧。"我摆着手不耐烦地说。

胡小杨这才怏怏地出了我办公室。我在急等着刚才响起没有声音的那个电话。果不然，胡小杨刚离开屋，那电话就又响了起来，接起来半天，声音有点儿小，再一细听，是青海记者站小王打来的。我心里一下子就条件反射地以为他又是为了催自己稿子的事，心里特破烦，语言也有点儿不太和气，冷冰冰地问，"啥事？"全忘了人家在北京时对我的热情和人家送我的雪莲红花。

那边的小王说的却不是催稿子的事，而是那边油田基地发生了一桩突发事故，死了七八个人。他正在现场采访，征求我们的意见，需不需要发急稿。如果要发急稿，就把版面留下，他过会儿将稿子电传过来。我心里有点儿躁，说，"你这事怎么不给彭总编直接打电话？"

那头稍停了一会儿，回答说："我想张总编你具体抓报纸编排。所以就给你打电话。"

我吩咐说："这事我知道了，我去给彭总编汇报一下，看他的意思是什么，你也再给彭总编打个电话。将你掌握的情况直接给彭总说。看他是个啥意见。"

放下电话，铃声又响了，我以为又是小王的，还有些啥话没说完，要补充，拿起电话来，这会儿，却听到是姜婷婷的，声音怪怪的。我只好三言两语向她解释一下，让她坐车在什么什么地方等着我，我马上就过去。放下电话，我就去彭总的办公室里找彭总，可是，却吃了个闭门羹。门关着，人不知上哪里去了，问别人，都说不知道。我只好给他打手机，回答说正在医院里打吊瓶，昨天感了点冒，血压和血脂有点儿高。

老彭的高血压谁都知道，高压达到了一百八，低压也有一百一，常年靠吃药和吊瓶来维持。老彭听我汇报了小王反映的情况，电话中让我处理一下，将稿子让小王传过来，发急稿。

我放下电话，嘴里就发牢骚："不能干就算球了，好好回家去养身子，改什么户口，三天倒有两天往医院里跑，办公室里老也不见你的人。"我只好又把胡小杨找来安排此事，让他再给小王打电话，让把稿子内容事实一定要核实清楚——死了几个人，伤了几个人，事故原因是什么，事故发生后油田采取了哪些紧急措施等等。以前我们有过这方面的许多教训，本来死了俩伤了仁，我们给人家报成死了仁伤了俩。本来是设备老化造成的事故，我们的记者为了出新闻却报成是管理不善，人为操作不当造成事故。稿子发出来后，弄得下边的油田很不高兴，常常亲自找上门来兴师问罪，弄得报社很被动。我吩咐胡小杨，"你接了稿子找汪总，让他给安排版面。具体怎么处理，你和汪总商量着办。如果汪总万一不在，就找李总。"说完和胡小杨一起离开办公室，说这会儿有个重要事情，需要出去一会儿。

胡小杨又热心上了，"那我打电话，让小郑给你出车。"

我说"不用了，有外单位的车来接我。"

出了单位门，我长长松了一口气，穿过车流如海的街道，拐了个弯，才招手打了个的，免得让单位里的人从窗户里看到，怀疑我放着单位里的车不用，却要到街上去打的，去干什么神秘事情？人心里一有事，特别神经质，总觉得身子后边有眼珠子盯着。这也是生活中的二律背反——你如果小沙拉米一个，你爱到哪到哪，谁关心你的行踪？也许你死在宿舍里三天，也没有人能发现。

在快到我原单位房的一个什子街头，我看见姜婷婷正在那里张望着等我。车来到她面前，我示意司机停车，下车来，急忙问她，"是不是等急了，以为我说话不算数了？"

姜婷婷笑笑，说，"那倒不至于。"

"不至于就是至于。肯定那么想我了。"

我就简单地将上班后遇到的事情向她解释了一番。姜婷婷心思没在听我的解释上，没等我解释完，就急不可待地问，"房子在哪，离这有多远？"

我说不远，走两步就到。拐了两弯，来到老单位家属院，门卫怪怪的眼光看着我，我解释说："她是我表妹，来这儿看房子。"

进楼门上去，惠芬爸早已经将自己的铺盖卷好，将自己另外一些用具都收拾在一个网兜里，坐在椅子里抽着烟等着我们的到来。我给老头解释说，"她也就是在这儿住个一半年，等毕业找上工作，就把房子原给他腾出来。老头非常实在，说："没事没事，就让她住着，一个人到北京来闯荡也不容易。我再干上个把月也就退休了。也就不需要再到这睡了。现在各单位都喝起了外边送来的纯净水。我那锅炉里的水，已经渐渐没人喝了。"老头很热情，非要请我和姜婷婷上家去吃饭。我说，"免了，她赶快看过房子，还要回去通知那边的另两个，往这边搬行李。收拾完房子搬过来后，还要去上课呢。她们的课程紧张得很。"

老头一听我这么说，也就不再盛邀，中午就独自回家去了。我和婷婷上街去，到一个饭馆里坐下来，随便吃了个便饭。婷婷又一次感激地说等房子收拾好了，宿舍里好好做一顿饭来请我。我说"免免，千万别让你们另两个同学知道我，传到我现在单位和让我媳妇知道了，对我都不好。"

婷婷很无奈，说："让我欠你这么大的情，咋报答你？"

我笑着说，"什么报答不报答的。前天晚上，那还不叫报答？"

婷婷就对着我妩媚而又深情地一笑。这时候，我的手机却响了，胡小杨的声音，告诉我：青海的小王将稿子写好传过来了，可是找汪总，汪总不在，说一大早就没来上班，打他手机，说是昨天晚上熬了夜写篇文章，今早上感到身体有点不舒服，就没来上班。鬼知道他熬夜是干什么！

老汪在报社是个出了名的麻迷，三天两头打麻将。麻友也很固定，就那么几个，今天在你家，明天在他家。经常是轮流做东。在谁家打，就由谁家包饭。遇到星期五，则打一通宵。

平时，则常常打到夜里一两点，才打的回家困觉。所以，没见老汪在早晨有几天能按时上班。就是按时上班，也打着呵欠，没睡醒似的。我只好将情况向婷婷讲明了。婷婷说没你事了，剩下的就是我们几个去雇个车将行李搬来，你走吧。我就和姜婷婷分手回单位，处理青海小王发来的急稿怎么安排。路上，安静给我打来电话，说家里她妈都将饭做好等着我呢，问我咋还不回家。我告诉她了单位要处理急稿的事，说别等我了，她们自己吃吧。回单位处理完急稿，晚上我可能也有应酬，不回家吃了。安静就在电话中转达说老爷子又在埋怨了，一天哪那么多应酬，以前是晚上常不回来，现在连中午都不回来了。我就在电话中让安静给老爷子解释，实在是没办法的事，等到星期天闲了陪着他下一天围棋——给老爷子送了电脑办了上网后，刚开始他还迷恋了一阵子，不怎么缠我了，可过后没多久，就说在网上下棋连个对方的人影儿也见不到，没趣，仍旧缠开我。当有一天我没了应酬回家去吃晚饭，他见着我就象个孩子似的高兴。还没等我放下筷子，他就早早打开了棋盘候着我。这时候，一但我手机响起，他就烦烦的，神经质的看着我。生怕有什么变故，当我真的被电话叫了走，他就嘴里骂一句脏话出来，"操，哪个王八羔子。晚上也让人不得消闲！"

　　处理完稿子，老彭、老汪、老李的都来了，开完了编前会，又将当天上的重点稿子和版面安排议了议。我从会议室出来，回到自己办公室，就想给隔壁的林梦欣打电话，约她晚上去吃饭的事。刚拿起电话来，老李却门都不敲地进来了，我急忙将已经接通的电话重新压下。老李一进门，就道："张总，今天我请你去吃饭，我那大舅哥我也约上了。今天在饭桌上好好谈谈，最好是把那事给定下来。"

　　我心里就有点火，这个老李，你请我吃饭也不提前通知我，不顾别人有事还是没事。命令一般，是我领导你，还是你领导我！但面上还强装着笑，道："呀，今晚恐怕不行，今晚我另有个约会。"

"推了不行？"

"不行不行，一位出国多年的大学同学从美国回来讲学，在京的几位同学要给他接接风。正好，范部长也进京开会，晚上也去，你想想，我能推了吗？"说出这一理由时，我心里特得意，我现在在这方面是油油的了，脑子一转，舌头一卷，就能编出句谎话来，让对方丝毫也查觉不到我在骗他。

老李无奈地摊摊手，说"那就明天吧。明天你可是一定把其它应酬早早推了？"

"再看吧。我尽量。但也说不准。有时候，那些应酬是突然就来，你推根本就推不掉的。象今天，你就对我搞突然袭击。"我调侃道。

老李有些失望地走了。他刚走，我正要给林梦欣重新打电话，她却推门进来了，说："接起电话来，又没声了，一想就是你打的。来了两趟，听李总在你办公室，就没敢进来。是不是晚上吃饭的事？"

我说，"是。"

林梦欣抱歉说："实在对不起。我侄子今晚要从老家来，我得去接车，改天吧。"

我也和刚才老李一样的心情，有些失望——有些事情，你之前如果没有想去做它，还无所谓，想得好好儿的，却中途有了变故，就挺扫兴。和林梦欣说了会儿她侄子为啥来北京的事，她就重回她办公室去了。

送走了她，我竟然心里空落落起来。晚上咋打发？回去陪老爷子下棋？实在是没多大意思。奇怪，应酬多时，人烦得要命，没饭局了，却又不适应了。想了想，重又给老李打电话过去，接通以后，我说："我那老同学的约会改了时间，要不，晚上咱们去吧？"这顿饭是早晚得去吃的，免得明天又和什么突然而来的应酬重上了。

晚上，如约和老李到一家饭馆去见他大舅哥。老李大舅哥比老李看上去还大个几岁，是个秃头，塌鼻梁上又架副眼睛，一脸学究气。介绍，握手，落座，寒暄几句后，老李拿过个菜谱来让我点菜，我瞅着那上边的一个个菜名都腻得反胃，就点了几个清淡点的。老李却以为我是为他省钱，不忍心点贵的，就又将菜谱转给他大舅哥补着点。大舅哥客气一番，又将菜单递回到老李手中。老李就点了几个我最烦的大鱼大肉菜，虽然心里起腻，但他征询我意见时，我连声喏喏"挺好，挺好。"

因为有了林梦欣说的那头，又加上还有早晨胡小杨撂的那两句话，熊经理那头还拖着个机关的杨处长。我从心眼里就没想着诗集要由老李这头出版，所以，对这顿饭的诚意并不十分的理会，客套中夹着虚伪。在饭桌上，一再说胡小杨的不是，说全都是胡小杨积极张罗这事，其实，自己对出诗集不出诗集的兴趣不是很大。弄得对方颇有点儿不悦，堂堂一个副编审，亲自找上门来，你却又拿开了架口。老李夹在中间弄了个难受，打着圆场两头的哄着高兴。我后悔表达意思太直了。但为时已晚，老编审脾气很倔，没坐多长时间，就提议散席，说自己还有其它正经事。我听出话中的火药味儿，意思就是说和我吃这个饭不是正经事。紧着又给其下话做保证，说容我回去整理整理再呈给编审审阅，那些诗并不如胡小杨说的那么好。说不定，到时候编审还看不上眼呢。也是给自己一个缓兵之计，也是给副编审一个台阶儿下。话不投机，饭局就早早儿草草地结束了。我知道老李的心思，是想通过出诗集，搭上和我的关系。他心里清楚，等老彭一退，那总编的位子就是我的，这才是问题的核心与实质。所以，我也就不怕在这件事上没迁就他而惹得他不高兴，他毕竟是个第四把手，在报社这盘棋上，无足轻重，更何况，他和老彭与老汪都有矛盾，听梦欣的没错，少和他粘乎为好。这样想着，心里就好笑，老李这顿饭请了个啥名堂，瞎子点灯白费蜡。可是细细一想，我们每一个人所做的每一件事，难道都是那么理性？想想，将时间延长一点儿，其实我们每个人一生中所做的大部分事情，都象今天老李请我这样，是毫无意义的没名堂事情，人就是从这些大量的没名堂的事情中活过来的。

一路上，想着还有人事杨处长那一头，如何回绝了，头皮又发了紧。

八

第二天晚上，本来要约梦欣去吃饭，又让胡小杨下午给搅和了。说自打我结婚后，好长时间没去我家了，想上我家去叙谈叙谈，让安静给炒两菜，要跟我喝两口。我说我今晚有事，改天再喝，胡小杨才说，并不只是去喝酒，主要是跟我商量商量出书的事，耽搁不得，人家那头催得太紧，我们这头必须尽快拿出方案来。杨处长的儿子可是在人家熊经理妹妹的班上。惹人家不高兴了，拿杨处长儿撒气，杨处长还不在心底里对我们有意见。我说，"他有意见就意见，把他一个小处长，能把咱怎的，而且他还是我老岳父当年提起来的。"

胡小杨就辩解，"他是把你怎么不着，可是，却能把我怎么着，我以后的前途，某种程度上，可是在人家手中攥着。"

一瞬间我明白过来，怪自己太自我中心意识，全没顾及胡小杨的利益，毕竟是我报社最贴心的下属，只好随了他，将请梦欣的饭往后推。心想，胡小杨到家中去也好，和安静三人在一起商量商量。胡小杨这小子脑子活泛，还真别说，他所出的点子，过后经实践证明都是对的。

晚上，胡小杨就上了我家。由安静简单炒了几个菜，我们就喝上了。好长时间没在家中喝酒了，还觉得挺有情调。端起酒杯来时，胡小杨感慨道："上次来你家喝酒是你度完婚假刚从外边回来。这时间过得可真快，一晃，都大半年过去了。"

碰过几杯之后，就谈起了出书的事。我就把昨晚老李请我和他大舅哥吃饭的事说了，又埋怨胡小杨两句，说都是他给我惹的麻烦，这下可咋办，人家就粘上了，推都推不掉。胡小杨可真是脑子活，一边喝着吃着，一边欣赏着墙上和桌上他给我和安静放大加框后的照片，点子就来了，说："何不就让他们给你再出本摄影集？我看你拍的照片挺好的。你不是在我们报纸上过去也发过一些？"

我想到了社会上人们讽刺的一些人，当了官，就成了"全才"——什么诗人、书法家、摄影家、作家，教授的。一摆手道："你别埋汰我了。那样的话，不让别人骂我？"

胡小杨就说："张总编你还是太书生气，你看看现在社会风气都成啥了？他老彭能去改户口，你出本摄影集，有啥，谁会骂你？别人他知道是咋回事？再说，你这照片照得就是好嘛。你看这张，你再看看这张，真是专业摄影家的水平。"

"别胡扯了，喝酒。"

两人又划了两拳，喝了几杯酒，胡小杨就又说："不行就把你过去写的新闻整理整理，也象老彭那样，出本通讯集。和业务也近，名正言顺，他谁也说不上个啥。以后你还可以用它评正高职称。"

我说我可不想步老彭的后尘，那样的破新闻通讯集也配叫书？胡小杨犯了难，"那咋办？熊经理老头那边催得紧，不瞒你说，我已经和人家老头有了接触，昨天还在一起吃了饭，给人家拍了胸脯的。"

我一惊，"怪不得你如此的积极，你还越俎代庖起来了！"我生气了，想训他两句，妨于在自己家中，人家此时是客人，话到了嘴边，又压在了舌头下。

胡小杨急忙辩解，"昨天本来人家也是要请你的。下午我看你急慌慌的，象有啥事。就没告诉你。所以今早一听你二思，我就心里起了毛，晚上非上你家来，把这事好好议一议，看咋办。主要是碍着人事处的杨处长。要不是杨处长，你不想出就不出了，我给他一句话就行了。"

我就又问，"昨天饭桌上都是谁，有没有杨处长？"

胡小杨吱唔着回答："有。"

我就问你是不是求着人家杨处长什么？胡小杨这才抖包袱说，"也没什么大事，我们中层干部的考评，不都在人家手里？我是想未雨绸缪。等啥事情临时再抱佛脚，就来不及了。"

我说我咋越听越糊涂，这饭是你请杨处长呢，还是熊经理老头请你？胡小杨半天，才呲嘴尴尬地一笑，不好意思地说："张总你真厉害，猜到了，我就不瞒你了。实话交待，是我请人家。主要是……当然，也是为了你书的事……"

胡小杨吱吱唔唔的。一瞬间，我全明白了过来。胡小杨原来是背过我，拿我出书的事做由头，通过熊经理的关系，去跟杨处长套瓷。难怪他追着屁股要我答应在熊经理老头那边出书！

咋办，这事还真正是棘手得厉害，饭都吃过了，胸脯也拍了，弄得不好，胡小杨还真能把人家杨处长和熊经理那边全得罪了。书是我的，胡小杨把人得罪了，也就等于是我把人家也得罪了。想想人家还是我老岳父提起来的，两人关系肯定好。胡小杨的意思是要让我把老李那头推了，我回答他的理由是老李那边的出版社档次要比这边熊经理的高。其实我是压根儿老李那边也不想粘，只想让林梦欣联系着出。说不出啥原因，就是因为我喜欢她，喜欢她就喜欢她为我办事，再说林梦欣那边的出版社档次也不低。

商量来商量去，没个好办法，就又碰杯划拳喝酒。突然，胡小杨一拍脑门，说："有了。"

吓我一跳，我问他啥有了。他说是办法有了，就反问我："安司长不是过去老在我们报上发一些回忆在新疆屯垦戍边的文章吗？何不给老人家结个集子出来，这不是皆大欢喜的事情？"

对呀！这个胡小杨，脑瓜真是好使！我问安静这事咋样，胡小杨说的法可行否。安静兴奋地说："行，肯定行，咋不行？我最了解我爸了，虚荣心强得要命。要真能给他出本书，他还不知咋乐呢。"

胡小杨又一拍大腿，道："就这样了，赶快跟老爷子联系。令尊大人是离休老干部，司局级，在边疆呆了大半辈子，把一生中的美好时光全部贡献给了大西北，完全有资格出本回忆录。"

安静又撂过一句来，"省得他一天没事老是揪着你下围棋。"

第二天回家去吃饭，跟老爷子一谈，几乎跳将起来，说："行，行，这有啥不行，太好了。我抽屉里就有现成的。退下来后憋屈得没事干，陆陆续续在报纸上发表过不少。还有没能发表的。再加紧整理一下，凑本书，没问题。"

老爷子兴奋得一夜都可能没睡好觉，第二天上班，就给我打过来了电话，说连书名他都拟好了，就叫《跟随王震将军屯垦新疆的日日夜夜》。

　　这事定了之后，老爷子又是一阵兴奋，说是他也要破例来一番应酬，请那边出版社的人吃个饭，以表谢忱，我拗不过，只好交待由胡小杨去打理，把熊经理，熊经理老头，还有熊经理的妹妹——也就是杨处长儿的班主任，还有杨处长都请了去。

　　饭桌上的气氛融洽又热烈。胡小杨真是一把调和人际关系的好手，紧着张罗，给这边敬了酒，又给那边点烟。忙得不亦乐乎。安静坐在一边没话说，胡小杨就又撺掇，"来，嫂子，我敬你一杯酒。老到你家去吃呀喝呀，把你麻烦的。"胡小杨的意思我清楚，一箭双雕，既讨好了安静，又是给杨处长看，他和张总家的关系有多铁，以后你也得掂量我的份量。

　　老丈人更是喜上眉梢，一遍遍地给熊经理两口子敬酒。连声的承蒙提携，承蒙关照，以为是人家真看上了他的回忆录有多么高的出版价值。对方表示今天由他们做东请我们，老丈人哪里肯，坚决地说这顿饭是他请，谁也别抢。　熊经理的老头和熊经理正好相反，精巴干瘦，刚开始不多言词，对我老丈人的感谢他只是连声的应喏。出书对老丈人似打了针强心剂，一直兴奋着，在饭桌上不厌其烦地问熊经理老头，出书的程序是怎样的，要经过几道关。老头就给他不厌其烦地耐心讲解，什么一审咋回事，二审咋回事，三审咋回事。老丈人一听，好家伙，一本书的出版要经过三审，他马上担心地说，"还要三堂会审，到时候，会不会到哪一关上通不过，事情成不了？"

　　老头就安慰他道："不会的。你整理的稿子你女婿已转给我，我认真地拜读了。很感人。很有激情。特别是将那个时代人为了党和国家利益，甘于吃苦，甘于奉献的精神，反映得很足。真是一部进行传统教育的好教材。"

　　老丈人一听对方将自己的书稿抬到如此高的地位，发现自我价值得到了承认与尊重，兴奋得要跟老头再干三杯，"知音，知己”地不绝于口。接着，就大谈起自己过去在新疆屯垦戍边时吃的那个苦——如何住地窝子，如何就着雪吃炒面，如何三九寒天没明没夜地打机井修水渠，七月酷暑顶着烈日收麦子。说那时候虽然苦却当时并不觉得苦，还觉得一整天都象上紧了的发条一般挺充实。现在想起来，当时那可是真苦。还说自己这还算是回北京了，享受了。他的好多战友是献了青春献子孙，有的甚至长眠在了天山脚下。熊经理老头比老丈人小个七、八岁，也支过边，特别能体会老爷子的情感。两人越说越投缘，就开始责备开现在的年轻人，什么一点也不珍惜老前辈为他们取得的今天这幸福生活，一天光想穿好的，吃好的，有的人还天天饭局，夜夜笙歌，一顿饭就吃掉一个农民一年的收入。现在西部有多少贫困孩子上不了学，可他们却整天的花天酒地。稍稍省下一顿，就可供一个失学的孩子重新走进校门云云。说得我脸上红兮兮的。安静就悄悄底下捣我一肘子，然后咪咪地瞅着我笑。我就将嘴对在安静的耳朵上，调笑道："他忘了，他这书是谁给他拉赞助出的了。没我这个好女婿，他能这会儿坐在饭桌上，一边吃着山珍海味的一边骂我们？"

安静就又"咯咯咯"地笑出声来，使劲儿又捣我一肘子。只听老丈人在那边和副编审越聊越投机，越聊越高兴，甚至握住了人家的手，信誓旦旦地说："只要你们看得起我，我这才开个头。以后还可以出第二部，第三部，可写的东西多着呢。还有刚进疆时的剿匪，有多少动人的故事在我脑子里记着。还有我后来转业到克拉玛依搞石油会战，那场面，那阵势……"

我又反捣安静一肘子，"听见没有？还要来系列。他以为他本人成了王震将军。"

安静就又低了头抿了嘴咪咪咪地直笑。老头发现了我和安静的小动作，转过头来道，"你们笑什么？也不参加进来一起讨论讨论下一步的计划。"

胡小杨则是别有心思，趁老爷子跟副编审聊得热乎，我又在跟安静交头接耳咕哝说悄悄话，这会儿一个劲地粘着杨处长吆五喝六地没完没了地划拳喝酒。划一阵，两人说一阵，刚开始还说话有一段距离，到最后，说起话来，就头对着头，耳对着耳，还不时的擂胸拍腹地像相互保证着什么，俨然一对好得不得了的朋友。

等散完了席，往出走时，老丈人的手紧紧地跟副编审的捏在了一起。胡小胡则与杨处长肩并肩地搂贴在了一起。这顿饭的价值真大，老丈人与胡小杨各得其所。我和安静跟在后边。我和熊经理抢着要去结帐，被前边走的老丈人听见，虽然喝大了，仍然记着自己的诺言，一把将熊经理和我都挡住了，说："你们今天谁结帐，就是不给我面子。"

熊经理只好作罢。我说："爸，我来结，还不就等于你来结。"

老丈人一摆手，"不行，平时可以，今天不行。"说着，就掏出皮夹子到总台去。

安静用感激的眼神瞅着我，道："一凡，你真好，我真感激你。我爸他今天可是真高兴，他可是从来没有今天这么高兴过。"说着，安静的眼睛都湿了，我想如果是在没人处，她肯定要扑上前来脸上亲我一口。

老丈人交完了钱，回来后，又重拉住了副编审的手，说，"刚才在饭桌上，你说了你也喜欢钓鱼。下个星期有空没？有空，咱们一道去，我那边还有俩老头，我女婿的小车司机小郑可好了，我说啥是啥。让他开上车，我们一大早就走，凉凉快快的，到永定河西头的一个钓鱼宫去，小郑和那里的老板是小学同学，关系可好了，每次去都给我们安排好饭。好好过一天钓鱼瘾，咋样？”

我心里吃一惊，小郑和老丈人关系处得这么好，我都还不知道。心里就对小郑更加有了好感，以后有啥好处，一定多替小郑想着。

送走了熊经理一家和杨处长，胡小杨也中途下了车。一家人没有了外人，安静明知道她爸高兴，揶揄说："爸，你今天是咋了？这么大岁数了，喝上点酒，就兴奋得跟个年轻人似的。看今天饭桌上，大家就都陪了你了，尽是你一个人在那里摆乎。"

没料想，老丈人也不管车里还有个不认识的的车司机，就感慨上了："静静，爸爸高兴呵。"说着，就伸出手来，将我的手攥紧了，挺带感情地道："一凡，你给爸爸办了件大事啊，爸爸衷心地谢谢你了。静静能嫁了你，真是她的福份呀。刚开始时，她妈还嫌这嫌那的。我骂她女人家真是头发长见识短。现在咋样，今天晚上回去，我还要好好说她。看她当时反对的女婿，现在对我有多孝顺……"

说得我心里都有点儿激动，脸红红的，也真挚地说："爸，你别说了，这都是我应该做的。只要你高兴就行。"

"以后，一定要对安静好。"

"这是肯定的，你老放心。"

将老爷子送到家，又听了一番老爷子在老岳母娘面前对我的夸赞，我才和安静回到自己家。进门来，洗漱时，我端来了脚盆，脚伸进去正准备自己洗，安静忙不叠地跑上前来，蹲下身去，道："今天，我给你洗脚。"

我明知故问，"为啥？"

"不为啥，就是想给你洗。"

洗完了脚，拉灯上床，安静主动钻进我被窝。我说："昨天刚干，今天咋又来了？"

安静娇滴滴道："人家今天就是想要你！"说着，一轱辘翻起身来，象第一次那样，变被动为主动……

九

隔天，我又在另一家饭馆里请林梦欣，本来，是只想请她一个人。两人安安静静没人打扰地说说话。林梦欣说那边的编辑室主任想见我，正好可以在饭桌上谈出书的事，我只好同意，我现在对她的话真是句句听。

梦欣那天晚上赴宴时，将自己刻意打扮了一下，显得比她的实际年龄要年轻许多，我发现梦欣穿衣服从来不穿红、黄、白、黑等单一颜色的服饰，总是偏好草青、鹅黄、褐红等混和色彩的服饰，但上下搭配得非常和谐统一。今天，她就穿了一件驼色又带点褐红的羊绒衫，上边坠上了一条鸡心项链。一条同样是驼色的的裤子，整个身材该鼓的鼓，该洼的洼，显出十分好看的身体曲线。平时喜爱结成个发髻的头发今天披了下来，搭在肩上，前边脸庞两边的头发打了层次，显出 s 型的波浪来，既显得大放又显得妩媚。对方姓朱，白白胖胖，养得很好，介绍说是五十出头，但看上去似乎倒只有四十出头的样子。最使我没有料想到的是，跟随他赴宴的，还有一位打扮得十分妖冶的女人。那女人浓妆艳抹，眉毛很弯很细，但一看就发现是纹的，眼圈上画着黑黑浓浓的眼影。嘴唇虽然用的是降红色的唇膏，但，抹得很亮特性感。耳朵上坠着一双大而圆的耳坠。脖子里已经有了较深的皱褶，随着她的摆头就显出很深的沟来。脖上套条粗粗的珍珠项链，正好跟林梦欣那细细的白金项链形成反差。朱主任简单介绍了下女的，说是什么什么杂志社的。我点点头，简单问个好，就招呼服务员小姐递菜单过来，我将菜单客气地转到朱主任手里，他又将菜单恭敬地递到身边的女的手中说女士优先，让她点菜。我就感觉，这个朱主任有点儿讨好身边的女人。

开席之前，大家客气地先谈谈天气，再谈谈两位女士的穿着，等酒菜上来之后，慢慢就进入了正题，谈了谈出版社的现状，又谈了谈出书的过程与步聚。梦欣又将我的情况向其做了简约介绍，朱主任就说，"改天整理了让小林把诗稿转给我先拜读一下。其实主要是销路和资金。既然我听小林说这两方面都没啥问题。那这事十有八九能成。"听着他这话我心里有点儿不舒服，怎么先不问书的质量，好象它倒成了一个次要的问题。难怪老汪老彭那些个在我眼里似垃圾一般的书也能堂而皇之地出笼。

吃完了饭，朱主任说时间尚早，想去歌厅里吼两嗓子，去去酒气。我看朱主任兴趣很大，便附和了他。一行四人就由服务员小姐引领着，转了两个弯，来到几个包厢门前，马上就有小姐打开包厢门来，欢迎我们。一个领班的小姐客气地问我们还需不需要小姐，朱主任一挥手，"不要不要，我们带着小姐，还要小姐干什么？给我们上几个果盘，要腰果与美国大杏仁，还有无花果。再来几听饮料。"

很快就有小姐送上果盘与饮料来。朱主任领来的那女的挑剔一会，说沙发上有果皮，毛发，也不收拾干净了，音响的质量不行，乐感差等等，我心想这女的咋这么隔色，不就呆一两小时走人，挑剔个啥。几个人就一边喝饮料，吃水果，嗑瓜子。那女的客套一番将话筒先让给我与梦欣唱，我俩客气地让她先唱，她笑笑说，"那我们就不客气了，起个抛砖引玉的作用。"就把另一只话筒递给身边的朱主任，朱主任就手拿话筒对着电视先唱了起来：

“十五的月亮升起在天空哟，
　为什么旁边没有云彩。
　我等待着美丽的姑娘哟，
　你为什么还不跑过来哟嗨——”
　女的就头凑到男的腮旁对唱··
“如果没有天上的雨水哟，
　海棠花儿，不会自己开。
　只要哥哥你耐心地等待哟，
　你心上的人儿，就会跑过来哟嗨——”

　　我听着感觉挺肉麻，都多大岁数了还哥哥妹妹的。看上去两人配合得十分默契，平时一定没少下歌厅。

　　又一曲响起时，对方将话筒硬递到我和梦欣手中。是《康定情歌》对着话筒，我先唱起来：

“你家溜溜的女子，
　人材溜溜的好哟，
　我家溜溜的大哥，
　看上溜溜的她哟。
　月亮，弯——弯哟——”

　　梦欣仍窝在沙发里，我看了她一眼，她才不好意思地小声附和着我唱起来。

　　本来，要是在平时，唱这些情歌也没感觉到啥，可是，在这特定的环境中，加上我和梦欣那朦朦胧胧的关系，这些哥哥妹妹的东西就有了催生情感的作用。屏幕上的那一句句歌词，就好象是冲着我和她写就的，唱得人脸红心跳。我也不敢看她，她也眼睛只是盯着电视。可是，总有转过头来的时候，可巧的是，我转过头睨她时，她也同时转过头来窥我，两人的眼神对到一起，就好象相互发出了电磁感应一样，都急忙偏过头去，但对方眼神里射出的目光已将心中所想泄露无遗。那一对已经相拥着在我们的歌声中下了舞池，而且越搂越紧，最后，就相搂抱得亲密无缝，脸和脸也贴在了一起。等一曲结束。朱主任说，"你们俩去跳场舞。"要过了我们手中的话筒。当舞曲再次响起时，我邀着梦欣下了舞池。

虽然在记者会期间，组织过一次舞会，我也曾搂着梦欣跳过两曲舞，但那是在单位众多同事众目睽睽之下，就是两人再心有灵犀，也不敢造次地表露出来。这会儿，两人搂抱在一起时的感觉就完全不同了。特别是有了刚才那几首哥哥妹妹的煽情歌曲做铺垫，两人的心绪，已经被搅和了起来。加上刚才那一对的示范与"教唆"，我的胆子似乎也壮了起来，而且还喝了些酒，半醉不醉的，就大胆地也学着样儿，渐渐，将梦欣越搂越紧。梦欣刚开始还迁就着我，眼睛也睐着我，一往情深的样子。但看我后来将她的身子越箍越紧，就悄悄地在我耳边警告："别，别这样。我们可和人家不一样。"说着，就挣脱出我身子一点儿。

我立刻酒醒了，收敛了自己的行动，心里的热度被凉浸了一下的感觉。我为了摆脱窘境，就问梦欣，他们俩是咋回事。梦欣就在我的耳旁悄声说，"两人好多年了。为这事我们会计科长都打过这女的，也喝过安眠药，可是，管不住。这女的对她说，要么，你就受着，要么，你就跟老朱离婚。其实，我们领导那人挺好的。我看长相条件也不比这个女的差，就是年纪大了一点。你们男的，都这个德性，家里搂着如花似玉的，外边还要拈花惹草。往往外边的在旁人眼里看来，根本就不如他自个儿的老婆好。”

我听了梦欣的话，半天没喘一口气。对她的这句话琢磨不透，是在说那位朱主任，还是在说我呢。

半天，梦欣看出了我的表情，笑笑说："没说你，你别神经反应。看你不高兴的样子。"

我又和梦欣合唱了几首歌，又跳了几支舞。可是，因为了她那句话，我已再不敢造次，跳舞的时候，和她保持着距离，唱歌的时候，虽然也仍旧唱的哥哥呀妹妹呀，但，也不耳热心跳地跟她去对视眼神。

跳完了舞，出了歌厅，送走了那两位，我又送梦欣上中巴，她上了车，等车快开时，才从窗口丢出句话来，"刚才在歌厅惹你不高兴了，请你原凉。"

中巴开走了，我一边往家返，一边反复玩味她这句话的意思。我觉得自己已经是彻底的喜欢上了梦欣。说不出为什么，就是喜欢。其中包括喜欢她这让人琢磨把玩不透的性格。

过后，我反请了老李一顿，主要目的是揩屁股。我把书不能在他联系那头出了的缘由全推到了胡小杨身上，又暗示出胡小杨之所以那么热心为我出书的事张罗，主要因素就是他本人想溜杨处长，为日后自己的升迁提前抱佛脚。而杨处长的侄女在那头出版社副编审的手下，眼下又正遇到考评职称就求着副编审云云。绕得老李一头浆糊，半天，似听明白了，又似没明白。但看出我是对他实心实意地感谢。他也就是随便牵了个线，事情虽然没成，还这么郑重其事地请他吃饭，真是很看得起他，反回头来替我分忧解难，说了一腔子发自肺腑的掏心窝话。两人出酒店来时，俨然是一对很好的朋友了。第二天，我就给胡小杨叫来叮嘱了，让他在老李问起他来时咋说咋说，别审了帮。

　　以后的一段日子里，我就抽时间整理我过去的几大摞发表与未发表的诗稿。有些诗稿我还得做些修改，出版社要求全部用电脑打出来。我对电脑打字不是很在行，当起了领导，反而对新的东西接受起来很慢，梦欣很娴熟，主动提出帮我。这样，我就借助整理诗稿，有了和她密切接触的机会。她也名正言顺地常到我办公室里来。往往我要改动某一行诗句或某个比喻时，甚至整首诗的立意时，都同时征求她的意见。梦欣虽然不懂诗歌，却能凭直感说出一些意见来。她在给我往电脑里输稿子时，往往有些不清楚的字和词要问我，我就头凑上去细看了辨别清楚后再告诉她。这时，常常我的额头就能碰到她的鬓发，我就能闻到她身体上散发出来的淡香体味。我只要稍稍控制不住自己，头一偏，就能在她粉白的脸颊或脖颈上亲一口。？　就在这种耳鬓厮磨中，我觉得我俩的心靠得更近了，近得只剩下了一张薄纸的距离。真是日久生情，一点不假。我觉得和梦欣天天都在精神上交流着情感。而且这种情感象一团火一般，越来越炽烈。这时候，因一件事情，促使我俩的关系向前迈出了质的一步——

　　在整理完诗稿，将其交给朱主任的当天，我请梦欣吃饭，一是庆贺，二是感谢。

　　在饭桌上梦欣说："我有件事情，想求求你。前一段因为你忙着整理你的诗稿，所以一直没好说，拖到今天，实在是再不能拖下去了。"

　　我就问是什么事，只要是我能办到的，在所不辞。她才告诉我，说是她姑的孩子——就是上次她接站的那一位，一心想托她的福，在北京发展，而且从小就崇拜公安，想上这方面的院校。可是，今年高考，他的分数考得不是很好。按他现在这成绩，按正常程序很难被录取。前一段听我说起过曾和一位警察学校的副校长在一个酒桌上喝过酒，能不能给联系联系，碰碰运气，能成则成，不成拉倒。

我犹豫一下道："当时饭桌上谈话挺投机，还各留了名片。说以后有啥事可相互帮忙照顾。可只是一面之交，不知成不成。要不明天我带你专程去学校找他一趟？"

梦欣说："是不是先给他打个电话？如果不成，不是白跑一趟。"

我说："打电话不成，这是关系到娃娃的前途大事，不能马虎，电话中根本说不清楚。再说呢，他一天饭局肯定不少，你给他打电话，他可能连你是谁都想不起来了，一口回绝了你，就再不好办了。"

第二天上班，我就亲自给小郑打了电话，拉上我和林梦欣去那所学校。那所学校在房山，我们坐了个把小时车就到了。寻路找到学校，又找到那位陈副校长的办公室。因为是刚刚喝过酒，还记得，又见我身边有一位漂亮又有气质的年轻女子，显得非常热情。问清了来意，细细琢磨一番，又打电话将学校管招生的负责人叫来，问询了有关的情况，说是分数是稍差一点儿，放下再研究研究。我和梦欣的心悬着，客套地打个招呼要走。对方却很热情，说既然来了，大中午的，快到吃饭时间了，怎么也得吃了饭再走，就约请我们到学校饭厅的一个包间里坐定。几杯酒下肚之后，感情得到了进一步的增进，陈副校长的话就多了起来说，"你看看，当初我们互赠名片时，你还说过不定很难再碰到一起喝酒了。这才不几天，我们就又见面了。世界上的事情，真是说不来。"

我就急忙往正题上拉，说娃娃的事不敢耽搁，关系到小孩子的一生前途。所以才前来麻烦校长。陈副校长就拍着胸脯说，"问题不大，包在我身上。不过，可能得多缴点钱。"

我就急忙说，"只要小孩能被取上，再多钱也行。就拜托校长了。"

又喝了几杯酒，陈副校长这才又说："我弟弟在H省政府办公厅当秘书处长，叫ｘｘｘ，上次在酒桌上听那省省长是你们原来的副部长，又和你关系好得不得了，是大学时上下铺同学，能不能抽时间给你同学打个电话，以后，将我弟弟关照一下。"

我一听，天，绕这么大个弯。我就说，"那一定，一定。你那天怎么在饭桌上就不直接给我说？"

副校长笑笑说，"当时也想说来着，只是想，和你初次见面，就说这事，怕不好，引得你反感。我其实心里一直记着这事，一直想给你打个电话，可几次都拿起了电话，又放了下来，总觉得张不开这个口。"

我为了表示我的诚意，也让他知道我确实是和老范关系特殊，没有吹牛，就突然心血来潮，说，"我现在就给我同学打电话。"

陈副校长喜出望外，然而嘴上客套着，却急猴猴地眼睛盯着我拨电话的手。很快，电话就接通了。刚开始，老范还没听清楚是我的电话，等听清了，才说，他正在开会，让我等一会儿，他出了会议室后，再给我打来。过了一会儿，我的手机果然就又重新响了起来。我接通了，和老范在电话里聊了好半天。老范问了我好多部里他走后的情况，主要是一些人事安排。完了又安慰我一番，说老彭也就是再干一届，到时候我接班当总编的可能性还是很大的，让我不要有想法，背包袱，工作还得好好一如既往认真负责地干云云，我一边应喏着点头。老范就又说，当初应该跟他到下边去。跟他做个伴。我就客气地说，"范省长好意我真是感激不尽，但我怕我去后能力有限，给省长惹麻烦"，那边老范就说我滑头，不想来就是不想来，还编谎话。我不吭声，由着他训，我也知道，一个人，官再做得大，都需要朋友，特别是象我这样他知根知底，有过患难之交，又对他忠心不二的同学。他也是一个人到一个新的地方去，难免孤独啊。谝了一大堆，到最后，我才绕到陈副校长胞弟的事情上，很委婉地说这是一个好朋友的弟弟，在条件许可的情况下，给尽量照顾一下。老范在那头就半开玩笑地训我说你小子咋也学会了这一套，搞开拉拉扯扯了。想让他给手下的那个干部特殊照顾是不可能的事，除非本人确有才能，被他看上云云，我就急忙辩解一番，接着又说此秘书处长如何如何敬业，还是个社会学的硕士生，在中央级的改革刊物上发表过好几篇有力度的关于体制改革方面的论文等，老范一听，有了兴趣，答应说，"好，好，既然是人才，我一定重视。"

放下电话，陈副校长大喜，搂着我的肩头，连声道："没想到，真没想到，你和你这位省长同学关系如此之好。来，干，干杯，你的事，就在我这定了。钱的事，能少交就少交，这事一定一定办得让你满满意意的。"

我就得意地看一眼梦欣，说："校长把话都说到这份上了，你还不给校长敬三杯酒？"

梦欣很听我话，急忙站起身来，给陈副校长敬酒。陈副校长和梦欣一边碰杯，一边恭维梦欣："林小姐长得如此貌美，又优雅气质，哪天一定要请林小姐跳场舞。"

我就说，"好的，等她表弟的通知书发了，让她一定请校长跳舞。"

"好，那咱就干！"

吃完饭后，陈副校长拉着我的手，意犹未尽地一直送我们出了校门口好远，才让我们上了车。招手送我们回返。

小车在公路上撒着欢儿跑。我有点儿头晕乎起来。刚才是应酬陈副校长，没感觉咋样，在车上一颠，就觉得今天让陈副校长灌得有点儿多了。但还是撑着，对梦欣得意地说，"咋样，我说得亲自来一趟。今天这事要是光打个电话，能办得这么利索？"

小郑一边把着方向盘，一边附和："张总编说得对，有些事情，见面和不见面就是大不相同。"

小郑一说话提醒了我，觉得小郑知道我与梦欣的事情太多了。就安抚说："小郑，你以后要有啥事，也尽管开口，别不好意思。只要是我能办到的。我一定尽力而为。"

小郑大为感动，声音都有点儿发颤，说："张总，有你这句话，我小郑为张总甘愿肝脑涂地！"

窗外，满眼的青枝绿柳，我欲醉还醒，浑身轻飘飘的，随着车子的颠簸，就似在腾云驾雾一般，不一会儿，我就睡了过去，朦朦胧胧中，竟然做起了梦。梦见自己与梦欣手拉着手在一个大而平的湖面上象鸟儿一般地飞翔……

（第三部完）

第四部

第一章

一

　　不久，我的诗稿和老丈人的回忆录先后整理完备，分头交给梦欣联系的朱主任和熊经理老头，将老李那边给甩了。

　　在出书款上，产生了点小插曲。本来，我想自己掏钱，将两本书的书号全买下来，反正也就是个三四万块钱。等书印出来后往各记者站一分发，他们再往各基层油田单位一推，很快就能将书款收回来。我粗略算了一下，保本是绝对没有问题，说不定，还能挣回一部分钱来。因为现在我已过上衣食无忧的日子，所以对钱不钱的也无所谓，算得不是很细。可是，胡小杨却热心得很，又给我出了个主意，让我发动和自己关系密切的记者，在下边随便哪个油田拉个赞助。这点钱对下边一个大油田来说，真不算个啥，牛身上拔了根毛一样。我还犹豫，胡小杨就给我继续做工作，说他最清楚，老彭与老汪的书都是这么出的，我为啥这么清高。国家在这方面又没什么明确的文件，禁止这么搞。再说，企业赞助文化事业，也算高尚行为，总比去大吃大喝挥霍了的强。我被说服了，但，我不亲自出面，吩咐让胡小杨跟新疆站的小沙联系。没两天，胡小杨就给我汇报事情进展情况，说小沙一口答应，接到电话，第二天就马上专程驱车几百公里，到一家大油田去联系——当然是借采访的名义，采访完了，在饭桌上，给陪着吃饭的油田管宣传的部长谈了此事。部长酒喝得高兴，一口答应，但有个条件，这次沙记者采写的稿件，必须上头版头条——胡小杨给我汇报时，我心里就犯嘀咕，是不是小沙掺杂了个人的需求与想法，因为，记者站属于双层领导，各地的记者又有所不同。有的人事与工资都在下边管，奖金却由报社发。有的干得好的，有培养前途的，则被吸收为正式记者，人事关系与工资关系都归部里，等到干得上了年龄，就可以回到北京来养老。所以，每年每个记者上多少个头条，对记者们来说，是十分在意的。每次开记者会时，许多都带着自己发表稿件的剪贴本，跟报社记录档案中的头条数核对，看有没有弄错。有一回，一位云南的记者就核对出报社底子上记的头条数比自己剪贴本上的头条少记了一条。为这，我在会上还批评了报社专门管剪报的一位小青年。胡小杨汇报说，当时饭桌上，管宣传的部长吩咐下边的宣传科长具体领着小沙到油田一家效益好的二级厂矿联系此事。没想到，二级厂矿虽然不敢不给面子，但却又提出一个苛刻条件来，说一年四季接待的四面八方各路神仙拉赞助的真不少，今天条条上的上级单位要搞个企业评比找上他们要点钱，明天，块块上的有关行政部门找上门来，让他们赞助场文艺汇演。至于那些个野班子剧组来拉赞助的，他们一个月能接待好几拨。知道他们企业这两年效益好，都来割一块唐僧肉。可再好的企业，也经不起这样的要。所以，厂部会上，已经刚刚做了决定，以后，一律不接待外边来拉赞助的。可是，我这是机关部长吩咐的，而且又是赞助自己行业报的副总编的大作，钱也不多，只好将刚立下的规则再打破它一次。但有个条件，变通一下，给自己单位上个广告，那广告的钱，就算是给书的赞助钱。小沙说，"这哪成呀，各是各的。"对方说，"如果这条路走不通，事情就不太好办。"小沙就出点子，说我们这边也能不能变通一下，将他们厂的广告，通过采访，补充点素材，改写成一个长篇通讯，在报上发表。这样，就避免了给报社缴广告费，企业则按广告支出，将这笔款子提出来，寄给出版社。这真是一个绝妙的主意，但很明显是报社少收入。我都怀疑，这点子是胡小杨给小沙出的，或者至少是和小沙两人商量了产生的。真是一石三鸟，不但企业的难题得到了解决，而且通讯当然要比广告起到的宣传效果好。小沙也得到了实惠，在报纸上又发头条又发长长的大通讯——长篇通讯在考评中也是很占分值的。我心里有点儿不舒服，虽然不是件啥大不了的事，万一让人嘈嘈出去，对我在报社的形象总是不好。特别是几个总编副总编，人心隔着肚皮，别看表面上对我都挺客气，背地里，会不会拿这事糟践我。我就想把这事推了。可是胡小杨使劲劝我，说没事没事，肯定不会让报社内部任何一个人知道，他给小沙交待了。又说那边小沙下了那么大的力气跑，事情跑成了，这头又不干了，小沙心里会不高兴，宣传部长也会不高兴，云云。我权衡一番，就答应了——虽然是我自己的事情，但也是身不由己，其中有各方的利益，既然都绑在了一起，就得兼顾着点。

事情谈妥没两天，胡小杨又传过来小沙的消息，说企业那头又说，可不可以在书的后边赘上几张宣传企业的广告。如果能赘上的话，到时候书出来时，他们还可以购一部分，将其作为宣传材料，给每个来订货的客户发发。我当时一听胡小杨的汇报，就手一挥道："得得，不想给那几个钱就算了，我自己掏，给他们的条件够优惠的，都拿报纸版面做了回交易，还要得寸进尺地在诗集后边赘广告，多扎眼，那书叫诗集还是他们的产品宣传册？"

胡小杨却给我泄火，说，"总编你不要一听就生气。你其实没明白过来，是桩好事。"

"好在哪？"我火火地问。

"他们的客户天南海北的有多少？他们要答应要，你想想，要买多少？"

"可胡小杨你听清楚了，我那是诗集，不是企业产品宣传册！"

胡小杨眨眨眼睛，笑笑，说"总编你别发火嗓，听我慢慢给你说，这矛盾非常好解决。"

我问："咋好解决？"

胡小杨眨巴下眼睛冲着我说："我早都替你想好了，张总，将那广告登在你那老丈人的回忆录里，不就得了。你那本书，还不是干干净净的？反正你老丈人的书也不嫌什么广告不广告的，无伤大雅。登了广告，油田上要购一部分，老爷子会更高兴，他原本就是从新疆那儿出来的。"

我真是服了胡小杨了！一锤定音，就按他说的给小沙去回话。没想到，第二天，胡小杨就笑吟吟地重到我办公室里来，神秘兮兮地冲着我说："总编，我告诉你个好消息。"

"啥好消息，赶快说，我这还在忙着。"我正在电脑上看小沙传过来的那个头条稿，我要严加把关。之前小沙的稿子传过来，我又给打了回去，让其充实材料，重新写，稍扭了点角度，跟当前的宣传热点沾上了点边。我怕的是稿子排上去，要是让老彭给否定掉，还得我亲自再给老彭做解释争取，那样，就有瓜田李下的嫌疑。我要把事情办得不显山不露水，让老彭老汪老李他们几个发觉不了这是一篇交易稿。希望在编前会上让他们几个看不出破绽地一次性通过。

胡小杨见我头仍旧囊在清样上，不理他的样子，就凑上前来说，"新疆那边小沙来电话了，大好事。"

我抬起头来问："什么大好事。"老实说，我对他那头的电话都有点儿烦了。

胡小杨得意洋洋地说："人家油田的部长把这事反映给了主

管思想宣传工作的书记，书记一听说你老丈人写的是一本关于跟随王震将军屯垦戍边的回忆录，一下就拍了板，说书出来后，油田就要五千本，作为油田传统教育的教材，给每个二级厂矿甚至井队的图书室都要进一些，让现在的年轻人们，看看前辈们是怎样创业的。还说书出来后，一定要邀请你老丈人前去油田给工人们做报告。如何退休下来不安享晚年，还要发挥余热，以教育年轻一代为己任。你知道咋回事？油田书记多问了一句书作者的尊姓大名，原来他和你老丈人是一个地窝子里宿过的老战友！"

我的天，这样一来，老丈人出这本书，又得名又得利。我急不可待地就拿起桌上的电话，将此消息告诉给了安静。安静高兴得抱住电话说，"赶快给老爸打电话让他高兴呀。"

我说："急啥，今晚吃饭时当面告诉他。"

当天晚上，我又有个饭局，没能到老丈人家去吃饭。很晚才回来，发现老丈人坐在沙发中看电视，就问"哟，这么晚了，爸你咋来了？"

老爷子见我进门来，兴高采烈地问："究竟是咋回事？我听安静给我说了，我心里不踏实，想给你打个电话，又没打。怕打扰你的应酬，专等你回来问个明白。"

我就笑着说，"安静给你咋说的，就是咋回事。还一直等着我，这么晚了。"

安静就哧哧地笑两声，道："老爷子吃完饭就跟我来了，一直等你到现在。你倒玩得开心，一直到现在才回来，把爸急得跟猴似的，坐也不是，站也不是地在屋里转圈圈。"

老爷子就又发牢骚，"你一天的饭局也实在是太多了，都吃些什么名堂的饭？这样下去，国库都会被你们吃空了。"

我就揶揄道："爸你那天不是也去吃了？有些饭局，是非吃不成，有些事情，只有在饭桌上才能解决。你那书的事情，不就是在饭桌上最后订的？"

老头子很固执，说："可那是我自己掏腰包。"

"甭管是你自己不自己掏钱，吃饭还不是为了说事？"

"别跟我贫了我急着呢。那书的事情新疆那边是咋回事？"

我就说："安静给你咋说的，就是咋样呗。"

老头一摆手，"我不听她的，我听你的。说是我的一个老战友，看上了我这本书，还要到时候请我去油田做报告？"

我就将胡小杨讲的情况给老爷子又重复了一遍，后问老爷子，"到时候你去也是不去？"

老爷子兴奋地一挥手，"去，咋个不去？太想去了！来来来，安静，给爸拿酒来，我想和一凡喝一盅。"

安静一边洗着衣服，一边说，"一凡他在外边已经喝过了，你再拉着他喝，想灌醉了他？他现在都已经是酒精肝了。"

老爷子仍旧不罢手，"我不管他今天在外边喝了多少，也不管他什么酒精肝不酒精肝。我只要我女婿今晚陪着我这老丈人喝几盅。这要求一点都不过分。"

"家里又不开伙，啥菜也没有，咋喝？天这么晚了。"安静说。

老爷子吼道，"晚什么晚，现在才几点？没菜就没菜，干喝！"

我就笑笑说，"好好好，爸，我陪你，我陪你喝，"又转身吩咐安静，"什么没菜？赶快把冰箱里妈昨天给咱们卤的那酱肘子拿来。"

我就又陪老丈人喝酒，幸亏今天在外边喝得不算多。和老丈人喝着喝着，两人都有点儿大了，老丈人就抹一把鼻涕，又说上了："一凡呀，我的好女婿哟，当初你妈，她还死活不同意……"

安静就冲我挤挤眼，道："瞧瞧，又热开了剩饭。赶快把酒杯拿了，别让他再喝了。"

老丈人偏过头去训女儿，"我没醉，谁醉了？我只是高兴，自打退休以来，我就从来没有今天这样高兴过。你还不能让我与自己女婿乐一乐？"

安静就又一次地示眼色，让我把酒瓶拿了。我犹豫着，安静警告我，"他可岁数大了，还有心脏病，出个意外，你负责！"

我这才吓一跳，坚决地从老头手中夺过他紧攥着的酒瓶。不一会儿，他就躺在了沙发上。我就和安静将他抱到另一间卧室里，脱了衣服，盖了被子。只听着他捂着被子，还依依呀呀，"一、一凡，我要和你再喝一杯，咱爷们再喝一杯，那老婆子，当初还死活不同意……咋样，我小女婿是世界上最好的女婿，比儿子都好，生下儿子有啥用，我有两个儿子，可是顶不上半个我女婿……"

当天晚上，安静又有些主动。我知道她的心意，是特别感激我。女儿是最疼父亲的，父亲的情感就是女儿的情感，父亲的感激之情要由女儿来表达，最直接的方式就是在做爱上表示出主动。

完事之后，安静象条温顺的小猫，偎在我的怀中，喃喃道："一凡，答应我，以后，不管遇上啥情况，都不要抛弃我。我知道，你们男人，手里一有点儿权，就有女人主动往身上贴。你们就意志不坚定了。现在好多当官的都在外边找相好的，好象都成了一种时髦了，我真怕。以前我只不过是闷在肚子里，不好讲出来，其实，你每次晚上出去应酬，我心里都不踏实，七上八下的。有两次，我甚至都想去跟踪你。"

我心里"咯噔"一下，嘴上敷衍道："哪能呢，你放心，我怎么会干对不起你的事呢。出去都是一些男人们喝喝酒，最多是去蒸个桑拿什么的，实在没什么让你不放心的。瞧你爸对我多好，冲着这一点，我也不能背叛你。"

安静就凑上前来，在我的脖颈处，又狠狠地亲了一口。这一亲，让我一下子想起了姜婷婷冲我亲的那一口来。近些日子，都忙了出书与联系梦欣侄儿上大学的事，把姜婷婷那头都几乎给忘了。电话倒是老接到她的，还约我出去，但都被我因工作实在忙，应酬多，脱不开身婉拒了。答应她，等过些天忙过这一阵后，一定去见她，而且还答应和她出去吃饭，跳舞，还是原先的老地方。现在，也确实抽出身来了，诗集的事全都搞妥了，明天，是不是给她回个电话约她出去轻松一下。她换到我老房子去住后，我好跟她联系了，想找她时，将电话打到家属院门房，门卫就给叫人。也真是该跟她见一面了。唉，男人身边的女人多了，有时候也挺心累的，都有点儿顾头顾不了尾了。动不动就晾了其中的一个。和这个亲热了，就心中觉得欠着了另一个的。前一次，我和姜婷婷多接触了几天，和梦欣几天没多来往，再见着她时，就觉得心里疚得很。现在，我又是这种心理，觉得婷婷肯定这一段对我的态度有了想法——怎么嘴白亲了？亲过就亲过了，一点儿也再没动静了？

二

第二天一上班，没等我给姜婷婷去电话，她就先给我打来电话，说是好长时间没见我了，想见我，晚上在老地方吃个饭，我爽快地答应了。刚放下电话，梦欣就到我办公室里，说他姑的小孩昨天已经到北京了，找我来商量，是不是今天就领上前去报到。在这之前，陈副校长就打过来了电话，说一切都已经办妥，小孩的通知书都已经寄了出去。前天，梦欣就告诉我，说小孩已经到了北京。我当时听了没在意，心想小孩可能先在梦欣那里住下来玩两天，再去学校。梦欣解释说，"本来，小孩前天来就嘟嘟着要去学校报道，我看你忙，就没吭声。昨天，我听胡小杨告诉我，书的事已经全办妥了。所以今天才敢前来打扰你。"

梦欣总是那么善解人意，一切，都替我着想，说话办事特有分寸感。我就说："你对我怎么那么客气，我们之间谁跟谁？走，马上给小郑打电话，出发。"

梦欣问："你再没其它工作上的事，需要安排一下？"

我说："工作上的事，只要你想干，什么时候都有。累死的累死，闲死的闲死。你看看，对门老彭，隔壁老汪，到现在还没来上班。好歹有老李在，我给他将今天版面上要发的稿子交待一下，让他转告老彭，今天中午的编前会我有事请个假不能参加了，我们就走。"

一行三人开车出了单位，又去到梦欣处拉他侄子。他侄子看去长得跟她好象，男娃娃，却很秀气的样子，很腼腆。林梦欣让他开口叫我叔，他就小声叫我"叔"。梦欣又对他说："你要记住你张叔。这次，要不是你张叔帮你，你根本就上不了这个大学。"

小孩就又脸红红地小声嗫嚅道："谢谢叔叔。"

我一下子就喜欢上了小孩，说："好好学，只要你学成了本事，将来我还可以帮你毕业了在北京找份公安工作。"

"听听？还不再赶快谢叔叔！"

小孩就低头给我鞠个躬，再一次地说："谢谢叔叔。"

我就摸摸孩子的头说咱们走吧，最后再向梦欣的房间扫一眼。其实，刚才一进门，我就仔细观察了一番。我发现梦欣的房间跟很多年轻女子的住房一样，收拾得干干净净，又显出浓浓的女人味。窗帘是淡青的，透着清爽。晾衣架上，吊着一只好看的花纸折成的香荷和一只风铃。几件洗了晾在其上的各色各款的内衣与外衣，长筒与短筒，肉色与灰色的丝袜。鞋架上整齐地摆放着好几双她经常换穿的各种款式与颜色的高跟、中跟皮鞋与凉鞋。桌子上摆放着一些化妆用品，眉笔、唇膏、睫毛夹、脂粉盒之类。整洁的双人大床上，摆放着一只玩具大熊猫。床头柜上，则放着一本正在看的书，我眼细，发现那是一本关于心灵鸡汤方面的。

带上小孩，一行人驱车往郊外的学校赶。去后，找到陈副校长，带上孩子报了名，又去领有关的学生证、服装、饭卡，宿舍钥匙等，事情杂七杂八，有的地方去需要排队，有的地方去人不在，得等下午才行。中午就请陈副校长一道，到外边街上找了家象样的酒店吃了个饭。下午办完事后，还有点早，就准备赶回去，晚上我还得去约会姜婷婷。可是，陈副校长死活不让走，说有来不往非礼也，非要反请我们一顿，还说上次答应了的，等孩子事情办妥后，让梦欣陪他跳舞——我想，这才是陈副校长最核心的想法，我发现陈副校长对梦欣一见钟情，有一种特别的喜欢。

晚上，将小孩安顿好后，在学校餐厅的小包厢里，陈副校长宴请了我们一顿，然后留下孩子，又带我们去到学校外边的一家歌厅去唱歌跳舞。吃饭时，我估计姜婷婷从学校回到了住处，借故上卫生间，就给那边门房打过去电话——之前，我一直都将手机关了，怕她打电话过来，当着梦欣的面，接也不好，不接也不好。门卫去叫，果然她在。我说是晚上约会不能去了，改天吧，我现在在城郊有个采访完不了。姜婷婷就在电话中埋怨我，"你咋就那么忙，是不是有意躲我呢？"

我就又拿好话哄她，"我想躲你还借你房子住？"

打过电话，我就将手机关了，免得她再打过来电话。

陈副校长很是兴奋，拽着梦欣又是两人一起合着唱歌，又是跳舞。

跳完唱完，走出歌厅，一边和陈副校长握别，一边又说些感谢的话。陈副校长就拍着胸脯说，"小孩子的事你们就放心好了，有我，一切都会很好的，没麻烦。"

坐车回返，天已经很晚了。公路两旁一片黑色，看不清哪是农田，哪是房舍。一会儿，梦欣轻轻说，"我有点头晕，想吐。"

我就吩附小郑停车，打开车门，梦欣下去蹲在公路边上哇哇吐了两口。我忙下车去，关切地问，"你咋了，是不是晕车，以前也没发现你有晕车的毛病呀？"

梦欣说她手包中有卫生纸，让我去取给她。我去取来她的手包，从中摸出一卷卫生纸来，递到她手中。梦欣一边擦着嘴，一边说，"可能有点感冒，早晨出来时，衣服穿得有点少了。"

"刚才在歌厅里，也没发现你不舒服，你不是和陈校长又唱歌又跳舞的？"

"那是我硬撑呢，总不能拂了人家面子。"

我心里就对梦欣又增加了好感，她总是这样，宁肯委屈自己，将面子上的事情处理得很得体。小郑上前来，说将自己的外衣脱了让梦欣披上，他一句话提醒了我，我先于小郑，脱下了自己的外衣，要给梦欣披，梦欣不要，说，"你给我披了，你们不也受凉？"

我说我们男的抵抗力强，再说，上了车，关上车窗，不是太凉。梦欣也就不再推托。我扶她上车，本来，我是坐在前坐，扶着她上车，就和她一道，坐在了后边的车座。车开了，一会儿，梦欣就说她实在头晕。我就说，那你就靠在我肩头上，会舒服一点。梦欣犹豫了一下，就听了我的话，将头靠在了我的肩上。一瞬间，我心里的感觉就不一样，微妙了起来。渐渐，靠着梦欣头的那一小块儿肩部，就越来越热。偎得我的心也越来越热。我将自己低一点儿身子，让她的身子接触我的肩部的面积再大一点儿。之后，为了稳定重心，不至于随着车子的颠簸而乱晃，我很自然地伸出自己的一只手到她的后腰处，将她搂紧了。梦欣没有反对我这样做。我的心，开始突突突地跳动起来。

车开到梦欣楼下，小郑知趣地留在车里等着，让我扶梦欣上楼，送她回家去。开门到了房间，我不知电灯开关在哪里。黑暗中，我摸着将她送到床上，替她脱去鞋子，将她放平了，拉来枕头，垫在她的脖颈下，正要问她开关在哪里，梦欣的一只胳膊却勾住了我的脖子，轻轻地说，"别拉灯，抱抱我 。"

我浑身一阵激动。梦欣又一次低声说，"抱抱我，我冷。"

我伏下身子将她搂紧了，梦欣就在黑暗中，抬起头来，用她的嘴在我脸上亲了一下，道："你真好。"

我冲动地也回亲了梦欣脸颊一口，接着，两人就嘴对着嘴狂吻起来。半天，我意识到小郑还在楼下等着，就说，"你需要我帮你做什么？赶快说，小郑还在车里等着。"

梦欣就说，"没什么可帮了，我能行，你赶快走吧，别让小郑有什么想法。"

我就又伏下身去，吻了她一下，匆匆出楼去。

上了车，我对小郑说，"我帮她吃了个药。"

小郑就说，"那你急啥，这么快就下来，不将她安顿好了。"此话很有意味，两人都心照不宣。

我就感叹道，"一个女人，离了婚，也挺难的，平时还可以，有个病呀什么的，只有自己照顾自个儿。谁也帮不上。"

小郑送我回到家，就几乎已经是半夜了。安静都已经睡下了，见我回来，揉揉惺忪的睡眼说："平时没见你这么晚回来过，上哪去了？也不来个电话，打手机，也关了。胡小杨还打电话来找你。"语气中显然有怀疑的成份。

我忙说："燕山石化公司一个新闻报道培训班开班，请我去讲两句。完事后，和那帮人吃了个饭，联欢了一下。出来时，就晚了，回来时，车子又在路上爆胎了，换了半天轮胎。"——我发现自己现在撒起谎来已经是很老练了，基本能够做到面不改色心不跳。

躺在床上，我还在回味着刚才和梦欣亲嘴那一刻的美妙感受。我觉得，同样是女人的吻，婷婷的吻火热又有激情，而梦欣的吻，则温柔而多深情，相比之下，我还是更喜欢梦欣的吻。实际上也就是从心里更喜欢梦欣，因为她和自己的岁数相距要比婷婷小，和我似乎能达到心有灵犀的境界。而且，我特喜欢她那善解人意温温尔雅的性格。和梦欣相比，婷婷只不过还是一个不谙世事，头脑有点儿简单的孩子。我对她，更多的是将她当做个小妹妹与小老乡对待的感受。

三

第二天上班，姜婷婷就又打过来电话，问我昨天失约究竟是什么原因。我说就是因为在燕山石化总厂有个采访，采访完后，对方挡住不让走，要吃饭，还安排晚上活动，没别的原因。并答应她今天晚上一定去见她，再大的事情都得放下，绝不食言。姜婷婷就在电话中爽爽地笑了。女人都好哄。放下电话，我就想给梦欣打个手机。我发现她没来上班，平时撂这会儿，她早在那里打扫自己办公室，打扫完，还要将走廊地板拖上一遍。在这之前，报社给科级干部配手机。我让胡小杨在老彭耳朵里吹了几句风，说工作需要，给梦欣也配了一部，每月还有一百元的话费可以报销。

拨通了她的手机，我的心有点儿忐忑。半天，她"喂——"了一声，声音显得很虚弱，我感到她病得似乎不轻。就小声说："是我。"

电话那头她回答："我听出来了。"

"你咋样，是不是病得很重？"我关切地问。她咳嗽一声，软弱无力地说，"还行。"

我一听她就是在客气。我就又问，"需不需要去医院看看？"

电话那头就没了声音。我说，"你等着，我马上过去。"

我知道梦欣很内向，不说话，就证明她此时需要我的帮助。却又听梦欣说："算，你昨天就为我的事跑出去一整天，今天又出来，别让人对你有意见。特别是几个头儿。万一有个急事找你你不在……"

梦欣总是这样遇事先替我着想，她越这样，我越是觉得应该去一趟。我给小郑打过去了电话。小车开来后，我刚要下楼，老彭走到我办公室来堵着我说："来来来，我们开个小会，好容易今天老汪老李都在。我们几个将下一步的报纸宣传重点议一议，还有通过几个年轻同志入党转正的事。昨天你上哪去了？让胡小杨打电话到处找你找不到。"

我没有必要给他解释我昨天的行踪，心想你都经常不来上班还来管我，编个谎说："彭总，能不能移到下午，我有个特别急的事，需要马上出去一下。"我昨天和梦欣一道出去，今天梦欣又没来上班，我怕老彭将我和梦欣往一起想，就补充说，"老范打来个电话，他们那个省来个同志，让我去接一下飞机，然后再带他去老范夫人单位去找老范夫人，是有关他们省一个拉外商投资项目的事。"

老彭一听，就马上让开了，道："你赶快去赶快去，那是大事。我们这事不急，要办不完下午继续办，肯定得找好多单位，应酬也少不了。等你闲下来再开。"

我往楼下走的时候，特别吃惊自己这一套应变招法，不知从什么时候起，我在这方面越来越老道了。

我坐了小郑的车，小郑问我上哪。我说梦欣病了，我们去她那儿看看，可能病得还不轻，不行的话，送她上医院去一下，打个吊瓶。

我们去到梦欣处，一敲开门进去，果然发现梦欣脸寡白寡白，勉强撑着身子前来给我们打开的门，手扶着墙直喘气。我吓一跳，怎么一晚上，就变成了这样。吩咐小郑赶快扶她上医院。小郑上前去搀扶，我则取她应该带的东西，又拎起一件她的外衣，给她披在身上。到了医院，大夫检查了，说是重感冒，扁桃体也有点发炎，就给开了药，输上了液。等护士走后，梦欣就说，"看把你们连累的，又为我跑一趟，耽误工作。"又说她没事了，输完液可能就会好点的，让我们回去。我咋能抽身走，就吩咐小郑先回去，说不定，单位哪个头儿还要用车，昨天我用了一天，今天又将车霸着，别让其它领导有了意见。我给小郑交待，回去后，要是碰不上老彭就算了，要是兑上老彭，问起来，就说将我送到了机杨，接回个人，去了宾馆，就打发他回来了，其它啥也别说。小郑就应喏着走了。等送走了小郑，我重新返回来时，两人的眼神再碰到一起时，就和刚才不一样了。梦欣的眼中含着羞怯，又掺和着感激。我则有点儿尴尬与不好意思，因为我毕竟是个有妇之夫。这种尴尬很快就被打破了，梦欣眼里充满着温情，对我说："你坐，把你忙坏了，心里真过意不去。”

我说“没事，这算个什么事。你病了，我当然应该前来看看。”

半天，梦欣问我：“昨天晚上回去，你妻子没问你什么？”

“问什么？”

“怎么那么晚才回家，干什么去了？”

我说：“没事，我经常晚上有应酬，她也习惯了。”

梦欣想想，就又说：“你千万可别说为我办事情，女人在这方面都敏感得很。别为了我，影响你们家庭不和。”

我说“没事，”

梦欣不吭声了，过了一会儿，关切地说：“渴了吧。用我的水杯去接点水喝。”

我这才意识到，站起身来说：“我给你去倒水。感冒了要多喝水。要不，我给你出去买点水果？”

“别、别。”梦欣拦住我：“你就坐在这，我们说会话，就挺好。我这会儿，感觉好多了。昨天晚上，你可不知道我多难受……”

“一个人，就是这点不好，有个病呀啥的，只能自个儿照顾自个。”

梦欣就长叹了一口气，但很快就恢复了情绪说：“这会儿，我感觉特好。一下子就象病好了一般。”

“是嘛？”我看着她的眼睛。

梦欣的话多了起来，“我现在还记着第一次见你面的情形，那天你是不是穿一件咖啡色的夹克衫，里边穿一件藏青衬衣？裤缝熨得倍直，黑皮鞋打得锃亮。”

我回答说：“我忘了。”

梦欣说，“一般男同志们都不太注意自己的穿穿戴戴，你却收拾得立立整整的。从你身上，可看到你妻子的身影。她一定把你伺候得各方面挺好？"

我说，"还行吧。"在此一刻，我不想多提安静。

梦欣却继续追问："听单位人都说她很年轻，很漂亮，是吧？"

我只得笑笑，回答："咋说呢。她没你那么心细，读的书好象也没你多。再说，两口子一结了婚，时间一长，也就淡了。"

梦欣听出了我这句话中的味道，穷追不舍地问："你还没有回答我最想要知道的，她是不是很漂亮？"

我思忖一会儿，讨好道："你不也漂亮？"

梦欣看我一眼，嗔道："问你媳妇呢，扯上我干嘛？"

半天，梦欣又深情地看着我问："你对昨天晚上发生的事情后悔不后悔？"

我看着她期待的的眼神，说："不后悔。有一个象你这样出众的红颜知己，是别人求之不得的事。"

"真不后悔？"

我笑笑说"真不后悔。别问了，你看，别的床上的人都在看我们俩呢。别让人家听了去。"

"看就让她们看，她们听不到我俩的话。"半天，梦欣就感叹一句，"真羡慕你妻子！"

我一惊，这话咋这么耳熟？想了想，才想起来，这是前几天姜婷婷曾发出的感叹。

我心里感慨，在原单位时，没有谁羡慕过惠芬。

输完了液，我扶她下床来，替她将鞋穿上，扶她下床来，披上了外衣，又拎了她的水杯和手包，搀着她往医院外边走。我心里有点儿怵，幸亏这是在另一家离自己单位与安静所在医院都很远的一所医院里，要是正好撞上安静家的人，那将是如何尴尬的场面。

扶着梦欣走出医院大门，我说，"我们就顺便在外边吃个饭吧？"

梦欣想了一下，就答应了。我们来到一个小饭馆，要了点稀粥，要了几样清淡的菜肴。我给自己要了碗米饭，坐下吃起来。时至中午，我已有点儿饿了，饭菜一上桌，就馋兮兮的了。梦欣却只喝了两口稀饭，就再不想多吃饭了。桌子上的菜几乎一筷子也没动。我就劝她，"这菜都是为你点的，你还是吃两口，你看这豆芽，还有这葫芦瓜，都挺清淡爽口的，你多少吃两口，增强点身体的自身抵抗力。"

梦欣拿起筷子来，勉强夹了两下，就又放下了，说："我实在是吃不下去，没食欲。"

"早知道你不吃，就不点这么些菜了。"

梦欣笑笑说："你不吃呀？"

我明白了过来，她这纯粹是陪着我吃饭。我就狼吞虎咽地三两下扒完了想赶快走。梦欣就说："你干嘛这么着急？慢慢吃。"

我说："你有病，身体难受，赶快吃完了你好回去躺着。"

梦欣望我笑笑，说："我还没那么娇气。"又说："看着你吃饭我挺开心的，多长时间都没这种感觉了。这病，得的也值。"

我看梦欣一眼，说："别瞎说了，还没听说谁没病想着得病的。"

"真的，这是我的真心话。我就觉得这病得的值。"梦欣说着，眼神情满意浓地望着我，一双眸子似秋水般的深。我将头低下去加快速度扒饭。

将梦欣送到宿舍中，扶到床上去躺下，拉开被子，替她盖好。我又去给他倒水准备喂药，拎起暖瓶，里边没有水，空空的，就又到厨房去，拧开了煤气，烧了一壶开水，灌进暖瓶里，然后倒了一杯开水，重扶她起来，喂她喝下了药，重扶她躺下，掖好了被子。梦欣说："谢谢你了。看把你忙的。"

"没事，这有啥累人的。"我说。

梦欣就说，"你走吧，陪了我一早晨了，也该回去了，下午你还要上班。昨天就为我的事跑了一天，今天又是一早上，肯定单位的一些事情都耽搁了。"

我就只好说，"那我就走了。你自己照顾好了你自己，有什么情况，给我打电话。晚饭你咋办？"

"别管我了，你走吧。针已经吊过了，我睡上一觉就会好点的。说不定，明天就能去上班了呢。"

我要走，梦欣突然从被子里伸出手来，抓住了我的手。我明白她的意思，将头凑上去，在她的脸颊上亲了一下，梦欣还是不松手，一往情深的眸子怔怔地望着我，我就伏下身去，又一次地吻了她的嘴唇……

回到家，安静已经从她家回来，问我中午咋不回家吃饭，也不打个电话告诉家里一声。打电话，也不接——去看梦欣之前，我就将手机关了。我说手机没电了，外边一家单位的人找上去办了件事，完事后就在他们那儿随便吃了个午饭。安静也不深问，就揶揄我："你这官当的不算大，应酬可真是不少。以前是晚上不间断地有应酬，现在连中午也不回家吃饭了。你要是当了国务院总理，可能一日三餐，餐餐都得在外边吃。"

我就笑着开玩笑，"可不咋的，不但一日三餐在外边吃，还得到外国去吃呢。你看看电视上的报道，国家领导人不就老在外国吃饭？吃饭，其实就是领导干部的一项很重要的工作方式与内容，你懂吗？所以说，你和你爸的观念都得变。以后我要是不回来吃饭了，你别老让我解释是什么饭局，每次都解释，把人都弄得烦哄哄的。这顿饭的内容与上顿饭的内容，它餐餐都不一样，有些饭局就解释也解释不清楚。"

睡完了午觉，打起精神去上班，我办公室门上的稿件袋里，果然已经被塞进了好几份需要我审的稿件。我取上它，走进办公室去，顾不上象往常那样，沏一杯清茶，就直接坐在案头审起来。处理完了稿件，就到了开编前会的时间，去到会议室，和老彭、老汪、老李，还有各编辑部、记者部、夜班部、校对组、印刷厂等一干人马，讨论明天见报的报纸情况，大到版式安排，广告的比例，头条的筛选，小到具体每一个版面上的一些具体稿件。有一篇下边新闻通讯员写来的关于某基地一个处长婚外恋发展到半公开化地同情人同居引发法律诉讼，最后被以重婚罪起诉的稿子，老汪的意见是这样的事情现在是太多了，没有必要大惊小怪，简单处理了，将稿子大加删节，标题也做小一些，放在后边版面的报屁股上。老李则不同意老汪的观点，说现在正因为这种事情太普遍，严重败坏社会风气，才需要我们媒体出来匡扶正义，痛斥这种寡廉鲜耻的丑恶现象，净化我们的社会环境。所以主张将稿件放在一版标题做大，面且要放在报眼的醒目位置。老彭则左右不定，不肯表态。这时候，人们的目光就都投向了我，似乎拉我一票得到支持。我心里就联想，老李和老汪是拿这篇稿子在较劲稿子以外的事情。之前，我就听胡小杨在我耳朵里吹过风，说老汪常常前半夜打完麻将，后半夜就宿在他那相好的家里。弄得老婆也没折，因为麻友们都替老汪遮掩着骗老汪老婆。明明打了半宿，说是打了个通宵，明明麻局常常就设在老汪相好家，但却骗老汪老婆说是在别的谁谁谁家。害得老汪老婆整天疑神疑鬼却苦于抓不住真凭实据。但抓不住真凭实据不妨碍她三天两头地找到老彭处告状，老汪老婆吸取了上次的经验教训，是"清君侧"，反贪官不反皇帝。

说老汪之所以不思悔改，都是让那个狐狸精给迷的，其实老汪本质是好的。让老彭只是私下里劝着管着敲打着点老汪就行了，千万别弄上边去，让总公司领导知道了，影响到老汪的前途。可怜天下老婆心！老彭骨子里是个老好人，听了老汪老婆的，也只是私下里敲打敲打老汪，没有将事情抖到上边去。但是，没有不透风的墙，老汪老婆来找老彭多了，事情还是曲曲弯弯地传到了下边一些人的耳朵里。只是老汪还以为大家都还不知道他这事罢了。

我此时既不想得罪老汪，也不想在众人面前让老李觉得我不支持他，心里挺为难。上次为出书的事，就已经对他有所得罪，我不想为与自己没干系的事上再惹他一次，想了一下，折中说："李总编说的有道理，是也应该放一版显要些的位置。不过，我手头今天处理的几篇稿份量都挺重的，也需要在一版重要位置安排，所以一版版面今天特挤。"我就将手中的几篇稿子标题念了一下，然后说："我的意见是把那篇稿放到三版社会新闻里去发头条。"老汪老李见我表态了，就都不再吭声——世界上好多事情的结果，其实就是人们利益相互妥协的产物。

开完了编前会，我回到办公室里，就接到了姜婷婷打过来的电话，说中午临下班时就给我曾打来过电话，办公室没人接，打手机，也关着。我心想，那一刻，我可能正和梦欣在街上的饭馆里吃饭呢。姜婷婷再一次地叮嘱我晚上可不能再失约，有要紧事情跟我相商呢。

我心想，能有什么要紧事，还不是想见我了，找个托词而已。年轻姑娘如果陷入情感中，爱上一个男人，会很投入，甚至于不顾一切，她们往往没有上了点岁数的女人那么理智，这些，我在报刊杂志上看到的多了。想到刚才编前会上老李对这种事情那一副嫉恶如仇的嘴脸，我心里有点儿怵起来。可是，就象那吸食了毒品的大烟鬼一样，只要尝了第一口，就躲不了第二口。和姜婷婷已经有些日子没见面了。那青春靓丽的脸蛋和迷人的魔鬼身材，对一个中年男人的我来说，还是有相当的吸引力的，特别是她那红红的，似樱桃一般鲜嫩欲滴的小嘴，更是让人迷恋。人真是个贱物，就象喝酒，每次喝醉了都后悔，说是下次绝对不多喝了，甚至发誓今后再不沾酒了，可是，几天不喝酒，再见了酒瓶，就觉得比见了娘还亲。每次和老婆干完事的瞬间，都觉得，没意思，又伤了一次身子，下次一定隔时间长一点。可两天和老婆没有那事，又口焦心痒，急不可控，重新搞事时照样如狼似虎的饥渴。和姜婷婷亲嘴之后，我就觉得有点儿不对劲，人家是一个大姑娘，自己是一个中年汉子。虽然在对方遇难时帮了她，可却躲不了乘人之危之嫌，所以当时也发誓跟姜婷婷接触不能关系太密切了，嘴亲了就亲了，只此一回，下不为例。更何况，我心中还有个心仪的红颜知己梦欣在身旁陪着。可是，当时信誓旦旦，也许前几日是忙事情，现在忙完了，一想到晚上又能跟她见面了，又能跟她在饭桌和舞厅里享受一番那梦幻一般的浪漫，我的心就又激荡起来，有一种第二次渴望亲她那樱桃小口的欲望。虽然嘴唇上此时还留有与梦欣吻过的感觉。我这会儿还有一种细微的体验就是，什么东西，不管它多么珍贵，一但得手，就马上贬值。虽然我一直渴望吻一下梦欣，可是，当昨天傍晚这一吻出其不意地突然得到后，当时还特兴奋，有一种偷情的欢娱——什么东西偷偷得到时，总是让人兴奋与刺激，——一觉睡醒后，那一吻的新鲜刺激感就淡了一些。今天中午再吻梦欣时，就又淡了一些，就象是在品沏入二次水的茶一般。反而姜婷婷的那一吻在眼前更清晰和强烈起来。人啊！上顿吃过了米饭，下顿就想换个口味吃一顿面条！

　　凭我的直感，姜婷婷不象报刊杂志上报道的那些死乞白赖非要拆散别人家庭的那种女孩。她只不过是看我这个人不错，对他挺实在，而且帮了她一些忙，心存感激，再说，自己也在北京很孤独，我们又是老乡，所以对我有一种依赖感。如果她是那种女孩子的话，早在娱乐宫里给我洗脚时，可能就主动向我发起进攻了。就是凭着她几次给我洗脚，都很本分，后来一听她是为了攒学费才来洗脚房的，所以我才对她有了好感，也正因为我也没有象一般的客人那样向她动手动脚或出言不逊地提出什么要求，所以我们才彼此之间建立了相互的信任，从信任发展到朋友，又从朋友发展到现在这样比较密切的朋友。所以，一拿起电话，听到她那清脆的声音，婷婷的面庞与身姿就在我眼前还原了。面对着窗外红红的太阳，一抹阳光透过窗玻璃，折射在办公室里的一盆君子兰的花蕊上，呈现出七彩光谱，在我眼前幻化成姜婷婷的笑靥……

　　我心里祈祷着下午千万别再有事，顺顺当当地去赴约会。越怕鬼，鬼就越找上门来，离下班还有约半小时，我都做好了下楼去的准备，想先到老丈人家去点个卯，再去找婷婷。近一段时间，晚上几乎就很少在家中吃过饭。老丈人和我过把围棋瘾的企图变成了奢望。老是在脸上和言语上表现出来。丈母娘还挺向着我，说老丈人，"你赶紧写你的回忆录，老粘着人家一凡不放。人家是上班的人，当着领导，哪能跟你比，天天三个饱，一个倒地吃喝等死。"

　　老丈人就训斥老岳母娘，"你瞎搅和个啥？那回忆录早都整理完，交到出版社马上书都印出来了，你吵吵个啥？"

　　岳母娘就说："你不是还要出第二本，第三本吗？什么跟王震将军剿匪啦，会战在克拉玛依啦，你给我说的一套一套的，连每本书的名都起好了，还说是什么回忆三部曲，咋不见你写，都是嘴上的劲。"

老头子被憋得脸红红的，挥着手道："以后我与一凡的事，你别瞎掺乎，你懂个啥？你以为那出版社是你们家开的。"

老岳母就挖苦老丈人，"噢，还知道自己半斤八两。"

我就拦住老两口的嘴仗，说："得得，妈你别挤兑我爸了。你让我爸写，只要写出来，那出版社虽然不是我们家开的，你看我给咱爸出得了。"

"听听，听听一凡咋说的？你老婆子就是门缝里看人。"

人老了，是不是家家都这样，吵吵吵！自从我与安静结婚以来，我就发现，他们老两口老是象两只斗架的鸡。一个说东，另一个就要非说是西，常常为些鸡毛蒜皮的事争来争去斗嘴仗。斗来斗去，一个话题引出另一个争斗的话题，将那话题扯上好几道弯，绕到了跟刚开始争吵时毫无联系的事情上，最后，转了一大圈，又重新绕回到先前争吵的话题上。我听得又好笑，又觉他们的争吵很无聊啥意思也没有。我就心想，人老了，是不是都这样。

我脑子里正回味着老丈人与丈母娘毫无意议的争吵场面，胡小杨进来了，说刚才杨处长打过来了电话，他要做东，回请我们一顿，说是有来不往非礼也。还说我老丈人没退休时还曾是他的老领导。那天忙了与熊经理老头谈出书的事，他也就退居到陪客的位置没好多打扰。说今天晚上，让把老领导请上，我们几个再好好聚一聚。我脱口而出，"这都是你胡小杨精心设计的吧？"整得胡小杨一惊。我继续说，"看你上次酒宴上跟杨处长拉咕的劲儿，两人成朋友了吧？"

胡小杨脸就红了，笑笑说，"真是杨处长的意思。人家可是诚心实意地请你。我们可千万要给人家个面子哟。"

我摆手说："改天，今天是绝对的不成。我另有约会。"

胡小杨就小声地神秘问道："是不是去见林梦欣？"

我一怔，敷衍道："你胡说啥？我是去参加老范省里来人的一个约会。老范早晨来电话交待了的。这事彭总都知道。我早晨去机场接的人家。"

胡小杨就谲诡地笑笑，不再吭声，半天，才说："那我就回复人家，定在明天晚上？"

我想了想，说，"可以吧，但你不能把话给人家说死了，免得临时有啥其它事情，挺被动。"　　胡小杨就出门去，我又叫住了他，告诉他，"小林病了，你知不知道？"

胡小杨就眨巴下眼睛，道："我能不知道吗？总编你别忘了她是我表姐。"

"知道就行了，你走吧。"

打发走了胡小杨，我正要脱开身走人。老彭又推门进来，说："正好，还有点时间，刚才我手头有点事情，这会闲了，好不容易老汪老李也都在，我们把早晨说的那几个同志入党转正期到了的事情议一议，很短，也就是走个形式。这事情已经拖了很长时间，不能再托了，拖得那几位同志都有了意见，说想缴党费都缴不成，将来入党日期究竟从什么时候算？我想也是，这关系到这几位同志的切身利益。开完以后，我们几个到机关小食堂里聚一聚。大家相互间勾通勾通感情。一班人好长时间没坐在一起吃个饭了。我看老李跟老汪两个，近来矛盾还挺不小。看刚才编前会上两个，表面上是为篇稿子，可其实说的啥，谁都清楚。"

我赶紧推托说："彭总，实在是对不起，早晨我接待的那位同志，约好要请有关部门的头头脑脑晚上吃饭，是我牵的线，我必须得去坐陪。改天吧，改天再议。这可是老范交待了的大事，耽误不起。"

老彭只好做罢，说，"既然这样，那你就去吧。别耽误了范省长交待的大事。我只好再给那几位同志解释解释，本来，我是给人家答应了的。拖不过今天。"

四

晚上，我如期前往婷婷所在学校门前的那家酒店，婷婷早在门口站着等着我。还是那么一身红衣装束，只是脖颈处系着一条白条丝巾，头发前边留海处，别着一个蜻蜓式的小纷红发卡，显得跳皮又活泼。还是年轻呀，我心里感慨，想到了那句"女为悦已者容"的俗语。进到饭店，随她来到一个小包厢，说是中午给我电话确定后，就提前来此定下的。坐下来后，我随便问，"啥事？"

姜婷婷欲言又止的样子，说："没事，就是想见你了跟你吃个饭。"

我信了她的话。一会儿，菜上来了，酒也打开了。她吩附站在身旁的女服务员小姐说："你出去吧，没啥事了，需要时，我再叫你。"

打发走了服务员小姐，姜婷妨婷就笑吟吟地问我："那天回去后，咋给你媳妇交待的？"

我才想起那天晚上口红抹到脸上的事。我说，"当时擦干净了的，我媳妇没发现。再说回去后，她都睡了。"

"你媳妇没审你，那么晚回去，干什么去了？"

"我晚上经常有应酬，她也习惯了，一般也不问。你问这些干什么，来，喝酒。"

婷婷一边跟我碰杯，一边说："我怕给你惹麻烦。"

我笑笑，开玩笑说："怕给我惹麻烦就别请我来吃饭呀。"

婷婷不自然道："人家是真心那么想嘛。"半天，才又补充道："真的，我一点也不想破坏你的家庭，可是……人往往就是很矛盾，想的和做的不是一回事。"

"我理解你的意思，别说了，来，让我们喝酒，干！"我举起酒杯来。

姜婷婷今天特能喝酒，每次都将酒杯的酒喝干了。我起初没有反应过来，后来发现也已经晚了。婷婷喝多了酒，人显得特别的昂奋，嘴里不停地反复重复那几句话，"哥，我的好哥哥，好大哥，我今天，不是今天，从那天晚上开始，我就一直特，特高兴。可是，给你打电话，约你出来，几次你都没能来。把我都急死了急疯了要不是你的嘱咐，我真要闯到你们单位去找你。来北京快两年了，遇到的男人也不少，但全是王八蛋，都一个个色狼，和我交往，都是居心不良，想占我的便宜，包括给我们上小品课的老师。那家伙一次找个借口说单独给我授课，先是撩逗我，后又对我动手动脚，我都忍了。觉得得罪了他对自己不利。可一次，他把我骗到他宿舍去，说是让我看什么教学观摩片。我信以为真去了，原来那哪是什么观摩片，纯粹就是黄色录象。看得我脸红心跳，他就上前来抱住了我要强迫我，我一边挣扎一边呼叫，他才放了我。从那以后，他对我就鼻子不是鼻子眼不是眼，尽跟我找岔，罚我。每次的测试也给我的分打得比别人低，你说可恨不可恨？"

我就感慨道："你一个人在北京混，可真是不容易。"

"老天有眼，让我碰上了你。你真不知道我这些天心里有多高兴！天天都想见你可就是见不上你，心里抓肝挠心的。我和那两个人将屋子收拾了一番，几个人还买了酒做了一桌子菜，庆贺了一番。她们两个追根问底，非要让我告诉她们，这房子究竟是从那里租来的，房主是谁。我遵照你的吩咐，忍了再三没告诉她们。她们把这个月的租金都缴给了我。"说着，就要掏皮夹子。

我问："你干什么？"

婷婷说："转给你呀，我的租金你可以不要，她们的租金你不能不收吧。"

我拦住了她，说："你直接交给我以前的岳父。明天我给他打电话，让他去取。"

婷婷就摇摇头，道：'世上象你这样的好人真是少见，难得。你原来的妻子，她咋就能想到跟你离婚呢，是不是脑袋进水了？"

我心里自是一番感慨。

婷婷又要问我和惠芬的结婚离婚经过，我说："那都是过去的事了。人都死了，就别提它了。"

婷婷就又好奇心特强地说："那就给我说说你现在的妻子。我特想知道。"

我淡淡地说，"没啥可说的，上次在饭桌上你不都问了嘛。"

"嗯，人家还想知道得更详细点。说，她是不是长得挺漂亮，比我咋样，年轻吗？"

我心想，女人咋都这样，沉默不吭声，真不好回答她。

婷婷见我不吭声，就转过话头，问："你那天说的话还算数不算数？"

"啥话？"我明知故问。

"你那天说我们是啥关系？"

我有点窘，说："当然是大哥哥与小妹妹的关系。"

婷婷就不满意地说，"你耍赖，那天你在跳舞时都保证了的，我们的关系要胜过一般意义上的哥哥与妹妹。"

"好好好，依你，你说啥，就啥。"

"这可是有本质的不同。"婷婷坚持说，见我不响应，"咋，你有点勉强，后悔了？"

"没，没，可，我是有家的人了。"我狡辨道。

婷婷撒个娇，道："人家答应了的，不破坏你的家庭。北京这么大的。我只请求你，过上几天，陪陪我就行了。嫂子她从哪里能知得到？"

我再不肯声了。婷婷就撒着娇偎上前来，将两只酒杯斟满了。我说，"再不能喝了，你已经喝得有点多了。我们去跳舞吧。"

婷婷呶着嘴道："嗯，不嘛，人家想跟你喝杯交臂酒。"把胳臂抬了起来，等着我。我知道婷婷的意思，只好端起酒杯来，伸到她弯着的胳臂里，我与她两眼对视着喝完了酒。

婷婷将头依在我的肩上，不肯离去，眼睛火辣辣地看着我，要让我给她往嘴里夹菜喂她。我就只好顺从地拿起筷子，给她往嘴里夹了两片生黄瓜。我看她已经是不能自持了，就说，"我们走吧，跳舞去。"

婷婷说，"不嘛，就在这呆着，我这会儿感觉特好。"就静静地在我的肩头上爬着，无限满足的样子。我偏头看一眼她的脸颊，被酒烧得红红的，象胭脂一般，便忍不住地低下头去，吻了一下。没想到，她一下子翻起身来，双臂箍紧了我的脖颈，就将嘴唇贴在了我嘴上，使劲儿地亲了起来。我也下意识地搂紧了她的细腰，迎合着。两人正热吻着，服务员小姐却冒失地闯了进来，见状，挺尴尬地欲退又止，问："你们的拔丝香蕉现在上不上？"

我和婷婷急忙脱开来，婷婷整理着自己的头发，我镇定一下情绪道："上就上。"

小姐出去了，婷婷埋怨道："真扫兴，让她没事不要进来不要进来，她还偏偏进来！"

我笑笑说，"人家不是有事嘛，问我们现在要不要拔丝香蕉。"

过了一会儿，小姐端着热乎乎的菜盘和一碗凉水进来了。我说，"来来来，赶快吃两口。晚了就揪不下来了。"

婷婷说："不行，我一口都不想吃了。"

"那你点那么多的菜。好象还有一个清蒸鱼呢。"

"没事，剩就剩了。你们公款吃喝不也每次剩那么多。今天我特高兴。也铺张浪费一次。"　　　　　　"完了我来结，不让你结。"我说。

"那不行，今天是我请你。"

我说："没事，我开了也能报销。"我想到了当会计的梦欣。

吃完了饭，我们又去了上次去过的那家舞厅。被外边的风稍稍一吹，婷婷清醒了一点，也能和我晕晕乎乎地跳舞了。她几乎是偎在我怀里，象个面条一样，由我紧搂着她，不然就能滑倒在地板上。

等"温馨一刻"时，婷婷又拉我起来，到舞池中心去，借着黑暗的掩护，她似整个身子都贴在了我身上，我双手搂着她的纤腰，她的双臂搂着我的脖颈，我们长久地吻着对方，等松开了口，婷婷将脸贴到我的颊上，小嘴对在我的耳朵上，轻轻道："待过两天晚上，我将她们两个打发出去，你到我房间去……"

"去干啥？"我装疯卖傻。

婷婷小拳头在我肩上打了一把，"你说干啥？讨厌！"

从舞厅出来，送走了婷婷，我浑身象一块炭火在燃烧，酒精的力量，加上刚才婷婷的暗示，撩得我心痒痒儿的，其实，在和婷婷一道喝酒跳舞时，我一边欣赏享受着婷婷所带给我的欢愉，一边心里一刻也没忘了梦欣。这会儿，我特别急切地想见到她。我打了辆的，没有回家，而是去了梦欣那儿。

我一敲开门，梦欣出现在我面前时，第一句话就是："我猜就是你。"

"为啥？"我一边进门，一边问。

"不为啥，再不会有别人现在来找我。而且，我肯定你今晚要来。"

我又问："你凭啥以为今晚我一定来？"

梦欣看我一眼，"不为啥，直觉。"

我问："你病好些了？"

梦欣说："你一来，我病就好了。"

"药吃了嘛？"

"吃了。"梦欣一边回答，一边借着月光，摸到床边，重新躺到床上去。我跟了上去。嘴上说："开关在哪，我去把灯拉开。"

梦欣拉住了我的手，"别，就这样，挺好。"闻到了我身上的酒味，说："又到哪去喝酒了？"

我没解释，借着酒劲，说："我想亲亲你，可以吧？"

"想亲你就亲，你昨天又不是没亲我。"

我就将头埋了下去，梦欣一边昂着脖子迎接我，一边手就搂住了我的脖颈。我亲着梦欣的嘴，一边又颤动着嘴唇轻轻问，"我还想……行不行，答应不答应？"

梦欣就整个身子软了，一句话也说不出来。我一边亲着梦欣，一边腾出一只手来，伸进被子去，又伸进裙子去，伸到了梦欣的裤头处，钻进去，在那中心地带摸挲着。此时梦欣已经不能自持地左右滚动开身子，嘴里开始呻吟，我撩开被子，三下两下拽掉梦欣的小裤头，将裙子掀起放到她的胸脯上，就爬上了梦欣的身体。让我有点儿耽忧的以前那种尴尬局面就压根没有再现——底下那玩意特争气，威武雄壮得似戴着个钢盔的将军！当我进入梦欣身体的一刹那时，梦欣浑身一阵痉挛，就软软地瘫在了床上，任我折腾。我说过，我喝上点酒半醉时，性能力是最强的。我控制着节奏，和安静结婚后，已经积累了相当的性经验，疯狂一阵，当快要喷射时，就放缓了频率，等能控制了，又加快节奏，反复循环了好几次，才最后喷射了。其间梦欣在我身子下边，一阵一阵地痉挛，一阵一阵地呻吟，在透过粉窗帘从外边射进来的一丝月光下，我能看到她那张脸在变形，扭曲，似极度痛苦状。当我泄了之后，她仍旧紧紧地箍着我，不肯放开我。几乎箍得我喘不过气来。我此一刻，就特别同情起梦欣来，她肯定已经在这方面饥渴很久很久了。就那样，她静静地箍着我，我静静地爬在她身上，两人好长时间都没说一句话。渐渐，我发现我嘴边有咸咸的液体流进来，我伸手往上摸摸梦欣的眼睛，湿湿的，我才知道，梦欣哭了。我吓了一跳，问"咋了你？是不是我动作太厉害了？"

下边低声回答："不是。"

"我起来吧，压着你了，你还有病。"

梦欣仍不松开紧箍着我的双臂，声音细得似蚊子在叫："不，搂紧我！"

我就乖乖地一动不动地紧贴着她的身子。

半天。梦欣才开口说："今晚上，别回去了，就睡我这，行吗？"

我点点头，说："行。"

"明天你咋给你那位交待？"

我想了一下说："我就说在去房山喝酒，玩晚了，对方拦住不让走，住下了。"

梦欣就又将我搂紧了，道："我不管你编什么慌，你老婆不来找我麻烦就行了。"说着，就嘴凑上前来，亲着我的嘴，一边亲，一边说"没想到，看你也不是膀大腰圆的那种，可劲却不小。"　　　"咋样，刚才？你叫唤什么，是不是把你弄痛了？"

梦欣微笑着不吭声。

我想起一句戏言，说有些女人，白天端庄娴惠似淑女，晚上大胆风骚如妓女。看梦欣平日里庄重沉稳凌然不可侵犯的样子，到了晚上，也变了模样。但我又能理解梦欣，毕竟和丈夫离婚好久，得不到这方面的滋润，肯定也是被压抑，饥渴得厉害。过了一会，因梦欣箍紧着我，我下边又有了反应，又二次提刀上马。这一次，我将梦欣的衣裙全部剥光了，也起身将自己身上的衣服全部脱光，结果，比第一次的时间还要持久，动作还要疯狂，甚至不顾她还在生病，把她当个物件似地搬来搬去，一会儿拽到床沿，一会儿拽到床中，一会儿翻到面对面，一会儿又让她背对着我，一会又把她抱在了自己的肚皮上……完事之后，弄得两人都精疲力尽地躺在了床上。

梦欣就问："你是不是平时和你老婆也这样，花样咋这么多？"

我老实回答，"没有，绝对没有，这玩意好象是天生的。无师自能通。我以前，从来没有这样过。我向天发誓。你不要把我想成个在这方面很放浪的人。我曾经……"我欲言又止。

梦欣就扑上前来，搂抱住我，"我明白了，你是真心地喜欢我。"

躺了一会儿，唠了会儿闲嗑，我就说："我还是走吧，该干的实质性的事情也干完了。你也有病，我若呆在这，你也睡不好觉。"

梦欣就说："还不是怕回去不好给老婆交待。"

我不置可否，说："真的，我走后，你好好休息吧。刚才也把你给折腾坏了。"

“想走就走吧，腿在你身上，我拦你也拦不住。”

我便起身来，穿衣服。梦欣就说，“你真走呀，天这么晚了？”

“还是走吧。你好好休息。”我说。

“出门时，把门给我关好。”梦欣语气中带着些失望的情绪。

我听着这话咋那么耳熟，出门来，便使劲地想，最终想了起来，这不是许多年前，从那章什么红艳家出来时，她追屁股扔过来一句话吗？我感慨地摇摇头，在马路上自言自语，“人生，真它奶奶的不可捉摸！”

五

回到家，已经很晚，安静早已经睡了。我轻手轻脚地洗漱完，又轻轻地上床去，想别把她吵醒了。我刚钻进自己的被子去，安静就象个猫一样地钻进我被子来，吓我一跳，我说，“你没睡着呀？”

“你进门的时候，我就醒了。干啥去了，这么晚才回来？”

我回答：“再能干啥。老范省上来了个人，让我招呼一下，那些下边来的人，可难缠，吃完喝完，又支起了麻将桌要打麻将。我只好陪着他们玩了两把。”

“行呀你！你什么时候又学会打那玩意了？”

我回答：“常在场子里混，看也看会了。你问问，现在当头头的那个不好这一手？老汪隔天岔五就打通宵。”

安静就再不问什么了，可是，她那手却不老实起来，放到我身上摸挲起来。我躲了过去，说，“才几天时间……？”

“几天，你说几天？都一个星期了！”

“哪有那么长，我记得也就是三天前的事。”

"你再好好算算，你这烂记性。"

我细细一算，可不咋的，跟媳妇干完那事已经整整有七天时间了。安静见我不吭声了，就手又下边不老实起来。我又拿走了她的手说，"明天，明天再干。今天我实在是太累了，没兴趣。"

安静有点儿不高兴了，说："我算好的，今天最有可能怀上。这两天是我的排卵期，我们结婚都多长时间了，你咋就不着急呢？让你上我们医院去检查检查，可你就是拖着不去，我妈都问过我好几次了。她甚至还怀疑你那方面不行，说她最近才风风闻闻地听人讲，你和你以前老婆离婚，好象是有这方面的原因。"

我惊诧道："那你是给你妈咋回答的？"

"我给我妈说，我们在那方面好好的，说你在那方面还挺强烈的呢。你别听旁人那些咬耳根的话。"

自己的隐私让丈母娘窥了去，我有点脸红，说："以后我俩之间的事，别给你妈乱说，让我到你家去，见了你妈多不好意思。"

安静在被窝里打我一把，"我妈她都是过来人了，还不知道是咋回事，有啥不好意思的？我都给我妈说了，我排卵正正常常的，我们的夫妻生活也过得很美满。为啥就怀不上，肯定是你的原因。我妈就说让我爸劝劝你，到医院去查查，可我爸他就是不开口。为这，我妈还和我爸干过架。我妈说我爸大事情上不管不问，整天就追着你的屁股下围棋，那棋盘上，能蹦出个孙子来？你说我妈急成啥了？你还稳稳的不当回事。当心惹恼了丈母娘，撺掇着我把你给休了！"

我心想，谁休谁还说不准呢，但哪里敢把这话说出口，就说："明天吧，我今晚是实在太困了，就想睡觉，明早醒来，成吗？”

安静失望地将自己的小手挪回去：“人家等了你一晚上！”

五更天，我被尿憋醒，上完厕所，重新躺到被子里去时，安静就也起来去上厕所，上完了厕所，不去钻自己的被窝，直接重又进了我的被窝。我只好强打起精神，第一次象完成一件硬性任务似地翻起身来，去敷衍安静。此一刻，我想到了当年插队时，那被鞭稍子赶上在磨道里推磨盘的驴。当进入安静身体后，我一点兴奋的感觉都找不到，从来没有体验过如此乏味的性生活。草草完事之后，就将安静搡出了自己的被窝。安静似乎很有点伤心，说：“等了你一夜，就等了你这么个结果。还没有两分钟。咋能怀上个孩子？等这几天过去，又得一个月等。”

“亏你还是个医务工作者，孩子是以时间长短来怀的？你爸你妈怀你时花了多长时间？”

“反正我觉得，时间长点自然就希望大点。”

“时间短了还生出个痴呆不成？”

“你那个臭嘴！”

我不吭声，再不跟她斗嘴，只顾困我的觉，实在是太乏了，就象当年背麻包上了一趟粮垛一般的感觉。

第二天上班，我就给梦欣打过去电话，问她身体咋样。病好点了没有，我怕昨天晚上那样的折腾，把她病给整重了。果然，梦欣在电话里就低声说，好象昨晚又着凉了，今早上整个身子重得起不了床。我心想，不行，早上还得陪她再去打吊针。刚这么想着，电话响了，是姜婷婷打来的，约我今晚到她房里去，说同屋的那两个昨天让她打发到北戴河玩去了。得明天才能回来。我手拿电话张口结舌，半天说不出一句话来，婷婷在那头问，“你咋了，咋不回话。”

我才反应过来，搪塞说，“今晚，我们总公司的人事处长要请我，我必须去，昨天就说好了的。"

婷婷在电话那头有点儿失望，半天，说，"那就中午过来，我等着你。"

我又说，"不行，中午也过不去。"我又编了个过不去的理由——将老范所在省上来人的谎又拿出来编了一遍，说，"前两天就是陪着人家。昨天晚上都是硬挤出时间来才去和你约会的。"

婷婷想了想，就说，"那你晚上应酬完过来，我等你，咋样？"

我吱吱唔唔回答，"可能，应酬完就很晚了。不一定能行，我得回家，我媳妇近一段时间把我看得紧的厉害。"

我知道婷婷的目的是要干什么。我昨天和梦欣实在是事情做得过劲，今早晨又伺候安静一次，亏空得厉害，觉得肚子里的肠子都被揪出去了的感觉。就是个杨贵妃送到自己面前，也受用不起了。这时候，我才深切地体味到过去那些早夭皇帝们的苦衷，真是祸福相寄。再者，面对面见着婷婷时，我被她青春的形象所吸引，控制不住地跟她贴贴脸，亲亲嘴，甚至也少不了有那方面的欲望。可是，一但离开了她，我脑子就冷静了下来，感觉我内心真正喜欢的还是梦欣——所以，虽然和梦欣认识得比婷婷晚，却关系发展得异常的快，义无反顾地就和她有了肌肤之欢。对婷婷更多的是把她当还没成熟的小妹妹看待。再者，如果自己把持不住，真的和她也粘上床上的事情，那局面就太难控了，年轻姑娘不象结过婚的人，好冲动，万一整出点啥事来，我这两年得来的这一切，还要也不要？不敢彻底跟她放开来乱整。再者，我总觉得和她那样，良心有愧，好象是在糟践人家，对不起人家父母。所以，我对婷婷既喜欢交往，又对她的热情有些躲闪。

婷婷听出我的态度来，只好吭一声放了电话。我感到她有些赌气。心想，气就气吧，也只能这样了。以后和她交往是交往，但绝不越过这一底线。

我正想要小郑的车过来，去梦欣那儿，老彭进来了，说："咋样，你今早晨没事吧。我们抓紧把昨天说的那几个预备党员转正的事议一议，还有，将明年的报纸征订的事也落实一下，看今年谁下去跑。"

连续三天，老彭约着开会，都被我以老范交待的事为由推掉了，今天实在是不好再推了，只好答应。我给胡小杨打了个电话，让他到我办公室里来，交待他坐上小郑的车去拉梦欣上医院打吊针。

开会讨论完了几个预备党员转正的事后，会议进入下一个议题，谁去跑今年的报纸征订工作。按惯例，自打报纸创办以来，每年到十月份，都要由报社一位副总编以上的头儿领上办公室主任、会计等一干人马，前往各省油田去征订报纸。说是征订，其实这项工作平日里，都是由记者站的同志们承担。事先早都跟下边有关部门做了下一年的征订工作。上边再派人下去，只不过起个督促作用，以显示报社对该项工作的重视。具体也没有多少工作量。下去只是吃呀，喝呀，转呀地拉拉关系。前年是老彭亲自领着人下去的，去年是老汪。按理说今年应该是老李或我去，老李说他爱人最近身体不太舒服，小孩又要高考。我就说，那就我去得了。其实我内心里巴不得老李推脱了由我带人下去。因为我那诗集出版社已通知了，这两天就印出来了，正好可以乘着这次报纸的发行，推推自己那本书。还有重要的一个原因，梦欣作为会计，是必须要跟去的。那就等于是带着相好用公款游山玩水，而且一路上都有人好吃好喝地接待，那将是多么令人惬意的。开完了会，我就给出版社朱主任打过去了电话，问诗集的出版情况怎么样了。朱主任说已经全部印出来了，这两天给我办公室打过好几个电话没人接，打了几次手机，都关着。让我赶快去出版社一趟。我放下电话，又给胡小杨去了个电话，问梦欣的病咋样了，这会儿去医院了没有。胡小杨说他们这会已经在医院，大夫正在给梦欣扎针吊瓶。我就嘱咐胡小杨等梦欣扎上针了，跟小郑就回来，陪我上出版社去一趟。

胡小杨和小郑回来后，我和他们一道坐车去出版社。朱主任先在自己办公室里给我们沏茶让烟，又让人去取来几本样书。我拿在手里一看，装帧得还挺象那么回事，满漂亮，心里就很欢喜。毕竟自己是中文系毕业，年轻时就喜欢诗歌。现在终于有了自己的一本诗集。是值得庆祝的事情。接着，朱主任就叫来了出版社发行部的有关人员，和我们商量书的具体发行渠道。事先讲好的，由他们给全国各新华书店少量的批一点，点缀一下就行了，多了下边也不要。大部分由我们自己销售。在之前开记者会时，胡小杨都跟各省记者打好了招呼，具体的细节也都早谈好了。胡小杨就拿出早都列好的单子，让出版社管发行的同志，按着单子上的地址人名和数量发就行了。谈完了事，朱主任非要留着吃中午饭，怎么也推不了，只得从命，就找了家出版社旁边的小饭馆，随便吃了个便饭。饭桌上，朱主任将诗集又大加恭维一番，说写得确实是不错，有好几首还很出彩，只可惜是晚了十年，要是在八十年代出来，肯定会红遍全国云云。胡小杨也就跟在一旁摇车，说我在报社四个总编副总编中，是文凭最硬，水平最高的，下一任总编非我莫属云云，我心里虽然很腻胡小杨这样见人就吹捧我，但也不加阻拦，吹吧，反正对我又没有坏处，也会增加对方对我的尊敬。但我心里清楚得很，朱主任是想勾住我这条鱼儿不放，之所以要请我吃饭，是还有企图。在饭桌上，他就提了出来，说我们报社成立也快二十年了，明年好象就是二十年大庆，现在好多单位搞大庆都要出本纪念册的，除过给每位职工发一册做纪念，还可以给外边的相关单位与人员赠送。？　我客套两句，说自己是副总编，这事还得回去后跟总编请示。胡小杨就又在旁边说放心，张总编是咱的常务副总编。我们总编他本来今年就应该退了，可是，因为其它原因，勉勉强强再干一届，所以，对我们张总编几乎是说啥是啥。我就又数叨了胡小杨几句，说他夸大其词。朱主任就说，既然是这样，那就下个星期，抽个时间，将你们彭总也请上，我们上个高档的酒楼，再坐一回，把这事认认真真议一议。我妨于人家刚给我出了书的面子，不好推脱，便说，"行倒是行，不过，我可能下个星期就要带人下去搞报纸发行。一去，就得一半个月的。"

没料想朱主任极积性很高，说："那就不在下个星期天了，就这两天，咋样？我们争取能在你走之前，就把这事给定下来。"

我看对方象把鼻涕，只好说，"那我看看吧，关键是彭总编，他得同意才成。"

吃完了饭出来，胡小杨就悄悄给我说，看这家伙热心的有点儿过度。听说现在出版社现在都搞创收，谁拉的业务，根据印刷量的大小，本人得的奖金也大不一样。"

"可以理解。"我一边翻看着自己的样书，一边心不在焉地说。

胡小杨见我心思不在纪念册的事情上，而是在自己的诗集上，就将自己手中的一本递过来，道："总编，你给我在上边写几句话，签个名，我拿给亲戚朋友看，也自豪。"

我就将胡小杨递过的诗集接过来，想了想，在上边写了"小杨老弟惠存几个字。"感觉真是有点儿不错。胡小杨一看我称他为老弟，喜出望外，忙将书双手接过去，细细观看，小郑也忍不住了，将书递过来，说，"总编也给我签个字。"

我接过小郑的书来。打开扉页，写上一段话："你是我的司机，但首先是我的朋友。"

小郑接了过去，一看上边的话，情绪都受了影响，方向盘没把牢，车子扭了一下，几乎撞上一个骑自行车的老者，当即就表衷心："总编，你以后，有啥事，尽管吩咐，虽然我只是为你跑腿的，说难听点，在以前社会，只是你的个轿夫。但只要是总编的事，你三更叫，我绝不五更来。"说得我心里热乎乎又乐滋滋，一瞬间，多少年的诗兴又发了。灵感上来，莫名其妙地想到了刘禹锡的那首著名的《陋室铭》的韵味，在肚子里合了一首——"位不在高，占着就行；权不在重，握着就灵。斯是小吏，惟吾独尊。谈笑有'蛾眉'，往来皆宠幸。可以天天赴饭局，下歌厅。有美言之悦耳；无忧烦之劳形……"

我都为自己能一瞬间就编出这么一段来的才能所震惊。想了想，艺术创作的源泉来源于生活，一点都是不假，没有切身体会，我绝不可能两分钟不到，就诌出这么一首来。我当然不能念出来给他们两位听了，只是会心地笑了笑。胡小杨问我："总编你笑啥？"

我说，"笑刚才朱主任在饭桌上那副吃相。"

离下午上班还有一段时间，我让小郑直接送我到丈母娘家。安静也在，一家人刚刚吃完了饭。我将自己的诗集交给他们看，乐得安静抱着它看了又看，不肯释手，喜滋滋地说，"我今天下午就带到医院去，让我们那帮同事们看一看。"

老爷子则将书接了过去，说："你先别带走了，让我先下午细细瞅瞅。"

老丈母娘就又跟老头子抬起了杠："你快让静静拿走吧，你看什么？我还不知道你那心思，还不是想拿去给你那几位死老头子们显，看我女婿多有本事，出了书。”

一句话把老头给噎恼了，“我就是想去显，咋的？这是大好事，又不是什么见不得人的事。过几天，我的书也要出版了呢。那时候，我还要大显特显。气死有些人。”

丈母娘就笑哈哈道：“你出了书，我气啥？你真是神经了？”

安静就拦架道：“别吵了别吵了，你们两人总是这样，没完没了，逢事便吵。过不到一起，离婚得了。本来是一凡出了书，大喜事，你们却也为此事吵。好好，我下午不带了，留给我爸，他爱自己看自己看，爱去拿给谁看给谁看。”才将矛盾平息下去。

老丈人就说：“怎么才带回来一本？”我说这只是样书，过两天，让胡小杨去多取几本回来。老爷子说，“对，到时候，我还要拿它给我的朋友们送几本。”

我说：“爸，你甭着急，你的书我问了，也就没几天，就出来了。”

老头就乐哈哈道：“到时候，我们全家一起去一趟全聚德。把你哥嫂、姐姐一家人全都喊上。”又想起了什么，说，“对，今天，你就得请客。就今天晚上，我们全家走。”

我急忙说“今晚不行，你怎么忘了。今晚你的老下级，部里人事处的杨处长要请咱。”老头才一拍脑门道：“看我，都乐糊涂了。”

老丈母娘就又抬上了杠：“你不是以前老嫌一凡应酬多，你现在咋也没完地应酬起来了？”　　　　　　“该应酬的就得应酬你懂不懂？死榆木疙瘩脑子！”

“好了好了，又要吵吵！”安静不耐烦地叫道。

下午上班，我就将朱主任说的事去到老彭办公室给他讲了，彭总编征求我的意见，我说：“总编你看行就行，你说不行，我就给他回绝了。”

老彭手摸着下巴思忖一阵，道："也不是不可以考虑。"

回到自己房里，胡小杨已经在那里坐着，见我进来，说，"杨处长刚才给我打过来电话，让我们千万别忘了，又去揽下别的应酬。"

我说，"不会的，答应了的事情，怎么能再去别处应酬。我给我老丈人与我老婆都讲好了。"

六

晚上，我和老丈人一家，加上胡小杨，前去老地方接受杨处长的宴请。杨处长今天由陪角变成了主角，和上次大不一样。活跃得很，话也很多。我和老丈人是打的去的，杨处长在饭店门口迎着，立马双手迎上前来，跟我老丈人，老丈母娘、安静、我依次地握手，张口一个老领导，闭口一个老领导，把我老丈人叫了个乐。反回头去夸他什么后生可畏，现在才年轻轻，就当上了处长，以后，前途无量。说自己在他这么大的时候，才刚刚从农垦转业到克拉玛依油田当个宣传科小科长之类。杨处长就又谦逊几句，说是自己的成长离不开老领导的培养云云。老丈人就问，"没有啥事，吃个啥饭？"杨处长就说，没有啥事，就不能在一起吃个饭？说自己想老领导了，上次吃饭时遇上老领导，心里就有了请老领导吃个饭的想法。

饭桌上的气氛轻松又愉快，大家伙都放得很开。席间，杨处长少不了和我老丈人忆一些当年在一起工作时的事情。说到动情处，老丈人就握住了杨处长的手，"小杨呀，象你这样还记着我们这退休老头的人，机关里可真是不多了哇。上次我上机关劳资处去查一下我的工资情况，哎哟那个小丫头片子，脸吊着不耐烦的样子。"

杨处长就说："你看看你，你打个电话给我，我就给老领导查了，还用你亲自跑一趟。再说呢，有啥事你给张总编交待一下，他不就啥事都给你办了。"

老丈人就说，"其实去查工资也只是个借口，主要是想上单位去转转。这人一退了休，心里空荡荡没着没落的，总爱回想过去上班时的好，老想回到单位去转转，可又不能啥事没有空去转，就找个借口去转。可是，每次去都惹一肚子气回来。那个小丫头片子不过是表现得比较明显。其它的人，见了你，也客客气气的。但，话说不上三两句，我看就心不在焉了，没耐心了，一边和我唠着，一边手上就开始干开别的事，明显的不想跟我唠要我走的意思。有的甚至借口去到别的办公室，好长时间都不回来了。所以，现在我也再懒得去了。哎，以前人家说人一退休，就人走茶凉，我还说那些老头太嚼劲，轮到我自己，感受真是太深了。"

杨处长就真诚地说，"老领导你下次再到机关上来，别处哪也别去，就到我办公室里来唠。我就是当时正开着会，我也要将那会立马给解散了陪你老唠，要唠多久唠多久。"

喝过吃过告别过，我们一家子往回返，安静问我，"你们今天吃这顿饭是个什么名目？好象也没个啥具体的由头。"

我就笑笑说："没个具体的由头就不能吃个饭？杨处长不是说得明白，是好长时间了，想咱爸了，所以请咱爸吃个饭。这不就是由头？"

"感情你平时，大部分饭局，都是象这样的由头？"

我笑笑："你咋那么叫真？你以为非和你举办婚礼那样，才请人吃饭？"

安静打我一把，"去你的蛋！"仍旧纳闷，"这个杨处长，我爸上班时，也没听说过和咱爸关系有多近乎。我从来都没听老爸提起过。过去跟爸好的那么一大帮子，好几个都是我爸给介绍入的党，提的科长、处长的，也没见请我爸一请，怎么这个以前听也没听说过的什么杨处长，倒请起咱爸来了？”

老爷子就有点儿火："那帮人，都是一群势利眼！我刚退休时，隔三岔五，还来看看我。现在，哼，年头节下都不来了。势利小人。还怪我，眼睛不亮，不能识人。我要早知道有些人的嘴脸，我当初绝不会介绍他们入党，提拔他们一个个当科长，处长。倒是这个小杨，还记着我。其实在他当初入党、提科长上，我并没有使过多大劲，没有阻拦倒是事实，一切都是按程序走的。那天在酒桌上见了我，就想到今天请我吃饭，人情哟，世界上，真正有人情味的人还是大有人在。你别看今天人家只是请我这退休老头子随便吃个饭，意义绝非只是一顿饭，这反映出一个人的品性的高低。”

老丈母娘又跟老丈人干上了，而且一语中的，"你别上纲上线了。噢，过年过节不上你家来看你，不象今天这样请你吃饭的人就是势利小人，请你吃个饭，就人品高得不得了？我咋看，这顿饭，人家也不是冲着你来的。咋看咋象是冲着一凡去的。没有一凡，你看看人家尿你不尿你！”

老爷子一下子脸憋了个通红，半天噎得说不出一句话来。

安静就埋怨她妈："妈你说话怎么总是这么尖刻！你把我爸气出个好歹你就心里舒服了是不？”

老丈人手捂着胸口半天一句话也不说。我赶忙儿出来打圆场："妈你不了解情况。据我所知，杨处长这个人，挺念旧的。今天这顿饭，他就是真心实意地要请咱爸，你别往歪里去想。人家冲着我什么，我是个正处，人家也是个正处，犯不上溜须我。”

　　送完了老丈人，往自己小家走的路上，安静还是挺纳闷，"你说说，那个杨处长，平白无故的，他为啥突然就想到要花上几百块钱，请个我爸？"

　　我笑笑道："你怎么又扯出来问，烦不烦？机关上都是这样，有时候，闷了，找个由头几个人搓一顿是常有的事。你以为他杨处长是掏他自己的钱？吃完后，你们在前边走了没在意，我可是注意到了，他在总台上结帐时，要了张票呢。"

　　"你整天在外边吃吃喝喝，是不是好多都是这种没名堂的吃喝？如果是这样的话，以后，我就再少让你出去了。以前我还以为你出去吃喝都是有些啥大不了的事情。刚才听你的意思，原来，大多数吃喝才都是这样的。"

　　我不得不摊牌，"刚才是跟你逗着玩呢。你以为平常的吃喝它就没名堂？没名堂中它包含有名堂。就是一个办公室里的人闷了，去吃喝一下，它也有它的名堂，懂不懂？去吃一下以前和吃一下以后，人与人之间的关系，它就能起些微妙变化。许多平时解决不了的疙疙瘩瘩，它就能在饭桌上化解了，你信不信？老彭还说要我们几个头儿哪天去酒店坐一坐呢。"说得安静若有所思地不吭声了，我才点题："你别看你老娘浑点，可她真是旁观者清呢。"

　　"咋，杨处长他今天请客真是冲你来的？"

　　我笑笑说，"那还用问？只不过我不愿意捅破那张纸罢了，装疯卖傻呗，哄得让老爷子高兴。"

　　"他为啥要请你？"

　　我故做高深地道："自己去想，我相信你的智商还不是太差，怎么这么简单的道理都不明白。"

　　安静想了一会，说："我还真不明白，你刚才不是说，你也正处，他也正处，人家犯不上溜须你。"

我就自得地说："还是让我实话告诉你吧，我的老婆哦。他杨处长是算聪明的一类人，看好我张一凡的未来，就象期货市场上那些炒家一样，提前下单呗。你想想，等到我张一凡有朝一日当了公司领导甚至更高的领导——你知道更高的领导是指那一级？这绝不是不可能，只要老范三两年能回到北京进中央，我就有这个希望——他再来请我，是不是就有点儿晚了？那时候，他就是请我，我也不一定能去了。"

"你别得意了，人家凭啥就能预测你将来如何如何？"

"胡小杨那张烂嘴，还不知把我和老范的关系吹成个啥样了，你没见那天在饭桌上，跟杨处长嘀嘀咕咕嘀嘀咕咕的。再说，我和老范的关系，全机关的人谁个不晓？"

"这个胡小杨，他老在别人那里瞎吹你干什么。"

"他吹我不就是在吹乎他自个儿？谁不知他跟我的关系？主贵奴尊呗。这个胡小杨，你可别小看了，可有心计了，我以后，都得防他一防。我发现这个人的活动能量真是太大了，你爸能今天吃上这顿饭，可以说来自于他的一手导演。"我就将这顿饭和上顿饭背后的成因简单说了说。

安静听得一头雾水。我就彻底亮谜底："其实，今天这顿饭，某种程度上讲，他是最大的受益者。"

"咋讲？"

"他现在是想方设法的利用一切机会接近杨处长。他将来的提拔，要在人家手里过一关，他也是象杨处长今天对我这样，提前下单买期货呢。"

"你们机关里，咋这么复杂，人都一个个混成鬼了，猴精猴精。这个谜底要是让老爷子知道了，伤心死了。"

我问安静："你现在还以为这顿饭有名堂没名堂了？"

安静感慨地大摇其头，回到家，上了床，似乎也对我要进行期货投资，钻到我被窝里来揶揄说，"我未来的大领导呃，让我也抓紧伺候你，等你当了高级别干部的那一天，可别把咱给抛弃了。再者，赶紧给咱怀个龙胎吧，让咱的小孩也早点享享他爸高升后带给他的福份。"？

我把她推出被窝，说："这才几天时间？"把安静弄了个不好意思，背过了身子去。

我看着可怜，安慰她说，"我这两天感到自己身子骨有点疲劳，可能是天天应酬的缘故。明天吧。"

"明天明天，明天复明天，有多少个明天？你现在是不是对我没兴趣了？看你刚结婚时，狼一样的，一晚要折腾人好多次，现在可好，一个星期都不碰我一下。照这样下去，什么时候能怀上孩子？让你到医院去查查，你又拖着总不去。"说着，竟然有点抽泣的感觉。可怜兮兮的样子。我只好强打精神，搬过她身子来，勉强想上去做一把，被安静一把打脱了，"去你的，我是你好哄的！"我也就罢了。刚才在酒宴上，我借去卫生间，曾给梦欣打去了个问候电话，并告诉她自己的书已经出版了，样书今天也拿到手了。梦欣听了很替我高兴，倒好象是她自己的一件喜事似的，说自己吊过液体，下午感觉好多了，听了这个消息，就更感身子轻多了。因为这书是她联系的，而且是她一手帮我整理出来的，可以说，里边也凝聚着她的心血。而且，我们又是刚刚云雨过后，她的兴奋之情在电话中溢于言表，本来今天晚上就要让我过去，知道我今晚有应酬脱不开身，说无论如何，明天晚上必须到她那儿去，她要做一顿丰盛的饭菜庆贺我诗集的出版。到时候，肯定还要在酒足饭饱之后，重温一下鸳鸯戏水的旧梦，我得养精蓄锐，哪里能提前泄洪。好言安抚了老婆几句，安静也不买帐，我就不管她了，一个人躺在被窝里去，就得意地想：妈的，这日子似天天在过大年，自己的感觉咋就象个皇帝似的，每天需要翻牌来决定，该跟哪个妃子困觉。连姜婷婷那样青春年少的大姑娘，想跟自己来一腿，竟然几天了都排不上队！

第二天一上班，就接到婷婷打来的电话，问我单位上事情忙完了没有，能不能腾出时间来，上她那儿去一趟。我问她她那两个室友从北戴河回来了没有。她说最晚，今天晚上就该回来了。电话那头的话音，有点儿沮丧。我又一次地推脱，说自己如何如何忙，昨天陪客人几乎到下半夜，没睡够觉，这会儿眼睛还都粘乎乎的，这不，又得出去帮他们去跑项目。说这人，估计可能再呆三五天才能走。那头，婷婷失望地压了电话。我也放下电话，惊讶自己现在编起谎来，舌头都不带打结，非常顺畅地就将个谎编得很圆，简直无隙可击。

放下电话，老彭进了我的房间，对我说"我昨天考虑了一下，纪念册的事不妨就做一下。反正也就是十几万块钱的事，也不是个大数目。你再跟那头联系一下，落实好了，我们这边就上会。""　我就说，"这事需要上啥会，还不是你总编一句话的事。"

"哦，要定一下，程序还是要走的。别让老汪老李有啥想法。"

这个老彭，总是这样，谨小慎微，每办一件事，象个小脚女人，没有魄力。难怪老李老汪瞧不起他。我回答："好好好，上会就上会。出版社那边真的没一点问题。我跟他们很熟。"

"你还是再打个电话联系联系。把他们那头都有哪些个具体条件，弄清楚了。"

我只好给朱主任打过去电话，朱主任没想到事情进展的如此之快，在电话那头，就连声"好好好"，并提出来要跟老彭见个面，说就今天晚上，由他坐东，就定在某某酒店，到时候他亲自上单位来接我们如何如何。我本来想着晚上与梦欣的约会，想推了它。可是，老彭却在一旁说，"也行，先见见面就见见面。"我还想用老范省里来的人还需要我应酬来推托，但是已经编了两次，实在有点儿再编不下去的感觉，怕露了馅让老彭心里对我产生想法，就只好答应，给那头回过去了电话。待老彭前脚走后，我就赶紧给梦欣去电话说实在是抱歉，这边让老彭粘着去见朱主任，去不成她那儿了，等明天吧。

晚上，朱主任对我和老彭两人特别的客气，要的菜也比上次请我和胡小杨小郑时要高档得多。我也能理解，毕竟之前是请我一个副总编，今天是请总编，所谓看人下菜碟。而且，以前为我出诗集是公对私，油水不是很大。而今天则是公对公，公家的大油缸里蒯一勺出来，咋得都比从私人身上刮一勺汤肥得多。

在酒宴上，老彭问得仔细，朱主任回答得认真，跟老彭事无巨细地讲了好多出版纪念册的有关步骤与相关事项，直说得口干舌燥，对老彭的每个提问，都给予非常详尽的回答。而且还随身带来了一大摞以前给别的单位做过的纪念册样本一一呈给老彭过目。两人看上去谈得十分投机，将我晾在一旁。我心想，这事肯定就谈成了。吃完了饭，朱主任还想把我们俩邀到歌厅里去呆一会。老彭岁数大了，不好这个，也就算了——请过客之后，老彭却和另一家出版社签约去印纪念册，将朱主任着实耍了一把。朱主任为这气得不轻，大骂老彭熊玩意不是个东西，通过老婆的嘴传到了梦欣的耳朵里，梦欣又转给了我。我猜老彭那天纯粹就没有真心想将出纪念册的事交给老朱去做，只是来一番火力侦察，打探清楚了行情，才好跟另一家他靠得住的出版社讨价还价。那是一家搞得很活的出版社，我想老彭在其中没少吃回扣。通过这件事，我认识到过去真是小看了老彭，自己跟他一比，简直城府浅多了。等他底下把啥事都办妥了，才在编委会上走了个过场，找了个茬说老朱那家出版社要价高，装祯质量也赶不上后来这一家云云，为了显得清白超脱，还将一切事宜全交给胡小杨去打理——此是后话。

从饭厅出来，我给梦欣打过电话去，问她干什么。她回答说，"没干什么，就是在等你。"一句话里包含着多少潜台词！本来今天是说好这边有应酬不去了的，没想到这么快就结束了应酬，梦欣的话一下子就调动起了我所有的想象与激情。刚刚喝罢酒的我，象头铆足了劲的公牛，急匆匆要到梦欣那里去发泄。一推开门，我就将梦欣一把搂过来，揽进了怀中。我亲了她两下，她半推半就道："哼，酒鬼，又喝得醉熏熏的。"

我开玩笑道："喝得醉熏熏才好伺候你呀，说老实话，这两天想我不想？"

梦欣向我飞个媚眼，低声说，"美得你！"

我就一把抱起梦欣来，走到她床边上去，我急匆匆地扒她的衣服，梦欣埋怨我，"慢点，你冒冒失失的，把我的衣服都给揪坏了，这衣服九百多块钱呢。"一边自己动开了手。

我不屑地说，"有啥大不了的，撕坏了，我给你买一千多的。"

"钱，钱的，你俗不俗？"

我不吭声了，加紧帮着剥她的衣服。脱了下边，我又伸手去脱她的上边，一边说："全脱了，象大前天那样！"

"你还挺会折腾人的。那天，我本来感冒都快好了，又让你给折腾重了。"

我一边脱了自己的衣服，一边说，"那天给你打的是青霉素，没有做皮试，你过敏，所以你的病加重了。今天我给你打一针先锋霉素，特效的，打过之后，你肯定就能彻底好。"

梦欣噗哧笑出了声来，"你咋这么下流！还是个总编！"

"总编咋了，总编他也是人！"

我说着把梦欣掀翻了……

第二章

一

过了没两天，我和梦欣、胡小杨，就坐着小郑开的巡洋舰出发了。这一趟先去的是东北。汽车穿越山海关，在辽阔无边的松嫩平原与白山黑水间奔驰。天空蓝天丽日，白云朵朵，地上色彩绚烂，一片秋日的丰收景象。每到一处，都有驻站记者招呼，一下车，往往就是先住宾馆，然后就是当地企业管宣传的书记和部长宴请，事情往往在餐桌上就大致定了下来。第二天再由驻站记者领着，找有关的财务部门落实财务转帐。再剩下的更加具体的事情，就留给驻站记者等我们走后慢慢办理。所以，征订工作说简单轻松也简单轻松，除过在路上奔波，一天中主要的内容就是上顿下顿地跟下边的头头脑脑们喝烧酒。一场酒喝得愉快不愉快，直接决定一个地方多订或是少订一定数量的报纸。

在一家油田跑了三四天，晚上吃饭时，油田的书记非要粘着与梦欣划拳喝酒，并且夸口说，"只要你跟我划了这六拳，我就做工作，让今天你们跑的那家企业多订你们一百份报纸。"

我一听，就撺掇梦欣，"划，就权当你为报社做贡献。"梦欣听我发话了，推脱不了，只好硬着头皮跟那位书记划。结果，赢了两拳，输了四拳。我要代喝一杯，那边的书记坚决不让，说是要代了，他说的话就不算数了。结果，就逼着梦欣将四杯酒全喝下了肚。结果那天梦欣就有点醉了。喝完了酒，那位书记又要拉着我们下舞场——三四天中，书记几乎天天晚上要拉着我们下舞场。我说梦欣有点儿喝多了，让她回去，我和胡小杨、小郑与他们去舞厅。书记哪里肯，没办法，梦欣只好晕晕乎乎地跟我们进舞厅。一进舞厅，书记手下的人早在那里等着，立即就吩咐上果盘、饮料，又象往常那样，招呼一帮油田招待所的服务员们过来，坐在我们周围。

前几天晚上吃饭时酒喝得少，今天大家都有点儿喝得大。舞曲开始，喝得晕晕乎乎的我们几个，就一个个被主动上前来邀请的姑娘们拉着下了舞池。人一喝了酒，行为也就很难得到理智的控制，加上现在舞厅里的灯光都整得很暗，难免将姑娘们搂得紧点。跳着跳着，我咋就猛地发现小郑将姑娘带到一个不被人注意的角角里时，猛不防地亲了人家一口。我心里就有点儿不高兴，这个小郑，回去得说说他，要注意自己的形象，出来可是代表着报社，不只是你自己！

那位书记专就瞄上了梦欣，一场接着一场地邀她，再不跟别的任何姑娘跳，我心里就有点儿不舒服。而且，越跳到后来的舞曲，他越将梦欣搂得紧。可是，我也没脾气，这是在舞厅，就象在足球场一样，可以有合理的冲撞。再说呢，光有你的人将人家的姑娘搂抱的紧紧，甚至还有小郑那样的搞一些不检点的动作，就不允许人家多和你带来的人跳几场舞，将你带来的人搂得紧点？想是想通了，可就是心里不舒服。这时候，我才发现，梦欣在我心里，已经占有了很重的份量。我觉得我是深深地爱上我的这位红颜知己了，超过了爱我媳妇，不然不会有如此的感受。

跳完了舞，书记送我们回宾馆时，兴冲冲地说，"明天我给另一家企业也打个招呼，让他们也多订你们一百份。"

我客气地说，"那就太谢谢书记了！"

书记就又说："你们最好是再留上两天，我再给你们联系几家二级企业。我们这么大一个油田，可挖的潜力大着呢。随便努力一下，就能给你们扩大几百上千份的征订量。"

"是嘛？"我说，"要是那样，我们可以考虑再留个一两天跑跑。"

回到了宾馆，洗漱睡觉前，我到梦欣屋里去，说："今天那位书记，给人感觉挺粘乎你的，跳舞时，把你越搂越紧。你是不是被折腾得够呛？喝了那么多的酒，真是难为你了。确实是为报社做贡献了，回去后，我要给老彭说，让报社奖励奖励你。"

梦欣看看我，欲言又止的样子。我问："你想说啥，咋又不吭声了？"

"他想跟我……"

"干啥？"我感到有些意外。

"他想跟我……"

我吃一惊："他是不是对你……？"

"他说他一见我，就特喜欢我，想要跟我交个朋友。还说他过后要上北京去找我。"

我愣住了。梦欣继续说："他老婆去年得癌症死了。"

我半天，才说："难怪他场场都粘住和你跳，还拖着不让我们走。"

"其实，他前几天跳舞时，就对我那样，只是你没太在意。我感觉他今天晚上要向我说些啥，所以，我不想去了，你硬要让人去。"

"他还对你说了些什么？"我敏感地问。

"他不知道我跟你的关系，叮嘱我千万不要告诉你。说他在北京有两套住房。还在一家弟弟开的房地产企业和朋友开的一家工厂里有他的股份。要是答应了他，其中的一套我现在就可去住。说他方便得很，三天两头的上北京。以后，退休后也要落脚北京……"

"他知道你现在是单身？"

"前几天跳舞时他问过我，我给他说了。"

"那你是咋回答他的？"

"我咋说，只是礼貌地听着。我怕我说话不当，影响了报社的发行工作……"

"他是不是就以为你听进去了？"

梦欣不吭声了。我慨叹一声，说："明天就走，赶快离开这个是非地。"

"他真要过后到北京找我咋办？"

"你自己看着办。"我气咻咻地说，气愤地骂道："咋这么没德性。那几百份发行量我们不要了，明天一早就走人。"

出来后，胡小杨和小郑蹿到我房来，我就说了明天要走的意思。

小郑肯定和那个跳了舞的姑娘已有拉扯，胡小杨估计昨天也没老实，两人就使劲劝我再呆一天，劝得我火起，"呆什么呆？明天就走人，要去的省份还多着呢。"

小郑与胡小杨吓了一跳，不明白我被梦欣叫到她房间去了一会，出来后，怎么就发这么大的火。我心里愤愤道：你们一个个倒好，亲了摸了人家姑娘，这会儿可能都兴奋地回味着当时的情形，沉浸在喜乐的回忆中，哪里知道我心中的不快！

第二天一早，书记听说我们要走，前来送行，一再的挽留，"说好的再呆一两天，跑两家企业的，怎么说走就走了呢？"

我还得装着啥事没有的样子，客套地说，"回来后大家伙议了议，还有好多地方等着我们去跑呢。这么大报社，也不在乎那一百二百份报纸的，抓紧回去还有其它工作要忙。"

书记就万分惋惜的样子，说，"就一两天时间，你们也不能多呆，结果少订几百份报纸。”

……

二

　　到了新的一个油田的记者站，驻站记者都早在路口迎候着，到了以后也是先寒喧，住宿，接着就是去定下的餐厅吃饭。吃完饭又是去歌舞厅里跳舞唱歌。老实讲，以前我还觉得奔波了一天，喝完吃完后，再到歌舞厅里唱唱歌跳跳舞，挺好的，既疏发了酒气，又愉悦了身心。可是，自昨天发生那件事后，我就对喝完酒再去到舞厅有了一种本能的抵触。世上真是没有无缘无故的爱，也没有无缘无故的恨，景随心动，一点都不假。刚开始，对方吃饭前，就提出来，说喝完酒后，去歌舞厅再耍耍，我就借口坐了半天的车，跑累了，想早点休息，明天还要工作婉拒了。可是，等喝完了酒，对方又提了出来，而且说那边什么都准备好了，连陪舞唱歌的姑娘都找好了——又象昨天一模一样的程式，就象是克隆出来的一样。说几位姑娘都是招待所的服务员。正经姑娘，不是社会上的那种小姐。对方态度殷切可期，我再斜视一眼站在身旁的胡小杨与小郑，两人急得跟猴似的，就等我发话了开步走。二位毕竟是我的哼哈二将，我还得照顾了他们的情绪，再回头望梦欣，她好象无所谓的样子，去也成，不去也成。驻站记者与对方管宣传的书记与宣传部长，还有宣传科长，秘书一干人马都立等着，我不能拂了人家的好意，也就勉强同意了：“那就去吧。少玩会儿。”胡小杨与小郑一听我发话了，马上脸露喜色。急忙招呼大家上车。

　　来到一家歌舞厅，坐下，马上就有人端上几大盘水果、瓜子与饮料。几个穿戴打扮光鲜的姑娘也围了过来。对方马上就给她们一个个介绍："这是张总编，这是胡主任……"姑娘们就矜持地点头应答。舞曲开始后，又是对方的姑娘陪着我们几个跳，梦欣则又被对方管宣传的书记搂了去。一朝被蛇咬，十年怕井绳，我一边毫无兴致地搂着对方的一位姑娘跳舞，一边则眼睛不停地睨着被对方书记搂着的梦欣。其实这位书记不同于昨天那位书记，在饭桌上不拘言笑，给人挺老实的印象，但我还是有点儿醋。

等新的一支舞曲开始奏响时，大家又都去下了舞池，梦欣又被那位书记请去了。一位姑娘请我跳，我则推说烟没抽完，婉拒了。我一个人一边抽着烟，一边觑着梦欣和那一位搂着他跳舞的书记，心里想着事情，再没了跳舞的心情。

舞会结束回去后，我又到了梦欣的房里，醋醋地问，"今天这一位咋样，没提出跟你交朋友？"

"没有。"梦欣回答。

我刚要说些其它的话，梦欣却又说："可是……"

"可是什么？"我警觉地问。

"有点儿不规矩。"

"咋了？"

"手不老实……"

……

我心里还搁着一件事，只因梦欣遇到的这些性搔扰，搅得我心里毛躁躁的，顾不上办——

临来的前一天晚上，我才抽出时间来去会了一下姜婷婷，在老地方吃饭，在老地方跳舞。也许是一个人想得到什么，却总得不到，就越想得到。她约我出来，我几次都推说有事，不能前往，特别是那一次她有意支走两位室友让我到她那儿去，我都没去，婷婷就有了想法，总觉得是我有意在躲她。她越是有这种想法，见了我就越显兴奋激动，说话时，声音都有点儿发颤和语无伦次。我就感觉，这丫头片子是认了真。我们吃了饭，也跳了舞，在吃饭时，又玩了喝交臂酒的老花样。在舞厅"温馨一刻"时，也搂在一起亲了嘴。亲嘴时，她双手勾着我的脖子，狠劲地嘬着我的嘴唇，我就发现，她是真真切切地爱上我了，而且程度还不轻。我虽然对她也很喜欢，但她毕竟是一个黄花闺女，我都多大的，又有家室，特别是在单位那头还有个梦欣。所以，我心里还是有一条底线，时时提醒着自个儿，不能跟婷婷玩得太过火。所以，婷婷那么真情实意地邀请我去她那儿，我都推着没去。可是，心里想的是一回事，等和婷婷喝起交臂酒，又在"温馨一刻"，将她青春的肉体紧紧地搂贴在自己的怀抱中，嘴上感受着她那鲜红的樱唇小嘴传递过来的火热激情，我就有些招架不住。一边亲吻着，婷婷就一边埋怨上了："你是不是不愿和我关系太好了，躲着不想跟我见面？"

我遮遮掩掩，"没没，我确实是忙，前几天，一点也脱不开身。"

婷婷将小嘴一呶："我不信，我就是不信，我看书上讲过，说是邱吉尔，就是二次大战时的那个英国首相，为和情人约见，将正在开着的会议都停了。一个人，要想见他的心上人，再忙再忙，他都是能抽出时间的。"

我无言以对，半天，才开口说，"我确实有顾虑，你看你，这么花季一样的年龄，可我。都多大了……"

婷婷夸张地摇着头，"我不要听我不要听。爱情是可以不受年龄限制的，世界上有多少这样的事例。我们最近上的课，好莱坞的那些大导演，哪一个不……"

"可是，我已经是有家室的人了。我是不可能和她离婚的。"

"我之前不是对你保证了吗？我们之间是我们之间，你和你妻子是你和你妻子，我绝不破坏你的家庭。"

我说，"事情没发展到那一步，你看报纸杂志上报道的，这方面的事情有多少，到最后，都弄得是鱼死网破的。"

"你放心，我和她们不同。爱一个人，就是让对方感受到幸福。我觉得我俩现在这样，我很幸福，我想你也会和我是相同的感受。这就够了。"

"那你以后呢，总得有自己的归宿吧？"

婷婷嘴一撇，不以为然道："这都什么年代了，你真是老脑筋。什么归宿？我觉得我现在感情上就有归宿。"

"可是，可是……"

"可是什么？别再自寻烦恼了，我还有正经事求你呢。"

婷婷所说的正经事是：一中介介绍她去在一部电视连续剧中扮演个次要角色，条件是得让她给剧组拉来十万赞助。婷婷说这是一个难得的机会，决定着她毕业后的前途。所以，想来想去，虽然挺难张口，但还是得向我张口。我有点儿挠头，十万元，可不是个小数目，觉得此事确实有点儿给我出难题。可是，婷婷又补充说，"不是白要十万，到时候可在片尾打上出资企业的名称，就等于是做了个广告。"

经婷婷这么一补充，我心里有了底，一口答应，说，"行，这事包在我身上，我过几日就要去东北搞报纸征订，到时候，一定为你找到一家赞助企业。"

婷婷就兴奋地一把搂紧了我的脖子，将自己的小嘴重新重重地按在我的嘴唇上，狠劲地亲吻着，一边说："你真好，等我将来成了明星的那一天，我一定好好的报答你！"

我笑笑说，"只要你以后事业上有发展，我也为你挺高兴，也别提报答不报答的了。"

婷婷动情地搂着我的脖子说："知道我这会儿最想干啥嘛？"

　　我问"干啥？"

？　婷婷眸子里满含着深情："我想给你洗脚，按摩，好好伺候伺候你！"

　　就为了婷婷这一句话，我发誓无论如何，这一次来也要将此事办妥了。之前，我就想跟前边的那第一位书记提这件事来。当时确实是想再多呆一天，感情拉咕热了在酒桌再向他提。谁料想，他会对梦欣起心思，简直是往我眼里揉沙子，心里气得赶快一走了之。可遇到的这第二位，又发生了让我不愉快的事，对此人很反感，懒得和他再打交道。所以，赞助之事也就没能提及。

三

　　等到了第三个记者站，我在事先的接待宴会上，提前就打好招呼，今天只喝酒，不去歌舞厅，要喝酒，就喝个痛快，喝个尽兴。桌面上，只有梦欣一个人知道我这话的意思是什么。结果一拨人就放开了使劲的喝。喝到兴奋处，胡小杨，小郑都几乎醉了过去，只有我还比较的清醒，因为我一般输了的酒，有相当一部分让胡小杨与小郑代喝了。而对方也同样，剩下一个管宣传的书记，其它人也是醉意熏熏。我与对方书记一边唠着，一边就心里想着，话谈到投机处了，就把为婷婷拉赞助的事适时地提出来。我做出亲切状，顺着他的思路谈双方感兴趣的话题。左扯右扯，就扯到了他的儿子上，书记很是自豪，说是儿子在北京师范大学传媒专业学习，如何如何。说是明年就毕业了。我恭维他一番，教子如何有方之类，不料，他将我的手在桌子底下攥紧了，感慨道："实话对你说呢。纯粹是我这当老爹的拿钱夯出来的！"接着就悄悄给我比划，给招生的塞出去了几万，又给学校赞助了几万。又说儿子是属于花了钱进去的，与正经上了分数线录取的有区别，发的毕业证都跟人家不一样，低人一等，毕业了如果北京找不到接收单位，到时候还是得回到油田上来。书记讲着讲着，我就惊喜地明白了书记的意图，他也在跟我绕来绕去地套近乎，和我抱有相同的目的。我就沉住气，稳坐钓鱼台，对方书记一边绕，一边和我碰杯，甚至称开兄，道开弟，果不其然，最后就亮出了底牌，求我能不能到时候将他儿子留在我们报社。我故意将回答弄得模棱两可，说这事情，也不是不可以，但有一定难度云云。胡小杨虽然已经半醉地扒在桌边上，我们的谈话内容他还是听到了，就向对方吹嘘我，说："你这算是找对人了。只要我们张总编想给你办这事，绝对能成。"又指着旁边的梦欣做例证："她就是张总编一手调进报社的。"又吹我在报社虽然只是个常务副总编，但总编是个上了岁数的老头，啥大事都要找我商量云云，又将我与老范的关系摆乎一番。对方书记一听，更是攥着我的手道："我别处也再不找什么路子了，犬子就全托付给张总编了，如果事情能成了，你就是他的大恩人，让他给你磕响头。"说只要我答应下来这事，我要有啥大的事情求他，他一定帮我办得满满意意的。我看到时候了，才好象刚想起来似地说："前一阵，老家亲戚的个小孩在北京上戏剧学院，托我了件事，当时我没在意，你这么一说，我倒想了起来。"就将婷婷托付的事情说了出来。

没想到，书记一拍我的大腿。"哎呀，太巧了。你说的真是太及时了。不瞒你说，经常有各种草台班子来油田拉赞助。前几天又来了两位，住在宾馆里，天天粘我们。而且还拿着省上某某人批的条子，我看惹不起去，就把它汇报给了总经理。总经理批示让去找销售处，多少给上点打发了。我还没来得及找销售处，你们就来了，先顾了接待你们。正好办一家也是办，办两家也是办，我明天就去找销售处，你的这事情，包在我身上，绝对没问题。他们销售处本身一年就有几百万的广告费，在其它媒体上做也是做，在电视剧中做也是做。总是得花掉这部分钱的。"

一桩交易，轻轻松松地就在觥筹交错中成交了，我给对方的是期权，到时候成不成另说，他给我的却是现货。欢喜得我借口上卫生间，当即就给婷婷打过去了电话，告诉了她这一好消息，婷婷还正好就在，去家属院门房接了电话。我听婷婷激动得声音中都有了哭腔，一个劲地说，"太好了，太好了，真不知拿什么来报答你了。"

我轻声地告诫她，"你那是在门房，别胡说，让别人听了去。"婷婷这才压抑住了自己。

放下电话，我有一种很大的成就感和轻松感，全身轻飘飘的，似要飞起来的一般，觉得自己周旋于这个社会环境的能力，真是太强了。

晚上，结束了酒宴，梦欣就怪怪地问我，"这事咋没跟我讲过，你什么时候有个亲戚的小孩在北京上中戏，我怎么一点都不知道？"

我搪塞道："你也没问起我过呀。"

事情办得出奇的快，第二天书记就通知我说，事情已经办妥，让我通知电视剧组的前来办有关手续。没想到，婷婷要的是十万，书记却给她争取来的是二十万。我又将此喜讯及时传给了婷婷，婷婷激动地在电话中说："有了，全有了，说不定，我还能跟剧组讨价还价，捞到演一个更加重要的角色，我得和他们重新谈条件。"

放下电话，我心想，婷婷这姑娘，别看年轻，还挺有经济头脑的，知道待价而沽。

　　给婷婷的事情办好后，我一身的轻松，将梦欣先后遭受两位书记性骚扰的不快也扔到了脑后。

　　第二天晚上在饭桌上，书记提出说，"公事也办妥了，私事也办妥了，明天一大早你们就要开拔了，今晚上歌舞厅里轻松轻松？"

　　我一听此话，就似被黄蜂蜇了一口，神经质地回绝说，"不了不了，出来后，天天晚上都有应酬，把人整得很疲劳。明天还要赶一百多里的路，特别是司机小郑，需要好好休息调整一下。今晚说啥都免了，实在是包抱歉。等下次来，有的是增进友谊的机会。"

　　对方见我态度坚决，也就再不勉强。他可能咋也想不到，我不愿去舞厅只是为了梦欣。我怕在舞厅里再发生些什么不愉快的事情，影响了我们之间的那两宗交易。

　　驻站记者提议说内蒙古锡林郭勒人草原上正在举办那达慕大会，力荐我们去开眼，说是那儿他有朋友。胡小杨与小郑也极力撺掇，最主要的是梦欣也很想去，我就拍板决定，"去！"

　　第二天，就踏上去锡林郭勒的行程。车子渐行渐远。经过一段行程之后，进入内蒙古境内，风光马上就与刚才不同起来。放眼望去，满眼的绿色，点缀着红白黄蓝各色小花，越往草原深处行进，风光愈加迷人。蓝天白云之下，远山含黛，近水耀金。雪白的蒙古包远远近近斑斑点点地散落在如茵的草地上，锡林河，象一条铺盖在大草原上的洁白的哈达，蜿蜒伸向草原的深处。一片片的沼泽与小湖，倒映出蓝天中的朵朵棉花般的云彩。夹着花香的草原清风，吹进车窗，沁得人心脾通爽。我嘱咐小郑，放盘磁带，听听音乐。小郑遵嘱，问，"想听什么音乐？"

　　我说，"舒情的，或民歌什么的，都行。"

小郑就挑了一盘带子塞进车中的一个卡口中，马上，一位我国著名女高音的歌声，就从磁带中飞出——

幸福的花儿，心中开放。

爱情的歌儿，随风飘荡。

我们的心儿，飞向远方……

歌声荡出车窗外，在绿色的草原上，一直飘向草原深处。我们几个人不由自主地同时跟着哼哼起来：我们的生活充满阳光，充满阳光……"

我由衷地感受到，生活，真是太美好了，它对于我来说，就似一瓶窖藏多年的甘醇的美酒，让我一滴滴地细细品尝。

到驻地后，因驻站记者早都打过了电话，所以，他认识的旗上管宣传的同志已经在旗招待所等着。安排好了住宿，对方要请我们吃饭，我们谢绝了，直接就开车去草原深处的那达慕会场，因为大会已经接近了尾声，有好多精彩的内容去晚了就看不上了。经过一个多小时的行程，我们来到了当地的那达慕会场。只见这里到处是一派生机盎然的景象——会场周围，停着许许多多的勒勒车，驾车的马与牛被拴在车撑上，悠闲地啃着地上的青草。车旁偎坐着大人、小孩与穿着鲜丽，佩戴着各种饰物的年轻的或是年老的蒙古妇女。年轻的脸色红润，透着健康的美，年老的则脸色呈古铜色，缀满皱褶，映显着岁月沧桑留给它的印迹。金黄色与银白色的饰品，在明媚充足的阳光下，熠熠闪光，呈耀着她们生活的富足。在她们的身旁，放着盛有牛羊肉和各色油煎食品油果子、油散子等碗碟。还有一碗碗晾着的酥油奶茶。从她们身旁经过，就能闻到一阵阵袭人鼻翼的奶香。盛情好客的牧民们，就会举起手中的羊腿或奶茶，力邀我们坐下来跟他们一道品尝美味佳肴。我们客气地谢绝。我就感叹，"真是个豪爽好客的民族。他们这肯定是倾家出动，一家勒勒车，就是一个草原大家庭 。"陪同的人点头同意我的说法，一边不停地给我们讲述着草原的民俗风情与那达慕大会的有关情况。

来到会场中心，只见在一个四周围满人群的草场中，人声此起彼伏，里边，正在上演着蒙古民族最喜爱的摔跤比赛的一幕，随着高潮的迭起，人们的欢呼助威声一浪高过一浪。我们钻进人群中，去观看那精彩而激动人心的场面。就在我盯着草场中央的几对摔跤手时，眼睛的余光，本能地发现有一位我过去所熟悉的人站在我前边的不远处。我下意识地睥了她两眼。我惊讶地发觉自己没认错，这不是七八年前的那个乌兰托娅吗？天哪，多年不见，她几乎已经变成一个肥硕的中年女人，腰粗得似水筒，脸上的双腮也有赘肉堆下来，两个本就扁窄的眼睛现在几乎就眯成了一条缝。最初发现她的一瞬间，我几乎冲动地喊出声米，但马上，我就恢复了平静。一想到过去我与她之间曾经发生过的尴尬，和她现在这种形象，我就没有了和她相识的兴趣。我发现她胸前吊着个牌牌，猜她肯定是来采访这次那达慕的——当年她回去后曾给我来过一封信，说她在她们旗的报社里找了一份工作。我既不想见她，就想立即躲开她，就唤了自己的一拨人说，"走，这儿人太多，我们换个地方。"

我们一行重钻出人群来，换了个地方又钻进去观看。我眼睛虽然盯着场子里的摔跤手，可是脑子里，却早都在回忆过去曾和乌兰相处的一些细节，感慨当初觉得她长得还凑合，怎么现在看上去，是那么丑陋。她当年离开北京回草原时，弄得我心情沮丧之极失望之极，现在想起来，就为了这么一个女人，真是太不可思议！当年我要不是有心里障碍，在床上败下阵来，和她结合了，哪会有我今天这样的好日子，心情哪有现在这么爽！人生，真是一个谜，有些事情，过好多年，你才能验证出它的好与孬来。人的心境，随着时间的流逝，竟然会发生如此之大的变化，现在她就在自己眼前，而我却没了一点儿想见她的兴趣而躲开了她！

我们又看了赛马、姑娘追、刁羊，然后在夕阳西下，晚霞将草原涂抹上一片金辉之时，买了一些当地草原上的特色食品，在草原上席地而坐，开始了我们的晚餐。大家一边吃，一边说笑，吃完喝完，月亮上来了，整个草原笼罩在一片祥和与静谧的氛围中。不一会儿，几大堆的篝火在草原上燃了起来，每个火堆旁都围起了一大群的人，手拉着手，转着圈，一边跳，一边唱。有人还拉起了马头琴，人们和着音乐的节拍，载歌载舞，好不快乐。起先，我们还是站在一边观看，到后来，经不住当地朋友的一再邀请，也就手拉着手进了人群。我拉着梦欣的手，跳呀，转呀，觉得不是我们围着火堆在转，而是整个世界都围绕着我与梦欣在转。梦欣那白嫩而又好看的脸蛋，让火光映得忽明忽暗，平时还感觉不到什么，这会儿，在这旷野里，篝火旁，粗犷的人群中，就显得特别的美丽漂亮。我拉着她的手，跳呀，蹦呀，那次从燕山回来时坐在汽车中的幻觉就又出现了，我觉得我拉着她的手，在一个硕大而静谧的湖面上，在飘呀，飘……

一直到很晚很晚，我们才驾车回返。来到旗稍嫌简陋的招待所里，大家简单洗漱一下，睡觉。可是，我躺下去后，却久久地入不了眠，整个脑神经都还在兴奋着。不知什么时候，忽然听到有人轻声在敲我的门，我问是谁，回答声细细的："我。"

我一听是梦欣，坐起身来忙问，"怎么了？"

梦欣回答："我屋里，好象有个老鼠。"

"是吗？"我披上自己的衣服，出门去，来到梦欣房里。我问了情况，就伏下身去，观察，没有发现有什么情况。梦欣就肯定地说，"有，绝对有，刚才我都看见它了，把我吓坏了。"

我继续弯下身去寻找，半天，没有结果。我失望地说，"哪咋办？今晚上你别想好好睡觉了。"

这时候，我就发现，梦欣从身后伸出手来，把我从后边抱住了，轻轻地说："别回去了，陪着我，我害怕。"

我犹豫道："让他们俩知道了咋办？"

"累了一天，肯定都睡熟了。"

我犹豫起来，胡小杨和小郑他俩都是我身边最贴心的人，万一发现了，也不会出卖我的。再说，他俩也知道我和梦欣的关系，只是装着罢了。驻站记者被下边宣传科的人硬拉上到人家家里睡去了。怕什么，现在已经是深更半夜的了，明早我早早儿就到自己房里去，不会让他两个发现的。我再不顾虑了，出来近十天了，加上因吃醋，还和梦欣闹了点小别扭，就留了下来。相拥了一会儿，我就骚情起来，急不可耐地将梦欣抱到了床上。这一次，体验了一回与前两次在她宿舍里时所不同的感受。我惊讶地发现，在外人眼皮底下偷情，完全不同于在"和平"的环境中，竟然是那么的富有刺激，有一种冒险的快乐。什么东西，真是偷来的吃起来香。我发现梦欣也和我有相同的体验，非常兴奋，当进入无法自抑的高潮时，又不敢喊出声来，就使劲地用双手掐着我的双臂，低声地呻吟着……正在这时，我咋发现门外有响动，吓得赶快停住了动作，又用手捂着了梦欣的嘴。听了一会儿，又没了动静，梦欣悄声问我："你听见啥响动了？"

我悄悄说："可能是他俩谁起夜去上厕所。"

完事之后，我又陪着梦欣小睡了一觉，就早早地摸回到自己的房间里去。窗户渐渐有了光亮，又听见走廊里有了走动与说话声，约摸胡小杨与小郑已经起来了，才爬起身来，走出门去，揉揉眼睛，装模作样地伸个懒腰，说："哎呀，昨天累坏了，躺下就再没起来，一眨眼，天就亮了。"

胡小杨就附和："可不是，真是累坏了，尿憋得做梦到处找厕所找不到。一觉醒来，我都不知自己是睡在了哪里，想了半天，才记起来。"

我心里就犯嘀咕，这小子，特意解释自己睡得死什么意思，莫不是昨晚他发现了什么……

梦欣也起来了，端了个漱口缸子和牙具，到卫生间去洗漱，洗漱完了，出来碰上我们，跟我们点个头打招呼。我发现梦欣的眼神特别的不自然。

吃过早餐，我们告别了当地的朋友，踏上了归途。当北京越来离我们越近时，我对它从来没有过的一种特别亲切感，我耳畔又想起了那首七十年代非常流行的歌曲，啊，北京，你是各民族人民向往的地方，是当年伟人居住的地方，也是我现在居住的地方，在你的怀抱中，我得到了人生所能得到的一切。我衷心地感激你，我亲爱的北京！

四

在我回北京之前，安静给我打过去电话，说云南思茅地区发生了地震，她们医院要组织医疗救护队，赶赴救灾，安静也被医院编进了队中。我刚进门赶上她刚要出门。我去医院送她上飞机。当大巴缓缓地驶出医院大门时，安静从车窗中伸出头来向我告别，眼睛湿湿儿的，接着，一股眼泪就流淌下来。她这一动情，把我的眼圈也给弄红了。说实话，自打我们结婚，还没有怎么离开过对方。这次我去搞报纸发行，还是我们第一次分别，没想到，我去半月刚回来，她就又走了。想起和梦欣在草原上的所作所为，心底一阵强烈的愧疚，骂自己简直不是个人。送完安静，我没有坐车，就一人在街头往家走，看着满街的行人与车流，夜空中一座座高耸的大楼与闪烁其上的霓虹，我感慨人生的方方面面，真是太复杂了，真是一个解不开的魔方。人的内心的情感，也真是太微妙了。回到家中，第一次自己倒洗脚水洗脚，自己铺床拉被，才感觉到心里空落落的。及至躺在床上，脑子里根本静不下来，想到了和安静从认识到结婚的前前后后的许许多多的往事，甚至越是细小的事情越是回忆得特别清晰。我回忆到了在颐和园和她的初次见面；回忆到了从香山鬼见愁背她下山时，她在我脖颈印的那个初吻；想到了我那次晚上回来后，她给我倒洗脚水后，第一次抱着我的脚丫子给我洗脚的情形；想起有时候上班出门前，她对着镜子，为我梳梳头发，或是揪掉个衣服上的线头，或是帮我把领带拽拽，才让我出门去的细小动作；想起她给我擦皮鞋，熨衣服时的专注神情……这会儿躺在空空的床上回忆起它们来的时候，甜甜的，我觉得自己太对不起安静了，想等她回来后，一定要加倍地补偿她。我甚至想到以后，和梦欣再不能那样了。想想安静，安静一家待我的好，人心都是肉长的，孰能无情。

第二天一上班，我情绪上还没调整过来，老李就闯进门来，手里拿着我送给他的一本诗集，啧啧称道："写得好，写得好哇。不愧是最高学府培养出来的，跟你一比，我们那书，根本就不配叫书。"——出去订报之前，我曾给老李私下先送了一本从出版社带回的样书。

"哪里哪里，只是一些涂鸦的习作，过去，也曾给出版社寄过，但去如杳鹤。你那本书也写得不错嘛。我之前就说了，"

"哎，哪里能跟你这书比，不能比，不能比。"

互相吹捧一番，老李将手中的一篇稿子送到我手中，说

"我给你的大作写了一篇书评，请你过目。"

我忙将其扶进沙发里："涂鸦之作竟有劳你专门写一篇东西，不值得不值得。"

"唉，别谦虚别谦虚，好就是好，写它，花了我整整星期六星期天两天时间，我想，对这么好的诗，如果乱写一气，就是对它的不恭，对它的亵渎。"说着，就将稿件呈给我过目。

老实讲，我现在对出名不出名的不象上大学与刚毕业那阵子，没有一点儿欲望，可是，人家热心肠地要捧你，你也不好拒绝了人家，让人家热面贴个冷屁股，就装做极为认真地看了一遍。看完了，我说，"挺好挺好，不知你想往哪家报纸上投？"

老李就说："先在我们报纸上发出来，然后，再投给京城 x x 大报。那儿管文艺版的编缉里有我朋友。"

我思忖一下，说，"你觉的，在自己的报纸上发吹我们自己人的文章好不好，会不会让别人说什么？"

老李眼一瞪："说什么，有啥好说的？这叫内荐不避贤。之前老彭、老汪的那破书出来，还不是在我们报纸上大肆地吹，连篇累牍的。"

我一听老李又骂开了老彭老汪，急忙赶过去将门关紧了道："小声点，老李，不利于班子团结的话最好少说。"

老李哪里听劝，从那两个在报上自己吹自己，又扯开去，说哪次哪次，老彭将自己孙子写的作文拿来交给某某编缉编发了。哪次哪次，老汪将自己相好的一篇破散文交给哪位编辑登载在哪个版的显要位置上。越说越气愤，又深揭狠批，"你知不知道记者部去年进的小张，那是老彭的亲外甥，最近才传到我耳朵里，以前消息封锁得兮不严。"

我吃一惊，"就是那个眼睛有点儿斜的那一位？"我一下子记了起来，当初此人进报社时，几位副总编的意见都是形象上过不了关，报社毕竟是媒体，要跟外界常打交道，不象是搞学术与科研。可是老彭当时力主要录进来，说其在学校学习成绩如何如何突出，上学期间就曾在我们报纸上发表过不少小言论了，小散文了，还将一本剪贴本呈给大家一一过目。又说是某某部长推荐来的，可能是某某部长的亲戚。大家看了剪贴本，又听了老彭的这句话，也就勉强通过了。可是此人进报社后，好象写作能力并不强，让人都怀疑那剪贴本上粘的一篇篇在我们报上发表的稿子是不是出自他本人之手。这一会儿，我才有所悟，感情那一篇篇所谓"作品"，都是由老彭操刀炮制出来的。我就感慨老彭这人真是老谋深算，将事情做得如此的老道！以前只当他唯唯喏喏，循规蹈矩，谁都不敢得罪，似个东廓先生，真是大大的小看他了！我疑惑地问老李："这事情咋就传了出来？"

老李说，"还不是小张出外采访，被采访对象灌醉后吹牛乱显，让别人知道总编老彭是他亲舅。他可能觉得反正自己已经进来成了报社的正式编辑记者，没顾忌了。"

我想了起来，当时有一个眉目清秀的大学生，家在青海，无亲无靠没有任何背景，也应聘我们报社，各方面的条件也不错，结果被这位小张硬是给挤掉了。也许，此时他也和乌兰一样，在青海他家乡的小报社里打发日月。世界上的事情，就是这么不公平。人们老说在机会面前人人平等，能平等得了吗？老李攻击完了老彭，又将矛头指向老汪，"你以为老汪就老实了，也没闲着。编缉部去年底进来的小陈，你知道是他啥人？"

"啥人？"我问？

老李吼道："是他的野小姨子！"

我起先还没反应过来啥叫野小姨子，后才明白过来，老李指的是老汪相好的妹妹，我说："人家可是名牌大学的毕业生，而且长相条件也不错，业务也行。"

老李愤愤道"名牌大学是不假，长相条件与业务也行，可你知不知道她和她姐是一路货色？在大学里就不止和一个人乱搞，还堕过胎。传着说几个男人为那个堕了的胎儿争风吃醋，还大打出手。结果学校看太不象话，影响太坏，给了个记大过处分。"

我一惊讶，道："没有呀，当时在总编会上，老汪让我们每个头儿都翻看了她的档案，清清楚楚，哪有什么处分？老李你这可别瞎说。"

老李就笑道："好我的张总，难怪全报社上上下下的人都说你有点儿书呆子气。那档案是死的，人是活的，人家不能走关系改呀？不信哪天我领你到一个我朋友那儿去，他就是她们那大学人事处的，让他亲口告诉你事情的经过，老汪为了抹掉野小姨子这一处分，花了多少代价，光请人家吃饭就不下三次。"

我一边感慨着两位总编的能耐，社会的复杂，一边感叹老李的能折腾，心里暗暗发誓，有朝一日，自己当了一把手，可要坚决把老李在现在这样的位子上给拿掉，太能折腾事情了！班子里有这么一个危险人物整天琢磨别人，谁都别想安份，每日里都得神经高度地紧张了来防范他，其它事情还做不做了。心想，从明天起，就坚决与其疏远关系，再不能让他动不动就到我办公室里来拨弄是非。看起来，老彭与老汪对其肯定是烦得透透的了，我为什么把这把鼻涕要往自己身上抹。疏远了他，没啥大不了损失，无非是小心着点，别让他抓住了什么把柄。再说，只要我处理得好，我想他也还不至于与我过不去，他已经在班子里树起了两个对立面，不可能再将我也当做自己的敌人，谁也不想当孤家寡人。可是，要是将老彭与老汪惹下，那可就麻烦了，以前，我就为常务副总编的事，觉得亏欠着老汪的，经过老李前前后后几次在我耳朵里这么一吹风摆乎，我觉得这两位总编副总编在京城这块地面上的关系非同小可，要跟我做起对来，够我受的。老李的这篇吹我的稿子，是无论如何也不能让他发出去，一但发表，那就好比是一张宣言书，明白无误地向老彭与老汪宣告我与老李的结盟。不行，我得稳住老李！我心里这样想着，表面上一点儿也没表现出来，笑吟吟地说，"你将稿子留下来，容我细细研读，一切弄稳妥了再发不迟。别发表出去，又觉得哪地方不合适了就晚了，想改也来不及了。毕竟是在报上吹自己，有些话，说得太过了，我怕发表后别让人家说我什么。"

老李就大摇其头，"你呀，总是这么书呆子气。你以后恐怕吃亏就要吃到你这书呆子气上。现在社会风气都成啥样了。想当官都必须得自己跑，你这算个啥？不就是近水楼台地在报上发表文章卖卖嘴，有啥大不了的事情，瞻前顾后的。"

"哎，你还是将稿子留下来，让我细细推敲。"我说自己还出去办件事，陪不住他了，送他走，一边坚持着把稿子硬扣下了。

他哪里知道我肚子里是咋想的，前脚走，后脚我就将他那花了两天写的"大作"扔进了抽屉中，基本上给它判了"死刑"。我想好了，对其进行冷处理，尽量地往后推，实在推不了，老李催得急了，再跟他摊牌，反正一个原则，这稿，是绝对的不能发出去。

想想也复杂，世上还有不想让别人吹自己的主。这都是险恶的环境所迫，没办法的事，可惜了老李的一番好心，真是热脸贴了个冷屁股，自己还都蒙在鼓里不知是咋回事呢。

刚送走老李，我本想给安静去个电话，问个平安，并把昨天晚上躺在床上的所思所想给她诉诉衷肠——人往往失去什么，才感什么的珍贵，平时觉察不到，安静才走一晚上，我就想到她许多对我的好，想到自己对她的背叛，心里欠疚得厉害。

电话却先响了起来，我怕是婷婷打来的，犹豫一下，才拿起电话来，一听，是那位警察学校陈副校长，说是今天晚上在老地方，也就是胡小杨表哥处的娱乐宫有请，我问有什么名堂与说道，没有的话，我想告假——因为我下去一趟，天天奔走吃喝，实在是累得够呛，一是想好好养养，到丈母娘家吃几顿家常便饭，刮刮肠子上的油腻。二来也好陪着老丈人下下围棋，弥补对安静良心上的欠帐。

对方哪里肯，说无论如何必须得去，不去就是看不起他，不想跟他交这个朋友。还说让把梦欣也一定带上。我问都是哪些吃客。陈副校长说人没有上次那么多，但却很上档次，除过上次的公安部赵助理，赵主任的侄子，也是他的学生，扫黄打非办赵主任，外加一位在某国家强力经济部门当司长的他的一位姓江的老乡。还有啥说的，我只好答应。

我就给胡小杨打个电话，告诉梦欣让到我办公室里来一趟。一会儿，梦欣推门进来，见着我，有点儿不好意思，脸上露出些羞涩之情，一定是想起了前天在草原招待所深夜里的那一时刻。毕竟和她已经不是第一次了，我的态度自然得多，就将刚才接到陈校长电话邀请的事说了一遍。梦欣说她也接到了陈副校长的电话邀请，她回答去不去得由我来决定。为了缩小目标，我说了地方，让梦欣下班后自己单独直接去。她平时上班很少到我办公室来，这会儿也是如此，听完吩咐，点点头就走了。

梦欣走后，我刚想到老彭办公室去汇报这次下去订报的事，桌上的电话就又响了起来。我刚开始不想去接，但那电话穷追不舍地使劲响，响了一阵不响了，我口袋中的手机又响了起来，我就毫无疑问地猜到是谁了。我又想接又怕接地拿起了电话，果然，那头就传来婷婷焦急又情真意切的声音，"哎约，总算是把你给找着了。昨天给你打了两次手机，不是不接就是关机。"——我平时把手机来电老设置在震动上，就是怕梦欣和安静在身旁时，婷婷突然打来电话。我在电话中辨称，回来后，正好云南地震，媳妇被编到他们医院救护队去救灾，帮她收拾东西，再说，在下边跑了半个月，也挺累的，想好好歇息歇息，怕单位有事找自己，就把手机关了云云。又简单问问她近日好吗，赞助的事剧组的人去了油田没有，她换角色的事跟剧组谈了没有，结果咋样。话说了一半，婷婷就说："今晚我上你家去行吗，去后慢慢再细谈。"

我一下子挺后悔，不该告诉她安静去云南的事，急忙推托说："别别，我今晚还有应酬。"

"什么应酬，你天天都有应酬，不是不想见我找借口吧？"婷婷在电话那头有点儿生气。我就把刚才陈副校长请吃的事情说了一遍，说绝不是找借口，是真有应酬。

婷婷就在电话那头酸酸地说："你现在可是个人物哟，听听坐在一起吃饭的都是些啥人，瞧不起我们这平头老百姓呀。"

我急忙说；"婷婷你别这样说，我和你是啥关系，跟他们是啥关系？他们的官再大，我和他们也只是吃吃喝喝，相互间相托着办点事而已，也没有什么深交。我和你，可是真真切切的好老乡，好朋友。"

"那你今晚吃完饭后，到洗脚屋来，我在那里等着你。"

我又连忙说，"别别，今天人家谁的职务都比我高，话语权在人家手里掌着，人家说啥是啥，不能我想去洗脚房找你就去洗脚房，得由人家安排。"

"你牛皮呃，人家想表表心意给你洗个脚都洗不上。"

我就笑笑说："你别挖苦我好不好？等忙过了这两天，我再给你打电话，约着见个面，吃个饭。行吗？"

接着我就又细问起赞助的事，没想到，事情出奇地顺，婷婷乐滋滋地在电话中说，钱已经到了剧组的帐上，而且她已经去试过了镜头，导演对她的表演很是满意，给她换了个出镜更多的角色。婷婷乐滔滔地讲了一大堆试镜的细小过程，忘记了约见不上我的不快。我就又勉励了她一番，说这是一个良好的开端，将这一次机会抓住抓好了，说不定要不了多少年，她就能成为一颗中国影坛上冉冉升起的耀眼新星呢。说得婷婷在电话那头热血沸腾。

电话还没有打完，就听见有敲门声。我急忙对婷婷说，有人敲门了，我不能再跟你唠了，这才放了电话，去开门。原来是彭总编，我急忙满脸堆笑地将其迎进门来。老彭手里同样拿着我那本诗集。笑吟吟地说，"我看完了。其实你当天送给我，我就一口气读完了。不错，确实不错。出了书，应该庆贺一番哟，这也是个由头，几个头儿坐坐，相互沟通沟通增进点情感。本来上次就给几个人打过招呼的，你又下去搞发行了。你要没啥事，就订今晚了，咋样？？

我心里叫苦不迭。在下边吃呀喝呀的，肠胃都还没缓过劲来呢，刚刚上来第一天，这四面八方的饭局就又扑上来了，躲都躲不及！我客套两句，说多承蒙老前辈厚爱，要吃饭，也应该是由我来出钱，花公家的钱，似乎说不过去。还没等我将话说完，意思完全表达出来，老彭便将手一挥，打断我，道："你就别管了，我刚才不是说了吗？祝贺你书出版，只是个由头，主要的意图是一班人坐在一起增进一下情感。平时大家都各忙各的，缺少沟通，免不了有点疙疙瘩瘩的。"

我就说，"总编，吃饭也成，可我今天是实在有事，刚刚接到个电话，外边几个朋友有请。"

老彭就发了通感慨，"哎，要凑得大家都没什么应酬可真不容易。那就明天，我事先通知他们几个，就是再有重要的约请也要推了，先紧着自己单位的，明天，定死了，这吃饭，就是工作！"

五

晚上下班后，我如约来到胡小杨表哥的娱乐宫，找到电话中通知了的包厢，梦欣已经在包厢里，陈副校长正头对头地凑到梦欣耳根下，窃窃地说着什么，见我推门进去，有点尴尬，忙不迭地站起身来，将我迎进去。递烟让茶。坐定后，就跟我闲聊两句，说梦欣的侄子安排得如何好，刚开始是分在一个靠厕所的房间，他如何吩咐下边的人给调了个离厕所远点的房间。英语测试成绩有点差，课堂上老师说话有点重，小孩受不了，他去给老师说，应该少批评，多鼓励。上星期天，还让小孩到自己家中去，吃了个便饭等等。说得梦欣不住地点头致感谢。不一会儿，上次的公安部赵助理与那位某中央重要经济部委的江司长就先后来了。他们的官比我都大，而且那位重要部门的江司长看上去似乎比我还年轻，长得还一表人材。我就心里有点儿灰溜溜。觉得这顿饭，真是不应该来吃。特别是不应该带梦欣来吃。

开席后，我才明白这顿饭的由头，原来，陈副校长的弟弟给他打来了电话，老范果然有一次到他办公室里去，问起了他的情况，还和他谝了一个多小时的体制改革，没想到，两人谈得特别投机。老范又抽出时间来，跟他又追加谈了一个多小时，好家伙，这一谈不要紧，老范对其肚子里的真才实学大加赏识。老范本来一个人在下边，下班没事时难免有点儿落寂，陈副校长的弟弟便成了奉陪老范聊天解闷的对象，越聊，两人越投缘。几乎都超越了职务的界限。老范这人，我最了解，既重人情，又特别爱才，只要你肚子里有真才实学，他就会跟你交朋友，并敢破格大胆地提拔用你。陈副校长的弟弟前两日给哥来电话报喜，说老范已经考虑将他作为省府办公厅副厅长的后备人选。瞅合适的机会就要往上推。陈副校长听了电话，如同自己将要升迁一样的高兴。果然我这个朋友交的很有价值，胡小杨在他面前吹我与老范的交情如何如何了得看来是货真价实，很幸运认识了我，就要请我吃一顿饭，表示感谢，进一步地加深友谊。又同时请来了赵助理与年轻的江司长。

赵助理对我的态度已经由上次的礼貌客气进了一步，达到了热情的程度。那位年轻的江司长听了陈副校长的介绍，也对我挺客气。几个人畅畅快快喝酒，赵助理与江司长看样子对老范的情况也非常的熟悉与关切，就顺着陈副校长说的，分别又问起一些我和老范在学校时的往事。我就重又把过去给别人讲了不知有多少遍的剩饭就象祥林嫂叙述自己的阿毛在山坳里被狼吃了重复给别人讲述一般地重又絮叨一遍。结果是，几个人听着我的絮叨，就象小孩子听安徒生的童话一般，表现出极大的兴趣。胡小杨表哥与赵主任又在一旁帮着附会，竟然把我和老范的一些事情添枝加叶，渲染得几近传奇，大大地丰富了原来有点儿单薄的情节。譬如，我挡住小瘪子伸向老范的拳头现在变成了我攥住了歹徒正欲刺向老范胸口的利刃。将在竞选中，我坚定地站在老范一边说成了我是他竞选班子的总负责，发动全班支持老范的同学到外系游说拉选票，让老范平时在宿舍里的一些助人为乐的小细节得以让全校的同学都知道。说没有我的辅佐，老范就当不上校学生会主席，当不上学生会主席，老范他也不一定有今天。两人的关系简直就是患难兄弟，生死之交。而我自己被老范从一个清水衙门调来现在的报社，又被接连提拔直到今天常务副总编的位置，也从另一个方面印证了这种关系的不容置疑。我一听就知道是由胡小杨那张烂嘴添枝加叶吹出去的。两人又进行了一定程度的再加工。就象有些民间故事在口口相传中的变异一样。我相信，等到饭桌上听了的人再给别人转述时，肯定又有新的内容会被不断地添加进来。我试图纠正一些他们两人讲述中一些过头的部分。听着的人哪里相信，还以我是在故做姿态地假谦虚，我也就作罢，任其去瞎摆乎。奇怪，我和他们几位职务上的差距感随着这种摆乎，竟然渐渐得到了彻底的化解，最后，我们一杯又一杯地碰杯，有一次，还几乎将杯子中的酒都碰洒在了桌面上，大有相见恨晚之感。相互保证以后要多加联系，经常往来，抽时间就定期聚一聚，一人有事，大家帮忙。他们坚信，有朝一日，如果老范当了国家领导人，我就是老范身边最要害位置的人物，弄不好就是组织部长或办公厅主任的角色，我俨然成了饭桌上被众人吹着捧着的中心。

我庆幸没有拒绝此次应酬，使我进入了一个新的高一级的圈子。我惊讶地发现，每次吃请，几乎都有成果。上几次吃请，先后认识了个扫黄办的赵主任和警官学校的陈副校长，就为婷婷和梦欣解决了大事情。今天又和更高层次上的公安部长助理与要害部门的江司长勾上了朋友，说不定以后能为自己带来多么大的意想不到的好处。人际关系真是生产力，是第一生产力，我对这一认识有了更切实的体会！

吃完了饭，喝足了酒，几人又到一个ｋｔｖ包厢去唱歌跳舞。因为几位都很有身份，所以胡小杨表哥给开了一间比较幽静不受人打扰的包厢。在此之前，赵助理就打过一个电话，江司长也打过一个电话，胡小杨表哥还殷勤地问是不是请两个小姐过来陪，赵助理一挥手说："不要不要，你把音响调好，饮料、果盘准备好就行了。"不一会儿，这边还没等胡小杨表哥安排利索，两位看上去风流俊美的少妇就先后光顾包厢，先来的是赵助理打电话叫来的，后来的是江司长唤来的。两位进来后，经介绍跟我们一一握手问候，两人之间也相互握手问候，特显尊贵有档次的感觉。我发现梦欣就有点儿发窘。果盘饮料上来了，大家一边喝着饮料，嗑着瓜子，唱歌的唱歌，跳舞的跳舞，包厢里的气氛一下子就起来了。两位少妇反客为主，主动给梦欣让苹果，抓瓜子，递饮料，问梦欣的一些基本情况，梦欣很拘谨，问一句，答一句，象是在电视上回答知识竞赛考题。我忽然就想到一句中国的古话叫："夫贵妻荣"。凭我的猜测，这二位与赵助理与江司长跑不了是我与梦欣这种关系。所以，我尽量少邀请她们跳舞，就是礼节性地应酬时，我也在搂着她们的时候，胸前保持一定的距离，免得她们的主人对我有什么想法。可是，陈副校长搂着梦欣跳舞时，却一点都不顾忌我心里的感受，将梦欣搂得过紧了些，还不停地地跟梦欣唠个没完没了。时不时地，我就睨见梦欣听到他一句什么话，乐得咯咯咯笑起来。平时，她在我面前，从来没有那样放开了笑过，我心里就有点儿不舒服。等一曲下来，陈副校长又是给梦欣递饮料，又是给梦欣掰桔子，全把我晾在一边。我心想，你陈副校长是没有眼力尖是咋的？我一下子才想起来，这梦欣，虽然是我一个单位的，可今天她并不是我"带"来的，是事先就由陈副校长请好的。陈副校长可能只知道她是胡小杨的表姐，并不清楚我与梦欣的关系有多深，加上他给梦欣办了那么件大事，所以，就觉得自己有权力对梦欣大献殷勤。

　　跳完了舞，几个人出来，那两位都有自己的专车，跟来的两位少妇分别钻进了各自主人的车里。陈副校长叫来个的，非要让赵主任，我和梦欣一同上去，我编个谎说我早已给单位司机打过了电话，车马上就到接我俩。梦欣心照不宣地点头应和，陈副校长也就作罢，搭车先走了。

等车开远了，梦欣就上前来，伸出手来钻进我的臂弯，我没有表示什么，任由她挽着我的胳膊，我默默无声地挪着脚步走着，眼睛盯着大楼上的广告牌与过往的穿流不息的车辆。刚开始，梦欣还没有发现我情绪上的变化，半天，感觉到了，问我"你咋了？"

我说"没咋。"

"没咋咋不说话？"

"不想说。"

"德性"梦欣看我一眼。

"啥德性？"我问。

"吃醋了呗，看刚才在舞厅人家陈校长对我热情了点。"

我不吭声，也不予以否认。半天，梦欣感慨道："你们男人呀，占有欲真是太强了。一但喜欢上一个女人，别人碰一下都不行，看这次去东北，为那两个书记，把你气成了啥样。"梦欣说着，另一只手也伸上来，将我搂得更紧了点。我感到她其实是挺喜欢我吃醋的。半天，我问："那个陈校长，他都跟你跳舞时唠了些啥？把你给逗得咯咯咯的？"

梦欣笑了，似乎回忆起了刚才在舞厅的情形，说："也没捞什么，他说了几个段子，给我听。"

我心里一惊，"是那种黄段子？"

梦欣否认道："没多么黄，就是好笑。"

我心里就又不舒服起来，说："你给我学学。"

梦欣说："我说不出口，再说，我也早忘了。"

我又一声不吭了。两个人默声往前走。梦欣就摇了摇我的手臂：“人家不是帮了我的大忙了嘛。跟我凑凑近乎，讨点便宜，也可以理解，男人不都那样？”见我不吭声了，就征求我意见，“晚上风挺大的，有点凉，喝了酒，别感冒了。我们搭车走吧？”

“上哪？”我问。

“你想上哪就上哪，”梦欣抬起头向我飞个媚眼。

我觉得昨天晚上躺在床上的保证在梦欣怀里全变得不堪一击。我就是喜欢她，没办法，不然，我也不会为陈副校长在歌厅里跟她搂得紧了点，亲热了点，说了些黄段子而吃醋。梦欣为哄得我高兴，就扯起饭桌上那两位身居要职的人物如何频繁地跟我碰杯地套近乎，说真说不定老范回来进中央后，我的前途也不可限量，不然，他们一个个巴结你干嘛，说到时候，她还怕我甩了她呢，她能看上个他陈副校长，云云。把我给说高兴了，全身又轻飘飘忘乎所以起来，就打的去了梦欣处。

一进门，借着酒劲，我就将其抱住了，使劲地亲她，吻得梦欣透不过气来，一下子挣脱了出来，叫道：“你想捂死我呀？”

我笑着自得地说，“陈校长他再对你献殷勤也是白扯，是谁的就是谁的。”

梦欣就笑道：“真无耻。”

我看着梦欣那妩媚的样子，就饥不可耐地一下子又上前去将其抱起来到床上去。她挣扎道，“告诉你，我来月经了。”

我有点失望，但控制不住自己的欲火，急猴猴道：“管不了那么多了，谁让你在歌厅里和着陈校长骚情，一道儿气我。”我一边说着，一边就迫不急待地手伸进梦欣的套装，摸到腰间，抽掉了皮带。梦欣挣扎地骂道：“白天西装领带象个人似的，到了晚上就成个……连人家来月经都不放过！”

我一下子就将其脱下的裤子顺手扔在了一边，爬了上去道：

“让你骂我，今天我非把你弄得求饶不可！”

梦欣躲着我，道：“真的不行，那样会造下病的。”

我哪里顾得了那么多，根本已经控制不住了自己，我说过我喝上点酒半醉不醉时欲望是最强烈的。梦欣继续在下边挣扎着，我硬按住了她的双手，不让她的身子再滚动，最后，我几乎是强行地进入了她的身体。梦欣愤愤地骂道：“张一凡，我要告你个强奸罪！”

我在上边快活地说：“告就告，这会儿啥都顾不得了！”

梦欣渐渐停止了反抗，开始任我折腾，过了一阵，梦欣开始在底下呻吟，她一呻吟，我就渐渐地开始兴奋度越来越强起来，做好了泄洪的准备。就在此时，我的手机却在旁边“嘟嘟嘟”地响了起来。我条件反射地顺手就去取手机，梦欣在下边拦住了我，低声说：“别接，完了再接。”

可是，那手机不停地响。注意力一转移，我的兴奋度马上降了下来，没有了泻洪的欲望，我说，“还是接吧，接完了再继续，不然，干扰得不行。”

梦欣就听我的，再不吭声，躺在下边等着我。我从衣兜里取出手机，忙乱中扫了一眼，发现是个陌生电话号码，就怀疑是安静从云南打来的，本想不接了，又下意识地打开了翻盖。电话那头，安静的话音，“咋回事，半天不接电话？”

我编谎说：“没听见。饭厅里太吵。”

梦欣屏住了呼吸，在我身下连大气都不敢喘一声。

安静就埋怨说：“又在外边喝酒？”

我就继续往下编：“不喝咋办？是为你爸的回忆录，在回请人家。今天样书出来了。”

“是吗，这么快，我爸也在吗？”

我说：“我还没来得及告诉你爸，想明天给他个突然袭击。

你妈不喜欢你爸喝酒，说他血压高，一喝点酒就兴奋得不得了，怕出意外，所以，我就自己来了没约你爸。"

电话那头，安静就说："你没约他就对了。"

接着，我就又问她那边咋样，什么时候能回来，还有余震没有，危险不危险。本来是敷衍，可安静却没完没了地说了起来。从地震的震级说到她们去时见到房倒屋塌的情形。从医疗队废寝忘食地抢救伤员讲到老百姓对医疗队员的无限感激，说到激动处，电话那头的安静话语都有点哽咽，说："太感人了，真是上了最生动的一场爱国主义教育课，老乡们自己都无家可归，可是，不知从哪里弄来的煮鸡蛋，非要让我们当着面咽下去，说是我们太辛苦了。我们医疗队的人都感动得流泪了，说面对这样的老百姓，就是累死在抗震现场上，也值……"

虽然没有在地震现场，经安静的描述，我也能想象到是什么情形，这种场面在电视中经常出现。我趁着安静换气的空档，就把话头往过扭，不然，她还要说好多，我吩咐她注意自身安全和休息。抢救任务完成后，就早点回来。没想到，话头根本扭还过来。一说到休息，安静就说："大家都在忘我地救治伤病员，我怎么就能休息？告诉你吧，我还在昨天写了份入党申请书呢。以前，我对我们的党风有看法。这一次，我可是确确实实受了教育，这里，关键时刻，确实是党员冲在前边。我们医员还有两名同志这次火线入党了呢……"

一直到安静再也不想说什么了，断了电话，梦欣才在下边长舒了一口气，道："没把我憋死！"说着，就欲翻身下床。我说我还没射呢。梦欣一边翻身一边诅咒，"射个屁，啥兴趣都没了！"光着屁股去找卫生纸来擦，又找个水盆去洗下身，一边埋汰我，"编起谎来，舌头都不带拐弯的。明明是跟别人在床上整事，却骗老婆说是为老丈人的书在忙应酬。"

我又恼又羞，道："你教教我，不那样说该咋样说？"

梦欣又挖苦我道，"没想到吧？扒在人家肚子上，受了一场爱国主义教育。触及灵魂了没有，大强奸犯？等着明天我告你吧！"

说得我哭笑不得，一看梦欣的两腿间，和那揩了下边的卫生纸上，果然血迹斑斑，忙愧疚地说："实在是对不起，那一阵子上来，就咋都控制不住了自个，伤害你了。"

"滚滚滚，别得了便宜卖乖。"

事也办完了，我就说，"那我就走了。"

梦欣就骂我："滚，走了就别再来。"

我知道梦欣是想让我留下来陪她。女人和男人就是不一样，男人完事了提上裤子就想跑，女人却想的是美美地在心爱的男人怀里睡一觉。无奈，我只好就留了下来。这是我结婚之后，第一次在另一个女人家里，和另一女人躺在同一个被窝里过夜。躺在软软的，轻轻的，散发着清香的暖被窝里，搂着梦欣细柔的身子，手抚摸着她白嫩似水的肌肤，滑滑的，感觉就是新鲜而又刺激。渐渐，我下边就又有了感觉，爬起身来，将因接安静电话而憋在壶里的水，重倒进梦欣的身体里。梦欣知道也拦不住我，就再不反抗，任我折腾，完事后，就说，"弄不好，这次肯定要得病。"

我就说，"为了我，你就牺牲这一次吧，谁让我那么喜欢你呢。"

梦欣半天不吭声，我问她想啥呢，是不是对我意见很大，把我真看成了畜牲。梦欣却感叹道，"你媳妇真是个好人，我真有一种犯罪感。"

我一下子不吭声了。梦欣接着发感慨："比起人家来，我们这算啥？"

<h1 style="text-align:center">六</h1>

　　第二天一大早，天还黑着，趁着楼里别的宿舍人都睡着，我爬起床溜出门来。清冷的大街上看不到几个行人。偶尔有几个光着膀子的在晨跑。我打了个的，坐回到自己家。其实在梦欣那里尽跟她唠了嗑，就没怎么睡，一回到家，就困意袭来。我上床去，抓紧时间补了一觉。醒来后，天已大亮，匆匆起床洗漱完去上班。我发现梦欣已经先我到来，在拖走廊。旁边各办公室的门也都开了，大部分人都已来上班，有的在擦桌子，有的在扫地。胡小杨也忙乎着将一筒装满纸屑的垃圾袋去往厕所里送，我路过梦欣身边时，梦欣直起身来看我一眼，我机械地问候一声："你早？"

　　梦欣脸一红，忙尴尬地低下头去，不敢看我。我去到自己办公室门前，拿钥匙开门，门还没打开，就听到电话响，我开了门去接，一听，是婷婷打来的，急忙放下电话，回身去将门关上了，才又返回头来拿起电话接听。婷婷问昨晚饭局赴得可好，又被灌醉了没有。我就如实将昨天晚上的前半段内容给她讲了。婷婷就又酸溜溜地挖苦我两句，说我现在牛皮，喝酒吃饭陪的都是高档次的达官显贵，她想见我一面就如同进中南海一般的难，挖苦完之后，就问我，"今天晚上如何，该没什么应酬了吧？"

　　我就又紧着解释说我们报社的几位头头因为我的诗集出版了，要给我庆贺，都定好了，就在今晚。我说明天吧，明天一定推了其它的任何应酬，跟她在老地方吃个饭。

　　放下了电话，老李就敲门走了进来，问我将他的书评审完了没有，审完了的话，就交给他，他安排尽快发表。我心里一下子说不出来的烦躁，但脸上还不能表现出来，急忙让他到沙发中，说："实在是抱歉得很，我昨晚有个应酬，一直弄到很晚，还没顾上看。"我一边说着，发现梦欣拖地拖到了我门前，肯定也听到了我这句话，有点儿尴尬——是一直弄到了很晚，可是，却不是在饭桌和歌舞厅里，而是在梦欣的肚皮上弄到很晚。老李有点儿失望。我说我一定抓紧看，看完给你个意见。这才打发走了老李。本来，我是想来个冷处理，慢慢将老李的热情从刚写完稿子的激动中冷却下来。没想到，他却是如此急猴猴。打发走了老李，老彭又给我打过来电话，让我到他的办公室里去一趟。我心想，半步远，也需要打个电话过来，吼一嗓子我都能听到。我到老彭办公室去，老彭对我说："实在是抱歉，今晚的聚会搞不成了，得往后推，我晚上另外有个应酬。"

我巴不得听他这句话，就说，"那你就去先忙你的。其实，我觉得，也实在没有必要，自己发个诗集，几个头头就用公款去吃一顿，传出去，对我不太好。"

老彭就笑笑道："你看你，真是太谨慎了，把那一顿饭，能算你贪污，还是算你腐败？"

"我不是那个意思，我总是觉得……"我想起了胡小杨昨天告诉我的一件事，说是回来后听说记者部的小王，不知咋的，突然前几天就在一家很有影响的出版社出版了一部描写记者生活的长篇小说。弄得我自己这本通过关系和自包发行出的诗集实在是相形见绌。我就把自己心中的想法说了出来。说人家都没吵吵我吵吵个啥。

老彭就说："他那本书我也见了，前两天我到他们办公室去，几个人在传着看。这小伙子是有些才气，可是，他出了书，都没想着给我们几个领导送一本。平时就傲气十足，将报社谁都不放在眼里。我还听说他没少在底下也说我们几个。这一下，出本书，更把他狂得放不下了。”

　　“我觉得，应该在我们报上将其宣传宣传。毕竟是报社的荣誉，证明我们有人才。”　　彭总摆摆手，“你这想法我可是不赞同，他本来就在报社够狂的了，我们再在报上宣传他，他不尾巴翘到天上去了，以后谁能领导得住他？再说了，我们是新闻单位，又不是作家协会，他的主要任务应该是抓新闻，而不是写小说，我们要宣传他，不是提倡在报社搞不务正业？他出的又不是什么通讯报道集。”

　　我就想到了老彭出的那几本消息通讯集，笑笑，自我解嘲道：“那我出的这本诗集不也是不务正业了？”

　　老彭急忙说：“你看你就多心了，你是领导，没有任务定额，他是啥，他怎么能跟你比？一个普通记者，他写小说，肯定心思大部分都用在了那上边，能不影响日常的工作吗？”

　　我又为其辨解说：“也没见他没完成过定额。”

　　“他是完成了定额，可是，如果他要是把写小说的精力都拿来用在本职工作上，是不是会写出更多高质量的新闻稿件来？”

　　我其实挺喜欢有才能的年轻人，我也是从那时候过来的，从我自身的经历，我知道出那么一本小说背后需要的才情与努力，极力撺掇，说还是应该在报上宣传宣传。报社出这样一个人才不容易。老彭看我挺坚持己见，才拿出了杀手锏，悄悄头伏在我耳旁说：“我本来不想说的，你肯定是还没听到些有关那书中的具体内容。听说他把报社里的一些事情都编排了进去。把我们几个头儿分别都含沙射影地损了一通，影射老汪整天泡相好打麻将，老李整天喊爹骂娘象个红楼梦里的焦大，说你因为和一个上边特殊人物的特殊关系，几年不到，就象坐上了直升飞机，从一个普通编辑，连跳好几级，爬到了常务副总编的位置如何如何。”

我脑子嗡的一声，惊得张口结舌，"真的？他书中真这么写？"

"我也是听下边人给我讲的。我已经让人给我找去了。你也不妨找一本来看看。"

老彭没有说他自己在书中是怎么被埋汰的，我想肯定也好不到哪里去，弄不好，将他为改户口，陪上户籍科长拉上小蜜到避暑山庄游玩的丑事都给描写进去了！我最耽心的是，我和梦欣甚至姜婷婷的有些事情，别被那小子捕捉了写进他书中去。庆幸的是我过去一直在这方面做得十分的隐蔽。可是，智者千虑，保不住有一失，不怕被贼偷，只怕被贼惦记着，想想他都把我和老范的关系写进书中进行糟践，可见对我已是相当的有成见。此刻，我心里想的已经不是宣传这本书而是怎样封杀它的问题了。而且心里起了誓，有朝一日，自己当了一把手，一定要想方设法把此人从报社给排挤出去，简直就是睡在你身边的"赫鲁晓夫"，埋在你身边的定时炸弹。我就和老彭商量，如何尽量减少其影响，不要在报社内部引起"地震"。我提议马上开编委会，讨论如何应对此书的办法。老彭同意，说老汪还没见来上班，老李这会儿也不在，等下午开完编前会，几人头儿们就留下来专门议此事。

老彭前脚走，我后脚就把胡小杨唤进来，我把从老彭那里听到的问胡小杨，胡小杨回答我说，他只是昨天听别人说小王出了本小说，就告诉了我，还没具体看到此书。我就责备他平时消息挺灵通，遇到这么大的事情，反倒不上心了。胡小杨就辨解，"我不也是跟你一道下去搞发行前天才回来？昨天刚上班又被杨处长拉上到昌平去蹭了个饭局，很晚才回来，哪顾上了。"

我就感慨，这小子，一天也没闲着地挺忙乎，一仆还二主了，不光是伺候我，偷着空儿也伺候开别人，短短时间，就跟杨处长把关系搞铁了。杨处长连赴饭局都要拽上他，可见这小子的能耐！我就叮嘱他赶快把那本小说给我找来我要看。胡小杨见我失措的样子，反倒安慰我，说："总编你大可不必太在意，现在这都不是很普遍的事，被提拔上去的，上边没人的有几个？你和范部长的这种关系，没什么可忌讳的，别人羡慕他还来不及呢。倒是那几个头儿，对他们的声誉有些损害，可也无所谓。那些事情平时大家谁不知道？只是一个个不是熟视无睹就是装不知道。话说回来，现在当官的贪污受贿，嫖娼纳妾的都比比皆是，把我们那几个头儿的那点儿破事，算个啥？比起来，就算是比较廉洁的好领导了。你信不信，啥屁事没有，要不了俩仨月，人们就会把他那本书忘个一干二净。现在，人们有了闲功夫，唱歌的唱歌，跳舞的跳舞，打麻将的打麻将，钓鱼的钓鱼，谋着搞第二职业捞票子的更是不在少数，谁的注意力在他那本破小说上。世界本无事，你别自扰之。"

这个胡小杨，就是脑子好使，经他这么一"指导"，我真是开窍不少。

下午开完编前会，其它下边的人走后，老彭就把小王小说的事情提了出来，说他本来没在意，听了我的意见，才将其当真，也是我的意见，让拿在会上来议一议，如何应对那本小说给班子形象带来的消极影响。那两个说前两天也听说小王发了一部小说，也没当回事，没想到，里边竟然有编排自个的内容，这可就不一样了，大为恼怒，气冲牛斗的样子，说一定要找来细细看看，如果有不实描写，恶意的攻击，不惜和作者法庭上见。两人职业习惯了，把虚构的小说也当新闻报道的来看待。我因经了胡小杨的教导，反而坦荡镇定，静观老李老汪的表现。几个人在一起就历数小王的不是，哪年哪月，在什么场合，敲过什么怪话；哪次哪次，稿件上出过什么差错，让人家被批评了的单位找上门来兴师问罪；哪次哪次，在职代会上公开指责领导们多贪多占等等，得到的一致意见是，这样的人，以后，在职称评定，提拔使用上，都要慎重对待，最好是找个理由挤他出去让他另谋高就，在共同的"敌人"面前，班子里的一班人达到了出奇的团结一致。

老彭趁热打铁，说，"我前几天已经给诸位打了招呼，老张最近出了一本诗集，我们一班人抽时间聚一聚，本来说好是今天的，但我今天另有个应酬，改在明天，说死了，明天谁都不能缺，有天大的事都推了，为老张的诗集出版庆贺一下。其实也只是个由头，主要是一班人坐一起沟通沟通，平时很少在一起交流，彼此间有些疙疙瘩瘩的意见啦误会啦，饭桌上就提出来化解它，团结一致向前看，利于今后更好地开展工作。"老彭将应在饭桌上才说的话都提前讲了出来。

老李就急着说："张总那本诗集我看完了，写得确实是不错。我都把评论文章写好了，交给了张总审阅。张总他自己还有顾虑，说在自己报上评自己不好，不想让发。你们两个正好也在这，劝劝他。俗话说内荐还不避贤呢。"

我心里一肚子的火，你这不是明显表示你老李和我老张关系近乎？用心昭然若揭！老彭老汪就帮着老李劝了我两句。

散会后，我就单独留了下来，对老彭说："你说这个老李怪不怪。我平时和他也没啥深的来往，书出了我给你们每人送了一本，没想到他咋就不通过我，一厢情愿地写了一篇吹我那书的稿子，要想在我们报纸上见报，昨天拿给我过目，被我锁在了抽屉里，我想给他来个冷处理。"

老彭连忙说，"既然老李那么热心，已经将稿子写出来了。该发还是应该发。发了，肯定对你的书销售也有好处。"

我说："不是稿子不稿子的问题，是稿子背后的问题。老李这人，平时也和那小王一样，愤世嫉俗的，谁都骂。我怕他这书评一发出去，让别人以为好象我跟他关系有多近似的。其实我挺烦他的。这次纯粹就是他主动粘上来的。早知道他这样，我就不会给他的。其实我之前和他并不接触，他也从来不到我办公室里来，自从我送书之后不知咋的，有事没事往我办公室里跑。我总觉得，他特意要给我写这么个书评，意思全在这件事之外。我最怕的是老汪有什么想法。之前我没少听别人给我往耳朵里灌他说老汪的好多不是，而且好象他对你也挺有意见的。"

老彭笑笑道，"这我都知道，所以我为啥要张罗着去吃饭。就是想在饭桌上好好说他两句。老汪对他也有话要说，其实这吃饭的点子还是老汪提的。谢谢你今天坦诚地讲出这些来。你说说，一个班子里，要有这么一个刺儿头，那搅和得你还干事不干事了？他这人，不能正确地认识自己，总觉得自己多有能耐，当个第四把手委屈他了。你以后知道他是怎么一个人，不和他一般见识就行了。"

我告辞从老彭办公室里出来，路过老汪办公室时，又灵机一动，破天荒地钻了进去。老汪见我能到他办公室来，有点儿吃惊，热情地迎上前来，给我又是让烟，又是沏茶，在热乎头上，我把在老彭办公室里讲的又给老汪学了一遍，老汪只是支着耳朵听，听完了，莫测高深地说，"没啥没啥，老李还算是个好同志，我和他没啥矛盾，你别听胡小杨他们瞎乍乎。"

我有点讨了个没趣的感觉，出门来，回到自己办公室责备自个，我上什么杆子！让老汪觉得我这个人城府一点儿也不深。再说，他要是把我的话去学给老李，如何是好？我不成了猪八戒照镜子，里外不是个人了！以后得遇事冷静点，跟着老汪学学，这样不成熟，咋在这场面上混。

　　坐在桌旁审阅了几篇稿子，又接了两个下边记者站的催稿电话，我就顺便问发给他们的诗集推得如何了。得到的回答十分令我满意，一个说已经将书分送到了各有关单位的图书阅览室，另一个甚至说将部分购书款都已经寄回给了这边的出版社，让我给出版社打个电话问问收到了没有。我就一边谢他们，一边给他们保证，传来的稿子我一定认真保驾护航多加关照地顺利见报，不让别的总编在别的环节上给毙了。奇怪，我觉得，与别人要没有些什么你求我我求你的事情，两人的关系总是停留在表面的客客套套中，一但相互有了帮忙的事情，似乎就捅破了一张纸，关系得以迅速纵深发展。这两位记者，以前和我关系不是特别的密切，也就是开记者会时，拎了点我其实并看不上眼的当地土特产到我家来了一下。也没象其它有些记者，专门请我去吃高档餐厅，进高档娱乐场所，也没有在送来的土特产中夹票子。所以，开完记者会，都是他们自个儿去火车站，我也没象跟自己关系好的记者那样，给予亲自和小郑开车送到车站的待遇。可是，打完这两个电话，感觉就马上不一样了，对其二人就有一种亲近感。在放下电话前，他们已经绝对放松了下来，不象开记者会时那样，只把我当领导的敬。我就心里特别的爽，不但自己的事情办得如此的顺利出乎我的意料，另外的收获是通过这件事，还密切了和下边记者的私人关系，谁不希望自己成为别人的朋友！放下了电话，我特意去到胡小杨那里查了一下那二位近来传过来的稿件，刚才接电话时他们两人都称，除过以前传来还没来得及刊发的稿件，又都在近日有稿件传了过来。我从胡小杨电脑中一大堆还没来得及分门别类的稿件中，翻出他们两人的稿件，我发现都是两条时效性很强的消息稿，就让胡小杨打了带到自己办公室里来审阅，审完后，就放在了明天要上编前会讨论的稿件中。完事之后，我给出版社打了个电话，落实了一下情况，果然有好多笔款子已经到帐。我就又给另几位替我办了此事的记者打去了电话，友好地埋怨他们一番，事情都办妥了，咋也不来个电话。对方都是我的铁杆儿朋友，在电话那头不以为意地说为总编办这么件芝麻粒大的小事，打电话过来，有邀功求赏之嫌云云。说得我心里头热乎乎的，就又去了胡小杨处一趟，看近日有没有这几位的稿件寄过来，摘出来加紧给其编发。

处理完以上事情，我才顾上给熊经理的老头打电话。他昨天给我打过来电话，让我去他们出版社一趟，说老丈人的回忆录已经印了出来，让我抽个时间去取样书。昨天在梦欣的肚皮上接安静的电话时说正在为老爷子的回忆录忙应酬，也是来自于熊经理老头的这一电话，并不是我乱绉。不过当时情急之下，把将来进行时说成了现在进行时。人都是自私的，自己的事情最最重要。记得好象是果戈理曾说过，别人的事情，是一根头发丝的重量。这时候，我才想起来，早上就想好应该给老爷子打个电话告诉一声他的书已印出来了，让他高兴高兴，却只忙了自己的事，拖到了现在。

我拿起电话，给熊经理打电话之前，先给老爷子家中打过去电话，老爷子正在写自己第二部跟随王震将军新疆剿匪的稿子，接到我的电话，兴奋异常，嘱咐我，非要当天晚上就请熊经理老头，还说一定要将杨处长一并请上。我实在今晚上懒得再赴宴，就想回到家中，让丈母娘给做点家常饭，养养肚子。老丈母娘在新疆呆过几十年，做的一手当地的好面食。知道我喜欢吃拉条子与哨子面，还爱吃水煎韭菜和子和羊肉泡馍，就常常给我做这几种面食吃。晚上回去，就让她给我做一顿哨子面，吃完饭后，哪也不去，就和老爷子下两盘围棋，好长时间没和老爷子下围棋了，我的手也痒痒了。我就说，我也有这个意思，早在之前接到胡经理老头的电话时，就给他讲了这意思，可人家说无论如何今天腾不开身。我说我这就去出版社去取样书。老爷子一听，也高兴地非要坐车一起去取。我就给老爷子电话中做工作，说这书是你搭车出的。就是说，是搭了我那本书的车。我从我那本书拉的下边的赞助中，另拨出一部分钱来出的。书出来后，有一部分也得通过下边的记者们来帮忙出力销，所以，我不想让报社的人知道这事，你最好就别去了。晚上，我将书带回家给你就行了。也不在乎这半天时间。这才将老爷子给稳住了。放下电话，我打电话叫来小郑，拉我去出版社，拿到样书后，我发现，这家不起眼的出版社，印出的书，竟然比我那家正规大出版社印的书装帧还漂亮，受看。出来时，在车上，我发了通感慨，小郑就接上了话头，说："这年头，大街上走个女人，你真辨不清哪个是淑女，哪个是妓女。"

我心想，小郑咋这么譬喻，这不是糟践老爷子吗？一想，小郑也没多少文化小平，轿夫一个，也许是有口无心，不去跟他计较。

七

晚上我下班后，就准备上老爷子家去送书，绕到自己家，准备把前天回来时，驻站记者塞进后车厢的一箱人参黄芪酒取出两瓶来给老爷子一并带上。一拐弯，就发现楼门口站着一个身材窈窕，穿得十分扎眼的姑娘，细一瞅，这不是婷婷还能是谁？我吃一惊，走近前去，问她，"你咋在这，你怎么知道我在这住？"

婷婷冲我笑笑，面颊上显出两个好看的圆圆的酒窝，"鼻子底下有张嘴，我不会打问？"——这话咋这么耳熟，一想，是惠芬以前曾说过的。婷婷又问我："你不是今晚有应酬吗？"

我笑了笑。婷婷就说："我知道你在骗我。"

我就说，"没骗你，本来今晚上确实有应酬，临时人凑不齐，改在了明晚。不过，我今晚确实还有些其它事情，来探一头取个东西就得走。"我见她手里提着个纸袋，又问她"这是什么？"。

婷婷又莞尔一笑，道："不告诉你，让我上楼，再让你看。"

我猜了个八九不离十，肯定是给我买的什么衣服，只好说，"那就上去吧，即然来了。"　　　　　　　　　"你是不是不喜欢让我来找你？"

"没没，我主要是今晚还有点事情。"

婷婷就没再吭声，跟我上楼去。进了家门，换了拖鞋，婷婷一边蹑手蹑脚地往进走，一边四处张望，连声羡慕道，"什么时候，我才能有这么大一间房子……哟，你这地毯是新疆产的吧？这么厚。这客厅的吊灯真气派。噢哟，彩电这么大，还是纯平的。墙上的这副油画就象真的名画一样……"又踱到我的卧室门前，张望两眼。

我说，"没事，你可以进去看。"

婷婷就又脱了拖鞋进去，转了一圈出来，道"不错；不错，真不错，没想到，你的家搞得这么气派，那张床，可能挺贵的吧？"

"万把块钱。"我回答。

"卧室里的那些照片，是你们结婚时照的吧？"

我回答"是。"

"你妻子，蛮漂亮嘛，还那么年轻，我以前还以为她比你小不了多少。"婷婷的口气中有点儿酸意。

"比我整整小十四岁呢。"我说。

“真让人羡慕，太完美了！”

婷婷一边说着，一边又踱出来，瞅到了卫生间前的梳妆台，习惯性地对着上边的镜子照了一下自己的脸，拢了拢头发，自我欣赏地问我道：“你看看我，是不是也不比你媳妇差？”

我笑道：“那是肯定的了。你是谁，未来的大明星。她是谁，一个一辈子都默默无闻的小护士。”

婷婷转过头来，瞪我一眼：“别挖苦人好不好？”

我真诚道：“真的，绝不是挖苦，这很现实嘛。你有这么好的身体条件，这么年轻，就演上了角色，一不小心，就红了。”

“这还不全是你的功劳？所以今天我就是特意感谢你来的。”

我客气道：“别感谢我，这都是你自己努力的结果。”

婷婷说：“没你给我拉那二十万的赞助，我也演不上那个角色，还说不是你的功劳？”婷婷一边说着，一边打开了卫生间的门，看着里边的设施，感慨道：“你这一个卫生间的面积，都快赶上我刚来北京时四个人挤一间的出租房了。真想在你这气派的浴盆里洗个澡，让吗？”婷婷转过头来问我。

我不置可否地笑笑，没吭声。婷婷就说：“是真不欢迎我来呀？”

“没没，”我说，“你来，我挺高兴的。”

“挺高兴？我说洗澡就把你给吓住了。你媳妇又不在北京。”

“没有，没有，你别多想。刚才我不是说了嘛，今晚，有点儿事。”

“有点啥事？连陪我的兴趣都没有？”婷婷一边往外走，又去钻厨房参观，我没好给婷婷说我要回丈母娘家去吃饭，然后跟老丈人下围棋，那样婷婷肯定会不高兴的。不管我怎样没有见到她时想保持头脑清醒，淡化一下我与她的关系，她毕竟只是一个二十岁出头的孩子。可是，只要她一站在我的面前，我就知道自己之前的想法在她面前全是那么苍白，那么软弱无力地失了效，我说，"既然你来了，那我就不去了。"

婷婷欣喜地转回头来："真的？"

我说："真的，还能骗你不成。"

婷婷这会儿才说："告诉你吧，我昨天就来过了。在你楼下等到几乎十二点了才回去。"

我大吃一惊，被婷婷的痴情所感动，不好意思地编谎说："吃完饭，几个朋友非要去打保龄球。你想想，又是公安部长助理，又是要害部门司长的，我也不好推辞。"

婷婷就说："别解释了，反正你知道别人对你的一片心就行了。说，今天晚上怎么招待我？我还没有吃饭呢，我空着肚子，就是要来吃你一顿的。"

"那好说，我下去，到我们机关食堂打几个菜来，现成的。我冰厢里酒和饮料都有。你等着我，我去去就来。"

我刚要走，婷婷在后边叫住了我，"说了半天，我几乎都忘了，先将衣服取出来你试试。"

我说，"我就猜到了。谢谢你了，我回来再试吧。"

"你还是先试试，看合身不？"婷婷说着，就去从放在厅里的纸袋中，取出一件羊绒衫，我一看，挺高档的，就说，"你看你，自己还在上学，又没什么收入，还给我买这么高档的衣服。恐怕一千块钱下不来吧。"

婷婷笑笑，得意地道："你甭管多少钱。这是人家的一片心意，快穿上它试试。"

我只好去脱了外衣，换上那件驼色羊绒衫。羊绒衫的质地真是好，摸上去，就跟柔软的缎子似的。婷婷帮我拽拽衣袖，揪揪后襟，问我咋样，合适满意不。我一边连声道："合适，满意。"一边就想起过去安静为我换衣服时的情景，不免心里疚得慌。婷婷说："回来你媳妇要问起来，你就说是外边开会时发的纪念品。"

我点着头，心里说，这一点你不用教我，我会处理好的。又为婷婷替我着想而感动。我要脱了衣服，婷婷说，"别脱了就穿着它吧。让我今晚上好好欣赏欣赏你。"

我就自嘲道："我有啥可欣赏的。半个老头了。"

婷婷道："你胡说呢。你身上，有一种中年男人最成熟的魅力。真让人痴迷呢。"

我被夸得飘飘然起来，说，"你等着，我下去买菜。马上就回来。回来后，我们一边吃喝，一边再好好唠。"

出了门走下楼梯，我就给老丈人打过去电话，说今晚回不去了，外边又有个应酬。老爷子在那边很是沮丧，说是不回来吃饭可以，可他还等着看他的回忆录呢。我说我应酬完要是早的话，就给他送过去，如果晚了就只有等明天了。老爷子就失望地扔了电话。我知道，他是对我的回答生了气。

我随便买了几样菜，便匆匆上楼来。进了门，婷婷帮着接过去。我铺开餐巾放在透明的玻璃餐桌上，将几样菜和冰厢里取出的其它几样熟食一道放在餐桌上。婷婷一边帮我放菜，一边又夸上了，"刚才你走后，我又将房子细细观看了一遍，真是好哇。连厨房里的炊具都是整套的。真羡慕你媳妇，她怎么就捷足先登地比我早地认识了你呢，唉——"

我说，"不着急，你演电视火了，搞这么一套住房还不是小菜一碟。到时候再嫁个男影星，不把我早就忘到脖后梗边了。"

我一边与婷婷调侃，一边又去厨房里去取来了一瓶威士忌，又取来一瓶茅台，说，"今天让你好好尝尝这两种酒的味道。"

婷婷就又说，"真是成功男人，连这酒，都是最高档次的。"

我脱口而出，"这可不是我买的，是下边记者来开记者会时送的。你要是喜欢，有一箱呢，走时给你带两瓶。听说每天晚上睡前喝点它，养颜。噢，对了，还有新疆产的沙棘酒，我还忘了。"我又钻回厨房去，拎出两瓶来，"今天你尝尝它，酸甜酸甜，你一定喜欢喝。走时，也带两瓶回去。"婷婷就取笑我：

"你是不是每月的工资基本不动？"

我知道她的话意思是什么。那段顺口溜我也知道，说现在的领导干部有"四项基本原则"——工资基本不动，喝酒基本不醉，跳舞基本不累，老婆基本不用。我就反驳她："你别埋汰我，我还没那么腐败。"

我将酒杯里斟上了威士忌，递到她面前，说，"来，我先陪你喝点它，干，今天见到你很高兴。"

婷婷说："我也一样。"和我碰了杯，仰脖喝了一口，呛了一下，猛地咳嗽起来，竟然停不下来。

我取来毛巾递给她，又在她脊梁上擂两下，说，"你喝得太猛了。"

婷婷止住了咳嗽，笑笑说："我是兴奋了。"

我就取笑说："在我这没关系，你当了明星，去参加酒会，这样了，就丢面子了。"

"去你的，尽拿我开涮，来，再干一杯！"

……

我就和婷婷这么吃着，喝着，谝着。扯起各自过去的一些往事。我兴致所来，又给她将我家的传奇家史娓娓道来——我爷爷的爷爷如何了得，是皇亲国戚，和皇帝一个姓氏——爱新觉罗。据说是他的爷爷的爷爷得军功后被努尔哈赤赐的姓，一直荫及子孙。到我爷爷的爷爷，也就是我的祖爷爷，官至咸丰皇帝的兵部侍郎，相当于现在的国防部副部长，如何在"辛酉政变"中跟上"六君子"受牵连，被慈禧罢官后贬到新疆。我太爷爷如何和我太奶奶为了爱情不顾两家是世仇而私奔出疆。太奶奶如何在甘肃河西走廊被大车店老板强奸，太爷爷杀人后钻进祁连山中落草为寇，生下我爷爷后如何过继给山大王，将皇家姓氏改为张姓，土匪队伍后被马步芳收编，我爷爷如何后来娶马步芳手下团长女儿为妻，生下我父亲，以及我爸后来又背叛自己家庭出走参加革命，搞地下工作被国民党抓了投进大狱，我爷爷找关系重金赎出，我爸爸如何二次跑到陕北，解放后怎样当接收大员当过兰州一中的校长，市政参议员，风光过一阵，后怎样当成叛徒跟我爷爷一道被清理，我爷爷如何不堪忍受屈辱跳了黄河，以及我插队到祁连山下河西走廊、招工上大学，闯海南等等，听得婷婷一阵唏嘘，我也挺感慨，真是世事沧桑！

讲完我的事情，接着就讲她的一些事情，讲她在少女时代如何对同座位男生的朦胧情感，讲她第一次有实质内容的初恋——那是班上一名学习拔尖的男孩子。她很崇拜他，大着胆子给他递了个纸条，晚自习后在学校教室后边小树林边的第几棵大树旁等她，她有话要对他说。就那样，开始了她的初恋……

婷婷感慨地说："可是，那小子除过学习好之外，其它方面成堆的缺点，特别不能让我忍受的是，胆子小的似老鼠。记得有一次，我俩去到黄河边游玩，河边有老乡们备的专供游人们坐着玩的羊皮筏子，我还敢坐在上边悠两下，可他吓得跟个猫似的。风把羊皮筏子吹得颠了两下，他就打死也不坐了，非嚷着要下去。一次我和他一道去看电影，一个小痞子从旁边摸我的手，我告诉了他，他说，千万别吱声，这种小痞子不能惹，说不定身上带着刀子。结果，电影也没看完，就出了电影院，还怕人家从后边追来，拽起我疯跑。通过这两次事情，我就对他彻底失望了。没有个大男人的气架来，遇事胆子小的象老鼠，以后肯定也没啥大出息，我和他分手了。不过他高考时确实考得很好，去了上海。但我一点也不后悔。上大学之前，他又约我，我勉强去了，那时我对他已经没了感觉，和他最后摊了牌，别看你考上了名牌大学，但我们的关系就到此为止了。他哭了，哭得很伤心，乞求我再给他一个机会。我说，你上名牌大学后，比我好的姑娘还不多的是。上大学后，他又给我来过两封信，也给我来过几次电话，我给他回过一封信，后来，两人就渐渐地断了，我复读了一年，就来到了北京。和他彻底断了来往。"

不知不觉，我起身去上卫生间，发现外边天都黑了，回来后，问婷婷是不是我们该收摊了。婷婷问我，"咋，撵我走呀？"

"哪里，你看你这话说的。"

"那就喝，我这会儿特兴奋，特高兴，就想喝醉了。"

"你可不能喝醉，喝醉了今晚咋办？"

"你说咋办？"婷婷眼睛直勾勾地望着我，显然已经喝得有点儿上劲了。

我不吭声，婷婷就举起酒杯来，提议："把酒杯端起来，和以前那样，和我喝个交臂酒。"我说，"你真是个孩子，那种游戏，一次就成了，每次都玩，腻不腻？"

婷婷不依不饶，"谁和你玩游戏，人家是对你真心诚意。来，端起杯来，伸过来。"

婷婷就上前来，拉我的胳膊，我笑笑提醒她，"告诉你，这可是在我家，你看看，"我指着客厅里我与安静的结婚照，"人家可是在看着我们俩呢！"

婷婷显然是已经有点醉了，或者是没醉也在装醉，一挥手："我不管那么多。反正她现在正在云南，也回不来。这会儿，你只属于我，我只属于你，以后她回来是她回来。今日有酒今日醉，挽起我的胳膊来，快。"

“你呀，真是个孩子！”我一边说着，一边听他的吩咐行事。

喝完了酒，婷婷又将被酒精烧得红红的面颊撑起来，道，“吻我一下！”

我顺从地嘴唇凑上去亲了她一下，她又将另一边脸也凑过来道“还有这边！”

我又在她左边的脸颊上也亲了一口。婷婷又高高支起了小小的，红红的樱唇，我不可抗拒地将自己的嘴唇贴了上去。在亲婷婷的嘴唇时，我的目光从她的脑后，看到了客厅里照片上安静射来的目光，我心一惊，理智了一点，说，“到此为止，婷婷，我们到此为止，好不好？这样的话，我们永远都会是好朋友。”

“为什么？”

“我怕，我怕……”

“我不是早都向你保证了，绝不干涉你的婚姻，只要和你好，我就满足了。”

我说：“不，没那么简单，你还只是一个孩子……”我此时面前又出现了另一张脸，是梦欣的，我怕局面太混乱，搞出什么事情不可收拾。一个梦欣，就已经使我不能面对安静而在心里非常愧疚与自责，如果又添上一个婷婷，那将会使自己处于怎样的境地……

婷婷似乎窥到了我心中的矛盾与踟蹰，不再紧逼我，半天，说，“难怪你总是敷衍着不想见我。”

我说，“你别那么想，我前两天真的是有事，实在是脱不开身，跟这没关系。你的情，我领了，我是真心实意地把你当成我的好妹妹待的。不然，我也不会给你办那些事情的，”

婷婷就失望地说：“你还不如当初就一口拒绝我，那样对我更好些。”

“为啥？”我机械地问。

婷婷呶着小嘴说：“不为啥，反正，反正就是心里不舒服。就好象一块糖，放在你嘴边，光让你能舔到它的甜味，可就是含不到嘴里的感觉。”

我笑笑，道：“你还真会譬喻的。”

两人就暂时无话，我看着她，她瞅着我。半天，婷婷盯着我，说：“我想在你这洗个澡。你那浴盆，真气派，让我也感受一番上流人物生活的品质。”

我犹豫着。婷婷双眸一动不动地看着我：“咋，不让洗？”

“不是，只是，只是……”

“只是什么？怕我引诱你？”

“你这丫头片子，说话咋那么难听！”

“本来嘛。这个澡，我非洗，今天我就要体验一番做这家女主人是个什么感觉。”

我不吭声，婷婷催促我：“让洗不让洗？”

我只好说，“那就洗呗。”

婷婷就冲我做个鬼脸：“意志坚强点。”

“坚强着呢，你放心，绝不对你起什么非分之想。”我开玩笑说。昨晚上，刚刚跟梦欣云雨一番，身体上，还处在有点抻着不感到饿的状态，所以对婷婷的挑逗很坦然。

婷婷就吩咐我放水。我领她到卫生间去，告诉她哪是洗脸巾，哪是浴巾，哪是洗浴液，哪是护发精。介绍完备，她去卧室脱衣服，我到厨房收拾。一会儿，我就听到卫生间里哗哗哗地水声响起来。

洗涮完了，我坐在客厅的沙发里去，刚想打开电视，想了想，没去打，多了个心眼，要是邻居听见房间有动静，有什么事情敲门进来，那就糟了。安静远赴云南去抗震救灾，我却留个年轻姑娘在家里，还洗澡，想也能想到这是一种什么关系。我顺手捞起一本安静平时看的家庭杂志，有眼无心地看起来。一会儿，我听到婷婷在卫生间里叫我，走到门口去问她干什么？她说："你把我的内衣拿出去，刚才忘了。放在里边一会儿就浸湿了。"

"不拿，谁让你刚才就不脱在卧室里。"

"快点，再不拿出去，真的就湿了。"

如果湿了，她就走不了啦，我这样想着，只好开门去取她的内裤与乳罩。一开门，婷婷的裸体就一览无余地呈现在我的视线中。白皙的肌肤在氤氲的水蒸汽的包裹和卫生间柔和灯光的红晕中，朦朦胧胧，美仑美奂，和伦勃朗笔下的浴女没有二致。我的心，不由地砰砰直跳。在取走衣服的瞬间，婷婷向我飞了个娇媚的眼神。我说："你好好洗。"就坚决地退了出去。

就在我放下婷婷的内裤与乳罩到卧室，重坐回到客厅沙发里去抄起那本杂志继续看的时候，突然，我听到门口响起了敲门声——

八

我的魂都几乎被吓了出来，屏住呼吸，一动都不敢动。接着，听见门又被敲了两下，我正要脱了拖鞋，想悄悄去踱到门口的猫眼里看看究竟是谁，"一凡——"门外一声喊，几乎把我震倒在沙发里，是安静爸，我吓得倒在沙发中，再没了上前去猫眼里观察的勇气。屏气凝神，一动都不敢动。半天，我听到门外响起了脚步声，知道老爷子走了。这才悄悄起身来，踱步到门口去。这时候，却听卫生间里，婷婷在叫我。我赶快折回去，走到卫生间门口，小声道："小声点，喊什么，怕别人不知道是咋的？"

　　婷婷觉出我有点儿责备她的意思，说："我听见了，人走了我才叫你，是谁？"

　　我"嘘——"了一声，道："我老丈人，说不定还会上来，你千万不能出声。千万千万！"

　　我吩咐完，就又轻手轻脚地走到门口去，从猫眼里窥，见楼道里没了人影，这才长舒口气，几乎瘫到地上。我急忙踱到窗口去，从窗帘缝里窥看，就发现老爷子在楼下，一边走，一边回过头往我窗户里望，我这才发现，自己房间里亮着灯。我刚想要灭了它，手都摁到开关上了，下意识地骂自己，你真是个蠢猪，你这不是明明白白要告诉老爷子你在屋子里？就重返回去，款款地坐在沙发中。过了一会儿，我重又踱到门口与窗前，窥视老丈人返回来了没有，我咋就发现，老爷子就在楼底下来来去去地晃荡着，他并没有离去。我的心都提到了嗓眼上！

　　过了一会儿，婷婷出门来了，走到了卧室，不一会儿，穿上了衣服，用梳子一边梳理着自己香喷喷，湿漉漉的秀发，一边坐在我旁边的沙发上来问："你老丈人走了？"

　　我"嘘——"了一声，告诉他老丈人就在楼底下，让她最好是小点动静，就怕他二次返回来敲门。

　　"你老丈人神经病，大老晚的，女儿又不在，来找你干嘛？"

　　我就将其出回忆录的事给婷婷简单讲了一下，说："肯定是急得看样书来了。"

　　婷婷就感叹道："现在的退休老头也很可怜，好象都没个什么事情做似的，你看大街上，公园里，扭秧歌打腰鼓的有多少。你老丈人这还算是好的，算老有所为了。"

　　我说："要不是我给他联系出书，他到哪老有所为去。"

　　婷婷就酸溜溜地说，"所以你这个当女婿的会来事呗。"

　　我说：“不是我会来事，是事情它就来找你。”我就又把老丈人为啥能出书的经过又简单给婷婷讲上一遍。

　　婷婷就又发感慨：“当个官就是好，啥好事都找你，躲都还躲不掉，连退了休的丈人都跟上沾光。你看看你给我办的几件事情，多爽！你以后官再当大了，那还了得，说不定，我以后能不能上戏，演得上演不上主要角色，红得起来红不起来，就不是他导演来决定，而是由你来决定。所以我得把你这大腿给抱紧了。你不觉得我俗吧？”

　　“你涮我？”

　　“真心话，谁涮你？到那时，我和你这种关系别人都会默认的，你相信不？还把你给顾虑重重的样子。人们都说，这方面是领导干部的业余爱好，工作繁忙，调剂身心的需要。下边的一般干部人们还指指戳戳一番，高级干部在外边包相好的不多了去了？谁管着来？”

　　我不吭声了，婷婷的一番话从灵魂深处触动了我，可不咋的，前几天赵助理与江司长一人不就领着一个？饭桌上大家都心照不宣，谁说？婷婷这丫头片子一番话真是很有道理。人攀到了一定的官位，我和梦欣这种关系，舆论也好，规章也罢，它都对你没办法。我就可能象站在山头上一般，不受它们的约束与监督，那些东西只是对权力低的人起些作用罢了。为了这一目标，我也得卯足了劲儿地往上爬。我沉思起来，憧憬着三年后，老彭下台，我接班以后的好日子，到那时，借着出差之名，带着梦欣想上哪到哪玩，说不定，都能玩到外国去。又想到老范回来进了中央，我也可能再跟上高升一步，那时候，更能经常性地接触到很多很多的漂亮女演员……

　　我还沉浸在遐想中，突然听婷婷叫我，“发什么呆？我咋办，你今天让我走还是留？”

　　我回过神，来到现实中，我重从窗帘缝中往楼下窥，不见了老爷子的身影，刚想说让她走，却听到楼道内又响起了脚步声，脚步声来到我房门前，我盼着它继续响着上楼去，可它却不响了，接着，就又听到了当当当的敲门声。我吓得大气都不敢出一声，摆着手示意婷婷千万千万别弄出什么响动来。敲了一阵不敲了，听到一阵走下楼去的脚步声。我犹豫起来，上次他为听个给他出书的消息，一直等我到很晚。今天要见自己的样书，还不知咋等我了！我想让婷婷这时候抓紧时间出去，可又怕老丈人就候在楼道口。试了半天，没那个胆量，我只好说："实在没折，你今晚就只有留下了。"

　　婷婷一听，脸上马上露出喜悦："那太好了，我今天要好好在那柔软的席梦思上享受享受上等人的生活！"

　　"享受可以，但，再别有其它的想法。"我说。

　　"什么想法？"婷婷意味深长地望着我。

　　我对着她的脸反诘道："你说什么想法？"

　　半天，婷婷哧哧地笑了，笑过后，又凑上前来，小心翼翼地问，"你是不是，有啥毛病？"

　　"有啥毛病？"我刚一反问，就马上明白过来她话中的含意，似乎挖痛了我过去那久已愈合了的伤口，我不置可否地笑笑，道；"你要那样认为，那可能就是有吧。"——人的心理真是奇怪，以前我有那毛病时，极力否认自己有，现在没了，却又谎称自己有，真是此一时彼一时也。我又想起那句俗语来——饱时给一斗，不如饥时给一口。我转过话头说，"你们现在的年轻人，可不得了，啥都知道。肯定啥都经过了。"

　　婷婷否认，"人家刚才不是给你说过了，除过那个男生，我再没跟任何男人有过太深的交往。和那男生，也只是拉了几次手，最多和你这样，有过几次吻。其它，真啥也没有。"

"那个叫你上他房里去单独辅导的老师，他没有动过你的身子？"

"没有，他想动来着，我没让他动，上次不都给你交待了的，你咋就不相信呢？"

"那你在这方面，咋那么清楚？"

"你是不是太有点儿迂腐了？现在，这方面的东西，书刊、音像、互联网上有多少？没干过不等于没看过。不就男女间那么点事，有啥神秘的。"

我们就那样坐着诞着嘴耗时间。我嘱咐婷婷，说话尽量小声，而且，也不能再开启或关闭任何一个房间的灯光。说不定，老爷子就在楼下边眼睛瞪得大大地盯着每一扇窗户。婷婷只好反复地整理着自己的头发。我又心存侥幸地想让婷婷走，可是，试了几次，也没那个勇气。我真怕老爷子一直在楼门口等着我。上次他等我到深夜给我留下的印象可是太深刻了。真要让他正好把婷婷堵到楼道，那可就一切全完完了。之前我想让婷婷晚些了走，可是，拖到了十二点，更是不敢让她走了。　我乱了方寸，最终就决定将婷婷留下来。

我到卧室去，打开床铺，吩咐婷婷一些事情，让她千万千万别忘了，不要随手打开了床头柜的灯或是头顶的壁灯，会让万一等在楼下的老爷子发现了屋里有人。婷婷不解地问我："那你睡哪儿？"

我指指另一个小卧室说，"我睡那儿。"

婷婷有点儿失望。

我简单洗漱一下，到小卧室去。这里过去是给老爷子或是老丈母娘准备的，很长时间没睡过人了。我掀开被单，拉开被子，钻进去。

好长时间，我辗转反侧，谛听着斜对门卧室里的动静，脑子里翻来复去思谋着与婷婷的关系如何发展，如何很好地把握尺度，做到既要在河边走，又不湿了鞋。又想到梦欣此时在干什么，会不会正在想着自己。远在千里之外的安静又正在干什么？是已经休息了，还是仍在抢救着伤病员。心里就觉得特别对不起安静，人家在千里之外没明没夜地抢救伤员，自己却在家里将一个大姑娘留宿，真是太寡廉鲜耻了——在这之前，我怕再发生上次跟梦欣正干事时，安静打来电话的尴尬，在婷婷闯进房门的那一刻，我就将手机偷偷地关机了，真想此时给她打个电话过去，问个平安！

我就这么内心极度矛盾着，自责着，直到朦朦胧胧睡去。

睡眠中，我做起了一个美丽的梦，梦见我与梦欣相拥着——我西装革履，梦欣身披洁白的婚纱，手里捧着鲜艳的花朵——步上一条铺着红地毯的跑道，一直跑呀、跑呀，这条红地毯一直通向碧波万顷的大海，蔚蓝色的大海深处，有点点的白帆和朵朵的白云，我和梦欣来到海边，脱光了衣服，扑向浪花飞溅的大海。梦欣受惊吓地将玉臂抱住了我的脖颈，整个身子紧紧地贴在了我的身上，蹭得我欲火中烧，下边那玩意硬得似一根钢棍，就想着有所寄托，这时候，我苏醒了，这才发现，婷婷不知什么时候，已经赤条条地钻进了我的被窝，象蛇一般地缠绕在我身上。我再也控制不住地翻起身来，将婷婷压在了身子底下。

？　酒精在我身体里又一次发挥了巨大而又神奇的威力。虽然刚开始时，婷婷的下边有点儿紧，弄得我有点儿疼，她在下边也有点不适地叫出声来，但，我毕竟在这方面久经沙场，有着正反两方面十分充足的经验，很快，就调整好了角度。先是温柔的轻抚般的点击，然后是缓缓的加速，最后是挂挡提速，到最后就成了在空中表演各种特技的跳伞运动员……

　　早晨，等我揉开眼睛，发现天已大亮，一缕明媚的阳光，透过红窗帘，斑斑斓斓洒在卧室的地板上。外边，已经有邻居上下楼梯的脚步声。我猛地忆起昨晚发生的事情，倏地坐起来，婷婷还熟睡在我身边，我一瞬间就有一种罪恶感袭上心头。我想起了许多，首先想到的就是安静，我太对不起她了，有了一个梦欣，我就已经背叛她了，现在又粘上一个婷婷。还有对自己当亲儿子对待的老丈人与丈母娘，他们对我是多么的信赖，一但知道我原来是这么一个人，会对我咋样？还有安静的哥哥嫂嫂、姐姐姐夫，甚至我还想到了梦欣，觉得也对不起她。以后，自己如何面对这方方面面的一切？婷婷毕竟是一个才二十岁的姑娘啊。我后悔起来，昨天，借着夜幕的掩护，借着酒精的麻痹所干的一切现在想起来都是一种罪恶之举！我想叫醒婷婷，让她赶快走人。可是，等我偏过头朝身边睡着的婷婷望去时，刚才泛上心头的内疚、后悔、罪恶感便化做轻烟一般渐渐消逝了踪影。甜甜酣睡中的婷婷，脸蛋上落着碎银般的晨光，妩媚得似一位初嫁的新娘，稚气的神态却又有着少女般的清纯。丰满的酥胸随着匀静的呼吸缓起缓落，象静谧的湖水荡起的轻轻涟漪，漾向宁睡的全身。一个男人，在平时，会时时考虑自己的地位、名声、前途，但此时此刻，以上的一切，都显得那么苍白无力，失去约束力。我控制不住地伏下身去，将嘴唇贴向婷婷的樱唇。

　　婷婷微眯开惺忪的睡眼，向我睨一下，伸出玉臂，将我揽进她的酥胸中。一种动物般的原始本能，重又涨满我的全身，我第二次压在了婷婷的身上……

　　完事之后，起来整理时，我惊呆了，床铺上，有一大滩殷红的血迹，天哪，婷婷竟然是个处女！

　　第二天一上班，老爷子就撵到了我办公室里，问我昨天到哪应酬去了，打电话手机也关着，他一直在楼下等到十二点也没回来，我吓了一身冷汗，幸亏当时没让婷婷下楼去。我简单编了个谎，老爷子就说，"家里的灯也不关，看样子没有安静在，就是不行。"说完就索要他的回忆录样书，我说："书让我放在家了，想好的今中午就给你带过去。"

　　老爷子哪肯，非要让我跟他去取。我早晨离开家时，婷婷还留在屋里，当时正是上班高峰时间，我特意让婷婷错开它，过上个把小时了再走，不要引起别人的注意。也不知她这会儿走了没有，一听老爷子这么说，我几乎瘫在椅子里，脑子一转，就起身给老爷子沏茶，老爷子忙拦我说："别沏别沏，我不喝。"意思就是赶快走。

　　我急忙给胡小杨打电话，电话中，我拿腔拿调地说："昨天晚上把人整那么晚。回家后天都几乎亮了，哪里睡觉了，到现在也没缓过劲来，以后这样的应酬我可是再也不去了，真是受不了。"胡小杨听了个莫名其妙，我就在电话中又说，"你让小郑开车过来一下。"

　　放下电话，我就给老爷子说，我让小郑开车给你去取，哪里再劳你跑来跑去的。我待会儿还有个会，也不能陪你去，正好，你和彭总编以前也在一起工作过。唤过来你们叙叙旧，不挺好？"老爷子好哄，一听，也就答应了，我这才松了一口气。我就去隔壁叫老彭，老彭一听是我岳父来了，自是高兴，急匆匆过来，还没走到老岳父面前，就双手伸了出来，连声道："老领导来了，稀客稀客，欢迎欢迎。"我岳父也就乐了，暂时忘了看样书的事。

　　过了一会儿，小郑上来了，我装着将我家的钥匙刚要交到他手里，又觉不妥，改口说，"走吧，你不知道书放在哪，我还是亲自去吧。"就转身对老爷子说，"爸，你先跟彭总编聊着，我马上就回来。"

我带上小郑下了楼，坐上车，很快就到了楼门口，我说："小郑你在这稍等片刻，我马上就下来。"

我一个人匆匆上楼去，打开了房门，发现婷婷还真是没走，在那里描眉画眼地打扮自己，我就埋怨道："你咋还没走？"

婷婷说："我今早没课，我还想中午给你做顿饭，下午再走。"

"你赶快走吧，我的大小姐，安静今天中午就要回来了！"我骗她，一边匆匆找到那本老爷子的回忆录，一边说："我老岳父一大早到办公室里堵上我，要来家中取样书，被我稳住了。要是他非要来，局面咋收拾？你可就给我闯下大祸了！"

婷婷一听，忙说："好好好，我马上走，马上走。"

我取上书出了门，坐上小郑的车，回到办公室，将书交到老爷子手里。老爷子立马停止了与老彭的寒暄，仔细地端详起来。老彭问是谁的书，我只好如实回答，说是我爸写的一本回忆录。老彭就大加恭维，"没想到老领导烈士暮年，壮心不已，我瞅瞅。"要了过去，一边翻看，一边称赞，"嗯，不错，不错，思想性很强，弘扬了无私奉献，艰苦奋斗的革命传统，真是教育现在青少年的一本好教材，一定要送我一本，让我那两个孙子好好读读，受受教育，看老一辈人当年过的是什么生活，他们现在过的是什么生活。先辈们当年创业容易不。"

老爷子听了恭维，说不出来的亢奋，一下子就没完没了地跟老彭侃起来，大谈当年在新疆屯垦的艰辛，甚至讲到一些很细小很细小的事情。老彭其实也只是客套，这会儿听着老爷子的大段讲叙也没了兴致。那些五六十年代在中国发生的事情，有了点岁数的人谁不清楚？电视报纸上，一逢什么纪念活动，就要大力宣传一番。所以，老彭也就似听非听的。中间还插话让我通知胡小杨一件事情。我看老彭那样子，就说，"爸，以后有机会，你再跟彭总编聊吧。这会儿我们还有事，要开个会。"这才掐住了老爷子的话匣子。

临走，老彭又双手攥住了老爷子的双手："老领导，可别忘了哟，一定送我一本。我还要专门写文章，在我们报纸上宣传宣传老领导的这本书。"

老爷子就兴奋地说："那一定，一定，到时候我一定亲自将书送到你办公室来。"

老彭说："不用老领导特意跑了，挺累的，让一凡带来就行了。"

"呃，不，要亲自送来，亲自送来。"

送走了老爷子，我就软软地跌到沙发里，啥也不想动了。

这时候胡小杨敲门进来，见老爷子与老彭已经离去，才神道道地问我："刚才电话中是咋回事？"

我就说："是说给老爷子听的，你就别问那么多了。"

半天，胡小杨怯怯地低声问我："总编你是不是昨天去了我表姐那里？"

我瞪了他一眼："胡说，我昨天就在自己家里，哪也没去！"

"那你电话中……"

"老爷子尽粘着跟我下围棋，我不愿和他下，想一个人在家里清静一晚上，就这么简单，你别想那么复杂！"

打发走了胡小杨，刚要端着杯子去会议室开会，梦欣又进门来了，手里拿着份什么表格，其实我知道那都是装样子给别人看的，进门来，轻轻半关了门，走到我身边来，小声问我："昨天晚上干什么了？"

我说："啥也没干，吃完饭就在家里呆了一晚上。"

梦欣就遗憾道："早知道我就给你打电话了。昨天，我就想约你到我那去，给你做一顿好吃的，祝贺你的诗集出版。犹豫了半天，还是没打，我想，你可能会有什么应酬的，就没敢打扰你。早知道……我想你老婆肯定快回来了。"

我听了梦欣的话，心里热乎乎的，其实，我内心里，最最喜欢的人，还数梦欣，她是最能体谅我和理解我内心的人。我说："明天吧，明天我到你那去。你可要好好准备一顿好吃的招待我？"我的话一语双关。

梦欣就问，"为啥不在今晚？"

我说："今晚不行，今晚有个饭局。"其实我是因昨天和婷婷搞得太过劲，想今天好好养养，卯足了劲，明天再去尽情地享受。

"什么饭局？"

我就把老彭要组织几个头头在一起聚一聚的事说了。

梦欣就说："那就明天吧。但愿明天你再不要有什么应酬。"

我说"不会的，明天就是有天大的应酬，就是老范从外省回来了，要约我，我都编谎把它推了，去你那儿。"

"真的？"梦欣脸上露出幸福而喜悦的光彩。

我说："真的，你是谁？你是我心中的圣母玛丽亚你知不知道？"

你还真别说，事情就那么巧，说啥啥就来，老范虽然没找我，但他的电话却打过来了，说是他夫人要暂时调到H省人民医院去。说领导干部一个人在下边工作，将家放在北京总给人一种下去过渡的感觉，是浮萍干部，服不了人。他要以身做则给下边看看，他来是真真实实干事情来了，不是过渡来了。吩咐我，帮着嫂夫人收拾整理一下东西，可能得要两个集装箱，虽然有医院的同志和这边省上驻京办的同志照料，但总觉得，让我去更好一些。我在电话里听完了老范的嘱咐，连声应喏道："范省长你放心，我一定尽心尽意地把嫂夫人送走。"放下电话，我就感慨，俗话说"千里做官，只为吃穿"，可老范千里迢迢去外省，而且还要将夫人也从京城挪下去，我说他图个什么，还不就是想干一番大事业，多为老百姓办些实事。这样的干部将来不进中央还应该有谁进中央！我给梦欣打过去了电话，悄悄将事情说了，梦欣办公室里这会儿可能没有人，挖苦我说，"你刚才不是话大的很吗？说他约你你都不去，咋一个电话就把你给支动了？"

我笑笑说："那话，只是说说而已，你还当真了？啥事情大，啥事情小，我还能分清楚。"

这样，我就去了老范家，老范家里，已经有好几个人在帮着忙碌，见我来了，老范夫人就客气地给我和他们做了介绍，这位是医院后勤的梁处长，那位是H省驻京办的周主任，说我是老范原单位的同志。对方客套地伸出手和我握握，就又忙着相互商量一些事情。听了我的汇报，老范夫人就埋怨老范，"你看看他，就这么点东西，已经有他们驻京办的同志与我们医院的同志都在这里，他又叫个你来，兴师动众的。"

我就说："嫂子你骂我了。就这，我都感到愧疚得很。按理说，范省长走后，我应该常过来看看家中需要我张罗的事情没有，可我只顾了自个的事，竟然……今天一接到范省长的电话，我就心里特别不是个滋味，放下电话我就跑来了。看看，还有什么需要我办的？"

"你单位上事情肯定多，你忙你的去，真的不需要。"

我就表态说："单位上就是有天大的事情，我也得一直陪着把你送走后再去办。你就别说了嫂子，你这一去，还不知多会才能回来……"我说着，嗓子就哽咽了，拖着些哭腔，眼睛也有些湿润。老范夫人被我的一番话说得也动了情，转过身去给屋里的几位才重新第二次介绍："他是老范上大学时同寝室的同学。"

几个人一听我与老范的这种特殊关系，立马肃然起敬起来，就好象把我当成了老范的化身。又是递烟又是第二次握手，态度热情了好多。我也就参与进去，帮着商量东西怎么包装，怎么托运。弄得当天晚上很晚才回去。

老爷子还在手里拿着他的回忆录在翻看，见到我，第一句话就是："我一直等着你呢。明天，我要摆一桌，我的几个退休老友，还有杨处长，你们的彭总编。你明天就是有天大的应酬，也让一让，给你老爸我这个面子。"

我就笑笑说，"爸，你还别说，明天，还真就不成。"我把老范夫人要走的事说了，老爷子有点儿遗憾道，"那还能有啥说的，赶快去帮人家搬家是大事。"

我给老彭打了电话，请了两天假，老彭一听我是给老范忙着搬家，满口答应，说："你去你去，那事比啥都重要。"

其后的两天时间，我就去继续忙送老范夫人的事。虽然确实并不需要我具体做什么，但我也硬挤到那些雇来的装卸工中，帮着搬搬运运，一直陪到送老范夫人上了火车。

送完老范夫人，办事处的和医院的两拨人非拉着我去吃饭。本来，我都跟梦欣约好了，她做顿饭等着我，庆祝我的诗集出版。我不想去和他们吃饭，那两拨人哪里肯，左拉右推，就把我拽走了。一直折腾到很晚酒宴才散，他们又热情地开车送我，我说我打个的就回去了，对方不干，我就坐上车，让他们把我送到梦欣楼前。等握手拥抱地告别完，我才晕晕乎乎地上楼去。敲开门，看到一大桌子菜都凉了，还仍旧放在那里。

　　当天晚上，我就又宿在了梦欣处。好多事情简直就象是克隆出来的一般相似，我喝得醉熏熏的忘了关手机，晚上，正在梦欣的肚皮上整事，就又接到了安静打来的电话，说明天回返，坐飞机，几点几分到。我就在电话中献殷情道："夫人你辛苦了，多多保重，挺想你的，我明天一定去机场接你。"忘记了身子底下梦欣的感受。刚等打完电话想继续将未尽事业进行到底，梦欣就掀翻我自己下床去收拾，我急忙喊："我还没射呢。"

　　"射个屁！爱往哪射去往哪射！"

　　我这才反应过来，梦欣吃醋了。

第三章

一

　　第二天，我就让小郑拉上我去机场。好家伙，候机厅里，早已等候了众多接机的方方面面的人物。有的西装革履，神情严肃，一看就是达官显贵；有的身上背着大包，胸前挂着像机，一看就知是记者。还有一大群人，好象是各医疗单位来接机的同行，不少人手里捧着鲜花。我的情绪立马受到了感染，心想，今天的接机规格可是不低。我走上前去，找到安静医院的同事，几个医生护士一边和我热情地打招呼，一边就调侃说，"你也不给你夫人送一束花？"

　　我这才反应过来，说："咋办，现在到哪里去弄它？"

　　身旁的一位就将自己手中的一大束花送到我手中，说，"这本来是代表我们科送安静的。就让给你吧。由你来交到她手中，她会更高兴的。"

　　我不好意地说："这怎么好，真怪我，怎么就没想到……"

　　对方就早将花塞到了我怀中。闲侃一阵，都离不开赶快抓紧让安静生个小宝宝的话题。说我不着急，安静可是着急得要命，经常在班里和她们唠这话题。说安静她妈更是迫切等等，搞得我很尴尬，心想，真是一帮搞医的，想啥就说啥，也不怕人难为情。

　　天空中又响起了轰隆声，有人说，这一次就是要接的航班，我们被特许放进机场，到停机坪上去接机。我跟着队伍人群进去不久后，就见一架银白色飞机出现在远方有几抹玫瑰色早霞的云层中，不一会儿，飞机穿过云翳，出现在机场上空的蓝天中，盘旋一阵，就俯冲下来，找准了跑道，落下来，减速滑行一段，最后缓缓地停在了不远处的停机坪上。人们往前涌了上去。一会儿后，机仓打开了，机上的人开始一个个地缓缓从中悬梯走下来。终于，我看见了安静，这是我与安静婚后的第一次小别，特别是在这样一种喜庆热烈的气氛中，她又是载誉归来，此时，离我又有一段空间距离，她走下飞机时，一抹早霞正好映在她清秀靓丽的面庞上，我惊讶地发现，自己的媳妇，竟然是那么的美，简直美得宛如仙子，加上她在电话中所表现出来的那种救死扶伤的崇高情操，我就一下子心中无比的羞愧。一瞬间又想到安静平时对自己的诸多体贴，觉得自己实在是太对不起安静，太不是个人了。

不一会儿，安静就跟随着下机的人们来到了我的面前，我深情地望了一会儿安静，将手中的鲜花递到她手中，只是轻轻地说了一句，"回来了，真想你。"

安静的眼睛就湿润了，说："我也是。"就扑上前来，搂住了我的脖子。在大庭广众之下，我觉得有点儿出其不意，想推开安静一点儿，但已经做不到，人在特殊的情形下，是不能有效控制自己的情感的。我就也张开双臂，将安静揽进了自己怀中，我的眼睛，也受安静情绪的感染，浸上了泪水。我问："这一段，肯定吃了不少苦？"

安静就啜泣开来说，"值得，值得。"

当我们松开后，我又一惊讶，发现身旁站着好几个记者在不停地摄像与拍照。

在一个贵宾室里，进行了简短但庄重而热烈的欢迎仪式。前来接机的领导给予医疗救护队很高的评价。

回到医院后，医院又举行了一次欢迎仪式，不让队员们马上回家，在一家医院选定的大酒楼里聚了一次餐，才放行。安静已是归心似箭，急切地想见到自己父母。我让小郑就直接将我俩送到她家。回到家中，自然又是一番亲热。老母亲将其搂进怀里道："你可把妈给惦记死了。饭都给你们准备好了。都等凉了，要重新热。"

我们说在医院已经吃过了。老爷子就高兴地说，"正好，今天下午也没事了，我们好好下两盘。哎呀，多长时间没下棋了。晚上，去到老地方，我跟那几个老头都打过招呼了，把你们彭总编和小杨处长都请好了。"

安静就纳闷说："爸，你咋也又请客？"

老爷子就高兴地说："我当然也要请客。咋，请客吃饭是你们上班的年轻人的专利不成？"

我就给安静说："我在电话中不是告诉过你了，咱爸的回忆录已经印出来了。"

"我只顾了抢救伤员，都忘了。"安静就问她爸要来书过目。

老爷子就取过来围棋盒，往桌子上铺棋盘，一边哼着小曲，半天，停住了，感慨一句："哎呀，这日子，过得可是太舒心了——"

我就坐了过去，难得地跟老爷子在一起下棋了，手也痒痒儿的，就和老爷子对弈起来。老爷子的棋风是主战型的，不注重围地，总是喜好进攻，一心想把我的某一块棋吃死。而我在上大学时学会的围棋，在原单位最无聊颓废之时，整天在街上的棋摊旁熬过漫长的一天又一天。有了瘾头，就弄两本棋谱来有心无心地揣摸一番。所以，要比老爷子的棋术高出一筹。我总是不露声色，让老爷子围我，刚开始时，总感觉我的棋要被他围死了，高兴得老爷子身子弓在棋盘上，半天都顾不了喝一口握在手中的小茶壶里的茶水，又捋袖子又眨眼，可是弄来弄去，总是差那么一两口气吃不死我，到最后就让我成了两只眼，做活了。我一做活，老爷子的棋就面目憎恶，全盘崩溃，要不了几下，就中盘认输，几乎每次都逃脱不了这一模式。

我和老爷子下着棋，安静在一旁一边收拾东西，一边跟她妈说些话，这时，我也插上一两句，问一些她们这次去云南救灾的一些具体细节，死了多少人，救活了多少，现在伤员情况如何，去后怎样吃住等。安静就又将在电话中给我讲叙的许多感人事情再给我们复叙一遍。老爷子就一边眼睛不离棋盘，一边说："年轻人，就是应该在这种突发事件中去煅炼煅炼。你们现在都太享福了，想当年，我们……"

安静就急忙说："打住打住，我耳朵都听出茧子了。我从小长到现在这么大，你那些屯垦戍边的老故事不知给我们讲了有多少遍。我现在倒着都能给你背出来。"

老爷子就摇摇头，重将注意力集中在棋盘上。两盘下来，老爷子都中盘就败，又想摆第三盘，安静就说，"怎么没个完了？我还急着想回家去看看呢，都一个多星期了，还不知他把屋子给我糟贱成咋样了呢。"

老爷子就说："你自己没长脚，还非要让一凡陪你去？我俩今天好不容易凑到一起，你这丫头咋不体谅你爸？"

老丈母娘不干了："你这死老头子，贼自私，你就只顾着你自己！人家小两口半个月没见面了，两人还没单独在一起说说话，你却死拽着一凡不放。刚才我就憋在肚子里没说你，你倒还上劲了。下上两盘也就行了，还没个完了。你再拽着一凡不放，我就把这棋盘给你掀了！"

老爷子这才无奈地将手中的棋子扔进棋盒里，道："好好好，算我不懂事，自私。听你妈的，不下了。"

我就安慰老爷子："爸，没事，刚才在车上，我和安静已经说了好多了。来来，我陪你下，今天下午，我就陪你下一下午，我其实也好长时间不下棋了，手痒痒得很。”

不料，安静却在桌子底下踢了我一下，我明白她的意思。再不劝老爷子。老爷子就道：“不下了不下了，你妈说得对，你们赶快回去吧。安静坐了飞机，也累了。回去好好休息休息，晚上还要去请人吃饭。”

我就和安静离开了她家。出了门，安静就冲着我说：“你不想我呀，这么长时间了？跟他没完没了地下啥？”

我笑笑说：“他不是你爸嘛，哄着老爷子高兴有啥不对的？”

安静打我一把，笑道：“你就会做表面文章，哄得我爸整天围着你团团转，对哪个女婿媳妇都不得意，就成天宠着你。弄得他们都有意见，很少上家来。”

我就把头昂得高高。“谁让咱平时给老爷子拎去那么多的补品，又让小郑开着车陪老爷子钓鱼？这回又给老爷子出了回忆录，办了这么好的一件大事。这就是孝心，懂不懂？将心比心，他老爷子能不对我好吗？”

“德性——”安静抬起小手来，在我肩上擂了一拳头，又瞪了一眼，那眼神，充满了爱怜、感激、欣赏……等等复杂的情感，一边又用双手搂紧了我，娇嗔地问我：“说，想我不想我，我走后？”

我机械地说：“想，咋不想。”

“真想？”

“真想。”

安静就把我拽紧了，将头更紧地贴在我的胸前，轻轻地说：“我也想，别看白天忙得顾头不顾腚的。可是，一到晚上上床睡下，就想，真想……那时候，就恨不得立即第二天坐飞机回来。就后悔报名参加这次抢救任务……”

　　我一声不吭，听她讲下去。

　　走回到家，一进门，还没有来得急脱去外衣，两人就抱在了一起。我吻着安静，却觉得自己罪孽深重。分开后，安静四处里走走，先客厅，后厨房，上了趟卫生间，又来到卧室。深情地说："我的家，我又回来了。"

　　我跟在她的屁股后边，心里怯怯的。虽然之前我做了认真的打扫，这会儿还是怕安静寻出什么蛛丝马迹来。安静将床上一根什么东西揪在自己手中，我心里"咯噔"了一下，原以为她发现了什么要发难，却见她把其在手中揉捏了一下，扔在了地上，又用手将床单拽拽，就仰躺在了床上，感慨道："还是家好。"

　　我上前去，安静就拍拍床铺示意我也躺床上。我遵命也躺在她身边去，我们俩就又紧紧地拥抱在了一起。

　　渐渐，安静的手顺着领口伸进了我的脖颈，抚摸开我的前胸，我痒酥酥起来。安静一边抚摸我，一边眼睛挑逗地看着我。我知道她想要啥，虽然吃得饱饱抻着的感觉，但也只有顺从。一瞬间，我觉得自己的媳妇真是世界上最好的媳妇，我一定要今天好好地满足她，我的良心才会轻一点地受到责备。我就主动脱开自己的衣服。安静起身去拉上了窗帘，屋里的光线，马上暗了下来。安静又去卫生间里取来卫生纸，脱了自己的上衣，又渐次脱了裙子，解了自己的乳罩，褪去了自己的小粉红裤头，去和乳罩放在一起，将枕头拉在自己脖颈下，放舒服了，仰躺下去……我看着安静做着这一切，天知道是咋回事，心里却有点儿紧张起来，害怕今天能不能胜任。果然，前两天在婷婷与梦欣那里那么威武雄猛的我，竟然在自己老婆这里，阳痿不举了！也许是因为前两天的过度透支，也许是深深的自责与愧疚，也许是想好好满足一下媳妇以补尝自己所犯罪孽反而带来的心理压力，反正是咋也起不来了。我能猜到此时躺在我身子底下的安静有多么的失望，就好比一把干柴，遇到了一包被雨浸湿了的火柴，怎么也点不着的着急。我越是着急，越是想好好地表现，安慰一番安静，下边就越是不争气，越成了缩头的乌龟。安静的手主动伸了下来，我乖乖地任她拨弄，一会儿，有了些感觉，将安静重新揽进身子底下，勉强进入了安静的身体中。安静很快就浑身扭动开来，也呻吟起来。她这一扭动与哼哼不要紧，却刺激得我很快高潮来临，无可挽回地喷射了。安静感觉到了，仍将我紧紧地抱紧在怀中不松手，半天，才平静下来，埋怨道："你咋回事，人家才刚刚兴趣上来，你就没了。"

我沮丧地喃喃道："前两天，帮着老范夫人搬家，把人累坏了。"

安静就反诘我："那工人农民都不用讨老婆了？"

"真的，真的累坏了。"

穿好了衣服，我有点儿尴尬，安静说："你还是听我的话，去医院看看，是不是你的精子质量有问题，别人都一再提醒我，你怎么就不当回事？我们结婚都多长时间了，我一点动静都没有。我妈都不知道催过我多少次了。真怀疑你的精子有问题。"

"好好好，我去。我去。"我答应道。

"那些别人送来的补酒呀，人参呀的，你别再老往我爸家拎了，他那么老了，补啥肾？你就留下来，补补你自己吧。"

我真是有口说不出，只得"嗳嗳"地应喏。完了以后，安静就没完没了地收拾屋子，拎着凳子擦窗子，趴地上擦地板。我心里害怕，婷婷千万不要遗留下什么东西在屋里，被安静发现了——那天，我将被单上婷婷留下的血渍反复地洗得干干净净重新铺在了床上。

干了一下午，还没收拾完，老爷子的电话就打过来了，让我张罗着去接人。安静就埋怨道："我爸也是，那么大岁数了，还虚荣个啥。那么本破书，印出来给谁看。出了就出了，还要请客，真是。"

我知道安静是心里不高兴借题发挥，就说："这不是一本书的事，主要使你爸老有所为，有个事干，对他也是一种价值感，老年人也需要社会对自己的承认。这样对他的健康其实挺有好处的。总比天天蹲南墙根晒太阳闲聊的好吧？"

安静就再不吭声，换衣服跟我出门，出门时，就又搀起了我的胳膊，说"你就这一点好，对我爸真是没说的。"

"我对你不好？"我反问她。

安静冲我笑笑："好个屁。"

我说："噢，偶尔床上失败一下，就把平时的好多好处全抹了？给你说了，是帮老范夫人搬家，累了。等我养上几天，好好地伺候你。"

二

我叫上小郑，依次将老彭、杨处长、还有老爷子的三个老伙计一一从家中接来上次的酒店。寒暄，点菜，全由我跑进跑出的张罗。在上菜的空档里，老爷子就打开我给他带去的一个牛皮纸包来，将他的回忆录每人分发一本。大家一边唏嘘，慨叹，说老爷子真不简单，说这么一厚本东西是怎么整出来的。老彭就将书重新递回到老爷子手中，"你看看，哪有这样送书的，也不在上边给我们写上两句，签上你老的大名。"杨处长就附和说："就是嘛，哪有送书不签名的，我还要将它带回去，让我儿子好好读读，革命前辈们是如何艰苦创业，才换了他们今天吃不愁穿不愁的幸福生活。签上你老的大名，小孩一看，就喜欢读了。”

那几个老爷子的老伙计，就纷纷也将书递上来，让老爷子签名。老爷子边找笔给大家笑哈哈地签名，一边就说，“没啥没啥，这只是我的第一本书，我准备写成三部曲，第二部的书名都起好了，叫‘跟随王震将军在新疆剿匪的日日夜夜。’”

大家就又啧啧称赞，“不得了，真是不得了。”、“老骥伏枥，志在千里，烈士暮年，壮心不已”等等。在坐的其它仨老头中，好象其中一个是老爷子的钓友，退休前只是个工段长，一个是个中学老师，好下围棋，和老爷子是棋摊上认识的，另一个也是部里退下的，好象退休前是个处长。也是老爷子的钓友。老爷子见大家伙如此恭维自己，不免有点儿自得，轻飘飘起来，哼哼道：“老骥自知夕阳晚，不待扬鞭自奋蹄嘛。”

大伙就在老彭的带动下鼓起掌来，把在门外的服务员小姐都给惊动了，探进脑袋来看究竟。大家恭维完老爷子，就又回过头来恭维女儿，夸安静长得如何如何的漂亮。接着就又恭维起我来，老彭夸我在工作中怎样尊重配合他工作，怎样兢兢业业，恪尽职守，不象那两个副总编，一个吊儿郎当，一天就知道打麻将，对工作敷衍了事，哪象个当总编的样子。一个是个刺儿头，整天琢磨着整事。鸡窝捣到鸭窝，弄得班子里鸡飞狗跳地不团结。杨处长则夸我如何和范省长是患难之次，将来范省长若杀回京城，进了中央，我的前途好生了得，等等。那三个老头，则争先恐后地说平时老听老爷子在他们面前夸我多么多么孝顺，听得他们直羡慕。夸得老爷子哈哈哈高兴之极。也就跟着夸我，说：“我这女婿，那可真是没得说，对我那可真是好得不能再提了，比我那两个儿子强十倍，当年我老伴她还……”还要兴奋地往下说，安静就用筷子夹起一块红烧肉来，塞进老爷子的嘴里，说：“你不是说和毛主席一个爱好，就爱吃个红烧肉吗？上来了，又不好好吃了，赶快吃，不吃就凉了，凉了就吃起来腻了。”

老爷子从口中拽出肉块来，“你让我把话说完再吃行不行？”

安静就笑道：“说什么说，有啥好说的，家里就那么点破事，不够你张扬的。看我回去不告我妈。”

老爷子又要叙叨，安静就又夹起一块红烧肉来往老爷子嘴里塞，老爷子就躲着道：“你这丫头咋这样？你老爸我今天高兴。”又转头对大家伙笑着说：“老姑娘，都是我把她从小惯的。”

大家就嘈嘈着让安静放过老爸，让他把话说完，窥探别人私处是任何一个人的偏好，大家伙当然愿意听听我老丈人家里的家长里短，可安静又不让说。我就端起酒杯来，从中调和，道，“来，大家说了半天，我都没顾上给大家和我爸敬个酒，先给我爸敬一杯，然后再给诸位敬。”这才解了安静的围。老爷子当然对我的话是百依百顺，也就再不抖露老伴当年的失察。当中学老师的老头就冲着另一个当工段长的老头直摇头：“听听人家这话说的，百闻不如一见，安司长听着心里不知有多熨贴，我的那女婿，能有人家这一半，我们就烧高香了！”

大家正嘈嘈着，杨处长一声大叫：“大家看大家看，”将全桌人吓了一跳，全顺着他的手指看去。原来，放在墙边上正在开着的电视在播新闻，刚才大家只顾了说呀闹的都没在意，这会儿一听杨处长一嗓子吼，都偏过头去看，才发现，电视画面上，我和安静在机场抱在一起相拥而泣的画面被放成了大特写占了整个的电视屏幕。画外有记者的讲解：“这是一对伉俪，丈夫给胜利抢险归来的妻子送上了鲜花。两人掉下重逢后喜悦的眼泪……”

大家伙就又在杨处长的带领下鼓起掌来，鼓得安静羞红了脸，低下头去，喃喃道：“都是那帮记者，拿别人做秀。我都没反应过来，他们就拍下了。"

我也挺臊的，招呼大家，"来来来，别看了，我还要给大家伙敬酒呢。"

大家哪里听我的，都说，"看完再喝，看完再喝。"直等接机的仪式全部播过去，才一个个转过身了。大家伙就转变了话题，问起安静这次去云南救灾抢险的一些事情。安静就简单讲了起来，讲到灾民们硬给她们医护人员手里塞鸡蛋的事时，安静的眼圈又红了。大家就又唏嘘一番，说还是边疆的老百姓质朴哟，哪象北京人，一个个都是油子。自个不自觉的把自个儿骂了。老爷子就又开始大谈特谈起新疆的好来，说那里的人们是多么的淳朴，人际关系是多么的亲善。谈着谈着，就又拐到了自己当年怎么住地窝子，怎么在大风雪中战天斗地开垦荒原。安静就不耐烦地打断他，"爸你咋又来了？也不分个场合。你那点老黄历讲了多少遍了。我们从小就听你讲听得我们耳朵都起茧子了，那是没办法。你以为别人都爱听你叨叨。"

老爷子就一摊手示意大伙道："你看看，现在的年轻人，真是，在我们眼里，那么神圣的事情，到了她们这里，就一钱不值了。"

安静争辩道："不是一钱不值，你也得分个场合，不能逢人就讲，"

老头犟上了："啥叫场合，这不就是场合？"

老彭和杨处长就做和事佬道："我们怎么不爱听？让老领导讲，我们都是从那年代里过来的，爱听呢，咋不爱听。今天有这么个机会聆听老领导的光荣历史还真也是不容易呢。"

……

吃完宴回家的路上，老爷子就数叨安静，"你爸退休后难得有这么一次高兴的机会，你就瞎搅！"

三

　　第二天上班，好家伙，当天来的各家报纸上，都刊有我和安静相拥的照片，弄得我都几乎臊得出不了门。别人倒还好说，最主要的，梦欣看了会做何感想？弄不好，昨天晚上的电视新闻，她就已经看到了。那边跟她那样，这边见了老婆又紧紧地搂着抹眼泪，究竟哪边算演戏？还有那个婷婷，如果看见了，心里又会是咋样的感受？我感到自己越来越活得象个道具，象个演员，时时处在舞台上，而不是实实在在的生活中，整天得靠谎话过日子，包括对老彭老李胡小杨小郑和自己的老岳父等。

　　下午，我和安静约好，去了她们医院做检查。她们医院门诊大楼前边，有一个大大的前庭，在人们必经的路上，树着两个大大的宣传栏，平时，登一些学术讲座的通知啦，医院里的大事要闻啦，年终表彰的先进典型啦之类的。另一块则专门放一些报纸供人们阅览。我一走进大门，就发现那里挤了一堆人在观看，我上前去站在人群后边往前瞅，就发现又是那几张刊有我和安静相拥而泣的照片。几位护士，她们并不认识我，可能是其它科室的，也没有发现站在她们身后的我，正是报纸上的新闻人物。象群麻雀般地叽叽喳喳："安静这次可是把人给耍坏了。"

　　"人家本来就是我们医院里的一枝花嘛。你看照片上的她，多秀气，眼睛毛茸茸的，我发现她的眼睫毛就是比我们的长。""你们看她脸型，说椭园又带点瓜子样，真是长绝了。"

　　"你再看那鼻子与小嘴，"

　　……

　　经别人一说，我才又瞅一眼报纸上的安静，确实很秀气，特别是那两个大眼睛，水汪汪的，虽然噙着泪花，更显灵动，想想昨天中午面对如此漂亮的老婆，自己竟然起不了性，真是不可思议。接着，就又听到她们议论，"听说他老头是一家报纸的总编，虽然比她大十多岁，对她可好了。""我还听说人家跟一个大人物是上大学时一个宿舍的同学，关系特铁，这个大人物去外省过渡当省长去了，要不了两年就会回北京进中央，到时候，人家的前途可是大大的。"

"啥好事都让安静摊上了。我们咋就没那么好的命。"

"谁让你的脸蛋长得没人家光鲜来着。"

"就是，咋天去接机的，我们医院去接自己媳妇的家属也不少，好几个呢，怎么偏偏人家记者就瞄准了安静。"

"记者也色，也挑人呢。你看那政协人代会上，净拣那穿少数民族艳丽服装的照。"

我不敢呆了，怕人群中有认识我的，转过身认出我来，又没完没了的一顿我并不喜欢的恭维。我急匆匆到安静所在的内科三病区。安静去跟上大夫查房了，在值班室的两位护士就又跟我贫上了。说今天上午，全院的中心话题都成了昨天的电视画面与今天报上刊出的那张照片，人们都议论疯了。过了一会儿，一群医护人员回来了，安静也在其中。大家一见我来了，又是一阵嘻嘻哈哈的起哄。当大夫的虽然是知识分子，但在性的问题上却最开放，有两个就开玩笑道："昨天晚上，两口子没亲热个够？看那电视镜头中，两人见了面激动的，把我们看得都感动得不行。"

"今年咱们医院里评五好家庭，肯定非安静莫属。"

大家说呀闹的，把安静和我都搞得不好意思，都几乎忘了我是干什么来了。最后安静说了一句，"我还要带他去体检。"大家方才停了下来。安静就带我出去搞体检，到化验室去，我遵大夫的吩咐去厕所去取自己的精样。拎着个瓶管从厕所出来，到化验室，就见化验室里多了个人。安静介绍说："这是医院宣传科的小王，要找你问点情况。"

我有点诧异，问："问什么情况？"

对方就说："医院内部也要藉这次抗震救灾，搞一次大型的理想教育宣传周活动，我们想采访你是如何支持安静报名参加救护队的？"

我一听就一个手捏着试剂瓶，另一只手连连摆着道，"算算，真没什么好说的。"

安静就说我："你别这样态度，你就配合一下，这是医院里布置的任务，也算是件大事，你不当回事我当回事。你不配合领导不能批评你但对我会有看法的。"

那位搞宣传的小王也补充说："就是，报社都等着我们的材料呢。"

我神经质地叫道："咋又要上报？"

"咋，你不喜欢上报？别人可是想上都上不去呢。"小王说。

要不是为了安静，我才不接受这样的采访，我只好将手中的尿瓶递给安静，让她去交给大夫，自己坐在椅子里，接受起采访来。可笑，以前，都是我采访别人，今儿个轮到自己被别人采访，这时候才深切体会到，为什么过去采访时碰到过许多软钉子。人真是各自有各自的苦衷，一件表面上看似的好事，并不是人人都喜欢。一杯佳酿，对你来说是美酒，对胃癌患者来说，也许就视为毒药，我此时的心情就象胃癌患者见着那佳酿一样的难受。折腾了一下午，从医院出来时，我就对安静埋怨道："我是干什么来了，是来体检精子的数量与质量，还是接受觉悟高低的采访来了？"

安静笑着打我一把："是体检，也是来接受采访。我在单位

上混得有模有样，难道你不高兴？"

第二天化验结果出来，我的精子根本没有一点儿问题，安静这才放实了心，可又挺纳闷，道："那问题出在哪儿呢，都一年多快两年了。"

我就说："结婚一年多没怀上孩子的不多的是？亏你还是个医务工作者，把我硬拉去丢了一次人。"

"化个验，算啥丢人的？"安静说。

"反正我就觉得丢人，将自己那么点儿隐私暴露给别人。"

"没想到你还挺封建的。"

"不就一个小孩，迟早让你怀上，急啥嘛。"

安静一呶嘴："你不着急我急，你都多大了，还不抓紧点。再过上两年，精子质量就下降了。谁不想生个聪明健康的小孩出来？"

"外国的老头七十了都当回爸呢。我这还哪的话呢。"

"无论如何，今年必须得怀上，我妈最近老为这事挤兑我爸呢，说什么千好万好，不如抱不上孙子一好。不孝有三无后为大你该懂吧？以后你那酒也少喝上两场，集中精力怀孩子，老是喝得醉熏熏的回来。说不上，就是让那破酒精给搅和的。"

四

老爷子的书要往新疆油田发，油田书记——他的那位老战友力邀他去一趟新疆，老爷子满心欢喜，十二分地想故地重游。安静也想去，救灾回来后，她也有一段休假，我呢，也想暂时脱开身边的环境，避免跟梦欣与婷婷的接触，消耗了身体能量，好好伺候一番安静，实在是太亏着安静了。老丈母娘的话对我勾成了一种实实在在的压力，确实应该尽早让安静怀个孩子了，虽然每次安静提起来，我都是不急不急的，可是，能不急吗，谁不想早点当爸爸，我都是四十出头的人了。加之大西北也是我的故乡，去新疆时，还能顺便回兰州看看家人与旧时的朋友，几方面的原因促成了我与安静和老丈人的西行之旅。

在走之前，我一直没有叫梦欣到过我的办公室来，她也没有主动前来。上班时倒是碰到两次她正在拖地，见了我，也只是点点头，就又低下身子去继续拖她的地。别人拎着那张刊有我和安静照片的报纸到办公室来起哄，她也不进来。我想，她一定是吃醋了，感情这玩意儿，我才明白是咋回事，她保证说不干涉我的家庭，可并不能保证她就不吃醋。弄不好，我和安静在电视上相抱而泣的画面她也都看到了，她的心里肯定不好受，尽管她也能想到，夫妻间会发生的事情，可在大庭广众之下，又被新闻媒体大肆地加以渲染，那在她心中造成的冲击力可就大了去了，难怪这一段日子再不理我了。婷婷倒是打过来了电话，但没提照片的事。看样子她平时并不关心时事。

随安静父母去火车站，她的哥哥嫂嫂、姐姐姐夫的全都又来送行。可是我和他们挥着手，说着话，心里却一刻也没闲着地想着梦欣。

火车一路西行，将肥沃碧绿的华北平原、浊浪滔滔的九曲黄河、被某诗人形容为一把大扇的八百里秦川甩过身后。又穿过沟峁纵横的黄土高原，钻过一座连一座隧道的秦岭山区、从两山夹峙的兰州市区穿梭而过。爬上高高的乌鞘岭脊梁，进入白雪皑皑的祁连山下的河西走廊，又越过没有人烟的茫茫瀚海戈壁，火车终于经过两天两夜的长途跋涉，停在了乌鲁木齐的站台上。安静感慨道："真远。"

记者站的小沙前来接站，将我们接到一个招待所里下榻。简单吃过饭，就用车拉上我们去逛天池，当天回来已经很晚。

第二天，又拉我们去逛乌鲁木齐市容，去到八道桥逛国际大巴扎，我们品尝新疆的羊肉抓饭、哈密瓜与甜滋滋的羊奶子葡萄，欣赏着充满西域特色的城市建筑和身着民族服饰的少女，一下子就象置身于异国的疆土一般。要不是我的电话铃声响起，我都忘了我们前天还在北京。我拿起手机，喂喂了两声，可是，电话那头，就是没有回音，过了一会儿，就传来了盲音。

安静就问我："谁的电话，怎么不说话？"

我搪塞道："我也不清楚，可能是信号不太好，断了。"

安静就说："昨天在火车上，你就接到过这么两次电话，都是响了没声音。"

我说："肯定是这边信号弱的缘故。你想想，北京到乌鲁木齐，要几千公里呢。"

安静就再不吭声了。

我和安静对乌鲁木齐的一切感到很是新鲜，老是转不够，看不完的感觉。特别是安静，根本不感到累，转完这家商场又钻进另一家商场，看见一位年轻的维吾尔姑娘从身边走过，就盯着看上半天，对那些当地的金银饰物，也特别感兴趣，扒在柜台上一瞅就是老大半天，还常常要出来自己试戴一番，真是女人的天性。可把老爷子给急坏了，他的心思可并不在乌鲁木齐的大街上，而是在那石河子茂密丛林围抱着的团场与克拉玛依树林般的井架边。所以，一再催促安静快点快点，那些东西有啥可看的，在大北京只要你花心思去找，都会有的。安静就是充耳不闻，我行我素，就象刘姥姥进了荣国府一般，看到啥都新鲜，甚至连羊杠子的小方帽也要要过来试戴一下。最后就把老爷子给惹恼了，撇下我们要自己回住处，说："你们逛吧，我自个儿收拾东西上石河子。"弄得陪我们的记者小沙都不好意思起来，从中劝和，这才将安静从商场柜台拉出来，回招待所。

中午吃了饭，记者小沙就和司机送我们到石河子去。汽车穿越市区，跨上宽阔的高速公路，向昌吉方向奔驰，老爷子的心情马上高兴起来，不停地给我们左指右指，一个劲地说，当年他们从乌鲁木齐向石河子进发时，这里是如何的一片荒滩，几十年过去，现在成了人口密集，高楼林立的高新技术开发区，而且架起了这么气派的高架桥，变化真大，实在是太大了，大得都让他不敢相信了自己的眼睛。我还附和着老爷子，安静却眯上眼睛做瞌睡状，不屑道："你真是太大惊小怪了，现在哪里不是这样？咱北京变成啥样了，多少胡同区现在变成了高楼大厦？光立交桥就有多少座，都开始修四环路了，不比这里发展快！"噎得老爷子不吭声了，半天，才说，"你这孩子，不让你逛商场，你就找着跟我憋劲。你咋能体会到你老爸我此时的心情，我在这里呆了二十多年呢。"

经过几个小时的行程，车到石河子，但见这里到处绿树浓荫，根本看不出大漠戈壁的丝毫痕迹。城市建设也很现代化，与内地的一些城市几乎没有多大的差别。最能提醒人们这里是边疆所在的，就是那一排排钻天的白杨树。在石河子农垦招待所住了下来，老爷子打了几个事先准备好的电话，不一阵时间，就有几个和他岁数相仿的老人前来探访，一见面，就激动地相拥相抱，直抹眼泪，唠起过去的岁月，没完没了，而且连好多小事，他们都能一一复述出来。我和安静只能坐在一边当听客。老爷子就把自己出的回忆录给他们一个个每人手里送上一本。众人接书后，又唏嘘一番，夸老爷子真心气盛，干了一件大好事，回去后，一定好好拜读，也要读给自己的儿孙们听，看看老一辈当初创业的艰辛程度。临完，老爷子就将几十年不见的老友们约到当地的高档酒店里去吃饭。饭桌上又是一番唏嘘。

第二天，我们说直接赴克拉玛依，老爷子不干，非要将几位老友拉上，去了一趟离市郊好几十公里远当年他呆过的连，转了一圈，看了他住过的地窝子，用过的犁铧、镐头、铁锨等等物件。这些东西，都被当做文物放在了连部的一个展览室里供前来的人参观。凭吊完这一切，老爷子才和昔日的老友们依依惜别。

第二天，又坐了七八个小时的车，才来到克拉玛依市，这里，到处井架林立。油田的书记，老爷子当年的老部下早在路口迎候着，接着老爷子，又是亲切地迎上前来握手，拥抱，然后是盛情款待。老爷子又将自己的回忆录拿出来，一本本地分送到众人手里，大家自然是又一番称赞，并纷纷让老爷子在扉页上签字。

在以后的两天里，书记将其它工作全部先撂下，陪着老爷子和我们往油田的各作业面上去转悠，而且还组织了两场专们的报告会，让老爷子结合回忆录上的内容，讲述当年最初开发油田时的情形。老爷子每次都很兴奋，十分具体地描述当年的一些生活与工作的细节。每次讲完了，都有好多人凑上前来，跟老爷子握手，将事先由上边发到自己手的回忆录恭恭敬敬地呈上前来，让老爷子签名。我们还耽心别累着了老爷子，可老爷子不知哪来的那么大的精神头儿，一站一个小时，来者不拒地一口气给上百人在书上签了名。回到住处，老爷子仍然沉浸在巨大的兴奋中。

当天晚上，我和安静过了离开北京后的第一次夫妻生活，非常的完满。安静很满足，完事后，说"但愿这一次怀上，"

我就逗趣道："如果真怀上了将来生下来起名就叫'张新怀'"。

安静捣我一拳道："去你的。"又看着外边的皎皎月光说："多美的月夜啊，在北京哪里能见到这么明的月亮。真想出去走走。”

我说，“走走就走走，今晚我们豁出来，不睡了，也出去浪漫一下，给若干年后的生活留下点难忘的回忆。”

我就陪着安静披衣出来，油田城市的夜真是静得没有一点儿声响。夜空中的星星，是那么明亮地一闪一闪，象童话中的天使眨巴着眼睛。风吹得人身上有点儿冷，安静往我的身上偎得紧一点儿，让我将她抱紧了。我们出了招待所的大门，向清冷的大街上漫步走去。忽然，我就眼尖地发现，我们的前边，孑孑地也走着一个老人，步履缓缓地向街道的深处而去，我说：“那不是老爷子吗？他也出来遛。肯定也是兴奋得睡不着。”

安静就长叹口气道：“你知道我爸这次为什么么非要来一趟新疆？”

“这有啥奇怪的，谁不念旧，更何况，他又出了一本回忆录，就更想来了。”

“你知道我妈为什么死也不陪他来？”

“你妈说了，她有病，关节不好。”

安静说：“那只是个托词，不是主要原因。”

“那你说是啥原因？”我莫名其妙地问。

安静就冲我神秘地笑笑道：“我爸年轻时，在这里有个相好。”

“啊，你怎么以前就从来没对我讲起过？”

“这种事有啥好讲的，再说以前也没谈起过这方面。”

“你快说，是咋回事？”

“那是他手下的一个小办事员。平时老在一起，一来二去，时间长了两人就搞在了一起。那时候我妈还在石河子，来探亲时，正好捉在了屋里。我妈本来要跟上级反映，那时候，一个人要是生活作风上出了问题，政治前途也就基本结束了。我爸知道事情的严重，跪着给我妈求情。我外公那时候在北京的部里工作，而且还是个不小的头儿，管些事情。我爸就答应我妈，立即由我妈给我外公写信联系着往北京调。就这样，我爸就调回了北京。你说说，历史常常是捉弄人，我爸要不是当年出了那事，说不定他现在仍在这座边疆城市里呆着，我们一家子，还不也得呆在这里。"

"那位服务员后来呢？"我关切地问。

"谁知道，肯定遭受了不小的打击。我爸调北京后，还追到北京来过一次。这都是我听我妈后来说的。最后这个女的就不知去向了。也许我爸他知道，可是，他从来就不肯再开口提到她。这件情严重地影响了我爸与我妈的感情，所以你看我妈整天找我爸的茬。"

我就感慨："每个人的内心深处，都有着一本良心的欠帐啊。"我忽然一下子想到了罗晓芳，她现在过的好吗？一晃都二十多年时间过去了！

其实，来时车过河西走廊，路过我当年插队时的地方和晓芳所在的城市时，我的心就象被钳子揪了一般地痛楚，一直凝视着窗外的雪山戈壁，农舍田野，一幕幕往事在脑海中流水般淌过。晚上躺在卧铺上，和着哐当哐当的车轮声，多少年了，晓芳的身影重又来到了我梦中，在喷着太阳花子的大戈壁滩上的晨曦里，她披着一抹玫瑰色的早霞，手里捧着一手绢鸡蛋向我跑来，我哭醒了过来，躺在铺上细细追忆起好多好多和晓芳初恋时的往事——在村头的那条小渠旁跟她的第一次拉手；月夜里她到田野给我送鸡蛋时的第一次初吻；追着骆驼车跑没能扔进车里去的黄军大衣；大雪天被我扔到雪地里的那几个菜包子；我从祁连山工地回来后，小河边，她偎在我怀中噙着眼泪的幸福呢喃；我上大学走，火车开动时，她追着火车抹着泪跑的场面……好长好长时间，我不能抑制自己的情感，用嘴硬咬着被角，不让自己情感失控，任自己的泪水哗哗哗地夺眶而出，落在被单上。我惊讶地发现，有些事情，是永远也不会在人们的记忆中抹去的，不管它在岁月的长河中封存了多久。尽管多少年过去，我的生活后来发生了天翻地覆的巨大变化，情感也经历了多少次的大波大澜，可是，晓芳永远永远都是珍藏在我内心深处最红最红的那一朵玫瑰！

第二天早晨，安静问我："你昨天晚上咋了？"

我说："没咋。"

"没咋哭什么？都多大岁数的人了，感情还那么脆弱。"

我吃一惊："你听到了？"

"半夜三更的，我怕惊动了别人就没管你。"

我敷衍道："路过当年插队的地方，想到了些过去在这里吃的苦。"

"恐怕是怀念起你那初恋情人罗晓芳了吧？"

我不吭声，她爱咋想咋想。以前两人闲扯各自的情感经历时，我给她曾提起过晓芳。

"不行过来时，停一下，你下车去看看她？"

"咋看，不是还有个你爸呢？"其实，我心里是特想特想去看晓芳一次，特想特想！

"我和我爸先走，在兰州等你。"

"你不吃醋？"

"多少年的事情了，我想罗晓芳现在可能都成个又老又丑的婆娘了，我吃她的醋！"

我真是动了心，想了想，又觉得不现实，这边还有个老丈人在，那边晓芳人家也有家，几十年都过去了，我再去搅和人家干啥？就作罢。让安静倒卖了我个人情。

这会儿，安静就将我偎紧了，道："你可不能学我爸，欠下对我的良心帐。"

我回过神来，叹口气敷衍道："不会的。"

"其实，我爸也挺可怜的。我发现别看他仕途通达，离休后要啥有啥，其实他内心挺孤独的。"

"每个人其实都挺孤独。"我说。

"你别打断我的话，我是说我爸比别人更孤独。所以为什么他要老拉你下围棋。为什么你替他联系着出回忆录把他乐成那样。你知道我最感激你的是什么吗？就是你对我爸的好。每次对你有意见时，一想到这一点，我的气就没了，我真的很感激你，一凡，这是我的真心话。"

"不用感激，这是我应该做的。你也知道，小时候，我亲生的父亲对我非常不好，非打即骂，我从小没有尝到过一丁点儿的父爱。所以，对你爸就感到特别的亲切。我是把他当成自己的亲生父亲一般地爱呢。你能理解吗？"

"一凡，真是太谢谢你了。真的。"安静发自肺腑地说："外边风大，我们回去吧。"

"那你爸呢，要不要叫他一下？"

"不用，转累了他自己就回去了。这时候，他肯定不希望别人打扰他。还不知道他此时肚子里正翻江倒海般地回忆过去的往事呢吧。"

五

离开新疆，第二次车过兰州时，按预先的约定，我们下了火车，跟我的后母和几个同父异母的弟妹见了个面，虽然过去有过很多的疙疙瘩瘩，但毕竟我父亲已经去世，我又多年不曾回家，大家见了面也都挺亲热客气。我分别给后母和弟妹们留了些钱，又请他们去到酒店里吃了个饭。我自己又请了一拨旧时的发小聚了一餐。俗话说的好，人功成名就不回故乡，就好比穿着华美的衣裳在夜间走路，听着小时候跟自己一道玩尿泥长大的发小们的褒奖，我才发自内心的高兴，跟听赞美诗一般的享受。蚊子是我和安静亲自上他家把他给推来的。之前，下了火车住进招待所，我跟我家联系上之后的第二件事，就是用仅有的几个关系拐弯抹角满世界地找他。联系上后就去了他家。他还是一个人，坐个轮椅，在自家门前的巷子口，摆一货摊，卖点杂货维持生计，和年近八旬的老母相依为命。当我和他的眼神对在一起时，两人都愣住了，半天，我就扑了前去，一把把他搂定了，嘴里叫了一声："蚊子，我的好兄弟，你还认识我吗？你老哥我看你来了！"

　　蚊子一声不吭，怔怔地让我搂着，半天，就泪水汨汨地流了下来。情绪平稳了些后才问我咋打问到的他，到兰州来是出差还是探亲，这么些年在外边混得可好。我简单说了下我的情况，他才又埋怨我发达了也不给他通个信息，让他也为我高兴高兴。我又问起陈玉霞，蚊子很平淡地说，刚招工那几年，还时不时地来看看他，后来成家后，就来的少了，渐渐就再不来了。老头是个南方人，十年前就跟老头回南方县城老家做生意去了，走后就再没了联系，现在音讯全断了。我就唏嘘一番，又问起其它人的一些情况。蚊子说跟点上女生基本上没了联系。卷毛毕业后留在了大学里，现在已经是什么社会心理学教授，时不时地还在当地的电视台上露两面，给年轻人做做心理辅导，谈谈如何树立正确的人生价值观什么的。大头刑满后经常从广州那边往这边倒服装，曾经很发过一阵子，还老来看他。他这小摊就是大头撺掇着帮着搞起来的，每次从广州回来，都按成本价给他留下一批衣服，让蚊子卖掉后再给他钱。可是，大头后来心干野了，跟一个牢友贩起了毒，在火车上被乘警逮着，被判了无期，二次进了监，现在新疆南疆的一个石灰石矿上。我就感慨，一个人最初跨入社会的那一步，对一个人的一生来说，是太重要了。如果当初大头没有那插队时的第一次蹲监，我想他后来的命运绝对不会如此。大头这一辈子是注定要跟监狱和矿山为伴了。我迫不及待地问他知不知道有关罗晓芳的消息，蚊子就说："我有个亲戚在罗晓芳他那个城市，去年刚退休回兰，也在前边楼口摆个摊，我们经常一起去批发市场提货，他在原单位有个好朋友正好和罗晓芳老头是老乡加战友，两人关系特好，一同转业，两家关系走得很近。我亲戚和他这朋友还有事没事地通个电话，我就让他问起过他那朋友关于罗晓芳这些年的情况。好象她丈夫前些年得肝硬化死了。她自己买断了工龄，在市场摆个小摊卖菜。"

我听得心里特不是滋味，就嘱咐他，替我抓紧再详细打问打问罗晓芳的情况，明天我要请桌客，请的都是小时候玩下的朋友，请他也去，到时候我来接他。

我给蚊子扔下了两千元钱，蚊子死也不要，我硬放下了。蚊子娘眼睛不好，眯着看我，蚊子让她认我，她看我半天，说跟以前一丁点儿也不象了，比以前老多了。蚊子就笑，说："都多少年过去了，能不老吗？"

从蚊子家里出来，我心里沉甸甸的难受，我想起了上大学时在联欢会上，邻居寝室的同学唱的一首歌："少年时光，已一去不复返；亲爱朋友，都已离开家园。离开家乡，到那遥远的地方。我听见他们轻声把我呼唤……"

吃过了饭，打发走了那拨发小，我让安静先回招待所去陪他爸，我推着轮椅送蚊子回去。安静想跟了来，我没让，找个借口让她去招待所去，说老爷子一人呆着会着急，让她陪老爷子去逛逛兰州的街景。饭桌上蚊子就曾悄声给我交待说，他昨晚嘱托他亲戚给他那位朋友打了长途电话，那位朋友把罗晓芳的详细情况都向他那亲戚说了，亲戚又转述给了他。刚才在饭桌上人多，嘈嘈的，我媳妇也在，他就没好提起。这会儿，他就要给我说。我心里一激灵，说："你先别讲，留着它，我推你到黄河边的滨河路去，到那儿再细细讲！"

来到滨河路，我把他推到黄河母亲雕塑旁，我找个石凳坐下来，把拎在手中刚才饭桌上剩的半瓶酒放在面前的石桌上，看着面前被城市灯火映照得斑斑斓斓的黄河水，说："开讲！"

就着黄河水的哗哗声，蚊子就给我转述了晓芳后来和我分手后二十年的生活历程——

晓芳后来生下了一个女儿，她嫁的那个副营长后来转业到了当地一个建筑公司当保卫科长，脾气大，不会溜须，爱喝酒。刚转业到地方还挺吃香，但后来社会崇尚知识，他没文凭，又不会来事，还把厂长给得罪了，先是科长衔儿没了，后实行全员岗位责任职，他又没竞争上岗位，只好看看工地打扫打扫卫生，拿劳保工资。年轻时就染上慢性肝炎，十几年下来，又渐渐成了肝硬化。就这样，还为了全家的生计不得不拖着病体到另一家私人建筑公司晚上去打更。后来就终于累倒了，成了个废人，啥事都不能干，还没完没了地吃药。前些年，晓芳所在的单位也搞减员增效，让岁数大点的职工买断工龄，女职工首当其中，成为改革的牺牲品。晓芳工作二十多年，工厂只给了两万多块钱就将其打发了。而丈夫的病又需要大把大把地花钱，晓芳只好在县城的菜市场里摆了个摊儿，每天天不亮就去批发市场将菜批来，晚上一直到很晚才收摊回家，全家就靠她卖菜的点钱负担给丈夫看病，供小孩上学。老头拖了几年，最后还是走了。现在晓芳一个人过着，小孩正上高二。晓芳现在整个的心思都是希望女儿能考上大学……

我一边听着蚊子讲，一边拎着酒瓶咕咚咕咚地往嘴里灌烧酒，等蚊子讲完，那半瓶烧酒也见了底……

双面人生

第四章

一

回京上班，接到婷婷打过来的电话，婷婷在电话中告诉我，她可能怀孕了，吓了我一跳，心里骂道：真是见了鬼，想怀的咋也怀不上，不想让怀的，一锤子就怀上了！刚开始，我有点儿不太相信，心里嘀咕婷婷是不是有什么企图。直到婷婷向我保证，她绝不为此连累我，并准备去医院做了这个小孩时，我才松了一口气。但婷婷说，必须要由我陪着他去做。我只好答应了她。那天，我按约定的时间，去到我那老房子找她。另两个同室的去上课了，房间里只有她一个人。婷婷见了我，挺高兴的样子，根本好象把怀孕与去打胎不当回事。磨磨蹭蹭地就是不走。我急着说："快点，我去了趟新疆，工作上的许多事情都压着等着回来后处理，时间很紧张。"可是，婷婷就是在那里泡蘑菇，埋怨我对她很不上心，到新疆去都不给她打声招呼，说现在见我一面就象见国家领导人一般的难。我敷衍着说，"哪里，我一直心里都惦记着你。这次在新疆，还想给你买个纪念品来着，只可惜，实在是日程安排得非常满，是上级组织的考察，根本没有自己抽身自由活动的时间，所以没有来得及买。"但我内心里却确实是想着以后，可坚决再不能跟她有身体上的接触了。要是这次她硬要把这个孩子给生下来，还了得，我生活中的一切，都将面临着新的重大的抉择。说不定，一切的一切，都要重新洗牌。弄不好，就搞个鸡飞蛋打，身败名裂。说老实话，这次去新疆，我一路上老是想念起梦欣，还正而八经地将婷婷给忘在了脑后。可见，我并不是从心底里爱她。我始终认为，她还是一个不成熟的孩子。可是，就是这个孩子，却首先怀上了我的孩子！

婷婷跟我嘻嘻哈哈的，我看她不象个怀了孕的样子，就问："你是真怀孕了假怀孕了？我怎么跟我媳妇就咋也怀不上。"婷婷一听有点儿不高兴："你以为我在骗你是吗？你看看这个。"说着递过个化验单来。

我接过来看，只见上边写着妊娠反应呈阳性几个字。我就再不吭声了。婷婷见我有点忧心的样子，上前来扳住我的肩头说，"没啥，我也不想要它，去医院做了就行了。我保证了的，不破坏你的家庭。这事不怪你，都是我惹的祸。"

我看婷婷这么通情达理，这么为我着想，心里挺感激的，握住了她的手说："难为你了。为我要伤一次身子。"

婷婷就偎上前来，脸贴在我脸颊上，轻声说："我愿意。我愿为你做出牺牲。"

我就纳闷说，"咋就这么准，一次就怀上了。"

婷婷望着我笑笑说："说明咱俩有缘呗。"说着，就手伸上前来，伸进我的衣领，摸索开我，弄得我心痒痒儿的，但我嘴上却说："婷婷，可不能再来了。这样下去……"

婷婷冲着我笑着说："没事，以后，我采取些避孕措施就行了，今天我就用了。"

"这，这……"我还要挣扎，可是，我的身子早被婷婷的手撩拨得痒痒儿的了。婷婷悄悄在我耳边说："她们两个上课去了，一天都不会回来，你放心。"说完，就脱开身去拉窗帘，我还下意识地喃喃"别，婷婷，别……"可是，整个儿已经身不由己，不能自持……

婷婷拉上了窗帘，重新返回来贴紧我的怀抱，我俩就嘴对嘴地亲吻起来，一边亲吻，一边就相互抚摸开对方，宽衣解带……

完事之后，我陪她到一家妇幼保健站去，婷婷进去到一间男士止步的屋子里。我在外边等着。

过了一阵功夫，婷婷从里边出来说，"大夫又说得等一星期以后才能做。"

我们就回来了。婷婷要让我陪着她中午吃饭。我说我实在是刚回来太忙，单位家里都有一大摊事情等着我，必须回去，才脱开了婷婷的纠扯。

走在路上，心里就直后悔，来时想好了的，以后坚决再不能跟婷婷有身体上的事情，咋今天稀里糊涂地又跟她来了一壶！

二

上班后的事情特别的多，不但好多记者站记者直接发给我的稿件要处理，老彭又追着屁股要开社务会讨论一些杂事。各地记者站推销的诗集已经有单位陆续将书款寄回出版社，有关结算的事情，出版社也催我去一趟。临近放假，上次油田上帮婷婷筹了款的那位书记的儿子假期想先来我们报社实习——实际上是先进来一条脚的意思，我还得琢磨着怎样给老彭开口，然后去攻老汪那一关。老范也打来了电话，说学校建校一百周年华诞快到了，届时，他要被作为嘉宾请回学校，好多同班同学也要从全国各地和海外赶回来参加毕业校庆。让我提前去找同学谁谁谁联系，帮助接待事宜。老范的话就是圣旨，我当然不能懈怠。那位上次喝酒认识的经济要害部门的江司长，也托陈副校长给我传过话来，说有要事找我。我想，他会有啥事情找我呢，就给他打了个电话。可江司长卖关子，说电话里一时半会地说不清楚，还是晚上在饭桌上说。我不好拒绝，只有去赴宴。

说好的老地点，晚上去后，一进包厢，就发现不但江司长在，陈副校长也在。握手，落座，寒暄几句后，我就问江司长究竟是啥事情，这么正经，还要请我吃饭。江司长说"不忙，等菜上来后边喝边说。"

在这间歇里，陈副校长就问一些近来工作可忙，身体无恙之类的客套话，又问梦欣的情况。我说我上了趟新疆，回来后，还没怎么见她，也不知她最近咋样。陈副校长就征询江司长："能不能把梦欣也叫来？"

江司长就点点头说："无妨，无妨，叫来就叫来。"

陈副校长就叫我给梦欣打电话。我想想，说，"还是你打，我和她最近有点儿不太来往。"

陈校长就给梦欣打去了电话。电话接通后，我听刚开始梦欣还拿板，说是自己已经正在做饭，又说自己身体也不太舒服。不想来，经不住陈副校长的好言盛邀，说是我也在这，还有江司长，大家都想让她过来活跃活跃气氛，梦欣好象才勉强答应了。随后，江司长就也打了个电话，不一会儿，梦欣和江司长上次吃饭时曾带来过的那个少妇就先后到了。梦欣见了我，向我点了一下头，就让陈副校长邀到了他身旁的一个空椅子里。

饭桌上的气氛因了两位女士的到来而一下子热烈了起来。开席后，江司长站起来，我们也就跟着站起来。江司长举起酒杯来祝酒的同时说今天是有时间，约新朋老友随便出来座座，放松心情玩一玩。我心想，不对呀，下午我给他打电话时，可是说好了有事情要找我的。

等酒过了几巡，大家喝得话多了起来，陈副校长拽起了梦欣拿着话筒对着电视去唱卡拉O   K——我潜意识中总觉得陈副校长对梦欣有那么一种特别的意思，只要有机会，他总是爱往梦欣跟前凑，看梦欣的那种眼神，也色迷迷的，弄得我心里很不自在。上次和这次，都是梦欣刚开始我并没领来，是他主动请来的，难道他一点也看不出我跟梦欣的关系！以后，得防着他点，有他的场合，绝不能再让梦欣来。?

我还睨着正搂在一起唱歌的陈副校长与梦欣，心里醋醋的，就听江司长端起酒杯招呼我道："来，老张，让他们唱，我跟你谈点儿正事。"

我这才回过神来，一边和江司长碰杯，一边说："你讲，江司长，我听着。"

"你别张口一个江司长，闭口一个江司长，听着让人生分。我们又不是第一次喝酒了。叫我老江。"

我就改口道："好好好，老江，来，干。"

碰完了杯，江司长头有点儿凑近我的耳旁，旁边的少妇也将头凑过来想听，被老江一摆手，道："去去去，跟他们一道唱歌去，男人们说点事情，你那么关心干什么？"

我就笑笑，对面的少妇也不好意思地笑笑。我心里就说，还不是表演给我看，两人回去在枕头边上，啥秘密不都倒给了对方。江司长这才对我说了请我吃饭的主要目的。江司长说：他有个朋友在做很大的房地产生意，得知我有个老同学在H省当省长，想让我给牵牵线，承包一点儿该省的工程。据他所知，H省现在有好几个大工程正在招商，如省城的旧城区改造，某个国家级风景旅游区基础设施的投入，省高新技术开发区建设，两条高速公路的兴建，还有老机场的扩建等等，每个都是几亿甚至几十亿的大工程。我一听，脑袋都大了，这么大的事情，老范能答应吗？我心里没底。老实讲，以前，我还从来没有接触过这么大金额的事情，我心里有点儿发怵，连连说："这，这恐怕不行，这么大的事情，老范他不会给我这个面子。再说，涉及这么大的金额，肯定都是论证了再论证，招商都是优中选优，我想他老范一个人也做不了主。虽然他是一省之长，可也不见得啥他都说了算。他也得为国家负责，万一出了什么问题，他得担责任。"

江司长就笑我是外行，不懂。说他这朋友是名正言顺的大型房地产商，在京城都赫赫有名，有国家最高级别的认证资质，说北京某某著名商城、三环路边的哪片高层住宅，甚至亚运会的哪座场馆，都是他承建的云云。还说根本不需要我做多少工作，只要能在下次老范来京时，由我牵线，让他的朋友见上老范一面，请范省长吃上个饭，我的任务就算基本完成了。剩下的啥事都不用我操心。如果范省长一时半会不能来京，就由他朋友将一切费用负担，让我陪他朋友坐飞机专门去一趟H省。

我连连摆手，道："免免，那样，老范不说我才怪。正好，我在之前接到他一个电话，我们学校要百年校庆，届时，他要被当做嘉宾前来参加，我们班同学也要届时聚会，到时候我瞅机会转达你的意思就行了。"

江司长手掌轻轻一拍桌子，道："那就太好了，来，喝。"他又吩咐了我一些如何向老范说这事的细节，前边话应该怎么说，后边话应该怎么说。将他那朋友应该给老范怎样介绍，等等。临完，吩咐我说："这事，你对别人不要讲。事成之后，我那朋友会酬谢你的。"　我连连摆手，"罢罢，我不需要酬谢。朋友之间，帮人忙的事情。"

我过去在媒体上见得多了，多少人栽在这上边。我现在的日子过得很好，啥都不缺，犯不上在这些事情上费精神，弄得不好，还将自个身家性命给毁了。

江司长一看我态度坚决，也就不勉强，半天，从随身带的皮包里，翻出一张名片来，说："这个人，你有兴趣的话，去见一下。"

我一看，上边写着：此人姓项，某某证券投资咨询公司总裁的头衔。我正纳闷，江司长就问我："你没做股票着吗？"我摇摇头。

江司长就笑笑道："现在连市场卖上菜的、修自行车的老头都知道做股票，你真是落伍了。"

我就自嘲道："本人实在是学文的，没有多少经济头脑。"

江司长就又笑道："我认识的学文的朋友也不少，个个都有投资意识。其中也有一位你们学校中文系毕业的，先在一家文艺研究所工作，后来辞职下海，现在做的生意可大，不光是一家大型超市的总经理，还是好多家外国知名品牌在中国的总代理。现在是商品时代了，要有商品经济意识，可不能眼睛里只盯着你那两篇新闻稿哟。"

我若有所悟，问江司长："你给我这人名片的意思是——？"

江司长说："你要有兴趣，就去找找他，他是我的铁哥儿们，只要是我介绍去的，他一定会好好待你，保证让你在股票上捞一笔。这你该不用耽心出什么事吧？"

我点点头，说："这事，倒是可以考虑。"

江司长端起了酒杯，"不是考虑，是马上就去见他。现在股票市场正热得不得了呢，打着跟头往上涨，今天投进去一万，下个星期就变成了两万。来，干！"

我举起了酒杯。电视上歌曲停了，陈副校长和梦欣唱完了几首歌，这会儿也回到了座位上。陈副校长明知故问，"两人谈什么呢，这么投机？"

我就自嘲道："江司长给我洗脑呢。"

陈副校长就说："不是我说你呢，老张，你那脑袋瓜子，也真该开开窍了。你不能只满足于现状啊。现在大家都在向市场经济看齐，你不追随潮流，可就要落伍喽——"

从酒宴上出来，我脑子里一片乱麻，以前，我自认为自己活得已经是很潇洒，很满足了，自认为是这个社会的即得利益者，风风光光，吃香喝辣，要啥有啥，可在江司长与陈副校长眼里，我竟然成了这个社会的落伍者，难道他们比我活得更潇洒？我心里开始剧烈地活动起来。江司长要用车送我们回去，我说："不用不用，打个的，很方便的。"

陈副校长也热情地要亲自驾车送梦欣，梦欣也婉拒了，说："我跟张总编打的一块就回去了。"陈副校长就再不好说什么，和江司长分别开车走了。

等打的上了车，梦欣就重又扭了头去看窗外的街景，不再理睬我。我酸兮兮地说："那个陈副校长，挺能粘乎你的，每次都打电话约你来，一来，就扯着你没完没了地唱呀跳的，刚才，还说要送你回家去。小心，人家可是瞄上你了。"

梦欣就嘴一呶道："总比有些人忙忙乎乎地两头哄的强。"

我哧哧地苦笑一下，道："还真当回事了？"

妨着司机，梦欣就再不吭声。到了她家门口，她起身下去，我问："欢迎不欢迎我上去？"

梦欣一扭头道："你爱上不上去。"

我就给司机交了钱，跟着梦欣下了车。我上前去欲扶她，她一把将我的手打脱了，"去抱你老婆，少碰我。"

我就紧着解释说，"那都是记者抓拍的，你看看你这醋劲。"

"眼泪叭叽的是咋回事？"

"是安静见了我先激动了，引得我……人在那时候，特定的环境下，就控制不住了自己的情绪。"

"得得得，我看你对人家感情挺深的。比和我强，你咋没在我面前掉过眼泪？”

“我们之间，它也没有发生什么值得掉眼泪的事情呀。”

“领着她去新疆，连个招呼都不给我打。”

“我在乌鲁木齐接的那两个电话，是你打过去的吧，为啥不说话？”

“你老婆在身边，我敢说吗？”

“好了好了，我这不是又回到你身边来了？有些事情，你真得想开点。谁让我先认识她，后认识你的？”

“你还真会诡辩。”梦欣转过头来在我的脑门上剜上一指头，进门去，脱了外衣，我就将梦欣搂进了怀中，“这一个多星期，我可是天天都在想你，你想我不想？”

“不想。”

“不想个鬼，不想，给我打啥电话？”我一边剥梦欣的衣服一边说。

干事的时候，梦欣还有点不快：“和我这样，又和老婆哭咧咧的，真不知道你心里究竟爱的是谁！”

“两人都爱。”我嘻嘻道。

梦欣在底下骂道；“无耻之极，快点完，我今天没兴趣！”

三

江司长与陈副校长的话着实让我心里不平静了好几天。去出版社领上那几万块钱后，我真是动了心思，回家跟安静商量，安静就说她们医院的张大夫，李大夫的，最近在股市上挣了几万几万，说钱放在银行利息没多少，家里也暂时不用什么钱，何不妨就去股票市场上投资一把。更何况，又不是去盲目炒作，而是江司长介绍让我去找内部知情的专业人士，肯定亏不了。

弄不好，在股市上还真能大赚一笔呢，这几年，听说在股市上发了大财的人有的是。听了安静这么一撺掇，我就没有将那几万块出了诗集的稿费存银行，和安静一起去找了那位证券投资咨询公司的老总。我事先按名片上写的给他本人通了电话，进行了预约，还想着哪天有时间了再去，没想到人家在电话中催我，"你今天就赶快来吧，这么好的行情你还拖什么。"

我就急匆匆给正在上班的安静打去电话，让她找个借口，请别人替了班，中午，我们见了面就往那家投资公司跑。来到那家证券投资咨询公司，他们大厅里就设有一个证券部。我和安静看见，光门前的自行车，就放了一世界。门前，好几个大声吆喝着卖证券报刊杂志的主。每个小报贩前边，都挤着一大堆人。我和安静进门去，好家伙，喏大的一个电影院改就的交易大厅里，挤满了股民，坐无虚席，甚至连过道都挤满了人。这么些年里，我哪里见过如此的阵势，感叹自己可真是落伍了。我们向别人打问该咨询公司的办公地点，人家给我们指了，我们又在人群里挤来挤去，惹得有好几个人对我们有了意见，嫌我们踩人家的脚，或是挤了人家的包，最后，才好不容易从人群中挤到一个边门口，走出大厅，来到走道里一个挂着牌子的办公室。说明了来意，工作人员又把我们左拐右拐领到里间，这才找到了要找的人——江司长介绍的项总裁。此人戴副眼睛，高高个，文绉绉又挺精明的样儿，寒喧一阵，就说"我这儿还有好多事，很忙，我给你们派个我的工作人员，帮你们先去开户，存钱。今天就能办完。明天你再到我这儿来一趟。"

我们就谢了项总裁，跟上他的工作人员坐车到另一个地方去开户，然后重新回来存钱。什么都不明白，走了一路，问了一路，问得那位工作人员一边解释一边直笑。办完了手续，就象打了一仗，又象是上了一课。回来的路上，我感慨地对安静说："我们真的是不是落伍了？以前我觉得自己挺随时代潮流的。"

安静就挖苦我，道："你以为你是谁？不过就是个从祁连山下来的土老帽。"

"不行，我得抓紧补上这一课。"我下决心说。

第二天，我又去了一趟项经理那儿。他又让工作人员简单教了我一些买卖股票的程序和方法。送我一本他们投资公司印制的启蒙教材，又帮我买了一种股票，并悄悄告诉我道："自己知道就行，千万不要告诉别人，连自己的亲娘老子也不能告诉。涨了后，也不要急着抛，勤给我打着点电话，我告诉你抛，你再抛。"

我就拉着他的手，千恩万谢，并约请他吃个便饭。他说不用谢，既然是江司长介绍来找他的，一切都在不言中。至于吃饭，就免了，说我还没有挣上钱呢，等挣上了钱，再请他不晚。因为他实在是太忙太忙。我说再忙，吃饭的时间该有。他就说请他吃饭的人名单都排在一个星期以后了。我就心里又感叹：以前，只当自个儿应酬最多，没想到，遇到一个比自己更忙的主。看样子，市场经济就是市场经济，社会的主流热点确实在这里。那一电影院里人山人海的股民让我想到了八十年代听名作家讲座时的情形。那时的文学青年也如现在的股民这般的多，只要一个地方来名作家开讲座，常常挤得一个大礼堂水泄都不通。时代真是变了！我那本破诗集发了也就发了，有几个人会认真地去读它？有多少人会知道它？肯定还不及项经理给我的这本股票启蒙小册子读者的零头多。我一定得加紧补课，赶快把那本破诗集扔一边去，以后翻都不要去翻它，今后也不要想着再去写什么狗屁诗歌！

还没容我将那本启蒙读物看完，我就从电视上看到，我买的那只股票，已经是连连上涨，几天时间，就涨了百分之四十多。我惊呆了。忙拿来计算器和安静在灯下算利润，好家伙，原来的八万，短短不到一个星期时间，已经变成了十一万，我不敢相信自己的眼睛，这不是在贩毒吧？贩毒也未必有这来得快。我问安静是不是电视上弄错了。安静就讥笑我："真是个土老帽，没见过大世面。我们医院的张大夫，在股市上挣了十好几万，也没你这么大惊小怪。你这是跟庄你懂不懂？"

我虽然感到很吃惊，但毕竟已经将那启蒙读物看了一大半，知道安静所说的跟庄是咋回事。说："我咋不知道，不然江司长咋叫我去找那个姓项的，肯定是他们在做这只股票的庄。"

"哟，你还不傻呀，毕竟是名牌大学毕业的。"安静乐滋滋地埋汰我，又说："明天，赶紧把银行里的那八万存款全取了，都投进去。要不了几个月，我们就成百万富翁了。"

经安静这么一点拨，我浑身热血沸腾，谁不爱钱？我以前只不过是不想为个钱在那上边栽跟头，为弄钱搭上自己的身家性命，我是最不屑的。以前一见到电视报纸上报道哪儿哪儿的什么头儿为了钱东窗事发进班房甚至吃铁大豆我就很瞧不起他们。贪个什么，贪？你那些贪下的，占下的，与你在职位上名正言顺地得来的比起来，哪个多哪个少？就钱是钱？其它看不见摸不着的就不是钱？

我没贪没占，不照样一天吃香喝辣，不照样家中藏着个如花似玉的，外边搂着个知冷知热的，另外还有一个牵肠挂肚的？那些贪官们就根本没明白过来这个理，你贪污受贿的成本太高了，你是把你手中最最值钱的东西押到赌桌上去赌那些并没有权力本身有价值的东西，你亏不亏？如果没有手中的权力，我能把梦欣调进报社来，又把她侄子送进警察学校？我能让婷婷免于被拘留？能为她拉来那二十万的赞助？能为自己和老丈人出书？

让那么多的记者为自己紧忙乎？能让老丈人乐颠颠地坐在几千人的场面上做报告发挥余热？能在这边占着一套大房子，又将那老房子便宜买下来？能相差十多岁把安静这样的美人儿娶到手……做梦去吧！这一切的一切，都是托了权力的福，沾了权力的光！权中自有黄金屋，权中自有颜如玉。权力是一切的根本，根本的一切，你得到了权力，就意味着得到了一切，你失去了权力，就意味着失去了一切。你们这些个贪官们，一个个真是太傻太傻了，脑子进水了，被门挤了！

但是，从股市上利用跟庄来捞钱，可就大大地不一样了，它对我屁股下的位子毫发无损又坐收渔利，何乐而不为？除非是傻子才不想这样的好事。君子爱财，取之有道，这样捞来的钱，正正经经，干干净净，晚上睡觉，踏踏实实，不怕检察机关来敲门！世界上还有如此美妙之事，坐在家中，财富就升值了。就象家中弄来了台印钞机。我乐得和安静算了一晚上，如果将家中的存款都取出来，放入股市，象这样利上滚利的往上攀，一年下来，会是多少。算的结果是一个令我俩目瞪口呆的天文数字。晚上，两口子躺在床上，咋也睡不着了，安静就又钻进我的被子里来，我说："昨天刚干完。"

安静说："今天真的很兴奋，咋也睡不着。"

我不吭声了，安静就使劲用手搔我，我明知故问："干啥？贱兮兮的。"

"你说干啥？"

"老实睡觉！"

"给你说睡不着睡不着，太兴奋了。"

"眼睛闭上慢慢睡就睡着了。"

安静就又使劲用手搔开我，我只好提刀上马。？　安静这才羞着说："就是，玩玩，疲乏了，就能睡着了。再说，也得赶紧怀一个，不然，我们那一大堆财富闭眼时留给谁？总不能捐给慈善机构去吧！"

抵这一招确实很奏效，两口子乐滋滋地做了一把，注意力一转移，一种兴奋加上另一种兴奋，相互抵消，果然放松下来，很快就相拥着进入了梦乡。在睡梦中，天上下起了大雪，好大好大，我出门去一看，天哪，那雪片哪里是雪片，落在地上，全变成了百元大钞。急忙回家找麻包，可就是找不着，急得我翻箱倒柜，把安静给踢踏醒了，忙问我咋了，我还在说梦话，"快找家伙，外边天上正在下钱呢，捡晚了就让别人抱跑了！"

安静被弄得咻咻笑起来："你这人，说不想钱不想钱，一想钱，就想得入了骨髓！"

四

第二天我哪里顾得了上班，老彭催着我开会，我绕个五子说老范省上又上来人了，老范打电话让我帮着给有关部委跑跑。老彭就又说："去吧去吧，范部长交待的事要紧。"后边又赘了一句，"你说的那个要想到我们报社实习的人昨天来了，你不在，找到了我，他今天还要来。"

"来就来，来了你就说我今天有事，明后天再说。"

刚要出门，胡小杨进门来了，说青海站的小于子昨晚刚到北京，他到招待所见的面，说好今天中午要请我吃饭，我手一摆，不耐烦道："没功夫没功夫，尽吃个什么饭，腻兮兮的。我今天很忙，马上就要出去，也真是，没事老往北京跑啥，有稿子不直接传过来。"

"他老爸得了癌症，到北京来看，嫂夫人不是在医院嘛，想让你给找个好医生。"

天哪，我这才记起来，回来上班后的第一天，小于就给我打过了电话，这两天为股票的事，整个儿把他这事给忘在了脑后。果戈里真是说绝了——别人的痛苦，一根头发丝都能提起来。我想了一想，对胡小杨说："我实在是有重要事情。老范吩咐的。让他在招待所里等着我，我办完事后去找他。"

我出门来，就打个的，到几家银行去，把家中的几个存折上的钱全部取了出来，又打的到证券公司去，挤进人群，穿过证券大厅，出了旁门，通过走道，进了办公室，来到里屋，找到项总。项总正忙乎着，听明白了我的意思，让一工作人员领着我去存完款，重回到项总的办公室。项总随口问我："想买点啥？"

我说："全买上次那只股票。"

项总就哧哧地笑了起来，道："赶快打吧！"

我不解地问："长那么好为啥打？打了多可惜。"

项总就莫测高深地道："没有只涨不跌的股票！"

我若有所思，只好附和道："既然项总让打那就打吧，打了买只啥股票呢？"

项总就啪啪啪敲打出一只股票来，道："买它。"

我已经突击将他给我的那本他们印的股票速成读完，也能看出个简单的子丑寅卯来，就问："这只股票跌得这么厉害怎么敢买？"

项总又意味深长道："没有只跌不涨的股票！"

我虽然不很懂，但知道听他的没错，就说："项总让买啥，那就买啥好了。"

项总就噼哩吧啦在电脑盘上一阵敲，一分钟不到，就对我说："买好了。"

我有点不相信，"这就买好了？"

项总经理就又噼哩吧啦乱敲一气，对我说，"这是你户头，看看买好了没有？"

我一看，果然有刚才项总说的那只股票，而且我还看见了在上一只打掉的股票上所赚下的钱，精细到了每一分钱。

项总得意地道："细瞅瞅。你这三四天挣了有多少？"

我就头凑上前去，细细地数，结果是三万零十五块五毛四分。"我心中一阵狂喜，掩饰不住兴奋之情地说："项总，今天中午请你吃个饭。你一定给面子。"

项总经理得意地坐在他的转椅里道："吃饭是真不能去，我太忙了。你以后也不必每次都亲自来，要买要卖股票时，打个电话过来就行了。如果我哪次忘了，你就提醒你是江司长介绍的，我就记起来了。我这儿，找我推荐股票的实在是太多太多的。如果每个人都来找我，得象大厅里的情形那样，排几十米的长队，我得接待一天，都不一定打发完。"

我一听这话，只好知趣，客气地退身出来。这就是我们国家的国情，行业热了，人就牛皮得似大爷。就象当年计划经济商品短缺时期，人人想买猪肉时多割到点肥的，卖猪肉的头昂得高高，巴结不上。

出来在马路上一边算着再过三天后，帐户上的钱又能升值成多少，一边往回赶。心情好了，才想到助人危困。去到部里的招待所，小于和他爸正在房间里泡方便面吃。他爸显然是病得不轻，脸色腊黄腊黄，我动了恻隐之心，埋怨小于："给病人怎么能吃方便面？走走走，不吃了，到下边的饭馆，有你们西北风味的羊肉泡馍，热热乎乎的，吃了我们就抓紧去医院。我给我媳妇已经说了。"

小于就连声感谢，说方便面都已经泡开了。我说泡开了也不能再吃了。有病的人怎么能吃这种没营养的东西。就拉着他们要走。小于就从床下边拉出一纸箱道："这次来得急，也没来得及给总编带什么东西，这是一箱藏红花，昨天晚上就想送你家去，胡主任来了，说你晚上不在。"

我就拦了他："走走走，赶快给病人看病要紧。我今天还有好多事情，全挤了，特地来送你们上医院的。那东西挺贵重的，肯定得花很多钱。你爸又这样，我怎么好收。你还是带回去。"

小于急道："哪里哪里，再给我爸治病，也少不了这么点钱。特意给总编您带的。"

"好好好，你先放下它，我们赶快去看病要紧。"

我就陪着他们父子下楼来，到下边要了羊肉泡馍，小于子硬要交钱，让我拦住了，替他们交了钱。老爷子一边唏溜唏溜地香香吃着，一边说："瞧你们领导，对你多关心，回去后，可一定要好好表现，多多写稿，不辜负了领导对你的好。"

小于就连连点头，一边说，"张总编是我们几个领导里边，最体恤下边的，每次对我们传过来的稿子，都认认真真审阅，就是不用的稿子，也亲自打电话回去，说明不用的原因是什么，特平易近人，不象那几个总编。所以，记者们有事都爱找张总编。"说得我脸上有点儿挂不住。不过细细一想，自己可不就是那样吗？上次小于的一篇通讯稿写偏了，错过了报道热点，不能用了，我从中看出小于为写那稿，下了不少功夫，光出差费恐怕也下不了好几百，就给他打过去了电话，讲了没被采用的原因。让他将稿件好好保留着，明年这时候，再补充点新材料寄来。

吃饭期间，我就给小郑打过去了电话，让他过一会将车开到招待所门下的饭馆前来。拉我们去医院。等小于父子俩吃过了，小郑的车也开来了。几个人坐上车去，小于爸就又一个劲地说我的好，说："看看，把人家总编麻烦得不说，还要用报社的车，真是过意不去，大家肯定工作都一个个很忙的。”

我想小郑肯定对我陪小于父子去医院也挺有感想，只听他附和道：“我们张总编那还有啥说的。最关心下边的同志了。你这事要是去找其它的几位总编，你看他们是个啥态度？你找张总编就算是找对人了。”

我一边敷衍着，一边还在盘算今天若是新买的股票还象前一只那样长，能赚多少。这次可是投进去了接近二十万，本大，自然要比上一次赚得多。真后悔上一次没有将钱全部都投进去。

等车开到了医院门口，我才一下子反应了过来，我还没有给安静说这事呢，略一思忖，急忙对小郑与小于说：“你们先在车里等一下，我先去联系，不然，病人跑来跑去的挺累。医院挺大的。”

小于与其父亲就连声喏喏。

我下了车，上楼去，找到安静，先说了早晨去取钱找项总买股票的事，安静就说：“为这事你还亲自跑一趟，回家说不就得了。”

我就说：“哪里呀。”就把小于爸来北京看病的事说了，说：“我前两天只忙了股票的事，竟然就给人家忘了。这会儿人就在你们医院门口。”

安静就埋怨我：“你看看，人家人命关天的事情，你就能给人家忘了。这会儿一时半会，让我找谁去！专家一般都是在家，每星期也就来医院坐诊个一二次。而且都还是预先挂专家号才能给看。”

我就急着说，“你就随便编个理由，先搪塞了，过后再联系，咋样？”

安静就说：“只能这样了。那咋办？本来，外地人对我们北京人就没有好印象，说我们是京油子，这要让人家知道了，怎么看你？"

我说："他从哪里知道去？"

我就下楼去，重找到小于父子，说："走，我找着我媳妇了，她这会儿去找专家了。我们先上她们科里去。"

小于父子就随着我来到安静科里。安静不在，过了一会儿，从外边回来了，说："专家本来今天都说好了的，只是临时有个会诊，一时半会抽不开身，看来今天是不行了。不行你们先回，明天再来。"

小于父子有些失望。我们就下楼，坐上车回去。我看小于父子沮丧的心情，心里内疚，就打保票说："小于你放心，你爸的这个病，我一定上心，让我媳妇请医院里最好的专家给你瞧。"

父子俩的脸上才有了悦色。

晚上，安静回家来，就对我说："为你那同事的事，我可是真没少跑，总算是说定了，明早我们医院的张教授，他是肝癌方面的权威，答应将专家门诊提前了给他看。本来，人家是下星期二才坐诊的。全是看了我的面子。"

我就欣喜地夸媳妇还真能办事，马上给招待所去电话，告诉小于一声，人都是有同情心与良知的，包括我在内。

<h2 style="text-align:center">五</h2>

我新买的股票第二天第三天都跌了，跌得我有点儿沉不住了气，就给那位项总打过去了电话，对方说我："你着啥急，我让你买的股票能让你赔钱吗？"我这才心定下来。

果然，没出一星期，该股票就又大涨了起来，世间有如此之美事！我一下子就对股票这玩意儿着迷起来，专门上书店去买了几本这方面的书抱回家来，认真地研读，想弄懂它究竟是咋回事，怎么钱一换成它，就打着跟头往上翻。

不久之后，就逢校庆，事先，老范已经携夫人先期到达北京，住在H省驻京办事处里。我前去拜会，就将江司长的想法给老范转达了。老范就给我敲警钟，说："好好干你的本职工作，这些事情上你最好少粘，弄得不好，就把你给粘进去。现在的社会风气很不好，明明是可以走正常渠道的，非要托关系走路子搞暗箱操作。"

我就打内心钦佩老范的为人，我们党的高级干部如果个个象老范这样以身作则，走得端，影子正，还怕反不了腐败！我就表白自己说，"我也是妨于朋友面子，不好推托，都知道我和你是同学关系，就拐弯抹角地来找我。好多都让我挡回去了，只是这个江司长，我想他毕竟是国家经济要害部门的司长，不会胡乱来，所以才答应下来，反正你看，你觉得可以见，就见一下，你觉得不能见，就推了。反正我也给他说得很清楚，只是起个介绍的作用。"

老范思忖一下，道："既然人家将你追得紧，我也不能不给你这个面子，谁让咱们是老同学。不过见面归见面，事情归事情。我见他后就要把这一点给他讲清楚，我们省的所有大型建设项目，都是公开招标的。省政府一般是不干涉下边的决定的。"

我心里一乐，反正我的使命完成了，引你江司长与你朋友与范省长见了面，其它的事情那是你们的事。我就立即给江司长打电话过去。江司长一听，大喜，不一会儿，就打电话过来，说他与他的朋友要请范省长在某某酒楼吃个饭，不知范省长能否赏光。我如实转告，范省长思忖一会儿，说，"也别什么酒楼了，让他们就来办事处，在招待所吃个便饭，就算我请他们。"

我就马上给江司长重又打电话过去，不一会功夫，江司长就和他的朋友开着辆黑色大奔来了。下车来，我一看他那朋友就气派非凡，肚子滚圆，一身藏青色的西服毕挺毕挺，左手中指上和胡小杨表哥一样，箍着一个镶嵌着很大绿宝石的大戒指。见了老范，两个人立马恭敬了，范省长长范省长短地给老范让烟。老范说自己不吸烟，将其两位让进办事处的餐厅里。那位房地产商就说："改天，请范省长到'天外天'去。"

我想那"天外天"肯定是一个很高档次的消费场所，不然咋叫"天外天"。老范一摆手道："不去，不去。今天请两位来，是你们托我同学非要见我，正好我也晚上有点儿空隙时间，我想见就见见，当面给你们把我们省的一些投资政策也做个宣传。"

"那是那是。"两位就紧着应和老范的话。江司长感觉到老范对他一个国家高级部门的司长跟一个房产商关系打得这么火热密切，为此人跑前跑后拉关系有想法，就忙着为自己解释，说："没办法，他也是我上大学时一个寝室的同学，求到了我，你说我能不帮他吗？"

"噢，是嘛？"老范就显然对他们的关系很感兴趣。

江司长就介绍他同学的历史，如何以前也跟他一样。在国家机关里当处长，在过去的一些大的政治是非面前，立场不明确，犯了错误，不能再走仕途了，就下海经起了商。

在饭桌上，老范就简单向两位讲了一些他们省的一些招商引资政策，又说他们要想到H省揽工程，可去找下边的某某局。要是确实资质没问题，可以参加竞争投标。但是，千万不要搞正常渠道以外的名堂。他范省长历来对腐败可是深恶痛绝。两人就直点头。

吃完了饭，老范就说："我也不留你们了。我在北京期间，事情安排得满满的，很忙，你们就再不要约我了。今天我正好有点闲暇，就算见过面了。有事的话，去省里再谈。"

两人就直点头称"是是是。"

他们走后，老范就说没办法，这样的事情他几乎每天都能碰上，既要把握好原则，还得把经济搞活，中间尺度的把握就很有讲究。为了本省的经济建设，象这样的人来了，你还不能把人家一口回绝了，这些可都是大财神爷，表面上他巴结你，其实一个个背景都很深，某种角度还真惹他们不起。"此一番话我就明白了老范今天要见他们的理由。

老范就又一次交待我："不要跟他们粘得太深，好好地搞你的报纸工作。"

我就连连地点头应喏，说我也只是和那个江司长有过两面之交，跟他那个所谓的大学同学根本就没见过面。我和老范又谝了一些他到H省后的工作与生活情况，又唠了会这次校庆的有关情况，告辞回家。我要去打的，老范拦住我，让办事处的司机送我回去。

半道上，江司长打过来了电话，对我一阵感谢，又问了我项总帮我买股票的情况，对我说，"你以后就跟着他做。我给他交待好了的。"

我心里乐滋滋的，你们的事情成与不成，那是你们之间的事，可是，我却已经实实在在地得到好处了。而且这种好处一点儿也不用担惊受怕。

过了两天，学校校庆就开始了。一共有三天时间，前两天，老范是学校请来的贵宾，要参加一些重大的活动，第三天，才能抽出身来跟大家在一起。老范之前的意思，那天，全班同学能带家属的，都尽量带上家属，那样，显得更温馨祥和。全班同学到学校附近的一家餐厅好好地吃一顿饭，然后去到学校，到当年住过的宿舍楼、教室、图书馆、未名湖畔走走，重新过当年在校上学时的一天。

那天，我让安静请了假，专门陪我前去参加同学聚会。大家一见挽着我手臂的安静，全部"哇——"叫出了声。好几个同学就说我"金屋藏娇，艳福不浅"之类，似口水都要流将出来。吃完饭在一起照像，大家就把班上有成就的同学往第一排前边推搡。老范自然是除过班主任老师之外，坐在了正中的位置。班里许多同学已经是功成名就，成了张教授李教授的。我相比而言实在是混得平平，只有站在后一排边上的份。全班同学照完了，又带着家属一起合影，有一个同学拿的是快速出影像机。当时照完，当时就出了照片。照片上，唯有安静显得光彩照人。我的自尊心得到了些许平衡。班里不是所有同学都来参加校庆，还有相当三分之一的同学没能来。大家都知道没来的是咋回事。一般，混得好的，都积极参加同学聚会，混得不好的就寻各种理由推托不来，是怕见同学。

参加完聚会，回来的路上，安静发感慨说："你瞧瞧你们那同学，一个个好不厉害，随便拎出一个来都是专家学者什么的。你看你，整天的吃吃喝喝，到现在才混个处级。"

我不以为然："他们的媳妇有我找的媳妇漂亮不？"

"没出息的才和人家比媳妇。"

"此言差矣，"我反驳她，"媳妇的漂亮与否，是一个男人成功与否的重要指标参数。你没发现一个规律，越是混得好的媳妇越丑。因为年轻时找了丑媳妇，所以才在其它方面使劲地钻着想出人头地，以满足心理的平衡。"

"谬论！"安静嗔我一句。

我再懒得跟她耍嘴，心里得意道：他们除过有个专家学者的头衔，还有什么？我可是除过你安静之外，在外边还有两房呢！天天有吃喝，一星期存款能从十几万跃升到近三十万，日子过得不比他们爽！

第五章

一

　　生活，只要时间稍拉长一点，往往带有戏剧性色彩。如果不是后来发生的一些使人料想不到的事情。我可能一直就这么享受着这种甘醇般的生活，直到平平稳稳地退休为止。

　　那是在两年后的一天，我突然接到老范夫人打来的电话，说是老范住进了北京三零一医院。电话中说是老范得了肝癌，而且已经到了中晚期。我就似听到了一声晴天霹雳。放下手头的工作，就叫上小郑坐上车去医院。在这之前，老范就曾来过北京查过病，当时住在他们省驻京办事处，以前每次老范来京，都要打电话让我过去，一来叙叙旧，二来，让我帮他办一些不便让别人办的闲杂事。上次他来京，也是这样。可是，当时他也没对我具体说是查什么病，查的结果如何。我也就没当回事，心想，象老范这样的高级干部，定期去医院检查检查身体是很平常的事。经老范夫人这么一说，我这才回想起来，老范上次来，好象脸色不太好，神情很疲惫。当时我还劝他，工作悠着点。别累坏了身子。他对我说："由不得自己哟，一个省的工作，方方面面，千头万绪，哪一头都离不了自己。真是日理万机，实在是感觉累。就想好好抽出一段整块时间，好好放松下来休息休息身体，可是，根本办不到。"

　　真没料到，这种恶病怎么偏偏就让老范得上了，好人多灾，我想起了这句俗语。心里感慨：如果党的高级干部都能象老范这样，我们的国家不知好成啥样了。老百姓对党的感情肯定能恢复到建国初期水平，好多腐败现象会无藏身之所，还用现在这样大张旗鼓地搞这个教育那个教育。

　　记得和老范在驻京办事处吃过饭的过后几个月，江司长和他同学有一天就要请我吃饭。在饭桌上，我问事情成了没有，老范给了他们面子了没有。那位江司长的同学就直伸大拇指，说象范省长这样两袖清风一尘不染的高级干部，他确实是第一次见。特别佩服老范的为人。原来，江司长的同学去H省竞标，竟然就竞上了一片商宅楼的建设工程，走的全是正当渠道。当然，老范之前也做了引荐。事成之后，江司长的这位同学就说再约请老范吃个饭，老范都没给他这个机会。他说哪天要专门登门拜访，被老范严辞拒绝，说："你千万别来，你要来，我会让警卫挡住你的。那样，就弄得大家都很尴尬。"吃了一顿饭，江司长的同学在我面前对老范的为人伸了不下十次手指头。临完，江司长的同学拿出一个纸包请我笑纳。我听过老范的嘱咐，知道那里边是什么，坚辞不收。我还是那个观点，拿你再多的钱，让我用屁股下的位子来为它受风险，我觉得实在是不合算。

　　江司长的同学就又夸我不愧是老范的好同学，说物以类聚，人以群分，为啥我能和老范有那么好的同学关系，是有道理的，都是一种类型的人嘛。

　　在那之后，我在项总的提携下，在股票上连连得手，市值已在向百万大关逼近。我心想，我这种方式聚财不比直接收受你现金的方式高明多了，心里多踏实！

　　在老范最后的日子里，我一直都陪在他的身边，尽着一个患难同窗的义务。他的父母也来了，中央的好多首长也来看望，还有他们省的好多干部，虽然老范只去了H省三年时间，可是，得到了下边干部的一致拥戴，好多人在见过老范后出了病房就抹起了眼泪，夸老范是他们历任省长中难得的好省长，说老范的病纯粹就是累下的，也是被工作耽误了的。还有我们单位的许多同志，还有他的一些亲朋好友，还有我们班上的同学，都去探视，为老范扼腕叹息，祈祷他能康复。但是，大家的祝福与安慰阻挡不了病魔吞噬老范健康的速度。终于，老范最后去了。

追悼会开得很隆重，甚至中央的有关领导人都来了。灵堂里成了花圈的海洋。前来吊唁的人们泣不成声。中央有关部门的领导致悼词，给予老范极高的评价。

开完追悼会，从八宝山出来，天气阴沉沉的，我就想到了几年前去八宝山公墓见过惠芬后出来时的心情，此时和当时一模一样。心中生出无限慨叹：生命，不管你是官居高职，还是一介草民，在死神面前，都表现的是那么的脆弱与渺小！

我隐隐约约预感到，老范的离世，可能要对我的生活产生什么预料不到的影响。

在这两年里，我一直保持着与梦欣的密切关系，和婷婷则联系比较少。她因那二十万赞助，演上了个较重要的角色后，好象用敲门砖敲开了演艺圈的大门，接的戏渐渐多了起来，天南地北地跑，一年我也见不上她几次面，每次回北京，是来也匆匆，去也匆匆，常常只是约我吃个饭第二天就又飞走了。回来后，也再不去那老房子去，常住在宾馆里。连手机都老换最新款的。当然也有过几次上床，那是在她没什么戏可拍在北京休整的时候，就和我接触得多一点。现在，我她的关系，似乎有点颠倒了过来，常常是我等她，而不是她等我。人就是这么贱，她刚开始使劲缠我时，我真是常常躲她的心思。可现在她不缠我了，一听到她回到北京，我就很冲动地渴望尽快见到她——人头上一有了光环，就平添了不少的吸引力。可是这丫头片子也许现在事业上有点成绩了，还真不好见她。倒是现在我打电话约她，她安排宽余时间见我。有时，一排好几天，弄得我挺窝火。好不容易见了她的面，她的日渐成熟起来的身体和时髦的穿戴，撩得我心急猴跳，可是，和她上床的机会却愈来愈少。到最后，就好象每次都是我有求于她，她恩赐于我似的。我感觉自己就象个她招来的男妓，全凭她的兴趣，不把我的感受当回事。干事时，避孕套也是在包包中早都准备好了的，随手扔过来一只，嘱咐我："认真戴好点，我可不想再被你弄得去打一次胎。"——鬼知道上一次她说她怀孕是咋回事，我都怀疑是她诓我，我又不得不服从，人家现在可已经是一位上了好几部戏的演员了，按照现在的这种趋势，出名成为一位惹人注目的明星已是早晚的事。

更多的时间里，我是和梦欣泡在一起，说心里话，梦欣才是我心中的真爱。两人长期在一起厮混不可能不怀孕。我虽然在婷婷怀孕的事情上汲取了教训，和梦欣在一起时采取了一定的避孕手段，可是，天知道是因为疏漏，还是梦欣本身就想怀孕，结果，就怀上了。女人，当时信誓旦旦说不破坏你的家庭，只和你维持一种情人关系就满足了，天长日久，当她对你依恋越来越深时，就不是那么回事了。梦欣怀孕后，就向我摊了牌，逼我与安静离婚。不然，她就亲自找安静通谍。我左劝右劝，嘴都磨秃了，才拉她到医院里做了。那以后，她就拿床上的事情治我。不久，她就说她母亲岁数大了，身体不太好，要接她到北京来跟她在一起生活。果然不久，她就将自己母亲给接来了。少了在一起的硬件，我和她在床上的事情一下子受到了很大的挑战。竟然有一个多月了没能和她在一起干事。就象一个人吸上了毒，要让他去戒了是很难的。而这时候，安静也怀孕了，已经有了七个月的身孕，大夫嘱咐，为了小孩的发育，两口子绝对不能再同房。真是说涝涝死，说旱旱死。我在被迫无奈的情况下，只好在安静去值夜班的时候，大着胆子约梦欣来自己家干事。一次两次没事，可夜长它就梦多，终于有一次，两人被安静中途回来赤条条地堵在了床上。当听到那钥匙孔在转动的时候，我就几乎吓傻了。我根本没有想到安静会中途回来，这是我和她结婚几年里从来没有发生过的事情。所以，我连房锁的保险都没扳。安静似乎是有备而来，一进门来，就直冲卧室，来到卧室，就扑上床来，掀掉了梦欣两手死拽着用来遮羞的被子。两个女人的恶战让我观之心惊肉跳。恶战的后果是脸上都留下了对方给予的指甲血印。我好劝歹劝，才将其劝得松了手。然后就同两个女人谈判。梦欣此时已经是破罐破摔，说："我们俩就是好。一凡她多次给我亲口说他早就不爱你了，他现在爱的是我。你还死揪着他不放干什么？"

安静气急之下，一个电话，就要叫来自己的家人，让我使劲求情下话给劝住了。

谈判进行得很艰难，最后终于各自做了让步达成了协议——世界上的任何谈判协议的达成似乎都是对立双方妥协的产物——梦欣答应和我再不发生床第之事，安静也不去单位告我们。协议的达成使剑拔弩张的局面得到了缓解。

可是第二天，我就发现事情绝没有那么简单，虽然梦欣走后，我给安静下了一晚上的好话，左劝右劝，讲清了这件事的利害，安静第二天还是将此事全盘兜给了老彭。而且在办公室里指名道姓地叫着梦欣的名字大哭大闹。安静背信弃义撕毁和约的行为弄得梦欣毫无准备措手不及，羞得将办公室门锁得死死的不敢出门来。我天塌下来的感觉，知道这一次将安静伤得不浅，又似乎这毁约之举是我干的一般，觉得很对不住梦欣。安静哭呀闹呀地完了，由胡小杨陪着送回家去，好半天，梦欣办公室的门才被敲开。我走进去看，梦欣脸色惨白地伏在桌子上哭泣。我上前去，办公室里的另外一个女同事知趣地退出去，我想说什么，又一句也说不出口。过了好半天，梦欣才从桌子上爬起来。轻轻地对我说："张一凡，你看着办。你再不和她离婚，我就死给你看！"

她这一句话倒提醒了我，我重叫回办公室里出去的那个女的前来照看梦欣，就赶快往家赶。回到家，只见胡小杨坐在客厅的沙发里，安静一个人躺在卧室里的床上。胡小杨见我来了，告诉我说，安静一进家门，使劲地头往墙上撞，说不想活了，被他硬给拉住了，左劝右劝，才扶她上了床。说我老岳父刚才打电话过来，问怎么一天听不到你们俩的动静。安静就抱着电话嚎啕大哭起来，将发生的事情全给她爸说了。我一听就整个身子瘫软在了沙发中。

接下来的几天，是梦魇般可怕难捱的日子。家中不但招来了安静的父母，而且招来了安静的姐姐姐夫，哥哥嫂嫂，一向在他们家中受尊宠的我，瞬间变成了作风不正派的伪君子。我无地自容。恨不得有个地缝钻进去——虽然他们一家人都还挺通情达理，没对我有多少过激的言词，毕竟我平时为他们家做了不少事。

说过我之后，就是劝安静想开点，现在这样的事情在社会上出现的多的是。说只要我回心转意，保证再不和那一位密切来往，就应放我一马，不然咋办？那一位可是急猴猴地等着你安静腾位子呢。你总不至于闹得跟一凡离婚吧。这不正好成全了那个女人云云。左劝右劝。终于劝得安静平静下来。夜已经很深很深了，大家伙才离去。我讨好地给她端来洗脸水，用毛巾给她擦把脸，安静拽过毛巾去，自己擦，根本不领我的情。我又拿来洗脚盆，想给她洗脚，她一脚就将洗脚盆踢远了，水溅了一世界。躺在床上，面对着安静的脊梁骨，求情的好话说了一大箩筐，表白自己绝没有想到要离婚，绝没有对梦欣曾说过自己不爱你了，请给我一次机会，我会好好爱护这个家的，以后绝不再和那边来往等等。安静只是一声不吭。等我发现安静可能睡过去了，我才又挂念起梦欣来，不知她今天晚上是怎么度过的，千万千万别出什么事情！

这场战争最直接的损失是安静流产了。这可是一个七个月大的男婴，是安静自打结婚以来就日思夜盼的最大期望！这一打击对她几乎是致命的，绝不亚于发现我与梦欣的私情。等到事情平息下来之后，安静很慎重地对我说，她需要一个人过一段时间。要么，是她住回到她父母那里去，要么，是我到我原来单位的老房子去住，说她实在不能面对现在的我。等过上一段时间，她如果想通了，再考虑俩人搬回到一起住。我知道安静思想没通，突入其来的灾难对她的打击太大，她对我的情感面临着巨大的考验。为了博得她的欢心，我只好说："那就让我搬回到我老房子去吧。"

就这样，我去找了惠芬的爸，说了自己需要在老房子暂住一段时间。惠芬爸现已退休，特通情达理，说："你住你住，那房子本来就是你出钱买下的。"我就去到老房子，把那两位婷婷的室友撵走，将钥匙收了回来，从家中带了一床被褥，搬了过去。

梦欣出事后，请了公休假，半个月没来上班。

二

报社班子的任期到了，老彭年龄已超，是绝对不可能连任了，经过民主测评，组织考核，结果是老汪当上了总编。而且上边有精神，这一次的报社班子和上次部里改革一样，要动大手术，精兵简政，只留一个副总编。最后的结果，是留老李，我下。而且下去后还不能到各编辑部门任低一级职务，中层的位子都由原来的一班人马占得满满的，也面临着裁减。过去是三个头的，现在只能留下一个，不设副职，真是僧多粥少。这一现实对我来说，是太残酷了，残酷得让我都无法面对。我的脑神经几乎都出现错乱，精神达到了崩溃的地步，以为眼前发生的一切不是真实的，只是在做梦——实际上，自打家里出事后，我的脑袋瓜子就一直没有清醒过。

班子调整以后，好长时间里我不能接受这一现实，刚开始的那几天里，我还仍旧去胡小杨处取稿子，仍旧干一些过去在总编位子上应该履行的职责。直到有一天，胡小杨委婉地提醒我稿子不能再交我送审了，接着后勤上的人来催我腾办公室，我才彻底明白过来，梦已经醒了，我头上副总编的乌纱已经被摘去了，过去生活给于我的那一切一切的美妙东西——从物质的到精神的，都随着核心的核心——手中权力的失去而象水一样地流逝走了。

过后，我才从别人那里风风闻闻地听到了一些这次调班子的内幕。特别是小郑，替我打听到了许多情况（胡小杨已经完全倒戈，生怕因和我过去的关系而引火烧身，丢了自己的职位）。表面上看，我的下来是与我和梦欣的事情败露有直接的关系，可是实际上，在我沉溺于和梦欣卿卿我我、吃吃喝喝地应酬各种关系、出书、为自己的股票增值欢呼雀跃时，老汪早在私底下为这次报社班子的变更做着长期的、精心的活动与准备。上次部改成总公司后，新调来的班子中，进来一位管组织的副经理。老汪不知通过什么关系，从老家那头打探到这位头儿竟然和自己是老乡，不但是老乡，还和自己沾着点亲戚关系，所以，寻个理由就往其家中跑了几趟。一来二去的就弄熟了，借着祭祖修坟还和该头儿一同回过趟老家。回来后，就跟其关系密切了起来。之前，老汪物色来一个成人女大学生到报社，上编委会时，我觉得这女学生条件不是很好，是缴费上的大学，拿的是成人教育毕业证。而且是学历史的，以前没有接触过新闻。但一想老汪以前对自己的迁让，也就睁一眼闭一眼地点头通过。起先我没在意，可过后，我就发现老汪对其特别的关照。按规定，新分来的大学生在我们报社都要先干一年校对，然后再分到采编一线。可是，她却只干了半年，就让老汪以要闻部缺人手为由将其从校对调了出来。以后，那女的好几次在稿子上出了差错，下边反映上来说其业务能力太差，要求将其调到别的不太重要的部门。老汪都以年轻人，多锻炼锻炼就成熟了为由，替其打掩护。后来，大家才渐渐知道了，她是那位头儿的亲侄女！

另外，我们报社也由新闻出版署业务上管着一头。据传出版署那头的个什么重要头儿就是老汪在原报社时的老上级。两人的关系当初好得就跟我与胡小杨一般。

而且近一两年里，我明显感觉到老汪把老彭也跟得很紧，对老彭布置的每一份工作，不管对与不对，我和老李有时候还表表自己的意见说上两句，他则是从不吭声，而且极力维护老彭的权威。老彭为改户口的事情在报社弄得名声很不好，连老李都老在下边攻讦，我也颇多意见，可老汪却不止一次地在人多的场合夸赞老彭以前曾在大学里呆过，是专家型的领导，多干一届是理所当然。特别是换班子前的半年，老汪更是一上班就频频往老彭办公室里钻。我听胡小杨给我汇报说，老彭几次血压高住院，老汪都大包小包地拎了营养品去医院探望。我则只是听老彭第一次住院时礼节性地去探视过一次，以后就装糊涂再没去。老李则可能一次都没去看。

　　至此，我才领教了老汪的厉害和自己的幼稚。看人家多能沉住气，多有手腕！几年里都不露声色，不吭不哈，对你百依百顺，使你对他失去警觉，毫不防备，背地里却多方位努力地经营，韬光养晦好了，寻到时机成熟，跳起来一口就把你给咬死！

　　至于老李，则完全是妥协的产物。从老范的去世，我和梦欣事情的败露，他可能就已经看到了我的颓势，也许他之前就已嗅到了老汪要上的信息，所以早早儿便停止了对老汪的攻讦。按常规，老汪也需要拉上他来排挤我。老汪眼中最容不得的人应该是我而不是老李，别看老李过去老找他的茬头，但在切身的利益面前，老汪不傻，知道孰轻孰重。最最主要的是，老李这两年也没闲着，四处的活动，通过迂回战术，竟然也绕回来在总公司头儿里找到了靠山。而且据传他的女儿已经跟公司党委书记的儿子在谈恋爱，两人间已经变成了准亲家的关系。老汪不敢小觑老李的实力，也怕老李在上边日他的鬼，利益一致便前嫌尽释，进入了同一条战壕——邱吉尔曾说过，在国际政治势力角逐的舞台中，没有永久的朋友，也没有永久的敌人。这条铁律同样适用于人与人之间的关系。

　　这一大堆真真假假的传闻通过小郑和其它方方面面的途径汇总到我耳朵来，我才如梦方醒。他俩是早都联了手在对付我，可我却一直蒙在鼓里。难怪从老范死后，就很少见老李再到我公室里来了，而是频频往老汪办公室里钻。我甚至怀疑，那天晚上安静来家捉奸之事，老汪与老李脱不了干系。因为事后，安静曾透露说有人提前给她打过电话，告过我和梦欣的关系不正当。当时，她还不相信。事发那天，又是另一个人，给她打电话，说一个女同事正在我家，情报百分之百准确，让安静马上回家去堵。一般别人谁没事专干这种下作勾当！都是与你有直接利害关系的，第一嫌疑人就是老汪！以前我就一直心里嘀咕，我抢了他的常务副总编的缺，他肯定对我耿耿于怀。可是，平日里好象没事似的对我仍旧见面笑嘻嘻，遇到事情从来也不跟我拧着劲唱反调，一度时间，我还被他的大度所感动，觉得他是真男人也，没想到，他是深藏不露，是在卧薪尝胆，关键时刻才出手！听安静讲，先后给她打电话的不是一个人，前一个人她没对上号，可第二个人，她总觉得就是老李的口音。因为当初结婚时，给老李敬酒，老李多调侃了两句，所以对他的口音有印象。世界上的事情，真是太复杂，特别是人与人之间的关系。这个"斯芬克斯"之谜，我真是将脑袋瓜子都想疼了，也没完全捋出真相来。

什么东西，当你拥有它的时候，还不太感到它的珍贵，可当你一旦失去了它，你才会有一种彻入骨髓疼楚。我就特别特别地为老范的去世扼腕，你说你为什么就摊上那么个恶病，就是得上了，也不能拖它个一年半载，偏偏在换届之前的节骨眼上，撇下我这个患难与共的兄弟走了！如果老范不那么快去世，我想，我也绝不会这么快就被一撸到底。生活作风问题它说问题是问题，说不是问题，它就不是什么大问题，关键是上边怎么对待你。说穿了，一句话，上边有没有人替你开脱，替你说话！我想如果老范不去世，也许他一个电话，都能为我把这事给压下去。

老汪上任之后，新官上任三把火，第一就是整顿工作纪律，抓迟到早退。第二是抓靠关系上稿子。他自己再也不象以前那样，懒懒散散，每天比谁都上班来得早，权力真能改变一个人的行为习惯，听说现在也很少打麻将了，与他那位相好的接触也收敛了，不象过去那样明火执仗。那位他的野小姨子这回可是在报社能上了，平时说话大声大气起来。所采写的稿件，也渐渐地排到了重要的位置。上班时间，还时不时地看到她往老汪办公室里钻。老李又在报上开始发他的带刺的小言论。我发现，有两篇，是明确无误地在含沙射影攻击我。什么有些人凭着一些老乡、同学关系，当上领导后，天天吃吃喝喝，醉醉熏熏，乱搞男女关系，利用手中权力，大发关系稿件，将好端端的一个新闻单位搞成了家天下，顺我者昌，逆我者亡。多行不义必自毙，这样的人是象藤一般靠寄生在某棵大树上生活，一但大树倒了，自己也便大势所去，没有了保护伞，丑行就象雪地里的僵尸，很快暴露在光天化日之下，弄得个众叛亲离的可悲下场云云。我看着报纸，半天脑子里一片麻木，就好象此时正被老李揪着在众人面前扇耳刮子。我猜想，一定是老彭过后将我给他说过的那些埋汰老李的话，抖露给了老李，惹起了对我的仇恨，积攒在心底，现在才发作，不然，老李他怎么会这么刻薄，会用这么恶毒的语言直言不讳地来攻击我！从那次我跟老彭谈完他，几天之后，老李就特别明显地见面再不理我了。现在想来，老彭也阴得很！我会为了讨好他而出卖老李，难道他就不会为了一己私利讨好老李将我给出卖出去？难道老彭也事先就知道我会下去老李会留任不成？这又是一个"斯芬克斯"之谜！

三

老汪上台后虽然"三把火"烧得很蝎虎，什么迟到一次扣多少奖金，迟到二次，不予以年度评先进。迟到三次，记录在案竞级评职称时做参考等。一段时间再没有人敢再迟到。可是，我因为遭受重大打击，情绪低沉，现在又住在原单位老房子，难免有时候迟到个一次半次，要是轮上别人，就得画考勤，扣

奖金的，可是对我，老汪却格处开恩，吩咐记考勤的人不予追究。老汪的第二把火是

大刹利用关系上稿件，我虽然不在位了，可下边有些关系好的记者还一时半会儿没反应过来，有个别稿件仍然直接发给我。我编发了，老彭也常常是睁一眼闭一眼地大笔一挥地通过。老汪烧的第三把火是抓报社内部的团结，狠刹过去报社内部的拉帮结派，各树山头，搞小团伙。可是，他对我过去用下的人并没有打击报复，特别在胡小杨身上表现得尤为明显。刚开始胡小杨胆颤心惊，不但连我的办公室不敢进了，就是在走廊上碰上我，都忙把头低下去，装做看报看书的样子，可过后，胡小杨不但没因和我过去的特殊关系被撸下去，半年之后还被提了半级，成了总编助理，理由是为了培养年轻干部。对梦欣也没有做任何的什么处分或停职反省的表示，该干啥干啥。

　　我虽然腾出了自己的大办公室，让老李搬了进去，可是，老汪真给我面子，没让我去一般编辑们的大办公室扎堆，知道我心理上受不了，将我调到了老李原来的办公室里。没两天，给我了个机关总支书记的虚职，也算是对我个安慰。而且以前当副总编时所享受的工资福利一成不变。使我在心里对老汪心存一份感激，刚被撸下来时的激愤心情稍稍得了些缓解，也觉得自己对老汪看法不一定正确，老汪没有我想象的那么阴毒。

　　老李则完全是个势利小人，子系中山狼，得志便猖狂。不但在报纸上骂我，见着我，也脖子昂得高高，眼珠子瞪得牛大，恨不得把我吃了的样子。早知他现在对我如此，我真该在位置上时就狠狠地治他一下，后悔也来不及了！

　　梦欣被弄得身名狼藉——这种事情上，受伤害最大的往往是女人。报社人都同情我而不同情她，因为我过去一直人缘好，大家就把脏水往她头上泼，说是她一个单身女人耐不住寂寞，

又看上了我的地位，主动勾引我的，是她毁了我的大好前程。所以，她一上班就关起门来，不跟任何人打照面，更何况是我了。我知道她心里挺恨我，事情都闹这么大了，还不跟安静打离婚找她。有两次，我试图主动跟她搭茬，她均没理我。

也许是通过对待我的态度上，老汪的口碑在报社大大地好起来。什么汪总编心胸开阔，以德报怨，我以前强占了他的常务副总编的位置，可他上来后，不但不秋后算帐，投石下井，反而在我落难之时，给予各方面的照顾，不失为一把手的风范云云——人一有权，别人就总会放大其身上的优点而忽略其缺点。

我虽然住在了老房子，可还老回来找安静，两口子又没打离婚，不可能一点不接触。每次回来，总能碰到些让我不舒服的事情。一个星期天，我来找安静，在家属楼下，我看到胡小杨穿一身工作服，正领着一伙搬家公司的，给老汪搬家。我才想起来，老汪当了总编，正在换大房。还有一次，天擦黑的时候，我看到他和小郑正在楼下的车上往下抬一筐什么东西，老汪的老婆和儿子出来要帮手，胡小杨连连摆手道："不用不用，我和小郑就抬上去了。"然后就抬着萝筐上了楼。更有一次，星期天，我在一个路口处，发现从小郑的车上跳下一个挺年轻风骚的女人，随后跳下了胡小杨，拎下一个大塑料袋，又取下一些鱼具，我就猜想，是一伙人去钓鱼了。过后问小郑，小郑果然回答说，老汪当时就坐在车里，将钓的鱼大部分留给相好，自己带一小部分回家哄老婆。从小郑嘴里我还得知，胡小杨现在也成了老汪麻桌上的常客。老汪不过在当总编前后稍稍收敛了一下，打麻将的次数少了，或着说打得更隐蔽了点，圈子更小了点，现在，位儿坐稳了，瘾头就又大了。怕老婆找到——过去，听说老汪老婆为老汪打麻将的事，曾去到老汪麻友家周过桌子。还有一次，把他的铺盖卷儿也送到了麻友家。现在，则是由胡小杨常常将其带到他表哥的娱乐宫里去打，让老汪打麻将时，再也不用担惊受怕老婆来周桌子或是送铺盖卷。那里不但环境条件好——专门的包箱，上好的盖碗茶，簇新的麻将桌，而且想打到多会打到多会儿。打到午夜不想散摊还能吃到可口的夜宵，不受任何条件限制。胡小杨以前并不怎么会玩麻将，可为了陪老汪，专门弄了本麻将书搞了速成提高，当然，每次仍常免不了给老汪与老汪的相好放炮。但胡小杨每次放了炮输了钱，照样乐呵呵的。小郑一边给我抖露一边叮嘱我不要给别人说是他说的。小郑还念着我过去对他的好，又感到我和老汪似乎并没什么深矛盾。老汪的上去主要原因是我自己栽到了梦欣事情上所致，所以才告诉我老汪现在的一些情况，感慨道："张总呀"——我虽然现在啥也不是了，好多人还是不肯改口，仍旧这么称呼我——"不是我说你呢，现在哪个领导没有点拈花惹草的风流事？那叫业余爱好。我还从来没听到过哪个单位的领导为个女人丢了官的。我就想不通，做那种事情，你怎么就将她领到你家去。在哪里不行？我要早知道你的难处，我都能给你提供地方。不过，现在，说啥都已晚了。你看看人家汪总，和他那位相好，简直在麻将桌上输了赢了的都相互不算帐。有一次星期五晚上打麻将到半夜，汪总相好困了，说让别人替个手，她去胡小杨表哥专门为她开的房间进去困一觉回来再打。她离桌后，一会儿，老汪也借口去上卫生间离开了桌子，让周围钓鱼的人接手。过了好半天不见回来，我也尿憋了，去上卫生间，哪里有汪总的影儿，我想肯定是钻到相好房里整事去了。果不其然，我回去时，就从包厢里传出声来，"把人困的，不行，你赶快去打你麻将去……"我急忙离开去，怕被老汪发现了。过了一会儿，汪总才装模做样的摸着裤腰从门里进来说，'近来的应酬太多了，肠子里的油可能都堵满了，便秘得厉害。'你瞅瞅，人家现在过的是啥日子？所以，张总，你真是太窝囊了，冤得很。"

我听着小郑的叙说一句话也说不出，忽然就悟出了老汪的人生哲学与为人之道，想到了有首《插秧歌》唱的，"低头才见水中天，后退原来是向前"！

小郑就又表白："张总，你放心，我不是胡小杨，今后你要有啥事，用个车啥的，只要与老汪不冲突，我是随叫随到。"我心里就说，一个落架之人，我现在要你的车干什么用！

我虽然头上还挂着个机关党总支书记的衔，但是个闲职，工作范畴也就是收收党费，组织个民主生活会或入党极积分子党课学习班。发展吸收够条件的年轻人入党——其实该发展谁不发展谁，实权也不在我手里，逢"七一"搞个歌咏比赛什么的。在我们国家里，虚职与实权间真是有着天壤之别！我实实在在变为了后勤附属人员。一天上班闲得啥事也没有，似个"多余人"，整天除过喝茶看报还是喝茶看报。干了大半辈子文字工作，一下子脱离开了它，还真的不适应，手痒痒的，可是，却又没稿可编。刚开始时，一些记者站的记者还时不时地将一些自认为写得好的重点稿件直接传给我想走近道。后来，也都渐渐地再不将稿子传我，可能都有所顾忌怕被划到线上。以前，我怕办公室的门敲响，因为该应酬的事情实在是太多。也怕电话铃声响起。现在，就是坐上一整天，也不见得有人敲门进来。电话也很少接到一个半个。有时候，好不容易听到铃声响起，拿起来后，人家一问，说对不起，拨错电话了。憋得实在受不了，去到下边各编辑部门串串。去后，一个个对你面子上装得挺尊敬，仍然张总编长张总编短地叫着，可是，谈起话来总不投机，我跟人家没有多少共同语言可说。说什么？过去可下达指示，检查工作，现在能吗？谈其它的话题也觉得隔着张皮，好象在人家圈子以外。所以，去了几次也就不再去了。我每天将七八种报纸从头翻到尾再从尾翻到头。剩下的时间就在网上打发，捣饬办公室里的几盆花草。再就是站在窗子前看楼下进大门来与出大门去的汽车。我惊讶地发现生活其实就是一个圈。若干年前我就是这样百无聊赖地数汽车。不过那时候是在马路牙子上数，现在是在办公室里边数。再没有人来请我晚上去应酬，看着老汪临下班时，常常叫来小郑和胡小杨一道出去，我就猜又到哪里去吃请，心里竟然充满了羡慕之情。当时令自己烦腻透了的没完没了的吃喝应酬，现在回忆起来，简直就是在天天过大年！什么东西，真是等它失去后，才显示其价值。

晚上下班回老房子后，清清冷冷，实在憋不住了，就去回家找安静。安静一般是一星期只有三个晚上在家，三个晚上值班。在她不值班的时候，我就打电话过去。她心情好点时，才准许我上去，如果我要脸皮厚点，也能在她那里蹭上一宿，过次夫妻生活。但是，通过上次事件的伤害，明显地两人心里留下了没法弥合的裂痕，这种裂痕必然反映在床笫之事上。她没有了往日的激情与耐心，我也因自己的处境在这方面淡了许多，往往去到她那里只是为了摆脱孤独的心灵需要，而不是为了肉体上的需要，所以也就勉力为之。我深切地体会到，男人如果在仕途上遇到挫折，马上就能反映在性的方面，其能力会急剧的减弱。我琢磨可能主要是心理上对那方面淡了，又反作用于生理，形成了恶性循环，所以，我在床上的表现是越来越不成了。到最后，我觉得似乎每次与安静同房都得不到多大的满足。我想，她肯定与我有同样的感受。所以，渐渐，我们在床上的事情就越来越少了。有时候，我来后，甚至很晚了，我都会重新回到自己的老房子去而不留下来。好象来的目的只是想跟安静唠唠嗑，说说话。自打我出事后，我就再一次也没有去过老丈人家，虽然老丈人也邀请过我好几次。我总觉得一是再没脸面对她们家的人，二是自己总编职位没捞着坐，副总编职务也被撸了，再见到老丈人，低人一头的感觉，所以就不去。就是每次见过安静出楼来，我仍然感到孤独，它象一条挥之不去的影子，走到哪，它就跟我到哪。我到办公室，它跟我到办公室，我回到家，它跟我到家，甚至是跟安静在一起唠嗑时，我仍会感到孤独。我就更深地体会到，一个当官的男人一但离开了仕途，真是行尸走肉一个。现在我就理解了为什么老彭就为个多干一届去改户口，拉下个老脸陪上管户藉的小科长带上小蜜上避暑山庄去游玩。

我在极度无聊之时，就一个人上街上的小酒馆去，要上几碟小菜，一瓶烧酒，将自己独个儿灌个半醉。就在这半醉中，让过去吃请时的一幕幕象水一般地从脑子流过。

我为什么这么孤独的另一个重要原因是梦欣都没跟我打个招呼，就竟然背过我，自个儿去找了陈副校长，活动着调到他们学校当会计去了。手续办好后才告诉我，惊得我心都凉凉的了。走之前，我把她请到我常去的小酒馆里吃了个饭，我喝多了，她也喝得不少。我恳求她留下来。哪有城里的往城外调的。而且报社这么好的单位，多少人想进进不来。梦欣说，"现在这种情况，我能再继续呆在报社了吗？我一天上班，感觉到多少人在背后戳我脊梁骨！"

我贼心不死，说到底是仍然爱着她，喝完了酒，我哄着她去我那房间，刚开始，梦欣还伤痕未平不肯去，我左哄右求地才去了。去后又左挡右闪地不肯就范。后来可能念及旧情，也就脱了衣服。

可是，以前我每次喝了酒后性能力都很强，这一次，却恰恰相反，不但是勉强起来，而且刚刚入巷就雪山崩溃，弄得梦欣很扫兴。我百思不得其解，恳求她留下来过夜，梦欣却死也不肯，说她又不是条狗，记吃不记打，那次留下的教训还不够深，还要让你家那个母夜叉第二次来抓挠自己不成。结果，我只得放她走。她前脚走，我后脚就有一种预感，我和她的关系，可能也要到画句号的时候了。

男人活着总得干点事情。我想到了出书，不行就将自己过去写的一些新闻报道什么的凑把凑把，再出本小册子。我试探性地跟下边过去跟我好的两个记者打了个电话投石问问路，没想到，对方在电话里语气格外的坚决，"拉倒吧总编"——他们仍没改口，叫我总编，算是抬举我——"上次你那诗集，一大捆还在我床底下扔着呢。"

我吃一惊，问："你们不是都销完了，钱都打过来了？"

对方回答："那是我替你垫付的！"

听了此话，我象掉进了冰窟窿里……

"失势的伟人举目无亲，

走运的穷酸仇敌逢迎。

这炎凉的世态古今一辙。

要是你在穷途向人求助，

即使知交也会情同陌路。"

——莎翁早在五百年前就揭示出了这一真理！

四

思来想去，我终于给自己找到了人生继续往前走下去的支点，那就是钻研股票，以图在其上有所发展。我细细地在心里将自己的年龄、专长等等方面的情况做了个通盘考虑，经过慎重分析，我觉得面对改革的大趋势，加上自己偏大的年龄，老范的去世，要想在报社东山再起，已是绝无可能。我将自己的想法去跟安静商量，安静不置可否，不支持，也不反对。这一年里，虽然股票市场开始熊了，可是当初在项总扶持下挣的钱还有一大部分利润没有被抹去。听他话买的最后一只股票由于心情缘故一直没顾上动它，虽然曾被套过一段时间，可是，近来它却又逆着大盘走势长了起来。

让我心里一激灵，觉得投身股市似乎是一条可以走得通的改变命运的新路。我最终说服了安静，让她去做她爸妈与哥嫂姐姐姐夫的工作，将他们的存款都取来，借给我，我若挣了，对半分利，若挣不了，也每年按百分之十给他们付利息。她家人知道我之前在股票上赚了，就纷纷凑钱给我。这样，我就筹足了五十万，按规距，要进大户室至少得八十万资金，但因为股市走熊，我又有以前跟江司长的关系，项总经理虽然已经知道我现在不当总编了，对我倒也还客气，毕竟他又增加一个"大户"，破了个例，让工作人员给我办了手续，送给我个卡，领我到大户室去，指定了一台电脑。

工作人员为我打开电脑，替我讲解一些简单的操作方法，如何看大盘曲线，如何看个股技术指标，如何在盘面上即时买卖股票，等工作人员走后，我就自己敲打着键盘，心中升起一股豪气。条条大路通罗马。我为什么非要在一棵树上吊死。以后，是市场经济社会，而股票可以说是市场经济中的市场经济，只要我下一番功夫，不愁在其中搞不出一番大作为。我一边敲着键盘，一边脑子里边就涌现出花园洋房、香裘"宝马"，一时间，兴奋得不能自己。直后悔这么些年自己咋那么迟钝，咋早就没往这条路上靠，现在多少有为的知识分子脑袋瓜子开了窍，不再在官场上混，在商场上大显身手，将自己弄得钵满罐满的，我只不过当那么个小小的副总编，也就一天混个吃混个喝，还得整天应付人际关系。而且在单位里，不管你混到多高的位置，总有到退休的那一天，等那一天来临时，你仍旧很失落，自己老岳父，就是个例子。很多人退休后都是混吃等死，一早起来就是蹲南墙根晒太阳，再不就是钻麻将屋。实在是悲哀。思想一通，我热血沸腾，中午就去请项总经理吃饭。项总经理在牛市很牛，现在是熊市了，竟然也很牛，不肯给面子，说是他们有纪律，不能随便

参与客户的吃请。以前他可是红口白牙地跟我说过，请他吃饭的人名单都排在了一星期以后。让他推荐个股票，也意意思思，求了半天，他才勉强推荐了一只。可是，我买上它之后，不但没有涨，反而跌了，赔进去两万多。我就觉得江司长肯定对他有所交待，知道我在老范去世后，已经从总编的位置上下来，现在啥也不是，在江司长那里已经没有了利用价值，所以，他对我也就不屑一顾了。人啊，别看他身居高位还是一介平民，都脱不了势利这个俗套。自从老范去世和我下来后，再一次都没接到过江司长和陈副校长的约请电话。有一次我实在对前途迷惘烦闷，给江司长打去个电话想投石问问路。没想到，他接起电话来一听出我的声音，还没容我多说，就借口自己很忙把电话给压了。以前在酒桌上发下的什么"相互帮忙相互提携"之类的誓言现在想起来，就象是放了个屁。甚至连屁都不如。

　　项总经理的冷面孔更增加了我在股市上搏击的志气。我在这之前，就已经买来了美国股坛高手巴菲特、索罗斯等人的传记，了解到他们都几乎是从几百美元炒成了现在的亿万富翁，他们能做到的，我为什么做不到？别说象他们那样成亿万富翁了，凭着自己的才智与努力，炒成个千万富翁，也是很有可能的。老项请不到，我就想给梦欣打个电话，让她来陪我吃这个

午饭，好好在她面前摆乎摆乎自己的这个宏伟目标。可是，梦欣却也说工作忙，实在脱不开身来陪我，我在电话中向她讲了自己进了大户室，并讲了一番自己的想法，没想到，听着好象并没有激发起她多大的热情，说股票市场今天赚，明天赔的，她们学校好几个同事也炒股票，以前都赚，现在却一个个被深深地套牢了，每人都亏着好几万呢。我没办法给她在电话中辨论。向她介绍巴菲特与索罗斯以及台湾投资天才少年闯荡华尔街所创造的神话，我肚子里憋了一口气，好好好，你不来，等我炒到千万，看你来不来，你那时候想来陪我吃饭，我都不要你陪。生了一肚子闷气，我想到了婷婷，突发奇想，叫她来陪陪我吃这个中午饭，她现在娱乐圈里混得已经开始发迹了，以前我曾在极其穷极无聊时给她打过手机。可是，她要么是在外地拍片，要么就是人在北京，也是说这忙那忙地来不了。最近，我似乎感觉到她人又回到了北京，前不久，我给她打电话，她说是这几天她们那个剧组要移师北京拍戏。我知道就是给她打电话，也不一定能把她叫来，但仍死马当做活马医，给他打过去了电话。

接通了电话，婷婷知道是我给她打的，就问我："有事吗？"

我就说有时间没有，我请你中午吃个饭。婷婷一听我这话就有点烦："怎么可能呢，我现在正在片场，忙得连上厕所的时间都没有。"

我说："晚上，晚上好吗？"

对方回答："晚上再说，恐怕也是没时间，我们这个戏进入了最后扫尾阶段，导演抓得贼紧，每天都加班加点。"

我听那边急猴猴的，便知趣地先关了手机。我想起婷婷以前埋怨我忙不给她见面的机会时讲起的那个传说，什么英国首相邱吉尔为了跟自己的情妇约会，中断了正在召开的国务会议。

一个人要干自己想干的事情，是怎么也能抽出时间的，如果抽不出时间来，那就是她不想干这件事情。她肯定现在情感上有了新的寄托，不然，绝对不会对我是这个态度。我和梦欣的事情以及被撸下台的消息，弄不好她也知道了。现今这信息社会，一件屁事，三拐两拐就飞进了别人耳朵里。

一个男人，有了一番宏图大略而找不到倾诉的知音，是件很痛苦的事情。无奈之下，我又给安静去了电话，安静倒是很痛快就来了。我们到证券部下边的一个小饭馆里，点了几个小菜，又要了一瓶酒，给安静要了听饮料，我就一边喝，一边讲刚才坐在大户室电脑旁边的感想，说自己要当中国的巴菲特，中国的索罗斯你信不信？安静就说："干出来才算。"

"你不相信我的能力？"我醉眼惺忪地看着安静。

安静机械地回答："相信，也许吧。"

我看她那敷衍我的样子，就说："我这一段在办公室里没有事干，看了好多证券方面的书你知不知道？没有啥神秘的。他项总经理不给我推荐股票我自己给自己推荐。你就等着看我怎么在股票市场里叱咤风云吧。到时候，我要买最豪华的别墅，最气派的汽车，开着去上班，让他们一个个瞧瞧……"

安静就急忙阻止我，"小声点，别人都听见了，在笑呢。"

我已喝得多了，神经兴奋着，不在意，说："让他们笑，看谁笑到最后，笑到最好……"　安静一把抢过了我手中的酒瓶，"我看你真是把持不住自己了。"

我就和安静夺酒瓶："让我喝，我没醉，我今天高兴，自从我被撸下来之后，我从来没有象今天这么高兴，还不来陪我喝酒，看我成功之后……"

安静就问："谁不来陪你？我虽然刚开始说不来，最后不是来了吗！"

我仍然气咻咻地自语："还牛皮，觉得我现在啥也不是了，不来陪我……"

我就这么咕咕哝哝，唔唔呀呀，不知是怎么被安静搀扶回家的。等我醒来后，我发现自己一个人睡在自己家的大床上，安静已经不见了，可能是去上班了。我挺有志气，强打精神去洗了把脸，去上班。晚上，我就又回到自己的老房子去。心里发誓，不在股票市场上炒出个阵势来，我就不回那个家去。

从此以后，我的整个心思都几乎扑在了证券市场上，那儿，倒好象成了我上班的地方。坐在证券部里的电脑旁，看着上边正在播着的股市行情，自己才感觉踏实，好象是正在上着班。反而一到单位自己的办公室里，就抓肝挠心心神一点儿定不下来。渐渐，我就象一个抽上了海洛因的吸毒者，离不开了股票。每天，明明是准备着去上班，可是，路过证券公司时，却脚不由自主地下了车，跨进了它的门槛。我的工作表现终于引来了老汪的不满，把我叫到他的办公室去谈心，好言劝我不要因为副总编不当了就破罐子破摔，表现得跟一般单位上最差的同志都不如。说只要好好工作，还是有前途的云云。我耳朵里此时哪里听得进他的这些话，放言道："你们要是看我不顺眼，那我辞职算了。"

老汪说："那你就是在说气话了。"

我说："真的，没什么了不起。我完全可以不靠公家这个铁饭碗，自己养活我自己，这不挺光荣。现在国家也提倡机关干部走出去，在市场经济中去弄潮。"一下子倒把老汪给噎了个说不出来话。最后只好说，"你要真有这个想法，我们会考虑，给上级领导汇报你的想法。"

我非常自豪，可以说是雄纠纠起起气昂昂地从老汪办公室里出来。我为什么这么得意，为什么底气这么足，为什么敢说辞职的话，是因为我最近通过拼命啃股票书，已经掌握了一些买卖股票的技术分析方法，而且利用这些方法进行操作，在几只股票上初试牛刀，竟然小有斩获，虽然获利不大，但极大地增强了我的自信心，直后悔自己觉悟得太晚了，如果早几年涉足进来，现在恐怕早成千万富翁了，就是亿万富翁这辈子也是有可能的，还受他们一个个的气。把个小小的副总编，算个吊，给我我都不当。最可恨的是老李，现在是频繁地在报纸上炮制他那些狗屁言论，我看其中十有八九都是冲着我来，就象条疯狗一样——他这人在单位中，好象不找个对立面他心里就不舒服，过去是整天的骂老彭老汪，现在是拿我这个落架的凤凰不放手，老在他的小言论里一次次地含沙射影，指桑骂槐地对我进行人身攻击。甚至影射我丢了职务现在表现得就跟个地癞子什么的思想素质多差多差。气得我也想拿起笔来予以还击，可是又觉得跟这种心胸狭窄目光短浅的势利小人耗费精神实在是不值得。时间宝贵，我还要钻研我的股票呢。再说，现在话语权在人家手里掌握着，你就是写了，人家肯定也不会让你登出来。老李那些火药味特浓，针对性很强的小言论，老汪他怎么也能感觉到它是指向谁的，他为什么不阻拦？我甚至有些怀疑他们两人一个在唱红脸一个在唱白脸。惹不起你们这帮爷，躲总该躲得起！我想到了德国大哲学家尼采的话——"如果不能改变环境，则先改变你自己。有时候，我们拒绝改变自己，也是一种对生命的窒息。"

一天，我又在一只股票上小有斩获，算了算，相当于我一年工资的总和！在小饭馆里喝了个半醉后，真的回去就兴头上写了一纸辞职申请——我实在是被那"电子鸦片"吸引得没一点心思蹲办公室了。下午上班，我就潇潇洒洒地走进老汪房间去，扔在了老汪的办公桌上。老汪吃一惊，才知道前几日我不是说着玩的。还没等他愣过神来，我已经气宇轩昂地迈着豪迈的步子出了他的办公室。酒精真是个好东西，它可以提人精神，壮人胆量，让你丢掉优柔寡断。说实话，那天要不是借助酒精的力量，我绝对迈不出这一步。我的申请很快就被批准了。但念及我过去毕竟是当过一阵副总编，上边给套了有关的优惠政策，给我办了个内退。

当我收拾东西离开办公室的那一刻，我没一丝一毫的留恋，我故意在走廊里跟送我的人打招呼，让对门的老李听得清清楚楚，别以为你写那么几篇攻击我的破小豆腐块有多大能耐，以为我会跟你一般见识，那不就把我跟你放在了一个水平线上。我张一凡是谁？堂堂北京大学毕业的高材生，你是什么？狗屁都不是，除了会写那么两篇骂人的狗屎小文章，你还会干什么！我张一凡不陪你们这帮庸碌之辈们玩了，我要到市场经济大海洋中去张我的风帆，找更大的对手去交手，你那两下子，我实在是还没瞧上眼。咱俩几年后再见，恐怕若干年后，你退休那天，我会开着自己的宝马来送你回家！我真想吼两嗓子：

"仰天大笑出门去，我辈岂是蓬蒿人！"

五

我天天再不去单位上班，而是早上九点准时到交易所去，坐在自己的席位上，打开电脑，调出电脑中最新的股市新闻，浏览完后再看各类股评，然后是分析自己所买股票的技术分析走势，预测今天它是涨还是跌，自己是继续持有它还是应该打了它换成其它的股票。这种新的生活对我有一种新鲜感。既富有挑战，让人忐忑，又使人兴奋，充满了希望与幻想。一待开盘，就象是进入了两军撕杀的战场，使人浑身紧张，脑神经处在高度的活跃状态。两个小时很快就过去了。中午我往往就留在交易所里，吃份盒饭，然后就继续扒在电脑旁研究。渐渐，我跟周围的一些股民也都熟了。没事时，唠唠闲嗑，共同讨论一番大盘或是某一股票的走势预测，一天时间就很快地过去了。收市后，我才开始无聊，开始留恋起办公室那一杯茶水一张报纸的生活，怀念起那几乎每天晚上都会有的吃请。现在，再没有任何人会请我去吃喝。回到屋子中，只有自己茕茕一人，形影相吊。刚开始时，我没命地翻阅买来的一大堆股票操作方面的书籍，渐渐，也就厌了，看了一天的盘，回来再看这些东西，就觉枯燥。下午到晚上的这段时光实在很难打发，我就又回到了过去在老单位里的生活方式，去到那街头巷尾的棋摊上消磨时间。生活真是一个圈，走着走着，就又走回到了原来的地方。一次在棋摊上，我遇到了惠芬的爸，他见了我感到很亲切，我何尝又不是如此。他问我为啥不去上班却呆在这棋摊前，我就说我已经退休。他听着大吃一惊，很纳闷，问我那么好的工作，又是副总编，多少人眼红呢，你怎么好端端就退休了，年龄又不大？没有说出的言外之意是我是不是出了什么意外的事情，贪污了还是受贿了？不然，现在在位上的领导，只要上去了，哪有个下来的。而且哪有这么年轻退休的，死乞白赖也要耗过年龄了才退。谁不知道在位上多呆一天，就能捞得多少好处。

我就讲了我现在是在炒股票，当然不能讲我和梦欣睡觉，别人如何告密，让安静捉到床上的事。只是说在机关里混人际关系太复杂，自己的性格不太适应。我也没讲老范去世，自己没了依靠，没有讲老汪如何使手腕将我挤下来，没有讲老李如何写文章指桑骂槐地攻击我。没在讲胡小杨的势利，没有讲自从副总编的位置上下来后在单位很孤立，没有人搭理我……这些事讲起来费口舌，老头毕竟是一个烧开水的，给他讲这些没必要。我只是淡淡的一声叹息。老头从我的叹息中似乎能揣摸到我的苦衷，拉着我要到他家去喝酒。惠芬已死，我跟他也不是什么翁婿关系了，我实在也不太再想到他家去。再说，惠芬留下的那个孩子也不是我的，我害怕去久了，那孩子又粘上自己，就决意不去，只是简单问了那孩子听话不听，学习可好的几句客套话，就扭过了话题。我虽然不想去他家，不想和那孩子再有什么瓜葛，但见了老头我还是感到挺亲切，毕竟他是一个能跟我交流感情的老朋友。我就拽着他去了我现在常去的那家饭馆。到我几乎包定下的那个饭桌旁坐下，让小老板给我炒了几个小菜，要了一瓶烧酒，和老头喝起来。喝着喝着，我就想到了丰子恺先生画的一幅漫画来。那画面是一碟花生，一把酒壶，两个穷愁潦倒的老友。酒店是座茅草房，房外边，是一弯残月，几丛枯草，表明是暮秋时节。我和老赵头喝呀，谝呀，酒一上头，就忘了一些不高兴的事。老头看出了我的孤寂。说"以后，你从股市上回来没事了，就到棋摊上来，我陪着你，天天下棋，现在有的是时间了。"

我心里，就忽然一阵莫名的悲哀，难道我退了休，就是为了天天跟老头来街上的棋摊上下棋，他多大岁数了我才多大岁数？以前还埋汰别人，我现在不是也在吃喝等死吗？我就又一下子无限怀念起自己在位儿上时的生活来，幸福啊，可惜那样的日子已离自己远去，永不复返了！喝得醉熏熏地回到小屋去躺在床上，清冷的月光透过窗玻璃泻进来，洒在地上，也落在我的面庞上，我就开始怀疑起来，自己正在追求的生活是不是自己想追求的？自己这一叶小舟是不是偏离了航道？我记得我从小其实喜欢的是艺术，并不喜欢钱，现在是咋的了？怎么在人生的目标上，有了这么大的偏差。被酒精烧得睡不着，就胡思乱想，想来想去，就离不开思念梦欣，手痒痒地给她拨电话。

电话拨通后，我就发现和她交流起来已经有了隔阂，我讲的，她不喜欢听，她讲的，我不喜欢听。我讲我对股票的认识，讲我在它上边所投入的精力，勾画我未来在它上边将要实现的宏伟理想，她总是依依呀呀旁顾左右而言它，不好好听我的电话，要么是打断我，拐到别的话题，要么就是给我泼冰水，说她们学院的谁谁谁又亏了几万，谁谁谁又亏了几万。我予以反驳，她就在电话那头不耐烦起来，"好了好了，一拿起电话，就听你叨叨股票，烦死了。等你真的挣了大钱，再说它。"

我就很扫兴地转过话头问一些她调过去以后的情况，可是，每次，她都是拿几句"可以，挺好，没啥事情，一切还行。"来敷衍。可是，有时，我就能从她吐露的一句半句来，猜测到她跟陈副校长的关系现在很近乎，而且经常跟陈副校长出去应酬。我问起她侄儿的事，她就说："陈校长找了公安部赵助理吃了饭，对方答应到时候将她侄儿弄到公安部大院里当保卫。"

我不免酸溜酸地来两句："你现在和陈校长的关系好密切哟，当心人家老婆来找你的麻烦。"

梦欣就刺我一句："起码我不用担心他老婆来挠我的脸！"

我试探地问她什么时候能不能抽个空过来和我见个面，吃个饭。梦欣就拿板说："再说吧。我们学校在郊区，去你那儿一趟也不方便。再说，我现在刚到新单位，工作一大堆，我也得好好表现表现啊。"

我就感到自己碰了一个软钉子，扔了电话，重又拎起酒瓶来……

股票这玩意，好象专门跟你捉迷藏，你买进手的股票，它死也不涨，你刚打了，第二天它就涨。等你后悔得卖掉刚买的股再追进它时，它就又不涨了反而开始下跌，套你没商量。我把中外谈股票操作的书几乎翻遍了，有的重点书目，据说都是哈佛大学商学院研究生的专用教材，买来研读了个苇编三绝。什么趋势理论、江恩理论、波浪理论，四度空间……凡是有关股票技术操作方面的知识，不管是中国的还是外国的，通通生吞活剥地往肚子里装。可是，这些所谓的股市经典理论，在具有中国特色的股市面前，显得是那么苍白无力。我屡败屡试，屡试屡败。那些股票曲线，就好象背后有一只魔手在控制，专门跟你在玩捉迷藏，把你搞得晕头转向。看着走势符合书本上讲的要涨的图形，各种技术指标也很好，可是，买进后，它就下跌；看着图形已走坏，各种技术指标也显示让你卖出，你打掉它，它就涨！到最后，我再也不相信什么狗屁技术分析方法，转而开始在股票的基本面上下功夫。以前我只重技术分析是想急功近利，很快在股市上有所斩获，遭到多次失败之后，我觉的得另起炉灶，看来，要想在股市上有所成就，得把自己由文人改造成半个经济学家。我又重新从书店买来一大摞股份制经济、企业会计方面的书来读。其中的有些经济指标数字难免枯燥乏味，甚至看几遍也不懂，我就又拿出当年考大学时的那股拼命劲儿死啃。啃得自己都掉开了头发，撮着不免心酸，这是何苦来着！当初轻轻松松老老实实在单位里混，不好好儿的。就更加怀念起自己在位儿上的时候，这会儿还点灯熬油在这里头悬梁、锥刺骨，怕正在饭桌上吆五喝六或在按摩屋里躺着呢！

　　我依照基本面分析的方法，从每股收益到每股净资产高低，再到每股现金流量的充裕程度，乃至于企业的行业背景，领导人学历高低，主业产品的市场占有率，市盈率水平等等，综合分析，反复比较，优中选优地先后买了几只股票，结果，均告败北。一只股票我刚买上不久，就暴出丑闻，被人揭发出是当初"化妆"上市，一切盈利指标全属虚假，其实上市前就是一家当地有名的亏损企业，当地政府为了使其脱困，才给予指标并极积扶持上市。消息见报后一连三个跌停。第四天头上打开跌停板后，我惊魂而逃。换成另一家所谓的"绩优股"后不久，股票起先还涨了一点点，正当我日思夜盼地想用它的上涨来弥补一下上一只股票上的巨大损失，却突然又传来了该只股票的坏消息——其董事长神秘地在人间蒸发。过了没两天，就又有此人涉嫌重大经济犯罪，已携眷外逃的后续消息见诸报端。该股票走势自不用说，又是连连跌停。跌停板打开后我又仓惶出逃，又换了另一只马上就要高送配的含权"绩优股"。总算盼来了他分割股权的那一天，可同时也等来了它庞大的高溢价再融资的公告。结果，股票在当天不涨反跌。企业又出来做澄清解释，说这次高溢价大比例融资并不是为了圈钱，确确实实是瞅准了几个投资收益看好的新项目，如果筹资顺利，将这几个新项目建起来后，可使企业避免产品单一的风险，做大做强，成为行业的龙头老大云云。一些股评也跟着唱合，对企业的此次融资给予正面的评价。听了他们的"美言"，虽然该股票融资前后都一直在缓跌，我仍然捏着没有打，期望象他们说的那样，这几个短平快的项目能当年立项当年投资，当年给企业带来效益，我也能跟着享受企业高成长带来的回报。可是，融完资后没几个月，这家企业就演起了川剧的"大变脸"，预告年报要亏损——后来年报出来人们才得知，原来，融资前是大股东将一家效益很好的油毡厂以极低的价格卖给了该上市公司，所以使其中报每股收效大增，达到了融资条件。等到融完资，上市公司又将其以同样低的价格重卖回给了大股东掌控下的一家关连企业。这家关连企业并没有给上市公司真金白银，而是将一块烂资产做了很高的价格置换进了上市公司。所以该股票的每股收益和净资产就大幅缩了水，就象一个人得了浮肿病又变成了干瘪的僵尸一般。而且在当地监管部门的例行检查中，又发现该上市公司将融资得来的几个亿，以市场发生了变化为由，并没有投入以前所承诺的项目建设，而是大部分都让大股东挪占了去，有的买了国债为自己生利息，有的借给了其它关连企业，更有甚者将其中的一个亿交给一家证券公司去炒作股票。这只股票在这些利空消息的打击下，连连下跌。我刚开始觉得套得已深，舍不得割肉，后来实在是忍无可忍，还是忍疼打了它。就这一只股票上，我就损失了近十万。

交了沉重的学费得出一个切肤的体会——在中国，一切的一切都是有特色的。外国的什么灵丹妙药，拿到中国来试用，它都不灵！我对自己能否在这个残酷的市场取得当初设想的成功，甚至生存下去，都产生了深深的怀疑。

自己一失败，就供奉起神来——大凡去庙里烧香磕头或在马路牙子上找算命先生卜卦的，一般都是生活中的失败者或失意者。我就也听起电视屏幕上一些"股评家"的神吹海聊起来。也给他们打电话悉听"老师"指教。从电话中那稚气的嗓音中，我觉到自己的岁数都能给指导我的"老师"当他爹了，心里一阵阵的悲哀慨叹！

悲哀归悲哀，慨叹归慨叹，老师的"教导"还得听。电话那头，老师教诲我以前之所以屡屡失败是因为我单枪匹马，没有找到"组织"，凭借自己的那点儿可怜的知识，在庄家横行的股票市场，犹如盲人骑瞎马，夜半临深池，说难听点只是堆在案板上任人宰割的一块疽肉。输是必然的，不输才是奇怪的。如果再不幡然悔悟，将自己整个儿葬身大鳄之腹，只是早晚的事，讲得我头上冒出滋滋的冷汗，听老师的辅导，把自己原来手中的股票全割了，买了他给我推荐的一只股票。

果然，买后第二天，它就大涨百分之七！我高兴坏了，当天晚上，还没等我打过电话去找老师报喜，老师的电话就先打了过来，说："咋样，我给你推荐的股票？实话给你说呢，我们有五十人的专家团队，有独家发明的分析秘笈。与众多实力操盘机构保持着密切的合作关系。庄家们的行踪，都在我们的掌控之中。所以，我们推荐的股票，你想不挣钱都难。"又撺掇着我参加他们的股市沙龙。说干什么事情都得要依靠组织，找到了组织，加入了组织，就得到了胜利的保障。当年的红军四方面军，为啥它被马步芳给灭了，就是因为它脱离了组织。

我就有点儿被说动了，可不咋的，我为啥自从离开了位子，离开了单位，混得一天不如一天，不就是失去了组织的缘故？那些法轮功的痴迷者们，为啥死要往一块扎堆，打都不肯散，也不就想着钻进一个所谓的"组织"里，有一种归宿感，有了这种归宿感，也就有了安全感！脑袋一开窍，就对老师的指点耳顺起来，加上人家推荐的股票确实涨了，让我实实在在地挣了钱，实践是检验真理的唯一标准。我听从了其的劝说，给他们的帐号上汇去了一万块钱，入了他们的沙龙，成了"组织"中的一分子。老师又邀请我星期六到哪到哪，他们要跟组织里的成员开个小型报告会，请自己的专家给大家讲解股票投资的一些知识，同时为诸位"会诊"手中所持有的脂票。我兴高采烈地去参加了。果然专家的讲解挺有水平，讲股票背后的庄家是如何骗线做图哄小股民，如何利用多个分散帐户操作避免被别人发现自己进出某只股票的行踪，如何拆借资金短期内集中优势拉抬某只自己重仓持有的股票。如何利用媒体，如何和上市公司勾在一起，需要吃进哪只股票时，就让企业发布坏消息，吓出散户持股，吃饱喝足需要拉抬出货时，又怎么让企业一条一条地发布预先炮制好了的好消息。引小股民进场抬轿子。挣了钱后又如何跟企业，股评家几几分成……听得我茅塞顿开，与他们相识恨晚！

果然，听完讲座，按照老师的指导重买进了只股票，过后就又涨了。赚了点钱打掉后，又听其推荐买入新的股票后，又上涨，又赚了！我心花怒放，找到"组织"的感觉真好。

这时候，老师就又动员我说他们还有个高级会员沙龙让我加入——我的理解就是像报社里开编前会一般，参加者都是各编辑部部主任以上的头儿。老师说他们一般在高级会员的发展上有严格的指标控制。一般的人不乱发展，接纳的人不但得有一定经济实力，而且要有相当高的文化素养，有灵心，有培养前途的，他们才发展——我就又联系到过去单位里的入党与提拔，不也是有标准与要求，严格考核，严加掌控。看来，世界上不管哪里的游戏规则都大同小异。老师还说，加入了他们的高级会员沙龙，就有了比其它一般会员更优惠的待遇，包括结成一对一帮辅对子，讲授他们的独家秘笈，提供可靠的内幕消息……我就又想到了自己在单位上升迁之后的许多特殊"待遇"来。老师又说入了高级组织后，如果和他们配合得好，炒作成绩突出，最终也能通过他们的培训与考核，进入他们组织的高层。说他们咨询公司的现任老总，就是先开始由一个普普通通的股民一步步地升上来的。我眼睛一亮，心里大喜，似乎看到了另一条似曾相识的光明之途——这就不光光是为挣钱了，目标已经升华了！这岂不就是第二次对权力的接近！

但参加他们高级会员的费用不低，要价四万。我讨价还价说能不能少点，对方咬定说一口价，容不得商量。还为我算了笔帐，说："你想想，团队养着五十多名专家，不说工资了，这些专家天天坐飞机，乘火车地去全国各地跑企业，搞调研，还得到大机构那里去攻关，花费是很大很大的。不然，哪能挑出那些个能下金蛋的股票让你赚？"

我心想，也对，天下没有免费的午餐。最最主要的是，做得好了能进入到"组织"的核心层去——这一点对我有很大的诱惑力，失去权力的人对权力有着刻骨铭心甚至是疯狂的眷恋！

六

我参加了高级会员沙龙。

果然就有了跟一般会员所不同的特权待遇。首先是辅导老师换了个学历高点的，嘴巴上长了胡茬的。一个星期高级会员们能到固定的"沙龙"里跟老师们会会面。最让我感到舒心的是，"组织"的中层领导和高层领导先后分别请我们这些新入盟的高级会员吃了两顿饭——而且组织的领导说，以后这样的吃喝将是经常性的。在饭桌上，我一下子又找到了感觉，幻化出当年在报社当总编时在饭桌上推杯换盏间被人抬举的情景。所不同的是，身边没了林梦欣那样一位"红颜知己"。我憧憬着，随着我操作水平的提高，进入"组织"核心层掌握核心权力步伐的加快，失去的"天堂"很快就能重新到来。

真他奶奶的见了鬼，当初级会员时被推荐买入的股票还让我尝了点赚钱的乐趣，入了所谓的高一级"组织"，得到了一对一面授——而不是电话咨询、操作秘笈、内幕消息，炒作业绩却没能相应的提高，反而有所下降了。先后买了好多只股票，都是当天涨得挺好，可是，限于T加零交易规则，当天买了当天又不能打，等到第二天，股票铁定了的准下跌，而且再也到不了我所买的价位上。起先我弄不清楚是为什么，过后，才似乎明白过来。老师给我推荐的同时，也给别的会员推荐，听了推荐的股民第二天都去买它，可不它就涨！第二天没人买了，前一天买上的短线客一看不涨就杀出，可不它就跌！可老师还津津乐道地说："你看看，凡是我推荐的股票，它立竿就见影，只是你没能抓住第二天开盘时最宝贵的几分钟时间里把它打出去。"我说那样做股票，还不把人搞得紧张死。老师就说既然我不适应短线炒做，就改变方法，给我推荐个长线的。我就听他推荐买了一只股票做长线。可是，买上它后，又是当天涨一天，然后就是天天小跌。跌得我受不了，找老师当面咨询。老师回答我说，"这是庄家在洗盘呢，将不坚定分子最后清洗出去，就会拉升。你就等着好戏吧。"

　　我就等，左等不拉升，右等还不见拉升，而且它又跌了。再打电话去问，老师告诉我说，这只股票的庄家实力不强，找不来了拉升的后续资金，只有先将股票死扛着，让我不要陪着庄家死等。那样赔了时间也就等于赔了金钱，换一只股票做做。我心想讲的也有道理，时间就是金钱，既然庄家都没钱了在死扛，我为何要陪着他们死耗着，就又经老师推荐换了另外一只股票。换上手的这只股票，奶奶的走势跟那只打掉的股票几乎一个样，而且比它还要熊。

　　我着急着亲自找到老师当面去询问，"老师"说："这只股票的庄家和我们咨询机构的老总是铁哥们儿。前天还在一个桌子上吃饭呢。那庄家说自己现在手里攒着这只股票的百分之五十以上的流通股，都是用分散的私人帐户购进的，跟企业的老总都协商好了，下个月中旬发布资产重组的消息。到时候，这只股票就不是卖麻绳头的而是买软件的了。你想想它能蹿多高？到时候，翻个两倍都不在话下，你就等着到时候点票子吧！"

　　我一听，乐得蹦高，忙敲打计算器，真要拉到那价位，我过去套下的三四十万不就都回来了！我就千叮咛万嘱咐，"到时候，庄家跑前，你们可一定一定提前告诉我。"

　　对方说，"你放心，谁让你是我们的高级会员！"

　　我就耐住性子抱死了这只股票。等着它出资产重组的消息，等着它不卖麻绳头了卖软件，到时候给我一个大金娃娃抱。这样，来到股票市场就没了多少事可干，整天就是眼睛直勾勾地盯着它，盼着它往上涨。剩下的时间就是跟两个看上去文化水平很低很低的婆娘闲唠嗑。交谈中我得知这两个婆娘老头都是大款，在外边做着大生意，她们在家中很寂寞，老头就拨出点钱来让她们到这股票市场来消磨时光。

我将那只股票抱了有三个月，可就是不见它涨，反而见它天天往下跌一点。刚开始时，你还不觉得，等过了一段时间，你就发现它跌得已经是跟当初买进它时比面目全非了。我不停地咨询老师。他先开始还是老调重谈，说是庄家炒作资金没到位。过后又说是炒家和企业闹崩了，又一说是炒家资金链断裂了，让我打了它换其它的股票。我问不是说企业要重组，不卖麻绳了要卖软件吗？老师就说"那全是庄家炒做时和企业两家策划好的个由头。既然两家谈崩了，当然是该卖麻绳还卖麻绳。气得我真想将老师骂球一顿。

这期间，我已经不敢面对安静。甚至有点儿怕见她。因为亏得太厉害了。我心灰意冷。每次见了安静的面，都不敢谈股票了。她一问起来，我就回答说"还行。"她就揭穿我，"还行啥，我又不是没看电视，你买的那只股票又跌了！"害得我本来还想回去跟她蹭一宿，也没了兴头。我不敢面对她，更不敢面对她父母与她的哥哥姐姐。从安静嘴里我得知，他们一个个也挺关心我买的股票。我害怕回家后碰上他们家的人。借他们的钱，别说利息了，本都已经让我蚀光了。如果他们提出来要钱，我就是把股票全打了，也不够还的。就是说，严格意义上说，我已经算破产了。有时候，我实在憋不住了，厚着脸皮回去睡一宿，之前劲足足的，可是，一到临阵上马，就成了银样蜡枪头。弄得安静也很扫兴与没趣。通过以前的伤害，安静对我情感上已经有了隔阂，而且我现在也不是什么总编了，没必要巴结我，也再不象过去那样变被动为主动。看我不行，她也就转过身去，丢给我一个脊梁骨。我心里非常清楚，心理性的阳痿又缠上了我。男人，如果事业上失败了，心理上也就跟着阳痿了，以前我就有过这样的体验！越这样，我就越日思夜盼着股票赶快长起来。好在安静面前好好扬眉吐气一番。我再很少去什么狗屁沙龙，也再懒的打什么咨询电话，也不去见老师，接受什么一对一面授。突然有一天，从电视上看到，有投资者到法院告这家咨询投资机构，说是多少多少退休养命钱听了他们的，全部被股市这张大黑嘴给吞吃光了。电视画面上，老太太很激愤地上前去要拽着这家投资咨询机构的"名嘴"扇耳光，被法官给挡住了。我心里一阵悲哀。又过了不几日，传来这家咨询机构被立案查处，接着，营业执照被吊销了。理由是和机构勾结，为庄家造市，以虚假信息，欺骗中小股民。

那天，我终于失望之极地将那只捏在手中半年有余的股票在赔了一半后，打掉了。闭市后，我不知是怎么走出证券市场的。那天的太阳其实是艳阳高照，可是，我看着它，却总觉得阴沉沉的。我的双脚似灌了铅。以前我是孤独时主动给安静打个电话，那天我是特别怕自己的电话响起。我将其关了机，漫无边际，毫无目标地在北京的大街上象个盲流一般地瞎逛。我走上安定门前的立交桥，看着桥上桥下满世界的车流在我眼前晃动，晃得我眼前出现了幻觉——发现从面前过去的那些个车中，男男女女老老少少，全是我过去认识的人。在一个车中，还坐着老汪老李和胡小杨，全冲着我哈哈哈地大笑。在另一辆车里，则坐着安静的父母与哥哥嫂嫂姐姐姐夫，都在冲我叫着，"赶快还我钱，还我钱！"在马路的那头，我发现惠芬怎么在向我招手，我迎上前去，突然，听到一声喝斥，"你找死呀！"我这才愣过神来。

　　下了立交桥，回自己老房子去。路过巷子口小区前的棋摊时，惠芬父亲看见了我，向我招手，我摇摇头，说"今天不想下。"就回了屋。回到屋里，我一直怔怔地那么坐着，不看书不看报，不看电视，就那么一直坐到天黑。

　　世上没有什么救世主，要创造幸福生活，全靠我们自己——我想到了国际歌上的这句歌词，决心自己拯救自己！

　　我将眼光瞄向垃圾股。经过一段时间的市场磨炼，我发现一个规律，越是那些垃圾股，不够融资条件，不怕它再融资圈钱，往往还涨得挺好，弄得不好，沾上个资产重组概念，就乌鸡变凤凰，鸡毛飞上天。我就又重新找来报刊杂志，从中筛选，其中有一只股票最近长了一段，有几个股评家开始推荐它，说是它有可能被另一家优秀企业兼并。我看它还没有涨多高，经过反复地再三研究它的基本面后，我觉得股评家分析得很有道理，这时候我已经有点儿象赌徒赌红了眼的心理，又将剩下的不多资金全部押在了这只股票上，果然，买上后，它就给我了一个惊喜，第二天就涨停板。我惊喜不已，第二天，又是一个涨停，我高兴地全打了它。捞回来了两万多。我算了一下，要照这样的速度，要不了多长时间，我就能把损失全部补回来，我又看到了希望，看到了花园洋房，香裘宝马、看到了安静一家人对我的崇拜与笑脸，甚至看到了胡小杨的阿谀与林梦欣的奉承……我明白权钱相通的道理，只要你巨有钱，权力也会向你低下它昂贵的头！介绍索罗斯的书上就曾说过，他常常是早晨在跟一个国家的总统共进早餐，晚上又飞到另一个国家和其总理共进晚餐。那是一种多么令人羡慕的生活！说不定，我真要炒大发了，他江司长都得重新请我来当他的座上宾，婷婷都得领着她那些草台班子的破导演低三下四地求我来投资。还把你个老汪老李的我能瞧得到眼里。做了一阵白日梦。回到现实中来，为了庆贺自己的胜利，当天中午的盒饭也破天荒地买了份带肉的。

可是，第二天就让我后悔不迭，那只股票又继续涨停。第三天，又继续涨停。

第四天，那只股票因连续三天涨停板而停牌，开盘后又大量封于涨停。而且出了一则公告，果然那家优秀企业声言要入驻该企业。那只股票的强劲走势使我身边的人都为我因过早地打掉了它而感到扼腕。我沮丧万分，可是股票封在涨停板，只有欣赏的分，心里抓搔得比被套牢了的还难受。突然，有人吼了一嗓子，"涨停板被打开了！"我本来在看另外的股票，为打掉这只股票后买新的股票做准备，听这么一喝，吓一跳，急忙将电脑界面打到这只股票上，果然发现涨停板已经被打开。此时，就听到旁边的几位股民纷纷在抢着买这只股票。我身旁的那位女股民在催促身边的另一位女股民，"动作快点，再有三分钱又涨停了！"她的话，竟让我心里一发急，鬼使神差地也打开了自己的帐户，放弃了买选好的另一只股票的想法而重又买进这只前几天自己打掉的股票。刚敲下买入确认键我就后悔了，忙又敲击撤单键想放弃买入，可是，为时已晚，电脑显示已经成交。好在我买好后，关了账户，重回到股票界面，就发现这只股票重又封在了涨停板。刚买入这只股票的人一阵欢呼雀跃。我心里虽然高兴，但心里仍有点忐忑，怎么我也跟随起这帮婆娘们起来，她们有啥水平与主见，她们的选择往往是错误的。

中午收盘，那只股票还被牢牢地被大单封死在涨停板上。我就感叹，妈的，看这书那书，让这个老师指教，那个老师辅导，屁用不顶，弄来弄去，跟上俩啥都不懂的婆娘倒捞到个涨停板！

　　我去到证券部下边的小吃街上，在一家小饭馆里要了个肉菜，吃了一碗米饭。老实说，这一段日子，我天天吃担担面，吃得肠子里已经没有了一点油。今天吃了碗带肉菜的米饭，觉得那个香哟，比在我当总编时吃的任何一次酒宴上的任何一档菜都香。吃完了饭。我抹着嘴回证券部去，在心里算着再涨一个停板，账上能捞回来多少，再涨两个停板，又能在第一个停板的基础上捞回来多少。因为是可以利上滚利的。这时候，却接到安静的一个电话，告诉我一个惊人的消息，说他姐姐的小孩查出得了白血病，让我立即把股票打掉一部分，将钱还给她姐。她姐急等着用它。我无疑于听到一声惊天霹雳，帐上亏得已经是一塌糊涂，这时候要是打股票还钱，无异于让我去死！我就好话劝安静能不能让她姐想想其它办法，一家人从别的地方凑钱，安静就在电话那头发脾气，"你张一凡还有人性没有？小孩子的命重要还是你那破股票重要？你要不打股票还钱，当心我姐夫上法院起诉你。"说完，不容我再分辨，就将电话咣地一声挂断了。

　　我不知是怎么走回交易所大厅的，脑子里一片空白。我还在神情恍惚，开盘后，那只我刚刚买入的股票就被重新打开了涨停，然后跌跌停停，停停跌跌，此时，盘面上跳出一条股评来，安慰持有这只股票的股民说，这是庄家在凶悍洗盘，惯用的伎俩，完全不必理会，大胆持有，如果再跌，还可吸纳云云。我猜测这条股评不是配合庄家出货就是在睁着眼睛胡扯，心里冰凉凉的。果然，等收市时，它就重回到了昨天收盘价位置。K线图上，留下一个长长的"射击之星"，明天续跌无疑！

　　走出交易所，我的腿似灌了铅般的沉重。这时候，手机又响了起来，我看都不敢看就关了手机。一定是安静打过来的。走回到老房子去。在巷口又碰到了老赵头，又招手让我过去下棋，我摆了摆手，说自己不舒服，匆匆躲了。我一瞬间觉得，当个老赵头，都比当个我的强。重又回到屋子里去，躺在床上，啥都不想干，一直到吃晚饭时间，一摸兜，才发现，口袋里，竟然连吃饭的钱都没有了。在这之前，我都是每次从买卖股票交易后，剩下的余额中，取出点钱来做为自己的生活费。以后，由于股票只赔不赚，我就再不忍心从中取钱了。甚至单位发的那点儿退休工资，也被我从牙缝里挤下来投入了股市。这样做的后果就是常常举债过日子。这个月头上，甚至问安静借了三百。在这之前，因为经济拮据，我已不在小饭馆吃饭。重新象在老单位时那样，每到傍晚各摊贩快收摊时，去买点扒堆的便宜菜回来自己做饭吃。可是今天，我实在是没有做饭的劲头，也没有吃饭的念头，我出去到象棋摊上去，想碰到惠芬爸，从他那儿借点钱。先应个急。可偏偏他走了。我和别人都不太熟，也不好张口，我心里酸楚地重绕回来，躺在床上去。睡不着，就想到了安静中午说的事，人家姐的小孩都得了癌症，我却关着手机躲她，实在太不是个人了。就打开了手机给安静主动打过电话去。安静一接通电话就一顿严厉的责骂，说我无耻到家了，竟然关了手机躲她，躲了正月，能躲得了十五？说本来就准备晚上来到我房子找我的，又接到了我的电话。我就使劲给安静求情下话，解释，又骗安静，说不是我有意关机，确实是没电了。答应明天无论如何要将股票打了给她姐把钱还回去。安静这才作罢。

给安静打完了电话，肚子又觉得饿了，我就硬着头皮，去到门房老头那里，借了二十块钱。去到小饭馆吃饭，我苦中作乐，要了半瓶装的最便宜的二锅头酒，喝了个晕晕乎乎，心里竟然特别特别的高兴，放松，啥也不想，只想吼两嗓子，一边跌跌撞撞地出门，一边就哼上了京剧智取威虎山选段"穿林海，跨雪原，气冲，霄汉——”一不小心，将正要进门的一个吃客的脚给踩了。那吃客五大三粗，脚也确实被踩疼了，揪住我的衣领要犯二。店老板急忙上前来给其下好话道："爷，你千万别跟他一般见识，这人最近好象受了些刺激，老到我这里来，一来，就往醉里喝……"

我本来还想跟老板论理，谁受了刺激，你从哪里知道的我受了刺激？可是，脑袋瓜子实在晕得厉害。彪汉又立在我的身旁发威，我只好逃遁……

回去后，我还是兴奋得不得了，就索兴给梦欣拨过去了电话，电话那头，很嘈杂，又是音乐，又是划拳的吆喝声，我就知道，她又在吃请，肯定又是跟那个陈副校长。梦欣接起电话，问我"有事吗？我正忙。"

我就酸兮兮地说："不就是陪那个什么鸟校长喝酒呢嘛。有多忙！"

"人家可也是你的朋友。我还是通过你才认识人家的。"

"他不是我朋友。我不承认他是我朋友。我没有他这样的朋友。是朋友就不会夺人所好。"　　　　　　　　　"你这话怎么说得这么低俗？好歹以前也是当过总编的人，怎么现在一流落到社会上就变得这样俗不可耐，出言不逊。"

"好好好，我不打扰你，你现在是牛皮嗳。可不可以赏光，哪天我请你到我这里来，请你吃个饭？"我其实是调侃，我知道她不会答应的。她就是答应了，我也是不会请她的，我都穷得连裤子都赔光了，我拿什么请她！

"再说吧。"梦欣说完就匆匆先关了电话。一股悲凉之情，从我心底涌上来。我去厨房舀上一缸凉水来，喝了，压压胸前的火气，躺在床上去，嘴里咿咿呀呀，"好你个林梦欣，没想到，你会变得这么快，这么势利，你比那胡小杨还要势利。你两个眼睛瞪得大大的等着，我要开着宝马去见你……"

七

　　第二天开市前，我去到交易所门口，用口袋里剩下的不多几块钱买了份当天出版的证券类报纸，细细搜寻有关我那只股票的信息，就发现那家企业发布了一则公告，说鉴于本企业股票连续三日达到涨停限制，特提醒广大股民，本企业最近没有资产重组新的动作，企业生产仍旧面临巨大困难，希望股民注意投资风险云云。我急忙打开电脑，翻到有关的股评栏内，却有好几位股评家说此公告是该企业释放出的烟幕弹，目的是配合炒家洗盘，说这只股票还要涨，要让持有它的股民们坚定信念，不要被庄家凶悍的洗盘所吓出。

　　开市之后，这只股票仍旧大单封跌停！我心灰意冷地排队挂了卖出单。我不能再欺骗安静，人家姐的孩子正躺在医院里等钱救命呢。

　　上午，这只股票一直在跌停板上爬着，我打开看了两次我的帐户，没有成交。中午收市，我吃了个担担面，就回来坐下等着开盘。下午开盘后，大盘指数被强劲拉起，那只股票终于也打开了跌停，象垂死之人起来伸了个腰，就又爬在了地板上。我打开帐户看，成交了，但心里悲凉凉的。

　　以前我决心退职来股市打拼时曾天真地以为，此处是我们国家唯一一块不靠溜须拍马，不靠裙带关系，凭自己本事扒食吃饭的地方，可惨痛的教训使我如梦方醒。我面对的，却是一个比其它地方更加凶险丑陋的地方，这里充斥着各类骗子：有厚颜无耻强取豪夺的骗子；有手段高明，戴着笑面具的骗子；有小骗子，大骗子，也有超级骗子！他们一个个青面獠牙，觊觎着中小股民口袋里的那点儿多年省吃俭用积累下的血汗钱，言巧如簧，不择手段，变着法儿想从你的口袋掏进他的口袋里去。使了一招又一招，招招都使得不一样，让你过后都不能明白当是怎么上的！

这时候，我才彻悟到，当初我为什么跟上项总经理所买股票是买一只赚一只，那纯粹就是他们自己在做庄！我对自己完全丧失了自信，什么技术分析，什么基本面分析，在这个骗子充斥的市场，根本就派不上用场。只能是庄家肉墩上的肉馅！绝望中，我想出去透透气，交易所里太压抑了，压抑得让人几乎要疯了。出了大户室，来到走廊，左拐右拐，我就鬼使神差地往项总经理的办公室挪去，我要把心中的郁闷与不满向他发泄。

走进门去时，屋里他的秘书不在，我径直又走进了里间，发现屋子里也没有人，我走到他的老板桌前的沙发中刚要落座，瞧见桌子上放着一张纸。我本能地伸过头去细瞅，发现上边赫然写着一行大标题：关于操作某某股票可行性的研究报告。我一下就屏住了呼吸，伸手拿了起来。就在这时候，他的女秘书冲了进来，从后边一把就拽了过去。申斥我道："你这人咋这样？屋里没人你就敢闯进来？你没看到门口贴的条——闲人免进？"

把我弄得十分尴尬，急忙辩解道："我是你们项总的朋友。以前我来过好几次，你不记得我了？"

女秘书没好声气地道："我们项总的朋友多了。都象你这样，随便就闯进来，行吗？"

正在吵吵着，项总经理就进来了。问是咋回事。那位女秘书就把我的所为告诉了项总，项总经理的脸马上就阴了下来，训戒我道："你怎么就随随便便办公室里没人闯进来？而且偷看我们的工作计划。这属于我们的商业秘密你懂不懂？严格讲你这这种行为属于……"

我股票炒得已经亏损累累，心里积压的怒火找不到发泄的对象，一下子恼羞成怒，气咻咻地道："别在我面前装大头了。之前我买的几只股票是谁提供给我的？要不要我给江司长再打个电话？"

项总经理根本不吃我这一套，索兴将他桌子上的电话向我面前推推道："想打你就打。看看江司长如何发话。他可是早就给我打过了招呼的，让我别再理你！"

我就象是被项总经理括了一耳光，"一帮势利小人！"我骂了一句，跌跌撞撞退出来，回到大户室我的座位上去。

不一会儿，管我们大户室的一名工作人员进来，走到我身边，说："老张，我得跟你商量件事。你这帐上的钱，别说呆大户室了，就是中户室，也差一大截。刚才我们项总打过电话来，让我从明天起收了你的席位。"

……

我跌跌撞撞地走出交易所大门去，像杨白劳在出卖女儿的卖身契上按完手印被赶出黄家大院的心情一模一样。

天空乌蒙蒙的，一片阴霾，我漫无目的地走在北京的街头上，就象当年我被子里的二十一元九毛六被炕洞里的一把火烧了时一样的心情，甚至比那时的更糟。我全耳不闻汽车喇叭的嘀嘀声与商店音响里放出的叫卖声，还有沿街小贩的吆喝声，走啊走啊，突然，一个小报贩来到我的面前，将张报纸伸到我面前，说："先生，来张报，看最新的娱乐圈新闻——青年演员姜婷婷与某某导演绯闻大曝光。"

我一惊，还没等反应过来，小报贩就将报纸硬塞到我手里。我一看，好家伙，还有婷婷戴着墨镜，衣着暴露，与那位导演在海滩相拥在一起的大幅照片。我心境出奇地平静，想到这是预料中的事，我甚至没有一点儿想看这条新闻的兴趣，将报纸重塞还给了报贩。报贩瞅我两眼，离开我又对别的行人去吆喝，"唉，快来看哟，娱乐圈最新绯闻——青年演员姜婷婷与某某导演……"

我却又冲动地就想给婷婷拨个电话，将心中的愤闷找个发泄口，好好挖苦她一番。可是，连拨几次，都是此电话号码已不存在！

我浑身发冷，不知道是怎么走回自己房间去的。进了屋，将前几天喝剩的半瓶酒全空腹咕咚咕咚地倒进了肚，就晕晕乎乎地和衣上了床。一觉醒来，已到晚上，我心里实在难受，就再也忍不住地给林梦欣打去了个电话。电话接通后，我又听到了音乐声与猜拳行令的叫喊声。我甚至还听到了陈副校长那熟悉的略带沙哑的粗喉咙。林梦欣接到我的电话，在那头说，"你等会，我出去跟你说。"

过了一会儿，电话重新有了她的声音，问我"干什么？"

我说："不干什么，就是想给你打个电话。"

林梦欣说："人家有事呢。"

我就揶揄说："不就是陪着那个哑嗓子大肚皮在吃吃喝喝。"

林梦欣不吭声了。我说："我现在特别特别的孤独，你能不能打个的来我这儿一趟。我们见个面，说说话。"

林梦欣在那头说："我知道你想干什么，但这是不可能的了。本来我不想这么早告诉你，老陈跟他老婆已经办了离婚手续，我和他，可能很快就要结婚了。"

"什么？"我喊出了声。

林梦欣又在那头补了一句，"你可能还知道，老陈在半年前就提成了正校长。所以你别老埋汰人家……"

我无力而又愤怒地将手机关了，摔在了床上。脑子中又冒出了莎翁的诗句：

"人世间的哀乐变幻无端，

痛哭转瞬早变成了狂欢。

世界也会有毁灭的一天，

何怪爱情要随境变迁！"

我头昏昏沉沉的难受，全身一点儿劲也没有，我感觉我可能是着上感冒了——心情不好，在路上就受了凉，回来后又空腹喝酒，没盖衣服的缘故。我拉开被子来，压在身上，仍旧感到全身彻骨的冷。想喝点儿热水，但实在不想起来，再说，暖瓶里也没开水，要喝还得烧。我就那么和衣躺在被子里，似睡非睡，一幕幕地让往事在脑海中流淌。不知不觉的，就回到了祁连山下的小村庄里，忆起那一次我被皮车碾昏醒来之后，躺在公社卫生院，晓芳卧在我身旁抹眼泪的情景，我的泪水就止不住汩汩地夺眶而出……

就在这时候，手机又响了起来，我想，肯定是安静打过来催要钱的，伸手取过来看，果然是她打来的。接通了，安静就在那边问我今天把股票打了没有，她姐又催她了。我如实汇报了，说当天打了股票不能马上取出钱来，得等明天才能将钱取了给她送去。

"意志命运往往背道而驰。事实的结果总难符预料。每一种恼人的飞来横逆，把我一重重的心愿摧折……"我喃喃着莎翁的诗句，迷糊过去。

第二天醒来，我头疼欲裂，浑身发冷，连下床的力气都没有了。我就那样捱到中午，听到有敲门声响起，我龟在被子里不敢吭声，前几日，收水电费的曾来过两次，我托故说开工资后交，如果是她，就是第三次上门催缴了，再也不好推拖了。

那声音却不肯离去。而且一凡一凡地开始叫我，我才听出是惠芬爸来了。我有气无力勉强地支撑着起身来，给他开了门，只见他手里拎着一个塑料袋，进门来说："我今早晨来路口棋摊，没看到你出去，想你在家。趁热吃了，惠芬妈包的羊肉馅包子。"

我看着那包子，眼眶一湿，忍不住地泪水要掉下来，落在其上边。老头吃一惊，问"你咋了？"

我强做精神说，"没事，咋天睡觉没盖被子，着了点凉。"

"那就赶快去医院呀。看上去挺重的，得吊液体才行。"

我说："不去了。抗抗就过去了。"

"那你有药嘛？"

我摇了摇头，说："平时哪里想到会得病。"

"你等着，我给你回家去取。如果家里没有，我给你上街上药店去买。"老赵头出门去后，我大滴的眼泪才哗哗哗地掉落下来，全砸在手中的包子上。

老头买来了药，烧了开水，喂我吃了药，服伺完了，才出门去，说下午再给我送饭来。

吃过药又吃了包子，有了抵抗力的缘故，我的头不怎么疼了，身子也轻了些，坚持着趴起来，到交易所取了钱，本想着直接给安静送过去，全身一点劲也没有，我也不想这么狼狈地去见她，就回来了。

晚饭老赵头又给我送来了，是我爱吃的哨子面。老赵头说回去后给老伴说了我的情况，老伴让我以后就上家中去吃，我说那怎么成。心想，如果惠芬不死还差不多，我现在跟她家已经是没一点儿关系了。吃完了饭有了点儿精神，我就想把钱给安静送过去。我因为有病，一天都没给她打电话过去。别让她以为我又在诓她。打通了她的电话，令我感到意外的是，她却说她全家人已经为她姐凑了一部分应急的钱昨天打到了医院的帐上。说她今晚还有事，让我改天再去送钱。

　　都有些啥急事，连送钱都不让我去？我心里就起了疑。其实，近一段时间，我已经感觉到安静行为有点儿怪异，对我总是说话遮遮掩掩，躲躲闪闪，象有些啥事在瞒着我，两口子之间也许是有第六感觉，就象她当初怀疑我一样，我也开始在心里嘀咕开她来。可是我总是张不开口问她，也懒得问她，谁让我是一个落魄之人，落魄之人连吃醋都理直气壮不起来！·

　　不觉已经天黑了下来，一种强烈的孤独感再一次地袭上我的心头，一瞬间，我是那么地想回家去，想看看安静她此时到底在干啥，我太想见她一面了。

　　就这样，我重新出门来，虽然给她家把钱赔光了，虽然我和她已分居，可我们还是法律意义上的夫妻！我有去看她的权力！

　　我恍恍惚惚地来到我家大楼门前，发现对面楼上有一户人家好象正在闹洞房，楼门口贴着大红喜字。从窗户中，传来说笑声。我听着那些声音都有点儿熟。我绕到我家的楼前边，看见我家的灯亮着，知道安静在家。我的心里，顿时升起一股暖意。就在我加快步伐向楼门口走去时，我却忽然发现一个熟悉的身影先于我从另一个方向走来，进了楼门口。那张娃娃脸我是记得再清楚不过了。那一次我从国外回来，和安静一起去舞厅跳完舞出了舞厅，在门口的马路上碰到的就是这张面孔。当时，那张娃娃脸将我妒忌得都要扭曲变形了。

　　我心里"咯噔"一下，停住了脚步，心里的一丝暖意顿时化做青烟般散去。在这之前，安静曾在我吹嘘自个儿炒股票要发到什么程度时，就拿这小子来压我，说我只是空头支票，人家那小子这两年搞软件开发，却是发大了，不但现在已有了自己的房子，还买上了自己的车子，是劳斯来斯的。不然我咋就感到安静有事，弄不好，那小子的新汽车都拉了她兜过风了！

我睁睁地立在楼门前，半天不知应该怎么办。是上楼去，还是折头回去。黄昏过后的黑天里，落起片片雪花来，脖子和脸上，都能感觉到雪花掉在上边变成水的冰凉。我在楼门前兜着圈子，一边时不时地看着楼上自己家的窗户灯光和楼门口，我想等那小子出来后，再上去。我想避免三人在一起时的尴尬——实际上，我是不敢在安静面前，面对那成功了的小白脸！

我在雪地里兜了一圈又一圈，落了薄薄一层霜的地面上，留下了我的一串串脚印，到最后，天越来越黑，就看不见了。突然，有人叫我："张总编。"

我猛地惊醒过来，现在，咋还有人这样称呼我！我听出是司机小郑的的声音。就见小郑随着叫声，已站在我的面前。问我，"张总，大冷天，你站在这里干什么？"

我略一尴尬，忙编个谎道："我将钥匙忘到了家中，等安静回来。"又反问他："你在这干什么？"

小郑回答我说："报社有人结婚，实在闹得厉害，出来透口气，转悠转悠，看见象你，就过来了，喏——"他指指刚才我看到的那一个窗口。难怪我听着从里边传出的怎么尽是有点熟悉的人声。

"小巩，就是你带我们去东北搞报纸征订时，那个油田书记的儿子，和金小瓶。"

"什么？"我大吃一惊，就是老汪的野小姨子！问："那小伙子比她小好多岁呢！"

小郑说："人家是姐弟恋嘛。刚开始是金小萍先认男的当弟弟，最后就当到一块儿去了。你知道不知道，金小萍现在已经是记者部的副主任了。这小子，如果不跟金小萍好，他也不一定能留在报社。这年头，人人都很现实。"

我一声不吭，对这种"现实"感到太能理解了。

小郑又对我建议道："要不你先去招待所里呆一会儿。这几天驻地记者又上来开会了，都住在招待所里。"

"算了，我媳妇马上就回来了。再说，我现在去算啥？"

小郑说："总编你可别这样想，昨天我接他们时，还一个个问起你呢。"

我苦笑一下，摇了摇头，问小郑："你们记者会这次是在北京开，哪儿也不去？"

"哪里，这不正集中呢嘛。等人都到齐了，就上避暑山庄。老汪亲自领上去。"

"现在这么冷了上什么避暑山庄？"

小郑道："总编你可就说错了。避暑山庄的冬景可是很有特色呢！"

我再不问啥了，心里隐隐地做疼。小郑见我再不吭声了，就说，"那总编你呆着，我上去了。"

我挥挥手道："你去吧去吧。"

"总编你要有啥事需要我办的就尽管吭声。"小郑一边回过头来对我说，一边离去了。

我能有什么事求你？我需要办的事你也替我办不了！我知道小郑是对我感激和同情而已。

送走了小郑，我继续在楼底下绕圈子，等着那小娃娃脸下楼来。可是，我不但没有将他等出楼门口来，却发现，我家的窗帘被拉上了，过了一会儿，客厅的灯光就熄灭了，卧室的灯光亮了，再过了一会儿，那卧室的灯光也灭了……

我觉得心口被扎了一刀！

我踉踉跄跄，趔趔趄趄地走出楼群，一边往前走，一边回头望我家那扇窗口。耳朵里，又灌进对面楼上闹洞房的哄笑声。我加快了步子离开这里。

我顶着渐渐越飘越大的雪花，向着以前我去过的建国门立交桥走去。我似乎觉得惠芬就在那里向我招手，呼唤着我步她的后尘而去。来到了立交桥上，举目四望，到处是一个银白的世界，漫天飞舞的雪花，纷纷扬扬地落下来，落在高大的建筑物上，落在正在行驶着的车流上，将一切的一切都裹成了白色。我想到曹雪芹笔下的那首著名的《好了歌》，不由地吟咏出口："陋室空堂，当年笏满床，衰草枯杨，曾为歌舞场，蛛丝儿结满雕梁，绿纱今又糊在蓬窗上……"

突然，有一人从车窗口探出头来朝我喝道："傻子！"

我一下子想到了当年我插队时，送完蚊子后黑夜里一个人拄根棍徒步走回青年点上去时，也是下着雪，也是唱着歌，也是招来交通车上的人透过车窗来骂我"傻子"，历史真它妈惊人的相似！

我一直到很晚很晚才回到自己住处，看见一个人影儿立在楼门前等着我，我上前一瞅，是艾青。艾表见着我就问，"上哪去了，我等你半天了。老赵头说你晚上一般不出去的。"

我问："你有事吗？"

艾青说："进去说。"进了房门，艾青才说明来意："你的情况我都听说了，想不想重到我们杂志社来，我返聘你？"

我记得当时我调到新单位后曾许愿将艾青迟早调到我那儿去的，真没想到，现在却是由人家来收留自己！听了他的话，我挺激动地感谢他，艾青就说："别说那么多了，谁让你是我大哥呢。我姐一再交待了我的，让我有啥事照应着你点。过去你混得好，我也就没多想，既然现在你这样了，就来吧，我会好好待你的。"

我叫了一声，"兄弟——"就把艾青揽进了怀中……

尾声

　　我和安静办了离婚手续。我把她家人的钱亏得太多了，所以，作为补偿，把房子留给了安静。

　　我跟老赵头说房子我暂时住几年，等小孩长大了再腾出来，老赵头欣然答应，毕竟我曾是小孩名义上的父亲。和安静办完离婚后，我一下子对小孩有了感觉，我突然发现，在这个世界上，惟一能跟我在法律和情感上有点儿关连的，竟然只剩下了惠芬留下的小孩！我还和老赵头商量，以后，不行就让小孩跟我过，由我来负责小孩的教育，我保证一定把他培养成才，将来送进个好大学。老赵头听了我的话，嘴都乐歪了，把我硬拽到家去，美美地喝了一场酒，重又让小孩一个劲地叫我"爸爸"，叫得我心里酸酸儿的，搂着他，眼睛湿了，念起惠芬的好来。

　　我被艾青返聘了去在原杂志社当一位编外编辑。临上班前，我告假回了一趟祁连山下的河西走廊。我有个想法，如果晓芳她现在还是一个人，如果她还愿意续那段我们曾遗逝在岁月长河里的情缘，我就把她们母女接来共同生活，由我供养她女儿上大学。

　　……

　　列车进入河西走廊，快要到达我当年插过队的小村庄和晓芳所在的城市时，已时近黄昏，太阳在阴冷的灰色薄暮中落山了。那熟悉的祁连雪峰，重又映入我的眼帘，在黄昏中，它被绛色的阴霾遮掩着，泛着铅色的光，冷峭、静穆、神秘，似一位默默无语，洞破一切的天神，凝视着茫茫的黑戈壁。我的心，一阵电击似的震颤，祁连山，珍藏着我初恋的母亲一样的山，今天我又回到你的怀抱中来了。记得有位诗人曾经说过——当年我逃离的所在，如今却是含着眼泪迫切想归去的地方。来了，晓芳，我来了，二十多年的风刀霜剑，雕得你早已不是了你，我亦不是了我，我俩都已不是了当初的自己。你能接受我这迟了近三十年，早已支离破碎了的爱吗？我惶恐起来。

那首著名的知青歌曲，此时突然那么清晰地跃入我的耳际——

村里有个姑娘叫小芳，

长得好看又善良。

一双美丽的大眼睛，

辫子粗又长。

在我回城的那个晚上，

你和我来到了小河旁。

从没流过的泪水，随着小河淌。

谢谢你，给我的爱，

今生今世我不忘怀。

谢谢你，给我的温柔，让我渡过那个年代……

热泪又一次浸湿了我的眼眶，泪水中，我才真正体味到，什么东西，才是人一生中最值得珍视的。

（全文完）

写于 2004 年 4 月至 2005 年 7 月

联系电话：0937—6228185

13309478559

0632—3313755

www.ingramcontent.com/pod-product-compliance
Lightning Source LLC
Chambersburg PA
CBHW071953190726
48293CB00001B/2